L'ESPOIR EST UNE TERRE LOINTAINE

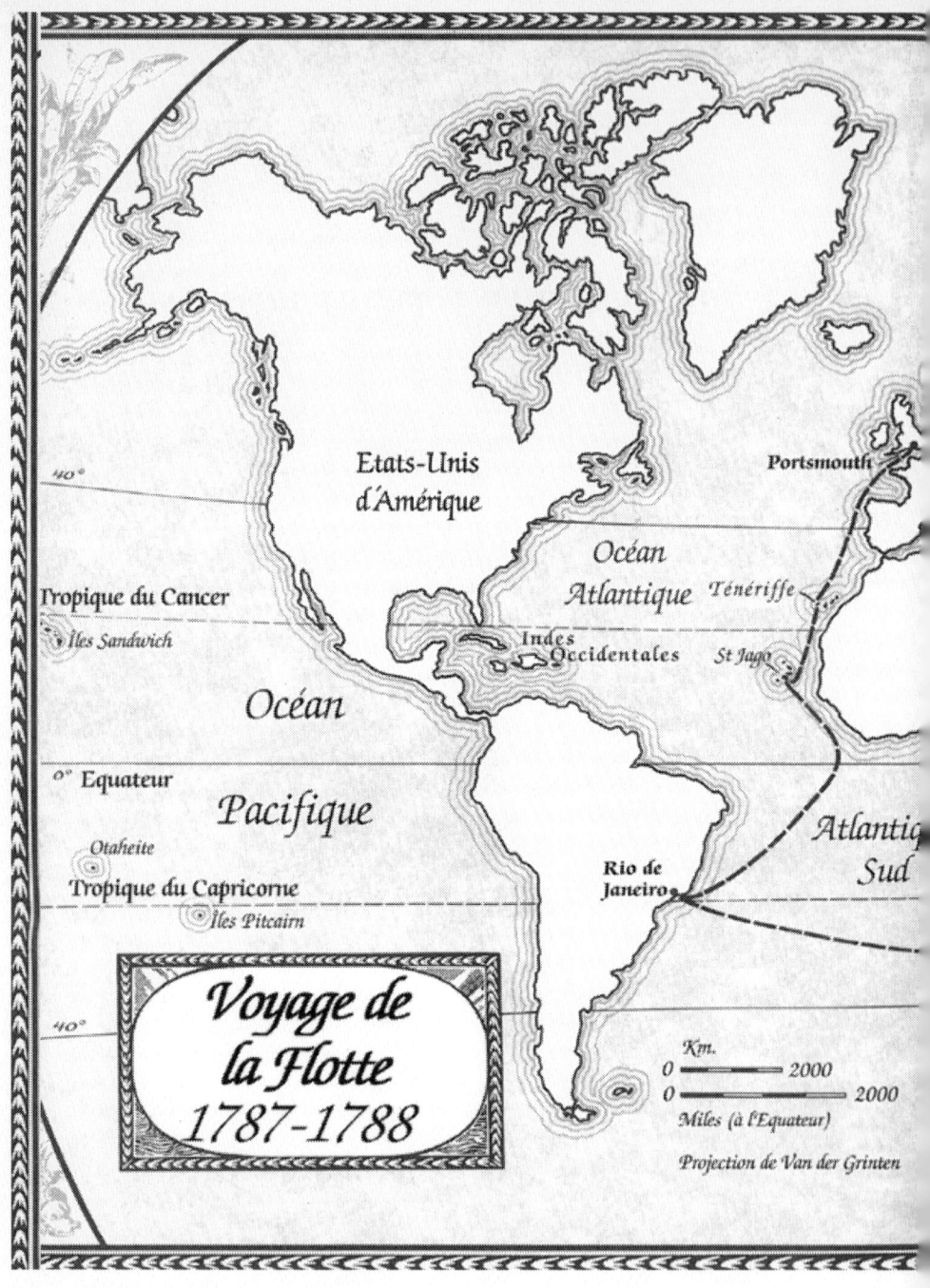

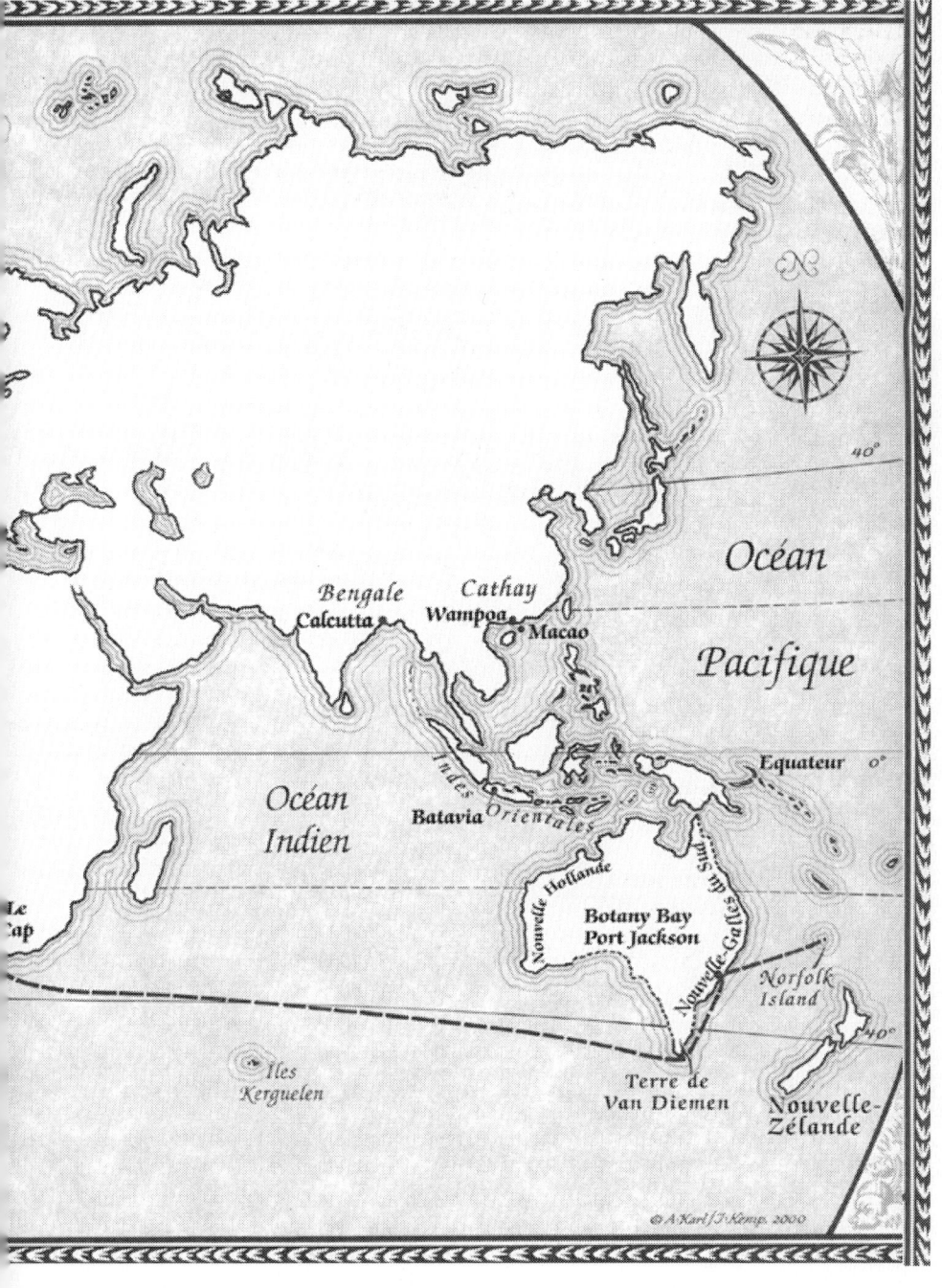

Colleen McCullough

L'ESPOIR EST UNE TERRE LOINTAINE

Traduction de Régina Langer

Roman

Titre original : *Morgan's Run*

Le Code de la propriété intellectuelle n'autorisant, aux termes de l'article L. 122-5, 2° et 3° a), d'une part, que les « copies ou reproductions strictement réservées à l'usage privé du copiste et non destinées à une utilisation collective » et, d'autre part, que les analyses et les courtes citations dans un but d'exemple et d'illustration, « toute représentation ou reproduction intégrale ou partielle faite sans le consentement de l'auteur ou de ses ayants droit ou ayants cause est illicite » (art. L. 122-4).
Cette représentation ou reproduction, par quelque procédé que ce soit, constituerait donc une contrefaçon sanctionnée par les articles L. 335-2 et suivants du Code de la propriété intellectuelle.

© Colleen McCullough, 2000
Publié avec l'accord de l'éditeur d'origine, Simon & Schuster, New York
© David Cain, 2000, pour le dessin des pages 179, 419 et 689
© Anita Karl et Jim Kemp pour les cartes géographiques
© Presses de la Cité, 2001, pour la traduction et 2002 pour la présente édition
ISBN 2-258-05574-1

Pour Ric, frère John, Joe, Wayde, Helen et pour les centaines de personnes qui, aujourd'hui, peuvent se prétendre les descendants directs de Richard Morgan.

Mais, plus que tout, ce livre est dédié à ma bien-aimée Melinda, cinq fois arrière-petite-fille de Richard Morgan.

Nous sommes nés riches de nombreuses qualités. Il arrive que nous ignorions l'existence de certaines d'entre elles. Tout dépend du destin que Dieu nous a tracé.

PREMIÈRE PARTIE

D'août 1775 à octobre 1784

— Nous sommes en guerre ! s'écria Mr James Thistlethwaite.

Tous levèrent la tête, hormis Richard Morgan, et se tournèrent vers la porte où venait d'apparaître une volumineuse silhouette brandissant une feuille de papier. Pendant quelques secondes, on aurait entendu une mouche voler, puis un concert d'exclamations fusa de toutes les tables de la taverne, sauf de celle de Richard Morgan. Celui-ci n'avait accordé qu'une faible attention à cette annonce fracassante : quelle importance pouvait bien avoir l'entrée en guerre de l'Angleterre contre les treize colonies d'Amérique, comparée au destin de l'enfant qu'il tenait sur ses genoux ? Quatre jours plus tôt, le cousin James l'Apothicaire avait injecté au petit garçon le vaccin contre la variole et, depuis, Richard Morgan attendait, la peur au ventre, que la médecine fasse son effet.

— Entre, Jem, et lis-nous ce qui est écrit sur cette feuille ! lança, derrière son comptoir, l'aubergiste Dick Morgan, lequel était également le père de Richard.

Le soleil de midi étincelait au-dehors et la lumière tentait de se frayer un passage à travers les vitres teintées du Cooper's Arms. Mais la vaste salle demeurait plongée dans la pénombre. Mr James Thistlethwaite avança tranquillement vers le comptoir pour se placer dans la lueur d'une lampe à pétrole, la crosse de ses pistolets d'arçon dépassant de chaque poche de son manteau. Une paire de bésicles perchée sur le bout de son nez, il commença à lire à haute voix la feuille qu'il tenait à la main et, selon les moments, sa voix s'enflait ou retombait pour mieux souligner l'intensité dramatique du propos.

Muré dans son inquiétude, Richard Morgan ne lui prêta aucune attention. Il capta malgré tout quelques bribes du discours royal : « Devant une révolte ouverte et déclarée... les plus grands efforts doivent être déployés pour mettre fin à la rébellion... et traîner les félons devant leurs juges... »

Richard sentit le regard méprisant de son père se poser sur lui et fit de son mieux pour se concentrer. La fièvre était-elle en train de monter ? Cela signifiait-il que le remède faisait son effet ? Et, si tel était le cas, le petit William Henry compterait-il parmi ceux qui, malgré tout, allaient développer la maladie ? Mourrait-il, lui aussi ? Seigneur, non !

Mr James Thistlethwaite, la voix tonnante, en arrivait à la conclusion :

— « Les dés sont désormais jetés ! Les colonies doivent se soumettre ou l'emporter ! »

— Etrange façon pour le roi de dire les choses, déclara l'aubergiste.

— Etrange ?

— Croit-il vraiment qu'une victoire des colonies est envisageable ?

— J'en doute fort, Dick. Ce discours a probablement été rédigé par quelque misérable sous-secrétaire aux ordres de cet inverti de lord Bute. Manifestement, le bougre est fasciné par les effets de langue...

Tout en prononçant ces derniers mots, il pointa un index éloquent vers sa bouche.

L'aubergiste sourit et remplit d'une bonne rasade de rhum un petit pichet d'étain. Il se retourna ensuite pour tracer une barre sur l'ardoise fixée au mur.

— Dick, Dick ! Ces nouvelles méritent bien une tournée gratuite !

— Pourquoi ? Nous l'aurions appris d'une façon ou d'une autre.

L'aubergiste posa les coudes sur le comptoir, là où ce geste mille fois répété avait fini par creuser le bois. Il fixa son regard sur Mr Thistlethwaite enveloppé dans son grand manteau et armé. Ma parole, songea-t-il, cet homme est aussi fou qu'un lièvre de Mars[1] ! Et, pour couronner le tout, la chaleur de cette journée est étouffante.

— Sérieusement, Jem, ça n'a rien d'un coup de théâtre. Mais je reconnais que ça fait quand même un choc.

Personne ne chercha à participer à la conversation. Dick s'entendait bien avec ses clients et Jem Thistlethwaite avait depuis longtemps la réputation de compter parmi les intellectuels les plus excentriques de Bristol. Les clients étaient plutôt satisfaits de l'écouter tout en continuant à s'imbiber de leur alcool favori : rhum, gin, bière ou « lait de Bristol ».

Les deux épouses Morgan, qui travaillaient également à l'auberge, ramassaient les pichets vides pour les rapporter à Dick afin qu'il les remplisse et ajoute de nouvelles barres sur l'ardoise. L'heure du dîner approchait. L'odeur du pain frais que Peg Morgan venait d'apporter de chez Jenkins, le boulanger, l'emportait, à marée basse, sur les odeurs des tavernes proches des quais. Presque tous, hommes, femmes et enfants, souhaitaient rester pour profiter de ce bon pain accompagné d'un peu de beurre, d'un gros morceau de fromage du Somerset, d'une assiette de bœuf et de pommes de terre nageant dans une riche sauce.

Dick fixait toujours Richard. Conscient du mépris que lui vouait son père, Richard chercha quelque chose à dire. Il se lança enfin, en cherchant ses mots.

— Espérons qu'aucune autre colonie ne s'alliera aux révoltés du Massachusetts et qu'on saura les avertir à temps que les choses vont trop loin. Pensent-ils réellement que le roi s'abaissera à lire leur lettre ? Et, même s'il le fait, qu'il cédera à leurs exigences ? Ce sont pourtant des Anglais ! Et notre roi est aussi le leur.

— Absurde, Richard, coupa sèchement Mr Thistlethwaite. L'intérêt obsessionnel que tu portes à ton enfant semble brouiller tes facultés de réflexion. Le roi et ses ministres sycophantes semblent déterminés à plonger notre île royale dans le désastre ! Huit mille tonnes de fret maritime destiné à Bristol ont manqué à l'appel en moins d'un an ! Souviens-toi de cette usine de serge à Redcliff contrainte de cesser toute activité et de ses quatre cents malheureux employés condamnés à la misère ! Sans parler de cette filature de Port Wall, qui travaille pour la Géorgie et la

---

1. Référence au lièvre fou d'*Alice au pays des merveilles*.

Caroline ! Pense aux fabricants de pipes, de savon, de bouteilles, aux négociants en rhum ou en sucre... Pour l'amour du ciel, mon ami, essaie de comprendre ! La plupart de nos marchandises transitent par voie maritime, dont une grande part à travers les treize colonies ! Entrer en guerre avec celles-ci serait un suicide commercial !

— Je vois, dit l'aubergiste en jetant un coup d'œil à la feuille de papier, que lord North a proposé une proclamation contre la rébellion armée.

— Nous ne pourrons jamais gagner cette guerre, affirma Mr Thistlethwaite en s'avançant d'un pas mal assuré pour tendre son pichet vide à Mag Morgan.

Richard s'enhardit :

— Allons, Jem ! Nous avons battu les Français après sept ans de guerre. Ne sommes-nous pas la nation la plus puissante et la plus courageuse du monde ? Le roi d'Angleterre ne perd pas ses guerres.

— Parce qu'il n'affronte que des ennemis proches de l'Angleterre, des barbares ou des sauvages vendus par leurs propres gouvernants. Mais les rebelles des treize colonies sont, comme tu le dis fort justement, des Anglais. Ils sont civilisés et avertis de nos méthodes. Ils sont de notre sang.

Jem Thistlethwaite s'appuya contre le comptoir, soupira et frotta la ligne de son gros nez superbement bourgeonnant avant de poursuivre :

— Ils se considèrent comme le sel de la terre, Richard. Exploiter, humilier, mépriser... Des Anglais, oui, mais de fieffés hypocrites. Et ils vivent à mille lieues d'ici – aspect des choses que le roi et ses ministres ont négligé jusqu'ici. Tu crois peut-être que notre flotte gagne toutes ses guerres ? Mais depuis quand avons-nous affronté une armée de terre loin de nos îles ? Et comment pourrions-nous remporter une bataille navale contre un adversaire qui ne possède pas de flotte ? Il faudra bien aller combattre sur terre. Treize territoires différents, à peine reliés. Et un ennemi inapte à s'organiser sur un mode réellement militaire.

— Voici la faille de votre raisonnement, Jem, intervint l'aubergiste en souriant.

Il tendit à Mag un pichet de rhum à l'intention de Thistlethwaite mais s'abstint de noter la consommation sur l'ardoise.

— Nos troupes sont invincibles, reprit-il. Les colons seront incapables de leur résister.

— Je suis d'accord, oui, d'accord ! cria Jem en levant bien haut son pot de rhum gratuit pour porter un toast en l'honneur d'un tenancier pourtant réputé pour se montrer plutôt pingre à l'égard des clients. Les colons ne gagneront probablement aucune bataille. Mais ils n'en ont pas vraiment besoin. Tout ce qui compte, pour eux, c'est de résister. C'est pour leur terre qu'ils luttent, et non pour l'Angleterre.

Il glissa la main dans sa poche gauche dont il tira un gros pistolet qu'il jeta sur la table avec fracas. A cette vue, les clients de la taverne poussèrent des cris de terreur. Richard, son enfant toujours sur les genoux, repoussa le canon si rapidement que personne n'eut le temps de voir son geste. L'arme, comme tout le monde le savait, était chargée. Inconscient du trouble qu'il avait provoqué, Thistlethwaite fouilla dans les profondeurs de sa poche et en extirpa plusieurs feuilles de fin papier. Il les examina l'une après l'autre ; les verres de ses bésicles grossissaient ses yeux d'un bleu pâle injecté de sang, ses cheveux noirs et bouclés s'échappaient du ruban avec lequel il les avait négligemment noués sur la nuque – pas de perruque ni de catogan à la mode pour Mr James Thistlethwaite.

— Ah, le voici ! s'exclama-t-il enfin en brandissant l'une des pages d'un quotidien londonien. Mesdames et messieurs du Cooper's Arms, voilà sept mois et demi de cela, une grande controverse opposa les membres de la Chambre des lords. Ce fut à cette occasion que le grand William Pitt, comte de Chatham, prononça ce que l'on considéra par la suite comme son plus grand discours. Ce ne sont pourtant pas les paroles de Chatham qui m'impressionnèrent le plus mais celles du duc de Richmond. Je cite : « Vous pouvez semer le feu et la désolation mais cela ne signifiera pas que vous gouvernerez ! » Comme c'est vrai... si parfaitement vrai ! Et voilà maintenant le passage qui, à mes yeux, compte parmi les plus grands morceaux de vérité philosophique, même si les lords l'ont accueilli avec mépris : « Aucun peuple ne se soumettra jamais à une forme quelconque de gouvernement qu'il refuse. »

Il balaya l'assistance du regard en hochant la tête.

— Voilà pourquoi je déclare que toutes les batailles que nous remporterons n'auront que peu d'effet sur la conclusion de cette guerre. Si les colons résistent, ils gagneront forcément.

Il cligna des yeux tout en repliant la feuille de papier avant de la glisser dans sa poche. Puis il fourra le gros pistolet par-dessus.

— Ton problème, Richard, c'est que tu en sais bien trop long sur les armes. L'enfant ne courait aucun danger, pas plus qu'aucun autre client de cette taverne. (Un grondement montant du fond de sa gorge enfla sa voix et vibra à travers ses lèvres pincées.) Toute ma vie, j'ai vécu dans ce cloaque que l'on appelle Bristol et j'ai cherché à en rompre la monotonie en faisant de cette plaie de l'humanité que sont les tories un objet constant de pamphlets, que cela concerne les quakers ou les shakers[1]. Si les colons résistent, ils gagneront, répéta-t-il. N'importe quel habitant de Bristol connaît au moins un millier de colons ; ils vont et viennent ici comme des chauves-souris au coucher du soleil. C'est la fin de l'Empire, Dick ! C'est notre premier râle d'agonie, à nous, les Anglais. Croyez-moi, je connais les colons et, si je vous dis qu'ils gagneront, ils gagneront.

Une étrange et inquiétante rumeur se fit entendre au-dehors, comme l'écho de nombreuses voix en colère. Les ombres déformées des passants qui flottaient sans hâte de l'autre côté de la fenêtre se transformèrent soudain en formes confuses courant en tous sens.

— Des émeutiers !

Richard bondit de sa chaise tout en tendant le petit à sa femme.

— Peg, cours au premier étage avec William Henry ! Maman, va avec eux !

Il jeta un coup d'œil en direction de Mr Thistlethwaite :

— Jem, vous comptez vous servir de vos deux pistolets ou acceptez-vous de m'en prêter un ?

— Ne t'en mêle pas !

Dick jaillit de derrière le comptoir et vint se poster au côté de

---

[1]. Les tories, conservateurs, et les whigs, libéraux, se disputaient depuis longtemps le pouvoir politique. La secte des quakers – littéralement « trembleurs » parce qu'ils craignent Dieu – naquit au début du XVIIe siècle. Ce fut Anne Lee qui, en 1747, fonda la secte des shakers, ou « secoueurs » car ils pratiquaient des danses rituelles particulièrement mouvementées. Ils émigrèrent la même année en Amérique. *(N.d.T.)*

Richard. Grand et musclé, il était d'une constitution semblable à celle de son fils.

— Ici, dans ce coin de Broad Street, on n'a jamais vu d'émeutiers, même quand les mineurs sont descendus de Kingswood pour enlever le vieux Brickdale. Pas davantage quand les marins viennent se livrer au saccage. Quoi qu'il arrive dehors, ce n'est pas une émeute... N'empêche, j'ai bien envie d'aller voir ce qui se trame là dehors, conclut-il en se dirigeant vers la porte.

Il disparut dans le tourbillon de la foule. Les clients du Cooper's Arms lui emboîtèrent le pas, y compris Richard et Jem Thistlethwaite, ses pistolets toujours enfouis au creux de ses poches.

Des gens couraient un peu partout dans la rue, d'autres tendaient le cou depuis les fenêtres des étages. On ne pouvait plus apercevoir un seul des pavés de la rue ni des tout nouveaux trottoirs qui bordaient chacun des côtés de Broad Street. Les trois hommes se frayèrent un passage dans la ruée et se trouvèrent entraînés vers le carrefour des rues Wine et Corn. Non, il ne s'agissait pas d'une émeute mais d'un rassemblement spontané de citoyens, courant par centaines dans la rue sans femmes ni enfants et, manifestement, fort en colère.

De l'autre côté de Broad Street et plus près des commerces situés autour de l'hôtel de ville et de la Bourse, se trouvait l'auberge du White Lion, quartier général de la Steadfast Society. C'était le lieu de rencontre du parti tory, source de tous les soutiens envers Sa Majesté britannique le roi George III, auquel ses membres étaient dévoués jusqu'à la mort. Mais le véritable centre du désordre était l'American Coffee House voisin dont le drapeau rayé rouge et blanc était devenu l'emblème des colons révoltés.

— Je crois bien, déclara Dick en se hissant vainement sur la pointe des pieds, que nous ferions mieux de retourner au Cooper's Arms et de regarder ce qui se passe depuis les fenêtres.

Ils rebroussèrent chemin et grimpèrent l'escalier délabré qui, au bout du comptoir, conduisait aux fenêtres à croisées, en surplomb de Broad Street. Dans une chambre à l'arrière, le petit William Henry pleurait tandis que sa mère et sa grand-mère, penchées au-dessus du berceau, gazouillaient des petits mots dans l'espoir de l'apaiser. Le remue-ménage, en bas, ne les concernait nullement tant que le petit garçon souffrirait autant. Richard, pas davantage intéressé par le brouhaha de la rue, les rejoignit.

— Richard, ton fils ne va pas mourir au cours des prochaines minutes ! jeta Dick depuis l'autre pièce. Allons, viens regarder, bon sang !

Richard obéit à contrecœur et se pencha par la fenêtre. Il eut un hoquet de surprise.

— Des Yankees, père ! Seigneur, qu'est-ce qu'ils font à ces... *choses* ?

Le mot « choses » s'appliquait en l'occurrence à deux effigies de chiffons bourrées de paille, enduites de poix encore fumante et recouvertes de plumes.

— Ohé ! brailla Jem Thistlethwaite qui venait de repérer un visage familier surmontant un corps tout aussi familier et drapé dans un costume coûteux, le tout perché sur une charrette à bras chargée de lourdes barriques. Mr Harford ! Que se passe-t-il ?

— La Steadfast Society raconte qu'elle a pendu John Hancock et John Adams ! lui cria le riche quaker.

— Quoi ? Le général Gage aurait donc refusé de leur accorder sa grâce, malgré la bataille de Concord[1] ?

— Je n'en sais rien, Mr Thistlethwaite.

Terrifié à l'idée de devenir à son tour la victime d'un pamphlet mordant, Joseph Harford dégringola promptement de son poste d'observation et se fondit dans la foule.

— Quel hypocrite ! souffla Thistlethwaite.

— Samuel Adams, pas John Adams, dit Richard, son intérêt cette fois un peu plus éveillé. Il s'agit sûrement de Samuel Adams.

— Si les riches marchands de Boston sont ceux que la Steadfast Society veut pendre, il doit en effet s'agir de Samuel. Mais John est celui qui écrit et parle davantage, déclara Thistlethwaite.

Dans une ville telle que Bristol, ouverte sur le commerce maritime, la production de deux cordes efficacement nouées en un nœud de pendu ne présentait aucune difficulté. Elles apparurent comme par magie et les effigies emplumées furent hissées par le cou à l'enseigne de l'American Coffee House avant de se balancer

---

1. Le 19 avril 1775, non loin de Boston, les troupes anglaises essuyèrent une cuisante défaite contre les colons. Elles perdirent près de 300 hommes et les Américains 90. *(N.d.T.)*

mollement dans le vide. La fureur s'éteignit et la foule des membres de la Steadfast Society disparut derrière les accueillantes portes « bleu tory » de l'auberge du White Lion.

— Ces salopards de tories ! gronda Thistlethwaite en descendant l'escalier, un odorant pichet de rhum occupant toutes ses pensées.

— Dehors, Jem ! dit l'aubergiste tout en verrouillant la porte en attendant que la rue retourne au calme.

Richard n'avait pas suivi son père en bas, même si le devoir aurait dû l'y contraindre. Son nom se trouvait à présent associé à celui de Dick dans les registres officiels de la municipalité. Richard Morgan, débitant de boissons, avait payé sa patente, devenant ainsi officiellement un citoyen à part entière, pourvu du droit de vote. La ville de Bristol représentait à elle seule un comté distinct du Gloucestershire et du Somersetshire voisins, et comptait géographiquement comme la deuxième plus grande cité d'Angleterre, du pays de Galles, d'Ecosse et d'Irlande. Sur les 50 000 âmes entassées dans son enceinte, seules 7 000 étaient des hommes libres bénéficiant du droit de vote.

William Henry avait cessé de pleurer pour sombrer dans un sommeil agité.

— Le vaccin commence-t-il à agir ? demanda Richard à sa femme en se penchant sur le berceau.

— Oui, mon chéri.

Les doux yeux bruns de Peg se remplirent soudain de larmes et ses lèvres se mirent à trembler.

— Il va falloir prier, Richard, pour que notre enfant n'ait pas contracté la variole. Il semble ne pas avoir autant de fièvre que Mary. (Elle administra une petite tape affectueuse à son mari.) Allez, va donc faire un tour. Tu peux prier et marcher en même temps. Sors d'ici ! Je t'en prie, Richard... Si tu restes, père se mettra en colère.

Une léthargie étrange s'était abattue sur Broad Street, conséquence de la panique qui venait de balayer la ville en quelques minutes, comme chaque fois que l'on craignait des émeutes. Richard passa devant l'American Coffee House et s'arrêta quelques instants pour contempler les effigies de John Hancock et de John/Samuel Adams oscillant sous le vent. Il pouvait entendre les rires et les discussions agitées dans les rangs de la Steadfast Society dînant au White Lion.

Il esquissa un sourire méprisant. Les Morgan étaient des whigs convaincus et leurs votes avaient contribué au succès d'Edmund Burke et de Henry Cruger aux élections de l'année précédente. Quel cirque cela avait été ! Et combien lord Clare avait été mortifié de n'obtenir qu'une malheureuse voix !

A grands pas, Richard arpenta Corn Street et passa devant le Bush Inn, magnifique taverne appartenant à John Weeks et quartier général de l'Union Club des whigs. Puis, se dirigeant vers le nord, il emprunta Small Street et se retrouva sur les quais, à l'entrée de Stone Bridge. La vue qui s'offrait à son regard était stupéfiante. On aurait dit qu'une très grande avenue était envahie de bateaux dressant leurs gréements squelettiques : mâts, vergues, étais et haubans surplombant les massives panses des coques en bois de chêne. On ne pouvait même plus apercevoir le fleuve Froom, tant étaient nombreux les bateaux qui attendaient patiemment que s'achèvent les vingt semaines de roulement réglementaire avant de reprendre la mer.

La marée était au plus bas et recommençait à monter à une allure stupéfiante : le niveau du Froom et de l'Avon montait de trente pieds [1] en près de six heures et demie avant de redescendre. A marée basse, les bateaux se retrouvaient enlisés dans une vase fétide, ce qui les faisait pencher abruptement sur leur travers. Mais, dès que le flux remontait, ils se remettaient à flotter. Bien des quilles avaient été rongées ou gauchies à force d'avoir été couchées dans la boue de Bristol.

Après une réaction instinctive d'admiration devant cette longue avenue de bateaux, les pensées de Richard retournèrent vers leur obsession favorite : *Seigneur, écoutez ma prière ! Gardez mon fils en vie. Ne l'enlevez ni à sa mère ni à moi-même...*

Il n'était pas l'unique fils de son père. Son frère, William, scieur de son état, possédait sa propre affaire à St Philip, sur les rives de l'Avon, près de Cuckold's Pill et des verreries. Il avait également trois sœurs, toutes convenablement mariées à des citoyens libres.

---

1. Un pied = 30,5 cm. *(N.d.T.)*

On trouvait des Morgan dans plusieurs quartiers de la ville, mais les Morgan du clan de Richard – probablement émigrés du pays de Galles depuis longtemps – habitaient là depuis d'assez nombreuses générations pour avoir mérité un meilleur statut. Ainsi, des notables comme James l'Apothicaire dirigeaient des affaires de belle envergure, appartenaient à la Ligue des armateurs ainsi qu'à la Corporation des marchands, et distribuaient des legs généreux aux maisons de charité, espérant un jour devenir maires.

Le père de Richard, néanmoins, n'était pas un notable. Mais il ne faisait pas davantage honte au clan. Après quelques années à l'école primaire, il avait travaillé comme apprenti dans un débit de boissons puis, devenu homme libre ayant affranchi sa patente, il n'eut plus qu'une idée en tête : tenir sa propre taverne. Un mariage socialement acceptable fut arrangé pour lui. Margaret Biggs venait d'une honorable ferme près de Bedminster et possédait en outre le privilège de pouvoir lire, même si elle ne savait pas écrire. Les enfants – ce fut d'abord une fille – naquirent à intervalles trop rapides pour lui rendre intolérable le chagrin d'en perdre parfois un. Lorsque Dick apprit à pratiquer le retrait, le total de sa progéniture se limita à deux garçons et trois filles. Une bonne nichée, somme toute, assez restreinte pour qu'il pût pourvoir à ses besoins. Dick espérait avoir un fils instruit et plaça ses espoirs en Richard lorsqu'il devint manifeste que William, de deux ans son cadet, n'avait aucun goût pour l'étude.

Lorsque Richard atteignit ses sept ans, il entra à l'école de garçons de Colston et reçut le fameux manteau bleu, signe, pour les habitants de Bristol, que son père était un fidèle de l'Eglise d'Angleterre, pauvre mais respectable. Durant les cinq années suivantes, on lui martela à grands coups dans le crâne les rudiments de l'écriture, de la lecture et du calcul. Il apprit à écrire proprement une lettre, à procéder à une addition, à déchiffrer laborieusement *La Guerre des Gaules* de Jules César, les *Discours* de Cicéron ou les *Métamorphoses* d'Ovide, aiguillonné en cela par de cinglants coups de canne ou par les critiques mordantes du maître. Comme il se révéla un élève acceptable – même si l'on ne pouvait guère le qualifier de brillant – et manifesta de l'intérêt pour ses études, il survécut aux années passées dans l'institution philanthropique de Mr Colston et en sortit enrichi.

Lorsqu'il atteignit douze ans, le temps arriva enfin de quitter la maison et d'apprendre un métier. A la surprise de ses proches, il choisit une direction qu'aucun Morgan n'avait empruntée jusque-là. Il comptait parmi ses principaux atouts un grand talent pour les choses mécaniques et pour assembler les pièces d'un puzzle. De plus, il se montrait remarquablement patient pour son jeune âge. Selon son désir, il fut alors placé comme apprenti chez le *senhor* Tomas Habitas, armurier.

Ce fut un choix qui, secrètement, plut à son père, lequel appréciait l'idée de voir sortir du clan Morgan un artisan au lieu d'un commerçant. Par ailleurs, on faisait la guerre un peu partout et les armes en étaient partie intégrante. Un homme capable de les fabriquer ou de les réparer était destiné à devenir autre chose que de la chair à canon sur un champ de bataille.

Pour Richard, les sept années de son apprentissage furent un vrai plaisir, même si l'on ne pouvait guère en dire autant du confort matériel. Comme tous les apprentis, il ne recevait aucun salaire et vivait dans la maison de son maître, le servant à table, se contentant des restes et dormant à même le sol. Heureusement, le senhor Tomas Habitas était un maître bienveillant et, de surcroît, un armurier exceptionnel. Il pouvait fabriquer de splendides pistolets ainsi que des fusils de chasse, mais il se montrait assez intelligent pour comprendre que, pour réussir dans ces domaines, il fallait être un Manton – ce qui signifiait ne pas habiter ailleurs qu'à Londres. Aussi choisit-il de fabriquer des mousquets militaires que tout soldat ou marin appelait affectueusement un « Brown Bess », une arme longue de quarante-six pouces [1] et dont le bois et le canon étaient d'un beau brun aussi foncé qu'une noisette.

A dix-neuf ans, Richard reçut son brevet de qualification et quitta la maison d'Habitas, mais pas son atelier. Il y poursuivit son activité en tant que maître-artisan et fabriqua des Brown Bess. Puis il se maria, ce qu'il n'avait pas eu le droit de faire plus tôt, tant qu'il était encore apprenti. Sa femme était la fille du frère de sa mère et, par là même, une cousine germaine. Mais l'Eglise d'Angleterre n'interdisait pas cette sorte d'union et Richard conduisit sa jeune fiancée à l'autel de St James grâce aux bons offices du cousin James le Clergyman. Quoique arrangée, cette

---

1. Un pouce = 2,5 cm. *(N.d.T.)*

union fut un mariage d'amour et, au fil des années, le jeune couple devint de plus en plus soudé. Ce qui ne manqua pas d'apporter quelques complications de nomenclature puisque Richard Morgan, fils de Richard Morgan et de Margaret Biggs, avait pris pour épouse une autre Margaret Biggs.

Pendant que les Habitas prospéraient dans le métier de l'armurerie, le jeune couple s'installa dans un deux-pièces loué à Temple Street, de l'autre côté de l'Avon, tout près de l'atelier des Habitas et de la synagogue.

Le mariage eut lieu en 1767, trois ans après la guerre de Sept Ans. Cette guerre contre la France s'était achevée par un traité de paix impopulaire. Lourdement endettée malgré sa victoire, l'Angleterre dut accroître ses ressources à l'aide de nouveaux impôts et en diminuant le budget de l'armée et de la flotte par des coupes sombres. Les fusils n'étaient plus nécessaires. Aussi, l'un après l'autre, les artisans de Habitas et leurs apprentis disparurent, jusqu'à ce que l'affaire ne soit plus tenue que par Richard et le senhor Tomas Habitas. Puis, après la naissance de la petite Mary en 1770, Habitas dut se décider, bien à contrecœur, à laisser Richard s'en aller.

— Viens donc travailler avec moi, avait proposé Dick avec bienveillance. Le marché des fusils peut connaître des hauts et des bas mais le rhum, lui, est toujours une denrée éternelle.

Ce qui convenait fort bien à Richard, malgré l'inévitable problème des homonymies. La mère de Richard avait toujours été appelée « Mag » et sa femme « Peg » – deux diminutifs pour Margaret. Le vrai casse-tête était que, sauf pour ces drôles de protestants dissidents qui baptisaient leur progéniture mâle en l'affublant de noms tels que « Cranfield » ou « Onesiphorus », presque tous les hommes du pays s'appelaient John, William, Henry, Richard, James ou Thomas, et presque toutes les femmes Ann, Catherine, Margaret, Elizabeth ou Mary. Cette coutume concernait aussi bien les classes supérieures que les plus basses couches de la société.

Peg, la délicieusement douce et dévouée Peg, eut bien du mal à tomber enceinte. Mary correspondait à sa première grossesse, presque trois ans après son mariage, et ce n'était pas faute de l'avoir désirée. Bien entendu, les parents auraient préféré un garçon et ils furent déçus de se retrouver à chercher un prénom de fille. Richard eut un coup de cœur pour Mary, prénom peu courant dans le clan et qui, de surcroît (c'est du moins ce que son père lui déclara), avait un petit arrière-goût catholique. Mais peu lui importait. Dès qu'il prit le nouveau-né dans ses bras et posa sur sa fille un regard plein d'une adoration timide, Richard Morgan découvrit au fond de lui un océan d'amour encore inexploré. Sans doute grâce à une bonne dose de patience, il avait toujours su s'entendre avec les enfants mais il n'était pas préparé à l'émotion qui s'empara de lui pendant qu'il tenait sa petite Mary – le sang de son sang, la chair de sa chair.

A présent qu'il avait un enfant, ses nouvelles fonctions de tenancier lui plaisaient infiniment plus que le métier d'armurier. Une auberge gérée en famille, où il pouvait constamment se trouver auprès de sa fille, la voir dans les bras de sa mère, et contempler ce miracle quotidien : les seins magnifiques de Peg servant de coussins au bébé tandis que la petite bouche avide tétait le lait. Un lait que Peg donnait sans compter, terrifiée à l'idée d'avoir un jour à sevrer son enfant pour la laisser boire de la petite bière. Un enfant de Bristol ne buvait jamais d'eau, pas plus qu'un gosse de Londres ! Il n'y avait rien de bien toxique dans la petite bière mais cela n'en demeurait pas moins une boisson dangereuse. « Ces gosses en consomment bien trop tôt, ça fait de la graine d'ivrogne », avait coutume de répéter Peg, en bonne fille de fermier (imitée en cela par Mag). Peu enclin à adhérer aux opinions des femmes de la maison, Dick Morgan, fort de ses quarante ans de taverne, réprouvait haut et fort ce genre d'argument. La petite Mary atteignit ses deux ans avant que Peg commence enfin à la sevrer.

Ils tenaient le Bell, à l'époque, la première taverne que Dick eût possédée en titre. L'établissement ouvrait sur Bell Lane et appartenait à un tortueux ensemble de vieux immeubles délabrés, d'entrepôts et de salles souterraines, le tout géré par le cousin James l'Apothicaire, qui partageait le secteur sud avec les locaux vétustes de la firme américaine Lewsley & Co, spécialisée dans le commerce de la laine. Par ailleurs, le cousin James tenait une splendide boutique de vente au détail sur Corn Street. Cependant il gagnait le plus gros de ses revenus en fabriquant et en exportant des médicaments et des composés chimiques – des corrosifs sublimés de mercure (utilisés contre les chancres syphilitiques) au laudanum ou autres opiacés.

Quand la licence du Cooper's Arms fut mise en vente, à l'angle de Broad Street, l'année précédente, Dick Morgan sauta sur l'occasion. Une taverne sur Broad Street ! Même après avoir payé un loyer annuel de 21 livres à la municipalité, le propriétaire d'une taverne située sur Broad Street pouvait être assuré d'un profit annuel de 100 livres [1] ! Ce fut un bon choix ; les Morgan ne craignaient pas de travailler dur, Dick Morgan ne diluait jamais son gin ou son rhum et la nourriture servie à midi et au souper (vers les six heures du soir) était excellente. Mag préparait avec talent une cuisine simple et savoureuse. Les arrêtés tatillons auxquels devaient se soumettre les taverniers de Bristol depuis l'époque d'Elisabeth Ire – le pain ne devait pas être cuit ni les animaux de consommation abattus sur place – s'avéraient, de l'avis de Dick Morgan, tout à fait sensés. Si un homme payait ses factures en temps voulu, il pouvait toujours obtenir des conditions avantageuses de ses fournisseurs. Même si les affaires restaient dures.

Seigneur, murmura Richard à la présence invisible, *je souhaite que Tu ne Te montres pas trop cruel à notre égard. Car Ta colère s'acharne souvent sur ceux qui ne T'ont pas offensé. Epargne, je T'en supplie, la vie de mon fils...*

Autour de lui, sur les hauteurs comme dans les bas-fonds, la ville de Bristol marinait dans un océan de fumée grise et les flèches de ses innombrables églises demeuraient presque toutes cachées par le brouillard. L'été avait été exceptionnellement chaud et sec et ce mois d'août paraissait n'en jamais finir. Les feuilles des ormes et des tilleuls de College Green, à l'ouest, et de Queen Square, au sud, avaient perdu de leur éclat et semblaient épuisées, comme vidées de leur substance. Des rubans noirs

---

1. La monnaie était alors divisée en livres, shillings et pence, la guinée étant déjà démodée. Une guinée faisait 21 shillings, une livre 20 shillings et un shilling 12 pence. Un sou représentait un quart de penny. *(N.d. A.)*

s'échappaient un peu partout des cheminées – les fonderies des quartiers de Friers et de Castle Green, les raffineries des alentours de Lewin's Mead, les fabriques de chocolat de Fry, les hauts-fourneaux des verreries et les contours trapus des fours à chaux. Si le vent ne soufflait pas de l'ouest, cet enfer atmosphérique recevait les odeurs pestilentielles de Kingswood, un lieu qu'aucun habitant de Bristol ne fréquentait de gaieté de cœur. Là s'étendaient les bassins houillers et les usines métallurgiques qui nourrissaient une population à moitié sauvage, prompte à s'échauffer, rongée par une haine inextinguible envers les gens de Bristol. Pas étonnant si l'on considérait les fumées hideuses et les cloaques misérables de Kingswood.

Richard pénétrait à présent dans la zone maritime : les cales sèches de Tombs, d'autres cales sèches, la puanteur du goudron, les navires en chantier qui ressemblaient aux squelettes de monstrueux animaux. A Canon's Marsh, il prit le chemin de halage à travers le marais plutôt que le sentier détrempé qui serpentait sur la rive de l'Avon. D'un signe de tête, il salua en passant les cordiers qui accomplissaient inexorablement leur tiers-de-mile de cordage en entortillant les fils de chanvre ou de lin pour les transformer, selon la commande du jour, en câbles, en amarres ou en cordages. Leurs épaules et leurs bras étaient aussi noueux que la corde qu'ils tissaient, leurs mains si durcies qu'elles ne ressentaient plus rien – et sûrement plus la douceur d'une peau de femme.

Après la verrerie solitaire qui se dressait au pied de Back Lane, passé un ensemble de fours à chaux, il atteignit les faubourgs de Clifton. La silhouette massive de Brandon Hill s'élevait au fond et, devant les yeux de Richard, sur la pente abrupte d'une colline boisée dominant l'Avon, se nichait l'endroit dont il rêvait. Clifton, avec son air pur et ses coteaux ondulant sous un vent qui faisait frissonner toutes sortes de fleurs : les cheveux-de-Vénus, les euphraises, la bruyère fleurie de rouge, les violettes, les marjolaines ou encore les géraniums sauvages. Epargnés par les lourdes fumées, les arbres s'épanouissaient et l'on pouvait apercevoir de temps à autre, au détour d'un chemin, de magnifiques propriétés sur les hauteurs, blotties dans leurs parcs : Manilla House, Goldney House, Cornwallis House, Clifton Hill House...

Richard désirait de toutes ses forces vivre à Clifton. Ici, les gens n'étaient pas poitrinaires, ils ne souffraient pas d'angines malignes, de fièvres ou de variole.

Cela était vrai des humbles habitants des cottages et des abris en dur, le long de Hotwells Road, au pied des collines, comme des gens de la haute société qui fainéantaient dans la majesté de leurs palais à colonnades, tout là-haut. Qu'il fût marin, cordier, ouvrier des chantiers navals ou aristocrate se prélassant dans son manoir, l'habitant de Clifton ne tombait pas malade ni ne mourait plus tôt que son heure. Ici, on pouvait espérer garder en vie son enfant.

Mary. La lumière de sa vie. On disait d'elle qu'elle avait les yeux bleus de son père ainsi que ses cheveux noirs et ondulés. De sa mère, elle avait hérité un nez joliment dessiné et, de ses deux parents, une peau au teint sans défaut. Oui, elle avait reçu le meilleur des deux, aimait à répéter Richard en riant, tout en tenant contre sa poitrine la petite créature qui fixait sur lui des yeux – ses yeux – remplis d'adoration. Mary était la perle de son cœur et elle le lui rendait bien. Il ne pouvait se rassasier d'elle et elle ne savait pas se passer de lui. Deux êtres indissolublement liés, comme « englués », disait Dick d'un ton vaguement désapprobateur. Peg, toujours occupée par les tâches domestiques, se contentait de sourire et de laisser faire, se gardant bien de dire à Richard qu'il détournait la part d'affection que la petite aurait dû témoigner à sa mère. Après tout, qu'importe d'où vient l'amour, tant qu'il y a de l'amour. Il n'était pas courant de voir un homme se comporter en père aussi aimant ; la plupart préféraient plutôt administrer des corrections. Richard, lui, n'avait jamais levé la main sur son enfant.

La nouvelle d'une seconde grossesse les avait enchantés. Cela faisait déjà trois ans que Mary était née et ils commençaient à s'inquiéter de ne pas voir arriver un autre bébé.

— Ce sera un garçon, affirma Peg tandis que son ventre s'arrondissait. Je le sais parce que je ne le porte pas comme la première fois.

C'est alors que la variole s'abattit sur la ville. Depuis des lustres, chaque génération avait à vivre avec cette malédiction. Comme pour la peste, le taux de mortalité avait progressivement décru et on n'enregistrait de véritables hécatombes qu'au plus fort de grosses épidémies. Malgré tout, de nombreux habitants portaient encore les stigmates de la maladie et leurs figures étaient grêlées d'innombrables petits cratères – une vraie tare mais, au moins, ils avaient la vie sauve. Le visage de Dick Morgan en portait lui aussi quelques traces. Quant à Mag et Peg, exposées au cow-pox, elles avaient survécu[1]. On disait fréquemment que ce type d'affection était moins dangereux que la petite vérole. Aussi, dès que Richard eut atteint ses cinq ans et qu'une nouvelle épidémie se déclara en ville, Mag l'emmena à la ferme de ses parents, près de Bedminster, et tenta de lui faire traire des vaches, dans l'espoir que l'enfant contracterait cette maladie, qui le vaccinerait contre des atteintes plus graves.

Richard et Peg avaient bien l'intention de répéter cette démarche avec Mary, mais aucun cas de cow-pox ne fut signalé à Bedminster. Avant ses quatre ans, la petite fut soudain terrassée par une terrible fièvre et son petit corps torturé par la maladie lui arracha nuit et jour quantité de larmes et de gémissements. Elle appelait son père à cor et à cri. Aussitôt, on fit venir à son chevet le cousin James l'Apothicaire qui, selon les Morgan, était sûrement meilleur médecin que tous les charlatans de Bristol qui s'affublaient de ce titre.

Après avoir examiné l'enfant, le visage du droguiste devint grave.

— Si la fièvre tombe après l'apparition des pustules, elle survivra. Il n'y a pas de médecine contre ce mal. Seule la volonté de Dieu est à l'œuvre. Tenez-la bien au chaud et à l'abri de l'air.

Richard aida de son mieux à soigner la fillette. Il se tint nuit et jour au chevet du petit lit qu'il avait fabriqué de ses mains et habilement équipé d'un système de bascule pour qu'il puisse se balancer doucement sans grincer. Le quatrième jour après le début de la fièvre, les pustules apparurent, pâles aréoles avec, en leur centre, ce qui ressemblait à de petites billes de plomb. Visage, jambes, bras, mains et pieds en furent recouverts. Richard parla à sa fille, la berça, serra doucement dans les siennes les petites mains écorchées pendant que Peg et Mag changeaient les draps

---

1. Le médecin anglais Jenner (1749-1823) découvrit que les vaches étaient atteintes d'une forme bénigne de variole, le cow-pox. Il inocula le virus aux humains pour les immuniser, inventant ainsi la première vaccination. *(N.d.T.)*

et lavaient les fesses amaigries de l'enfant, aussi ridées et décharnées que celles d'une vieille femme. Mais la fièvre ne retomba pas et, tandis que les pustules éclataient en d'innombrables cratères, Mary s'éteignit aussi doucement que la flamme d'une chandelle.

Le cousin James le Clergyman était débordé par les enterrements. Mais les Morgan, forts de leurs liens de parenté, purent cependant bénéficier de ses services. Mary, âgée de trois ans, fut donc enterrée selon le cérémonial solennel de l'Eglise d'Angleterre. Exténuée par une grossesse proche de son terme, Peg s'appuyait lourdement sur sa tante et belle-mère tandis que Richard se tenait un peu en retrait, pleurant à chaudes larmes. Il aimait mieux s'isoler que supporter la moindre compagnie. Son père avait, lui aussi, perdu des enfants – qui, à l'époque, n'avait pas connu pareille tragédie ? Pourtant, il ne comprenait pas un tel chagrin. Il en ressentait même de l'humiliation car une telle démonstration de désespoir lui paraissait bien peu virile. Mais Richard ne se préoccupait nullement de ce que pensait son père. Il ne s'aperçut même pas de sa réaction. Sa Mary chérie était morte et il aurait voulu périr à sa place au lieu d'être là, bien vivant, dans ce monde à jamais privé d'elle. Dieu ne s'était pas montré clément. Dieu ne témoignait jamais ni bonté ni pitié. Dieu était un monstre, plus méchant que le diable, qui, lui au moins, ne prétendait posséder aucune vertu.

Heureusement, pensaient Mag et Dick Morgan, que Peg était sur le point de donner le jour à un nouvel enfant. Le seul remède, pour Richard, serait d'avoir un nouveau bébé à aimer.

— Et si, au contraire, il le prenait en grippe ? suggéra Mag avec angoisse.

— Pas Richard ! rétorqua Dick avec mépris. Il est d'un caractère bien trop doux.

Dick ne se trompait pas. Pour la seconde fois, Richard Morgan s'immergea dans un océan d'amour, un océan dont, grâce à Mary, il connaissait déjà la profondeur, le pouvoir et les éternels serments. Avec ce nouvel enfant, il fit le vœu de ne pas lutter contre le destin, de se laisser porter par le courant. Un souhait qui ne dura pas longtemps car, dès que Richard posa son regard sur le visage de son fils, le temps parut s'arrêter pendant que triomphait la vie toute neuve chez ce petit être débarqué sur cette triste terre. Le sang de son sang, la chair de sa chair.

Comme il ne convenait pas qu'une femme choisisse elle-même le prénom de ses enfants, cette tâche incomba à Richard.

— Appelle-le Richard, proposa Dick. C'est une tradition familiale.

— Ah non ! Nous sommes déjà deux à nous appeler de la sorte. Avec un Dick et un Richard sous le même toit, il faudrait que le petit se fasse surnommer Rich !

— Et pourquoi pas Louis ? suggéra paisiblement Peg.

— Un nom de papiste ? Pas question ! tonna Dick. Ça sonne bien trop français !

— Je veux l'appeler William Henry, déclara Richard.

— Ça me va, répondit Dick. Nous le surnommerons Bill, comme son oncle.

— Non, père, pas Bill. Ni Will. Ni Billy, Willy ou même William. Son nom est William Henry et c'est ainsi que tout le monde l'appellera, trancha Richard avec une telle détermination que le débat fut instantanément clos.

Pour finir, cette décision arrangea tout le monde. Quelqu'un portant le nom de William Henry devait être né pour devenir un grand homme.

Richard entérina sa décision le jour où il présenta son fils à Mr James Thistlethwaite. Ce dernier soupira avec mépris :

— Eh bien, voilà un nom digne de lord Clare ! J'imagine que tu n'es pas sans connaître son histoire : il a débuté dans la vie comme maître d'école avant d'épouser successivement trois veuves, grasses et laides mais fabuleusement riches. Il fut... hum... suffisamment « chanceux » pour hériter rapidement de cette manne financière. Après quoi, il devint député de Bristol et rencontra le prince de Galles. De son vrai nom Robert Nugent, il se vautrait dans l'opulence, ce qui l'amena à prêter avec prodigalité à ce bon gros Georgie, notre prince héritier. Nugent, en bon singe, ne réclama ni intérêts ni remboursement de la dette jusqu'à ce que le roi lui-même ne puisse plus faire semblant de l'ignorer. Alors ce roturier de Robert Nugent connut son apothéose en se voyant nommé « vicomte Clare ». Voilà même, maintenant, qu'une rue de Bristol porte son nom. Il finira comte car, selon mes informateurs, sa fortune continue d'alimenter les goûts dispendieux du prince à un rythme accéléré. Tu dois admettre, mon cher Richard, que ce misérable maître d'école ne s'en est pas mal sorti.

— En effet, convint Richard sans s'offenser de cette tirade sarcastique.

A quoi il ajouta, après une pause :

— Je préférerais cependant que mon William Henry gagne sa pairie en devenant premier lord de l'Amirauté. Les généraux sont toujours des gentilshommes parce que les officiers de troupe doivent acheter leurs promotions alors que les amiraux peuvent grimper les échelons grâce à leur part de butin.

— Voilà qui est parlé comme un vrai Bristolien ! Les bateaux ne sont jamais absents des pensées d'un Bristolien. Cependant, Richard, tu ne connais des bateaux que ce que tu en aperçois depuis les quais des docks.

Mr Thistlethwaite avala une gorgée de rhum et attendit avec une délicieuse impatience que l'alcool s'épanche dans son estomac en une chaude et grisante étreinte.

— Regarder les bateaux, dit Richard, sa joue tout contre le petit William Henry, c'est déjà bien assez pour moi.

— N'as-tu jamais envie de connaître d'autres horizons ? Pas même Londres ?

— Non. Je suis né à Bristol et j'y mourrai. Bath et Bedminster sont déjà assez éloignés pour moi.

Il tendit le bébé à bout de bras pour plonger ses yeux dans les siens. Le regard de l'enfant était déjà étonnamment calme.

— Eh, William Henry, qu'en penses-tu ? Peut-être que ce sera toi, pour finir, le voyageur de la famille ?

Vaine spéculation. Car, en ce qui concernait Richard, le seul fait que William Henry existât était déjà amplement suffisant.

L'anxiété, toutefois, était omniprésente, chez Peg comme chez Richard. Tous deux s'affolaient dès qu'ils notaient le plus imperceptible changement dans le comportement de William Henry. Ses selles n'étaient-elles pas trop liquides ? Son front trop chaud ? Ne semblait-il pas un peu en retard pour son âge ? Toutes ces angoisses pesèrent peu sur la vie de l'enfant durant ses six premiers mois et les grands-parents s'inquiétaient de ce qui se passerait ensuite, lorsqu'il apprendrait à découvrir le monde, à ramper, à parler... et à penser ! Ces deux-là allaient détruire leur fils ! Il fallait les voir boire littéralement les paroles de James l'Apothicaire lorsqu'il dissertait sur des sujets qui n'intéressaient généralement que peu de Bristoliens ou même d'Anglais. Comme l'état des égouts, la putridité du Froom et de l'Avon, les vapeurs pestilentielles qui flottaient sur la ville, aussi néfastes en été qu'en hiver. Une remarque du cousin à propos de la fosse d'aisances de Broad Street eut pour effet de jeter Peg à genoux dans le petit cabinet sous l'escalier, armée de torchons, d'une brosse, d'un seau et d'huile de goudron pour frotter énergiquement le vieux trône de pierre et le plancher avant de le rincer à grande eau. Après quoi Richard se rendit à l'hôtel de ville et fit tant de tapage auprès de ces fainéants de la municipalité que des employés accoururent en grand nombre pour purger la fosse d'aisances, la rincer plusieurs fois et jeter le produit de cette fébrile activité dans le Froom à Key Head, juste à côté de la halle aux poissons.

Lorsque William Henry eut atteint ses six mois et qu'il commença à se transformer, ses grands-parents découvrirent qu'il était de ces enfants à qui rien ne semblait pouvoir arriver. Sa nature était si douce, et sa petite âme si humble qu'il acceptait l'attention qu'on lui prodiguait avec reconnaissance sans pour autant se plaindre si on la lui refusait. Il pleurait parfois lorsqu'il souffrait ou après que quelque client ivrogne l'eut effrayé. Et pourtant Mr Thistlethwaite – de loin le plus redouté des habitués du Cooper's Arms – ne lui faisait aucunement peur, même lorsqu'il se mettait à rugir d'une voix forte ses imprécations coutumières. Par nature, c'était un enfant porté au calme et à de profonds silences méditatifs. Prompt à sourire, il riait rarement, sans pour autant sembler triste ou maussade.

— Selon moi, cet enfant est fait pour devenir moine, déclara Mr Thistlethwaite. Vous nourrissez un futur catholique dans votre sein, c'est moi qui vous le dis !

Cinq jours plus tôt, une rumeur avait commencé à circuler, comme un frémissement, au Cooper's Arms : quelques cas de variole étaient apparus en ville, mais trop dispersés pour déclencher une quarantaine – seul remède connu contre la maladie.

A cette nouvelle, les yeux de Peg semblèrent lui sortir de la tête.

— Oh, Richard, non ! Pas encore !

— Cette fois, nous ferons vacciner le petit William Henry, décréta fermement Richard.

Il adressa un courrier au cousin James l'Apothicaire.

Ce dernier tomba des nues lorsqu'il apprit ce que l'on attendait de lui.

— Seigneur, Richard, non ! Le vaccin est réservé à des patients plus âgés ! Je n'ai jamais entendu dire qu'un bébé à peine sorti de ses couches l'ait reçu ! Cela le tuera ! Tu ferais mieux de l'envoyer à la ferme de tes beaux-parents ou de le garder bien à l'abri de la contagion. Et, quel que soit ton choix, de prier.

— Il faut lui inoculer le vaccin, cousin James. Il le faut.

— Richard, il n'en est pas question !

James l'Apothicaire se tourna vers Dick, qui écoutait la conversation d'un air sombre.

— Dick, dis quelque chose ! Réagis ! Je t'en supplie !

Pour une fois, ce dernier se rangea au côté de son fils.

— Jim, aucune de ces solutions ne fonctionnera. Emmener William Henry hors de Bristol signifie emprunter un cheval de louage. Qui pourra bien dire qui se sera assis dessus juste avant lui ? Et qui empruntera le bac de Rownham Meads ? Ou comment nous pourrions isoler quiconque viendra fréquenter cette taverne ? Nous ne sommes pas chez les honorables messieurs de St James. Ici, toutes sortes de gens franchissent ma porte. Non, Jim, la seule solution, c'est l'inoculation.

— Que cela vous retombe sur la tête ! cria le cousin James l'Apothicaire en s'éloignant d'un pas titubant.

Malgré cela, il se mit aussitôt en quête d'un ami médecin capable de lui indiquer où trouver une victime de la variole ayant déjà atteint le stade critique de la maladie, lorsque les pustules éclataient et que le pus se mettait à couler. Cela ne s'avéra pas, tout compte fait, une tâche particulièrement ardue puisque la maladie gagnait du terrain un peu partout. La plupart de ses victimes n'avaient même pas quinze ans.

— Priez pour moi, dit James l'Apothicaire au médecin tout en appliquant une aiguille à repriser sur la pustule d'une fillette agonisante. Pauvre petite ! Elle avait un si joli visage ! Si elle survivait, elle serait à jamais défigurée.

Il se releva.

— Oui, répéta-t-il d'une voix blanche, priez pour moi. Priez pour que ce ne soit pas un meurtre que je vais commettre là.

Il posa l'aiguille trempée de pus sur un lit de chiffon qui tapissait une petite boîte métallique et se dirigea à la hâte vers le Cooper's Arms, non loin de là. Il installa le petit William Henry à demi dévêtu sur ses genoux, prit l'aiguille dans la boîte et se demanda où il allait bien pouvoir la planter. Et il fallait, en plus, qu'il agisse en public, au beau milieu des habitués de la taverne : Mr Thistlethwaite se curant les dents d'un air absent, et tout le clan Morgan en cercle autour de lui, comme pour l'empêcher de se sauver si jamais l'envie lui en prenait.

Tout se passa en quelques secondes. Il pinça le bras de William Henry un peu en dessous de l'épaule gauche, fit pénétrer l'aiguille dans la chair et la ressortit deux centimètres plus loin.

William Henry ne bougea pas, ne pleura pas. Il tourna ses grands yeux extraordinairement lumineux vers le cousin James, dont le visage ruisselait de sueur, et le regarda longuement comme pour lui dire : « Pourquoi m'as-tu fait cela ? J'ai mal ! »

« Oh pourquoi, oui, pourquoi ? se demanda le cousin James. Je n'ai jamais vu de tels yeux. Ni chez un animal, ni chez un être humain ! Quel enfant étrange ! »

Alors il couvrit l'enfant de baisers, essuya ses larmes, remit l'aiguille dans sa petite boîte pour la jeter plus tard dans son fourneau et rendit le petit à son père.

— Voilà. C'est fait. A présent, il ne reste plus qu'à prier. Oh, pas pour William Henry, mais pour mon âme, pour ne pas l'avoir tué. Avez-vous du vinaigre et un peu d'huile de goudron ? Je voudrais me laver les mains.

Mag apporta une jarre de vinaigre, une bouteille d'huile de goudron, une cuvette d'étain et un linge propre.

— Rien ne se produira avant trois ou quatre jours, annonça le cousin James. Mais dès que la maladie apparaîtra, il aura de la fièvre. Si tout va bien, elle ne prendra pas une forme maligne. Après quoi, l'inoculation produira une pustule qui éclatera. En principe, et si Dieu le veut, il n'y en aura qu'une. Mais je ne peux rien garantir et je vous rappelle que je n'ai jamais demandé à faire ce travail.

— Tu es le meilleur des hommes de Bristol, cousin James, lança gaiement Mr Thistlethwaite.

L'apothicaire se dirigea vers la porte avant de s'immobiliser sur le seuil.

— Je ne suis pas votre cousin, Jem Thistlethwaite, et je vous rappelle que nous n'avons aucun lien de parenté ! D'ailleurs, vous n'avez pas de famille. Pas même une mère, ajouta-t-il d'une voix glaciale avant de réajuster sa perruque sur sa tête et de quitter les lieux.

Dick éclata de rire.

— Il ne vous l'a pas envoyé dire, Jem !

— C'est ma foi vrai, admit Thistlethwaite en souriant, sans pour autant perdre contenance.

Il se tourna vers Richard.

— Ne t'en fais pas pour ton fils, lui dit-il. Dieu Lui-même n'oserait pas offenser le cousin James !

Après avoir marché bien plus longtemps qu'il n'avait prié, Richard retourna au Cooper's Arms à temps pour aider à préparer le dîner. Au menu, ce soir, on mangerait de la soupe d'orge au jarret de bœuf, dans laquelle marinaient de généreuses boulettes au bacon, le tout accompagné de l'habituelle portion de pain, de beurre, de fromage, de gâteau et de boissons.

Le calme était revenu dans Broad Street, mais John/ Samuel Adams et John Hancock continuaient de se balancer à la lanterne de l'American Coffee House. Ils y demeureraient, songea Richard, jusqu'à ce que, sous les assauts du vent et de la pluie, la paille qui les rembourrait se disperse un peu partout et qu'il ne reste plus que des haillons.

Richard salua son père d'un signe de tête et grimpa les marches quatre à quatre pour gagner la petite pièce située tout en haut de l'escalier. Dick l'avait séparée en deux, ainsi qu'on le faisait souvent en ce temps-là : quelques planches qui montaient presque jusqu'au plafond, assemblées de façon lâche, comme les préceintes d'un bateau, et maintenues ensemble par quelques traverses. C'était une cloison constellée de fissures, certaines assez larges pour que l'on puisse regarder à travers.

Dans l'espace qui leur était réservé, Richard et Peg avaient installé un grand et confortable lit à deux places, caché par d'épais rideaux de lin coulissant sur des rails. On y trouvait aussi plusieurs armoires à vêtements, une commode pour les chaussures et les bottes, un miroir dans lequel Peg pouvait s'admirer, une douzaine de crochets sur le mur, sans oublier le berceau de William Henry. On n'y voyait pas de papier mural à quinze shillings le yard, ni de rideaux damassés ou de tapis sur le plancher de chêne, si vieux qu'il était devenu noir au moins deux siècles plus tôt. C'était malgré tout une pièce aussi agréable que celles d'autres maisons de ce type où vivaient, le plus souvent, des bourgeois.

Peg se tenait près du berceau qu'elle faisait doucement osciller.
— Comment va-t-il, ma chérie ?
Elle leva les yeux vers lui avec un sourire.
— Le remède semble enfin agir. Il a de la fièvre, mais pas trop forte. Le cousin James l'Apothicaire est passé le voir pendant que tu étais sorti et il a paru rassuré. Il dit que William Henry va se remettre et qu'il ne développera pas la maladie.

Sans doute parce qu'il avait mal à son bras gauche, là où le cousin James avait pratiqué l'inoculation, l'enfant s'était tourné sur le côté droit et semblait dormir paisiblement, son bras endolori ramené contre sa poitrine. La marque rouge laissée par l'aiguille de l'apothicaire s'était agrandie. Richard passa la main au-dessus de la blessure ; il pouvait presque sentir la chaleur se dégager de la chair blessée.

— De la fièvre, déjà ! s'exclama-t-il. Mais c'est bien trop tôt !
— Le cousin James dit que ça arrive souvent après l'inoculation.

Une vague de soulagement l'envahit tout entier et l'affaiblit au point que ses genoux se mirent à trembler. Son enfant allait survivre !

Il se dirigea vers le mur constellé de crochets et saisit son épais tablier de toile.
— Il faut que j'aille aider père. Oh, mon Dieu, merci ! Merci !
Il continuait de remercier le Seigneur tout en dégringolant les marches, de rendre grâce à ce Dieu qu'il avait été tout près d'abandonner avant que William Henry développe sa première pustule.

Dans des lieux comme le Cooper's Arms, l'ambiance détendue des longues soirées d'été était un régal pour les habitués. Les clients réguliers de la taverne étaient des gens respectables qui gagnaient convenablement leur vie : surtout des commerçants et des artisans, accompagnés de leurs femmes et de leurs enfants. Pour trois ou quatre pence par personne, on pouvait s'offrir une nourriture délicieuse et abondante ainsi qu'un grand pichet de petite bière. Pour ceux qui préféraient de la vraie bière, du rhum, du gin ou du « lait de Bristol » (un xérès très apprécié des femmes), une pièce de six pence permettait de boire jusqu'à ce que, d'humeur fort gaie, ils retournent s'écrouler dans leur lit pour s'y endormir aussitôt, à l'abri des détrousseurs et autres coupe-jarrets rebutés par la clarté des longs crépuscules d'été.

Richard retrouva la grande salle de la taverne baignée par les derniers rayons du soleil, sous la lueur des lampes à pétrole accrochées aux poutres des murs et du plafond dont le bois sombre tranchait sur la pâleur du plâtre. La seule lampe portable éclairait la place que le maître des lieux occupait au comptoir où trônait Ginger, l'attraction majeure de la taverne.

Il s'agissait d'un grand chat de bois que Richard avait sculpté après avoir vu une image du fameux Old Tom de Londres – une copie nettement améliorée de l'original, jugeait Richard avec fierté. Placé légèrement de biais sur les planches du comptoir, son arrière-train tourné vers les clients, c'était un chat au pelage rayé roux et blanc, les mâchoires ouvertes en un large sourire, la queue levée avec effronterie. Lorsqu'un client souhaitait un nouveau verre de rhum, il glissait une pièce de trois pence dans sa gueule et la posait sur la langue amovible, qui retombait alors avec un cliquetis sonore. Après quoi le client plaçait son pichet sous les deux testicules de bois et tirait la queue. Aussitôt, le chat pissait une demi-pinte de rhum.

Naturellement, les enfants l'adoraient. Bien des parents avalaient plus que leur dose de rhum, rien que pour le plaisir de glisser une pièce dans la gueule de Ginger, de lui tirer la queue et de le regarder pisser sa dose exacte de rhum. Grâce à cette seule curiosité, Richard avait justifié la générosité de son père qui l'avait engagé dans son affaire.

Pendant que Richard foulait le parquet jonché de sciure, les deux bras chargés de soupières en bois pleines de potage fumant, il échangeait quelques propos avec tout le monde, le visage rayonnant, tout en expliquant à qui voulait l'entendre que son fils était tiré d'affaire.

Mr Thistlethwaite n'était pas présent. Il venait d'ordinaire à onze heures du matin et ne repartait pas avant cinq heures du soir. Il s'asseyait près de la fenêtre, à « sa » table, équipée d'un encrier et de plusieurs plumes (pour le papier, il pouvait bien se l'acheter lui-même, avait tranché Dick Morgan), et composait ses pamphlets. Il les faisait ensuite imprimer à la librairie Sendall de Wine Street où il les vendait. Mais Mr Thistlethwaite avait aussi ses entrées dans les étals de Pie Powder Court et de Horse Fair, assez loin de chez Sendall pour ne pas lui faire concurrence. Ses œuvres se vendaient fort bien car il possédait un rare talent d'expression et se montrait, de surcroît, doué en affaires. Il prenait généralement pour cible les notables de la municipalité, que ce soit le maire, le chef des douanes, le shérif, les membres de cercles religieux plus ou moins hérétiques ou encore les représentants des tribunaux. Mais personne ne sut jamais réellement pourquoi il avait une dent contre Henry Burgum, le potier. Certes, Burgum était un indécrottable gredin, mais qu'avait-il bien pu faire à James Thistlethwaite pour que ce dernier lui en voulût à ce point ?

Le dîner se déroula dans une ambiance générale de bien-être et de satiété jusqu'à ce que la vieille horloge murale à côté de l'ardoise indiquât huit heures et demie. Aussitôt, Dick Morgan scanda :

— Il est temps de payer, gentlemen !

Une fois les comptes faits et la caisse remplie de façon satisfaisante, il poussa dehors le dernier client et referma le verrou avec soin. La caisse fut portée au premier étage et déposée sous son lit, dûment ficelée. Bristol comptait plus d'un voleur dans ses rues, certains d'une redoutable efficacité. Le lendemain matin, Dick transvaserait le contenu de sa caisse dans un grand sac de toile pour l'apporter à la Bristol Bank, sur Small Street, une grosse affaire gérée, entre autres, par Harford, Ames et Deane. Peu importait, d'ailleurs, à laquelle des trois banques de la ville un homme confiait ses biens. Ce serait de toute façon un quaker qui en aurait la garde.

William Henry dormait profondément, étendu sur le côté droit. Richard souleva le berceau pour le rapprocher du lit et entreprit de retirer son lourd tablier, son ample chemise de coton blanc, sa culotte de toile, ses chaussures, ses bas épais de coton blanc et ses sous-vêtements de flanelle. Puis il enfila la chemise de nuit en lin que Peg avait posée sur son oreiller, dénoua le ruban qui retenait ses longues mèches de cheveux bouclés et se coiffa d'un bonnet de nuit. Ces préparatifs accomplis, il se glissa dans le lit avec un soupir d'aise.

On pouvait entendre deux sortes de ronflements filtrer à travers les fissures des planches, entre la chambre de Richard et celle de ses parents. Dick produisait un ronflement raisonnable tandis que Mag respirait bruyamment, en sifflant. Avec un sourire, Richard roula sur le côté et se blottit contre Peg, qui, malgré la chaleur de la nuit, se serra contre lui pour couvrir sa joue de baisers. Très précautionneusement, Richard remonta sa chemise de nuit et celle de sa femme puis se coucha sur elle, enveloppant d'une main un sein haut et ferme.

— Peg, je t'aime tant ! chuchota-t-il. Pas un homme au monde n'a la chance d'avoir une telle femme pour épouse.

— Et pas une femme n'a la chance d'avoir pareil mari, Richard.

Parfaitement en accord, ils s'embrassèrent à pleine bouche tandis que Peg nichait son ventre contre le membre érigé, frémissant de plaisir.

Un bref moment plus tard, il murmura, les yeux lourds de sommeil :

— Peut-être que nous venons de donner la vie à un frère ou une sœur de William Henry ?

Il avait à peine marmonné ces mots qu'il s'endormit aussitôt.

Bien que lasse, elle aussi, Peg tira d'un coup sec sur la chemise de Richard pour en recouvrir son corps et ajusta son propre vêtement en séchant son entrejambe à l'aide d'un pan. « Comme j'aimerais que père et mère ne ronflent pas ! pensa-t-elle. Richard ne ronfle pas, lui, et moi non plus, d'après ce qu'il m'a dit. Heureusement, s'ils ronflent, c'est qu'ils dorment et ne nous entendent pas. Merci, Seigneur, de Vous être montré clément envers mon petit garçon. Je sais combien son cœur est bon. Sans doute comptez-Vous sur son âme pour embellir Votre royaume au ciel mais ici, sur cette terre, sa lumière nous est tout aussi précieuse. Laissez-lui sa chance. O Seigneur tout-puissant, Dieu de bonté, pourquoi ai-je le sentiment profond que je n'aurai plus jamais d'autre enfant ? »

Car elle ressentait dans toutes les fibres de son corps cette évidence, et cette intuition lancinante lui devenait tourment. Il avait fallu trois ans pour qu'elle soit enceinte la première fois, puis trois autres longues années pour sa seconde grossesse. Certes, elle n'avait pas été malade pendant qu'elle portait son enfant, ni souffert de crampes ou de nausées. Simplement, elle sentait en son for intérieur que sa matrice était à présent « vidée » de sa fertilité. Ce n'était certes pas la faute de Richard. Lui venait-il seulement l'envie de lancer un regard d'invite vers son époux, il la faisait sienne le soir même, et ce sans jamais faillir – sauf lorsqu'un de leurs enfants était malade. Comme il se montrait un amant attentionné et délicat ! Et un homme tout aussi attentionné, tout aussi bon ! Ses propres désirs comptaient moins pour lui que ceux des gens qu'il chérissait. C'est-à-dire sa femme et William Henry, leur enfant. Sans oublier Mary.

Une larme roula sur la joue de Peg pour aller s'écraser sur l'oreiller. D'autres la suivirent, de plus en plus abondantes. « Pourquoi devons-nous connaître la mort de nos enfants ? Pourquoi partent-ils avant nous ? C'est si injuste, si cruel ! J'ai vingt-cinq ans, Richard vingt-sept. Et, déjà, nous avons perdu notre premier-né. Mary me manque tant ! O, mon Dieu, comme elle me manque ! Demain, songea-t-elle en sentant le sommeil la gagner et ses larmes se tarir, j'irai au cimetière de St James fleurir sa tombe. Bientôt ce sera l'hiver et on ne trouvera plus de fleurs. »

L'hiver arriva avec son cortège de brouillard, de bruine et ce froid humide qui s'insinuait jusqu'au plus profond des os. Ignorant la glace qui, souvent, venait alourdir les eaux de la Tamise et des autres fleuves de l'est de l'Angleterre, le flux de l'Avon monta de trente pieds puis tomba de trente autres, selon un rythme aussi régulier et prévisible qu'en été.

Des nouvelles de la guerre contre les treize colonies filtrèrent, loin derrière d'autres événements : le général Thomas Gage avait été démis de ses fonctions de commandant en chef de Sa Majesté britannique. Sir William Howe l'avait remplacé et l'on disait que, là-bas, le Congrès rebelle courtisait les Français, les Espagnols et les Hollandais, à la recherche de nouveaux alliés et d'argent. Les représailles exercées par le roi furent ce qu'on en escomptait : aux environs de Noël, le Parlement prohiba tout échange commercial avec les treize colonies et déclara celles-ci hors de la protection de la Couronne. Pour Bristol, ces nouvelles se révélèrent désastreuses.

Parmi les habitants les plus influents de la ville, certains souhaitaient que l'on conclût la paix à n'importe quel prix, même s'il fallait pour cela accepter les revendications des rebelles. D'autres se désolaient que les colons aient subi de cruels revers mais souhaitaient que survive la domination britannique. Si l'Angleterre cédait à l'ennemi plus d'un millier de miles de côte, les Français reviendraient aussitôt, imités bien vite par les Espagnols. D'autres enfin, opposés à toute négociation, exprimaient haut et fort leur colère, outragés de voir les rebelles se comporter en traîtres et rêvant de les voir pendus haut et court puis noyés et dépecés ; ces derniers se comptaient parmi les notables les plus écoutés à la cour de St James. Tous criaient haut et fort leur désolation dans les salons des meilleures maisons et, la mine sombre, dissertaient sans fin au-dessus de leur verre de porto ou de leur assiette de soupe à la tortue, que ce soit au White Lion, au Bush Inn ou au Plume of Feathers.

Sous cette fine couche représentée par l'élite influente de Bristol se trouvait la vaste majorité des citoyens, c'est-à-dire tous ceux qui savaient que le travail allait être difficile à trouver, qu'on verrait de plus en plus de bateaux rester à quai et que l'heureux temps où l'on pouvait se mettre en grève pour réclamer une augmentation d'un penny par jour était passé. Le Parlement dépensait l'argent des contribuables sans pour autant en faire profiter les plus nécessiteux. Il laissait ce soin aux paroisses, qui se retrouvaient en charge de la masse grandissante des chômeurs – encore fallait-il que ceux-ci se montrent de bons paroissiens et s'inscrivent dans les registres. Chaque paroisse recevait 7 livres par an et par habitant et cette somme servait à venir en aide aux pauvres.

A cet égard, Bristol différait des autres villes d'Angleterre car, sans que l'on pût aisément comprendre pourquoi, les membres des hautes castes de la société manifestaient un net penchant pour la philanthropie, que ce soit de leur vivant ou par des legs posthumes. Sans doute, pour les généreux donateurs, la construction d'hospices, de maisons de retraite, d'hôpitaux ou d'écoles baptisés de leur nom apportait l'espoir d'une gratifiante immortalité. Car, en matière de haute naissance et de lignage, l'élite de Bristol se révélait plutôt médiocre. Lord Clare, alias l'ancien instituteur Robert Nugent, représentait ce que la ville pouvait produire de mieux en matière de noblesse. La bonne société de Bristol vouait un culte indéfectible à Mammon.

L'année 1776 survint, comme une ombre rampante enveloppant toutes choses et que l'on surveille avec inquiétude du coin de l'œil. L'opinion publique était désormais persuadée que le dernier embryon insurrectionnel des colons, du New Hampshire jusqu'à la Géorgie, avait été écrasé par la Navy et les troupes royales. Cependant, aucun écho d'une telle victoire ne parvint aux oreilles de quiconque même si tous ceux qui savaient lire – beaucoup de monde, en fait, dans la charitable et pédagogique ville de Bristol – avaient pris l'habitude de fréquenter les relais de poste pour y attendre la diligence de Londres qui apportait journaux et magazines.

Le Cooper's Arms, hélas, ne fut pas le dernier à s'appauvrir. Semaine après semaine, Dick repérait de nouvelles brèches dans les rangs des habitués. Le budget de la maison s'en ressentit et l'on adopta des habitudes de plus en plus restrictives. Mag cuisinait plus sobrement, Peg rapportait à la maison moins de pains de chez le boulanger Jenkins et Dick achetait plus de gin bon marché que de vieux rhum.

— Je ne veux pas paraître déloyale, commença Peg un jour de janvier où le ciel lourd de neige avait tenu la clientèle éloignée, mais certains de nos clients auraient davantage à manger s'ils buvaient moins.

Dick jeta un regard ironique à Richard mais demeura silencieux.

Richard prit William Henry dans les bras de sa mère et dit :

— C'est ainsi que va le monde, mon amour, mais nous avons fait en sorte de mettre un peu d'argent de côté, parce que les temps l'exigent. Allons, ne pense pas à ces choses-là. Les hommes et les femmes sont libres de choisir ce qu'ils veulent mettre dans leur estomac. Certains supportent d'affronter la journée sans avoir absorbé leur dose quotidienne de rhum ou de gin mais d'autres jugent ce sacrifice insupportable.

Il haussa les épaules, ébouriffa les boucles sombres de William Henry et sourit en contemplant ces yeux extraordinaires, des yeux couleur d'ambre constellée de minuscules touches brunes.

Après quoi il ajouta :

— Les hommes sont inégaux devant les épreuves de la vie, Peg.

Tandis que le mois de janvier s'écoulait pesamment, le trafic maritime fut loin de répondre aux espérances. D'abord pleins de sympathie à l'égard de la cause rebelle, les habitants de Bristol commencèrent d'éprouver à leur endroit un ressentiment de plus en plus sensible. Tenant ses assises au Bush Inn, l'Union Club, autrefois acharné à submerger le roi de pétitions pour qu'il cesse d'imposer les colons et de s'immiscer dans leurs affaires, se morfondait à présent dans un silence mortifié. Au White Lion, les tories grondaient et s'agitaient de plus en plus, inondant le roi de déclarations d'allégeance, contribuant de leurs deniers à la levée de régiments locaux et remettant en cause deux députés whigs de Bristol, l'Irlandais Edmund Burke et l'Américain Henry Cruger. Après un an de guerre, clamait la Steadfast Society, qu'avait donc gagné la bonne ville de Bristol, avec ce tandem parlementaire composé d'un douceureux Irlandais et d'un lourdaud d'Américain ? Bref, les opinions changeaient, les humeurs s'aigrissaient. Que cette maudite affaire s'arrange d'elle-même à trois mille miles de là ! grommelait-on à travers la ville. Et qu'on laisse les affaires du jour redevenir de vraies affaires ! Et au diable les rebelles !

La nuit du 16 janvier, à marée basse, une main anonyme mit le feu au *Savannah La Mar*, qui chargeait pour la Jamaïque sur le Broad Quay, non loin de l'entrée de l'Old Nick. Le navire était enduit de poix, d'huile et d'essence de térébenthine ; seule la chance lui valut de ne pas être détruit. Le temps que se précipitent les deux pompiers de la ville avec leur chariot de quarante gallons d'eau, plusieurs centaines de marins affolés et d'habitants du quartier des docks avaient combattu les flammes avant que la situation ne tourne au tragique.

Le lendemain matin, les responsables officiels du port et les baillis découvrirent que deux autres navires, le *Fame* et l'*Hibernia*, l'un amarré au nord et l'autre au sud du *Savannah La Mar*, avaient été également recouverts de produits inflammables et incendiés. Pour des raisons que nul ne peut comprendre, aucun des deux feux ne prit réellement.

— Incendies criminels à Bristol ! annonça Dick à Richard lorsqu'il revint des lieux de l'incendie. Tout le quai aurait pu être la proie des flammes, et même la ville entière ! Et, en plus, la marée était basse ! Rien n'aurait pu arrêter le feu. Il se serait communiqué à tous les bateaux. Seigneur, nous sommes passés tout près d'une catastrophe égale à celle du Grand Incendie de Londres !

A ces mots, il fut secoué d'un frisson.

Rien ne pouvait plus effrayer le peuple qu'un incendie. Même les plus furieuses émeutes des mineurs de Kingswood n'étaient rien, comparées aux ravages des flammes. Les émeutes étaient le fait d'hommes et de femmes, souvent accompagnés par leurs enfants, alors que le feu était le symbole terrifiant du châtiment de Dieu, la porte béante de l'enfer.

Le 18 janvier, le cousin James l'Apothicaire, le visage pâle et recouvert de cendre, amena sa femme en larmes et ceux de ses enfants qui vivaient encore sous son toit à la taverne de Dick Morgan.

— Peux-tu veiller sur Ann et les filles ? implora-t-il, encore tremblant. Je ne parviens pas à les persuader qu'elles sont en sécurité à la maison.

— Par tous les saints, que se passe-t-il ?

— Le feu.

Il s'agrippa au comptoir en s'efforçant de reprendre ses esprits. Mag et Peg s'empressaient autour d'une Ann gémissante.

— Allons, bois donc ça, dit Richard en lui tendant un pichet de son meilleur rhum.

— Sers-en aussi une rasade à sa femme, lança Dick pendant que James Thistlethwaite abandonnait sa plume pour les rejoindre. Allons, raconte-nous tout, Jim.

Il fallut un plein quart de pinte pour calmer le cousin James et lui faire retrouver la parole.

— Cette nuit, quelqu'un a forcé la porte de mon magasin. Tu sais bien pourtant, Dick, que ma porte est solide et qu'elle est bardée de verrous et de chaînes ! L'inconnu a plongé un récipient dans ma réserve de térébenthine avant de le remplir de chiffons imbibés d'essence. Après quoi il a posé le récipient près de tonneaux d'huile de lin et il a mis le feu aux chiffons. L'endroit était désert, bien entendu. Personne ne l'a vu arriver ni repartir.

— Je n'y comprends rien ! s'exclama Dick, aussi pâle que son cousin. Nous habitons juste à l'angle de Bell Lane et je te jure que nous n'avons rien vu ni entendu ! Pas même senti la moindre fumée !

— Le feu ne devait pas prendre, énonça le cousin James d'une voix étrange. Je te le dis, Dick, il était écrit que le feu ne prendrait pas ! Car, en toute logique, l'incendie aurait dû gagner toute la maison ! J'ai trouvé la boîte le lendemain matin en allant travailler. Sur le coup, en voyant la porte fracassée, j'ai pensé que l'effraction était due à un pauvre diable en quête d'opiacés ou de remèdes de première nécessité. Mais, dès que j'ai pénétré dans le magasin, j'ai respiré l'odeur de la térébenthine.

Ses yeux gris-bleu – les yeux des Morgan – brillèrent, comme éclairés par une vision.

— C'est un miracle ! s'écria-t-il soudain. Un véritable miracle ! Dieu m'a épargné, dans Son infinie bonté, et je vais de ce pas donner mille livres à St James pour les pauvres.

Même Mr Thistlethwaite se montra impressionné.

— Voilà qui me fait regretter de ne pas écrire de panégyriques, cousin James, et j'ai bien envie de composer un hymne en votre honneur... Cependant, je sens qu'il y a là-dessous matière à réflexion. Hier, le *Savannah La Mar*, l'*Hibernia* et le *Fame* ont été également incendiés. Or tous trois appartiennent à l'entreprise américaine Lewsley. Qui, soit dit en passant, se trouve précisément à côté de chez vous, sur Bell Lane. Et si l'incendiaire s'était tout simplement trompé de porte, cette nuit ? J'en parlerais à Lewsley, si j'étais vous. Ça ressemble fort à un complot des tories pour priver Bristol des fonds américains.

A ces mots, Richard esquissa un sourire.

— Vous voyez des tories partout, Jem.

— C'est parce qu'ils trempent bel et bien dans tout ce qui est vil, croyez-moi !

Mr Thistlethwaite se rassit à sa table et enveloppa d'un regard éloquent la femme et les filles de l'apothicaire, toujours aussi perturbées.

— Seigneur, Dick, souffla-t-il, renvoie ces créatures chez elles ! Et que Richard veille sur leur sécurité avec l'un de mes pistolets... Tiens, Richard, prends-le ! Il m'en reste un autre pour me défendre. J'insiste néanmoins sur la nécessité de se taire. La muse me fait l'honneur d'une visite et je dois écrire au plus vite.

Personne ne parut tenir compte de ces paroles sur le moment mais, plus tard, tandis que les habitués commençaient à envahir la taverne pour le déjeuner et que les langues se déliaient à propos des événements de la nuit, Richard songea que l'idée de Mr Thistlethwaite n'était pas si mauvaise. Il prit l'un de ses pistolets dans la poche de son manteau ainsi qu'une douzaine de cartouches, puis escorta Ann Morgan et ses deux filles jusqu'à leur maison de St Jame's Barton. Là, il s'installa dans un fauteuil de l'entrée, prêt à repousser toute nouvelle tentative d'incendie.

En l'espace de deux jours, c'est-à-dire entre le jeudi et le samedi, la ville de Bristol fut gagnée par la panique. Les baillis déployèrent leurs efforts, les lampes de la ville furent allumées à cinq heures du soir dans les quartiers qui jouissaient du privilège d'être éclairés la nuit, et les préposés chargés de l'éclairage public s'activaient, grimpés sur leurs échelles, à remplir les réservoirs d'huile – ce qu'ils faisaient rarement d'ordinaire. La plupart des habitants évitaient de flâner le soir et rentraient vite chez eux en regrettant amèrement qu'on fût en hiver, saison où les nombreuses fumées de bois empêchaient de détecter à temps un incendie naissant. Oui, cette fameuse nuit du samedi, personne ne dormit beaucoup à Bristol.

Le 19, un dimanche, toute la ville, à l'exception des juifs, se rassembla à l'église pour supplier le Tout-Puissant de se montrer clément et de châtier ce suppôt de Satan. Le cousin James le Clergyman, excellent prêcheur même les jours où il ne se sentait pas en grande forme, commenta de son mieux les événements et prononça un sermon si vibrant que la congrégation de St James en fut toute retournée. D'aucuns y décelèrent des accents jésuites, d'autres le jugèrent dangereusement méthodiste.

Après que l'un des assistants lui eut confié sa désapprobation, Dick rétorqua :

— En ce qui me concerne, je me moque bien de savoir si le révérend parle comme un jésuite ou un méthodiste. Si nous voulons dormir en toute sécurité dans nos lits, il faut que l'incendiaire se balance au bout d'une corde. Rappelez-vous, d'ailleurs, que le père du révérend était déjà un prêcheur des plus redoutables. Il avait pour habitude de haranguer la foule des mineurs en plein air, à Crew's Hole.

— N'empêche. Pour la Steadfast Society, cette affaire est la faute des colons américains.

— Voilà qui me paraît peu vraisemblable ! Dans cette histoire, les colons jouent plutôt le rôle de victimes, coupa Dick, désireux de mettre fin à la conversation.

A l'aube du lundi suivant, Richard émergea en sursaut d'un sommeil agité.

— Papa ! papa ! criait William Henry depuis son berceau.

Richard bondit de son lit, alluma une mèche d'amadou et se pencha sur son fils, le cœur battant. L'enfant s'assit tout droit dans le berceau.

— Qu'y a-t-il, mon fils ? chuchota Richard.

— Feu ! prononça distinctement William Henry.

Richard tressaillit. Seule sa terrible anxiété concernant la santé de son fils avait pu lui boucher les narines à ce point : la pièce était pleine de fumée !

Il réagit aussitôt avec sang-froid et précision, réveillant son père par son cri tout en agrippant quelques vêtements et une paire de chaussures qu'il enfila à la hâte. Sans attendre d'être rejoint par Dick, il descendit précipitamment l'escalier, attrapa deux seaux, déverrouilla la porte de l'auberge et sortit sur la chaussée trempée par la bruine. Il vit bientôt d'autres hommes s'agiter autour de lui pendant qu'il franchissait en courant le coin de Bell Lane avant de s'arrêter brusquement, épouvanté par le spectacle qui s'offrait à lui. Tous les entrepôts de Lewsley & Co étaient la proie des flammes. Le feu s'engouffrait par les brèches du toit, et le quartier rougeoyait sous une chaleur torride. Un grondement sourd lui martelait les tympans. Les réserves de laine d'Espagne, de blé et d'huile d'olive nourrissaient un feu vorace qui, cette fois, ne se satisfaisait plus seulement d'un morceau d'étoupe trempé dans de l'essence de térébenthine.

Des hommes équipés de seaux arrivaient de toutes parts et se mettaient en rangs pour composer d'interminables files entre le fleuve Froom, à Key Head, et les entrepôts en feu. La marée n'était pas encore à son plein mais on pouvait aisément plonger les seaux dans le courant pour transporter l'eau jusqu'au lieu du sinistre. Ces efforts conjugués réussirent à circonvenir le feu aux entrepôts de Lewsley & Co et à une demi-douzaine de vieux immeubles. Quant aux propriétés du cousin James l'Apothicaire, elles échappèrent miraculeusement aux flammes. On ne déplora aucune victime ; l'incendiaire paraissait plus avide de détruire des biens mobiliers que des vies. Les habitants des immeubles en feu avaient réussi à fuir à temps, serrant contre leur poitrine leurs misérables biens et traînant avec eux leurs enfants en pleurs.

Couvert de suie, Richard retourna au Cooper's Arms après que le shérif et ses hommes eurent déclaré que le quartier de Bell Lane était enfin hors de danger. Il avait perdu ses deux seaux et Dieu seul savait où et dans quelles mains ils pouvaient se trouver.

Il rejoignit Dick et James l'Apothicaire, prostrés à la même table, l'air défait. Tous deux appartenaient à une génération plus âgée et, dans cette âpre lutte contre le feu, ils avaient préféré confier leurs seaux à des hommes plus jeunes et plus vigoureux.

— On aura besoin d'encore beaucoup d'autres seaux demain, Richard, déclara Dick en se levant lourdement pour servir à son fils une pinte de bière. Je compte me réveiller à l'aube pour en acheter une douzaine de plus. Dieu du ciel ! Dans quel monde vivons-nous ?

Son cousin James leva vers lui un visage éclairé d'une même exaltation.

— En un seul jour, Dieu nous a épargnés deux fois, moi et les miens. Je sens monter en moi la même gratitude que celle de Paul sur le chemin de Damas.

— Je ne vois pas le rapport, répondit Richard avant de boire avidement sa bière. Tu n'as jamais persécuté le juste, cousin James.

— C'est exact, Richard, mais, comme l'Apôtre des gentils, j'ai connu la grâce d'une révélation. J'offrirai une livre à chaque prisonnier de Bristol, à la prison de Newgate et à celle de Bridewell, pour rendre grâce au Seigneur tout-puissant.

— Bah ! grogna Dick. Agis comme bon te semble, Jim, mais la première chose qu'ils feront sera d'aller se saouler avec ton argent.

Au son de leurs voix, Mag et Peg, qui tenait William Henry dans ses bras, descendirent aussitôt.

— Richard ! s'exclama Peg, les yeux brillants. Je suis si heureuse ! L'incendie est enfin maîtrisé et tu n'as pas été blessé.

Richard posa sa chope de bière sur la table et se dirigea vers sa femme pour prendre son fils. L'enfant s'agrippa à lui.

— Père, dit lentement Richard, c'est William Henry qui m'a réveillé. Quand je me suis approché de son berceau, il a prononcé distinctement le mot « feu », comme s'il savait ce que cela voulait dire.

James l'Apothicaire contempla l'enfant, l'air songeur.

— C'est un enfant de la grâce. Les fées se sont penchées sur son berceau.

Peg laissa échapper un hoquet.

— Ne parlez pas ainsi, cousin James ! Si les fées se sont intéressées à notre William Henry, elles voudront posséder son âme et elles nous le reprendront un jour !

James l'Apothicaire se leva avec effort en songeant que tout cela n'était que balivernes nées de superstitions archaïques. Cela révélait en tout cas que Peg croyait bel et bien que le petit William Henry était promis à un destin hors du commun. Car, par tous les saints du ciel, jamais il n'aurait dû survivre au vaccin de la variole...

Le pyromane ne se contenta pas de détruire les entrepôts de Lewsley & Co. Le lundi suivant, d'autres brasiers se déclenchèrent dans une douzaine d'autres filiales américaines. Le mardi, la raffinerie Barne's s'embrasa à son tour. Son propriétaire entretenait des liens étroits avec les colons. Désormais, toute la ville vivait dans l'angoisse d'un autre brasier et, chaque fois qu'un nouveau foyer était repéré, il était aussitôt maîtrisé avant d'occasionner de trop gros dégâts. Trois jours plus tard, la raffinerie d'Alderman Barne's fut une nouvelle fois la proie des flammes et une nouvelle fois sauvée de la catastrophe.

Sur le plan politique, les deux camps adverses tentaient de tirer avantage des événements. Les tories accusaient les whigs, et les whigs les tories. Edmund Burke offrit 50 livres pour toute information, la Ligue des armateurs 500 livres et le roi 1 000. La somme de 1 500 livres représentait, pour beaucoup, plus que le salaire d'une vie et bientôt, tous les habitants de Bristol se transformèrent en ardents détectives. Un suspect fut rapidement appréhendé mais, bien sûr, personne ne toucha de récompense. Il s'agissait d'un Ecossais connu sous le nom de Jack le Peintre qui avait habité les quartiers misérables du Pithay, une rue délabrée traversant le Froom vers St James Backs. Après le deuxième incendie de la raffinerie Barne's, il avait brusquement disparu. Naturellement, rien ne prouvait sa culpabilité mais toute la ville fut vite convaincue qu'il était bel et bien le pyromane.

Une chasse à l'homme s'organisa à travers tout le pays, relayée par les journaux de Londres et les gazettes de province. Du Tyne jusqu'aux rives de la Manche, tout le monde se tenait aux aguets, désireux de ne pas voir traîner près de chez soi un dangereux pyromane. Le fugitif fut finalement arrêté alors qu'il tentait de cambrioler la demeure d'un riche bourgeois de Liverpool. La municipalité et les armateurs payèrent la somme de 128 livres pour assurer son transport, pieds et poings liés, jusqu'à Bristol, afin qu'il y subisse un interrogatoire serré.

Là, on se heurta à un obstacle imprévu. Personne ne parvenait à comprendre ce qu'il disait, excepté son nom : James Aiten. On le transféra alors à Londres dans l'espoir que, au sein de la métropole, on finirait bien par trouver quelqu'un capable de comprendre le dialecte écossais. C'est ainsi que James Aiten, alias Jack le Peintre, confessa ses crimes. Il avoua être l'auteur de tous les incendies de Bristol, ainsi que d'un autre à Portsmouth, lequel avait entièrement détruit la corderie de la Royal Navy. Ce dernier forfait fut considéré comme particulièrement odieux. Car aucun bateau ne pouvait fonctionner sans des miles et des miles de cordages.

— Ce que je ne comprends pas, confia Dick Morgan à Jem Thistlethwaite, c'est comment Jack le Peintre peut avoir opéré à la fois à Portsmouth et à Bristol. La corderie a été incendiée en décembre alors qu'il habitait au vu et au su de tous dans le quartier du Pithay.

Mr Thistlethwaite haussa les épaules.

— Le pauvre hère n'est qu'un pion, rien de plus. L'Angleterre veut retrouver sa paix d'esprit et, pour cela, il lui faut un coupable. Quoi de mieux qu'un Ecossais ? Je ne sais rien des incendies de Portsmouth mais ceux de Bristol ont été allumés par les tories, j'en parierais mon billet.

— Alors, vous pensez qu'il y en aura encore d'autres ?

— Non. Le stratagème a suffisamment fonctionné comme cela. L'argent américain s'est envolé et la ville se trouve libérée pour l'instant de l'influence des colons. Les tories peuvent se prélasser à leur aise sur leurs lauriers tandis que Jack le Peintre, ce pauvre souffre-douleur, paiera pour les autres.

Et ce fut bien, hélas, ce qui arriva. James Aiten fut jugé et condamné aux assises du Hampshire pour l'incendie de la corderie avant d'être expédié à Portsmouth, où l'attendait un gibet spécialement construit à son intention. Lorsqu'il bascula dans le vide pour son grand saut dans l'éternité, il fit une chute de 67 pieds, ce qui eut pour effet de lui sectionner la nuque aussi nettement que le tranchant d'une hache. Sa tête fut ensuite exposée sur les remparts de Portsmouth à la vue de tous et l'Angleterre retrouva le repos.

Lors de son interrogatoire, Jack le Peintre avait assuré qu'il avait agi seul.

— Ce n'est pas que je sois satisfait d'une telle conclusion, déclara James l'Apothicaire un peu plus tard à son cousin. Cependant nous voici déjà proches des fêtes de Pâques et aucun autre incendie ne s'est déclaré. Alors... Comme le répètent si souvent les quakers : qui peut bien savoir où est la vérité ? En attendant, tout ce que je sais, c'est que la bienveillance de Dieu m'a épargné.

Deux jours plus tard, l'armurier Tomas Habitas franchit le seuil du Cooper's Arms.

Richard l'accueillit avec un large sourire et une cordiale poignée de main.

— Entrez, entrez et prenez place, senhor ! Voulez-vous un verre de lait ?

— Bien volontiers, Richard.

Ce jour-là, la taverne était vide, à l'exception de Mr Thistlethwaite. Les affaires n'allaient pas fort ; aussi cet hôte inespéré devint-il aussitôt le centre de l'intérêt général, ce qui ne parut pas lui déplaire.

Le senhor Tomas Habitas était un juif portugais arrivé en

Angleterre trente ans plus tôt ; un homme petit et fluet, au teint olivâtre et aux yeux sombres. Son visage étroit s'ornait d'un long nez et d'une bouche pleine. Tel un quaker, il se comportait toujours avec réserve. Sans doute parce qu'il n'était qu'une pièce rapportée, trop peu semblable aux bonnes gens de Bristol pour se sentir réellement accepté. Néanmoins, la ville s'était montrée bienveillante à son égard, comme elle l'était d'ailleurs envers tous les juifs à qui on permettait, contrairement aux papistes, de vénérer Dieu selon les rites de leur religion. Ils possédaient leur cimetière sur Jacob Street et deux synagogues sur l'autre rive de l'Avon. A la différence des catholiques, les juifs ne se voyaient nullement empêchés d'accéder à la réussite sociale et matérielle. Ce qui s'expliquait par le fait qu'aucun juif – ni quaker – ne convoitait le trône de Sa Majesté. Les événements de 1745 et le souvenir de la rébellion écossaise restaient vivaces dans les mémoires.

— Qu'est-ce qui vous amène si loin de chez vous, senhor ? demanda Dick Morgan en servant à son hôte un grand verre de xérès.

Le breuvage doux et ambré provenait de chez Jacobs, une entreprise juive.

Les yeux noirs de Tomas Habitas balayèrent la salle vide avant de se poser sur Richard.

— On dirait que les affaires vont mal, lâcha-t-il d'une voix étonnamment profonde, où perçait une pointe d'accent.

— Hélas, oui, répondit Richard en s'asseyant face à l'armurier.

— Tu m'en vois fort désolé, reprit Habitas. (Il observa une courte pause.) Cependant, je crois bien pouvoir vous aider.

Il posa ses mains longues et délicates sur la table.

— Voyez-vous, la guerre contre les colonies américaines a eu des effets variés sur le commerce. A certains, elle a apporté la ruine et, à d'autres, la prospérité. Je suis de ceux-là. En vérité, j'ai besoin de toi, Richard. Accepterais-tu de venir à nouveau travailler chez moi ?

Richard ouvrit la bouche pour répondre mais Dick le devança.

— Selon quelles conditions, senhor Habitas ? interrogea-t-il un peu trop brusquement.

Il connaissait assez son fils pour savoir que celui-ci était d'une nature trop douce pour discuter les termes d'un engagement.

Le regard énigmatique de l'armurier s'arrêta sur Dick mais son visage demeura impassible.

— Les conditions seront excellentes, Mr Morgan, je peux vous le garantir. Je paierai quatre shillings le mousquet.

— Dans ce cas, l'affaire est conclue ! répondit aussitôt Dick.

Mr Thistlethwaite observait Richard, non sans quelque pitié. Le jeune Morgan parviendrait-il à prendre sa destinée en main ? Dans le visage séduisant du jeune homme, les yeux bleu-gris n'exprimaient ni contrariété ni insatisfaction. Comme il était d'un caractère patient, avec son père, sa femme, sa mère, les clients ou encore James l'Apothicaire – la liste était interminable ! Le seul être au monde susceptible de pousser Richard à entrer dans la lutte était son fils, William Henry. Même dans ce cas, Richard agissait avec détermination mais sans colère.

« Qu'as-tu vraiment dans le ventre, Richard Morgan ? Sais-tu seulement qui tu es ? Si Dick était mon père, je lui aurais cloué le bec d'une bonne droite. Dois-tu vraiment supporter ses lubies, ses sautes d'humeur, ses critiques et ce mépris larvé qu'il éprouve à ton égard ? Quelle philosophie as-tu sur la vie ? Où puises-tu ta force ? Car tu en as, cela est certain. De la force, mais aussi de la résignation. Ou, plutôt, non... il s'agit d'autre chose. Richard, tu es à mes yeux une énigme et pourtant j'ai pour toi plus d'affection que pour n'importe qui. J'ai peur pour toi. Pourquoi ? Parce que je crains que tant de sublime patience et d'indulgence finissent par tenter le ciel. Un jour ou l'autre, Dieu mettra à l'épreuve tant de sublimes vertus. »

Ignorant les inquiétudes de Thistlethwaite à son endroit, Richard retourna fabriquer chez Habitas des Brown Bess pour les soldats que l'on envoyait dans les colonies américaines.

Le rôle de l'armurier est d'assembler un fusil, non de fabriquer des pièces. Ces dernières provenaient de diverses sources. Ainsi, les barillets et les bassinets étaient fabriqués à Birmingham. Les crosses en noyer arrivaient d'une douzaine d'autres villes à travers le pays, et les décorations en cuivre, de Bristol.

— Tu seras heureux d'apprendre que nous venons d'être chargés de réaliser le mousquet Short Land, annonça Habitas quand Richard eut achevé sa première journée de travail. Il s'agira d'un fusil plus léger et maniable.

L'arme mesurait 42 pouces, soit quatre de moins que le vieux Long Land encore en usage pendant la guerre de Sept Ans. Ce nouveau fusil représentait un grand progrès technique pour les troupes d'infanterie. D'un tir aussi précis que le Long Land, il pesait une demi-livre de moins.

Chaque jour, devant son établi, Richard se perchait sur son haut tabouret et retrouvait son matériel à portée de main : à sa gauche, les crosses bien polies. A droite, les canons limés. Sur l'établi, dans des réceptacles prévus à cet effet, s'égrenaient tous les composants du bassinet : ressorts, chiens, gâchettes, culbuteurs, vis, pierres à silex et accessoires en cuivre. Richard apportait chaque jour ses propres outils, qu'il transportait dans une solide mallette d'ébène portant son nom sur une plaque de cuivre : des dizaines de limes et de tournevis, des pinces, des ciseaux, des brucelles, des petits marteaux, des mèches et des forets de toutes tailles. Sans oublier une collection de ciseaux à bois. Il fabriquait lui-même sa toile émeri en grattant les particules de métal pour en saupoudrer une forte colle à base d'huile de poisson. Il confectionnait de même les bâtons d'émeri, de formes variées, qui lui servaient à limer et raboter, et cette activité occupait près de cinquante pour cent de son temps. Ayant acquis tout son savoir-faire de son frère William, scieur de son état, Richard ne laissait personne aiguiser les dents de ses scies ou de ses rabots.

Six ans qu'il n'avait plus exercé ce métier ! Cela faisait bien longtemps ! Il n'avait pas compris à quel point sa profession lui avait manqué avant d'avoir saisi un barillet qu'il devait polir avec du beurre d'antimoine. Malgré toutes ces années, ses gestes retrouvaient leur précision et il se réjouissait de pouvoir une nouvelle fois assembler les pièces d'un puzzle qui, par la suite, deviendrait une machine à tuer les hommes. Toutefois, son raisonnement n'allait jamais jusque-là. Tout ce qu'il aimait, c'était exercer son métier sans songer à ses conséquences destructrices.

Richard savait à peu près tout sur le Brown Bess. Sa portée n'excédait pas les 40 yards, ce qui signifiait que les deux armées adverses occupaient des positions extrêmement rapprochées. Un bon soldat pouvait tout au plus tirer deux coups de fusil avant de battre en retraite ou lutter au corps à corps avec son ennemi, à coups de baïonnette. Rares étaient les batailles au cours desquelles un homme tirait plus de dix fois avec son Brown Bess. Sa charge de poudre était de 70 grains, soit moins d'un cinquième d'once [1]. Après avoir accompli une bonne part de son temps d'apprentissage dans les usines de poudre à canon de Tower Harratz, sur les rives de l'Avon, Richard connaissait parfaitement chaque aspect de la fabrication des armes. Il y avait de fortes probabilités pour que, sur quatre fusils Brown Bess sortis de ses mains, un seul fût réellement utilisé.

Leur calibre était proche de celui des fusils français, portugais ou espagnols, et ils pouvaient donc recevoir des munitions provenant de ces trois pays. Richard savait aussi que, si une balle de Brown Bess atteignait sa cible humaine, les chances de survie étaient très faibles. Si un homme était atteint à la poitrine ou à la gorge, ses organes se transformaient en bouillie. Si la balle le frappait à un membre, ses os étaient si fracassés que seule une amputation pouvait sauver le malheureux.

Il lui fallut deux heures pour assembler son premier Brown Bess mais, à la fin de la journée, il fabriquait un mousquet en une heure. Quatre shillings le fusil représentaient pour lui une somme fabuleuse mais, pour le senhor Habitas, le profit était encore supérieur. Le travail de Richard lui rapportait dix shillings par arme. Certes, on trouvait des armuriers moins chers mais, dans les mains d'un soldat expérimenté, les fusils fabriqués par Habitas fonctionnaient sans s'enrayer ni exploser. L'armurier tenait également à assister lui-même aux essais de tir auxquels les armes étaient soumises.

— Je me félicite de n'employer jamais d'apprentis, rien que des armuriers qualifiés, expliqua Habitas à Richard. Et, de préférence, des hommes que j'ai formés moi-même. (Il jeta un regard grave à Richard.) Mais tout cela finira bientôt, mon ami, sois-en certain. Cette guerre durera encore trois ou quatre ans mais je doute que les Français en sortent assez vaillants pour reprendre les hostilités contre nous. Nous avons beaucoup de travail pour l'instant mais cela cessera, et il me faudra une nouvelle fois te donner ton congé.

---

1. Une once = environ 30 grammes. *(N.d.T)*

C'est l'une des raisons pour lesquelles je te paie quatre shillings le fusil. L'autre, c'est que je n'ai jamais vu quelqu'un travailler aussi bien que toi, ni aussi vite.

Richard ne répondit pas, mais Habitas, connaissant sa réserve, ne s'en offusqua pas. En revanche, il savait écouter avec intelligence, et sans commentaires inutiles. Le sens de chaque parole pénétrait dans son esprit et y demeurait enfoui jusqu'à ce qu'un événement vienne l'en extraire. « C'est peut-être pour cela aussi que j'estime tant ce garçon, songea Habitas. Pour sa nature paisible et honnête : il ne cherche jamais à se mêler de ce qui ne le regarde pas. »

Dans la salle de tir, les dix Brown Bess assemblés ce jour-là par Richard s'alignaient dans le râtelier, apportés par un gamin d'une dizaine d'années engagé par Habitas comme valet. Richard saisit le premier d'entre eux, débloqua le refouloir et tendit la main vers un coffre où étaient rangées les munitions. La balle et la poudre reposaient dans un petit sac en papier. Richard mordit dans le papier pour le couper, enfonça la poudre dans la culasse, froissa le papier en boule avant de le fourrer dans le canon puis d'y glisser la balle. Une poussée adroite sur le refouloir, et le tout fut chassé à l'extrémité du tube. Richard essuya l'excédent de poudre à l'embouchure, bloqua le mousquet contre son épaule et actionna la détente. Tout parut alors se dérouler en même temps : le vacarme de l'explosion, la gerbe d'étincelles et l'épais nuage de fumée. A quarante yards de là, une bouteille posée sur une étagère se désintégra.

— Tu n'as pas perdu la main, lança le senhor Habitas, ravi, tandis que le garçonnet, pieds nus, s'élançait pour balayer les éclats de verre brisé et poser une nouvelle bouteille de verre dépoli sur le rayonnage.

— Nous verrons cela lorsque je les aurai essayés tous les dix, répliqua Richard avec un sourire.

Neuf fusils fonctionnèrent parfaitement. Quant au dixième, il ne nécessitait qu'un léger limage.

Lorsque Richard pénétra dans le Cooper's Arms, il retira aussitôt le petit William Henry de sa chaise d'enfant et le serra contre lui avec une telle tendresse que le petit pouvait à peine respirer.

« William Henry, William Henry... Oh, que je t'aime, mon fils ! Comme la vie, comme l'air, le soleil, le ciel et le Seigneur tout-puissant ! »

Posant sa joue contre celle de son fils, les yeux clos, il sentit le petit corps parcouru d'un léger tremblement : une vibration invisible, comme le ronronnement d'un chaton, à peine perceptible sous les doigts. Une crise d'angoisse ?

Richard ouvrit les paupières et tendit l'enfant à bout de bras pour le regarder droit dans les yeux. Mais le visage du petit garçon demeurait lisse, impénétrable.

— On dirait que tu ne lui as pas manqué tant que ça ! lança Dick.

— Il a un appétit de loup, annonça Mag fièrement.

— Avec moi, il s'est montré aussi joyeux qu'un petit rossignol, renchérit Peg d'un air triomphant.

Richard sentit ses genoux faiblir et se laissa tomber sur un siège à côté du comptoir, son fils toujours blotti contre sa poitrine. Le léger tremblement de l'enfant avait disparu. « Oh, William Henry, qu'as-tu cru ? As-tu pensé que ton papa ne reviendrait plus ? Jusque-là, jamais je ne m'étais éloigné de toi plus d'une heure ou deux. Et, lorsque cela arrivait, tout le monde ne cessait de te répéter que je serais de retour avant le coucher du soleil. Tu ne pleurais jamais, ne refusais jamais de manger, ne montrais pas la moindre inquiétude. Mais, cette fois, je sais que tu as cru que je ne reviendrais jamais. »

— Je serai toujours à tes côtés, murmura-t-il à l'oreille de l'enfant. Toujours.

Au cours des dix-huit derniers mois, Peg s'était étonnée de l'extrême faiblesse – à moins que ce ne fût de la douceur ? – de son mari à l'égard de leur fils. « Ce n'est pas sain, songea-t-elle. Il a trop besoin de notre enfant pour combler en lui un vide dont j'ignore tout. C'est trop injuste. J'aime William Henry autant que lui. A présent que Richard travaille au-dehors, je peux enfin l'avoir pour moi toute seule. »

— Comment se passe ta vie, là-bas ? interrogea-t-elle.

— Tout va bien, répondit Richard, reprenant lentement le contrôle de ses émotions.

Il regarda Dick.

— J'ai gagné deux livres aujourd'hui, père. Une pour moi et une pour toi.

— Pas question, grogna Dick. Ce sera dix shillings pour moi et trente pour toi. Cela m'aidera déjà bien assez les jours où aucun client ne se montrera ici. Ajoute deux shillings de plus pour la pension de ta petite famille et mets de côté les vingt-huit restants. Habitas compte te payer chaque samedi, n'est-ce pas ? J'espère qu'il n'est pas de ceux qui règlent les salaires tous les mois ou seulement lorsqu'on leur a payé leurs marchandises ?

— Il paie tous les samedis, père.

Ce soir-là, au lit, quand Richard voulut s'approcher de Peg pour relever délicatement sa chemise de nuit, elle lui administra une petite tape sur la main, d'un geste agacé.

— Non, Richard ! murmura-t-elle sèchement. William Henry ne dort pas encore et il est désormais assez âgé pour comprendre.

Richard demeura étendu dans le noir, à écouter les ronflements et les sifflements de la chambre voisine. Il se sentait las après ces longues heures de travail mais étrangement éveillé. Aujourd'hui, beaucoup de choses avaient pris un tour nouveau. Son travail, d'abord, qu'il appréciait. Mais aussi la séparation avec son enfant et sa femme bien-aimés. Il comprenait soudain qu'il pouvait, en toute innocence, blesser les sentiments de ceux qu'il chérissait. Et pourtant, il lui fallait travailler pour entretenir sa famille, pour qu'elle ne manque de rien. Malgré cela, et pour la première fois depuis leur mariage, Peg venait de le repousser. Quant à William Henry, il s'était mis à trembler comme un chaton effrayé.

« Que puis-je donc faire ? s'inquiéta Richard. Quelle solution trouver ? Aujourd'hui, j'ai involontairement creusé une brèche au sein des miens, et pour la meilleure des causes. Je n'ai jamais beaucoup exigé ni attendu de la vie. Tout ce dont j'ai besoin, c'est la présence de ma famille. C'est là que je puise mon bonheur. Je leur appartiens et ils m'appartiennent. Du moins, je le pensais. Faut-il toujours, chaque fois que l'on change quelque chose dans sa vie, voir le sol s'entrouvrir sous ses pieds ? Cet abîme sera-t-il profond ? »

– Senhor Habitas, combien de mousquets dois-je fabriquer par jour ?

Sa deuxième journée de travail à l'armurerie venait de débuter et l'aube pointait à peine.

Tomas Habitas demeura impassible. Comme toujours, son visage ne reflétait rien de ses émotions.

— Pourquoi cette question, Richard ?

— Je ne souhaite pas travailler de l'aube au crépuscule, senhor. Ce n'est plus comme autrefois. Ma famille a besoin de moi.

— Je le comprends fort bien, répondit doucement Tomas Habitas. Mais nous devons affronter un dilemme insoluble. Il faut gagner de l'argent pour assurer le bien-être des siens et, pourtant, nos proches réclament bien plus que de l'argent. Malheureusement, un homme ne peut se trouver dans deux endroits en même temps. Je te paye au mousquet, Richard. Ce qui signifie que tu peux en faire autant ou aussi peu que tu le voudras... A la vérité, je souhaiterais voir sortir chaque jour quinze à vingt mousquets de mon atelier mais, si tu n'en fais qu'un seul, je m'y résignerai. C'est ton choix.

— Que diriez-vous de dix ?

— C'est un chiffre qui me paraît tout à fait acceptable.

Et c'est ainsi que Richard put rentrer chez lui dès le milieu de l'après-midi, après avoir assemblé et essayé ses dix mousquets quotidiens. Le senhor Habitas se montrait fort satisfait. Tout comme Richard, qui pouvait se rapprocher de sa femme et de son fils tout en faisant grossir ses économies à la banque. Son rêve – acheter une maison à Clifton Hill – se précisait enfin.

Désormais, son fils commençait à marcher. Sous peu, l'univers de Broad Street, entraperçu par la porte de la taverne, exciterait la curiosité de l'enfant. Mieux valait, pensait Richard, que les premiers pas de William Henry le portent sur des chemins parfumés et fleuris plutôt que dans le dédale de rues sombres de Bristol, lourdes des effluves nauséabonds du Froom à marée basse.

Mais, lorsqu'il revint chez lui ce jour-là, ce ne furent ni Peg ni William Henry qui s'empressèrent pour l'accueillir. En revanche, Mr Thistlethwaite se leva de sa table pour venir à sa rencontre et le serrer chaleureusement contre lui.

— Eh, Jem ! plaida Richard en riant, lâchez-moi ! Sinon, vos pistolets vont partir tout seuls !

— Richard ! Richard ! Je croyais ne jamais te revoir !

— Moi ? Et pourquoi ? Même si je travaillais du matin au soir

– et, ainsi que vous pouvez le constater, ce n'est plus le cas –, vous m'auriez au moins revu en hiver, répondit Richard en se libérant de son étreinte pour tendre les bras au petit William Henry, qui se blottit aussitôt contre lui.

Peg survint alors en souriant avec, dans les yeux, une expression vaguement coupable. Elle plaqua sur les lèvres de son mari un long baiser. Lorsque Richard prit place à la table de Thistlethwaite, il eut l'impression que l'abîme sous ses pieds venait de se refermer. Tout redevenait comme avant.

Dick lui tendit une chope de bière qu'il sirota, savourant chaque gorgée de ce breuvage légèrement amer, sans pour autant l'apprécier à l'excès. Sobre par nature, lui-même fils d'un tavernier réputé pour sa tempérance, il ne buvait que de la bière, et jamais assez pour en ressentir le moindre effet. Il y avait déjà bien assez de gens comme cela qui abusaient du rhum ou du gin. Et, dans son métier, il lui fallait rester équilibré, garder les mains fermes et un esprit aiguisé. Avec seulement trois pence, on pouvait se payer une demi-pinte de rhum ou, selon sa qualité, une pleine pinte de gin. S'il existait des lois pour réprimer presque tous les vices du genre humain, il n'y en avait pas pour les excès de boisson. L'Etat récoltait des taxes bien trop substantielles sur le commerce de l'alcool pour décourager ses sujets.

A Bristol, on consommait encore plus de rhum que de gin, la boisson des pauvres. Principal importateur de sucre pour toutes les îles Britanniques, Bristol s'était naturellement institué capitale du rhum. A la vérité, il existait fort peu de différence entre les deux breuvages, même si le rhum était en général plus parfumé, et mieux toléré par l'organisme, que le gin.

En tant que buveur de rhum – et du rhum de premier choix –, Mr Thistlethwaite avait fait du Cooper's Arms son second foyer, principalement parce que Dick Morgan achetait un rhum incomparable, issu de la distillerie de Mr Thomas Cave, à Redcliff.

Ce jour-là, lorsque Richard revint de son travail, Thistlethwaite était déjà pas mal éméché – plus qu'il ne l'était en général à trois heures de l'après-midi. Richard lui avait manqué, tout simplement, et il en avait conclu que son jeune ami ne serait plus jamais de retour avant son départ de la taverne, à cinq heures. Sans doute par un ultime instinct de conservation, Thistlethwaite s'en tenait inexorablement à cette limite horaire. S'il restait une seule minute de plus au Cooper's Arms, il savait qu'il finirait immanquablement ivre mort dans un caniveau de Broad Street.

— Je suis peut-être un peu gris à cette heure, dit-il en titubant légèrement, mais, quand je t'ai vu entrer à l'instant, Richard, cela m'a ému aux larmes.

Il se dirigea d'un pas incertain vers la porte. Sa voix parvint à Richard depuis Broad Street.

— Je me demande vraiment pourquoi, tu sais. Oui, pourquoi ai-je éprouvé cela alors que je ne te connais pas ? Qui donc es-tu, hormis le fils du tavernier ? Tu es un mystère, Richard... Un véritable mystère.

Sa tête, coiffée avec désinvolture d'un tricorne, réapparut dans l'embrasure.

— Un homme ivre possède-t-il un don de double vue, Richard ? Faut-il croire aux prémonitions ? Hum ! Ma foi, je mérite peut-être le surnom de Cassandre car je deviens aussi sentimental qu'une vieille femme. Ho ho ! Allons, assez de fadaises ! Laissons mes attiques poumons respirer l'air béotien !

Puis il disparut de nouveau.

— Ce type-là est complètement marteau, soupira Dick. Aussi fou qu'un lièvre de Mars !

La guerre contre les treize colonies d'Amérique se poursuivit et s'émailla de tant de victoires des rangs britanniques que les bons citoyens de Bristol, émerveillés, s'attendaient d'un jour à l'autre à une reddition définitive de l'ennemi. Mais cette nouvelle ne vint jamais. Les colons réussirent à s'emparer de Boston et à en chasser sir William Howe, qui se réfugia sur-le-champ à New York, manifestement prêt à prendre sa revanche en divisant ses troupes, en poussant George Washington dans le New Jersey et en se plaçant lui-même sur l'axe reliant les colonies du nord et du sud. A Nassau et à Narragansett, son frère, l'amiral Howe, venait d'infliger une défaite à la toute jeune marine américaine, prenant ainsi le contrôle de la mer.

Jusque-là, le gouvernement de Pennsylvanie s'était efforcé de garder une attitude mesurée en encourageant les négociations entre les loyalistes et les rebelles. Au moment où la défaite américaine paraissait inévitable – du moins aux yeux des gens de Bristol –, la Pennsylvanie changea soudain de cap et rompit son allégeance à la Couronne pour rejoindre avec ardeur le camp des insoumis. Une volte-face qui parut incompréhensible à beaucoup, tout particulièrement aux quakers de Bristol, pour la plupart apparentés aux colons de Pennsylvanie.

En août 1776, les journaux rapportèrent que le Congrès venait de signer la Déclaration d'indépendance proposée par Thomas Jefferson sans l'accord de New York. John Hancock, le président du Congrès, fut le premier à ratifier le projet, et son ample signature aurait fait pâlir de jalousie sa pitoyable effigie, qui continuait encore de se balancer au bout de l'enseigne de l'American Coffee House de Bristol. Après que les troupes du général Washington eurent à leur tour rejoint le camp des indépendantistes en acclamant la Déclaration de Jefferson, New York la ratifia à son tour. L'indépendance était à présent sur toutes les lèvres, même si Manhattan demeurait loyaliste. Le drapeau du Congrès s'orna dès lors de treize bandes rouges et blanches.

Les négociations de Staten Island s'interrompirent quand les colons eurent refusé d'abroger la Déclaration d'indépendance. Sir William Howe envahit alors le New Jersey, avec son infanterie anglaise enrichie de dix mille mercenaires hessois, recrutés par le roi pour renforcer ses troupes. Washington traversa le Delaware afin de pénétrer en Pennsylvanie, puis il dut rebrousser chemin au cœur de l'hiver pour infliger une cuisante défaite aux mercenaires qui venaient de prendre Trenton. Après une nouvelle – mais moindre – victoire à Princeton, l'armée des rebelles se replia dans les collines de Morristown tandis que le général Howe, totalement défait, retournait à Manhattan avec lord Cornwallis, son commandant en second. La famille Cornwallis possédait une propriété à Clifton Hill et, de ce fait, était chère au cœur de chaque habitant de Bristol.

Pour Richard, l'année 1776 fut placée sous le signe des mousquets et de l'argent. Il possédait 400 livres à la banque de Bristol, et les douze shillings par jour donnés à son père avaient permis au Cooper's Arms de rester ouvert alors que tant d'autres tavernes fermaient définitivement leurs portes. Les restrictions frappaient tout le monde, riches ou pauvres. Les temps étaient des plus difficiles.

Le taux de criminalité s'était accru au-delà de tout ce qu'on aurait pu imaginer et, désormais, il se compliquait d'un nouveau problème, conséquence de cette guerre américaine si amère : il n'était plus possible d'expédier les condamnés ou les pauvres ne dépendant d'aucune paroisse vers les treize colonies pour les vendre comme travailleurs sous contrat. Avec le temps, cette pratique commode avait permis au gouvernement d'appliquer des mesures disciplinaires considérées comme les plus dures d'Europe tout en gardant une population carcérale relativement peu nombreuse. Pour un Français condamné à la pendaison, on en pendait dix en Angleterre, et, pour un Allemand, quinze. Il arrivait aussi qu'on pende des femmes. Mais, dans leur grande majorité, les déportés n'étaient ni voleurs de grand chemin, ni assassins, ni incendiaires et se voyaient condamnés pour des délits minimes. Vendus sous contrat de travail à des hommes qui les entassaient sur des navires – dont beaucoup partaient de Bristol –, ils débarquaient de l'autre côté des mers dans l'une ou l'autre des treize colonies où on les revendait comme esclaves de race blanche, non sans un profit substantiel. La différence entre eux et les esclaves noirs – du moins en théorie – résidait dans le fait qu'un terme était fixé à leur condition de détenu. Mais ce n'était pas toujours le cas, surtout s'il s'agissait d'une femme. Moll Flanders[1] en savait quelque chose.

Le transfert de travailleurs blancs sous contrat se concentrait sur quelques-unes des treize colonies car les riches planteurs des Indes occidentales préféraient employer des Noirs, convaincus que ceux-ci, habitués à la chaleur, travaillaient mieux dans ce climat tropical. De plus, on pouvait les différencier d'un seul coup d'œil du « Master » et de la « Mistress ». Bien que ce système de déportation eût été suspendu momentanément à cause de la guerre, les cours de justice et les assises ne cessèrent pas pour autant de condamner durement les plus petits délits. La loi

---

1. Célèbre figure du XVIIIe siècle qui inspira à Daniel Defoe son roman éponyme, Moll Flanders naquit à Newgate, et, au cours des soixante années d'une existence fort mouvementée, fut, selon ses propres Mémoires, douze ans une catin, cinq fois une épouse (dont une fois celle de son propre frère), douze ans une voleuse, et huit ans déportée en Virginie. Elle finit dans la richesse et mourut pénitente. *(N.d.T.)*

anglaise n'était pas conçue pour protéger les droits de quelques aristocrates, mais ceux de toute personne ayant acquis quelques biens ou un peu de fortune, si minime fût-elle. La population carcérale se mit donc à enfler pour atteindre un taux alarmant et l'on fut contraint de transformer en hâte des châteaux et de vieux immeubles abandonnés en lieux de détention auxiliaires. Le flot des condamnés continua de pénétrer, traînant ses chaînes, entre les grilles des anciennes et des nouvelles prisons.

C'est alors que Duncan Campbell, entrepreneur et spéculateur londonien, conçut l'idée d'utiliser comme prisons de vieux navires de guerre inscrits sur les listes ordinaires, c'est-à-dire hors service. Il en acheta un, le *Censor,* l'amarra sur la Tamise au Royal Arsenal et le remplit de deux cents prisonniers de sexe masculin. Une nouvelle loi autorisant le gouvernement à faire travailler ces condamnés à son profit, les détenus du *Censor* furent donc chargés de draguer le fleuve dans la section ouvrant accès à la mer. On les employa à construire de nouveaux docks, travaux que des hommes libres n'auraient accomplis qu'en échange d'un salaire élevé. Le travail des prisonniers ne coûtait que le prix de leur nourriture et de leur logement, tous deux assurés par Mr Duncan Campbell sur le *Censor*.

Toutefois, l'on commit au début quelques erreurs. Campbell découvrit qu'on ne pouvait faire dormir ces détenus dans des hamacs car leurs chaînes s'emmêlaient. Il installa donc des couchettes, ce qui lui permit de porter la capacité d'accueil du *Censor* à trois cents hommes. Le gouvernement de Sa Majesté britannique, extrêmement satisfait de cet arrangement, résolut de payer Campbell pour sa peine. Les forçats en surplus pourraient être ainsi entassés sur des carcasses de bateaux jusqu'à la fin de la guerre, quand les transferts pourraient reprendre leur cours. Ce fut pour tous un immense soulagement.

Pour le tenancier d'une taverne, il était clair que la plupart des petits délits étaient accomplis en état d'ivresse. Le travail devenant rare, on avait recours au rhum ou au gin, de plus en plus précieux pour ceux qui ne voyaient aucun rayon d'espoir illuminer leur sort. Le port de vêtements de soie, de mouchoirs ou de colifichets était la marque distinctive des gens aisés. Hommes et femmes – parfois même des enfants, réduits à mendier à la paroisse leur pain quotidien – se mettaient à boire dès qu'ils avaient une pièce, pour oublier leurs loques ; une fois ivres, ils volaient des vêtements, des mouchoirs, des colifichets. En somme, tout ce qu'ils ne pouvaient pas s'offrir. Un butin que l'on pouvait revendre à des receleurs – à Londres ou à Bristol – contre un verre et quelques heures supplémentaires d'oubli et d'ivresse. Quand les voleurs étaient pris, on les traînait devant un tribunal qui les condamnait parfois à mort, parfois à sept ou quatorze années de déportation. Mais déporté où ? Une question que nul n'osait poser.

Pour Richard, l'année 1777 aurait dû ressembler à la précédente – fabriquer des mousquets et économiser de l'argent – mais, peu après le nouvel an, alors que Washington et ce qui lui restait de troupes enduraient les souffrances d'un terrible hiver hors de Morristown, les Morgan du Cooper's Arms reçurent un choc : Mr James Thistlethwaite leur annonça abruptement qu'il quittait Bristol.

Dick s'écroula sur une chaise, ce qui lui arrivait si rarement qu'il avait les coudes calleux à force de rester appuyé au comptoir.

— Partir ? demanda-t-il d'une voix faible. Partir ?

— Oui, déclara Mr Thistlethwaite sur un ton acerbe, partir, et alors ?

Peg et Mag fondirent en larmes. Richard, tout décontenancé, les envoya avec William Henry à l'étage pour y pleurer à leur aise. Ensuite, il se tourna vers Mr Thistlethwaite, qui affichait un air furieux.

— Jem, vous faites partie des meubles ! Vous ne pouvez pas nous quitter !

— Je ne fais pas partie des meubles et je m'en vais !

— Asseyez-vous donc, mon ami ! Et ne prenez pas cet air agressif ! Nous ne sommes pas vos adversaires.

— Ah ah ! s'exclama Mr Thistlethwaite en obtempérant. Tu es donc capable de sortir de ta coquille, enfin ! Mon départ serait-il si important ?

— C'est une très mauvaise nouvelle, convint Richard. Père,

veux-tu me donner une bière et servir à Jem un pot de la meilleure cuvée de Thomas Cave ?

Dick se leva et s'exécuta.

— Et maintenant, qu'est-ce qui se passe ? demanda Richard.

— J'en ai assez, voilà tout. Je n'ai plus rien à faire à Bristol. Qui me reste-t-il encore à brocarder ? Le vieil évêque Newton ? Je ne peux pas faire ça à quelqu'un qui a tout juste assez d'esprit pour qualifier de « méthodisme » ce qui n'est qu'une forme abâtardie de papisme. Et que puis-je inventer d'autre, encore, pour irriter les autorités ? Quel sarcasme cuisant pourrais-je trouver à part dire que sir Abraham Isaac Elton parle beaucoup mais ne fait pas la loi, que John Vernon fait la loi et parle peu et que Rowles Scudamore ne fait ni l'un ni l'autre ? J'ai révélé publiquement que Daniel Harson avait été un ministre dissident, et John Powell médecin sur un négrier. Non, Richard, j'ai joué mes dernières cartes à Bristol et j'ai envie de découvrir de nouveaux et plus verts pâturages. Il est grand temps que je parte pour Londres.

Richard demeura quelques instants silencieux. Comment expliquer avec tact à son ami qu'une étoile, aussi brillante soit-elle à Bristol, peut se trouver obscurcie par le brouillard d'une cité vingt fois plus grande ?

— C'est une grande ville, se risqua-t-il enfin à dire.

— J'y ai des amis, répliqua Mr Thistlethwaite.

— Vous ne changerez pas d'avis ?

— Je n'en changerai pas.

— Alors, intervint Dick qui avait retrouvé quelque force, je bois à votre chance et à votre santé, Jem. (Il retroussa les lèvres). Au moins, je ferai l'économie de vos maudites plumes et de votre encre.

— Vous nous écrirez pour nous donner de vos nouvelles, n'est-ce pas ? demanda Richard un peu plus tard, quand l'humeur agressive de Mr Thistlethwaite se fut changée en un larmoyant apitoiement sur lui-même.

— Si toi, tu m'écris. (Le barde de Bristol essuya une larme en reniflant.) Oh, Richard, le monde est bien cruel ! Et je me sens, moi aussi, l'envie de me montrer cruel à son égard sur une plus grande échelle qu'à Bristol.

Ce soir-là, Richard prit William Henry sur ses genoux et le contempla pensivement. A deux ans et demi, c'était un garçon grand et fort, et il avait un visage d'ange – du moins était-ce l'avis de son père. Ses yeux étaient si grands, si uniques que personne ne pouvait se souvenir d'en avoir vu de semblables. Leur couleur ressemblait à celle d'une bière blonde semée de grains de poivre. Mais il y avait aussi les traits étonnamment réguliers du visage et la perfection de la carnation. Partout où l'enfant allait, les gens se retournaient sur lui, admirant son exceptionnelle beauté. Ce n'était pas seulement l'opinion de parents complaisants. De l'avis général, William Henry était un enfant ravissant.

— Mr Thistlethwaite va s'en aller, annonça Richard à son fils.
— Loin ?
— Oui, à Londres. Nous ne le verrons plus guère et peut-être même plus du tout.

Les yeux du petit garçon ne se remplirent pas de larmes mais ils changèrent et Richard savait qu'ils exprimaient du chagrin, de l'émotion, sans se départir de leur secret.

— Il ne nous aime plus, papa ?
— Il nous aime toujours beaucoup. Mais il a besoin de plus d'espace qu'à Bristol et cela n'a rien à voir avec nous.

En les entendant, Peg se recroquevilla sur elle-même, aussi impénétrable que ce qui se cachait dans l'esprit du petit William Henry. Après sa première réaction vindicative envers les approches de Richard, elle s'était mieux contrôlée et acceptait de nouveau le devoir conjugal. Même si Richard avait remarqué qu'elle y répondait avec une indifférence plus mécanique encore que celle d'une prostituée, il ne fit pas de commentaire. Ce n'était pas qu'elle l'aimât moins, non. Sa réticence physique reposait sur un fort sentiment de culpabilité. N'était-elle pas devenue stérile ? Son ventre était racorni et vide, incapable de contenir autre chose que ses menstrues, alors qu'elle était mariée à un homme qui aimait ses enfants plus que tout au monde. Un homme qui avait besoin d'en avoir toute une tribu.

Alors qu'ils reposaient côte à côte dans leur lit, rassurés par les ronflements de la chambre de devant, et par la respiration régulière de William Henry, Peg dit soudain :

— Richard, mon amour, je crains de ne plus jamais avoir d'enfant.

Voilà. C'était dit. Enfin.

— En as-tu parlé au cousin James l'Apothicaire ?

— Ça ne me semble pas nécessaire et ce n'est d'ailleurs pas une chose qu'il puisse guérir. Dieu a voulu que je sois ainsi. Je le sais, voilà tout.

Il cligna des yeux, la gorge serrée.

— Eh bien, qu'importe ! N'avons-nous pas notre William Henry ?

— Je sais. Et il se porte bien, remarquablement bien. Mais, Richard... (Elle se redressa pour s'asseoir dans le lit.) C'est à cause de lui que je veux te parler.

Il s'assit à son tour, les bras autour des genoux.

— Allons, parle, Peg !

— Je ne veux pas aller m'installer à Clifton.

Il s'accouda, tâtonna pour trouver l'amadou et alluma la chandelle pour mieux la regarder. Un visage rond, charmant, crispé par l'anxiété, troué par de grands yeux noirs semblables à ceux d'un animal poursuivi par une meute.

— Mais c'est justement pour le bien de notre seul enfant que nous devons aller à Clifton, Peg !

Incapable de trouver les mots justes pour exprimer ce qu'elle ressentait, elle crispa les mains, soudain terriblement semblable à son fils.

— C'est aussi pour le bien de William Henry que je parle. Je sais que tu as assez d'argent pour acheter un très joli cottage sur la colline, mais je m'y retrouverai toute seule avec notre fils. S'il se passait quelque chose, qui pourrais-je appeler à mon secours ?

— Nous avons les moyens d'engager une servante, Peg. Je te l'ai dit.

— Oui, mais une servante ne remplace pas la famille. Ici, j'ai tes parents et tout est bien, Richard. La nuit, je suis hantée par toutes sortes de cauchemars. J'imagine William Henry descendant vers les rives de l'Avon et tombant dedans, pendant que je suis occupée à faire cuire du pain et que la servante va chercher de l'eau au puits de Jacob. Je ne cesse de le voir tomber et se noyer – encore et encore, toujours !

La flamme fit scintiller les larmes qui s'étaient mises à couler. Richard posa la chandelle sur le coffre, à côté du lit, et prit sa femme dans ses bras.

— Peg, Peg... Ce ne sont que des rêves. Sais-tu que, dans mes propres cauchemars, j'imagine William Henry écrasé sous les patins d'un traîneau, emporté par la marée ou encore tombant dans une trappe ? Rien de tout ça ne peut arriver à Clifton. Si ça te tracasse tellement, nous prendrons une autre servante pour surveiller William Henry.

— Tes cauchemars sont toujours différents, dit-elle en pleurant. Mais le mien est toujours le même. C'est toujours William Henry qui tombe dans l'Avon, à l'endroit même où le bras se resserre. Notre fils est terrifié par quelque chose que je ne peux pas voir.

Il s'efforça de la rassurer jusqu'à ce qu'elle se calme et, finalement, s'endorme dans ses bras. Il resta étendu à la lueur vacillante de la chandelle, à lutter contre son propre chagrin. C'était une conspiration familiale, il le savait. Son père et sa mère influençaient Peg. Mag parce qu'elle adorait William Henry et aimait sa bru comme une fille. Et Dick parce que... eh bien, peut-être avait-il songé que, lorsque son fils serait installé à Clifton, il cesserait de lui verser ses douze shillings par jour... Il lui faudrait alors faire face à de plus lourdes dépenses.

Son instinct lui disait qu'il ne devait pas céder à ces pressions et qu'il lui fallait emmener sa femme et son fils sur les collines verdoyantes de Clifton, où l'air était meilleur. Mais ce que Dick Morgan qualifiait de mollesse chez Richard n'était en fait que sa capacité à comprendre les actions des autres, en particulier de sa famille, et à compatir à leurs inquiétudes. Il pouvait insister pour s'installer à Clifton – il avait trouvé le cottage qui leur conviendrait, assez grand, joliment couvert de chaume, et assez récent, avec une cuisine séparée dans la cour arrière pour éviter les risques d'incendie, et un réduit pour loger la servante – mais il savait déjà que Peg avait décidé de ne pas y aller. D'emblée, elle détestait cette seule idée. Etrange pour une fille de paysan. Richard n'avait pas imaginé un seul instant qu'elle pourrait refuser ce mode de vie plus rural, qui le tentait, lui, un homme né et élevé en ville. Ses lèvres se mirent à trembler mais Richard Morgan ne pleurait pas, même dans l'intimité de la nuit. Lentement, douloureusement, il se résigna avec courage à ne jamais vivre à Clifton.

Mon Dieu, Vous qui régnez au ciel comme sur la terre, mon épouse pense que William Henry risque de se noyer dans l'Avon si nous nous installons à Clifton. Mais, moi, j'ai le pressentiment que ce sera Bristol qui le tuera. Je Vous en prie, Seigneur, protégez mon fils ! Laissez-moi ce seul enfant ! Sa mère dit qu'il n'y en aura pas d'autres et je la crois.

— Nous resterons au Cooper's Arms, annonça-t-il à Peg quand ils s'éveillèrent un peu avant l'aube.

Le visage de sa femme s'éclaira et elle le serra dans ses bras, bouleversée et soulagée à la fois.

— Oh, merci Richard, merci !

La guerre d'Amérique se poursuivit pendant quelque temps sous de bons auspices pour l'Angleterre, même si, au Parlement, certains membres du parti tory se sentirent assez forts pour quitter le gouvernement en signe de protestation contre la politique du roi. On chargea Mr Johnny Burgoyne de débarrasser le pays de tous les rebelles au nord de New York, et il fit la démonstration de ses remarquables aptitudes tactiques en se rendant maître de Fort Ticonderoga, sur le lac Champlain, une place jugée imprenable par les rebelles. Mais entre le lac et le cours supérieur de l'Hudson s'étendait une région sauvage que Burgoyne devait traverser et où il n'avança qu'à raison d'un mile par jour. Sa chance l'abandonna, et les troupes chargées de faire diversion capitulèrent à Bennington. Horatio Gates avait pris le commandement des rebelles avec l'assistance du brillant Benedict Arnold. Attaqué à deux reprises à Bemis Heights, Burgoyne, finalement vaincu, se rendit à Saratoga.

La nouvelle ébranla l'Angleterre jusque dans ses fondations. Se rendre ! Cette cuisante défaite éclipsa à elle seule toutes les victoires acquises, conséquence subtile et mystérieuse que ni lord North ni le roi n'avaient envisagée. Pour l'Anglais ordinaire, homme ou femme, Saratoga signifiait que l'Angleterre était en train de perdre la guerre et que les rebelles américains possédaient quelque chose qui avait fait défaut aux Français, aux Espagnols et aux Hollandais.

Si sir William Howe s'était avancé sur l'Hudson pour rejoindre Burgoyne, les choses auraient pu tourner différemment, mais

Howe choisit plutôt d'envahir la Pennsylvanie. Il battit George Washington à Brandywine, puis réussit à prendre Philadelphie et Germantown. Le Congrès américain s'enfuit à York, en Pennsylvanie, ce qui laissa perplexes les Anglais, des deux côtés de l'Atlantique. On n'abandonne pas ainsi sa capitale à l'ennemi, on la défend jusqu'à la mort ! A quoi bon prendre Philadelphie si le gouvernement rebelle n'y était plus ? Il se passait quelque chose de nouveau à la surface du globe.

Les conquêtes de Howe en Pennsylvanie eurent lieu presque en même temps que les campagnes de Burgoyne au nord de New York, mais elles ne compensèrent nullement la défaite de Saratoga. Dès lors, le Parlement commença à se demander si les Britanniques étaient en mesure de gagner cette guerre. Le gouvernement de lord North devint plus défensif, se préoccupa à l'excès des événements d'Irlande, ralentit ses échanges maritimes et parla moins d'enrôler des volontaires pour aller combattre les Français alliés aux Américains. A Londres, on ne parlait plus que de cela. Si les Irlandais voulaient se battre, il fallait essayer de les calmer, car les troupes anglaises se trouvaient au loin, à 3 000 miles du pays. Ce n'était pas une tâche facile avec les tories qui régnaient au Parlement.

A Bristol, la dépression économique allait en s'aggravant. Sachant la Royal Navy de l'autre côté de l'Océan, les corsaires français et américains sillonnaient les mers et narguaient les bâtiments anglais.

Toujours prêts à armer des corsaires, les riches habitants de Bristol fournirent des fonds pour transformer des navires marchands en forteresses flottantes, lourdement armées. Les corsaires anglais s'étaient montrés redoutables pendant la guerre de Sept Ans contre la France ; aussi personne n'imaginait que cette nouvelle guerre pourrait avoir des résultats différents.

Pourtant, écrivit Richard à Mr James Thistlethwaite durant la seconde moitié de 1778, *ces investissements se sont soldés par un désastre. Bristol a armé 21 corsaires, mais deux seulement, le* Tartar *et l'*Alexander, *ont réussi à capturer un butin qu'un Français des Indes orientales a évalué à 100 000 livres. Le commerce maritime a tellement décliné que, d'après le Conseil, les taxes portuaires ne couvriront même pas le salaire du maire.

Partout, on rencontre des voleurs de grand chemin. La route jusqu'à l'auberge des White Ladies Inn, *à la barrière de péage d'Aust, est même considérée comme trop dangereuse pour une promenade du dimanche. Mr et Mrs Maurice Trevillian, une honorable famille de Cornouailles, ont été arrêtés et volés dans leur voiture juste devant leur résidence sur Park Street ! On leur a pris une montre en or, des bijoux de grande valeur et un peu d'argent.*

Bref, Jem, la situation est précaire.

Mr Thistlethwaite répondit à la lettre de Richard avec une remarquable promptitude. Certaines mauvaises langues de Bristol susurraient que les choses n'allaient pas si bien que cela à Londres pour Jem Thistlethwaite. Il n'aurait trouvé que de mauvaises rubriques dans de rares journaux et aurait même travaillé pour des papetiers.

Richard, quelle joie d'avoir de tes nouvelles ! Ton visage avenant me manque mais ta lettre me console un peu.

La seule différence entre un pirate et un corsaire c'est l'emblème du gouvernement de Sa Majesté, laquelle, soit dit en passant, prélève d'ailleurs une large part des profits. Ce qui a débuté comme un conflit local est devenu une guerre générale. Les avant-postes anglais sont attaqués dans presque tous les coins du globe – comment un globe peut-il avoir des coins ? –, même les plus reculés.

Je ne suis pas surpris que la seule capture ait été faite par deux navires négriers. Et particulièrement par le Tartar *et l'*Alexander. *Juste la bonne dimension et le bon tonnage. 120 hommes, 16 canons. Parfait. De plus, les navires négriers vont plus vite que les autres, ils sont rapides et remarquablement manœuvrables. Il fallait bien qu'on les emploie à quelque chose puisque le trafic des esclaves est impossible en ce moment.*

Si Bristol traverse une mauvaise passe, Liverpool est au bord du gouffre. C'est une ville presque aussi grande que Bristol, mais qui possède moins du quart de ses institutions charitables. Des milliers de personnes ont été confiées à leurs paroisses mais celles-ci, en l'absence de dons, ne parviennent pas à les nourrir. Les malheureux meurent de faim mais lord Penrhyn et ses semblables de Liverpool ignorent le mot « philanthropie ». Voilà ce qui arrive quand les richissimes bourgeois d'une ville s'enrichissent tous dans le commerce des esclaves.

Les souffrances n'épargnent pas non plus le million d'habitants de Londres, ville pourtant tournée vers l'est. La Compagnie des Indes orientales est dans la gêne et redoute beaucoup les Français qui s'entendent si bien avec leurs alliés yankees. Les Etats-Unis d'Amérique ! Un bien grand nom pour une vague confédération de petites colonies rassemblées par une nécessité urgente – laquelle ne durera pas. Aussi, je te le prédis, chacune de ces colonies reprendra sa propre route et les Etats-Unis d'Amérique ne seront plus qu'une utopie dans l'esprit d'une poignée d'hommes particulièrement brillants. Les colons américains gagneront leur guerre, je n'en ai jamais douté, mais ils se retrouveront avec treize Etats différents, liés seulement par un traité d'assistance mutuelle : rien de moins solide.

Un petit écho qui te divertira, je pense. Mr Henry Cruger, député de Bristol et Américain de son état, reçoit, paraît-il, du roi une pension d'au moins 1 000 livres par an pour fournir des informations sur les Yankees. Ironique, n'est-ce pas ? On crie partout à Bristol que Cruger est un espion yankee, alors qu'il a toujours espionné pour l'Angleterre.

Pour conclure, mon cher Richard, je te dirai que l'air de Londres est un air béotien qui ne convient guère à mes poumons attiques. Cependant je me porte bien et je m'enivre assez souvent, bien que le rhum d'ici ne vaille pas celui de Thomas Cave.

Ce dernier paragraphe révélait que les mauvaises langues de Bristol n'avaient pas tout à fait tort, songea Richard en reposant la lettre. Pauvre Jem ! Il se sentait à l'étroit à Bristol et avait cru trouver mieux dans une ville gigantesque comme Londres sans se douter que la capitale possédait déjà ses propres satiristes, et en assez grand nombre pour n'avoir nul besoin de ceux de Bristol.

Thistlethwaite continua de submerger Richard de missives contenant des nouvelles dont la plupart lui étaient déjà connues. Mais, par tact, il ne put se résoudre à le lui dire.

A la fin de l'année 1780, il reçut une nouvelle lettre de Thistlethwaite.

— Oh, Jem, s'exclama-t-il en la parcourant, vous avez perdu tout votre mordant !

Le monde est dans une confusion totale, Richard. Sir William Clinton, notre dernier commandant en chef, a abandonné Philadelphie pour s'emparer de Manhattan, un quartier de New York. Cela me fait penser à un renard regagnant son terrier avant que les chiens de chasse ne se mettent à aboyer. Les Français ont officiellement reconnu les Etats-Unis d'Amérique et font entre eux des gorges chaudes à propos du bonnet de fourrure, mangé aux mites, de l'ambassadeur Benjamin Franklin. L'Europe tout entière craint à présent que Catherine, impératrice de toutes les Russies, ne signe un traité de paix armée avec le Danemark, la Suède, la Prusse, l'Autriche et la Sicile. Le seul point commun entre ces pays est qu'ils redoutent tous l'Angleterre et la France.

J'ai écrit un brillant pamphlet – très bien accueilli ! – sur les 5 500 Fils de la Liberté faits prisonniers quand sir Henry Clinton s'est emparé de Charles Town. Ils furent enrôlés de force sur notre flotte. Joli coup, n'est-ce pas ? Mon article tournait autour du fait que les officiers américains ne se permettent pas de fouetter leurs soldats ni leurs marins ! Imagine ce qu'ont dû penser les Fils de la Liberté quand notre cher vieux chat à neuf queues, un châtiment bien anglais, a frappé leurs dos et leurs derrières !

J'ai écrit aussi un article pour la défense du général Benedict Arnold, dont la défection me paraît n'être qu'une simple conséquence de l'insupportable lenteur de cette guerre. J'imagine qu'avec ses collègues ayant également tourné leur veste, il s'est fatigué d'attendre. La perspective réconfortante de commandements anglais et de bonnes pensions a dû exercer un attrait important sur bien des officiers supérieurs américains. Sans parler du professionnalisme anglais ! Il est sûrement exaspérant pour un brillant commandant de voir ses hommes en loques, pieds nus, tête découverte, irrités par l'absence de solde, et assez indépendants pour lui dire d'aller se faire foutre si les ordres qu'il leur donne ne leur plaisent pas ! Pas de chat à neuf queues !

J'ai parié 100 livres à dix contre un que les rebelles gagneront. Ce qui signifie que je me trouverai peut-être à la tête de 1 000 livres. Par tous les saints, Richard, comme cette maudite guerre s'éternise ! Le Parlement et le roi sont en train de ruiner l'Angleterre.

Les pensées de Richard étaient cependant occupées par des soucis bien plus importants, à ses yeux, qu'une guerre se déroulant à 3 000 miles de là.

Peg était en train de sombrer.

La raison de son désespoir ne faisait aucun doute : plus jamais elle n'aurait d'enfants. William Henry était son seul rayon de soleil et Richard n'était pas là de toute la journée pour la tirer de sa morosité et de sa dépression.

« Est-ce parce que en vieillissant nous ne sommes plus capables d'entretenir l'ardeur de nos rêves de jeunesse ? Est-ce la vie même qui les étouffe ? Est-ce cela qui arrive à Peg ? Est-ce cela qui m'arrive à moi ? Je faisais de si beaux rêves... le cottage à Clifton au milieu d'un jardin croulant de fleurs, un beau poney pour me rendre à Bristol et un cabriolet pour emmener ma famille à Durdham. Des pique-niques, d'agréables rencontres avec des voisins de bonne compagnie, une douzaine d'enfants avec toutes les joies et les inquiétudes de leur éducation pour les amener à maturité. Comme si je n'étais rien d'autre qu'un témoin des buts mystérieux de Dieu, niché sans défense dans Sa main, bon et généreux avec les miens, n'offensant personne. Or je vais avoir trente-deux ans et rien de ce que j'ai désiré ne s'est réalisé. Je possède une petite fortune à la banque de Bristol, un oiselet dans mon nid, et je suis condamné à vivre dans la maison de mon père pour toujours. Je n'aurai jamais de chez-moi car ma femme, que j'aime trop pour songer à la blesser, est terrifiée à l'idée de changer. Terrifiée à l'idée qu'elle pourrait perdre son oiselet. Comment lui faire comprendre que ses terreurs sont une offense à Dieu ? J'ai appris depuis longtemps que si l'on chante trop fort ou danse trop longtemps, on s'expose à des problèmes. La meilleure manière d'éviter les troubles est de rester tranquille, de ne pas attirer l'attention sur soi. »

Son amour pour William Henry s'était subtilement modifié par suite de la hantise de Peg concernant l'enfant. Il n'était plus seulement inquiet à l'idée que leur fils puisse tomber malade ou s'égarer, il avait aussi pitié de lui pour l'épreuve qui lui était infligée. Si son pas s'accélérait quand il entrait dans la taverne, Peg se jetait sur lui, inquiète de savoir ce qui le faisait courir ainsi. Quand Dick emmenait William Henry faire sa promenade quotidienne, Peg insistait désormais pour les accompagner et le petit garçon était obligé de marcher à pas lents en lui donnant la main, sans jamais pouvoir s'ébattre. S'il voulait s'arrêter au bord de Key Head pour s'amuser à recenser les bateaux (il savait maintenant compter jusqu'à cent), Peg le tirait vivement en arrière en reprochant à Dick de ne pas assez veiller sur sa sécurité. Le dommage était d'autant plus grand que l'enfant demeurait confiant et ne cherchait pas à prendre de l'indépendance, comme tant d'autres garçonnets de six ans.

— J'ai parlé au senhor Habitas, déclara Richard un beau soir d'été après la fermeture du Cooper's Arms. Nous pouvons compter sur des commandes régulières du Tower Arms pendant encore longtemps, et le travail se fait avec une telle régularité qu'il m'est possible de consacrer un peu de temps à quelqu'un d'inexpérimenté. (Il prit une profonde inspiration et contempla Peg de l'autre côté de la table du souper.) A partir de maintenant, j'emmènerai William Henry au travail avec moi.

Il avait eu l'intention d'expliquer que ce n'était que pour une période passagère, que le petit garçon avait besoin d'être stimulé par de nouvelles expériences, de nouveaux visages, qu'il était doué, comme lui, de patience, qu'il avait du goût pour la mécanique, qu'il aimait assembler les pièces d'un puzzle. Mais rien de tout cela ne fut dit.

— Non, non, non ! s'écria Peg.

Ses cris étaient si terrifiants que William Henry tressaillit, se mit à trembler et, descendant de sa chaise, courut enfouir sa tête contre les genoux de son père.

Dick serra les poings en les regardant, les lèvres pincées. Mag se leva, saisit un pichet d'eau sur le comptoir et le lança à la figure de Peg, qui cessa de crier pour se mettre à hurler.

— C'était seulement une idée, dit Richard à son père.
— Pas une des meilleures, fils.
— Je pensais que... Viens, William Henry !

Il prit l'enfant dans ses bras, l'installa sur ses genoux en faisant signe à son père de ne pas intervenir. Il savait que Dick jugeait son petit-fils trop vieux pour être cajolé ainsi.

— Tout va bien, William Henry, tout va bien.
— Et maman ? demanda l'enfant, encore tout pâle, les yeux écarquillés.
— Maman ne se sent pas bien mais elle va aller mieux, bientôt.

Regarde ! Grand-mère sait ce qu'il faut faire. J'ai seulement dit quelque chose que je n'aurais pas dû dire, voilà tout.

Richard frotta le dos de son fils, les yeux fixés sur son père. Il se sentit saisi d'une brusque envie de rire, non d'amusement, mais par le seul effet des nerfs.

— Rien de ce que je fais ne tourne bien, père. Je n'y voyais pas de mal.

— Je sais, répondit Dick en se levant pour aller tirer sur la queue de Ginger, le chat de bois. Tiens, avale ça. (Il tendit une chope à Richard.) Je sais que tu n'aimes pas le rhum mais c'est quelquefois la meilleure des médecines.

A sa grande surprise, Richard découvrit que l'alcool lui faisait du bien, calmait ses nerfs et adoucissait sa peine.

— Père, que dois-je faire ? demanda-t-il.

— N'emmène pas William Henry chez Habitas, pour commencer.

— L'état de Peg se dégrade. C'est plus qu'un simple malaise, n'est-ce pas ?

— Je le crains, Richard. Mais le pire, c'est qu'il n'est pas bon pour lui d'être couvé de cette manière.

— Qui est « lui » ? demanda William Henry.

Les deux hommes échangèrent un regard.

— « Lui », expliqua Richard, prenant une brusque décision, c'est toi, William Henry. Tu es assez grand pour comprendre que maman se fait trop de souci à ton sujet et s'occupe trop de toi.

— Je le sais bien, papa, répondit William Henry. (Il quitta les genoux de Richard et s'approcha de sa mère pour lui tapoter tendrement l'épaule.) Maman, tu ne dois pas t'inquiéter. Je suis un grand garçon, maintenant.

— Mais ce n'est qu'un enfant ! gémit Peg quand Richard l'eut fait monter dans leur chambre pour l'étendre sur leur lit. Comment peux-tu être aussi stupide, Richard ? Un bébé chez un armurier !

— Peg, nous fabriquons des fusils, nous ne nous en servons pas, observa patiemment Richard. William Henry est assez vieux pour... (il chercha désespérément le mot juste) pour qu'on élargisse son horizon.

Elle s'écarta de lui.

— C'est ridicule ! Comment parler d'élargir l'horizon quand on habite dans une taverne ?

— Le monde d'une taverne n'offre à un enfant que des exemples de folie, rétorqua Richard en s'efforçant de dissimuler son exaspération. Il n'a eu sous les yeux, n'a entendu que des témoignages d'ébriété, de mélancolie, des propos inconsidérés, sans parler des coups de poing, des blasphèmes, des obscénités, des désordres. Tu penses que ta présence rend ces choses acceptables, le met à l'abri, mais j'ai été élevé moi aussi dans une taverne et je sais parfaitement ce que ce genre de vie a fait de moi. Franchement, j'ai été heureux d'aller en pension chez Colston et encore plus heureux d'avoir pu faire mon apprentissage dans un autre métier. Ça ferait le plus grand bien à William Henry de vivre en compagnie de gens sobres.

— Tu ne l'emmèneras pas chez Habitas ! cria-t-elle.

— Tu n'as pas besoin de me le répéter, Peg. Cet incident m'a fait comprendre que nous devions parler, toi et moi, ajouta-t-il en se penchant sur le lit pour poser une main apaisante sur l'épaule de sa femme. Tu ne peux pas éternellement garder notre William Henry dans tes jupes sous prétexte qu'il est notre seul enfant. Aujourd'hui, il est temps d'accorder à notre fils davantage de liberté. Tu dois te résigner à le laisser s'éloigner car il ira l'an prochain à l'école chez Colston, j'insiste sur ce point.

— Je ne peux pas le laisser partir ! s'écria Peg avec désespoir.

— Il le faut. Si tu ne le fais pas, c'est que ce n'est pas tant le sort de notre fils qui te préoccupe, mais le tien.

Peg pressa les deux mains sur son visage ; les larmes coulaient entre ses doigts.

— Je sais, je sais, je sais ! Mais comment faire autrement ? Il est tout pour moi... tout ce que j'ai jamais eu !

— Tu m'as aussi, moi.

Elle demeura un long moment silencieuse.

— Oui, dit-elle enfin. Je t'ai, toi. Mais ce n'est pas pareil, Richard, ce n'est pas pareil. S'il devait arriver quelque chose à William Henry, j'en mourrais.

La lumière avait presque disparu. Seul subsistait un mince rai gris qui, profitant d'une fente de la cloison, venait envelopper le visage de Richard Morgan comme une toile d'araignée. Il s'assit sur le lit et contempla longuement sa femme.

« Non, tu as raison, Peg, songea-t-il. Ce n'est pas pareil. »

La Colston's School avait permis à de nombreux enfants pauvres de Bristol d'apprendre à lire et à écrire. Elle n'était pas la seule, tant s'en faut, car toutes les associations religieuses, sauf celles d'obédience catholique, tenaient des écoles charitables, en particulier l'Eglise d'Angleterre. Seules deux d'entre elles imposaient à leurs élèves un uniforme distinctif. Les garçons de Colston portaient des vestes bleues, les filles de Red Maids des robes rouges. Toutes deux relevaient de l'Eglise d'Angleterre, mais les filles de Red Maids apprenaient seulement à lire, non à écrire, et passaient la plus grande part de leur temps à broder des gilets de soie ou des vestes pour l'aristocratie, travaux pour lesquels leurs maîtresses étaient payées, mais pas elles. La proportion d'hommes sachant lire, écrire et compter était beaucoup plus élevée à Bristol que dans toute autre ville d'Angleterre, y compris Londres. Ailleurs, c'était plutôt le privilège des classes aisées.

Les cent garçons que Colston élevait charitablement étaient pensionnaires, sort que Richard avait apprécié pendant son temps d'école et d'apprentissage, c'est-à-dire de sept à dix-neuf ans. Durant toutes ces années, il n'avait vu ses parents que le dimanche et pour les vacances.

Pouvait-on imaginer Peg admettant cela ? Heureusement, Colston offrait une autre possibilité : contre une modeste rétribution, les fils de familles plus aisées pouvaient fréquenter l'école à titre d'externes, de sept heures du matin à deux heures de l'après-midi, du lundi au samedi. Et il y avait aussi les vacances, généreusement attribuées. Aucun maître ne souhaitait se fustiger lui-même en dehors des périodes fixées par l'Eglise et le règlement.

Pour William Henry trottinant à côté de son grand-père (Mag, de fort mauvaise humeur ce jour-là, avait dissuadé Peg de les accompagner), ce premier matin représentait plus que l'accès au savoir. C'était aussi le premier jour d'une vie totalement nouvelle et il mourait de curiosité. S'il avait pu accompagner Richard pour voir à quoi ressemblait une armurerie, il n'aurait peut-être pas ressenti une telle excitation, mais sa mère avait continué à dresser autour de lui les murs d'une prison qu'il ne supportait plus. Un enfant plus impulsif en aurait éprouvé un sentiment de frustration, mais William Henry était patient et savait se contrôler, comme son père. Son mot d'ordre était « attendre ». Et voilà que cette attente était enfin terminée.

La Colston's School ne différait pas dans son aspect des autres édifices baptisés « école », « asile de pauvres », « hôpital » ou « hospice » – tous crasseux, mal entretenus, avec des vitres sales, des lézardes dans les plâtres et des bois délabrés. De l'humidité suintait sur ses murs, des fondations jusqu'aux cheminées Tudor. Quant à l'intérieur, il n'avait jamais été aménagé en école ; l'odeur du Froom, distant de quelques yards, aurait donné la nausée à tout individu qui n'était pas natif de Bristol.

La maison était précédée d'une grille et d'une cour où étaient rassemblés, semblait-il, un millier de garçons, dont la moitié étaient vêtus de la célèbre veste bleue. Comme tous les externes payants, William Henry n'était pas tenu de la porter. Certains des autres externes étaient fils de conseillers municipaux ou d'armateurs qui, en aucun cas, n'auraient voulu voir leurs rejetons marqués du sceau de la charité.

Un grand homme maigre portant costume noir et plastron blanc s'approcha de Dick et de William Henry avec un sourire qui découvrait des dents gâtées et jaunies.

— Bonjour, révérend Prichard, lança Dick en s'inclinant.

— Mr Morgan… (Les yeux sombres se tournèrent vers William Henry). C'est le fils de Richard ?

— Oui, voici William Henry.

— Alors, viens, William Henry.

Le révérend Prichard se mit en route pour traverser la cour sans un regard en arrière.

William Henry lui emboîta le pas, sans non plus se retourner, trop occupé à contempler le chaos d'une cour d'école de garçons.

— C'est une chance pour toi que ton anniversaire tombe justement le jour de la rentrée, jeune William Henry Morgan, dit le maître d'école. Tu vas commencer par la lettre A et la table de multiplication par deux. Ah, je vois que tu as ton ardoise, c'est bien.

— Oui, monsieur, répondit William Henry qui avait de bonnes manières.

Ce fut la dernière chose qu'il devait dire spontanément jusqu'à l'heure du dîner dans le réfectoire. Ses pensées étaient confuses. Tout était si embrouillé ! Il fallait respecter tant de règles dont aucune ne semblait avoir de sens ! Debout. Assis. A genoux. Répète.

Comment répondre à une question ? Comment ne pas répondre à une question ? Qui faisait quoi à qui ? Où était ceci par rapport à cela ?

Les cours se déroulaient dans une vaste pièce réunissant les cent plus jeunes élèves de Colston. Plusieurs maîtres passaient d'un groupe à l'autre, rudoyant parfois l'un d'eux sans se préoccuper de gêner les autres. Ce fut une grande chance pour William Henry Morgan que son grand-père, moins occupé dans ces temps difficiles, lui eût appris l'alphabet et les rudiments du calcul. Sinon il se serait probablement senti complètement dépassé.

Le révérend Prichard allait et venait mais ne faisait pas la classe. Pour le groupe de William Henry, cette tâche était dévolue à Mr Simpson, et il fut vite évident que celui-ci avait ses préférences. C'était un homme mince, à la peau jaunâtre, qui avait toujours l'air au bord de la nausée. Il n'y avait rien d'étonnant à ce qu'il n'aime pas les garçons qui reniflaient avec un plaisir détestable, qui fouillaient dans leur nez ou encore qui exhibaient des doigts bruns et poisseux révélant qu'ils s'en étaient servis pour essuyer leur derrière sale.

William Henry n'éprouvait aucune difficulté à obéir aux ordres : « Silence ! », « Restez tranquilles ! », « Pas de coups de pied dans les bancs », « Ne fourrez pas vos doigts dans le nez ! », « Ne reniflez pas ! », « Ne parlez pas ! » Aussi Mr Simpson ne parut-il pas le remarquer et se contenta-t-il de lui demander son nom. Il l'informa alors qu'il y avait déjà deux autres Morgan à Colston et que par conséquent on l'appellerait « Morgan Tertius ». Un autre garçon auquel il posa la même question et qu'il rebaptisa pour les mêmes raisons voulut protester, refusant qu'on l'appelle « Carter Minor ». Cela lui valut quatre méchants coups de verge, un pour avoir omis de dire « monsieur », un autre pour s'être montré présomptueux et les deux derniers pour faire bonne mesure.

La verge était un instrument redoutable et William Henry n'en avait aucune expérience. Pendant ses sept années de vie, il n'avait guère reçu de coups. Aussi se promit-il de ne fournir aucun prétexte pour en recevoir. Quand, vers onze heures, tous les élèves se retrouvèrent sur des bancs, de chaque côté des longues tables du réfectoire, William Henry avait compris qui s'exposait aux coups de verge : les bavards, ceux qui se mettaient les doigts dans le nez, ceux qui ne tenaient pas en place, les renifleurs, les cancres, les impertinents et tous ceux qui ne pouvaient s'empêcher de faire des bêtises.

Il ne prêta pas tellement attention aux camarades installés près de lui dans la classe ou au réfectoire, mais un garçon qui se trouvait assis à côté de son voisin attira son regard. Il affichait un air joyeux mais pas assez désinvolte pour appeler les coups de verge. William Henry lui jeta un coup d'œil et se risqua à lui sourire, ce qui fit pousser un grand soupir à l'un des maîtres, à la table des professeurs.

En remarquant le sourire qui lui était adressé, le garçon repoussa le camarade qui s'interposait entre eux. Celui-ci tomba par terre avec fracas et fut traîné par l'oreille jusqu'à la table des maîtres, sur une estrade face à l'immense pièce bourdonnante.

— Je m'appelle Monkton Minor, annonça le nouveau venu avec un grand sourire qui révéla une dent manquante. Je suis là depuis février.

— Et moi, c'est Morgan Tertius. C'est mon premier jour, murmura William Henry.

— Nous avons le droit de parler doucement une fois que les grâces ont été dites. Tu dois avoir un père riche, Morgan Tertius.

William Henry regarda la veste bleue de Monkton Minor avec une pointe de regret.

— Je ne pense pas, Monkton Minor. Pas tellement riche, en vérité. Il a étudié ici et portait la veste bleue.

— Oh ! (Monkton Minor réfléchit un instant et approuva d'un signe de tête.) Ton père vit toujours ?

— Oui. Et le tien ?

— Non. Ma mère non plus. Je suis orphelin. (Monkton Minor s'approcha davantage ; ses grands yeux étincelaient dans son petit visage.) Quel est ton prénom, Morgan Tertius ?

— J'en ai deux : William Henry. Et le tien ?

— Johnny. (Il prit un air de conspirateur.) Je t'appellerai William Henry et tu m'appelleras Johnny... mais seulement quand personne ne pourra nous entendre.

— C'est un péché ? demanda William Henry, qui rangeait dans cette catégorie tout ce qui était mal.

— Non, mais ce n'est pas la règle. Je déteste être un Minor !

— Et moi un Tertius.

William Henry détacha son regard de son nouvel ami pour le porter vers la table des maîtres, où le voisin éjecté du banc recevait ce que William Henry apprit être un sermon – châtiment bien pire que quelques coups de verge car il fallait rester absolument immobile pendant un temps interminable jusqu'à ce que ce soit fini, au risque d'être condamné à se retrouver perché sur un tabouret pour le restant de la journée. Ses yeux croisèrent ceux d'un maître assis à côté de Mr Simpson et il détourna aussitôt les siens, sans savoir vraiment pourquoi.

— Qui est cet homme-là, Johnny ?

— Celui près du directeur ? Oh, tu parles de Croque-mort ? C'est comme ça qu'on surnomme le révérend Prichard.

— Non, pas celui-là, un autre plus loin. A côté de Simp.

— C'est Mr Parfrey. Il enseigne le latin.

— Il a un surnom, lui aussi ?

Monkton Minor réussit à toucher le bout de son nez retroussé en plissant les lèvres.

— S'il en a un, nous autres, les juniors, on ne le connaît pas. Le latin, c'est pour les grands.

Pendant que les deux garçons chuchotaient, Mr Parfrey et Mr Simpson parlaient entre eux de William Henry.

— Je vois, Ned, que vous avez un Ganymède au milieu de vos pourceaux.

Mr Edward Simpson n'avait pas besoin de plus amples explications pour comprendre.

— Morgan Tertius... Vous devriez voir ses yeux !

— Je le ferai. Mais même vu de loin, Ned, il est ravissant. Ganymède en personne... Ah, être Zeus !

— D'ici à ce qu'il puisse conjuguer *amo, amas, amat*, il s'écoulera bien deux ans, George, et il sera sans doute aussi repoussant que les autres, répliqua Mr Simpson en picorant sans entrain dans son assiette.

Pourtant, les plats servis à leur table étaient de qualité bien supérieure à ceux que l'on donnait aux garçons. Mr Simpson était d'une famille maladive dont les membres ne vivaient pas vieux.

Cet échange insouciant ne dissimulait pas d'intentions lascives et ne faisait que refléter leur peu enviable situation. George Parfrey avait exprimé le vœu d'être Zeus, mais il aurait pu aussi bien et de manière aussi vaine rêver d'être Robert Nugent, devenu désormais le comte Nugent. Les maîtres d'école se voyaient inévitablement condamnés à une pauvreté pleine de dignité. Car Mr Simpson et Mr Parfrey, selon les normes de Colston, atteignaient le sommet de leur carrière avec un salaire d'une livre par semaine – en période de scolarité exclusivement –, logés et nourris toute l'année. A Colston la nourriture était bonne (le directeur était un épicurien) et chaque professeur disposait d'une petite chambre pour lui seul. Il n'avait donc aucune raison d'aller chercher fortune ailleurs, à moins d'être nommé à Eton, Harrow ou au lycée de Bristol. Le mariage rendait toutefois les choses plus difficiles et cette perspective était exclue tant que l'intéressé n'entrait pas dans le clergé ou ne bénéficiait pas d'une forte promotion. Non que le mariage fût interdit, mais vivre avec femme et enfants dans une petite pièce était impensable. Il se trouvait, en outre, que Mr Simpson et Mr Parfrey n'éprouvaient pas d'attirance pour le sexe opposé. Ils préféraient faire leurs affaires seuls ou ensemble. Le pauvre Ned Simpson, toutefois, était le seul à y mettre de l'amour. George Parfrey ne s'intéressait qu'à lui-même.

— Nous pourrions peut-être nous rendre aux sources chaudes, dimanche après le service ? demanda Mr Simpson avec espoir. On dirait que les eaux me font du bien.

— A condition que vous me permettiez de prendre ma boîte d'aquarelle, répondit Mr Parfrey dont les yeux étaient toujours fixés sur William Henry Morgan, qu'il trouvait de plus en plus beau en le voyant s'animer. (Il fit une grimace.) Je n'arrive pas à comprendre comment on peut se sentir mieux en buvant les résidus de l'Avon, mais si vous voulez bien m'accorder un paisible intermède sur les rochers de St Vincent, je viendrai. (Il poussa un soupir.) Oh, comme j'aimerais peindre ce divin enfant !

Ce soir-là, Richard arriva, la bouche sèche, pour ramener William Henry à la maison. Et s'il se trouvait en face d'un garçon angoissé, suppliant de ne pas retourner à l'école le lendemain ?

Crainte bien inutile. Il repéra des yeux son fils courant à perdre haleine autour de la cour et riant en esquivant les attaques d'un petit garçon de son âge en veste bleue, les cheveux filasse, d'une minceur pitoyable.

Quand il aperçut son père, William Henry esquissa un saut de joie, son camarade sur les talons.

— Papa ! Voici Monkton Minor, mais je l'appelle Johnny quand personne ne peut entendre. Il est orphelin.

Richard, retrouvant le souvenir des jours passés à Colston, se rappela avoir été surnommé Morgan Minor avant de devenir Morgan Major à l'âge de onze ans. Ses meilleurs amis étaient les seuls à l'appeler Richard.

— Enchanté, Monkton Minor. Si tu veux, je demanderai au révérend Prichard si tu peux venir dîner avec nous après l'église, dimanche prochain.

Il avait l'impression de surveiller un étranger en ramenant William Henry. Un William Henry qui ne marchait pas calmement à côté de lui mais sautait d'un pied sur l'autre tout en chantonnant à mi-voix.

— Il me semble que tu as aimé l'école, dit-il avec un sourire.

— C'est merveilleux, papa ! Je peux courir et crier.

Des larmes vinrent aux yeux de Richard, qui battit des paupières pour les retenir.

— Mais pas dans la salle de classe, tout de même, j'imagine.

William Henry lui jeta un regard dédaigneux.

— Papa, je suis sage comme une image ! Je n'ai pas reçu un seul coup de verge. Beaucoup de garçons ont été battus et il y en a même un qui s'est évanoui parce qu'il a reçu trente coups. Trente, c'est vraiment beaucoup, beaucoup ! Mais j'ai compris ce qu'il fallait faire pour ne pas en avoir.

— Vraiment ? Et que faut-il faire ?

— Rester tranquille et faire soigneusement mes opérations et mes lignes d'écriture.

— Bien dit, William Henry. Je connais la technique. Est-ce que les grands sont venus t'ennuyer et te faire pleurer quand tu jouais dans la cour ?

— Ils nous ont tous fait mettre en rang dans les cabinets.

— Ils font toujours ça ?

— Ils l'ont fait avec nous. Mais ils m'ont seulement fait écrire sur le mur du cabinet avec le gros caca que Jones Major avait fait dans ma main. Après ça, ils m'ont laissé tranquille. Johnny dit que c'est la meilleure façon de faire. Ils s'occupent surtout des garçons qui crient ou qui se fâchent. (Il fit un bond joyeux, encore plus haut que les autres.) J'ai essuyé mon doigt sur ma veste. Tu vois ?

Les lèvres serrées, Richard vit la traînée brune sur le manteau marron flambant neuf, et il avala sa salive à plusieurs reprises. « Ne ris pas, Richard, pensa-t-il très vite. Pour l'amour de Dieu, ne ris pas ! »

— A ta place, dit-il quand il fut en mesure de parler, je ne raconterais pas cette histoire de caca à maman. Et je ne lui montrerais pas non plus où tu t'es essuyé les doigts. Je demanderais à ta grand-mère de nettoyer la tache.

Richard fit entrer son fils au Cooper's Arms avec une expression de triomphe que son père fut le seul à remarquer. Peg serra dans ses bras un William Henry à présent docile, et couvrit son visage de baisers avant d'être doucement repoussée.

— Maman, arrête, je suis un grand garçon, maintenant ! Grand-père, c'était une bonne journée, tu sais ! J'ai fait dix fois le tour de la cour en courant. Je suis tombé et je me suis fait mal au genou. J'ai écrit toute une ligne de « A » sur mon ardoise et Mr Simpson a dit que j'étais tellement en avance qu'il allait me mettre dans la classe au-dessus. Mais ça n'a pas de sens parce que c'est lui qui fait aussi cette classe, au même endroit. Maman, ce n'est rien qu'un bleu au genou, ne fais pas tant d'histoires !

Richard passa le reste de l'après-midi à clouer des planches à l'extrémité de la chambre pour aménager un coin réservé à William Henry, où il se sentirait chez lui. Il avait déjà son lit à lui. Cette activité le mit à l'abri de l'agitation qui régnait en bas. D'après ce qu'il entendait, William Henry honorait chaque nouveau venu d'une version censurée de son premier jour d'école. Il ne cessait de parler, lui qui, d'ordinaire, ne prononçait pas plus de deux mots à la suite.

Richard avait pitié de Peg mais son bon sens ramenait les choses à leur juste mesure. William Henry s'était envolé du nid et n'y resterait plus confiné. Ce qu'il venait d'exprimer dans le court espace de temps de cette seule journée, il avait déjà dû le ressentir auparavant. Dans quelles proportions ? Ces pensées n'étaient pas nées en lui en quelques heures car il avait su aussitôt comment se comporter. Tout compte fait, William Henry n'était pas seulement l'enfant modèle qu'on croyait. Dieu merci, il se révélait aussi un petit garçon comme les autres !

Voilà ce que Richard essaya en vain d'expliquer à Peg. Quoi qu'il pût dire, elle refusait d'accepter le fait que son fils allait bien et aimait le monde nouveau qu'il découvrait. Elle se réfugia dans les crises de désespoir et de mélancolie, au point de décourager Richard, las de ses torrents de larmes et incapable de mesurer l'étendue du sentiment de culpabilité qui l'accablait. Comment deviner que Peg se persuadait qu'elle avait failli dans la seule tâche qui lui incombait ? Donner le jour à des enfants... La patience de Richard à son égard faiblissait et, le jour où il la surprit en train d'avaler un gobelet de rhum, il se montra franchement inquiet.

— Cet endroit ne te convient pas, lui dit-il. Laisse-moi acheter cette maison de Clifton, Peg, je t'en supplie.

— Non, non, non !

— Mon amour, voilà quatorze ans que nous sommes mariés et tu n'es pas seulement ma femme, mais aussi mon amie. Maintenant, c'en est trop. Je ne sais pas ce qui torture ton cœur, mais le rhum n'est pas un remède.

— Laisse-moi tranquille !

— Impossible ! Père est de plus en plus préoccupé, mais ce n'est pas le pire. William Henry est assez âgé pour remarquer que sa maman a un comportement étrange. Je t'en prie, essaie de te montrer sous un meilleur jour, ne serait-ce que pour lui.

— William Henry ne se soucie pas de moi. Pourquoi devrais-je me soucier de lui ?

— Peg, tu sais bien que ce n'est pas vrai !

Il avait l'impression de tourner en rond. Ni les raisonnements affectueux, ni la patience de Richard, ni l'irritation de Dick n'avaient d'effet sur les monstres qui dévoraient son esprit. Elle abandonna cependant le rhum lorsque William Henry lui demanda un jour pourquoi elle était ivre. La franchise de cette question l'épouvanta.

— Je ne comprends pas pourquoi, confia Dick à Richard un peu plus tard. Après tout, William est fils d'aubergiste.

Vers la fin de février 1782, Mr James Thistlethwaite adressa une lettre à Richard par courrier spécial.

Je t'écris au soir du 27, mon cher ami, et me voilà plus riche de 1 000 livres payées par un effet sur la banque de mon infortunée victime. C'est officiel ! Aujourd'hui le Parlement a voté la fin de la guerre contre les treize colonies et nous commencerons bientôt à rapatrier nos troupes.

Pour moi, tout cela est la faute du bonnet de fourrure de Franklin. Les mangeurs de grenouilles se sont révélés des alliés sûrs, grâce à l'amiral de Grasse et au général de Rochambeau, ce qui tend à prouver que, si un homme plaît aux modes françaises, tout est possible. George Washington et les Français nous ont dominés à Yorktown, mais je pense que ce qui a décidé le Parlement, c'est le fait que lord Cornwallis ait rendu les armes ! Oui, je m'aperçois que Clinton se sentait trop bien à New York pour faire voile et aller prêter main-forte à Cornwallis. Tout comme je m'aperçois aussi que c'est la flotte française qui a permis à Washington, assisté des mangeurs de grenouilles à terre, de s'emparer de Yorktown, mais cela ne diminue en rien l'importance de la reddition. C'était Burgoyne qui se répétait. Londres avait honte au-delà de toute expression.

Répands la nouvelle, Richard, car mon courrier touchera Bristol en premier, et n'oublie pas de dire que ta source est James Thistlethwaite, anciennement de la Bristol de Cornwallis.

Je t'entends me demander ce que je compte faire de ces 1 000 livres. Voici ma réponse : je compte bien m'acheter un plein tonneau de rhum à la distillerie de Mr Thomas Cave ; je sais parfaitement qu'un tonneau contient 105 gallons ! J'irai aussi faire un tour au Green Canister, dans Half Moon Street, pour y acquérir un lot de préservatifs chez Mrs Phillips. Les prostituées de Londres ont toutes la chaude-pisse ou la vérole, mais Mrs Phillips propose une défense qui me paraît être l'invention la plus importante au monde depuis le rhum. Je pourrai donc fourrer mon bâton de canne à sucre, convenablement emballé, en toute impunité.

Une année s'écoula encore jusqu'à ce que – en mars 1783 – le senhor Tomas Habitas se vît contraint de se séparer de Richard.

Ce dernier possédait alors plus de 3 000 livres d'économie à la banque de Bristol et n'y avait pratiquement pas touché. Quelle dépense aurait-il pu faire ? Peg refusait d'aller à Clifton et Dick (qu'il avait essayé de convaincre d'acheter le Black Horse Inn à Clifton Hill) se déclarait heureux au Cooper's Arms. Ainsi qu'il l'expliqua à son fils non sans quelque candeur, il n'avait pas utilisé la totalité des douze shillings quotidiens que Richard lui versait depuis plus de sept ans. Il pouvait donc se permettre d'affronter des temps difficiles en restant là où il était, dans Broad Street, au cœur des choses.

Oui, la guerre d'Amérique était terminée et un traité viendrait en son temps confirmer ce fait, mais la prospérité n'était pas revenue pour autant. La confusion régnant au Parlement en était en partie responsable. Charles James Fox et lord North, dans une fureur extrême, poussaient force cris au sujet des concessions injustifiées que lord Shelburne accordait aux Américains. Personne ne se souciait de futilités telles que le fait de gouverner. Des administrations éphémères se distinguaient par leurs querelles et leurs intrigues, causant des ravages à Westminster. La vérité était que personne, y compris le roi à demi fou, ne savait comment s'en sortir avec une dette de guerre qui s'élevait à 232 millions de livres et des revenus en chute libre.

Des émeutes causées par la faim éclatèrent parmi les marins de Bristol payés à peine trente shillings par mois – et seulement quand ils étaient en mer. A terre, ils ne touchaient pas un penny. La situation était si désespérée que le maire réussit à persuader les propriétaires de bateaux de payer leurs marins quinze shillings par mois quand ils étaient débarqués. En 1775, on dénombrait 529 bateaux payant la taxe municipale mais, en 1783, ils n'étaient plus que 102. La plupart de ces bateaux basés à Bristol restaient à quai ou un peu à l'écart, parfois aussi en aval vers Pill. Plusieurs milliers de marins se trouvaient donc inactifs et représentaient une force avec laquelle il fallait compter.

Sur les 40 000 habitants de Liverpool, 10 000 dépendaient des institutions charitables de la ville et, au sein de la population de Bristol, la proportion de pauvres avait augmenté de 150 pour cent. La municipalité et les armateurs n'eurent pas d'autre choix que de commencer à vendre leurs biens. On publia de nouvelles ordonnances, très rigoureuses, pour canaliser le flot de plus en plus dense de malheureux qui fuyaient les campagnes pour se réfugier à Bristol, où ils se ruaient sur les paroisses pour trouver, au moins, quelque nourriture. Certains furent pris à frauder les paroisses, mis publiquement au pilori et fouettés avant d'être expulsés. Mais le flot ne s'en arrêtait pas pour autant, plus rapide que la marée de l'Avon.

– As-tu vu cela, Dick ? demanda le cousin James l'Apothicaire, venu faire une petite visite en rentrant de sa boutique de Corn Street. (Il agita une feuille de papier.) Une réclamation de nos condamnés enfermés à la prison de Newgate, rien que ça ! Ils nous préviennent qu'ils ne peuvent pas se nourrir avec les deux pence par jour qui leur sont alloués... Une honte quand un quart de pain coûte seize pence.

— Seulement un penny par jour quand ils sont encore en attente de jugement, précisa Dick.

— Je vais aller voir Jenkins le boulanger et leur faire envoyer tout le pain dont ils ont besoin, ainsi que du fromage et de la joue de bœuf.

Dick laissa échapper un rire malicieux.

— Quoi, Jim, pas un seul shilling dans leurs mains tendues ?

James l'Apothicaire rougit.

— Oui, tu avais raison, Dick. Ils boiraient tout.

— Ils boivent toujours tout. Leur envoyer du pain, c'est raisonnable. Veille donc à ce que tes amis philanthropes fassent de même.

— Comment se porte Richard, maintenant qu'il ne travaille plus ? Je ne l'ai pas revu.

— Il va bien, répondit brièvement Dick. La raison pour laquelle il est invisible se trouve là-haut, dans leur chambre.

— Elle est ivre ?

— Oh, non ! Elle a cessé de boire le jour où William Henry lui a demandé carrément pourquoi elle avalait tant de rhum. (Il haussa les épaules.) Mais quand le petit n'est pas là, elle reste dans son lit, le regard perdu dans le vide.

— Et quand il est à la maison ?

— Elle se tient comme il faut. (L'aubergiste cracha copieusement dans la sciure.) Ces femmes ! De drôles d'oiseaux, Jim.

L'image de sa propre épouse, toujours à se plaindre, et de leurs deux filles, célibataires au visage ingrat, flotta devant les yeux du cousin James l'Apothicaire. Il eut un sourire ironique et hocha la tête.

Dick éclata bruyamment de rire.

— Tu penses à tes filles, Jim ?

— Elles ne sont plus de la première jeunesse, hélas. Je suis désolé d'avoir manqué Richard. Je pensais le trouver ici, comme au bon vieux temps, quand il ne travaillait pas encore chez Habitas.

— Ce bon vieux temps est passé, ai-je besoin de te le rappeler ? Regarde autour de toi ! Cet endroit est vide et les quais bouillonnent de marins faméliques. Pauvres diables ! Comme ils sont vertueux, nos vrais pauvres, ceux qui figurent sur les registres de la paroisse, et tellement choqués ! Ils ont jeté des pierres sur les condamnés au pilori au lieu d'avoir pitié d'eux. (Dick frappa la table de son poing fermé.) Pourquoi faire la guerre à 3 000 miles de chez nous ? Pourquoi ne pas accorder aux colons leur précieuse liberté ? Leur souhaiter bonne chance et rentrer dormir, ou se battre contre la France ? Le pays est ruiné, tout ça à cause d'une guerre au nom d'une idée. Même pas la nôtre, avec ça.

— Tu ne m'as pas répondu. Puisque Richard ne travaille plus, où est-il ? Et où est William Henry ?

— Ils sont partis se promener tous les deux. Toujours fourrés à Clifton. Ils grimpent là-haut, par Pipe Lane, redescendent Frog Lane, empruntent le sentier de Brandon Hill jusqu'à Clifton, courent après les vaches et les moutons dans le Pound avant de rebrousser chemin le long des rives de l'Avon en s'amusant à jeter des pierres et en riant beaucoup.

— C'est la version de William Henry, pas celle de Richard.

— Richard ne dit pas un mot, observa amèrement Dick.

— Lui et toi, vous êtes très différents de nature, remarqua James l'Apothicaire en se dirigeant vers la porte. Cela arrive. Mais tu devrais remercier Dieu que Richard et William Henry se ressemblent tellement. (Il poussa un profond soupir.) C'est si beau.

Le dimanche suivant, après le service religieux et un sermon stimulant du cousin James le Clergyman, Richard et William Henry se rendirent à pied aux sources chaudes de Clifton.

Dix ou vingt ans plus tôt, les eaux de Bristol pouvaient presque rivaliser avec celles de Bath dans la bonne société. Les pensions de Dowry Place, Dowry Square et de la route de Hotwells Road regorgeaient d'élégants visiteurs richement vêtus, de messieurs aux superbes perruques et aux vestes brodées se pavanant sur leurs hauts talons avec, à leur bras, des femmes vulgaires aux atours voyants. On donnait des bals, des soirées, des réceptions, des fêtes, des concerts, des divertissements et même des soirées théâtrales dans la vieille salle de Clifton, sur Wood Wells Lane. Pendant quelque temps, Vauxhall Gardens avait été le cadre de mascarades, d'intrigues, de toutes sortes de scandales. Certains écrivains situèrent l'action de leurs romans aux sources chaudes de Hotwells et des médecins mondains vantèrent les propriétés médicales de leurs eaux.

Puis l'attrait de ce lieu diminua, trop lentement pour qu'on s'en aperçoive, mais trop vite pour qu'on puisse l'enrayer. Ce que la mode faisait, la mode le défaisait. Les élégants retournèrent à Bath ou à Cheltenham, et l'activité des établissements thermaux de Bristol se limita principalement à mettre les eaux en bouteilles et à les exporter.

Cette situation convenait parfaitement à Richard et William Henry car, au cours de leurs sorties dominicales, ils ne rencontraient ainsi que de rares autres visiteurs. Mag leur préparait un repas froid de volaille grillée, de pain, de beurre, de fromage, plus quelques pommes envoyées de la ferme de son frère, à Bedminster. Richard le portait dans un paquetage de soldat sur les épaules, en même temps qu'une bonbonne de petite bière. Ils trouvaient quelque endroit plaisant au-delà de la masse carrée de l'établissement thermal qui se dressait tout en haut d'un plateau rocheux, juste au-dessus de la marque laissée par la marée haute, là où venait mourir le lit de l'Avon.

C'était un endroit superbe. Les rochers de St Vincent et de la vallée offraient une somptueuse variété de teintes : rouge, prune, rose, rouille, gris et un blanc légèrement coloré. Le fleuve était d'un bleu acier et les arbres, nombreux et vigoureux, dissimulaient même les cheminées de la fonderie de cuivre de Mr Codrington.

— Tu sais nager, papa ? demanda William Henry.

— Non. C'est d'ailleurs pourquoi nous sommes assis ici et non pas au bord du fleuve, dit Richard.

William Henry contempla pensivement les flots, la marée montante et le courant agité par des tourbillons.

— L'eau bouge comme si elle était vivante, observa-t-il.

— Elle est affamée, n'oublie jamais ça. Si par malheur tu devais tomber dedans, elle t'avalerait tout entier et tu ne reverrais plus jamais la surface. Aussi, tu ne dois jamais t'en approcher trop, tu as compris ?

— Oui, papa.

Le repas terminé, tous deux s'étendirent sur l'herbe, leur veste roulée sous la tête en guise d'oreiller. Richard ferma les yeux.

— Le Simp est parti, annonça soudain William Henry.

Son père ouvrit les yeux et sourit.

— Tu ne peux donc jamais rester un instant tranquille ? soupira-t-il.

— Pas souvent, et pas maintenant. Le Simp est parti, répéta-t-il.

Le message toucha enfin à son but.

— Tu veux dire qu'il ne te fait plus la classe ? Eh bien, puisque tu commences ta troisième année à Colston, tu pouvais t'attendre à ça.

— Non, papa. Je veux dire qu'il est vraiment parti ! Cet été, pendant qu'on était tous en vacances. Johnny m'a raconté que Simp se sentait trop malade pour continuer. Le directeur a demandé à l'évêque s'il pouvait l'envoyer à l'hospice, mais l'évêque a dit que ce n'était pas pour les malades mais pour les in... in... zut, je ne me souviens plus du mot.

— Les indigents ?

— C'est ça, les indigents ! Alors ils l'ont emmené dans une chaise à porteurs, à l'hôpital de St Peter. Johnny dit qu'il pleurait beaucoup.

— C'est ce que je ferais si l'on m'emmenait à St Peter, remarqua Richard, soudain ému. Pauvre garçon ! Pourquoi ne me l'as-tu pas dit plus tôt ?

— J'ai oublié, répondit William Henry d'un ton distrait.

Et, sur ces mots, il se mit à rouler sur lui-même, à frapper l'herbe de ses talons en soupirant, à taper des mains en se roulant à nouveau, puis à fouiller dans les débris de roche autour d'une pierre qui, brusquement, sembla l'intéresser au plus haut point.

— Il est temps de partir, fils. Je reconnais les signes, dit Richard en se levant.

Ils enfilèrent leur veste et Richard chargea le paquetage de soldat sur ses épaules.

— Est-ce que nous remontons Granby Hill pour aller voir la grotte de Mr Goldney ? demanda-t-il.

— Oh, oui, avec plaisir ! s'écria William Henry en s'élançant joyeusement sur le chemin.

« Ils semblent si insouciants..., songea Mr George Parfrey en les observant du haut d'une corniche couverte de broussailles. Et c'est probablement le cas. Le petit garçon ne fait-il pas partie des élèves payants ? »

Parfrey continua de les suivre du regard. Malgré l'absence de fantaisie de leurs vêtements, il avait noté la bonne qualité du tissu, exempt de raccommodages, et l'éclat des boucles d'argent sur leurs chaussures. Le père et le fils affichaient un certain air d'indépendance.

Bien entendu, il savait tout ce qu'il fallait savoir sur le père de Morgan Tertius. Colston était un petit établissement et les externes payants faisaient l'objet de nombreuses conversations dans la salle commune des maîtres qui, dans leur existence soigneusement chronométrée et limitée, n'avaient pas grand-chose à se dire. Richard Morgan était un armurier associé à un juif, et la guerre d'Amérique l'avait enrichi. Quant au jeune William Henry, des garçons aussi beaux que lui se voyaient rarement. Et, quand on en découvrait un, il était plus rare encore qu'il possédât le naturel et la perfection de Morgan Tertius. Cependant, le garçon était encore trop jeune pour mesurer quel capital représentait sa beauté.

Oui, ce devait être son père qui se promenait avec lui, jugea Parfrey. Ils se ressemblaient trop pour n'être pas étroitement apparentés. Un carnet de croquis reposait sur les genoux du professeur de latin. Sur la page de dessus, il avait esquissé un portrait des deux promeneurs se reposant près de l'Avon. Un assez bon dessin, en vérité.

George Parfrey était lui-même un bel homme, ce qui, des années plus tôt, l'avait empêché de faire carrière comme maître de dessin dans une demeure aisée : aucun bourgeois doué de bon sens n'aurait voulu engager un jeune homme aussi séduisant qui aurait risqué de tourner la tête de sa fille.

Bien qu'il n'en eût pas souffert dans son cœur, le départ du pauvre Ned Simpson l'avait plus affecté qu'il ne l'aurait cru. Les autres professeurs de leur bord avaient tous un ami qui leur convenait et ne songeaient pas à en changer. Depuis le départ de Ned – il était mort peu après son admission à St Peter –, personne n'avait plus besoin de lui. Le directeur, l'évêque et le révérend Prichard n'approuvaient pas les amitiés particulières. Tous mariés, ils avaient d'autres occupations. Aussi les discrètes liaisons nouées dans les murs de Colston étaient-elles chargées de nombreuses tensions. Les maîtres d'école étaient considérés comme quantité négligeable et, lors de leur recrutement, on se souciait comme d'une guigne de leurs qualités pédagogiques. La plupart étaient engagés sur recommandation d'un organisme public, d'un comité paroissial, d'un éminent prélat, d'un conseiller municipal ou d'un membre du Parlement. Aucune de ces personnalités n'aurait approuvé l'homosexualité, si discrète fût-elle. La loi de l'offre et de la demande prévalait. Les marins pouvaient s'imbiber de boisson, jurer et se bagarrer, et sodomiser tout ce qui bougeait entre Bristol et Wampoa sans perdre leur réputation s'ils se révélaient de bons travailleurs. Aucun armateur ne se souciait de boisson, de bagarre ou de mœurs. C'était probablement la même chose pour les juristes ou les comptables. Mais pour les instituteurs, pas de boisson, ni de bagarre ni – juste ciel ! de mœurs illicites.

Mr Parfrey avait envisagé de partir mais il avait vite compris que tout espoir était vain. Il vivait dans un monde trop étroit, trop fermé. A près de quarante-cinq ans, il finirait sa carrière à Colston, après quoi l'évêque accepterait peut-être de l'héberger gracieusement dans un hospice.

Il rangea son carnet d'esquisses dans sa boîte et quitta les hauteurs de l'Avon, songeant toujours à Morgan Tertius et à son père. Curieux que celui-ci fût aussi étonnamment beau que le fils, sans avoir néanmoins le pouvoir de faire tourner les têtes.

Quand William Henry eut repris le chemin de l'école, Richard eut tout loisir de consacrer davantage de temps à l'amitié et à une proposition insolite. Le cousin James l'Apothicaire le poussait à investir sa réserve de 3 000 livres à 3 pour cent au lieu de la laisser dormir à la banque, où les quakers en tiraient plus de profit que lui-même.

Richard avait rencontré Mr Tomas Latimer quand il avait rendu visite à l'atelier Habitas, avec William Henry. Pendant les sept années où le senhor Habitas avait fabriqué des Brown Bess pour les Tower Arms, il avait gagné assez d'argent pour se retirer dans le confort. Mais, quand on aime son métier comme Tomas Habitas, on ne l'abandonne pas volontiers. Aussi avait-il publié dans le *Bristol Journal* de Felix Farley une annonce indiquant qu'il se consacrait désormais à la fabrication d'armes de sport. Il avait ainsi trouvé assez de clients pour s'occuper agréablement.

Comme l'expliqua Habitas une fois faites les présentations, Mr Latimer était lui aussi artisan mais il avait une autre spécialité : il fabriquait des pompes.

— Principalement des pompes manuelles, expliqua celui-ci avec entrain, mais les bateaux se convertissent aux pompes à chaîne et j'ai un contrat avec l'Amirauté pour les chaînes. Les pompes manuelles, ou pompes à bras, sont bonnes pour évacuer des fonds de cale une tonne d'eau en une seule semaine, alors qu'une pompe à chaîne peut en débiter une tonne à la minute. De plus, elle repose sur une simple structure de bois que peut construire n'importe quel charpentier de marine. Tout ce qu'il lui faut ensuite, c'est une chaîne de cuivre.

Tout cela était nouveau pour Richard, qui jugeait Mr Thomas Latimer extrêmement sympathique. Petit, toujours souriant, il n'avait pas vraiment l'air d'un ingénieur, avec sa silhouette grassouillette et son visage uni. Chez lui, pas de front soucieux comme Vulcain ni de biceps de forgeron !

— J'ai acheté la fonderie de cuivre de Wasborough sur Narrow Wine Street, expliqua-t-il. Uniquement, je l'avoue, parce qu'elle contient l'une des machines à vapeur de Wasborough.

Richard savait naturellement ce qu'était la machine à vapeur mais, lorsque son fils retourna à l'école et qu'il se retrouva totalement libre entre sept heures du matin et deux heures de l'après-midi, il eut le temps d'en apprendre davantage sur cet ingénieux appareil.

La machine à vapeur avait été inventée au début du siècle par Thomas Newcomen. On l'employait pour pomper l'eau hors des mines de Kingswood, et pour faire tourner les roues de la fabrique de cuivre et de laiton de William Champion, sur la partie de l'Avon proche des mines de charbon. Puis James Watt inventa le condensateur à vapeur séparé, ce qui accrut tellement l'efficacité des moteurs de Newcomen que l'idée intéressa Matthew Bolton, magnat du fer et de l'acier à Birmingham. Watt s'associa à Bolton et tous deux s'assurèrent le monopole total de la fabrication de pompes à incendie, grâce à une série de procès empêchant quiconque d'entrer en compétition avec eux. Aucun autre inventeur ne réussit à utiliser le condensateur de Watt, protégé par de nombreux brevets.

C'est alors que Matthew Wasborough, un homme d'environ vingt-cinq ans, fit la connaissance d'un autre habitant de Bristol, nommé Pickard. Wasborough s'était fait connaître par un système de poulie et de roue volante. Quant à Pickard, il avait inventé la manivelle. Ces trois inventions réunies permettaient de transformer le mouvement alternatif d'une pompe en mouvement circulaire. Au lieu d'une force motrice agissant de haut en bas, on obtenait une rotation continue.

— Les roues hydrauliques tournent, elles aussi, et peuvent entraîner toute la machinerie, expliqua Mr Latimer.

Il conduisit Richard, qui transpirait à grosses gouttes, dans un dédale plein de fumées et de bruit, rempli de chaudières, de foyers, de tours et de presses.

— Mais cette invention-là, ajouta Latimer en pointant le doigt, peut faire tourner une pompe à elle toute seule.

Richard vit un monstre soufflant, haletant, occupant une place respectable au milieu de tours occupées à transformer le cuivre en une quantité d'objets indispensables aux bateaux. Le fer, en effet, ne faisait pas bon ménage avec les bateaux, en raison de l'action corrosive de l'eau salée.

— Pourrions-nous sortir ? cria Richard pour couvrir le bruit.

Ils émergèrent au bord du Froom, juste en aval du Weare, où les blanchisseuses lavaient leur linge.

— Quand Wasborough eut l'idée de combiner son système de poulies et sa roue volante avec la manivelle de Pickard, la roue hydraulique s'en trouva pratiquement éliminée, reprit Latimer.

C'est un événement très important, car il signifie qu'une fabrique ne doit pas nécessairement se situer au bord de l'eau. Si le charbon est bon marché, comme c'est le cas à Bristol, la vapeur est préférable à l'eau, pourvu que la machine ait un mouvement circulaire.

— Alors, comment se fait-il que je n'aie jamais entendu parler de Wasborough ni de Pickard ?

— A cause de James Watt, qui les a poursuivis en justice parce que leur moteur comportait le condensateur dont il détient le brevet. Watt a également accusé Pickard de lui avoir volé l'idée de sa manivelle, ce qui est une absurdité. La solution de Watt au problème du mouvement circulaire est la crémaillère – il appelle ça le mouvement du soleil et des planètes –, un système extrêmement lent et compliqué. Dès qu'il a découvert le brevet de Pickard pour sa manivelle, il a compris que c'était la bonne réponse et n'a pas supporté d'être battu sur ce terrain.

— Je ne m'imaginais pas qu'il existait tant de concurrence dans le métier d'ingénieur.

— Après une série de revers, comme la perte du contrat qui le liait aux moulins à farine de Deptford, Wasborough a fini par mourir de désespoir – il n'avait que vingt-huit ans – et Pickard s'est enfui au Connecticut. Mais j'ai trouvé le moyen d'utiliser le condensateur breveté de Watt et j'ai l'intention de fabriquer le modèle Wasborough-Pickard avant que les brevets qui le protègent expirent et que Watt mette la main dessus.

— Il est difficile de croire que l'homme le plus brillant du monde puisse être en même temps un scélérat, observa Richard.

— James Watt, déclara Latimer d'un air grave, est un sale Ecossais tordu, aux capacités médiocres mais d'une extrême vanité. A l'entendre, si quelque chose existe, c'est que Watt l'a inventée. Dieu n'est que son élève et le ciel une panse de brebis farcie !

Richard contempla le faible débit des eaux du Froom, couvertes de débris flottants, et songea que les godets d'une roue hydraulique risquaient de caler avec une telle alimentation.

— Je vois bien l'avantage de la vapeur sur l'eau, dit-il enfin, puisqu'il devient impossible d'installer au cœur des villes des usines qui utilisent la force hydraulique. Les moteurs à mouvement circulaire représentent l'avenir, Mr Latimer.

— Appelez-moi Tom. Réfléchissez à cela, Richard ! Wasborough rêvait de monter l'un de ses moteurs à vapeur sur un bateau, ce qui permettrait de naviguer tout droit comme une flèche sans se soucier de l'état de la mer, des courants, ni d'avoir à louvoyer pour trouver un vent favorable. Sa machine à vapeur ferait tourner les pales d'une roue hydraulique adaptée de chaque côté du bateau qui, ainsi, avancerait à un rythme régulier. N'est-ce pas merveilleux ?

— Merveilleux, en effet.

Rentré chez lui, il rapporta cette conversation à son père et au cousin James l'Apothicaire.

— Latimer cherche des investisseurs, leur dit-il, et j'envisage de placer mes trois mille livres dans ce projet.

— Tu perdras ton argent, prophétisa lugubrement Dick.

James l'Apothicaire était d'un autre avis.

— Les projets de Latimer suscitent beaucoup d'intérêt, Richard, et cet homme jouit d'un excellent crédit, bien qu'il soit nouveau venu à Bristol. Je songe à investir moi-même un millier de livres.

— Vous n'êtes que deux fous, affirma Dick, s'entêtant dans son opinion.

La tête penchée sur ses livres de classe, William Henry était en train de faire ses devoirs, assis à l'ancienne table de Mr James Thistlethwaite. Il avait maintenant abandonné l'ardoise pour la plume d'oie et le papier, et, comme Richard, il avait assez de patience pour prendre plaisir à former de belles lettres exemptes de ces ratures et de ces taches qu'on trouve si souvent sur les copies des autres enfants.

« Je vais gagner assez d'argent pour que William Henry puisse pousser ses études jusqu'à Oxford, songea Richard en le regardant. Il n'ira pas, à douze ans, chez un avocat ou un apothicaire – ou un armurier ! – pour y travailler pendant sept ans comme un esclave sans être payé. Moi, j'ai eu de la chance avec Habitas, mais combien de jeunes apprentis peuvent dire qu'ils ont eu un bon maître ? Non, je ne veux pas de ce sort pour mon fils unique. En quittant l'école de Colston, il ira au lycée de Bristol et, de là, à Oxford. Ou à Cambridge. Il aime beaucoup étudier et je vois bien que, pour lui, lire un livre n'est pas une corvée. Il aime apprendre. »

Peg se tenait là, près de Mag, et toutes deux mettaient la dernière touche au repas du soir. Richard allait et venait entre les tables, débarrassait les assiettes vides et en rapportait des pleines. L'atmosphère était plus détendue qu'autrefois car Peg semblait enfin aller un peu mieux. Elle esquissait parfois un sourire, cessait de se tourmenter au sujet de William Henry, et, au lit, il lui arrivait même de se tourner de son plein gré vers Richard pour lui offrir un peu d'amour. Oh, pas comme avant, non. Cette lointaine époque faisait maintenant partie des rêves, et les rêves de Richard tendaient à disparaître. « Seuls les jeunes peuvent atteindre les sommets de l'esprit, songeait-il. A trente-cinq ans, je ne suis plus jeune. Mon fils n'a que neuf ans et c'est maintenant à lui de rêver. »

En compagnie d'une dizaine d'hommes, Richard confia officiellement son argent à Mr Thomas Latimer dans le but précis de développer un nouveau type de moteur à vapeur. Mais aucun des investisseurs – dont faisait également partie le cousin James l'Apothicaire – ne reçut de parts dans la fonderie de cuivre qui fabriquait les chaînes plates à grappins pour les nouvelles pompes utilisées par l'Amirauté.

— Je ferme pour les fêtes de Noël, déclara Mr Thomas Latimer à Richard à la veille d'une saison grise, brumeuse, triste.

Richard était tellement fasciné par la machine à vapeur qu'il se rendait presque chaque jour chez Wasborough.

— Ce n'est pas l'habitude, observa simplement Richard.

— Oh, les ouvriers ne seront pas payés ! Mais j'ai remarqué que, pendant cette période, rien n'est fait convenablement. Trop de rhum. Je me demande ce que ces malheureux peuvent bien fêter ! La situation ne s'améliore guère, même si le jeune William Pitt est maintenant chancelier de l'Echiquier.

— Comment la situation pourrait-elle s'arranger ? rétorqua Richard. Pitt n'a pas d'autre solution que de faire rentrer les impôts existants et d'en créer d'autres pour payer la guerre d'Amérique. Mais vos ouvriers passeraient de meilleures fêtes si vous pouviez les payer pendant ces vacances.

Cette réflexion n'atténua pas la bonne humeur de Mr Latimer.

— Impossible ! Si je le faisais, les autres patrons de Bristol me mettraient dehors.

Richard se réjouit de passer davantage de temps au Cooper's Arms pendant Noël, car William Henry n'avait pas classe et des cantiques de Noël retentissaient dans toute la taverne. Mag et Peg avaient confectionné de délicieux desserts et des pots de sauce au cognac pour accompagner des venaisons rôties à la broche. Dick, lui, avait préparé un vin chaud, sucré et épicé. Richard sortit ses cadeaux : un second chat pour Dick, gris moucheté et distribuant des rations de gin, une ombrelle de soie verte pour Mag et une autre pour Peg, et, pour William Henry, un paquet de livres, une rame d'excellent papier à écrire, une magnifique balle de liège recouverte de cuir et pas moins de six crayons en graphite du Cumberland.

Dick fut enchanté de son chat à gin. Quant à Mag et Peg, elles restèrent confondues.

— Quelle extravagance ! s'écria Mag en ouvrant son ombrelle pour examiner les reflets de la lampe à travers le fin tissu vert jade. Oh, Peg, nous allons être à la dernière mode ! La cousine Ann elle-même sera éclipsée ! (Elle se retourna et ferma vivement l'ombrelle.) William Henry, ne t'avise pas de lancer ta balle ici !

Naturellement, pour William Henry la balle était le plus beau des cadeaux, mais il appréciait aussi les crayons.

— Papa, il faudra que tu me montres comment les tailler. Je veux qu'ils durent le plus longtemps possible, dit-il, rose de plaisir. Mr Parfrey va les admirer ! Lui, il n'a pas de crayon !

Dans l'échelle de ceux que William Henry admirait, Mr Parfrey occupait le sommet. Tout le monde le savait maintenant, depuis qu'il avait commencé ses classes de latin au début d'octobre, William Henry ne cessait de chanter ses louanges. Manifestement, c'était un professeur qui savait enseigner car il avait capté l'intérêt du garçon dès le premier jour. Johnny Monkton lui-même était conquis.

— Il pourra admirer tes crayons, mais pas les prendre, dit Richard en posant dans la main de William Henry un petit paquet. Voilà un cadeau pour Johnny. Quel dommage que le directeur ait exigé que tous les pensionnaires restent à l'école pour Noël ! Nous aurions pu l'avoir avec nous.

Peg choisit ce moment pour serrer son fils dans ses bras et presser ses lèvres sur son grand front si pur. Comprenant sans doute combien il la rendait heureuse en se laissant ainsi cajoler, William Henry supporta docilement ses baisers et, même, l'embrassa à son tour.

— Tu sais, papa est le meilleur des pères, dit-il enfin à Peg.

— Tu as sûrement raison, répondit sa mère après avoir attendu qu'il en dise autant d'elle.

Un an plus tôt, une remarque semblable, ajoutée à l'indifférence de son fils, aurait éveillé chez Peg une flambée de haine envers Richard. Mais, depuis, elle avait compris qu'une telle attitude ne menait à rien. Autant vivre avec cet état de choses, tenter de supporter Richard et, même, de lui être agréable. William Henry adorait son père. Ils aimaient se retrouver entre hommes, voilà tout. Qu'est-ce qu'une femme pouvait espérer de plus ?

A l'aube de la nouvelle année 1784, Richard remontait Narrow Wine Street pour rendre visite à Mr Latimer, à la fonderie de Wasborough.

Tout ce qu'on pouvait voir depuis Narrow Wine Street, c'était une grande structure en forme de grange, composée de blocs de pierre calcaire que la fumée des cheminées avait souillée au point de la rendre toute noire. Le long de la façade se succédaient un certain nombre de grandes portes de bois délabrées, toujours ouvertes comme pour laisser voir l'activité qui y régnait et permettre à la chaleur et au bruit de s'échapper.

Richard s'arrêta, soudain intrigué. Voilà qui était étrange ! Toutes les portes étaient closes. De bien longues vacances pour les pauvres ouvriers de Latimer, qui n'avaient pas été payés depuis Noël... Tout en longeant le bâtiment, Richard tenta vainement d'ouvrir les portes les unes après les autres. Désireux de comprendre ce qui se passait de l'autre côté, il emprunta un minuscule sentier pour contourner le bâtiment et gagner le côté adjacent au Froom. Enfin, il trouva une porte ouverte. Un silence pesant l'accueillit. Le four n'était pas allumé, le foyer béait, vide, et le moteur à l'arrêt s'ennuyait parmi les tours à l'abandon.

Il ressortit du bâtiment pour gagner les rives du Froom, gris et froid comme un ciel d'hiver.

— Richard, oh, Richard !

En se retournant, Richard aperçut James l'Apothicaire, qui s'approchait en se tordant les mains.

— Dick m'a dit que tu étais là. Oh, Richard, c'est affreux !

Quelque chose en lui savait déjà ce qui se passait mais il posa néanmoins la question :

— Qu'y a-t-il de si affreux, cousin James ?

— C'est Latimer ! Il est parti ! Il a filé avec notre argent !

Un poteau d'amarrage de chêne, datant probablement des Romains, se dressait sur les rives du fleuve. Richard s'y appuya et ferma un instant les yeux.

— Alors, cet homme est un imbécile. Il va se faire prendre.

Pour toute réponse, le cousin James l'Apothicaire se mit à pleurer.

Richard passa le bras autour de ses épaules et le guida vers un tas de rebuts de la fonderie, où il s'assit.

— Cousin, ce n'est pas la fin du monde, assura-t-il. Allons, arrête de pleurer comme ça.

— Je ne peux pas ! C'est ma faute ! Si je ne t'avais pas encouragé, ton argent serait encore en sûreté. Je peux me permettre de payer pour mes propres erreurs mais il n'est pas juste que tu doives tout perdre !

Incapable de ressentir la moindre peine quant à ses propres affaires, Richard demeura les yeux fixés sur le Froom sans même le voir. Ce n'était pas comme de perdre Mary. C'était mille fois moins important. L'argent était chose secondaire.

— Je prends mes décisions seul, cousin James, et tu me connais assez pour savoir que personne ne m'oblige à aller là où je ne veux pas. Ce n'est la faute de personne, ni la tienne ni la mienne. Allons, sèche tes yeux et raconte-moi tout, ajouta Richard en lui tendant un chiffon qui faisait office de mouchoir.

James l'Apothicaire sortit son propre mouchoir, s'essuya les yeux et finit par recouvrer son calme.

— Nous ne reverrons jamais notre argent, assura-t-il. Latimer l'a pris avant de s'enfuir dans le Connecticut, là où Pickard et lui ont l'intention de fabriquer des moteurs à vapeur. Depuis la guerre d'Indépendance, le brevet de Watt est tombé dans le domaine public.

— Quel malin, ce Latimer ! s'exclama Richard d'un ton admiratif. Ne pourrions-nous obtenir un privilège sur la fonderie de Wasborough et récupérer notre argent en fabriquant des chaînes pour l'Amirauté ?

— Je crains que ça ne soit pas possible. Latimer n'est pas propriétaire de Wasborough. Son beau-père, un riche fabricant de fromage de Gloucester, l'a acheté pour constituer la dot de la femme de Latimer. Son père est également propriétaire de la maison de Dove Street.

— Alors, rentrons au Cooper's Arms. Une chope de rhum te fera du bien, cousin James.

A leur arrivée, Dick se garda bien de prononcer le moindre mot, et encore moins un « je vous l'avais bien dit ». Ses yeux s'étaient posés successivement sur le visage calme de Richard et sur les traits ravagés du cousin James l'Apothicaire. Quoi qu'il pût penser, il le garda pour lui.

— Il n'y a en réalité qu'une seule conséquence grave, lui affirma Richard un peu plus tard. C'est que je n'ai plus assez d'argent pour pourvoir à l'éducation de William Henry.

— Tu n'es pas furieux ? s'étonna Dick.

— Non, père. Si le désastre financier doit être mon lot sur terre, j'en suis heureux. Imagine que j'aie perdu Peg... Ou William Henry ? ajouta-t-il d'une voix blanche.

Dick saisit fermement le bras de son fils par-dessus la table.

— Oui, je comprends ce que tu veux dire. Quant à l'éducation de William Henry, prions pour qu'une solution se dessine. Il pourra déjà finir Colston. J'ai assez d'argent pour ça. Il nous reste donc trois ans avant de nous inquiéter.

— En attendant, il va me falloir trouver du travail. Le Cooper's Arms n'est pas assez prospère pour nourrir nos deux familles, reprit Richard en portant la main de Dick à sa joue. Je te remercie, père. Vraiment.

— Oh à propos ! s'écria Dick au grand soulagement de Richard, gêné de ces effusions si peu viriles. Je viens de me rappeler ! Le vieux Tom Cave a besoin d'un homme pour sa distillerie. Quelqu'un qui sache souder et braser. Va le voir, Richard. Ce n'est peut-être pas la réponse à tes prières, mais tu gagneras une livre par semaine : c'est toujours ça, en attendant de trouver mieux.

Posséder une distillerie de rhum à Bristol revenait à avoir le droit de frapper monnaie. Quels que fussent la dureté des temps et le nombre de gens sans emploi, la consommation de rhum ne fléchissait pas plus que son prix. Le rhum n'était pas seulement la boisson favorite des habitants, c'était également elle qu'on chargeait sur tous les navires, en guise de garantie, contre les mutineries à bord. Tant qu'ils avaient leur ration de rhum, les marins acceptaient de manger des biscuits rassis et de la viande salée si vieille qu'elle se recroquevillait à la cuisson – et de subir les coups de garcette.

L'établissement de Mr Cave était construit comme une forteresse. Il occupait la plus grande partie d'un petit pâté de maisons dans Redcliff Street, à deux pas de Temple Backs, d'où arrivaient les cargaisons de sucre des Indes occidentales et où l'on chargeait différentes tailles de barriques sur des péniches dès qu'une commande avait été payée. Les celliers étaient aussi immenses qu'imprenables et, à l'instar de toutes les caves de Bristol, couraient sous les rues. Le sol de Bristol était un tel gruyère que les véhicules trop lourds n'avaient pas le droit d'y circuler. La totalité du transport des marchandises s'effectuait par des traîneaux afin que les conducteurs puissent répartir la charge de manière plus égale que sur un véhicule à roues.

Les alambics se trouvaient à même le sol d'une salle si immense qu'on ne parvenait pas à en distinguer les contours. Seule la lueur des fourneaux l'éclairait. L'ensemble donnait l'impression d'une forêt cuivrée composée de troncs d'arbres arc-boutés plantés dans un sol de brique réfractaire tandis que le feuillage, représenté par des barriques de chêne, s'élevait comme une cime amputée. Cela empestait la fumée de charbon, le malt fermenté, les vapeurs d'alcool. Richard détestait cela. Inhaler quotidiennement l'infecte odeur du rhum ne l'encourageait guère à échanger son pot de bière contre une chope du meilleur alcool de Mr Cave.

Ce dernier ne faisait que de rares apparitions et William Thorne, le chef d'atelier, régnait en maître, aussi obséquieux envers Cave qu'il se montrait cruel envers ses subalternes. Aux yeux de Richard, Thorne était le genre d'homme idéal pour un négrier comme l'*Alexander*. Il adorait fouetter les jeunes apprentis à coups de garcette et prenait un malin plaisir à pourrir la vie des employés. Toutefois, après avoir jaugé Richard d'un regard, il choisit de le laisser tranquille et se contenta de lui infliger une série d'instructions sur un ton cassant.

—... et restez éloigné de l'arrière de la salle, conclut-il d'une voix mauvaise. Il n'y a là rien qui vous concerne et je déteste les rôdeurs. Cet endroit relève de ma seule compétence et je vous prierai de vous conformer à mes ordres.

Richard se garda bien d'approcher l'arrière de la salle, plus, d'ailleurs, pour avoir la paix que pour obéir aux ordres de Thorne. Les alambics étaient en cuivre, ainsi que les tuyaux qui serpentaient dans toutes les directions. Les innombrables soupapes, robinets et armatures étaient de cuivre. Il était donc indispensable d'avoir sous la main un homme capable de détecter les éventuels problèmes, telle l'apparition de fuites, et d'effectuer les réparations pendant que les alambics poursuivaient leur travail. Les alambics marchaient par paires et l'un d'eux demeurait fermé en permanence pour permettre les réparations des parties métalliques. C'était là encore le travail de Richard. Une tâche si ennuyeuse qu'elle ne demandait aucune intelligence, et néanmoins terriblement absorbante.

Sa première journée lui permit de se familiariser avec le mot que Thorne considérait comme le plus exécrable : la régie.

Le gouvernement de Sa Majesté britannique avait toujours imposé les liqueurs importées de l'étranger. Il s'agissait de droits de douane, et la contrebande (très populaire sur les côtes de Cornouailles, du Devon et du Dorset) était punie de mort par pendaison. Plus tard, le gouvernement s'était rendu compte qu'il pouvait augmenter ses revenus en taxant les spiritueux fabriqués en Angleterre. On parla alors de « droits de régie ». Le gin et le rhum devaient être impérativement distillés dans des lieux autorisés et rigoureusement contrôlés par l'employé de cet organisme car les droits étaient payables sur chaque goutte d'alcool sortant des cuves.

— Tout cela, expliqua Richard à la fin de sa première semaine de travail, afin que les navires puissent sillonner les mers sans risque de mutinerie. Quelle merveille que l'esprit humain et quel dommage que tant d'intelligence soit ainsi mise au service de la bêtise.

— Richard, s'écria Dick, exaspéré, tu as une mentalité de quaker ! Je te rappelle que nous gagnons notre vie grâce à l'alcool.

— Je sais bien, père, mais je suis libre de mes opinions et je pense que le gouvernement nous encourage à boire pour gagner de l'argent.

— Je voudrais que Jem Thistlethwaite entende ça !

— Je sais, je sais, il démolirait mes arguments en une seconde, répliqua Richard en souriant. Calme-toi, père ! Je plaisantais.

— Peg, veux-tu faire acte d'autorité envers ton mari ? s'exclama Dick.

Peg se retourna avec un sourire si radieux que le cœur de Richard se mit à battre plus vite. Elle avait l'air de se sentir tellement mieux ! Etait-ce donc tout ce qu'il lui fallait ? Que s'éloigne la menace du départ de Richard pour Clifton ? Maintenant qu'elle était certaine qu'ils demeureraient au Cooper's Arms, puisque Richard n'avait plus d'argent, elle se montrait heureuse, parfaitement rassurée.

Elle laissa tomber sa chope vide et se baissa d'un air agacé pour la ramasser. Un hurlement de douleur déchira l'air si soudainement que les cheveux des clients et du personnel se dressèrent. Peg se figea, les deux mains sur la tête avant de s'effondrer sur le sol en un petit tas inerte. Les gens s'attroupèrent en si grand nombre que Dick dut les repousser avec énergie avant de s'agenouiller à côté de Richard, qui tenait la tête de Peg contre lui. Mag s'agenouilla de l'autre côté avec William Henry qui tenta de saisir la main de sa mère.

— Ça ne sert à rien, elle est morte, laissa tomber Dick.

Richard saisit la main de sa femme pour la réchauffer entre ses paumes.

— Non ! non, ce n'est pas possible ! Peg ! Peg, mon amour ! Réveille-toi ! Peg, je t'en supplie, réveille-toi !

— Maman, maman, réveille-toi ! s'écria William Henry, les yeux trop pleins d'horreur pour pleurer. Maman, réveille-toi, que je te serre dans mes bras et que je t'embrasse ! Je t'en supplie, réveille-toi !

Mais Peg gisait, toujours immobile, et aucun pincement ni piqûre ne purent la ranimer.

— C'est une attaque, affirma le cousin James l'Apothicaire, que l'on était allé quérir de toute urgence.

— Impossible ! s'écria Richard. Elle n'a pas l'âge !

— Les jeunes eux aussi sont sujets à des attaques, et elles se manifestent toujours ainsi : un soudain hurlement de douleur, puis l'inconscience et enfin la mort.

— Cela ne peut pas être ! s'entêta Richard.

Comment Peg pouvait-elle être morte ? Elle faisait partie de lui. Non, elle ne pouvait pas être morte.

— Crois-moi, Richard, soupira James l'Apothicaire, elle l'est bel et bien. Il n'y a plus aucun signe de vie. J'ai mis un miroir devant sa bouche, et aucune buée n'y est apparue. J'ai posé mon cône de bois sur sa poitrine et vérifié que son cœur ne battait plus. Et son iris est devenu vitreux. Accepte la volonté du Seigneur, Richard. Allons étendre son corps là-haut.

Avec l'aide de Mag, Richard lava Peg, l'habilla de ses bas et de sa robe du dimanche, en coton rose avec des broderies ajourées, passa du rouge sur ses lèvres et ses joues, boucla ses cheveux qu'il rassembla à la dernière mode, et la chaussa de ses escarpins à talons du dimanche. Puis il ramena les mains de la jeune femme sur sa poitrine. On lui avait fermé les yeux dès le début. Comme endormie, elle ne paraissait pas plus de vingt ans.

Richard s'assit sur le rebord du lit, à côté de William Henry, afin d'éviter de voir le visage de son fils. Il craignait de ne pas supporter cette vision et de s'effondrer, ce qui n'était dans l'intérêt ni de l'un ni de l'autre. La pièce était éclairée de lampes et de bougies qui resteraient allumées jusqu'au moment où la jeune femme serait mise dans son cercueil et emportée sur le traîneau funéraire à St James. L'enterrement devait avoir lieu dans deux jours. Il s'agissait, en l'absence d'un meilleur diagnostic, d'une mort naturelle. Toute la famille, proche ou éloignée, viendrait présenter ses condoléances, embrasser les lèvres encore rouges et partager la douleur du veuf avant de descendre à la taverne pour y prendre des rafraîchissements. Aucune veillée n'était prévue. Dans le Bristol protestant, on affrontait la mort avec sobriété et en habits de deuil.

Richard resta assis nuit et jour, rejoint par divers membres de la famille. Pour une fois aucun ronflement ne traversa la mince cloison. Seuls quelques sanglots étouffés, des murmures de réconfort, des soupirs. A l'exception de William Henry, personne ne dormait ; le petit garçon pleurait longuement avant de sombrer dans un sommeil agité. Le choc avait été si soudain que Richard se sentait engourdi mais, sous les épaisses couches de douleur et de chagrin qui bouillonnaient en lui, il percevait avec horreur un amer ressentiment. « Puisque tu devais mourir, Peg, pourquoi ne l'as-tu pas fait avant que j'aie investi mon argent ? J'aurais pu emmener William Henry vivre à Clifton et me débarrasser des vapeurs du rhum. J'aurais pu être mon propre maître. »

Aux premières froides lueurs de l'aube de la seconde nuit, William Henry, pieds nus, apparut dans sa chemise de nuit et vint s'asseoir à côté de Richard. On avait laissé la chambre aussi froide que le permettaient les nombreuses bougies, afin que la silhouette immobile sur le lit demeure aussi sereine et belle qu'au moment de sa toilette. Richard se leva pour aller chercher une épaisse couverture et deux paires de bas. Il enveloppa le corps de son fils dans la première et lui enfila les autres aux pieds.

— Elle paraît si heureuse ! dit William Henry en essuyant ses pleurs.

Avant de répondre, Richard, les yeux secs, s'efforça de contrôler sa voix.

— Elle était très heureuse au moment de sa mort, affirma-t-il. Elle souriait, William Henry.

— Alors, il faut que j'essaye d'être heureux, papa ? Pour elle ?

— Oui, mon fils. Il n'y a rien à redouter d'une mort aussi heureuse et aussi inattendue. Maman est allée au ciel.

— Elle me manque, papa !

— A moi aussi. C'est naturel. Elle a toujours été là. A présent, il faut nous habituer à vivre sans elle, et ce sera dur. Mais n'oublie jamais cet air de bonheur qui plane sur elle. Comme si rien de mauvais ne l'avait touchée. Et, crois-moi, c'est exactement cela.

L'enfant s'approcha. Il posa sa tête bouclée sur le bras de son père et eut un hoquet.

— Et il y a toi, papa. Je t'ai. Je ne suis pas orphelin.

Le lendemain matin, le cousin James le Clergyman enterra Margaret Morgan, née en 1750, épouse bien-aimée de Richard Morgan et mère de William Henry, né après sa fille Mary. Comme on était fin janvier, il n'y eut pas de fleurs, seulement des plantes vertes. Richard ne pleura pas. Quant à William Henry, il semblait avoir épuisé sa réserve de larmes. Seule Mag sanglota, en mémoire de sa nièce et belle-fille. Le Seigneur donne et le Seigneur reprend. C'est la vie.

La mort de Peg rapprocha encore plus William Henry de son père mais ce dernier était pris par un travail qui l'occupait six jours par semaine de l'aube au crépuscule, ce qui ne lui laissait que le dimanche et quelques minutes dérobées pour mettre William Henry au lit. La distillerie n'était pas une armurerie et William Thorne ne ressemblait en rien à Tomas Habitas. Les conditions de travail particulières n'étaient réservées qu'à lui seul. Il pouvait impunément disparaître, parfois pendant plusieurs heures de suite, puis revenir, l'air satisfait de lui-même. Richard avait remarqué que chaque fois que Thorne s'absentait, Thomas Cave attendait anxieusement, mais sans colère, son retour. Plutôt avec une sorte d'appréhension. Curieux. Si Richard n'avait été si préoccupé avec ses soucis personnels et sa tristesse, il en aurait sans doute vu davantage et en aurait tiré les conclusions qui s'imposaient. Le travail était certes sa seule consolation mais à condition de s'y donner pleinement.

La distillerie recevait parfois une délégation de visiteurs dont le chef n'était autre que le receveur de la régie. William Thorne lui faisait lui-même parcourir les lieux, à l'abri des regards.

Un autre visiteur n'avait aucune raison de se trouver là, si ce n'était ses relations d'amitié avec Thorne. Etrange lien, d'ailleurs, que celui qui unissait ces deux hommes dépourvus du moindre point commun. John Trevillian Ceely Trevillian était riche, affecté et incroyablement bête. Ses perruques étaient d'une blancheur de neige sous la poudre d'amidon, et il refusait de les lier avec autre chose que du velours noir. Il portait des manteaux de velours brodé et des gilets somptueux. Ses talons étaient si hauts qu'il devait trottiner en s'aidant d'une canne ornée d'ambre. Il exhalait une si forte odeur de parfum qu'elle en arrivait à dominer celle du rhum lui-même. Thorne se garda bien de faire les moindres présentations, le jour de la première visite de Trevillian, peu après l'arrivée de Richard. Mais Ceely, ainsi que Thorne l'appelait, s'arrêta devant le nouvel ouvrier pour lui jeter un regard approbateur, appréciant apparemment ses avant-bras nus et vigoureux.

Richard savait parfaitement qui était John Trevillian Ceely Trevillian : le fils aîné de Mr et Mrs Maurice Trevillian, de Park Street, un couple riche qui s'était fait dévaliser par un bandit de grand chemin devant le seuil de la maison familiale. Ils appartenaient à une famille originaire de Cornouailles, qui possédait de gros intérêts dans le commerce de Bristol. Enfin, ils étaient liés par des liens de sang à un ancien clan de marchands londoniens du nom de Ceely, très en vue depuis le XIIe siècle.

Mais ce Ceely-là, personne ne l'ignorait à Bristol, était un célibataire aux goûts sexuels discutables, un personnage frivole, oisif et sans cervelle, totalement éclipsé par son frère cadet.

Après plusieurs visites de Trevillian, Richard révisa ce jugement. Ces manières absurdes, geignardes et insipides cachaient une intelligence fine et perspicace. Ceely en savait long sur la distillerie et sur la finance. La niaiserie qu'il affichait se révélait très efficace : lorsque Mr Ceely Trevillian se baladait comme un gros nigaud à la Bourse, ceux qui le côtoyaient ne prenaient pas la peine de baisser la voix pour parler des affaires qu'ils étaient en train de traiter. Ils finissaient par échouer tandis que Trevillian continuait à s'enrichir de jour en jour.

Pour en terminer avec Mr Ceely Trevillian, il apparut bras dessus bras dessous en compagnie de Mr Thomas Cave. « Ainsi, songea Richard, Ceely a des intérêts financiers dans cet établissement. Il suffit pour le comprendre de voir ce vieux Tom Cave lui lécher les bottes avec tant de flagornerie. » Et pourtant le nom de Ceely n'apparaissait nulle part sur les registres ; Dick le lui aurait dit. Il devait être un partenaire qui ne fournissait du capital que lorsque c'était nécessaire, et ne payait donc pas d'impôts.

Malgré ce travail qu'il détestait, Richard réussissait à se maîtriser même s'il s'irritait du peu de temps qu'il pouvait consacrer à William Henry. Les dimanches, heureusement, lui étaient infiniment précieux. Richard modifiait parfois l'itinéraire de leurs promenades afin que William puisse connaître chaque recoin de Bristol. Mais leur destination favorite restait Clifton, où le cottage que Richard avait failli acheter semblait le narguer. Par goût, il aurait préféré une autre ville que Clifton mais William Henry adorait cet endroit.

— Mr Parfrey nous en a raconté une nouvelle hier, dit l'enfant en gambadant.

Retenant un soupir, Richard se résigna à écouter un énième péan en l'honneur de ce parangon de vertu qui réussissait à faire d'une ennuyeuse langue morte un jeu de calembours et de mnémotechnie. William Henry était bien plus avancé en latin que Richard au même âge.

— Eh bien ? demanda-t-il à son fils.

— *Caesar adsum jam forte* : César a mangé de la confiture pour le thé[1].

— Et tu es capable de traduire ça ?

— Par chance, César n'était pas loin.

— Très bien ! Il a beaucoup d'esprit, ton Mr Parfrey.

— C'est vrai, il est très drôle, papa. Il nous fait tellement rire que le directeur et Mr Prichard n'apprécient pas. Je ne crois pas qu'ils aiment beaucoup que Mr Parfrey ne fasse jamais usage de la canne.

— Je suis étonné que Mr Parfrey soit parvenu à survivre à Colston, coupa sèchement Richard.

— Nous sommes tous excellents en latin, expliqua Richard. Il le faut. Sinon, Mr Parfrey aurait des problèmes avec le directeur. Oh, papa, je l'aime vraiment ! Il sourit tout le temps.

— Si c'est comme ça, William Henry, tu as de la chance.

Vers la fin du mois de mai, à la distillerie de Mr Cave, toutes les pièces du puzzle se mirent en place.

William Thorne avait disparu comme par enchantement. Les acolytes chargés des alambics s'étaient également volatilisés, un peu à la manière de souris essayant avec une certaine appréhension d'attraper le fromage mais déterminées à remporter le gros lot. A ceci près que dans le cas des employés de Mr Cave, le gros lot était du rhum. Pas le bon rhum qu'on mettait en barrique pour y être mélangé par Cave en personne, mais un ersatz de seconde distillation. Les clients n'y verraient que du feu si l'on prenait soin d'en siphonner un peu dans la seconde cuve.

Indifférent au rhum et aux autres, Richard poursuivait son travail. La grande salle possédait tant de coins et de recoins qu'il

---

1. Phonétiquement, en anglais : *Cesar ate some jam for tea.* (N.d.T.)

était difficile d'en mesurer tout l'espace, en particulier dans les arrières où Richard avait ordre de ne pas pénétrer. Il n'en aurait rien fait s'il n'avait entendu le sifflement inimitable du liquide s'échappant sous la pression. Une vérification de la rangée de paires d'alambics et de leur réseau de tuyaux ne révéla rien de particulier. C'est en s'approchant de la paire du fond qu'il comprit que le bruit venait de plus loin encore. Il se hissa sur les briques brûlantes du fourneau et, baissant la tête pour éviter les cuves, se faufila entre deux alambics.

Il remarqua des tuyaux qui n'auraient pas dû se trouver là et s'arrêta net. Pendant une longue minute, il resta sans bouger, laissant ses yeux s'accoutumer à l'obscurité. Il réussit enfin à distinguer un certain nombre de tuyaux cachés sous des toiles d'araignée, ainsi qu'un objet qui, au premier abord, aurait pu passer pour une enveloppe isolante décollée. Chacun de ces tuyaux sortait d'une cuve qui contenait le produit de la dernière distillation. Cependant, ils n'étaient pas situés en bas, comme on aurait pu s'y attendre, mais en haut de la cuve, à un endroit qui ne permettait l'écoulement que si la cuve était pleine à ras bord. Aucun clapet n'était attaché à ces tuyaux totalement illégaux. Une fois que le contenu de la cuve atteignait le niveau du tuyau, le liquide s'écoulait dans l'obscurité de l'arrière de la grande salle.

Là, dissimulées par une fausse cloison, s'alignaient deux rangées de fûts de 50 gallons. Les lèvres pincées en un silencieux sifflement de surprise, Richard calcula la quantité d'alcool non imposé qui devait s'échapper jour après jour. Pas étonnant que William Thorne tire toujours lui-même la dernière distillation ! Seul un distillateur expérimenté se serait étonné de la lenteur des appareils de Mr Cave. Et on n'en rencontrait aucun, au 137, Redcliff Street, à l'exception, naturellement, de William Thorne. Thomas Cave était-il, lui aussi, dans la combine ?

Après avoir sauté en bas du fourneau, Richard découvrit la source du sifflement : l'alambic de droite rejetait un mince filet de liquide sortant d'un minuscule trou percé sur l'enveloppe de cuivre. Alors qu'il s'agenouillait pour le boucher, Thorne fit son apparition.

— Hé là ! Qu'est-ce que tu fais ici ? cria-t-il, le visage tordu de rage.

— Mon travail, répliqua calmement Richard. Une réparation provisoire. Il va vous falloir retirer cette paire d'alambics.

— Merde alors ! Je n'arrête pas de dire au vieux Tom d'investir une partie de ses bénéfices dans de nouveaux alambics mais il a toujours une bonne raison pour ne pas obéir.

Thorne s'éloigna pour passer sa colère sur les acolytes qui n'avaient pas eu le temps de réagir. Le chat était rentré plus tôt que prévu.

En regagnant le Cooper's Arms, le soir, Richard ne parla pas de sa découverte à Dick. Il serait toujours temps de lui confier ce qui se passait quand il en saurait plus – par exemple, combien de personnes étaient impliquées dans ce vaste trafic. Il y avait Thorne, bien sûr. Cave, peut-être. Mais qu'en était-il de John Trevillian Ceely Trevillian ? Pourquoi un rentier comme lui aurait-il fréquenté un endroit si éloigné de ses lieux de chasse habituels ?

« Quand évacuent-ils l'alcool illicite ? se demandait Richard. La nuit, certainement, et aussi le dimanche quand les rues sont désertes. Ni marins ni coupe-jarrets n'infestent le secteur à ce moment-là. »

Il lui fut facile de sortir discrètement du Cooper's Arms le dimanche suivant, à la nuit tombée. Il était seul dans sa chambre, Dick et Mag ronflaient et William Henry dormait toujours d'un profond sommeil, même les jours de grande tempête. La lune était pleine et le ciel sans nuage. Une vraie chance ! Tandis qu'il approchait du 137, Redcliff Street, une cloche sonna les douze coups de minuit. Richard se mit à l'abri d'un chariot appartenant au fabricant de tuyaux d'en face et se disposa à patienter.

Ils vinrent enfin. Deux heures. Ils ont calculé au plus juste, songea Richard. Dans deux heures, l'aube allait se lever. Il reconnut trois silhouettes : Thorne, Cave et Ceely Trevillian. Il était néanmoins malaisé d'identifier ce dernier car le mignard s'était transformé en un homme mince, d'allure énergique, vêtu de noir et botté, aux cheveux courts et hirsutes.

Cave arriva sur son vieux hongre ; Thorne et Ceely conduisaient un traîneau tiré par deux énormes chevaux. Les trois hommes commencèrent à décharger du traîneau quatre douzaines de fûts apparemment vides. Cave ouvrit une porte désaffectée à l'arrière de la salle de distillation et les barriques y disparurent rapidement. Thorne revint une minute plus tard, poussant laborieusement devant lui une barrique pleine. Cave s'affairait au traîneau dont il baissa la rampe d'accès à l'arrière. Il fallut les efforts conjugués de Thorne et de Trevillian pour faire glisser chaque barrique le long de la rampe. Une fois installée sur la plate-forme du traîneau, les hommes la remettaient droite avec une habileté née d'une longue pratique.

Soixante minutes s'écoulèrent à la montre de Richard avant la fin du travail. Il ne faisait pas de doute qu'à l'intérieur du bâtiment les barriques vides avaient été placées sous les tuyaux non réglementaires. Combien de fois cette opération avait-elle eu lieu ? Sans doute pas tous les dimanches : quelqu'un aurait fini par remarquer le manège mais, si les calculs de Richard étaient corrects, au moins une fois toutes les trois semaines.

Thomas Cave enfourcha son cheval et s'éloigna dans Redcliff Street tandis que les deux autres remontaient sur le traîneau, qui repartit sur ses patins silencieux vers l'est et Temple Backs. Richard les suivit. Sur les rives du fleuve, les barriques furent descendues sur une barge à fond plat commandée par un homme inconnu de Richard mais visiblement familier pour Thorne et Ceely. Leur travail terminé, les trois hommes ôtèrent le harnais de l'un des chevaux pour l'attacher à la barge. L'inconnu grimpa sur son large dos et l'éperonna jusqu'à ce qu'il se décide à descendre d'un pas lourd le terrible chemin de halage en direction de Bath, tirant la barge sur laquelle se trouvait Ceely. Une fois assuré que tout se déroulait sans anicroche, William Thorne repartit sur le traîneau.

« Je sais tout, à présent, songea Richard. Le rhum arrive dans un lieu proche de Bath, où Ceely et l'inconnu le vendent ou le transbordent sur une autre embarcation pour Salisbury ou Exeter. Ils peuvent ainsi se partager en quatre parts les bénéfices tirés du non-paiement des droits de régie. Je suis pourtant prêt à parier que c'est Ceely Trevillian qui se taille la part du lion. »

Que faire, à présent ? Après avoir tourné et retourné la question dans sa tête, sur le chemin du retour, il décida que c'était le moment ou jamais d'en parler à son père.

Lorsqu'il regagna le Cooper's Arms, Dick et Mag étaient déjà levés et s'activaient alors que William Henry dormait encore. Ses parents échangèrent un regard entendu : ils avaient parfaitement remarqué que le lit de leur fils était resté vide. Comment faire comprendre à un veuf de fraîche date qu'ils ne portaient aucun jugement sur sa conduite ?

— Laisse-nous, maman, ordonna Richard sans s'embarrasser de cérémonie. Je dois parler à père en privé.

Dick ne s'attendait pas à entendre une sombre histoire de contrebande. Il pensait que son fils allait lui parler de sexe et de quelque jolie femme rencontrée à St James la veille, au matin.

— Que me conseilles-tu, père ?

Dick lui jeta un regard mi-figue mi-raisin et haussa les épaules.

— Un homme de bien n'a qu'une chose à faire. Rends immédiatement visite, et en secret, au receveur de la régie. Il s'appelle Benjamin Fisher.

— Mais, père ! Tu es en affaires avec ton vieil ami Tom Cave ! Cela gâchera tout !

— Allons donc ! répliqua Dick sur un ton ferme. Il existe d'autres producteurs de bon rhum à Bristol et je les connais tous. Je suis même dans les meilleurs termes avec eux. D'ailleurs, Tom Cave est plus une vieille connaissance qu'un véritable ami. Tu l'as vu souper à ma table mais je ne suis jamais allé souper à la sienne. En outre, ajouta-t-il avec un sourire, j'ai toujours su que c'était un fieffé coquin. Ça se voit dans ses yeux, tu n'as pas remarqué ? Il ne te regarde jamais franchement.

— C'est vrai. Je l'ai observé, également. Pourtant, je suis plus navré pour lui que pour Thorne. Quant à Ceely (Richard esquissa un geste de mépris), cet homme n'est qu'une ordure. Mais quel acteur ! Il joue les nigauds mais c'est un petit malin.

— Tu ne travailles pas aujourd'hui, décréta Dick en poussant son fils dans l'escalier. Va mettre tes beaux vêtements du dimanche, prends mon chapeau neuf, et en route pour la régie. Et pas un mot à personne, tu m'entends ? Pas la peine de faire la grimace. Si ces coquins n'ont détourné que la moitié du rhum que tu as vu, tu seras largement récompensé de tes peines. Assez pour offrir à William Henry l'éducation dont tu rêves pour lui.

Ce fut cette pensée qui poussa Richard, vêtu de ses habits du dimanche et coiffé du plus beau chapeau de Dick, à partir en direction de Queen Square. La régie occupait l'extrémité d'un pâté de maisons entre le square et Princess Street, enviable avenue sur laquelle se situait la demeure de Thomas Cave. Richard découvrit bientôt que les employés de la régie n'étaient que de gros paresseux qui se servaient de leur bureau pour entamer une sieste réparatrice après leurs beuveries nocturnes, particulièrement le lundi. Ils se montraient désorganisés, indifférents, et préféraient ne pas agir. Il lui fallut donc plusieurs heures pour remonter l'échelle de la hiérarchie. Au spectacle de ces visages qui respiraient l'ennui, il n'expliqua que le minimum indispensable, à savoir la vaste fraude à l'impôt découverte. Puis il insista pour voir le receveur en personne.

Il n'obtint pas de rendez-vous avant trois heures de l'après-midi. Il n'avait pas eu le temps de déjeuner et sa patience légendaire avait été mise à rude épreuve.

— Vous avez cinq minutes, Mr Morgan, lui annonça Benjamin Fisher, assis à son bureau.

Inutile de se demander si le receveur de la régie s'était jamais rendu sur le terrain. Il dévisageait Richard derrière les petits verres ronds de lunettes dont il n'avait guère besoin pour prendre connaissance des documents empilés sur son bureau. Un myope dont l'univers se résumait à son bureau. Ce qui signifiait qu'il ne saisirait pas aussi bien la situation que les hommes de terrain. « D'un autre côté, songea Richard, il se peut qu'il ne soit pas corruptible. Car il est bien évident que les hommes de terrain le sont. Sinon, je ne serais pas ici. »

Richard résuma brièvement son histoire.

— A combien estimez-vous la fraude par semaine ? demanda Mr Fisher lorsque Richard en eut terminé.

— S'ils viennent chercher leurs barriques toutes les trois semaines, monsieur, cela doit représenter pas loin de 800 gallons par semaine.

Ce chiffre changeait tout ! Mr Fisher se cala sur son siège, reposa sa plume et repoussa la feuille de papier sur laquelle il avait commencé à jeter quelques notes. Derrière ses épaisses lunettes, ses gros yeux d'un bleu délavé roulèrent comme des billes.

— Mr Morgan, il s'agit là d'une énorme fraude ! Etes-vous sûr de vos calculs ?

— J'ai pu me tromper, monsieur. Mais s'ils changent les barriques toutes les trois semaines, cela fait bien 800 gallons par semaine. Hier, nous étions le 1er juin et je peux témoigner que les fûts apportés par les trois hommes étaient vides. Personne ne pourrait traîner aussi facilement une barrique pleine. Alors que les fûts qu'ils ont pris étaient si lourds qu'ils ont dû s'y mettre à deux pour les rouler sur une rampe peu inclinée. Leur prochain dimanche sera probablement celui du 22 juin. Si vos hommes se cachent à proximité à partir de minuit, vous pourrez les prendre tous les trois sur le fait.

— Merci, Mr Morgan. Je vous suggère de retourner au travail comme si de rien n'était, jusqu'à ce que mon service vous fasse signe. De la part de Sa Majesté, je vous prie d'accepter les sincères remerciements de la régie.

Richard se dirigea vers la porte lorsque le receveur le rappela.

— Si la fraude se révèle aussi importante que vous le dites, Mr Morgan, il y aura une récompense de 800 livres, dont 500 vous reviennent. Après que vous aurez témoigné en justice, naturellement.

Richard ne put résister à poser la question qui le démangeait :

— A qui reviennent les 300 autres livres ?

— Aux hommes qui procèdent à l'arrestation des coupables.

Ce fut tout. Richard retourna chez lui.

— Tu avais raison, père, dit-il à Dick. Si tout se passe comme je l'espère, je recevrai 500 des 800 livres de la récompense.

Dick eut l'air dubitatif.

— 300 livres, voilà qui me paraît excessif à partager entre une douzaine d'hommes de la régie qui n'ont pas grand-chose à faire, sinon procéder à une arrestation.

Cette remarque déclencha l'hilarité de Richard.

— Père ! Je ne t'aurais pas cru si naïf ! Je crois plutôt que les employés de la régie qui procèdent à l'arrestation vont se partager 50 livres. Les 250 qui restent iront dans la poche de Mr Benjamin Fisher.

Le dimanche 22 juin, une douzaine d'employés de la régie ouvrirent à la hache la porte arrière de la distillerie de Mr Cave et se ruèrent dans les lieux déserts, armés de barres de fer. Ils y trouvèrent quatre douzaines de fûts de 50 gallons de rhum illicite, branchés aux tuyaux des alambics.

Lorsque Thomas Cave arriva le lundi, à cheval, vers deux heures du matin, et que William Thorne et John Trevillian Ceely Trevillian survinrent peu après sur leur traîneau, les battants entrouverts et les sceaux de la régie leur permirent de comprendre ce qui s'était passé.

— Nous sommes faits comme des rats, affirma Thorne.

Cave tremblait de peur.

— Ceely, que faut-il décider ?

— Puisque le rhum s'est envolé, je propose que nous rentrions chez nous, déclara calmement Ceely.

— Pourquoi ne sont-ils pas ici pour nous arrêter ? demanda Cave.

— Parce qu'ils ont eu peur de courir au-devant d'ennuis, Tom. La quantité de rhum qu'ils ont trouvée leur a fait comprendre qu'il y avait des gens prêts à tout dans cette affaire. Notre crime mérite la corde. Un employé de la régie n'est pas assez payé pour risquer de prendre une balle dans les tripes.

— Nos informateurs auraient dû nous prévenir !

— C'est certain, approuva sombrement Ceely. Ce qui m'amène à penser que cette action a été commanditée d'en haut et que nous avons été trahis par des gens de l'extérieur.

— Richard Morgan ! gronda Thorne en frappant sa paume du poing. Ce salopard nous a eus !

— Richard Morgan ? répéta Trevillian. Vous voulez parler de ce type si beau qui répare les fuites ?

Le regard de Thorne s'écarquilla. Il leva sa lanterne pour scruter de plus près le visage de Ceely.

— Vous êtes un mystère pour moi, Ceely, dit-il lentement. Ce sont les femmes ou les hommes que vous aimez ?

— Ce que j'aime est sans importance. Rentrez chez vous et essayez d'imaginer une histoire qui tienne le coup devant le receveur de la régie. C'est vous qui allez porter le chapeau.

— Comment ça, moi ? Nous allons tous le porter !

— Je crois bien que non, affirma Ceely Trevillian d'un ton

léger, en sautant sur le traîneau. Vous ne lui avez donc pas dit, Tom ?

— Pas dit quoi ?

Mr Cave garda le silence : il n'était pas en mesure de faire autre chose que de secouer la tête.

— Tom a mis la licence à votre nom, reprit Ceely. Il y a déjà un bon moment. Je trouvais que c'était une bonne idée et il a parfaitement compris ce que je voulais dire. Quant à moi, je n'ai aucun lien avec la distillerie Cave, ajouta-t-il en saisissant les rênes de ses chevaux.

William Thorne resta cloué sur place.

— Où allez-vous ? demanda-t-il d'une voix faible.

Ceely éclata de rire.

— A Temple Backs, bien sûr, pour prévenir notre associé.

— Attendez-moi !

— Vous pouvez rentrer à pied, répliqua Ceely.

Le traîneau s'éloigna, laissant Thorne face à Cave.

— Comment avez-vous pu me faire ça, Tom ?

Cave laissa courir sa langue sur ses lèvres desséchées.

— C'est Ceely qui a insisté, protesta-t-il d'une voix chevrotante. Je n'arrive jamais à lui tenir tête !

— Et vous avez approuvé cette excellente idée ! C'est bien de vous, espèce de vieux poltron ! s'écria Thorne d'un ton amer.

— C'est Ceely, insista Thomas Cave. Je ne vous laisserai pas seul, je vous le promets. Je ferai tout ce qu'il faut pour vous sortir de là.

Haletant sous l'effort, Cave réussit à se hisser sur son cheval. Thorne n'ébaucha pas un geste pour l'aider.

— Je vous obligerai à tenir cette promesse, Tom. Mais ce qui est de loin le plus important, c'est d'assassiner Richard Morgan.

— Non ! hurla Cave. Faites tout ce que vous voulez, mais pas ça ! La régie est au courant, espèce d'idiot ! Tuez leur informateur et nous finirons tous pendus !

— Si cette affaire passe devant un tribunal, je serai pendu, de toute façon. Alors, que peut-il m'arriver de plus, hein ? Vous devriez plutôt vous assurer qu'on n'en arrivera pas là, Tom ! Et cela vaut pour Ceely également ! Si je tombe, Richard Morgan ne sera pas le seul mouchard ! Je vous ferai tomber avec moi, et nous serons tous pendus ! Vous m'entendez ? Tous !

Mr Benjamin Fisher convoqua Richard à la régie très tôt le lendemain, le 23 juin.

— Je vous conseille de ne pas retourner à votre travail, Mr Morgan, lui annonça le receveur, dont les joues étaient devenues rouges. Mes imbéciles d'employés ont effectué une descente de jour dans la distillerie et, bien sûr, personne n'a été arrêté. Tout ce qu'ils ont réussi à faire, c'est à saisir l'alcool.

Richard resta bouche bée.

— Seigneur ! s'écria-t-il enfin.

— Bien dit mais inutile, monsieur. Je partage votre sentiment mais le mal est fait. Le seul que la régie puisse poursuivre est le propriétaire de la licence, pour avoir fabriqué du rhum illégal dans son établissement.

— Le vieux Tom Cave ? Ce n'est pas lui le vrai coupable.

— Thomas Cave n'est pas le propriétaire de la licence. C'est William Thorne.

Richard demeura de nouveau bouche bée.

— Et Ceely Trevillian ? demanda-t-il enfin.

L'air particulièrement dégoûté, Fisher pressa ses mains l'une contre l'autre avant de se pencher vers Richard.

— Nous n'avons de preuves contre personne, excepté William Thorne, finit-il par dire en chaussant ses lunettes. Mr Trevillian a beaucoup de relations et, selon l'opinion qui prévaut dans cette ville, il ne s'agit que d'un aimable nigaud. J'ai l'intention de l'interroger mais je dois vous avertir que, si cette affaire devait passer devant les tribunaux, ce serait sa parole contre la vôtre. Je suis vraiment désolé mais, à moins que d'autres preuves surgissent, Mr Trevillian est intouchable. Je ne suis même pas sûr, ajouta-t-il dans un soupir, que nous disposions d'assez d'éléments pour pendre William Thorne, même s'il est certain d'être condamné à sept ans de déportation.

— Pourquoi vos hommes n'ont-ils pas attendu pour les prendre en flagrant délit ?

Mr Fisher ôta ses lunettes pour en retirer la buée qui maculait les verres.

— La lâcheté, monsieur. C'est toujours comme ça. Bien qu'il soit très tôt, Mr Cave attend déjà en bas. Je suppose qu'il est venu négocier un arrangement en offrant de payer une amende importante. Voilà le problème avec l'argent. Je ne suis pas aveugle au point de ne pas voir que poursuivre William Thorne ne vous mènera nulle part. La régie n'obtiendra rien du propriétaire de la licence, à la différence du propriétaire de l'entreprise. Même chose pour vous. Je veux dire pour votre récompense.

En partant, Richard tomba sur Thomas Cave dans la salle d'attente et il eut la sagesse de ne rien dire en passant devant lui. Inutile de se rendre à la distillerie. Il décida de rentrer au Cooper's Arms.

— Et voilà, je me retrouve sans travail, et deux ou trois coupables vont échapper à la justice, raconta-t-il à Dick. Ah, si j'avais su !

— J'ai l'impression que Tom Cave va sortir Thorne de ce mauvais pas en payant. Sois au moins heureux d'une chose, Richard. Peu importe ce qui arrive, tu vas obtenir tes 500 livres.

C'était vrai. Mais l'idée en était moins réconfortante que ne l'imaginait Dick. Une part de Richard souhaitait voir tomber Mr John Trevillian Ceely Trevillian. Il ne savait pas exactement pourquoi, peut-être en raison du regard appréciateur que l'homme avait posé sur lui le jour de leur première rencontre. « Je sais que je ne suis qu'un moins-que-rien pour ce bellâtre vaniteux et je le hais. Oh, oui, je le hais ! Pour la première fois de ma vie, je suis envahi par une émotion qui n'avait aucune signification à mes yeux jusqu'ici. Ce qui n'était qu'un mot est désormais devenu un fait. »

Peg lui manquait en ces temps difficiles. Sa mort lui avait causé un immense chagrin pourtant relativisé par des années de brouilles, de saouleries, de pleurs et de tourments. Mais, aujourd'hui, cette Peg-là s'estompait pour être remplacée par la Peg qu'il avait épousée dix-sept ans auparavant. Il ressentait de nouveau le besoin de la serrer dans ses bras, de converser à voix basse avec elle pendant la nuit, d'aller puiser à son contact le seul réconfort sexuel vraiment satisfaisant – un rapport où l'amour et l'amitié intervenaient au même titre que la passion. Il n'avait plus personne à qui se confier. Car, même s'il pouvait compter sur un ferme soutien de la part de son père, celui-ci l'avait toujours jugé trop gentil, manquant un peu d'envergure. Quant à Mag, eh bien, elle régnait sur la maisonnée mais ne s'occupait en rien de ce qui se passait au-dehors.

Dans quelques années, William Henry serait son égal. Tout ce qui lui manquerait serait le soulagement sexuel. Et cela, ainsi que Richard l'avait décidé, serait remis à plus tard, lorsque William Henry aurait atteint sa pleine maturité. Car il ne se permettrait pas d'infliger une belle-mère à son fils unique et bien-aimé. Quant aux prostituées, c'était le genre de femmes qu'il ne pouvait supporter, quel que fût son désir.

Le lundi, qui se trouvait être le dernier jour du mois de juin, Richard partit aux premières lueurs de l'aube – très matinale en cette période de solstice d'été. Il parcourut la dizaine de kilomètres qui séparait le Cooper's Arms de Keynsham, un hameau des bords de l'Avon, développé mais pollué par des gens comme William Champion avec sa manufacture de cuivre. Champion avait déposé le brevet d'un procédé secret qui permettait de raffiner le zinc à partir de calamine et de vieux rebuts. Richard avait entendu dire qu'il recherchait un homme habile pour traiter le minerai. Pourquoi ne pas essayer ? Le pire qu'il risquait était d'essuyer un refus.

William Henry partit pour l'école à sept heures moins le quart, comme à l'accoutumée, en protestant que le directeur avait exigé que la classe eût lieu le dernier jour de juin, même si c'était un lundi. La réaction de sa grand-mère se résuma à une petite tape amicale sur l'oreille. William Henry se le tint pour dit et s'en alla. Le lendemain commenceraient deux mois de vacances, aussi bien pour ceux qui portaient des manteaux bleus que pour les élèves qui payaient leurs études. Ceux qui avaient une famille pour les accueillir ôteraient leurs manteaux et quitteraient Colston jusqu'au début du mois de septembre, et ceux qui, comme Johnny Monkton, ne comptaient ni parents ni famille passeraient l'été sur place et bénéficieraient d'un code de discipline moins strict.

Richard avait expliqué à William Henry pourquoi il ne pouvait le garder pendant ces deux mois, ce que le jeune garçon avait parfaitement compris. Il était conscient que son père lui consacrait énormément de temps, et cette idée lui était un fardeau dont ses jeunes épaules ignoraient le poids. S'il travaillait dur sur ses livres de classe – et il n'y manquait pas – c'était pour faire plaisir à son papa, qui attachait une grande importance aux études.

Il s'arrêta, ébahi, devant la porte de l'école : elle était festonnée de rubans noirs ! Un jeune maître, Mr Hobson, l'y attendait. Il posa sa main sur le bras de William Henry.

— Rentre chez toi, mon garçon, dit-il en lui faisant faire demi-tour.

— Mais pourquoi ?

— Le directeur est décédé cette nuit, pendant son sommeil. Il n'y aura pas classe aujourd'hui. Ton père sera informé de la date des funérailles, Morgan Tertius. A présent, va-t'en.

— Puis-je voir Monkton Minor, monsieur ?

D'une petite tape entre les épaules, le maître le poussa dehors.

— Pas aujourd'hui. Au revoir, lança-t-il d'un ton ferme.

Perplexe, l'enfant s'arrêta un instant sur le pont de Stone Bridge. Quel ennui ! Papa était parti à Keynsham, grand-père et grand-mère s'activaient au grand ménage du lundi. Comment allait-il occuper sa journée sans Johnny ?

C'était la première fois que la vie offrait à William Henry l'occasion de faire ce qu'il voulait sans que personne le sache. Au Cooper's Arms, on le croyait à Colston et Colston l'avait renvoyé chez lui. Il ne pouvait que s'y morfondre. Il prit brusquement sa décision et quitta Stone Bridge au galop.

Le jeune garçon bifurqua en direction de Clifton.

Il s'arrêta d'abord au pied des pentes escarpées de Brandon Hill avant de monter péniblement jusqu'au sommet, se prenant pour l'un des whigs de l'armée de Cromwell à l'assaut de Bristol. Il s'attarda un moment pour contempler les cheminées des fours à chaux et les terrains marécageux avant de porter son regard sur les ruines du fort royal de St Michael's Hill. Après s'être bien diverti, il bondit de rocher en rocher jusqu'au sentier, en sautillant à cloche-pied, gambadant jusqu'au puits de Jacob qui, jadis, avait représenté la seule source d'eau accessible de Clifton. Des maisons s'élevaient désormais alentour mais aucune ne présentait d'intérêt aux yeux d'un petit garçon. Il passa en cabriolant devant l'église St Andrew, fit des galipettes sur le souple gazon de Clifton Green et puis résolut de continuer jusqu'à Manilla House, dernière bâtisse dans la rangée des maisons en haut de la montée.

— Salut, toi, mollets de coq ! lui cria une voix amicale depuis la cour d'écuries de Boyce's Buildings.

— Salut à vous, monsieur.

— Tu n'as pas école aujourd'hui ?

William Henry se percha sur le montant de la barrière.

— Le directeur est mort, expliqua-t-il brièvement. Qui êtes-vous ?

— Richard le palefrenier.

— Richard, c'est aussi le nom de mon papa. Je m'appelle William Henry.

Il s'attacha aux pas de Richard le palefrenier pendant deux bonnes heures, flattant les chevaux, plongeant son regard dans des stalles presque toutes vides, aidant à tirer des baquets d'eau du puits et à rapporter du fourrage, tout cela en bavardant joyeusement. A la fin, Richard le palefrenier lui offrit une chope de petite bière, un morceau de pain et du fromage. Ragaillardi, William Henry lui adressa de grands signes d'adieu avant de poursuivre son chemin.

Manilla House était aussi déserte que Freemantle House, Duncan House et Mortimer House. Où aller ?

Il était encore en train d'en débattre lorsqu'il entendit derrière lui les sabots d'un cheval. Il découvrit en se retournant que le visage du cavalier lui était familier et agréable.

— Monsieur Parfrey ! s'écria-t-il.

— Doux Jésus ! répliqua George Parfrey. Qu'est-ce que tu fais là, Morgan Tertius ?

William Henry eut le bon goût de rougir.

— Je me promène, monsieur, s'excusa-t-il humblement. Il n'y a pas école aujourd'hui et mon papa est allé à Keynsham.

— Tu as le droit de te trouver ici, Morgan Tertius ?

— Je vous en prie, monsieur, je m'appelle William Henry.

Mr Parfrey resta pensif un moment puis, haussant les épaules, tendit la main au jeune garçon.

— Je devine probablement plus de choses que toi, William Henry. Allons, monte là-dessus et viens faire une promenade. Ensuite, je te raccompagnerai chez toi.

Pure extase ! Il n'était jamais monté à cheval de toute sa vie ! Et voilà qu'il se retrouvait assis sur une selle devant Mr Parfrey, si haut que la tête lui tournait lorsqu'il regardait le sol. Un monde nouveau s'ouvrait à lui, comme s'il s'était juché au sommet d'un arbre qui avançait ! Le mouvement était si uni et si régulier ! Quel bonheur de vivre une telle aventure, en compagnie d'un ami presque aussi cher que papa ! William Henry baignait dans la béatitude la plus totale.

Ils partirent au petit galop jusqu'à Durham Down, mettant en fuite plusieurs troupeaux de moutons, riant de tout et de rien. Lorsque William Henry parvint à articuler un mot, Mr Parfrey lui fit comprendre qu'il connaissait bien d'autres choses que le latin. Ils chevauchèrent jusqu'au parapet de l'Avon Gorge, où le professeur lui montra les couleurs qui striaient la roche et expliqua au jeune garçon impatient de tout savoir comment le fer parvenait à teinter le gris et le blanc du calcaire de couleurs rose rougeoyant et prune. Il lui désigna les plantes fleuries qui parsemaient l'herbe d'été et en récita les noms. Quelques minutes plus tard, il interrogeait en souriant William Henry pour vérifier ce qu'il avait retenu.

La piste cavalière qui longeait le haut de la roche conduisait à Hotwells House, dressée sur une corniche en surplomb de l'Avon.

Mr Parfrey laissa le jeune garçon glisser de la selle avant de descendre à son tour.

— Nous trouverons peut-être à dîner ici. Tu as faim ?

— Oui, monsieur !

— Si je dois t'appeler William Henry hors des murs de l'école, je crois que tu devrais m'appeler oncle George.

Ils rencontrèrent peu de gens dans la salle où se trouvait la pompe : quelques hommes poitrinaires, diabétiques ou atteints de goutte, une très vieille dame et deux jeunes femmes infirmes. Le lieu avait connu des jours meilleurs : les dorures s'étaient ternies, le papier mural se détachait, les tentures effilochées accumulaient de nombreuses couches de saleté, les chaises étiques auraient eu besoin d'un bon rembourrage. Mais le propriétaire, un homme revêche toujours en conflit avec la ville de Bristol sur le prix de l'eau vendue aux curistes, offrait quelque chose qui ressemblait à un repas. Pour le palais de William Henry, pourtant habitué à l'excellente cuisine du Cooper's Arms, cette nourriture ressemblait à du nectar et à de l'ambroisie, tout simplement parce qu'elle lui était inconnue et qu'il la partageait avec un compagnon aussi extraordinaire que Mr Parfrey. Ce dernier proposa une petite promenade à pied avant de remonter à cheval pour rentrer en ville.

La vieille dame et une infirme se mirent à chuchoter derrière le dos de William Henry au moment où il se levait pour partir. Il supporta leurs exclamations et leurs petites tapes amicales avec la patience qu'il accordait à sa défunte mère – autre aspect de sa personnalité qui fascina George Parfrey.

Car George Parfrey s'était lui aussi trouvé un compagnon extraordinaire. En fait, cette journée était placée sous le signe de la magie, depuis l'annonce du décès du directeur au cours de la nuit. Le révérend Prichard, dont le long visage sombre ne reflétait en rien sa joie intérieure (il espérait bien succéder au directeur), était trop préoccupé pour s'occuper des maîtres une fois ceux-ci informés de la situation. Après avoir chargé Harry Hobson de renvoyer chez eux les externes, il n'avait plus donné le moindre ordre.

« Puisque c'est cela, avait songé Parfrey, je déclare cette journée jour de vacances. Si je reste ici, Prichard ou un autre vont me trouver quelque chose à faire. Alors que, si on ne me voit pas, tout le monde va oublier mon existence. »

Sa seule extravagance était un cheval. Non qu'il en possédât un – c'était bien au-delà de ses maigres ressources – mais il aimait louer une monture dans une écurie proche du gibet de St Michael's Hill. Il s'était rendu compte, en arrivant avec ses couleurs et son carnet de croquis, que les lundis permettaient un plus grand choix de chevaux. Le beau hongre noir qu'il convoitait mâchait placidement son fourrage, espérant sans doute une journée de repos après les excursions mouvementées du dimanche. Il n'en fut pas question. Dix minutes plus tard, Parfrey était en selle et trottait à travers Kingsdown en direction de la route d'Aust. Bon cavalier, il flatta l'encolure du hongre pour lui faire oublier son ressentiment et se disposa à jouir de son passe-temps favori.

Sa vieille dépression faillit un instant l'engloutir mais la journée était trop magnifique pour qu'il se prive de sa saveur. Il refoula les idées de solitude et les appréhensions que suscitait la vieillesse tout au fond de son esprit et préféra admirer la beauté qui l'entourait. Au moment où il cheminait entre Clifton Hill et Durdham Down, il aperçut Morgan Tertius devant lui. De la compagnie ! Le petit diable avait également décidé de fuir ses responsabilités. Dans ce cas, pourquoi ne pas s'encanailler ensemble ? Cette idée en entraîna immédiatement une autre : pourquoi ne pas venir en aide au jeune garçon en lui offrant sa protection ?

William Henry. Ce double prénom lui allait bien, avec une sonorité un peu affectée qui pourrait lui rendre service plus tard. Tous les professeurs avaient remarqué les possibilités que montrait Morgan Tertius, même si sa beauté faussait le jugement de certains. Il en avait été de même pour Parfrey jusqu'à ce que l'apparition de Morgan Tertius dans sa classe de latin lui eût révélé à quel point le visage du jeune garçon ne faisait que refléter la perfection de son âme. Mais ce qu'il n'avait point remarqué jusqu'à aujourd'hui, c'était son côté garnement. Car, en classe, William Henry était un ange. Tandis qu'ils galopaient à travers Durdham Down, l'enfant lui avait expliqué d'un ton grave qu'il se comportait sagement parce qu'il ne voulait ni recevoir de coups de canne ni se faire remarquer.

Comment lui faire comprendre qu'on le remarquerait toujours ? Il était surprenant de constater que le père, auquel l'enfant ressemblait tant par les traits du visage, ne possédait pas l'étincelle de vie qui brillait dans le regard du fils. Richard Morgan n'empêcherait jamais la terre de tourner. Alors que William Henry séduirait tous les jours de sa vie et réussirait peut-être à changer la face du monde. Sa conversation était typique de son âge mais révélait une éducation irréprochable. Enfin, jusqu'au moment où il pénétrait dans une taverne. Là, son comportement trahissait sa profonde connaissance des passions humaines les plus viles, du maniement du couteau à la luxure en passant par la folie. Et pourtant, rien de tout cela n'avait déteint sur lui. Aucun effluve de corruption n'émanait de sa personnalité. Au moment où ils quittaient Hotwells House, il leur parut naturel de tourner leurs pas vers l'endroit où William Henry avait pique-niqué avec son père, sans savoir que Parfrey les observait de plus haut. Il s'agissait d'un petit bout de terrain un peu à l'écart des rives de l'Avon, juste quelques mètres carrés d'herbe entre St Vincent's Rocks et un autre affleurement rocheux en contrebas. On aurait parlé d'une combe si ce lieu avait été entouré de forêts.

Neuf mois avaient passé depuis le jour où les deux Morgan y avaient pique-niqué, mais l'endroit était resté tel quel. Le niveau de l'Avon toujours à son plus haut, l'herbe de la même nuance de vert, les rochers reflétant exactement la même intensité de lumière. Tout était demeuré suspendu, hors du temps. C'était l'occasion de mettre un pied dans l'avenir tout en gardant l'autre dans le passé.

William Henry s'assit pendant que George Parfrey sortait son carnet et un morceau de fusain.

— Je peux vous regarder dessiner, oncle George ?

— Non, parce que je suis en train de faire ton portrait. Tu ne dois pas bouger et il faut même oublier que je te regarde. Tu n'as qu'à compter les marguerites. Quand j'aurai fini, tu pourras regarder.

William resta donc assis pendant que George Parfrey l'observait.

Le fusain courut d'abord sur la feuille avec rapidité et sûreté, puis, les minutes passant, les mouvements se firent plus rares pour finir par cesser complètement. Parfrey ne parvenait plus à détacher son regard du spectacle qui s'offrait à lui. Et ce n'était pas seulement la beauté qu'il voyait devant lui mais l'image même de son destin.

« Maudite chronologie ! songea-t-il. Je suis fou amoureux d'un innocent qui a trente-cinq ans de moins que moi. Le jour où je parviendrai enfin à l'éveiller à l'amour, il n'y aura plus rien d'aimable en moi. Alors là, mon cher Shakespeare, voilà un beau sujet de tragédie. Il sera Hamlet, et moi le roi Lear. »

Le ruban qui retenait les cheveux de William Henry s'était envolé depuis longtemps et la masse de boucles sombres retombait de chaque côté de son visage comme une fumée par grand vent. La peau de pêche satinée, ivoire, la fine arête du nez aquilin et les pommettes donnaient à l'ensemble un air de dignité patricienne, de même que la bouche, pleine et sensuelle, légèrement plissée aux commissures, comme prête à révéler un sourire secret. Mais tout cela n'était rien en comparaison des yeux...

Comme s'il sentait les pensées qui agitaient l'esprit de son compagnon, William Henry leva les yeux et ce sourire énigmatique parut, au regard ébloui de Parfrey, une sorte d'invitation inconsciente, venue du plus profond de son âme. Les yeux remplis de lumière au milieu de ces taches sombres lui semblèrent nimbés d'or, pris dans les rayons du soleil qui se reflétaient sur les rochers humides.

Il perdit tout contrôle. Avant même que l'idée lui en traversât l'esprit, George Parfrey avait franchi la distance qui le séparait de son destin et embrassait William Henry sur la bouche. Ensuite, il ne put se retenir de serrer le jeune garçon dans ses bras – incapable qu'il était de le lâcher un seul instant – et de savourer avec ses lèvres la peau de son front, de ses joues et de son cou, de caresser le petit corps qui vibrait sous ses doigts.

— Quelle beauté ! Quelle beauté ! murmurait-il, éperdu.

Affolé, les yeux noyés de surprise, le jeune garçon s'arracha à ses bras et se leva brusquement, hésitant sur le côté où s'enfuir. La terreur ne s'était pas encore emparée de lui mais il n'avait qu'une idée : fuir !

Devant cet affolement, Parfrey se leva, une main tendue, sans comprendre qu'il bouchait le chemin par lequel William Henry avait choisi de s'échapper.

— William Henry, je suis désolé ! Je ne voulais pas te faire de mal. Je ne pourrai jamais. Je suis vraiment désolé ! haleta Parfrey en ouvrant largement ses bras en un appel désespéré au pardon.

C'est alors que la terreur envahit l'esprit du jeune garçon. William Henry vit les mains qui s'approchaient de lui, et non pas l'appel au secours. Il tenta de fuir dans une autre direction. A ses pieds serpentait l'Avon, couleur d'acier, ondulant et se faufilant à cet endroit où il jaillissait de la gorge en un torrent sinueux. Les bras tendus comme pour l'emprisonner, Mr Parfrey se rapprochait. Sur ses lèvres, un sourire qui n'était pas vraiment un sourire. Le Cooper's Arms avait enseigné à l'enfant ce que signifiait ce genre de sourire. Lorsque son père et son grand-père avaient le dos tourné, d'autres hommes lui avaient souri de cette façon tout en murmurant des mots d'invite. William Henry savait parfaitement que ce sourire était faux mais il se trompait sur ses intentions.

Il leva les yeux, éblouis par les rayons du soleil.

— Papa ! gémit-il avant de sauter dans la rivière.

A cet endroit, il est interdit de se baigner dans l'Avon, et d'ailleurs Parfrey ne savait pas nager. Il aurait pourtant sauté à l'eau sans hésitation s'il avait pu apercevoir le moindre signe de vie dans cette eau agitée, un bras... Mais rien n'apparaissait à la surface. Pas de feuille, de brindille, de branche, encore moins de William Henry. Il était tombé comme une pierre, sans résister.

Qu'avait donc pensé cet enfant ? Qu'avait-il vu, debout sur le bord de la rivière ? Pourquoi une telle horreur dans ses yeux ? Avait-il préféré la rivière à tout ? Savait-il ce qu'il faisait en sautant ? Ou sa raison l'avait-elle abandonné ? Il avait appelé son père en criant, c'était tout. Puis il avait sauté. Il n'avait pas trébuché. Il n'était pas tombé. Il avait sauté.

Après une demi-heure de vaines recherches, Parfrey finit par s'éloigner. Aucune chance désormais que William Henry Morgan réapparaisse en haletant à la surface des eaux. Il était mort.

« Mort, et c'est moi qui l'ai tué. Je n'ai songé qu'à moi-même. Je voulais croire à une invite et je me suis persuadé qu'il en était ainsi. Mais il n'avait que neuf ans. Neuf ans. Je suis un paria. L'anathème est sur moi. J'ai assassiné un enfant. »

Il retourna à son cheval, monta en selle pour reprendre la direction de Bristol, sans même remarquer le regard insistant d'une vieille dame et de deux infirmes. Voilà qui était extraordinaire ! Cet homme s'en allait, mais où était donc ce petit garçon si mignon ?

Il abandonna son cheval devant les portes de Colston et traversa l'école en deuil sans rencontrer âme qui vive, même si certains l'aperçurent, étonnés. Arrivé dans l'alcôve de son dortoir, il posa le carnet de croquis sur la table, de façon à voir le visage de William Henry, avant de prendre une petite clé dans son gousset et d'ouvrir une boîte où il cachait des objets, loin du regard de gens comme le révérend Prichard. A l'intérieur, parmi un fouillis de souvenirs – une boucle de cheveux, une agate polie, un livre déchiré et une miniature – se trouvait un coffret. Il contenait un minuscule pistolet et son nécessaire d'entretien. Un pistolet de femme.

Il s'approcha de la table, l'air décidé, s'assit sur la chaise étroite, trempa sa plume dans l'encrier, sans omettre, par habitude, d'enlever l'excès d'encre, et rédigea une simple phrase au bas du portrait :

J'ai causé la mort de William Henry Morgan.

Il signa de son nom avant de se tuer d'un coup de pistolet dans la tempe.

Le Cooper's Arms commença à s'affoler bien avant l'heure où William Henry aurait dû rentrer de l'école. La nouvelle de la mort du directeur s'était répandue dans toute la ville comme une traînée de poudre. L'école avait fermé pour la journée mais William Henry n'était pas rentré. Lorsque Richard, épuisé, franchit le seuil à trois heures, il fut accueilli par deux grands-parents affolés qui lui annoncèrent que son fils manquait à l'appel.

Incapable de parler tant ses mâchoires s'étaient serrées, Richard sentit sa fatigue s'envoler comme par magie. Il tenta vainement de prononcer un mot, ouvrit les lèvres, les referma et réussit enfin à articuler qu'il partait à la recherche de son fils.

— Toi, tu vas dans la direction de Colston, lui ordonna Dick en retirant son tablier. Moi, dans celle de Redcliff. Mag, tu fermes la boutique.

Les mots acceptèrent enfin de venir plus aisément.

— Il a dû aller à Clifton, père. Je vais passer par Brandon Hill et toi, longe la corderie. On se rejoint à Hotwells House.

Son cœur battait deux fois plus vite que d'habitude. Sa bouche était si sèche que la salive ne franchissait pas sa gorge mais il parvint à interroger en chemin tous ceux qui lui paraissaient susceptibles de savoir quelque chose. Il rencontra d'ailleurs peu de monde sur le chemin de Brandon Hill ; il s'arrêta pour frapper à la porte des maisons qui entouraient le puits de Jacob. Mais personne n'avait aperçu un petit garçon dans les parages.

Il eut un premier succès à Boyce's Buildings. Richard le palefrenier traînassait encore dans la cour des écuries.

— Oui, monsieur. Je l'ai vu tôt ce matin... un gamin sacrément malin ! Il m'a aidé à nourrir les chevaux et je lui ai offert un petit en-cas. Ensuite, il a remonté Clifton Hill, libre comme l'air.

Rien sur le visage ni dans les yeux de cet homme ne permettait à Richard de soupçonner un mensonge. Richard le palefrenier était exactement ce dont il avait l'air : un type sympathique qui aimait la compagnie des enfants sans chercher à leur botter les fesses pour leur faire reprendre le chemin de leur domicile.

Richard murmura un vague merci avant de hâter le pas pour

monter la côte de Clifton Hill, d'où la vue s'étendait sur des kilomètres. Mais à l'exception de quelques moutons en train de brouter, il n'y avait pas âme qui vive dans les Downs. Il eut beau plonger son regard dans les recoins de la moindre futaie, William Henry n'y était pas dissimulé.

Il atteignit Hotwells House à six heures. Dick l'y attendait déjà porteur d'importantes nouvelles.

— Richard, il a dîné ici ! Il est arrivé à cheval accompagné d'un type d'une quarantaine d'années – bel homme, d'après Mrs Harris, une vieille dame qui n'a pas quitté les lieux. Ils avaient l'air en très bons termes. Ils riaient et plaisantaient comme s'ils se connaissaient depuis longtemps. Ils sont repartis en direction de St Vincent's Rocks. A peu près une heure plus tard, Mrs Harris et deux autres femmes ont vu l'homme repartir à cheval, l'air bizarre. William Henry n'était pas avec lui.

Inquiet des développements de la situation, le propriétaire des lieux hésitait. Il n'avait vraiment pas besoin d'un scandale en ce moment. Il fourra un verre d'eau de Hotwells dans la main de Richard, refusa son argent et s'éclipsa pour observer les événements d'un peu plus loin.

Richard avala l'eau d'un trait, sans même sentir son goût d'œuf pourri et son amertume. Tout son corps tremblait, ses vêtements étaient trempés de sueur. Il tourna vers son père un regard rempli d'horreur avant de se ruer vers la sortie.

Il restait des signes de la présence de William Henry et de son compagnon dans le coin que connaissait Richard. L'herbe avait été foulée et des marguerites que quelqu'un avait cueillies se fanaient sur le sol. Ils eurent beau crier, personne ne répondit à leurs appels. Ils décidèrent de grimper sur les rochers afin d'en inspecter chaque crevasse, chaque corniche, chaque cavité. Personne, nulle part. L'Avon, à son jusant, grondait au fond de sa gorge.

Dick ne tenta pas de persuader Richard de cesser ses recherches avant la tombée de la nuit. A ce moment, il posa la main sur le bras de son fils, le secouant doucement.

— Nous réunirons un groupe demain pour continuer les recherches, déclara-t-il.

— Père, il est là, il n'a pas quitté cet endroit ! murmura Richard d'une voix étouffée de sanglots.

« Ne parle pas de la rivière ! Ne laisse pas cette pensée s'emparer de son pauvre esprit ! »

— S'il est là, nous le trouverons demain. Viens, Richard, rentre à la maison.

Ils retournèrent au Cooper's Arms d'un pas lourd, sans prononcer une parole. L'angoisse faisait trembler Richard d'une fièvre incontrôlable alors que son père sentait un froid glacial envahir ses os.

Malgré le mot sur la porte du Cooper's Arms, indiquant que l'établissement était fermé, trois hommes étaient assis autour d'une table près du comptoir, immobiles : le cousin James le Clergyman, le cousin James l'Apothicaire et le révérend Prichard. Devant eux, sur la table, un carnet de croquis retourné.

— William Henry ! hurla Richard. Où est William Henry ?

— Assieds-toi, Richard, lui ordonna James l'Apothicaire, qui, en tant qu'aîné du clan, était toujours chargé d'annoncer les mauvaises nouvelles.

James le Clergyman lui servait de second, prêt à prendre le relais une fois que les mauvaises nouvelles seraient connues.

— Dis-moi ! siffla Richard entre ses dents.

— Le professeur de latin de William Henry est un homme du nom de George Parfrey, commença James l'Apothicaire d'une voix calme en affrontant le regard fou de Richard. Parfrey s'est tué cet après-midi. Il a laissé ça.

Il retourna le cahier de croquis.

Le sujet du portrait ne faisait aucun doute, en dépit des éclaboussures qui le maculaient. On pouvait lire, écrit en dessous : « J'ai causé la mort de William Henry Morgan. »

Blanc comme un linge, Richard sentit ses genoux se dérober sous lui.

— Ce n'est pas vrai ! gémit-il. Ce n'est pas vrai !

James l'Apothicaire s'allongea à côté de lui et passa une main apaisante sur ses cheveux emmêlés.

— Si, Richard. L'homme s'est tué.

— Il l'a imaginé ! Peut-être que William Henry s'est enfui.

— J'en doute beaucoup. Les mots de Parfrey montrent bien que... qu'il a tué William Henry. Si vous n'avez pas trouvé le garçon, c'est que Parfrey l'a probablement jeté dans l'Avon.

— Non, non, non ! gémit Richard en se cachant le visage dans les mains.

— Et vous, que pouvez-vous nous dire ? demanda Dick à Mr Prichard d'un ton agressif.

Prichard passa la langue sur ses lèvres. Son teint avait brusquement viré au gris.

— Nous avons entendu le coup de feu et trouvé Parfrey, la cervelle éclatée. Le dessin était à côté de lui. Je suis immédiatement allé voir le révérend Morgan, dit-il en désignant James le Clergyman, et nous sommes accourus ici. Je suis... je ne sais pas comment dire... les mots me manquent... oh, Mr Morgan, si vous saviez ma peine, mes regrets ! Mais Parfrey était à Colston depuis dix ans et ses élèves le trouvaient remarquable. Je n'arrive pas à comprendre ce qui se cache derrière ce mystère.

Agenouillé à même le sol, Richard écoutait comme dans un brouillard ces voix qui semblaient lui parvenir de très loin. Dick relatait leur expédition à Clifton, les événements de Hotwells House, l'herbe foulée et les marguerites arrachées qu'ils avaient trouvées sur le petit terrain le long de l'Avon.

— William Henry a dû tomber dans la rivière et s'y noyer, expliquait le révérend Prichard. Etant donné la tournure de la phrase, nous nous sommes demandé si Parfrey n'avait pas assisté à la mort, et non commis un meurtre.

— Mais il a bien *causé* sa mort, déclara le cousin James le Clergyman, avec une dureté qu'un prêtre ne pouvait que rarement se permettre. Qu'il pourrisse en enfer !

Les voix poursuivirent leur lointain dialogue, accompagnées des sanglots de Mag, qui, telle Hécube, pleurait dans son coin.

— Il n'est pas mort, affirma Richard. Je sais que William Henry n'est pas mort.

— Demain, la moitié de Bristol va se lancer dans des recherches approfondies, je peux te le promettre, assura James l'Apothicaire.

Ce qu'il ne disait pas, c'était que la majorité de ces recherches se concentreraient sur les rives de l'Avon et du Froom, particulièrement à marée basse. Les cadavres de chats, de chiens, de chevaux, de moutons et de vaches étaient généralement rejetés mais il arrivait qu'on retrouve des noyés – hommes, femmes ou enfants – dans la vase, comme des épaves vomies par les rivières.

On monta Richard dans sa chambre pour le déshabiller avant de le mettre au lit. La semelle de ses souliers était trouée : il avait marché près de quarante kilomètres, de l'aube jusqu'à la tombée de la nuit. Mais lorsque le cousin James l'Apothicaire tenta de lui faire avaler une dose de laudanum, il repoussa brutalement le verre qu'on lui tendait.

Non, l'enfant n'était pas mort. Jamais il ne se serait approché de la rivière au point d'y tomber. Richard avait maintes fois fait la leçon à son fils sur ce sujet. Il lui avait dit à quel point l'Avon était avide et William Henry, attentif, avait bien compris le danger. Richard savait aussi bien que Dick, que les cousins James et que Mr Prichard ce qui s'était passé entre l'homme et le garçon : Parfrey avait fait des avances et William Henry s'était enfui. Mais pas dans la direction de la rivière. Un petit garçon intelligent et agile comme William Henry ? Impossible ! Il aurait grimpé sur les rochers et se serait échappé par les chemins de campagne. Il devait être endormi, roulé en boule, à l'abri de quelque talus dans Durdham Down, avant d'entamer le chemin du retour dès le lendemain. Terrifié mais bien vivant.

Pour se réconforter, Richard essaya d'éloigner de son esprit la vérité dont chacun était persuadé, heureux au moins d'une chose : que Peg n'ait pas vécu pour connaître cette horreur. Dieu s'était montré bon. Il avait emporté Peg dans un rai de lumière et fermé ses yeux avant qu'on pût y lire le désespoir.

Avec l'accord du maire, des milliers de personnes se rassemblèrent pour aider les recherches. Tous les marins de quart scrutèrent la vase dans les environs, descendant de bord pour examiner des amoncellements d'objets entremêlés au milieu des carcasses d'animaux et des détritus rejetés par les 50 000 habitants de la région. Sans résultat. Ceux qui pouvaient se permettre de louer un cheval battirent la campagne sur des kilomètres, du côté de Pill, de Blaize Castle, de Kingswood et de chaque village autour de Clifton et de Durdham Down. D'autres partirent en chasse le long des berges, retournant les tonneaux et les objets bourbeux dérivant sur les eaux, et tout ce était susceptible de retenir ou de cacher un corps. Mais personne ne trouva William Henry.

— Cela fait maintenant une semaine, déclara Dick d'un ton

brusque. Et nous n'avons pas découvert le moindre signe de vie. Le maire prétend que nous devrions abandonner.

— Je comprends, père, affirma Richard, mais moi, je n'abandonnerai jamais. Jamais.

S'agissait-il d'un refus aveugle de considérer la réalité ? Ou d'une résignation qui lui avait tant manqué lors de la mort de sa fille bien-aimée ? A l'époque, il avait versé des torrents de larmes après la disparition de la petite Mary. Mais ces larmes lui avaient au moins servi d'exutoire. Ce qui lui arrivait à présent était terrible, bien plus terrible encore que la mort de Peg et de la petite Mary.

— Si Richard abandonnait tout espoir de retrouver William Henry, déclara James l'Apothicaire en buvant une chope de rhum, il ne lui resterait aucune raison de vivre. Toute sa famille a disparu, Dick ! Au moins, là, il garde un peu d'espoir. J'ai prié, et le révérend James aussi, pour qu'on ne retrouve jamais le corps. Ainsi, Richard aura une chance de survivre.

— Ce n'est pas de la survie, répliqua Dick. C'est l'enfer sur terre.

— Pour toi et Mag, bien sûr. Pour Richard, c'est le prolongement de l'espérance... et de la vie. Ne le harcèle pas.

Richard n'avait pas non plus trouvé de travail mais ce n'était pas si urgent puisque son père tenait une taverne. Dix ans avaient passé depuis le jour où Dick s'était porté acquéreur du Cooper's Arms et son établissement avait rapidement enterré les tavernes prétentieuses du centre de Bristol. S'il ne pouvait prétendre à la clientèle de la Steadfast Society ni à celle de l'Union Club, le Cooper's Arms avait ses habitués, en dépit des sombres années de dépression. Dès qu'un client retrouvait du travail ou en changeait, il faisait un tour en compagnie de sa famille dans son vieil abreuvoir. L'été 1784 se révéla particulièrement favorable pour l'établissement, non qu'il connût la même fréquentation qu'en 1774, mais la clientèle était assez nombreuse pour occuper Dick, Mag et Richard. D'autant qu'il n'était plus nécessaire de payer les frais de scolarité de William Henry.

Deux mois s'écoulèrent. En septembre, Colston rouvrit ses portes aux élèves payants, mais Mr Prichard n'en devint pas le nouveau directeur. La disparition de William Henry Morgan et le suicide de George Parfrey, le professeur de latin, lui avaient ôté toute chance d'accéder à cette position éminente. Etant donné que l'ancien directeur n'était plus là pour porter le blâme de ce cauchemar, le révérend Prichard hérita de la responsabilité et de la réprobation générale. D'importantes personnalités de Bristol posèrent des questions au palais de l'évêque.

A peu près au moment de la réouverture de Colston, Richard reçut une lettre de Mr Benjamin Fisher, receveur de la régie, qui demandait à le voir sur-le-champ.

— Vous vous demandez peut-être, déclara un peu plus tard Mr Fisher à Richard, pourquoi nous n'avons pas encore procédé à l'arrestation de William Thorne. Nous ne ferons cela qu'en dernier recours. Jusqu'ici, nous avons concentré nos efforts sur Mr Hope, dans l'espoir qu'il verserait l'amende de 600 livres susceptible de régler cette affaire sans poursuites. Toutefois, poursuivit-il avec un sourire de satisfaction, des preuves sont apparues qui modifient l'aspect de cette affaire. Mais prenez place, Mr Morgan, poursuivit-il en s'éclaircissant la gorge. J'ai entendu parler de votre petit garçon, croyez que je suis sincèrement désolé.

Richard s'assit.

— Merci, répondit-il, le visage fermé.

— Est-ce que les noms de William Insell et de Robert Jones vous disent quelque chose, Mr Morgan ?

— Non, monsieur.

— Dommage. Ces deux-là ont travaillé à la distillerie de Thomas Cave pendant que vous y étiez vous-même.

— Comme distilleurs ?

— C'est exact.

Les sourcils froncés dans un effort de mémoire, Richard tenta de se rappeler les huit ou neuf visages qu'il avait pu entrevoir dans la sombre caverne, regrettant à présent de s'être tenu à l'écart des ouvriers lorsque Thorne était absent. Non, il n'avait pas la moindre idée de l'identité de cet Insell ou de ce Jones.

— Désolé, je ne m'en souviens pas.

— Tant pis. Insell est venu me voir hier pour m'avouer qu'il avait caché des informations à cause, selon lui, de la peur que lui inspirait Thorne. Presque au moment où vous découvriez les tuyaux et les barriques, Insell surprenait une conversation entre

Thorne, Cave et Mr Ceely Trevillian. Ils parlaient ouvertement de rhum de contrebande. Si Insell n'avait jusque-là pas soupçonné l'escroquerie, cette conversation lui a ouvert les yeux. Il devenait évident que le groupe tentait de frauder la régie. C'est pourquoi j'ai décidé de poursuivre Cave et Trevillian ainsi que Thorne. Ainsi la régie sera-t-elle en mesure de récupérer son argent en saisissant les biens de Cave.

Ces nouvelles sortirent doucement Richard de sa torpeur. Il se détendit sur son siège avec un air de satisfaction.

— Voilà d'excellentes nouvelles, monsieur.

— Ne faites rien, Morgan, avant que l'affaire soit jugée. Nous allons enquêter encore un peu avant de procéder à l'arrestation de ces trois individus, mais soyez assuré qu'elle aura lieu.

A ce genre de nouvelle, deux mois auparavant, Richard se serait précipité au Cooper's Arms pour y hurler sa joie. Aujourd'hui, il ne manifestait guère qu'un intérêt poli.

— Je n'ai aucun souvenir d'Insell ni de Jones, avoua-t-il à son père, mais enfin mon témoignage est corroboré.

— Le voilà, ton William Insell, lui annonça son père en montrant l'homme du doigt. Il est arrivé après ton départ et a demandé à te voir.

Un seul regard rafraîchit la mémoire de Richard. C'était un jeune homme vigoureux, d'un bon naturel, travailleur. Il avait joué le rôle de tête de Turc et subi à deux reprises la garcette de Thorne sans se rebeller. Rien d'extraordinaire, d'ailleurs. Se rebiffer signifiait perdre son emploi et, en ces temps difficiles, personne ne pouvait se le permettre. Richard n'aurait même pas accepté d'être simplement menacé de la garcette mais il est vrai qu'il ne s'était jamais trouvé dans cette situation. A l'instar de William Henry, il avait le don d'éviter les punitions corporelles sans pour autant se montrer obséquieux. Il n'était pas un simple ouvrier mais un artisan qualifié. Insell représentait la victime idéale. Le pauvre, tout cela n'était pas sa faute. Il était fait comme cela.

Richard rapporta deux demi-pintes de rhum et ils s'assirent dans un coin. C'était là un changement de comportement que personne ne s'était encore permis de souligner. Richard buvait du rhum depuis quelque temps. Et même de plus en plus.

Il posa une chope devant un Insell blafard.

— Comment vas-tu, Willy ?

— Il fallait que je vienne ! haleta Insell.

— Qu'est-ce qui se passe ? s'étonna Richard en attendant que le brûlant liquide étouffe enfin sa douleur.

— C'est Thorne ! Il a découvert que j'étais allé à la régie.

— Rien d'étonnant. Allons, calme-toi. Bois un peu de rhum.

Insell avala si goulûment le rhum premier choix de Dick qu'il faillit s'étrangler. Mais, au moins, il cessa de trembler. Richard avait achevé sa demi-pinte et alla tirer deux autres chopes au tonneau.

— J'ai perdu mon travail, annonça Insell.

— Si c'est ça, je ne vois pas pourquoi tu as encore peur de Thorne.

— Ce type est un assassin ! Il va me chercher pour me tuer !

En lui-même, Richard se dit que Ceely Trevillian était plutôt l'homme à craindre mais préféra ne pas discuter ce point.

— Où habites-tu, Willy ?

— A Clifton. Au puits de Jacob.

— Et qu'est-ce que Robert Jones a à faire dans cette histoire ?

— Je lui ai raconté la conversation que j'avais surprise. A la régie, Mr Fisher a paru très intéressé.

— Thorne sait que tu habites là-bas ?

— Je ne crois pas.

— Et Jones ?

Richard se rappela soudain Robert Jones, un vil flagorneur toujours dans les pattes de Thorne.

— Je ne le lui ai jamais dit.

— Alors, calme-toi. Et si tu n'as rien de mieux à faire, passe quelques jours ici. Le Cooper's Arms n'est pas le genre d'endroit où Thorne viendra te chercher. En revanche, si tu bois du rhum, il te faudra le payer.

Affolé à cette idée, Insell repoussa vivement la seconde chope.

— Il faut que je paye ça ?

— C'est moi qui offre la tournée. Courage, Willy ! D'après mon expérience, ces coquins ne sont généralement pas très malins. Tu es en sécurité.

Les jours commençaient à raccourcir un peu, limitant le temps que Richard pouvait consacrer à la recherche de William Henry. Il se rendait toujours en premier dans la vallée de l'Avon, d'où il entreprenait de gravir les sombres falaises en criant le nom de son fils. Depuis le défilé, il traversait Durdham Down pour rejoindre Clifton Green. Le chemin du retour passait par le garni où logeait William Insell mais c'était plus souvent sur le sentier de Brandon Hill qu'il le rencontrait. Insell accélérait le pas pour ne pas se laisser surprendre par l'obscurité, trop effrayé, pourtant, pour quitter le Cooper's Arms avant le coucher du soleil.

Il avait usé deux paires de souliers mais personne, au sein de la grande famille Morgan, ne tenta de lui faire des remontrances. Plus Richard marchait, moins il passait de temps à boire du rhum. William eut soudain besoin de réparer ses scies et Richard se consacra plus longuement aux travaux d'affûtage, ce qui lui permit d'arpenter d'autres lieux que Clifton. Qui pouvait savoir ? Peut-être le petit garçon était-il allé jusqu'à Cuckold's Pill ? Dans ce cas, le voyage jusqu'à la scierie de William ne serait pas une perte de temps. De plus, Richard comptait bien se priver de rhum pour être capable de régler correctement une scie.

Il n'avait pas pleuré et, d'ailleurs, il en était incapable. Le rhum était un moyen de soulager sa peine, une peine qui naissait de l'espoir qu'un jour William Henry franchirait le seuil de la porte.

Vers la mi-septembre, il confia à James l'Apothicaire :

— Je n'aurais jamais pensé en arriver à prononcer ces mots, mais je commence à me dire que j'aurais préféré retrouver le corps de William Henry. Ainsi, il ne me serait plus possible d'espérer. Alors que, pour l'instant, je dois imaginer que mon fils est encore en vie quelque part et cette idée est en soi la pire des tortures. Quelle sorte d'existence peut-il mener, pour être incapable de rentrer chez lui ?

Son cousin lui jeta un regard attristé. Richard avait maigri mais paraissait en meilleure forme physique ; cette marche et ces escalades avaient affiné son corps, désormais capable de soulever des enclumes et de résister à toutes les attaques de la maladie. Quel âge avait-il atteint, déjà, lors de son dernier anniversaire ? Ah oui, trente-six ans. Les Morgan avaient coutume de vivre vieux et, si Richard ne se détruisait pas le foie à coups de rhum, il pouvait espérer vivre jusqu'à quatre-vingt-dix ans. Mais pour quoi faire ?

Oh, prions pour qu'il oublie toute cette histoire, choisisse une nouvelle épouse et fonde une autre famille !

— Deux mois et demi, cousin James ! Et pas un signe de lui ! Peut-être, ajouta-t-il en frissonnant, que l'abominable créature a caché son corps quelque part.

— Mon cher ami, oublie tout cela, je t'en prie.

— Je ne peux pas.

William Insell ne vint pas au Cooper's Arms le jour suivant. Ravi de cette excuse qui lui permettait de se rendre à Clifton plut tôt que d'habitude, Richard mit son chapeau et se dirigea vers la porte.

— Déjà parti ? lança Dick, étonné.

— Insell n'est pas là, père.

Dick fit entendre un grognement.

— Ce n'est pas une perte. Je commence à en avoir assez de le voir dans les parages, avec son air si funèbre qu'il chasse les clients.

Richard réussit péniblement à sourire.

— Je suis d'accord mais son absence m'inquiète. Je vais essayer de voir pourquoi il n'est pas là.

Le chemin qui traversait Brandon Hill lui était devenu si familier qu'il aurait pu le parcourir les yeux fermés. Quinze minutes après avoir quitté son domicile, Richard se retrouva devant la demeure d'Insell.

Les épaules voûtées, une jeune fille était assise sous la véranda. A peine conscient de sa présence, Richard se préparait à monter les marches lorsqu'elle tendit son pied devant lui.

— Bonjour ! lança-t-elle.

Richard tressaillit et baissa les yeux sur le plus ravissant visage de femme qu'il lui eût été donné de voir. De grands yeux noirs mutins, faussement modestes, ourlés de longs cils, une fossette sur chaque joue, des lèvres épaisses d'un rouge sans fard, une peau vermeille, une crinière aux boucles noires et brillantes. Oh, comme elle était jolie ! Comme elle semblait fraîche et pure !

Richard s'inclina en enlevant son chapeau.

— Comment allez-vous ? lui demanda-t-il.

— Très bien, monsieur, répondit-elle avec un fort accent français, mais je ne peux pas en dire autant du pauvre Willy.

— Vous voulez parler d'Insell, madame ?

La jeune fille se remit debout, révélant une silhouette aussi gracieuse que son visage.

— Oui : Willy, ajouta-t-elle, en prononçant son nom d'une voix si adorable que Richard ne put s'empêcher de sourire... Oh, monsieur ! Comme vous êtes beau, ajouta-t-elle, émerveillée.

Généralement timide avec les inconnus, Richard se sentit étrangement à l'aise avec cette jeune fille, en dépit de son effronterie. Conscient d'avoir rougi, il aurait voulu s'éloigner, mais il s'aperçut qu'il en était incapable. Elle était étonnamment jolie et le haut de ses seins doux et crémeux était encore plus enjôleur que l'expression de son visage.

— Je m'appelle Richard Morgan, dit-il.

— Et moi, Annemarie Latour, domestique de Mrs Barton. J'habite ici, dit-elle en étouffant un rire. Pas avec Willy, vous comprenez ?

— Il est souffrant, dites-vous ?

— Venez voir par vous-même.

La jeune fille le précéda dans l'étroit escalier. Tout en marchant, elle retroussait assez sa jupe pour révéler des chevilles agréablement tournées sous des vagues de jupons chiffonnés.

— Willy ! Willy ! Vous avez de la visite ! s'écria-t-elle en arrivant sur le palier.

Richard pénétra dans la chambre d'Insell, qu'il trouva étendu sur son lit, le teint cireux.

— J'ai mangé des huîtres pas fraîches, grogna-t-il.

Annemarie avait suivi Richard et observait Willy d'un air intéressé, quoique dépourvu de toute compassion.

— Il a voulu manger des huîtres que Mrs Barton m'avait données. Je lui avais pourtant dit que cette vieille carne ne risquait pas de me donner des huîtres fraîches. Mais Willy les a reniflées et a décrété qu'elles étaient bonnes. Et il les a mangées. Et voilà ! conclut-elle sur un ton théâtral.

— C'est bien fait pour toi, William, lança Richard. Est-ce que tu as vu un médecin ? Tu as besoin de quelque chose ?

— Juste de me reposer, gémit le malade. J'ai tellement vomi

que le docteur prétend qu'il ne doit plus rester d'huîtres là-dedans. Mon Dieu ! Comme je me sens mal !

— Tu survivras, ce qui n'est pas un mal. Sans ta présence pour confirmer mon témoignage, Mr Fisher, le receveur de la régie, ne peut pas entamer de poursuites. Je passerai demain pour voir comment tu te portes.

Richard redescendit l'escalier. Annemarie Latour le suivait de si près qu'il pouvait sentir le frais parfum du meilleur savon de Bristol. Pas du parfum. Du savon. Un savon à l'odeur de lavande. Que faisait donc une telle fille, seule dans une pension de Clifton ? Les domestiques habitaient généralement chez leurs maîtres. Et Richard n'avait jamais rencontré de servantes vêtues de soie. De vieilles nippes appartenant à Mrs Barton, peut-être ? Si c'était le cas, cette veuve baptisée « vieille carne » par Annemarie devait posséder une bien jolie silhouette.

— Au revoir, monsieur Richard, lança Annemarie Latour sur le pas de porte. Je vous verrai demain, n'est-ce pas ?

— Oui.

Il remit son chapeau et remonta la colline en direction de Clifton Green.

Il se sentait déchiré entre deux désirs contradictoires. Il lui fallait poursuivre la recherche de William Henry. Et pourtant, l'image d'Annemarie Latour le tourmentait comme un ver essayant de le dévorer. C'est ainsi qu'il la voyait. Pas seulement parce que son corps le trahissait par des mouvements convulsifs et des émotions incontrôlées. Une vie passée à courir les tavernes lui avait appris en maintes occasions que la raison et le bon sens d'un homme pouvaient le quitter au premier froufroutement d'une jupe.

Mais pourquoi précisément aujourd'hui ? Et pourquoi cette femme ? Peg était morte depuis neuf mois et, selon la règle, il était encore en période de deuil. Il n'aurait même pas dû penser aux pulsions de son propre corps. Il n'était d'ailleurs pas homme à se laisser aller à ces pulsions. Sa femme avait été la seule maîtresse de son cœur et jamais il n'en avait convoité d'autres.

« Ce n'est ni le moment ni la situation, songea-t-il en continuant à user sa quatrième paire de souliers. C'est juste elle. Annemarie Latour. » Quels que soient le lieu, la situation, que Peg soit morte ou encore de ce monde, il devinait que cette jeune fille aurait éveillé en lui les mêmes réactions physiques. Cette fille distillait d'invisibles appas. C'était une sirène dont le plus grand plaisir consistait à exercer ses talents de séductrice. « Et, après tout, je ne suis pas Ulysse attaché à son mât. Mes oreilles ne sont pas bouchées à la cire. Je ne suis qu'un homme ordinaire, de la plus humble origine. Je ne l'aime pas, mais, Seigneur, ce que j'ai envie d'elle ! »

La culpabilité commença à poindre. Peg était décédée, il portait toujours le deuil. Quant à William Henry, il avait disparu depuis moins de trois mois – ces sentiments étaient impies, dégoûtants, monstrueux. Il se mit à courir, hurlant éperdument le nom de son fils aux vents indifférents de Clifton Hill. « William Henry, William Henry, sauve-moi ! »

Mais, le lendemain matin, il se retrouva devant la porte de Willy Insell, son chapeau entre les mains, à chercher en vain Annemarie Latour. Personne sous la véranda, personne à l'intérieur de la maison. Il frappa doucement, poussa la porte de la chambre d'Insell et le découvrit endormi dans son lit. Sa poitrine se soulevait à un rythme régulier. Richard ressortit sur la pointe des pieds.

— Bonjour, monsieur Richard.

Elle était là ! Sur les marches de l'escalier du grenier.

— Il dort, dit Richard d'une voix faible.

— Je sais. Je lui ai donné du laudanum.

Elle était vêtue bien plus légèrement que le jour précédent. Peut-être venait-elle de se lever ? Elle ne portait qu'une robe de dentelle rose sur une sorte de chemise de la même couleur. Ses cheveux défaits tombaient en lourdes cascades sur ses épaules.

— Excusez-moi. Je vous ai réveillée ?

— Non, murmura-t-elle en posant un doigt sur ses lèvres. Chut ! Montez.

Attiré par la jeune fille, il se retrouva bientôt en train de la suivre dans le minuscule logis où elle vivait. Embarrassé, Richard resta debout au milieu de la pièce, son chapeau serré contre son aine, les yeux écarquillés comme un paysan fraîchement débarqué de sa campagne. Le mobilier de la cousine Ann était plus beau mais Annemarie avait meilleur goût. La pièce avait été rangée, elle sentait la lavande et non les vêtements imprégnés de sueur ; les murs étaient recouverts du blanc le plus pur.

— Richard. Je peux vous appeler Richard, n'est-ce pas ? demanda-t-elle en lui arrachant son chapeau. Oh là là ! s'écria-t-elle en l'aidant à retirer son manteau.

Il avait l'habitude d'une certaine décence dans les relations amoureuses : chemise de nuit et obscurité. Annemarie ne croyait pas en cela. Lorsqu'il essaya de conserver sa chemise, elle l'obligea à l'ôter, la tira au-dessus de sa tête et le laissa là, sans défense, nu comme un ver.

La jeune fille tourna autour de lui tout en laissant tomber sa robe de dentelle avant d'enlever sa chemise rose.

— Vous êtes très beau, affirma-t-elle d'une voix étonnée. Moi aussi, je suis très belle, non ?

Il ne put qu'acquiescer d'un signe de tête, incapable de prononcer un mot. Inutile de s'inquiéter de la suite. Elle prenait tout en main et préférait qu'il en fût ainsi. Un homme moins modeste aurait pu essayer de se soustraire à son autorité mais Richard, sachant qu'il n'était qu'un novice en la matière, choisit l'orgueil des humbles. Laissons-la prendre les initiatives, décida-t-il. Il ne courrait pas le risque de faire un mouvement que la jeune fille n'apprécierait pas ou même jugerait risible.

De nombreuses jolies femmes arpentaient les quartiers chic de Bristol mais leurs amples jupes pouvaient cacher des jambes grêles ou trop grasses, et leurs seins serrés dans leurs corsets s'affaisser sur une taille soudain démesurée et un ventre ballottant comme un pudding. Elle n'était pas comme cela, Annemarie, oh non. Nue, elle se révélait, ainsi qu'elle l'avait annoncé, extrêmement belle. Sa poitrine était aussi haute et pleine que celle de Peg, sa taille plus fine, ses hanches et ses cuisses délicieusement rondes, ses jambes plus minces, bien que parfaitement galbées, son ventre plat, et ce sombre petit triangle de Vénus triomphant, bombé et fondant.

Elle se promena autour de lui avant de venir se frotter le front contre son dos avec des ronronnements et des murmures de plaisir. Il sentait la douce fourrure de son pubis contre ses cuisses et tressaillit au moment où elle enfonça ses ongles dans son épaule et fit glisser voluptueusement sa chevelure le long de ses fesses. Les dents serrées – il craignait de ne pas parvenir à contenir sa jouissance –, il se força à rester parfaitement immobile tandis qu'elle se frottait en roucoulant contre chaque centimètre de son corps. Puis elle se laissa tomber à genoux devant lui, rejeta ses épaules en arrière de telle sorte que ses seins se dressèrent comme deux petites pyramides rondes, avant de secouer les cheveux qui tombaient sur son visage et de jeter à Richard un sourire plein de jubilation.

— Je crois, dit-elle d'une voix de gorge, que je vais jouer à la flûte silencieuse.

— Si vous faites cela, madame, haleta Richard, la musique risque de s'achever plus tôt que prévu.

Elle saisit ses testicules dans le creux de ses mains en minaudant.

— Aucune importance, cher Richard. Cette belle flûte peut jouer de nombreux airs.

La sensation fut... sensationnelle. Les yeux fermés, chaque fibre de son corps concentrée pour faire durer cet étonnant plaisir aussi longtemps que la chair pouvait le supporter, Richard tentait de garder en mémoire les différentes nuances de cette expérience. Enfin, acceptant sa défaite, il se laissa aller à jouir au milieu de couleurs éclatantes et de frémissements sans fin, les mains cramponnées aux cheveux de la fille qui avala d'un trait toute sa semence.

Mais elle avait raison. Ses convulsions ne s'étaient pas achevées que le tyran qui se trouvait au bas de son ventre se redressait, exigeant.

— Maintenant, c'est mon tour, déclara Annemarie en se dirigeant vers le lit, toujours chaussée de ses souliers à talons.

Elle s'allongea, découvrit les profondeurs que laissaient entrevoir les lèvres pourpres et gonflées de son sexe.

— D'abord la langue en une sorte de la-la-la, reprit-elle, puis la flûte comme un air de marche et enfin... la tarentelle. Bang, bang, bang, à coups de baguettes sur le tambour !

C'était ce qu'elle voulait et ce fut ce qu'elle obtint. Tous les faux-semblants s'étaient envolés depuis longtemps. Si madame exigeait un spectacle total, que ce soit une symphonie.

— Tu es une sacrée musicienne, lui avoua-t-il quelques heures plus tard, épuisé. Non, pas la peine d'essayer, la flûte est incapable de rejouer.

— Tu es plein de surprises, chéri, murmura-t-elle, ronronnante.

— Toi aussi. Même si je doute que tu aies appris un répertoire aussi varié grâce à ma seule baguette. Il t'a sûrement fallu étudier la flûte, la clarinette, le hautbois et même le basson.

— Quant à toi, Richard, où as-tu suivi tes études ?

— Cinq années à Colston représentent une sorte d'éducation, j'imagine. Mais l'essentiel de ce que je sais, je l'ai appris en fabriquant des fusils.

— Des fusils ?

— Oui, auprès d'un gentleman portugais de confession juive, mon maître armurier, expliqua Richard.

Parler lui était difficile après un tel effort mais il sentait que sa compagne appréciait la conversation après le concert.

— Il jouait du violon, reprit Richard, sa femme du clavecin et ses trois filles de la harpe, du violoncelle et... de la flûte. J'ai vécu chez eux pendant sept ans et je chantais, car ils appréciaient ma voix. Je suis probablement d'origine galloise et chacun sait que les Gallois adorent chanter.

Annemarie repoussa les cheveux qui lui masquaient le visage.

— Tu as aussi le sens de l'humour, dit-elle. Très rafraîchissant chez un habitant de Bristol. Est-ce que l'humour est également une spécialité galloise ?

Richard se leva pour remettre ses sous-vêtements avant de s'asseoir sur le rebord et d'enfiler ses bas.

— Ce que je n'arrive pas à comprendre, dit-il, c'est la raison pour laquelle tu travailles comme femme de chambre, Annemarie. Tu devrais être la maîtresse d'un nabab.

— Disons que cela m'amuse, répondit-elle en agitant les doigts en l'air.

— Et les vêtements de soie ? Et cette chambre ?

— Mrs Barton, cracha-t-elle sur un ton de mépris, n'est qu'une vieille garce stupide.

— N'emploie pas ce mot, coupa-t-il.

— Une carne, parfaitement ! Et une garce, une garce, une garce ! Voilà ! Je sais que je te choque terriblement, cher Richard.

Elle se redressa et croisa ses jambes en tailleur.

— Je trompe Mrs Barton. Derrière son dos. Elle se croit maligne en me logeant ici pour m'éloigner de son imbécile de vieux mari. Cela lui permet de se pavaner dans toutes les belles maisons de Clifton en se vantant d'avoir une authentique domestique *frrrrançaise*. Bah !

Déjà rhabillé, Richard jeta un regard ironique à la jeune fille.

— Veux-tu qu'on se revoie ? lui demanda-t-il.

— Oh oui, mon Richard ! Absolument.

— Quand ?

— Demain à la même heure. Mrs Barton ne se lève pas de bonne heure.

— Tu ne peux pas éternellement donner du laudanum à Willy.

— Pas besoin. Je t'ai, maintenant. Qu'est-ce que ça peut faire à Willy ?

— Exact. Alors, à demain.

Ce jour-là, William Henry, s'il n'était pas oublié, se retrouvait enfoui au plus profond de la mémoire de son père. Richard rentra directement au Cooper's Arms, grimpa l'escalier sans un mot, se jeta tout habillé sur son lit et dormit jusqu'à l'aube. Sans une goutte de rhum.

– Votre poisson est ferré, annonça Annemarie Latour à John Trevillian Ceely Trevillian.

— J'aimerais que tu abandonnes ce ton français si affecté, soupira Mr Trevillian. Etait-ce donc si terrible, ma pauvre chérie ?

— Bien au contraire, cher Ceely. Ses vêtements étaient propres. Et lui aussi. Pas de lentes, pas de poux, pas de morpions, il se lave, ajouta-t-elle, un sourire de cruauté pure sur les lèvres. Son corps est très beau. Et il est très, très viril.

La flèche atteignit son but et répandit son poison mais Trevillian était bien trop malin pour le laisser voir. Au lieu de cela, il lui tapota les fesses, lui donna vingt guinées d'or et la renvoya. Mr Cave et Mr Thorne allaient bientôt passer et il ne les avait pas vus depuis longtemps. Pour quelqu'un qui vivait à Park Street auprès d'une mère attentive, il n'était pas bon d'être aperçu en train de recevoir des visiteurs de basse extraction.

— La meilleure chose à faire, déclara William Thorne quand il arriva en compagnie de Cave, c'est de nous emparer d'Insell et de l'envoyer sur un bâtiment négrier.

— Et laisser le soupçon de meurtre planer au-dessus de nos

têtes comme une fumée sortant de la cheminée d'une fonderie ? s'écria Ceely. Pas question.

— Je m'assurerai personnellement qu'on l'inscrive sur une liste d'embarquement.

— Je veux qu'on règle aussi son compte à Richard Morgan, insista Trevillian.

— Ce n'est pas nécessaire, gémit Thomas Cave. Richard Morgan a des relations... l'autre n'est qu'un minable. Chargeons William d'emmener Insell sur un négrier et laissez-moi retourner à la régie, je vous en prie. Je ne vous demande pas de payer l'amende, Ceely, mais la menace d'un procès flotte sur nos têtes. On nous surveille.

— Ecoutez, rétorqua Ceely d'une voix douce et prudente, je suis d'une trop haute naissance pour travailler, et feu mon père – que le diable l'emporte – m'a déshérité. Savoir que je ne devais compter que sur mes capacités intellectuelles m'a affûté l'esprit. Ma mère fait ce qu'elle peut. Elle me loge et me donne un peu d'or quand mon frère ne regarde pas mais j'ai besoin de l'argent de la régie et je ne suis pas ravi d'en être privé. Ni d'être privé de ma liberté, pas plus que de respirer. Morgan et Insell ont mis un terme à mes rentrées d'argent et je veux mettre un terme à leurs vies, ajouta-t-il, le visage tordu de haine. Insell n'est rien, je vous l'accorde. C'est Morgan qui peut nous faire tomber. Je veux à tout prix sa perte.

A son réveil, la première chose que fit Richard fut d'aller regarder dans l'alcôve de William Henry. Elle était vide. Les larmes lui montèrent aux yeux, les premières depuis que son fils avait disparu mais elles refusèrent de couler. Son long sommeil avait chassé les douleurs physiques, même si son pénis était encore à vif et que sa peau souffrait encore des égratignures et des morsures infligées par Annemarie. Un vilain mot que celui de garce mais Annemarie Latour était une garce de premier ordre.

Les rites matinaux de la maisonnée lui revinrent en mémoire. Dick descendait à la cuisine avec une bouilloire d'eau chaude et un seau d'eau froide qu'il montait à Mag afin qu'elle puisse prendre son bain dans sa petite baignoire d'étain. Du vivant de Peg, les deux femmes la partageaient avant de laisser la servante en profiter. Pendant qu'elles faisaient leur toilette, Dick et Richard se lavaient en bas.

Dick traversa la chambre avec la bouilloire et le seau de Mag, et, en sortant, jeta un coup d'œil en direction de Richard pour s'assurer que son fils était bien rentré. Abandonnant à la servante les vêtements dans lesquels il avait dormi, Richard prit des habits propres dans son coffre et, nu, descendit l'escalier en courant pour rejoindre son père. Dick, déjà rasé, se tenait debout dans le tub ; il laissait couler sur sa peau l'eau d'une grande louche d'étain tout en se frottant avec un morceau de savon.

— Seigneur ! Où donc es-tu allé ? s'écria-t-il d'un air ahuri.

— Avec une femme, répondit Richard en se préparant à se raser.

Dick rinça sa peau savonneuse avec l'eau de la louche.

— Il était temps, dit-il. Une prostituée ?

Richard ne put retenir un sourire.

— Si c'en est une, père, elle est d'une espèce rare. Je veux dire par là que je n'en ai jamais vu de semblable.

— Etonnante affirmation de la part d'un homme qui a beaucoup fréquenté les tavernes.

Dick sortit du baquet et s'essuya vigoureusement à l'aide d'une vieille chemise de toile tandis que Richard entrait dans l'eau usée que venait de quitter son père.

La voix de Mag leur parvint du premier étage :

— Terminé ?

— Pas encore ! cria Dick.

Quelques minutes plus tard, il attira Richard, encore humide du bain, vers la fenêtre, pour observer son fils en pleine lumière.

— J'espère que tu n'as pas attrapé de chaude-pisse ni de vérole, lui dit-il d'un air sévère.

— Je parie que non. La dame est très particulière.

— Comment est-ce arrivé ?

— Je l'ai rencontrée chez Insell.

— Tu veux dire que tu consommes les restes d'Insell ?

— Mais non ! Elle préférerait se trancher la gorge plutôt que de copuler avec lui. Elle est de la haute. Pour dire la vérité, je ne sais pas trop pourquoi je lui ai plu. Il n'y a pas beaucoup de différence entre Insell et moi.

— Bien plus que tu ne le crois.

— Je dois la revoir ce matin à huit heures.
— Elle est chaude, alors ? demanda Dick en sifflotant.
— Comme le feu.

Richard acheva de nouer sa cravate et peigna ses cheveux mouillés.

— Le problème, reprit-il, c'est qu'elle ne me plaît pas du tout... mais que je n'arrive pas à me lasser d'elle. Est-ce que je dois y aller ? Ou m'éloigner d'elle pour toujours ?

— Vas-y, Richard, vas-y ! Quand il y a un feu, la meilleure façon de l'éviter, c'est de le traverser de part en part.

— Et s'il me consume ?

— Je vais prier pour qu'il n'en soit rien.

« A tout le moins, songea Richard, j'ai l'approbation de mon père. Je n'aurais jamais cru qu'il comprendrait. Je me demande bien qui a été son feu à lui... »

Il n'avait encore qu'une idée imprécise de la raison qui le poussait à retourner là-bas. Etait-il pris par les sens, par un simple désir physique après une longue privation ? A Bristol, les mots « sexe » et « sexuel » n'étaient pas employés dans le contexte de l'acte lui-même – trop brutalement explicites pour une petite ville où les gens avaient été élevés dans la crainte de Dieu et n'abordaient le sujet qu'avec componction. Le mot « sexe » retirait tout amour et toute moralité à l'acte. Il en faisait une fonction animale. En l'occurrence, aujourd'hui, le sexe, et le sexe seul, le poussait vers le puits de Jacob et vers Annemarie.

Mais c'était à William Henry qu'allaient ses pensées. William Henry vivant, quelque part en ce monde, et dans l'impossibilité de rentrer chez lui. Ce qui signifiait qu'il avait dû être emmené comme mousse. Cela arrivait, en particulier aux jolis garçons. « Oh, mon Dieu ! Faites que mon petit ne vive pas cette vie-là ! Je Vous en prie, Seigneur, faites-le plutôt mourir ! Pendant que je vais copuler avec une salope de Française qui me vole toutes mes forces et me pétrifie tel ce serpent que j'ai vu un jour, à la foire de Bristol, et qui hypnotisait un rat... »

Le feu qu'elle suscitait en lui le dévorait avec plus d'ardeur chaque fois qu'il la voyait, ce qui advint tous les jours de la semaine suivante. Mais la douleur qu'elle lui faisait subir, la culpabilité qu'il ressentait à imaginer son fils menant une vie de mousse le poussèrent à retourner à la boisson. Il passait ses journées dans une sorte de brouillard où se mêlaient le visage préoccupé de son père, le souvenir d'Annemarie, l'image de William Henry en pleurs, hurlant au milieu de l'infinité de l'Océan. Des visions de sexe, de musique, de serpents encapuchonnés et de rhum le laissaient fiévreux avant qu'il sombre dans l'oubli. Il la haïssait, cette putain française, et pourtant il ne parvenait pas à se lasser d'elle. Pis encore, il se haïssait lui-même.

Enfin, un jour, de manière inattendue, elle lui fit passer un petit mot par l'intermédiaire de Willy Insell, dans lequel elle lui annonçait qu'elle ne pourrait pas le voir pendant quelque temps – sans donner la moindre raison. Insell fut incapable de fournir une explication, si ce n'est que le heurtoir avait été ôté de la porte de sa mansarde et qu'il se pouvait donc qu'elle vive chez Mrs Barton.

« Je ne veux pas supporter l'idée de les perdre tous deux, se répétait Richard en errant à leur recherche. Ce que je ressens pour elle n'est que du vil métal, lourd, triste et sombre comme le plomb. Comment puis-je ainsi pleurer son absence ? Et pourtant son feu me consume toujours. »

Renonçant à ses recherches, il passa ses journées à boire au Cooper's Arms, sans adresser la parole à quiconque. Sans même parvenir à noircir le papier qu'il avait apporté pour écrire à James Thistlethwaite.

Dick implora son cousin James l'Apothicaire :

— James, je t'en prie, dis-moi ce que je dois faire.

— Je suis apothicaire, pas médecin des âmes, et c'est celle de Richard qui est malade. Non, je n'accuse pas cette femme. Elle n'est que le symptôme de la maladie qui s'est abattue sur lui le jour où William Henry s'est noyé.

— Tu crois vraiment qu'il s'est noyé ?

James hocha doctement la tête.

— Je n'ai pas le moindre doute, soupira-t-il. J'ai d'abord cru, dans l'intérêt de Richard, qu'il valait mieux garder quelque espoir mais, lorsqu'il s'est mis à la boisson, j'ai changé d'avis. Son âme a besoin d'un médecin et le rhum n'est pas un médicament.

— Sauf que le révérend James est un pasteur bien trop exigeant. Tu es le seul à posséder une tête solide, capable de voir les choses sous toutes leurs facettes. Essaie seulement de lui parler de la putain française. Son missel dans une main et son crucifix dans l'autre, il tirait à la bataille contre les suppôts de Satan ! C'est ainsi qu'il la considérait. Alors qu'à mes yeux elle n'est qu'une intrigante qui s'est entichée de mon fils. Comment se fait-il qu'il ne s'aperçoive pas qu'il plaît aux femmes ? Il leur plaît vraiment ! Tu dois l'avoir remarqué ?

N'ignorant pas que ses deux filles, toujours demoiselles, avaient été amoureuses de leur cousin Richard pendant des années, James l'Apothicaire ne put que hocher doctement la tête pour la seconde fois.

En ce vingt-septième jour du mois de septembre, Richard était complètement imbibé de rhum. C'est alors qu'il reçut un mot de la part d'Annemarie Latour, qui l'informait de son retour. Elle mourait d'envie de le revoir. Richard descendit de sa chaise en trébuchant et partit sans se le faire dire deux fois.

— Richard ! Oh, comme c'est merveilleux de te voir ! Mon cher, cher ami !

Couvrant son visage de baisers, elle le fit entrer, toute roucoulante, et le débarrassa de son manteau et de son chapeau.

— Pourquoi ? lui demanda-t-il en manifestant peu d'empressement, décidé à rester maître de la situation. Pourquoi ne t'ai-je pas vue de toute la semaine ?

— Parce que Mrs Barton a été souffrante et que j'ai été obligée de rester auprès d'elle. Willy aurait dû te le dire. Je lui avais demandé de le faire.

— Ton accent semble s'être amélioré, dit Richard.

— A cause de Mrs Barton, qui déteste mon mauvais anglais. Je te dis qu'il m'a fallu la soigner, répéta Annemarie d'un ton blessé.

Richard, encore sous l'effet du rhum, tomba lourdement sur le lit.

— Oh, et puis, quelle importance ? Tu m'as manqué et je suis heureux de te retrouver. Embrasse-moi.

C'est ainsi qu'ils s'adonnèrent aux jeux du sexe avec leurs

lèvres, leurs langues, leurs mains, suscitant l'humidité et le feu pour se vautrer dans des extases de la plus grande impudeur. Heure après heure, lui sur elle, elle sur lui, tête dessus, tête dessous, elle fertile en imagination, lui ardent à suivre le chemin qu'elle lui indiquait.

— Tu es époustouflant, lui avoua-t-elle enfin.

Les yeux de Richard se fermaient et il ne réussit à les maintenir ouverts qu'au prix d'un énorme effort.

— Comment ça ?

— Tu pues le rhum et pourtant tu arrives à baiser – j'adore ce mot – comme un jeune homme de dix-neuf ans.

Richard sourit, laissant enfin ses yeux se fermer.

— Tu devrais pourtant savoir qu'il faut plus que quelques pintes de rhum pour m'abattre, rétorqua-t-il. J'ai résisté bien plus longtemps que John Adams et John Hancock.

— De quoi parles-tu ?

Il ne daigna pas lui répondre. Renversée contre la pile d'oreillers, Annemarie s'abandonna à la contemplation du plafond, tout en se demandant ce qu'elle ressentirait quand cette affaire serait terminée. Lorsque Ceely l'avait persuadée, avec l'aide de plusieurs rouleaux de guinées d'or, de séduire Richard Morgan, elle avait d'abord poussé un soupir à l'idée de s'ennuyer ferme pendant plusieurs semaines. Le problème, c'est qu'elle ne s'était pas ennuyée. Pour commencer, Richard était un gentleman. C'était plus qu'on ne pouvait en dire de ce fourbe de Ceely, qui, par profession, se prétendait gentleman, et n'aurait pourtant pas su en reconnaître un s'il l'avait croisé dans la rue.

Elle n'avait pas imaginé que la victime pût se révéler aussi séduisante. En apparence, Richard n'était qu'un homme de Bristol gentil et un peu ennuyeux, sans prétentions vestimentaires ni aptitude particulière à détourner les têtes. Mais, lorsqu'il lui souriait, c'était comme si sa vraie nature se dévoilait et, soudain, il était là, d'une beauté bouleversante. Sous ses vêtements, dans lesquels beaucoup d'hommes paraissaient bedonnants, les épaules tombantes et le dos voûté, se cachait un physique de statue grecque.

« Cet homme a des talents cachés, songea-t-elle. Ils sont là pour ceux qui savent regarder. Quel dommage qu'il n'ait jamais su assez s'apprécier pour se mettre en avant ! Un amant magnifique ! Oh oui, vraiment magnifique ! »

Comment se sentirait-elle lorsque toute cette affaire serait terminée ? Il n'y en avait plus pour longtemps. Tout dépendait si Richard se montrait assez malléable. Ceely voulait que les choses se fassent vite et le rhum serait certainement d'un grand secours. Son rôle, elle le soupçonnait, ne serait guère qu'un second rôle et elle ne connaîtrait sans doute jamais le dénouement de la pièce. Mais accepter ce rôle, c'était la promesse de pouvoir bientôt dire adieu à Ceely et à l'Angleterre. Elle était encore au sommet de sa beauté, avec les vingt ans qu'elle affichait, alors qu'elle en avait près de trente. Entre ce que Ceely allait lui payer et ce qu'il lui avait déjà donné au cours des quatre années précédentes, elle serait en mesure de quitter ce pays de cochons et de retourner dans sa Gironde bien-aimée, où elle pourrait vivre comme une dame.

Elle sommeilla pendant une heure avant de se pencher sur Richard en le secouant pour le réveiller.

— Richard ! Richard ! J'ai une idée !

Il avait la tête enflée, la bouche desséchée. Il réussit péniblement à se lever et à s'approcher de la cruche où Annemarie gardait de la petite bière. Un bon gobelet de cette boisson et il se sentit un peu mieux, même s'il savait qu'il lui faudrait plusieurs jours pour débarrasser son corps de tout le rhum qu'il contenait. S'il arrêtait d'en boire. Et pourquoi l'aurait-il voulu ?

— Quoi ? articula-t-il en s'asseyant sur le lit, la tête dans les mains.

— Pourquoi ne pas vivre ensemble ? Mrs Hale quitte l'étage d'en dessous et le loyer pour les deux étages n'est que d'une demi-couronne par semaine. Nous pourrions installer notre chambre à coucher en bas, pour éviter trop de marches à monter, et mettre Willy ici ou même dans la cave. Son loyer nous aiderait. Il paye un shilling. Oh, Richard, ce serait si agréable de s'installer vraiment... Dis oui, je t'en prie !

— Je n'ai pas de travail, ma chérie, dit-il lentement.

— Moi si, avec Mrs Barton, et tu en auras bientôt un, toi aussi, lança-t-elle d'un ton tranquille. Je t'en prie ! Et si un affreux bonhomme venait s'installer ici ? Comment pourrais-je me défendre ?

Il éloigna les mains de son visage pour l'observer.

— Je pourrais toujours dire que nous sommes mariés, reprit-elle. Cela ferait plus respectable.
— Mariés ?
— Juste pour faire plaisir aux voisins, cher Richard. S'il te plaît !

Il avait du mal à réfléchir et la petite bière lui tourneboulait un peu l'estomac. Il s'empara de cette proposition, la tourna et la retourna dans son esprit hébété, se demandant si ce n'était pas la meilleure solution. Son crédit commençait à s'épuiser au Cooper's Arms – ou bien c'était le Cooper's Arms qui finissait par le lasser.

— Très bien, dit-il enfin.

Annemarie dansa sur le lit en se trémoussant, rayonnante de bonheur.

— Demain ! Aujourd'hui, Willy aide Mrs Hale à déménager, et demain, il pourra me donner un coup de main.

La nouvelle du départ de Richard stupéfia ses parents. Ils se regardèrent d'un air ahuri mais décidèrent de ne soulever aucune objection. Sa consommation de rhum, entre son retour à la maison et le moment où il se couchait, était plus importante que jamais. Au moins, s'il allait habiter à Clifton, payerait-il une partie de ce qu'il buvait.

— Je ne peux pas refuser à mon propre fils ce qu'il boit ici.
— Tu as raison, le rhum est trop facilement à sa portée, reconnut Mag.

Dick lui prêta donc la charrette à bras avec laquelle ils allaient chercher la sciure et les provisions. Il regarda son fils y porter deux coffres d'un air sombre.

— Et tes outils ?
— Garde-les ! Je n'ai pas l'impression que j'en aurai besoin à Clifton.

La maison où logeaient Annemarie Latour et Willy Insell était accolée à trois autres dans Clifton Green Lane, à proximité du puits de Jacob.

A l'étroitesse des escaliers, il était évident que l'édifice, dans le passé, n'avait formé qu'une seule habitation. Impression accentuée encore par les cloisons grossières qui délimitaient trois logements distincts, permettant ainsi d'augmenter les revenus du loyer. Les planches montaient jusqu'au plafond mais le travail avait été bâclé et des trous constellaient un bois si mince qu'on pouvait entendre la voix aiguë d'une femme dans la pièce à côté. La mansarde d'Annemarie offrait bien plus d'intimité, remarqua Richard en observant le joli lit installé.

— Nos parties de jambes en l'air risquent de ne pas passer inaperçues, dit-il sèchement.

Annemarie eut un haussement d'épaules très français.

— Tout le monde fait l'amour, cher Richard.

Elle sursauta brusquement et alla fouiller dans son réticule.

— J'allais oublier ! J'ai une lettre pour toi.

Richard s'empara de la feuille dont il regarda le sceau avec curiosité. Personne qu'il connût. Mais la missive était clairement adressée à Mr Richard Morgan :

Monsieur, Mrs Herbert Barton a attiré mon attention sur votre nom. Je crois savoir que vous êtes armurier. Si cela est vrai et que vous puissiez me fournir de bonnes références et même faire la preuve de vos talents en ma présence, il se pourrait que j'aie un travail à vous offrir. Veuillez vous présenter à neuf heures chez moi, au 10, Westgate Buildings, Bath, le 30 septembre.

La lettre était signée « Horatio Midder », d'une main tremblante et illettrée. Qui diable pouvait être ce Midder ? Richard croyait pourtant connaître le nom de tous les armuriers entre Reading et Weymouth, mais celui-ci lui était inconnu.

— Qu'est-ce que c'est ? De qui vient ce courrier ? demanda Annemarie, qui tentait de lire par-dessus son épaule.

— D'un armurier de Bath nommé Horatio Midder. Il m'offre un travail, répondit Richard en clignant des paupières. Il veut me voir le 30 de ce mois, à neuf heures du matin, ce qui veut dire que je dois partir demain.

— Oh, c'est un ami de Mrs Barton ! s'écria Annemarie en frappant gaiement dans ses mains. Je lui ai parlé de toi, cher Richard. Cela ne t'ennuie pas ?

Il la souleva pour la faire tournoyer à bout de bras.

— Si c'est pour du travail, je me fiche pas mal que tu mentionnes mon nom devant le diable en personne !

— Dommage, dit-elle avec une moue boudeuse, que tu sois obligé de partir demain. J'ai raconté à tout le voisinage que nous sommes mariés et que tu venais d'emménager. Nous aurons toutes sortes de visites de politesse à faire, ajouta-t-elle d'une voix encore plus maussade. Et peut-être que tu devras passer aussi la nuit du vendredi à Bath. Alors je risque de ne pas te voir avant samedi.

Richard porta l'une de ses malles dans un coin de la pièce.

— Peu importe, si c'est pour du travail, affirma-t-il. Je ne suis toujours pas satisfait d'avoir placé le lit ici. Etant donné que Willy a choisi de vivre dans la cave, je n'en vois pas la nécessité.

— Quelle importance, Richard, si tu obtiens un emploi à Bath ? répliqua-t-elle avec son implacable logique. De toute façon, il nous faudra déménager une fois de plus.

— C'est vrai.

— C'est si agréable d'avoir de la place pour mon bureau ! J'adore écrire des lettres et c'était si encombré là-haut !

Il se dirigea vers la pièce derrière la chambre à coucher et observa le bureau qui y trônait, bien solitaire.

— Il va falloir acheter d'autres meubles pour lui tenir compagnie. Comme c'est curieux... De toute ma vie, je n'ai ressenti aucun besoin de me meubler, même lorsque Peg et moi vivions à Temple Street.

— Peg ?

— Ma femme. Elle est morte.

Il sentit brusquement le besoin de boire un verre.

— Je vais aller me promener pendant que tu écris ton courrier.

Cependant, elle le suivit au rez-de-chaussée, où se trouvaient le salon équipé d'une cheminée assez fruste et la cuisine, meublée de quatre chaises en bois, d'une table et d'un buffet. Annemarie faisait-elle la cuisine ? Aurait-elle le temps de préparer les repas si elle passait ses après-midi et ses soirées avec une Mrs Barton qui avait pour habitude de se lever tard ?

Devant le seuil, elle se dressa sur la pointe des pieds pour l'embrasser.

— Ça alors ! cria une voix émue. C'est bien Mr Morgan, n'est-ce pas ?

Richard abandonna les lèvres d'Annemarie pour se retrouver face à John Trevillian Ceely Trevillian, qui se pavanait dans la splendeur d'un costume de velours cyclamen, brodé de noir et de blanc. Les cheveux de Richard se dressèrent sur sa tête mais, conscient de la présence d'Annemarie, il ne put se permettre ce dont il avait envie : tourner le dos à Ceely Trevillian et s'éloigner à grandes enjambées.

— Mr Trevillian...

— S'agit-il là de l'épouse dont on m'a parlé ? demanda le bellâtre d'une voix flûtée, avec une moue d'admiration. Présentez-moi, je vous en supplie !

Richard demeura un long moment silencieux, s'efforçant de garder un visage impassible tandis que son esprit embrumé par le rhum évaluait les conséquences possibles de cette rencontre fâcheuse. Derrière Mr Trevillian se tenait un petit groupe d'hommes et de femmes qu'il n'avait jamais aperçus auparavant mais dont il présuma, à leurs vêtements d'intérieur, qu'ils vivaient dans des appartements contigus à celui d'Annemarie. Que faire ? Que répondre ? « Présentez-moi ! » avait demandé Ceely.

A l'instar de la plupart des Anglais, Richard ne connaissait pas grand-chose à la loi, mais il savait qu'une fois que l'on parlait d'une femme comme de son épouse, elle le devenait réellement, selon le droit coutumier. Lorsque Annemarie lui avait suggéré d'évoquer un mariage devant voisins et amis, il avait su conserver assez de bon sens, en dépit de son mal de crâne, pour se promettre de la laisser jacasser à sa guise sans pour autant confirmer ses dires.

Et voilà qu'il était là, en face de l'affreux Ceely Trevillian, au milieu de tous les voisins d'Annemarie, pris entre l'enclume et le marteau. Si, en la présentant, il laissait entendre qu'elle était son épouse, alors, aussi longtemps qu'il cohabiterait avec elle, elle le deviendrait. S'il l'a désavouait publiquement, elle retrouverait un statut de prostituée et on commencerait à la persécuter.

Richard décida de chasser cette préoccupation de son esprit. Après tout, qu'il en soit ainsi. Annemarie serait sa femme jusqu'à ce qu'il cesse de cohabiter avec elle, si jamais cela arrivait. S'il détestait ses métaphores musicales, autant qu'il se méprisait de se laisser prendre à ses charmes, il ne pouvait transformer cette respectable servante en traînée. Après tout, c'était lui qui fréquentait les gens du puits de Jacob.

De mauvaise grâce, il fit les présentations.

— Voici Annemarie, dit-il sèchement, avant d'ajouter : Que faites-vous par ici ?

— Mon cher ami, je rends visite à mon coiffeur, Mr Joice, vous le connaissez, répondit Ceely en montrant un homme qui minaudait à son côté. Il habite près de chez vous et c'est ainsi que j'ai appris que vous étiez marié et installé ici, ajouta-t-il en sortant un mouchoir de dentelle avec lequel il se tapota délicatement le front. Il fait chaud pour cette fin de septembre, vous ne trouvez pas ?

Annemarie s'inclina en une profonde révérence qui fit virevolter ses jupons.

— Monsieur, entrez, je vous en prie, lança-t-elle. Un moment de repos dans la fraîcheur de notre salon vous fera du bien.

Elle fit entrer le visiteur importun et lui désigna une chaise avant d'éventer son front avec le bas de son tablier.

— Richard, mon chéri, avons-nous quelque chose à offrir à ce gentleman ? demanda-t-elle d'une voix doucereuse, visiblement impressionnée par l'allure de leur invité.

— Tant que je n'aurai pas été chercher de la bière et du rhum au Black Horse, il n'y aura rien, répliqua-t-il d'un ton désagréable.

— Alors je vais rapporter un pichet de bière et un autre de petite bière, déclara Annemarie.

Elle se rendit d'un air empressé à la cuisine en faisant virevolter ses jupes afin que Ceely puisse apercevoir ses chevilles.

— Je ne vous dis pas merci, Morgan, commença Ceely dès qu'ils se retrouvèrent seuls. L'histoire que vous avez inventée m'a valu plusieurs rencontres déplaisantes avec le chef de la régie. Je me demande ce que j'ai bien pu faire pour vous offenser pendant que vous répariez les appareils de Mr Cave, mais cela ne méritait certainement pas le tissu de mensonges que vous avez débités au contrôleur.

— Ce n'étaient pas des mensonges. Je vous ai vu au travail, à la lumière de la lune par une nuit sans nuages, et j'ai entendu votre nom. Et, comme vous avez eu l'imprudence de bavarder ouvertement avec Mr Cave et Mr Thorne tandis que quelqu'un vous écoutait, vous allez être démasqué comme le scélérat que vous êtes, Ceely Trevillian.

Annemarie revint, un pichet blanc dans chaque main.

— Est-ce que de la bière vous convient, monsieur ? demanda-t-elle au visiteur.

Richard prit les pichets et partit pour le Black Horse tandis qu'Annemarie s'installait sur une chaise pour bavarder avec l'impressionnant gentleman.

A son retour, il découvrit qu'il s'était donné du mal pour rien : Trevillian se tenait sur le seuil, occupé à baiser la main d'Annemarie.

— J'espère vous revoir, *m'sieur,* dit-elle en jouant avec affectation de ses fossettes.

— Oh, je peux vous le promettre ! s'écria-t-il de sa voix de fausset. N'oubliez pas que mon coiffeur habite juste à côté.

Annemarie sursauta :

— Oh, Mrs Barton ! Je vais être en retard !

Mr Trevillian lui offrit son bras.

— Etant donné que je connais très bien cette dame, Mrs Morgan, laissez-moi vous accompagner jusque chez elle.

Ils s'éloignèrent, côte à côte. Il lui susurrait de jolis riens qui la faisaient glousser. Richard les regarda tourner le coin d'une rue proche bordée de maisons inachevées et poussa un grognement de rage avant d'aller chercher la charrette de son père. Il devait la rendre. Quelle sotte, cette catin française ! Il fallait la voir minauder et s'aplatir devant des gens comme Ceely Trevillian, sous prétexte qu'il portait du velours cyclamen qu'un pauvre gamin avait dû broder dans un atelier sans recevoir un penny de récompense.

La diligence quotidienne pour Bath quittait le Lamb Inn à midi et effectuait le voyage en quatre heures contre quatre shillings pour un siège à l'intérieur et deux sur le banc. S'il avait scrupuleusement économisé au cours de ses six mois chez Thomas Cave, il ne lui restait que peu d'argent. Le voyage à Bath risquait de lui coûter un minimum de dix shillings, ce qu'il pouvait difficilement se permettre. Il était parvenu à un accord avec Annemarie concernant les dépenses du ménage et, la veille, ils avaient pris leur repas au Black Horse, bien plus cher que le Cooper's Arms. Elle n'avait pas proposé de payer ni montré la moindre désapprobation devant la quantité de rhum qu'il buvait. Elle préférait le porto.

Richard se dirigea à l'autre bout de la ville pour se réserver une place à deux shillings, même s'il fallait pour cela s'asseoir en haut de la diligence, exposé aux intempéries. Par chance, la journée ne semblait pas annoncer de pluie.

Les relais de poste étaient des lieux pleins d'activité, pourvus de larges cours intérieures où palefreniers et chevaux se déplaçaient sans cesse, où les valets d'écurie couraient dans toutes les directions et où les servantes proposaient des plateaux de rafraîchissements aux passagers. Richard s'approcha de l'équipage de six chevaux qui n'était pas encore attelé à sa diligence, paya deux shillings pour sa place et s'adossa à un mur en attendant qu'on annonce le départ pour Bath.

Ce fut alors qu'il aperçut William Insell, qui venait de franchir les portes au pas de charge avant de s'arrêter, haletant, visiblement à sa recherche.

— Willy !

Insell se précipita dans sa direction.

— Oh, Dieu merci ! haleta-t-il. Je craignais que tu ne sois déjà parti.

— Qu'y a-t-il ? C'est Annemarie ? Elle est malade ?

— Non, elle n'est pas malade, répliqua Insell en roulant des yeux. Pire !

Richard lui agrippa le bras.

— Pire ? Elle est morte ?

— Non, non ! Elle a pris rendez-vous avec Ceely Trevillian !

Qu'y avait-il de si étonnant ?

— Continue.

— Il est passé chez le coiffeur d'à côté – enfin, c'est ce qu'il a dit – mais, une minute plus tard, il frappait à notre porte et je n'avais pas fini de remonter l'escalier de la cave qu'Annemarie lui avait déjà ouvert.

Insell essuya la sueur qui coulait de son front et leva les yeux vers Richard, implorant.

— J'ai tellement soif ! gémit-il. J'ai couru tout le long du chemin !

Richard déboursa un penny pour une chope de petite bière qu'Insell avala d'un trait.

— Ah, ça va mieux !

— Raconte-moi, Willy. Ma diligence va bientôt partir.

— Ils ne se sont pas cachés, ils se sont comportés comme s'ils avaient oublié que j'étais dans la maison. Elle lui a demandé s'il voulait faire affaire avec elle et il a dit que oui. Mais là, elle lui a fait le coup de l'indignation, en prétendant que ce n'était pas le moment, que tu risquais de revenir. Elle lui a dit de repasser à six heures ce soir et elle a promis qu'il pourrait rester la nuit. Alors, il est allé chez ce coiffeur, Joice... Je pouvais l'entendre hennir à travers la cloison. J'ai attendu qu'Annemarie remonte chez elle pour courir te rejoindre.

Il fixait Richard de ses grands yeux de chien battu, comme pour mendier son approbation.

— Bath ! Bath ! cria quelqu'un.

Que faire ? Bon sang, il avait besoin de ce travail ! Pourtant, l'homme en lui était furieux qu'Annemarie ait pu lui préférer un homme tel que Ceely Trevillian. Pas lui ! L'affront était insupportable. A cette pensée, Richard se raidit.

— Tant pis pour le travail à Bath, annonça-t-il d'une voix lugubre. Viens, nous allons attendre chez mon père. A six heures, Annemarie Latour et Mr Ceely vont avoir une vilaine surprise. Il se peut qu'il ne soit jamais jugé pour fraude fiscale mais il se souviendra de ce qui va lui arriver ce soir, je peux te le jurer.

Dick sentait qu'une terrible tempête s'annonçait, dont il ne pouvait deviner la nature. « Comment, se demandait-il, pourrais-je exiger la vérité d'un homme de trente-six ans, même s'il s'agit de mon fils ? Que se passe-t-il et pourquoi ne veut-il pas m'en parler ? Insell, cet animal servile, se vautre à ses pieds. Oh, il ne ferait pas de mal à une mouche, mais ce n'est pas le genre d'ami dont Richard a besoin. Richard, vas-y doucement sur le rhum. »

Peu avant six heures, au moment où Mag allait servir le souper à sa nombreuse clientèle, Richard et Insell se levèrent. Sa capacité à tenir le rhum était véritablement étonnante, songea Dick alors que Richard marchait d'un pas assuré vers la porte, suivi d'Insell qui tanguait derrière lui. « Mon fils est affreusement saoul, il y a du grabuge dans l'air et il m'exclut. »

Le crépuscule colorait encore le ciel de ses derniers reflets car le temps était beau. Richard marchait si vite qu'Insell avait du mal à le suivre. La rage qu'il éprouvait augmentait à chaque pas.

La porte d'entrée n'étant pas fermée à clef, Richard put se glisser à l'intérieur de la maison.

— Reste en bas jusqu'à ce que je t'appelle, murmura-t-il à Willy tout en grinçant des dents. Alors, comme ça, elle est avec Ceely ! Ceely ! La catin ! ajouta-t-il en fixant l'escalier, les poings serrés.

La scène qui se déroulait dans la chambre à coucher semblait tirée d'une farce. Sa lubrique bien-aimée était étendue sur le lit, les jambes en l'air, Ceely couché sur elle, vêtu de sa chemise de dentelle. Ils faisaient l'amour dans la position traditionnelle ; Annemarie laissait échapper de petits gémissements de plaisir, Ceely de sourds grognements.

Richard s'était cru préparé à ce spectacle mais la colère qui l'envahit lui fit perdre la raison. A côté de la cheminée se trouvaient un seau à charbon et un marteau destiné à casser les trop gros morceaux. Avant que le couple vautré sur le lit ait eu le temps de réagir, Richard avait traversé la pièce, saisi le marteau et s'était planté face aux deux amants.

— Willy, monte ! rugit Richard. Non, vous, ne bougez pas ! Je veux que le témoin vous voie exactement ainsi.

Insell entra et s'immobilisa, ahuri, fasciné par la poitrine d'Annemarie.

— Etes-vous prêt à témoigner, Mr Insell, que vous avez vu ma femme au lit en compagnie de Ceely Trevillian ?

Insell déglutit en tremblant.

— Oui ! balbutia-t-il.

Annemarie avait révélé à Trevillian que Richard buvait sec mais il n'avait jamais imaginé l'impression que lui ferait un homme si grand et animé par une telle rage. Le fraudeur habituellement imperturbable sentit le sang se retirer de son visage. Seigneur ! Ce Morgan était prêt à tuer !

— Sale traînée ! hurla Richard en fusillant du regard Annemarie, tout aussi épouvantée que Trevillian.

Tremblante, elle remonta, telle une anguille, vers le haut du lit, cherchant à se réfugier à l'abri du mur.

— Garce ! Putain ! Et quand je pense que je t'ai reconnue pour femme afin de sauver ta réputation ! Je n'ai pas voulu croire que vous étiez une catin, madame, mais j'avais tort !

Le regard furieux de Richard se tourna vers le rebord de la fenêtre tandis que Trevillian observait son manège, les sourcils froncés, l'air sournois.

— Où est votre chandelle, madame ? gronda Richard. Les putains informent leur clientèle qu'elles sont en main en mettant une chandelle à la fenêtre, et je n'en vois aucune !

Il pivota en titubant pour venir s'asseoir sur le bord du lit et poser le marteau sur le front de Trevillian.

— Quant à toi, reprit-il, c'est toi qui m'as forcé à appeler cette traînée ma femme, alors tu vas en subir les conséquences ! Je vais te faire passer devant un tribunal pour subornation d'épouse !

Trevillian tenta de s'échapper. Richard le rattrapa par l'épaule d'une main de fer et tapota son front en sueur de quelques petits coups de marteau.

— Non, Ceely, ne bouge pas. Sinon ton sang risque de maculer ce joli couvre-lit blanc.

— Qu'est-ce que tu vas faire ? murmura Annemarie d'une voix angoissée. Richard, tu es saoul ! Je t'en supplie, ne commets pas un meurtre ! ajouta-t-elle, tremblante. Pose ce marteau, Richard ! Pose ce marteau ! Pas de meurtre ! Pose-le !

Richard lui obéit en crachant son mépris mais le marteau demeura plus près de sa main que de celle de Trevillian.

« Réfléchis, Ceely Trevillian, réfléchis vite ! Il est d'humeur assassine mais, par nature, ce n'est pas un meurtrier... Apaise-le, mène cette affaire là où elle devait aller dès le départ ! »

Richard reprit le marteau au milieu des hurlements de terreur d'Annemarie et s'en servit pour soulever le pan de la chemise de Trevillian. Puis il regarda la jeune femme en feignant l'amusement.

— C'est vraiment ça que tu voulais ? Eh bien, dis donc, tu dois avoir sacrément besoin d'or !

Il ne parvenait pas à décider lequel des deux il haïssait le plus : Annemarie pour avoir vendu ses faveurs ou Ceely Trevillian qui le cocufiait après l'avoir forcé à reconnaître Annemarie comme sa femme. Alors, poussé par l'alcool, il choisit la seule solution susceptible de les faire payer tous les deux. Au moins pour cette mémorable soirée, aussi longtemps que sa rage durerait. Non, il n'irait pas devant un tribunal. Non, il ne tenterait pas d'en tirer un profit financier. Il allait les terroriser, afin qu'ils regrettent amèrement leurs actes.

Sa main jaillit à la vitesse de l'éclair, saisit Trevillian à la gorge et le força à s'agenouiller au milieu du lit.

— J'ai ici un témoin prêt à attester que vous m'avez volé ma femme, monsieur. Et j'ai l'intention de demander mille livres de dommages et intérêts, lança-t-il après avoir un peu hésité sur le chiffre. Je suis un artisan respectable et je goûte peu le rôle de cocu, particulièrement lorsque celui qui me cocufie n'est qu'un déchet tel que vous, Ceely Trevillian. Vous étiez prêt à payer les charmes de ma femme, eh bien, le prix vient juste de monter.

« Réfléchis, Ceely, réfléchis ! Les choses vont dans la direction où je voulais l'emmener. Il parle un peu plus et avec moins de violence. Le rhum est enfin en train de le calmer. »

Trevillian s'humecta les lèvres et prononça les mots qu'il avait préparés dans sa tête :

— Morgan, je reconnais que vous avez le droit d'en appeler à la loi et que vous pouvez en obtenir quelques dédommagements. Mais pourquoi porter cette affaire devant les tribunaux ? Qu'en penseraient ma mère et mon frère ? Et songez à votre épouse, à sa réputation ! Si son nom devait être cité au tribunal, elle se retrouverait sans emploi, bannie...

C'était vrai, la rage de Morgan s'éteignait. Il parut soudain troublé, malade, un peu égaré. Trevillian poursuivit son babillage.

— Je reconnais sans difficulté ma culpabilité mais laissez-moi régler cette affaire loin des tribunaux. Faisons cela ici et maintenant, Morgan, ici et maintenant ! Jamais vous n'obtiendriez mille livres mais une somme de cinq cents livres est envisageable. Laissez-moi signer un billet à ordre de cinq cents livres, Morgan, je vous en supplie ! Et réglons nos différends une bonne fois pour toutes.

Déstabilisé par cette subite et lâche reddition, Richard s'assit sur le bord du lit, se demandant ce qu'il devait faire. Il avait cru que Trevillian se rebifferait, résisterait, le pousserait dans ses derniers retranchements. Comment avait-il pu se tromper à ce point ? Peut-être à cause du souvenir de ce contrebandier inquiet qu'il avait aperçu, dépouillé de ses beaux vêtements et de ses manières affectées ? Cependant il voyait que Trevillian demeurait maître de la situation. Cet homme était dépourvu de tout courage, il n'était qu'une vaste imposture.

— C'est une offre généreuse, Richard, avança Willy d'une voix timide.

— Très bien, répliqua Richard en quittant le lit. Habillez-vous, Ceely, vous avez l'air ridicule ainsi.

Après avoir enfilé à la hâte son costume vert jade brodé de bleu paon, Trevillian suivit Richard dans la pièce du fond et s'assit devant le bureau d'Annemarie. Dans le vague espoir d'obtenir quelques miettes de la soudaine bonne fortune de Richard, Willy Insell leur emboîta le pas. Ce qu'il ne devinait pas, c'était que son ami n'avait aucune intention d'encaisser ce billet à ordre. Tout ce que Richard désirait, c'était voir transpirer Trevillian pendant quelques jours à l'idée de perdre 500 livres.

Le billet était payable à Richard Morgan, de Clifton, et signé « John Trevillian ».

Richard le déchira après y avoir jeté un coup d'œil.

— Recommencez, Ceely, ordonna-t-il. Signez de tous vos maudits noms, et pas seulement la moitié.

En haut de l'escalier, la tentation fut trop forte : Richard appuya le bout de son pied sur les maigres fesses de Trevillian et lui fit débouler les marches. Le bruit du corps frappant la mince cloison résonna comme le tonnerre. Avant même d'atteindre la minuscule entrée, Trevillian hurlait comme un possédé. Fini, le fraudeur décontracté ! Pleurant et gémissant, il se traîna sur le sol jusqu'au seuil, où il bénéficia enfin du secours de tous les voisins.

Richard claqua la porte derrière Trevillian et remonta voir Annemarie, sans Willy Insell, qui avait déguerpi dans sa cave.

La jeune femme n'avait pas bougé. Elle suivit Richard des yeux et le regarda s'approcher du lit pour y reprendre le marteau.

— Je devrais te tuer, lui dit-il d'une voix lasse.

La jeune femme haussa les épaules.

— Tu ne le feras pas, Richard. Ce n'est pas dans ta nature, même après avoir bu du rhum ! Ceely, lui, l'a cru pendant un moment. Ça lui a fait une sacrée surprise, à celui-là, avec sa suffisance et ses plans compliqués !

Richard aurait dû déduire de cette remarque qu'elle trahissait des relations plus intimes avec Ceely Trevillian qu'une simple affaire de lit, mais, au même moment, quelqu'un cogna à la porte.

— Qu'est-ce que c'est encore ? cria-t-il en descendant l'escalier. Oui ?

— Mr Trevillian veut qu'on lui rende sa montre, annonça une voix d'homme.

— Dites à Mr Trevillian qu'il aura sa montre lorsque j'aurai obtenu satisfaction ! grogna Richard derrière la porte close.

— Il veut sa montre, dit-il à Annemarie en remontant dans la chambre.

Ladite montre se trouvait toujours sur le rebord de la fenêtre.

— Rends-la-lui, ordonna brusquement Annemarie. Jette-la par la fenêtre, je t'en prie.

— Que le diable m'emporte si je fais ça ! Il ne l'aura que quand j'y serai disposé ! répliqua-t-il en examinant l'objet. Quel prétentieux ! C'est juste de l'acier. Un arriviste tiré à quatre épingles, voilà tout.

Il se sentait mal.

— Je sors, annonça-t-il.

Elle se leva du lit en un instant, enfila rapidement une robe et glissa ses pieds nus dans ses chaussures.

— Richard, attends ! Willy, Willy, viens m'aider ! cria-t-elle.

— Si c'est au sujet de Ceely que tu t'inquiètes, pas la peine, gronda Richard en sortant respirer un peu d'air frais. Il n'est plus là. Ça fait deux minutes que le spectacle est terminé.

Ils partirent en direction de Brandon Hill, Annemarie d'un côté et Willy de l'autre, trois silhouettes indistinctes dans l'obscurité d'une place dépourvue d'éclairage.

— Richard, que va-t-il m'arriver si tu t'en vas ? gémit Annemarie.

— Je m'en moque, madame. Je t'ai fait l'honneur de laisser croire à Ceely que tu étais ma femme, et c'est la vérité. Qu'est-ce que ça va changer pour toi ? Tu as toujours un emploi, et Ceely et moi avons fait ce qu'il fallait pour que ta réputation demeure sans tache, ajouta Richard avec un sourire amer. Sans tache ? Madame, vous êtes une prostituée à l'âme noire.

— Et moi ? demanda Willy, qui pensait aux 500 livres.

— Je vais au Cooper's Arms. Cette affaire de fraude reste encore à juger et il vaut mieux qu'on se tienne les coudes.

— Laisse-nous venir avec toi, proposa Willy.

— Non. Raccompagne madame chez elle. Les rues ne sont pas sûres.

C'est ainsi qu'ils se séparèrent dans la nuit, la femme et un homme retournant à Clifton Green Lane, le troisième marchant à grandes enjambées sur le sentier de Brandon Hill, inconscient du danger.

Mrs Mary Meredith s'arrêta devant le seuil de sa maison, heureuse d'être enfin arrivée à bon port mais surprise par l'intrépidité de ce promeneur qui venait de quitter ses compagnons. Ils avaient parlé à voix basse et semblaient en excellents termes mais elle n'avait aucune idée de leur identité. Leurs visages demeuraient invisibles en cette soirée de fin septembre.

L'estomac trop vide pour vomir, Richard rentra en titubant, plus sensible à l'alcool que pendant la dispute. Quelle histoire ! Et qu'allait-il bien pouvoir raconter à son père ?

Mais, à tout le moins, je peux dire que le feu est éteint, écrivit-il à la fin de la lettre qu'il adressa à James Thistlethwaite le lendemain, dernier jour de septembre 1784. *J'ignore ce qui m'a pris, Jem, si ce n'est que je n'aime pas beaucoup l'homme que j'ai découvert en moi – amer, rancunier et cruel. En outre, je me retrouve en possession des deux objets dont j'ai le moins besoin : une montre en acier et un billet à ordre de 500 livres. Le premier, je le rendrai lorsque je supporterai de porter les yeux sur le visage de Ceely Trevillian. Quant au second, je ne le présenterai jamais à la banque. Je déchirerai le billet devant son nez le jour où je lui restituerai la montre. Et je maudis le rhum.*

Père a envoyé quelqu'un chercher mes affaires à Clifton ; je n'ai donc pas vu Annemarie et je ne la reverrai jamais plus. Elle est sournoise, des cheveux jusqu'aux poils du... je n'écrirai pas ici le mot. Quel imbécile j'ai été ! Et à trente-six ans, en plus ! Mon père prétend que c'est le genre d'expérience que j'aurais dû avoir à vingt et un ans. Plus on est vieux, plus on est bête, m'a-t-il affirmé avec son amabilité habituelle.

Cette affaire m'a éclairé sur moi-même à un point dont je n'avais pas idée. Ce qui me remplit de honte, c'est que j'ai trahi mon petit garçon et que je n'ai pas pensé une seconde à lui depuis le moment où j'ai rencontré Annemarie jusqu'au jour où j'ai été délivré de son envoûtement. Peut-être qu'un homme doit vivre une fois dans sa vie ce genre d'aventure sexuelle. Mais en quoi ai-je offensé Dieu pour qu'il choisisse ce moment de deuil afin de m'éprouver d'une si horrible manière ?

Ecrivez-moi, je vous en prie, Jem. Je comprends que vous trouviez ça difficile après ce qui est arrivé à William Henry, mais j'aimerais avoir de vos nouvelles et je m'inquiète de votre silence. En outre, j'ai besoin de vos sages conseils. En fait, ils me manquent terriblement.

Si Mr Thistlethwaite avait eu l'intention de répondre, sa lettre n'était pas encore parvenue au Cooper's Arms le 8 octobre, au moment où deux individus à l'air lugubre, vêtus de tristes costumes marron, pénétraient dans la taverne.

— Richard Morgan, demanda le chef.

Richard sortit de derrière le comptoir.

— C'est moi, répondit-il.

L'homme s'approcha pour poser la main sur son épaule.

— Richard Morgan, je vous arrête au nom de Sa Majesté notre roi George à la suite des accusations portées contre vous par Mr John Trevillian Ceely Trevillian.

— William Insell ? demanda-t-il ensuite.

— Oh non ! cria Willy d'une voix aiguë en se faisant tout petit dans son coin.

De nouveau, la main se posa sur son épaule.

— William Insell, je vous arrête au nom de Sa Majesté notre roi George à la suite des accusations portées contre vous par Mr John Trevillian Ceely Trevillian. Suivez-nous et n'essayez pas de résister. Il y a six hommes à nous devant la porte.

Richard tendit la main à son père, qui demeura foudroyé, bouche bée, comme s'il voulait articuler quelque chose et s'apercevait qu'il ne savait que dire.

Le gendarme enfonça ses doigts entre les épaules de Richard.

— Pas un mot, Morgan, pas un mot, ordonna-t-il en parcourant la salle d'un regard circulaire. Si vous voulez voir Morgan et Insell, vous les trouverez à la prison de Newgate.

DEUXIÈME PARTIE

D'octobre 1784 à janvier 1786

Seuls deux pâtés de maisons séparaient Newgate de la fonderie de Wasborough. Avec Richard et Willy Insell au milieu d'eux, les huit hommes d'armes eurent tôt fait de parcourir la distance pour pénétrer dans la prison par une porte qui ressemblait à une herse. Avant que le chef des gardes ne les pousse vers le portail de gauche, Richard profita d'une courte pause pour entrevoir, à l'intérieur de la prison, un étroit passage doté d'une ouverture sur chaque côté.

— Morgan et Insell, aboya le gardien. Signez ici !

Un homme affalé sur une chaise derrière la table saisit les deux documents que le garde lui présentait.

— Et que suis-je censé faire de ces papiers ? demanda-t-il en barrant chaque feuillet d'un grand X.

— C'est votre affaire, Walter, pas la mienne, répliqua le garde d'un air suffisant. Tout ce que je sais, c'est qu'ils sont sous *habeas corpus.*

Willy pleurait toutes les larmes de son corps, mais Richard, les yeux secs, gardait son sang-froid. Le choc s'estompant, il était à nouveau capable de sentir, de penser. De quoi l'accusait-on ? Quand le découvrirait-il ? Certes, il avait en sa possession la montre de Ceely et un billet à ordre, mais il avait bien précisé à haute et intelligible voix que Ceely récupérerait sa montre. Par ailleurs, il n'avait pas présenté le billet à la banque. Pourquoi n'avait-il pas réfléchi ?

L'encombrement des tribunaux faciliterait son acquittement.

Les magistrats de Bristol étaient alors enclins à conclure un arrangement avec tout accusé capable de réunir les fonds permettant une restitution, augmentée d'une certaine somme à titre de dommages et intérêts. Bien sûr, il aurait à supporter pour le restant de ses jours une lourde dette – et seule une nouvelle guerre nécessitant davantage de fusils lui permettrait de s'en acquitter – mais il savait que sa famille le soutiendrait.

— Un penny par jour pour le pain, dit le geôlier nommé Walter, jusqu'à ce que vous soyez jugés. Si vous êtes condamnés, ça passera à deux pence.

— Plutôt mourir de faim ! s'exclama spontanément Richard.

Le geôlier fit le tour de son bureau pour venir le frapper si rudement sur la bouche que ses lèvres se fendirent.

— Pas de remarques insolentes, Morgan ! Ici, c'est moi qui fixe les règles de la vie et de la mort, à ma convenance.

Il tourna la tête et aboya :

— Bougez-vous, sale vermine !

Deux hommes armés de gourdins firent irruption dans la pièce.

— Enchaînez-les, ordonna Walter en se frottant la main.

Epongeant son sang avec la manche de sa chemise, Richard, accompagné de Willy Insell qui pleurait toujours comme une fontaine, traversa le passage et entra dans la pièce située sur la droite. On se serait cru dans l'échoppe d'un sellier, à cette différence près que la multitude de sangles qui pendaient sur les murs n'étaient pas faites de cuir mais d'anneaux de fer.

A Newgate, on se contentait d'entraver les jambes. Richard resta debout tandis que le responsable chargé de l'opération, un homme au visage morose, fermait ses chaînes. Un anneau large de deux pouces emprisonna sa cheville gauche et fut cadenassé au lieu d'être riveté, puis relié à celui de sa cheville droite par une chaîne longue de deux pieds, ce qui lui permettait de se déplacer en traînant les jambes, sans pouvoir marcher. Affolé, Willy voulut se défendre mais il fut frappé et jeté à terre. La lèvre toujours en sang, Richard demeura immobile et silencieux. Après sa remarque à Walter le geôlier, il s'était promis de ne rien faire pour offenser la cour. Il se comportait comme autrefois chez Colston, restait assis ou debout calmement, obéissait docilement aux ordres et s'efforçait de ne pas attirer l'attention.

Le passage se terminait par une autre herse, qu'un garde déverrouilla avec une énorme clef. Les deux nouveaux prisonniers furent alors projetés dans l'Enfer. C'était une très grande salle dont les murs de pierre ruisselaient d'une humidité si constante et si insidieuse qu'elle formait par endroits de longues stalactites noircies, imprégnées par la suie que véhiculait le Froom. Pas un seul meuble. Un sol aux dalles maculées par l'usure et souillées par les déjections humaines aux relents d'ammoniaque. Une masse grouillante de prisonniers aux jambes cerclées de fer, rien que des hommes. La plupart étaient assis par terre, les jambes étendues devant eux, certains erraient sans but, trop dégoûtés par la vie pour soulever leur fardeau quand ils passaient sur les jambes d'un autre malheureux, affalé sur le sol, qui ne faisait pas un mouvement, comme s'il n'avait pas senti le choc des chaînes au passage. Pour qui était accoutumé à la vase de Bristol, l'odeur était familière : pourriture, déchets, excréments. Juste un peu plus forte à cause du manque d'aération.

La seule activité offrant quelque intérêt consistait à rôder autour d'une ouverture voûtée, à l'extrémité la plus éloignée de la salle. Bien qu'il n'eût jamais pénétré auparavant dans la prison de Newgate, Richard supposa que c'était par ce guichet que ceux qui parvenaient à gratter les pièces nécessaires pouvaient obtenir du rhum, du gin ou de la bière. Ce qu'il avait entendu dire par Dick et son cousin James l'Apothicaire lui avait donné une idée de ce que pouvait être l'existence à Newgate et il se l'était représentée comme un bouillonnement de luttes à propos d'argent, de boisson ou autres denrées. Mais il comprenait à présent que les geôliers étaient bien trop malins pour que cela se passe ainsi. Aucun de ces hommes n'avait la force de lutter pour quoi que ce fût. La plupart mouraient de faim, et bon nombre d'entre eux étaient également ivres, le ventre vide, bavant et marmonnant sans bruit, les jambes allongées, ne se souciant plus de rien.

Willy ne le quittait pas. Il restait collé à lui comme une teigne. Où que Richard se dirigeât, Willy traînait les pieds derrière lui en pleurant. « Je vais devenir fou, songea Richard. Jamais je ne pourrai supporter ça. Et je ne boirai plus de rhum. Ni de gin bon marché. Après tout, cette affreuse épreuve sera terminée dans quelques mois, quel que soit le temps nécessaire au tribunal pour traiter notre cas. Pourquoi est-ce que Willy gémit ainsi ? Quel bien cela peut-il lui faire ? »

Au bout d'une heure, il se sentit à bout de forces et les cercles de fer à ses chevilles commençaient à lui faire mal. Repérant le long d'un mur un espace libre, suffisant pour lui et son compagnon, il se laissa tomber sur le sol et étendit les jambes avec un soupir de soulagement ; il comprit alors pourquoi les prisonniers adoptaient cette position. Le poids des fers ne se faisait plus sentir et l'on pouvait reposer son dos. En examinant ses chaussettes tricotées avec une laine épaisse, il se rendit compte qu'une heure d'allées et venues avait suffi pour qu'elles présentent déjà des signes d'usure : une autre raison pour laquelle tous ces hommes évitaient de se déplacer.

Il avait soif. Un tuyau qui sortait d'un mur bordant le Froom laissait échapper un filet d'eau qui coulait dans une auge. A côté, un gobelet d'étain accroché à une chaîne permettait de boire. A cet instant précis, l'un des malheureux qui allaient et venaient s'arrêta pour pisser dedans. Richard nota que l'auge se trouvait juste à côté de quatre cuvettes de cabinets à découvert, apparemment insuffisantes pour les besoins de plus de deux cents hommes. « Si James l'Apothicaire a raison, songea-t-il, boire de cette eau risque de me tuer. Cette salle est pleine d'hommes malades. »

Comme si la seule évocation de son nom avait eu le pouvoir de faire des miracles, James l'Apothicaire apparut dans le passage grillagé, suivi de Dick.

— Père ! Cousin James ! appela-t-il.

Les yeux écarquillés devant toute cette horreur, ils se dirigèrent vers lui.

Pour la première fois, de mémoire générale, Dick tomba à genoux et s'écroula par terre. Richard, assis, tapota doucement les épaules de son père tout en jetant un coup d'œil vers l'apothicaire.

— Nous t'avons apporté un pot de petite bière, annonça le cousin James en lui tendant un sac. Il y a aussi de quoi manger.

Willy avait tant pleuré qu'il était épuisé mais il s'éveilla quand Richard le secoua. Rien ne lui avait jamais paru aussi bon que cette bière ! Richard lui passa la bouteille et, fouillant dans le sac, y découvrit du pain, du fromage et une douzaine de pommes. Dans un recoin de son esprit, il s'était demandé si la vue de ces produits n'allait pas transformer cette foule apathique en une meute de mains griffues et de dents prêtes à mordre, mais il n'en fut rien. Ils étaient au-delà de tout.

Reprenant ses esprits, Dick essuya ses yeux et son nez avec sa chemise.

— Quelle abomination ! Cette puanteur est horrible !

— Cela ne sera pas éternel, père, dit Richard sans sourire car il ne voulait pas rouvrir la blessure de ses lèvres et inquiéter Dick encore davantage. Mon procès sera appelé en son temps et je serai libéré... Pourrai-je fournir une caution ?

— Je l'ignore encore, répondit vivement James l'Apothicaire. Mais demain, à la première heure, j'irai voir le cousin Henry le Juriste et nous irons bravement consulter le ministère public au tribunal. Garde le moral, Richard. Les Morgan sont bien connus à Bristol et tu es un homme libre, de bonne condition. Je connais le freluquet qui t'accuse, on le trouve le plus souvent en train de bayer aux corneilles dans le voisinage de Tolzey, comme l'âne auquel il ressemble.

— Je ne sais pas comment les nouvelles ont pu se répandre si vite, déclara Dick, mais, avant que nous partions pour venir te trouver ici, le senhor Habitas est arrivé. Sa fille aînée est mariée à un Elton, et sir Abraham Isaac Elton compte parmi ses bons amis. D'après lui, tu peux être certain que sir Abraham Isaac présidera ton procès comme juge. Il t'adressera certainement une sévère remontrance sur les dangers d'une Lilith comme ta catin mais l'accusation ne tiendra pas. Tout dépend des instructions que le juge donne à son jury. Ce Ceely Trevillian est méprisable, tous les membres du jury le reconnaîtront aussitôt et se moqueront de lui.

Les deux Morgan ne restèrent pas longtemps. A peine étaient-ils partis que Richard fut rempli d'une profonde gratitude à leur égard. Cette épreuve et la petite bière lui tordaient cruellement les boyaux. Il dut s'asseoir sur l'un des cabinets, à la vue de tous, avec son pantalon et son caleçon baissés autour de ses genoux. Non que quelqu'un s'en souciât, à part lui. Pas le moindre chiffon à tremper dans de l'eau savonneuse pour s'essuyer, non plus. Il dut se relever et remettre son caleçon sur la souillure laissée par sa diarrhée, les yeux fermés, éprouvant la honte la plus affreuse qu'il eût jamais connue. A partir de ce moment, il eut plutôt conscience de sa propre odeur que des infâmes relents environnants.

Quand vint la nuit, ils furent poussés dehors par une volée de marches conduisant au dortoir, autre grande salle dotée de quelques paillasses trop peu nombreuses pour l'effectif de prisonniers. Certaines étaient déjà occupées par des hommes qui apparemment y avaient passé la journée, rongés par les fièvres. Certains ne s'en relèveraient jamais. En tant que nouveaux, Willy et Richard se montrèrent plus rapides que les autres : ils dénichèrent deux paillasses libres dont ils prirent aussitôt possession. Pas de matelas, de draps, d'oreillers ou de couvertures. Et toutes raidies par les traces desséchées de dysenterie et de vomissures.

Il lui semblait impossible de trouver le sommeil. Il régnait un froid humide, glacial, et il n'avait que sa veste pour se couvrir. Quant à Willy, après avoir tant pleuré, l'effroi que lui inspirait la prison de Newgate ne suffit pas à le tenir éveillé. Richard remercia Dieu de lui accorder la modeste grâce du silence de Willy.

Il demeura étendu, à écouter le vacarme des gémissements et des ronflements, repérant parfois l'écho d'une toux saccadée, d'une nausée ou le son, plus terrible encore, d'un petit garçon qui pleurait. Car les prisonniers n'étaient pas tous adultes. Il avait dénombré dans leurs rangs une vingtaine de garçons dont l'âge allait de sept à treize ans. Aucun ne paraissait dépravé ou rongé de vices, même si au moins la moitié d'entre eux étaient ivres. On les avait simplement surpris à dérober un cruchon de gin ou un mouchoir.

De tels incidents n'arrivaient pas au Cooper's Arms, parce que Dick ne le permettait pas. Si quelque polisson s'y glissait et s'appropriait un pichet de rhum sous le nez d'un consommateur distrait, Dick s'arrangeait toujours pour calmer les esprits en flanquant le galopin dehors et en servant une consommation gratis à sa victime. Encore cela n'arrivait-il guère plus d'une ou deux fois par an. Les seuls crimes dont Broad Street était le théâtre n'excédaient jamais le vol de quelques portefeuilles.

Les nouvelles apportées par Dick et le cousin James l'Apothicaire étaient cependant réconfortantes. Le senhor Habitas représentait un allié inattendu, bien qu'on ne pût effacer un souvenir gênant : c'était lui qui avait présenté Richard à Thomas Latimer. Le pauvre homme ! Qui aurait pu lui en tenir rigueur ? Ce sont des choses qui arrivent, pensa Richard, l'esprit déjà brumeux, avant de sombrer aussitôt après dans une obscurité sans rêves.

Tard dans l'après-midi du lendemain, Dick parut seul, avec sur l'épaule un sac contenant de la petite bière et de la nourriture.

— Jim est toujours à l'étude de cousin Henry, expliqua-t-il en s'accroupissant sur ses talons pour ne pas être entendu par des oreilles indiscrètes – hormis celles de Willy qui pointaient avidement. Les choses ne se sont pas passées comme nous l'attendions, poursuivit-il d'une voix unie.

Dick serra les poings en grinçant des dents.

— Tu ne seras pas jugé à Bristol. Ceely Trevillian a déposé sa plainte auprès des autorités de Gloucester sous prétexte que l'affaire s'était produite à Clifton, hors des limites de notre ville. Tu n'es détenu à Newgate que temporairement – jusqu'à ce que les formalités soient accomplies et les témoins entendus... Ma tête éclate sous tous ces termes juridiques. Je ne les comprends pas, ne les ai jamais compris et ne les comprendrai jamais !

Richard appuya la tête contre le mur noirci et laissa son regard se perdre au-delà des épaules de son père, balayant le spectacle déprimant de l'auge et des quatre cabinets.

— Eh bien, dit-il d'une voix étranglée, qu'il en soit ainsi. Père, j'ai d'autres besoins plus urgents pour l'instant. (Il fit un geste en direction de ses pieds.) D'abord, il me faut des linges pour envelopper ces fers. Mes chaussettes se sont déchirées en un seul jour. Demain, c'est ma peau et après-demain ma chair qui seront attaquées. Si je veux m'en sortir – et je jure que j'y arriverai ! – je dois veiller à rester en bonne santé. Aussi longtemps que j'aurai de la petite bière et du pain, du fromage, de la viande, des fruits ou des légumes frais, je ne souffrirai pas trop.

— Ils vont t'envoyer à Gloucester Castle, murmura Dick, les lèvres tremblantes. Je ne connais pas une seule âme à Gloucester.

— Et je suppose qu'aucun Morgan n'en connaît une. Quel malin, ce Ceely Trevillian ! Et quel puissant désir il a de m'abattre ! Est-ce à cause de la fraude sur les taxes ou parce que je l'ai défié en tant qu'homme ? Les deux, sans doute, conclut-il avec un sourire.

— J'ai entendu courir un bruit, commença Dick en hésitant.

— Dis-moi de quoi il s'agit, père. Le temps des larmes est passé et tu n'as pas à craindre que ma faiblesse te fasse rougir.

Le visage de son père s'empourpra.

— Eh bien, je l'ai appris par Davy Evans, le distillateur auprès duquel je me fournis à présent en rhum – une superbe marchandise, Richard, soit dit en passant ! Selon lui, on raconte dans ce milieu que Cave et Thorne sont allés trouver Trevillian dès qu'ils ont appris ce qui s'était passé à Clifton et qu'ils lui ont demandé de déposer plainte contre Willy et toi. Nous savons tous deux que Trevillian est activement impliqué dans la fraude sur les taxes, mais les autres ne le savent pas. Davy Evans assure que Cave et Thorne veulent que vous soyez condamnés, Willy et toi, avant que le procès pour fraude soit appelé au tribunal car, dans ce cas, les condamnés ne peuvent pas témoigner. De plus, Cave est allé voir le chef des impôts – John, le frère de ton Benjamin Fisher, tout se passe en famille comme d'habitude – et il a proposé de verser une somme de 600 livres à titre de remboursement. Bien entendu, les frères Fisher savent parfaitement que Willy et toi avez été arrêtés et pourquoi Trevillian agit ainsi, mais il n'y a aucune preuve !

— Nous devons donc être condamnés comme criminels pour nous empêcher de témoigner.

Willy se mit à hurler comme un chien à la lune. D'un mouvement si rapide qu'il passa inaperçu, Richard le saisit durement par le bras et il poussa un cri perçant.

— Tais-toi, Willy. Tais-toi ! Encore une seule plainte et, fers aux pieds ou non, je t'envoie valser à l'autre bout de la salle pour t'y laisser mourir des fièvres !

Dick sursauta, mais Willy se tut.

A cet instant précis, le cousin James l'Apothicaire fit son apparition. Il portait un coffre en bois de la taille d'une petite malle.

— C'est pour toi, Richard, mais nous verrons cela plus tard, expliqua James en posant le coffre par terre avec un grognement. (Ses yeux se remplirent de larmes.) Hélas, je dois te dire que les choses se présentent de plus en plus mal.

— Voilà qui ne me surprend pas, cousin James.

— La loi est si bizarre, Richard ! J'avoue n'avoir aucune idée de ce qu'elle prescrit en dehors de mon petit domaine, et je suppose qu'il en est de même pour tout le monde, en particulier pour les pauvres gens.

Il tendit une main à Richard, qui la saisit, et fut surpris par son étreinte convulsive.

— Tu n'as pratiquement aucun droit, surtout en dehors des limites de Bristol. Le cousin Henry a tout essayé, et le révérend James et moi-même avons alerté tous les gens importants que nous connaissons, mais la loi dit que nous ne pouvons pas avoir accès à la déposition que Ceely a signée sous serment, ni même connaître le nom de ses témoins. C'est révoltant, tout à fait révoltant ! J'avais espéré qu'ils accepteraient une caution, mais les cautions ne sont pas admises pour les crimes, et tu es accusé de (il s'étrangla, déglutit) de vol qualifié et d'extorsion de fonds ! Tous deux sont des crimes capitaux. Richard, tu risques la pendaison !

— Eh bien, répondit celui-ci d'une voix lasse, je suis le seul responsable de cette situation, mais il serait intéressant de savoir ce que Ceely a bien pu dire sous serment à propos de l'extorsion. C'est lui qui a offert à un mari trompé un billet de sa main, à titre de compensation à l'amiable. Prétendrait-il maintenant que je ne suis pas le mari et que je lui ai extorqué de l'argent sous un faux prétexte ? Celle que j'appelle ma femme est mon épouse devant la loi, à moins que je n'en aie une autre, ce qui n'est pas le cas. Cela, au moins, la loi me l'accorde.

— Nous n'avons aucune idée de ce qu'il a pu déclarer, avoua Dick d'une voix caverneuse.

— La première chose à faire est de mettre la main sur Annemarie Latour. Elle pourra confirmer mon histoire quand je témoignerai devant le tribunal.

— Tu ne seras pas autorisé à témoigner personnellement, annonça James l'Apothicaire. L'accusé est tenu de garder le silence et ne peut donner sa version des faits. Tout ce qu'il peut faire pour se défendre, c'est produire des témoignages de bonne vie et de mœurs respectables, et puis, s'il en a les moyens, engager un avocat pour soumettre les témoins de l'accusation à un contre-interrogatoire. Mais cet avocat ne peut ni interroger son client ni apporter de nouvelles preuves. Quant à la femme, elle a disparu. Normalement, elle devrait être incarcérée dans la section des femmes de Newgate, et accusée elle aussi, mais elle ne s'y trouve pas. Son appartement de Clifton a été vidé et personne ne sait où elle peut bien être.

— Quel pays est donc l'Angleterre ? Nous en savons peu sur la manière dont marche la justice tant que nous ne sommes pas directement concernés ! s'exclama Richard. Mon avocat ne pourrait-il lire au jury une déposition que j'aurais faite sous serment ?

— Non. Tu n'es autorisé à prendre la parole que pour répondre aux questions que le juge peut être amené à te poser directement, et encore dois-tu limiter ta réponse au champ de la question.

— On ne pourrait pas trouver Annemarie par le biais de Mrs Herbert Barton ?

— Il n'y a pas de Mrs Herbert Barton.

Willy Insell laissa échapper un sanglot sonore.

— Pas de ça, Willy, dit Richard d'une voix douce, non... pas de ça !

— C'est diabolique ! s'écria Dick, empruntant pour une fois un mot à l'Eglise papiste.

— En résumé, nous n'avons aucune idée de la manière dont Ceely présente son accusation, pas plus que de l'identité de ses témoins ni de ce qu'ils déclarent, reprit Richard d'un ton uni. Et tout cela doit se dérouler à Gloucester, à quarante miles d'ici.

— Voilà où en sont les choses, acquiesça James l'Apothicaire, la mine sombre.

Richard garda le silence plus d'une minute, mâchonnant sa lèvre inférieure, plongé dans ses pensées plus que dans l'angoisse. Il finit par hausser les épaules.

— Tout ça, c'est pour plus tard. En attendant, j'ai des besoins urgents à satisfaire. Des linges pour rembourrer mes fers. D'autres pour m'essuyer les fesses. (Son visage se crispa.) Ceux-là, je les rincerai sous le filet d'eau et je les utiliserai humides quand ce sera nécessaire. Ces pauvres hères ne semblent même plus avoir assez d'énergie pour voler un objet mais je doute qu'ils renoncent à mes linges si je cherche à les faire sécher en les suspendant. Je dois aussi payer un des geôliers pour qu'il me coupe les cheveux. Il me faut du savon. Quelques vêtements de rechange à intervalles réguliers : chemises, chaussettes, caleçons. Et des linges propres, toujours des linges propres. Plus de l'argent pour me procurer de la petite bière. Je parie que l'eau d'ici provient du puits de Pugsley, elle est impropre à la consommation. Beaucoup de ces pauvres diables sont malades à cause de ça. (Il reprit son souffle.) Je sais que tout cela va vous coûter de l'argent mais je vous jure que je commencerai à vous rembourser dès que je serai libre.

Pour toute réponse, le cousin James souleva le couvercle du coffre de bois avec la rapidité d'un prestidigitateur de foire.

— J'ai déjà pensé aux linges, dit-il en fouillant à l'intérieur. Si tu as la possibilité de garder cette boîte, fais-le. Assieds-toi dessus ou attache-la à ton gros orteil. Le geôlier l'a inspectée minutieusement à notre arrivée, bien entendu.

Il laissa échapper un petit rire étouffé et reprit :

— Pas de lime ni de scie, voilà tout ce qui l'inquiétait. Cela peut paraître bizarre, mais tu es autorisé à posséder un rasoir et des ciseaux. Les gardiens se moquent sans doute pas mal que vous vous coupiez la gorge entre vous. Voilà un cuir pour l'affûtage et une pierre à aiguiser. (Il prit les ciseaux et les tendit à Dick.) Commence la coupe, cousin.

— Couper les cheveux de Richard ? Mais je ne sais pas ! s'exclama Dick, effrayé.

— Il le faut. Des endroits comme celui-ci sont infestés de toute sorte de vermine. Des cheveux courts ne les tiendront pas totalement à l'écart, mais il y en aura quand même moins. Je t'ai également apporté un peigne fin, Richard. Peigne aussi tous les poils de ton corps ou épuce-toi.

— J'en ai très peu. Une coupe suffira.

James l'Apothicaire continuait à fouiller dans la boîte, manipulant un objet lourd et encombrant. Il finit par l'extraire et l'exhiba triomphalement.

— N'est-ce pas extraordinaire ? demanda-t-il.

Richard, Dick et Willy contemplèrent l'objet d'un air déconcerté.

— Je suis persuadé que ça l'est, cousin James, finit par dire Richard. Mais qu'est-ce que c'est ?

— Une pierre filtrante, déclara fièrement James l'Apothicaire. Ainsi que vous pouvez le constater, l'ensemble comporte au fond une sorte de plat légèrement conique pouvant contenir environ trois pintes d'eau. Cette eau s'écoule à travers la pierre et tombe goutte à goutte dans le plat de cuivre au-dessous. J'ignore quelle magie s'opère dans la pierre mais l'eau collectée dans le plat est aussi fraîche et bonne que la meilleure eau du printemps, qui est pure et scintillante après avoir parcouru un voyage à travers la roche poreuse ! poursuivit-il, lancé dans l'une de ses envolées enthousiastes sur les bienfaits de la science. J'avais entendu dire que les Italiens – des gens intelligents – possédaient des pierres filtrantes de ce genre, mais je ne parvenais pas à m'en procurer une. Et puis, voilà un an, mon ami le capitaine John Staines est revenu du Brésil avec un bateau plein de noix de coco pour Joseph Fry et de cochenille pour moi. Il avait fait escale à Ténériffe pour s'approvisionner en eau, abondante sur cette île. Quelqu'un lui a montré cette pierre dans l'espoir de la vendre sur le marché anglais. Elle est déjà exportée dans les régions d'Espagne où l'eau est rare. Il me l'a donnée à moi plutôt qu'à Fry, qui est incapable de penser à autre chose qu'au chocolat. Je l'ai essayée avec l'eau du puits de Pugsley, qui est tout à fait imbuvable, comme tu le dis, Richard. Rien d'étonnant puisque les canalisations en bois traversent quatre cimetières.

— Comment as-tu fait pour la juger ? demanda Dick d'un air accablé tout en taillant péniblement les boucles épaisses de Richard.

— En buvant moi-même l'eau filtrée par la pierre, naturellement.

— Je m'en doutais...

— J'ai commencé à importer ces pierres de Ténériffe et j'ai aussitôt pensé à toi, reprit le cousin James en remettant la pierre dans la boîte. Elle te sera utile, Richard, mais je dois t'avertir que sa durée n'est pas éternelle. La mienne a commencé à sentir mauvais et à donner une eau trouble après neuf mois de service, mais on se rend compte aisément de la corruption dès le début car il se forme à l'intérieur une épaisse substance brunâtre. Le document qui m'a été remis avec le premier chargement assure qu'on peut purifier une pierre hors d'usage en la plongeant pendant une ou deux semaines dans de l'eau de mer bien propre, puis en la laissant sécher une ou deux autres semaines au soleil, ce qui n'est hélas guère possible en Angleterre, ajouta-t-il en soupirant.

— Cousin James, dit Richard avec un sourire et beaucoup d'affection, je baise vos mains et vos pieds.

— Pas besoin d'aller jusque-là. (Il se leva et secoua les mains, puis changea d'expression.) J'ai apporté le coffre aujourd'hui, car personne n'a pu me dire quand tu dois être transféré à Gloucester. Comme les prochaines assises ne se tiendront pas avant le carême, ce n'est peut-être pas pour tout de suite, mais cela pourrait aussi intervenir demain. James le Clergyman m'a dit de t'informer qu'il viendrait te voir.

— Ce sera une joie pour moi, dit Richard, qui se sentait un peu étourdi.

Il se leva tandis que Dick, toujours accroupi, ramassait les cheveux coupés.

— Père, en rentrant à la maison, lave-toi les mains dans du vinaigre et de l'huile de goudron, et veille à ne pas te toucher le visage tant que tu ne l'auras pas fait. Apporte-moi des sous-vêtements et du savon, je t'en prie !

Le transfert ne se produisit pas immédiatement. Richard et Willy demeurèrent à Newgate jusqu'au début de l'année 1785. En un sens, c'était une bénédiction du ciel car sa famille pouvait lui apporter ce dont il avait besoin mais, d'un autre point de vue, cela représentait une nouvelle épreuve car ses proches étaient témoins de sa misérable situation.

Décidée à venir voir Richard de ses propres yeux, Mag arriva un jour. Mais quand elle l'aperçut surgissant parmi cette horde d'épouvantails, avec son crâne tout hérissé, elle s'évanouit.

Pourtant, ce n'était pas encore le pire. Juste après Noël, le cousin James l'Apothicaire se présenta seul à la prison.

— C'est ton père, Richard. Il a eu une attaque.

Le regard que Richard posa sur lui devint méconnaissable. Après l'épreuve de William Henry, il avait encore conservé un certain calme, traversé parfois par une pointe d'humour, mais il perdit alors toute expression. La vie n'en avait pas totalement disparu, mais ses yeux à présent se contentaient d'observer sans révéler de réaction.

— Va-t-il mourir, cousin James ?

— Non, pas de cette première crise. Je l'ai mis à un régime sévère avec l'espoir de lui en épargner une deuxième, voire une troisième. Son bras et sa jambe gauches ont été touchés mais il peut parler et sa pensée ne semble pas affectée. Il t'envoie toute son affection mais nous pensons qu'il n'est pas raisonnable qu'il vienne à Newgate.

— Et le Cooper's Arms ? Cela va le tuer d'avoir à le quitter.

— Il ne sera pas nécessaire qu'il s'en aille. Ton frère a envoyé son fils aîné pour qu'il apprenne le métier. C'est un bon garçon et il n'est pas aussi intéressé par l'argent que William. Je crois qu'il est content d'avoir quitté la maison. L'épouse de William est sévère et surveille tout de près, je n'ai pas besoin de te le dire.

— Je pense que c'est elle qui s'en est mêlée et a interdit à Will de me rendre visite en prison. Il doit regretter la perte de son petit coup à boire, observa Richard sans rancune. Et mère ?

— Tu connais Mag. Sa réponse à tout, c'est le travail.

Richard ne dit rien et se contenta de rester assis sur le pavé, les jambes étendues devant lui, avec Willy toujours à son côté, telle une ombre. Luttant pour retenir ses larmes, le cousin James l'Apothicaire s'efforçait de l'observer comme il l'eût fait d'un étranger, ce qui n'était pas si difficile dans ces circonstances. Comment se pouvait-il qu'il soit encore plus beau que d'habitude ? A moins que cette beauté ne soit passée inaperçue ? Ses cheveux tondus inégalement cherchaient à reformer des boucles qui n'avaient pas un pouce de long et révélaient le dessin délicat de son crâne, la forme aiguë de ses pommettes et son nez aquilin pointant comme une lame dans la douceur du visage lisse et régulier. Si quelque chose avait changé, c'était sa bouche. La lèvre inférieure était toujours sensuelle mais l'ensemble des contours s'était durci, affirmé, tout en perdant de son caractère rêveur et paisible. Ses fins sourcils noirs avaient toujours été proches des yeux, mais on aurait dit à présent qu'ils avaient été gravés comme pour les souligner encore.

Il avait trente-six ans et Dieu le mettait à l'épreuve comme il l'avait fait pour Job. Mais, d'une certaine manière, Richard parvenait à retourner la situation sans tromper Dieu ni l'offenser. Au cours de cette année, il avait perdu sa femme et son seul enfant, et vu s'évanouir toute sa fortune et sa réputation. Mais il ne s'était pas perdu lui-même. Comme nous savons peu de choses de ceux que nous croyons connaître, en l'espace d'une seule vie ! songea James.

Richard eut soudain un sourire éclatant et ses yeux se mirent à briller.

— Ne vous inquiétez pas pour moi, cousin. La prison n'a pas le pouvoir de me détruire. Ce n'est rien d'autre qu'une nouvelle épreuve qu'il me faut traverser.

Peut-être parce que le nombre de prisonniers devant être transférés de Bristol à Gloucester était peu élevé, Richard et Willy furent avertis deux jours à l'avance de leur départ, au début du mois de janvier.

— Vous pouvez prendre avec vous tout ce que vous êtes capables de porter vous-mêmes, leur déclara Walter, le chef des gardiens, quand on les conduisit devant lui. Vous n'avez pas le droit d'utiliser une charrette ou une brouette.

Il ne les informa pas de l'endroit d'où ils partiraient et n'indiqua pas quel moyen de transport ils emprunteraient. Richard ne l'interrogea pas. Willy mourait d'envie de le faire mais ne put proférer une parole car, dès qu'il le vit ouvrir la bouche, Richard lui écrasa douloureusement le pied.

En vérité, Walter était affligé de voir partir Richard Morgan, qui avait été pour lui, au cours de ses trois mois de détention, une source de confortables profits. Ses parents payaient sa nourriture et celle d'Insell, ce qui signifiait une rentrée de deux pence par jour. De plus, Dick Morgan faisait déposer chaque semaine dans son bureau un gallon de bon rhum, et son cousin, ce drôle de droguiste, laissait régulièrement tomber une couronne dans la main de Walter. S'il n'y avait pas eu tous ces avantages, il aurait classé Richard Morgan parmi les fous potentiellement violents et l'aurait fait enfermer au St Peter's Hospital pour le mettre hors d'état de nuire jusqu'à son transfert à Gloucester. Car l'homme était réellement fou !

Est-ce qu'il ne lavait pas chaque jour tout son corps au savon et à l'eau glacée qui coulait du tuyau ? Est-ce qu'il ne s'essuyait pas le derrière avec un chiffon qu'il rinçait ensuite ? Est-ce qu'il ne s'accroupissait pas au-dessus des cabinets au lieu de s'y asseoir ? Sans oublier ces cheveux qu'il portait si courts ! Et pourquoi ne se présentait-il jamais au guichet pour avoir de l'alcool ? Il passait son temps à lire des livres que son cousin, le recteur de St James, lui apportait. Et, plus fou encore, il remplissait chaque jour une grosse pierre avec l'eau du tuyau et ne buvait que celle qui s'écoulait goutte à goutte dans un plat au-dessous. Quand Walter lui avait demandé de quoi il s'agissait, il avait répondu qu'il transformait l'eau en vin comme pour cette fête de mariage dont on parle dans les Evangiles. Cet homme devait avoir complètement perdu la raison !

Ce délai de deux jours signifiait pour Richard une chance d'améliorer son séjour à Gloucester.

Le cousin James le Clergyman lui apporta une veste neuve.

— Comme tu peux voir, ta cousine Elizabeth a cousu à l'intérieur une épaisse doublure de laine et elle t'envoie deux sortes de gants. Des moufles de cuir et des gants tricotés. J'ai également rempli les poches de la veste.

Pas étonnant qu'elle fût si lourde. Les deux poches contenaient des livres.

— Je les ai commandés à Londres par l'intermédiaire de Sendall, expliqua James le Clergyman. J'ai aussi pris le papier le plus fin et je me suis efforcé de ne pas choisir trop de livres religieux. Il y a juste une bible et un bréviaire. (Il marqua une pause.) Bunyan est baptiste – si l'on peut appeler ça une religion – mais je pense que *Le Voyage du pèlerin* est une grande œuvre et je te l'ai mis. Ainsi que Milton.

Richard trouva également un volume des tragédies de Shakespeare, un autre de ses comédies et une traduction par John Donne de *Vies des hommes illustres* de Plutarque.

Richard saisit la main du révérend James et la porta à sa joue, les yeux fermés. Sept livres, tous d'un format commode, et d'un papier, d'une reliure si souples que c'en était un enchantement.

— Entre la veste, les gants, la bible, Bunyan, Shakespeare et Plutarque, tu as réussi à prendre soin de mon corps, de mon âme et de mon esprit. Je ne pourrai jamais assez te remercier.

James l'Apothicaire s'intéressa de près à la santé de Richard.

— Une nouvelle pierre pour ton appareil à filtrer l'eau, mais ne la change pas avant que ce ne soit nécessaire. Elle n'est guère plus lourde que de la pierre ponce. Voilà aussi de l'huile de goudron et un nouveau savon particulièrement résistant à l'usure. Tes savons fondent trop vite, Richard, trop vite ! Un pot de mon onguent asphalté qui soigne à peu près tout, de l'ulcère au psoriasis. Du papier et de l'encre... j'ai vissé le bouchon à fond pour que la bouteille ne coule pas. Et regarde ça, Richard ! (Il bredouillait comme toujours, sans se lasser d'admirer une nouveauté.) On appelle cela des « plumes » parce qu'on s'en sert comme de pennes finement taillées. On les glisse dans l'extrémité en acier de ce manche de bois. Je les importe d'Italie mais elles sont faites en Arabie, sans doute parce que les oies sont trop peu nombreuses là-bas. Voilà un autre rasoir qui peut s'avérer utile. Un grand pot de malt pour le cas où tu manquerais de légumes et de fruits frais, afin d'éviter le scorbut. Et des linges, des linges, encore des linges. Entre ma femme et ta mère, les drapiers ont épuisé leurs réserves. Ah, voici encore un rouleau de pansements et un produit astringent. Sans oublier une bouteille de mon tonique breveté, auquel j'ai ajouté une drachme d'or pour te protéger des furoncles. S'il t'arrive malgré tout d'en avoir, ou des abcès, et que tu n'aies plus de tonique, suce de la grenaille de plomb pendant quelques jours. Ce qui n'est pas enveloppé dans les linges l'est dans les vêtements. (Tout en garnissant le coffre, il fronça les sourcils.) Je crains de ne pouvoir tout ranger ici. Il va falloir que tu en prennes dans les poches de ton manteau.

— Elles sont déjà pleines, déclara Richard fermement. Le révérend James m'a apporté des livres et, eux, je ne peux pas les laisser derrière moi. Si mon moral flanche, cousin James, mon bien-être physique disparaîtra aussi. C'est parce que j'ai eu la chance de pouvoir lire que j'ai pu rester en bonne santé pendant ces trois derniers mois. La pire épreuve de la prison, c'est l'oisiveté. L'absence insupportable de toute activité. Au temps de Bunyan – oui, je possède *Le Voyage du pèlerin* – un homme pouvait accomplir des choses utiles et même vendre ses biens pour entretenir femme et enfants, comme Bunyan l'a fait lui-même pendant douze longues années. Mais, ici, les geôliers n'aiment même pas nous voir marcher. Sans livres, je pense que je serais devenu fou. Je dois donc garder ceux-ci à tout prix.

— Je comprends.

Après de multiples opérations, arrangements et réarrangements, le trésor tout entier finit par entrer dans la boîte. Mais il fallut que Willy s'assît sur le couvercle pour que les deux solides serrures puissent être fermées. Richard mit la clef autour de son cou, au bout d'un lacet. Quand il souleva la caisse, il estima qu'elle devait peser au moins cinquante livres.

Il y avait un autre coffre pour Willy, plus petit et plus léger.

— Je n'ai pas assez de mots pour t'exprimer ma gratitude, cousin James, murmura Richard avec affection.

— Je vous remercie aussi, déclara Willy, qui ne put retenir ses larmes malgré le regard noir de Richard.

Ils partirent ensuite pour Gloucester, afin de comparaître aux assises de carême.

A l'aube du 6 janvier, Richard et Willy ramassèrent leurs coffres et, après avoir franchi la lourde grille, se traînèrent dans le passage où Walter les attendait en compagnie d'un autre homme, un étranger armé d'un gourdin. Ils furent poussés rudement dans la pièce aux fers. Un bref instant, Richard pensa qu'on allait les en délivrer pour le voyage et il poussa un soupir de soulagement. Le coffre était déjà assez lourd comme cela... L'homme au visage morose qui régnait sur cette chambre d'horreurs saisit un cercle d'acier, large de deux pouces, qu'il verrouilla autour de la taille de Richard. Il entoura ensuite ses poignets de menottes dotées de chaînes de deux pieds de long qu'il fixa devant, à la hauteur du ventre. Après quoi il détacha les fers et les remplaça par deux chaînes, l'une à la cheville gauche, l'autre à la cheville droite, toutes deux fixées au cadenas de la ceinture. Richard pouvait ainsi marcher à peu près normalement, mais pas assez vite pour s'échapper. Les quatre chaînes se rejoignaient au centre de la ceinture de fer.

Il réussit à ramasser son coffre et constata avec satisfaction que les chaînes formaient une sorte de berceau qui lui permettait de répartir le poids entre ses bras et son torse.

— Tiens ton coffre comme ça, Willy. Tu verras que c'est plus facile.

— Et toi, tiens ta langue ! aboya Walter.

A l'extérieur, l'air vif lui parut chargé de parfums célestes. Les narines dilatées, les yeux écarquillés, Richard prit la tête du petit groupe. L'homme qui les accompagnait n'avait pas encore prononcé un seul mot. S'agissait-il d'un homme d'armes de Bristol ?

Quel délice de quitter ce cachot malodorant ! Il savait que

Gloucester était une petite ville et sa prison devait s'avérer de ce fait plus tolérable que celle de Newgate. Dans les zones rurales, la délinquance n'était pas inconnue, mais toutes les gazettes s'accordaient à dire qu'elle restait de loin inférieure à celle des grandes cités. Il se réconfortait également en pensant qu'il avait à présent passé plus de temps en prison qu'il ne lui en restait à accomplir. Les assises de carême devaient se tenir à Gloucester dans la seconde quinzaine du mois de mars.

Oh, cet air ! Le ciel était sombre et bas, annonçant la neige, mais Richard n'avait froid qu'à ses oreilles, qui n'étaient plus protégées par ses cheveux. Son chapeau abritait son crâne, mais ses trois bords relevés laissaient les oreilles à découvert. Enfin, peu lui importait. Les yeux brillants, il descendit Narrow Wine Street en faisant tinter ses chaînes.

Bien qu'il fût encore fort tôt, Bristol était une ville où l'on se levait de bonne heure pour être à l'œuvre peu après l'aube et travailler huit heures en hiver, dix au printemps et à l'automne, et douze en été. Aussi, quand les trois hommes s'avancèrent, les deux prisonniers en tête, y avait-il déjà beaucoup de monde dans les rues pour les voir. Les visages se détournaient, terrorisés, et les passants s'écartaient vivement, personne ne voulant se risquer à frôler un criminel.

Les portes de la fonderie de cuivre de Wasborough étaient grandes ouvertes, révélant à l'intérieur un enfer de flammes et de bruits. Manifestement, la Royal Navy avait besoin de ces chaînes de cuivre plates à crochets pour ses nouvelles pompes de cale. Richard n'était jamais venu voir ce qui se passait dans la fabrique depuis qu'il avait perdu son argent.

— Dolphin Street, annonça brièvement l'homme d'armes quand ils tournèrent le coin de la rue.

Ce n'était pas le chemin du Cooper's Arms puisqu'ils bifurquaient plus au nord par le Froom. Cela semblait logique, car le chemin de Gloucester Turnpike se trouvait au nord.

Ce qui inspira à Richard une autre pensée : qui payait tout cela ? Willy et lui allaient passer d'un comté dans un autre et il y aurait une taxe à verser pour ce transport. Etaient-ils tous deux si importants pour que les autorités acceptent de débourser plusieurs livres pour ce voyage de quarante miles ? Etait-ce Ceely qui assumait les frais ? Oui, bien sûr, ce devait être à sa charge, songea Richard avec satisfaction.

Ils se dirigèrent ensuite vers Broadmead et la cour à charroi de Michael Henshaw, lequel assurait le transport de marchandises par chariots vers Gloucester, Monmouth, le pays de Galles, Oxford, Birmingham et même Liverpool. Là, on les poussa dans un recoin plein de fumier et ils purent enfin poser leurs coffres à terre. Willy hoquetait de désespoir.

« Du moins, se disait Richard, ces trois mois de détention n'ont pas ruiné toutes mes forces. Certes, ce pauvre Willy n'est pas costaud mais trois mois de plus me conduiront à l'état de Willy, à moins que la prison de Gloucester ne m'offre l'occasion de travailler et de me nourrir suffisamment... Mais, si je travaille, qui gardera mon coffre et en éloignera les voleurs ? Je ne perdrai pas mon huile de goudron ni ma pierre filtrante, mais les linges et les vêtements se volatiliseront en un clin d'œil ; ils pourraient même découvrir la cachette où je garde mes pièces d'or. Mes livres pourraient aussi disparaître ! Car je ne suis sans doute pas le seul prisonnier en Angleterre à aimer lire. »

L'énorme chariot dans lequel grimpèrent Richard et Willy était muni d'une bâche de toile tendue sur des arceaux. Ils seraient donc relativement à l'abri de la tempête de neige qui menaçait d'être sérieuse dès qu'ils se seraient éloignés des cheminées de Bristol et de leur chaleur. Huit puissants chevaux étaient attelés au chariot et paraissaient de taille à les entraîner à travers la boue du Gloucester Turnpike. L'intérieur était encombré d'une telle quantité de tonneaux et de caisses qu'on ne trouvait pas un seul espace où poser le pied.

Le cocher voulut les contraindre à abandonner leurs coffres.

— Ils ont droit de les avoir, mon gars, c'est la loi, intervint l'homme d'armes d'un ton sans réplique.

Il grimpa dans le chariot pour déverrouiller les chaînes reliant leurs chevilles à leur ceinture et les fixa aux cerceaux de la bâche, ne leur laissant que la possibilité de s'installer de leur mieux parmi les marchandises, jambes allongées. L'homme sauta ensuite à terre et Richard se demanda un instant s'il allait les abandonner sur place. Mais, quand le chariot se mit en marche, il l'aperçut de dos, installé à côté du cocher sur le siège avant qui, lui, était convenablement protégé.

— Remue-toi, Willy, lança Richard à son lugubre compagnon, visiblement prêt à fondre en larmes. Aide-moi à pousser mon coffre pour que je puisse m'adosser contre ce sac. Je ferai après la même chose pour toi et nous serons mieux installés. Et cesse de pleurer ! Si tu pleures, tu es mort !

L'allure était effroyablement lente sur cette route non pavée et défoncée. Le chariot s'enfonçait parfois dans la boue jusqu'aux essieux. Richard et Willy étaient alors détachés pour aider à le pousser, tout comme l'homme d'armes, malgré ses protestations, constata Richard non sans quelque amusement. La neige tombait maintenant à gros flocons mais il ne faisait pas assez froid pour que la surface de la route gèle. A la fin du premier jour de voyage, sans avoir mangé ni bu autre chose qu'une poignée de neige, ils avaient parcouru huit des quarante miles à couvrir.

Le cocher s'en déclara satisfait en les débarquant devant le Stars and Plough à Almondsbury.

— Je vous dois un lit et des couvertures, dit-il aux prisonniers d'un ton beaucoup plus amical qu'à Bristol. Vous nous avez aidés à sortir de la gadoue plus d'une demi-douzaine de fois. Quant à toi, Tom, tu mérites une bonne pinte d'ale. Elle est très bonne, ici, c'est l'aubergiste lui-même qui la prépare.

Il disparut avec Tom, laissant dans le chariot Richard et Willy, qui se demandaient ce qui allait leur arriver. Puis Tom, l'homme d'armes, réapparut, détacha leurs chaînes des arceaux et, la matraque à la main, les conduisit vers une grange remplie de paille. Il repéra une poutre basse, munie de plusieurs anneaux de fer, et les y attacha, puis il sortit.

— J'ai tellement faim ! gémit Willy.

— Tu peux prier, Willy, mais surtout pas pleurer !

La grange sentait le propre et la paille était sèche. C'était le meilleur abri que Richard eût rencontré au cours de ces trois mois, songea-t-il en creusant autour de lui. Sur ces entrefaites, l'aubergiste fit son apparition en compagnie d'une robuste paysanne qui portait un plateau garni de deux pots de bière, de pain, de beurre, et de deux grands bols de soupe fumante. La servante se dirigea vers une stalle vide et en revint avec des couvertures.

— John dit que vous l'avez beaucoup aidé pour le chariot, expliqua l'aubergiste en posant le plateau à leur portée, avant de reculer vivement. Avez-vous un peu d'argent pour payer plus que le penny que l'officier de justice vous demande à chacun ? Sinon, je mettrai les frais sur le compte de John, car il dit que vous avez gagné les gages qu'on donne à un laboureur.

— Cela fait combien ? demanda Richard.

— Trois pence chacun, y compris la pinte d'ale.

Richard tira de la poche de son gilet une pièce de six pence.

Pour cela, ils eurent encore droit, le lendemain à l'aube, à du pain accompagné de petite bière. Ensuite, ils regagnèrent le chariot pour parcourir huit nouveaux miles lors de cette deuxième journée, entrecoupée de nombreuses interventions pour faire avancer leur véhicule. Une nouvelle agréable nuit de repos dans la paille, sous les couvertures, et une bonne nourriture chaude accomplirent des merveilles sur l'état général de Richard malgré les rudes efforts accomplis au cours du voyage. Willy lui-même était plus joyeux et montrait plus de cœur à l'ouvrage. La neige avait cessé et il faisait plus froid, mais pas encore assez pour geler le sol. Pas question, cependant, de parcourir plus de huit miles par jour. Le cocher paraissait satisfait de cette allure qui lui permettait sans doute de faire halte aux endroits où il avait ses habitudes.

Richard avait pensé qu'on les déposerait à la prison de Gloucester au soir du cinquième jour. Mais le chariot s'arrêta dans les faubourgs de la ville devant le Harvest Moon.

— Je ne vais pas vous abandonner en pleine nuit dans cet endroit infect, expliqua le cocher. Vous avez payé votre transport comme des gentlemen et je suis triste pour vous. Ce soir, et Dieu sait pour combien de temps, ce sera la dernière nuit où vous pourrez jouir d'un bon repos et d'une saine nourriture. Je n'arrive pas à croire que vous soyez des criminels car vous me paraissez de bons garçons, tous les deux.

A l'aube du jour suivant, le chariot traversa le pont-levis franchissant la Severn et pénétra dans Gloucester par la porte occidentale. A bien des égards, la ville demeurait encore médiévale avec ses fortifications, ses douves, ses ponts-levis, ses cloîtres et ses maisons à colombages. Richard ne put que l'entrevoir par l'arrière du chariot, dont la bâche était relevée, mais cela lui suffit pour constater que Gloucester n'était que du menu fretin par rapport à l'énorme ville de Bristol.

Le chariot se dirigea vers une grille percée dans une épaisse muraille. Richard et Willy, accompagnés de Tom, pénétrèrent dans un vaste espace apparemment consacré à la culture de plantes mystérieuses. Ils se trouvaient face au château de Gloucester qui faisait aussi office de prison. Avec ses tours, ses tourelles de pierre et ses fenêtres grillagées, l'endroit évoquait plus une ruine qu'une forteresse qui s'était courageusement distinguée au temps d'Olivier Cromwell. Ils n'y entrèrent pas mais se dirigèrent vers une imposante maison de pierre adossée au mur extérieur, près du fossé qui entourait le château. C'était là que résidait le chef des gardiens.

Pour Richard, les choses devenaient plus claires. Il avait compris que, si les autorités pénitentiaires de Newgate les avaient fait accompagner par un homme d'armes, c'était plutôt pour récupérer leurs chaînes et leurs fers dont ils étaient chargés que par crainte de les voir s'échapper. On les en débarrassa jusqu'au dernier maillon et Tom ramassa le tout avec autant de soin qu'une mère veillant sur son nouveau-né. Dès qu'on eut accompli toutes les formalités, il s'éloigna à grands pas, avec son chargement sur le dos dans un sac, pour attraper un transport bon marché et rentrer chez lui. Il laissait derrière lui Richard et Willy équipés de nouveaux fers, leurs pieds cerclés de chaînes. Un geôlier – ils n'aperçurent même pas le gardien-chef – les poussa vers le château, toujours chargés de leurs précieux coffres.

La partie encore habitable abritait une telle foule de prisonniers qu'il leur fut pratiquement impossible de s'asseoir en étendant leurs jambes. Les malheureux qui avaient trouvé une place devaient les replier sous leur menton. La salle, dont la surface était exactement de douze pieds carrés, contenait une trentaine d'hommes et dix femmes. Le geôlier qui les avait accompagnés aboya un ordre incompréhensible et tous ceux qui avaient réussi à s'asseoir se mirent debout. Puis ils sortirent en rangs et, en compagnie de Richard et de Willy toujours en pleurs, ils furent conduits dans une cour glaciale où plus de vingt hommes et femmes étaient déjà assemblés.

On était dimanche et l'effectif de la prison de Gloucester au grand complet devait recevoir la parole de Dieu, communiquée par le révérend Evans, un homme si âgé que sa faible voix flottait dans les courants d'air qui tourbillonnaient dans cet espace restreint ; on n'entendait presque rien de son prêche, qui évoquait le repentir, l'espoir et la piété. Heureusement, il considérait que dix minutes de service et vingt de sermon représentaient un travail amplement suffisant pour les 40 livres par an qu'il touchait en tant que chapelain de la prison, d'autant qu'il devait également officier le mercredi et le vendredi.

On les ramena ensuite dans la salle commune des criminels, beaucoup plus petite que celle des prisonniers pour dettes, pourtant deux fois moins nombreux.

— C'est mieux en semaine, du lundi au samedi, dit une voix au moment où Richard, chassant un autre détenu pour se faire une place, posait son coffre par terre. Dis donc, tu es bel homme !

Une femme s'accroupit à ses pieds en repoussant rudement ses voisins du coude. C'était une créature mince et élancée, vêtue d'habits maintes fois rapiécés mais à peu près propres : jupe noire, jupon rouge, corsage rouge avec un gilet noir et un chapeau noir curieusement fantaisiste dont le large bord était penché sur un côté et arborait une plume d'oie teinte en rouge.

— Il n'y a donc pas de chapelle où on pourrait au moins entendre le sermon ? demanda Richard avec un petit sourire.

Il trouvait la femme sympathique et le fait de lui parler lui permettait d'oublier les jérémiades de Willy.

— Oh, si, mais elle n'est pas assez grande pour nous contenir tous... Il faudrait une bonne épidémie de fièvre des prisons pour réduire notre nombre.

Elle lui tendit la main.

— Je m'appelle Lizzie Lock.

— Et moi, Richard Morgan. Et voici Willy Insell, qui est à la fois la plaie de ma vie et mon ombre.

— Heureuse de te connaître, Willy.

Pour seule réponse, Willy fondit en larmes.

— C'est une véritable fontaine, soupira Richard avec lassitude. Un de ces jours, je vais l'étrangler. (Il la regarda.) Comment se fait-il qu'ici les femmes soient mêlées aux hommes ?

— Pas de prison à part, Richard, mon bel oiseau. Pas non plus pour ceux qui sont ici pour dettes. C'est ce qui nous a valu de figurer dans le rapport de John Howard sur les maisons d'arrêt en Angleterre. C'est pourquoi ils sont en train de construire une nouvelle prison. Et c'est aussi pourquoi nous sommes moins nombreux du lundi au samedi, car les hommes travaillent à la construction, dit-elle d'une traite.

— Qui est ce John Howard ?

— Le type qui a rédigé le rapport sur les maisons d'arrêt, je te l'ai dit. Ne m'en demande pas davantage, je n'en sais pas plus. Je l'ignorerais si ça n'était pas revenu aux oreilles des gens de Gloucester... de l'évêque avec son grand collège et ses bedeaux. Ils ont fait voter une loi au Parlement pour que l'on construise une nouvelle prison. Elle devrait être terminée d'ici trois ans mais je ne serai plus là pour la voir.

— Tu comptes être relâchée ? questionna Richard, de plus en plus souriant.

Il l'aimait bien, sans être attiré par elle le moins du monde. Mais il y avait encore de la vie dans ses grands yeux sombres et brillants.

— Grands dieux, non ! dit-elle gaiement. J'ai été condamnée au *sus per coll* il y a deux ans.

— Au quoi ?

— A la corde, Richard, mon amour. *Sus per coll,* c'est ça que le gentleman a écrit dans les registres officiels quand ils ont cessé de me battre. A Londres, ils appellent ça la potence.

— Mais tu es toujours en vie, il me semble...

— La peine a été commuée au dernier Noël. Sept ans de déportation. On ne m'a pas encore emmenée mais ça ne va pas tarder.

— D'après ce que j'ai entendu dire, il n'y a plus d'endroit pour te déporter. Pourtant, à Bristol, on parlait de l'Afrique.

— Tu es de Bristol ? C'est bien ce que je pensais. Tu parles du nez, pas en grasseyant.

— Willy et moi sommes tous deux de Bristol. Nous venons d'arriver en chariot.

— Et tu es un gentleman, ajouta-t-elle d'un ton rêveur.

— D'une certaine manière seulement, Lizzie.

Elle posa un doigt sur le coffre de bois.

— Qu'est-ce qu'il y a là-dedans ?

— Mes affaires... je ne sais pas pour combien de temps encore. Je vois quelques malades parmi ces gens, mais la plupart sont en bien meilleure forme que ceux qui étaient enfermés à Newgate.

— C'est à cause de la nouvelle prison qu'on est en train de construire et du potager de la vieille Mrs Hubbard. Ceux qui travaillent sont nourris convenablement. Ça coûte moins cher d'employer des prisonniers que d'engager des ouvriers à Gloucester... Il y a quelque chose là-dessus, dans une loi votée par le Parlement, qui autorise le travail des prisonniers. Nous autres, femmes, on nous occupe aussi, généralement au jardinage.

— Qui est Mrs Hubbard ?

— Hubbard est le gardien-chef. L'essentiel, c'est de ne pas tomber malade, car, alors, on ne touche qu'un quart des rations. La fièvre des prisons a fait des ravages, ici. Huit sont morts de la variole à Noël, sur quatre-vingt-trois. (Elle tapota le coffre de bois.) Ne te fais pas de souci pour ça, Richard mon amour. Je veillerai dessus en échange de... eh bien, d'autre chose.

— Quelle autre chose ?

— Ta protection. J'obtiens une ration complète en reprisant et en raccommodant, avec même quelques pence en plus. Disons que je te loue mes services d'une manière qui se passe de la bénédiction du pasteur. Mais, ici, les hommes sont tous après moi, surtout Isaac Rogers. (Elle désigna du doigt un gros costaud qui avait l'air d'une brute.) Celui-là, c'est un mauvais sujet !

— Qu'est-ce qu'il a fait pour être ici ?

— Brigandage de grand chemin. Vol d'alcool et de caisses de thé.

— Et toi ?

Elle eut un petit rire et effleura son chapeau.

— J'ai piqué le plus merveilleux des chapeaux de soie ! Je ne peux pas m'en empêcher ! J'adore les chapeaux !

— Tu veux dire qu'on t'a condamnée à mort pour avoir volé un chapeau ?

Les yeux sombres pétillèrent et la jeune femme baissa la tête.

— Ce n'était pas la première fois, avoua-t-elle. Je te l'ai dit, je raffole des chapeaux.

— Au risque de te balancer au bout d'une corde ?

— Eh bien je n'ai pas pensé à ça quand je l'ai volé.

Pour la seconde fois, il tendit la main à Lizzie.

— Affaire conclue, ma fille. Considère-toi dorénavant sous ma protection, en échange de quoi je compte sur ton assistance pour garder mon coffre, au prix de ta vie, si nécessaire. Et ne t'avise pas de forcer la serrure. Il n'y a pas de chapeau dedans, je peux te le jurer. (Il se leva et repoussa les prisonniers qui l'entouraient.) Si je parviens à traverser cette foule, je vais essayer d'explorer mon nouveau domaine. En attendant, veille bien sur mon coffre.

Un quart d'heure lui suffit pour en faire le tour. Plusieurs petites cellules ouvraient sur la salle commune, vides, sans éclairage ni ventilation. Deux d'entre elles servaient de lieux d'aisances. Une volée de marches croulantes fermée par une grille conduisait au-dessus. La salle commune dans laquelle s'entassaient les prisonniers pour dettes, également fermée par une grille, mesurait bien de dix à vingt pieds mais, en l'absence de toute ouverture, elle aurait été plongée dans une obscurité totale si les occupants n'avaient démoli le haut d'un mur pour laisser passer l'air et la lumière. Au-delà s'étendait la cour. Les malheureux qui y vivaient avaient, certes, davantage d'espace, mais ils étaient nettement moins bien lotis que leurs voisins car ils ne travaillaient pas et devaient se contenter de rations réduites. Comme les détenus de Newgate, la plupart étaient squelettiques, vêtus de haillons et apathiques.

Il regagna la section des criminels où il trouva Lizzie Lock en train de défendre vigoureusement son coffre contre les attaques d'Isaac Rogers, le bandit de grand chemin.

— Laisse-la tranquille et mes affaires aussi, dit brièvement Richard.

— Viens donc te mesurer à moi, si tu peux !

— Oh, lâche-moi les basques, veux-tu ? Tu n'es qu'un gros tas de lard dont je ne ferais qu'une seule bouchée, répliqua Richard d'un ton las, dépourvu de toute trace d'intimidation. Va-t'en, simplement. Je suis un homme pacifique et je m'appelle Richard Morgan. Cette dame est sous ma protection (Il mit un bras autour de la taille de Lizzie, qui se serra tout contre lui.) Tu n'as qu'à te trouver une autre femme. Ce n'est pas ça qui manque ici.

Rogers le jaugea du regard et comprit qu'il avait intérêt à se montrer prudent. Si Morgan avait trahi la moindre frayeur, il aurait agi autrement, mais ce salaud n'avait pas peur de lui. Trop calme, trop contenu. Le genre de type qui se bat comme un chat, qui mord et qui griffe, sans compter les coups de pied. Bref, un gaillard trop agile pour lui. Rogers haussa les épaules et s'éloigna d'un pas faussement nonchalant, laissant Richard assis sur son coffre et Lizzie perchée sur ses genoux.

— Quand se décideront-ils enfin à nous apporter à manger ? soupira-t-il.

Quelle femme intelligente il avait là ! Aucune crainte qu'elle n'interprète mal sa galanterie. Un protecteur qui ne la désirait pas, voilà tout ce que souhaitait cette bonne Lizzie Lock.

— C'est bientôt le dîner, répondit-elle. Le dimanche nous avons du pain frais, de la viande, un bon morceau de fromage, des navets et du chou. Pas de beurre ni de confiture, mais assez à manger. Les criminels reçoivent leur nourriture là-bas (elle pointa le doigt vers l'extrémité la plus éloignée de la salle). Le cuisinier te remettra un tranchoir en bois et un pot d'étain. Au souper, nous avons du pain, de la petite bière et une soupe aux choux.

— Il y a un guichet pour avoir de l'alcool ?

— Quoi ? Ici ? Tu aimes picoler, hein, mon amour ?

— Non. Je ne bois rien d'autre que de la petite bière et de l'eau. Je m'interrogeais, tout simplement.

— Simmons – un geôlier qu'on surnomme Happy – t'apportera de quoi te rincer le gosier si tu lui donnes un penny de pourboire. Mais il faut que tu te méfies d'Isaac. Il est féroce quand il a bu, c'est un fourbe.

— Je sais combien les hommes ivres sont maladroits, dit Richard. J'ai eu affaire à eux toute ma vie.

Fin février, il n'avait plus rien à apprendre de la prison de Gloucester ni de ses codétenus, même si ceux-ci représentaient pour lui des compagnons de voisinage plutôt que de véritables connaissances. Quatorze d'entre eux affrontèrent le tribunal lors des assises de carême, les autres ayant déjà été jugés et condamnés, la plupart à la déportation. Parmi ces quatorze détenus, trois étaient des femmes : Mary (plus connue sous le nom de Maisie) Harding, accusée de recel de marchandises volées, Betty Mason pour avoir dérobé une bourse contenant 15 guinées dans une maison de Henbury, et Bess Parker pour le vol avec effraction de deux vêtements de lin à North Nibley. Bess Parker entretenait des relations suivies avec Ned Pugh, condamné en 1783, et Betty Mason avait séduit l'un des geôliers, un certain Johnny. Toutes deux étaient enceintes et près d'accoucher.

Quel beau monde est le nôtre ! songeait Richard amèrement. Une salle commune dans laquelle on peut à peine tenir debout et, quand le geôlier ouvre la grille, un dortoir répugnant pour les hommes.

Dans de telles conditions, il s'était beaucoup endurci. Avec un calme imperturbable, il se déshabillait et se lavait dans une cellule obscure et sans air, loin du regard des femmes, prenant l'eau à une pompe où il rinçait également le linge avec lequel il s'essuyait les fesses. Il continuait à filtrer l'eau dans sa pierre qu'il buvait sous les regards incrédules d'au moins trois douzaines d'yeux. Il avait acquis une certaine dose d'égoïsme et ne cherchait nullement à partager cette eau purifiée avec Lizzie ou avec Willy car il fallait une heure pour produire deux pintes d'eau purifiée. Il ne partageait pas non plus avec eux son savon ni ses linges. Les quelques pence qu'il soustrayait de sa réserve allaient à Maisie, qui lavait ses sous-vêtements, ses chemises et ses bas. Quant à ses pantalons et autres vêtements, ils empestaient simplement la sueur.

Maisie était la seule femme dépourvue de protecteur et elle dispensait ses faveurs gratuitement alors qu'on pouvait avoir deux ou trois autres détenues pour une simple chope de gin. Quand le désir s'emparait d'un couple, tous deux s'étendaient sur n'importe quel espace libre ou, à défaut, s'adossaient à un mur. Rien d'érotique là-dedans car ils gardaient leurs vêtements. Tout ce qu'un œil vraiment curieux aurait pu entrevoir, c'était l'éclat charnu d'un sexe viril ou d'un orifice poilu, mais cela même se produisait rarement. Ce qui fascinait le plus Richard, c'était qu'aucun couple ne s'aventurait à copuler dans l'une des cellules adjacentes car l'obscurité semblait terrifier tout le monde.

Début mars, Bess Parker et Betty Mason, enceintes, virent leurs eaux se rompre sur le sol de la salle commune. On les transporta dans le dortoir des femmes car les accouchements se déroulaient dans cet endroit sordide. Deux autres femmes nourrissaient des bébés, nés dans la prison de Gloucester, et Maisie y avait amené le sien, qui commençait à faire ses premiers pas. La plupart des enfants mouraient à la naissance ou peu après. C'était un miracle s'ils atteignaient l'âge de marcher.

Dieu merci, il y avait beaucoup de travail. Richard fut employé au transport des blocs de calcaire, depuis l'entrepôt du château jusqu'au lieu de construction de la nouvelle prison, ce qui lui donna l'occasion de respirer un peu d'air frais et de repérer les lieux. Le minuscule port de Gloucester se trouvait juste au nord de l'enceinte du château sur la même rive de la Severn qui, dans cette section, était navigable pour les petits senaus et les gros chalands.

L'une des deux fonderies de la ville fabriquait des cloches d'église, l'autre se contentait de produire des articles qu'on écoulait dans le voisinage. Leur fumée n'était pas assez abondante pour polluer l'atmosphère que Richard trouva agréable et vivifiante. Les eaux de la Severn paraissaient claires, mais la fièvre endémique qui ravageait la prison révélait que sa source était contaminée. A moins que cette fièvre ne fût causée par les poux et les punaises dont Richard tentait de se protéger en frottant sa paillasse sale à l'huile de goudron et en épluchant ses vêtements constamment. Oh, Dieu ! Etre propre ! Vivre dans la propreté ! Jouir d'un peu d'intimité !

La fièvre des prisons éclata quelques jours après l'arrivée de Richard et de Willy et ramena la population de la salle commune de quarante à vingt. Seule l'admission de quelques nouveaux permit de compter quatorze détenus de plus, encore épargnés par la maladie.

Grâce au travail en commun, Richard connaissait tous les hommes et certains même assez bien pour les qualifier d'amis, tels William Whiting, James Price et Joseph Long. Tous figuraient, comme lui, sur la liste des assises de carême.

Whiting était accusé d'avoir volé un mouton à Almondsbury, là où Richard et Willy avaient passé une nuit dans la paille du Stars and Plough.

— Foutaises ! déclara Whiting qui était un farceur bien connu et dont on ne savait jamais s'il parlait sérieusement ou non. Pourquoi diable aurais-je volé un mouton ? Tout ce que je voulais, c'était le baiser. Je l'aurais remis dans son trou le lendemain matin et personne n'aurait rien vu. Mais il a fallu que le berger se réveille.

— Le regrettes-tu, Bill ? demanda Richard en se retenant de sourire.

— Pas tellement, mais... bon, j'aime bien baiser et, avec un peu d'imagination, le trou du cul d'un mouton est assez semblable au minet d'une femme, expliqua Whiting d'un ton léger. La même odeur mais en un peu plus étroit. De plus, un mouton ne parle pas. Tu vois, tu colles ses pattes arrière au-dessus de tes bottes et tu y vas.

— Qu'il s'agisse de bestialité ou de vol de mouton, Bill, tu es bon pour la corde. Mais pourquoi Almondsbury ? Huit miles plus loin, tu aurais trouvé à Bristol un millier de prostitués des deux sexes qui ne parlent pas beaucoup non plus.

— Je ne pouvais plus attendre. Simplement, je ne pouvais plus. Et cette bête avait vraiment une jolie tête... Elle me rappelait une personne que j'avais connue autrefois.

Richard abandonna.

Jimmy Price était un paysan du Somerset qui ne tenait pas bien le rhum. Avec un compagnon, il avait pénétré dans trois maisons de Westbury-upon-Trim pour voler une quantité appréciable de viande de bœuf, de porc et de mouton, trois chapeaux, deux vestes, un gilet brodé, des bottes de cheval, un mousquet et deux parapluies de soie verte. Son ami – qu'il appelait Peter – était mort entre-temps de la fièvre des prisons. Jimmy n'éprouvait aucun repentir car il se jugeait innocent.

— Je n'avais pas l'intention de faire ça et, même, je ne m'en souviens pas, confia-t-il à Richard. Qu'est-ce que je pourrais bien faire de deux parapluies de soie verte ? Je n'aurais pu les vendre nulle part à Westbury. Je n'avais pas faim non plus, et aucun des vêtements ne m'allait, pas plus qu'à Peter. Et, pour le mousquet, je n'ai jamais pris de poudre ni tiré un seul coup.

Le troisième homme était infiniment plus triste et Richard ressentait à son endroit une certaine compassion. Faible de volonté et d'esprit, Joey Long avait volé une montre d'argent à Slimbridge.

— J'étais saoul, disait-il simplement, et elle était si jolie...

Naturellement, Richard avait dû répondre au même genre de questions. La salle commune était une sorte de club de voleurs patentés. Ses explications furent brèves : « Extorsion de fonds et vol qualifié. Un billet à ordre de 500 livres et une montre en acier. » Cette réponse lui valut beaucoup de respect, même de la part d'Isaac Rogers.

— Un terme bien commode que ce « vol qualifié », dit-il un jour à Bill Whiting pendant qu'ils traînaient leurs blocs de calcaire. (Intelligent, Whiting savait lire et écrire.) Pour moi, une montre d'acier. Pour cette pauvre Bess Parker, quelques vêtements de tous les jours valant à peine 6 pence. Pour Rogers, 4 gallons de brandy et 45 livres de thé vert vendues 1 livre au détail. Et, malgré cela, nous sommes tous accusés de vol qualifié. C'est absurde !

— Rogers sera pendu, prophétisa Whiting.

— Lizzie a été condamnée au *sus per coll* pour avoir volé trois chapeaux.

— Délits répétés, expliqua Whiting en riant. Elle était censée s'amender et ne pas recommencer. Le problème, c'est que, pour la plupart, nous sommes ivres au moment du délit. Il faut accuser l'alcool.

Le lundi 21 mars, les deux cousins James arrivèrent par une chaise de poste louée. N'ayant pu trouver de logement décent dans la ville même, ils descendirent au Harvest Moon, l'auberge dont la grange avait abrité Richard et Willy sur la route de Gloucester.

Comme Richard, ils avaient espéré trouver cette nouvelle prison plus supportable que l'ancienne. Il leur était d'ailleurs difficile d'imaginer qu'une quelconque geôle puisse être pire que Newgate.

— C'est plutôt bien pour l'instant, cousin James et cousin James, leur dit Richard en voyant leur expression horrifiée devant la salle commune. La fièvre des prisons a liquidé pas mal de monde.

Il leur avait donné à chacun un petit baiser tout en refusant leur accolade.

— Je sens trop mauvais, cousins...

Une table et des bancs avaient fait leur apparition après le service du dimanche. Ayant appris que le Parlement prêtait une grande attention au rapport de John Howard et qu'en conséquence les magistrats pouvaient demander à inspecter les lieux, le gardien-chef avait fait de son mieux.

— Comment va père ? s'enquit Richard.

— Pas assez bien pour faire le voyage, mais mieux cependant. Il t'envoie toute son affection, répondit James l'Apothicaire. Et il prie pour toi.

— Et mère ?

— Fidèle à elle-même. Elle aussi t'envoie son affection et prie pour toi.

Les cousins furent stupéfaits de découvrir Richard en si bonne forme. Sa veste, son gilet et ses pantalons étaient certes crasseux et usés, mais sa chemise et ses chaussettes semblaient propres, tout comme les chiffons autour des fers qui encerclaient ses chevilles. Ses cheveux étaient aussi courts que lorsqu'on les avait taillés pour la première fois à Newgate et on n'y voyait pas le moindre cheveu gris. Ses ongles étaient propres et bien brossés, son visage fraîchement rasé ne présentait pas une seule ride. Les yeux étaient calmes et résolus, presque terribles.

— A-t-on des nouvelles de William Henry ?

— Non, pas la moindre.

— Alors, tout ce qui m'arrive n'a aucune importance.

— Bien sûr que si ! s'exclama James le Clergyman. Nous avons engagé un avocat pour toi... Hélas pas un homme de Bristol. Les tribunaux de ce comté ne voient pas d'un bon œil les étrangers. James le Juriste nous a chargés de trouver un homme pouvant t'assister aux assises de Gloucester. Il y a deux juges, l'un est un membre de la haute cour des affaires financières – il s'agit de sir James Eyre – et l'autre un magistrat de la cour de droit coutumier, un certain sir George Nares.

— Avez-vous vu Ceely Trevillian ?

— Non, répondit James l'Apothicaire, mais j'ai entendu dire qu'il logeait dans la meilleure auberge de la ville. Le procès fait figure de grand événement pour Gloucester, il donne lieu à une imposante cérémonie. D'après ce que l'on raconte, tout le monde défile à travers la cité jusqu'à l'hôtel de ville où siège le tribunal. Les deux juges sont reçus dans des logements spéciaux, mais pas leurs huissiers, avocats ou clercs qui, eux, descendent dans des auberges. Demain siège le grand jury, mais surtout pour la forme. Tout le monde sera présent au procès, comme l'a dit ton avocat.

— De qui s'agit-il ?

— D'un Mr James Hyde, de Chancery Lane, à Londres. Il fait partie des juristes de la circonscription d'Oxford avec Eyre et Nares.

— Quand viendra-t-il me voir ?

— Il ne viendra pas. Son intervention se limitera au tribunal. N'oublie pas qu'il n'est pas autorisé à présenter ta version des faits. Il auditionne les témoins et tente de trouver dans leurs déclarations matière à contre-interrogatoire. Comme il ignore qui sont les témoins et ce qu'ils ont à dire, il n'a aucune raison de venir te voir. Nous l'avons informé comme il convient. Il est très compétent.

— Combien prend-il pour ce travail ?

— 20 guinées.

— Et vous l'avez déjà payé ?

— Oui.

C'est une farce, songea Richard en lui-même, tout en arborant un sourire chaleureux et en serrant le bras de chacun de ses deux cousins bien-aimés.

— Vous êtes si dévoués ! s'exclama-t-il avec sincérité. Je ne peux vous dire à quel point j'apprécie vos bontés.

— Tu es de la famille, Richard, répondit James le Clergyman.

— Je t'ai apporté un costume neuf et une nouvelle paire de chaussures, annonça James l'Apothicaire. Ainsi qu'une perruque. Tu ne peux pas te présenter devant la cour avec ces cheveux hérissés. Les femmes – ta mère, Ann et Elizabeth – t'ont préparé toute une caisse de sous-vêtements, chemises, chaussettes et linges.

Richard ne répondit pas. Il venait de comprendre que sa famille s'était préparée en prévision du pire, non du meilleur. Car, s'il devait recouvrer sa liberté deux jours plus tard, à quoi bon une caisse de vêtements ?

Le lendemain, tout en halant ses blocs de pierre, Richard perçut nettement les bruits annonçant le début des assises dans la ville : éclats des trompettes et des cors, roulements de tambours, acclamations et cris d'admiration, musique émanant d'un orchestre de tambours et de fifres, roulement sonore des voix des orateurs s'exprimant en latin. Bref, Gloucester était en fête.

A l'intérieur de la prison, l'atmosphère était morose. Richard contempla ses seize compagnons d'infortune (leur nombre s'était de nouveau accru) dont aucun ne s'attendait à un autre verdict que « coupable ». En dehors de lui, deux prisonniers avaient pu se payer les services d'un avocat : Bill Whiting et Isaac Rogers. C'était également James Hyde qui s'occupait d'eux, ce qui donna à penser à Richard que celui-ci avait dû être le seul candidat.

— Aucun d'entre nous n'espère donc s'en sortir ? demanda Richard à Lizzie.

Ayant subi trois procès devant les mêmes assises, Lizzie connaissait la chanson. Elle devint soudain très pâle.

— Nous ne pouvons pas nous en sortir, répondit-elle simplement. Comment le pourrions-nous ? Les faits sont démontrés par le procureur et les témoins de l'accusation. Quant au jury, il croit ce qu'on lui raconte. Nous sommes à peu près tous coupables, bien qu'il me soit arrivé d'en rencontrer certains qui avaient été victimes de mensonges. L'ivresse au moment des faits n'est pas une excuse et, si nous avions des appuis haut placés, nous ne serions pas à la prison de Gloucester.

— Quelqu'un a-t-il jamais été acquitté ?

— Un peut-être, si les accusés sont assez nombreux. (Elle était assise sur ses genoux et lui caressait les cheveux comme elle l'aurait fait à un enfant.) N'abandonne pas tout espoir, Richard, mon amour. Nous traîner au banc des accusés, c'est le seul souci du jury. Mais n'oublie pas de porter ta perruque, je t'en prie.

Quand Richard sortit en traînant les pieds, à l'aube du 23 mars, les mains menottées et toutes ses chaînes cliquetant à sa ceinture, il avait revêtu son nouveau costume – veste, gilet et pantalon noirs –, ses chaussures neuves, noires elles aussi, pendant que les fers de ses chevilles comme ceux de ses poignets étaient entourés de linges propres. Mais il ne portait pas sa perruque : c'était une sensation trop détestable. Sept autres accusés l'accompagnaient : Willy Insell, Betty Mason, Bess Parker, Jimmy Price, Joey Long, Bill Whiting et Sam Day, un garçon de dix-sept ans originaire de Dursley et accusé d'avoir volé deux livres de fil chez un tisserand.

Ils pénétrèrent dans l'hôtel de ville par une porte arrière et furent poussés dans les cellules, au pied de quelques marches, sans avoir pu jeter le moindre coup d'œil sur l'arène où le combat, bien que seulement verbal, pouvait entraîner la mort.

— Combien de temps ça va prendre ? murmura Bess Parker à Richard, les yeux remplis d'effroi.

Son enfant était mort de la fièvre des prisons deux jours après sa naissance et elle le pleurait encore.

— Pas longtemps, je pense. Le tribunal siège seulement six heures par jour et nous sommes huit à devoir être jugés. Ça ne doit pas prendre plus de temps qu'à un boucher pour faire des saucisses.

— Oh, j'ai tellement peur ! s'écria Betty Mason, qui avait mis au monde un enfant mort-né et n'en était pas consolée.

Jimmy Price fut appelé le premier et n'était pas revenu quand ce fut le tour de Bess Parker. Betty Mason partie elle aussi, ceux qui restaient comprirent qu'une fois le jugement rendu les prisonniers devaient être aussitôt ramenés à la prison.

Sam Day fut emmené, laissant dans la cellule Richard et Willy, Joey Long et Bill Whiting. Plusieurs heures s'écoulèrent.

— Ces messieurs doivent être en train de dîner, observa Whiting imperturbable, en se léchant les lèvres. Oies rôties, rosbif, mouton grillé, entremets, flans et crêpes, pâtisseries, puddings et tartes. C'est bon pour nous, Richard. Nos seigneurs auront le ventre plein et l'esprit embrumé par le bordeaux et le porto.

— Je pense plutôt que c'est de mauvais augure, rétorqua Richard. Leur goutte les taquinera et leurs boyaux les feront souffrir.

— On peut dire que tu es réconfortant !

Willy et lui furent les derniers appelés. Il était trois heures et demie, comme ils le constatèrent à l'horloge du tribunal. La cage d'escalier débouchait sur le banc des accusés où ils durent rester debout en l'absence de sièges, clignant des yeux devant l'éclat de la lumière. Un homme armé d'un javelot et porteur d'insignes médiévaux leur tenait compagnie, l'air endormi. La salle n'était pas très grande mais s'ornait, dans sa partie supérieure, de galeries. Ceux qui se tenaient en bas étaient apparemment les acteurs principaux de la pièce.

Les deux juges siégeaient sous un grand dais, majestueusement vêtus de robes écarlates bordées de fourrure, et coiffés de hautes perruques. D'autres membres de la cour se répartissaient autour et au-dessous. Certains allaient et venaient. Lequel d'entre eux était James Hyde, son avocat ? s'interrogea Richard. Il n'en avait aucune idée. Les douze membres du jury étaient réunis dans ce qui ressemblait à un parc à moutons et agitaient subrepticement leurs pieds fatigués. Richard avait conscience de leur situation difficile. Etre déchargés de l'obligation de siéger dans un jury constituait l'une des principales revendications des « hommes libres », de la Tweed jusqu'à la Manche : pas de sièges pour s'asseoir et aucune compensation pour une journée de salaire perdue. Ce qui incitait le jury à expédier les affaires aussi rapidement que le temps nécessaire au juge pour décréter « potence ! ».

Mr John Trevillian Ceely Trevillian était assis à côté d'un homme d'aspect imposant, vêtu du costume des autres acteurs de la pièce : robe, perruque nouée sur la nuque, boucles et insignes. Le Ceely qui se tenait là était bien différent de celui que connaissait Richard, avec son élégant vêtement noir de la tête aux pieds, sa perruque sobre, ses gants de chevreau noirs et ses airs d'aimable imbécile. Aucune trace de l'homme affecté, de l'agile fraudeur de taxes. Le Ceely de Gloucester était la quintessence même du pauvre niais qui se fait duper. Lorsque Richard avait surgi au banc des accusés, il avait émis un petit couinement de terreur en se serrant contre son compagnon, après quoi il avait évité de porter le regard dans cette direction.

Légalement, Ceely était le plaignant, mais ce fut son avocat qui fit le travail et exposa au jury l'odieux délit commis par les deux criminels. Richard posa ses mains cerclées de fer sur la balustrade et affermit ses pieds sur le vieux plancher pour écouter le plaignant exalter les vertus – et la faiblesse d'esprit – de ce pauvre et inoffensif Mr Trevillian. Il comprit alors que la journée n'apporterait pas de miracle.

Ceely raconta son histoire d'une voix étranglée, entrecoupée de sanglots et de longues pauses tandis qu'il cherchait ses mots, roulant les yeux, se couvrant parfois le visage de ses mains nues, agitées et tremblantes. A la fin de cette superbe prestation, le jury, impressionné par sa débilité mentale et son aspect cossu, le crut victime d'une femme lubrique et d'un mari furieux. Ce qui n'impliquait pas nécessairement qu'il y ait eu délit intentionnel, ni que le billet à ordre de 500 livres corresponde à une extorsion de fonds, même s'il avait été obtenu par la force.

La tâche de fonder ces deux accusations revint à deux témoins, la femme du coiffeur Joice, qui avait entendu ce qui se passait à travers le mur, et Mr Dangerfield, qui avait tout vu par la cloison de la maison adjacente. Mr Dangerfield avait une vision à 360 degrés par un interstice pas plus large qu'un quart de pouce et Mrs Joice jouissait d'une excellente ouïe. Elle se souvenait ainsi d'exclamations telles que « Damnée putain ! Où est donc ta chandelle ? » ou encore « Je vais te faire sauter la cervelle, espèce de coquin ! ». L'autre avait vu Morgan et Insell menacer Ceely d'un marteau et obliger celui-ci à écrire quelque chose sur un bureau.

Mr James Hyde, l'avocat de Richard, était un homme grand et mince qui ressemblait à un corbeau. Il mena son contre-interrogatoire avec compétence, cherchant à démontrer que les trois maisons du puits de Jacob n'étaient qu'un nid de ragots et que leurs occupants n'avaient pratiquement rien vu ni entendu, fondant leurs racontars sur le récit de Ceely, rencontré sur le chemin avant qu'il soit recueilli par Mr Dangerfield et Mrs Joice.

Sur un point, cependant, Ceely ne sut pas convaincre son auditoire : les deux témoins certifièrent avoir entendu Richard crier à Mr Trevillian qu'il pourrait récupérer sa montre quand il aurait lui-même obtenu satisfaction. C'était bien là, même pour le jury, les propos d'un mari trompé.

« Toute cette comédie est ridicule ! songeait Richard tandis que les auditions des témoins se poursuivaient. Si nous pouvions prendre la parole, Willy et moi, il nous serait facile de prouver qu'au même instant nous étions tous deux dans la cour de la Lamb Inn. Ainsi que Ceely l'a reconnu lui-même, il n'y a qu'une diligence pour Bath où j'étais censé me trouver, et elle part à midi. Comment aurais-je donc pu être en même temps à Clifton ! »

Au cours de son témoignage, Mrs Joice révéla qu'elle avait entendu Richard et Annemarie comploter le rendez-vous galant avec Ceely quand ils étaient dans l'entrée – comme si un criminel avait pu tenir une telle conversation à côté d'une paroi mince comme une feuille de papier ! songea Richard. Mais la seule évocation du mot « complot » fit impression sur le jury.

Mrs Mary Meredith attesta qu'elle avait vu les deux hommes ainsi qu'une femme à proximité du puits de Jacob alors qu'elle rentrait chez elle aux environs de huit heures du soir. Elle dit les avoir entendus parler entre eux d'une montre en précisant que Ceely devrait faire appel à la justice pour la récupérer. Un témoignage des plus étonnants si l'on voulait bien se souvenir qu'à huit heures du soir, fin septembre, il était impossible de reconnaître les traits de quiconque à un yard de distance – comme le fit observer Mr Hyde, à la grande confusion de Mrs Meredith.

Une faible lueur d'espoir se fraya un passage dans les sombres pensées de Richard. Malgré l'audace de l'accusation, le jury n'avait encore pu se faire une opinion. Difficile de juger si l'affaire avait été préméditée ou si elle ne résultait que de la colère légitime d'un mari trompé.

Les cousins James l'Apothicaire et James le Clergyman furent appelés comme témoins de moralité en faveur de Richard. Bien que l'accusation se fût efforcée de souligner leurs liens de parenté avec l'accusé, ces deux piliers de probité produisirent une profonde impression sur le jury. Malheureusement, l'intervention de l'avocat de la défense prolongea les débats de près d'une heure et les membres du jury mouraient d'envie de pouvoir soulager leurs pieds. Personne, et en particulier les juges, n'appréciait une séance trop longue, surtout en fin de journée.

Mr James Hyde appela Robert Jones comme témoin d'honorabilité.

Richard sursauta. Robert Jones ? Témoigner en sa faveur ? Ce faux jeton qui léchait les bottes de William Thorne et avait mouchardé après la visite de Willy aux douanes ?

— Connaissez-vous l'accusé, Mr Jones ? demanda Mr Hyde.

— Pour sûr, j'les connais tous les deux.

— Peut-on dire que ce sont des hommes convenables, respectueux de la loi ?

— Oh, oui, tout à fait.

— A votre connaissance, ont-ils déjà eu des démêlés avec la justice ?

— Oh, non, jamais.

— Savez-vous quelque chose de particulier – en dehors de ce qui a été débattu ici – à propos de ce qui s'est passé le 30 septembre dernier ?

— Oh, pour sûr, monsieur, j'sais des choses.

— Quel genre de choses ?

— Hein ?

— Que savez-vous, Mr Jones ?

— Ben, pour commencer, j'sais que Mrs Joice, c'est pas une dame. Juste une catin qui s'est installée avec Mr Joice.

— Ce n'est pas Mrs Joice que l'on juge. Limitez-vous aux faits.

— J'leur ai parlé, à elle et à Mr Dangerfield. Mr Dangerfield m'a emmené chez lui en haut, là où il pouvait voir ce qui se passait à côté mais il a dit qu'il avait rien entendu et qu'il pouvait pas voir grand-chose. Mrs Joice, elle a dit qu'elle avait rien vu et rien entendu.

L'avocat de l'accusation fronça les sourcils. Quant à Trevillian, il donnait l'impression que toute cette affaire dépassait les limites de sa faible compréhension.

L'avocat opta pour un contre-interrogatoire :

— Quand a eu lieu cette conversation avec Mrs Joice et Mr Dangerfield, Mr Jones ? Pouvez-vous le préciser ?

— Quoi ?

— J'ai dit : pouvez-vous vous montrer plus clair ?

— Oh, pour sûr. Ça s'est passé le lendemain, quand j'suis venu voir Willy – Mr Insell, l'accusé, j'veux dire. J'l'avais entendu raconter son histoire et j'ai demandé aux voisins c'qu'ils avaient vu et entendu. Mrs Joice – qu'est pas une dame ! – elle a dit qu'elle avait rien vu et rien entendu. Mr Dangerfield m'a montré l'endroit d'où il pouvait voir, mais quand j'ai regardé j'ai pas vu grand-chose.

Mrs Joice fut rappelée à la barre et expliqua naturellement que, bien entendu, elle avait nié avoir vu ou entendu quoi que ce soit par la porte. Elle n'était pas du genre à regarder par les trous de serrure !

Mr Dangerfield fut également rappelé et répéta qu'il n'avait jamais dit avoir entendu quoi que ce soit mais seulement vu.

— Qu'on appelle Mr James Hyde ! cria d'une voix forte l'avocat de l'accusation. (L'avocat de Richard sursauta, surpris.) Pas vous, mon distingué confrère. Mr James Hyde, serviteur de la mère de Mr Trevillian.

Ce James Hyde, un petit rouquin d'une cinquantaine d'années, affichait l'air discrètement obséquieux des vieux serviteurs de maison. Il déclara que Mr Dangerfield était venu le trouver le 1er octobre pour l'informer qu'un certain Robert Jones lui avait dit que, pour cinq guinées, il pourrait prouver que Morgan avait comploté avec sa femme de voler Mr Trevillian.

Le jury s'agita et murmura. Sir James Eyre, le juge, se redressa.

— Un complot, Mr Hyde ?

— Oui, monsieur, un complot.

— Est-ce que Mr Insell y est impliqué, lui aussi ?

— Mr Dangerfield ne l'a pas dit. Il a parlé seulement de Morgan et de Mrs Morgan.

Rappelé à la barre, Dangerfield reconnut être allé chez Mrs Maurice Trevillian pour voir son ami Mr James Hyde et avoir parlé à ce dernier de la proposition de Robert Jones.

Interrogé à nouveau, Robert Jones admit que tout cela était parfaitement exact. Il savait que Mr Dangerfield avait un ami chez les Trevillian et, comme il était un peu à court d'argent en ce moment...

— Que savez-vous du complot entre Morgan et son épouse pour voler Mr Trevillian ? Existe-t-il réellement ? demanda l'avocat de l'accusation.

— Oh, sans aucun doute, répondit gaiement Robert Jones, mais Willy n'était pas au courant. Je peux le jurer.

— Comment avez-vous été informé de ce complot ?

— C'est Mrs Morgan qui m'en a parlé.

Le jury et le juge s'agitèrent.

— Où donc ?

— Un peu après midi, le jour où tout ça s'est passé. Quand je suis venu la première fois pour voir Willy, je ne l'ai pas trouvé. Par contre, je suis tombé sur Mrs Morgan. Elle m'a dit qu'elle attendait Mr Trevillian mais qu'il devrait revenir plus tard, quand Morgan serait parti pour Bath. Elle était très contente et m'a raconté que, quand Mr Trevillian serait là, Morgan lui sauterait dessus pour avoir fricoté avec sa femme – vous savez bien, ce genre de choses que font les maris quand ils découvrent qu'ils portent des cornes. D'après elle, son mari comptait bien extorquer 500 livres à ce pauvre type qui est un peu simplet.

Sir James Eyre se tourna vers le banc des accusés.

— Morgan, qu'avez-vous à déclarer à propos de ce complot entre votre femme et vous ?

— Il n'y a eu aucun complot, Votre Honneur. Je suis innocent, déclara Richard d'une voix ferme. Ce n'était pas un complot.

Le juge pinça les lèvres et, d'une voix plus forte, comme s'il prenait à témoin l'ensemble du tribunal, ajouta :

— Nous ne voyons pas ici de Mrs Morgan ? Elle devrait pourtant être présente au banc des accusés, au côté de son mari, voilà qui ne fait aucun doute. Où est votre épouse, Morgan ? dit-il à Richard en lui lançant un regard furieux.

— Je l'ignore, Votre Honneur, je ne l'ai pas revue depuis ce jour-là.

L'avocat de l'accusation souligna qu'il y avait eu complot et se préoccupa peu de l'absence de Mrs Morgan, pourtant impliquée elle aussi. Sir James Eyre fit de même en s'adressant au jury.

Les douze braves hommes se regardèrent l'un l'autre avec un soulagement évident. Dans moins d'une minute, ils allaient pouvoir rentrer chez eux. La journée avait été dure car on ne comptait pas assez d'hommes libres à Gloucester pour constituer un jury distinct pour chaque accusé. Il n'y eut aucune délibération. Le vol d'une montre ne fut pas retenu contre Richard Morgan mais on le condamna pour vol qualifié avec extorsion de fonds. Aucun chef d'accusation ne fut retenu contre William Insell.

Sir James Eyre tourna les yeux vers le banc des accusés où Willy était tombé à genoux en pleurant, au côté de Richard Morgan – ce scélérat ! pensa le magistrat – qui, le crâne rasé, le regard fixe, semblait bien loin de Gloucester.

— Richard Morgan, je vous condamne à sept ans de déportation en Afrique. William Insell, vous êtes libre. (Il laissa son marteau retomber lourdement dans l'espoir de réveiller sir George Nares.) La cour se réunira demain matin à dix heures. *God save the King.*

— *God save the King,* répéta respectueusement toute l'assistance.

L'homme au javelot poussa les prisonniers hors du banc des accusés. Richard se retourna pour descendre, sans même jeter un coup d'œil en direction de Mr John Trevillian Ceely Trevillian. Ceely était sorti de sa vie. Désormais les Ceely n'auraient aucune importance.

A mi-chemin de la prison de Gloucester, tout en avançant pesamment, Richard se sentit traversé par une brusque bouffée de bonheur. Il venait de comprendre qu'il allait être enfin débarrassé de Willy le Geignard.

Le soleil disparaissait à l'ouest quand Richard et Willy – toujours en larmes mais, cette fois, de joie – franchirent la grille du château, escortés de deux geôliers. Willy fut libéré et Richard remis en prison. Tout allait-il se jouer différemment, à présent qu'il n'était plus un détenu en attente de procès ? L'un des hommes désigna à Richard la maison du gardien-chef et il avança dans cette direction avec la passivité qu'il adoptait devant tout regard officiel. Après trois mois de présence en ces lieux, il connaissait tous ses geôliers – les bienveillants, les cruels, les indifférents –, fuyant toute familiarité avec eux et se gardant bien de les appeler par leur nom.

Il fut introduit dans une pièce confortablement meublée qui ressemblait à une salle de conseil. Trois personnes l'y attendaient : Mr James Hyde, son avocat, et les deux cousins James. Ces derniers étaient en pleurs et Mr Hyde affichait un air sombre. Lorsque la porte se referma derrière lui et que son escorte se fut éloignée, Richard contempla le petit groupe et nota qu'ils paraissaient plus accablés que lui-même. « Sans doute parce que cette condamnation ne m'a pas réellement surpris, songea-t-il. Tout au fond de moi, je m'y attendais. La justice est aveugle, mais pas dans le sens qu'on nous a enseigné chez Colston. Elle ignore les individus et les motivations humaines. Ceux qui l'appliquent ne croient que ce qu'ils ont sous les yeux et s'avèrent incapables de la moindre subtilité. Les témoignages fournis par les habitants du puits de Jacob ne reposent que sur des racontars, habilement orchestrés par Ceely. Il a payé Robert Jones et même tous les autres témoins, en distribuant habilement ces pots-de-vin sous forme de dons à des gens qui les connaissent, lui et sa famille, ou à des serviteurs. Oh, ils avaient compris ce que ça cachait ! Et ils auraient pu rectifier les témoignages sous serment si quelqu'un le leur avait demandé. Quant à Jones, Ceely l'a acheté comptant. A moins qu'Annemarie ne lui ait réellement raconté cette histoire de complot. Auquel cas, c'est qu'elle appartient à Ceely corps et âme, et qu'elle est mêlée à la conspiration depuis le début. S'il en est ainsi, elle se cache de moi et tout cela n'est qu'une énorme supercherie. J'ai été condamné sur le témoignage indirect d'une personne qui ne s'est pas montrée : Annemarie Latour. Le juge m'a bien demandé où elle était, mais il n'a pas poursuivi sur ce sujet. »

En pénétrant dans la salle, Richard garda le silence, ce qui permit aux cousins James de s'essuyer les yeux et de se reprendre. Mr James Hyde prit le temps d'examiner Richard Morgan de plus près que dans l'enceinte du tribunal : un garçon impressionnant, conclut l'avocat, grand et fort... quel dommage qu'il n'ait pas porté de perruque, cela l'aurait transformé ! Toute l'affaire s'était jouée sur le fait de savoir si l'accusé n'était qu'un homme honorable exaspéré de trouver sa femme avec un autre, ou s'il avait profité de cette infidélité pour en obtenir une substantielle compensation. Bien entendu, Hyde avait appris par les cousins James que la femme n'était pas l'épouse de son client mais il n'en avait pas fait état car, si l'on avait su qu'elle n'était rien d'autre qu'une putain, l'affaire se serait encore plus mal présentée. C'était l'histoire du complot qui avait coulé pour de bon Richard. Il était de notoriété publique que les juges avaient une prévention contre ceux qui préméditaient leurs crimes et les exécutaient de sang-froid. Quant au jury, il suivait les instructions des magistrats.

Après avoir remisé son mouchoir au fond de sa poche, le cousin James l'Apothicaire rompit le long silence.

— Nous avons payé pour utiliser cette salle aussi longtemps que nous le désirons, dit-il. Richard, je suis tellement désolé ! C'est un coup monté. Tous ces gens, jusqu'au plus insignifiant, sont sous la coupe de Ceely.

— Ce que j'aimerais savoir, demanda Richard en s'asseyant, c'est pourquoi Mr Benjamin Fisher, de la régie des impôts, n'est pas venu témoigner en ma faveur. S'il l'avait fait, les choses ne se seraient pas passées ainsi.

La bouche du révérend James était si pincée qu'elle ne formait plus qu'un trait.

— Il a prétendu être trop occupé pour s'autoriser un voyage de huit miles, expliqua-t-il. La vérité est qu'il s'occupe de conclure un accord avec Thomas Cave et ne se soucie nullement du sort de son principal témoin.

— Cependant, intervint Mr Hyde dont l'aspect était nettement moins imposant quand il ne portait pas sa tenue d'avocat, vous pouvez être certain, Mr Morgan, que lorsque je transmettrai votre requête d'appel à lord Sydney, secrétaire d'Etat au ministère de l'Intérieur, une lettre de Mr Fisher y sera jointe. Mais pas de Benjamin Fisher. De son frère John, le capitaine.

— Ne puis-je faire appel devant un autre tribunal ? demanda Richard.

— Non. Votre seul recours doit prendre la forme d'une lettre demandant grâce au roi. Je la transmettrai dès mon retour à Londres.

— Bois un peu de porto, Richard, proposa James l'Apothicaire.

— Je n'ai rien eu à manger aujourd'hui ; je préfère donc m'abstenir.

La porte s'ouvrit et une femme apparut avec un plateau garni de pain, de beurre, de saucisses grillées, de panais, de chou et d'un pot de bière. Le visage inexpressif, elle le posa, fit une révérence à ces messieurs et sortit.

— Mange, Richard. Le gardien-chef m'a dit que le souper avait déjà été servi à la prison, aussi ai-je eu l'idée de commander un repas.

— Merci, cousin James, sincèrement merci, dit Richard en s'exécutant.

Avant de l'avaler avec précaution, il flaira longuement le premier morceau de saucisse piqué au bout de son couteau. Satisfait, il le mâcha avec plaisir et en prit un autre.

— Les saucisses que l'on sert aux condamnés, dit-il la bouche pleine, sont généralement faites avec de la viande avariée.

Son repas terminé, Richard prit une gorgée de porto et fit la grimace.

— Il y a si longtemps que je n'ai goûté à ces bonnes choses que je ne sais plus les apprécier. On ne nous donne pas de beurre avec notre pain, et encore moins de jambon.

— Oh, Richard ! s'exclamèrent en chœur les deux cousins James.

— Ne vous inquiétez pas pour moi. Ma vie n'est pas terminée sous prétexte que je serai détenu les sept prochaines années, dit Richard en se levant. J'ai trente-six ans et je serai à six mois de mes quarante-quatre ans quand ce sera terminé. Dans notre famille, les hommes vivent vieux. J'ai bien l'intention de veiller sur ma santé et de garder mes forces. Quoi qu'il arrive, les 500 livres de la régie des impôts me reviennent et je vais écrire à Mr Benjamin Fisher pour qu'il vous les verse, mes chers cousins. Remboursez-vous d'abord de tout ce que vous avez dépensé pour moi et gardez le reste pour continuer à me fournir en pierres filtrantes, linges, vêtements et chaussures. A l'exception de ce que vous remettrez au révérend James pour ses livres, y compris ceux qu'il m'a déjà donnés. Je ne reste pas inactif ici et je suis nourri en échange de mon travail. Mais, le dimanche, je lis. Une bénédiction.

— Souviens-toi, Richard, que nous t'aimons tendrement, dit James l'Apothicaire en l'embrassant.

— Et que nous prions pour toi, ajouta James le Clergyman.

Willy Insell fut le seul prisonnier acquitté par les assises de Gloucester en ce mois de mars 1785. Six autres furent condamnés à la pendaison : Maisie Harding pour recel de biens volés, Betty Mason pour le vol de 15 guinées, Sam Day pour celui de 2 livres de fil à tisser, Bill Whiting pour celui d'un mouton, Isaac Rogers pour vol qualifié et Joey Long pour avoir dérobé une montre en argent. Les dix derniers furent condamnés à sept ans de déportation en Afrique, où Sa Majesté britannique ne possédait pas de colonie officielle. Richard avait conscience que, si les deux cousins James n'étaient pas venus témoigner en sa faveur, il aurait été passible de la corde.

Un problème se posait : comment allaient-ils tous tenir dans un espace aussi exigu ? La réponse fut fournie en une semaine : neuf prisonniers moururent d'une angine infectieuse, ainsi que les enfants qui survivaient encore et dix des condamnés pour dettes de Bridewell.

La vie dans les prisons anglaises était abominable, ce qui n'avait pas empêché les tribunaux de Gloucester de prononcer des jugements draconiens.

De 1782 à 1784, on avait essayé à deux reprises de déporter des condamnés en Amérique. Lors de son premier voyage, le *Swift* fut détourné et certains des déportés réussirent à s'échapper avec l'aide des Américains. Pour son second voyage, en août 1783, il embarqua 143 prisonniers et quitta la Tamise pour la Nouvelle-Ecosse. Mais il n'alla pas au-delà du Sussex, où sa cargaison humaine se mutina et échoua le navire près de Rye. De là, elle se dispersa aux quatre coins. Trente-neuf prisonniers seulement furent repris, six pendus et les autres condamnés à la déportation à vie en Amérique.

Une troisième tentative eut lieu en mars 1784, cette fois sur le *Mercury* et à destination de la Géorgie (bien que celle-ci, avec les douze autres Etats récemment unis, eût déjà notifié à l'Angleterre qu'elle n'accepterait pas, n'accepterait aucun criminel déporté). Le *Mercury* embarqua 179 condamnés, hommes, femmes et enfants, et quitta Londres. Une mutinerie ayant éclaté au large des côtes du Devon, le bateau dut aborder près de Torbay. Quelques prisonniers se trouvaient encore à bord quand on les arrêta mais la plupart s'étaient échappés. Cent huit furent repris même si certains avaient réussi à fuir jusqu'à Bristol. Un grand nombre d'entre eux se virent condamnés à la pendaison, mais deux seulement furent exécutés. Le climat politique évoluait.

Le dernier projet destiné à soulager le surpeuplement des prisons se concrétisa en janvier 1785, lorsque le *Recovery* embarqua des déportés à destination des côtes marécageuses d'Afrique équatoriale où il les abandonna sans gardes, sans préparation et sans aucun moyen de survie. Ils moururent dans des conditions atroces, et l'expérience africaine ne fut jamais renouvelée. Il était clair que la déportation devait s'opérer dans des conditions suscitant moins de scandale au sein de l'opinion publique.

L'action d'hommes tels que John Howard et Jeremy Bentham, deux quakers hostiles à l'esclavage et à l'expansion en Afrique, ou de Thomas Clarkson et William Wilberforce, des noms jusque-là inconnus, incitait Mr William Pitt, chef du nouveau gouvernement conservateur, à ne pas fournir d'arguments à ceux qui prêchaient la croisade sociale. Surtout depuis que Bentham et Wilberforce comptaient parmi les personnalités whigs de Westminster. Il était déjà bien suffisant que les nécessités économiques rendent de nouvelles taxes indispensables. William Pitt avait une qualité en commun avec Richard Morgan : il était bien décidé à survivre dans les années à venir. Entre-temps, Jeremy Bentham fut autorisé à lancer le projet d'une nouvelle prison à Gloucester et lord Sydney, au ministère de l'Intérieur, fut prié de trouver un endroit – n'importe où – pour accueillir l'énorme surplus de condamnés qui encombraient les prisons anglaises.

Dans la prison de Gloucester, toutefois, rien n'avait encore changé. La maladie et le surpeuplement régnaient toujours en maîtres.

Willy le Geignard, toujours pleurnichant, fut libéré le 5 avril. A la même date, l'avocat James Hyde transmit, ainsi que le voulait le protocole, l'« humble demande en grâce » de Richard Morgan à lord Sydney, accompagnée d'une lettre de John Fisher, frère du chef de la régie des impôts de Bristol. Mr Evan Nepean, infatigable et compétent secrétaire de lord Sydney, la transmit lui-même le 15 avril au cabinet de sir James Eyre, à Bedford Row. En tant que président du tribunal ayant jugé le cas, c'était lui qui devait revoir l'affaire et informer lord Sydney s'il convenait ou non de faire bénéficier Richard Morgan de la grâce royale. Tout cela se déroula très rapidement, le cas ayant été jugé le 23 mars. Mais le recours en grâce sollicité par Richard Morgan s'enlisa à Bedford Row, sir James Eyre se trouvant trop occupé pour accorder la moindre attention à pareille demande, que celle-ci fût « humble » ou pas.

Fin juillet, Richard eut une lettre de Jem Thistlethwaite, qui avait disparu de la scène londonienne à peu près à la date où l'on avait perdu la trace de William Henry. Le cœur serré, Richard la reçut des mains de la mère Hubbard. Il lui fallait à présent rouvrir cette ancienne blessure. Depuis le moment où il avait franchi le seuil de Newgate, elle était restée enfouie, échappant à ses pensées. Mais, sans qu'il s'en rendît compte, c'était bien le souvenir de William Henry qui entretenait son désir de survivre, qui l'incitait à accomplir des gestes dont il s'était fait une règle, des rites de purification qui le distinguaient de ses compagnons et le faisaient passer à leurs yeux pour un intouchable ou un fou. Pourquoi survivre ? Pour sortir de ces sept années en bon état afin de reprendre les recherches.

Richard, je viens de recevoir une lettre de ton père et je suis bouleversé par ces affreuses nouvelles. D'avoir trop abusé du rhum a dû me donner à penser que je t'avais écrit pour t'informer de mon projet de départ, mais cette lettre n'a pas été écrite ou s'est égarée. Je suis resté au loin depuis juin dernier : l'Italie m'appelait et je me suis précipité vers elle pour une étreinte éperdue. C'est une chance pour nous deux qu'à mon retour, il y a tout juste une semaine, j'aie pu relouer mon ancien appartement et trouver ainsi la lettre m'apprenant ton infortune.

J'ai toujours su que ta vie ne se déroulerait pas selon tes plans, tu t'en souviens ? Tu disais : « Je suis né à Bristol et je mourrai à Bristol. » Mais quand tu déclarais cela, William Henry sur tes genoux, je savais qu'il n'en serait pas ainsi. J'avais peur pour toi. Et moi, qui suis pourtant incapable d'amour, je t'aimais alors comme je t'aime maintenant. J'ignore pourquoi et comment, mais je perçois en toi quelque chose dont tu n'as pas conscience.

Je n'ai rien d'autre à dire à propos de William Henry, sinon que tu ne le retrouveras jamais. Il n'était pas fait pour cette terre mais, où qu'il se trouve maintenant, Richard, il est heureux et en paix. Ceux qui sont vraiment bons n'ont rien à faire ici-bas car ils n'ont rien à y apprendre. Même des athées comme moi parviennent à croire parfois que de telles choses arrivent : sinon, l'avenir serait encore pire. Sois heureux pour William Henry.

Richard reposa la lettre, les yeux noyés de larmes, ces larmes qu'il n'avait pas encore versées pour William Henry. Dans la salle commune, aucun prisonnier, pas plus que Lizzie Lock, ne chercha à s'approcher de lui tandis qu'il pleurait, assis sur son coffre. Comme c'était étrange que ce soit Jem Thistlethwaite qui ait rompu la digue et laissé enfin s'échapper librement ce torrent de chagrin... Mais Thistlethwaite se trompait, pensa Richard. Un jour, William Henry reviendrait. Il n'avait pas quitté ce monde.

Il ne parla à personne et personne ne lui adressa la parole jusqu'au lendemain. A l'heure du dîner, il reprit la lettre de Thistlethwaite.

Ici, je me suis taillé une petite niche dans cette nouvelle génération de whigs dont le jeune Pitt, leur nouveau chef, a permis l'éclosion.

L'oligarchie ne règne plus à la Chambre des communes, bien qu'elle domine toujours la Chambre des lords. On croise de nombreux hommes remplis d'idées et désireux d'innover, et Pitt est prêt à leur faire place s'il parvient à trouver de l'argent.

Pour en revenir à toi, il n'y a aucun risque que tu sois déporté. L'expérience africaine a été un tel désastre que, miraculeusement, personne n'a le courage – ou la stupidité – de la renouveler sous une forme quelconque. On a songé un instant à l'Inde mais l'idée a été abandonnée car nos avant-postes, là-bas, sont exposés et restreints. Mais ce ne sont pas là les raisons les plus déterminantes de cet abandon. Celles-ci reposent essentiellement sur l'opposition farouche de la Compagnie des Indes orientales, qui ne veut pas voir ses activités au Bengale et à Cathay[1] *compromises par la présence de prisonniers de droit commun. Aux Indes occidentales on n'admet que des nègres comme apprentis ou comme esclaves et, en Nouvelle-Ecosse ou à Terre-Neuve, l'influence anglaise n'est pas assez puissante pour autoriser la déportation. Les Français ont l'œil sur ces régions, comme les Espagnols sur le Sud.*

Il semble donc que tu aies des chances de faire ton temps à Gloucester. Mais sois certain que, si j'apprends quelque chose, je te le ferai savoir aussitôt. Dick me dit que tu as organisé ta vie avec ce que James l'Apothicaire appelle une « sorte de froide passion ».

Richard dut attendre le dimanche pour répondre. Il réussit enfin à trouver un coin à l'extrémité de la table que la mère Hubbard avait installée dans la salle commune, juste pour les assises. Par la suite, on ne l'avait pas retirée pensant que certains détenus pourraient s'y percher quand la salle serait surpeuplée. Comme s'il y avait des périodes où, ici, on ne se marchait pas sur les pieds !

Un groupe de visiteurs venaient de partir, envoyés par un ami de Mr Pitt : Jeremy Bentham, lequel parcourait pour l'instant la Russie avec l'intention de rédiger un code civil pour le compte de l'impératrice Catherine. Il était aussi le défenseur d'un nouveau modèle de prison, de forme circulaire, et l'auteur d'un traité sur les vertus et les vices des rudes travaux d'intérêt général auxquels on soumettrait les condamnés.

Les émissaires de Pitt circulèrent partout, au-dedans comme au-dehors, examinant tout avec le plus grand soin et hochant tristement la tête. Ils inspectèrent également l'annexe de la prison en

---

1. Ancien nom de la Chine. *(N.d.T.)*

cours de construction et murmurèrent qu'il fallait tout démolir car l'architecture en était trop carrée...

Je préférerais me trouver en Italie plutôt qu'à la prison de Gloucester, Jem, je peux vous l'assurer.

A propos de Ceely Trevillian et de l'affaire de la distillerie, je n'ai rien d'autre à dire si ce n'est que j'ai eu la malchance de me dresser contre un homme de bonne naissance, un homme rusé dont les talents ne s'emploient qu'à l'intrigue, la conspiration et les manipulations. C'est un bon acteur qui aurait fort bien interprété les rôles de Kemp, Mrs Siddons et Garrick réunis.

Ma seule consolation, c'est que je serai en mesure de rembourser mes dettes quand Cave et Thorne auront conclu un arrangement avec la régie des impôts et que les cousins James pourront continuer à m'acheter ce dont j'aurai besoin sans être à court d'argent. Je ne manque jamais d'un livre nouveau, bien que certains d'entre eux me chagrinent quand ils me rappellent Clifton et les Hotwells. Ce sont deux endroits dont je préférerais ne pas en voir le souvenir ranimé. Pas tellement à cause de William Henry et de Ceely que d'Annemarie Latour, car j'ai conscience d'avoir gravement péché avec elle. Je vois déjà d'ici votre exaspération devant ce que vous croyez être de la pruderie, mais vous n'étiez pas là pendant ces événements et vous n'auriez pas aimé l'homme que j'étais devenu avec elle. J'avais trop laissé le plaisir commander mon existence. Pouvez-vous comprendre cela ? Et sinon, comment pourrais-je vous le faire comprendre ? J'étais comme un taureau, un étalon. C'était du rut, pas de l'amour. Et je méprisais l'objet de mon désir animal car cette femme aussi était un animal.

Dans la prison de Gloucester, nous sommes tous mélangés, hommes, femmes et enfants. Ici, on s'accouple à tout va mais la plupart des enfants nés de ces misérables étreintes meurent aussitôt, les pauvres petits. Et leurs malheureuses mères, perpétuellement enceintes, n'arrivent souvent même pas à terme. Au début, la présence de ces femmes m'a révolté mais cette époque est passée et j'en suis venu à me dire qu'elles rendent la prison de Gloucester plus supportable. Sans elles, nous ne serions qu'une horde d'hommes ramenés à une condition d'une extrême brutalité.

Ma propre femme s'appelle Lizzie Lock et elle est ici depuis le début de 1783, pour avoir volé des chapeaux. Quand elle en voit un, son imagination s'enflamme et elle ne peut s'empêcher de l'emporter. Mais notre relation n'est qu'une amitié platonique, nous n'avons jamais fait l'amour et nous nous sommes encore moins abandonnés au rut. Je la protège des autres hommes et, quand je vais au travail, elle protège le coffre qui renferme mes quelques biens. Jem, si vos fonds le permettent, pourriez-vous trouver un grand chapeau pour Lizzie ? Rouge, ou rouge et noir, de préférence avec des plumes. Cela la plongerait dans l'extase la plus absolue.

Il me faut interrompre cette lettre, à présent. Même le statut élevé que j'occupe ici ne m'autorise pas à accaparer un coin de table tout un dimanche après-midi. C'est le plus drôle, Jem. Pour une raison quelconque (peut-être parce qu'on me croit fou), je constate que je suis respecté, faute de mieux. Ecrivez-moi de temps à autre, je vous en prie.

En août, James l'Apothicaire vint rendre visite à Richard, chargé d'une nouvelle pierre filtrante, de linges, de vêtements, de médicaments, de livres.

— Sers-toi toujours de la précédente pierre, Richard, elle ne semble pas encore polluée. Mieux vaut avoir des pierres de rechange. Je t'ai aussi apporté un bon sac bien solide, pour y conserver ta nourriture. L'eau de Gloucester est bien meilleure que celle de Bristol.

Il semblait mal à l'aise, parlait pour meubler le silence et évitait de croiser les yeux de Richard.

— Il n'y avait aucune raison d'entreprendre ce voyage par une telle chaleur, cousin James, observa Richard avec bonté. Que se passe-t-il ?

— Nous avons enfin eu des nouvelles de Mr Hyde de Chancery Lane. Sir James Eyre a reçu ta demande en grâce adressée au roi le 9 du mois dernier – c'est la date figurant sur le courrier de lord Sydney. Il refuse ta grâce, et de la manière la plus catégorique. Il est absolument convaincu que tu as conspiré avec cette femme pour voler Ceely Trevillian. Même si Annemarie Latour n'a jamais été retrouvée.

— Le témoin à charge..., murmura Richard, le souffle court. Absent, mais que l'on croit plus que tout autre.

— C'est bien cela, mon pauvre garçon. Nous avons épuisé toutes les voies de recours. Mais la récompense te reste due malgré tout. Elle ne peut pas être saisie par la justice puisqu'elle n'a pas de rapport avec le délit pour lequel tu es condamné. Je sais que tu possèdes quelques guinées, mais, la prochaine fois que je viendrai, je t'apporterai un autre coffre avec un espace creux dissimulé sur les côtés. On m'a dit que ce sont surtout le fond et le couvercle qui font l'objet d'un contrôle. Tu y trouveras des pièces d'or enveloppées dans de la charpie pour qu'elles ne fassent pas de bruit quand on secoue le coffre ou qu'on frappe contre lui. La charpie sonne plein, elle aussi.

Richard lui saisit les deux mains et les serra fortement.

— Je sais que je me répète, mais je ne pourrai jamais assez te remercier, cousin James. Que serais-je devenu sans vous tous ?

Lorsque le cousin James l'Apothicaire fut parti, Lizzie Lock s'approcha de Richard.

— C'est cet apothicaire qui t'apporte tes pierres, tes savons, ton huile de goudron et tout ce qui te sert pour tes cérémonies papistes ? Tu me fais penser à un curé en train de dire la messe.

— Ouais ! T'es rien d'autre qu'un tordu qui fait des manières, renchérit Bill Whiting avec un sourire. Tout ça, c'est pas nécessaire, Richard, mon amour. Regarde comme nous sommes, nous autres.

— A propos, Bill, je t'ai vu en train de rôder autour de mes moutons l'autre jour, dit Betty Mason, qui gardait un troupeau pour Mrs Hubbard. Je ne te le dirai pas deux fois : laisse-les tranquilles.

— Comment je pourrais sauter quelqu'un, à part Jimmy et mon beau Richard ? Le problème, c'est qu'ils veulent pas. Au fait, paraît qu'on aurait traîné toutes ces grosses pierres pour rien. La vieille Mrs Hubbard dit qu'on parle d'une prison d'un nouveau style.

— J'en ai entendu parler, moi aussi, acquiesça Richard en trempant un morceau de pain rassis dans son reste de soupe.

Jimmy Price soupira :

— Nous ressemblons à ce type qui poussait toute la journée en haut d'une montagne un gros rocher qui lui dégringolait toujours sur la tête. Seigneur, ce serait bon de travailler et d'avoir un but !

Il jeta un coup d'œil à Ike Rogers avachi, le dos rond, à l'extrémité de la table que sa petite bande défendait contre tous ceux qui auraient eu la prétention de s'y installer.

— Mange, Ike. Sinon, notre beau Richard va avaler ta soupe. Les cinq autres gibiers de potence ont bien mangé la leur, d'après ce que j'ai vu, et ils ne paraissent pas se faire tant de souci. Mange, Ike, mange ! On ne te pendra pas, je te le jure !

Ike ne daigna pas répondre. Il n'y avait plus trace en lui du matador. Les bandits de grand chemin étaient considérés comme l'aristocratie des criminels, mais Ike ne parvenait pas à se résigner à son sort ou à adopter, comme ses cinq compagnons de misère, une attitude désinvolte vis-à-vis de la mort.

Richard vint s'asseoir sur le banc à côté de lui et posa un bras sur ses épaules.

— Mange, Ike, dit-il avec entrain.

— Je n'ai pas faim.

— Jimmy a raison. Tu ne seras pas pendu. Personne n'a été pendu depuis deux ans à Gloucester, bien que bon nombre aient été condamnés à la potence. La mère Hubbard a besoin de nous pour toucher ses 30 pence par semaine et par tête – ou ses 14 pence si nous ne travaillons pas.

— Je ne veux pas mourir ! Je te dis que je ne veux pas mourir !

— Tu ne mourras pas, Ike. Maintenant, mange ta soupe.

— Quel triste bougre il fait, cet Ike, à trottiner toujours avec ses bottes de cavalier comme s'il avait des hauts talons. Il les porte même au lit. Jésus, ses pieds doivent puer ! soupira Bill Whiting, le lendemain, tandis qu'ils charriaient leurs grosses pierres. S'il se balance au bout de la corde, alors moi aussi j'y passerai. Pourtant, ça semble pas juste, hein ? Son butin valait 5 000 livres et mon mouton seulement 10 shillings.

Soudain, Whiting, qui s'était toujours comporté bravement jusque-là, fut traversé d'un long frisson.

— Une oie a marché sur ma tombe, dit-il en se mettant à rire.

— Les oies feront plus que marcher dessus, Bill. Elles picoreront pour trouver nos vers.

Ils étaient huit, solidement liés par l'amitié : les quatre femmes, Bill, Richard, Jimmy et le pitoyable Joey Long, qu'ils traitaient comme un enfant. Richard frissonna à son tour. Quatre de ses sept amis ne verraient pas arriver l'année 1786.

Trois jours avant Noël, la peine des six condamnés à mort fut commuée en quatorze années de déportation en Afrique – à moins que ce ne soit ailleurs. La joie s'empara d'eux tous, mais Ike Rogers ne retrouva jamais son attitude bravache.

Richard passa toute l'année 1785 en prison. Le dernier jour, il reçut une nouvelle lettre de James Thistlethwaite.

Les choses bougent à Westminster. Toutes sortes de rumeurs circulent. Les plus intéressantes en ce qui te concerne sont les suivantes : tous les condamnés à la déportation détenus dans les prisons extérieures à Londres doivent être embarqués sur des bateaux de la Tamise prêts à appareiller vers l'étranger. Mais pas vers d'autres rives de cette mare aux harengs dont le roi raffole tant et que l'on appelle « Oceanus Atlanticus ». Les rumeurs qui me parviennent (chaque jour de plus en plus précises) parlent d'un océan sacrément plus rare, l'« Oceanus Pacificus ».

Il n'y a guère plus de dix ans de cela, la Royal Society, associée à la puissante Royal Navy, a envoyé un certain capitaine James Cook à Otaheite pour observer le transit de Vénus sur le soleil. Ce Cook aurait découvert des rivages paradisiaques lors de ses pérégrinations, dues, je le suppose, à un excès de curiosité. Rien d'étonnant à ce que cette curiosité lui ait valu, en fin de compte, de se faire tuer par les Indiens des îles de lord Sandwich. Ce pays « de lait et de miel » qui nous intéresse à présent aurait rappelé au capitaine Cook le sud du pays de Galles, et c'est pourquoi il l'a surnommé avec imagination la « Nouvelle-Galles du Sud ». Sur les cartes, elle figure sous le nom de « Terra Incognita », ou encore « Terra Australia ». Quelle distance compte-t-elle de l'est à l'ouest, personne ne le sait, mais, du nord au sud, il y a certainement au moins 2 000 miles.

A peu près à la même latitude sud (ce qui correspond, dans l'hémisphère Nord, au nouvel Etat de Géorgie), Cook a découvert un endroit qu'il a baptisé « Botany Bay ». Pourquoi ce nom ? A cause de l'odieux sir Joseph Banks, homme de lettres et président de la Royal Society, qui fourre son nez partout et, tel un chien de chasse, rôde, la truffe au sol, en quête de spécimens botaniques qu'il recueille avec Solander, un élève de Linné.

Laisse-moi te parler à présent d'un certain James Maria Matra, un gentleman d'origine corse qui fut le premier à souffler cette idée aux personnalités officielles. Il a eu d'innombrables consultations privées avec sir Joseph Banks et fait autorité sur tout, depuis la naissance du Christ jusqu'à la musique des sphères. Le résultat est que Mr Pitt et lord Sydney sont persuadés d'avoir trouvé la solution à leur affreux dilemme : que faire des gens tels que vous ? Réponse : les envoyer à Botany Bay. Pas vraiment pour être abandonnés sur le rivage comme cela s'est passé en Afrique, mais plutôt avec l'idée d'installer quelques hommes et femmes d'origine anglaise dans ce pays de lait et de miel où ni les Français ni les Hollandais ni les Espagnols ne sont encore arrivés.

Je n'ai encore jamais entendu parler d'un territoire qui ait été colonisé par des détenus, et pourtant telle semble bien être l'intention du gouvernement de Sa Majesté à Botany Bay. Cependant, je ne suis pas sûr que le verbe « coloniser » soit adapté à pareil contexte. Dans l'esprit de Mr Pitt, il conviendrait plutôt de dire « se débarrasser ». Si, toutefois, l'expérience réussit, Botany Bay devrait accueillir les rebuts de notre société pendant des générations. Ainsi, deux objectifs seraient atteints. Le premier – et le plus important – est d'expédier les condamnés anglais si loin qu'ils cessent de représenter une cause d'embarras ou de nuisance pour le pays. Le second – un stratagème pour, j'en suis certain, endormir les soupçons de tous les bien-pensants, de plus en plus nombreux, qui gouvernent notre pays –, c'est d'apporter à Sa Majesté une nouvelle colonie, même sans valeur d'exploitation, sur laquelle faire flotter l'Union Jack. Une colonie peuplée de félons et de geôliers dont le nom pourra être, à la longue, « Felonia ».

Assez de jeux de mots. Richard, prépare-toi à quitter Gloucester. J'ai déjà écrit au cousin James l'Apothicaire, qui devrait venir te voir avec les objets nécessaires à ta survie pour cette année 1786. Et arme-toi pour recevoir un choc. Une fois que tu auras embarqué sur l'un des bateaux du Royal Arsenal, c'est à Londres que tu te retrouveras. On dénombre trois de ces palaces pénitentiaires. Le Censor *et le* Justitia *sont là depuis dix ans et ont retenu toute l'attention de Mr John Howard qui les a maintes fois visités. Le troisième, le* Cérès*, vient seulement d'être armé. Le gouvernement confie l'armement des navires à un spéculateur londonien du nom de Duncan Campbell, un Ecossais fort économe, bien entendu.*

Je suis navré d'avoir à te dire que les pontons de la Tamise sont exclusivement réservés aux détenus de sexe masculin. Pas de présence féminine pour s'occuper de toi et adoucir ton humeur. Ce sont de véritables enfers flottants et j'emploie ces mots en toute connaissance de cause. Je sais que c'est à Job que je dois adresser des paroles de réconfort, car c'est bien à Job que tu peux te comparer. Et mieux vaut un Job qui sait ce qui l'attend.

Veille bien sur toi.

— J'ai des nouvelles, déclara Richard en reposant la lettre.
— Quoi donc ? demanda Lizzie, en train de coudre tranquillement.

Cela ne pouvait signifier de mauvaises nouvelles puisqu'il avait toujours l'air serein.

Le mouvement de l'aiguille s'arrêta et elle posa tendrement les yeux sur celui qu'elle appelait toujours, désormais, son « beau Richard ». Elle ne savait rien de lui car il avait gardé le secret sur tout ce qui le concernait, se contentant de mentionner le délit dont on l'avait accusé. Elle l'aimait, bien entendu, tout en sachant qu'elle ne coucherait jamais avec lui. Cela aurait entraîné des conséquences trop douloureuses — la naissance d'un enfant aussitôt en danger de mort.

Son nouveau chapeau, une vertigineuse combinaison de soie noire et de plumes d'autruche écarlates, était perché sur sa tête, de manière incongrue. Il le lui avait offert pour Noël en lui expliquant que ce cadeau ne venait pas de lui, mais d'un ami du nom de James Thistlethwaite qui vivait à Londres. Un pamphlétaire, lui avait-il expliqué, qui ridiculisait d'odieux politiciens, prélats ou fonctionnaires par la seule force de ses traits d'esprit. Lizzie n'éprouvait aucune difficulté à le croire. Comme elle ne savait ni lire ni écrire, toute personne capable de gagner sa vie au moyen de la littérature était, à ses yeux, proche de Dieu Lui-même.

Aussi, tout en laissant courir paisiblement son aiguille pour repriser un trou dans une chaussette de la mère Hubbard, demanda-t-elle presque distraitement :

— De quelles nouvelles s'agit-il ?
— Mon ami m'apprend que les condamnés à la déportation en Afrique vont devoir quitter les prisons de province pour embarquer sur des pontons flottant sur la Tamise. Il ne parle que des hommes et ne dit rien des femmes.

Ils traversaient une période de sous-peuplement car il n'y avait pas eu d'assises à la Saint-Michel cette année-là. La scarlatine avait causé trop de décès. Les procès avaient donc été repoussés à l'Epiphanie, en janvier 1786, du moins si le nombre de détenus s'avérait assez important pour que cela en vaille la peine.

Ils furent cependant une vingtaine à surprendre les paroles de Richard. Ceux qui étaient en attente de leur procès se figèrent les premiers. Puis tous les autres s'ébrouèrent lentement, les yeux écarquillés, les oreilles dressées, toute leur attention rivée sur Richard.

— Pourquoi ? demanda Bill Whiting.

— Quelque part dans le monde, je ne sais pas exactement où, se trouve un endroit appelé Botany Bay. C'est là que nous devons être déportés et je suppose que nous ferons voile depuis Londres, puisqu'on nous envoie sur des bateaux amarrés sur la Tamise et non à Portsmouth ou Plymouth. Seuls les hommes partiront. Même si les femmes doivent, elles aussi, rejoindre Botany Bay.

Bess Parker se blottit contre Ned Pugh qui avait blêmi.

— Ned ! Ils vont nous séparer ! Qu'allons-nous devenir ?

Il ne se trouva personne pour la réconforter et on ignora sa question.

— Est-ce que Botany Bay se trouve en Afrique ? demanda Jimmy Price, rompant le silence.

— Il semble que non, répondit Richard. J'ai bien peur que ce ne soit beaucoup plus loin que l'Afrique ou l'Amérique. Quelque part dans l'océan Pacifique.

— Les Indes orientales ? suggéra Ike Rogers. Chez les barbares.

— Non, pas les Indes orientales, mais peut-être pas très loin de là. C'est au sud, loin vers le sud, une terre découverte récemment par un certain capitaine Cook. Jem dit que c'est un pays de lait et de miel, aussi j'ose croire que ce ne sera pas trop mal. (Pour les aider, il chercha à indiquer une direction géographique.) Ce doit être en direction d'Otaheite ou, tout du moins, sur le chemin de retour, car c'était la véritable destination de ce fameux Cook.

— Où se trouve Otaheite ? demanda Betty Mason, aussi effondrée que Bess.

Elle venait de comprendre que Johnny, lui non plus, n'irait pas à Botany Bay.

— Je n'en sais rien... avoua Richard.

Le lendemain – premier jour de l'an 1786 –, les détenus des deux sexes furent conduits à la chapelle de la prison où les attendaient mère Hubbard, Parsnip Evans et trois hommes qu'ils reconnurent comme étant ceux qui accompagnaient le petit groupe de Londres venu examiner les nouvelles constructions en cours. John Nibbet était le shérif de Gloucester, et les deux autres, John Jefferies et Charles Cole, bénéficiaient du titre de « gentlemen shérifs ».

Nibbet était chargé officiellement d'informer les détenus.

— La ville de Gloucester, dans le comté du Gloucestershire, a été avisée par le ministère de l'Intérieur et par le secrétaire d'Etat lord Sydney qu'un certain nombre de détenus actuellement en prison et condamnés à la déportation en Afrique seront acheminés vers d'autres contrées, aboya-t-il.

— Il n'a même pas repris son souffle, murmura Whiting.

— Ne t'expose pas à recevoir une raclée, Bill, chuchota Jimmy.

Nibbet poursuivit, sans avoir apparemment besoin de reprendre son souffle :

— En outre, la ville de Gloucester, dans le comté du Gloucestershire, a été chargée par ledit ministère de l'Intérieur des fonctions d'agent collecteur pour tous les condamnés mâles détenus à Bristol, Monmouth et dans le Wiltshire. Quand tous seront regroupés ici, s'y joindront les prisonniers suivants déjà détenus à la prison de Gloucester : Joseph Long, Richard Morgan, James Price, Edward Pugh, Isaac Rogers et William Whiting. Le groupe sera ensuite transféré à Londres et à Woolwich, où il attendra le bon vouloir du roi.

Un long gémissement s'éleva quand il eut fini de parler. Bess Parker se précipita en avant, embarrassée par ses fers, et se jeta aux pieds de Nibbet en se tordant les mains, le visage ruisselant de larmes.

— Monsieur, monsieur, honorable sir, je vous en prie, je vous en supplie ! Ned Pugh est mon homme ! Vous voyez mon ventre ? Je vais avoir un enfant de lui d'un jour à l'autre ! Je vous en prie, sir, ne me l'enlevez pas !

— Cesse ces hurlements, femme ! (Nibbet tourna vers la mère Hubbard un regard sévère.) Le prisonnier Pugh a-t-il une relation suivie avec cette femelle ?

— Oui, Mr Nibbet, depuis plusieurs années. Ils ont déjà eu un enfant ensemble, mais il est mort.

— Les instructions du sous-secrétaire Nepean spécifient que doivent être envoyés à Woolwich exclusivement les détenus mâles n'ayant ni épouses ni concubines reconnues emprisonnées avec eux. Edward Pugh restera donc à Gloucester avec les condamnées de sexe féminin, annonça-t-il.

Mère Hubbard murmura quelque chose à l'oreille de Nibbet.

— Prisonnier Morgan, avez-vous une relation suivie avec ladite Elizabeth Lock ? aboya le shérif.

De toutes les fibres de son cœur, Richard aurait voulu répondre par l'affirmative, mais il savait que ses papiers seraient examinés avec soin et révéleraient l'existence d'une épouse officielle. Le sort le liait à jamais à Annemarie.

— J'ai bien une relation suivie avec Elizabeth Lock, monsieur, mais elle n'est pas ma femme, même par droit coutumier. Je suis déjà marié, dit-il.

Lizzie Lock gémit.

— Alors vous partirez pour Woolwich, Morgan.

Le révérend Evans prononça une prière pour leur âme et la réunion s'acheva. Le gardien Johnny, tout heureux de la tournure prise par les événements, ramena les prisonniers dans la salle commune. Lizzie ne perdit pas de temps pour attirer Richard dans un coin isolé.

— Pourquoi tu ne m'as jamais dit que tu étais marié ? demanda-t-elle, les plumes de son chapeau s'agitant en tous sens.

— Parce que je ne suis pas marié.

— Mais alors, pourquoi avoir dit au shérif que tu l'étais ?

— Parce que mes papiers l'affirment.

— Comment est-ce possible ?

— C'est comme ça.

Elle le saisit par les épaules et le secoua vigoureusement.

— Oh, va au diable, Richard, va au diable ! Pourquoi tu ne m'as jamais rien dit ? Pour quelle raison te montrer si secret ?

— Je ne cherche pas à être secret, Lizzie.

— Mais tu l'es ! Jamais tu ne me confies la moindre chose !

— C'est parce que tu ne me poses jamais de questions, rétorqua-t-il.

Elle le secoua de nouveau.

— Eh bien, je t'en pose une maintenant ! Parle-moi de toi, Richard Morgan. Dis-moi tout. Je veux savoir comment tu peux être marié sans l'être vraiment, par tous les saints !

— Bon, alors autant vous raconter l'affaire à tous.

Ils se réunirent autour de la table pour entendre son histoire. C'est ainsi qu'ils découvrirent l'existence d'Annemarie Latour, de Ceely Trevillian et de la distillerie. Pas un mot de Peg, de la petite Mary, de William Henry et du reste de sa famille car Richard n'aurait pas supporté de parler d'eux.

— Willy le Geignard nous en a davantage raconté là-dessus que toi aujourd'hui, déclara amèrement Lizzie.

— C'est tout ce que je peux vous dire, assura Richard, pressé de changer de sujet. Il semble que nous devrons partir bientôt. Je prie pour que les cousins James arrivent encore à temps.

Le 4 janvier, le nombre de détenus dans la section des criminels de la prison de Gloucester s'était accru. Quatre hommes étaient arrivés de Bristol et deux du Wiltshire. Deux des condamnés de Bristol étaient très jeunes tandis que les deux autres, amis depuis l'enfance, avaient déjà une trentaine d'années.

— Neddy et moi, nous nous sommes enivrés un soir au Swan, dans Temple Street, expliqua William Connelly en administrant une affectueuse bourrade sur l'épaule d'Edward Perrott. Je ne sais pas vraiment ce qui s'est passé, mais on s'est retrouvés à la New-gate de Bristol et, à la dernière session de février, on en a pris pour sept ans de déportation en Afrique. Il paraît qu'on aurait volé des vêtements.

— Vous avez l'air en forme après avoir passé une année dans cet endroit du diable. Je n'y suis resté que trois mois, juste avant vous, observa Richard.

— Tu es de Bristol, toi aussi ?

— Oui, mais j'ai été jugé ici. L'affaire pour laquelle j'ai été condamné s'est passée à Clifton.

William Connelly semblait d'origine irlandaise avec ses épais cheveux roux, son nez court et ses insolents yeux bleus. Quant à Edward Perrott, plus silencieux, il arborait un grand nez cabossé, un menton proéminent et la fade blondeur d'un véritable Anglais.

Les deux prisonniers du Wiltshire, William Earl et John Cross, avaient à peine vingt ans et s'étaient déjà liés d'amitié avec les deux plus jeunes détenus venus de Bristol, Job Hollister et William Wilton. Joey Long était si naïf qu'il s'attacha à ce groupe de jeunes au moment même où il pénétra dans la salle commune dans un fracas de chaînes. Isaac Rogers choisit, lui aussi, de se joindre à ces cinq hommes, ce que Richard trouva d'abord étrange. Quelques heures plus tard, il en avait compris la raison, pas si étrange après tout. Son allure et sa supériorité en âge avaient permis au bandit de grand chemin de regagner auprès d'eux un peu du prestige que sa frousse lui avait fait perdre auprès de ses compagnons de Gloucester.

Le détenu de Monmouth arriva enfin, douzième condamné en route pour Woolwich. Il précisa qu'il s'appelait William Edmunds.

— Par le Christ! s'exclama Bill Whiting. Nous sommes douze à nous rendre à Woolwich et voilà que cinq d'entre nous sont des foutus William! Moi, on m'appellera Bill. Wilton de Bristol, tu me fais penser à Willy le Geignard, alors tu seras Willy. Connelly de Bristol, je te baptise Will, et Earl du Wiltshire, Billy. Mais comment diable allons-nous nommer le cinquième? Qu'est-ce que tu as donc fait pour arriver ici, Edmunds?

— J'ai volé une génisse à Peterstone, déclara Edmunds avec l'accent traînant du pays de Galles.

Whiting rugit de rire et embrassa à pleine bouche le Gallois outragé.

— Un autre bougre de ma trempe, Dieu soit loué! J'ai emprunté pour la nuit un mouton avec l'intention de le baiser mais jamais je n'ai pensé à une génisse!

— Ne fais pas ça! s'exclama Edmunds en se frottant la bouche vigoureusement. Tu peux baiser tout ce qui te plaît, mais pas moi!

— Puisque c'est un Gallois et un voleur, intervint Richard en riant, nous le baptiserons Taffy[1], naturellement.

— Tu as été condamné au gibet? demanda Bill Whiting à Taffy.

— Deux fois, ouais.

— Pour une seule génisse?

— Non, la seconde fois pour m'être sauvé. Mais en ce moment

---

1. Surnom donné aux Gallois. *(N.d.T.)*

les Gallois s'agitent pas mal, ils sont mécontents de leur sort. Ils n'auraient pas aimé voir l'un d'entre eux se faire pendre, même à Monmouth, alors les juges, par prudence, ils ont de nouveau commué ma peine et se sont débarrassés de moi.

Richard se sentit attiré par cet homme, comme il l'était déjà par Bill Whiting et Will Connelly. Ses manières évoquaient des nuages jouant avec le soleil sur le flanc d'une colline couverte de bruyère. Il est vrai que Richard avait, lui aussi, des racines dans le pays de Galles.

James l'Apothicaire arriva juste à temps à Gloucester le 5 janvier, chargé de sacs et de coffrets en bois.

— La régie des impôts a versé 500 livres à ton compte fin décembre, dit-il en fouillant dans son sac. J'ai ici six autres pierres filtrantes avec leur cadre de cuivre et des récipients pour conserver l'eau, car je pense que tu dois veiller à garder également en bonne santé tes cinq compagnons.

— Pourquoi cinq, cousin James ? s'enquit Richard, intrigué.

— Dans sa lettre, Jem Thistlethwaite dit que les hommes embarqués sur les bateaux de la Tamise sont divisés par groupes de six qui doivent vivre et travailler ensemble. (Il ne parla pas à Richard de ce que Jem lui avait confié au sujet de ces pontons. Il n'en trouva pas la force.) C'est pourquoi il y a ici cinq nouveaux coffres contenant les mêmes choses que le tien, mais en moindre quantité. Je t'ai aussi apporté ta boîte à outils.

Richard s'assit sur ses talons en réfléchissant à ce qu'il venait d'entendre, puis il finit par secouer la tête.

— Non, cousin James, pas mes outils. Je sais bien que j'en aurai besoin à Botany Bay mais j'ai encore assez de lueur dans le crâne pour me rendre compte que, si je les emporte maintenant avec moi, ils n'arriveront pas là-bas. Garde-les jusqu'à ce que tu apprennes sur quel bateau je me trouve et, alors, envoie-les-moi.

Le cousin James acquiesça.

— Voici encore d'autres livres de la part du révérend James, reprit-il. Cette fois, il a concentré son choix sur des sujets se rapportant au monde, à la géographie, aux voyages. Ils sont plus lourds, car la plupart sont imprimés sur du papier ordinaire et reliés en cuir. Mais il pense que cela peut te servir et il espère que tu pourras les emporter en même temps que tous les autres jusqu'à Botany Bay.

Ne trouvant rien d'autre à ajouter, le cousin James se mit debout.

— Botany Bay est à l'autre bout du monde, Richard. Dix mille miles si on pouvait voler, plus de seize mille par bateau. Je crains qu'aucun de nous ne puisse jamais te revoir et c'est une terrible épreuve pour toute la famille. Tout cela pour quelque chose que tu n'as pas fait. Oh mon Dieu ! Mon Dieu ! Souviens-toi que je prierai chaque jour pour toi jusqu'à mon dernier souffle, et que ton père, ta mère, ainsi que le révérend James feront de même. Il n'est pas possible que Dieu demeure sourd à tant de ferveur. A coup sûr, Il te protégera. Oh, mon Dieu, mon Dieu !

Richard le prit dans ses bras, l'étreignit, l'embrassa sur les joues. Puis ils se séparèrent, tête basse, sans se retourner.

Richard le suivit des yeux sur le sentier qui serpentait entre les carrés de légumes et lorsqu'il franchit la grille du château. Il le vit encore tourner au coin, et enfin disparaître. « Moi aussi, je prierai pour toi, cousin James, car je t'aime plus encore que mon propre père. »

Un bras de Lizzie Lock posé sur ses épaules, il rassembla ses troupes autour de la table, dans la salle commune des criminels.

— Ce n'est pas que j'aie envie de commander, déclara-t-il aux cinq compagnons qu'il s'était choisis, Bill Whiting, Will Connelly, Neddy Perrott, Jimmy Price et Taffy Edmunds. Mais j'ai trente-sept ans et il se trouve que je suis le plus âgé de vous tous. Cependant, je ne suis pas du bois dont on fait les chefs et vous devez tous le savoir maintenant. Chacun de nous doit puiser en lui-même sa force et les raisons de sa conduite, comme il convient de le faire. Il se trouve que je possède quelque instruction et une source d'informations à Londres, dans le monde politique, ainsi qu'un très intelligent cousin droguiste à Bristol.

— Je le connais, déclara Will Connelly en hochant la tête. James Morgan, de Corn Street. Je l'ai reconnu au moment où il est entré. Eh bien, dites donc ! Ce Richard Morgan a de sacrées relations.

— Oui, plutôt. Tout d'abord, je dois vous apprendre que, sur les bateaux, les hommes sont réunis par groupes de six vivant et travaillant ensemble. Et, si vous êtes d'accord, j'aimerais que nous autres, ici, formions un tel groupe avant qu'un geôlier en décide autrement sur le navire. Est-ce que cela vous convient ?

Tous approuvèrent d'un signe de tête.

— Nous avons la chance d'être au nombre de douze jusqu'à Londres. Les autres sont jeunes, à l'exception de Ike, mais il semble préférer leur compagnie à la nôtre. Aussi, je me propose d'informer Ike pour qu'il fasse la même chose avec ses cinq nouveaux amis. De cette manière, nous serons douze sur le bateau à pouvoir nous protéger réciproquement.

— Tu t'attends à des troubles, Richard ? demanda Connelly, les sourcils froncés.

— Honnêtement, je n'en sais rien, Will. Si j'agis de cette façon, c'est plus à cause de ce que mes informateurs ne m'ont pas dit qu'à cause de ce qu'ils m'ont dit. Nous sommes tous originaires de l'ouest du pays. Ce ne sera pas le cas sur les navires.

— Je comprends, déclara Bill Whiting, sérieux pour une fois. Mieux vaut décider de notre sort dès à présent. Il sera peut-être trop tard par la suite.

— Combien d'entre vous savent lire et écrire ? interrogea Richard.

Connelly, Perrott et Whiting levèrent la main.

— Quatre avec moi. C'est bien. (Il montra du doigt les cinq coffres posés par terre autour de lui.) Vous trouverez dans ces coffres tout ce qui est nécessaire pour rester en bonne santé, entre autres des pierres filtrantes.

— Oh, Richard, pas ça ! s'exclama Jimmy Price, exaspéré. T'en fais des histoires, avec ta foutue pierre filtrante ! Lizzie a raison. On croirait un curé qui dit la messe !

— Il est vrai que je me suis fait une religion de rester en bonne santé. (Richard scruta son groupe d'un air sévère.) Will et Neddy, comment avez-vous réussi à rester en forme pendant votre année passée à la prison de Bristol ?

— En ne buvant que de la bière ou de la petite bière, répondit Connelly. Nos familles nous ont donné de l'argent afin qu'on puisse manger et boire convenablement.

— Quand j'étais là-bas, je n'ai bu que de l'eau, dit Richard.

— Impossible ! s'exclama Neddy Perrott avec un sursaut.

— Non, pas impossible. Je filtrais ma boisson au travers de ma pierre. Elle a pour fonction de purifier les eaux mauvaises. C'est pour cela que mon cousin James les importe de Ténériffe. Si vous pensez un instant que l'eau de la Tamise sera plus buvable que celle de l'Avon, vous serez morts au bout d'une semaine. C'est à vous de choisir, à vous seuls. Si vous réussissez à trouver de la petite bière, alors, bien. Mais, à Londres, nos familles ne seront pas là pour nous aider. Le peu d'argent que nous possédons doit être conservé pour soudoyer certaines personnes quand ce sera nécessaire, et non dépensé pour acheter de la petite bière.

— Tu as raison, admit Will Connelly en mettant la main sur une pierre filtrante posée sur la table. Si je ne peux pas me procurer de petite bière, je filtrerai mon eau, moi le premier. C'est une affaire de bon sens.

Pour finir, tous acceptèrent le principe, y compris Jimmy Price.

— C'est donc entendu, dit Richard.

Il se leva pour aller parler à Ike Rogers, contrarié de ne pas avoir douze pierres filtrantes à distribuer ; mais, au moins, il allait sauver six hommes sur les douze. Le groupe de Ike devrait se débrouiller de son mieux. Ike semblait d'ailleurs disposer d'une abondante source d'argent.

« Si nous nous serrons bien les coudes, tous les douze, avec ces deux groupes, nous avons de bonnes chances de survivre », pensa-t-il avec espoir.

TROISIÈME PARTIE

De janvier 1786 à janvier 1787

Le chariot qui devait les conduire à Londres et Woolwich arriva le lendemain, 6 janvier. Un an jour pour jour après son précédent voyage, songea Richard. Mais ce départ fut plus important et beaucoup plus triste ; les femmes pleuraient.

— Que vais-je devenir sans toi ? gémit Lizzie Lock en suivant Richard vers la maison de Mrs Hubbard.

— Trouve-toi un autre protecteur, répondit Richard avec douceur. Il t'en faut absolument un. Mais il te sera sans doute difficile de tomber sur un homme qui, comme moi, accepte d'oublier le sexe.

— Je sais ! Je sais ! Richard, comme tu vas me manquer !

— Tu me manqueras à moi aussi, ma petite Lizzie. Qui va repriser mes chaussettes ?

Elle sourit à travers ses larmes et lui donna une bourrade.

— Tu t'en tireras ! Je t'ai montré comment se servir d'une aiguille et tu te débrouilles bien.

Sur ces entrefaites, deux gardes arrivèrent et repoussèrent les femmes vers la prison. Elles protestaient, pleuraient, agitaient la main en signe d'adieu.

A nouveau, on encercla la taille des prisonniers au moyen d'une ceinture de fer à laquelle étaient fixées quatre chaînes par-devant.

Au premier abord, ce chariot ressemblait en tous points à celui qui avait parcouru le trajet de Bristol à Gloucester, avec son attelage de huit chevaux et sa bâche en demi-cercle. Mais l'intérieur était différent car un banc courait de chaque côté, assez long pour que six hommes puissent s'y asseoir à l'aise. Leurs effets personnels devaient être empilés par terre, entre leurs jambes. Ils risquaient de se déplacer à chaque secousse du véhicule, songea Richard, qui en avait fait l'expérience. Quelle route aurait été assez bonne pour éviter ce désagrément, surtout à cette époque de l'année ? Sans compter que l'hiver promettait d'être pluvieux.

Deux gardiens faisaient le voyage avec eux, mais à l'extérieur. Ils étaient assis devant, avec le cocher, qui jouissait d'un abri au-dessus de lui. Aucune chance de se glisser à l'arrière pour s'échapper.

Lorsqu'ils furent assis, on fixa une extrémité de leurs fers au banc de la charrette de telle sorte que, si l'un d'eux bougeait, ses cinq compagnons devaient en faire autant.

La hiérarchie était maintenant bien établie. Emmitouflé dans son manteau chaudement doublé, Richard était assis près de l'extrémité ouverte du chariot, avec en face de lui Ike Rogers, qui commandait aux plus jeunes.

— Combien de temps ça va prendre ? demanda ce dernier.

— Si nous parcourons six miles par jour, nous aurons de la chance, répondit Richard avec un grand sourire. Je ne sais pas combien de temps il nous faudra. Tout dépendra de l'itinéraire.

— Je suis déjà allé à Oxford, mais jamais à Londres.

Dans son premier livre de géographie, Richard avait relevé un texte sur la capitale.

— Woolwich est situé assez loin à l'est de Londres, mais sur la rive sud de la Tamise. J'ignore s'ils envisagent de nous faire traverser le fleuve ; après tout, nous devons embarquer sur des bateaux amarrés sur la Tamise. Si nous passons par Cheltenham et Oxford, nous devrons parcourir environ 120 miles pour atteindre Woolwich. (Il effectua un rapide calcul mental.) A l'allure de 6 miles par jour, il nous faudra presque trois semaines pour y arriver.

— Rester confinés ici trois semaines ? s'exclama Bill Whiting, consterné.

Ceux qui avaient déjà voyagé sur un chariot se mirent à rire.

— Ne crains pas de demeurer assis à ne rien faire, Bill, dit Taffy. Il nous faudra sortir et pelleter au moins une demi-douzaine de fois par jour.

Ce qui s'avéra. Mais l'hébergement en route fut très inférieur à celui dont Richard et Willy avaient autrefois bénéficié grâce aux bonnes grâces de John, le cocher. Pas de grange, pas de chaudes couvertures de cheval, rien que du pain sec et de la petite bière à boire. Ils passèrent toutes les nuits dans le chariot, étendus par terre après avoir transféré leurs biens sur les bancs, n'ayant comme couvertures que leurs manteaux et comme oreillers que leurs chapeaux. Le toit de toile laissait goutter une pluie qui ne cessait jamais, mais la température restait au-dessus de zéro, maigre consolation pour des prisonniers trempés et frissonnants. Ike était le seul à porter des bottes. Les chaussures des autres furent bientôt enveloppées jusqu'aux chevilles d'une croûte de boue.

Ils ne virent ni Cheltenham ni Oxford, le cocher ayant préféré éviter les deux villes, avec son chargement de criminels, et High Wycombe ne fut pour eux qu'une courte rangée de maisons sur une pente tellement glissante que les chevaux se fourvoyèrent dans le creux profond des ornières, manquant de faire verser le chariot. Contusionnés par les coffres de bois qui avaient volé de toutes parts sous les cahots, les prisonniers furent chargés de redresser le véhicule dangereusement incliné. Ike Rogers, qui s'y connaissait en chevaux, s'avança de lui-même pour calmer les animaux et démêler leurs harnais.

Ils ignorèrent tout de Londres, l'un des gardiens ayant fixé un panneau de bois sur l'ouverture du chariot pour les empêcher de voir le spectacle à l'extérieur.

Aux cahots succéda bientôt un roulement sonore signifiant qu'ils circulaient maintenant sur une route principale et qu'on n'aurait plus besoin de leur aide pour extraire le véhicule de la boue. Des bruits parvenaient jusqu'à eux : cris, hennissements, braiments, quelques mots d'une chanson, un brouhaha soudain révélant sans doute la porte ouverte d'une taverne, un sourd martèlement de machines, parfois un fracas.

Quand vint la nuit, les gardiens leur passèrent du pain et de la petite bière par un volet du panneau avant de les abandonner à leur sort. Ceux qui avaient besoin d'uriner ou de déféquer durent se servir d'un seau. Au matin, ils reçurent une nouvelle ration de pain et de petite bière, puis le mouvement en avant reprit au milieu d'un tintamarre confus. Ils entendirent bientôt le brouhaha d'un marché et les cris des vendeurs, le tout assaisonné de quelques très intéressants relents : poisson pourri, viande avariée, légumes gâtés. Les hommes qui venaient de Bristol échangèrent un regard et un petit sourire, mais les autres parurent avoir la nausée.

Deux nuits de suite, ils restèrent dans les parages de la grande ville mais, dans l'après-midi du troisième jour – le vingtième depuis leur départ de Gloucester –, quelqu'un repoussa le panneau et laissa entrer la lumière de Londres. Devant eux s'étalait un grand fleuve aux eaux épaisses et grises sur lesquelles flottaient des détritus. D'après la position du soleil, pâle halo de lumière dans un ciel blanchâtre, ils devaient se trouver sur la rive sud. Woolwich, décida Richard. Le chariot s'était arrêté le long d'un quai où était amarré un bateau d'aspect délabré sur lequel on distinguait à peine un nom, gravé sur une plaque de bronze : *Réception*. Tout à fait approprié.

Les gardes dégagèrent la grande chaîne puis ordonnèrent à Richard et à Ike de descendre. Les jambes un peu flageolantes, ils sautèrent à terre, suivis de leurs compagnons.

— N'oublie pas, deux groupes de six, chuchota Richard à Ike.

On les dirigea vers une planche de bois et ils embarquèrent sans avoir eu l'occasion de voir grand-chose du fleuve ni de ce qui flottait dessus. Lorsqu'ils entrèrent dans une cabine, on les délivra de leurs chaînes, fers, ceintures et menottes, et le tout fut restitué aux geôliers de Gloucester.

Avec leurs coffres, leurs sacs et autres ballots dispersés autour d'eux, ils restèrent là quelques instants, conscients de la présence de gardes à la porte de ce qui devait être, le reste du temps, le carré des officiers. Il leur était impossible de s'en échapper, à moins de risquer une sortie collective à douze – mais que faire après cela ?

Un homme apparut.

— *Dowse yer nabs n toges !* cria-t-il.

Ils le contemplèrent fixement, déconcertés.

— *Nabs n toges orf !*

Comme personne ne bougeait, il leva les yeux au ciel, saisit Richard, qui se trouvait le plus près, jeta son chapeau à terre et lui arracha son manteau ainsi que sa veste.

— Je pense qu'il veut que nous retirions nos manteaux et nos vestes.

Tous obéirent.

— *Nah kicks araon stampers n keep yer mishes orn !*

Ils le regardèrent, toujours sans comprendre.

Grinçant des dents, l'homme ferma les yeux et cria avec un très fort accent :

— Les pantalons bas sur les pieds, mais gardez vos chemises !

Ils s'exécutèrent.

— Prêts, monsieur ! lança-t-il.

Un autre homme entra.

— D'où venez-vous ? demanda-t-il.

— De la prison de Gloucester, répondit Ike.

— Allons bon, des gens de l'Ouest ! Va falloir que tu parles quelque chose qui ressemble à de l'anglais, Matty, dit le nouveau venu à son acolyte.

Puis, se tournant vers les prisonniers :

— Y a-t-il parmi vous quelqu'un de malade ?

Il interpréta apparemment le murmure général comme une réponse négative, hocha la tête et soupira.

— Levez vos chemises, que je voie si z'avez pas la chtouille. (Il examina leur pénis, à la recherche d'ulcères syphilitiques, et, n'ayant rien découvert, soupira de nouveau.) C'est bon, dit-il à Matty.

Et il ajouta à l'intention des détenus :

— Vous êtes en bonne santé, mais ça peut changer. Remettez vos vêtements, attendez ici et restez tranquilles.

Ils obéirent et il s'écoula cinq bonnes minutes avant que Bill Whiting, le plus joyeux des douze, retrouve assez d'audace pour parler.

— L'un de vous a-t-il compris ce que disait Matty ?

— Pas un mot, avoua le jeune Job Hollister.

— Il vient peut-être d'Ecosse, suggéra Connelly, se souvenant que personne à Bristol ne comprenait Jack le Peintre.

— Plutôt de Woolwich, opina Neddy Perrott.

Ce qui ramena le silence parmi eux.

Une heure s'écoula. Ils s'étaient allongés par terre, le dos contre les parois, sentant sous leurs jambes le léger mouvement du bateau sur ses amarres. « A la dérive, songea Richard. Nous sommes à la dérive comme cette carcasse qui fut autrefois un bateau, loin de chez nous, plus loin qu'aucun de nous ne l'a encore jamais été, et sans aucune idée du sort qui nous attend. Les plus jeunes sont hébétés, Ike Rogers lui-même n'est pas rassuré. Et moi, je suis plein d'appréhension. »

Un piétinement sur le plancher de bois leur parvint soudain, accompagné du lourd cliquètement de chaînes, si familier, désormais, à leurs oreilles. Les douze hommes se raidirent, échangèrent des regards tendus et se levèrent lourdement.

— *Darbies f y dimber coves !* lança le premier homme par la porte. Les fers pour vous, espèces de rustauds ! Tous assis, et que personne ne bouge.

Plus longues de six pouces que les modèles de Bristol ou de Gloucester, les chaînes étaient déjà soudées aux fers, lesquels se révélèrent beaucoup plus légers et flexibles, ce qui permettait au forgeron, un homme de forte musculature, de les passer autour de la cheville du prisonnier jusqu'à ce que se superposent les trous ménagés à chaque extrémité. Il enfilait alors un écrou dans ces trous sur le côté de la cheville, saisissait la jambe de l'homme et glissait le long nez d'une enclume entre la chair et le fer. Deux grands coups de marteau, et l'extrémité des rivets était aplatie à jamais contre le cercle de fer.

« Je porterai ça pendant les six prochaines années et même un peu plus, songea Richard en frottant ses os pour apaiser la douleur. Ils ne font pas ce genre de travail juste pour quelques mois de captivité. Ce qui signifie que, même lorsque j'aurai atteint Botany Bay, je resterai enchaîné jusqu'à l'expiration de ma peine. »

Un second forgeron avait fixé les fers d'un autre prisonnier avec autant de compétence. En une demi-heure, tous deux avaient terminé leur travail. Ils pressèrent leurs assistants de ramasser les outils et s'en allèrent promptement. Deux gardes restèrent. Matty devait travailler au service du médecin. Le message était passé car, lorsqu'un des gardes s'exprima, ce fut dans un anglais compréhensible, non dans l'argot des faubourgs de Londres.

— Vous mangerez et dormirez ici cette nuit, annonça-t-il en tapotant dans le creux de sa main l'extrémité arrondie de sa courte matraque. Vous pouvez parler et bouger. Il y a un seau pour vos besoins.

Puis il sortit avec son compagnon et verrouilla la porte.

Les deux garçons du Wiltshire essuyèrent leurs larmes, les autres gardèrent les yeux secs. Personne n'était d'humeur bavarde jusqu'à ce que Will Connelly commence à s'ébrouer.

— Ces fers sont nettement mieux pour les jambes, dit-il en levant un pied. Les chaînes doivent avoir une trentaine de pouces. C'est plus facile pour marcher.

Richard tâta ses fers du doigt et constata que les bords en étaient arrondis.

— Oui, et ainsi ils frotteront moins. Nous userons moins de linges.

— De bons fers pour travailler, observa Bill Whiting. Je me demande quel genre de travail ce sera.

Peu avant la tombée de la nuit, on leur distribua de la petite bière, un pain rassis très sombre et un rata de chou bouilli avec des poireaux.

— Pas pour moi, dit Ike en repoussant la marmite de chou.

— Mange, Ike, ordonna Richard. Mon cousin James dit que nous devons manger tous les légumes que l'on nous donne ; sinon nous risquons d'avoir le scorbut.

Cela n'impressionna nullement Ike :

— Cette merde ne guérirait même pas un nez qui coule.

— Je suis d'accord, admit Richard après y avoir goûté. Mais ça change du pain, alors je mangerai ma part.

Après quoi, dans ce lieu sans ouvertures, sans femmes et sans joie, ils s'étendirent sur le plancher, enveloppés dans leurs manteaux, leurs chapeaux sous la tête en guise d'oreillers. Puis ils se laissèrent bercer par le mouvement du fleuve pour trouver le sommeil.

Le lendemain matin, sous une bruine grisâtre, ils quittèrent le *Réception* et furent conduits à bord d'une gabare. Jusqu'alors, ils n'avaient pas été particulièrement maltraités. Les gardiens étaient des brutes mais, tant que les prisonniers faisaient ce qu'on leur demandait, au rythme exigé, ils ne se servaient pas de leur matraque. A présent, cependant, les coffres de bois des détenus suscitaient leur curiosité. Comment se faisait-il que personne ne les ait encore inspectés ? Une fois à quai, ils en découvrirent la raison. Un gentleman petit et rondouillard, portant une perruque à l'ancienne mode et un costume suranné, jaillit de ce qui restait de la dunette du bateau, les mains tendues, l'air radieux.

— Ah, voilà les douze de Gloucester ! s'exclama-t-il joyeusement avec un accent qu'ils reconnurent par la suite comme écossais. Le docteur Meadows m'a dit que vous étiez de beaux spécimens et je constate qu'il avait raison. Je suis Mr Campbell. Ce que vous voyez là est mon œuvre. (D'un ample geste de la main, il balaya la pluie qui tombait doucement.) Des prisons flottantes ! Tellement plus saines que la prison de Newgate ! Que toute autre prison, en fait ! Vous avez vos affaires, j'espère ? Ce serait mal de ne pas respecter les droits d'un forçat sur ce qui lui appartient. Neil ! Neil, où es-tu ?

Un homme qui lui ressemblait tellement qu'on pouvait le considérer comme son jumeau sortit en courant de l'avant du *Réception* et se précipita sur le quai en soufflant.

— Me voilà, Duncan.

— Oh, bon ! Je ne voulais pas manquer de jeter un œil à ces superbes garçons. Mon frère est mon assistant, expliqua-t-il aux prisonniers comme s'ils étaient des gens normaux. Pour l'instant, c'est lui qui est responsable du *Justitia* et du *Censor* – je suis trop occupé avec mon cher *Cérès*, il est superbe ! Et encore si neuf ! Bien sûr, vous l'aimerez, vous aussi. Quelle chance que vous soyez en si bonne condition ! Deux équipes pour les deux nouvelles dragues. Splendide, splendide !

Il s'éloigna d'un pas vif, son frère trottinant sur ses talons comme un agneau égaré.

— Bon Dieu ! Qu'est-ce que c'est que ce cirque ? s'exclama Bill Whiting.

— Silence ! hurla le garde en abattant son gourdin sur le bras de Whiting avec un bruit sinistre. Et maintenant, en avant !

Ils ne se le firent pas dire deux fois. Cramponnés à leurs biens, Ike Rogers soutenant discrètement Whiting à demi conscient, les douze hommes descendirent lentement une volée de marches graisseuses qui menaient à la gabare en attente.

Les lambeaux d'un rivage bas, marécageux, et les silhouettes confuses de quelques bateaux apparaissaient ou disparaissaient à travers le rideau grisâtre d'une pluie opaque. Cols relevés et chapeaux baissés pour que les filets d'eau tombent sur leurs épaules plutôt que dans leur cou, ils restaient assis au milieu de leurs coffres, sacs et ballots. Dans un mouvement long et souple, un équipage silencieux de douze rameurs, six de chaque côté, dégagea la gabare, la fit tourner et l'entraîna au milieu du large fleuve, dérangeant à peine l'eau qui glissait de chaque côté.

A environ trois cents yards de là, sur le rivage du Kent, quatre bateaux étaient à quai l'un derrière l'autre, comme des animaux à la queue leu leu. Richard n'en avait jamais vu de si soigneusement amarrés, même dans le bassin royal de l'estuaire de la Severn. Sans doute, pensa-t-il, pour les stabiliser solidement afin qu'ils ne puissent pas osciller sous le clapotis de l'eau. Leurs ancres étaient formées de chaînes et non de cordages. Le plus petit des bâtiments – et le plus éloigné en amont – montrait la direction de Londres tandis que le plus grand fermait la ligne. Une centaine de yards les séparaient les uns des autres.

— Voici le *Guardian*, le bateau hôpital, puis le *Censor*, le *Justitia* et le *Cérès*, annonça l'un des gardes en désignant tour à tour chaque embarcation.

La gabare se dirigea vers le *Censor*, de l'autre côté du quai, puis vira pour se mettre dans le courant de la marée descendante afin de faciliter le travail des rameurs. Ils eurent ainsi l'occasion d'examiner les trois navires pénitenciers. Des parodies de bateaux plutôt, avec leurs mâts d'artimon disparus depuis longtemps, leurs grands mâts brisés remplis de fissures et d'éclats de bois à une quarantaine de pieds de haut, leurs mâts de misaine à peu près intacts mais dépourvus de voilure. Des vêtements mouillés pendaient mollement à des cordes tendues entre la proue et le mât central ainsi que sur les étais reliant la proue au beaupré. Les ponts étaient couverts d'un fouillis de cabanes, d'appentis et d'une forêt de cheminées métalliques penchées dans tous les sens, surmontant le carré des officiers, les postes d'équipage et les rotondes. Le *Censor* et le *Justitia* paraissaient suffisamment âgés pour avoir pris la mer au temps de l'Invincible Armada. On ne distinguait plus aucune trace de peinture, pas un clou de cuivre qui ne fût rongé, pas une lisse qui ne fût cassée.

Par comparaison, le *Cérès* semblait n'avoir qu'une centaine d'années. Sa peinture jaune et noire était encore visible par endroits et il arborait les restes d'une figure de proue sous son beaupré, une effigie féminine blonde à la poitrine nue, sur laquelle un plaisantin avait ajouté de grands tétons rouges. Les sabords du *Censor* et du *Justitia* étaient solidement fermés mais ceux du *Cérès* avaient été remplacés en totalité par d'épaisses grilles de fer, ce qui amena les hommes de Bristol, expérimentés en la matière, à penser qu'il devait y avoir deux ponts au-dessous du pont supérieur : un pont inférieur et un faux-pont. Il s'agissait donc d'un bâtiment de ligne de moyen tonnage, doté à l'origine de 90 canons. Aucun navire négrier n'avait jamais possédé autant de sabords sur ses flancs.

« Comment allons-nous pouvoir monter par une échelle de corde avec notre chargement ? se demanda Richard. Nos chaînes vont nous faire tomber. » Mais le bouillant Mr Duncan Campbell avait équipé le ponton – sa fierté et sa joie – d'une volée d'échelons de bois fixés à une passerelle de déchargement flottante. Son coffre sous le bras et deux autres sacs jetés sur les épaules, Richard se trouva en tête sur le flanc, derrière un garde armé d'une matraque, et se mit à grimper vers une ouverture dans le bastingage, seize pieds plus haut. Le *Cérès* était peut-être une unité de second rang, mais de taille impressionnante.

— *Gigger dubber !* rugit le surveillant.

Un homme à l'air important quoique débraillé surgit entre deux baraquements en se curant les dents. Derrière lui, Richard entrevit une jupe et perçut des voix de femmes. Il comprit alors que la plupart des gardiens devaient vivre dans ces cabanes délabrées.

— Oui ? demanda le nouveau venu.

— Douze forçats en provenance de la prison de Gloucester, Mr Hanks. Y sont pas malins et comprennent pas notre jargon. Mr Campbell a dit que c'est les deux équipes pour les nouvelles dragues.

Mr Hanks se tourna vers les arrivants :

— J'm'appelle Herbert Hanks et j'suis le *gigger dubber* – vot' gardien. Conduisez-les dans le faux-pont, Mr Sykes. Et, vous z'autres, z'êtes pas des prisonniers, mais des forçats. Compris ?

Tous approuvèrent d'un signe de tête, essayant de s'accoutumer à cet accent bizarre.

— Et, maint'nant, posez vot' fourbi et écoutez car j'vais pas m'répéter. Voilà les règles : visites autorisées le dimanche après l'office. L'est obligatoire et, pour vous, ça sera à l'église. Ici, on tolère ni ces damnés quakers, ni les baptistes ni tout autre radoteur de cet acabit. Y a qu'la religion du roi. Tous les visiteurs s'ront fouillés, et les armes blanches comme la nourriture s'ront confisquées. Pourquoi ? Passque des p'tits malins cachent des limes dans leurs gâteaux et leurs puddings.

Il marqua une pause pour contempler son auditoire avec un curieux mélange de satisfaction et de sévérité. Manifestement, il appréciait ce genre de situation et le rôle qu'il avait à y jouer.

— Quand z'êtes à bord, vous resterez dans le faux-pont. J'suis le seul qui peut *dub the gigger* – ouvrir la porte – et ça arrive pas souvent. En haut pour travailler, en bas pour dormir, du lundi au samedi. Si le temps l'permet, vous travaillez, et je veux bien dire par là : *travailler*. Aujourd'hui, par exemple, c'est pas un jour pour travailler, passque la pluie tombe trop fort. Vous buvez et mangez c'qu'on vous donne et c'que j'ai décidé. Le gin est très cher et j'suis le seul à pouvoir vous procurer ce genre de plaisirs. Pour vous, ça s'ra six pence la demi-pinte.

Une nouvelle pause permit à Hanks de se racler la gorge et de cracher à leurs pieds.

— Vot' rata est pour six et c'est l'cambusier qui vous donne vot' bouffe. Dimanche, lundi, mercredi, jeudi et samedi, v'là c'qu'est préparé pour chacun des six hommes : une ration de joue ou d'jarret de bœuf, trois pintes de purée de pois, trois livres d'légumes, six livres de pain et six quarts de p'tite bière. Le mardi et le vendredi, c'est le régime sec, de l'eau d'la Tamise autant que vous en voudrez, trois pintes de porridge avec des herbes, trois livres de fromage et six livres de pain. C'est tout c'que vous r'cevrez. Si vous mangez tout pour souper, vous aurez faim et soif le matin, vu ? Mr Campbell dit que vous devez vous laver tous les jours et vous raser tous les dimanches avant qu'le révérend vienne à bord. Quand vous monterez sur l'pont supérieur pour l'travail ou l'office, vous d'vez prendre vos seaux de nuit avec vous et les vider par-dessus bord. Un seau par équipe. Z'êtes bouclés, pauv' crétins, alors c'que vous faites à l'intérieur, je m'en fous, et Mr Campbell aussi.

Il y prenait de plus en plus de plaisir.

— Mais d'abord, poursuivit-il en s'accroupissant tandis que Mr Sykes et ses subordonnés restaient debout derrière lui, j'dois regarder c'qu'y a dans vos boîtes et vos sacs, alors ouvrez-les ! Et vite !

Après cette conférence d'un genre un peu particulier, les forçats déverrouillèrent leurs coffres et exhibèrent ce qu'ils avaient apporté.

Mr Herbert Hanks se révéla très minutieux. Par chance, il commença par les biens de Ike Rogers et de son équipe, dont les coffres étaient plus petits, différents et moins nombreux ; les deux nouveaux venus du Wiltshire n'en possédaient pas. Il écarta chaque tissu, chaque vêtement, qui furent aussitôt remis à Mr Sykes. Celui-ci les pressa entre ses mains, insistant sur le plus petit renflement, sans rien trouver.

— Où est vot' argent ? demanda-t-il.

Ike manifesta une surprise respectueuse.

— Nous n'en avons pas, monsieur. Nous avons passé un an à la prison de Gloucester. Tous nos sous sont partis.

— Hum, grommela Hanks en se tournant vers l'équipe de Richard et en leur jetant un regard lourd de sous-entendus. Des amateurs de rhum, hein ? Drôle de butin !

Il sortit du coffre de Richard des vêtements, des fioles et des pots, la pierre filtrante toute montée et les autres de rechange, des linges utilisés pour se protéger des chaînes et pour se laver, des livres, des liasses de papier, des plumes – curieux objets, en vérité ! – et deux paires de chaussures. Il les souleva et les examina d'un air dégoûté, haussant les épaules en direction de Mr Sykes, déçu lui aussi.

— C'est pas pour rien que vous appelez ça des godasses. Personne ici n'a des pieds de cette taille, mon vieux, même Long Joyce. Qu'est-ce que c'est que ça ? questionna-t-il en montrant une fiole.

— De l'huile de goudron, Mr Hanks.

— Et ce truc-là ?

— Une pierre filtrante, monsieur. Je m'en sers pour filtrer l'eau que je bois.

— L'eau est déjà filtrée ici, y a une grande passoire sous chaque pompe. Comment qu'tu t'appelles, grands pieds ?

— Richard Morgan.

Il saisit une liste que tenait l'un des assistants de Mr Syke et l'examina. Il savait lire, mais avec peine.

— Plus maintenant. A présent, Morgan, t'es le forçat numéro 203.

— Oui, monsieur.

— Un type qu'aime les livres, hein ? (Mr Hanks tourna les pages de quelques volumes, à la recherche de textes érotiques, puis il les reposa avec un geste de dépit.) Et ça, c'est quoi ?

— Un tonique, monsieur, pour guérir les furoncles.

— Et ça ?

— Une pommade, monsieur, pour les coupures et les ulcères.

— Merde, alors. T'as une vraie boutique d'apothicaire ! Pourquoi t'emportes tout ce fourbi ?

Il retira le bouchon du tonique et le renifla d'un air soupçonneux.

— Aaaaaah !

Aussitôt, il lança la bouteille sur le pont ; le bouchon alla rouler plus loin.

— Ça pue comme si ça v'nait du fleuve !

Le visage impassible, Richard vit le gardien-chef saisir le coffre vide, le secouer à la recherche d'un bruit, tapoter les quatre côtés et le fond. Il examina ensuite les sacs sous toutes les coutures. Rien. Il s'appropria alors le meilleur rasoir de Richard, le cuir et la pierre à aiguiser, ainsi que sa plus belle paire de bas avant de passer au coffre et aux sacs de Will Connelly. Très vite et discrètement, Richard s'agenouilla pour ramasser son tonique, le reboucha et le mit de côté. Un coup d'œil à Mr Sykes lui fit comprendre qu'on s'attendait qu'il remballe ses biens. Il adressa un signe à Rogers, immobile, et se mit à l'œuvre tandis que le reste de l'équipe suivait son exemple.

Quand il en eut terminé avec les douze hommes, Hanks eut l'air satisfait.

— Bon, et maintenant, les gars, où qu'est vot' argent ?

— Nous n'en avons pas, monsieur, expliqua Neddy Perrott. Nous sommes restés en prison pendant un an et il y avait des femmes...

Il laissa la phrase en suspens sur un ton d'excuse.

— R'tournez vos poches !

Toutes les poches étaient vides, à l'exception de celles de Richard, de Bill, de Neddy et de Will, remplies de livres.

— Baissez vos frocs, allez ! aboya Hanks.

Mr Sykes examina chaque pouce des manteaux et des vestes quand les prisonniers s'en furent débarrassés.

— Rien ! déclara-t-il avec un large sourire.

— Fouillez-les, Mr Sykes.

Mr Sykes se mit à les tâter avec une évidente satisfaction, surtout quand il en arriva au sexe et aux fesses.

— Rien ! répéta-t-il en échangeant avec Hanks un regard de satisfaction anticipée.

— Penchez-vous en avant, ordonna Mr Hanks sur un ton résigné et d'une voix tremblante. Mais j'vous préviens ! Si Mr Sykes trouve le moindre penny dans vot'derrière, cet argent s'ra lavé dans vot'sang !

Prenant son temps, Mr Stykes se montra brutal et efficace. Les quatre plus jeunes et Joey Long pleurèrent de douleur et d'humiliation, les autres endurèrent l'examen sans broncher mais avec un malaise évident.

— Rien, déclara Mr Sykes. Ils ont le cul aussi vide.

— Nous sommes du Gloucestershire, dit Richard en remontant son caleçon et son pantalon. C'est une région pauvre.

« A présent, je sais quels scélérats vous êtes, pensa-t-il en même temps. Stupre et cupidité. Que Dieu vous fasse pourrir sur pied ! »

— Conduisez-les en bas, Mr Sykes, dit le *gigger dubber*.

Déçu, Mr Hanks s'éloigna et disparut dans le dédale des cahutes.

Le *Cérès* avait à bord 213 déportés en ce 28 janvier 1786, quand les douze hommes de Gloucester furent admis sous les numéros 201 à 213. Mais le seul gardien à utiliser leurs numéros était Mr Herbert Hanks, de Plumstead Road, près de Warren, à Woolwich.

Avec sagesse – sans doute pour apaiser les criminels de la Newgate de Londres, qui répugnaient à cohabiter avec des provinciaux –, on avait attribué à ces deux groupes des ponts différents. Les Londoniens occupaient le pont inférieur et les provinciaux le faux-pont. Cette sagesse résultait peut-être de l'expérience acquise sur le *Censor* et le *Justitia*, où régnait une guerre perpétuelle entre les deux clans qui s'y trouvaient si étroitement imbriqués que Mr Duncan Campbell lui-même ne parvenait pas à mettre de l'ordre dans ce mélange. Avec le *Dunkirk*, à Plymouth, il avait poussé les choses encore plus loin que sur le *Cérès* en créant sept sections de forçats selon une classification qu'il avait personnellement conçue.

Les différences entre Anglais étaient très marquées. Ceux qui utilisaient le jargon de la Newgate de Londres donnaient l'impression de s'exprimer dans une langue étrangère, alors que nombre d'entre eux, si on les y incitait, se révélaient capables de parler quelque chose qui ressemblait davantage à de l'anglais courant, mais avec un accent bizarre. Le problème était que la plupart s'y refusaient et en faisaient une affaire de principe, s'accrochant avec orgueil à leur argot.

Ceux qui venaient du Nord, mais pas au-delà du Yorkshire ou du Lancashire, parvenaient à se comprendre plus ou moins entre eux mais, quelle que fût leur instruction, ignoraient toute langue employée plus au sud. Les choses se compliquaient encore du fait que les gens de Liverpool parlaient le *scouse*, autre langue étrangère. Les habitants des Midlands communiquaient assez bien avec ceux des régions occidentales, et les deux groupes comprenaient les forçats issus du Sussex, ainsi que des régions du Kent méridional, du Surrey et du Hampshire. En revanche, ceux qui provenaient des territoires du Kent longeant la Tamise, ou des parties de l'Essex proches de Londres, employaient un langage évoquant l'argot londonien. Quant à ceux du nord de l'Essex, du Cambridgeshire, du Suffolk, du Norfolk et de Lincoln, c'était encore une autre chose. Cet assemblage d'Anglais était si disparate sur le plan linguistique qu'on trouvait sur le *Censor* deux forçats de Birmingham incapables de se comprendre jusqu'à ce qu'ils se trouvent pris dans les filets de la justice, alors que l'un avait vécu dans le village de Smethwick et l'autre dans celui de Four Oaks, distants d'un mile seulement.

Le résultat était que les hommes cherchaient à se regrouper. Quand un groupe de six parvenait à se comprendre avec un autre groupe de six, ils se rapprochaient, ce qui n'était pas le cas quand leur dialecte ou leur accent rendait tout échange impossible. Les nouveaux venus de Gloucester se trouvèrent donc confrontés à un ensemble divisé, dont les éléments n'étaient unis que par une haine commune envers les forçats de Londres logés un pont au-dessus d'eux, et dont on disait qu'ils se taillaient toujours la part du lion ; ils obtenaient par exemple le gin à meilleur prix parce qu'ils pouvaient se comprendre avec leurs gardiens et s'entendaient avec eux pour priver les autres de leur part.

Cette supposition se vérifiait probablement pour le gin car les Londoniens, qui se trouvaient dans leur propre région, avaient sans doute davantage de ressources financières.

Le joyeux et fringant Mr Duncan Campbell devenait extrêmement économe dès qu'il s'agissait de dépenses excédant les 26 livres par forçat et par an qu'il recevait du gouvernement de Sa Majesté, tandis que la nourriture était à sa charge. A raison de 10 shillings par semaine et par homme, les navires pénitenciers de la Tamise représentaient en ce mois de janvier une rentrée brute de 360 livres par semaine. Un homme habile disposait de nombreuses méthodes pour équilibrer en sa faveur les chiffres bruts et les résultats nets – par exemple en cultivant lui-même les légumes dont il avait besoin et en brassant sa propre petite bière. Des stratagèmes plus évidents tels que la falsification à la hausse du nombre des détenus ou la diminution des rations (ce qui pouvait, alors, entraîner des cas de scorbut) étaient malheureusement exclus. Trop de représentants du gouvernement venaient fureter dans les parages.

Duncan Campbell achetait son pain et sa viande de bœuf auprès de la garnison de la Tour de Londres – exclusivement des têtes ou des jarrets ainsi que du pain rassis ; et, au début, il ne s'était pas trop inquiété de leur qualité. Mais, après une inspection de Mr John Howard, il avait dû améliorer un peu l'ordinaire de ses prisonniers. Malgré ces agaçantes restrictions et un personnel de cent personnes, Mr Campbell réussissait à réaliser un bénéfice de 150 livres par semaine sur les pontons de la Tamise. Il en avait un autre à Plymouth, le *Dunkirk*, et deux à Portsmouth, le *Fortunee* et le *Firm*. Le bénéfice total de son entreprise s'élevait à 300 livres par semaine. Il s'était également engagé dans de délicates négociations au sujet d'un appel d'offres pour approvisionner l'expédition à Botany Bay, dont on commençait à parler.

Sur le *Cérès*, les entreponts des faux-ponts avaient six pieds de haut, ce qui signifiait que Richard touchait pratiquement le plafond de planches pourries, à un pouce près, et que Ike Rogers ne pouvait pas se redresser de toute sa taille. Distantes chacune de six pieds, des solives couraient d'un bord à l'autre un pied plus bas. Les allées et venues se transformaient en une parodie de défilé, à l'allure monacale ; les têtes devaient s'incliner tous les deux pas en une sorte de salut.

Pour un homme de Bristol, l'odeur était supportable car le vent gémissait autour des grilles de fer et balayait l'espace glacial, peint en rouge, qui s'étendait de la cloison au travers du mât de misaine jusqu'à la cloison d'entrée à l'arrière. Le tout large d'une quarantaine de pieds et long d'une centaine. Contre chaque cloison extérieure – la coque –, des plates-formes de bois couraient à mi-hauteur, supportant çà et là des bancs. A certains endroits, des hommes y étaient étendus, au repos ou terrassés par la fièvre. Ces plates-formes de six pieds de large servaient aussi de lit.

Environ quatre-vingts hommes s'entassaient dans cet espace d'un rouge criard. A l'arrivée des douze nouveaux venus, toutes les conversations cessèrent et la plupart des têtes se tournèrent dans leur direction.

— D'où c'est que vous venez ? demanda un homme assis à la table centrale, près de l'entrée.

— De la prison de Gloucester, tous les douze, dit Will Connelly.

L'homme se leva, révélant une taille si petite qu'il pouvait passer sous les solives. Mais il ressemblait plutôt à un jockey qu'à un nain et son visage était celui d'un homme qui avait passé toute sa vie auprès des chevaux : plissé, tanné, vaguement équin. Il pouvait avoir n'importe quel âge entre quarante et soixante ans.

— Comment allez-vous ? reprit-il en avançant une main miniature. Je m'appelle William Stanley, de Seend. C'est près de Devizes, dans le Somerset, mais j'ai été condamné dans le Wiltshire.

— Nous connaissons presque tous Seend, assura Connelly avec un large sourire et en faisant les présentations. (Il déposa son coffre avec un soupir.) Que va-t-il se passer maintenant, William Stanley, de Seend ?

— Vous avez dû subir les affronts de cet obsédé de Sykes, pas vrai ? Une vraie tante. Ici, on l'appelle « Miss Molly ». C'est sa manière de connaître les forçats... de l'intérieur, pour ainsi dire. Z'avez pas d'argent, hein ? Ou bien c'est qu'il en a trouvé ?

— Nous n'avons pas d'argent, dit Connelly en s'asseyant sur

le banc. (Il esquissa une grimace.) Après l'inspection de Mr Sykes, ce serait difficile. Que va-t-il se passer maintenant ?

— Dans c'coin-ci, on a ceux des Midlands, de West Country, du Channel, des Wolds et des Wealds, dit Stanley en sortant de sa poche une pipe éteinte qu'il suçait quand il ne s'en servait pas pour désigner quelque direction. Au centre, y a les gars du Derby, du Cheshire, de Stafford, de Lincoln et de Salop. A l'autre bout – vers l'avant – ceux de Durham, du Yorkshire, de la Northumbria et du Lancashire. Pour les gars de Liverpool, c'est ce bout de la table centrale, mais y en a qu'un seul. Y a quelques Irlandais et on a eu aussi des Nègres, mais y sont en haut, avec ceux de Londres. Désolé, Taffy, personne du pays de Galles. (Il jeta un coup d'œil à leurs coffres et à leurs sacs.) Si z'avez des choses de valeur, on vous les piquera. A moins, ajouta-t-il en baissant le ton d'un air plein de sous-entendus, qu'on fasse affaire.

— Oh, ça devrait être possible, assura Connelly d'un ton affable. On mange sur ces pontons et on y dort aussi, je pense ?

— Ouais. Pose ton attirail là, sur la table du milieu, y a bien assez de place dans ce coin-là pour tous les douze. Vos paillasses sont roulées au-d'ssous et c'est là aussi que vous d'vez mett' vos affaires. On a une couverture miteuse pour deux hommes. (Il gloussa.) Pas très commode si l'envie vous vient de vous branler. Mais faut bien passer par là de temps à autre, parce que fricoter entre hommes, c'est pas trop populaire, ici, après avoir tâté de Miss Molly. En haut, ils ont des femmes qui viennent les voir le dimanche, y disent que c'est leurs tantes, leurs sœurs ou leurs cousines. Ici ça n'arrive pas, parce qu'on est trop loin d'chez nous, et ceux qu'ont de l'argent, y préfèrent le dépenser avec le gin de Hanks à 6 pence. Ce sale voleur !

— Comment on peut s'arranger pour nos affaires ? demanda Bill Whiting, qui souffrait pour deux raisons : le coup de gourdin du garde et – hélas – l'exploration brutale de Mr Sykes.

— J'travaille pas, tu vois. Y zont essayé de me mett' sur le carré aux légumes mais j'ai pas la main verte et même les navets se ratatinaient. Alors, y zont dit que j'étais trop vieux, trop rabougri pour travailler et que c'était trop dur de me garder attaché.

Il leva l'un de ses pieds minuscules et le tortilla subrepticement dans son fer jusqu'à ce que le cercle métallique repose sur son cou-de-pied.

— J'suis pour ainsi dire le concierge de cet établissement. J'passe le balai tout autour, j'rince les seaux de nuit, j'roule les paillasses et les couvertures et j'tiens en respect ce dingue d'Irlandais. Bien que nos Irlandais qui viennent de Liverpool soient pas trop mauvais. Y en a deux sur le *Justitia* qui parlent que le gaélique, y zont été pris le jour même où y descendaient du bateau de Dublin. Pas étonnant qu'y soient devenus fous. On est dur de c'côté-ci d'la mer d'Irlande et c'est un peuple qu'est plutôt doux. Roulés en un clin d'œil et saouls au premier verre. (Il poussa un soupir.) Ah, c'est bon d'trouver des nouvelles têtes qui viennent des régions de l'ouest ! Mikey ! Par ici, Mikey !

Un homme jeune arriva en traînant les pieds, cheveux noirs et yeux noirs, avec cet air légèrement sournois que les gens de l'Ouest reconnaissaient comme l'expression typique des contrebandiers de Cornouailles.

— Non, j'suis pas de Cornouailles, dit-il comme s'il avait lu dans leurs pensées. Du Dorset, Poole. Marin dans la section des douanes. Je m'appelle Dennison.

— Mikey m'aide à mettre de l'ordre ici, j'pourrais pas y arriver tout seul. Lui et moi, on est en surplus. On a jamais pu intégrer une équipe de six. Mikey a des crises – à faire vraiment peur ! Il a la figure qui d'vient toute noire et y s'mord la langue. L'a même réussi à flanquer la trouille à Miss Molly Sykes. (Stanley examina attentivement les nouveaux venus.) Z'êtes déjà deux équipes de six, hein ?

— Ouais, et ce gars qui dit pas un mot est notre chef, déclara Connelly en pointant le doigt vers Richard. Mais il veut pas le reconnaître. Bill Whiting et moi, on doit faire la conversation pendant qu'il reste assis à écouter et à prendre les décisions. Très tranquille, très intelligent. Je ne le connais pas depuis très longtemps, mais si Sykes m'avait fait ce qu'il a fait avant que je rencontre Richard, je me serais jeté sur lui, et qu'est-ce que j'en aurais tiré, hein ? Une sacrée punition et une tête au carré aussi abîmée que son cul est pourri. Pas vrai ?

— T'aurais reçu un coup de gourdin, Will. Mr Campbell tient pas tellement au fouet. Y dit que ça empêcherait trop d'hommes de travailler. (William Stanley, de Seend, ferma à demi les yeux.) C'est avec toi que je vais m'arranger, Richard... au fait, c'est quoi, ton nom de famille ?

— Morgan.

— T'es gallois ?

— Né à Bristol, où nous vivons depuis des générations. Connelly a un nom irlandais mais il est aussi de Bristol. Les noms de famille ne veulent pas dire grand-chose.

Ike Rogers, qui regardait autour de lui pendant cet échange, intervint soudain :

— Pourquoi les murs sont peints en rouge ?

— C'était le faux-pont d'un bateau de moyen tonnage, expliqua Mikey Dennison, le contrebandier de Poole. Il était occupé par des pièces de trente-deux et par un hôpital chirurgical. Si l'endroit est peint en rouge, on voit moins le sang. La vue du sang décourage les artilleurs.

William Stanley, de Seend, consulta une grosse montre de gousset qu'il tira de sa poche.

— La bouffe dans une heure, annonça-t-il. Harry, ce salaud de cambusier, distribue nos tranchoirs et nos chopes. Aujourd'hui, c'est vendredi, donc ceinture. Pas de viande, à part celle qu'on trouve dans le pain et le fromage. Z'entendez le tapage au-d'ssus ? (Il pointa sa pipe en direction du plafond.) C'est les gars de Londres qui reçoivent leur pitance. Nous, on a les restes. Y sont plus nombreux que nous.

— Qu'arriverait-il si Mr Hanks décidait de mettre quelques Londoniens avec nous, ici ? demanda Richard, poussé par la curiosité.

Le petit William Stanley eut un rire étouffé.

— Il oserait jamais faire ça ! Si les Irlandais leur coupaient pas la gorge pendant la nuit, alors ce s'rait les gars des pays du Nord qui le feraient. Qui peut bien aimer Londres et les Londoniens ? Avec leurs taxes, ils mettent toute l'Angleterre à sec et, après, ils dépensent tout l'argent à Londres ou à Portsmouth. Parce que c'est à Londres que s'trouvent le Parlement, l'armée et la Compagnie des Indes orientales, et à Portsmouth la marine.

— Si j'ai bien compris ce qu'a dit Mr Sykes, le vendredi, pas de petite bière, rien que l'eau de la Tamise, conclut Richard avec un grand sourire. Vous, mes amis, qui avez une pierre filtrante, c'est le moment d'accomplir une petite cérémonie. Puisque tu m'as accusé d'être le chef, Will, suis mon exemple.

Il posa son coffre sur la table, le déverrouilla avec la clef qu'il portait autour de son cou et en sortit un grand morceau de tissu. Après l'avoir drapé autour de son crâne, il se mit à chantonner. Haendel aurait reconnu la mélodie, mais sur le faux-pont du *Cérès,* personne ne le fit. Bill Whiting oublia ses blessures pour s'affubler d'un chiffon, bientôt suivi par Will, Neddy, Taffy et Jimmy, qui abandonnèrent la partie musicale à Richard. Quand ce dernier sortit sa pierre filtrante, la mélodie se transforma en une longue et ondulante psalmodie. Il passa les mains sur la pierre, se pencha pour la toucher de son front, puis la saisit à pleines mains et, d'un pas solennel, se dirigea vers la pompe, ses cinq acolytes derrière lui. Taffy avait joint sa voix à la mélodie, un ton plus haut que Richard (qui possédait une voix de baryton), suivant l'air plutôt que les mots. A présent, tous les détenus les observaient, immobiles, à l'exception des malheureux en proie aux fièvres. William Stanley roulait de gros yeux.

Heureusement, la pompe se mit à produire, dans un concert de gargouillis, quelques filets d'eau qui tombaient dans une bassine de cuivre percée de plusieurs trous. Le système de filtration de Mr Campbell servait surtout à retenir éventuellement quelques innommables débris ou de petits poissons, mais rien de plus. De là, l'eau s'écoulait goutte à goutte dans les écoutilles puis vers la cale.

D'un geste ample, Richard fit signe à Jimmy Price d'actionner le levier de la pompe et il présenta sa pierre de manière à recevoir ses trois pintes d'eau. Les autres suivirent son exemple, Bill Whiting succédant à Jimmy pour que celui-ci puisse remplir également sa pierre tandis que la belle voix de Richard s'enflait pour une série d'alléluias. Ils revinrent alors vers la table, où les six pierres furent déposées au centre avec force gesticulations. Richard fit reculer ses compagnons de deux pas en arrière et étendit ses mains en agitant les doigts.

— Roi des rois ! Seigneur des Seigneurs ! Alléluia ! Alléluia ! chantonna-t-il. Hosanna ! O, Hippocrate, écoute nos supplices !

Après un dernier salut révérencieux, il ôta sa coiffe, plia soigneusement le tissu, l'embrassa et s'assit.

— Hippocrate ! s'écria-t-il si soudainement que tous sursautèrent.

— Seigneur ! Qu'est-ce que c'est que tout ce cirque ? glapit Stanley.

— Les rites de purification, expliqua Richard d'un ton solennel.

Le petit homme à tête de cheval prit un air circonspect.

— C'est une farce ? Vous êtes en train de me monter un bateau ?

— Crois-moi, William Stanley, de Seend, ce que nous venons de faire tous les six n'est pas une plaisanterie. Nous apaisons Mère Tamise en invoquant le grand dieu Hippocrate.

— Et vous faites ça chaque fois que vous devez boire de l'eau ?

— Oh, non ! s'écria Bill Whiting, qui avait parfaitement compris la méthode de Richard.

Il tentait de les amadouer, prétendait les protéger, eux et leurs biens. Comme il avait vite saisi les choses ! Et tout cela à partir des remarques de Jimmy et de Lizzie comparant son système de filtrage à un rite religieux. Cela arriverait sûrement aux oreilles de Sykes – William Stanley, de Seend, était bavard et passait ses journées sur le *Cérès*.

— Non, reprit-il avec sérieux, nous n'accomplissons les rites de purification que dans des circonstances particulières, par exemple quand nous pénétrons dans un lieu nouveau. C'est pour... sacrifier à Hippocrate.

— Vois-tu, intervint Will Connelly pour apporter sa contribution à l'histoire, on se sert de ces pierres chaque fois qu'on doit boire de l'eau, mais sans toutes ces cérémonies. C'est seulement le premier jour de chaque mois, ou encore quand nous arrivons dans un nouvel endroit.

— C'est de la sorcellerie ? demanda Mikey Dennison d'un air méfiant.

— Tu as senti l'odeur du soufre ? L'eau s'est-elle transformée en sang ou en suie ? répliqua Richard avec force. La sorcellerie n'a pas de sens. Nous sommes sérieux.

— Oh ! Oh ! s'exclama Stanley, soudain soulagé. J'avais oublié ! Vous venez presque tous de Bristol. Ce sont tous des dissidents, là-bas !

— Ike, déclara Richard en se levant, je voudrais te dire un mot à part. (Ils s'écartèrent de quelques pas ; les yeux des autres restaient fixés sur eux.) Confirme notre histoire et joins-toi à nous la prochaine fois. Si vous nous soutenez, nous pourrons garder nos affaires... et notre argent. Où as-tu caché le tien ?

Ike eut un grand sourire.

— Dans les talons de mes bottes de cheval. De l'extérieur, ils paraissent plats mais, à l'intérieur, je suis perché sur des échasses. Et toi ?

— Sur un des côtés de chaque coffre se trouve un espace creux. Ceux d'entre nous qui ont de l'argent peuvent le cacher là. Les pièces ne font pas de bruit quand on les secoue car elles sont enveloppées dans des filaments de peluche. Will, Neddy et Bill en possèdent quelques-unes, et moi un peu plus, mais les autres coffres sont vides et ceux d'entre vous qui le veulent peuvent les utiliser. Ce William Stanley, de Seend, est un homme qu'on peut acheter. Toute la question est de savoir s'il en parlera ou non à Sykes.

Le voleur de grand chemin considéra la chose avec soin avant de secouer la tête.

— Je ne crois pas, Richard. S'il vend la mèche, Miss Molly prendra le tout. Nous devons seulement réussir à convaincre le jockey que nous avons de l'argent. Ah ! si seulement on pouvait avoir une visite régulière en provenance de Londres ! Ça expliquerait l'origine de notre richesse. Tu as raison à propos de l'eau, elle est polluée. Mes compagnons et moi allons devoir boire de la petite bière les vendredis et je te garantis que William Stanley, de Seend, pourra nous en procurer.

Richard se frappa soudain la tête.

— Jem Thistlethwaite ! s'exclama-t-il. Crois-moi, Ike, nous aurons, nous aussi, notre visiteur. Crois-tu que Stanley est capable d'organiser efficacement un échange de courrier ?

— J'ai l'impression que ce type-là peut tout arranger si on y met les moyens...

Le lendemain matin, quand Richard et son équipe furent amenés sur le pont, ils comprirent pourquoi il fallait si longtemps pour évacuer le bateau. Le *Cérès* disposait pour cela de quelques gabares, mais, même si on y entassait les hommes, leur nombre était trop insuffisant pour qu'elles puissent conduire les forçats sur leurs lieux de travail. Heureusement, ceux-ci se situaient à moins de 500 yards du *Cérès* et, de surcroît, se trouvaient sur l'eau. Les rameurs dirigeaient avec courage les bateaux découverts, simplement parce que ce travail était de loin préférable à beaucoup d'autres. Détenus sur le *Censor,* ils étaient enchaînés au côté inférieur des plats-bords. Richard se demanda pourquoi ils ne poussaient pas rapidement jusqu'à la côte pour s'échapper. Il apprit par la suite qu'ils avaient déjà tenté de s'évader avant d'avoir été rattrapés. Certains d'entre eux furent même pendus.

Le principal avantage des « académies Campbell » (ainsi que leurs occupants baptisaient les pontons) résidait dans le fait qu'elles flottaient. Rares, en effet, étaient les Anglais sachant nager. Ce fait permettait aussi de maintenir sous pression l'équipage quand le bateau faisait voile. Richard ne savait pas nager et aucun de ses onze amis non plus, ce qui leur inspirait la terreur de l'eau.

Richard avait le ventre vide, même après avoir pris soin, la veille, de mettre de côté la moitié de son pain et de son fromage pour les manger à l'aube. Dès que leur repas avait été distribué, il avait consommé sa demi-pinte de porridge assaisonné d'herbes amères, un plat déjà froid qui aurait été plus détestable encore douze heures plus tard. Si Mrs Hubbard semblait avoir compris que des hommes chargés d'un dur travail devaient être nourris convenablement pour conserver leurs forces, il avait suffi à Richard d'un seul jour sur le *Cérès* pour deviner que Mr Duncan Campbell, jouissant d'une plus grande indépendance que la vieille femme à l'égard de ses supérieurs, ne se souciait nullement de la qualité du travail.

Les forçats occupés à terre étaient déjà partis quand la gabare de Richard embarqua les quatre équipes supplémentaires de dragueurs et se laissa emporter par le courant, en se rapprochant du rivage. Amarrée par des chaînes sur les deux bords ainsi qu'à ses deux extrémités, la drague de Richard était en tête. C'était une embarcation à fond plat et de forme rectangulaire. N'ayant ni arrière ni avant, sa coque s'incurvait hors de l'eau à chaque extrémité pour faciliter le chargement ou le déchargement. Elle était flambant neuve et recouverte d'une peinture immaculée.

Ils montèrent sur le plat-bord de la gabare et, de là, sur une plate-forme en planches de cinq pieds de large qui courait sur l'un des flancs de la drague. Jimmy Price, dernier du lot, n'avait pas plus tôt mis le pied dessus que la gabare s'écartait déjà pour se diriger vers la drague suivante, distante d'une cinquantaine de yards. Après un salut à Ike et à ses compagnons, ils inspectèrent les lieux. L'une des extrémités de la drague ressemblait à une simple coquille mais l'autre était recouverte d'un vaste pont sur lequel se dressait une cabane surmontée d'un tuyau de cheminée métallique. En sentant sous ses pieds le poids des hommes qui venaient de monter à bord, le gardien sortit de son domaine en tenant d'une main sa pipe de tabac et, de l'autre, un gourdin.

Richard prit aussitôt la parole sur un ton courtois.

— Nous ne parlons pas le londonien, monsieur. Nous venons des contrées de l'Ouest.

— C'est bon, les gars, j'm'en fiche. Z'êtes nouveaux sur le *Cérès*, pas vrai ?

Comme personne ne faisait de commentaires, il poursuivit comme s'il se parlait à lui-même :

— Z'êtes pas vraiment jeunes mais z'avez l'air costauds. J'pourrais peut-être vous faire tirer quelques tonnes de ballast avant qu'vous dev'niez trop faibles. Y en a qui connaissent déjà ce travail ?

— Non, monsieur, répondit Richard.

— Je l'pensais bien. Y en a qui savent nager ?

— Non, monsieur.

— Vaut mieux pas mentir, les gars.

— Pas de mensonges, monsieur. Nous ne venons pas de régions où l'on sait nager.

— Et si j'en flanquais un d'vous à l'eau pour voir, hein ?

Il fit un brusque mouvement vers Jimmy, qui poussa un cri de terreur, puis vers chacun des autres, en épiant leur regard.

— Bon, j'vous crois, dit-il en regagnant sa cabane.

Il disparut à l'intérieur et ressortit avec une chaise sur laquelle il s'assit, les jambes croisées, exhalant de sa pipe un délicieux nuage odorant qu'il souffla dans leur direction.

— Moi, c'est Zachariah Partridge, mais vous m'appellerez Mr Partridge. J'suis méthodiste, et j'suis dragueur d'puis ma jeunesse à Skegness-on-the-Wash, c'est pourquoi j'me fiche pas mal de parler ou non le londonien. D'ailleurs, j'ai d'mandé à Mr Campbell de voir à pas m'envoyer des gens de Londres. J'aurais aimé des gars de Lincoln, mais l'Ouest, c'est pas mal non plus. Y en a d'vous qui sont de Bristol ou de Plymouth ?

— Trois de Bristol, Mr Partridge. Moi, c'est Richard Morgan, et deux autres, Will Connelly et Neddy Perrott. (Il les désigna du doigt.) Taffy Edmunds vient de la côte du pays de Galles, Bill Whiting et Jimmy Price sont de Gloucester.

— Alors, vous savez un peu c'que c'est qu'la mer. (Il s'adossa à sa chaise.) Ce bâtiment ici est chargé d'approfondir le chenal en sortant la boue du fond avec ce godet (il agita la main en direction de quelque chose qui ressemblait à une poche géante à la gueule grande ouverte). Il tourne autour d'une chaîne – pour l'instant, elle est à vos pieds mais elle se tend à hauteur de la taille quand l'godet est enclenché. On peut raccourcir ou allonger selon la profondeur de l'eau. L'est ajustée juste bien pour cet endroit. C'est moi qui l'ai fait.

Mr Zachariah Partridge, apparemment dénué de toute méchanceté, semblait prendre un plaisir évident à ce discours.

— Vous d'vez bien vous d'mander pourquoi on a choisi cet endroit, pas vrai ? reprit-il. Voyez-vous, les gars, l'Arsenal royal fournit toute l'armée en matériels, mais y a pas un dixième des quais dont les bateaux ravitailleurs ont besoin. Vos collègues criminels, là-bas, sur la rive, en construisent de nouveaux en comblant les marécages autour du Warren. Nous autres, dragueurs, on leur fournit leur ballast, qu'ils mélangent à des pierres, du gravier et d'la chaux, sinon tout s'écroulerait dans le fleuve.

— Merci de vos explications, Mr Partridge, dit Richard.

— La plupart des gens en font pas autant, hein ? (Il agita la main en direction de la grande poche béante.) Ce godet rentre dans l'eau de mon côté et ressort quand la potence de chargement arrive tout en bas, à l'autre bout. Si vous faites du bon travail, il contiendra 50 livres de vase et de saletés... c'est terrible, les choses qu'on peut sortir ! Cette drague-ci contient 27 livres de ballast, comme on dit, nous autres dragueurs. C'qui veut dire que vous d'vez sortir 1 100 godets de ballast pour la remplir. Comme on est en hiver, z'avez six heures de travail. Y perdent deux heures à vous amener et vous remmener. Et une bonne journée de travail donne vingt godets, soit une demi-tonne. En soustrayant (il sait lire et compter, nota Richard) les dimanches et les jours de mauvais temps, surtout à cette époque de l'année, il vous faudra environ dix semaines pour remplir ce bateau de ballast. Quand y s'ra plein, y s'ra remorqué jusqu'au Warren pour être déchargé avant d'être remorqué à un autre endroit et de recommencer l'travail.

« C'est un amateur de faits et de chiffres, songea Richard, un méthodiste, il n'est pas de Londres et il aime son métier, en particulier parce qu'il n'a pas à lever le petit doigt. Sachant cela, comment trouver le chemin de son amitié ou, pour le moins, de son approbation ? Serons-nous capables d'accomplir la tâche qu'il attend de nous ? Sinon, nous risquons de nous exposer à quelque subtile conséquence d'inspiration méthodiste. Mais ce n'est pas une brute. »

— Sommes-nous autorisés à vous adresser la parole, Mr Partridge ? Par exemple, pouvons-nous vous poser des questions ?

— Faites ce que j'attends de vous, Morgan, et vous aurez pas de problèmes avec moi. J'veux pas dire par là que j'vais vous dorloter. Si je l'voulais, je pourrais vous casser le bras avec ce gourdin. Mais j'le veux pas, et pour une bonne raison. J'veux que Mr Campbell pense vraiment beaucoup de bien de moi et, pour ça, j'ai besoin de produire du ballast. On m'a confié ce bâtiment tout neuf parce que c'est ma drague qui produit le plus de ballast. Si vous m'aidez, j'suis disposé à vous aider, conclut Mr Partridge en se levant. Maintenant, les gars, j'vais vous expliquer c'que vous avez à faire et comment le faire.

Le godet était un épais sac de cuir d'environ trois pieds de long, avec une gueule de fer ronde d'un diamètre un peu supérieur à deux pieds. Il était prolongé au-dessous par une sorte de cuillère en acier de forme ovale, peu profonde et aux bords coupants, coulée en même temps que le cercle de fer auquel elle était rattachée. Une chaîne était fixée de chaque côté de ce cercle et rejoignait en Y une autre chaîne, unique celle-là, qui courait sans interruption d'une extrémité de la drague à l'autre, en un circuit sans fin qui offrait suffisamment de jeu pour déposer le godet au fond du fleuve. La chaîne passait autour d'un treuil qui plongeait le sac dans l'eau du côté de Mr Partridge. Il s'enfonçait sous son propre poids, le fond en cuir étant fixé à une corde manipulée depuis l'embarcation. A l'autre extrémité, une potence dotée d'un mécanisme à poulie traînait la gueule cerclée de fer et sa cuillère d'acier sur le fond pour récolter la vase. Quand le godet parvenait en fin de course, la potence exerçait une poussée verticale. Le sac dégoulinant était alors vidé dans le compartiment après qu'on eut fait tourner la potence pour le placer au-dessus. Il parcourait à vide toute la longueur pour revenir au treuil et plonger de nouveau dans l'eau afin de dévorer son repas de vase de la Tamise.

Il leur fallut une semaine entière pour s'accoutumer au travail et, durant cette période, Mr Partridge n'obtint pas sa demi-tonne. Il comptait sur un godet toutes les vingt minutes, mais la nouvelle équipe mettait une heure. Toutefois, il ne dit rien et ne fit rien, se contentant de rester assis sur sa chaise et de sucer sa pipe, un pichet de rhum à ses pieds, son attention occupée par l'activité qui régnait sur le grand fleuve, quand il ne contemplait pas d'un air méditatif son équipe en train de s'échiner. Un dinghy était attaché à la drague par une amarre, ce qui pouvait signifier qu'il gagnait le rivage à la rame à la fin de la journée. Mais il devait aussi coucher à bord car les hommes le virent acheter du bois pour son poêle et de quoi remplir son garde-manger aux petits bateaux qui proposaient leurs marchandises sur le fleuve.

L'équipe dut assimiler par sa propre expérience quelques trucs et astuces. Par exemple, le godet avait tendance à se soulever par le fond et devait être maintenu en place par une perche agissant exactement au bon endroit, c'est-à-dire en haut du cercle de fer, sur trois pouces de large seulement. Il fallait faire preuve d'adresse et de flair car la visibilité dans l'eau était à peu près nulle avec la vase toujours en mouvement. Quatre hommes maniaient la potence et la corde, un autre le treuil et le dernier la perche qui maintenait le godet au fond. Seule la potence exigeait de la force, mais l'homme chargé de la perche devait se montrer à la fois habile et puissant. Mr Partridge n'ayant rien dit et rien fait, ce fut Richard qui répartit les tâches. Jimmy Price fut chargé du treuil qui requérait le moins de biceps, Bill, Will, Taffy et Neddy furent affectés à la potence et il prit lui-même le contrôle de la perche.

Lentement, après de nombreux et patients efforts, leur vitesse d'exécution augmenta en même temps que la quantité de vase recueillie par le godet. Quand, une semaine plus tard, ils atteignirent leurs vingt godets dans leur journée de six heures, Mr Partridge, enchanté, apporta six grands pots de petite bière, une motte de beurre et six pains au levain tout frais, d'une livre chacun.

— J'ai su qu'vous s'riez bons dès que j'vous ai vus. Laissons les hommes trouver leur manière, j'dis toujours. J'touche un bonus de 5 livres par charge de ballast que j'livre au Warren. Si j'peux m'frotter les mains, ça s'ra pareil pour vous. Si vous faites plus de vingt godets par jour, z'aurez un repas : un quart de petite bière et une livre de bon pain chacun. Z'êtes tous déjà plus minces qu'y a une semaine, et ça va pas. J'dois veiller sur ma réputation. (Il se frotta le nez d'un air songeur.) J'y pense, j'peux pas vous acheter un repas tous les jours.

— Nous pourrions peut-être y contribuer, avança Richard. Etant de Bristol, je connais l'odeur de votre tabac – du Ricketts. Il doit coûter cher à Woolwich, et même à Londres. Je pourrais peut-être vous faire envoyer un excellent Ricketts, Mr Partridge, si vous me donnez une adresse. Car, s'il arrivait sur le *Cérès*, je crains que Mr Sykes ne s'en empare...

— Bien, bien ! (Mr Partridge parut ravi.) Trouvez-moi seulement 1 shilling par jour et j'fournis le repas. Pour le tabac, envoyez-le au Ducks and Drakes, une taverne de Plumstead.

Au début, cela ne marcha pas trop bien pour Ike Rogers et son équipe mais, après quelques entretiens avec Richard et ses hommes, ils réussirent à accélérer leur cadence et purent conclure un arrangement du même ordre avec le gardien de leur drague, un homme du Kent originaire de Gravesend.

L'aspect le plus pénible de ce travail était la saleté répugnante qu'il fallait sans cesse manipuler. Ils étaient recouverts de la tête aux pieds par une croûte de vase noirâtre et puante. La chaîne circulant à la hauteur de taille tout le long de la plate-forme en était enduite ; elle tombait du godet et éclaboussait tout quand on le vidait. Au bout d'une semaine, la drague flambant neuve ressemblait comme une sœur aux autres plates-formes plus anciennes.

Lorsque Richard eut compris que deux d'entre eux devaient descendre une fois par jour dans le compartiment à ballast pour pelleter au-dehors la vase gluante et ses affreuses inclusions qui s'accumulaient sous la gueule du godet, il prit une décision :

— Est-ce que l'un d'entre vous a mal aux pieds ? Une coupure, une égratignure, une ampoule ?

— Ouais, moi, dit Taffy. Des cors qui me font mal, là.

— Alors ce soir, quand nous nous serons lavés, je te donnerai un peu de ma pommade, mais tu ne pourras pas aller dans la vase tant que ton pied ne sera pas guéri. En fait, dès qu'il fera un peu plus chaud, je demanderai à Mr Partridge (qui écoutait, l'oreille tendue) si nous pouvons laisser nos chaussures sur son pont et travailler pieds nus. D'ici là, nous nous mettrons pieds nus pour pelleter la vase.

Ils pouvaient du moins se laver et ne manquaient pas de le faire chaque soir, dès qu'ils regagnaient le faux-pont du *Cérès*. Pour ceux qui n'étaient pas de Bristol, la seule vue de ce que la drague remontait du fond de la Tamise était assez horrible pour les inciter à suivre l'exemple de Richard : vêtements ôtés, savonnage et rinçage à la pompe du corps, des chaînes et des fers pleins de vase. Ils avaient conclu un agréable arrangement avec William Stanley, de Seend, qui faisait laver leurs vêtements de rechange par Mikey dans la journée.

Duncan Campbell avait distribué de nouveaux vêtements aux habitants de ses académies – il le faisait à peu près une fois par an – quatre jours après l'arrivée des hommes de Gloucester : deux pantalons d'une lourde toile grossière, deux chemises à carreaux tout aussi lourdes et une veste de toile non doublée. Les hommes de Gloucester découvrirent avec plaisir que les pantalons avaient peut-être des coutures aussi raides que des scies à métaux, mais qu'ils tombaient au-dessous de la cheville, même si, pour Richard et Ike, ils se révélèrent un peu plus courts. Lorsque Ike troquait ses bottes aux précieux talons contre de simples souliers, sa taille diminuait de plusieurs pouces mais, comme il était nouveau venu sur le *Cérès*, personne ne s'en était aperçu, à l'exception de ses camarades de Gloucester qui, naturellement, ne pipèrent mot.

Avec des pantalons, les hommes de taille moyenne n'avaient plus besoin d'envelopper leurs fers pour se protéger la peau ni de porter des bas pour se prémunir contre le vent glacial de la Tamise. Richard, qui savait se servir d'une aiguille à coudre, put couper sur les pantalons de Jimmy assez de tissu pour rallonger les siens. De son côté, Ike paya une chope de gin à Stanley, qui lui céda l'excédent de longueur des siens. Quelle merveilleuse invention que les pantalons ! Ils étaient couleur rouille, raides, lavables et tout à fait différents des culottes qui s'arrêtaient aux genoux. De plus, alors que celles-ci s'ouvraient à la taille par un large pan maintenu à la ceinture au moyen de boutons, les pantalons possédaient sur le devant une rangée verticale de boutons allant de l'entrejambe à la ceinture. Ce que les hommes jugèrent fort commode pour uriner...

Mr James Thistlethwaite se présenta le deuxième dimanche après leur arrivée sur le *Cérès*. Il apparut sur le seuil, secoua chaleureusement la main de Mr Sykes, entra et contempla avec stupéfaction cette prison rouge vif.
— Jem ! Jem !
Ils s'étreignirent sans réserve puis s'écartèrent l'un de l'autre pour se contempler. Près de dix années s'étaient écoulées depuis leur dernière rencontre et ces dix ans avaient provoqué bien des changements en eux.

Aux yeux de Richard, Mr Thistlethwaite sembla éminemment prospère. Sanglé dans un costume bordeaux taillé dans la plus fine étoffe, il arborait une perruque et un chapeau garni de parements d'or, une chaîne et une montre en or et de hautes bottes en cuir étincelant. Son ventre s'était arrondi, son visage – autrefois si ridé – rempli et, sur son nez bulbeux, la floraison purpurine due à l'excès de rhum s'était épanouie jusqu'à la perfection. Le choc passé, le regard de ses yeux bleu délavé et injectés de sang apparut plein d'amour.

Pour Mr Thistlethwaite, Richard sembla composé de deux hommes qui faisaient surface alternativement, à de brefs intervalles. L'ancien et le nouveau, inextricablement mêlés. Seigneur, comme il était beau ! Comment réussissait-il pareil miracle ? Ses cheveux en brosse semblaient plus sombres encore et son teint, exposé aux intempéries, était sans défaut. Il était rasé et parfaitement propre ; sous sa chemise du dimanche, on devinait un corps musclé et dénué du moindre pouce de graisse. Etait-il devenu insensible au froid ? Ce local rouge sang était glacial et il ne portait pas de veste. Ses chaussures et ses bas étaient propres, eux aussi mais... Oh, ces fers ! Le patient et pacifique Richard Morgan enchaîné. Cela paraissait impensable. Mais c'était dans les yeux gris-bleu que résidait le principal changement. Thistlethwaite les avait connus toujours un peu rêveurs, gais, mais avec douceur et gravité. Le regard était à présent beaucoup plus concentré, on n'y voyait plus trace de rêve et, sur ce visage si régulier, plus de sourire ni de douceur.

— Richard, comme tu as grandi ! Je m'attendais à toutes sortes de changements mais pas à celui-là.

Mr Thistlethwaite se pinça le nez et cligna des yeux.

— William Stanley, de Seend, voici Mr James Thistlethwaite, annonça Richard au minuscule bonhomme tout ratatiné qui les observait. Maintenant, trouve-nous un coin tranquille. Et que personne ne vienne nous déranger, entends-tu ? Je ferai les présentations plus tard. L'intimité est la plus rare des marchandises sur le *Cérès,* ajouta-t-il en se tournant vers Jem. Cependant, on arrive à l'obtenir. Asseyez-vous !

— Tu es le chef ? s'exclama Jem avec surprise.

— Non, je refuse de l'être. Simplement, il m'arrive d'avoir à faire preuve d'autorité, mais nous le faisons tous quand cela s'avère nécessaire. La notion de chef implique du bruit et de la fureur, et je ne suis pas plus bavard ici qu'à Bristol. Je ne désire pas diriger un autre homme que moi-même. Mais ces gens se conduisent parfois comme des moutons et je ne veux pas qu'on les envoie à l'abattoir. A l'exception de Will Connelly, lui aussi de Bristol, qui a reçu à Colston une bonne formation, les autres ne savent pas se servir de leur cervelle. Et la seule différence entre Will Connelly et moi tient peut-être seulement à mon bon cousin James l'Apothicaire. S'il n'avait pas existé, s'il n'avait pas été si bon pour moi, je serais peut-être semblable à ces pauvres Irlandais de Liverpool, comme un poisson hors de l'eau. (Il se pencha pour saisir la main de Mr Thistlethwaite avec un grand sourire.) Et maintenant, parlez-moi de vous. Vous paraissez extrêmement imposant.

— Je peux me permettre d'avoir l'air imposant, Richard.

— Avez-vous épousé la religion de l'argent, comme tout véritable habitant de Bristol ?

— Non. Bien que je tire mes ressources des femmes. Tu as devant toi un homme qui, sous un nom de plume évidemment, écrit des romans pour distraire ces dames. La dernière passion à la mode consiste à lire des romans ; tout cela vient du fait qu'on leur a appris à lire mais sans rien leur mettre d'autre dans le crâne. Grâce aux boutiques de livres, aux feuilletons publiés dans les journaux et aux bibliothèques, je gagne bien plus d'argent qu'avec mes pamphlets. Dans tous les comités, cures ou paroisses, manoirs et hôtels d'Angleterre, on trouve une foule de dames comme il faut. En Ecosse et en Irlande, elles lisent également. Et je suis lu jusqu'en Amérique. (Il fit une grimace.) Mais je ne bois plus le rhum de Mr Cave. En réalité, j'ai rompu avec le rhum. Je ne bois plus que du cognac français, et du meilleur.

— Etes-vous marié, à présent ?

— Non, toujours pas. J'ai deux maîtresses, toutes deux mariées à des hommes de condition modeste. Mais assez parlé de moi. Je veux tout savoir de ta vie, Richard.

Ce dernier haussa les épaules.

— Il n'y a pas grand-chose à en dire. J'ai passé trois mois à Newgate, la prison de Bristol, exactement un an dans la prison de Gloucester et voilà deux longues semaines que je suis à bord du *Cérès*. A Bristol, je restais assis à lire, à Gloucester j'ai tiré des blocs de pierre. Ici, je drague le fond de la Tamise, ce qui n'est rien pour un homme habitué à la vase de Bristol à marée basse. Bien qu'il nous soit pénible, à nous tous, d'y découvrir parfois le corps d'un bébé.

Ils abordèrent alors l'important sujet de l'argent et discutèrent de la meilleure méthode pour mettre à l'abri des rouleaux de pièces d'or.

— Sykes ne fera pas d'histoires, assura Jem. Je lui ai glissé une guinée et il a aussitôt fait le beau, ventre en avant, comme tous ces ruffians. Courage ! Je vais m'arranger avec cet imbécile pour qu'il achète tout ce dont vous avez besoin comme nourriture et comme boisson, pour toi et tes amis. Tu as l'air aussi fringant qu'un sloop mais tu es un peu trop mince.

Richard ébaucha un signe de dénégation.

— Pas de nourriture, Jem, seulement de la petite bière. Il y a ici près d'une centaine d'hommes, compte tenu de ceux qui meurent presque chaque jour. Chacun surveille jalousement la ration que le cambusier distribue aux autres. Tout ce que nous désirons, c'est sauvegarder l'argent que nous possédons et peut-être vous en demander un peu quand ce sera nécessaire. Nous avons eu la chance de tomber sur un dragueur ambitieux et, sur la Tamise, naviguent une foule de petits bateaux ambulants. Pour deux pence par tête, nous mangeons convenablement à midi sur la drague, avec tout ce qu'il faut, du poisson salé aux légumes frais et aux fruits. Ike Rogers et son équipe ont réussi eux aussi à s'entendre avec leur dragueur.

— C'est difficile à croire, observa Jem, mais tu sembles plein de projets et tu as l'air d'y trouver presque du plaisir. Je suppose que c'est ce que l'on appelle le sens des responsabilités.

— C'est la foi en Dieu qui me soutient. Je l'ai toujours eue. Malgré cela, je dois admettre que, pour un forçat, j'ai eu beaucoup de chance. D'abord en la personne d'une femme nommée Lizzie Lock, qui a veillé sur ce qui m'appartenait à Gloucester et m'a appris à me servir d'une aiguille à coudre. A propos, elle a été enchantée du chapeau que vous lui avez fait parvenir et je ne vous en remercierai jamais assez. Les femmes nous manquent et je me souviens de vous en avoir donné les raisons dans l'une de mes lettres. J'ai réussi à préserver la santé de mon corps et de mon esprit. Ici, dans ce ramassis de brutes et en l'absence de femmes, nous avons pu nous tailler une place grâce à un type avide et à un dragueur qui associe la religion méthodiste au rhum, au tabac et à la paresse. De drôles de compères, mais j'ai connu pire.

Sa pierre filtrante était posée sur la table, près de lui et, distraitement, il étendit la main pour la caresser. Un curieux silence suivi d'un murmure se fit dans la salle rouge parmi les hommes qui s'y trouvaient rassemblés, déjà intrigués par l'arrivée d'un visiteur. Leur réaction devant le geste de Richard fut une énigme pour Mr Thistlethwaite, dont le nez sensible se plissa de curiosité.

— Pourvu qu'il ait un peu d'argent, le forçat peut faire de l'avarice son meilleur ami, poursuivit Richard. Ici, les hommes coûtent bien moins que 30 deniers d'argent. Ces gens du Northumberland et de Liverpool, je suis navré pour eux. Ils n'ont pas un seul penny. Aussi meurent-ils de maladie ou de désespoir. Certains survivent, car Dieu a peut-être quelque dessein pour eux. Quant aux gens de Londres, au-dessus, ils sont étonnamment durs, avec des ruses de rats mourant de faim. Sans doute ont-ils des règles de vie différentes. Ces énormes villes constituent un véritable pays à elles seules, et possèdent leurs propres codes. Ce n'est pas le nôtre, mais je ne tiens pas compte, pour une bonne part, de tout ce qu'on raconte ici sur les Londoniens. C'est sur le faux-pont que sont regroupés tous ceux qui viennent du reste de l'Angleterre. Nos gardiens sont vénaux, et malhonnêtes par-dessus le marché. Et il faut encore ajouter des hommes comme William Stanley, de Seend. Il tire du fonctionnement de cet endroit autant de lait que le ferait une paysanne expérimentée de sa vache favorite. Et tous autant que nous sommes, aussi bien Hanks et Sykes que nos buveurs de rhum, nos mouchards, nos rustres, nos benêts ou nos ivrognes, y compris ces malheureux en train de mourir sur la plate-forme là-bas, nous marchons sur une corde raide au-dessus d'un précipice. Un pouce de trop d'un côté ou de l'autre, et nous tombons. (Il marqua une pause pour souffler, surpris de sa propre éloquence.) Bien qu'aucun d'entre nous ne puisse assimiler cela à un passe-temps, la situation offre pourtant des points communs avec le jeu. Il y faut beaucoup d'astuce, mais aussi un peu de chance et, sur ce point, on dirait que Dieu m'en accorde.

Pendant que Richard parlait, Mr Thistlethwaite comprit soudain une chose qui l'avait préoccupé auparavant. A Bristol, la vie de Richard pouvait se comparer au mouvement d'un radeau, allant et venant au gré des directions, parfois des caprices des autres. Malgré les peines et les catastrophes qui l'avaient traversée, elle avait continué de flotter comme une embarcation docile. La disparition de William Henry elle-même n'avait pas réussi à la doter d'un gouvernail. Mais Ceely Trevillian l'avait poussée vers un océan où un radeau ne pouvait que sombrer. Un océan sur lequel Richard avait senti que ses frères étaient incapables de naviguer. Alors, sortant de lui-même, il les avait hissés sur ses épaules. La prison lui avait fourni une étoile d'après laquelle se guider et il était parvenu à gonfler les voiles au seul souffle d'une volonté qu'il ignorait posséder jusqu'alors. Comme il était de ce type d'hommes qui doivent avoir quelqu'un à aimer plus qu'eux-mêmes, il s'était donné pour tâche de sauver les siens : ceux qui l'avaient accompagné depuis la prison de Gloucester jusque sur ces mers étrangères et déchaînées.

Lorsque les présentations furent faites, les quatorze détenus (William Stanley, de Seend, et Mikey Dennison s'étaient joints à eux) s'installèrent pour écouter James Thistlethwaite leur raconter ce qu'il avait appris sur le sort qui les attendait.

— Au départ, commença-t-il, ceux qui se trouvent à bord du *Cérès* étaient destinés à gagner Lemaine. D'après ce que j'ai compris, il s'agit d'une île de la taille de celle de Manhattan, à New York, au milieu d'un grand fleuve d'Afrique. Où la plupart d'entre vous seraient certainement morts en un an, de quelque fièvre mauvaise. C'est à Edmund Burke que vous devez d'avoir rayé Lemaine – et, d'ailleurs, toute l'Afrique – de la liste des lieux susceptibles d'accueillir les condamnés.

» Aidé et encouragé par lord Beauchamp, Burke a lancé une attaque en mars et en avril contre les projets de Mr Pitt pour débarrasser l'Angleterre de ses prisonniers. "Mieux vaut pendre la plupart d'entre eux, s'écria Burke, que les envoyer dans des endroits où leur mort sera beaucoup plus lente et plus douloureuse !" Après l'inévitable intervention d'une commission d'enquête, Mr Pitt a été obligé d'abandonner l'Afrique, sans doute à jamais. C'est alors que l'attention de tous s'est portée sur Botany Bay, en Nouvelle-Galles du Sud, que Mr James Matra estimait devoir être un lieu approprié. Lord Beauchamp avait fait toute une histoire parce que l'île de Lemaine était hors des limites du territoire anglais et dans une zone où Français, Espagnols et Portugais allaient chercher des esclaves. Certes, Botany Bay ne se trouve pas non plus sous influence anglaise, mais le territoire n'appartient à personne d'autre. Alors, pourquoi ne pas tenter de faire d'une pierre deux coups ? Le corbeau, ce gros oiseau plutôt désagréable, est un peu comme vous : il coûte cher à l'Angleterre et ne rapporte pas grand-chose. La caille, plus modeste et bien plus savoureuse, voilà le véritable objectif, c'est-à-dire la possibilité, après quelques années de dépenses, que Botany Bay s'avère un profit substantiel pour l'Angleterre.

Richard saisit un livre et essaya de montrer au groupe où se trouvait Botany Bay sur l'une des cartes dressées par Cook. Mais seuls les hommes qui savaient lire manifestèrent quelque compréhension.

Mr Thistlethwaite tenta d'éclairer les autres.

— A quelle distance de Londres se trouve... eh bien, disons, Oxford ?

— Loin, déclara Willy Wilton.

— Une cinquantaine de miles, renchérit Ike Rogers.

— Alors, Botany Bay est deux cents fois plus loin de Londres que ne l'est Oxford. S'il faut une semaine à un chariot pour aller de Londres à Oxford, il en faudrait deux cents à ce même chariot pour aller de Londres à Botany Bay.

— Les chariots ne vont pas sur l'eau, objecta Billy Earl.

— En effet, répondit avec patience Mr Thistlethwaite, mais les bateaux, si. Et ils avancent bien plus vite. Au moins quatre fois plus vite. Ce qui signifie qu'un bateau devrait mettre à peu près un an pour aller de Londres à Botany Bay.

— C'est trop, intervint Richard, les sourcils froncés. Vous deviez le savoir, du temps où vous viviez à Bristol. Avec un bon vent, un bateau peut couvrir deux cents milles nautiques en un seul jour. Compte tenu des escales, des périodes de calme plat et du louvoiement, il ne faudrait pas plus de six mois.

— Ne commence pas à ergoter, Richard. Qu'il faille six mois ou un an, Botany Bay se trouve de l'autre côté du globe, aux antipodes.

Soudain fatigué, Mr Thistlethwaite se leva.

— Et maintenant, fin de cet entretien. Je m'en vais.

« De toute manière, ils sont un fardeau pour Richard, dont la patience est infinie, songea-t-il en tambourinant à la porte pour sortir. S'il ne tenait qu'à moi, je me rangerais à l'avis d'Edmund Burke et les ferais presque tous pendre. Cette expérience de Botany Bay n'a ni rime ni raison. C'est un acte désespéré. »

— Adieu, adieu, cria-t-il tandis que le gardien lui ouvrait. Nous nous reverrons !

— Mr Thistlethwaite est un chic type, déclara Bill Whiting en s'installant à la place que celui-ci venait de quitter. C'est lui, ton informateur londonien, mon beau Richard ?

Cet ancien surnom détonnait ici.

— Ne m'appelle pas ainsi, Bill, répondit Richard avec une pointe de tristesse. Ça me rappelle des femmes de la prison de Gloucester.

— Oh, c'est vrai. Pardonne-moi.

Il n'était plus le vieux Bill impertinent d'avant. Le *Cérès* ne favorisait guère la plaisanterie. Soudain, il pensa à autre chose.

— J'ai cru au départ que Stanley pourrait devenir l'un des nôtres, mais il ne s'intéresse qu'à ce qu'il peut tirer de nous.

— A quoi t'attendais-tu, Bill ? Taffy et toi avez volé des animaux vivants, mais Stanley a été pris à détrousser un mort. Il cherchera toujours à estamper quelqu'un qui n'est pas en mesure de lui résister.

— Je ne sais pas, répondit Bill avec un regard rêveur qui tranchait avec son attitude généralement désinvolte. Si toi et Mr Thistlethwaite avez ne serait-ce qu'à moitié raison, c'est un bien long voyage qui nous attend jusqu'à Botany Bay. Un espar pourrait tomber sur le crâne de Stanley. Et nous ne serions pas trop affligés si Mr Sykes avait un accident avant notre départ, pas vrai ?

Richard le saisit par les épaules et le secoua.

— Ne te mets pas à imaginer des choses pareilles, Bill, et surtout n'en parle pas ! Ici, il n'y a qu'une seule manière de voir un jour la fin de nos malheurs : c'est de supporter notre sort sans jamais attirer l'attention de ceux qui ont le pouvoir de les aggraver. Que tu les haïsses, bien, mais supporte-les ! Toutes les choses ont une fin. Le *Cérès* en aura une et, un jour ou l'autre, également Botany Bay. Nous ne sommes pas très jeunes, mais pas vieux non plus. Tu ne comprends donc pas ? C'est en survivant que nous vaincrons ! Nous ne devons penser qu'à ça !

Ainsi s'écoula lentement le temps, rythmé par les circuits de la chaîne qui entraînait le godet de la drague. Les tas de vase puante. Le faux-pont puant du *Cérès*. Les corps malodorants entassés une fois par semaine pour une inhumation dans le coin d'un grand terrain près de Woolwich que Mr Duncan Campbell avait acheté à cet effet. Des nouveaux arrivaient, d'autres partaient pour ce grand terrain, mais aucun de l'équipe de Richard ou de celle de Ike Rogers.

Une certaine camaraderie, née de leurs tourments communs, unissait les occupants du faux-pont alors qu'ils n'auraient guère communiqué dans d'autres conditions. Au bout des sept premiers mois, le visage de chacun était connu, ils se faisaient signe, bavardaient, échangeaient des informations, parfois de simples plaisanteries. Il y avait des luttes, certaines sérieuses, des querelles, parfois amères, il y avait quelques mouchards et lèche-bottes comme William Stanley, et l'on déplorait quelquefois des morts violentes, quoique rarement.

Comme dans toute assemblée d'hommes très différents, les groupes finissaient, après de nombreux heurts, par se répartir de manière à peu près stable. Bien que la répétition mensuelle de la cérémonie de l'eau (sans oublier l'air de Haendel et l'invocation à Hippocrate) tînt les autres à l'écart, les équipes de Richard et de Ike avaient fraternisé avec tous, mais en protégeant leur autonomie. Ils ne familiarisaient pas avec les tyrans, les mauvais sujets ou les rapaces, mais n'étaient pas non plus leur proie. Vivre et laisser vivre, c'était une bonne règle pour tenir le coup.

Zachariah Partridge ne trouva aucune raison de modifier son opinion sur son équipe de dragage. Au fur et à mesure que les jours passaient et que le rythme de travail augmentait, il touchait plus fréquemment qu'il ne l'avait jamais rêvé ses 5 livres de prime par plein chargement de vase. Ces gars-là, Zachariah l'avait parfaitement compris, tenaient à rester en forme et à bien manger.

Comme tous ceux qui peuplaient les embarcations de marchands ou les pontons sur cette portion du fleuve si encombrée, il n'oubliait pas la menace de Botany Bay, toujours en suspens. Et cela le disposait à se montrer plutôt généreux avec cette équipe car il savait que, si elle figurait parmi les partants, il avait peu de chances d'en retrouver une aussi bonne. Le tabac Ricketts était arrivé en même temps qu'un tonnelet d'un excellent rhum. Aussi, quand Richard avait besoin de faire appel à une embarcation ambulante vendant quelque marchandise particulière, Zachariah ne soulevait-il pas d'objection, à condition que le montant de vase récoltée n'en souffre pas. Fasciné, il regardait les hommes entasser des vêtements de coutil, du savon noir, des chaussures, des ciseaux, de bons rasoirs, des affiloirs, des pierres à aiguiser, des peignes fins, de l'huile de goudron, de l'extrait de malt, des caleçons, des bas épais, du liniment, de la ficelle, des sacs solides, des vis, des outils, des tasseaux.

— Vous êtes cinglés, observa-t-il. Vous vous prenez pour des occupants de l'arche de Noé ?

— Pourquoi pas ? répondit Richard avec solennité. C'est une comparaison adéquate. Je doute que nous trouvions des marchands ambulants à Botany Bay.

Jem Thistlethwaite les informait dès qu'il apprenait quelque chose de nouveau. Fin août, il put leur révéler que lord Sydney avait écrit aux lords délégués au Trésor pour leur annoncer que

750 forçats devaient être transportés vers une nouvelle colonie, en Nouvelle-Galles du Sud, laquelle se situait à Botany Bay. Ils seraient sous la garde de la Royal Navy de Sa Majesté et sous le contrôle direct de trois compagnies de soldats qui devaient signer un engagement de trois ans à partir de leur date d'arrivée en Nouvelle-Galles du Sud.

— Ils ne vous jetteront pas sur la côte, expliqua-t-il, c'est certain. Le ministère de l'Intérieur est inondé de documents, de la liste des forçats jusqu'aux besoins en rhum, sans oublier les offres de fournisseurs pour le ravitaillement. Mais, précisa-t-il avec un sourire, l'expédition se composera exclusivement d'hommes. Ils pensent trouver des femmes dans les îles avoisinantes, sans doute de la même manière que les Romains en avaient obtenu des Sabins. Ce qui me fait penser que je dois absolument vous apporter des volumes de *Histoire du déclin et de la chute de l'Empire romain*, de Gibbon.

— Seigneur ! s'exclama Bill Whiting. Des femmes indiennes ! Mais lesquelles ? Il y en a de toutes sortes, des noires et des jaunes, en passant par le rouge, des belles comme Vénus et d'autres aussi laides que la Méduse.

En octobre, Mr Thistlethwaite les informa qu'il n'y aurait pas de femmes indiennes.

— Le Parlement n'a pas trouvé à son goût l'allusion à l'enlèvement des Sabines, car il était évident que les Indiens ne comptaient pas offrir leurs femmes en cadeau ni même les vendre. Des âmes charitables sont venues à votre secours. Il y aura donc également des femmes condamnées au bagne, dans le lot, mais combien, je l'ignore. Etant donné que quarante marins emmènent femmes et enfants avec eux, il a été convenu que les couples de détenus pourraient partir ensemble. Il semble y en avoir un certain nombre.

— Nous en avons connu un à Gloucester, remarqua Richard. Bess Parker et Ned Pugh. J'ignore ce qu'ils sont devenus, mais qui sait ? Ils ont peut-être été sélectionnés, s'ils sont encore en vie. Mais ce serait une honte d'envoyer là-bas des hommes comme Ned Pugh ou des femmes comme Lizzie Lock, qui, l'an prochain, auront accompli cinq des sept années de bagne auxquelles ils ont été condamnés.

— Pas d'espoir pour Lizzie Lock, Richard. J'ai appris que les femmes prévues pour ce voyage viendraient de la prison de Londres. Le gouverneur sera un certain commandant Arthur Phillip, de la Royal Navy, et son assistant un major du nom de Robert Ross, issu de l'armée. Vous serez sous la responsabilité de la Royal Navy, ce qui signifie que vous ferez la connaissance de ce qu'on appelle le « chat ». Aucun marin, aucun navigateur n'y a échappé. Et je ne veux pas parler par là de cette petite créature à quatre pattes qui fait « miaou ». (Il fut secoué d'un frisson et décida de changer de sujet.) D'autres arrangements ont été déjà pris : la colonie sera placée sous le droit maritime. Pas de gouvernement élu. Le juge sera, je crois, un marin. Il y aura un chirurgien en chef aidé de plusieurs assistants et, bien entendu, un chapelain... Comment pourriez-vous vivre sans un bon et solide Dieu anglais ? Pour l'instant, tout cela demeure rigoureusement secret. Rien n'a encore été communiqué au public.

— Quel genre d'homme est ce gouverneur Phillip ? questionna Richard.

Mr Thistlethwaite s'esclaffa.

— Un rien du tout, Richard ! Un minable appartenant à la marine. L'amiral lord Howe s'est montré très méprisant à son sujet lorsque son nom a été mentionné, mais j'imagine qu'il avait peut-être quelque jeune neveu à caser dans un commandement rapportant 1 000 livres par an. L'information m'a été communiquée par un très vieil ami, sir George Rose, trésorier de la marine royale. Il m'a dit que lord Sydney avait choisi Phillip personnellement, après un long entretien avec Mr Pitt, lequel est bien décidé à ce que cette expérience réussisse. Dans le cas contraire, son gouvernement se trouverait mis en échec par un problème aussi mineur que celui des prisons. Mais que faire de tous ces forçats qu'on ne sait où envoyer ? L'ennui est que, dans l'esprit réformateur et zélé des âmes charitables, la déportation est associée à l'esclavage.

— Il y a des points communs, observa sèchement Richard. Mais parlez-moi davantage de ce gouverneur Phillip, qui sera l'arbitre de notre sort.

Mr Thistlethwaite se lécha les lèvres, regrettant l'absence d'un verre de cognac.

— Un rien du tout, comme je viens de le dire. Son père était allemand et enseignait les langues étrangères à Londres. Sa mère, une parente éloignée de lord Pembroke, était veuve d'un commandant de vaisseau. Il a suivi les cours d'une école navale, du genre de Colston, ce qui signifie qu'ils n'étaient pas riches. Après la guerre de Sept Ans, il a été mis en demi-solde et est allé servir dans la marine portugaise, où il s'est distingué plusieurs années. La plus grande unité qu'il ait commandée dans la marine royale fut un navire de quatrième rang qui n'a jamais été engagé dans une action quelconque. Phillip était pour la seconde fois en retraite quand il a accepté le commandement actuel. Ce n'est pas un homme jeune, mais il n'est pas vieux non plus.

Will Connelly fronça les sourcils.

— Tout ça me paraît curieux, Jem, soupira-t-il. On dirait bel et bien que nous allons être largués à Botany Bay. Sinon, on aurait choisi un lord ou un amiral comme gouverneur...

— Cite-moi le nom d'un lord ou d'un amiral qui accepterait de s'en aller à l'autre bout de la terre pour seulement 1 000 livres par an, Will, et je t'offre le sceptre et la couronne d'Angleterre, lança ironiquement Mr James Thistlethwaite, sentant le pamphlétaire se réveiller en lui. Un petit tour reposant jusqu'aux Indes, peut-être. Mais ça ? Cela m'a tout l'air d'un piège mortel. Personne ne sait exactement où se trouve Botany Bay et, si tous affirment que c'est un paradis sur terre, c'est simplement parce que ça les arrange. Etre gouverneur dans ce trou perdu, c'est le genre de travail que seul un nul comme Phillip peut accepter.

— Vous ne nous avez toujours pas dit pourquoi on a choisi celui-là, intervint Ike.

— C'est sir George Rose qui, au départ, l'a proposé parce que – ce sont ses propres mots – Phillip est à la fois efficace et compatissant. Ce qui le distingue des autres, c'est qu'il parle couramment plusieurs langues étrangères. Son père ayant été professeur de langues, on peut supposer qu'il les a apprises en tétant sa mère. Il s'exprime en français, en allemand, en hollandais, en espagnol et en portugais.

— En quoi ça va lui servir à Botany Bay, où les Indiens ne connaissent aucune de ces langues ? s'enquit Neddy Perrott.

— A rien du tout, mais ça l'aidera certainement à y arriver, expliqua Mr Thistlethwaite en s'exhortant à la patience. (Comment Richard pouvait-il les supporter ?) Il faudra effectuer de nombreuses escales et, nulle part, on ne parle anglais : à Ténériffe règne l'espagnol, aux îles du Cap-Vert le portugais, de même qu'à Rio de Janeiro. Le cap de Bonne-Espérance est hollandais. C'est une affaire très délicate, Neddy. Imagine ça ! Une flotte de dix navires anglais armés faisant voile et se présentant, sans être annoncés, pour jeter l'ancre dans un port contrôlé par un pays avec lequel nous étions récemment en guerre ! Ou, encore, au large d'un territoire que nous avons écumé, à la recherche d'esclaves. Tu comprends mieux à présent pourquoi Mr Pitt tient à ce que la flotte établisse d'excellentes relations avec les gouverneurs de ces ports. Mais comment y parvenir en ne parlant que l'anglais ? Personne ne comprendrait un traître mot.

— Pourquoi ne pas utiliser les services d'un interprète ? s'étonna Richard.

— Pour que les négociations passent par l'intermédiaire d'un inférieur ? Et ce avec les Espagnols ou les Portugais ? Le peuple le plus pointilleux, le plus protocolaire du monde ? Ou encore avec les Hollandais, qui en remontreraient au diable quand il s'agit de faire une bonne affaire ? Non, Mr Pitt insiste pour que la communication avec les responsables locaux passe par le gouverneur en personne, de l'Angleterre jusqu'à Botany Bay. Voilà pourquoi le nom du commandant Arthur Phillip était le seul à figurer sur la liste.

Thistlethwaite laissa échapper un rire entendu.

— Ah ah ! Vois-tu, Richard, le sort tient parfois à des choses aussi insignifiantes que celle-là. Car en réalité, elles ne le sont qu'en apparence. Mais qui pense à elles quand on fait les comptes ? Prenons le cas de sir Walter Raleigh – bagarreur, flibustier, ami intime de la reine Elisabeth Ire. Un mouvement de son mouchoir de dentelle, un parfum dégagé par ses onguents, et le monde entier tombait à ses pieds comme une oie rôtie. Pour être honnête, il est vrai que nous ne vivons plus dans son monde. Tout est bien différent aujourd'hui, et pourtant, qui sait ? Arthur Phillip possède peut-être exactement les qualités requises pour cette mission. Sir George Rose semble le croire, en tout cas. Mr Pitt et lord Seymour sont d'accord avec lui. Que l'amiral lord Howe pense autrement n'a aucune importance. Il est peut-être le premier lord de l'Amirauté, mais ce n'est pas la Royal Navy qui gouverne l'Angleterre.

Les rumeurs circulaient tandis que les jours baissaient et que les primes de 5 livres de Mr Zachariah Partridge s'espaçaient. Une pluie continue n'avait pas arrangé les choses car, en raison des mauvaises conditions climatiques, les forçats s'étaient vus confinés dans leur faux-pont pendant deux semaines. Leur moral s'assombrissait. Ceux qui avaient conclu un arrangement avec leur surveillant, sur la rive ou sur une drague, pour obtenir de la nourriture supplémentaire trouvaient bien dur de revenir aux rations du *Cérès,* qui ne s'étaient améliorées ni en quantité ni en qualité. Mr Sykes, contraint de cohabiter en permanence avec un grand nombre de détenus, avait dû tripler son escorte, et le vacarme des Londoniens au-dessus de leurs têtes s'entendait jusque sur le faux-pont.

En l'absence de gin et de rhum, ils passaient le plus clair de leur temps à jouer. Chaque groupe possédait au moins un jeu de cartes et une paire de dés, mais les perdants (les enjeux consistaient surtout en nourriture ou en corvées) ne se montraient pas toujours bons joueurs. Ceux qui savaient lire faisaient bande à part. Ils ne représentaient pas plus de dix pour cent du total des hommes et échangeaient entre eux des livres ou s'efforçaient d'en emprunter.

Ils n'étaient guère plus de vingt pour cent à laver les vêtements de toile dont Mr Duncan Campbell leur avait fait l'aumône, à les étendre sur des cordes qui se croisaient entre les solives et à s'efforcer de marcher pour faire de l'exercice. Bien que le faux-pont ne fût pas vraiment surpeuplé, l'espace libre limitait ces allées et venues à une cinquantaine d'hommes à la fois, contraints de se déplacer la tête baissée. Les autres devaient rester assis sur les bancs ou étendus sur les plates-formes. En six mois, de juillet à décembre, le *Cérès* perdit quatre-vingts hommes de maladie – plus d'un quart de l'effectif total, également réparti entre les deux ponts.

Vers la fin du mois de décembre, Mr Thistlethwaite fut en mesure de leur en apprendre davantage. Entre-temps, son auditoire s'était considérablement élargi et s'étendait maintenant à tous ceux qui étaient en mesure de le comprendre, nombre qui s'était accru lui aussi grâce à la cohabitation. Parmi les occupants du faux-pont, seuls les rustres à l'esprit lent ne parvenaient pas encore à suivre quelqu'un qui parlait un anglais proche de celui qu'on trouvait dans les livres.

— Les adjudications pour l'approvisionnement des navires ont été faites, annonça-t-il. Des larmes ont été versées. Mr Duncan Campbell a décrété qu'il avait tout ce qu'il lui fallait avec ses académies et il n'a pas soumissionné. L'offre meilleur marché, celle de MM. Turnbull Macaulay et T. Gregory, à 7 pence un tiers par jour, par homme ou femme, n'a pas été acceptée. Pas plus que celle des négriers, MM. Camden, Calvert et King. Lord Sydney a pensé qu'il ne convenait pas de faire appel à une firme esclavagiste pour sa première expédition, bien que son prix soit encore plus bas. L'offre qui a été retenue a été présentée par un ami de Campbell, du nom de William Richards Junior. Il se prétend courtier maritime, mais ses intérêts s'étendent bien au-delà. Il a des associés, bien entendu. Et je suppose qu'il coopère étroitement avec Campbell. Je dois dire que le sort des soldats qui vous accompagneront n'est guère meilleur que le vôtre, car ils figurent dans les comptes avec les mêmes rations que vous, avec cette différence qu'ils reçoivent chaque jour du rhum et de la farine.

— Combien serons-nous à partir ? s'enquit un homme originaire de Lancaster.

— On aura cinq transporteurs pour environ cinq cent quatre-vingts forçats de sexe masculin et près de deux cents femmes. Sans oublier deux cents soldats accompagnés de quarante femmes et de leurs enfants. Trois bateaux ravitailleurs ont été commandés. Quant à la Royal Navy, elle sera représentée par un bateau annexe, et un navire armé fera fonction de vaisseau amiral.

— Qu'est-ce qu'ils appellent « transporteurs » ? demanda un homme du Yorkshire, du nom de William Dring. Je suis un marin de Hull et je ne connais pas de bateau de ce genre.

— Les transporteurs véhiculent des hommes, expliqua Richard d'un ton égal. La plupart du temps, ils convoient les troupes outre-mer. Je pense qu'il en existe encore quelques-uns, mais ils doivent être vieux à présent. Ceux qui ont servi à envoyer les troupes combattre en Amérique ont été réutilisés pendant la guerre de Sept Ans. Et il y a aussi les transports côtiers pour déplacer les soldats le long des côtes anglaises, ou encore vers l'Ecosse et l'Irlande. Ceux-là seraient beaucoup trop petits. Jem, y avait-il des spécifications particulières dans l'appel d'offres pour les transporteurs ?

— Simplement qu'ils soient en bon état et capables d'effectuer un long voyage sur des mers encore inexplorées. D'après ce que j'ai compris, ils ont été inspectés par la marine, mais j'ignore si l'examen a été approfondi ou non.

Mr Thistlethwaite prit une longue inspiration et se décida à parler franchement. Pourquoi donner de faux espoirs à ces malheureux ?

— La vérité est qu'on ne s'est pas bousculé pour présenter des offres. Il semble que lord Sydney ait compté sur une proposition de la Compagnie des Indes orientales, dont les bateaux sont les meilleurs. Il est même allé jusqu'à l'appâter en proposant que les bateaux aillent ensuite directement de Botany Bay à Wampoa, au pays de Cathay, pour charger leur cargaison de thé, mais la Compagnie n'a pas mordu à l'hameçon. Pour des raisons que j'ignore, elle préfère que ses navires fassent escale au Bengale avant d'aller à Wampoa. De ce fait, lord Sydney ne disposait d'aucune offre pour des bâtiments capables d'accomplir un si long voyage dans des conditions correctes. L'inspection de la marine a donc dû se contenter d'un lot des plus limités.

Il balaya son auditoire du regard et, apercevant des visages consternés, regretta sa franchise.

— Mais n'allez pas croire, mes amis, que vous serez embarqués dans des bassines qui prennent l'eau, poursuivit-il. Aucun propriétaire de bateau ne peut se permettre de prendre le risque de couler son bien, même si ceux qui ont souscrit l'embarquement lui en fournissent l'occasion !

Richard intervint :

— Je sais ce que vous cherchez à nous faire comprendre, Jem. Que nos transporteurs sont des bateaux négriers. Et pourquoi n'en serait-il pas ainsi ? Le commerce des esclaves décroît depuis que nous n'avons plus accès à la Géorgie et à la Caroline, sans parler de la Virginie. Il doit donc y avoir pas mal de négriers à la recherche de travail. Et ils sont déjà équipés pour transporter des hommes. Leurs bateaux sont à l'ancre à Bristol ou à Liverpool, le long des docks, et certains sont assez grands pour embarquer plusieurs centaines d'esclaves.

— Oui, c'est bien ça, soupira Mr Thistlethwaite. Ceux d'entre vous qui seront sélectionnés voyageront sur des bateaux négriers.

— On a une idée de la date de départ ? demanda Joe Robinson, de Hull.

— Aucune. (Mr Thistlethwaite les regarda en souriant.) Noël approche, mes amis, et je me suis arrangé pour qu'une demi-pinte de rhum soit distribuée à chacun des occupants du faux-pont. Vous n'en recevrez sans doute pas pendant le voyage, alors ne l'avalez pas d'un seul coup et savourez-la au passage.

Il attira Richard à part.

— J'ai apporté un nouveau lot de pierres filtrantes, de la part du cousin James l'Apothicaire. Sykes te les remettra, n'aie aucune crainte.

Il le prit dans ses bras et le serra contre lui si étroitement que personne ne le vit glisser dans la poche de Richard un sac de guinées.

— C'est tout ce que je peux faire pour toi, ami si cher à mon cœur. Ecris-moi, je t'en prie, quoi que tu aies à me dire.

Le 5 janvier 1787, à l'heure du souper, Joey Long déclara brusquement :

— Mes pouces me démangent.

Et, sur ce, il se mit à trembler.

Les autres se tournèrent vers lui. Cette âme simple avait parfois des pressentiments qui s'avéraient toujours exacts.

— Sais-tu pourquoi ? demanda Ike Rogers.

Joey fit un signe de dénégation.

— Non. Ils me démangent, voilà tout.

Mais Richard comprit. Le lendemain était le 6 et, au cours des deux dernières années, il avait dû gagner un nouveau lieu de souffrances le 6 janvier.

— Joey sent un changement s'annoncer, dit-il. Ce soir, nous allons rassembler nos affaires, nous laver, couper ras nos cheveux, nous passer l'un l'autre au peigne fin pour nous épucer, veiller à ce que tout ce qui nous appartient, vêtements, sacs ou coffres, soit bien marqué à notre nom. Ils vont nous emmener demain matin.

Les lèvres de Job Hollister tremblaient quand il parla.

— Nous ne serons peut-être pas du lot.
— C'est possible. Mais je crois que les pouces de Joey ne se trompent pas.

« Et merci à Jem Thistlethwaite pour cette demi-pinte de rhum, songea-t-il. Pendant que tout le monde ronflait dans le faux-pont du *Cérès*, j'ai pu glisser les guinées en secret dans nos coffres, sans que personne le sache, en dehors de moi. »

QUATRIÈME PARTIE

De janvier 1787 à janvier 1788

A l'aube, on sut qui devait partir : soixante hommes au total, répartis comme d'habitude par groupes de six. Ils laissaient derrière eux soixante-treize autres condamnés, extrêmement soulagés d'avoir échappé à ce sort. Comment, pourquoi et par qui les dix groupes choisis pour quitter le faux-pont du *Cérès* avaient-ils été sélectionnés ? Personne ne le sut, à l'exception de Mr Hanks et de Mr Sykes. L'âge des appelés allait de quinze à soixante ans, la plupart étant non qualifiés et certains malades. Mr Hanks et Mr Sykes ignoraient ces considérations : ils avaient une liste, point final.

William Stanley et Mikey Dennison, son adjoint épileptique, sautillaient d'allégresse d'un pied sur l'autre car ils n'avaient pas été choisis. La vie sur le faux-pont du *Cérès* était confortable et ils auraient bientôt d'autres toisons à tondre.

— Les salauds ! siffla Bill Whiting. Regardez-les jubiler !

La porte s'ouvrit et quatre nouveaux condamnés furent jetés à l'intérieur. Connelly sursauta.

— Crowder, Davis, Martin et Morris, soupira-t-il. On a dû les expédier de Bristol exprès pour le grand départ.

Bill Whiting adressa un clin d'œil complice à Richard tandis qu'il appelait :

— Mr Hanks ! Ohé, Mr Hanks !

— Qu'y a-t-il ?

Sa main avait été généreusement graissée par Mr James Thistlethwaite et il avait promis de faire tout ce qu'il pouvait en faveur

297

de Richard, de Ike et de leurs compagnons s'ils devaient être du voyage. Il était d'autant plus disposé à tenir sa promesse que Thistlethwaite s'était engagé à lui prodiguer d'autres libéralités si on lui rapportait qu'il avait bien obéi.

— Parle, mon gars, dit-il à Whiting.

— Monsieur, ces quatre hommes sont de Bristol. Ils doivent partir, eux aussi ?

— Ça se pourrait, répondit prudemment Mr Hanks.

Le joyeux Whiting jeta un coup d'œil en coin à Richard et tourna vers Mr Hanks son visage rond, empreint d'une expression d'humilité :

— Mais ils ne sont que quatre. Le fait est, monsieur, que nous sommes tellement tristes d'être séparés de Stanley et de Dennison que je me demandais...

Mr Hanks consulta sa liste.

— Je vois que les deux autres qui devaient partir avec eux sont morts hier. Nous en avons donc quatre de trop ou deux de moins, quoi qu'on fasse. Avec Stanley et Dennison, ça ferait bien le compte.

— J'les ai eus ! jubila Whiting dans sa barbe.

— Dis donc, mon salaud, murmura Ike entre ses dents, pourquoi t'as fait ça ? La vie est plus belle sans ces deux compères-là.

Neddy Perrott gloussa de rire.

— Crois-moi, Ike. Crowder et Davis sont de drôles d'oiseaux. Y a pas plus malins qu'eux. William Stanley trouvera son maître et même plus.

— D'ailleurs, poursuivit Whiting avec un sourire angélique, n'oublie pas, Ike, que nous aurons besoin de main-d'œuvre pour balayer le pont et laver nos affaires.

Les forçats appelés à partir furent équipés d'une ceinture et de chaînes cadenassées qui leur entravaient les bras, mais pas les chevilles. Au lieu de cela, une longue chaîne reliait les détenus les uns aux autres par groupes de six. Pleurant et gémissant, car ils n'avaient pas eu le temps de rassembler tout ce dont ils avaient besoin, Stanley et Dennison se retrouvèrent attachés aux quatre nouveaux venus de Bristol.

— Cela fait donc soixante-six hommes en onze groupes, observa Richard.

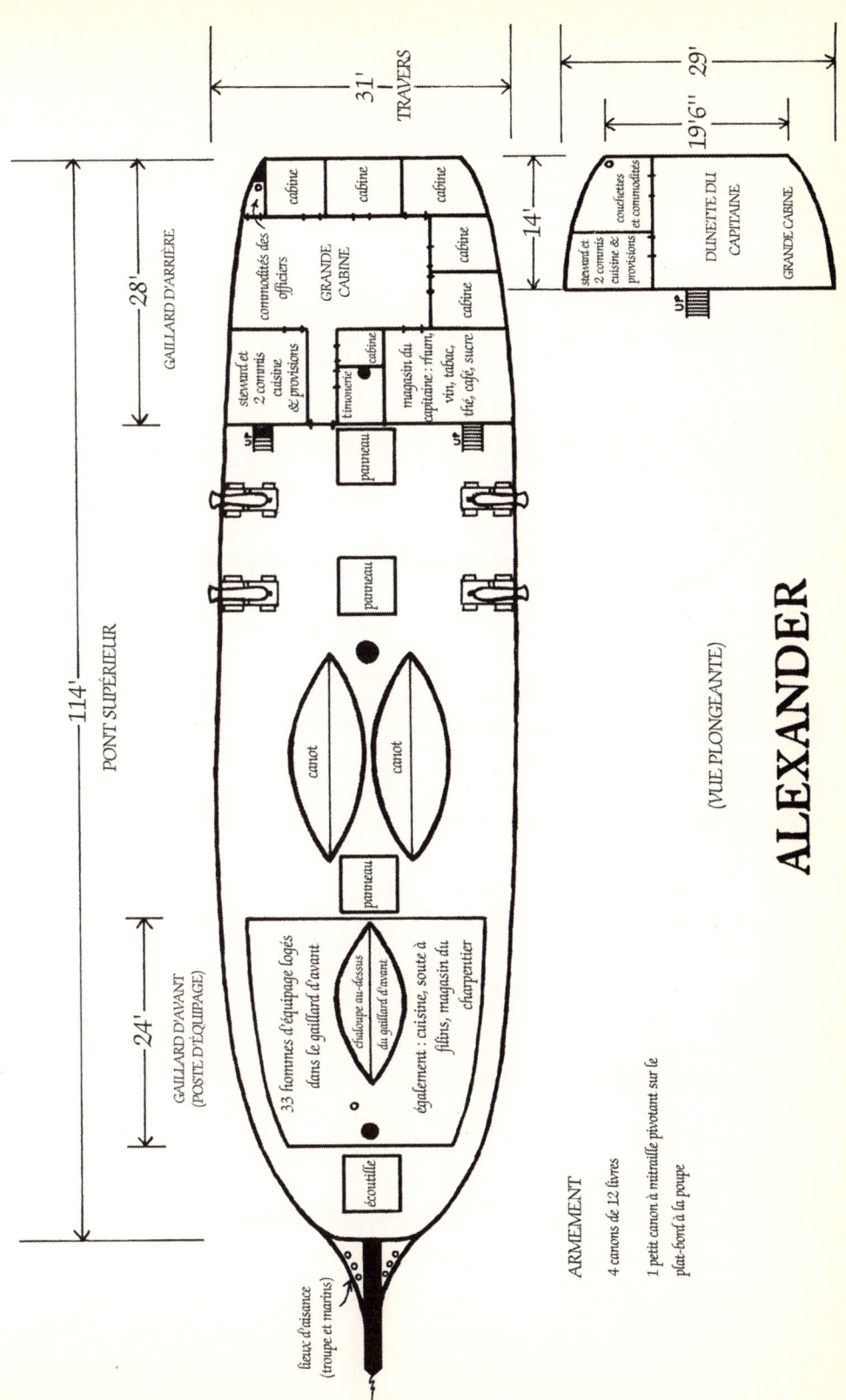

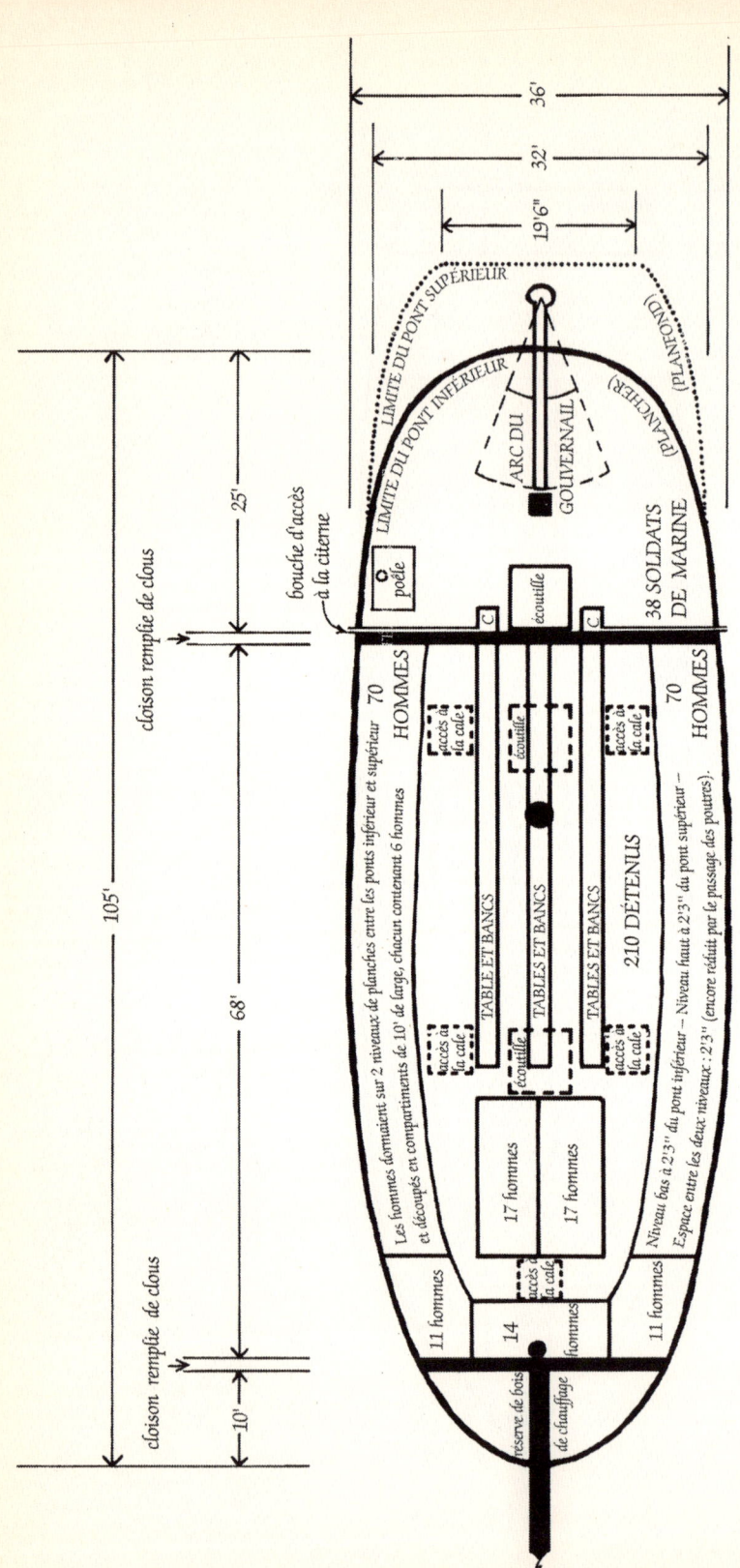

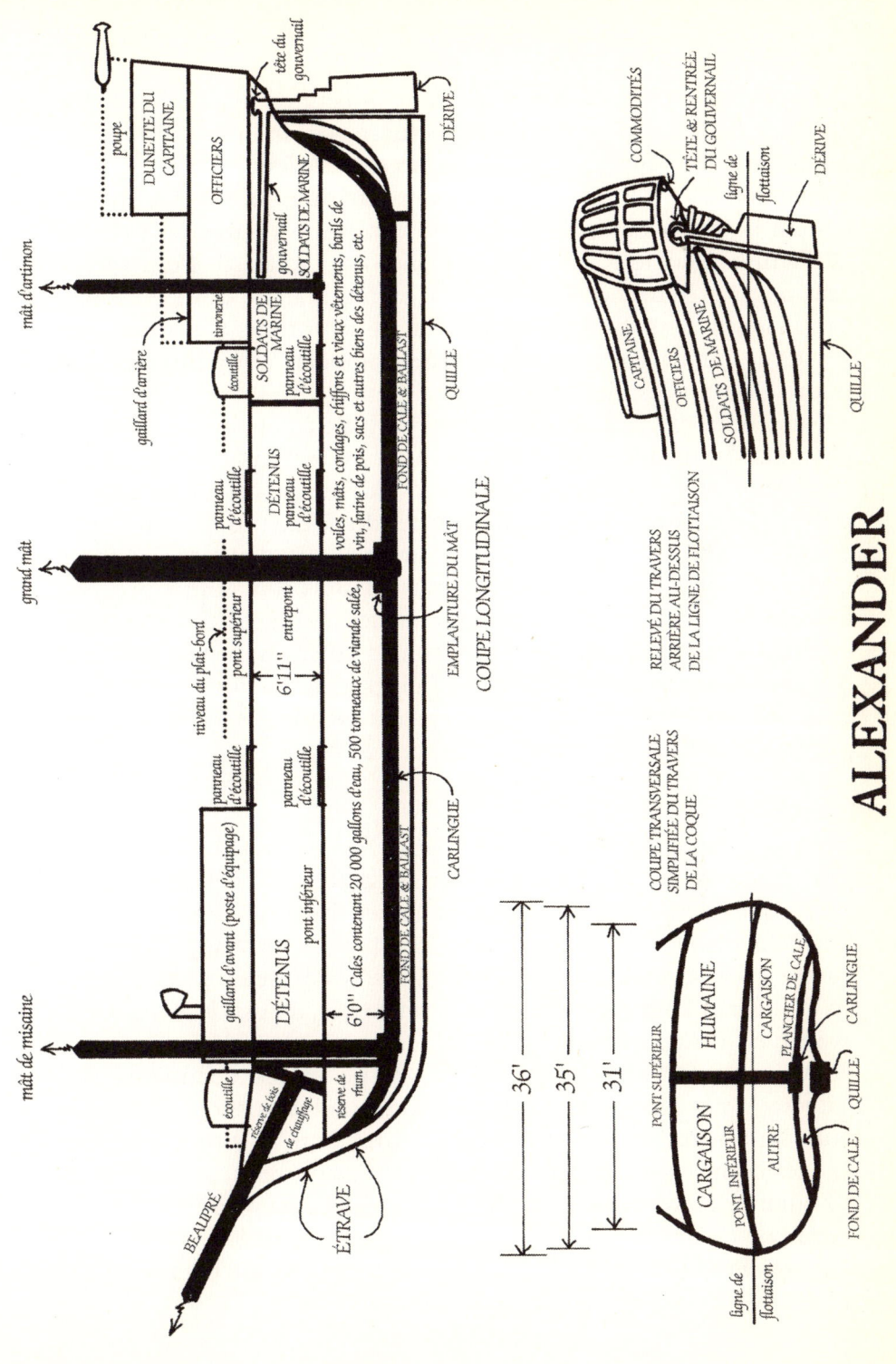

— Et au moins autant de Londoniens, ajouta Ike avec une grimace.

Ce n'était pas le cas, comme ils le constatèrent plus tard. Six groupes de six hommes seulement furent choisis parmi les occupants du pont supérieur, et beaucoup ne venaient même pas de la juridiction d'Old Bailey ou de la Newgate de Londres. La plupart étaient issus des environs de Londres, certains même des rives de la Tamise dans le Kent, en particulier de Deptford. Pour quelle raison ? Personne ne le savait, pas même Hanks, qui s'en tenait simplement à sa liste. L'expédition tout entière constituait un mystère, autant pour ceux qui étaient appelés à y participer que pour ceux qui restaient sur place.

Son coffre et ses deux sacs de grosse toile à côté de lui, Richard examina les groupes qui allaient quitter le faux-pont : un du Yorkshire et de Durham, un du Yorkshire et du Lincolnshire, un du Hampshire, trois du Berkshire, du Wiltshire, du Sussex et d'Oxfordshire, et trois du West Country. Et d'autres éléments mélangés. Son esprit analytique avait depuis longtemps procédé à quelques observations : certaines parties de l'Angleterre fournissaient des repris de justice à foison et d'autres non, tels le Cumberland ou les contrées autour du Leicestershire. Pourquoi donc ? Etaient-elles trop bucoliques ? Trop peu peuplées ? Sûrement pas, pensa Richard. Cela devait dépendre des juges.

Deux grands chalands étaient amarrés le long du *Cérès*. Les trois groupes du West Country et les deux du Yorkshire furent embarqués sur le premier tandis que les six autres groupes s'entassaient sur le second, ainsi dangereusement surchargé. Vers dix heures, par cette belle et froide matinée, les rameurs se dirigèrent en aval vers l'ample courbe de la Tamise qui, à l'est de Woolwich, avait bien un demi-mille de large. On voyait peu de trafic sur le fleuve mais la nouvelle s'était répandue et les occupants des bateaux ambulants, des dragues ou des autres petites embarcations leur adressèrent force signes, sifflements et vivats, pendant que les hommes du second chaland, trop nombreux, priaient pour qu'aucun de ces bateaux ne vienne naviguer trop près d'eux, au risque de créer un remous.

Après la courbe apparut Gallion's Reach, un ancrage pour les gros navires, occupé ce jour-là par deux bateaux dont l'un trois fois plus petit que l'autre. Richard sentit son cœur se serrer. Le plus grand n'avait pas changé d'un pouce – un trois-mâts gréé en goélette, d'environ quatorze pieds de haut aux plats-bords, ce qui signifiait qu'il ne transportait pas de cargaison – sans dunette ni gaillard d'avant : juste une plage arrière et une cambuse à l'arrière du mât de misaine. Bref, un navire dépouillé de tout pour accroître sa vitesse.

Les yeux de Richard croisèrent ceux de Connelly et de Perrott.

— L'*Alexander*, lâcha Neddy Perrott d'une voix caverneuse.

— Oui, c'est bien lui, approuva sombrement Richard.

— Vous le connaissez ? s'étonna Ike.

— Ça oui, déclara Connelly, lugubre : un négrier de Bristol et, plus récemment, un corsaire. Connu pour voir crever ses équipages et pourrir ses cargaisons.

Ike déglutit.

— Et l'autre ?

— Je ne le connais pas, il n'est pas de Bristol, dit Richard. Il doit avoir une plaque de bronze vissée sur la coque à l'arrière qui nous donnera son nom. Quant à nous, nous embarquerons sur l'*Alexander*.

L'autre navire s'appelait le *Lady Penrhyn*.

— De Liverpool et construit spécialement pour le transport des esclaves, expliqua Aaron Davis, l'un des nouveaux détenus arrivés de Bristol. Flambant neuf, d'après son aspect. Un voyage de luxe, en somme ! Lord Penrhyn doit être désespéré.

— On dirait que personne ne monte à bord, observa Bill Whiting.

— Ne t'inquiète pas, dit Richard. Il va se remplir.

Par une échelle de corde qui tombait d'une ouverture perçant le plat-bord, au milieu du navire, ils durent se hisser avec leurs bagages sur une hauteur de douze pieds. Ceux qui avançaient en tête du groupe de Richard n'étaient pas encombrés de coffres mais, quand leurs chaînes s'emmêlèrent dans les échelons et les appuis, personne n'apparut dans la trouée au-dessus pour leur venir en aide.

Heureusement, la chaîne qui les reliait était assez longue pour leur permettre de garder les distances selon les nécessités.

— Tassez-vous et donnez-moi tout le jeu que vous pouvez, dit Richard quand arriva son tour.

Il jeta ses deux ballots par-dessus bord, emprisonna son coffre dans les chaînes et escalada l'échelle en hâte, de crainte que quelqu'un n'ait l'idée de lui voler un sac. Une fois à bord, il rassembla ses affaires et attrapa les coffres que ses camarades lui tendaient.

Les deux chaloupes et le canot de l'*Alexander* étaient à l'eau. Richard en profita pour mettre à l'écart les trois groupes venant du West Country. Il fut frappé aussitôt par la confusion qui régnait tout autour d'eux : des groupes de soldats en veste rouge, l'air martial, deux officiers et deux caporaux manipulant un canon du pont arrière et toute une collection de marins accrochés aux haubans ou perchés un peu partout, comme les spectateurs d'un match de boxe sur une prairie.

Qu'allait-il se passer à présent ? Comme il n'y avait personne à qui le demander, il observa l'agitation qui semblait encore grandir. Avant même que les onze groupes de forçats aient pris place sur le pont, celui-ci ressemblait déjà à une ménagerie – impression encore accrue par la présence de douzaines de chèvres, de cochons, d'oies et de canards poursuivis par des chiens excités qui couraient en tous sens. Sentant un regard peser sur lui, Richard leva la tête et aperçut un gros chat roux, confortablement installé sur un espar inférieur, qui surveillait ce chaos avec une expression d'ennui cynique. Aucun geôlier n'était visible. Leur rôle auprès de ces détenus ayant pris fin, ils étaient tous restés sur le *Cérès*.

— Des soldats, murmura Billy Earl, qui venait d'une contrée rurale du Wiltshire.

— Des soldats de la marine, précisa Neddy Perrott. Les parements de leurs vestes sont blancs. Les autres ont des parements de couleur.

Un premier lieutenant, l'air maussade, descendit enfin de la plage arrière et, de ses yeux bleu pâle, observa la scène d'un regard dégoûté.

— Je suis le premier lieutenant James Shairp, de la 55e compagnie de Portsmouth, aboya-t-il d'une voix rauque. Vous autres, déportés, êtes sous mes ordres et sous la seule responsabilité de la marine de Sa Majesté. Nous sommes chargés de vous nourrir et de veiller à ce que vous ne dérangiez personne, y compris nous. Vous ferez exactement ce qu'on vous dira et ne parlerez que si l'on vous adresse la parole.

Il pointa le doigt en direction d'une écoutille béante à l'arrière du grand mât.

— Descendez avec votre fourbi, une équipe à la fois. Le sergent Knight et le caporal Flannery vous précéderont et vous montreront où vous devez vous installer. Mais, avant que vous partiez, je vais vous informer de ce qui va se passer. Vous prendrez les couchettes que le sergent vous indiquera et vous n'en changerez pas car vous serez comptés chaque jour et l'appel se fera par votre numéro et par votre nom. Chaque homme a droit à une place de vingt pouces, ni plus ni moins ; nous devons placer deux cent dix hommes dans un espace très limité. Si vous vous battez entre vous, vous serez fouettés. Si vous volez des rations, vous serez fouettés. Si vous répondez, vous serez fouettés. Si vous demandez une chose qui n'est pas autorisée, vous serez fouettés. Le caporal Sampson est chargé de donner le fouet dans notre compagnie et il est fier de bien faire son travail. Si vous aimez rester étendus – et c'est à peu près tout ce que vous serez en mesure de faire –, évitez d'avoir le dos en sang. Maintenant, allez.

Il tourna les talons et se dirigea vers le canon pivotant, sur le gaillard d'arrière.

Bien qu'il eût dénombré peu d'Ecossais parmi les forçats, Richard reconnut leur accent dans la voix de Shairp. Ainsi cet officier de marine était écossais. Ce devait être le cas pour nombre d'entre eux.

Le sergent Knight et le caporal Flannery disparurent dans l'écoutille. Qui ne risque rien n'a rien, songea Richard, voyant que tout le monde hésitait. Il releva la tête et conduisit ses trois groupes vers l'ouverture de six pieds sur le pont. « Que Dieu nous vienne en aide et nous garde ! » pria-t-il. Il tendit son coffre à Bill Whiting derrière lui, lança ses deux sacs en bas par l'écoutille et se pencha. Quatre pieds au-dessous se trouvait une étroite table de bois. Il s'assit au bord de l'ouverture, sauta adroitement sur la table, reprit son coffre et attendit que Bill ait assez de jeu dans la chaîne pour le suivre. Tous les six atterrirent ainsi et, de la table, passèrent sur un banc, puis sur le pont inférieur, où ils se trouvèrent parqués entre une autre table et des bancs. Tout semblait rivé au sol car aucun élément ne bougeait quand on le poussait.

— Avancez ! aboya le sergent.

Ils obéirent et se retrouvèrent dans un passage d'un peu moins de six pieds de large. En regardant plus loin, dans la demi-obscurité, ils se rendirent compte qu'ils se trouvaient à bâbord. Sur les deux tiers de la coque étaient fixées des plates-formes semblables à celles du *Cérès* mais doubles. Chacune d'elles, solidement soutenue par des étais, était de belle facture. Personne ne parviendrait à les démolir, même dans un accès de folie. Tous les dix pieds, les plates-formes étaient cloisonnées, l'étage supérieur se situant à un peu plus de deux pieds au-dessous du pont supérieur, l'étage inférieur à deux pieds au-dessus du pont inférieur. Les deux étages étaient distants l'un de l'autre d'un peu plus de deux pieds. Ike Rogers pouvait cette fois se tenir droit entre les poutres. Richard calcula que la hauteur de l'entrepont devait approcher les sept pieds. Il s'en fallait d'un demi-pouce pour que lui-même touche les poutres de la tête.

— Voilà vos compartiments, dit le sergent, un individu déplaisant qui exhibait, à chacun de ses vilains sourires, les dents gâtées d'un solide buveur de rhum. (Il désigna les espaces cloisonnés.) Votre groupe est en haut, première case contre la cloison. Et donnez-moi vos noms et numéros. Le caporal Flannery que voici est irlandais et il écrit bien. Allons, dépêchez-vous !

— Richard Morgan, numéro 203, dit Richard en posant le pied sur la plate-forme inférieure puis en se hissant sur celle du dessus avec ses affaires, ses cinq compagnons toujours enchaînés à sa suite.

Le groupe de Ike fut dirigé vers les couchettes voisines, le cadre qui leur était dévolu n'étant séparé du leur que par de minces planches qui couraient de bâbord à tribord. Stanley, Mikey et les quatre nouveaux de Bristol furent placés dans le compartiment inférieur contigu à celui de l'équipe de Richard, les hommes de Ike héritant en dessous d'eux des six hommes originaires du Nord, dont les deux marins de Hull, William Dring et Joe Robinson.

— Confortable, déclara Bill Whiting avec un petit rire rentré. J'ai toujours eu envie de coucher avec toi, mon beau Richard.

— Ferme-la, Bill. Il y a plein de moutons sur le pont.

Ils se retrouvaient à six, entassés dans un espace de dix pieds de long, six de large et de vingt-sept pouces de haut. A moins d'être étendus, tout ce qu'ils pouvaient faire était de s'accroupir comme des gnomes ou de s'asseoir, tête baissée. Chacun s'efforça de surmonter son désespoir. Leurs bagages tenaient également de la place, qui empiétait sur leur espace vital. Jimmy Price se mit à pleurer tandis que, dans le compartiment voisin, Joey Long et Willy Wilton gémissaient. Seigneur, comment supporter un pareil sort ?

De l'autre côté des trois tables et des six bancs fixés au milieu, les mêmes compartiments doubles se répétaient à tribord. Même en allongeant le cou, l'obscurité ne permettait pas de voir jusqu'où s'étendait cet espace ni à quoi il ressemblait. On entendait le cliquètement continu des hommes enchaînés qui sautaient sur la table du milieu puis dans le passage pour gagner leur compartiment. Quand six de leurs onze groupes se furent installés à bâbord, le sergent Knight dirigea les suivants à tribord pour remplir à nouveau les compartiments. En haut, en bas, en haut, en bas.

Le premier choc passé, Richard rassembla ses forces pour agir. Sinon, ils seraient bientôt tous en larmes, ce dont il ne voulait à aucun prix.

— Bon, commençons d'abord par ranger nos coffres, lança-t-il d'une voix ferme. Pour le moment, mieux vaut les empiler contre la coque. Il nous restera juste assez de place pour mettre nos pieds. C'est une chance d'avoir placé dedans tout ce qui était compact et d'avoir rempli au moins un de nos sacs de vêtements et de linge car il pourra nous servir d'oreiller. (Il sentit sous lui la paillasse rugueuse et frémit.) Pas de couvertures pour l'instant, mais nous nous tiendrons chaud. Jimmy, cesse de pleurer. Les larmes ne nous aideront pas.

Il leva les yeux vers la poutre qui séparait leur compartiment de celui de Ike.

— Cette poutre pourra recevoir autre chose quand j'aurai réussi à mettre la main sur un tournevis et des crochets. Courage, nous allons nous en sortir.

— J'voudrais appuyer ma tête cont'la cloison, se lamenta Jimmy en reniflant.

— Certainement pas, trancha Will Connelly. Nous nous installerons là où nous pourrons pencher la tête au-dehors pour dégueuler. N'oublie pas qu'on va prendre la mer. Il nous faudra sûrement pas mal dégueuler pendant un bout de temps.

— Quelle chance, mes agneaux ! s'exclama Bill Whiting en riant. Nous dégueulerons sur ceux du dessous mais, eux, y pourront pas en faire autant !

— C'est toujours bon à prendre, dit Neddy Perrott en penchant la tête au-dehors. Hé, Tommy Crowder !

La tête de Crowder apparut.

— Quoi ?

— On va dégueuler sur toi.

— Essaie pour voir et j'te règle ton compte !

— Tout compte fait, coupa Richard avec entrain, il y a beaucoup de place sur cette poutre, le long des compartiments de bâbord. Il faudrait y aménager de chaque côté une sorte de coffrage pour y entreposer nos coffres, nos sacs de livres et nos pierres filtrantes de rechange. Le sergent Knight a l'air de quelqu'un qui ne refuse pas une pinte de rhum supplémentaire et il sera peut-être disposé à nous fournir quelques planches, des chevrons et des cordes pour assujettir le tout. Courage, mes amis !

— Tu as raison, Richard, approuva Ike en pointant la tête de l'autre côté de la poutre. On va s'en sortir. Mieux vaut ça que se faire avoir.

— Mieux vaut ça que la corde du bourreau, je suis d'accord. Ce ne sera pas éternel, dit Richard, heureux de constater que Ike et ses compagnons l'écoutaient.

Leur prison était plongée dans une obscurité presque totale. La seule lumière provenait de l'écoutille ouverte sur le pont au-dessus. Quant à l'odeur, elle était épouvantable : un relent fétide résultant d'un mélange de chair puante, de poisson puant, d'excréments en putréfaction. Un certain temps s'écoula. Combien ? Personne n'aurait pu le dire. Finalement l'écoutille fut fermée par une grille métallique laissant filtrer un peu de lumière et une autre écoutille ouverte à l'autre extrémité. Mais cet éclairage supplémentaire ne leur permettait toujours pas de voir à quoi ressemblait leur prison. Un autre convoi de déportés arriva, leurs voix étouffées, atténuées. Beaucoup d'hommes pleuraient, certains se mirent à hurler et furent aussitôt réduits au silence – comment et par qui ? Les six occupants du compartiment de Richard n'en avaient aucune idée. Mais ce qu'ils ressentirent alors, tout le monde le ressentit aussi.

— Oh, Dieu ! s'exclama soudain Will Connelly d'une voix lourde de désespoir. Je ne vais pas pouvoir lire ! Je vais devenir fou ! Je vais devenir fou !

— Certainement pas, affirma Richard avec énergie. Une fois installés, après avoir disposé convenablement nos affaires, nous chercherons ce que nous pouvons faire avec les seuls instruments qui nous restent : nos voix. Taffy et moi savons chanter et nous ne sommes certainement pas les seuls. Nous formerons un chœur. Nous pourrons jouer aux devinettes, raconter des histoires, des blagues. (Il avait fait changer de place ses compagnons pour se trouver assis contre la poutre qui le séparait de Ike.) Ecoutez-moi, vous tous qui le pouvez ! Nous allons consacrer tous nos efforts à meubler le temps et nous ne deviendrons pas fous. Nos nez s'accoutumeront à cette puanteur et nos yeux deviendront plus perçants. Si nous devenons fous, la victoire sera pour eux et je ne peux pas permettre cela. C'est nous qui vaincrons.

Personne ne parla pendant un long moment, mais les pleurs cessèrent. Ils vont y arriver, pensa Richard. Ils vont y arriver.

Deux nouveaux soldats vinrent de l'écoutille avant pour les délivrer de leurs ceintures métalliques et de la chaîne qui les reliait entre eux, en ne laissant que les chaînes qui entravaient leurs poignets. Libre de ses mouvements, Richard descendit sur la plateforme pour voir s'il pouvait trouver les seaux de toilette. Combien y en avait-il ? Dans combien de temps seraient-ils vidés ?

— J'en aperçois sous notre plate-forme, dit Thomas Crowder. Il me semble qu'il y en a un pour six hommes.

— Tu parles comme un homme instruit, dit Richard en s'asseyant au bord de l'étage inférieur et en étendant ses jambes avec un soupir de satisfaction.

— En effet, et Aaron aussi. Il est de Bristol. Moi pas. J'ai été arrêté à Bristol après m'être enfui du *Mercury*. Pris comme un rat dans une sale affaire. Aaron était aussi dans le coup mais notre complice était un mouchard. Nous avons essayé de le faire taire en lui donnant de l'argent. A Londres, ça aurait marché, mais pas à Bristol. Y a trop de quakers et autres prédicateurs à la manque.

— Tu es de Londres.

— Et toi de Bristol, si j'en juge par ton accent. Connelly, Perrott, Wilton et Hollister, je savais, mais je ne t'ai jamais vu à la Newgate de Bristol, mon gars.

— Je m'appelle Richard Morgan et je suis de Bristol, mais j'ai été transféré et jugé à Gloucester.

— J'ai entendu ce que tu disais à propos d'occuper le temps. C'est ce que nous ferons s'il n'y a pas assez de lumière pour jouer aux cartes. (Crowder poussa un soupir.) Et dire que je pensais que le *Mercury* était le bateau de Satan ! Ici, sur l'*Alexander,* ça risque d'être encore plus dur.

— Parce que tu pensais que ce serait autrement ? Ces compartiments ont été construits pour des esclaves et je doute qu'ils aient été plus nombreux que nous. Quant à ces trois longues tables, j'imagine qu'on nous y fera asseoir pour manger.

Crowder renifla.

— De la cuisine de marins !

— Tu ne t'attendais tout de même pas à voir ici le cuisinier de la Bush Inn ?

Richard remonta pour informer ses compagnons de la présence des seaux de toilette et pour sortir sa pierre filtrante.

— Il est plus que jamais nécessaire de filtrer notre eau, mais nous n'avons plus à craindre que quelqu'un empiète sur notre territoire et vienne nous voler nos affaires. (Il sourit avec tout l'éclat de ses dents blanches.) Tu avais raison à propos de Crowder et de Davis, Neddy. Ce sont de vraies crapules.

Des lampes furent allumées et la nourriture apportée par deux soldats de marine à l'air maussade, visiblement mécontents de leur travail. Bien que chacune des trois tables équipées de bancs étroits mesurât 40 pieds de long, elles étaient combles d'un bout à l'autre. En comptant les têtes, Richard calcula que l'*Alexander* devait avoir embarqué environ 180 hommes en ce jour du 6 janvier 1787. C'était à peu de chose près le total annoncé par le lieutenant Shairp.

Tous ne venaient pas du *Cérès*. Quelques-uns avaient été auparavant sur le *Censor* et plus encore sur le *Justitia,* mais la plupart, souffrant de fièvres, ne vinrent pas s'asseoir à table.

Chaque homme reçut une écuelle en bois, une cuillère et un gobelet en étain, d'une contenance de deux bons quarts[1]. Chaque homme avait droit à deux quarts d'eau par jour. La nourriture consistait en un pain noir très dur accompagné d'un petit morceau de bœuf salé bouilli. Ceux qui avaient de mauvaises dents en étaient réduits à essayer de casser leur pain avec leur cuillère, laquelle se pliait ou se tordait.

Mais il y avait quelque avantage à se trouver près de l'écoutille arrière. « Je vais courir le risque d'être fouetté, décida Richard, et me lever maintenant pour proposer mes services à ces deux jeunes soldats qui n'ont pas l'air de s'y prendre très habilement. »

— Puis-je vous aider ? demanda-t-il avec un sourire déférent. Je servais dans une taverne.

Un visage renfrogné se crispa puis devint plus avenant.

— Ah, ça ne ferait pas de mal. Deux seulement pour servir près de deux cents hommes, ça ne suffit pas, pour sûr !

Richard fit circuler les écuelles et les quarts en silence pendant quelque temps, ayant adroitement établi une routine entre lui et les jeunes soldats.

— Pourquoi, vous autres soldats de marine, paraissez-vous si malheureux ? leur demanda-t-il à voix basse.

— A cause des quartiers où nous sommes logés. Ils sont juste au-dessous des vôtres et presque aussi surpeuplés. Et nous ne mangeons pas mieux que vous, non plus. Du pain dur et du bœuf salé. Sauf que nous recevons de la farine et une demi-pinte d'un rhum buvable, ajouta-t-il honnêtement.

— Mais vous n'êtes pas des forçats ! Il y a sûrement...

— Sur ce bateau, il n'existe guère de différence entre un forçat et un soldat. Les marins, eux, sont logés là où nous devrions nous trouver. Nous ne recevons de la lumière et de l'air que par une trappe qui s'ouvre dans le plancher de leurs quartiers ; ils sont à l'arrière de ce pont, dans l'entrepont, alors que nous, nous croupissons en bas dans la cale. L'*Alexander* est supposé être un navire

---

1. Les mesures modernes de pinte, quart et gallon pour les liquides sont plus grandes que celles de l'Amérique mais, au XVIIIe siècle, elles devaient être assez proches des contenances américaines modernes. En quittant le bercail de l'Angleterre en 1776, les Etats-Unis d'Amérique n'ont pas abandonné pour autant tout ce qui venait d'elle et probablement pas les mesures. Le quart de Richard devait contenir 32 onces et non 40 selon les normes modernes. *(N.d. A.)*

à deux ponts, mais personne ne nous a prévenus que notre second pont servait de cale car il est encombré par toutes sortes de marchandises. A la vérité, il n'y a pas de véritable cale.

— C'est un négrier, dit Richard, voilà pourquoi. Le capitaine plaçait d'habitude les marchandises dans le faux-pont, et les esclaves là où nous nous trouvons en ce moment. L'équipage se cantonnait au compartiment arrière. Il n'y avait pas de poste d'équipage. Le gaillard d'arrière est réservé au capitaine. (Il lui lança un regard de sympathie.) Est-ce là que vos officiers sont logés ?

— Ouais, dans une espèce de placard, et ils n'ont pas droit à leur cuisine, alors ils mangent avec nous. Ils n'ont même pas accès à la belle cabine que le commandant se réserve pour lui et son second, un type imposant. Ce bateau ne ressemble à aucun de ceux sur lesquels j'ai navigué. Mais c'est aussi la première fois que j'embarque sur un bateau qui n'appartient pas à la Navy.

— Vous allez vous trouver au-dessous de la ligne de flottaison quand le bateau sera chargé, remarqua Richard d'un air pensif. Il y aura une fameuse cargaison si l'*Alexander* transporte des marchandises en même temps que les forçats. Rien que pour l'eau, j'imagine qu'il doit avoir près de vingt mille gallons de réserve s'il ne fait escale que tous les deux mois.

— Pour un aubergiste, tu as l'air d'en savoir bien long sur les bateaux.

— Je suis de Bristol et on s'y connaît, là-bas, en bateaux. Mon nom est Richard. Puis-je connaître le vôtre ?

— Davy Evans, et voici Tommy Green, répondit celui qui distribuait l'eau. Nous ne pouvons pas faire grand-chose pour améliorer notre sort en ce moment. Mais quand nous serons à Portsmouth la semaine prochaine, ça changera. Le major Ross va arranger ça avec Duncan Sinclair.

— Ah oui, c'est lui qui est commandant et, aussi, lieutenant-gouverneur.

— Comment le sais-tu ?

— Par un ami.

Richard avait obtenu déjà quelques réponses et il y réfléchissait tout en filtrant son eau. Les armateurs avaient remporté la soumission de ravitaillement, falsifié certains détails concernant l'histoire de l'*Alexander* et choisi d'ignorer que le bateau devait transporter des soldats de marine en même temps que des forçats. « Ces garçons ont raison : les fournisseurs n'ont guère fait de différence entre les deux catégories. Donc nous serons à Portsmouth la semaine prochaine et le dénommé Duncan Sinclair est certainement écossais, de même que le major Robert Ross, commandant des soldats de marine. L'affrontement entre les deux risque d'être sévère. Si je me souviens bien de ce que dit Newton, une force irrésistible entrera en collision avec un objet immobile et le résultat engendrera un mouvement, quel qu'il soit... »

Néanmoins, l'*Alexander* ne partit pour Portsmouth ni cette semaine-là, ni la suivante, ni les autres. Il resta à l'ancre sur la Tamise. Il s'était mis en route le 10 janvier, accompagné d'un chœur de lamentations, sans oublier les gémissements de tous ceux qui craignaient le mal de mer, mais il n'était pas allé plus loin que Tilbury en se faisant, de plus, remorquer par un navire annexe. Il flottait toujours sur les eaux calmes de la Tamise, quasiment sans bouger.

Il y avait maintenant cent quatre-vingt-dix forçats à bord, même si quelques-uns étaient déjà morts entre-temps. Le lieutenant Shairp avait affecté aux malades l'étage supérieur d'une rangée de plates-formes centrales, à l'avant des tables, pour tenter de maîtriser une épidémie qui menaçait de faire rage. Ce total de cent quatre-vingt-dix diminuait ou augmentait d'un ou deux au fur et à mesure que les jours s'écoulaient et Richard estima qu'il devait se stabiliser autour de deux cents hommes.

Les chaînes des poignets éprouvaient beaucoup les prisonniers mais le sergent Knight (qui s'était révélé très coopératif pour la fourniture de planches, chevrons et autres articles nécessaires en échange d'argent pour son rhum) refusait de les libérer de ces entraves. Jusqu'à ce qu'un forçat entre dans une colère folle qui se traduisit par une terrifiante démonstration vocale. Cris, coups et piétinements éclatèrent alors partout dans une cacophonie épouvantable. Quand les soldats descendirent pour distribuer la nourriture et l'eau, ils arrivèrent en force avec le canon à mitraille pointé par l'écoutille au milieu d'un cercle de mousquets. Ils réalisèrent alors combien ils étaient peu nombreux pour contrôler deux cents hommes en furie.

Etant maître à bord, le commandant Duncan Sinclair ordonna alors de libérer les poignets des forçats et autorisa ceux-ci à faire une apparition de quelques minutes chaque jour sur le pont, par groupes de douze. Mais, comme chaque forçat évadé coûtait une amende de 40 livres sterling, il avait placé quelques soldats et hommes d'équipage dans des petits bateaux à rames qui décrivaient des cercles incessants autour de l'*Alexander*.

Ces quelques minutes sur le pont comptaient pour Richard parmi les meilleurs moments de son existence. Débarrassé de ses fers, il se sentait léger comme une plume, l'air frais avait la douceur d'un bouquet de giroflées et de violettes, le fleuve boueux était un ruban liquide argenté et la vue des animaux fouillant sans retenue sur le pont lui procurait plus de plaisir que de coucher avec Annemarie Latour. La moitié des soldats avaient au moins un chien, de même que certains hommes d'équipage. On voyait courir des chiens de chasse beige et blanc, des bouledogues aux babines pendantes, des épagneuls à l'air stupide, des terriers et de très nombreux bâtards. Le gros chat roux s'était trouvé une compagne au pelage écaille de tortue, et le couple avait déjà engendré six chatons. La plupart des brebis et des truies étaient grosses. Quant aux canards et aux oies, ils vagabondaient librement mais les poulets restaient enfermés dans un poulailler à côté de la cuisine de l'équipage.

Après cette première promenade, la prison malodorante parut plus supportable à Richard qui ne fut pas le seul à éprouver ce sentiment. L'épreuve de force avait pris fin dès que l'on avait ôté les dernières chaînes et l'agrément de ce petit tour sur le pont ne fut pas supprimé.

Au cours de sa troisième promenade, Richard aperçut le commandant Duncan Sinclair et le regarda avec stupéfaction. Cet homme était monstrueusement gras ! Si gras qu'il devait certainement tirer tous ses plaisirs de la table. Comment faisait-il pour uriner avec des bras manifestement trop courts pour atteindre son pénis ? De son air le plus humble, faisant mine d'ignorer jusqu'au sens du mot « évasion », Richard grimpa sur le pont pour aller et venir de bâbord à tribord au-dessous du gaillard d'arrière où se tenait Sinclair. Il croisa son regard – des yeux gris extrêmement rusés –, inclina la tête avec respect et s'éloigna. « Ce n'est pas seulement un gros tas de graisse, songea-t-il, il m'a l'air aussi paresseux jusqu'à l'inertie. Mais, pour peu que le diable s'empare de lui et prenne les rênes, je parie qu'il peut relever le défi. Il va y avoir un fameux grabuge à Portsmouth quand le major Ross et lui vont se disputer pour savoir où accrocher les hamacs ! Dommage que je ne puisse savoir ce qui va se passer, mais j'en apprendrai sûrement le dénouement. Davy Evans et Tommy Green seront trop heureux de me le faire connaître. »

Vers la fin du mois de janvier, on remorqua deux autres bateaux jusqu'à Tilbury Fort : un énorme navire de sixième rang et un sloop de bel aspect. Quand vint le tour de Richard d'aller sur le pont, il se dirigea tout droit vers la lisse, à l'avant, et les examina avec attention. Le bruit de leur arrivée avait déjà circulé parmi les prisonniers. Il s'était mis d'accord avec ses cinq compagnons pour rester séparés au moment où ils se rendaient sur le pont pour jouir d'un peu de liberté, si minime fût-elle. Personne n'avait encore tenté de s'évader, les soldats semblaient plus détendus lors de leurs tours de garde et, tant que les forçats restaient calmes et se déplaçaient en bon ordre, ils ne se souciaient pas d'eux. Richard se retrouva donc seul, appuyé au bastingage, à contempler les bateaux, sans soupçonner un instant que, dans l'équipage, un regard perçant l'avait distingué dans la masse des autres prisonniers.

— Ils vont nous escorter jusqu'à Botany Bay, déclara soudain quelqu'un derrière lui.

La voix était agréable et pleine de charme.

Richard tourna la tête et découvrit l'homme qui occupait la position de quatrième maître sur l'*Alexander*. L'équipage du bateau était nombreux pour un si long voyage. On avait institué quatre tours de garde avec quatre responsables. Grand, svelte, d'une beauté qu'on aurait presque pu qualifier de délicate et, comme Richard, doté de cheveux très sombres, il avait des yeux clairs frangés de cils noirs, des yeux couleur de bleuet et pleins de gaieté.

Il se présenta.

— Stephen Donovan, de Belfast.

— Richard Morgan, de Bristol.

Il sourit et s'écarta légèrement pour ne pas donner l'impression qu'ils étaient côte à côte en train de bavarder.

— Que pouvez-vous me dire de ces bateaux, Mr Donovan ?

— Le plus grand est un ancien ravitailleur de la Navy, le *Berwick*. On vient de le réaménager pour en faire une sorte de navire de ligne et on l'a rebaptisé *Sirius,* du nom d'une étoile de première magnitude de l'hémisphère Sud. Ils l'ont armé de six caronades et de quatre pièces de six, mais j'ai entendu dire que le gouverneur Phillip refusait de prendre la mer avec moins de quatorze pièces de six. Je ne peux pas le blâmer si l'on pense que l'*Alexander* a quatre pièces de douze, sans parler du canon à mitraille.

— L'*Alexander* n'est pas seulement un négrier de Bristol, dit Richard d'un ton mesuré. C'était auparavant un corsaire doté de seize pièces de douze. Même avec seulement quatre, il a une puissance de feu supérieure à la plupart de ceux qui chercheraient à le prendre – dans la mesure où ils pourraient l'attraper car, par bon vent, c'est un bateau qui peut parcourir près de deux cents milles nautiques par jour.

— Ah, j'aime les gens de Bristol ! s'exclama Mr Donovan. Marin ?

— Non, aubergiste.

Les yeux bleus au regard éveillé s'attardèrent sur le visage de Richard comme une caresse.

— Je n'ai jamais vu un aubergiste qui te ressemble.

Richard feignit l'ignorance.

— C'est de famille, répondit-il tranquillement. Mon père l'est également.

— Je connais Bristol. Comment s'appelle cette auberge ?

— Le Cooper's Arms, dans Broad Street. Mon père s'en occupe toujours.

— Tandis que son fils est déporté à Botany Bay. Je me demande pourquoi. Tu n'as pas l'air d'un alcoolique et tu sembles instruit. Es-tu certain de n'être qu'un simple aubergiste ?

— Croyez-moi, c'est bien le cas. J'aimerais en savoir davantage sur ces deux bateaux.

— Le *Sirius* doit jauger environ six cents tonneaux, et il est principalement destiné au transport de passagers : épouses de soldats et autres voyageurs. Son commandant est un certain John Hunter. Phillip est à Londres en train de se battre avec le ministère de l'Intérieur et la Cour de St James. On raconte que son médecin est le fils d'un docteur en musique et qu'il emporte son pianoforte. Oui, le *Sirius* est un bon bateau, mais pas bien rapide.

— Et le sloop ?

— L'annexe *Supply* est un très vieux bateau, on le dit âgé de près de trente ans, et plutôt au bout du rouleau. Le commandement à bord est assuré par un certain Harry Ball. Le voyage sera éprouvant car ce bateau n'a guère quitté la Tamise que pour pousser jusqu'à Plymouth.

— Je vous remercie de ces informations, Mr Donovan.

Richard se raidit et le salua à la façon des marins avant de s'éloigner.

« Voilà un genre d'homme qui aime naviguer, mais jamais plus de deux voyages sur le même bateau. Les amours ne font que passer pour Stephen Donovan, qui est marié avec la mer. »

De retour dans la pénombre de la prison, Richard rapporta à ses compagnons ce qu'il avait appris.

— Je pense que nous allons partir d'un jour à l'autre, du moins pour Portsmouth.

Ike Rogers avait aussi des nouvelles :

— Nous aurons des femmes à Botany Bay, annonça-t-il d'un ton satisfait. Le *Lady Penrhyn* ne transporte que des femmes, une centaine, m'a-t-on dit.

— La moitié d'une pour chaque homme de l'*Alexander*, observa Bill Whiting. Avec ma chance, je tomberai encore sur celle qui parle tout le temps. Je préfère m'en tenir aux moutons.

— D'autres femmes embarqueront à Plymouth, venant de Dunkirk.

— Ainsi que d'autres moutons et peut-être même une génisse, hein, Taffy ?

En fin de compte, les quatre bateaux firent voile le 1er février, après avoir été retardés de vingt-quatre heures par une querelle avec un marchand au sujet du paiement, ce qui n'avait rien de rare.

Il leur fallut quatre jours pour couvrir tranquillement 60 milles nautiques jusqu'à Margate Sands. Ils n'avaient pas encore franchi le promontoire nord pour pénétrer dans le détroit de Douvres que certains hommes étaient déjà malades. Dans le compartiment de Richard, tout se passait bien, mais Ike Rogers commença à se sentir mal dès que l'*Alexander* rencontra une légère houle en mer.

Il resta dans cet état jusqu'à ce que le bateau jette l'ancre devant Margate quelques heures plus tard.

— C'est drôle, commenta Richard en lui tendant un peu d'eau filtrée, je pensais qu'un cavalier n'aurait pas de difficultés en mer puisqu'il est habitué à être perpétuellement en mouvement sur sa monture.

— Oui, mais de haut en bas, pas de droite à gauche, gémit Ike en buvant son eau avec reconnaissance, car c'était tout ce qu'il pouvait avaler. Seigneur, Richard, je vais mourir !

— Allons donc ! Le mal de mer passe. Il dure seulement le temps d'attraper le pied marin.

— Je doute d'y arriver. C'est différent pour les gens de Bristol, peut-être.

— Il y a des tas de Bristoliens comme moi qui n'ont jamais navigué sur un bateau. Je n'ai aucune idée de ce que j'éprouverai quand nous serons en pleine mer. Maintenant, essaie d'avaler cette bouillie. J'ai trempé un peu de pain dans de l'eau.

Mais Ike détourna la tête.

Neddy Perrott avait conclu un arrangement avec Crowder et Davis, logés dans le compartiment au-dessous. Il les avertirait d'un cri dès que quelqu'un en haut s'apprêterait à vomir, en échange de quoi William Stanley et Mikey Dennison étaient chargés de nettoyer le pont et de vider les seaux de toilette. Contre la cloison arrière de chaque côté se trouvait un tonneau de 200 gallons rempli d'eau de mer que les forçats pouvaient utiliser pour se laver ou nettoyer leurs vêtements. Ils avaient reçu un choc en découvrant que les seaux de toilette devaient être vidés par les canalisations des sabords, courant contre la coque. Elles se déversaient dans les fonds de cale, censés être vidés quotidiennement par deux pompes. Ceux qui s'y connaissaient en bateaux, comme Mikey Dennison, assuraient qu'ils n'avaient jamais vu quelque chose d'aussi répugnant que les fonds de cale de l'*Alexander*.

Pendant le mois de janvier, comme ils n'avaient que les seaux de toilette pour évacuer les excréments, il ne leur restait pour puiser de l'eau que les récipients de deux quarts qu'on leur avait distribués à leur arrivée. A la suite d'une inspection à Margate, révolté par ces conditions, le lieutenant Shairp fournit à chaque compartiment un seau supplémentaire ainsi que des balais et des brosses pour le nettoyage. Ils disposaient ainsi d'un seau pour les déjections et le lavage du pont, et d'un autre pour les soins corporels et leurs vêtements.

— Mais ça ne change rien aux fonds de cale, soupira Mikey Dennison. Dégoûtant !

Dring et Robinson de Hull acquiescèrent.

Quand il faisait jour au-dehors, quelques rayons de lumière filtraient à travers les grilles de fer qui fermaient les écoutilles. Le lieutenant Shairp, pour une raison quelconque, décréta qu'en mer personne ne serait autorisé à monter sur le pont. Ce qui signifiait qu'en cette période d'hiver les deux cents hommes emprisonnés sur l'*Alexander* resteraient encore plus longtemps dans le noir que dans cette lueur grisâtre et réconfortante.

Il est vrai que la navigation engendre la monotonie. Après avoir rencontré une plus forte houle au large de Douvres et de Folkestone, ils contournèrent Dungeness et pénétrèrent dans la Manche. Richard eut la nausée un jour durant et des haut-le-cœur à deux reprises, mais sans vomir. Après quoi, il se sentit de nouveau remarquablement bien pour un homme qui n'avait absorbé que du pain dur et du bœuf salé depuis plus d'un mois. Bill et Jimmy furent les plus atteints. Will et Neddy devinrent un peu plus verts chaque jour tandis que Taffy, en bon Gallois, était plongé dans une sorte d'extase parce qu'il n'y avait toujours rien à faire mais qu'enfin *on bougeait...*

Ike Rogers fut sérieusement malade. Ses compagnons le soignèrent avec dévouement, et Joey Long plus encore que les autres. Mais rien ne soulageait le voleur de grand chemin qui, prostré, ne parvenait pas à se faire à la houle.

— On vient de passer Eastbourne et ce sera bientôt le tour de Brighton, annonça Davy Evans à Richard tandis qu'ils entraient dans leur troisième semaine de navigation.

Certains forçats moururent à partir du 12 février. Leur maladie était inconnue. Cela commençait par une poussée de fièvre, le nez qui coulait et une douleur sous une oreille, puis un côté se mettait à enfler comme lorsque les enfants ont les oreillons. Le malade pouvait avaler et respirer mais la douleur était très vive. Dès que le premier côté désenflait, c'était au tour du second, en plus pénible encore. Au bout de deux semaines, tout redevenait normal et le malade commençait à se sentir mieux. C'est alors que le volume normal de ses testicules augmentait de quatre à cinq fois, engendrant de telles douleurs que le malheureux n'avait même pas la force de crier et restait aussi immobile que possible, gémissant, tandis que la fièvre remontait, plus forte qu'au début. Une semaine après, certains se rétablissaient, d'autres entraient en agonie.

Enfin Portsmouth ! Le 22 février, les quatre navires jetèrent l'ancre à Mother Bank, à faible distance du quai. A ce moment, la terrifiante épidémie s'était répandue parmi les soldats et les marins. Il ne s'agissait ni de la fièvre des prisons, ni d'une angine maligne, de la typhoïde, de la scarlatine ou de la variole. Le bruit commença à courir que c'était la mort noire – ne produisait-elle pas les mêmes horribles bubons ?

Trois hommes d'équipage désertèrent dès qu'ils purent s'emparer d'un canot pour aller à terre et les soldats vivaient dans une telle crainte que le lieutenant Shairp partit immédiatement informer ses supérieurs, le major Robert Ross et le premier lieutenant John Johnstone de la 39e compagnie de soldats de marine basée à Plymouth. Trois soldats furent envoyés à l'hôpital mais d'autres étaient malades.

Le lendemain, le lieutenant Johnstone – encore un Ecossais – monta à bord en compagnie d'un médecin de Portsmouth qui, après avoir jeté un coup d'œil aux grabataires, recula précipitamment, le mouchoir collé sur son nez, envoya d'autres soldats à l'hôpital et déclara que cette maladie était aussi maligne qu'incurable. Il ne parla pas de « peste », mais cette omission ne fit que souligner la gravité du diagnostic. Il suggéra simplement de servir de la viande et des légumes frais à tous ceux qui se trouvaient à bord.

« Comme à la prison de Gloucester, songea Richard, dès qu'un endroit est surpeuplé, il produit une maladie pour en réduire le nombre. C'est ce qui se passe sur l'*Alexander*. »

— Tout ira bien si nous restons là où nous sommes, dit-il à ses compagnons. Si nous sortons d'ici, il ne faudra aller que sur la portion de pont que nous avons nettoyée. N'oublions pas, non plus, de passer nos écuelles et nos quarts à l'huile de goudron, de filtrer notre eau et de continuer à prendre une cuillerée d'extrait de malt. Cette maladie est venue du *Justitia*. J'en suis certain.

Ce soir-là, ils reçurent comme d'habitude du pain dur et du

bœuf bouilli, mais le bœuf était frais au lieu d'être salé, et accompagné d'une marmite de choux et de poireaux dont le goût leur parut aussi savoureux que de l'ambroisie.

Après quoi on les oublia, ainsi d'ailleurs que la distribution de viande fraîche. Personne ne s'approcha d'eux, en dehors de deux jeunes soldats terrifiés (Davy Evans et Tommy Green étaient partis), chargés de leur apporter l'inévitable ration de pain dur et de bœuf salé. Les jours s'écoulèrent dans un silence pesant, monotone, rompu seulement par les gémissements des malades et quelques brusques échanges de paroles. Le mois de mars était déjà bien entamé et les malades continuaient à mourir.

Quand on ouvrit enfin l'écoutille avant, ce ne fut pas pour enlever les corps mais pour pousser vingt-cinq nouveaux forçats dans l'air glacial et nauséabond de leur prison.

— Nom de Dieu! s'exclama la voix de John Power. A quoi pensent ces salauds en faisant ça? Y a une épidémie ici, en bas, et v'là qu'y nous foutent encore du monde en surplus! Seigneur! Seigneur! Seigneur!

« Un homme intéressant, ce John Power, songea Richard. Condamné par l'Old Bailey, il parle le londonien et règne ici en maître. Maintenant, il contrôle non seulement les plates-formes servant d'hôpital mais aussi un nouveau détachement de détenus. Pauvres types... L'*Alexander* était tombé de deux cents à cent quatre-vingt-cinq forçats et voilà que nous sommes deux cent dix, maintenant. »

Le 13 mars, quatre malades de plus étaient morts. Six corps gisaient dans le coin qui faisait office d'hôpital, certains depuis plus d'une semaine. Personne ne se résignait à descendre et à les toucher. Désormais, on parlait ouvertement de peste.

Peu après l'aube de ce 13 mars, l'écoutille avant s'ouvrit et quelques soldats portant des gants et des écharpes sur leur visage vinrent emporter les corps.

— Pourquoi? demanda Will Connelly. Ce n'est pas que je regrette de les voir partir, mais pourquoi?

— Je dirais que nous allons avoir la visite de quelques notables portant perruque, avança Richard. Mettons un peu d'ordre, les gars, et ayons l'air d'éclater de santé.

Le commandant Robert Ross arriva peu après que les corps eurent été enlevés, accompagné des lieutenants John Johnstone et

James Shairp ainsi que d'un homme qui, à en juger par ses manières, semblait être un médecin. Un beau garçon élancé, doté d'un long nez, de grands yeux bleus et de cheveux joliment bouclés sur son grand front. La délégation apportait des lampes ; elle était précédée d'une escorte de dix soldats qui se mirent en rang à bâbord et à tribord. Ils avaient la mine d'hommes qu'on envoie à la mort, assez jeunes pour être encore intimidés, mais suffisamment âgés pour savoir quelle sorte de spectres se trouvaient là.

L'espace se remplit d'une douce lumière dorée. Richard découvrit alors leur horrible sort dans tous ses détails. Les malades occupaient maintenant trente-quatre cases isolées dans la section centrale. Plus loin, là où le mât de misaine passait à travers le bossoir avant, on apercevait une cloison bien plus étroite. Les deux étages de plates-formes couraient sans aucune interruption tout autour. Voilà comment ils ont fait ! Voilà comment ils ont pu caser deux cent dix pauvres malheureux dans un espace de 35 pieds de large et de moins de 70 pieds de long. Ils nous ont entassés comme des bouteilles dans des casiers. Pas étonnant que la mort rôde. Comparée à cela, la prison de Gloucester était un paradis. Nous pouvions au moins sortir à l'air frais et travailler. Ici, il n'y a que l'obscurité et la puanteur, l'immobilité, la folie. Je continue à prêcher mes compagnons qu'il faut survivre, mais comment y parvenir dans un endroit semblable ? Seigneur Dieu, je suis désespéré, je suis désespéré !

Les trois officiers de marine étaient écossais. Ross avait l'accent le plus prononcé et Johnstone le plus discret. Le major était un homme austère, petit et roux, avec un visage quelconque marqué par une bouche mince, déterminée, et des yeux gris pâle au regard froid.

D'un pas tranquille, il commença par faire le tour du local en partant de tribord. Il avançait comme s'il faisait partie d'un cortège funèbre, tournant la tête d'un côté et de l'autre avec une précision d'horloge, d'un pas lent et décidé. Parvenu à la section d'isolement, il s'arrêta, apparemment sans crainte, pour examiner les malades avec son médecin, parlant de manière inaudible au joli garçon qui hochait la tête vigoureusement. Le major Ross poursuivit son chemin au-delà de la courbe entre les plates-formes d'isolement et celles qui se trouvaient vers le mât de misaine, puis il emprunta la direction inverse.

Arrivé à la hauteur de Dring et d'Isaac Rogers, il s'arrêta, baissa les yeux vers le plancher, fit signe à l'un des soldats et lui ordonna de tirer au dehors les seaux de toilette qui avaient été vidés et rincés. Son regard se fixa sur Ike, tremblant, étendu la tête sur les genoux de Joey Long.

— Cet homme est malade, dit-il à Johnstone au lieu de s'adresser au médecin. Mettez-le avec les autres.

— Non, monsieur, intervint Richard, trop bouleversé pour songer à être prudent. Ce n'est pas ce que vous pensez, aucun de nous n'est malade ici. Il souffre simplement d'un affreux mal de mer.

Une curieuse expression apparut sur le visage du major, un mélange d'horreur et de compassion. Il saisit la main de Ike et la serra.

— Je sais par quoi tu dois passer, dit-il. De l'eau et des biscuits secs, il n'y a que ça qui peut aider.

Un officier de marine sujet au mal de mer !

Ses yeux se posèrent alors sur Richard puis sur les occupants des deux derniers compartiments du dessus, enregistrant les cheveux coupés court, les vêtements et les linges humides pendus sur des fils tendus entre les poutres, les mentons rasés de frais et un certain air de fierté qui n'avait rien d'arrogant.

— Vous veillez à rester propres, remarqua-t-il après avoir examiné la paillasse.

Personne ne répondit.

Ross se détourna et grimpa sur un banc, juste sous l'écoutille ouverte d'où provenait un peu d'air frais. Il n'avait manifesté aucun dégoût en respirant les relents qui tournoyaient dans la prison mais semblait maintenant plus à l'aise sur son perchoir.

— Je suis le major Ross, annonça-t-il d'une voix solennelle, et je commande les soldats de cette expédition. Je serai également gouverneur adjoint de la Nouvelle-Galles du Sud. Je suis seul responsable de vos personnes et de vos vies. Le gouverneur Phillip a d'autres compétences. Les miennes sont de m'occuper de vous. Ce bateau n'est pas totalement satisfaisant ; des hommes y meurent et j'ai bien l'intention de découvrir pourquoi. Mr William Balmain, que voici, est le médecin de bord. Il prendra son service à partir de demain. Le lieutenant Johnstone est officier supérieur sur ce bateau et le lieutenant Shairp sera son second. Il me semble que vous n'avez pas reçu de nourriture fraîche pendant ces deux derniers mois. Cela sera rectifié et ce pont sera désinfecté par fumigation pendant que nous stationnons encore au port, ce qui nécessitera qu'une partie d'entre vous soit hébergée ailleurs. Seuls les soixante-douze hommes occupant les compartiments contigus à la cloison arrière resteront à bord et devront prêter la main.

Il adressa un signe à ses deux subordonnés qui s'assirent à la table et sortirent du papier, de l'encre et des plumes d'oie d'une écritoire portée par le lieutenant Shairp.

— Je vais maintenant procéder à un recensement, poursuivit le major. Quand je désignerai un homme, il devra me donner son nom et le numéro de sa case. Commençons, enchaîna-t-il en pointant le doigt vers Jimmy Price.

L'opération prit un certain temps. Ross se montrait pointilleux mais ses deux scribes rivalisaient de maladresse et de lenteur, l'écriture n'étant manifestement pas leur fort. Lorsqu'une vingtaine de noms furent relevés, le major descendit pour voir ce que ses subordonnés avaient noté.

— Espèce de crétins illettrés ! hurla-t-il. Qu'est-ce que vous foutez là ? Imbéciles ! Idiots ! Vous ne trouveriez même pas à baiser dans un bordel !

Pouah ! se dit Richard. Il a un sale caractère et ne se soucie même pas d'humilier ses subalternes devant un tas de forçats.

Comme l'obscurité leur sembla pesante quand les soldats furent partis ! Un voile avait été levé, révélant leur prison dans toute son horreur monstrueuse et abjecte. Mais la lueur dorée des lampes avait aussi apporté une sorte de douceur au tableau et la vue de tous ces hommes accroupis dans leurs compartiments, écarquillant les yeux comme des chouettes, ramenait le danger à des proportions humaines.

Quand la dernière lampe eut disparu, elle laissa derrière elle une atmosphère qu'il n'était même plus possible d'imaginer.

La nuit vint et, malgré la promesse de nourriture fraîche faite par le major Ross, personne ne songea à les nourrir.

Dans la matinée, on commença à déménager la partie avant. Les malades furent transportés par des hommes gantés, le visage masqué par des écharpes, insensibles aux cris de douleur provoqués par les mouvements infligés aux malheureux. A midi, le reste des détenus fut parqué dans les trois compartiments doubles de bâbord et de tribord de la cloison arrière. A la lueur des lampes qui avaient été apportées et la disparition de la plupart des occupants, il fut aisé de voir quel cloaque avait résulté de leur présence à bord pendant ces deux mois et demi : vomissures, déjections, seaux de toilette débordants, planchers et plates-formes répugnants.

Ce fut à leur tour de bouger, par le panneau arrière. Peu importe, songea Richard. C'est aussi bien comme ça. Je n'aurais pas aimé laisser un de mes compagnons tout seul là-dessous. Il est vrai que nos affaires sont probablement à l'abri tant que le bruit court que la peste règne ici.

La fumigation consistait à faire exploser de la poudre à fusil dans tous les coins situés sous le pont supérieur après avoir fermé tous les panneaux.

Ils flottaient sur une étendue d'eau calme, assez loin de la rive qui offrait un spectacle fascinant : on voyait se dresser de grands bastions ainsi que des forteresses cernées d'énormes canons. C'était là le quartier général de la marine anglaise. Les gueules des canons étaient tournées au sud, au-delà de l'île de Wight, en direction de Cherbourg, où l'ennemi héréditaire était, lui aussi, aux aguets.

Où donc se trouvait la ville de Portsmouth et à quoi ressemblait-elle ? Le mystère se dissimulait derrière de puissantes fortifications dont certaines dataient d'avant Henri VIII alors que d'autres étaient encore en construction. Etait-ce bien là que l'amiral Kempenfeldt et une troupe de mille hommes étaient tombés sur le *Royal George,* cinq ans plus tôt ? Mis en carénage pour une voie d'eau, le plus grand des vaisseaux de premier rang que l'Angleterre eût jamais construit s'était rempli d'eau par les sabords de ses canons de trente-deux et avait coulé dans un gouffre tourbillonnant.

Johnstone et Shairp n'étaient pas du même avis quant à savoir si les détenus restés à bord devaient ou non avoir les mains enchaînées. Johnstone l'emporta et les mains restèrent libres.

Déçu d'avoir perdu la bataille, Shairp prit le canot et alla rendre visite à un collègue sur un autre navire, lequel devait également faire voile vers Botany Bay. Il y avait plusieurs bâtiments à présent, dont l'un presque aussi grand que l'*Alexander*.

— Là-bas, c'est le *Scarborough,* annonça le quatrième officier Stephen Donovan, le gros chat roux dans les bras. Plus loin, c'est le *Lady Penrhyn* – tu le connais déjà, Richard – et, plus loin encore, le *Prince of Wales*. Ils n'arrivaient pas à tout caser sur cinq transporteurs, alors ils en ont pris un sixième. Le *Charlotte* et le *Friendship* sont partis pour Plymouth afin d'embarquer ceux de Dunkirk.

— Et les trois bateaux près de la rive ? demanda Richard en tournant la tête pour lancer un coup d'œil d'avertissement à Bill Whiting.

Ce dernier avait l'air de penser qu'une liberté relative pouvait l'autoriser à lancer des plaisanteries sur les invertis que « Miss Molly » Donovan pouvait ne pas apprécier.

— Ce sont les ravitailleurs – le *Borrowdale*, le *Fishburn* et le *Golden Grove*. Nous transportons assez de matériel pour nous suffire à nous-mêmes pendant trois ans à partir du moment où nous atteindrons Botany Bay, répondit Mr Donovan avec un regard caressant.

— Combien de temps, selon l'Amirauté, nous faudra-t-il pour atteindre Botany Bay ? demanda Thomas Crowder d'une voix doucereuse.

Mais Crowder n'était pas du goût de Mr Donovan – trop simiesque ; aussi le quatrième lieutenant choisit-il d'adresser sa réponse à Richard Morgan qui, décidément, le fascinait. Pas tant à cause de son physique, bien qu'il le jugeât très séduisant, que par sa réserve. Cet homme-là était un chef, pensa Donovan, mais pas de la même espèce que Johnny Power, bien connu de tout l'équipage et avec lequel il avait une affinité naturelle. Morgan, lui, était un marin de la Tamise qui avait le bon sens de ne pas parler argot.

— L'Amirauté estime que le voyage devrait durer de quatre à six mois, répondit Mr Donovan, ignorant ouvertement Crowder.

— Il faudra plus que ça, objecta Richard.

— Je le crois aussi. Quand l'Amirauté fait ses estimations, elle calcule toujours comme si le vent soufflait en permanence du bon côté, et comme s'il n'arrivait jamais que le mât ne se rompe, que les amarres cèdent, que les voiles se déchirent, tombent en lambeaux ou s'affalent des haubans.

Il gratta sous le menton le chat qui ronronnait bruyamment.

— Vous n'avez pas de chien ? s'enquit Richard.

— De sales bêtes ! Rodney est le chat de l'*Alexander* et vaut tous les chiens qui se trouvent à bord. C'est d'ailleurs pourquoi ils ne viennent pas se frotter à lui. Il a été baptisé ainsi en l'honneur de l'amiral Rodney sous les ordres duquel j'ai servi aux Indes occidentales quand nous avons viré les mangeurs de grenouilles de la Jamaïque.

Il fit la moue en voyant un bouledogue fouiner dans le coin et Rodney cracha, ce qui incita aussitôt le chien à courir s'occuper ailleurs de quelque affaire plus urgente.

— Il y a vingt-sept chiens à bord, reprit-il, et tous appartiennent à des soldats. Mais leur nombre diminuera bientôt. Les épagneuls et les terriers ne sont pas trop mauvais. Au moins, ils font la chasse aux rats. Mais les autres ne sont que des bons à rien. Un chien peut tomber par-dessus bord. Un chat, jamais.

Il embrassa Rodney sur le haut de la tête et le posa sur le bastingage pour illustrer sa déclaration. Indifférent à l'eau qui clapotait au-dessous, le chat ramassa ses pattes sous lui et continua à ronronner.

— Où ont-ils envoyé les autres détenus ? demanda Will Connelly, venant à la rescousse de Richard qui s'éloignait discrètement.

— Certains sur le *Firm*, d'autres sur le *Fortunee*, les malades sur le navire-hôpital et le reste sur cette gabare, là-bas.

— Pour combien de temps ?

— Une ou deux semaines au moins, je pense.

— Les hommes doivent mourir de froid sur la gabare !

— Mais non. On les ramène à quai dans un camp tous les soirs, enchaînés l'un à l'autre. Croyez-moi, ils sont mieux sur une gabare que dans une cale.

Le lendemain, William Balmain, le médecin de l'*Alexander*, monta à bord en compagnie de deux autres confrères, apparemment pour examiner le bateau puisque les malades n'y étaient plus. Stephen Donovan chuchota que l'un d'eux était John White, le médecin en chef de l'expédition. Quant à l'autre, ils le reconnurent ; il s'agissait du praticien de Portsmouth que le lieutenant Shairp avait fait venir à l'arrivée du bateau.

Désœuvrés, les détenus restèrent à proximité des médecins et purent ainsi entendre ce qu'ils disaient. Les hommes d'équipage, certainement aussi curieux, étaient trop occupés pour prêter l'oreille – du matériel arrivant sur des gabares.

Le médecin de Portsmouth demeurait convaincu qu'il s'agissait d'une forme rare de peste bubonique, mais White et Balmain n'étaient pas d'accord.

— C'est une fièvre maligne ! insistait-il. Vous voyez bien que c'est bubonique !

— Non, la forme est bénigne, objectaient les deux autres, pas bubonique.

Tous trois s'entendirent cependant sur des mesures préventives : les deux ponts devraient subir une nouvelle fumigation et être brossés soigneusement à l'huile de goudron avant d'être revêtus d'une épaisse couche de lait de chaux – un mélange de chaux vive, de poudre de chaux, d'apprêt et d'eau.

Stephen Donovan demeurait à bord pour contrôler l'embarquement de la cargaison et il avait fort à faire. Sur les ponts s'empilaient des tonneaux, des barils, des fûts, et toutes sortes de caisses et de colis.

— Il faut que je fasse mettre tout ça en bas ! annonça-t-il sèchement à White et à Balmain. Comment voulez-vous que j'y arrive avec les écoutilles bouclées toute la journée pour vos foutues fumigations ? Il n'y a qu'une chose à faire pour assainir l'*Alexander,* c'est d'avoir de meilleures pompes pour évacuer l'eau de la cale.

— L'odeur provient des morts qu'on a gardés là, répondit Balmain d'un ton hautain. Une semaine ou deux en mer après d'intenses fumigations, et elle disparaîtra.

White traversa l'espace qui avait servi de prison pour aller voir comment les hommes pourraient embarquer la cargaison. Un regard lui révéla que les tables et les bancs avaient été ôtés, faisant apparaître dans le plancher des trappes de six pieds situées exactement dans l'axe de celles qui s'ouvraient sur le pont supérieur. Il constata que, si on les soulevait à l'aide d'un treuil, d'énormes cuves d'eau pouvaient être déposées directement dans la cale du faux-pont. Affichant un air de nette supériorité, il revint à l'avant, écarta Balmain et Donovan et commença à donner des ordres.

Les trente-six détenus de tribord furent envoyés dans leur ancienne geôle puante pour balayer, brosser et rincer l'endroit au vinaigre avant la fumigation à la poudre à fusil. Le restant des détenus à bâbord fut chargé des mêmes opérations dans l'ancien quartier des soldats de marine, au-dessous de l'entrepont.

— Seigneur ! s'exclama Taffy Edmunds. Ce pauvre Davy Evans avait raison. Nous autres forçats, on était logés au paradis par rapport à ça, même si on rêvait de dormir dans des hamacs.

Le plancher était recouvert d'une nappe d'eau provenant des fonds de cale qui avaient débordé. Le tout dégageait une odeur plus pestilentielle encore que celle de la prison, en même temps que des gaz qui avaient rendu aussi noirs que du charbon les boutons d'étain des belles tuniques rouges. L'entrepont comptait à peine six pieds de haut et il fallait se courber pour passer sous les poutres, comme sur le *Cérès*.

C'est ainsi que Richard et les autres détenus de bâbord assistèrent à l'inévitable conflit qui devait opposer Ross et Sinclair. Ils s'affrontèrent dans le quartier des soldats, sous le regard fasciné des trente-six hommes. Ce combat mémorable commença lorsque le major se plaça au pied de l'échelle de bois pour hurler :

— Bougez votre gros tas de graisse, espèce de sac à merde ! Venez donc voir ça, sacré nom d'un chien !

Les pieds finement bottés du commandant Duncan Sinclair apparurent sur l'échelle ; il descendit, semblable à une grosse goutte de sirop coulant le long d'une ficelle.

— Personne n'a le droit de me parler sur ce ton, major ! souffla-t-il en mettant le pied par terre. Je suis non seulement le capitaine de ce bateau, mais aussi l'un de ses propriétaires.

— Ce qui augmente encore votre responsabilité, grosse larve bouffie ! Avancez et regardez ! Regardez où ont vécu les soldats de la marine de Sa Majesté pendant Dieu sait combien de temps ! Presque trois mois ! Ils sont malades et terrorisés, ce dont je ne peux les blâmer ! Leurs chiens sont mieux logés qu'eux, tout comme les moutons et les cochons que vous entassez à bord pour mieux garnir votre propre table ! Pendant que vous restez assis à vous prélasser dans une cabine le jour, et une autre la nuit, avec toute la place pour vous tout seul tandis que mes deux officiers sont claquemurés dans un placard où il n'y a même pas d'air, obligés de manger avec les simples soldats ! Tout ça va changer, Sinclair, ou je me charge moi-même de jeter vos boyaux boursouflés dans cette merde liquide !

Il posa la main sur le pommeau de son épée, l'air parfaitement décidé à mettre sa menace à exécution.

— Vos hommes ont été logés ici parce que je n'ai pas d'autre endroit où les installer, répliqua Sinclair. En fait, ils occupent un espace que mes armateurs estimeraient plus utile pour une cargaison que pour une bande de bons à rien, de voleurs et de buveurs de rhum, même pas assez intelligents pour entrer dans la véritable marine, ni assez riches pour l'armée de terre ! Vous n'êtes que des rebuts de l'humanité, Ross, vous et vos hommes ! Rien que des bouteilles vides baptisées « soldats de marine » qui encombrent les cuisines de mon équipage et laissent leurs deux douzaines de chiens déposer leur merde du beaupré à la lisse – regardez mes bottes ! De la crotte de chien, Ross, de la foutue crotte de chien ! Ils ont tué deux de mes poules, quatre canards et une oie ! Sans parler de la brebis que j'ai dû abattre parce qu'un de ces foutus bouledogues avait planté ses crocs dedans et ne voulait pas lâcher prise ! Mais j'ai d'abord abattu le chien, espèce de bâtard des Lowlands qui ne savez même pas qui est votre mère !

— Qui est le vrai bâtard des Lowlands, hein, fils de pute de Glasgow ?

Une pause suivit, pendant laquelle les deux combattants cherchaient de nouvelles insultes à se jeter à la figure. Les détenus les regardaient, figés comme des statues, de crainte de se faire repérer et renvoyer sur le pont.

— L'Amirauté a accepté l'offre de Walton pour le ravitaillement de l'*Alexander,* jeta Sinclair dont les yeux n'étaient plus que deux fentes étincelantes. Vous n'avez qu'à vous en prendre à vos supérieurs, Ross, pas à moi ! Quand j'ai appris que je devais embarquer quarante soldats de marine et deux cent dix forçats, cela ne m'a nullement réjoui ! Les soldats resteront ici, que ça vous plaise ou non.

— Cela ne me plaît pas et je ne le tolérerai pas, trou du cul d'éléphant ! Vous allez installer mes gars en haut dans l'entrepont et loger convenablement mes officiers, sinon j'en parlerai au gouverneur Phillip ainsi qu'à l'amiral lord Howe et à sir John Middleton – sans parler de lord Sydney et de Mr Pitt ! Vous n'avez pas le choix, Sinclair. Soit vous mettez vos marins ici en bas et mes hommes en haut, soit vous reculez les cloisons de la prison de vingt-cinq pieds. Maintenant que nous avons le *Prince of Wales,* les forçats peuvent y être déplacés. Ce sera comme ça et pas autrement, face de suif ! conclut Ross en frottant l'une contre l'autre ses mains gantées de blanc.

— Certainement pas ! grinça Sinclair entre les dents.

La vue d'une aussi énorme masse de graisse dans un tel état d'agitation avait quelque chose d'homérique.

— L'*Alexander,* reprit-il, s'est engagé à transporter deux cent dix forçats, et non cent quarante, et quarante soldats de marine dans un espace qui devrait accueillir soixante-dix forçats de plus ! L'objectif de cette expédition n'est pas de dorloter une poignée de soldats galeux, mais de transporter autant de détenus que possible à l'autre bout du monde. J'accueillerai le contingent prévu et, si vous le souhaitez, ce sont mes hommes d'équipage qui s'en occuperont. Vous voyez, c'est très simple, Ross. Faites descendre vos précieux soldats de l'*Alexander.* Je bouclerai les prisonniers en permanence et je les ferai nourrir par des écoutilles pendant la durée du voyage, ce qui ne nécessitera pas l'aide de gardiens.

— Lord Sydney et Mr Pitt ne seront pas d'accord, dit Ross d'un ton assuré. Tous deux ont une vision moderne des choses et ils insistent pour que les forçats soient débarqués à Botany Bay en meilleure condition que les esclaves que vous livrez à La Barbade ! Si vous enfermez ces hommes pendant plus d'un an, la moitié seront morts à l'arrivée et les survivants seront tout juste bons pour l'asile de fous. Aussi il ne vous reste plus qu'à construire vous-même une dunette et un poste d'équipage pendant les prochains mois. Vous pourrez ainsi déménager votre imposante personne en haut, dans un splendide isolement, et céder vos quartiers à mes officiers. N'oubliez pas, Sinclair, que vous devez également héberger le médecin du bord, l'agent maritime et celui du soumissionnaire qui, tous, ont droit à un logement de pont. Vos quartiers actuels seront déjà combles sans votre présence, sale radin qui rognez sur les bouts de chandelles ! Quant à vos hommes, vous n'avez qu'à les installer dans un poste d'équipage, comme il se doit. Mes soldats occuperont leur place dans l'entrepont et je veillerai à ce qu'ils aient une cuisine où ils pourront préparer leur nourriture et celle des forçats. Ainsi, quand vous en aurez aménagé une pour vous dans votre dunette, votre équipage pourra garder la sienne et mes officiers celle du gaillard d'arrière. L'*Alexander* ressemblera peut-être ainsi à un bateau plutôt qu'à un négrier, vieux tas de graisse !

Pendant ce discours magistral, les petits yeux gris avaient exprimé une rage sourde avant de reprendre leur air de roublardise naturelle.

— Tout ça coûtera à Walton au moins un millier de livres, répliqua Sinclair.

Le major Ross tourna les talons et commença à escalader l'échelle.

— Envoyez la facture à l'Amirauté, lança-t-il avant de disparaître.

Duncan Sinclair contempla un instant l'échelle puis, soudain, sembla découvrir pour la première fois le cercle d'hommes qui l'entourait.

— Faites la chaîne avec des seaux pour écoper cette saleté qui a débordé, lança-t-il à Ike Rogers d'un ton sec. Et, pendant que vous y êtes, ouvrez ce panneau et videz le fond de cale à tribord. D'autres n'ont qu'à en faire autant à bâbord. Allez chercher de l'eau de mer et rincez-moi ça jusqu'à ce que l'eau de fond de cale soit claire. L'odeur monte jusqu'au gaillard d'arrière. (Il se retourna vers l'échelle.) Toi, toi et toi, dit-il en désignant Taffy, Will et Neddy, mettez vos épaules sous mon derrière et poussez-moi en haut de cette foutue échelle.

Lorsque le bruit de ses pas eut disparu en haut, les détenus éclatèrent de rire.

— J'ai cru un instant, hoqueta Ike, que tu allais le laisser choir dans l'eau croupie, Neddy.

— C'est pas l'envie qui me manquait, dit Neddy en s'essuyant les yeux, mais c'est le commandant du bateau et on n'a pas intérêt à manquer de respect à ses supérieurs, pas vrai ? Le major Ross, lui, il se moque pas mal d'offenser le gros capitaine, c'est sûr. (Il se mit à rire.) Trou du cul d'éléphant ! Oh ! Oh ! Ça lui va drôlement bien ! Ça nous a presque tués de le hisser en haut de l'échelle !

— C'est le major Ross qui a gagné la bataille, observa Aaron Davis d'un ton pensif. Mais, lui, il met son derrière à la merci des bottes de l'Amirauté. Si le capitaine Sinclair construit sa dunette et son poste d'équipage et que l'Amirauté refuse de payer, Ross sera dans de sales draps.

— Je le crois à l'abri des coups de botte, intervint Richard en souriant. Sa culotte blanche immaculée n'a rien à craindre, crois-moi. Ross a raison. L'*Alexander* ne peut embarquer tant de monde sans une dunette et un poste d'équipage… (Il poussa un soupir.) Qui veut se mettre à la chaîne pour les seaux ? Nous pourrions en demander d'autres au lieutenant Johnstone car il n'est pas question d'utiliser ceux de la prison pour ça. Nous autres, de Bristol, nous nous mettrons au fond de la cale. Jimmy, va donc adresser ton plus radieux sourire au gentil lieutenant pour qu'il nous donne des seaux.

Le commandant Sinclair effectua les travaux demandés, mais pour une somme très inférieure à 1 000 livres. Pendant qu'ils étaient occupés à brosser les ponts et à les passer au lait de chaux, les détenus travaillaient au milieu des marchandises, ce qui leur permettait d'avoir un bon aperçu de la cargaison. Les mâts de rechange étaient attachés sous les canots avec, au-dessous, les espars, les voiles et les cordages. Les barriques d'eau de 160 gallons, de loin les plus lourds éléments, étaient réparties au milieu d'une cargaison plus légère. On embarquait par douzaines des caisses de porc ou de bœuf salé, des sacs de pain dur, de pois secs, de pois chiches – que l'on appelait « calavances » –, des tonneaux de farine, des réserves de riz et une grande quantité de colis dans des emballages de grosse toile portant le nom de leur propriétaire écrit à l'encre. Sans oublier des ballots de chiffons destinés aux forçats pour le jour où leurs vêtements seraient définitivement usés.

Tout le monde savait qu'il y avait des tonneaux de rhum à bord. Ni les soldats ni les marins n'auraient admis un voyage sans cela. C'était le rhum qui rendait supportable de vivre ainsi entassés et d'absorber une aussi mauvaise nourriture. Mais on ne le trouvait ni dans les cales générales, ni sous l'espace réservé aux prisonniers, ni sous l'entrepont.

— C'est un malin, notre commandant, dit William Dring, de Hull, avec un sourire. Juste à l'avant, il y a une autre cale sur deux ponts où ils stockent le bois de chauffage. Ils en cachent partout autour du beaupré et de l'étambrai. Le sommet du pont est recouvert d'un revêtement métallique et c'est là que se niche le rhum. On ne peut pas le sortir par la prison parce que la cloison avant a un pied d'épaisseur et elle est bourrée de clous, comme la cloison arrière. Et on ne pourrait pas non plus le tirer de la cale où se trouve le bois sans faire tout un remue-ménage. Le rhum en cours de consommation se trouve dans un grand placard sur le gaillard d'arrière et c'est le capitaine qui le distribue lui-même. Personne ne peut le voler à cause de Trimmings.

— Trimmings ? demanda Richard. Le steward de Sinclair ?

— Oui... Totalement dévoué à son gros maître. Il espionne et fourre son nez partout.

Joe Robinson, l'ami de Dring, qui avait lié connaissance avec certains hommes d'équipage, prit la parole.

— Il utilise ses propres recrues pour réaliser ses petits travaux. Il a pris aussi cinq forçats, tous sachant se servir d'un marteau et de clous. Il les a fait venir de la gabare et du *Fortunee*. Le poste d'équipage est comme il doit être mais, pour la dunette, on a utilisé quelques beaux panneaux d'acajou. Sinclair a emporté tout l'ameublement de la grande cabine, de sorte que Ross doit faire venir de nouveaux meubles pour les officiers logés sur le gaillard d'arrière et il n'est pas content.

Le major Ross, de toute façon, n'était jamais content. Son insatisfaction s'étendait d'ailleurs bien au-delà du commandant Sinclair et de l'*Alexander*. Une nouvelle bataille s'était engagée, ainsi que plusieurs soldats le racontèrent aux détenus (les commérages constituant la principale distraction), pour échanger le riz de l'expédition contre de la farine de blé. Malheureusement, le contrat conclu avec Mr William Richards Junior avait été rédigé avec la même parcimonie que pour le transport du personnel de l'armée, ce qui avait permis au fournisseur de livrer une maigre nourriture aux forçats comme aux soldats et de substituer du riz à certaines quantités de farine. Le riz était meilleur marché et il en fallait de plus petites quantités puisqu'il gonflait en cuisant. Le problème, c'était que le riz n'empêchait pas le scorbut, alors que la farine y parvenait.

— Il y a une chose qui m'échappe, observa Stephen Martin, l'un des deux hommes de Bristol venus avec Crowder et Davis. Si la farine empêche le scorbut, alors pourquoi pas le pain ? Il est fait avec de la farine, après tout.

Richard essaya de se souvenir de ce que le cousin James l'Apothicaire lui avait dit à ce sujet.

— Je pense que c'est à cause de la cuisson. Ce qu'on nous donne à manger, c'est du pain dur. En fait, des biscuits de mer. Il y a dedans autant d'orge et de seigle que de froment, sinon plus. La farine est à base de blé moulu et c'est elle qui possède le pouvoir antiscorbutique. Quand on en fait des boulettes dans du bouillon ou de la soupe, elle ne cuit sans doute pas assez longtemps pour détruire ce pouvoir. Les légumes et les fruits sont encore mieux pour lutter contre le scorbut, mais on n'en trouve pas en mer. Il y a bien une sorte de chou en saumure que mon cousin James importe de Brême pour certains marins de Bristol. Il est meilleur marché que l'extrait de malt, lui aussi un excellent antiscorbutique. Mais le problème, c'est que les marins détestent ça et qu'il faut les fouetter pour les forcer à en avaler.

— Est-ce qu'il y a des choses que tu ne sais pas ? demanda Joey Long, qui considérait Richard comme une encyclopédie ambulante.

— Je sais bien peu de choses, Joey. C'est mon cousin James qui est la source de mes connaissances. Tout ce que j'ai eu à faire, c'était de l'écouter.

— Et tu sais très bien le faire, assura Bill Whiting. (Il se recula pour examiner leur travail, à présent presque achevé.) C'est bien, ce lait de chaux. Même lorsque les grilles seront refermées sur les écoutilles, on y verra un peu plus clair à l'intérieur.

Après quoi, il jeta un bras sur les épaules de Will Connelly.

— Si nous nous asseyons juste au-dessous de l'écoutille arrière, Will, on aura assez de lumière pour lire.

La totalité des forçats fut de retour à bord au début d'avril, tandis que la construction de la dunette et du poste d'équipage avançait rapidement. Le major Ross attendait encore pour écrire aux autorités afin de leur faire part des conditions de vie sur l'*Alexander,* préférant que les travaux soient avancés avant que sa hiérarchie se mette à protester. Le capitaine Sinclair avait choisi d'édifier le nouveau poste d'équipage à l'intérieur, en laissant sur chaque côté un passage large de trois pieds pour permettre d'accéder facilement aux bossoirs où se trouvaient les fosses d'aisances des marins.

Les détenus restés à bord pendant les travaux sanitaires en avaient profité avec bonheur : les écoutilles restaient ouvertes et ils pouvaient utiliser ces trous au lieu de leurs seaux hygiéniques. L'écoutille avant, au pied du mât de misaine, était à présent coiffée d'une sorte de cabane (on aurait dit une niche à chien, avec un toit recourbé), qui permettait aux cuisiniers d'accéder au compartiment où était stocké le bois de chauffage sans être exposés aux intempéries. L'écoutille située juste devant le gaillard d'arrière et ouvrant sur l'entrepont était également couverte, alors que les deux autres, au-dessus de la prison, n'étaient que de simples trappes équipées de grilles métalliques sur lesquelles on pouvait fixer un solide panneau.

« Elles seront fermées quand l'eau de mer balaiera le pont, se dit Richard, et nous serons alors plongés dans le noir absolu tant que durera la tempête. Pas de lumière. Pas d'air. »

Ils recevaient chaque jour de la viande fraîche et des légumes, et les promenades sur le pont restaient autorisées. Mais la maladie se déclara de nouveau sur l'*Alexander*. Willy Wilton mourut, premier du groupe venu du West Country, mais pas des enflures qui s'étaient répandues auparavant. Il avait pris froid par mauvais temps et le mal s'était porté sur la poitrine. Le docteur Balmain lui mit des cataplasmes chauds pour attirer le mal à l'extérieur, mais Willy mourut malgré ses efforts. A l'époque, les cataplasmes représentaient les seuls remèdes contre la pneumonie. Ike Rogers en fut profondément affecté. Il n'était plus l'homme que Richard avait rencontré à la prison de Gloucester. Son caractère batailleur n'avait été qu'une surface. Il demeurait avant tout un homme aimant les chevaux et la liberté des grandes routes.

D'autres moururent aussi : douze jusqu'à fin avril. Et la maladie sévissait également parmi les soldats : fièvres, inflammations pulmonaires, délire, paralysie. Trois soldats terrifiés s'enfuirent puis, le dernier jour du mois, un quatrième. Un sergent, un tambour et quatorze simples soldats avaient été transportés dans un hôpital et il devenait difficile de leur trouver des remplaçants.

L'*Alexander* avait maintenant la réputation d'être un bateau sur lequel régnait la mort, réputation qu'il allait conserver. Tous les détenus, à l'exception de ceux qui y étaient déjà restés auparavant (soixante et onze hommes, maintenant que Willy Wilton avait péri), furent de nouveau déplacés, et les nettoyages au vinaigre, les fumigations, les brossages à l'huile de goudron et le passage au lait de chaux reprirent. Chaque fois, le groupe de Richard trouvait les fonds de cale nauséabonds et souillés.

— C'est comme s'il n'y avait pas de pompes pour vider ces fonds de cale. Elles ne fonctionnent pas, déclara Mikey Dennison, écœuré.

Trois autres hommes moururent, ce qui porta à quinze le nombre total des morts depuis le 1er avril. Les détenus n'étaient plus que cent quatre-vingt-quinze au lieu de deux cent dix.

Le 11 mai, soit plus de quatre mois après qu'ils eurent embarqué sur ce bateau de mort, on apprit que le gouverneur Phillip était enfin arrivé sur son navire amiral, le *Sirius*, et que les onze unités de l'expédition prendraient la mer le lendemain. Mais tel ne fut pas le cas. L'équipage du *Fishburn*, le ravitailleur, n'avait pas été payé et refusait de partir. Les occupants de l'*Alexander* étaient dans leurs compartiments où ils n'avaient rien d'autre à faire que dormir, enfin pourvus d'une couverture – une pour deux hommes. C'était peut-être une sorte de récompense après qu'on les eut dévêtus et fouillés – personne ne savait pour quelle raison. Mais Ross, présent pour superviser l'opération, leur épargna un pénible examen. Aucun objet ne leur fut confisqué.

Une heure environ avant l'aube de ce 13 mai – on allait vers le solstice d'été et le jour se levait de bonne heure –, Richard s'éveilla et constata que l'*Alexander* bougeait. Ses bois craquaient et un léger clapotis était perceptible, accompagné d'un faible roulis. Suffisamment pour le malheureux Ike, qui vomissait déjà. On lui avait remis à cet effet l'écuelle du pauvre Willy, et Joey Long se chargeait de la vider dans le seau hygiénique quand cela devenait nécessaire.

Ce jour-là, Robert Jefferies, de Devizes, mourut de pneumonie. La couverture était arrivée trop tard pour certains hommes.

Lorsque, ce même jour, ils eurent passé les Needles à la pointe occidentale de l'île de Wight, l'*Alexander* navigua avec plus d'entrain qu'il n'en avait montré pendant le lent voyage de Tilbury à

Portsmouth... Le bateau roulait et tanguait pas mal, et de nombreux forçats furent confinés dans leur compartiment par les affres du mal de mer. Richard ressentit des nausées mais pas au point de ne plus pouvoir se contrôler et elles disparurent trois heures plus tard après un seul spasme sans résultat. Les habitants de Bristol avaient peut-être automatiquement le pied marin ? Ses compatriotes – Connelly, Perrott, Davis, Crowder, Martin et Morris – réagissaient comme lui. Seuls les hommes originaires de l'intérieur du pays étaient malades, mais aucun aussi gravement que Ike Rogers.

Le jour suivant, le lieutenant Shairp et le docteur Balmain descendirent par l'écoutille arrière avec moins d'assurance que dans les eaux calmes, mais assez de dignité pour faire impression. Les deux soldats qui les accompagnaient enlevèrent le corps de Robert Jefferies tandis que Shairp et Balmain titubaient dans le passage en s'accrochant au bord des plates-formes. Shairp faisait attention à ne pas poser la main sur les endroits souillés de vomissures. Les ordres restaient les mêmes : « Sortez et lavez votre pont, sortez et videz vos seaux hygiéniques, sortez et nettoyez votre compartiment. Peu importe que vous vous sentiez mal. Si vous avez vomi sur vos couvertures, lavez-les. Si vous avez vomi sur votre paillasse, lavez-la. Si vous avez vomi sur vous, lavez-vous. »

— S'ils font ça tous les jours, l'endroit restera propre, observa Connelly. Enfin... je l'espère !

— N'y compte pas trop, soupira Richard. C'est la volonté de Balmain, pas de Shairp. Mais Balmain n'est pas très méthodique. Heureusement, tous ont déjà rendu leur nourriture, donc nous n'aurons à nous occuper que de la merde. Les forçats vont se contenter de rester étendus là et de chier sous eux. La plupart d'entre eux ne se sont jamais lavés de leur vie. Si nous, nous restons propres et maintenons une bonne hygiène autour de nous, c'est grâce à mon cousin James et au fait que je les harcèle tous : ils me craignent plus encore qu'une séance de lavage. (Il sourit.) Lorsqu'ils auront pris l'habitude de se laver, ils commenceront à être propres.

— Tu es vraiment un drôle de type, Richard, dit Will Connelly. Tu pourras toujours prétendre le contraire mais, en vérité, c'est toi le chef à bâbord. (Il ferma les yeux.) Je me sens en forme et je vais essayer de lire.

Il alla s'asseoir à la table centrale, juste sous l'écoutille ouverte, avec les trois volumes de *Robinson Crusoé*. Après avoir retrouvé la page où il s'était arrêté, il s'absorba dans la lecture, apparemment inconscient du mouvement du bateau.

Richard le rejoignit avec son ouvrage de géographie. La couche de lait de chaux faisait toute la différence.

Lorsque l'*Alexander* eut passé au sud de Plymouth, la plupart des hommes avaient enfin le pied marin à l'exception de Ike Rogers et d'une poignée d'autres. Il était possible de parcourir le passage une fois qu'on s'était habitué au mouvement ascendant et descendant. C'est en s'y exerçant que Richard fit la connaissance de John Power, le chef de l'avant.

Power était un jeune et beau garçon, agile et souple comme un chat, avec un regard assuré au fond de ses yeux sombres et la curieuse habitude de parler avec les mains. Comme les mangeurs de grenouilles et les Italiens, pensa Richard, mais pas comme un Anglais, un Hollandais ou un Allemand. Power paraissait être toujours sous pression, pas par angoisse ou mauvais caractère, mais plutôt par suite d'une énorme réserve d'énergie et d'enthousiasme. On pouvait lire dans ses yeux qu'il aimait prendre des risques.

— Richard Morgan ! appela-t-il au moment où Richard passait devant son compartiment. Bienvenue en territoire ennemi !

— Je ne suis pas ton ennemi, John Power. Je suis un homme tranquille et ne m'occupe que de mes propres affaires.

— Ce qui veut dire tout le côté bâbord. Toujours propre, net et bien rangé, dit-on. C'est la mode de Bristol. En bon ordre, comme dans la marine.

— Je suis en effet de Bristol. Mais viens donc nous rendre visite et constate par toi-même. Il est vrai que nous restons entre nous. C'est que, vois-tu, aucun de nous ne parle le dialecte.

— Mes hommes aiment le parler, mais moi je ne m'en soucie guère. Les marins détestent ça. (Power se glissa hors de son compartiment et rejoignit Richard.) Tu es déjà vieux, Morgan, maintenant que je te vois de plus près.

— Trente-huit ans fin septembre. Mais, jusqu'à maintenant, les années ne me pèsent guère, même si mes forces ont un peu diminué après ces cinq mois sur l'*Alexander*. On nous a fait un peu travailler à Portsmouth et cela nous a été bénéfique. C'est toujours à des hommes de Bristol qu'ils confient le nettoyage des fonds de cale ; nos nez sont immunisés contre les mauvaises odeurs. Etais-tu sur la gabare, sur le *Firm* ou sur le *Fortunee* ?

— Sur la gabare. Je me suis bien entendu avec l'équipage de l'*Alexander,* aussi mes hommes n'ont pas eu à connaître les cales des bateaux de Portsmouth. (Power poussa un grand soupir et exprima sa satisfaction d'un geste éloquent des mains.) Dès que possible, j'ai l'intention de servir comme marin sur l'*Alexander.* Mr Bones – c'est le troisième lieutenant – me l'a promis. Comme ça, je pourrai retrouver ma forme.

— Je croyais qu'on nous confinerait en dessous pendant tout le voyage.

— Non, si Mr Bones ne se trompe pas. Le gouverneur Phillip dit qu'il n'est pas question de nous laisser dépérir : il aura besoin que nous soyons assez vigoureux pour travailler une fois que nous aurons atteint Botany Bay.

Ils dépassèrent l'endroit où se trouvait la barrique d'eau de mer de tribord. Power lança un regard en coin à Will Connelly, penché sur l'œuvre de Daniel Defoe.

— Vous savez tous lire ? demanda-t-il avec une pointe d'envie.

— Six d'entre nous, oui, et nous sommes cinq originaires de Bristol : Crowder, Davis, Connelly que voici, Perrott et moi. Le drôle de type, là-bas, c'est Bill Whiting. Bristol compte de nombreuses écoles charitables pour les pauvres.

— Il n'y en a presque pas à Londres. Bien que j'aie toujours pensé que c'était une perte de temps de lire des livres quand les enseignes au-dessus des boutiques disent clairement à un homme ce qu'il peut trouver dedans. (Ses mains esquissèrent un geste ironique.) A présent, je me dis que ça doit être une bonne chose que de pouvoir lire. Cela aide à passer le temps.

— Quand tu seras en haut, ça ira mieux. Es-tu marié ?

— Ah non, alors ! (Power tourna ses pouces en direction du sol.) Les femmes, c'est du poison.

— Mais non, elles sont comme nous – il y en a des bonnes, d'autres mauvaises et d'autres encore ni bonnes ni mauvaises.

— Combien en as-tu connu de chaque sorte ? s'enquit Power en dévoilant dans un sourire des dents très blanches.

Ce n'était donc pas un buveur, nota Richard.

— Plus de bonnes que de mauvaises.

— Et combien d'épouses ?

— Deux, d'après les registres.

— A propos de registres, le lieutenant Johnstone m'a dit qu'ils n'en avaient aucun à bord. (Power ferma les mains en affichant une expression de pure jubilation.) Est-ce que tu imagines ça ? Le ministère de l'Intérieur n'a jamais songé à envoyer un rapport au gouverneur Phillip. Personne ne sait quel crime ou délit nous avons commis ni à combien d'années nous sommes condamnés. J'ai bien l'intention de profiter de ça dès qu'on aura atteint Botany Bay...

— Le ministère de l'Intérieur m'a l'air aussi efficace que la régie des impôts de Bristol, observa Richard.

Ils se retrouvèrent devant le compartiment de Power qui y grimpa agilement. Aussi gracieux que Stephen Donovan, songea Richard en se disant que sa compagnie lui manquait à présent qu'ils étaient enfermés sous le pont. Donovan était peut-être un inverti mais il était éduqué et ce n'était pas un forçat. Avec lui, on pouvait parler d'autres choses que de la prison.

Richard regagna pensivement son compartiment. Le fait que les autorités ignorent la nature de leurs délits et la durée de leur condamnation était une information intéressante. Cela les aiderait sans doute, ainsi que l'espérait Power, mais il se pouvait aussi que le gouvernement prenne une décision arbitraire et fixe pour tous les condamnés une peine de quatorze ans. Personne n'allait admettre que certains réclament leur libération six mois ou un an après leur arrivée. C'était sans doute pour cette raison qu'on les avait fouillés à Portsmouth. Il fallait de l'argent pour se payer le voyage de retour sur un bateau. Tous savaient que le Parlement n'avait pas prévu pour eux leur rapatriement. Dans l'entourage de Phillip, quelqu'un avait été assez retors pour deviner que certains avaient peut-être dissimulé le prix de cette traversée. Mais il aurait fallu pour ça un Mr Sykes ! « Or vous n'avez rien de commun avec cette brute, major Ross, pensa Richard. Je sens que vous êtes un homme droit, respectant un code d'honneur, et prenant courageusement le parti de vos hommes pour les défendre. Je sais aussi que vous êtes écossais et pessimiste, doté d'un tempérament violent, d'une langue bien pendue et d'une ambition modérée. Et que vous êtes sujet au mal de mer... »

Le 20 mai, tandis que l'*Alexander* cinglait dans une forte houle et sous une pluie battante, les détenus furent amenés sur le pont par petits groupes successifs pour qu'on retire les anneaux de leurs chevilles. Les malades montèrent en premier et, parmi eux, Ike Rogers qui se sentait toujours si mal que le docteur Balmain lui avait prescrit un verre de vin fort de Madère deux fois par jour.

Quand vint le tour de Richard, il sortit sur le pont au moment où un fort coup de vent venait de se lever. Impossible de voir quoi que ce fût, hormis quelques yards d'océan couvert de crêtes blanches. Du ciel tombait une eau fraîche, salubre, pure, une vraie et bonne *eau*. Quelqu'un le poussa par terre, les jambes étendues devant lui. Deux soldats étaient assis côte à côte. L'un glissa une large cisaille de forgeron sous le fer pour maintenir sous l'anneau une plaque de tôle et l'autre abattit son marteau sur la charnière.

La douleur fut extrêmement vive car le coup fut asséné si fort que la jambe en fut ébranlée sur toute sa longueur. Mais Richard n'en avait cure. Le visage levé vers la pluie, il laissait l'eau ruisseler sur sa peau et son esprit vagabonder parmi les grands filaments gris des nuages. Encore un coup lancinant sur l'autre jambe et il se retrouva libre, le pied dégagé, la tête légère, trempé jusqu'à l'os, mais merveilleusement heureux.

Quelqu'un – il ignorait qui – lui tendit la main et l'aida à se relever. Etourdi, il avait l'impression d'avoir des ailes tandis qu'il s'efforçait de savourer sa chance après avoir porté pendant trente-trois mois des fers aux chevilles.

De retour dans sa prison, il se mit à frissonner et ôta tous ses vêtements pour les tordre et recueillir dans sa pierre filtrante cette eau douce et claire. Puis il les mit à sécher sur le fil tendu entre la barrique d'eau de mer et une poutre. Il s'essuya le corps avec un linge et s'habilla de neuf. C'était un jour à marquer d'une pierre blanche.

Plus tard dans la matinée, il se mit à observer ses compagnons en tentant d'imaginer chacun d'eux comme il se voyait lui-même. Que ressentaient-ils ? Que pensaient-ils de cette chose inouïe, de cette expérience unique dans la vie d'un homme ? Certains d'entre eux avaient-ils réalisé qu'ils ne reverraient peut-être pas leur pays ni leur famille ? Rêvaient-ils ? Nourrissaient-ils encore de l'espoir ? Et si c'était le cas, à quoi rêvaient-ils, que désiraient-ils ? Sans doute ne le savaient-ils pas. Si on leur avait posé la question, ils auraient probablement répondu ce que tout le monde disait dans ce cas : de l'argent, du confort, du sexe, une épouse et une famille, une longue vie, et plus d'ennuis. Richard avait les mêmes aspirations, mais ce n'était pas cela qui le poussait à agir.

Tous éprouvaient de l'affection pour lui et lui accordaient leur confiance. C'était déjà quelque chose, mais cela ne constituait pas une fin en soi. A un moment ou à un autre, il faudrait bien que chacun d'eux s'aperçoive qu'il devait bâtir son destin de ses propres mains, et non grâce à Richard Morgan. Il était peut-être leur chef à bâbord, à la rigueur leur père, mais pas leur mère.

Ils avaient maintenant l'autorisation de monter sur le pont à condition de ne pas venir tous à la fois et de ne pas gêner les mouvements des hommes d'équipage. John Power, fou de joie, ainsi que Willy Dring et Joe Robinson travaillaient désormais comme marins. Richard trouvait cela étrange, mais les détenus n'étaient pas tous tentés de quitter leur prison. Pour ceux qui avaient le mal de mer, c'était compréhensible – le passage dans la baie de Biscaye en avait augmenté le nombre – mais, à présent qu'ils étaient libérés de leurs fers, quelques-uns se contentaient de rester étendus dans leur compartiment ou de se joindre aux groupes qui jouaient aux cartes autour d'une table. Bien sûr, les grains et les rafales de vent ne manquaient pas, mais l'*Alexander* n'était pas pour rien un solide négrier. Il en aurait fallu bien davantage pour qu'il embarque des paquets de mer sur le pont et que l'on soit contraint de fermer les écoutilles.

Après que le lieutenant Johnstone eut autorisé les hommes à monter sur le pont, le temps s'améliora rapidement. Comme toujours, ils avaient reçu pour se nourrir l'inévitable pain dur, le bœuf salé et l'affreuse eau de Portsmouth. Six soldats avaient été désignés pour remplir les barriques d'eau de mer, et le lieutenant Shairp en personne, très raide, inspectait les compartiments et ordonnait de nettoyer les ponts et les plates-formes. Sûrs que Shairp ne trouverait rien à y redire, neuf des onze hommes de

Richard se glissèrent par l'écoutille après avoir adressé un signe de la main à Ike et à Joey Long.

Ils coururent jusqu'au bastingage et, pour la première fois, contemplèrent l'Océan. Des reflets bleu acier se mêlaient à sa teinte grise, et des crêtes blanches couronnaient les vagues çà et là, mais l'horizon était dégagé et l'on apercevait d'autres bateaux, certains à bâbord, d'autres à tribord, et deux autres si loin à l'arrière qu'on ne voyait que leurs mâts. Tout près se trouvait le *Scarborough,* un autre grand négrier qui offrait un spectacle magique avec ses voiles gonflées, ses banderoles flottant au vent comme pour transmettre quelque message dans un code secret, mordant la houle de son étrave puissante et courant en parfaite union avec un vent bâbord arrière. Ses structures étaient plus imposantes que celles de l'*Alexander* et c'était peut-être la raison pour laquelle Zachariah Clark, l'agent de l'armateur, avait choisi de naviguer avec lui. Le lieutenant John Shortland, agent maritime, voyageait sur le *Fishburn,* le ravitailleur, et l'un de ses deux fils était second lieutenant sur l'*Alexander.* L'autre était sur le *Sirius.* C'était le règne du népotisme.

Comme à Tilbury, les six hommes de l'équipe de Richard se séparèrent dès qu'ils sentirent l'air frais, à la recherche d'un peu de solitude. Richard se hissa sur l'une des deux chaloupes déposées sur les mâts de réserve et se mit à compter les bateaux. Un brick, moitié moins gros que l'*Alexander,* était en tête, suivi du *Scarborough* et de l'*Alexander*. Ensuite venait le *Supply,* un sloop à deux mâts collé au *Sirius* comme un ourson à sa mère. Derrière eux, ce devait être le *Lady Penrhyn,* nota Richard, puis les trois ravitailleurs et, tout au loin, les mâts de deux bateaux. Onze navires en tout, mais peut-être encore d'autres, hors de vue.

— Bonjour à toi, Richard Morgan, de Bristol, lança Stephen Donovan. Comment vont tes jambes ?

Une partie de Richard aurait préféré la solitude, mais l'autre appréciait la compagnie de Miss Molly Donovan. Il le jugeait assez intelligent pour avoir compris que son attirance sexuelle n'était pas partagée. Il lui sourit donc et le salua courtoisement.

— Par rapport à la mer ou aux fers ? demanda-t-il en goûtant le mouvement du bateau.

— La mer n'est jamais une épreuve, c'est évident. Par conséquent, les fers.

— Il aurait fallu que vous les portiez vous-même pendant trente-trois mois pour comprendre ce que je ressens sans eux, Mr Donovan.

— Trente-trois mois ! Qu'as-tu donc fait pour subir ce triste sort, Richard ?

— J'ai été accusé d'avoir extorqué 500 livres.

— A combien as-tu été condamné ?

— Sept ans.

Donovan fronça les sourcils.

— Je ne comprends pas. On aurait dû te pendre. As-tu été gracié ?

— Non. La sentence a été la même dès le départ : sept ans de déportation.

— Cela signifie que le jury n'était pas très sûr de lui.

— Le juge l'était, lui. Il a refusé d'appuyer ma demande de grâce.

— Tu ne sembles pas lui en tenir rancune.

Richard haussa les épaules.

— A quoi bon ? La faute m'incombe à moi, à personne d'autre.

— Comment as-tu dépensé les 500 livres ?

— Je n'ai pas encaissé le billet, donc je n'ai rien eu à dépenser.

— Je savais que tu étais un homme intéressant !

L'évocation de ces souvenirs n'était guère du goût de Richard, aussi changea-t-il de sujet.

— Parlez-moi des bateaux, Mr Donovan.

— Le *Scarborough* peut rivaliser à la course avec nous. Nous nous partageons amicalement la tête. C'est un fameux voilier, tu sais ! On ne le verra pas souvent à la traîne !

— Pourquoi ? Expliquez-moi : si je suis de Bristol, je ne suis pas un marin aussi expérimenté que vous.

— Parce qu'il est parfaitement gréé. Ses voiles maîtresses offrent exactement la surface qui convient aussi bien pour un zéphyr que pour une tempête. (Il tendit un bras en direction du *Supply*.) Tu vois ce sloop, il est gréé en brick, ce qui ne lui convient pas du tout. Comme il a un deuxième mât, on aurait mieux fait de le gréer en senau. Dès que la mer forcit, il se traîne comme un escargot. Il n'a pas assez de voilure. Le *Supply* est un bon bateau par petit temps, comme celui qu'on rencontre dans la Manche, où il a toujours navigué.

— Est-ce le *Lady Penrhyn,* derrière les deux de la Royal Navy ?

— Non, il s'agit du *Prince of Wales,* le transporteur additionnel. Derrière, tu aperçois le *Golden Grove,* le *Fishburn* et le *Borrowdale.* Les deux derniers à la traîne sont le *Lady Penrhyn* et le *Charlotte.* Si nous ne devions pas les attendre, nous serions déjà bien plus loin, mais les ordres du commandant sont catégoriques. Tous les bateaux doivent rester à portée de vue. Aussi le *Friendship* ne peut-il pas hisser ses perroquets, et il en va de même pour nous avec nos vergues. Ah, c'est bon d'être de nouveau en mer !

Les yeux bleus brillants aperçurent le lieutenant John Johnstone qui sortait du quartier réservé aux officiers sur le gaillard d'arrière. Stephen Donovan sauta en bas de la chaloupe avec un sourire.

— Je te reverrai un autre jour, Richard...

Il rejoignit l'officier, avec lequel il semblait en excellents termes.

Etaient-ils tous deux de la même espèce ? se demanda Richard sans bouger de son perchoir. Son ventre gronda. Rien d'étonnant : avec ce bon air, il aurait eu besoin d'une nourriture plus abondante, mais il ne fallait pas y compter. Une livre de pain dur chichement mesurée et une ration de bœuf salé plus près de la demi-livre que des trois quarts de livre promis, chaque jour, plus deux quarts d'eau de Portsmouth. C'était de loin insuffisant. Ah, les beaux jours où ils pouvaient faire de bons repas grâce aux bateaux ambulants de la Tamise !

Tous les détenus, à l'exception des malades, étaient perpétuellement affamés. Pendant que Richard se trouvait sur le pont avec les occupants des compartiments de bâbord arrière, quelques fainéants du côté tribord avaient réussi à fabriquer une pince-monseigneur à partir d'un boulon du grand mât et à forcer les panneaux d'écoutille le long du passage. Ils ne découvrirent pas de rhum, mais une cachette contenant des sacs de pain.

Or il y avait toujours un mouchard traînant dans le coin. En un instant, une douzaine de soldats sautèrent en bas, par l'écoutille arrière, et surprirent les voleurs en train de festoyer et de lancer allègrement ces pains durs comme pierre à ceux qui les réclamaient.

Six d'entre eux furent traînés sur le pont devant les lieutenants Johnstone et Shairp.

— Vingt coups de fouet et de nouveau aux fers, dit Johnstone d'un ton sans réplique.

Il adressa un signe au caporal Sampson qui avait fait son apparition hors de l'écoutille arrière avec son chat : non pas une créature à quatre pattes faisant « miaou », comme l'avait souligné Mr Thistlethwaite, mais un instrument formé d'une épaisse corde enroulée autour d'une tige centrale avec neuf minces lanières de chanvre nouées à intervalles réguliers et terminées par une petite boule d'un matériau couleur du plomb.

La première impulsion de Richard fut de rentrer à l'intérieur de la prison, mais il découvrit qu'on en faisait sortir tous les hommes afin qu'ils assistent au châtiment sur le pont.

Les six forçats furent mis torse nu – vingt coups n'étaient pas assez pour qu'on s'en prenne à leur seul postérieur – et la première victime fut attachée à l'écoutille arrière, dont le sommet était courbe. L'objet siffla. Son maniement ne demandait visiblement pas beaucoup d'efforts. Un simple fouet, un bâton, une trique laissaient des traces et un gros gourdin produisait une large meurtrissure. Mais ce méchant instrument trouait la peau dès le premier coup et une grande tache rouge apparut aussitôt à l'endroit où les neuf boules de plomb avaient frappé. Le caporal Sampson connaissait son affaire. Les marins aussi étaient fouettés et recevaient généralement douze coups, parfois beaucoup plus. Chaque coup tombait à une place légèrement différente, de sorte qu'au vingtième le dos n'était plus qu'une plaie sanguinolente d'où pendaient des lambeaux de peau, certains aussi gros que le poing. On lançait ensuite sur la victime un seau d'eau de mer, ce qui lui arrachait un gémissement de douleur, puis on passait au suivant. Tandis que le caporal Sampson lançait son fouet d'un air indifférent – il ne semblait pas y prendre de plaisir particulier mais n'en paraissait pas dégoûté non plus –, ceux des six qui avaient subi leur châtiment portaient de nouveau des fers aux chevilles et une chaîne de même longueur que celle du *Cérès*. Personne ne s'occupa de les ramener en bas. Le lieutenant Johnstone se contenta de renvoyer d'un signe de tête le caporal et la douzaine de soldats – que ce spectacle avait plutôt retournés.

Richard sentit son estomac se nouer. Il sauta au bas de la chaloupe, courut jusqu'au bastingage et se pencha pour s'efforcer de vomir. Mais, comme il avait le ventre vide, rien ne vint et il se contenta de contempler l'eau, une dizaine de pieds plus bas. Une eau si pure, remarqua-t-il, que les méduses translucides, très abondantes ici, ressemblaient à de délicats fantômes ou, encore, à de fines ombrelles de soie, laissant leurs tentacules onduler en longues traînées au gré du remous.

Quelque chose jaillit si soudainement qu'il sauta en arrière : un long corps mince, chatoyant, s'éleva hors de l'eau et décrivit un demi-cercle dans un mouvement d'une liberté totale, plein d'allégresse. Un dauphin ? Un marsouin ? Ils étaient toute une bande à folâtrer, à jouer entre eux ou faire la course avec la coque délabrée de l'*Alexander*.

Des larmes montèrent aux yeux de Richard et il ne chercha pas à les retenir. Tout était dans tout. La beauté de Dieu et la laideur de l'Homme. Quelle pouvait être la place des misérables êtres humains dans un univers d'une telle magnificence ?

La séance de chat à neuf queues calma tout le monde et l'*Alexander* poursuivit sa route au sud, vers les Canaries. John Power avait appris de son ami Mr Bones qu'un certain Nicholas Greenwell, un détenu qu'il connaissait vaguement, avait été gracié la veille du jour où la flotte quittait Portsmouth. Il fut débarqué en secret. Le lieutenant Shairp s'était souvenu du mécontentement qui avait suivi la libération de James Bartlett, quand l'*Alexander* se trouvait à Tilbury.

— Je ne me suis pas aperçu tout de suite que ce salaud avait disparu, expliqua Power à Richard et à Donovan sur le pont balayé par le vent. Ensuite, j'ai cru qu'il était mort... Fumier ! Fils de pute ! C'est moi qu'on aurait dû gracier, pas Greenwell !

Power ne cessait de clamer son innocence. Ce n'était pas lui qui était là avec Charles Young (il ne savait même pas où celui-ci se trouvait actuellement) quand un quart de tonne de bois précieux appartenant à la Compagnie des Indes orientales avait disparu d'un bateau à quai dans les docks de Londres. Le surveillant avait identifié Young mais n'était pas sûr que le second homme fût bien Power. Comme d'habitude, le jury s'était couvert en le jugeant coupable, à tout hasard. C'était la meilleure solution, même si le témoin hésitait. Le juge approuva et condamna Power à sept ans de déportation.

— C'est moi qu'on aurait dû gracier ! répéta-t-il, le visage crispé par le désespoir. Greenwell était un voleur, lui ! Mais je n'ai pas ses relations, seulement un père malade dont je ne peux même plus m'occuper ! Fils de pute ! Salaud ! Qu'ils aillent tous au diable !

— Du calme, du calme, intervint Donovan. Il est trop tard pour pleurer, Johnny. N'oublie pas le chat à neuf queues et rentre chez toi à l'instant même où tu auras accompli ta peine.

— Mon père sera mort à ce moment-là.

— Ce n'est pas certain. Maintenant, fais ce que Mr Shortland te dit, sinon tu vas retomber dans l'oisiveté.

La colère s'apaisa, mais pas la peine. Les yeux noyés de larmes, John Power dévisagea un instant l'officier et s'éloigna.

— Je me demande pourquoi il ne vous plaît pas, dit Richard d'un air pensif, décidé à mettre les choses au clair. Pourquoi un vieil homme usé comme moi ?

Une expression d'étonnement se peignit sur le joli visage de Donovan puis les yeux s'allumèrent.

— Il est vrai que tu me plais, Richard. Mais, rassure-toi. J'ai compris qu'il s'agit d'une passion non réciproque.

D'autres forçats moururent encore. Ils n'étaient plus maintenant que cent quatre-vingt-huit à bord de l'*Alexander*.

Au moment où Thomas Gearing, d'Oxford, était à l'agonie, Ténériffe surgit du brouillard sous une pluie si douce que les occupants de la prison, confinés en dessous, s'aperçurent à peine que leur bateau faisait escale.

Les soldats de marine qui, pendant les trois dernières semaines, n'avaient pas eu grand-chose à faire en dehors de nourrir les prisonniers et de ressasser leurs propres griefs, s'attelèrent sérieusement à l'ouvrage.

Leur plus lourde tâche en mer consistait à faire cuire le bœuf salé, soigneusement pesé par le sergent Knight sous le contrôle du lieutenant Shortland, l'agent maritime. Comme ce dernier ne montrait guère d'empressement à assister à la séance, le sergent Knight se contentait de débiter le bœuf ou le porc salé en morceaux d'une demi-livre pour les détenus et d'une livre et demie pour les soldats. Les détenus étaient également censés recevoir des pois cassés et de la bouillie d'avoine, mais le sergent Knight en limita la distribution au dimanche, après les prières. Il en avait déjà plus qu'assez de jouer les nourrices pour un tas de forçats avant même que l'*Alexander* ait pris la mer. Aussi réclamait-il sans cesse des escales. Même quand le lieutenant Shairp descendait l'observer, Knight ne faisait aucun effort pour peser ou mesurer correctement les rations. Shairp, toutefois, gardait le silence. Mieux valait s'en moquer que dire quelque chose !

Avec les différences naturelles dans un groupe de près de quarante hommes réduits à leur propre compagnie, les soldats n'étaient pas heureux. Si on avait pu les loger dans l'entrepont, cela aurait amélioré bien des choses, mais c'était impossible. Certes, ils étaient plus confortablement installés mais la barre qui courait le long du plafond grinçait, craquait, avec un bruit de tous les diables. Parfois, même, elle venait frapper un homme dans son hamac quand le timonier donnait un vigoureux coup de barre pour remettre le bateau dans la bonne direction. Malgré cela, les hommes avaient de l'air et de la lumière par plusieurs sabords, l'odeur n'était pas insupportable et l'équipage avait eu la décence de laisser les lieux dans un état de propreté convenable.

Mais ce qui leur manquait comptait plus que toutes ces améliorations : ils n'obtenaient plus leur bonne demi-pinte quotidienne de rhum. Le commandant Duncan Sinclair, qui tenait le rhum sous clé dans ses quartiers, avait décidé de lui ajouter de l'eau pour en faire ce qu'on appelait du « grog ». Il y avait eu de furieuses protestations à ce sujet avant que l'*Alexander* quitte Portsmouth et, pendant quelques jours, le rhum avait été servi comme il se devait, c'est-à-dire pur. Mais, depuis qu'ils avaient dépassé les îles Scilly, ils étaient revenus au rhum allongé d'eau. Plus de sommeil sans rêves malgré les bruits de la barre et plus du tout d'agréables pensées. A bord, le rhum était pour tous – marins ou soldats – le commencement et la fin de tous les plaisirs terrestres. Et voilà qu'ils étaient tous réduits à se contenter de grog !

Tous haïssaient Sinclair mais celui-ci ne s'en souciait guère. Il avait fait de sa dunette, là-haut, une véritable forteresse. Lorsque le voyage serait un peu plus avancé, il projetait de vendre le rhum qu'il était en train d'économiser. Si ces imbéciles voulaient une pleine demi-pinte de rhum pur, ils n'auraient qu'à payer. C'était lui qui avait payé les travaux de sa dunette car il savait parfaitement que l'Amirauté ne l'aurait pas fait.

Maintenant qu'ils avaient atteint le port de Santa Cruz, il se proposait d'embarquer autant de rhum que les hommes pourraient en boire. Et voilà que le major Ross avait donné des ordres pour limiter sévèrement les permissions à terre. Le lieutenant Johnstone avait informé les soldats de sa voix molle qu'une garde sévère devait être montée pendant les heures de jour car le gouverneur Phillip ne voulait pas que les hommes restent confinés toute la journée dans leur prison. Là-dessus, Johnstone annonça encore que le gouverneur Phillip et son aide de camp, le lieutenant King, étaient attendus à bord à tout moment pendant l'escale de Ténériffe. Alors, malheur aux hommes qui n'auraient pas noué convenablement le lacet de cuir qui leur serrait le cou ou dont les jambières de cuir noir n'étaient pas correctement boutonnées ! Le bateau abritait de dangereux criminels, avait ajouté le lieutenant Johnstone avec un mouvement las de la main, et Ténériffe n'était pas assez loin de l'Angleterre pour qu'on relâche la garde. Le sergent Knight, qui risquait la cour martiale à cause de ses protestations au sujet du grog, n'était pas un homme heureux. Et ses subordonnés non plus.

Pour rendre les choses encore plus amères, il se trouvait que l'*Alexander* n'avait à bord aucun officier supérieur. Logés désormais à l'arrière, les lieutenants Johnstone et Shairp ne dépendaient de personne pour leur confort. Ils avaient leurs propres domestiques (toujours des lèche-bottes de la pire espèce), une cuisine pour eux seuls, des animaux sur pied pour améliorer leur ordinaire et la libre disposition d'un canot s'il leur prenait l'envie d'aller rendre visite à des amis sur un autre bateau lorsque l'*Alexander* était en mer. Ce que les simples soldats, tambours, caporaux ainsi que leur sergent n'avaient pas pris suffisamment en compte, c'était la nécessité de nourrir et de surveiller sans relâche près de deux cents détenus à bord. Ils avaient pensé qu'on les bouclerait quand ils feraient escale et voilà qu'ils découvraient à présent que ce fou de gouverneur insistait pour qu'ils puissent aller sur le pont, même quand le bateau était à quai !

Bien entendu, du rhum fut embarqué dès que les hommes d'équipage eurent une permission de terre. Les soldats s'étaient arrangés avec eux pour que, bloqués à bord ou non, tous aient de quoi rincer leurs gorges parcheminées avec quelque chose de plus fort que ce foutu grog de Sinclair.

Ils eurent un autre coup de chance. L'*Alexander* fut le premier bateau que le gouverneur Phillip et son escorte choisirent d'inspecter en fin d'après-midi, le 4 juin. Sinclair sortit de sa dunette pour s'entretenir poliment avec le gouverneur, tandis que les forçats étaient alignés sur le pont sous la garde des soldats de service, les yeux injectés de sang et le souffle chargé d'alcool, mais les lacets et les jambières impeccables.

— C'est une tragédie de ne pouvoir offrir à ces hommes un meilleur logement, déclara Phillip en parcourant la prison. J'en vois ici quatorze qui sont trop malades pour monter sur le pont et je doute qu'il y ait assez de place dans ce passage pour plus de quarante hommes à la fois quand ils voudront prendre un peu d'exercice. C'est pourquoi il faut leur donner le plus de liberté possible pour sortir à l'air libre. (Il se tourna vers Ross et les deux lieutenants de l'*Alexander*.) En cas de troubles, mettez les perturbateurs aux fers pendant quelques jours, puis voyez comment ils vont.

Aligné avec les autres forçats sur le pont, là où il y avait un peu de place pour se tenir, Richard observa cet homme qui aurait pu être le frère du senhor Tomas Habitas. Le gouverneur Phillip avait un long nez aquilin semblable à un bec, le front barré par deux rides soucieuses, une bouche pleine et sensuelle, un crâne qui commençait à se dégarnir. Il ne portait pas de perruque et ses cheveux, bouclant sur ses oreilles, étaient attachés par-derrière en catogan. Richard se souvint des paroles de Jem Thistlethwaite. Originaire de Francfort, Jacob Phillip, le père du gouverneur, avait été professeur de langues, avant de fuir la persécution contre les juifs allemands, inspirée par les écrits de Luther. Sa mère était une respectable dame anglaise mais son parent, lord Pembroke, n'avait pas jugé bon d'aider financièrement à l'éducation de ce jeune homme prometteur ni de donner à Arthur Phillip un coup de pouce pour le hisser dans la hiérarchie navale. Il avait dû grimper tous les échelons par lui-même et servir dans la marine portugaise – encore un autre lien avec le senhor Habitas. Debout sur le pont et sans doute plus proche de Son Excellence le gouverneur de Nouvelle-Galles du Sud qu'il ne le serait jamais, Richard se sentit curieusement réconforté.

L'aide de camp et protégé de Phillip, le lieutenant Gidley King, avait une vingtaine d'années. Un Anglais avec probablement pas mal de sang celte car il parlait beaucoup et avec volubilité. Son côté britannique se manifestait dans une tenue méticuleuse des observations et des chiffres qu'il recueillait sur le pont. Le major Ross, manifestement, le tenait pour un beau parleur et le méprisait.

Il fallut attendre le mardi pour que les détenus puissent apercevoir Santa Cruz et les parties visibles de Ténériffe. Au repas de midi, ils avaient eu de la viande de chèvre fraîche, du potiron bouilli au goût bizarre mais néanmoins mangeable, et de gros oignons crus.
De nombreux hommes avaient refusé ces légumes mais Richard croqua son oignon comme il l'aurait fait d'une pomme, laissant le jus couler sur son menton.
Située dans un environnement abrupt, sec, inhospitalier, la ville était petite, sans un seul arbre et plutôt délabrée. Richard avait rêvé de voir la montagne sur laquelle il avait lu tant de choses, mais elle demeurait invisible derrière un rideau de nuages gris qui semblaient s'accrocher exclusivement à l'île. Tout autour, le ciel était bleu. On aurait dit un couvercle posé sur Ténériffe, comme le chapeau dont était coiffé un âne qu'il aperçut sur la jetée de pierre. Ce fut sa première impression vraiment nouvelle d'un monde étranger à l'Angleterre. Il n'y avait pas de petits bateaux de marchands ambulants ; ceux qui tentaient d'approcher étaient repoussés par les chaloupes qui patrouillaient autour des transporteurs regroupés au mouillage. L'*Alexander* se trouvait entre deux câbles d'amarrage fortement tendus et maintenus au niveau de la mer par des barriques flottantes.
L'un des marins, qui n'avait pas trop bu, expliqua à Richard que le fond du port était encombré de gros morceaux de ferraille apportés par les Espagnols comme ballast, qu'ils avaient ensuite jetés dans l'eau en embarquant leurs cargaisons. Si les amarres n'étaient pas assez tendues, la coque aurait pu frotter sur eux.
Ils arrivaient à un bon moment de l'année, lui expliqua un autre marin déjà venu plusieurs fois sur ces rivages. L'air était chaud, mais sans excès, et dépourvu d'humidité. Octobre était le mois le plus dur mais, de juillet à novembre, soufflaient d'Afrique de terribles vents brûlants comme un four et chargés de grains de sable

acérés. Pourtant, l'Afrique se trouvait distante de plusieurs centaines de milles nautiques ! Une contrée que Richard imaginait couverte d'une jungle exhalant des vapeurs torrides et fumantes. Toutefois, il la situait plus bas, vers l'équateur, là où le monde reposait sur les épaules du géant Atlas. Oui, il s'en souvenait, les déserts de Libye couraient jusqu'à la côte occidentale de l'Afrique.

Le mercredi, peu après l'aube, Stephen Donovan descendit trouver Richard.

— J'ai besoin de toi et de tes hommes, Morgan, dit-il brièvement, la bouche pincée par le mécontentement. Dix d'entre vous... et vite.

Ike Rogers se sentait de mieux en mieux après chaque jour passé au mouillage. La veille, il avait mangé son oignon avec une telle satisfaction que plusieurs autres hommes vinrent lui offrir le leur. Il avait également dévoré son potiron mais ne pouvait encore avaler ni viande ni pain. Il avait tellement maigri que c'en était préoccupant. Son visage rond n'était plus que méplats et creux, et ses poignets semblaient si minces qu'on en distinguait tous les os. Joey Long refusa de le quitter et Richard décida de prendre à sa place Peter Morris, de l'équipe de Crowder.

— Pourquoi pas moi ? demanda Crowder d'un air boudeur.

— Parce que cet officier n'est pas descendu chercher des hommes pour lui tenir compagnie, mais pour travailler.

— Bon, alors emmène Petey, avec ma bénédiction, soupira Crowder, rasséréné.

Il était plongé dans de délicates négociations avec le sergent Knight dans l'espoir d'obtenir un peu de rhum, même à un prix excessif.

Sur le pont, les dix forçats trouvèrent Donovan allant et venant, l'air furieux.

— C'est à peine si j'ai pu trouver assez d'hommes sobres pour monter les cuves d'eau douce qui sont vides, mais je n'en ai pas pour aller les remplir à terre. Ce sera votre travail. Vous serez sous les ordres du matelot Dicky Floan, chargé de la cargaison, et il n'y a même pas de gardes en état de vous surveiller. Combien d'entre vous savent ramer ?

Tous ceux de Bristol, bien sûr, ce qui faisait quatre. Donovan parut encore plus sombre.

— Alors il va falloir vous remorquer. Où vais-je bien pouvoir trouver un bateau ?

Il aperçut le second lieutenant, fils de l'agent maritime, et l'arrêta au passage.

— Mr Shortland, j'ai besoin d'un remorqueur pour la chaloupe qui doit aller charger l'eau douce. Avez-vous une idée ?

Après un instant de réflexion, sourcils froncés, Mr Shortland conseilla le *Fishburn* sur lequel son père était confortablement installé. La réponse du *Fishburn* fut si rapide qu'il s'écoula à peine plus d'une demi-heure avant que la chaloupe de l'*Alexander,* chargée des cuves vides, soit remorquée en direction de la jetée.

Pour un endroit aride et désolé, Ténériffe bénéficiait d'une excellente eau douce qui lui venait d'une source jaillissant près d'une ville appelée Laguna. Elle était amenée par les habituelles conduites en orme (sans doute importées d'Espagne) et émergeait d'une série de bouches alignées le long d'un court appontement en pierres. Quand aucun bateau ne venait, celle-ci se déversait dans l'eau salée du port.

Depuis qu'il avait quitté Portsmouth, l'*Alexander* avait consommé 4 000 gallons d'eau douce. Il fallait donc remplir 26 cuves de 160 gallons, ce qui prenait pour chacune deux heures et demie. Mais le système, assez ingénieux, permettait d'en remplir six à la fois. Si les Espagnols avaient construit une jetée en bois, et non un quai, les embarcations auraient pu se tenir en dessous et remplir les cuves sans avoir à se déplacer. Dans ces conditions, la chaloupe, chargée de six cuves sur chacun de ses bords, devait manœuvrer constamment pour offrir tour à tour ses flancs aux bouches d'eau. Elle menaçait sans cesse de chavirer car chaque cuve, une fois pleine, pesait une demi-tonne. Les hommes devaient sans cesse pousser, tirer et diriger l'embarcation à la rame pour la faire tourner, sans compter que Donovan leur avait ordonné de remplir toutes les cuves dans la journée. Le lendemain, ce serait au tour du *Scarborough* de s'approvisionner en eau.

La seconde chaloupe de l'*Alexander* fut amenée à la rame par une autre équipe et chargée de quatorze cuves. L'équipe avait compté sur un instant de repos à l'issue du trajet, mais on lui intima l'ordre de ramener la première chaloupe. Ce n'était pas un ordre qu'on pouvait discuter car il venait de l'un des principaux officiers du *Sirius,* Samuel Rotton, chargé de superviser l'approvisionnement en eau. Un homme souffreteux qui accomplissait sa tâche à l'abri d'une ombrelle de soie verte empruntée à la délicieuse Mrs Deborah Brooks, épouse du bosco du *Sirius* et, de surcroît, dans les meilleurs termes avec le gouverneur.

— C'est elle ? demanda Richard à Dicky Floan, toujours au courant du moindre bavardage.

— Pour sûr. Une histoire plutôt leste, d'ailleurs. Tous ceux du *Sirius* sont au courant, y compris Brooks. C'est un vieux camarade de bord de Phillip.

La nuit était tombée depuis longtemps quand la dernière cuve fut remplie. Les dix forçats tremblaient de fatigue. Ils n'avaient pas été nourris de la journée. Comme il était impossible de rester sans boire, Richard s'autorisa de longues gorgées d'eau de Laguna.

En regagnant, épuisés, l'*Alexander* bien après huit heures du soir, ils constatèrent que le port s'était rempli de petites embarcations scintillantes qui semblaient pêcher des poissons qu'on ne pouvait apparemment pas attraper de jour. Ils eurent la vision féerique de lampes mouvantes et, parfois, aperçurent l'éclat doré de filets dans lesquels luisait une forme.

— Vous avez très bien travaillé, déclara le quatrième officier quand le dernier homme du groupe, c'est-à-dire Richard, eut péniblement grimpé l'échelle. Venez avec moi. (Il se dirigea vers la cuisine du poste d'équipage.) Entrez ! Entrez ! cria-t-il. Personne ne vous a nourris, je le sais. Il n'y a pas un seul soldat assez sobre pour faire cuire quelque chose sur ce foutu poêle sans mettre le feu au bateau. Quant à l'équipage, il n'est pas en meilleur état mais Mr Kelly, le cuisinier, a bien voulu laisser quelques aliments avant d'aller cuver son vin dans son hamac.

Ils n'avaient pas été à une telle fête depuis qu'ils avaient quitté le *Cérès,* six mois plus tôt : mouton froid (grillé pour une fois et non bouilli), purée de potiron et d'oignons avec des herbes, petits pains frais beurrés – le tout arrosé de petite bière !

— J'arrive pas à croire que c'est du beurre, dit Jimmy Price le menton luisant.

— Nous non plus, rétorqua sèchement Donovan. On dirait que le beurre embarqué pour les officiers a été stocké dans de mauvais tonneaux. Normalement, les denrées périssables doivent être placées dans des récipients à double revêtement mais, comme d'habitude, les fournisseurs font des économies de bouts de chandelles et se contentent de fûts ordinaires. C'est pourquoi le beurre rancit. Pour s'en débarrasser avant qu'il ne soit immangeable, on a dû en distribuer à tout l'équipage, au point d'en être tous écœurés. Les tonneliers fabriquent des récipients convenables, mais il est impossible de les remplir avant d'arriver au cap de Bonne-Espérance. Il n'y a pas de vaches laitières de ce côté-ci du globe.

Le ventre plein, ils regagnèrent leurs compartiments en titubant et dormirent jusqu'à ce que la cloche de l'église les réveille pour l'office de midi. Peu après, ils eurent de nouveau à manger : viande de chèvre, pain frais, oignons crus.

Richard donna à Ike le petit pain beurré qu'il avait subtilisé la veille au soir et caché dans sa chemise.

— Essaie de manger, Ike. Avec le beurre, ça devrait passer.

Ike mangea. Quatre nuits et trois jours à l'ancre lui avaient donné meilleure mine.

Job Hollister passa la tête par l'écoutille au-dessus.

— Vite, viens voir ! cria-t-il.

Richard retourna sur le pont.

— Est-ce qu'il n'est pas magnifique ? dit Job, tout excité. Je n'ai jamais vu à Bristol, ni même à Kingsroad, un bateau qui ait seulement la moitié de sa taille !

Ce navire hollandais de la Compagnie des Indes orientales était si imposant qu'à côté de lui, le *Sirius* avait l'air d'un jouet miniature. Il rentrait chez lui chargé probablement d'épices, de poivre et de bois de teck, car les Indes néerlandaises en produisaient en abondance. Sans doute aussi avec des saphirs, des rubis et des perles dans le coffre-fort du capitaine.

— Il retourne en Hollande, dit John Power.

Il marqua une pause avant d'ajouter :

— Je parie qu'il a perdu en route pas mal d'hommes d'équipage. C'est ce qui arrive aux nôtres, dans cette région en tout cas.

Mr Bones confirma d'un signe de tête et Power s'éloigna.

Certains à présent de n'avoir pas à subir une prochaine inspection des officiers supérieurs, les hommes d'équipage étaient allés boire à terre. Entre-temps, la cour martiale improvisée avait limité la condamnation du sergent Knight à un coup sur les doigts. La même sanction disciplinaire avait été appliquée aux soldats Elias Bishop et Joseph McCaldren qui avaient pris part eux aussi à la « rébellion » du grog. Ils s'étaient attendus à cent coups de chat à neuf queues et furent profondément heureux de constater que la sympathie de leurs officiers allait plutôt vers eux que vers le capitaine Duncan Sinclair. Les deux lieutenants étaient rarement à bord, préférant aller dîner avec leurs camarades sur des bateaux mieux approvisionnés, quand ils n'étaient pas sur la place du marché de Santa Cruz à marchander des poulets ou des chèvres, à se promener pour admirer les beautés de l'île et ses plateaux fertiles à flanc de montagne.

Plusieurs détenus s'étaient arrangés pour obtenir eux aussi du rhum et le *Scarborough* vendait du gin hollandais repêché en train de flotter dans les eaux des îles Scilly. Trop fort et trop âpre pour des palais anglais. Le gin anglais était aussi doux que le rhum et c'était pour cette raison que de nombreux hommes (ou femmes) avaient des dents gâtées. Tommy Crowder, Aaron Davis et les autres occupants du compartiment inférieur ronflaient après avoir bu le rhum acheté au sergent Knight. Jamais la prison de l'*Alexander* n'avait vibré sous de tels ronflements depuis que les détenus avaient embarqué. Le vendredi, seuls ceux qui, comme Richard, préféraient garder leur argent pour des achats plus essentiels montèrent sur le pont. La nuit suivante, le reste des détenus ronflait à poings fermés.

Il était cinq heures du matin, le samedi, quand le redoutable second, William Aston Long, vint à la recherche de John Power.

Tous les visages se tournèrent vers lui sans comprendre. Mr Long repartit, l'air sombre.

Une poignée de soldats encore abrutis par la boisson se mirent à leur hurler qu'ils feraient mieux de bouger leurs foutus culs et d'aller sur le pont en vitesse.

Effrayés, les forçats sortirent en titubant de leurs compartiments ou se levèrent des tables où certains optimistes s'étaient déjà assis dans l'attente d'un prochain repas.

Le commandant Duncan Sinclair jaillit de sa dunette, une expression méchante sur le visage.

— Mon père avait une truie qui faisait exactement cette tête-là, dit Bill Whiting d'une voix assez forte pour être entendue de la trentaine d'hommes autour de lui. Je me demande pourquoi les chasseurs parlent toujours de sangliers ; je n'ai jamais vu un sanglier ni même un taureau qui arrive à la cheville de cette vieille truie. Elle faisait la loi dans la cour, dans la grange, dans la mare, courait après les poulets et tous les animaux, même après nous. Un vrai démon ! Satan lui-même ferait un détour pour l'éviter et Dieu n'en voudrait pas non plus. Elle fonçait sur tout le monde à la moindre occasion et dévorait ses petits rien que pour nous ennuyer. Le verrat était presque mort de peur quand il devait la monter. Elle s'appelait Esmeralda !

À compter de ce jour, Duncan Sinclair fut baptisé « Esmeralda » par les occupants de l'*Alexander*.

La tête douloureuse et le moral à zéro, les hommes qui n'étaient pas à terre furent chargés de fouiller la prison de fond en comble et, s'ils ne trouvaient rien, les autres parties du bateau. On déroula même les voiles de rechange couchées sur les espars, à la recherche de John Power qui avait disparu. En même temps que le canot de l'*Alexander*.

Le major Ross monta à bord dans l'après-midi et les malheureux soldats firent de leur mieux pour paraître à peu près sobres. Les lieutenants Johnstone et Shairp furent sèchement rappelés du *Lady Penrhyn* sur lequel ils avaient coutume de dîner en compagnie du capitaine James Campbell et de ses deux lieutenants. Après la « rébellion » du grog, Ross n'était pas d'humeur à en supporter davantage de la part de cette flotte de onze navires qui ne cessait de lui attirer des ennuis. Les détenus continuaient à mourir, les soldats de marine formaient le pire échantillonnage de mécontents que Ross eût jamais rencontré et Duncan Sinclair n'était que le fils maudit d'une pute de Glasgow.

— Trouvez l'homme, Sinclair, sinon c'est votre bourse qui s'allégera de 40 livres. J'ai mentionné cette affaire auprès du gouverneur et il est très mécontent. Trouvez-le !

Ils le trouvèrent, mais seulement quand l'aube du dimanche se fut levée et que la flotte s'apprêtait à lever l'ancre. Une enquête à bord du navire hollandais révéla que Power était arrivé seul dans le canot de l'*Alexander* en demandant à être engagé comme marin pour le voyage de retour. Comme il portait des vêtements que le capitaine hollandais avait déjà vus sur le dos de nombreux forçats anglais, celui-ci refusa poliment et lui intima l'ordre de s'en aller.

Ce que Power refusa jusqu'à ce que quelqu'un, ému par son désespoir, lui eût donné une chope de gin.

Ce fut son canot que les équipes de l'*Alexander* et du *Supply* découvrirent en premier, attaché par une amarre à un rocher dans une anse déserte. Ecrasé par le chagrin et par le gin hollandais, Power était profondément endormi derrière un tas de pierres et se rendit sans résistance. Sinclair et Long voulaient lui infliger deux cents coups de fouet, mais le gouverneur fit savoir que l'homme devait être mis aux fers et attaché sur le pont pendant vingt-quatre heures. Les fers ne seraient retirés que lorsque le gouverneur le déciderait.

L'*Alexander* prit la mer. Chips, le charpentier du bateau, vissa des chaînes aux poignets et aux pieds de John Power, étendu face contre le sol sur le pont. Tous reçurent l'ordre de s'écarter de lui, sous peine de fouet, mais, à la nuit tombée, Bones se glissa sur le pont pour lui donner de l'eau qu'il lapa comme un chien.

Dès que le bateau sortit de la brume matinale qui recouvrait Ténériffe comme une chape, il rencontra un temps agréable, ensoleillé, rafraîchi par une douce brise. L'île resta visible pendant trois jours pleins et cette vision leur parut inoubliable dans la douce lumière d'une fin d'après-midi. Le Pico de Teide surplombait l'océan de ses 12 000 pieds de haut ; son sommet déchiqueté étincelait d'une neige immaculée et sa taille semblait ceinte d'une écharpe de nuages gris. Quand le soleil se coucha, la neige se teinta de rose, les nuages devinrent pourpres et l'on aurait cru voir une coulée de lave en fusion glisser sur son flanc jusqu'à la mer, simple éboulement de rochers millénaires dont la nature unique n'avait jamais été altérée par le soleil, le vent ou les sables apportés des lointains déserts africains. Quelle beauté !

Le lendemain matin, le volcan était toujours là, mais un peu plus éloigné et, le troisième jour, tandis que le vent augmentait et que la mer devenait houleuse, il devint une dent minuscule, comme si la main ferme qui le dessinait sur l'horizon avait soudain dévié. Quand l'horizon fut vide, Ténériffe se trouvait à 100 milles nautiques.

Le 15 juin, ils franchirent le tropique du Cancer et l'événement donna lieu à de multiples cérémonies. Quiconque à bord n'avait encore jamais passé cette ligne imaginaire dut se soumettre à des épreuves devant Neptune en personne. Le pont était recouvert de coquillages, de filets, d'algues et on y avait porté une grande bassine de cuivre remplie d'eau de mer. Deux marins soufflèrent dans des conques et un être à l'aspect redoutable sortit du poste d'équipage et fut porté sur un trône construit à l'aide d'un tonneau.

Il fallait y regarder de près pour reconnaître Stephen Donovan. Sa tête était couronnée d'algues et d'un cercle découpé dans du laiton tandis que d'autres algues formaient une sorte de barbe autour de son menton. Son visage, sa poitrine et ses bras nus étaient de couleur bleue et, de la taille jusqu'en bas, il était pris dans la queue d'un espadon attrapé la veille et que l'on avait vidé pour qu'il puisse y caser ses jambes. Il portait d'une main son trident – qui n'était en fait qu'une foène, un instrument crochu dont les marins se servaient avec succès pour harponner les gros poissons.

Chaque homme fut tiré en avant par deux marins, couverts d'algues et la peau peinte en bleu, qui lui demandaient s'il avait déjà franchi la ligne. Quand la réponse était négative, l'homme était plongé dans le bassin d'eau de mer. Après quoi, Neptune jetait sur lui un peu de peinture bleue et on le laissait aller. Les spectateurs attendaient avec impatience le point culminant du spectacle : le bain forcé des lieutenants Johnstone et Shairp. Mais tous deux étaient assez informés de ce rite pour porter des caleçons.

Du rhum fut distribué – les tournées se succédant – à tout le monde, y compris aux détenus. Quelqu'un sortit un pipeau et les marins se mirent à danser à leur manière étrange, sautant alternativement debout ou baissés, les bras croisés, en décrivant un cercle et en se trémoussant d'un pied sur l'autre. Puis ils se mirent à chanter, puis ils prièrent les forçats – qu'ils entendaient souvent en faire autant au fond de leur geôle – de se joindre à eux. Richard et Taffy entonnèrent un lai de Thomas Tallis, enchaînèrent sur *Greensleeves* pour se lancer ensuite dans des chansons à boire ou des airs populaires. Tout le monde reçut une pleine écuelle d'une excellente soupe de poisson, préparée par Mr Kelly avec l'espadon, et du pain trempé.

Quand la nuit tomba, on alluma des lampes et les chants se

poursuivirent jusqu'à plus de dix heures. C'est alors que Trimmings leur apporta un message du capitaine Sinclair leur enjoignant à tous, sauf à ceux qui étaient de garde, de rejoindre leurs maudits quartiers.

Ils rencontrèrent l'alizé du nord-est qui les poussa vers le sud-ouest à bonne allure. Aucun bateau gréé en carré ne pouvait avancer avec un vent arrière direct. Le vent devait porter sur le bord directeur de la voile, c'est-à-dire sur le côté ou par le travers. L'idéal était un vent travers arrière, entre l'arrière et le milieu. Comme la direction naturelle des vents et des courants les poussait à travers l'Atlantique en direction du Brésil, tout le monde se doutait qu'un jour ou l'autre ils arriveraient à Rio de Janeiro. La question était de savoir quand. Bien que toutes les cuves d'eau eussent été remplies à Ténériffe, le gouverneur Phillip jugea prudent de compléter la réserve aux îles du Cap-Vert appartenant au Portugal et situées presque en face de Dakar.

Le 18 juin, par temps fort et brumeux, les îles du Cap-Vert se profilèrent au large : Sal, Bonavista, Mayo. L'*Alexander* filait ses 165 milles nautiques par jour. Seuls comptaient les milles parcourus dans la bonne direction. Certains jours, la route pouvait se solder par un résultat négatif si le bateau avait fait voile dans le sens inverse au moment où l'on calculait la latitude et la longitude, c'est-à-dire à midi. Les journées en mer couraient de midi à midi, heure à laquelle on pouvait diriger le sextant vers le soleil pour calculer la latitude. La longitude, elle, était donnée par le chronomètre dont il n'existait qu'un seul exemplaire pour toute la flotte, exemplaire qui se trouvait à bord du *Sirius*. Dès que la longitude était établie, on la communiquait aux autres bateaux au moyen de pavillons appropriés.

Au matin du 19 juin, l'île montagneuse de St Jago se profila à l'horizon. Tout alla bien jusqu'à ce que la flotte, qui s'était regroupée, dépasse le promontoire sud-est. Elle tomba alors dans un calme plat, sans un souffle de vent, à l'exception de quelques risées venant de tous les coins de l'horizon. Pour aggraver encore les choses, une forte houle poussait à la côte et se brisait sur des récifs. Après quelques tentatives d'approche, voyant le *Scarborough* et l'*Alexander* à un demi-mille du ressac, le gouverneur ordonna à la flotte de reprendre la mer. On ne ferait pas escale pour les cuves d'eau.

De nouveaux ennuis attendaient l'*Alexander*. Les lieutenants Johnstone et Shairp aimaient aller sur le *Lady Penrhyn* et il y en avait toujours un des deux qui traînait à son bord. Les deux groupes d'officiers possédaient leurs propres moutons, porcs, poulets ou canards. Non seulement ils les faisaient cuire, mais ils les abattaient aussi eux-mêmes. Le capitaine, les quartiers-maîtres et les hommes d'équipage avaient également leur propre bétail à bord et la nourriture fraîche faisait l'objet d'une surveillance si jalouse que les marins ne partageaient même pas avec les soldats le poisson qu'ils pêchaient et réciproquement. Les pêcheurs expérimentés ne manquaient pas parmi les hommes d'équipage, mais les soldats avaient embarqué eux aussi des lignes à main, des hameçons, des flotteurs et des plombs pour la pêche. Un détenu expérimenté dans ce domaine se faisait volontiers recruter en échange d'une soupe de poisson le jour même ou le lendemain d'une bonne prise.

Les officiers mangeaient de la volaille mais, sous ces latitudes, ils ne pouvaient, à eux seuls, venir à bout d'une carcasse de porc ou de mouton avant qu'elle se dégrade. Richard Morgan songeait que la chose la plus raisonnable à faire était de partager la viande avec le capitaine et l'équipage. Mais cette solution semblait impensable. Ce qui appartenait aux officiers de marine ne pouvait être consommé que par eux. Aussi, quand Johnstone et Shairp tuaient un porc ou un mouton (on gardait les chèvres pour leur lait), ils suspendaient une serviette de table à la poupe de l'*Alexander*. En la voyant, le capitaine Campbell et ses deux lieutenants savaient qu'ils devaient envoyer un bateau en chercher la moitié. De même, quand le *Lady Penrhyn* arborait une serviette de table, les lieutenants de l'*Alexander* allaient quérir la moitié qui leur revenait.

Pour la plus grande joie de Johnstone et de Shairp, c'est ce que fit le *Lady Penrhyn*, le 21 juin. Ils commandèrent aussitôt une chaloupe et partirent chercher leur part du festin. Le gouverneur Phillip, le capitaine Hunter, le major Ross, le commissaire du gouvernement David Collins et divers autres officiers du *Sirius* assistèrent, amusés, au départ des deux officiers qui se lancèrent gaiement dans une forte houle courant du nord-ouest. Habilement manœuvrée par douze soldats de marine, la chaloupe accomplit l'aller et retour sans problème et regagna l'*Alexander*. Pendant qu'on la replaçait à l'endroit habituel sur le pont, Johnstone et Shairp salivaient déjà à la pensée de succulents rognons de porc accompagnés d'oignons de Ténériffe et braisés dans du lait de chèvre.

Mais Sinclair les fit appeler.

— Le *Sirius* arbore des tas de pavillons, dit-il de son ton monocorde. Vous devriez aller jusqu'à la poupe voir ce qu'ils nous disent.

Les deux lieutenants gravirent les marches menant à la poupe, où Sinclair avait son poulailler, un enclos pour ses moutons et ses chèvres, et six jeunes porcs bien dodus dans une porcherie parfaitement propre, bien abritée du soleil et dotée d'un bassin d'eau de mer pour que les porcs puissent s'y tremper et se tenir au frais.

« Aucune embarcation n'est autorisée à quitter l'*Alexander* sans autorisation précise du gouverneur », annonçaient les pavillons.

Un ordre aussi laconique ne pouvait susciter aucune émotion, mais Ross répara cette omission un peu plus tard dans la journée en se rendant sur l'*Alexander* avec une chaloupe du *Sirius*.

— Espèce de fieffés imbéciles ! Je vais vous faire fouetter jusqu'à ce qu'on vous voie les côtes ! hurla-t-il devant ceux qui étaient à portée de voix.

Le bateau qui l'avait amené se balançait à bâbord et il n'était pas homme à perdre son précieux temps pour entraîner les malheureux dans leurs quartiers, à l'abri des oreilles indiscrètes, pour leur dire ce qu'il pensait d'eux.

— Je me moque pas mal de ce que Campbell et ses nigauds du *Lady Penrhyn* trafiquent avec vous, ou vous avec eux... Mais, croyez-moi, cela va cesser dès maintenant !

Il regagna l'échelle de corde, la descendit et embarqua dans la chaloupe du *Sirius* sans recevoir la moindre goutte d'écume de mer. Puis il se dirigea vers le *Lady Penrhyn* pour répéter aux autres ce qu'il pensait d'eux.

Leurs soldats riant à gorge déployée, tout comme les hommes

d'équipage et les détenus, les lieutenants Johnstone et Shairp se retirèrent dans leurs quartiers en envisageant le suicide.

Tant que les alizés soufflèrent du nord-est, la flotte naviga à bonne allure mais, vers la fin du mois de juin, ces vents réguliers cessèrent. Leur avance ne dépendait plus que des brises, ce qui obligeait les navires à louvoyer quand ils n'étaient pas totalement à l'arrêt. Le timonier tirait des bords successifs et tout le monde guettait pour trouver un vent poussant le bateau dans la bonne direction. Quand on n'y parvenait pas on tournait un peu, et la quête d'un vent favorable recommençait. Une bordée, une pause, une bordée, une pause...

Richard avait été désigné pour la pêche, non qu'il s'y soit montré particulièrement heureux mais à cause de sa légendaire patience. Quand des hommes comme Bill Whiting s'y mettaient, il leur fallait une prise dans la minute où ils avaient plongé leur ligne. Ils se refusaient à rester accoudés sur le bastingage et à attendre, la ligne dans l'eau, pendant des heures. Avec le soleil qui leur brûlait le crâne, le pont n'était pas un endroit très confortable, surtout pour une fine peau d'Anglais. A cet égard, Richard avait eu de la chance. Jusqu'à Ténériffe, sa peau avait rougi, mais il était maintenant hâlé et son teint tournait à un beau hâle brun, semblable à celui de Taffy, le sombre Gallois, et de tous ceux qui avaient les cheveux noirs. Bill Whiting ou Jimmy Price, avec leur peau blonde et leurs taches de rousseur, durent pendant longtemps se tenir à l'abri du pont pour soigner leurs cloques douloureuses avec quelques applications de la pommade de Richard ou des frictions de lotion calmante que le docteur Balmain leur prodiguait sans compter.

Quand Richard vit les hommes d'équipage tendre des toiles depuis les étais de mâts jusqu'aux haubans, il s'en réjouit.

— Je ne savais pas qu'Esmeralda était sensible aux coups de soleil, dit-il à Stephen Donovan.

Donovan s'étrangla de rire.

— Richard ! Esmeralda se fiche pas mal de nous mettre à l'abri ! Nous approchons de la ligne de l'équateur et c'est pourquoi nous restons encalminés pendant de si longs moments. Esmeralda sait que des orages vont éclater bientôt. Les auvents que tu vois ici sont destinés à recueillir l'eau de pluie. On place un tonneau à l'angle le plus bas et elle s'écoule dedans. C'est tout un art d'étendre des morceaux de vieilles voiles pour qu'elles forment une cuvette qui ne se vide que d'un seul côté, par une sorte de canal. Cependant, j'ai bien peur que nous n'ayons perdu la main, et Esmeralda aussi.

— Comment se fait-il que vous soyez seulement quatrième officier, Mr Donovan ? D'après ce que je vois sur le pont, il me semble que vous avez autant de responsabilités que Mr Long et certainement plus que Mr Shortland ou Mr Bones.

Les yeux bleus étincelèrent et un coin de la bouche se souleva en un mince sourire, mais Richard jugea l'expression un peu amère.

— Eh bien, Richard, je suis d'origine irlandaise et, malgré un long service auprès de l'amiral Rodney, dans les Indes occidentales, j'appartiens toujours à la marine marchande. Esmeralda m'avait nommé second, mais l'agent maritime cherchait une couchette pour son fils. Quand Esmeralda a appris que Mr Shortland viendrait à bord comme second, il a eu un fameux accrochage avec son père. En fin de compte, ce dernier a jugé préférable d'embarquer sur le *Fishburn,* mais le fils est resté. Mr Bones n'était pas disposé à céder sa place en troisième position, c'est donc moi qui ai pris la quatrième. Un de nous pour chacun des quarts, si l'on veut.

Richard fronça les sourcils.

— Je pensais qu'un capitaine était maître à son bord et avait toujours le dernier mot.

— Pas quand il a en face de lui la Royal Navy. La firme Walton compte bien tirer profit de cette expédition. C'est pourquoi le capitaine Francis Walton – qui est de la famille – commande le *Friendship*. Esmeralda Sinclair est l'un des associés de Walton & Company. Si tu regardes attentivement, tu constateras que la plupart de ceux qui commandent les navires de transport ou de ravitaillement sont actionnaires de leurs compagnies. Si l'expérience de Botany Bay réussit, il y aura un fameux trafic pour le transfert des bagnards.

— Il est toujours bon de savoir que nous autres, pauvres malheureux, pouvons être source de prospérité pour certains, observa Richard en riant.

— En particulier pour quelqu'un comme William Richards Junior. C'est lui le fournisseur que vous devez remercier pour la nourriture que nous avons à bord. Que Dieu envoie ce bâtard au diable ! Et qu'il nous envoie un poisson ou deux !

La ligne de Richard se raidit dans sa main. Celle que tenait Donovan également. Un matelot placé plus à l'arrière poussa un cri. Ils étaient tombés sur un énorme banc de thons. Ils se mirent à pêcher les gros poissons à une telle cadence que ceux qui les regardaient saisirent des grappins afin qu'ils puissent relancer promptement leurs lignes. A l'issue de cette lutte acharnée, une cinquantaine d'albacores sautaient sur place et frappaient le pont de la queue ; les matelots aiguisaient leurs lames pour les nettoyer et lever les filets – tâche interdite aux détenus qui n'avaient pas droit aux couteaux.

— Il y aura une bonne soupe de poisson ce soir, commenta Richard avec satisfaction. C'est aussi bien de n'avoir rien à manger à midi. Un homme dort mieux le ventre plein. Je sais que nos lieutenants vont se plaindre de n'avoir que ça à se mettre sous la dent mais, au moins, c'est de la chair fraîche !

La mer était pour eux une véritable compagne. Il s'y passait toujours quelque chose. Richard s'était accoutumé à observer les gros marsouins et les dauphins, à peine plus petits, qui se donnaient la chasse, jouant et bondissant hors de l'eau avec une agilité inouïe. Pour les habitants des mers, l'existence ne se limitait pas à une simple survie. Ces créatures marines y prenaient plaisir. Impossible que le bond si insouciant d'un marsouin, s'achevant dans un tel jaillissement et un tel vacarme, ne soit pas une expression de joie – n'en déplaise aux aigris comme Mr Long, lequel affirmait que ces sauts étaient seulement destinés à effrayer les prédateurs qui patrouillaient dans les profondeurs des océans.

Il y avait toujours des nuées d'oiseaux : damiers, pétrels, et même des mouettes. Comme les débris jetés par-dessus bord n'étaient pas tellement abondants sur l'*Alexander,* Richard apprit que la présence de tous ces oiseaux signalait l'existence de bancs de poissons sous la surface, généralement trop peu nombreux pour que cela vaille la peine de les attraper.

Par temps calme et avec une houle suffisamment calme pour ne pas créneler les vagues d'écume, il distingua dans la même journée son premier requin et sa première baleine. L'eau était cristalline et il aurait aimé pouvoir y nager. Il se demandait si l'occasion se présenterait peut-être pour que Mr Donovan ou quelque matelot lui apprenne à nager. Il s'étonnait que personne ne songe à faire un plongeon par un jour pareil ; on n'aurait eu aucune difficulté à remonter à bord.

C'est alors qu'apparut une créature terrifiante. Il ne comprit pas pourquoi sa seule vue le glaçait jusqu'à la moelle des os, car elle était belle. Il distingua d'abord son aileron, coupant l'eau comme un rasoir et pointant à deux pieds hors de l'eau. L'animal se dirigea vers une masse sanglante de morceaux de thon, s'agita un instant autour d'eux et dans leur sillage. La chose passa devant lui en nageant comme une ombre noire qui semblait ne jamais devoir finir. Richard jugea qu'elle avait bien vingt-cinq pieds de long avec, en son centre, le diamètre d'une barrique s'amenuisant sur le devant en un grand nez pointu et, derrière, en une queue étroite et fourchue qui battait l'eau de ses deux nageoires. Un gros œil noir et terne, aussi grand qu'une assiette, occupait le milieu de sa tête. Au moment où elle surgit au milieu des viscères qui flottaient, la créature, découvrant en un éclair son ventre blanc, se tourna sur le côté pour engloutir cette horrible masse dans une énorme gueule armée de dents redoutables. Les débris de poisson avaient pratiquement disparu. La bête avala encore tout ce qu'elle put trouver avant de s'éloigner tranquillement à la recherche de quelque autre gâterie près des bateaux qui suivaient l'*Alexander*.

« Seigneur Dieu ! pensa Richard. J'avais entendu parler de baleines et aussi de requins. Je savais qu'un requin est un gros poisson, mais jamais je n'aurais imaginé qu'il puisse être aussi gros qu'une baleine. Et je sais aussi qu'il ignore ce qu'est la joie. Son œil m'a révélé qu'il n'avait pas d'âme. »

La baleine jaillit hors de l'océan à une encablure du bateau, si soudainement que seuls ceux qui pêchaient à tribord comme Richard aperçurent la puissante créature quand elle brisa la surface dans une explosion d'eau. Une tête terminée par une sorte de bec, un petit œil luisant d'intelligence, une paire de nageoires tachetées... Elle ne cessait de bondir, révélant une masse striée d'un splendide gris bleuté, de quarante pieds de haut, couverte de bernacles comme la coque de n'importe quel navire. Quand elle retombait dans un nuage d'éclaboussures, elle disparaissait un bref instant avant que les magnifiques nageoires de la queue pointent à nouveau, demeurant en suspens comme un drapeau avant de frapper la surface de l'eau dans un bruit de tonnerre et une gerbe d'écume irisée. Le Léviathan des profondeurs, plus grand que tous les vaisseaux de ligne.

D'autres apparurent tout autour du navire, rappelant à Richard une gravure qui représentait un troupeau d'éléphants dans une prairie. Elles crachaient des torrents d'eau qui se mêlaient à l'air, nageaient majestueusement ou brisaient la surface dans une danse gigantesque. Une mère et son petit s'amusèrent un long moment autour de l'*Alexander*. La peau de la mère était couverte de cicatrices et de coquillages mais celle du petit était encore lisse. Richard aurait voulu s'agenouiller pour remercier Dieu de lui avoir permis de contempler pareil prodige mais il ne put distraire son attention de ce spectacle. Où allaient-elles ? Comme les marsouins et les dauphins, les baleines étaient d'allègres voyageuses.

Les bourrasques se levèrent peu après que le vent fut tombé et il fallut les utiliser. Ils avaient d'abord navigué sous un ciel bleu clair, parcouru de piles de nuages qui filaient rapidement, avec des vagues déferlantes bleu sombre, bordées de crêtes d'un blanc immaculé dont le grondement n'annonçait rien de bon. Puis, après un fort coup de vent, la mer se démonta tandis qu'une pluie battante se déversait sur eux, accompagnée d'éclairs et de tonnerre. Une heure plus tard, le ciel était bleu, et le bateau encalminé.

Quelques détenus et marins dormaient maintenant sur le pont et Richard était surpris qu'ils ne soient pas plus nombreux. Les forçats avaient l'habitude de dormir à la dure. Pourtant, la plupart d'entre eux se réfugiaient dans leur prison puante dès que la nuit tombait, ce qui se produisait sous ces latitudes avec une rapidité surprenante. Pour ceux qui avaient le confort d'un hamac, la chaleur étouffante importait moins, mais pour ses compagnons... ? Il conclut qu'ils devaient redouter les éléments.

Ce n'était pas le cas de Richard, qui se mit en quête d'un coin peu encombré sur le pont, à l'écart des pieds des matelots. Puis il s'étendit pour regarder l'extraordinaire ballet de la foudre et des nuages, attendant d'être trempé jusqu'aux os, de sentir son cœur se crisper devant le choc de l'éclair et du tonnerre quand l'orage se trouverait juste au-dessus de lui. Le meilleur de tout, c'était la pluie. Il avait apporté son savon et rangé ses vêtements sous une des chaloupes renversées. Il se savonna avec plaisir, sachant que la pluie durerait assez longtemps pour le rincer. Il avait traîné sur le pont tout ce qui pouvait se laver, sa paillasse, les vêtements des autres et même les couvertures, bien que certains eussent vivement protesté en disant qu'elles allaient rétrécir.

— Tu emportes tout ce qui n'est pas cloué ou vissé, Richard ! s'exclama Bill Whiting avec indignation. Comment tu peux rester ainsi dehors ? Si le bateau est frappé et qu'il sombre, je veux être en bas pour couler avec lui.

— Les couvertures ont déjà rétréci, Bill, et je ne comprends pas pourquoi tu te mets dans tous ces états. D'ici une heure, tout sera sec. Tu n'aurais même pas dû te rendre compte que je les avais emportées, tu étais trop occupé à ronfler.

Le fait que Bill avait retrouvé ses bonnes joues révélait que les détenus mangeaient souvent du poisson. C'était un aspect du voyage auquel Richard n'avait pas pensé. Le pain qu'on leur distribuait devenait de plus en plus mauvais, plein de petites bêtes grouillantes qu'il était préférable de ne pas voir ; la plupart fermaient les yeux en le mangeant. Il s'était ramolli, signe que ces répugnantes choses commençaient à se multiplier. La viande salée restait intacte, mais les pois cassés et le porridge avaient leur part d'occupants intempestifs. Et le groupe de Richard commençait à manquer d'extrait de malt.

— Mr Donovan, dit-il au quatrième officier, quand nous atteindrons Rio de Janeiro, voudriez-vous me rendre un grand service ? Contrairement à vous, nous ne pouvons aller à terre et je ne me permettrais pas de vous le demander si je n'avais confiance en vous et en personne d'autre.

C'était vrai. Les heures et les heures pendant lesquelles ils avaient pêché côte à côte avaient forgé entre eux une amitié aussi solide que celle qui unissait Richard à son équipe. Plus encore, peut-être. Stephen Donovan avait à la fois du poids et de la légèreté, de la sensibilité et beaucoup d'humour, et un curieux instinct qui lui permettait de deviner ce qui se passait dans l'esprit de Richard. C'était plus un frère que William Morgan ne l'avait jamais été et, d'une certaine manière, le fait que Donovan ne regarde pas Richard comme un frère n'avait plus d'importance. Au début, les détenus, amis ou simples connaissances, s'étaient moqués de Richard à cause de cette étrange relation à laquelle ses absences pendant la nuit donnaient une nuance intéressante. Mais, comme Richard était resté sourd à ces insinuations, trop sage pour songer à se défendre, tout le monde à la longue avait fini par accepter ce lien comme une simple amitié.

C'était un de ces jours où rien ne mord ; seul demeurait le plaisir de pêcher. Donovan était coiffé d'un chapeau de marin en paille, et Richard également, car il en avait acheté un au quartier-maître des charpentiers, plus porté sur le rhum que sur le plein air au soleil.

— Je serais enchanté de te rendre service, Richard.

— Nous avons un peu d'argent et il y a un certain nombre de choses dont nous avons besoin : du savon, de l'extrait de malt, quelques produits contre les piqûres ou les coups, des recettes de bonne femme, de l'huile de goudron, des linges, deux ou trois rasoirs et des ciseaux.

— Garde ton argent pour payer ton voyage de retour ! Je me ferai un plaisir d'acheter ce que tu désires.

La tête rentrée dans les épaules, Richard fit un signe de dénégation.

— Je ne peux accepter de cadeaux, dit-il d'un ton solennel. Je tiens à payer.

Donovan leva les sourcils et grimaça :

— Parce que tu t'imagines que c'est ton corps que je veux acheter ? Voilà qui me paraît blessant.

— Non, ce n'est pas cela ! Je ne peux pas accepter de cadeaux parce que je ne suis pas en mesure d'en faire. Cela n'a rien à voir avec nos corps, nom d'un chien !

Tout à coup Donovan éclata de rire, un rire clair et joyeux qui retentit sous le ciel et résonna au loin.

— Oh, cette conversation est vraiment extraordinaire ! On dirait des jeunes filles dans une revue pour femmes. Rien n'est plus ridicule qu'une Miss Molly prise dans les affres d'un amour non partagé ! Accepte ce cadeau, il vise à te soulager et non à t'infliger des obligations. Je te rappelle que nous sommes amis, au cas où, par le plus malheureux des hasards, tu ne l'aurais pas remarqué.

Richard cilla et sourit.

— Oui, je le sais parfaitement. Merci, Mr Donovan. J'accepte votre offre.

— Fais-moi un plaisir en retour.

— Lequel ?

— Appelle-moi Stephen.

— Ce n'est pas convenable. Quand je serai redevenu un homme libre, je me ferai une joie de vous appeler Stephen. Mais, en attendant, je me dois de rester à ma place.

Un requin passa. Il maraudait, affamé, comme tout le monde en ce jour où le poisson se cachait. Un long nez en forme de pelle qui devait avoir douze pieds de long. Un simple têtard dans ce vaste océan. Il se tourna, leur jeta un regard dénué d'expression et s'éloigna.

— C'est un véritable démon, dit Richard. La baleine a une étincelle dans ses yeux, le marsouin aussi. Mais cette bête paraît sortir tout droit des entrailles de l'enfer.

— Ah, tu parles comme un véritable habitant de Bristol ! Tu n'as jamais prêché ?

— Non, mais nous avons un prêcheur dans la famille. De l'Eglise d'Angleterre. Le cousin de mon père est recteur de la paroisse St James, et son père prêchait en plein air à Crew's Hole, devant les charbonniers de Kingswood.

— Un homme courageux. Il vit toujours ?

Richard acquiesça.

— Et tu n'as jamais connu les tourments de la chair, Richard ?

— Si, une fois, avec une femme qui pouvait ouvrir les portes du paradis à n'importe quel homme. C'était ça, le plus terrible. Comparé à une telle expérience, se passer de femme n'est rien.

La ligne de Donovan se tendit et il poussa un cri.

— Ça mord ! J'ai un poisson au bout de ma ligne !

C'était vrai. Le requin était revenu et avait avalé l'appât. En même temps que l'hameçon, le flotteur et le plomb. Donovan arracha son chapeau, le piétina et jura.

Etait-ce le temps, suffocant, brûlant, sans la moindre bouffée d'air, ou le fait que l'*Alexander* n'avait accordé à la mort qu'un bref congé ? Des maladies réapparurent. Des détenus commencèrent à mourir à partir du 29 juin. Rechignant d'ordinaire à se rendre dans la prison, à cause de la pestilence, le docteur Balmain se vit contraint d'y passer le plus clair de son temps. Mais ses remèdes n'agissaient guère, pas plus que ses émétiques ou ses purgatifs.

Comme il était aisé aux superstitions de se développer ! Juste au moment où revenait la maladie, l'*Alexander* entra dans des eaux épaisses, d'un étincelant bleu cobalt. Les détenus valides qui étaient montés sur le pont pour l'admirer furent soudain convaincus que c'était là un mauvais présage. L'océan charriait des galets bleus et ils allaient tous mourir.

— Ce n'est rien ! s'exclama Balmain, exaspéré. Nous avons rencontré un important banc de nautiles – des physalies, plus exactement, que l'on appelle aussi des « navires portugais » ! Il s'agit de méduses d'un bleu brillant. C'est un phénomène naturel et nullement la manifestation du mécontentement de Dieu !

Agitant les bras avec irritation, il se réfugia dans sa cabine encombrée, sur le gaillard d'arrière.

— Pourquoi les appelle-t-on des « navires portugais » ? demanda Joey Long en cédant sa place à Richard, qui devait nourrir Ike.

— Parce que les bateaux de ligne portugais sont peints du même bleu, répondit Richard.

— Ils ne sont donc pas comme les nôtres, noirs avec une garniture jaune ?

— S'ils étaient peints comme les nôtres, Joey, comment reconnaîtrait-on ses amis de ses ennemis ? Lorsqu'on est entouré par la fumée de la poudre, il est très difficile de distinguer les drapeaux et pavillons. Maintenant, va faire un tour sur le pont. Tu passes trop de temps en bas.

Richard s'assit à côté de Ike, lui ôta sa chemise, son pantalon et se mit à éponger son corps.

— Balmain n'est qu'un imbécile ! croassa Ike.

— Mais non. Simplement il ne sait comment s'y prendre. Il fait de son mieux, crois-moi.

— Tu connais des gens qui savent s'y prendre ? Ça existe ?

Ike avait tellement maigri qu'il n'était plus qu'un sac d'os. On aurait dit un tas de bâtons enveloppés dans du parchemin. Il perdait ses cheveux, ses ongles étaient devenus blancs, sa langue était chargée, ses lèvres craquelées et gonflées. Mais, pour Richard, le symptôme le plus affreux était son sexe qu'on aurait dit rajouté après coup.

— Ouvre la bouche, Ike, je voudrais nettoyer tes dents et ta langue.

D'une main aussi douce que possible, Richard se servit de la pointe d'un linge trempée dans de l'eau distillée, faisant de son mieux pour adoucir les jours de son camarade. La maladie est parfois encore pire quand on est d'une constitution vigoureuse, se disait-il. Si Ike était du format de Jimmy Price, par exemple, tout serait déjà terminé depuis longtemps. Mais il y avait là un homme solide, et la vie, tenace, se débattait jusqu'à son dernier souffle.

Montant des eaux de fond de cale, la pestilence empirait encore. Bien qu'il eût navigué sept ans en tant que médecin de marine et participé à une expédition de contrôle sur la côte occidentale africaine à l'époque où le Parlement songeait encore à se débarrasser de ses forçats en Afrique, Balmain jugeait sa tâche sur l'*Alexander* au-delà de ses forces. Sur son insistance, on avait installé dans les coins de l'étouffante prison des morceaux de voiles usagées en forme de conduits pour amener un peu d'air par un trou percé sur le pont. Sinclair avait d'abord protesté bien vigoureusement pour un homme si amorphe, mais le praticien avait tenu bon. Ennuyé de savoir que l'on surnommait son navire le « Bateau de la Mort », Sinclair avait cédé et ordonné à Chips de faire ce qu'il fallait. Mais il entrait malgré tout bien peu d'air frais dans la prison et les hommes continuaient à tomber sous les coups de la fièvre.

Tout en ayant beaucoup maigri, Richard se sentait en forme. Il en était de même de ses camarades et des quatre autres occupants du compartiment de Ike. Willy Dring et Joe Robinson ne descendaient pratiquement plus jamais, ce qui permettait aux trois autres (ils avaient perdu un homme au large de Portsmouth) de jouir d'un espace conçu pour six, à raison de 20 pouces par personne. Dans le compartiment de Tommy Crowder et d'Aaron Davis, l'accord avec le sergent Knight fonctionnait bien et l'on menait une vie confortable. Malgré ces signes favorables, Richard sentait d'instinct que cette nouvelle maladie risquait d'être mauvaise.

— Excepté celui qui doit s'occuper de Ike, nous allons tous monter sur le pont et collecter le plus d'eau de pluie possible, ordonna-t-il.

Jimmy Price et Job Hollister commencèrent à pleurnicher, Joey Long à rugir tandis que les autres affichèrent un air boudeur.

— Nous préférons rester ici, déclara Bill Whiting.

— Si tu restes, tu attraperas la fièvre.

— Mais c'est toi-même, Richard, qui as dit que, si on continuait à filtrer l'eau et à garder nos affaires propres, on n'aurait rien à craindre ! s'écria Neddy Perrott. Par conséquent, pas de pont. C'est peut-être bon pour toi avec ta peau mais, moi, je grillerais.

— Je viens avec toi, dit Taffy Edmunds en rassemblant quelques affaires. Toi et moi on va s'exercer pour le concert. On peut quand même pas être le seul bateau à pas organiser de fête ! Regardez le *Scarborough*. Il y a un concert à bord chaque semaine. Le caporal Flannery dit que c'est vraiment bien.

— Il y a plus de détenus sur le *Scarborough* qu'ici, surtout pour l'instant, intervint Will Connelly, mais s'ils se portent bien c'est parce qu'ils sont répartis entre le pont inférieur et le faux-pont. Par contre, les nôtres sont tassés dans un espace moitié moins grand, tout ça parce qu'on transporte aussi une cargaison.

— Quant à moi, dit Richard, abandonnant une discussion qu'il savait ne mener à rien, je suis très heureux que l'*Alexander* entrepose une cargaison dans son faux-pont. Rappelez-vous ce qui se passait quand les soldats étaient logés un pont plus bas. Sur le *Scarborough*, l'eau de fond de cale est convenablement purgée par les pompes. Les nôtres ne marchent pas, c'est toute la question. Ils ont le capitaine Marshall et nous avons Esmeralda qui se moque pas mal que ses pompes fonctionnent ou non, du moment que sa table est bien garnie. Les fonds de cale de l'*Alexander* sont absolument infects.

Le 4 juillet, un autre homme mourut ; on en dénombrait à présent trente sur la plate-forme qui tenait lieu d'hôpital. Toute la coque de l'*Alexander* semblait remplie de corps en décomposition. Comment ces malheureux pouvaient-ils encore vivre dans une puanteur pareille ? ne cessait de se demander le docteur Balmain.

Le lendemain, deux ordres arrivèrent du *Sirius*. Le premier disait de libérer John Power de ses fers. Dès qu'il en fut débarrassé, il alla au rapport chez Mr Bones car rien ne lui interdisait de travailler. Quant au second, il déplut vivement aux lieutenants Johnstone et Shairp : les rations d'eau potable devaient être ramenées de 4 à 3 pintes par tête (les femmes et les enfants recevaient déjà moins), qu'il s'agisse d'un soldat, d'un matelot ou d'un détenu. Une pinte devait être distribuée à tous à la pointe du jour, les deux autres au milieu de l'après-midi. La distribution se ferait sous le contrôle d'un officier de marine, assisté de deux subordonnés et de deux détenus à titre de témoins. Soldats et prisonniers devaient être nouveaux à chaque distribution pour éviter tout risque de tricherie et toute collusion. Les cales où l'on entreposait l'eau et la cuve en service devaient être cadenassées et sévèrement gardées. Les clés seraient confiées à la garde exclusive des officiers. L'eau supplémentaire pour la cuisine et les bouilloires serait distribuée dans la matinée, en même temps que celle qui abreuvait les animaux. Ceux-ci buvaient beaucoup. Il fallait au bétail et aux chevaux 10 gallons d'eau par jour et par tête.

Trois jours plus tard, l'alternance de calmes plats et de bourrasques cessa et les alizés du sud-est commencèrent à souffler, alors que la flotte n'avait pas encore franchi l'équateur. Le moral remonta aussitôt. Il fallait coûte que coûte maintenir l'avance réelle en milles, tombée à moins de 100 par jour. L'*Alexander* fendait une forte houle qui faisait craquer son gréement, naviguant comme d'habitude côte à côte avec le *Scarborough*, le *Sirius* et le *Supply*. Le *Friendship*, lui, se pavanait seul en tête ; la houle submergeait son étrave et jaillissait sur le pont pour se disperser en une nuée de gouttelettes comme un chien qui s'ébroue.

Quand les boutons d'argent des tuniques rouges de Johnstone et de Shairp commencèrent à noircir et que la puanteur devint presque aussi insupportable vers la poupe que dans le pont inférieur, les deux lieutenants et le médecin se rendirent en délégation chez le capitaine qui les reçut mais déclara que leurs plaintes étaient sans objet. Il pensait, quant à lui, que les détenus volaient son pain et auraient dû être fouettés jusqu'au sang.

— Vous devriez remercier votre bonne étoile qu'ils ne volent pas votre rhum ! s'exclama Johnstone d'un ton acerbe.

Un sourire de véritable plaisir découvrit les dents gâtées de Sinclair.

— Les autres bateaux ont peut-être des problèmes avec leur rhum, Messieurs, mais sur mon bateau il n'y en a pas. A présent, sortez et laissez-moi. J'ai demandé à Chips de réparer la pompe de fond de cale de tribord si elle ne marche pas bien. Cela explique certainement l'état des fonds de cale.

— Comment un charpentier pourrait-il réparer une machine de métal et de cuir ? marmonna Balmain entre ses dents.

— Vous feriez mieux de prier pour qu'il y parvienne. Maintenant, rompez.

Balmain en avait assez. Il demanda par pavillons l'autorisation au *Sirius,* qui la lui accorda, de prendre un bateau pour rendre visite sur le *Charlotte* au médecin général John White. Avec le lieutenant Shairp à la barre, la chaloupe s'éloigna dans la houle. Le *Charlotte,* un lourd voilier, se trouvait loin en arrière. Le retour sur l'*Alexander* fut terrifiant, même pour Shairp qui, pourtant, ne perdait pas la tête dans les pires conditions. Aussi n'était-il pas de bonne humeur quand le docteur White grimpa l'échelle de corde de l'*Alexander*.

— Vous autres, les hommes de Bristol, on vous demande sur l'entrepont avec Mr White et Mr Balmain, lança Stephen Donovan.

Richard avait eu l'occasion d'apprendre pas mal de choses sur les pompes quand il avait travaillé avec Mr Thomas Latimer. Normalement, se dit-il, les pompes auraient dû se trouver au-dessous pour diminuer la hauteur d'eau qu'elles devaient remonter depuis les fonds de cale. Mais c'était un bateau négrier et ses propriétaires n'aimaient pas voir des trous dans leur coque. A la vérité, personne ne s'était beaucoup soucié de ces fonds de cale lorsque le bateau subissait des travaux de carénage.

Il existait deux citernes dans le compartiment d'entrepont des soldats, l'une à bâbord, l'autre à tribord, chacune équipée d'une pompe ordinaire possédant un bras qui montait et descendait. Un tuyau partait de chaque citerne et allait se vider dans la mer par une valve. La pompe de tribord avait été démontée, celle de bâbord refusait de bouger.

— Descendons, dit White dont le teint blêmissait. Comment un homme peut-il survivre dans un endroit pareil ? Vos hommes, lieutenant Johnstone, doivent être félicités pour leur endurance.

Richard et Will Connelly soulevèrent le panneau et chancelèrent. La cale du dessous était plongée dans une obscurité totale mais on entendait du liquide clapoter contre les cuves d'eau. Les autres hommes reculèrent.

White posa un mouchoir sur son visage.

— Il nous faut des lampes. L'un de nous doit descendre là-dedans.

— Monsieur, intervint Richard d'un ton courtois, je n'approcherais pas une flamme de cet endroit. L'air lui-même brûlerait.

— Il faut pourtant que je voie !

— Ce n'est pas nécessaire, monsieur. Nous pouvons tous entendre ce qui se passe. L'eau a débordé dans la cale. Ce qui signifie que tout ce qui s'y trouve a pourri. Aucune pompe ne marche ni n'a jamais marché. La dernière fois que nous sommes allés en bas, nous avons nettoyé les fonds de cale avec des seaux. Ce problème existe depuis Gallion's Reach.

— Comment t'appelles-tu ? demanda White à travers son masque.

— Richard Morgan, monsieur, anciennement de Bristol. (Il se mit à rire.) Nous autres, gens de Bristol, sommes accoutumés à la pestilence car c'est toujours à nous qu'on confie le soin de vider les fonds de cale. Mais ce n'est pas en les nettoyant avec des seaux qu'on peut remédier aux ennuis. Les fonds de cale doivent être pompés chaque jour. Et pas avec des pompes aspirantes comme celles-ci. Il leur faut une semaine pour évacuer une tonne d'eau, même lorsqu'elles fonctionnent correctement.

— Le charpentier est-il capable de les réparer, Mr Johnstone ?

Johnstone haussa les épaules.

— Demandez à Morgan, monsieur. Il a l'air de s'y connaître. J'avoue ne pas savoir grand-chose des pompes.

— Morgan, le charpentier peut-il les réparer ?

— Non, monsieur. Les fonds sont encombrés de tant de débris que les tuyaux et les cylindres de cette dimension se bloqueront au premier mouvement. Ce bateau devrait avoir des pompes à chaîne.

— Quel est l'avantage d'une pompe à chaîne ?

— Débarrasser ce qu'il y a là-dessous. Il s'agit d'une simple caisse de bois, d'une taille très supérieure à ces cylindres. On la soulève au moyen d'une chaîne plate en laiton, tendue sur des dents de bois en haut et sur un tambour de bois en bas. Des plateaux de bois sont reliés à la chaîne de manière à tomber à plat en descendant et à se déplier en remontant pour exercer une succion. Un bon charpentier de marine peut construire tout ce qui est nécessaire, sauf la chaîne. Le mécanisme est si simple que deux hommes tournant le tambour denté peuvent évacuer une tonne d'eau en une minute.

— Alors il faut équiper l'*Alexander* de pompes à chaîne. Y aurait-il une chaîne à bord ?

— J'en doute, monsieur, mais le *Sirius* a été rénové dernièrement et doté de pompes de ce type. J'imagine qu'ils en ont une en réserve à bord. Si ce n'est pas le cas, on devrait en trouver sur un autre bateau.

White se tourna vers Balmain, Johnstone et Shairp.

— Très bien. Je retourne sur le *Sirius* faire part de tout cela au gouverneur. Entre-temps, la cale et les fonds de cale doivent être vidés. Chaque homme et chaque détenu qui n'est pas malade devra s'y mettre à son tour. Je ne veux pas que ces gens de Bristol fassent tout le travail, dit-il à Johnstone.

Il se retourna pour regarder fixement Balmain.

— Pourquoi ne m'avez-vous pas signalé la situation beaucoup plus tôt ? Cela fait plus de sept mois que cela dure. Le capitaine de ce vaisseau n'est qu'une grosse limace. Il ne pourrait même pas sortir tout seul de sa dunette si le mât d'artimon lui tombait dessus. Mais vous, en tant que médecin, vous avez pour obligation de veiller sur la santé de tous ceux qui sont à bord, y compris les détenus. Vous ne l'avez pas fait et vous pouvez être certain que j'en informerai le gouverneur.

William Balmain rougit fortement et se raidit sous le choc et la colère. Il était écossais, de six ans plus jeune que l'Irlandais White, et ils n'avaient éprouvé aucune sympathie l'un pour l'autre au cours de la rencontre. Se voir ainsi réprimandé devant deux officiers de marine et quatre détenus était offensant – le genre de chose que le major Ross aimait réserver à des subordonnés pris en faute. Ce n'était pas le moment de régler la question avec White, mais Balmain se promit d'obtenir satisfaction quand la flotte aurait atteint Botany Bay. Ses grands yeux coururent d'un détenu à l'autre à la recherche de quelque signe de moquerie mais n'en découvrirent aucun. Il connaissait ces hommes pour une bien curieuse raison : ils n'étaient jamais malades.

Sur ces entrefaites, Ross arriva au pied de l'échelle, sa curiosité en éveil après avoir constaté que Shairp s'était mis à vadrouiller de nouveau sur l'océan. Un simple reniflement lui suffit pour comprendre le problème. Balmain se retira avec raideur dans sa cabine pour bouder et préparer sa revanche, tandis que White exposait la situation.

— Ah, oui ! fit Ross en fixant Richard avec attention. Je me souviens de vous. Ainsi, vous vous y connaissez aussi en pompes, Morgan ?

— Assez pour affirmer que l'*Alexander* a besoin d'une pompe à chaîne, monsieur.

— C'est aussi mon avis. Mr White, je vous emmène sur le *Sirius* et ensuite sur le *Charlotte*. Mr Johnstone et Mr Shairp, mettez tout le monde au nettoyage des fonds de cale. Et percez deux trous dans la coque au-dessous des sabords pour que les hommes puissent déverser toute cette saleté directement dans la mer.

Le lendemain, le lieutenant Philip Gidley King vint à son tour, accompagné du major Ross et du médecin général White. Il jeta un coup d'œil à la pompe de bâbord que Richard avait déplacée et démontée, puis émit un hoquet de dégoût teinté de moquerie.

— Cette chose-là ne pourrait même pas extraire la semence de la queue d'un satyre ! Ce bateau devrait avoir des pompes à chaîne. Où est le charpentier ?

La minutie anglaise combinée à l'enthousiasme celtique fit merveille. Membre de la Royal Navy et ayant rang d'officier supérieur parmi les lieutenants de marine, King resta à bord le temps nécessaire pour s'assurer que Chips comprenait exactement ce qu'il avait à faire et était capable de le réaliser. Puis il alla faire son rapport au chef de convoi et l'assurer que l'*Alexander* offrirait dorénavant des conditions de vie plus saines.

Mais le poison était dans le bois et l'*Alexander* ne redevint jamais un bateau très sain. Cependant, les effluves chargés de gaz nocifs qui s'étaient abattus sur les occupants des espaces inférieurs se dissipèrent peu à peu et la vie y devint plus supportable. Ce qui enchanta particulièrement Esmeralda Sinclair fut le fait que le problème des pompes avait pu être résolu sans qu'il en coûte un seul sou à Walton & Co. Mais, après que Trimmings eut inspecté les lieux et rédigé son rapport, qui diable avait percé ces deux maudits trous dans son bateau ? grogna-t-il, mécontent, du haut de son perchoir.

La flotte coupa l'équateur dans la nuit du 15 au 16 juillet et, le jour suivant, les bateaux rencontrèrent leur première grosse tempête depuis Portsmouth. Les panneaux furent verrouillés et les détenus plongés dans le noir complet. Pour ceux qui, comme Richard, passaient le plus clair de leur temps sur le pont, ce fut un véritable cauchemar, allégé seulement par la disparition partielle de l'épouvantable odeur. La mer frappait l'étrave à bâbord et l'*Alexander,* au lieu de rouler, plongeait et se soulevait alternativement, créant une extraordinaire sensation d'écrasement, suivie d'une quasi-apesanteur chaque fois que le bateau s'élevait, avant de retomber dans la mer avec un bruit de tonnerre semblable à une explosion. Quand ils se trouvaient perpendiculaires au roulis, les hommes basculaient de la coque à la cloison de séparation. Le mal de mer qui semblait oublié réapparut et Ike souffrit terriblement.

Il souffrit bien trop. Lorsque la flotte sortit de la tempête avec des cuves assez remplies d'eau de pluie pour que les hommes bénéficient à nouveau de rations normales, il fut évident pour tout le monde, en particulier pour Joey Long, désespéré, que Ike Rogers n'avait plus longtemps à vivre.

Il réclama Richard et celui-ci vint s'accroupir en face de Joey, qui berçait la tête de Ike sur ses genoux.

— C'est la fin d'un bandit de grand chemin, murmura Ike. Oh, je suis heureux, Richard ! Réjouis-toi pour moi. Tâche de t'occuper de Joey. Il va souffrir.

— Ne t'inquiète pas. Nous veillerons tous sur lui.

Ike leva un bras squelettique pour indiquer une étagère le long de la poutre.

— Mes bottes, Richard. Tu es le seul à avoir des pieds assez grands pour les porter et je veux que tu les prennes. *Telles qu'elles sont et au complet.* Tu m'as compris ?

— Je sais. Nous en ferons usage sagement.

— Bien, dit-il.

Et il ferma les yeux.

Une heure après il était mort sans les avoir rouverts.

Tant d'hommes étaient morts sur l'*Alexander* que les matelots chargés des voiles avaient dû emprunter de la vieille toile à d'autres bateaux. Vêtu de vêtements propres, Isaac Rogers fut cousu dans son enveloppe et emporté sur le pont. Comme il possédait un missel, Richard lut les prières du service, remettant l'âme de Ike à Dieu et son corps aux profondeurs de l'océan. La dépouille glissa du bord et coula immédiatement, lestée de morceaux de basalte ramassés sur une plage de Ténériffe. Le Bateau de la Mort n'avait plus assez de ferraille pour cela.

Balmain ordonna une nouvelle fumigation avec brossage à l'huile de goudron ainsi qu'une nouvelle couche de lait de chaux. Il menait une vie solitaire dans ses quartiers, avec pour seule compagnie celle des deux lieutenants. Mais ceux-ci prenaient leurs repas séparément et ne partageaient absolument rien avec lui. De même qu'Arthur Bowes Smyth, le médecin du *Lady Penrhyn*, Balmain n'était soutenu que par son intérêt pour les créatures marines qu'il espérait rencontrer au cours de ses voyages. Quand elles étaient assez petites, il en conservait des échantillons dans de l'alcool.

Il reconnaissait qu'il était bien plus facile de descendre dans la prison à présent que la pompe à chaîne fonctionnait, mais il restait encore blessé par le sermon de White et convaincu que, si ces foutus détenus continuaient à mourir, ce n'était pas sa faute.

Après qu'un prisonnier ayant voulu utiliser les commodités de l'équipage eut été enlevé par un paquet de mer, l'effectif tomba à cent quatre-vingt-trois hommes.

Au début du mois d'août, la flotte arriva en vue du Cap-Frio, à un jour de navigation de la plus grande ville du Brésil. Mais les hautes montagnes de la côte se révélèrent aussi peu hospitalières que les pics de St Jago. Une fois le cap franchi, le vent tomba pour se réduire à des bouffées d'air, voire à des calmes plats. Ils durent le chercher pour poursuivre leur route jusqu'à Rio de Janeiro qu'ils n'atteignirent que dans la nuit du 4 au 5. C'était l'hiver, Rio de Janeiro se trouvant loin de l'équateur, juste au nord du tropique du Capricorne.

Il leur avait fallu cinquante-six jours depuis Ténériffe et quatre-vingt-quatre depuis Portsmouth, soit environ huit et douze semaines. Ils avaient couvert 6 600 miles terrestres.

Il fallut encore obtenir l'autorisation de pénétrer dans la colonie portugaise, ce qui prit un certain temps. A trois heures de l'après-midi, la flotte franchit l'espace large d'un mille entre les Pains de Sucre, sous le tonnerre des canons de treize du *Sirius* qui tiraient en guise de salut une salve à laquelle répondirent les canons de Santa Cruz.

Dès l'aube, tous les occupants de l'*Alexander* s'étaient agglutinés sur le pont, fascinés par cet endroit étrange, fabuleusement beau. Le Pain de Sucre du sud ressemblait à un œuf géant de 1 000 pieds de haut, formé d'une roche d'un gris rosé et couronné d'une perruque d'arbres. Celui du nord était chauve et moins spectaculaire. D'autres rochers aux sommets dénudés et tourmentés pointaient, leurs flancs couverts de luxuriantes forêts vert sombre entrecoupées par l'éclat brillant des prairies et par des saillies rocheuses aux faces grises, crème ou roses. Les plages étaient immenses, couvertes d'un sable doré et soulignées par le ruban crémeux de la barre là où l'océan venait les battre. Une fois cet endroit franchi, les eaux étaient calmes et tranquilles.

Ils jetèrent l'ancre à quelque distance du rivage, face à l'une des nombreuses forteresses érigées pour protéger Rio de Janeiro des attaques venues de la mer. Les onze navires durent attendre le lendemain pour s'amarrer aux quais permanents, un peu à l'écart de la ville de São Sebastião, qui était le véritable nom de la zone urbaine de Rio. Elle occupait une péninsule carrée sur le rivage occidental, se prolongeant par des tentacules qui s'enfonçaient dans les vallées entre les pics.

Le port était très animé, grouillant de petites embarcations marchandes manœuvrées par des Noirs presque nus ; chacune arborait un abri de toile aux vives couleurs. Richard aperçut des flèches d'églises surmontées de croix dorées, mais Rio ne possédait guère d'autres constructions élevées. Personne n'avait interdit l'accès du quai aux forçats et on ne leur avait pas remis leurs fers. Mais des chaloupes patrouillaient constamment autour des six transporteurs et interdisaient aux marchands ambulants de s'approcher.

Le temps était beau et très chaud, sans vent. Oh, pouvoir aller à terre ! Mais ce rêve demeurait irréalisable. Au repas de midi, on servit d'énormes morceaux de viande de bœuf fraîche, des marmites d'ignames et de haricots, et, plus tard, une racine appelée *cassada*. Mais rien de cela ne compta plus quand des embarcations purent enfin s'approcher et que des Noirs riant aux éclats se mirent à lancer sur le pont des centaines et des centaines d'oranges, se faisant un jeu d'en bombarder les hommes ; leurs dents blanches luisaient dans leurs visages d'ébène. Richard connaissait les oranges et plusieurs de ses compagnons également. Il avait lu que certaines grandes demeures possédaient des orangeries et, une fois, il avait même vu une orange dans les mains du cousin James l'Apothicaire, qui importait surtout des citrons pour en tirer un composé huileux car ces derniers s'abîmaient moins vite.

Certaines de ces oranges mesuraient jusqu'à 6 ou 7 pouces de diamètre et leur couleur était intense, profonde. D'autres avaient presque la couleur du sang avec, à l'intérieur, un jus d'un rouge éclatant. Après avoir découvert que leur peau était immangeable mais se retirait facilement, détenus et soldats se gorgèrent d'oranges, savourant leur abondant jus sucré. Plus amers, quelques citrons jaunes se mêlaient parfois au lot, ou encore des citrons verts, moins juteux mais aussi moins acides. Les hommes ne se lassaient pas de ces agrumes.

Neddy Perrott avait fini par observer que les fruits de couleur plus pâle avaient dû être cueillis avant leur pleine maturité. A la fin de leur troisième semaine à Rio, il en stocka quelques-uns en pensant les garder quelques jours. De nombreux détenus suivirent son exemple et certains, dont Richard, mirent de côté des graines d'oranges et de citrons.

Ils mangeaient tous les jours de la viande fraîche et des légumes de toutes sortes, ainsi que du pain de cassada. Lorsque les soldats eurent découvert que le rhum de Rio, qu'ils jugeaient de médiocre qualité, coûtait à peine plus cher que l'eau, la discipline et la surveillance des détenus se relâchèrent au point de disparaître. Les deux lieutenants étaient rarement à bord, tout comme le docteur

Balmain, parti en expédition pour admirer d'énormes papillons aux ailes brillantes et des fleurs splendides qui semblaient de cire, appelées orchidées. Amateurs d'animaux de compagnie, les hommes d'équipage comme les soldats ramenaient souvent des perroquets apprivoisés, aux couleurs éclatantes. Comme l'avait prévu Donovan, il ne restait plus à bord que deux chiens, les autres ayant été la proie des requins. Rodney, son épouse et sa progéniture de plus en plus nombreuse se portaient fort bien. L'*Alexander* était peut-être devenu plus sain, mais rats et souris y pullulaient.

Rio avait un aspect moins édénique. C'était le paradis des blattes et des cafards. L'Angleterre en avait peu et ceux que l'on y trouvait étaient de petite taille et plutôt inoffensifs. Mais, à Rio, ils étaient énormes. Ils voletaient en sortant de partout, faisaient du bruit, animés d'intentions aussi diaboliques que les requins. De nature agressive, ils se précipitaient sur les hommes au lieu de s'enfuir. Des plus hauts gradés du *Sirius* aux détenus les plus résistants, tous devenaient à moitié fous à cause des cafards.

La plupart des hommes obligés de rester à bord dormaient sur le pont à moitié nus, mais moins sereinement qu'en mer. Rio ne s'arrêtait jamais. D'ailleurs, il ne faisait jamais tout à fait sombre car les églises et d'autres bâtiments restaient illuminés toute la nuit, comme si les quelques Portugais et leurs innombrables esclaves noirs avaient redouté ce qui se cachait dans les ombres nocturnes. Après avoir entendu une créature inconnue émettre aux premières heures de la nuit un son qui tenait à la fois du hurlement et du rugissement, Richard commença à partager leur point de vue.

On tirait des feux d'artifice au moins deux ou trois fois par semaine, toujours en l'honneur de quelque saint, de la Vierge ou d'un événement de la vie de Jésus. A Rio, la religion ne se vivait pas dans la sobriété et la discrétion. Des disciples de John Knox, tels Balmain et Shairp, s'en montraient choqués, le catholicisme étant à leurs yeux immoral, dégénéré et satanique.

— Je suis surpris que tu n'aies pas encore essayé de t'enfuir, Johnny, confia Richard à John Power un soir qu'ils regardaient ensemble des flammèches et des volutes s'échapper d'une fusée dans le ciel.

Power le regarda ironiquement.

— Ici ? Sans pouvoir parler un mot de portugais ? Je serais rattrapé le jour même. En dehors des négriers portugais et des senaus qui transportent les marchandises, le seul bateau au port est un baleinier anglais qui fait gratter sa coque. D'ailleurs il doit embarquer un certain nombre d'invalides du *Sirius* et du *Supply* pour les ramener chez eux. (Il changea de sujet, celui-ci lui étant manifestement trop pénible.) Je vois qu'Esmeralda néglige son bateau, comme d'habitude. Il ne s'occupe jamais de le faire gratter.

— Mr Bones ne te l'a pas dit ? L'*Alexander* est gainé de cuivre. (Richard se frotta les mains, encore collantes de jus d'orange.) Je vais faire un plongeon pour me laver.

— J'ignorais que tu savais nager.

— Je ne sais pas. Je me plonge simplement dans l'eau en m'accrochant à l'échelle de corde. Je voudrais bien pouvoir la lâcher un jour ou l'autre. Hier j'ai essayé et j'ai pu me maintenir sur l'eau pendant deux secondes. Puis je me suis affolé. Je vais essayer de rester plus calme aujourd'hui.

— Moi, je sais nager mais je n'ose pas, avoua Power d'un air désabusé.

Relâchement ou non de la discipline, Power montait lui-même la garde.

Un jour que Richard était plongé dans l'eau, Stephen Donovan revint dans un bateau de location. Richard n'avait pas encore réussi à nager et coulait dès qu'il lâchait l'échelle de corde. Voyant une embarcation s'approcher, il s'apprêtait à remonter quand il reconnut celui qui se tenait à l'avant.

— Richard, espèce d'idiot, il y a des requins dans ce port ! dit Donovan en regagnant le pont. A ta place, je m'abstiendrais.

— Je doute qu'un requin puisse s'intéresser à ma maigre carcasse dans des eaux comme celles-ci, où il trouve en abondance de bien meilleures proies ! J'essaie d'apprendre à nager mais je n'y arrive pas.

Les yeux de Donovan pétillèrent.

— Parce que tu t'imagines que si l'*Alexander* coule dans une tempête au milieu de l'océan tu pourras gagner l'Afrique à la nage ? Allons, tu n'as rien à craindre. L'*Alexander* a une bonne coque sous son apparence délabrée et c'est un bon bateau malgré son âge. Il pourrait se trouver par le travers, jusqu'à ce que la pointe de ses mâts trempe dans l'eau et que sa poupe soit balayée, qu'il ne coulerait pas.

— Ce n'est pas ça. Mais quand nous serons à Botany Bay, nous nous trouverons peut-être à court de récipients et je voudrais pouvoir au moins me baigner dans la mer sans craindre qu'elle me passe par-dessus la tête et m'attire au fond. Et puis il doit y avoir des lacs et des rivières là-bas, bien que sir Joseph Banks n'en mentionne pas. En fait, il précise que l'eau douce y est extrêmement rare, à peine quelques ruisseaux.

— Je comprends. Regarde le chien Wallace...

Il désigna du doigt l'endroit où le scotch-terrier du lieutenant Shairp nageait en direction du bateau, le long d'une embarcation de location, encouragé par Shairp qui riait.

— Observe comment il nage, poursuivit Donovan. La prochaine fois que tu descendras l'échelle de corde pour affronter les requins, dis-toi que tu as quatre pattes et pas seulement deux. Mets-toi à plat ventre, sors la tête de l'eau et remue tes membres comme s'il s'agissait de palmes de canard. (Il donna une pièce d'argent de six pence à un Noir rayonnant après que ce dernier eut déposé un tas de paquets sur le pont.) Alors, tu sauras nager, Richard. En te rappelant Wallace et les quatre pattes, tu resteras dans l'eau en flottant, il n'y a pas d'autres trucs ou astuces pour nager.

— Johnny Power sait nager. Pourtant il n'en a pas profité pour nous quitter.

— Il ne se serait pas montré aussi docile à Ténériffe s'il avait su ce que je viens d'apprendre aujourd'hui.

Inquiet, Richard pencha la tête.

— De quoi s'agit-il ?

— Cette flotte a quitté Portsmouth avec juste les cartouches que les soldats avaient dans leurs sacoches, et pas un gramme de poudre en plus.

— Vous plaisantez !

— Non. Voilà comment cette expédition a été organisée ! Ils ont simplement oublié les munitions !

— Seigneur !

— Je ne l'ai découvert qu'en apprenant que Son Excellence le gouverneur Phillip avait réussi à acheter dix mille cartouches ici, à Rio.

— Ainsi, ils n'auraient pas eu le moyen de réprimer une mutinerie sur l'un de ces bateaux – j'ai constaté à quel point les soldats de l'*Alexander* prennent soin de leurs canons et de leurs munitions – et ils n'auraient pas gâché une cartouche pour tout l'or du monde.

Donovan jeta un coup d'œil aigu à Richard, ouvrit la bouche pour dire quelque chose, mais changea d'avis et s'accroupit près de ses paquets.

— Voilà un certain nombre des choses que tu m'as demandées. J'irai chercher les autres demain. Le bruit court que nous allons lever l'ancre. (Il empila les paquets dans les bras de Richard.) De l'huile de goudron et de la pommade achetée à une vieille femme – une espèce de sorcière, affreuse à voir, mais qui s'y connaît. Plus de l'écorce pilée qui, elle l'assure, soigne les fièvres. Et une bouteille de laudanum au cas où l'eau de Rio donnerait la dysenterie ; les médecins le craignent mais le lieutenant King reste optimiste. Sans oublier une quantité de bons chiffons et quelques chemises d'un beau coton auxquelles je n'ai pas pu résister. J'en ai acheté pour moi et j'ai pensé à toi. Dans un climat chaud, il n'y a que le coton pour assurer fraîcheur et confort. Je n'ai pas pu trouver de malt : les médecins, qu'ils aillent au diable, étaient passés avant moi dans les magasins. Mais faites sécher au soleil des écorces d'orange et de citron et mâchez-les. Tous les marins savent que cela combat le scorbut.

Richard posa sur le visage de Donovan un regard plein d'affection et de gratitude, mais le quatrième officier était trop avisé pour y voir autre chose que ce qu'il exprimait réellement. De l'amitié. Ce qui était déjà beaucoup, de la part de cet homme qui devait avoir aimé mais n'était pas disposé à aimer de nouveau. Qui avait-il perdu ? Et dans quelles circonstances ? Certainement pas cette femme qui lui avait ouvert les portes des paradis de la chair. Tandis qu'il en parlait, l'expression de son visage avait révélé qu'il en était révolté. Ce n'était donc pas une femme. Et ce ne pouvait être un homme. « Un jour, se promit Donovan, je connaîtrai toute ton histoire, Richard Morgan. »

Lorsqu'il voulut quitter le bateau le lendemain matin, il rencontra Richard qui l'attendait à côté de l'échelle de corde.

— Une autre faveur ? demanda-t-il avec l'expression de quelqu'un qui ne demandait qu'à l'accorder.

— Non, quelque chose que je dois payer, cette fois.

Richard désigna le pont en se baissant comme s'il y avait remarqué un objet intéressant. Donovan s'accroupit à côté de lui et personne ne vit les sept pièces d'or changer de main.

— Que veux-tu donc ? s'étonna Donovan. Avec ça tu pourrais acheter une topaze de la taille d'un citron ou encore une améthyste à peine plus petite.

— J'ai besoin de poudre d'émeri et de colle de poisson très forte, autant qu'il sera possible d'en acheter avec cet argent.

Donovan le regarda, bouche bée.

— De la poudre d'émeri ? De la colle de poisson ? Que diable veux-tu en faire ?

— Il est peut-être possible de s'en procurer au cap de Bonne-Espérance, mais je crains que les prix ne soient excessifs là-bas. Il est sans doute plus avantageux d'en chercher à Rio de Janeiro, répondit Richard, éludant la question.

— Tu ne réponds pas à ce que je t'ai demandé. Tu es un homme mystérieux, mon ami. Dis-moi de quoi il s'agit, sinon je n'achète rien.

— Puisque vous le voulez, vous le saurez, dit Richard avec un grand sourire. (Il porta son regard au-delà de la baie, vers les collines situées au nord, couvertes par la jungle.) Pendant cet interminable voyage, j'ai passé beaucoup de temps à me demander ce que je ferais lorsque nous aurions enfin atteint Botany Bay. Peu d'hommes ont des aptitudes professionnelles parmi les forçats. Nous avons tous entendu les officiers de marine parler entre eux de ce qu'il allait advenir de tout ce monde, surtout depuis que nous sommes arrivés à Rio. Le lieutenant Ralph Clark est intarissable sur ce sujet. Il nous arrive de glaner quelques informations utiles au milieu de ses gémissements à propos des bouffons qui s'enivrent sur la poupe du *Friendship* ou, encore, de sa femme et de son fils, principal sujet de ses récriminations. (Richard poussa un soupir.) Mais je ne veux pas m'égarer à commenter les propos du second lieutenant ! Revenons à ce que je disais, à savoir que peu de forçats connaissent un métier. J'ai moi-même quelques capacités et il y en a une que je pourrai utiliser là-bas car je devine qu'il nous faudra abattre des arbres et les scier. Je sais aiguiser les scies et, plus important encore, je sais changer leurs dents. C'est un art peu répandu. Mon cousin James a pu me procurer des outils et faire venir à bord une caisse qui en est pleine. J'imagine qu'on peut trouver des limes sur ces bateaux, mais si les réserves ont été calculées aussi juste que pour la poudre, elles doivent être peu nombreuses. Quant à la poudre d'émeri et à la colle, il n'y en a probablement pas. Ce que vous m'avez dit à propos des cartouches de mousquet n'est guère encourageant. Que pourrons-nous faire si les Indiens de la Nouvelle-Galles du Sud se révèlent aussi féroces que des Mohicans ?

— C'est une bonne question, admit Donovan. Mais comment comptes-tu employer cette poudre d'émeri et cette colle de poisson ?

— Je fabriquerai mon propre papier émeri et mes propres limes à revêtement d'émeri.

— Pourrais-tu utiliser les limes ordinaires, si la flotte en avait, par hasard ?

— Oui, mais c'est tout l'argent dont je peux disposer et je ne veux pas recourir davantage à votre générosité. Je compte sur mes outils.

— Obtenir de toi des informations est aussi difficile que de tirer du sang d'une pierre, soupira Donovan avec un sourire. Un jour, je saurai tout.

— Il n'y a rien d'intéressant à apprendre. Mais je vous remercie.

— Oh, je suis ton obligé, Richard ! Si je n'avais pas dû fouiner partout pour trouver tes médicaments, je n'aurais jamais découvert la moitié des aspects fascinants de Rio. Comme Johnstone et Shairp, je me serais limité aux cafés, aux petits pains sucrés, au rhum, au porto, ou à lécher les bottes de quelque personnage portugais dans l'espoir d'en obtenir un précieux petit souvenir.

Sur ce, il descendit l'échelle de corde avec l'aisance de quelqu'un qui a fait cela des milliers de fois, tout en sifflotant joyeusement.

Le dernier dimanche d'escale à Rio, le révérend Richard Johnson, chapelain de l'expédition et bien connu pour sa conception méthodiste, mais modérée de l'Eglise d'Angleterre, vint célébrer le service sur l'*Alexander*. L'office bénéficia de l'accompagnement sonore, très catholique, des cloches d'églises sonnant dans toute la ville. Les ponts avaient été dégagés, signe que le départ était imminent.

Le 4 septembre, ils entamèrent la manœuvre des onze navires et le travail ne fut achevé que le 5. Ils étaient restés un mois à l'ancre à déguster des oranges et à admirer des feux d'artifice. Le fort de Santa Cruz et le *Sirius* échangèrent vingt et un coups de canon en guise de salut. Le rationnement de l'eau potable à trois pintes par jour et par homme avait déjà été institué, signe probable que le gouverneur partageait l'opinion des médecins quant à la qualité de l'eau de Rio.

A la tombée de la nuit, la terre avait disparu de l'horizon. La flotte filait à la recherche des vents d'est, dans l'espoir de couvrir rapidement les 3 300 miles terrestres qui la séparaient du cap de Bonne-Espérance. Ils navigueraient dorénavant en direction de l'est et du sud dans des mers connues mais peu fréquentées. Au cours du voyage, il leur était arrivé de croiser des navires marchands portugais mais, à partir de maintenant, ils n'allaient rencontrer aucun bateau jusqu'au Cap sur leur longue route vers les Indes lointaines.

Richard avait regarni ses réserves et possédait à présent de la poudre d'émeri, de la colle et plusieurs bonnes limes. Sa principale préoccupation concernait les pierres filtrantes. Il en possédait lui-même encore deux, mais ses cinq amis n'en avaient plus. Si le cousin James l'Apothicaire ne se trompait pas, celles dont ils disposaient ne rempliraient plus longtemps leurs fonctions. Aussi, avec l'aide de Mr Donovan, il confectionna une sorte de berceau avec des cordes et plongea l'une des pierres hors d'usage dans l'océan pour la laisser quelque temps à la traîne, avec l'espoir qu'elle ne tenterait pas un requin. Cette mésaventure était arrivée au pantalon d'un officier, mis à flotter en vue d'un bon lessivage. Un requin avait happé la moitié de la ligne et avalé le pantalon avant de le recracher avec dégoût.

Une semaine plus tard, Richard récupéra la pierre et la laissa sur le pont exposée au soleil et à la pluie. Une seconde pierre bénéficia du même bain. Richard espérait traiter toutes les pierres avant qu'elles soient définitivement gâtées.

Quand ils se trouvèrent plus au sud à la recherche du puissant courant qui devait les aider à pousser en direction de l'Afrique, ils rencontrèrent des groupes de baleines blanches, qui descendaient également vers le sud. Ces massives créatures avaient un nez qui, de profil, ressemblait à de petites falaises au-dessous desquelles s'ouvrait une mâchoire bizarrement effilée, armée de dents redoutables. Leur queue était carrée, leurs nageoires plus petites et elles étaient moins acrobatiques que les baleines qu'ils avaient croisées précédemment. Les eaux étaient peuplées comme d'habitude de marsouins, de dauphins et de requins en grande abondance, mais il devenait difficile d'attraper des poissons consommables car ils nageaient plus vite et à une plus grande profondeur. Un banc passait parfois à proximité, ce qui procurait de quoi préparer une soupe, mais le menu se composait le plus souvent de viande salée et de pain dur rempli de charançons et de vers. Personne n'avait beaucoup d'appétit. Heureusement, les détenus avaient entreposé d'abondantes provisions d'écorces de citron séchées et se les partageaient pour en mâchonner chaque jour un petit morceau.

De grands oiseaux de mer appelés « albatros » devenaient de plus en plus nombreux à l'approche du sud mais, quand un soldat sortit son mousquet avec l'ambition de s'offrir un rôti pour le dîner, les hommes d'équipage le retinrent avec horreur. Tuer l'un de ces rois des airs portait malheur au bateau.

La nouvelle maladie éclata d'abord parmi les soldats et se répandit bientôt parmi les détenus. Il fallut donc reprendre les fumigations, les brossages et le passage au lait de chaux. Une fois de plus, la plate-forme d'isolement se remplit et l'un des détenus expira au cours d'une tempête rugissante. Le docteur Balmain – qui venait plus volontiers maintenant que l'affreuse puanteur avait disparu – se partageait entre la prison et l'entrepont. Chaque fois que le temps le permettait, il ordonnait une nouvelle fumigation, accompagnée de brossage et d'un passage au lait de chaux, alors qu'à l'évidence ce rituel était inopérant. Tout au plus servait-il à donner davantage de clarté, ce qui permettait à Richard, Bill, Will, Neddy et quelques autres de lire en bas si le pont était trop encombré.

Durant les forts coups de vent, il apparut que le capitaine Sinclair connaissait son affaire. Il faisait donner de la voile au moment précis où le vent était bon et carguer aussitôt qu'il aigrissait. Donnez, carguez, donnez, carguez... Pas étonnant que John

Power, Willy Dring et Joe Robinson ne fassent que de rares apparitions à la prison. Les officiers avaient besoin de tous les bras disponibles. Rien de pire que d'en manquer si l'on voulait pouvoir se reposer convenablement entre les quarts.

Vers la fin septembre, les tempêtes d'équinoxe faiblirent un peu, la mer devint plus facile et le pont de nouveau accessible. Par beau temps comme par mauvais temps, l'*Alexander* tenait bien la mer et n'embarqua jamais assez d'eau pour qu'il soit nécessaire de bloquer les écoutilles. Cela ne s'était produit qu'une seule fois depuis qu'ils avaient quitté Portsmouth.

Quand John Power se montrait à la prison, les rares fois où son service le lui permettait, il semblait à la fois exalté et épuisé, de même que Willy Dring et Joe Robinson, tout aussi nerveux. Ils ne cherchaient jamais à rejoindre l'équipe de Power, vers la cloison avant, ce qui étonnait Richard. Il aurait cru que leur travail commun de marins tisserait entre eux des liens d'amitié. Au contraire, ils avaient l'air gênés quand ils le rencontraient.

Les choses continuèrent au même train pendant toutes ces semaines – un tour sur le pont pour pêcher, de la lecture, des chansons, des conversations avec l'un ou l'autre groupe, des parties de dés ou de cartes, des efforts pour avaler les rations de nourriture. Ils devenaient tous de plus en plus maigres. Les quelques provisions qu'ils avaient pu faire à Rio fondaient à ce régime de misère. Vers la cloison arrière à bâbord, personne ne remarqua quoi que ce soit – aucune différence, aucun changement d'atmosphère, pas de murmures étouffés, aucune tentative d'effraction dans la cale à pain. Qui en aurait voulu, d'ailleurs ? Willy Dring et Joe Robinson s'étaient terrés dans leur compartiment et paraissaient somnoler constamment. Richard le remarqua mais le fait, quoique curieux, lui parut sans conséquence. Ils avaient travaillé durement pendant deux bonnes semaines.

Mais, le 6 octobre, alors qu'ils approchaient du continent africain, un détachement de dix soldats descendit dans la prison et se saisit de John Power. Il voulut se débattre mais fut frappé sans ménagement et hissé par l'écoutille arrière sous les yeux stupéfaits des autres détenus. Quelques minutes plus tard, les soldats revinrent pour emmener les deux hommes de Nottingham, William Pane et John Meynell, qui occupaient le compartiment voisin de celui de Power. Puis, plus rien. Power, Pane et Meynell ne revinrent jamais.

Richard apprit l'essentiel de l'histoire par Stephen Donovan et le reste par Willy Dring et Joe Robinson.

Power et quelques hommes d'équipage avaient fomenté une mutinerie en s'appuyant sur le fait que les deux tiers des soldats embarqués n'étaient pas aptes à leur service.

— Je n'ai jamais connu un plan aussi inconséquent, remarqua Donovan, confondu. Ils se proposaient tout simplement de prendre possession du bateau ! Et, dans leur folie, pas la moindre méthode ! Je n'étais pas au courant et je parierais que le jeune Shortland ne l'était pas non plus. Quant à Son Eminence William Aston Long, pas question de s'abaisser à cela quand on vise un poste de premier plan au retour. Le vieux Bones ? Il assure que non, mais je ne le crois pas, et Esmeralda non plus. Après s'être emparés du gaillard d'arrière et du canon à mitraille, leur idée était de rallier les soldats et les détenus, puis de prendre le gouvernail et de gagner l'Afrique. Ils prévoyaient sans doute d'enfermer Esmeralda, Long, Shortland et moi-même ainsi que les hommes d'équipage qui n'étaient pas d'accord avec vous autres, dans la prison. Je doute qu'ils aient songé à en assassiner certains.

— Attendez-moi un instant, dit Richard.

Il descendit dans la prison pour questionner Willy Dring et Joe Robinson.

— Que savez-vous de tout cela ? demanda-t-il.

Ils parurent soulagés d'un grand poids.

— Power nous en a parlé et nous a demandé de nous joindre à eux, expliqua Dring. Je lui ai répondu qu'il était fou, qu'il devait abandonner cette idée. Après, il a veillé à ne plus en dire un mot quand on était dans les parages, mais il savait que nous ne le trahirions pas. Ensuite Mr Bones nous a renvoyés.

Richard retourna sur le pont.

— Dring et Robinson étaient au courant mais n'ont pas voulu en être. Je pense que Bones marchait avec eux. Que s'est-il donc passé ?

— Deux détenus ont informé Esmeralda.

— Il y a toujours des mouchards, dit Richard un peu comme s'il se parlait à lui-même. Meynell et Pane, de Nottingham. Rien que de la mauvaise graine.

— Dring et Robinson ont respecté le code d'honneur qui régit les relations entre voleurs, mais les deux autres cherchaient à se faire bien voir des officiels et à être mieux nourris. Tu trouves cela mal. Pourquoi donc ?

— Parce qu'il y a eu d'autres dénonciations, voilà déjà quelque temps que je le soupçonnais. Une fois les noms connus, tout se met en place. Où sont-ils maintenant ?

— A bord du *Scarborough,* je crois. Dès qu'il a été informé, Esmeralda a pris une chaloupe pour aller voir Son Excellence. Je suis allé le hisser sur l'échelle de corde. Le *Sirius* a envoyé deux douzaines de soldats et les hommes d'équipage que les mouchards avaient donnés ont été arrêtés. Pour Mr Bones et quelques autres, il n'y a pas de preuves. Mais ils ne recommenceront sans doute pas, même s'ils détestent Esmeralda parce qu'il noie leur rhum pour mieux leur en vendre ensuite.

— Que va-t-on faire de Power ? s'enquit Richard, la gorge serrée.

— On l'a emmené sur le *Sirius* pour l'attacher sur le pont. Il ne reviendra pas sur l'*Alexander,* c'est certain. (Donovan scruta Richard avec curiosité.) Tu l'aimais bien, n'est-ce pas ?

— Oui, beaucoup, tout en comprenant qu'il s'était mis dans de mauvais draps. Certains hommes attirent les ennuis comme un aimant. Il est de ceux-là. Mais je ne crois pas qu'il soit coupable du délit dont on l'a accusé. Il était désespéré, il voulait seulement rentrer s'occuper de son père malade.

— Je sais. Mais, si ça peut te consoler, je pense que, lorsque nous aurons dépassé la ville du Cap et qu'il n'aura plus aucune chance de regagner son pays, il deviendra un détenu modèle.

Ce n'était guère une consolation, peut-être parce qu'il semblait à Richard qu'il n'avait pas lui-même rempli toutes ses obligations filiales. Ses pensées allaient au cousin James l'Apothicaire plus souvent qu'à son père.

Il pouvait encore faire une chose pour John Power et il le fit sans le moindre scrupule : il communiqua le nom des mouchards à tous, d'un bord à l'autre. Les mouchards ne changent jamais : ils trahiraient de nouveau à la première occasion. Quand le *Scarborough* arriverait au Cap, on lui passerait le mot. La réputation de Pane et de Meynell serait faite auprès de tous les forçats, telle qu'ils le méritaient, et ils risquaient de n'avoir pas la vie facile à Botany Bay.

Le docteur Balmain connaissait le remède à la morosité qui régnait dans la prison. Il ordonna à nouveau fumigation, brossage et lait de chaux.

— Tout ce que je désire vraiment, Richard, déclara Bill Whiting avec ardeur, c'est d'attaquer ce foutu Balmain, de faire exploser de la poudre à fusil devant sa figure et de le brosser des pieds à la tête avec de l'huile de goudron !

La ville du Cap était superbe, sans toutefois se comparer à Rio de Janeiro. Ce fut du moins l'avis général des forçats, toujours réduits à regarder la rive depuis le pont sans pouvoir en savourer directement les merveilles. Rio offrait non seulement un paysage plus saisissant, mais débordait aussi d'une population joyeuse, naturelle, pleine de couleurs et de vitalité. L'aspect du Cap, balayé par les vents, était plus aride ; il manquait à son port ces hordes de bateaux ambulants avec tous ces visages noirs épanouis. C'était peut-être dû à l'influence des sévères calvinistes et au caractère hollandais. De nombreux bâtiments étaient peints en blanc (qui, on le comprend, n'était pas la couleur favorite des détenus) et l'on remarquait peu de verdure dans la ville. Une haute montagne, au sommet plat et broussailleux, s'élevait derrière une étroite plaine côtière. Ce que les livres disaient d'elle était tout à fait vrai : l'épaisse couche de nuages blancs qui la couronnaient avait l'air d'une nappe jetée sur ce que l'on appelait justement la Montagne de la Table.

Il y avait trente-neuf jours qu'ils avaient quitté Rio et l'on était le 14 octobre, la pleine saison de printemps dans l'hémisphère Sud. Ils naviguaient maintenant depuis cent cinquante-quatre jours – vingt-deux semaines – depuis qu'ils avaient quitté Portsmouth et avaient parcouru 9 900 miles terrestres. Il leur restait encore un long chemin à faire. A aucun moment les onze navires ne s'étaient éloignés les uns des autres. Le gouverneur et chef de convoi Arthur Phillip avait gardé son troupeau bien rassemblé.

Pour les détenus, l'escale n'était rien d'autre que la stabilité retrouvée sur le pont et sur la table où ils prenaient leurs repas. Le lendemain de leur arrivée, ils eurent droit à de la viande fraîche, accompagnée d'un merveilleux pain hollandais, frais lui aussi et moelleux, ainsi que de légumes verts – des choux et une sorte de feuilles vert sombre au goût prononcé. Les appétits se réveillèrent et tous s'efforcèrent de retrouver une bonne condition physique afin de survivre pendant l'ultime étape, que l'on disait plus longue de 1 000 milles nautiques que le trajet de Portsmouth à Rio.

— Seuls deux voyageurs ont déjà parcouru la route que nous allons suivre, expliqua Stephen Donovan à Richard en lui offrant du beurre pour le pain. Le Hollandais Abel Tasman nous a laissé des cartes de son expédition, accomplie il y a plus d'un siècle. Bien entendu, nous avons aussi les cartes du commandant Cook et de son subordonné, le commandant Furneaux, qui, lors du second voyage de Cook, descendit tout en bas du monde jusqu'à une terre glacée. Mais personne ne sait réellement ce qui nous attend. Nous voilà toute une armée à bord de onze navires, tentant d'atteindre la Nouvelle-Galles du Sud en partant du cap de Bonne-Espérance. La Nouvelle-Galles du Sud est-elle une partie de ce que le Hollandais appelle la Nouvelle-Hollande, à 2 000 milles nautiques à l'ouest ? Cook n'en est pas certain car il n'a jamais aperçu aucune côte au sud reliant les deux points. Ce qu'ils ont pu faire de mieux, lui et Furneaux, c'est de démontrer que la Terre de Van Diemen ne fait pas partie de la Nouvelle-Zélande, comme l'avait pensé Tasman, et qu'elle forme plutôt l'extrémité la plus méridionale de la Nouvelle-Galles du Sud, qui est une bande côtière s'étendant sur plus de 2 000 milles au nord de la Terre de Van Diemen. S'il existe vraiment une Grande Terre du Sud, personne n'en a jamais fait le tour ; dans ce cas, elle devrait couvrir trois millions de miles carrés, c'est-à-dire plus que toute l'Europe.

Richard sentit les battements de son cœur s'accélérer.

— Vous voulez dire, je pense, que nous n'avons pas de pilote.

— C'est plus ou moins ça. Nous n'avons que Tasman et Cook.

— Est-ce pour cette raison que tous les explorateurs ont abordé l'océan Pacifique par le cap Horn ?

— Oui. Cook a choisi presque toujours le cap Horn. On considère que le cap de Bonne-Espérance ouvre sur les Indes orientales, le Bengale et Cathay, mais pas sur le Pacifique. Regarde le port et tous ces bateaux qui en sortent. Ils vont faire voile vers l'est, mais aussi vers le nord pour bénéficier d'un courant de l'océan Indien qui va les pousser jusqu'à Batavia. Ils atteindront ces latitudes au moment où les vents de la mousson d'été prendront le relais pour les mener plus au nord. Les vents d'hiver les ramèneront chez eux, chargés, avec trois grands courants pour les aider : l'un qui court au sud en passant par un détroit situé entre l'Afrique et Madagascar, le deuxième qui leur facilite le passage du cap de Bonne-Espérance et les mène dans l'Atlantique Sud, et le troisième qui les conduit au nord en longeant la côte africaine. Les vents sont importants, mais les courants le sont parfois davantage.

La gravité de Donovan s'était accrue et Richard s'en inquiéta.

— Mr Donovan, qu'y a-t-il que vous ne voulez pas dire ?

— Ah, tu es un homme intelligent. Très bien, je serai franc. Ce deuxième courant, celui qui fait le tour du cap de Bonne-Espérance, coule de l'est à l'ouest. Parfait pour rentrer chez nous, mais le diable pour partir ailleurs. Il est impossible de l'éviter car il couvre plus de cent milles nautiques en largeur. Si l'on navigue au nord-est en direction des Indes orientales, on peut s'en sortir. Mais nous devons aller à la recherche des grands vents d'ouest au sud du Cap et c'est une tâche autrement difficile pour un marin. Notre dernière étape se trouvera considérablement allongée car nous ne découvrirons pas tout de suite notre route vers l'est. J'ai déjà navigué jusqu'au Bengale et au pays de Cathay, je connais bien la pointe de l'Afrique.

Sa curiosité soudain éveillée, Richard contempla le quatrième officier avec étonnement.

— Mr Donovan, pourquoi êtes-vous engagé pour ce voyage incertain vers un endroit où seul Cook est allé et qu'il est le seul à avoir vu ?

Les beaux yeux bleus étincelèrent.

— Parce que je veux entrer dans l'histoire, Richard, même si mon rôle n'est qu'insignifiant. Nous avons embarqué pour une aventure épique, pas pour nous traîner sur les vieilles routes, même quand elles nous mènent à des pays au nom aussi prestigieux que Cathay. Je n'ai pas les relations qui pourraient me permettre de m'engager dans la Royal Navy ou de faire partie d'une expédition de la Royal Society. Quand Esmeralda Sinclair m'a demandé si je voulais m'embarquer comme second, j'ai saisi cette occasion. Et je n'ai pas protesté quand il m'a rétrogradé. Pourquoi ? Tout simplement parce que nous sommes en train de faire quelque chose que personne n'a encore jamais fait ! Nous emmenons plus de cinq cents malheureux pour qu'ils aillent vivre sur une terre vierge, sans la moindre préparation. Comme si nous les transportions de Hull à Plymouth. Une folie incommensurable ! Que se passera-t-il si, une fois arrivés à Botany Bay, nous découvrons qu'il est impossible d'y faire son trou ? Le voyage vers Cathay serait trop long avec tant de gens. Mr Pitt et l'Amirauté nous ont confiés aux dieux, Richard, sans prévoyance, sans scrupule. Il aurait fallu d'abord envoyer, deux ans plus tôt, une expédition avec des gens compétents pour repérer un peu l'endroit. Mais non : cela aurait coûté trop cher et n'aurait pas débarrassé l'Angleterre d'un seul de ses forçats ! Même si nous devons périr, cette expédition représente une grande étape de l'histoire et j'en fais partie. Et tant pis si je meurs pour avoir tenté ma chance. (Il reprit son souffle et sourit largement.) Cela me fournit aussi l'occasion d'entrer dans la Royal Navy en tant qu'homme expérimenté, avec rang d'officier. Qui sait ? Je finirai peut-être par obtenir le commandement d'une frégate.

— Je l'espère pour vous, dit Richard avec sincérité.

— J'abandonnerais volontiers cela pour toi, répondit Donovan d'un ton malicieux.

Richard prit cette déclaration à la lettre.

— Mr Donovan ! Je vous connais assez bien à présent pour savoir que votre passion la plus profonde ne concerne pas la chair. Voilà une exagération typiquement irlandaise.

— Oh, la chair, la chair, la chair ! Honnêtement, Richard, tu pourrais en remontrer à un papiste célibataire ! Qu'est-ce qu'ils font donc à Bristol ? Je n'ai jamais rencontré un homme en proie à tant de culpabilité pour ce qui n'est après tout que l'exercice d'une fonction naturelle ! Ne sois donc pas si naïf ! La compagnie, mon vieux, la compagnie ! Les femmes ne sont rien d'autre qu'une compagnie. Elles se perdent dans des mesquineries. Quand elles sont pauvres, elles triment. Quand elles ont quelques biens, elles brodent, dessinent et peignent, prononcent quelques mots d'italien et donnent des ordres à leur gouvernante. Elles sont incapables d'une vraie conversation. Et, pour cette raison, bien des hommes ne se satisfont pas de leur compagnie, ajouta-t-il d'un ton plus calme. Par ailleurs, je ne suis pas totalement irlandais. Il y a pas mal de sang viking en Ulster. C'est sans doute pour cela que j'aime naviguer afin de voir des lieux inconnus. C'est ma partie irlandaise qui me fait rêver. Le Viking cherche à transformer ces rêves en réalités.

Cependant, les réalités de la ville du Cap n'offraient guère matière aux rêves. Les citoyens hollandais qui dirigeaient la ville (la population anglaise veillant sur les intérêts de l'honorable Compagnie des Indes orientales était considérable) se frottaient les mains avec jubilation à l'idée de réaliser de confortables profits et faisaient traîner pendant des semaines les négociations pour l'approvisionnement de la flotte. Il y avait eu une famine... les récoltes avaient été mauvaises deux années durant... les troupeaux d'animaux étaient peu fournis... et ainsi de suite. Le gouverneur Phillip assistait jour après jour aux réunions et gardait un calme imperturbable, conscient du fait qu'il s'agissait de tactiques visant à faire monter les prix. Il ne s'attendait pas à autre chose dans cette ville du Cap.

Et il comprenait peut-être mieux que certains de ses subordonnés que ces longues escales dans un port étaient ce qui maintenait dans une certaine forme les détenus, ainsi que les soldats. C'était lui qui s'était arrangé pour la distribution des oranges, de la viande fraîche et du pain, ainsi que des légumes. Le monde maritime n'était pas organisé pour le transport de centaines de passagers pendant un an. Mieux valait permettre à ces pauvres hères de soutenir leurs corps par une nourriture convenable assez longtemps pour qu'ils puissent affronter la prochaine étape.

Duncan Sinclair eut une violence querelle avec l'agent de l'armateur, Mr Zachariah Clark, et refusa la première livraison de pain qui venait d'être cuit, affirmant que ce n'était que de la sciure de bois. Il veillait à embarquer autant d'animaux que ses ponts pouvaient en accueillir, principalement des moutons et des porcs dont la moitié provenaient des services publics et devaient être gardés à la disposition du gouvernement à Botany Bay. Il y avait aussi des poulets, des canards, des oies, des dindons ; la poupe et l'espace encore disponible à l'arrière ressemblaient à une ferme.

Du haut de sa dunette, Sinclair avait vue sur des croupes laineuses. Des balles de foin et des sacs de fourrage étaient entassés sous les plates-formes inférieures de la prison, laissant tout juste assez de place pour les seaux de toilette et certains effets. Entre-temps, les voleurs avaient été repérés parmi eux et, après une fouille minutieuse, il n'était pas difficile de retrouver les affaires qui pouvaient avoir été subtilisées. Ce qui les intéressait surtout, c'était la nourriture et le rhum achetés en fraude au sergent Knight, qui avait des problèmes après avoir été dénoncé par un soldat. Même après tous ces mois passés en mer, beaucoup auraient tué pour du rhum.

Aucun des perroquets du Brésil n'avait survécu. Parmi les animaux de compagnie, seuls restaient Wallace, le scotch-terrier, et la chienne bouledogue du lieutenant Johnstone, baptisée Sophia. Elle était grosse, vraisemblablement par suite d'une visite de Wallace (Shairp trouvait cela très drôle) et tout le monde à bord attendait avec curiosité de voir à quoi ressemblerait la portée. La famille de Rodney avait diminué après qu'on eut fait don de quelques chatons à d'autres bateaux, mais elle restait prospère.

Quand les premières livraisons de provisions pour le voyage en mer arrivèrent à la fin de la première semaine de novembre, le commandant Sinclair fit laver à la brosse la partie de la coque de l'*Alexander* qui n'était pas doublée de cuivre. Inspiré par cette activité, le docteur Balmain ordonna un nouveau cycle de fumigation, brossage et lait de chaux, tant dans la prison que dans l'entrepont où étaient logés les soldats. Il avait la tête pleine du souvenir de délicieuses excursions en dehors de la ville, jusque dans les collines où abondait une végétation de buissons exotiques couverts d'une profusion de fleurs printanières. Quelles fleurs étranges ! Certaines d'entre elles ressemblaient à une touffe d'astrakan de couleur pastel, entourée d'un cercle de perles géantes.

— Je savais bien que j'avais oublié de demander quelque chose à Mr Donovan quand il allait en ville, dit Richard en appliquant vigoureusement son pinceau. C'est de dire aux vendeurs de lait de chaux que notre médecin n'était pas autorisé à en acheter une once !

La flotte quitta le port marchand le 12 novembre au moment

où un navire yankee de Boston y entrait. Les hommes d'équipage s'entassèrent sur le pont pour les regarder passer, bouche bée. Ils n'avaient jamais vu une telle quantité de bateaux sortir en même temps d'un port quelconque. L'escale avait duré trente jours et les cales étaient pleines. Les femmes déportées avaient dû descendre du *Friendship* pour faire de la place aux moutons et à du bétail. Sur le *Lady Penrhyn,* se trouvaient un étalon, deux juments et un poulain destinés au gouverneur. Les autres bateaux transportaient eux aussi des chevaux et du bétail, des moutons, des porcs, de la volaille, entassés là où c'était possible. L'approvisionnement en eau posait un problème. On avait prêté beaucoup d'attention au logement des chevaux, en ne leur laissant que quelques pouces de jeu pour s'étendre ou pour bouger. Un cheval disposant de trop d'espace et susceptible de perdre l'équilibre était un cheval mort. Le bétail faisait lui aussi l'objet de tous les soins.

La dernière étape commença comme l'avait prévu Stephen Donovan. La flotte naviguait à la fois contre le vent et contre le courant. Et pas dans les meilleures conditions. Des coups de vent faisaient forcir l'océan. Le mal de mer fit sa réapparition parmi les plus sensibles. Finalement, le chef de convoi ordonna à toute la flotte de rester dans le sillage du *Sirius*. Les onze navires s'alignèrent tandis que John Hunter, commandant du *Sirius,* cherchait sans succès un vent favorable. Les coups de vent cessèrent le lendemain et ce fut de nouveau l'alternance angoissante de calmes plats et de louvoiements, sans beaucoup d'effet.

En treize longs jours, ils n'avaient couvert que 249 milles nautiques au sud-est du Cap. Les rations d'eau avaient été ramenées à 3 pintes par jour, ce que chacun à bord trouvait intolérable, 4 pintes étant déjà insuffisantes. Les lieutenants de l'*Alexander* pestèrent d'avoir à exercer un contrôle comme lors des précédentes périodes de rationnement et cela devint une véritable affaire. Le sergent Knight avait été suspendu de ses fonctions sans limitation de temps. Les deux lieutenants n'avaient donc plus à leur disposition que des caporaux peu motivés pour assurer le service de l'eau avec eux, tandis que Knight, nullement abattu par la mesure, ronflait dans son hamac après avoir bu le rhum qu'il achetait à Esmeralda. Le major Ross avait pensé que les activités de Knight diminueraient, mais il n'avait aucune idée de l'argent que celui-ci avait accumulé pendant le voyage en revendant le rhum à des hommes comme Tommy Crowder.

Les baleines abondaient. Au cours des deux dernières semaines, les détenus, fascinés, passèrent des heures sur le pont à essayer de les compter. On aurait cru l'océan parsemé de gros rochers crachant des jets d'eau ; il s'agissait essentiellement de baleines blanches. Ils observèrent une nouvelle espèce de marsouins, très grande et au nez épointé. Certains marins affirmèrent qu'il s'agissait d'épaulards, mais une discussion révéla que personne ne savait au juste à quoi ressemblait un épaulard. Les requins étaient si gros que, parfois, ils se risquaient à attaquer une petite baleine en sautant hors de l'eau la gueule ouverte pour lui mordre la tête, laissant ensuite derrière eux un cratère béant et sanglant. S'il s'agissait de renards de mer, ils se servaient aussi de la longue lame surmontant leur queue pour trancher et frapper. Par une nuit au clair de lune inoubliable, incapable de trouver le sommeil, Richard assista à un combat titanesque au milieu des eaux argentées entre une baleine et ce qu'il aurait juré être une pieuvre géante dont les tentacules s'enroulaient autour du gros animal. Puis la baleine émit un son étrange et entraîna son adversaire dans les profondeurs. Qui savait ce qui pouvait se cacher dans un monde où ces géants mesuraient 80 pieds de long et les requins près de 30 ?

Le bruit commença à se répandre que le gouverneur Phillip projetait de disperser la flotte pour prendre avec lui les deux ou trois bateaux les plus rapides afin d'aller de l'avant, en laissant les traînards derrière lui. Le *Charlotte* et le *Lady Penrhyn* n'avaient aucune chance, les ravitailleurs étaient trop lents et le *Sirius* n'était pas bon à la course. Les officiers avaient essayé tous les moyens pour trouver un vent favorable, y compris en plaçant les bateaux face à des directions différentes, mais sans résultat.

Après deux semaines de mer, la chance leur sourit enfin. Ils rencontrèrent une bonne brise et filèrent dans la houle au sud-est en couvrant huit nœuds à l'heure. Mais la mer était si forte que le *Lady Penrhyn* – transportant les précieux chevaux de Phillip – gîta sur le côté, au point de mouiller son plat-bord et la pointe de ses mâts, jusqu'à ce qu'une énorme vague le redresse en s'abattant sur son arrière et en courant sur toute sa longueur. Il avait embarqué tellement d'eau que tout le monde dut se mettre aux pompes. Mais les chevaux n'avaient pas souffert et le bétail non plus.

Le vent bascula de nouveau. Le gouverneur Phillip dut s'incliner devant ce qu'il ne pouvait plus éviter et décida de séparer la flotte en deux. Il s'installerait lui-même sur le *Supply* et prendrait avec lui l'*Alexander,* le *Scarborough* et le *Friendship,* tandis que le commandant Hunter, du *Sirius,* aurait sous sa responsabilité les sept autres navires, plus lents. Le *Supply* prendrait de l'avance seul. Le lieutenant John Shortland, l'agent maritime, monterait à bord de l'*Alexander* et commanderait de là le *Scarborough* et le *Friendship,* les trois bateaux devant rester groupés.

La décision du gouverneur suscita des critiques. De nombreux officiers, du secteur naval ou militaire, pensèrent que, s'il avait eu l'intention de diviser la flotte, Phillip aurait dû le faire après l'escale de Rio de Janeiro. Mais Phillip n'était pas du genre à agir ainsi, songea Richard en entendant Johnstone et Shairp pester parce qu'ils auraient dorénavant à partager le petit paradis qu'ils s'étaient aménagé à l'arrière. Le gouverneur était comme une mère poule et il détestait l'idée d'avoir à abandonner le moindre de ses poussins. Oh, comme il allait s'inquiéter ! Son groupe emmenait la plupart des détenus de sexe masculin qui pourraient se mettre au travail à Botany Bay sans être encombrés de femmes et d'enfants. D'après ses calculs, il devait arriver au port au moins deux semaines avant l'autre partie de la flotte.

Les détenus pouvant se dire jardiniers, fermiers, charpentiers ou scieurs (ces derniers en tout petit nombre) furent transférés sur le *Scarborough* ou le *Supply,* bien que l'*Alexander* offrît à l'évidence davantage de place. Mais personne ne voulait embarquer ces hommes indispensables sur le Bateau de la Mort. En revanche, le gaillard d'arrière de l'*Alexander* se trouvait à présent surpeuplé. Le lieutenant Shortland arriva du *Fishburn* avec une montagne de bagages. Zachariah Clark, l'agent de l'armateur, dut céder sa cabine sur le *Scarborough* au major Ross et fut envoyé sur l'*Alexander* en même temps que le lieutenant James Furzer, un quartier-maître (un Irlandais, quelle horreur !). Naturellement, William

Aston Long refusa de céder le moindre pouce sur le gaillard d'arrière...

— J'ai failli mourir de rire, déclara Donovan à Richard sur le pont tandis qu'ils observaient les allées et venues des chaloupes. Les deux officiers écossais détestent le nouveau venu irlandais. Clark est un drôle d'oiseau dans ses meilleurs jours et Shortland ne se montre nullement enchanté de se retrouver sur le bateau qu'il espérait commander. Le jeune Shortland a rejoint papa et Balmain est furieux parce qu'il a dû balancer une partie de ses collections de spécimens qui encombraient toute la grande cabine. Mr Bones et moi-même sommes enchantés de nous trouver là où nous avons toujours été, dans le poste d'équipage.

— Est-ce que ça va leur plaire quand Wallace va aboyer à la lune sur le coup de deux heures du matin par une nuit calme ?

— Ce n'est pas le pire. Sophia ronfle terriblement et elle a fait son nid dans le compartiment de Zachariah Clark, qui a bien trop peur d'elle pour la déménager.

La séparation s'opéra dans la matinée du 25 novembre par mer calme et vent léger. Une fois que tous eurent été transférés, le gouverneur Phillip quitta le *Sirius* dans une chaloupe, salué par trois puissantes acclamations de ceux qui étaient à bord. Il rendit le salut et fut emmené rapidement à la rame vers le *Supply*. Un grand voilier, avait dit Donovan, mais en médiocre condition, qui mouillait et tanguait par gros temps. Un sloop gréé en brick, mais qui aurait dû l'être en senau.

A midi et demi, le *Supply* était parti, suivi des trois « coureurs » (comme ils s'étaient eux-mêmes baptisés), l'*Alexander* en tête. Durant l'exercice, le plus drôle fut qu'au moment précis où Phillip embarquait sur le *Supply*, une bonne brise se leva, ce qui poussa Hunter à faire la course avec les coureurs. Les sept retardataires restèrent visibles jusqu'au lendemain, puis ils ne furent plus qu'une silhouette à l'horizon qui, bientôt, les engloutit jusqu'à la pointe de leurs mâts. Par un temps pareil, le *Supply* tenait la tête sans difficulté et, à la nuit, il fut hors de vue. L'*Alexander*, le *Scarborough* et le *Friendship* naviguèrent un certain temps de conserve, à une encablure l'un de l'autre – soit exactement 200 yards.

405

Deux jours plus tard, ce furent de nouveau les calmes plats et les louvoiements.

— Je ne crois pas que ces fameux vents d'est existent, déclara Will Connelly à Stephen Donovan.

Ayant terminé son service, l'officier se penchait sur le bastingage afin de voir s'il pourrait attraper un poisson pour son dîner.

Donovan se mit à rire doucement.

— Nous allons bientôt les rencontrer, Will, et ils vont arriver en force. Tu vois ces oiseaux bruns ?

— Oui. On dirait des martinets.

— Ce sont les poulets de la mère Carey, annonciateurs de tempêtes. De vraies tempêtes. Et le jour est huileux. Vraiment huileux.

— Comment ça, huileux ? s'étonna Taffy Edmunds.

Il avait été chargé, avec Bill Whiting, de veiller sur les moutons de l'arrière, choix qui avait soulevé de gros rires dans la prison mais ne déplaisait nullement aux deux bergers, tous deux anciens garçons de ferme mais trop rusés pour l'admettre.

— Le temps est beau, non ? demanda Donovan pour le taquiner.

— Ouais. Très beau. Du soleil et pas de vent.

— Mais le ciel n'est pas bleu, Taffy. Et la mer non plus. Nous autres, marins, nous disons que c'est un temps « huileux » car on dirait que le ciel et la mer ont été enduits d'une fine couche de graisse qui les rend lourds, sans vie. Dans l'après-midi apparaîtront quelques fins nuages blancs filant dans le vent comme des feuilles de papier, un vent très fort mais que nous ne sentirons pas encore car il souffle trop haut. Mais demain matin nous serons au cœur d'une violente tempête. Calez bien vos affaires et préparez-vous à voir les écoutilles fermées. Dans quelques heures, vous saurez ce que signifie rencontrer les vents d'est. (Donovan poussa un cri joyeux.) Ça mord !

Il tira sur le pont un poisson qui avait l'air d'un petit cabillaud et s'éloigna d'un pas dansant.

— Vous l'avez entendu ? dit Richard. Nous ferions bien de descendre et d'avertir les autres de ce qui se sépare.

— Huileux, répéta Taffy d'un air songeur. (Il partit en direction de l'arrière, où Bill était en train d'étaler le fourrage qu'il sortait d'un seau). Bill, nos moutons ! Nous allons avoir une tempête de tous les diables !

A l'heure du repas, ce jour-là, de fins nuages filèrent haut dans le ciel. Mais le lendemain il n'y avait personne pour leur apporter à manger. La tempête battait son plein et ne cessait d'empirer, secouant le bateau comme s'il n'eût été qu'une petite balle. Ses flancs retentissaient de coups de boutoir qui résonnaient à l'intérieur comme si l'on avait frappé un tambour, mais les panneaux n'avaient pas encore été cloués.

Les occupants de la prison comprirent qu'on ne leur distribuerait aucune nourriture avant que le mauvais temps s'apaise un peu. Richard grimpa sur une table pour passer la tête à travers l'écoutille, en s'accrochant à elle de peur d'être emporté. Il vit alors l'océan se précipiter sur l'*Alexander* de tous les côtés en même temps. La tentation était trop grande. Il se hissa sur le pont et se réfugia dans un coin abrité contre le mât principal pour observer le déchaînement des eaux, lequel paraissait n'obéir à aucune règle. La mer se précipitait de face, de côté, de l'arrière, simultanément de toutes parts. Le gréement craquait et grinçait sous ses coups mais ces bruits se perdaient dans le hurlement du vent et le grondement des eaux et Richard ne les percevait qu'en collant son oreille contre le bois du mât. La mer noyait les voiles, et les marins, suspendus dans la mâture comme des araignées, en diminuaient certaines ou faisaient prendre les ris à d'autres. L'étrave et le beaupré plongeaient, puis ressortaient au milieu de rafales et d'énormes paquets d'eau de mer au moment où une deuxième vague s'abattait à bâbord comme un coup de tonnerre, une troisième à tribord et une quatrième sur l'arrière. Prudemment, Richard s'était attaché au mât avec un morceau de cordage. Les monstrueuses vagues balayaient le pont avec une force à laquelle aucun homme ne pouvait résister sous la mâture.

Impossible d'apercevoir le *Scarborough* ou le *Friendship* jusqu'au moment où une montagne d'eau souleva l'*Alexander* sur sa crête et l'y maintint en équilibre, le temps de montrer le pauvre *Friendship* roulant sur le flanc et balayé par la mer, avant de le projeter dans un abîme et d'ensevelir ses ponts. Le mouvement recommençait sans fin. C'était extraordinaire. Quel bon bateau que ce vieil *Alexander,* malgré ses bois pourris !

Les écoutilles avaient été verrouillées juste après que Richard eut quitté la prison, mais il ne l'avait pas remarqué, fasciné par le spectacle de cette tempête exceptionnelle. Quand la nuit tomba, il reprit ses esprits, épuisé et bleu de froid, et rampa jusqu'à l'une des chaloupes retournées, sous laquelle il se glissa pour se creuser dans le foin un nid au chaud et au sec. Il s'endormit malgré les éléments déchaînés et s'éveilla au matin dans un air toujours froid mais sous un ciel bleu, non huileux, avec une mer toujours très forte mais moins chaotique. Les écoutilles étaient rouvertes et il se glissa à l'intérieur avec l'impression d'avoir assisté au premier acte de la fin du monde.

Son arrivée fut saluée par des cris de joie qui l'étonnèrent. Depuis Rio, il s'imaginait que les autres avaient acquis une certaine indépendance.

— Richard, Richard ! s'exclama Joey Long en le prenant dans ses bras, le visage ruisselant de larmes. Nous t'avons cru noyé !

— Mais non ! J'étais si occupé à regarder la tempête que je n'ai pas remarqué qu'ils fermaient les panneaux. Calme-toi, Joey. Tout va bien. Je suis seulement trempé et gelé.

Quand il se fut frictionné vigoureusement avec un linge sec, il apprit par les autres que John Bird, un détenu logé plus loin vers l'avant, avait réussi à s'introduire dans la cale pour y voler du pain.

— Nous en avons tous mangé, conclut Jimmy Price. Personne n'est venu nous nourrir.

Ce qui n'empêcha pas Zachariah Clark d'exiger que John Bird soit fouetté pour avoir subtilisé ce qui était la propriété de l'armateur.

Le lieutenant Furzer, un curieux mélange de compassion et d'inertie, calcula que la quantité de pain manquante correspondait à celle qui aurait été distribuée si la distribution avait eu lieu. En conséquence, dit-il, aucune punition ne serait administrée et, le jour même, les détenus recevraient double ration de viande salée et de pain dur.

Malgré leur querelle au Cap, Sinclair avait reconnu en Zachariah Clark son égal en rapacité. A peine Clark était-il installé sur le gaillard d'arrière de l'*Alexander* que Sinclair invita l'agent de l'armateur à partager ses somptueux repas, en échange de son silence sur le trafic de rhum auquel il s'adonnait. Comme Sophia avait transformé la cabine de Clark en pouponnière pour ses chiots, Esmeralda autorisa aimablement Clark à dormir dans sa cabine de jour, dont il ne se servait guère. Aussi, quand Sinclair connut le verdict de Furzer, lui fit-il porter par Clark un message demandant que John Bird soit fouetté pour s'être approprié sans autorisation le bien de l'armateur.

— Rien ne manque, objecta Furzer d'un ton glacial. Pourquoi n'allez-vous pas vous faire pendre ailleurs ?

— Je rapporterai votre insolence au capitaine, répondit Clark avec un hoquet.

— Vous pouvez faire tous les rapports que vous voulez, ça n'y changera rien. C'est moi qui suis responsable des détenus, et non ce foutu paquet de lard.

Tous les matelots d'Esmeralda racontaient à qui voulait les entendre que cette tempête était la pire qu'ils aient jamais connue, surtout à cause de ces énormes vagues qui arrivaient de tous les côtés à la fois – inquiétant, vraiment inquiétant. On avait appris par pavillons que tout allait bien à bord du *Scarborough,* mais il n'en allait pas de même du pauvre *Friendship,* qui avait embarqué de l'eau aussi bien par-devant que par le travers ; il n'y avait plus rien de sec à bord, animaux, vêtements ou literie.

Toutefois, ils avaient enfin rencontré les vents d'est et les trois bateaux, naviguant en ligne à une encablure l'un de l'autre, filaient de l'avant en couvrant au minimum 184 miles terrestres par jour. Ils se trouvaient maintenant à 40 degrés de latitude sud et poursuivaient régulièrement leur route plus au sud. Début décembre, ils affrontèrent une tempête plus terrible encore que la précédente mais qui dura moins longtemps. La température devenait de plus en plus glaciale, alors qu'on était en plein été. Les détenus les moins prévoyants se serraient les uns contre les autres dans les minces vêtements de toile distribués par l'armateur, à la recherche d'un peu de chaleur. Heureusement, ils trouvaient assez de couvertures après tous les décès, et du foin en abondance.

La dysenterie se répandit parmi les prisonniers et les soldats, et des hommes moururent de nouveau. On leur expliqua que le *Scarborough* et le *Friendship* n'étaient pas épargnés, eux non plus. Richard insista pour que la moindre goutte d'eau potable fût filtrée sur les meilleures de leurs pierres. Sur cette mer houleuse, elles ne donnaient que quelques cuillerées à café à la fois. Si tous les bateaux étaient touchés, c'est que leur eau était contaminée. Pour une fois, Balmain renonça à ordonner fumigation, brossage et passage au lait de chaux. Il avait sans doute deviné que cela aurait entraîné une mutinerie.

Bien que le *Friendship* eût mis plus de voilure qu'il n'en avait porté de tout le voyage, il ne pouvait rivaliser avec le *Scarborough* et l'*Alexander,* qui couvraient au moins 207 miles terrestres par jour, parfois davantage. Dans les premiers jours de décembre, le temps s'étant un peu réchauffé, Shortland ordonna aux deux grands bateaux négriers de ralentir leur allure pour que le *Friendship* puisse les rattraper. Puis, un matin, ils furent pris dans un brouillard épais, tout blanc, répandant une lueur nacrée comme une gigantesque perle, féerique, superbe, dangereux. Les trois navires chargèrent leurs canons de poudre et se mirent à tirer des coups réguliers tandis qu'un marin allait sonner la cloche de brume à tribord : bang-bang – une longue pause – bang-bang. Des coups étouffés et de faibles bang-bang leur répondaient du *Scarborough* et du *Friendship* qui, comme l'*Alexander,* gardaient une encablure de distance. Soudain, vers dix heures, le brouillard se leva sur une journée superbe et une brise idéale.

Ils virent dériver une grande quantité d'algues, signe qu'une terre était proche, selon les marins. Mais aucune n'était en vue : seulement de nombreuses bandes d'épaulards qui prenaient un plaisir terrifiant à plonger ou à tourner autour des trois bateaux avançant de conserve. Les algues se mêlèrent bientôt de larges traînées d'huile de baleine formant des rubans sinueux. Quelque part au sud se trouvaient les îles de la Désolation[1]. C'était là que le capitaine Cook avait passé un bien étrange Noël.

Deux jours plus tard, la mer tout entière prit la couleur du sang. Au début, les occupants de l'*Alexander,* effrayés et fascinés, crurent qu'il s'agissait du sang d'une baleine attaquée, puis ils songèrent qu'aucun de ces Léviathans n'aurait pu en donner assez pour teinter les eaux aussi loin. Un autre mystère dont ils ne connaîtraient jamais l'explication.

— Je comprends maintenant pourquoi vous désirez tellement voir des pays étrangers, confia Richard à Donovan. Je n'avais

---

1. Les îles Kerguelen. *(N.d. A.)*

jamais eu envie de m'éloigner de Bristol pour aller plus loin que Bath. C'était là que se trouvait mon monde familier, si étroit fût-il. Quand un homme est contraint de s'en arracher, il ne peut que se développer. Sinon, il est condamné à mourir d'incertitude, comme dans la prison. Ce sentiment d'être lié à un lieu est très vif chez la plupart des gens. Je l'éprouvais et l'éprouve peut-être encore.

— C'est un sentiment très répandu, Richard. Le fait que je ne l'éprouve pas est peut-être dû à la pauvreté et au brûlant désir d'y échapper, de sortir de Belfast, de tout ce qui m'y retenait.

— Avez-vous fréquenté là-bas une institution de charité ?

— Non. Un aimable gentleman m'a pris sous son aile et m'a appris à lire et à écrire. Il disait, et il avait raison, que cela m'ouvrirait la porte pour accéder à une meilleure vie, alors que l'alcoolisme ne mène nulle part.

Donovan sourit comme s'il évoquait un souvenir qui lui était cher. Ne voulant pas aller plus loin, Richard changea de sujet.

— Pourquoi la mer est-elle devenue rouge sang ? L'aviez-vous déjà vue ainsi ?

— Non, mais j'en ai entendu parler. Les marins sont superstitieux et tu en trouveras un certain nombre pour t'affirmer qu'il s'agit là d'un mauvais présage, de la colère de Dieu ou d'une manifestation diabolique. En ce qui me concerne, je n'ai pas d'explication. Je suis persuadé qu'il s'agit d'un phénomène naturel, aussi naturel que le désir sexuel. (Donovan fronça les sourcils et prit un air moqueur devant la gêne de Richard, sachant parfaitement que celui-ci détestait être qualifié de prude, surtout parce qu'il savait au fond de lui-même qu'il l'était bel et bien.) Il est possible qu'un séisme en profondeur ait fait remonter à la surface une quantité de terre rougeâtre, à moins que cette couleur ne provienne d'un amas de minuscules créatures marines de cette teinte.

Ils affrontèrent d'autres tempêtes, toutes terribles. Pendant l'un de ces mémorables grains, l'*Alexander* subit la seule avarie du voyage, qui envoya promener la vergue de son hunier dans la suspente. Les courtes chaînes attachant la vergue en bois au mât claquaient, et la voile, bien que toujours attachée à sa vergue, battait librement. Le *Scarborough* et le *Friendship* ramenèrent leurs huniers du centre et de l'avant pour stopper leur avance et attendirent qu'on puisse rattraper la voile – un travail périlleux – et rattacher les élingues.

Quand arriva le solstice d'été, il se mit à pleuvoir, ensuite à neiger abondamment, et le tout fut suivi par un bombardement de grêlons gros comme des œufs. Rien de grave pour les moutons, mais très déplaisant pour les cochons et pour les hommes. Les plaisirs de l'été par 41 degrés de latitude sud ! Au nord, ces 41 degrés représentaient la latitude de New York ou de Salamanque, en Espagne, où il ne neigeait pas lors du solstice d'été ! Le « bout du monde » n'était peut-être pas qu'une métaphore. Le bout du monde, c'était aussi le fond et, pour de nombreux marins, soldats ou forçats, le fond devait être beaucoup plus lourd que le haut.

Au moment de Noël, les trois bateaux se trouvaient à 42 degrés de latitude sud et maintenaient leur moyenne à 184 miles terrestres par jour, malgré un sale temps. Une baleine, la plus énorme qu'ils aient rencontrée de tout le voyage, les accompagna pendant toute la journée. Elle était de couleur gris-bleu et mesurait bien 100 pieds de long. Elle n'était venue, apparemment, que pour leur souhaiter un joyeux Noël ; sinon, elle aurait pu ébranler le fragile *Friendship*.

On fêtait aussi Noël dans la prison. Au milieu de l'après-midi on avait servi un repas composé d'une soupe de pois cassés relevée de porc salé, en plus des rations habituelles de bœuf salé et de pain dur. Mais le plus apprécié fut la distribution d'une bonne demi-pinte de rhum de Rio à chaque détenu. On leur offrit également la possibilité de gagner l'un des chiots de Sophia. Elle en avait eu cinq dans la cabine de Zachariah, avec l'assistance de Balmain faisant office de sage-femme. Ils étaient extraordinaires. Deux d'entre eux ressemblaient à des carlins, deux autres plutôt à des terriers à poil dur, avec la mâchoire inférieure pendante, et le dernier était le portrait tout craché de Wallace. Le lieutenant Shairp, fier d'être père par procuration, donna à Balmain le choix dans toute la portée et celui-ci choisit l'un des carlins, de même que le lieutenant Johnstone, à titre de mère subrogée et tout aussi fier de l'être. Il ne restait plus au lieutenant John Shortland et au premier officier Long qu'à adopter les deux terriers à la mâchoire pendante.

Les choses se compliquèrent quand le lieutenant Furzer refusa d'accepter celui qui ressemblait à Wallace car il lui trouvait l'air écossais (il ne donna pas officiellement cette raison ; c'était Noël, après tout).

— Qu'allons-nous faire de lui ? demanda Shairp.

— Le donner à Esmeralda et à ce parasite qu'il héberge ? suggéra Johnstone.

Tout le monde ricana.

— Alors pourquoi ne pas faire don du jeune MacGregor aux prisonniers, pour Noël ? Ils n'ont aucun chien, dit Shairp.

L'idée parut excellente et ils la fêtèrent en portant des toasts d'après repas à base de rhum et de porto.

En ce jour de Noël, les deux parents par procuration apparurent dans la prison à la fin du dîner. Shairp portait dans ses bras le petit MacGregor. Ils tenaient à peine debout tellement ils étaient ivres, ce qui n'avait rien d'extraordinaire en cette période de fête. Personne ne s'attendait à voir un officier de marine se tenir droit après le dîner sur aucun des bateaux, sauf sur le *Friendship*, où Ralph Clark, le buveur de limonade, troquait sa ration de rhum contre des boîtes et divers articles de bureau qu'il faisait fabriquer par les charpentiers ou contre des vêtements, des chemises, des gants confectionnés par des détenus.

La loterie dont MacGregor était l'objet fut organisée avec quatre jeux de cartes. Ceux qui tireraient l'as de trèfle restaient en lice. Trois hommes en tirèrent un au milieu des acclamations. Shairp, assis à l'une des tables, réclama alors trois brins de paille mais il était si ivre que Johnstone dut les tenir.

— C'est le plus long qui gagne ! cria Shairp.

Le gagnant fut Joey Long, qui en pleura de bonheur.

— Le plus long pour Long !

Shairp trouva cela si drôle qu'il tomba de la table et fut remis sur ses pieds par Richard et Will, tandis que Joey s'emparait du petit chien gigotant et le couvrait de baisers.

— Nous allons le garder auprès de sa mère jusqu'à l'arrivée à Botany Bay, lança joyeusement Johnstone. Une fois à terre, MacGregor sera à toi.

Dieu n'aurait pas pu mieux faire, songea Richard en s'abandonnant à un sommeil provoqué par le rhum. Pour une fois, il n'avait pas envie de monter sur le pont. « Depuis la mort de Ike, ce pauvre Joey n'a plus de but dans la vie. Maintenant, il aura un chien à aimer. Voilà un compagnon qui dépendra moins de moi, dorénavant. Je prie pour que les autres aient la même chance. Lorsque nous quitterons cet espace confiné, il sera plus difficile de rester ensemble. »

Jusqu'à la fin décembre, leur vitesse grimpa jusqu'à 207 miles terrestres par jour. Le temps était toujours aussi mauvais : mer forte, grains, tempêtes. Au sud de 43 degrés, les vents rugissaient.

Ils abordèrent l'année 1788 par un vilain temps et un vent contraire. Le jour du nouvel an, ils naviguaient à 44 degrés de latitude sud et la tempête secouait l'étrave. Puis, soudain, une bonne brise se leva et la vitesse des bateaux atteignit 219 miles par jour. Ils s'attendaient à voir la pointe sud de la Terre de Van Diemen surgir à tout moment. Le lieutenant Shortland ordonna d'accrocher les câbles aux ancres, à tout hasard. Dans un brusque coup de vent, le *Friendship* perdit une partie de son mât de hune avant et sa toile fut lacérée. Mais aucune terre n'était encore en vue.

Le 4 janvier, à sept heures du soir, Shortland ordonna aux bateaux de faire halte, de crainte de les voir s'éventrer sur des écueils non signalés sur les cartes. Le lendemain matin, ce fut enfin le cri tant attendu : « Terre ! »

Elle était bien là. L'extrémité la plus méridionale de la Nouvelle-Galles du Sud.

Une falaise massive.

Après avoir navigué sud-est, leur course s'orienta radicalement au nord, nord-est. Les 1 000 derniers miles jusqu'à Botany Bay furent les plus irritants du voyage. C'était à la fois si près et si loin ! Les courants étaient contraires, les vents contraires, tout était contraire. Certains jours, les trois bateaux se retrouvaient plus au sud que la veille, d'autres fois ils faisaient du surplace par calme plat, louvoyaient, s'immobilisaient, louvoyaient à nouveau sans cesse. Certains jours les vents furent « méchants », comme dirent les matelots. Une nuit, le *Friendship* déchira sa trinquette et, le lendemain matin, sa penne de drisse. Ils montaient jusqu'à 39 degrés pour reculer ensuite à 42 degrés. La grand-voile d'étai du *Friendship* finit par se déchirer complètement ; il s'agissait de sa cinquième avarie de voilure depuis Le Cap et ils durent lutter pour trouver un moyen d'avancer.

Ces déboires démoralisaient moins les détenus que le manque de bonne chère ne pesait sur les navigateurs. Ils apercevaient parfois au loin la Nouvelle-Galles du Sud, mais ces brèves visions ne leur permettaient pas de s'en faire une idée. Heureusement, l'arrivée d'une colonie de phoques leur apporta une consolation. Ils s'ébattaient en folâtrant autour des bateaux comme des vrais clowns, se laissaient flotter, les nageoires sur le poitrail, plongeaient, se tortillaient, soufflaient, reniflaient. De superbes et joyeuses créatures. Et ils étaient accompagnés de hordes de poissons. Le menu put ainsi s'enrichir de soupes inédites.

Le 15 janvier, ils naviguèrent à 36 degrés de latitude. A midi, ils aperçurent Cape Dromedary (cap du Dromadaire), ainsi nommé par le capitaine Cook à cause de sa ressemblance avec la silhouette bosselée de l'animal.

— Il ne reste plus à couvrir que 150 miles, déclara Donovan qui, sa garde terminée, se préparait à pêcher.

Will Connelly soupira. Il faisait si chaud que, malgré le temps couvert, il se sentait incapable de lire. Finalement, il avait opté lui aussi pour la pêche.

— Je finis par croire que nous n'atteindrons jamais Botany Bay, Mr Donovan. Quatre autres hommes sont morts depuis la veille de Noël et nous savons tous pourquoi. Ce n'est ni la dysenterie, ni la fièvre, mais le désespoir, le mal du pays. Voilà plus d'un an que nous sommes enfermés dans ce terrible bateau. Nous avons embarqué le 6 janvier de l'an dernier. *De l'an dernier !* Quelle chose étrange à dire ! Je crois qu'ils sont morts parce qu'ils avaient dépassé un certain point au-delà duquel ils n'arrivaient plus à croire qu'ils pourraient un jour quitter ce maudit rafiot. Encore 150 miles, dites-vous ? Ce pourrait aussi bien être 1 000. Si cette année écoulée nous a appris quelque chose, c'est que le bout du monde est bien loin. Bien loin de chez nous.

Donovan serra les lèvres et cilla.

— Ces miles auront une fin, répondit-il, les yeux fixés sur sa ligne au bout de laquelle flottait un petit morceau de liège. Cook nous avait avertis de ce courant contraire mais nous avançons malgré tout. Nous avons seulement besoin d'une brise venant du sud-est et nous allons la trouver. Le temps est en train de changer. Nous aurons d'abord un orage, puis le vent tournera au sud-est. J'en suis certain.

En attendant ils louvoyaient, s'immobilisaient, louvoyaient encore, s'immobilisaient. Les phoques avaient disparu, remplacés par des milliers de marsouins. Puis, après une journée d'une chaleur suffocante et humide, le ciel s'embrasa. Des éclairs rougeâtres d'une intensité lumineuse dépassant l'imagination des Anglais empourprèrent des nuages plus noirs que les fumées de Bristol, craquant dans un tonnerre assourdissant. Il se mit à pleuvoir, une pluie battante qui tombait droit malgré un fort vent de nord-ouest. Une heure avant minuit, le spectacle cessa aussi rapidement qu'il avait commencé et une bonne brise du sud-ouest se leva, qui les poussa en avant assez longtemps pour qu'ils puissent enfin distinguer des falaises blanches, des arbres, des falaises ocre, encore des arbres, des plages dorées qui s'incurvaient, et la mâchoire aplatie de Botany Bay.

A 9 heures, le matin du 19 janvier 1788, l'*Alexander* s'avança avec ses deux compagnons entre Point Solander et Cape Banks, pénétrant dans une large baie médiocrement protégée. Cinquante à soixante hommes noirs et nus gesticulaient sur chacune de ces extrémités et, au repos sur une mer agitée, couleur d'acier, le *Supply* était là qui les attendait. Il ne les avait battus que d'un seul jour.

Les bateaux à l'ancre et le lieutenant Shortland parti dans une chaloupe rendre visite au gouverneur Phillip sur le *Supply,* Richard s'accouda seul au bastingage et contempla longuement ce lieu où un ordre du roi l'avait condamné à être déporté jusqu'au 23 mars 1792. Quatre ans à attendre encore. Il avait eu trente-neuf ans dans l'Atlantique Sud entre Rio de Janeiro et Le Cap.

Devant ses yeux s'étirait une terre bordée de plages plates avec des collines à l'arrière, vers le nord et le sud, vision morne et triste dans des tons de bleu, brun, rouille, gris et olive, aride, stérile.

— Que vois-tu donc, Richard ? demanda Stephen Donovan.

Richard le regarda, les yeux noyés de larmes.

— Ce que je vois, ce n'est ni le paradis ni l'enfer, répondit-il enfin. Ce sont les limbes. Là où vont se perdre les âmes égarées.

CINQUIÈME PARTIE

De janvier à octobre 1788

 Rien de particulier ne se produisit les semaines suivantes, sinon que les sept bateaux retardataires arrivèrent d'une manière surprenante, peu après les « coureurs », en naviguant assez près d'eux pour rencontrer les mêmes vents et le même type de temps. Tanguant sur les eaux agitées, tous les navires restèrent à l'ancre avec leur chargement. Les hommes se penchaient sur le bastingage, certains avec une longue-vue, pour regarder les quelques matelots, officiers et rares détenus allant à terre, ou encore les nombreux Indiens. Mais il ne s'agissait là que d'une activité réduite. Le bruit se répandit que le gouverneur jugeait que Botany Bay n'était pas un lieu approprié pour une expérience de cette importance et qu'il avait pris une chaloupe pour aller explorer Port Jackson, tout à côté, dont Cook avait noté l'existence sur ses cartes mais sans y pénétrer.
 Richard partageait le sentiment de tous, libres ou détenus, sur Botany Bay : un endroit impossible. Aucun voyageur, même des plus expérimentés comme Donovan, n'en avait vu de semblable. C'était une terre plate, sablonneuse et marécageuse, triste au-delà de tout ce qu'on pouvait imaginer. Sur l'*Alexander,* les occupants de la prison eurent l'impression que Botany Bay n'était qu'un immense cimetière.
 Des ordres parvinrent, les informant que le premier établissement ne se situerait pas à Botany Bay mais à Port Jackson. Ils se préparèrent à faire voile mais le vent était contraire et la houle si forte que, dans la passe, il fallut abandonner toute idée de départ.

Puis – ô miracle, ils aperçurent deux grands navires qui se dirigeaient vers la baie pour y jeter l'ancre.

— Voilà une coïncidence bien étrange, déclara Donovan. Aussi étrange que de voir deux paysans irlandais se rencontrer à la cour de l'impératrice de Russie !

Le commandant Sinclair, Mr Long et Donovan se passaient de main en main une lorgnette.

— Ce sont des Anglais, bien entendu, affirma Jimmy Price.

— Non, des Français. Probablement l'expédition du comte de La Pérouse. Des navires de troisième rang, ce qui explique qu'ils soient si grands. L'un doit être *La Boussole* et l'autre *L'Astrolabe*. Ils doivent être encore plus surpris de nous trouver ici que nous de les voir arriver. La Pérouse a quitté la France en 1785, bien avant qu'il soit question de notre voyage. A moins qu'ils n'aient appris notre existence au cours de leur périple. Il y a un an, on croyait La Pérouse perdu. Et voilà qu'il est là !

Le lendemain, ils firent une nouvelle tentative pour sortir de Botany Bay, aussi vaine que la première. Les deux navires français n'étaient plus visibles, probablement repoussés par le vent vers le sud et le large. Au coucher du soleil, le *Supply* réussit à se faufiler dans la houle et prit la direction du nord vers Port Jackson, distant de 10 ou 11 miles terrestres, abandonnant le gouverneur Phillip dans les limbes pour une autre nuit.

Un vent de sud-est facilita les choses le lendemain matin, également pour les bateaux français. *La Boussole* et *L'Astrolabe* pénétrèrent dans Botany Bay au moment où les dix navires de la flotte anglaise levaient l'ancre et se préparaient à franchir cette passe dangereuse. Le *Sirius*, l'*Alexander*, le *Scarborough*, le *Borrowdale*, le *Fishburn*, le *Golden Grove* et le *Lady Penrhyn* en sortirent avec élégance mais le pauvre *Friendship*, ne pouvant maintenir son cap, s'approcha dangereusement des écueils et finit par heurter le *Prince of Wales*. Il perdit son bout-dehors et aggrava encore ses malheurs en entrant en collision avec l'arrière du *Charlotte*, dont les ornements extérieurs disparurent, pour la plupart, et qui faillit couler.

Ces dégâts mirent en joie l'*Alexander*, qui déploya ses voiles pour profiter des vents de sud-est. Le temps était beau et chaud, la vue à bâbord fascinante. Le croissant de plages dorées, ourlées d'écume par la barre, était parfois interrompu par des falaises

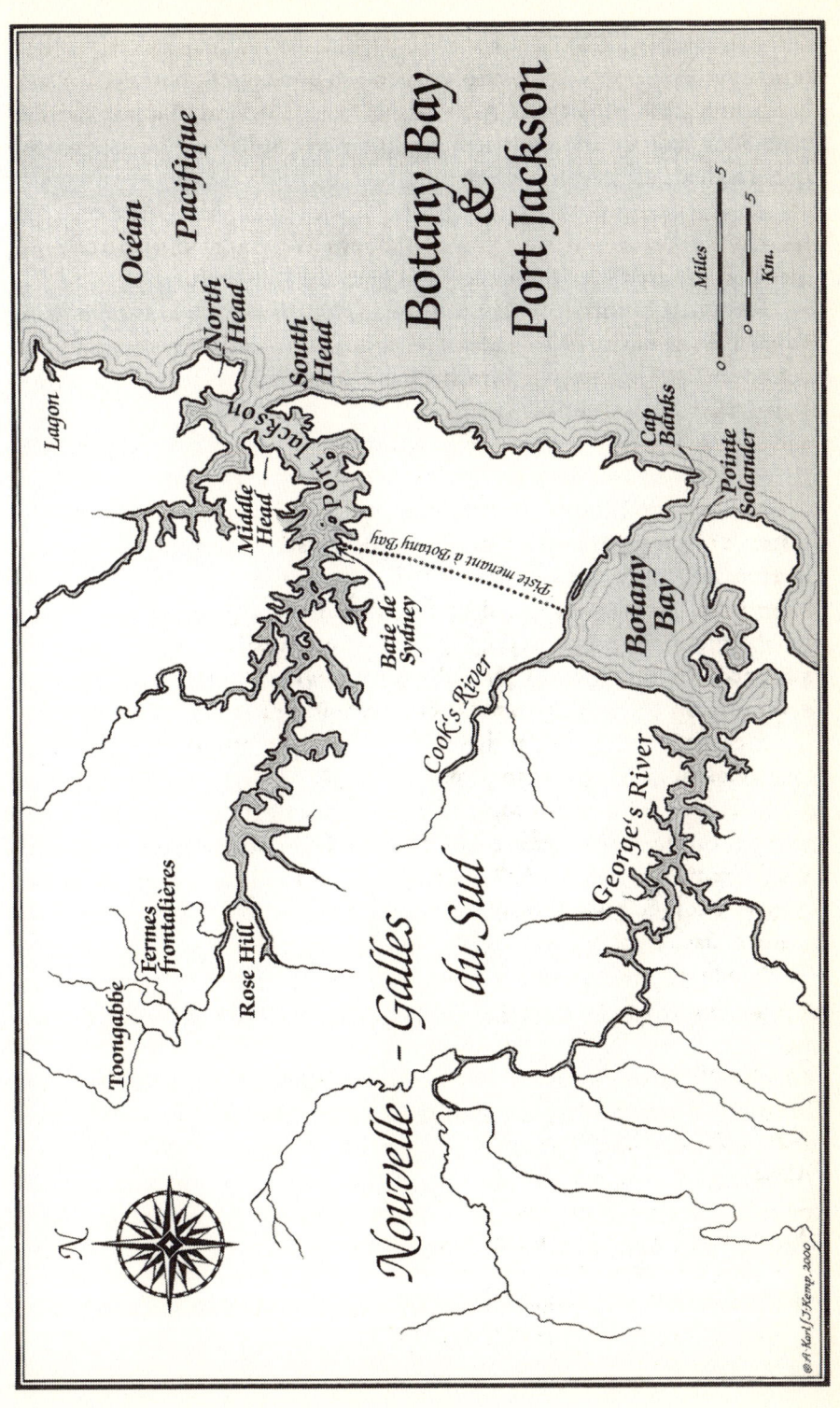

d'ocre rouge dont la hauteur s'accroissait au fur et à mesure que les miles défilaient. Une profusion d'arbres, plus verts que ceux de Botany Bay, s'étendait vers l'intérieur, au-delà des plages. Les fumées de nombreux feux s'élevaient dans le ciel à l'ouest. Surgirent alors deux redoutables bastions de 400 pieds, séparés par une ouverture d'environ un mile. L'*Alexander* fit voile vers cet étonnant pays.

— C'est nettement mieux ! s'exclama Neddy Perrott.

— Si nous avions un havre semblable à Bristol, nous serions le premier port d'Europe, ajouta Aaron Davis. Il peut accueillir un millier de navires en parfaite sécurité, quelle que soit la direction du vent.

Richard ne dit rien mais il sentait son cœur plus léger. Ces arbres, immenses, nombreux, étaient d'un vert familier derrière la légère brume bleue qui les enveloppait. Mais quels curieux spécimens ! Très hauts et d'un diamètre impressionnant, ils avaient des feuilles peu abondantes et étrangement réparties, un peu comme des drapeaux en lambeaux. De petites baies sablonneuses sur lesquelles la barre ne se formait pas ourlaient le port au nord et au sud. Vers l'intérieur, les promontoires étaient plats, à l'exception d'un immense à-pic juste en face de l'entrée. Ils se dirigèrent au sud, vers ce qui semblait un bras très long et très large et, 6 miles plus loin, ils trouvèrent le *Supply* dans une petite anse. Inutile de jeter l'ancre, du moins au début. Les bateaux flottaient mollement, amarrés aux arbres de la rive, tant l'eau était profonde, calme, paisible, aussi claire que dans l'océan et pleine de petits poissons. Le soleil se couchait dans un ciel flamboyant, promettant du beau temps pour le lendemain, au dire des matelots. Comme d'habitude quand la routine était perturbée, personne ne songea à nourrir les détenus de l'*Alexander* avant la tombée de la nuit.

Richard garda ses pensées pour lui, sachant que même Will Connelly, pourtant le plus évolué de son petit groupe, était encore trop naïf pour qu'il puisse se confier à lui comme à Stephen Donovan. Car, tout en jugeant Port Jackson d'une saisissante beauté, il ne pensait pas qu'il en pût couler du lait et du miel, comme on le leur avait fait croire.

Ils descendirent à terre le 28 janvier, dans un indescriptible chaos. Personne ne semblait savoir quoi faire d'eux ni où les envoyer. Ils restèrent donc là, leurs quelques biens autour d'eux, retrouvant pour la première fois un sol stable sous leurs pieds depuis plus d'un an. Pour beaucoup, il continuait à se soulever, à plonger, à remuer. C'était affreux. Comme tous ceux qui n'avaient pas trop souffert du mal de mer, Richard eut constamment la nausée pendant les six semaines qui suivirent son débarquement. Il comprit alors pourquoi, sur la terre ferme, les marins avaient une démarche chaloupée, comme s'ils étaient légèrement ivres.

Les soldats, aussi désorientés que les forçats, tournaient en rond jusqu'à ce que quelque officier subalterne leur aboie un ordre et leur indique où aller. Finalement, parmi la dernière centaine de détenus de sexe masculin, Richard et ses neuf compagnons furent dirigés à l'est, vers un endroit plat, parsemé de quelques arbres, en vue d'y établir leur camp.

— Construisez-vous un abri, dit le second lieutenant Ralph Clark d'un ton vague, apparemment ravi de se retrouver en terrain sec.

Avec quoi ? Voilà ce que se demandait Richard tandis que, tous les dix, ils avançaient d'un pas incertain sur une herbe jaune qui craquait sous le pied, constellée de rochers, vers ce qui lui sembla être le lieu désigné par Clark. D'autres groupes de détenus étaient là alentour, plongés dans une perplexité égale à la leur. Tous les hommes de l'*Alexander*. « Comment nous construire un abri ? Nous n'avons ni haches, ni scies, ni couteaux, ni clous. » Un matelot arriva, portant une douzaine de petites haches, et il en lança une à Taffy Edmunds, qui la saisit avec un regard d'impuissance en direction de Richard.

« Ils ne sont pas encore indépendants de moi, constata-t-il. Je suis toujours responsable de Taffy Edmunds, Job Hollister, Joey Long, Jimmy Price, Bill Whiting, Neddy Perrott, Will Connelly, Johnny Cross et Billy Earl. La plupart rustauds et illettrés. Dieu merci, Tommy Crowder et Aaron Davis ont trouvé Bob Jones et Tom Kinder, de Bristol : ils sont assez nombreux pour remplir une hutte. Si c'est bien l'objectif officiel. Personne n'a donc la moindre idée de ce que nous sommes censés faire ? Cette expédition doit être la moins bien organisée de l'histoire ! Les hauts responsables ont passé pratiquement neuf mois sur le *Sirius* mais je crains qu'ils n'aient rien fait d'autre que boire avec excès. Il n'y a aucune méthode, pas trace du moindre plan. On aurait dû nous laisser à bord le temps de déblayer le terrain et de construire des abris, même si on a démantelé nos tables et nos bancs. Surtout la nuit. Les soldats n'ont pas envie de jouer les bergers. Ils désirent limiter leur rôle à une garde, au sens le plus strict du terme. Construire nous-mêmes un abri... Bon, eh bien nous avons au moins une hachette. »

— Qui sait se servir d'une hachette ?

Tous, au moins pour fendre du petit bois.

— Qui sait construire un abri ?

Personne. Ils n'avaient vu construire les maisons qu'avec des briques, des pierres, du plâtre et des poutres. Aucun n'avait occupé une hutte de branchages.

— Nous devrions peut-être commencer par un mât central avec des appuis à chaque extrémité, suggéra Will Connelly après un long silence. (Il avait lu *Robinson Crusoé* pendant le voyage.) Nous construirons ensuite le toit et les parois avec des branches.

— Nous avons besoin, en effet, d'un mât central et de deux plus petits pour les avant-toits, confirma Richard. Il nous faudra ensuite six jeunes arbres fourchus, dont deux plus hauts que les autres. Cela nous donnera la structure. Will et moi allons nous y mettre avec la hachette. Taffy et Jimmy, allez voir les soldats et tâchez d'en trouver un qui puisse nous fournir une seconde hachette, ou une hache, ou encore un de ces grands coutelas comme nous en avons vu à Rio. Les autres, mettez-vous en quête de branchages et vérifiez que les feuilles ne se détachent pas quand on les tire.

— Nous pourrions nous enfuir, murmura Johnny Cross d'un air songeur.

Richard le regarda comme si une seconde tête lui avait poussé à côté de la première.

— T'enfuir pour aller où, Johnny ?

— A Botany Bay, rejoindre les bateaux français.

— Ils ne nous offriraient pas l'asile, pas plus que le bateau hollandais n'a voulu recueillir Johnny Power à Ténériffe. Et comment irions-nous à Botany Bay ? Tu as vu les Indiens sur le rivage, là-bas. Il doit y en avoir aussi ici, où l'endroit est un peu plus accueillant. Nous ne savons pas à quoi ils ressemblent. Ce sont peut-être des cannibales comme en Nouvelle-Zélande. Ils n'accueilleront pas volontiers des centaines d'étrangers.

— Pourquoi ? demanda Joey Long, qui ne pouvait distraire son esprit du fait que le lieutenant Shairp ne lui avait pas encore donné MacGregor.

— Mets-toi à la place des Indiens, répondit Richard. Que crois-tu qu'ils doivent penser ? Nous nous trouvons ici dans une anse bien abritée avec une rivière de bonne eau. L'endroit leur est sûrement bien connu. Mais voilà que nous l'usurpons. En outre, nous avons des ordres stricts : ne pas leur faire de mal. Aussi pourquoi les braver en nous enfuyant là où il n'y aura aucun des nôtres pour nous secourir ? Nous allons rester ici et nous occuper de nos propres affaires. Et maintenant, fais ce que je te demande, s'il te plaît.

Lui et Will trouvèrent une quantité de jeunes arbres pouvant convenir, de 4 à 5 pouces de diamètre. Ils ne valaient peut-être pas grand-chose, comparés à des ormes ou à des marronniers, mais ils offraient l'avantage de ne pas présenter de branches basses.

Richard se courba, lança un coup de hachette et fit une encoche.

— Seigneur ! s'écria-t-il. Ce bois est dur comme du fer et rempli de sève. Il me faudrait une scie, Will.

En l'absence de scie, il dut se résoudre à tailler des copeaux de bois. La hachette n'était pas aiguisée et se révélait de qualité médiocre. Lorsqu'ils auraient coupé trois mâts et six supports, elle serait hors d'usage.

Ce soir-là, il lui faudrait sortir ses limes pour l'aiguiser. « L'armateur nous a fourni les plus mauvais outils de toutes les fonderies anglaises, songea-t-il, ceux qu'elles n'arrivaient pas à écouler. » Après avoir coupé et ébranché le mât principal, il était haletant et légèrement étourdi. Tous ces mois de mauvaise nourriture et d'absence d'exercice ne les avaient guère préparés à ce travail. Will Connelly prit à son tour la hachette et s'attaqua à un autre arbre. Il y mit encore plus de temps. Mais, en fin de compte, ils eurent leur mât central et les deux autres supports fourchus pour recevoir l'avant-toit. Ils en choisirent quatre plus petits pour les côtés. Entre-temps, Taffy et Jimmy étaient revenus avec une seconde hachette, une pioche et une bêche. Richard et Will partirent à la recherche d'autres arbres pour relier entre eux les supports et compléter la structure, pendant que Jimmy et Taffy étaient chargés de creuser des trous pour y planter les six supports. Ne disposant d'aucun outil de mesure, ils les espacèrent en comptant leurs pas aussi rigoureusement que possible. En piochant, ils découvrirent la roche à 6 pouces sous le sol.

Les autres avaient trouvé quantité de feuillages mais les branches étaient trop élevées pour qu'on puisse les atteindre. Neddy eut alors une brillante idée. Il grimpa à un arbre, se pencha dangereusement, saisit l'extrémité d'une branche voisine et sauta de son perchoir pour la casser sous son propre poids. Cela marchait avec les vieilles branches brunies, mais pas avec les jeunes encore vertes.

— Va chercher Jimmy, dit Neddy à Job Hollister, et change de place avec lui. Tu sais piocher et j'ai un meilleur emploi pour l'agile petit Jimmy.

Jimmy arriva, tremblant encore de l'effort qu'il venait de faire en piochant.

— Tu as le vertige ? lui demanda Neddy.

— Pour sûr.

— Alors repose-toi un moment avant de grimper dans l'arbre. Tu es le plus leste et le plus petit de nous tous. Richard nous a donné la seconde hachette. Glisse-la dans ta ceinture. Une fois que tu seras dans le palmier, abats les branches feuillues les unes après les autres.

Le soleil plongeant à l'ouest, ils purent s'orienter – au sud et à l'ouest de l'espace où devait s'élever la maison du gouverneur, une maison mobile déjà toute montée, à côté de quelques entrepôts et de la grande tente où le lieutenant Furzer s'était installé en même temps que l'intendance. Les détenus avaient eu la présence d'esprit d'apporter leurs écuelles de bois, louches et cuillères, sans oublier leurs couvertures, paillasses et seaux hygiéniques. Richard alla jusqu'au ruisseau et y installa Bill Whiting avec les pierres filtrantes. L'eau paraissait claire et bonne mais, ici, mieux valait se méfier de tout.

De toute leur bande, c'était Bill Whiting le plus faible. Il avait perdu depuis longtemps ses bonnes joues rondes et affichait des cernes sombres sous les yeux. Le pauvre garçon tremblait comme s'il avait eu la fièvre. Mais il n'en avait pas et son front restait frais. Il était seulement épuisé.

— Il est temps de s'arrêter, déclara Richard en rassemblant sa nichée. Etendez-vous sur vos paillasses et reposez-vous. Bill, viens faire un tour. Oui, je sais que tu n'en as pas envie mais tu vas venir avec moi jusqu'à l'intendance. J'ai une idée.

Le lieutenant James Furzer n'était rien moins qu'organisé. C'était trop lui demander. Richard et Bill pénétrèrent dans un véritable capharnaüm.

— Vous avez besoin d'aide, monsieur, dit Richard.

— Vous êtes volontaires ? demanda Furzer en reconnaissant leurs visages.

— L'un de nous, oui, répondit Richard en posant un bras sur les épaules de Whiting. Voici un homme bien, auquel vous pouvez faire confiance. Il n'y a jamais eu aucun problème avec lui depuis que je l'ai rencontré à la prison de Gloucester, en 1785.

— C'est exact. Tu es l'homme qui commandait à bâbord sur l'*Alexander* et aucun de tes hommes n'a jamais créé d'ennuis, Morgan.

— En effet, lieutenant Furzer. Pouvez-vous employer Whiting ici ?

— Oui, s'il a assez de cervelle pour lire et écrire.

— Il sait faire les deux.

Ils regagnèrent leur camp, chargés de quelques tranches de pain dur : c'était tout ce que l'intendance avait pu leur fournir. Il venait du Cap et grouillait de charançons, mais il demeurait comestible.

— Nous aurons maintenant un homme à l'intendance, annonça Richard en distribuant le pain. Furzer va se servir de Bill pour l'aider avec la viande salée que nous ne pouvons consommer tant que les chaudrons et les marmites n'auront pas été déchargés. N'oubliez pas que, désormais, nous devrons cuire nous-mêmes nos aliments.

Bill Whiting se sentait déjà un peu mieux. Il allait travailler à l'intérieur et à l'ombre. Peu importait que l'endroit fût étouffant et le travail simple – nettoyer, scier ou jardiner.

— Une fois le lieutenant installé, nous toucherons nos rations une semaine après l'autre, précisa Bill. Des bateaux ravitailleurs doivent bientôt arriver du Cap. Nous aurons donc assez de provisions pour tenir.

La nuit venue, avec leurs sacs de vêtements pour oreillers, ils s'étendirent sur les paillasses de l'*Alexander,* sous leurs couvertures et leurs vieux manteaux en loques. La journée avait été chaude, mais au moment où le soleil disparut il se mit à faire froid. Ils étaient si fatigués qu'ils s'endormirent sans se soucier des bestioles innommables qui rampaient tout autour.

Au froid de la nuit succéda, le matin, une chaleur torride, suffocante. Ils travaillèrent à leur hutte, gênés par le fait qu'ils n'avaient rien pour maintenir les branches de palmier, en dehors des longues palmes fibreuses qu'ils tentaient de tordre pour en faire des cordes. L'abri leur parut suffisamment solide, mais Richard et Will, les deux meilleurs ingénieurs, s'inquiétaient de le savoir fixé sur seulement 6 pouces d'épaisseur d'une terre sablonneuse. Ils tassèrent le sol tout autour des poteaux de support et coupèrent d'autres jeunes arbres qu'ils disposèrent à côté, pour ancrer le tout en taillant sur les supports une encoche dans laquelle ils introduisirent les nouveaux appuis.

Près d'eux, les autres édifiaient leurs abris avec plus ou moins de succès. Personne ne mettait beaucoup d'enthousiasme à la tâche mais, au milieu de leur deuxième journée à terre, il était aisé de distinguer les groupes qui étaient bien commandés ou qui avaient une certaine expérience en la matière, et les autres. L'équipe de Tom Crowder avait entouré sa hutte d'une palissade de très jeunes troncs d'arbres, idée que Richard se promit d'imiter. L'instruction et une certaine expérience portaient leurs fruits. Crowder, le Londonien, avait exercé toutes sortes de métiers et, de plus, c'était un homme intelligent.

Quelques soldats allaient et venaient autour d'eux, observant leurs progrès et dénombrant les hommes. Quelques détenus s'étaient évanouis dans la forêt ainsi qu'une femme nommée Ann Smith. Ils se dirigeaient probablement vers Botany Bay et les bateaux français dont on disait qu'ils devaient rester quelques jours.

— Seigneur ! Cet endroit est peuplé de fourmis et d'araignées ! s'exclama Jimmy Price en se suçant une main. Cette saleté de fourmi m'a piqué et ça fait mal. Regardez la taille de ces bestioles ! Elles ont 1 pouce de long et on voit leur dard. (Il jeta un regard de mépris vers un arbre superbe, à l'écorce blanche.) Et ce ramage à nous rendre sourds ! Qu'est-ce que c'est que tous ces croassements ? J'en ai les oreilles qui tintent.

Ses plaintes étaient justifiées, pour les croassements comme pour les fourmis. C'était une année où il y avait beaucoup de cigales.

Billy Earl fit son apparition à travers les arbres, pâle et tremblant.

— Je viens de voir un serpent ! dit-il d'une voix étranglée. Dieu, il était plus grand encore que Ike Rogers dans ses bottes ! Et aussi gros que mon bras ! Il paraît aussi qu'il y a d'énormes et féroces alligators de l'autre côté de l'anse. C'est Tommy Crowder qui me l'a dit. Je déteste cet endroit !

— Nous nous habituerons à toutes ces créatures, rétorqua Richard. D'après ce que j'ai entendu dire, personne n'a été piqué ou mordu par des insectes plus gros que des fourmis. Les alligators ne sont que de gros lézards. J'en ai vu un grimper à un arbre.

La maison fut achevée au milieu de l'après-midi de cette journée humide, torride, pleine de surprises et de terreurs. Le soleil disparut derrière une masse de nuages de plus en plus volumineuse en direction du sud. Des nuages noirs ou d'un bleu sombre, striés de quelques éclairs. Ils avaient édifié la hutte à l'abri d'un gros rocher de grès, avec une cavité à sa base, comme si on en avait enlevé un morceau.

Richard regarda avec appréhension l'orage approcher.

— Je pense que nous ferions mieux de mettre nos affaires sous ce rocher, dit-il, pour le cas où... Ces branches de palmes laisseront passer la pluie.

La tempête se déchaîna une heure plus tard, plus féroce encore que celle de Cape Dromedary et beaucoup plus terrifiante. Des éclairs gigantesques, aveuglants, tombaient droit sur les arbres. Pas étonnant qu'il y en eût tant de fendus ou de noircis ! A une trentaine de pieds de l'endroit où ils se terraient, un arbre énorme à l'écorce rougeâtre et satinée explosa dans un cataclysme d'éclairs bleutés, d'étincelles et de tonnerre. Il se désintégra avant de brûler comme une torche. Mais pas pour longtemps. Un vent hurlant et glacial apporta une pluie qui éteignit l'incendie en une minute et saccagea leur toit de palmes. Le sol se transforma en lac et les colonnes d'eau cinglantes qui tombaient à verse faillirent les noyer. Ils dormirent cette nuit-là dans une hutte dont il ne restait que la carcasse, claquant des dents, vaguement consolés par la seule pensée que leurs affaires étaient au sec dans l'abri de roche.

— Il nous faut de meilleurs outils et quelque chose de plus résistant pour notre maison, observa le lendemain Will Connelly, au bord des larmes.

« Il est temps, se dit Richard, de faire appel à une autre autorité que Furzer, incapable de s'organiser pour se protéger. Je sais que les détenus n'ont pas le droit de s'approcher des officiers supérieurs, mais tant pis, j'y vais. »

Il s'éloigna dans l'air frais, constatant avec satisfaction que le sol était tellement sablonneux que la pluie n'avait pu le transformer en boue. Quand il atteignit la rivière, dans laquelle les soldats avaient disposé trois grosses pierres plates pour former un gué, il entrevit des corps noirs, nus, et sentit une forte odeur de poisson pourri. Ce n'était pas un effet de son imagination. On lui avait dit que les Indiens s'enduisaient d'une huile de poisson aussi puante que la boue de Bristol. Comme ils ne s'approchaient pas, il franchit le gué et prit la direction d'un grand campement, à l'ouest de l'anse, où la plupart des détenus de sexe masculin ainsi que toutes les femmes étaient installés ; les femmes continuaient à débarquer par petits groupes. Là aussi se trouvaient la tente servant d'hôpital, les tentes des soldats, la grande tente des officiers de marine et celle du major Ross. Il remarqua que, de ce côté, les prisonniers vivaient sous la tente. Ce qui signifiait qu'on n'avait pas embarqué assez de tentes pour tout le monde. C'est pourquoi les cent derniers avaient été relégués à l'est, hors de vue et, par conséquent, hors de toute préoccupation. On leur laissait le soin d'édifier eux-mêmes leurs propres abris.

— Puis-je voir le major Ross ? demanda-t-il à la sentinelle en faction devant la grande tente ronde.

Le soldat le toisa avec mépris.

— Non.

— C'est une affaire urgente.

— Le gouverneur adjoint est trop occupé pour recevoir des gens comme toi.

— Alors je vais l'attendre jusqu'à ce qu'il ait un moment de libre.

— Non. Et fous le camp. Comment t'appelles-tu ?

— Richard Morgan, matricule 203. De l'*Alexander*.

— Laisse-le entrer, dit une voix venant de l'intérieur.

Richard pénétra dans un espace bien éclairé par des abattants ouverts tout autour, et dont le sol était revêtu d'un parquet. Un rideau intérieur le séparait en deux avec un bureau d'un côté et, de l'autre, ce qui devait probablement constituer la résidence privée du major. Il était là, devant une table pliante qui lui servait de bureau et, typique de lui, tout seul. Ross méprisait ses officiers subalternes autant que ses simples soldats, mais il défendait les droits, les prérogatives et la dignité du corps des soldats contre la Royal Navy. Il considérait le gouverneur Arthur Phillip comme un fou irréaliste et déplorait son indulgence.

— Qu'y a-t-il, Morgan ?

— Je viens du côté est, monsieur, et j'aimerais en parler avec vous.

— Une plainte, c'est ça ?

— Non, monsieur, simplement quelques requêtes, répondit Richard en le regardant bien droit dans les yeux, conscient d'être l'une des rares personnes à Port Jackson à apprécier cet officier peu banal.

— Quel genre de requêtes ?

— Nous n'avons rien pour construire nos abris, monsieur, à part quelques hachettes. Nous avons réussi pour la plupart à ériger une sorte de carcasse, mais nous ne pouvons pas la couvrir de feuilles de palmes car nous n'avons rien pour les attacher. On nous a distribué des clous, mais nous n'avons aucun instrument pour percer des trous, pas de scies, pas de marteaux. Le travail avancerait plus vite si nous avions des outils.

Ross se leva.

— J'ai besoin de marcher, dit-il sèchement. Viens avec moi. (Il sortit, précédant Richard hors de la tente.) Tu as un bon niveau, je l'ai remarqué à propos des pompes et des fonds de cale de l'*Alexander*. Tu n'es pas toujours en train de te lamenter sur ton sort. Si nous avions davantage d'hommes comme toi et moins de représentants de la lie des prisons d'Angleterre, cette implantation aurait ses chances.

Tout en suivant l'allure rapide du major, Richard se dit que cette réflexion impliquait que le lieutenant-gouverneur ne croyait guère à cette expérience. Ils longèrent le camp des officiers célibataires et approchèrent des quatre tentes rondes où logeaient les officiers de marine. Le lieutenant Shairp était assis à l'ombre d'un auvent en compagnie du capitaine James Meredith, qui habitait avec lui. Tous deux buvaient du thé dans des tasses de porcelaine. En apercevant le major, ils se levèrent, mais leur attitude laissait entendre qu'ils n'étaient pas enchantés de voir leur commandant ni d'entendre ses paroles souvent trop franches et acerbes. Tout le monde connaissait leurs dissensions, même les détenus. Alimentées par le rhum et le porto, les querelles entre les officiers se traduisaient parfois par des jugements en cour martiale et, toujours, par une opposition à Ross, qui avait cependant ses défenseurs sur quelques points.

— Les fosses pour les scieurs de long seront bientôt prêtes ? lança le major d'un ton glacial.

Meredith esquissa un geste de la main pour indiquer un point derrière lui.

— Oui, monsieur.

— De quand date votre dernière inspection, lieutenant-capitaine ?

— J'allais la faire. Après avoir terminé mon petit déjeuner.

— Composé de rhum plutôt que de thé, je vois. Vous buvez trop, lieutenant-capitaine et vous êtes querelleur. Ne cherchez pas à vous mesurer à moi.

Après avoir salué, Shairp avait pénétré à l'intérieur de la tente pour, un instant plus tard, en ressortir avec MacGregor dans une main.

— Tiens, Morgan. Prends-le. C'est un de tes hommes qui l'a gagné, m'a-t-on dit. (Il eut un petit rire.) Je ne m'en souviens pas moi-même.

Richard aurait voulu rentrer sous terre mais il prit le chiot et suivit Ross qui descendait vers le gué.

— As-tu l'intention de porter cette chose jusqu'à l'intendance ?

— Non, monsieur, si je peux trouver l'un de mes hommes. Notre camp est sur le chemin, répondit Richard avec une tranquille assurance qu'il était loin d'éprouver.

Il avait l'impression d'être toujours là quand le major avait des remarques désobligeantes à faire à ses subalternes.

— Eh bien, il est temps que j'aille voir où on a mis le surplus d'hommes. Montre-moi le chemin, Morgan.

Ce que fit Richard tout en maintenant MacGregor, qui ne cessait de gigoter.

— Il pourra se nourrir de rats, observa Ross comme ils arrivaient dans la clairière où une douzaine de cases étaient dispersées entre les arbres. Il y a autant de rats ici qu'à Londres.

— Donne-le à Joey Long, dit Richard en tendant MacGregor à Johnny Cross qui le regardait, ébahi. Comme vous pouvez le voir, monsieur, nous avons réussi à édifier une assez bonne structure mais je pense que c'est le détenu Crowder qui a eu la meilleure idée pour les murs. Le problème est que, sans outils, notre travail avance à l'allure d'un escargot.

— J'ignorais qu'on pouvait trouver tant d'hommes ingénieux parmi les Anglais, déclara Ross en poursuivant son inspection minutieuse. Lorsque vous aurez terminé ici, vous pourrez construire un autre camp entre cet endroit et celui où sera située la ferme du gouverneur. L'espace a déjà été déblayé et aménagé. Si nous ne produisons pas des légumes frais, le scorbut nous tuera tous. Il y a trop de femmes du côté ouest. Je vais en envoyer quelques-unes ici. Ce qui ne signifie pas que vous deviez en profiter pour avoir des rapports avec elles. Compris, Morgan ?

— Je comprends, monsieur.

Ils se dirigèrent vers l'intendance, où régnait toujours le plus grand désordre. Les chevaux, le bétail et les autres animaux débarqués étaient parqués entre des barricades hâtivement édifiées, l'air aussi malheureux que les autres êtres vivants rassemblés en ce lieu.

— Furzer, dit le lieutenant-gouverneur en pénétrant sous la grande tente, vous n'êtes qu'un incapable typiquement irlandais. Avez-vous déjà entendu parler de méthode ? Que comptez-vous faire de tous ces animaux si vous ne leur trouvez pas une pâture ? Les manger ? Nous n'avons plus de grain et il ne reste guère de foin. Vous n'êtes qu'un trou du cul ! Puisque les charpentiers ne peuvent rien faire tant qu'on ne leur donnera pas du bois, faites-leur construire des enclos pour les animaux immédiatement ! Trouvez quelqu'un qui sache reconnaître un bon pâturage quand il en voit un et édifiez les enclos à cet endroit-là. Le bétail devra être gardé et les chevaux entravés, et que Dieu vous vienne en aide s'il s'en échappe un ! Maintenant, où sont les listes du matériel débarqué et où se trouve-t-il, à présent ?

Le lieutenant Furzer ne put produire aucune liste digne de ce nom et ne savait pas où les choses étaient stockées. Les entrepôts se réduisaient pour l'instant à des toiles de tente.

— Je pensais établir des listes quand nous aurions des magasins permanents, balbutia-t-il.

— Bon sang ! Furzer, vous n'êtes qu'un crétin !

Le quartier-maître déglutit et redressa le menton.

— Je ne peux pas faire tout ça avec les hommes dont je dispose, major Ross. Honnêtement !

— Alors je vous suggère de recruter davantage de détenus. Morgan, avez-vous idée des hommes qui pourraient convenir ? Vous êtes vous-même un détenu et vous devez en connaître quelques-uns.

— En effet, monsieur, pas mal. A commencer par Thomas Crowder et Aaron Davis, tous deux de Bristol et qui aiment les écritures. Des voyous, certes, mais trop intelligents pour mordre la main qui leur procure un travail de bureau. Ils ne voleront pas. Vous n'avez qu'à les menacer de les obliger à abattre des arbres à raison d'une douzaine par jour et ils se comporteront parfaitement.

— Et pourquoi pas toi ?

— Parce que je peux être plus utile ailleurs.

— A faire quoi ?

— Aiguiser des scies, des haches ou des hachettes, bref tout ce qui a besoin d'une lame tranchante. Je sais aussi remplacer les dents de scie, c'est une technique professionnelle. Je possède quelques outils et, si mon coffre embarqué sur le bateau peut m'être restitué, j'aurai tout ce qui m'est nécessaire. Je ne cherche pas à calomnier ceux qui en ont la responsabilité, mais les haches ou hachettes sont toutes de mauvaise qualité. De même que les bêches, les pelles et les pioches.

— Je l'ai moi-même déjà remarqué, grommela le major d'un ton sinistre. Nous avons été grugés, Morgan, depuis les membres de l'Amirauté qui renâclent au moindre sou, jusqu'aux fournisseurs et aux capitaines chargés du transport dont certains n'hésitent pas à vendre des vêtements, usagés ou non, et peut-être même certains biens personnels des détenus d'après ce que j'ai cru comprendre. (Il se prépara à partir.) Mais je veillerai personnellement à ce que le coffre d'outils au nom de Richard Morgan soit retrouvé. D'ici là, demande à Furzer tout ce dont tu as besoin, qu'il s'agisse de poinçons, de clous, de marteaux ou de fil de fer.

Il salua et sortit en enfonçant son tricorne sur sa tête. Toujours tiré à quatre épingles, le major Ross, quel que soit le temps.

— Va me chercher Crowder et Davis et tu pourras emporter tout ce que tu veux, dit le lieutenant Furzer après avoir digéré l'humiliation.

Richard lui amena les deux hommes et prit dans le magasin suffisamment d'outils et de matériel pour qu'ils puissent achever leurs propres cases et en construire d'autres pour les détenues.

Soudain, l'arrivée des femmes condamnées au bagne devint le centre de toutes les attentions de la part des prisonniers comme des soldats, chacun désireux d'assouvir ses passions et ses désirs insatisfaits depuis plus d'un an. Les allées et venues à la nuit tombée étaient si nombreuses que, même en multipliant par dix le nombre de soldats de service, ceux-ci n'auraient pu les empêcher d'autant qu'ils étaient eux-mêmes partie prenante. Les choses se compliquaient du fait que les femmes n'étaient ni assez nombreuses ni toutes intéressées par le sexe. Certaines acceptaient joyeusement tous ceux qui se présentaient, parfois contre un pichet de rhum ou une chemise. Les viols étaient rares car suffisamment de femmes se mettaient volontiers à la disposition de plusieurs hommes et, d'autre part, ces derniers hésitaient à faire emploi de la force vis-à-vis des femmes récalcitrantes.

Le gouverneur et le révérend Richard Johnson étaient scandalisés de ces allées et venues dans le camp de femmes, qu'ils qualifiaient de dépravées, licencieuses et immorales. Il fallait réagir !

Dans le groupe de Richard, les hommes filaient en douce le soir, eux aussi, à l'exception de lui-même, de Taffy Edmunds et de Joey Long. Joey semblait se satisfaire d'avoir près de lui MacGregor. Quant à Taffy, il était d'une autre sorte, plutôt misogyne, et la proximité des femmes ne faisait qu'accentuer sa timidité. Bref, il était différent.

Quant à Richard, les raisons qui le tenaient à l'écart du camp des femmes étaient plus confuses. Elles se rapprochaient dans une certaine mesure de celles de Taffy. Il se sentait incapable d'affronter la perspective de posséder une femme après avoir été privé de leur compagnie pendant deux ans, après avoir vécu loin d'Annemarie Latour depuis plus de trois ans. Depuis la disparition de la Française, son pénis était resté insensible et il ignorait pourquoi. Ce n'était pas l'extinction du désir, mais plutôt une effroyable honte et un sentiment de culpabilité nés de la perte de William Henry et de beaucoup d'autres choses. Il ne savait pas et ne désirait pas savoir. Il y avait une part de lui qui était morte et une autre plongée dans un sommeil sans rêves. Ce qui s'était produit en lui avait éteint tout désir sexuel. S'agissait-il d'une restriction ou d'une libération, il n'aurait su le dire. Mais l'essentiel était qu'il n'en souffrait pas.

Le 7 février se déroula une grande cérémonie, la première à laquelle les forçats reçurent l'ordre d'assister. On les rassembla à sept heures du matin à la pointe sud-est de l'anse, les hommes d'un côté, les femmes de l'autre, sur un terrain nettoyé en prévision du potager. Portant leurs mousquets et vêtus de leur costume de parade, les soldats de marine s'avancèrent au son des fifres et des tambours, drapeaux et bannières au vent. Son Excellence le gouverneur Phillip arriva peu après en compagnie d'un géant blond, David Collins, commissaire du gouvernement, du major Robert Ross, lieutenant-gouverneur, d'Augustus Alt, contrôleur général, de John White, médecin en chef, et du chapelain, le révérend Richard Johnson.

Les soldats saluèrent les couleurs, le gouverneur se découvrit et les félicita, puis les soldats défilèrent au son de leur musique. Après quoi on ordonna aux forçats de s'asseoir par terre. Une table pliante fut installée devant le gouverneur et deux coffrets de cuir rouge déposés solennellement sur le dessus. Les cachets qui les scellaient furent brisés et ils furent ouverts en présence de tous. Le commissaire du gouvernement lut à haute voix l'ordre de mission de Phillip qui lui conférait tous pouvoirs juridiques sur la région.

Richard et ses compagnons n'entendirent que des bribes. Au nom de Sa Majesté George III, roi de Grande-Bretagne, d'Irlande et de Hanovre, Son Excellence le gouverneur Phillip recevait les pleins pouvoirs et toute autorité sur la Nouvelle-Galles du Sud pour édifier châteaux, forteresses et villes ou y installer des batteries s'il le jugeait nécessaire...

Le soleil était chaud et les devoirs du gouverneur apparemment innombrables. Le temps que la lecture de l'ordre de mission s'achève, certains des auditeurs s'étaient à moitié endormis et les commandants, tous descendus à terre pour l'occasion, se dispersaient lentement : personne n'avait songé à leur offrir des sièges à l'ombre. Duncan Sinclair fut le premier à partir.

Heureux d'avoir son chapeau de paille, Richard s'efforçait de prêter attention à ce qui se déroulait. Particulièrement lorsque le gouverneur Phillip monta sur une petite estrade pour s'adresser aux forçats. Il avait essayé, cria-t-il, oui, il avait essayé ! Mais à l'issue de ces dix premiers jours passés à terre, il en était arrivé à la conclusion qu'il n'y avait parmi eux que bien peu d'individus valables, que la plupart d'entre eux étaient incorrigibles, paresseux et ne valaient même pas la nourriture qu'on leur distribuait, que sur les 600 mis à l'ouvrage, on n'en comptait pas plus de 200 qui travaillaient et que ceux qui ne voulaient pas s'atteler à leur tâche ne seraient pas nourris.

On put entendre presque tout ce qu'il disait car cet homme de petite stature était doté d'une voix puissante. Dorénavant, ils seraient traités avec une extrême sévérité puisqu'il était évident que rien d'autre n'avait d'effet. En Angleterre, voler un poulet n'entraînait pas la peine de mort, mais ce serait le cas ici, où le moindre poulet était plus précieux qu'une parure de rubis. Chaque animal était destiné à la reproduction et chaparder des biens appartenant au gouvernement conduirait à la pendaison. Et ce n'étaient pas des paroles en l'air.

Phillip pesait chacun de ses mots. Les soldats avaient ordre de tirer sur tout homme surpris à s'introduire la nuit dans la tente d'une femme car on ne leur avait pas fait faire tout ce voyage pour forniquer. Les relations entre les deux sexes n'étaient autorisées que dans le cadre du mariage ; sinon pourquoi aurait-on mis un chapelain à leur disposition ? La justice serait rendue avec équité, mais aussi avec fermeté. Et qu'ils n'aillent pas s'imaginer que leur travail pouvait se comparer à celui d'un homme marié en Angleterre, qui devait entretenir une famille avec son salaire.

Ici, en Nouvelle-Galles du Sud, ils étaient la propriété du gouvernement de Sa Majesté. On n'exigerait de personne un travail au-delà de ses capacités mais tout le monde devait contribuer au bien-être de la collectivité. Leur première tâche consisterait à élever des habitations permanentes pour les officiers, ensuite pour les soldats et en fin de compte pour eux-mêmes.

— Maintenant vous pouvez aller et réfléchir à tout cela, car j'agirai exactement comme je viens de le dire...

— Comme c'est agréable de se sentir ainsi menacé ! soupira Bill Whiting. Pourquoi ne nous ont-ils pas pendus en Angleterre, si leur intention est de nous pendre ici ? Quelles bêtises, tout ça ! On ne nous a pas amenés jusqu'ici pour forniquer ! Qu'est-ce qu'ils s'imaginaient ? J'ai plaisanté à propos de moutons mais risquer un coup de fusil si je vais voir ma Mary, ce n'est pas une plaisanterie.

— Mary ? demanda Richard.

— Mary Williams, du *Lady Penrhyn*. Aussi vieille que ces collines et aussi laide que le péché, mais le tout est à moi, entièrement à moi ! Du moins jusqu'à ce que j'entende parler de ces menaces de coups de fusil. En Angleterre, le seul qui pourrait avoir des raisons de me tirer dessus serait son mari.

— Je suis heureux d'entendre parler de Mary. Ce n'était pas le gouverneur qui s'exprimait ainsi, mais le révérend Johnson, remarqua Richard. Ce doit être un méthodiste. Je crois même que c'est la raison qui l'a poussé à accepter ce poste. Il est bien trop radical pour plaire à un évêque de l'Eglise d'Angleterre.

— Pourquoi ont-ils amené des femmes près de nous s'ils nous interdisent d'avoir des rapports avec elles ? demanda Neddy Perrott.

— Le gouverneur souhaite des mariages pour faire plaisir au révérend Johnson, répondit Richard. Peut-être aussi pour donner à cette expédition une sorte de consécration divine... Laisser son troupeau forniquer, ce serait comme s'il autorisait Satan à poursuivre son œuvre.

— Je n'ai pas envie d'épouser ma Mary pour l'instant, avoua Bill. Il n'y a pas assez longtemps que je suis sorti de ces chaînes pour en accepter d'autres.

C'était l'opinion de Bill, mais pas celle de tous ses compagnons.

Dès le dimanche suivant, le chapelain, enchanté, se mit à bénir de plus en plus de mariages.

Les rations alimentaires furent dorénavant distribuées chaque semaine. Une nouvelle difficulté ! Comment résister et ne pas engloutir le tout en deux jours ? Ils étaient faibles, surtout maintenant qu'ils travaillaient. Grâce au lieutenant Furzer, ils avaient des chaudrons et des marmites mais pas grand-chose à mettre dedans.

La hutte fut achevée avec une double rangée de jeunes troncs d'arbres en guise de murs, les uns placés verticalement et les autres horizontalement, et de minces traverses pour soutenir le toit de palmes tressées. Ils se trouvaient au sec, même par pluie battante, mais, quand le vent soufflait en tempête, il pénétrait par les espaces entre les lattes. Ils recouvrirent donc l'extérieur des murs avec des palmes. Il n'y avait pas de fenêtres, juste une porte face au gros rocher de grès. C'était un abri bien simple, mais nettement préférable à la prison de l'*Alexander*. On y sentait une saine et âcre odeur de résine, et non plus le mélange nauséabond d'huile de goudron et de pourriture, et le sol était jonché d'une bonne couche de feuilles mortes. Délivré de toute entrave, le groupe jouissait d'une relative indépendance. Les soldats étaient occupés ailleurs, à tenir à l'œil ceux que l'on savait être de mauvais sujets. Ceux qui ne causaient jamais de problèmes étaient libres de leurs mouvements, en dehors des contrôles réguliers pendant lesquels on s'assurait que chacun était bien à son travail.

Richard travaillait sous un petit auvent d'écorce derrière les tentes des soldats. Il fallait creuser des fosses pour les scieurs de long. Ce n'était pas un travail facile puisque la couche rocheuse apparaissait déjà à 6 pouces de profondeur. Il fallait excaver en cassant la pierre avec des pics et des coins. Les scies n'étaient pas encore déchargées (le déchargement était une opération lente et pénible), mais les haches et hachettes s'empilaient très vite et Richard ne parvenait pas à les aiguiser au même rythme.

— J'aurais besoin d'aide, dit-il un jour à Ross. Si vous pouvez me donner deux hommes maintenant, quand les scies arriveront et auront besoin de nos soins il en restera un pour s'occuper des haches et hachettes.

— Je comprends tes raisons. Mais pourquoi deux hommes ?
— Parce qu'il y a toujours des discussions pour savoir à qui appartient tel ou tel outil et que je n'ai pas le moyen de dresser une liste. Il serait préférable que j'aie un aide sachant écrire qui pourrait graver sur chaque hache ou hachette le nom de son propriétaire. Quand nous aurons les scies, il fera de même. En fin de compte, cela nous permettrait de gagner du temps.

Les yeux pâles et froids se plissèrent mais la bouche ne sourit pas.

— Eh bien, Morgan, tu as de la suite dans les idées ! Je suppose que tu sais déjà qui tu aimerais avoir ?
— Oui, monsieur. Deux de mes hommes. Connelly pour graver les lettres et Edmunds pour apprendre à aiguiser.
— Je n'ai pas encore réussi à repérer ta caisse d'outils.
— Dommage, dit-il avec un soupir de regret. J'ai quelques bons outils.
— Ne désespère pas. Je vais continuer à chercher.

Le mois de février s'écoula lentement, accompagné d'orages, parfois de coups de vent frais sur la mer et, le plus souvent, d'un temps humide, suffocant, qui se terminait toujours par l'apparition de nuages noirs dans le ciel au sud ou au nord-ouest. Les tempêtes venant du sud apportaient dans leur sillage des coups de vent bienvenus, alors que celles du nord-ouest se traduisaient par la chute de grêlons de la taille d'un œuf et par une chaleur lourde.

A l'exception de différentes sortes de rats, de millions de fourmis, de coléoptères, de mille-pattes, d'araignées et autres insectes hostiles, les formes de vie terrestre semblaient plutôt rares. Au contraire, le ciel et les arbres étaient pleins de milliers d'oiseaux, la plupart d'une spectaculaire beauté. Les variétés de perroquets dépassaient l'imagination : les uns énormes et de couleur blanche avec d'étonnantes crêtes d'un jaune de soufre, d'autres gris avec une gorge cyclamen, ou encore noirs, couleur de l'arc-en-ciel, tachetés de minuscules points rouges, bleus, verts, et des dizaines d'autres sortes. Un grand martin-pêcheur brun pouvait tuer des serpents en leur brisant le dos sur une branche et se mettait ensuite à ricaner comme un fou. Un gros ramier avait une queue en forme de lyre et se pavanait comme un paon. Ceux qui accompagnaient l'escorte du gouverneur dans ses explorations parlaient de cygnes noirs. Certains aigles avaient une envergure d'au moins 9 pieds quand ils déployaient leurs ailes et ils rivalisaient avec les faucons pour attaquer leurs proies. De minuscules pinsons et troglodytes, effrontés, aux couleurs vives, fonçaient avec intrépidité. Le royaume ailé dans son ensemble était doté de couleurs somptueuses et de qualités vocales stupéfiantes. Certains oiseaux chantaient d'une manière plus exquise encore que les rossignols, d'autres poussaient des cris rauques, d'autres encore évoquaient le carillon argenté des cloches et un énorme corbeau noir jetait le cri le plus affreux, le plus terrifiant qu'un Anglais eût jamais pu entendre. Malheureusement, et c'était là le revers de la médaille, aucun de ces oiseaux n'était comestible.

On avait entrevu certains animaux, dont un qui marchait en se dandinant, plutôt gras, doté d'une épaisse fourrure et qui fouissait la terre, mais celui que tout le monde rêvait de voir était le kangourou. Hélas sans résultat, tant qu'on ne pouvait quitter le camp. Aucun kangourou ne s'aventura dans son enceinte. C'étaient manifestement des animaux craintifs. Ce qui n'était pas le cas des énormes lézards qui grimpaient dans les arbres. Ils circulaient dans le camp d'un air hautain, comme s'ils méprisaient les hommes, et ressemblaient au plus affamé des forçats ou au plus assoiffé des soldats quand il s'agissait de dévaliser la tente d'un officier. Une espèce comptait bien 14 pieds de long et inspirait à juste titre la même terreur qu'un alligator.

— Je me demande comment le baptiser, dit Richard à Taffy Edmunds qui passait derrière leur abri, s'esquivant l'air de méchante humeur.

— Je crois que je lui donnerais du « monsieur », répondit Taffy en souriant.

Les haches et hachettes ne cessaient d'arriver pour être aiguisées et, vers la fin de février, ce fut le tour des scies.

Les fosses de sciage situées à l'ouest du camp fonctionnaient et d'autres étaient en cours d'aménagement à l'est avec les mêmes difficultés, dues à la présence de la roche. Un nouvel obstacle se présenta : il était presque impossible de scier les arbres, une fois abattus, ébranchés et placés au-dessus de la fosse, même pour en tirer les planches les plus médiocres. Ils n'étaient pas seulement remplis de sève mais durs comme du fer. Les scieurs, tous des forçats, peinaient si durement que le gouverneur dut leur octroyer des rations supplémentaires ainsi que du malt, sans quoi ils se trouvaient mal. Cela irrita les simples soldats qui, oubliant qu'ils recevaient du beurre, de la farine et du rhum en plus des mêmes rations de pain et de viande salée que les détenus, commencèrent à parler de « privilèges ». Le major Ross avec sa sévère discipline parvint à les mater, mais cela signifiait aussi qu'ils avaient à subir le fouet plus souvent – bien plus que les détenus, gémissaient-ils.

Le plus difficile, pour Richard, c'était les scies elles-mêmes. On ne lui avait envoyé que cent soixante-quinze scies à main et vingt scies en long, mais ces dernières étaient toutes des scies à refendre qui devaient travailler dans le sens du grain. Or aucune ne pouvait attaquer un bois comme celui-là. Les troncs devaient être d'abord fendus à la hache puis tronçonnés. Les deux sortes de scies auraient dû être fabriquées dans le meilleur acier, mais ce n'était pas le cas. De longs mois de navigation les avaient rouillées et aucun bateau n'avait en réserve de gras d'antimoine.

Vingt-cinq scies à main et cinq scies en long avaient été confiées au lieutenant Philip Gidley King, parti courant février avec le *Supply* pour Norfolk Island, plus loin, pour y établir un camp distinct. Il comptait récolter le lin qui y poussait et abattre les immenses pins signalés par le capitaine Cook pour en faire des mâts de navire.

— C'est pratiquement impossible, objecta Richard après que Ross lui eut appris ce fait. J'ai fabriqué mon propre papier émeri et j'ai réussi à enlever la plus grande part de la rouille mais les lames ne sont pas assez lisses. L'huile de baleine serait un excellent protecteur, mais nous n'en avons pas. Celles dont nous disposons se figent et se mettent à coller dès que la chaleur augmente au cœur de la coupe. Il me faudrait de l'huile de baleine ou du gras d'antimoine. De plus, l'acier des lames est de si mauvaise qualité que j'ai toujours peur qu'elles ne se cassent sur un bois aussi dur. Nous avons quinze scies en long et seulement quatorze en service car je suis toujours en train de travailler sur l'une d'elles. Toutes les dents s'émoussent sur ce bois. Mais le plus important de tout, monsieur, serait d'avoir un produit permettant d'ôter la rouille.

Ross avait l'air plus sombre que jamais. Il avait entendu le même refrain de la bouche des scieurs.

— Il va falloir que nous trouvions une substance locale, conclut-il. Le docteur Bowes-Smyth est de nature curieuse, toujours en train de tailler des bois et de faire bouillir des racines ou des feuilles à la recherche de remèdes, de résines et sans doute aussi de l'élixir de longue vie. Donne-moi une de tes lames, la plus rouillée, et je vais lui demander de faire des essais.

Il s'éloigna d'un pas lourd. Richard se sentait désolé pour lui. C'était un homme doué d'un grand talent d'organisation et d'action, mais il n'avait aucune compréhension pour les faiblesses des autres, surtout s'il s'agissait de ses soldats, qu'il avait le droit de faire fouetter quand ils commettaient des fautes. Il devait cependant en référer au gouverneur. Et pour couronner tous les ennuis que lui causait ce conflit, la foudre semblait lui en vouloir. Ses quelques moutons avaient péri en cherchant abri sous un arbre, sa propre tente avait été frappée et l'incendie qui en avait résulté avait fait disparaître la plupart de ses documents et souvenirs. En regardant disparaître cette silhouette au maintien militaire, Richard se disait que, sans Ross, le chaos qui régnait à Port Jackson aurait été infiniment plus grand. « Le gouverneur est un idéaliste, mais le lieutenant-gouverneur, lui, est un réaliste. »

L'auvent d'écorce s'était agrandi et Richard avait maintenant deux hommes de plus pour travailler avec lui, Neddy Perrott et Job Hollister. Billy Earl, Johnny Cross et Jimmy Price avaient rejoint Bill Whiting dans les magasins gouvernementaux et il ne lui restait plus que Joey Long, auquel on n'avait attribué aucun travail précis. Richard dénicha une houe qui vint s'ajouter à la bêche et à la pioche déjà en leur possession, et il l'envoya aménager un jardin à côté de leur case, en priant pour que personne ne vienne lui ordonner un autre travail ou lui demander ce qu'il faisait. On savait qu'il était simple d'esprit, ce qui le rendait moins intéressant. Tant que Joey restait à proximité de leur case, leurs quelques biens étaient à l'abri. Le vol de nourriture était si répandu que chaque homme et chaque femme transportait sa ration alimentaire sur son lieu de travail, où il fallait encore veiller à ne pas se la faire dérober. Ces vols se déroulaient en circuit interne et n'intéressaient ni le gouverneur ni les soldats. Seuls les détenus les plus forts pouvaient voler impunément les plus faibles ou les malades.

La dysenterie se répandit deux semaines après qu'ils eurent débarqué. La méfiance instinctive de Richard pour l'eau de la rivière était justifiée, même si les médecins ne pouvaient expliquer comment elle avait pu être polluée à l'endroit où on l'avait puisée. Leur théorie fut que l'eau de la Nouvelle-Galles du Sud ne convenait pas aux intestins anglais. Trois détenus moururent dans la tente hôpital et il fallut édifier un second espace de soins avec ce qu'on avait sous la main. Le scorbut menaçait également. On le voyait aux teints jaunes et aux démarches pesantes, bien avant que les gencives se mettent à enfler et à saigner. Richard avait encore du malt et pouvait en distribuer car le lieutenant Furzer, des magasins du gouvernement, appréciait tellement l'aide de son équipe de détenus qu'il leur en fournissait secrètement. Ce genre de favoritisme, comme pour les scieurs, était inévitable dans cet état de pénurie grandissante.

— Mais si ça continue comme ça, déclara Richard à son groupe sur un ton qui n'admettait pas de réplique, nous nous mettrons à la choucroute amère, même si je dois m'asseoir sur vous et vous l'enfoncer de force dans la gorge. Rappelez-vous ce que disaient nos mères. On nous a inculqué l'idée qu'un remède ne pouvait faire de l'effet que s'il était épouvantable au goût. Cette choucroute est un médicament.

Port Jackson ne possédait aucun remède contre le scorbut en quantité suffisante pour sa nouvelle population. Peu de plantes ou de baies locales pouvaient être consommées sans risque d'empoisonnement. Les plantes soigneusement arrosées dans les jardins du gouvernement montraient quelques pousses au soleil et périssaient de découragement. Rien ne poussait, rien.

« Nous sommes à la fin de l'été, bientôt en automne, songea Richard en regardant les grains de citron qu'il avait gardés depuis Rio de Janeiro. Je vais attendre septembre ou octobre, c'est-à-dire le printemps, pour les semer. Qui connaît les rigueurs de l'hiver ici ? A New York, l'été est brûlant et pourtant on gèle en hiver. D'après ce que nous avons vu des Indiens, je doute que l'hiver soit aussi froid par ici, mais je ne peux pas prendre le risque de semer maintenant. »

Trois forçats – Barrett, Lovell et Hall – furent pris en train de voler du pain et de la viande salée dans les magasins du gouvernement et un autre à voler du vin. Les trois premiers furent condamnés à mort et l'autre fut désigné comme exécuteur public.

A l'ouest du rivage, entre les tentes des hommes et celles des femmes, se dressait un grand arbre, beau et solide, qui présentait une curieuse particularité : c'est de projeter à 10 pieds du sol une branche toute droite, épaisse. Il fut choisi comme gibet car on n'avait pas de bois disponible pour en construire un. Le 25 février, les trois malheureux furent conduits jusque-là, devant tous les détenus réunis, toute absence devant être punie par cent coups de fouet. Le gouverneur Phillip comptait que cet ultime exemple aurait l'effet souhaité : il fallait que les vols de nourriture cessent ! Bien entendu, il avait lui-même le ventre plein, de même que tous ceux qui étaient en position de commander. Comme dans le cas de la fornication, ces mesures radicales visant à réprimer les délits pouvaient ne pas réussir.

Des spectateurs, libres ou détenus, avaient déjà assisté à une pendaison en Angleterre, où l'événement donnait lieu à une cérémonie, presque à une fête. Mais beaucoup n'étaient pas dans ce cas et, comme Richard et ses hommes, auraient préféré laisser aux autres ce macabre plaisir.

Barrett, le premier condamné, fut placé sur une chaise et on ordonna au bourreau de lui passer la corde autour du cou et de la resserrer. Il s'exécuta, blanc comme un linge, en pleurant, mais refusa de repousser la chaise jusqu'à ce que les soldats introduisent de la poudre et des balles dans leurs mousquets et le visent à bout portant. Très pâle mais calme, Barrett attendait fermement. Ce fut une mort difficile. La secousse n'était pas suffisante pour lui briser le cou et il resta suspendu au bout de la corde en se débattant pendant ce qui parut une éternité. Il finit par mourir étouffé. Une heure plus tard, le corps fut retiré et la chaise placée de nouveau sous l'arbre pour recevoir Lovell.

Le lieutenant George Johnston, aide de camp du gouverneur à présent que le lieutenant King était parti pour l'île de Norfolk, s'avança et annonça qu'on avait accordé à Lovell et à Hall un sursis de vingt-quatre heures. Les détenus purent alors se disperser. La leçon que Phillip voulait leur donner était vaine. Ceux qui étaient disposés à voler continueraient à le faire, et ceux qui ne l'étaient pas, à s'en abstenir. La pendaison ne pouvait avoir qu'une seule conséquence : réduire le nombre de détenus par simple soustraction.

Tandis que Richard s'éloignait, ses yeux tombèrent par hasard sur les rangs des femmes détenues et il aperçut quelque chose qui ressemblait à une plume d'autruche écarlate bougeant au-dessus d'un élégant chapeau noir. Stupéfait, il s'arrêta brusquement. Lizzie Lock ! Ce ne pouvait être que Lizzie Lock ! Elle avait été déportée, toujours coiffée de son bien-aimé chapeau. Lequel paraissait encore étonnamment en bon état après un tel voyage. Elle avait dû veiller sur son couvre-chef plus attentivement que sur sa propre personne. Ce n'était pas le moment de s'approcher d'elle. Une autre occasion se présenterait. Le fait de la savoir là était déjà en soi un réconfort.

Le lendemain, tout le monde fut à nouveau réuni, sous une pluie battante, pour apprendre que Son Excellence le gouverneur avait commué la peine de Lovell et de Hall en une déportation dans un lieu encore à déterminer. Cependant, poursuivit le lieutenant George Johnston sur un ton officiel, Son Excellence envisageait sérieusement de faire transporter tous les récalcitrants en Nouvelle-Zélande et de les abandonner sur le rivage, où ils seraient dévorés par les cannibales. Lorsque le *Supply* réapparaîtrait, c'était ce qu'il ferait, sans aucun doute ! D'ici là, les condamnés seraient mis aux fers dans une anfractuosité de rocher près de l'anse qui avait déjà été baptisée « Pingre », parce qu'ils devaient y subsister avec le quart des rations de pain et un peu d'eau. Mais « Pingre », le nœud coulant ou la menace des cannibales n'empêchaient pas les hommes désespérés de voler de la nourriture.

Si les détenus cherchaient d'abord tout ce qui pouvait se manger, les soldats, eux, s'intéressaient plutôt au rhum et aux femmes. Les condamnations au fouet passèrent de cinquante à cent, voire cent cinquante coups, mais jamais aussi forts que ceux que le bourreau assenait aux détenus. Ce penchant pour la boisson et le sexe chez les soldats venait du fait qu'ils étaient chargés de la distribution de la nourriture. Quelle que soit la surveillance, les rations des soldats étaient toujours supérieures à celles des prisonniers.

Les indigènes devinrent plus difficiles à contrôler et se mirent à voler du poisson, des bêches, des pelles ainsi que les rares légumes qui avaient réussi à survivre sur un terrain un peu plus fertile, à l'est de l'anse, là où devait se situer la ferme du gouvernement dès que le sol serait prêt pour les semailles de septembre, dans la mesure où du blé pouvait pousser sur un pareil terrain. Des hommes que l'on avait envoyés dans une baie un peu plus éloignée couper des roseaux pour les toitures furent attaqués par quelques Indiens, et l'un d'eux blessé, après que deux hommes eurent été tués au même endroit. Une reconnaissance en amont jusqu'à la source marécageuse de la rivière révéla la présence de carcasses de plusieurs grands lézards en état de décomposition, signe que les indigènes n'étaient pas stupides et savaient comment polluer l'eau.

Monter la garde devint pour les soldats une tâche de plus en plus lourde au fur et à mesure que le camp s'étendait sous la contrainte des nécessités. Un arbre que sir Joseph Banks avait répertorié sous le nom de *casuarina* se révéla fournir un bon bois de construction mais il poussait à quelque distance autour du marais. Une excellente argile pour la fabrication de briques fut découverte à un mile en direction de l'intérieur. Les groupes exploraient un territoire vierge et devaient être protégés. Pour rendre les choses encore plus difficiles, les aborigènes devinrent moins timides devant les fusils et plus hardis dans leurs expéditions de chapardage, ayant sans doute compris que les ordres étaient de ne leur faire de mal sous aucun prétexte.

Le gouverneur Phillip alla explorer au nord un autre port, du nom de Broken Bay, et en revint déçu. On y trouvait, certes, un bon abri pour les bateaux mais pas un seul pouce de terre arable. Son Excellence avait de bonnes raisons d'être découragé. Les têtes pensantes qui avaient élaboré ce grand projet au ministère de l'Intérieur avaient allègrement présumé que les moissons jailliraient de terre et qu'il n'y aurait qu'à se pencher pour les récolter, qu'un magnifique bois de construction se présenterait en abondance pour toute réalisation, que le bétail se multiplierait à toute allure et qu'en un an la Nouvelle-Galles du Sud pourrait virtuellement se suffire à elle-même. D'où la négligence, tant de la part du ministère que de l'Amirauté et de l'intendance. Nul ne s'était assuré que la flotte embarquait assez de matériel et de provisions pour tenir trois ans. En réalité, il n'y avait pas assez de stock pour plus d'un an, et le premier bateau de ravitaillement prévu n'arriverait pas à temps. Comment faire travailler efficacement des hommes – ou des femmes – perpétuellement affamés ?

Deux mois passés à Sydney Cove – ainsi fut baptisé le lieu de débarquement – démontraient qu'il s'agissait d'un endroit dur et cruel, de quelque point de vue que l'on se place. Il semblait impossible d'y apporter quelque changement. On pouvait peut-être y subsister péniblement, mais non y prospérer. Les aborigènes, des primitifs au regard des Anglais, en apportaient la preuve évidente. Tout ce que la Nouvelle-Galles du Sud pouvait offrir, c'était la misère et la saleté.

Les orages cessèrent au cours de la dernière semaine de mars et la chaleur humide s'atténua. Ceux qui possédaient des chapeaux en avaient fait des sortes de coiffures à la yankee en rabattant les bords tout autour, mais Richard avait conservé son tricorne tel qu'il était ; il travaillait sous un auvent d'écorce et portait aussi son chapeau de paille. En outre, il aimait se montrer convenablement vêtu à l'office du dimanche. Les habitudes de Bristol restaient tenaces.

Cet office avait lieu en des endroits divers, mais celui du dimanche 23 mars – troisième anniversaire de la condamnation de Richard à Gloucester – se tint près du camp des soldats célibataires, sur une plate-forme rocheuse permettant au révérend Richard Johnson de se faire voir. On l'entendit exhorter ses auditeurs au nom du Seigneur, et leur prêcher la maîtrise des pulsions honteuses afin qu'ils rejoignent les rangs vertueux des hommes mariés.

Décidé à trouver un moyen d'agir, Richard était venu prier et demander à Dieu de l'éclairer, mais le sermon ne lui fut d'aucun secours. En revanche, Dieu lui envoya Stephen Donovan, qui surgit à côté de lui. Tous deux longèrent l'anse, traversèrent le gué et descendirent au bord de l'eau près de la nouvelle ferme.

Ils s'assirent, bras noués autour des genoux, sur un rocher en surplomb. L'eau clapotait paisiblement cinq pieds au-dessous.

— N'est-ce pas terrible ? demanda soudain Donovan, brisant le silence. J'ai entendu dire qu'il avait fallu toute une semaine à six hommes pour arracher une seule souche de ce champ que vous voulez cultiver. Il paraît que le gouverneur a décidé de le faire labourer à la main avec une houe car le sol est trop dur pour qu'on y mette une charrue.

— Ce qui signifie qu'un jour prochain je n'aurai rien à manger, observa Richard en ôtant sa veste pour s'allonger à l'ombre d'un arbre. Comme l'ombre elle-même est maigre ici !

— Et comme la vie est dure ! ajouta Donovan en jetant des feuilles mortes dans l'eau. Je crois cependant que la situation va s'améliorer. Comme pour toute aventure entièrement nouvelle, ce sont les premiers six mois les plus difficiles. J'ignore pourquoi les choses paraissent ensuite plus supportables, peut-être deviennent-elles simplement moins étranges. Il y a cependant une certitude. Quel que soit le moment où Dieu a créé cette partie du globe, il s'est servi pour cela de mesures bien particulières dont nous ne sommes guère coutumiers. (Sa voix baissa, se fit plus douce.) Seuls ceux qui sont forts survivront et tu en feras partie.

— Vous pouvez compter là-dessus, Mr Donovan. Si j'ai réussi à surmonter les épreuves du *Cérès* et de l'*Alexander,* je surmonterai aussi cela. Non, je ne désespère pas. Mais vous m'avez manqué. Comment vont l'*Alexander* et ce cher gros Esmeralda ?

— Je ne sais pas, Richard, je ne suis plus sur l'*Alexander*. Nos chemins se sont séparés depuis que j'ai surpris Esmeralda en train d'ouvrir les coffres et les paquets des détenus empilés dans les cales, pour voir s'il pouvait trouver quelque chose de précieux à vendre.

— Le salaud !

— Oui, Sinclair en est un... et plus encore. (Il étira voluptueusement son long corps souple.) J'ai trouvé maintenant un bien meilleur abri. Vois-tu, je suis tombé amoureux.

Richard sourit.

— De qui, Mr Donovan ?

— Tu ne le croiras jamais. Du valet du commandant Hunter, Johnny Livingstone. Comme il manquait six ou sept navigateurs à bord du *Sirius,* j'ai posé ma candidature et j'ai été accepté. Il est possible que Hunter ait flairé quelque chose, mais il n'est pas en état de se passer d'un marin expérimenté comme moi. Je bénéficie donc de bonnes rations et même d'un peu d'amour par-dessus le marché.

— J'en suis ravi, dit Richard, sincère. Et très heureux de vous voir, tout particulièrement aujourd'hui. Nous sommes dimanche et je n'ai pas à travailler. Je suis donc à votre disposition. J'aurais besoin d'une oreille.

— Un seul mot de toi et tu peux avoir plus qu'une oreille.

— Je vous remercie de cette proposition, mais n'oubliez pas Johnny Livingstone.

— L'eau paraît tentante, observa Mr Donovan, et on aurait envie d'y plonger. Je le ferais bien si le *Sirius* n'avait pas attrapé l'autre jour un requin large de six pieds et demi aux épaules. Et on l'a trouvé au cœur même de Port Jackson ! (Il roula sa veste pour s'en faire un oreiller et s'étendit.) Je ne t'ai jamais demandé si tu avais réussi à nager.

— Mais oui. Après m'être efforcé d'imiter Wallace, j'ai trouvé ça facile. A propos, c'est Joey Long qui a hérité de son fils. Un joli petit chien et un bon chasseur de rats. Il mange mieux que nous, bien que je n'aie pas envie d'échanger mon régime avec le sien.

— As-tu déjà vu un kangourou ?

— Pas même la queue d'un à travers les arbres. Mais je ne sors pas du camp. C'est moi qui aiguise ces fichues scies et les haches. Je suppose qu'il n'y a pas de gras d'antimoine à bord du *Sirius* ?

Les épais cils noirs se soulevèrent, laissant apparaître un éclat bleu.

— Nous avons du beurre fabriqué avec du lait de vache, mais rien d'autre. Qu'est-ce que tu sais du gras d'antimoine ?

— Ce que sait tout homme chargé d'affûter des lames.

— Je n'en ai jamais rencontré qui le sache jusqu'ici... Voilà un beau dimanche ici au grand air, près de toi. Je vais me renseigner pour ce que tu cherches. J'ai entendu dire que le bois était impossible à scier.

– Pas tout à fait, mais c'est un travail extrêmement long. D'autant plus que les scies sont en très mauvais état. En fait, tout ici semble en mauvais état. Voilà comment l'Angleterre nous considère ! Des rebuts de l'humanité auxquels on réserve les rebuts. Elle ne nous a pas donné la moindre chance de réussite. Mais, pour des hommes tels que moi, le simple fait de savoir cela nous endurcit et nous rend encore plus entêtés.

Donovan se mit debout.

— Promets-moi quelque chose, dit-il en remettant son chapeau.

Richard s'efforça de dissimuler l'énorme déception que ce brusque départ lui causait.

— De quoi s'agit-il ?

— Je serai de retour dans une heure. Attends-moi ici, je t'en prie.

— J'y serai mais, en attendant, je crois que je vais aller me changer. Il fait trop chaud pour que je garde ces habits du dimanche.

Richard fut de retour avant Donovan, vêtu comme tous les détenus de Sydney Cove : pieds nus, un pantalon de toile coupé sous le genou et une chemise à carreaux aux tons si passés que le motif ne semblait plus qu'une ombre parmi les ombres. Quand Donovan réapparut, il portait lui aussi une tenue simple et ployait sous le poids d'un panier d'oranges de Rio.

— Quelques petites choses dont tu pourrais avoir besoin, dit-il en le déposant.

Richard pâlit.

— Mr Donovan, je ne peux accepter ! Ces marchandises proviennent du *Sirius*.

— Absolument pas. Disons plutôt que tout cela est très légitimement à moi, enfin presque tout... J'avoue avoir cueilli un peu de cresson appartenant au capitaine Hunter. Il le fait pousser sur des lits de charpie humide. Nous avons de quoi nous offrir un bon déjeuner et il en restera assez pour que tu en rapportes aux autres. Les soldats ne te causeront pas d'ennuis si je te raccompagne chez toi et que je porte moi-même le panier. J'ai acheté du malt à l'intendance, un autre chapeau de paille, une bonne ligne pour pêcher avec des hameçons, un morceau de liège pour le flotteur et un vieux morceau de ferraille pour servir de plomb. Ce qui rend le panier si lourd, poursuivit Donovan en fouillant à l'intérieur, ce sont les livres. Peux-tu imaginer que certains soldats venant de Portsmouth sont descendus à terre en oubliant leurs livres ? Seigneur ! Ah ! (Il exhiba un pot de faible contenance.) Voilà le beurre pour nos petits pains cuits de ce matin. Et une cruche de petite bière.

Richard ne se souvenait pas d'avoir fait un aussi bon repas de toute sa vie, à l'exception de celui que Donovan leur avait offert après qu'ils eurent rempli les cuves d'eau potable à Ténériffe. Mais rien ne pouvait rivaliser avec le goût du cresson – de la verdure ! Richard dévora la nourriture sous les yeux bienveillants de Donovan qui lui donna tout le cresson, le beurre et la plupart des petits pains.

— As-tu écrit chez toi, Richard ? demanda-t-il ensuite.

Richard savourait sa petite bière.

— Je n'en ai trouvé ni le temps ni le désir, avoua-t-il. Pourtant, comme tous, ici, je déteste la Nouvelle-Galles du Sud. Pour écrire aux miens, je voudrais avoir quelque chose de plus joyeux à raconter.

— Tu as encore le temps. Le *Scarborough,* le *Lady Penrhyn* et le *Charlotte* feront voile en mai vers Cathay pour y charger une cargaison de thé. L'*Alexander,* le *Friendship,* le *Prince of Wales* et le *Borrowdale* partiront directement pour l'Angleterre à la mi-juillet, d'après ce que j'ai entendu dire. Tu pourras remettre ta lettre à l'un d'eux. Le *Fishburn* et le *Golden Grove* ne peuvent s'en aller tant qu'on n'a pas construit des bâtiments à l'abri des voleurs pour y stocker le rhum, le vin, la bière et même l'alcool chirurgical.

— Et le *Sirius* ? J'avais cru comprendre qu'il devait être réaffecté à la Navy dès que possible.

Donovan fronça les sourcils.

— Le gouverneur hésite à le laisser partir tant qu'il n'a pas la certitude que notre nouvelle colonie pourra survivre. Ne garder que le *Supply,* vieux de trente ans et si petit... brrr ! Mais le capitaine Hunter se montre réticent. Comme le major Ross, il pense que toute cette entreprise ne constitue qu'une perte de temps et d'argent pour l'Angleterre.

Richard avala la dernière gorgée de bière.

— Oh, quelle fête ! Je ne pourrai jamais assez vous remercier. Et je suis si content que vous ne partiez pas tout de suite ! Je ne peux même plus avaler un peu de petite bière sans avoir la tête qui me tourne, ajouta-t-il.

— Etends-toi et fais un somme. Nous avons la journée devant nous.

Ce que fit Richard sans se faire prier. A peine eut-il posé la tête sur un tas de feuilles qu'il s'endormit.

Replié dans une position de défense, nota Stephen Donovan,

qui, lui, n'avait pas sommeil. Peut-être parce qu'il était libre et, de plus, marin, il portait sur la Nouvelle-Galles du Sud un regard différent de celui du prisonnier Richard Morgan. Rien ne l'empêchait, lui, de prendre ses affaires et de s'en aller. Son désir de rester était dû dans une large mesure à la présence de Richard. Il se souciait de son sort – non, il se souciait de toute sa personne. Quelle tragédie que son affection se soit portée sur un homme incapable d'y répondre ! Mais, à la vérité, ce n'était pas un drame. Donovan avait fait librement le choix de ses préférences sexuelles avant de prendre la mer et il avait vécu avec elles dans un climat d'optimisme et de satisfaction, considérant toujours ses aventures d'un cœur léger, son sac de marin éternellement prêt, afin de pouvoir embarquer à tout moment. Quand il était monté à bord de l'*Alexander,* aucun pressentiment ne l'avait averti que Richard Morgan allait détruire cette sérénité. Il ne savait pas non plus pourquoi son cœur avait choisi Richard Morgan. C'était arrivé, tout simplement. L'amour est ainsi. Quelque chose de particulier, une affaire d'âme. Il s'était avancé sur le pont d'un pied léger, si sûr de son instinct qu'il s'était attendu à la même réaction. Le fait qu'il ne l'ait pas trouvée était maintenant sans importance ; il était déjà trop tard pour faire marche arrière.

Ce pays étranger, lui aussi, l'incitait à rester. Le sort de cette future colonie le captivait. Les indigènes étaient appelés à disparaître et ils le savaient au fond d'eux-mêmes. C'était la raison pour laquelle ils commençaient à se rebeller. Mais ils n'étaient ni aussi évolués ni aussi organisés que les Indiens d'Amérique, dont les liens entre tribus couvraient toute une nation. Les Indiens connaissaient l'art de la guerre et se montraient capables de négocier des alliances, par exemple avec les Français contre les Anglais ou avec les Anglais contre les Français. Mais ici, les indigènes n'étaient pas assez nombreux et s'épuisaient en luttes tribales. Le concept même d'alliances militaires leur était étranger.

A la différence de Richard, Donovan pouvait obtenir des informations auprès des hommes en contact avec ces aborigènes de la Nouvelle-Galles du Sud. Le gouverneur agissait avec sagesse, mais son attitude n'était suivie ni par les soldats ni par les détenus qui ne voyaient dans cette population qu'un ennemi de plus à exécrer. Face à cette situation, les détenus occupaient la position de tiers, entre le marteau et l'enclume.

Le pays lui-même fascinait Donovan, même si, comme les autres, il ne voyait pas comment cette nature pouvait être disciplinée au point de fournir une prospérité comparable à celle de l'Angleterre. Une chose était certaine : on n'y verrait certainement jamais se développer une confortable vie champêtre permettant à un homme de cultiver des champs, de faire paître un troupeau ou de gagner à pied la taverne du village en une demi-heure. Si l'on parvenait à dompter ce pays, les distances resteraient toujours énormes, et la sensation d'isolement, omniprésente. Toute idée de civilisation y serait aussi éloignée que l'idée même d'une taverne.

Mais il aimait cette idée car il se sentait en communion avec les oiseaux. C'était un pays rempli d'oiseaux. S'élançant dans les airs, tournoyant, libres. Lui, il volait sur les mers et eux dans le ciel. Et le ciel, ici, ne se comparait à aucun autre – illimité, et si pur ! La nuit, les étoiles étaient si denses qu'on aurait dit un nuage diaphane, un tissu d'infini, glacé et enflammé à la fois, sous lequel l'homme se sentait aussi insignifiant qu'une goutte de pluie tombant dans l'océan. Il aimait cette insignifiance, elle le réconfortait car, précisément, son désir n'était pas de faire l'important. Viser l'importance, c'était réduire le monde à la taille d'un jouet pour l'homme, un monde de chagrin.

Richard cherchait Dieu au sein de l'Eglise parce qu'il avait été élevé ainsi, mais le Dieu de Donovan n'était pas confiné dans de telles limites. Le Dieu de Donovan était là-haut, au cœur même de cette splendeur, et les étoiles étaient la vapeur de son souffle.

Richard s'éveilla deux heures plus tard et resta un instant sans bouger ni même soupirer. Puis il s'assit et s'étira.

— Ai-je dormi longtemps ?
— Tu n'as pas de montre ?
— Si, mais je la garde à l'abri dans mon coffre. Je la porterai quand j'aurai ma propre maison et que les vols auront cessé.

Son regard s'attarda sur une nuée de petits poissons évoluant gracieusement dans l'eau. Ils étaient rayés de noir et de blanc, avec des nageoires jaunes.

— Nous n'avons pas entendu parler de ce qui était arrivé au lieutenant King, à Norfolk. Etes-vous au courant, Stephen ? Les détenus parlent sans cesse de cette île qui, dans leur esprit, pourrait être une destination plus aimable et plus productive que Port Jackson.

— Je sais seulement qu'il a fallu cinq jours à King et pas mal d'explorations à terre pour tenter de découvrir un point de débarquement. Mais l'île n'offre aucun port, juste un lagon au milieu d'un récif de corail battu par la barre. C'est le seul endroit accessible. Une section du récif est immergée et permet le passage d'une chaloupe. King n'a pas découvert de lin, là-bas. Quant aux pins qui pourraient fournir de bons mâts, il serait impossible de les transporter sur le bateau puisqu'il n'y a aucun endroit où aborder et qu'ils ne flottent pas. Cependant, le sol semble remarquablement profond et riche. Nous n'avons pas eu d'autres nouvelles avant le départ du *Supply* mais le bateau sera bientôt de retour et nous en saurons davantage. L'île est minuscule, pas plus de 10 000 acres au total, et elle est couverte de ces fameux pins géants. J'ai bien peur, Richard, que Norfolk ne soit pas plus un paradis que Port Jackson.

— En effet, c'est bien ce qu'il me semble.

Richard hésita un instant puis décida de se lancer.

— Mr Donovan, il y a une chose dont je voudrais vous parler. Vous êtes le seul en qui j'aie confiance pour me donner un avis sincère.

— Parle donc.

— Un de mes hommes, qui travaille aux magasins du gouvernement, a été trop bavard. Furzer a découvert que Joey Long savait réparer les chaussures. Je vais donc perdre celui qui me servait de gardien. Je lui ai demandé une semaine de délai, parce que nous allons récolter quelques légumes dans notre jardin, grâce au travail de Joey. Furzer est un homme avec lequel on peut parler affaires. Il m'a accordé ce délai en échange d'une part de la récolte.

Richard s'était exprimé sans ressentiment.

— Les légumes sont une monnaie d'échange aussi bonne que le rhum, remarqua Donovan. Continue.

— Lorsque j'étais à la prison de Gloucester, j'avais conclu un arrangement avec une détenue, nommée Elizabeth Lock – Lizzie. En échange de ma protection, elle veillait sur mes affaires. Je viens de découvrir qu'elle est ici et l'idée m'est venue que je pourrais l'épouser, puisqu'il ne semble y avoir aucun autre moyen d'obtenir ses services.

Donovan parut stupéfait.

— Voilà de ta part un langage bien détaché ! Je n'imaginais pas que tu puisses te montrer aussi... froid.

— Je sais que cela peut paraître étrange, mais je ne vois pas d'autre moyen pour résoudre notre problème. J'avais espéré qu'un de mes hommes accepterait de l'épouser – la plupart fréquentent des femmes malgré les menaces du gouverneur – mais aucun n'y semble disposé.

— Tu parles de biens matériels de la même façon que tu envisages une union pour la vie, comme s'il s'agissait de choses de même valeur et de même nature. Tu es un homme, Richard. Et un homme qui aime les femmes. Pourquoi ne pas admettre tout simplement que tu as envie de prendre cette Lizzie Lock pour épouse ? N'es-tu pas aussi privé que les autres de compagnie féminine ? Tu lui as accordé ta protection à la prison de Gloucester et je suppose que cela signifie que tu avais des relations sexuelles avec elle. J'imagine, de même, que tu comptes en avoir encore, à présent. Ce qui me surprend, c'est que tu puisses évoquer ce sujet avec tant d'apparente indifférence.

— Mais nous n'avions aucune relation sexuelle ! s'exclama Richard avec colère. Je ne suis pas en train de parler de sexe ! Lizzie était comme ma sœur et c'est ainsi que je continue de penser à elle. D'ailleurs, elle est terrifiée à l'idée d'être enceinte et ne désire pas partager ma couche.

Donovan mit les coudes sur ses genoux et contempla Richard d'un air consterné. Que se passait-il chez cet homme ? Tout cela parce qu'il avait pris trop de plaisir et que ces excès l'avaient conduit en prison ? Non, impossible. Richard Morgan était un homme fier qui savait se tenir à sa place et approcher intelligemment ceux qui le commandaient sans pour autant s'abaisser. « Il est un mystère pour moi, songea Donovan. Pourtant... je commence à entrevoir quelques vérités. »

— Si je connaissais mieux l'histoire de ta vie, Richard, je serais mieux à même de t'aider. Parle-m'en un peu, je te prie.

— Je ne peux pas.

— Tu sembles effrayé, mais pas par les femmes. On dirait plutôt que... tu as peur de l'amour. Qu'y a-t-il dans ce sentiment qui t'effraie tant ?

— Je ne voudrais pas revivre ce que j'ai vécu, répondit Richard dans un souffle. Je crois que je n'y survivrais pas. Je peux aimer

Lizzie comme une sœur et vous-même comme un frère, mais je ne peux pas aller au-delà. Tout l'amour que je pouvais éprouver pour ma femme et mes enfants est sacré.

— Ils sont morts ?

— Oui.

— Tu es encore jeune et ce pays est neuf. Pourquoi ne pas repartir de zéro ?

— Bien des choses sont possibles, mais pas avec Lizzie Lock.

— Alors, pourquoi l'épouser ? demanda Donovan, les yeux brillants.

— Parce que je crois que sa vie doit être très dure et que je l'aime comme un frère chérit une sœur. Vous devez savoir, Mr Donovan, que l'amour n'est pas quelque chose qui se commande au gré des convenances. Si c'était le cas, je choisirais peut-être d'aimer Lizzie Lock. Mais je ne la désirerai jamais. Nous avons passé toute une année ensemble à la prison de Gloucester et cela ne s'est pas produit.

— Finalement, ce n'est pas si froidement que tu formes ce projet. Et tu as raison. L'amour n'obéit pas aux convenances.

Le soleil avait disparu derrière les rochers, à l'ouest encore baigné par une lumière dorée qui projetait des ombres longues. Stephen Donovan resta assis, méditant sur les caprices du cœur humain. L'amour surgissait quand on ne l'attendait pas et il n'était pas toujours un visiteur bienvenu. Richard cherchait à s'en protéger en épousant une femme dont il avait pitié, une sœur qu'il voulait aider.

— Si tu épouses Lizzie Lock, dit-il finalement, tu ne pourras épouser quelqu'un d'autre. Un jour, cela pourrait avoir pour toi beaucoup d'importance.

— Vous me conseillez donc de ne pas le faire ?

— En effet.

— Ma foi... je vais y réfléchir, conclut Richard en se relevant lourdement.

Le lundi matin, Richard demanda au major Ross la permission d'aller rendre visite au révérend Johnson pour solliciter de ce dernier l'autorisation de voir Elizabeth Lock, détenue dans le camp des condamnées de sexe féminin. Il expliqua qu'il envisageait de se marier.

Agé d'une trentaine d'années, Mr Johnson avait un visage rond, des lèvres pleines et une silhouette plutôt féminine. Vêtu de manière soigneusement pastorale, il portait un plastron blanc bien empesé et une soutane noire, laquelle offrait l'avantage de dissimuler son embonpoint, car il lui déplaisait d'avoir l'air trop bien nourri parmi tous ces gens affamés. Ses yeux clairs brûlaient d'une ferveur que le cousin James le Clergyman aurait qualifiée de « messianique ». En venant à la Nouvelle-Galles du Sud, il avait découvert le vrai sens de sa mission sur cette terre : relever le niveau moral, veiller sur les malades et les orphelins, diriger son église à sa propre manière et devenir enfin un bienfaiteur de l'humanité. Ses intentions étaient bonnes mais il n'avait qu'une faible dose de compréhension et il réservait toute sa compassion aux plus faibles. A ses yeux, les détenus adultes n'étaient qu'un ramassis de dépravés, à peine dignes d'être sauvés. Sinon, comment auraient-ils été condamnés et mis au ban de la société ?

En découvrant que Richard avait pour cousin issu de germain le recteur de St James, à Bristol, et qu'il était lui-même un homme courtois, de bonne éducation et apparemment sincère, Mr Johnson lui remit un laissez-passer et prit ses dispositions pour qu'il puisse épouser Elizabeth Lock le dimanche suivant pendant le service, quand tous les détenus réunis pourraient juger du succès de sa politique.

Dès que le soleil baissa, Richard quitta son auvent d'écorce, se dirigea vers le camp des femmes, présenta à l'entrée son laissez-passer et demanda Elizabeth Lock. La sentinelle ne la connaissait pas, mais une femme qui passait en portant un seau d'eau l'entendit et lui désigna une tente. Comment frapper à une tente ? Il trouva un compromis en grattant à l'abattant fermé.

— Entre, si tu as bonne figure, cria une voix féminine.

Richard écarta le panneau de toile et pénétra dans un dortoir conçu pour abriter dix femmes mais qui en comptait vingt. Dix étroits châssis étaient serrés les uns contre les autres sur chacune des parois, et l'espace vide entre les deux rangées était encombré d'un fouillis où l'on trouvait aussi bien une boîte à chapeau qu'une chatte allaitant six petits chatons. Après avoir pris leur repas à l'extérieur, auprès d'un feu où elles préparaient ensemble la cuisine, les occupantes des lieux étaient étendues sur leur lit, plus ou moins déshabillées. Toutes minces, fragiles, mais invaincues. Quant à Lizzie, elle se trouvait à côté du carton à chapeau. Naturellement.

Un silence complet tomba sur le dortoir. Dix-neuf paires d'yeux observèrent Richard avec un vif intérêt tandis qu'il se frayait un chemin parmi les affaires étalées sur le sol pour se diriger vers le lit de Lizzie Lock.

— Déjà endormie, Lizzie ? lança-t-il d'une voix légère.

Elle ouvrit les yeux et, incrédule, contempla le visage bien-aimé.

— Richard ! Oh, Richard mon amour !

Lizzie bondit du lit et l'étreignit avec force, les joues ruisselantes de larmes.

— Allons, ne pleure pas, dit-il doucement quand elle se fut un peu calmée. Viens, nous devons parler.

Il la guida vers la sortie, un bras autour de sa taille ; tous les regards convergeaient vers eux.

— J'aimerais bien avoir la moitié de ta chance, Lizzie, s'écria une femme qui n'était plus de la première jeunesse.

— Pour moi, le quart suffirait déjà, ajouta sa compagne, enceinte.

Ils descendirent au bord de l'eau, près du bâtiment provisoirement édifié pour accueillir la boulangerie. Lizzie marchait accrochée à la main de Richard comme si sa vie en dépendait. Ils finirent par trouver un tas de pierres taillées sur lesquelles ils s'assirent.

— Que s'est-il passé après notre séparation ? demanda-t-il.

— Je suis restée longtemps à Gloucester, puis on m'a envoyée à la Newgate de Londres.

Lizzie frissonna. Il commençait à faire froid et elle n'était vêtue que d'une mauvaise robe en loques. Richard ôta sa veste de toile et la posa sur les maigres épaules en la regardant de plus près. Quel âge pouvait-elle avoir ? Trente-deux ans ? Elle en paraissait dix de plus mais ses petits yeux sombres et brillants gardaient une étincelle de vie. Quand elle l'étreignit, il s'attendit à éprouver pour elle un élan d'amour, voire de désir, mais il fut étonné de ne ressentir ni l'un ni l'autre. Il se souciait d'elle, il avait pitié d'elle. Rien de plus.

— Raconte-moi tout, reprit-il. Je veux savoir ce qui t'est arrivé.

— Je ne suis pas restée très longtemps à Londres. Heureusement, d'ailleurs, car la prison y est un enfer. On nous a finalement embarquées à bord du *Lady Penrhyn,* où il n'y avait aucun condamné masculin et pratiquement pas de soldats. On était entassées un peu comme ici sous la tente. Certaines femmes avaient des enfants. D'autres étaient enceintes ou ont accouché en mer. La plupart des bébés et des enfants sont morts, leurs mères ne pouvaient pas les nourrir. Le fils de mon amie Ann est mort. D'autres sont tombées enceintes, pendant le voyage ou maintenant.

Elle saisit le bras de Richard et le secoua avec colère.

— Tu imagines, Richard ? Ils ne nous donnaient même pas de linges quand nous avions nos règles, alors nous avons commencé à déchirer nos propres vêtements, qui sont maintenant en loques, comme tu le vois. Tout ce qu'on possédait a été entreposé dans la cale lors de l'embarquement. A Rio de Janeiro, le gouverneur nous a fait parvenir une centaine de sacs de chanvre pour nous vêtir car il n'y avait aucun vêtement féminin à bord quand la flotte a quitté Portsmouth. Il aurait mieux fait de nous envoyer quelques coupes de tissu bon marché avec des aiguilles, du fil et des ciseaux ! Les sacs ne pouvaient même pas nous servir de linges. Quand on a volé aux marins quelques-unes de leurs chemises, ils nous ont fouettées, et ils nous ont coupé les cheveux et rasé le crâne. Celles qui étaient insolentes étaient bâillonnées. Mais le pire, c'était quand on nous enfermait nues dans une barrique, avec seulement la tête et les membres qui en sortaient. Nous avons lavé nos linges tant que nous avons pu, mais le sang ne part pas à l'eau de mer. J'ai gagné quelques pièces en faisant des travaux de couture pour le médecin ou les officiers, mais la plupart des filles n'avaient rien, et nous partagions le peu qui nous restait.

Elle frissonna malgré la veste.

— Mais ce n'était pas le pire, murmura-t-elle à mi-voix. Sur le *Lady Penrhyn,* les hommes nous regardaient et nous parlaient comme si nous étions toutes des prostituées, alors que beaucoup d'entre nous ne l'étaient pas. Comme si on n'avait rien eu d'autre à offrir que notre sexe.

— C'est ce que pensent beaucoup d'hommes, observa Richard, la gorge serrée.

— Ils nous ont privées de notre fierté. A notre arrivée ici, on nous a donné des robes en lambeaux et nos vêtements embarqués dans la cale. C'est comme ça que j'ai retrouvé mon carton à chapeau, ce qui est extraordinaire... Quand le tour d'Ann Smith est venu, Miller, de l'intendance, l'a toisée de haut en bas et a dit que rien ne pouvait améliorer son allure débraillée. Tu sais, elle ne possédait rien, elle était très pauvre. Alors elle a lancé ses guenilles sur le pont et les a piétinées en criant qu'ils pouvaient garder leurs foutues hardes, qu'elle ne porterait rien d'autre que ce qu'elle avait.

— Ann Smith, dit Richard avec un mélange de colère, de peine et de honte. Je m'en souviens. Elle s'est enfuie peu après.

— Oui, et on ne l'a pas revue depuis. Elle s'était juré de partir. Le plus féroce des Indiens ne lui faisait pas peur après ce qu'elle avait enduré sur le *Lady Penrhyn.* Peu importe ce qu'ils pourraient lui faire, elle refusait de céder. D'autres aussi ont refusé de céder et ont été maltraitées. Quand le capitaine Sever a menacé de faire fouetter Mary Gamble – c'était juste quand on a embarqué – elle lui a dit qu'il n'avait qu'à lui baiser le cul, parce que c'était de ça qu'il avait envie, pas de la fouetter.

Elle poussa un soupir et se blottit contre lui.

— On a remporté quelques petites victoires qui nous ont permis de tenir. On était fortes ! Mais c'était toujours nous qu'on accusait d'aller de l'autre côté de la cloison pour, soi-disant, convoiter les hommes ! Naturellement, jamais ils ne soupçonnaient les hommes de franchir la cloison pour... convoiter des femmes. Ce sont des petits saints, n'est-ce pas ? Mais peu importe, peu importe. C'est terminé, je suis sur la terre ferme et tu es là, Richard, mon amour. Je n'en ai jamais demandé davantage dans mes prières.

— Est-ce que des hommes t'ont harcelée ici, Lizzie ?

— Non ! Je ne suis ni assez belle, ni assez jeune. La première chose qui a maigri chez moi, c'est justement ce qui n'aurait pas dû : mes seins ! Les hommes préfèrent les filles un peu rembourrées. D'ailleurs il n'y avait pas tant d'hommes, seulement les marins et six soldats. J'ai pu me garder, sauf pour Ann.

— Ann Smith ?

— Non, Ann Colpitts. Elle occupe le lit à côté du mien. C'est celle qui a perdu son petit garçon en mer.

La nuit tombait. Il était temps de partir. Pourquoi tout cela ? ne cessait de se demander Richard. Qu'avaient pu faire ces pauvres créatures pour mériter un pareil mépris, une telle humiliation ? Pourquoi les priver de leur fierté en leur donnant des sacs comme vêtements et en les réduisant à l'état de loques ? Comment ces rénégats de transporteurs pouvaient-ils avoir oublié que les femmes avaient besoin de linges ?

« J'ai si honte que je voudrais pouvoir disparaître et mourir...

« Pauvre fille, ni assez jeune ni assez belle pour attirer un regard blasé – comme les marins ont dû profiter de toi ! Quel destin t'attend ici, Lizzie, où rien n'est différent de ce qui se passait sur le *Lady Penrhyn*, à la seule exception que le sol ne bouge pas ?

« Je ne l'aime pas d'amour et Dieu sait que cette femme ne me tente pas, mais il m'est possible d'améliorer un peu sa condition. Stephen dira peut-être que je me prends pour Dieu ou que ce n'est rien d'autre que de la pitié, mais je ne le vois pas ainsi. J'essaie d'agir pour le mieux, sans trop savoir où je vais. Tout ce que je sais, c'est que j'ai une dette envers cette femme car, autrefois, elle a pris soin de moi. »

— Lizzie, accepterais-tu ici, avec moi, le même genre d'arrangement que celui que nous avions à Gloucester ? Je t'octroie ma protection et toi, en échange, tu t'occuperas de moi et de mes hommes.

— Oh, oui ! s'exclama-t-elle, le visage soudain illuminé de joie.

— Cela signifie que tu dois m'épouser car, sur l'île, on ne peut pas faire autrement.

Elle hésita un instant.

— Est-ce que tu m'aimes, Richard ?

Ce fut à son tour d'hésiter.

— D'une certaine manière, répondit-il lentement. Oui... d'une certaine manière. Mais si tu entends par là que je t'aime comme un mari chérit la femme de son cœur, il serait préférable de dire non.

Elle l'avait toujours su et elle lui fut reconnaissante de son honnêteté. Quand elle avait débarqué, elle l'avait cherché en vain parmi les hommes qui se pressaient dans le camp des femmes, posant des questions un peu partout pour savoir si l'une d'elles se vantait d'avoir couché avec Richard Morgan. Comme aucun écho ne lui revenait, elle en avait déduit qu'il ne se trouvait pas parmi les prisonniers envoyés à Botany Bay. Et voilà qu'il était là, aujourd'hui, devant elle ! Et qu'il lui demandait de l'épouser ! Non parce qu'il l'aimait ou la désirait, mais parce qu'il avait besoin d'elle. Eprouvait-il de la pitié ? Non, cela elle ne pouvait le supporter ! Richard Morgan voulait d'elle parce qu'il avait besoin de ses services. Et cela, c'était acceptable.

— Je veux bien me marier avec toi, répondit-elle enfin, mais à une condition.

— Laquelle ?

— C'est que les autres ne sachent rien de cet accord. Nous ne sommes pas à Gloucester ici et je ne voudrais pas que tes hommes puissent penser que... que je... eh bien, que j'ai besoin de quelque chose.

— Mes hommes ne t'ennuieront pas. Tu les connais déjà. Ce sont de vieux amis. D'autres sont arrivés juste avant qu'on nous envoie sur le *Cérès*.

— Bill Whiting ? Jimmy Price ? Joey Long ?

— Oui, mais pas Ike Rogers ni Willy Wilton. Ils sont morts.

C'est ainsi que, le 30 mars 1788, Richard Morgan épousa Elizabeth Lock. A la fois sidéré et ravi, Bill Whiting fut le témoin du marié et Ann Colpitts celui de la mariée.

Quand Richard dut signer le registre du chapelain, il fut horrifié de découvrir qu'il ne savait presque plus écrire.

Le visage du révérend Johnson exprimait clairement ce qu'il pensait de cette union : selon lui, Richard se mariait au-dessous de sa condition. Lizzie était arrivée dans la tenue qu'elle avait réussi à sauvegarder depuis la prison de Gloucester : une robe à la jupe ample et brillante, rayée de bandes noires et écarlates, un boa de plumes rouges, des chaussures de velours noir à hauts talons avec des boucles de strass, des bas blancs à pois noirs, un petit sac de dentelle rouge et le fabuleux chapeau de Mr Thistlethwaite. On aurait dit une prostituée se donnant des airs.

Richard fut soudain envahi par un désir sauvage de faire du mal. Il se pencha vers l'oreille du révérend :

— Ne vous tourmentez pas, murmura-t-il en adressant un

signe à Stephen Donovan par-dessus l'épaule de Johnson. J'ai simplement besoin d'une servante. C'était vraiment intelligent de votre part de penser au mariage, révérend. Une fois mariées, elles ne peuvent plus s'en aller.

Le chapelain recula si vivement qu'il marcha sur le pied de son épouse. Elle poussa un cri et il s'excusa longuement, ce qui lui permit de s'éloigner plus ou moins dignement.

— Un couple parfaitement assorti, déclara Donovan en les regardant s'éloigner. Ils travaillent avec un zèle égal, au nom du Seigneur.

Il tourna ses yeux rieurs vers Lizzie, la souleva et l'embrassa.

— Enchanté, Mrs Morgan, je suis Stephen Donovan, marin fraîchement débarqué du *Sirius,* dit-il en s'inclinant et en saluant d'un large geste de son tricorne. Je vous souhaite tout le bonheur du monde.

Après quoi il serra la main de Richard.

— Nous ne pouvons guère organiser une réception de mariage, Mr Donovan, mais si vous acceptiez de vous joindre à nous, nous serions honorés de votre présence.

— Merci, mais ce ne sera pas possible. Je prends mon quart dans une heure. Voici un petit cadeau.

Il glissa un paquet dans la main de Richard et s'éloigna en envoyant de loin des baisers à un groupe de femmes qui observaient la scène.

Le paquet contenait du gras d'antimoine et un châle de soie rouge abondamment garni de franges.

— Comment a-t-il deviné que j'aimais le rouge ? demanda Lizzie, folle de joie.

— Comment ? (Richard se mit à rire.) C'est un homme qui voit à travers les portes, même en fer, Lizzie. Et c'est aussi quelqu'un en qui tu peux avoir confiance.

Au mois de mai, le gouverneur repéra une bande de terre assez bonne, à une quinzaine de miles vers l'ouest. Il décida d'installer quelques forçats sur ce site, dominé par une hauteur baptisée Rose Hill, en l'honneur de son protecteur sir George Rose. Les hommes seraient chargés de débroussailler et de préparer le terrain afin d'y semer du blé et du maïs. Pour l'orge, il ferait de nouvelles tentatives à la ferme de Sydney Cove.

Les scieurs de long fournissaient maintenant un peu de bois de construction, mais en faible quantité. En revanche, il était possible de charger en abondance des troncs de palmiers depuis des anses voisines. Ces troncs ronds et bien droits s'avéraient plutôt fragiles et pourrissaient facilement, mais on pouvait les scier sans problème et les enduire de boue pour les cloisons. La plupart des cabanes, de plus en plus nombreuses, étaient construites ainsi et recouvertes de palmes ou de joncs. Le bois de casuarina avait été mis à sécher et réservé pour les bâtiments permanents, à commencer par la résidence du gouverneur.

Des briques furent déchargées et l'on en fabriqua d'autres avec l'argile découverte non loin de là, aussi rapidement que le permettaient les malheureux moules apportés par bateau. Un inconvénient surgit cependant au cours de la construction : nulle part on n'avait pu découvrir de calcaire. Le calcaire, c'était comme la terre : on en trouvait partout, en principe, et c'est pourquoi personne, à Londres, n'y avait pensé. Mais comment faire du mortier pour lier les briques ou les pierres sans chaux ?

Nécessité fait loi. Des chaloupes furent envoyées pour ramasser les coquillages sur les plages de Port Jackson ou sur les falaises alentour, tâche qui se révéla pénible. Une autre solution se présenta, à peine suffisante : les aborigènes étaient friands d'huîtres (de très bonnes huîtres, au dire des officiers supérieurs). Ils empilaient ensuite en tas les coquilles vides. S'il n'y avait aucune autre ressource, le gouvernement ferait brûler ces coquilles pour en tirer de la chaux et fabriquer du mortier. Des expériences avaient prouvé que trente mille coquilles vides permettaient d'obtenir assez de mortier pour lier cinq mille briques, c'est-à-dire tout juste de quoi construire une minuscule maison.

Aussi, avec le temps, les recherches pour l'approvisionnement en chaux s'étendirent-elles jusqu'à Botany Bay et, plus au sud, Port Hacking. On poussa même jusqu'à 100 miles au nord de Port Jackson. Des millions de coquilles d'huîtres vides, brûlées et réduites en poudre, servirent de liant aux premières maisons de brique et de pierre édifiées autour de Sydney Cove, constructions destinées à durer.

Les premiers signes de scorbut apparurent à peu près partout au même moment, y compris chez les soldats, dont les rations de farine avaient été fortement réduites. Les forçats mâchaient des herbes ou toutes sortes de feuilles tendres dont le goût de résine n'était pas trop prononcé. Si leur estomac les gardait, ils en cueillaient davantage, et les évitaient quand elles provoquaient des troubles et des vomissements. Mais que faire d'autre ? Ayant le temps et l'armement nécessaire pour s'aventurer plus loin, les plus anciens des hommes libres allèrent récolter la moindre verdure comestible : du fenouil marin (une excellente herbe poussant dans les marais salants de Botany Bay), du persil sauvage et une feuille de vigne qui, une fois infusée dans de l'eau bouillante, donnait un agréable goût de thé.

Bien que de nouveaux forçats eussent été mis aux fers, fouettés ou même pendus, les vols de nourriture se répétaient. Quiconque possédait la moindre pousse de légume était certain de la voir disparaître à la première seconde d'inattention. A cet égard, Richard et ses hommes avaient la chance de pouvoir compter sur MacGregor, qui montait la garde la nuit, et, dans la journée, sur la surveillance de Lizzie Morgan.

Le taux de mortalité augmentait de façon inquiétante, autant chez les hommes libres que les forçats, les femmes et les enfants. Quelques détenus s'étaient enfuis et on ne les avait pas revus. On enregistra aussi chez les hommes libres quelques départs volontaires. On dénombrait encore à Sydney Cove plus de mille personnes dont la vie dépendait des rations distribuées par le gouvernement. Le scorbut et la privation de nourriture ne permettaient d'obtenir qu'un très faible rendement de travail, d'autant que certains soldats et même quelques détenus s'y refusaient par principe. Avec un gouverneur tel qu'Arthur Phillip, ils n'étaient même pas obligés de travailler sous le fouet. On leur trouvait toujours une bonne excuse.

Les premières gelées de l'hiver apparurent en mai, assez fortes pour tuer presque tout ce qui se trouvait encore dans les jardins. Lizzie se mit à pleurer en regardant son bout de jardin et s'éloigna dangereusement pour chercher de la verdure comestible. Lorsqu'on eut rapporté au camp les corps nus de deux forçats tués par les aborigènes, Richard lui interdit de s'éloigner de l'anse. Ils avaient de la choucroute amère et il fallait la manger. Tant pis pour ceux qui préféraient avoir le scorbut.

Le 4 juin était le jour de l'anniversaire du roi, ce qui donna lieu à une fête. Le gouverneur Phillip voulait peut-être redonner un peu de courage à sa nichée de plus en plus apathique. Les canons tonnèrent, les soldats défilèrent, on distribua une petite ration supplémentaire de nourriture et, à la nuit tombée, il y eut un superbe feu d'artifice. Les forçats bénéficièrent de trois jours de congé, mais ce qu'ils apprécièrent le plus fut la demi-pinte de rhum qu'on leur distribua, additionnée d'eau pour en faire du grog. Les hommes libres reçurent chacun une demi-pinte de rhum pur et une pinte de *porter* – une forte bière brune. Pour marquer ce jour par une action d'éclat, Son Excellence délimita les frontières du premier comté de la Nouvelle-Galles du Sud, qu'il baptisa le « comté de Cumberland ». On entendit le médecin en chef White s'exclamer :

— Pouah ! Sans doute s'agit-il, en effet, du comté le plus vaste du monde, mais il n'y a rien dedans !

Cette constatation, cependant, n'était pas tout à fait exacte. Quelque part dans le Cumberland, on comptait quatre vaches noires et un taureau noir du Cap. Malheureusement, le précieux troupeau du gouvernement, parqué près de la ferme sous la surveillance d'un détenu, saisit l'occasion de ces festivités pour s'échapper de son enceinte. On chercha frénétiquement les bêtes, qui laissèrent sur leur sillage un chapelet de bouses et de broussailles mastiquées. Mais, comme elles n'avaient nullement l'intention d'être à nouveau capturées, personne ne parvint à leur remettre la main dessus. Quel désastre !

Le *Supply* revint d'un second voyage à Norfolk Island avec de bonnes et de mauvaises nouvelles. En l'absence de quai, les fameux pins de l'île ne pouvaient être transportés tels quels car on ne pouvait réussir à les hisser à bord. Impossible, également, de les acheminer par flottage, les troncs étant si denses qu'ils s'enfonçaient dans l'eau. Mais ils fourniraient quantité de poutres, de madriers et de planches pour Port Jackson. La ville pourrait ainsi construire des maisons de bois plus solides qu'avec les troncs de palmiers et garder ses pierres pour l'édification d'un magasin à alcools. Le *Fishburn* et le *Golden Grove* attendaient toujours, les cales pleines, que ce magasin soit enfin achevé.

Faire pousser des plantes sur Norfolk paraissait une tâche presque insurmontable, l'île étant infestée de chenilles et de vers qui grouillaient par millions. Le lieutenant King avait installé dans un champ quelques détenues qui l'accompagnaient avec l'ordre de retirer les vers à la main. Mais, dès qu'elles en ôtaient un, il en revenait deux. Naturellement, on déplora cette situation. Une terre si riche, si profonde, si fertile ! Et où rien ne réussissait à pousser à cause de cette maudite vermine !

Néanmoins, les rapports du lieutenant King distillaient un enthousiasme inextinguible à propos de Norfolk Island. Malgré ces multiples inconvénients, il persistait à croire que des hommes pourraient y vivre mieux qu'à Port Jackson.

Il restait encore quelques groupes de détenus en bonne santé. Certains avaient la bonne fortune d'avoir à leur tête des hommes pleins de ressources, capables d'inculquer à ceux qui dépendaient d'eux la nécessité de veiller convenablement à leur forme physique. Certains aussi, heureusement moins nombreux, parce qu'ils volaient les plus faibles. Rien n'obligeait ceux qui avaient la chance de trouver du persil sauvage ou des feuilles de vigne pour le thé (il fallait aller trop loin pour le fenouil marin) à remettre leur butin aux autorités. La principale restriction à ces expéditions de cueillette était la crainte des aborigènes qui, de plus en plus hardis, s'introduisaient parfois jusque dans l'enceinte du camp. Le gouverneur gardait toujours l'espoir d'en capturer quelques-uns pour leur apprendre à la fois la langue et les manières des Anglais. Il comptait ensuite les renvoyer, ainsi civilisés, dans leur tribu pour persuader leurs semblables que leur intérêt était de participer aux efforts des nouveaux venus. Il demeurait convaincu de pouvoir ainsi améliorer considérablement leur niveau de vie, sans s'inquiéter de savoir si les indigènes ne préféraient pas l'existence qu'ils menaient. Comment, d'ailleurs, le gouverneur aurait-il pu envisager une telle éventualité ? Aimer une existence si misérable, si terne ?

Aux yeux des Anglais, les aborigènes étaient laids et nettement moins agréables que les Noirs d'Afrique, car ils sentaient mauvais, s'enduisaient d'une sorte d'argile blanche et mutilaient leur visage soit en arrachant leurs dents de devant, soit en perçant d'un os la cloison de leur nez. Leur totale nudité offensait les bien-pensants, ainsi que le comportement de leurs femmes, qui pouvaient s'offrir avec une coquetterie impudente ou, selon, lancer des invectives à grands cris.

Les deux groupes n'avaient aucune chance de se comprendre ou de définir une attitude sensible. Exhortés par le gouvernement à traiter les aborigènes avec précaution, les détenus en arrivaient à détester ces êtres primitifs, irresponsables, d'autant que leurs vols de poisson, de légumes ou d'outils ne donnaient lieu à aucune sanction. Pis encore, lorsqu'il y avait attaque ou meurtre, le gouverneur donnait systématiquement tort aux forçats, qu'il accusait de provocation, même en l'absence de témoins. Les déportés en étaient arrivés à se dire que, si le gouverneur agissait ainsi, c'était parce que à ses yeux ils représentaient une forme de vie inférieure à celle des aborigènes. Ces premiers mois à Sydney Cove forgèrent des préjugés qui allaient persister longtemps à l'avenir.

L'hiver fut rigoureux mais supportable et personne ne mourut de froid. Si les nouveaux venus avaient été convenablement nourris, ils auraient moins frissonné. Manger réchauffe. Les occupants de certaines cases avaient empilé des pierres sans mortier pour en faire des cheminées, mais ils provoquèrent tant d'incendies que le gouverneur dut interdire les cheminées, sauf dans les maisons de brique ou de pierre.

Quant à la forge, elle brûla de fond en comble. Heureusement, on put sauver les objets de première nécessité tels que les soufflets et les outils, mais il était évident que le bâtiment devait bénéficier en priorité d'une reconstruction en pierre. Tout comme les boulangeries, dont l'une était commune et l'autre fournissait le pain du *Sirius* et du *Supply*.

Ned Pugh, qu'ils avaient connu à la prison de Gloucester, vint revoir ses vieux compagnons. On l'avait envoyé sur le *Friendship* avec sa femme, Bess Parker, et leur petite fille de deux ans, après qu'ils eurent débarqué en Nouvelle-Galles du Sud. Trois semaines plus tard, Bess et l'enfant moururent de dysenterie.

Ned se montra si inconsolable que Hannah Smith, une autre détenue qui s'était liée d'amitié avec Bess entre Rio de Janeiro et Le Cap, le prit sous son aile. Elle avait eu elle-même un fils mort à Sydney Cove le 6 juin à l'âge de dix-huit mois. Neuf jours plus tard, Ned Pugh et Hannah se marièrent. Malgré le manque de nourriture, ils se débrouillaient bien. Ned était charpentier de métier et bon ouvrier. Ils attendirent très vite un enfant et, cette fois, espéraient bien le garder.

Maisie Harding, qui distribuait gaiement ses faveurs à la prison de Gloucester, n'avait pas été déportée, bien que sa condamnation à mort eût été commuée en quatorze ans de bagne. Personne ne savait ce qu'elle était devenue. Betty Mason avait voyagé sur le *Friendship,* enceinte de son geôlier de Gloucester. Le bébé était mort en mer après l'escale du Cap, et ce malheur, ajouté au chagrin d'être séparée de son Johnny bien-aimé, avait égaré son esprit. Elle était devenue amère, dure, et il lui arriva d'être fouettée pour avoir volé des chemises aux hommes. Cependant, Lizzie Morgan prit publiquement sa défense, affirmant haut et fort qu'une autre détenue en était responsable.

Dans la case de Richard, tout allait bien malgré la faim perpétuelle qui les rongeait. La moitié au moins des hommes connaissaient bien Lizzie et la traitaient comme une sœur de retour au bercail. Le seul qui résistait à son charme était Taffy Edmunds, dont la misogynie ne cessait de s'aggraver. Il refusait qu'elle s'occupe de lui, lavait et reprisait lui-même son linge, et ne prenait part à la vie commune que les dimanches soir, quand le groupe allumait un feu près du potager et se mettait à chanter, répondant aux mélodies entonnées par la voix de baryton de Richard.

Richard et Lizzie possédaient leur propre chambre, ajoutée à la structure initiale, mais ils dormaient séparément même pendant la saison la plus froide. Certaines nuits, lorsqu'elle n'arrivait pas à trouver le sommeil, Lizzie jouait avec l'idée de risquer quelques tentatives amoureuses mais elle ne se résolut jamais à le faire. Elle craignait trop d'être repoussée et préférait ne pas prendre la mesure de l'affection ou des élans que Richard éprouvait réellement à son égard. On disait les détenus très affectés par l'abstinence sexuelle mais, aux yeux de Lizzie, trois parmi les dix hommes de son entourage échappaient à cette règle : Joey, Taffy et Richard.

Elle savait cependant que leur cas n'était pas unique. Il y avait des hommes qui préféraient des partenaires de leur sexe, d'autres qui s'éparpillaient çà et là, d'autres enfin qui choisissaient la chasteté, se fermant à toute tentation ou peut-être se masturbant. Si c'était le cas de Richard, il devait le faire en silence.

La vie ne tournait cependant pas exclusivement autour de la

nourriture ou de son absence : il y avait parfois de bons moments. Les enfants réussissaient à survivre, même si leurs mères ne recevaient que les deux tiers des rations réservées aux hommes (les femmes de soldats comme les détenues), et eux-mêmes la moitié. Ils jouaient, poussaient des cris de joie, se disputaient entre eux et repoussaient les efforts du révérend Johnson, soucieux de les enfermer dans une école pour leur apprendre à lire, à écrire et à compter. Ceux qui avaient des parents encore en vie parvenaient à échapper à son emprise, mais les orphelins étaient obligés de lui obéir. Une vie de famille, souvent heureuse, finissait par se développer parmi les détenus comme parmi les simples soldats.

Il existait bien entendu des rivalités, surtout féminines, dont certaines pouvaient se comparer aux vendettas siciliennes. Comme les femmes se rebellaient plus fréquemment contre les persécutions et avaient la repartie plus facile, elles étaient plus souvent fouettées que les hommes. Pas pour avoir volé de la nourriture. Ce qu'elles volaient, c'étaient les chemises d'hommes.

Pendant quelque temps, Richard n'entendit plus parler de Stephen Donovan. Ce dernier ne s'était pas montré depuis le 30 mars, sans doute, pensa Richard, parce qu'il voulait laisser en paix les deux nouveaux époux.

Mais Stephen lui manquait. Il se languissait de cette amitié si spontanée, rêvait d'entendre à nouveau sa conversation brillante, de reprendre leurs discussions à propos de tel ou tel livre que l'un avait lu ou que l'autre était en train de lire. Jamais Lizzie, alias Mrs Richard Morgan, ne pouvait remplacer ces joies-là. Certes, Richard reconnaissait sa loyauté, son aptitude au travail, sa simplicité, sa gaieté. Et, en raison de toutes ces qualités, il prenait soin d'elle. Mais il n'était pas question de l'aimer comme on aime sa femme.

Les premiers transporteurs et ravitailleurs partirent en mai. L'*Alexander,* le *Friendship,* le *Prince of Wales* et le *Borrowdale* devaient suivre leur exemple à la mi-juillet.

Aussi, au début du mois, quand le couple de détenus Henry Cable et Susannah Holmes, de Norfolk, accusèrent le commandant Duncan Sinclair d'avoir volé leurs affaires, les hommes qui avaient voyagé sur l'*Alexander* exultèrent, même en sachant que

Sinclair gagnerait forcément le procès. Cable était tombé amoureux de Susannah à la prison de Yarmouth et la jeune femme avait mis au monde un fils. Quand elle fut envoyée, seule, sur le *Dunkirk* à Plymouth, elle ne fut pas autorisée à emmener son bébé avec elle. La dureté des gens de Londres souleva de vives protestations à travers tout Yarmouth et une pétition fut adressée à lord Sydney à ce sujet. Cable rejoignit finalement Susannah sur le *Dunkirk* et amena leur enfant avec lui.

Leur situation avait ému tous les cœurs de Yarmouth qui leur adressèrent quantité de vêtements ainsi que quelques livres. Le tout fut emballé dans un solide paquet de toile bien cousue par les bonnes âmes de Norfolk et embarqué sur l'*Alexander,* alors que les Cable voyageaient sur le *Friendship*. A Sydney Cove, quand Sinclair leur remit le ballot, ils n'y trouvèrent plus que les livres. Les vêtements avaient disparu.

Comme il s'agissait d'un cas impliquant des civils, le comité réuni pour entendre l'affaire fut présidé par le commissaire du gouvernement, le capitaine David Collins, assisté du médecin en chef John White et du révérend Johnson. Sinclair expliqua pour sa défense que le paquet s'était ouvert lors de son transport d'une cale à l'autre et que les livres avaient été rangés à part. Quant à ce qui était arrivé au reste, il n'en avait aucune idée. La cour émit un jugement favorable aux plaignants que le révérend Johnson avait mariés dès leur arrivée. La valeur globale du paquet fut évaluée à 20 livres, dont 5 pour les ouvrages. Quant au capitaine Sinclair, il fut condamné à verser 15 livres de dommages aux Cable.

— Je ne le ferai pas ! s'écria-t-il. Ce sont eux qui m'en doivent quinze pour le transport de leur damné paquet !

— Payez cette somme, monsieur, coupa le commissaire Collins d'un ton sec et cessez de faire perdre à cette cour un temps précieux. Votre bateau était au service du gouvernement et vous avez été rémunéré dans le but exclusif de transporter ces gens et leurs maigres biens jusqu'ici. Quinze livres, monsieur, et pas d'histoires !

Ce verdict fit comprendre aux détenus de l'*Alexander* que le commandement savait parfaitement qu'Esmeralda Sinclair avait vendu à Sydney Cove les biens qui leur appartenaient.

Cet épisode eut une conséquence inattendue. Deux jours après cette séance, le major Robert Ross fit appeler Richard. Il lui demanda de construire en toute hâte une habitation de pierre à la place de celle où il vivait, une cabane faite de troncs de palmiers qui ne convenait plus à un homme occupant le rang de lieutenant-gouverneur. Le petit John, son fils âgé de neuf ans, avait débarqué du *Sirius* et logeait maintenant avec lui. Quant à la mère de l'enfant, elle était restée en Angleterre avec ses plus jeunes frères et sœurs.

D'excellente humeur, le major arborait un large sourire.

— Ah, Morgan ! Je suppose que tu as entendu dire que le commandant Sinclair avait perdu son procès, n'est-ce pas ?

— Oui, monsieur, dit Richard avec un sourire prudent.

— Dans ce cas, ceci t'appartient. Il me semble que c'est ta propriété. Je l'ai trouvé tout à fait par hasard, sortant du néant, dans la cale de l'*Alexander*. Mais tu ferais bien de regarder d'abord si tout y est.

Là, sur un escabeau, se trouvait le grand coffre de bois contenant les outils de Richard. On l'avait dépouillé de sa toile mais il portait toujours la plaque de cuivre sur laquelle était gravé son nom. Lorsqu'il vit que les serrures avaient été forcées, Richard sentit son cœur se serrer. Mais, après avoir soulevé le couvercle et exploré soigneusement tous les compartiments, il constata avec soulagement que tout semblait à sa place.

— Que je sois pendu ! s'exclama Ross en examinant à son tour le contenu des casiers. Tu n'es pas aiguiseur de lames, Morgan, mais armurier !

Tout était parfaitement en ordre. Le senhor Tomas Habitas devait avoir emballé lui-même le paquet car rien ne manquait : fusils à pierre, complets ou en pièces, vis, pinces, boulons, plaques de laiton ou de cuivre pour revêtements, ressorts, plusieurs sortes de liquides – et même de l'huile de baleine ! –, des brosses spéciales. Bien plus que tout ce dont Richard avait jamais eu besoin ! Rien n'avait bougé, rien ne s'était cassé. Tout était si bien calé avec des chiffons qu'une punaise n'aurait pu s'y introduire. Avec ce qu'il y avait là, il pouvait fabriquer un fusil si on lui fournissait un bois brut ainsi qu'un canon et une culasse récemment forgés.

— Oui, je suis maître armurier, avoua Richard sur un ton d'excuse. Mais, monsieur, je sais aussi aiguiser les lames. Mon frère est scieur à Bristol et c'était toujours moi qui préparais les scies pour lui.

— Tu n'as jamais rien dit de ta véritable profession.

— En tant que condamné au bagne, commandant Ross, j'ai jugé préférable de ne pas afficher mes connaissances dans le maniement des armes. On aurait pu mal l'interpréter.

— Sottises ! lança Ross, qui paraissait malgré tout enchanté. Tu peux réviser tous les mousquets, pistolets et fusils de chasse de ce camp. Je vais faire aménager immédiatement un champ de tir. Il y a trop d'enfants qui courent partout par ici pour que les hommes se contentent de tirer sur des bouteilles fixées à des troncs d'arbres. Comment se débrouille ton apprenti avec l'aiguisage des scies ?

— Il est aussi compétent que moi.

— Alors c'est lui qui fera le travail, et toi, tu t'occuperas des fusils.

— Pour cela, monsieur, j'aurais besoin d'un établi à la bonne hauteur, avec un tabouret adéquat, le tout dans un endroit offrant à la fois de l'ombre et beaucoup de lumière. Il est impossible de faire du bon travail sans ça.

— Tu auras tout ce qu'il te faut... La rouille, Morgan, la rouille ! Il n'y a pas une seule arme ici qui ne soit rongée par la rouille ! La moitié des mousquets braqués sur les aborigènes ou sur un kangourou s'enrayent, quand ils n'éclatent pas. Bien ! Bien ! (Il se frotta allègrement les mains.) Je savais que ce salaud de Sinclair avait tes outils. C'est pourquoi, dès que j'ai appris le jugement de la cour, je suis allé le saisir au collet pour lui dire que j'avais un témoin pouvant apporter la preuve qu'il avait volé une caisse d'outils appartenant au détenu Richard Morgan. Le lendemain matin, je l'avais en ma possession.

Il émit une sorte d'aboiement qui, estima Richard, devait représenter sa façon de rire de bon cœur.

— Il a dû jeter un coup d'œil dedans et juger qu'il en tirerait plus d'argent en la vendant intacte à Londres, conclut Ross.

— Je ne pourrai jamais assez vous remercier, répondit Richard qui aurait souhaité pouvoir lui serrer la main.

L'officier se frappa soudain le front.

— Un instant ! J'allais oublier que j'avais quelque chose d'autre pour toi.

Il fouilla dans un tas d'objets qu'il avait réussi à sauver de l'incendie qu'avait provoqué l'orage. Enfin, il s'empara d'une grande bouteille contenant un liquide épais.

— Le médecin qui assiste Balmain a distillé cela le mois dernier quand il était... eh bien... disons... légèrement indisposé. C'est Mr Bowes-Smyth qui a découvert l'arbre avant de partir pour Cathay. Il pense que cela se rapproche de la térébenthine, bien que la sève soit de couleur bleue. Mr Balmain a eu l'idée de l'essayer sur une scie rouillée et il dit que cela fonctionne bien.

Richard reçut cette information sans laisser voir qu'il était – comme tous les détenus – parfaitement au courant de l'incident que les officiers croyaient secret. William Balmain et John White, ennemis déclarés depuis l'affaire des pompes de fond de cale sur l'*Alexander,* avaient eu une si violente querelle, après s'être enivrés à la fête d'anniversaire de King, qu'ils s'étaient battus en duel au pistolet. Mr Balmain fut blessé à la cuisse et le gouverneur avait fait savoir aux deux combattants que les médecins avaient pour mission de saigner leurs patients et non de verser leur propre sang.

— Alors je vais garder mon gras d'antimoine et l'huile de baleine pour les fusils, et donner à Edmunds cette bouteille de je-ne-sais-quoi pour les scies, dit Richard.

Quand il partit, il osait encore à peine croire à sa bonne fortune. Deux jours plus tard, il se retrouva installé sous une solide toile de tente, devant un établi à la bonne hauteur, doté d'un tabouret assorti. Ross n'avait pas exagéré. Les armes étaient dans un déplorable état de rouille.

— Tu n'es qu'un sale cachottier, Richard, déclara Stephen Donovan en arrivant pour vérifier la dernière rumeur.

Oh, comme c'était bon de le voir !

— Il ne me semblait pas convenable de parler du passé, Mr Donovan, répondit Richard sans parvenir à dissimuler sa joie. Maintenant que j'ai été officiellement nommé armurier, je serai heureux de m'en entretenir avec vous.

Le menton baissé, les yeux pétillants et moqueurs, Donovan ne prononça pas un mot pendant plus d'une heure, se contentant d'observer le travail de Richard, auquel on avait confié comme première tâche le soin de vérifier une paire de pistolets appartenant à Ross. C'était un plaisir et même un privilège, pensa Stephen, de voir à l'œuvre un professionnel aussi accompli, absorbé par un travail qu'il aimait. Les mains puissantes maniaient le pistolet avec délicatesse, appliquant une goutte d'huile de baleine avec l'extrémité d'un bâtonnet coiffé d'un chiffon, contrôlant le ressort du chien.

— Il est trop lâche, expliqua Richard et ne frappera pas assez fort. Mais, à part cela, le major a très bien entretenu ses pistolets. Je les ai débarrassés de leur rouille pour les enduire ensuite de gras d'antimoine. Merci pour le cadeau de mariage, Mr Donovan. Je l'apprécie encore plus, à présent. Qu'avez-vous fait tous ces temps-ci ?

— J'ai commandé une chaloupe pour aller chercher des coquilles d'huîtres. Il n'y en a plus à Port Jackson et il faut sortir en mer pour en trouver.

— Je crois que vous feriez mieux de regagner votre chaloupe, je vois Ross qui s'approche, dit Richard en reposant le pistolet avec un soupir de satisfaction.

Donovan ne demanda pas son reste et disparut aussitôt.

— C'est fait ? s'enquit Ross d'un ton brusque.

— Oui, monsieur. Il ne reste plus qu'à les essayer.

— Viens avec moi jusqu'à la butte que nous avons aménagée, dit Ross en prenant le coffret de noyer. Quand les mousquets seront remis en état, il y aura un exercice de tir tous les samedis et tu le superviseras. Cet endroit devrait être fortifié, mais Son Excellence juge inutiles les remparts et les plates-formes de tir. Aussi, le mieux que je puisse faire, c'est de préparer mes hommes à toute éventualité. Que se passerait-il si les Français débarquaient ? Aucun bateau n'est en état de se défendre et il s'écoulerait au moins trois heures avant qu'on puisse tirer un coup de canon.

La butte de tir consistait en une cabane de rondins sans façade que l'on avait remplie de sable. Un poteau portant un morceau de bois noirci constituait la cible. Ross tira pendant que Richard préparait le second pistolet. Il tira aussi avec ce dernier et laissa échapper un grognement de satisfaction.

— Ils sont en meilleur état que lorsque je les ai achetés ! Tu pourras te mettre aux mousquets dès demain. Et je t'ai trouvé un apprenti.

« Voilà le problème avec les gens autoritaires, songea Richard. Il faut qu'ils décident de tout. J'espère seulement que cet apprenti aura le tempérament qui convient pour ce travail pénible. Malgré tout, Ross est un honnête homme. Il a risqué son propre bien tout en ignorant ce dont j'étais capable. Mais il n'y a pas que de beaux pistolets, je vais avoir à démonter, nettoyer et assembler de nouveau au moins deux cents Brown Bess, sinon davantage. Un bon assistant serait une aubaine, et un mauvais, un handicap. »

La chance ne le quittait pas : le soldat Daniel Stanfield s'avéra une aubaine. C'était un jeune homme mince et blond de simple apparence et parlant un bon anglais non entaché de patois. Il expliqua à Richard qu'il avait reçu de sa mère une bonne instruction avant d'être envoyé dans une école pour les pauvres. Il manifestait plus de goût pour la lecture que pour le rhum et, très désireux d'apprendre, savait se tenir à sa place sans constituer une gêne. Il écoutait, se souvenait, remettait les choses à leur place et se montra fort habile de ses mains.

— Cette situation est particulière, observa-t-il en regardant Richard démonter un mousquet.

— Comment ça ? demanda Richard en retirant les goupilles du canon. Je suis en train de mettre ce mousquet en pièces, alors, monsieur, ne me quittez pas des yeux. Il faut toujours opérer dans le bon sens pour dégager les goupilles, et agir sans brusquerie. Elles sont filetées, donc si on force du mauvais côté avec le poinçon, on peut les abîmer et peut-être même rendre l'arme inutilisable.

— Cette situation est particulière, répéta Stanfield, parce que je suis officiellement votre chef et que, sous cette tente, c'est vous qui me commandez. Ça me gêne que vous me donniez du « monsieur » et que je vous appelle simplement Morgan. Aussi, je vous prie, appelez-moi Daniel, tandis que je vous dirai « Mr Morgan ». Du moins ici.

Surpris, Richard sourit.

— Voilà qui est fort aimable. Quant à moi, je serai heureux de vous appeler Daniel. Vous êtes presque assez jeune pour être mon fils.

Aussitôt, il sentit son cœur se serrer et regretta ses paroles. Retourne dormir, William Henry, retourne dormir tout au fond de mes pensées.

Quelques jours plus tard, Daniel était déjà capable de démonter lui-même un mousquet.

— Vous êtes connu pour compter parmi les détenus les plus tranquilles, Mr Morgan. Je ne sais pas ce que vous avez fait ni pourquoi, mais nous autres, soldats, nous savons mesurer la qualité des gens. Vous avez su diriger des groupes de détenus qui, eux-mêmes, se montrent tout aussi pacifiques, et vous êtes respecté dans le camp des soldats. Avec des gens comme vous, nous avons moins de travail.

Un Brown Bess coincé entre ses genoux, Richard esquissa un sourire.

Quand Ross l'avait convoqué, Daniel Stanfield ne s'était pas inquiété outre mesure, sachant qu'il n'avait rien à se reprocher, pas même sur le plan des femmes. Toutes ses attentions se portaient sur Alice Harmsworth, laquelle avait perdu son bébé un mois après avoir débarqué, et son mari deux mois plus tard. Elle se retrouvait veuve avec deux autres enfants à élever et survivait tant bien que mal. La protection de Stanfield, sans prendre encore une tournure officiellement amoureuse, lui rendait la vie plus facile.

— Il faut qu'un de mes hommes apprenne le métier d'armurier, Stanfield, avait dit le major Ross. J'ai donc pensé à toi, parce que tu es le meilleur au tir et que tu sais te servir de tes mains. J'ai trouvé un déporté qui est maître armurier : un certain Morgan, de l'*Alexander*. Son Excellence le gouverneur envisage d'installer une colonie plus importante sur Norfolk Island, et nous aurons alors besoin d'un aiguiseur de scies et d'un armurier dans chacun des camps. Tu apprendras avec Morgan les rudiments du métier d'armurier. Celui de vous deux qui sera envoyé sur Norfolk devra être en mesure de s'occuper des mousquets là-bas. Si c'est toi qui pars, je devrai aussi envoyer un aiguiseur ; je préférerais plutôt y envoyer Morgan. Mais il faudra que tu sois capable d'entretenir les armes de Port Jackson. Va apprendre, Stanfield, et tâche d'apprendre vite.

L'hiver se révéla être la saison des pluies. Au début du mois d'août, bien après que Richard et ses hommes eurent assisté au départ de l'*Alexander,* il plut sans interruption pendant deux semaines. La rivière en crue déborda et chassa de leur camp les soldats mariés, installés à proximité de la rive. Le sol sablonneux se transforma en une vilaine boue et les cabanes de rondins lézardées s'emplirent de courants d'air glacés lorsque le revêtement de boue eut fondu. Quant aux simples toitures végétales, elles laissèrent passer des torrents d'eau et tout ce qui n'avait pas été convenablement stocké fut perdu. Les magasins du gouvernement étaient remplis de terre, d'humidité, d'insectes et de débris.

Comme toujours, les plus entreprenants souffrirent moins que les autres. N'étant plus occupée par le jardinage, Lizzie trouva le moyen d'utiliser les curieux arbres qui poussaient dans le voisinage. Leur feuillage n'était ni beau ni épais, mais leurs troncs offraient une particularité. Certains avaient une écorce brune ou gris-brun comme les arbres d'Angleterre, tandis que beaucoup d'autres présentaient une grande variété de tons : blanc, gris, jaune, rose pâle, rose foncé, vermillon, crème, un gris presque bleu ou encore un brun-rouge foncé. Souvent en lambeaux, tachetées ou déchirées, ces écorces étaient parfois couvertes de griffures d'oiseaux, rayées d'autres coloris, souples comme de la soie ou effilochées comme des cordes. Les arbres ne semblaient pas perdre leurs feuilles en hiver, mais ils perdaient leur écorce.

Lizzie s'intéressa à celles dont se servaient les aborigènes pour confectionner leurs vêtements. Ils ramassaient des écorces de couleur rouille qui rappelait un peu le cuir. Après avoir importuné Ned Pugh jusqu'à ce qu'il lui fabrique une petite échelle, elle couvrit le toit de la case avec des palmes puis avec ces écorces cousues ensemble en utilisant de la ficelle et une grosse aiguille prêtée par les magasins du gouvernement – avec ordre de la restituer.

Quand les pluies arrivèrent, la moindre fissure du toit était aussitôt réparée par l'application d'un autre morceau d'écorce. Lizzie en possédait toute une réserve dans une petite pièce où ils entreposaient leurs rares biens. A l'allure où s'élevaient les maisons de pierre et de brique, il s'écoulerait encore bien des années avant que les déportés puissent compter sur autre chose que leurs cabanes en fûts de palmier, avec des cloisons formées de jeunes arbres entrelacés. Des cloisons recouvertes de palmes tressées se révélaient plus agréables par temps de pluie que des panneaux de rondins dont il fallait sans cesse, et en vain, colmater les lézardes.

En fait, leur abri était plutôt confortable. Tous purent continuer à travailler pendant cette quinzaine de mauvais temps. Ross attribua une tente à l'aiguiseur de scies dès qu'il s'en libéra une. Il put lui-même s'installer dans la maison de pierre qu'il s'était fait construire juste avant les pluies, seule chance qui lui ait souri depuis quelque temps. Comme pour la plupart des autres officiers supérieurs, ses biens les plus précieux étaient restés en Angleterre et devaient arriver sur un navire de ravitaillement – probablement le *Guardian,* que l'on attendait à tout moment.

Le bateau devait également acheminer des aliments, du bétail, des chevaux, des moutons, des chèvres, des poulets, des dindes, des porcs et des canards. Londres avait fait preuve d'un optimisme excessif dans le calcul des quantités de farine confiées à la première flotte. On avait espéré une récolte de céréales, de légumes, de melons et d'autres fruits à croissance rapide dès la première année. Ce qui n'avait pas été le cas, comme tout le monde le savait du haut en bas de la hiérarchie. La réserve de pain dur était épuisée et l'on cuisait maintenant du pain avec une farine pleine de charançons. Quant à la viande salée, elle était stockée depuis si longtemps qu'une livre ne fournissait, une fois cuite, que quatre minuscules morceaux. Les déportés durent pourtant s'en contenter pour leur subsistance, avec des pois chiches et du riz. Ils ne recevaient plus de pain que les mardi, jeudi et dimanche.

La nourriture fut de nouveau distribuée chaque jour, puisque personne ne pouvait conserver une ration hebdomadaire sans se la faire voler, même après que le gouverneur eut fait pendre – bien à contrecœur – un jeune garçon de dix-sept ans qui avait subtilisé des aliments. Les nourrissons et les enfants chétifs moururent les premiers. Certains parvenaient à survivre et c'était un miracle. Les orphelins de déportés n'étaient pas rares, ayant perdu père et mère. Le révérend Johnson se chargeait d'eux, les nourrissait et se réjouissait que leurs parents dépravés soient morts. Dépravés au-delà de tout espoir de salut. Sinon, pourquoi Dieu aurait-il envoyé à Port Jackson un tremblement de terre et une odeur de soufre ?

De plus en plus agressifs, les aborigènes se mirent à voler des chèvres. Apparemment, ils ne s'intéressaient pas aux moutons, peut-être inquiets de ce qui pouvait se trouver sous toute cette épaisseur de laine. L'arrière-train d'une chèvre, en revanche, ressemblait à celui d'un kangourou.

Ce fut d'ailleurs bel et bien une chèvre qui provoqua les seuls ennuis auxquels furent mêlés les hommes de Richard. Anthony Rope, employé aux magasins du gouvernement, s'apprêtait à épouser Elizabeth Pulley lorsque Johnny Cross trouva par hasard une chèvre morte. Ravi de l'aubaine, il la ramassa aussitôt et l'offrit aux jeunes mariés pour leur repas de noces. Les futurs mariés en firent une sorte de tourte en enfermant la viande dans une croûte de pain, à défaut de pâte. Le groupe tout entier fut arrêté et accusé d'avoir tué l'animal. Heureusement, la cour martiale crut aux dénégations affolées des accusés, lesquels juraient leurs grands dieux que la chèvre était déjà morte lorsqu'ils l'avaient trouvée. Ils furent tous acquittés, y compris Johnny Cross et Jimmy Price.

Tous les bateaux étaient partis, à l'exception du *Fishburn* et du *Golden Grove*, mais Richard ne leur avait pas confié de lettres. Pour s'exercer à écrire, il s'était mis à copier des recettes dans des livres, mais il ne voulait pas adresser de courrier à sa famille, espérant ainsi ne pas raviver son chagrin.

Le printemps se manifesta à la fin du mois d'août par l'arrêt des précipitations et l'arrivée des vents d'équinoxe, si caractéristiques. Des fleurs apparurent un peu partout. De petits arbres ou arbustes jusqu'alors peu visibles se mirent soudain à produire des boules jaunes pelucheuses et brillantes, des pendants épineux cramoisis qui ressemblaient aux brosses dont on se servait pour laver les bouteilles, des touffes roses, fauves ou orange en forme de pattes d'araignées. Le plus frêle des arbres ployait sous la masse de bourgeons veloutés qui donnaient un feuillage neuf, d'un rose exquis. La floraison dominante se présentait sous une forme fine, broussailleuse, et non sous celle de fleurs à pétales, si communes en Angleterre ou en Amérique. Pour les pétales, il fallait regarder dans l'herbe, où l'on pouvait apercevoir des touffes de cyclamens rappelant des tulipes miniatures. L'air frais, légèrement résineux, était chargé de mille parfums, les uns subtils, d'autres suffocants.

Le 5 septembre, la nuit offrit un ciel que bien peu avaient eu l'occasion de contempler : un fantastique spectacle de feux d'artifice célestes. La voûte scintillait et rougeoyait, ornée de fabuleuses draperies et d'arceaux d'où s'échappaient des franges lumineuses dans des tons de jaune mêlé de vert, de cramoisi et de violet. D'immenses colonnes gris acier aux reflets indigo jaillissaient de tous les coins de l'horizon pour s'élancer vers le zénith et se déplacer à la vitesse de l'éclair quand, parfois, elles ne restaient pas étrangement immobiles, lumineuses. Il y avait eu une aurore boréale en Angleterre en 1750, mais rien de comparable à ce ciel chargé de nuages et de mille couleurs. Le lendemain, les marins assurèrent que ce phénomène était extrêmement étrange à une latitude si éloignée des pôles.

Le moral remonta, bien qu'il n'y eût pas réellement d'hiver et que la chaleur n'eût pas encore augmenté. Des agneaux et des chevreaux naquirent, et les poules se mirent à couver. On ne pouvait toucher à rien, mais c'était prometteur pour l'avenir, si incertain fût-il. Si les rations ne s'amélioraient pas, certains ne parviendraient sans doute pas à survivre assez longtemps pour le voir.

Lizzie demanda, et obtint, des graines qu'elle sema dans le jardin avec un enthousiasme retrouvé. Que n'aurait-elle donné pour une semence de pommes de terre ! En attendant, si les carottes et les navets poussaient, ce serait toujours quelque chose à manger, quelque chose qui remplirait le ventre. La verdure était bonne contre le scorbut, mais elle ne nourrissait pas.

Le gouverneur Phillip avait décidé d'envoyer le *Sirius* au Cap charger des provisions. L'arrivée du *Guardian*, un ravitailleur, était encore trop lointaine pour que l'on puisse survivre sans entreprendre quelque chose. Le *Sirius* devait passer à l'aller par le cap Horn, le commandant Hunter étant laissé libre de choisir au retour la voie de Van Diemen ou de reprendre le chemin du cap Horn. Quant au *Golden Grove,* il quitterait également Port Jackson ; les bâtiments de pierre destinés à abriter les stocks d'alcools étaient presque achevés. Il ferait une première escale à Norfolk Island pour y déposer le premier contingent de déportés, en vue de développer la minuscule colonie déjà installée et, selon le programme de Phillip, d'alléger en même temps la grande colonie de Port Jackson, beaucoup trop peuplée.

Quand Ross l'envoya chercher le dernier jour de septembre, Richard pressentit ce qu'il allait lui dire. Il venait d'avoir quarante ans et, depuis ses trente-six ans, avait franchi chacun de ses anniversaires dans un lieu différent : la prison de Gloucester, la coque du *Cérès*, l'*Alexander* et la Nouvelle-Galles du Sud. Il serait encore ailleurs pour ses quarante et un ans, et cette perspective se profilait un peu plus tôt qu'il ne l'avait pensé. Dans quelques semaines, il le devinait, il serait sur l'île de Norfolk.

— Tu as fait des merveilles avec le soldat Stanfield, Morgan, dit le lieutenant-gouverneur, et tu as également formé deux bons aiguiseurs de scies. J'avais d'abord songé à envoyer Stanfield sur Norfolk, mais il s'est chargé d'assister Mrs Harmsworth et ses enfants, et il est de mon devoir de veiller non seulement sur mes troupes, mais aussi sur leurs épouses, veuves et autres personnes à charge. Stanfield restera ici et continuera à s'occuper des mousquets. Toi, tu vas partir pour Norfolk en tant que scieur, aiguiseur et armurier. Le lieutenant King a informé Son Excellence que son seul scieur expérimenté s'était noyé. Bien que ce ne soit pas ton métier, Morgan, je suis certain que tu l'apprendras vite car telle est ta nature. J'ai donc pris sur moi d'avertir le lieutenant King que tu étais une bonne recrue pour Norfolk Island. (Les lèvres minces s'étirèrent en un sourire.) Il faut bien qu'il y en ait quelques-unes.

— Puis-je emmener ma femme, monsieur ?

— Je crains que non. Il n'y a pas de couchette libre pour les femmes. Son Excellence m'a donné la liste de celles qui pouvaient partir. Je pense envoyer aussi comme scieur Blackall, de l'*Alexander,* car il y aura beaucoup de travail pour aiguiser les lames. Ici, à Port Jackson, tout notre bois de construction provient de Norfolk Island, tant que nous n'avons pas trouvé un approvisionnement convenable en chaux pour utiliser les briques et les pierres. Le bois local est inutilisable, alors que les poutres et les planches livrées par le *Supply* sont idéales. Le dernier voyage du *Supply* a été particulièrement difficile et le bateau a besoin d'une révision. C'est donc le *Golden Grove* qui a été chargé de vous emmener à Norfolk.

— Puis-je emporter mes outils ?

Ross eut l'air choqué.

— Le gouvernement de Sa Majesté en Nouvelle-Galles du Sud n'a pas le droit de garder quoi que ce soit qui appartienne à un détenu, pas le moindre clou ni la moindre chaussette, dit-il avec raideur. Prends tout ce qui est à toi, c'est un ordre. Je suis désolé pour ta femme, mais il n'est pas en mon pouvoir d'y changer quoi que ce soit. Le soldat Stanfield se débrouillera avec ce que les magasins du gouvernement peuvent lui fournir, maintenant qu'il sait comment fabriquer du papier émeri et des limes. Va rassembler tes affaires. Tu embarques demain après-midi à quatre heures. Présente-toi sur la jetée est. Et n'amène pas toute une compagnie pour te dire adieu, hein ?

Penché sur un Brown Bess, le soldat Daniel Stanfield ne leva pas les yeux quand Richard entra.
— Mr Stanfield ! appela Richard.
Il sursauta.
— Vous partez pour Norfolk Island ?
— Oui, et j'ai ordre d'emporter tous mes outils ainsi que ce qui m'appartient. J'en suis désolé mais le commandant Ross m'a affirmé que vous trouveriez ce qu'il vous faut dans les magasins du gouvernement.
— Certainement, dit Stanfield d'un ton joyeux. (Il se redressa pour lui tendre la main.) Soyez remercié, Richard, de votre générosité et du temps que vous m'avez accordé. Je suis désolé que ce soit vous qui deviez partir. S'il n'y avait la pauvre Mrs Harmsworth, j'aurais volontiers échangé ma place contre la vôtre.
— J'espère que nous nous reverrons, Daniel, dit Richard en lui serrant chaleureusement la main.
— Oh, je pense que ce sera le cas. Je n'ai pas l'intention de rentrer tout de suite. Et Mrs Harmsworth non plus. Dans plus ou moins longtemps, on trouvera ici tout ce qu'il faut pour se nourrir, nous le pensons tous deux. En tant que soldat, je peux espérer finir ma carrière comme sergent mais ce ne sera pas facile de vivre en Angleterre avec une pension de sergent. Alors qu'ici je pourrai posséder de la terre, une fois mes trois ans d'engagement terminés, et l'exploiter. Si je considère les vingt années à venir, je pense pouvoir vivre mieux en Nouvelle-Galles du Sud qu'en Angleterre.
Il aida Richard à rassembler ses affaires et reprit :
— Quand aurez-vous terminé votre temps de bagne ?
— En mars 1792.
— Alors vous le finirez probablement sur Norfolk. (Il cala un tournevis et reprit :) J'aurai sûrement l'occasion de me rendre sur

l'île à un moment ou à un autre avant d'avoir fini. Le commandant Ross ne veut pas que les soldats de marine restent en permanence là-bas et il fait tourner les effectifs. C'est pourquoi je dois convaincre Mrs Harmsworth de m'épouser avant d'y être envoyé en poste.

— Elle serait folle de ne pas accepter. Cependant, si les choses continuent bien pour moi, la Couronne pourrait décider d'installer une autre colonie quelque part dans cette vaste étendue et m'y transférer d'ici à ce que vous soyez envoyé à Norfolk Island.

— Pas avant quelques années, en tout cas. Il faudrait d'abord faire la preuve qu'expédier des Anglais si loin de chez eux était une idée valable. Surtout lorsqu'on sait que la plupart ne désireraient pas venir. Le gouverneur est décidé à tout faire pour réussir. Seulement beaucoup d'autres, et non des moindres, ne pensent pas comme lui. (Il leva vers Richard ses beaux yeux gris et le regarda franchement.) J'espère que cette conversation restera entre nous ?

— Je n'en soufflerai mot. A mon avis, Port Jackson n'est pas un si mauvais endroit pour fonder une colonie, mais il aurait fallu résoudre un certain nombre de problèmes avant de partir. Quelle que soit l'attitude du commandement ici, ce qui est à blâmer, c'est l'absence de réflexion à Londres. Sans parler des rivalités qui opposent les officiers de la marine à ceux de l'armée de terre.

— Bah, tout cela n'est qu'une tempête dans un verre d'eau, affirma Stanfield avec un sourire.

Richard poussa un soupir et se risqua à dire :
— Le major est un curieux mélange.

— C'est vrai. Il remplit parfaitement les tâches qui lui incombent en tant qu'officier mais il désapprouve celles qui ne contribuent pas directement au bien-être ou aux finances de la marine. Par exemple, il admet que nous puissions travailler comme charpentiers, maçons ou forgerons, mais il est contrarié de voir ses officiers siéger dans les cours martiales car cette tâche n'est pas rémunérée. Pourtant, le gouverneur prétend qu'il est du devoir de tout homme d'obéir aux ordres de la Couronne puisque, ici, en Nouvelle-Galles du Sud, c'est lui qui la représente. Quant à Hunter, il prend le parti du gouverneur pour la seule raison que tous deux appartiennent à la marine. (Il haussa les épaules.) Tout cela ne facilite pas les choses.

— Vous êtes plus réfléchi que bien des officiers, Daniel, observa Richard d'un ton pensif. Ils se conduisent comme des enfants, se querellent pour des riens, se battent en duel et refusent de s'entendre.

Stanfield le regarda, étonné.

— Comment savez-vous tout cela, Richard ?

— Dans un endroit comme celui-ci ? Où l'on dénombre, tout au plus, un millier de personnes ? Nous sommes peut-être des déportés, mais nous avons des yeux et des oreilles, comme les hommes libres. Et, si bas que soit notre statut dans la société, nous sommes tous nés anglais et libres, même si quelques-uns d'entre nous viennent d'Irlande ou du pays de Galles. Bien entendu, on ne trouve pas d'Ecossais dans nos rangs, car, là-bas, ils n'admettent pas de juges anglais et les affaires criminelles sont résolues sur place.

— Oui, et cela aussi est une autre source de conflits. La majorité de nos officiers sont des Ecossais, alors que les marins viennent d'un peu partout.

Richard referma son coffre.

— Espérons que ceux qui demeureront à Port Jackson apprendront à enterrer des différences qui n'ont aucun sens dans un tel lieu. Pourtant, j'en doute fort. (Il lui tendit à nouveau la main.) Je vous souhaite bonne chance, Mr Stanfield.

— A vous aussi, Richard Morgan.

Les hommes étaient tous rentrés pour le dîner préparé par Lizzie. Malgré la rareté des ingrédients disponibles, elle avait révélé des talents de cuisinière. Au menu, ce soir-là : du potage de pois chiches sur une gamelle de riz et, pour chacun, une cuillerée de choucroute amère.

Richard rangea son coffre et se joignit au cercle installé autour du feu. S'il n'y avait pas de bois à scier, ils en trouvaient autant qu'ils en voulaient pour le brûler.

Comment leur annoncer la nouvelle ? Devait-il informer d'abord Lizzie en privé ? Oui, bien sûr, elle devait être la première à savoir, même si Richard redoutait ses pleurs et ses protestations. Sans compter que Lizzie s'imaginerait probablement qu'il avait demandé à ne pas l'emmener.

Il mangea en silence, heureux que personne ne l'ait remarqué quand il avait déposé son coffre à outils dans l'appentis où ils rangeaient leurs affaires. Disciplinés par une longue expérience du rationnement, ils mirent de côté un peu de pois et de riz pour un petit déjeuner froid, en résistant tant bien que mal à la tentation de tout avaler d'un coup.

Richard regarda tour à tour ses compagnons. Comment allaient-ils survivre sans lui ? Bien, sans doute, car au cours des huit mois dans cet endroit, chacun s'était forgé une vie personnelle en dehors du groupe. La communauté subsistait pour la nourriture et l'abri. Ceux qui travaillaient dans les magasins du gouvernement – la majorité – entretenaient d'excellentes relations avec les déportés employés aux magasins et avec le lieutenant Furzer. Quant aux autres, ils étaient tous à l'aiguisage. « Si j'ai un souci à me faire, songea Richard, c'est seulement pour Joey Long, une âme si simple, si facile à entraîner. Je prie pour que les autres veillent sur lui. Quant à Lizzie, c'est une femme résistante, elle survivrait aux pires naufrages. »

Il n'avait jamais eu de goût pour le commandement. Ils s'apercevraient à peine qu'il n'était plus là et peut-être certains seraient-ils heureux de profiter de son départ pour quitter à leur tour le groupe et voler de leurs propres ailes.

— Viens faire un tour avec moi, Lizzie, lui dit-il quand le repas fut terminé.

Elle parut surprise mais l'accompagna sans un murmure, consciente que quelque chose le préoccupait ce soir, quelque chose qui ne venait pas d'elle.

L'obscurité s'épaississait mais le couvre-feu avait été officiellement fixé à huit heures d'un bout de l'année à l'autre, même quand la nuit était tombée. Richard conduisit sa femme vers un endroit tranquille au bord de l'eau et elle s'assit sur un rocher. Les grillons faisaient du tapage dans l'herbe et les énormes araignées étaient en chasse, cherchant leurs proies. A part cela, rien ne venait les déranger.

— Le commandant Ross m'a convoqué aujourd'hui, annonça-t-il, les yeux fixés sur la rive ouest où scintillaient des myriades de lumières. Il m'a annoncé que je devais embarquer demain sur le *Golden Grove* à destination de Norfolk Island.

Lizzie tressaillit. Elle comprit aussitôt, au ton de sa voix, qu'elle ne l'accompagnerait pas. Elle demanda néanmoins :

— J'irai avec toi ?

— Non. Je l'ai demandé, mais Ross a refusé. Apparemment, le gouvernement a déjà arrêté la liste des femmes qui doivent partir.

Une larme s'écrasa sur le rocher, encore chaude, et la bouche de Lizzie se mit à trembler, mais elle tenta vaillamment de garder son calme. Richard n'appréciait guère les scènes, c'était un homme qui aimait se tenir dans l'ombre. Non pour s'isoler des autres mais plutôt pour se distinguer d'eux par ses aptitudes et ses vertus. Rien ne le ferait sortir de son armure, rien ne l'affaiblissait, ni ne le détournait du but qu'il se fixait. « Quant à moi, je n'existe pas à ses yeux, même si je sais qu'il veille sur moi. S'il y a jamais eu une lumière en lui, elle est bien étouffée. Je ne sais rien de lui, il ne parle jamais de sa vie passée. Quand il est contrarié, il s'exprime par un silence d'une autre nature, puis il poursuit son chemin avec ses propres moyens. Je suis persuadée qu'il a influencé Ross rien que par sa pensée... »

Cette seule idée lui glaça le sang. Allons, c'était stupide ! « Comment pourrait-il agir sans l'intervention de la parole ou du regard ? Pourtant... je suis sûre qu'il en est capable. Qui d'autre que lui aurait réussi à se faire bien voir de Ross ? Sans s'abaisser ni lui lécher les bottes. Ross ne se laisse pas convaincre si facilement que ça, tous ceux qui ont essayé le savent bien. Richard voulait partir. Je suis certaine qu'il a demandé la même chose pour moi, mais je suis tout aussi sûre qu'il savait déjà que la réponse serait négative. On pourrait croire qu'il a vendu son âme au diable, mais il n'y a rien de diabolique en lui. Aurait-il vendu son âme à Dieu ? Dieu achète-t-il des âmes ? »

— C'est bien, Richard, dit-elle en cherchant à dissimuler sa peine. Nous devons aller là où l'on nous envoie, nous ne sommes pas libres de choisir. On ne nous paie pas pour notre travail et nous ne pouvons pas réclamer ce qui nous est dû. Je continuerai à vivre ici et à veiller sur notre petit groupe. Si je me comporte décemment, ils ne peuvent pas m'obliger à retourner au camp des femmes. Je suis une femme mariée, désormais, séparée de son mari par un caprice du gouverneur. Et j'ai un bon accord avec le lieutenant Furzer au sujet des légumes, donc il ne me renverra pas. Oui, tout ira bien. (Elle se leva vivement.) Maintenant, allons annoncer la nouvelle aux autres.

Ce fut Joey Long qui versa des larmes.

L'aube pointait à peine, le lendemain, quand Joey fut consolé ; son visage, d'ordinaire mélancolique, se plissa de joie. Le sergent Thomas Smyth était apparu pour l'informer qu'il était désigné pour aller sur Norfolk Island avec le *Golden Grove*. Il devait donc rassembler ses affaires pour se trouver sur la jetée est à quatre heures. Et pas de foule d'amis pour lui dire au revoir.

Les préparatifs de Joey furent plus rapides que ceux de Richard. Il eut vite fait de boucler son coffre. Richard, lui, devait trier les livres qu'il souhaitait emporter et ceux qu'il laissait à Port Jackson pour Will, Bill, Neddy, Tommy Crowder et Aaron Davis. La collection avait considérablement augmenté, principalement grâce à Stephen Donovan, lequel avait récupéré les ouvrages abandonnés sur le *Sirius* par les officiers de marine et les soldats.

Il finit par faire son choix, ne gardant que les ouvrages qu'il jugeait les plus utiles ainsi que ceux apportés par le cousin James le Clergyman. Il aurait voulu posséder l'*Encyclopædia britannica* mais, pour cela, il fallait attendre d'avoir écrit chez lui pour qu'on la lui envoie, tout comme le livre de Jethro Tull sur l'agriculture, publié cinquante-cinq ans plus tôt mais qui restait toujours la référence obligée de ceux qui s'adonnaient à cette activité.

Un jour, il écrirait chez lui... Mais pas maintenant. Pas encore.

La chaloupe du *Golden Grove* les attendait le long de la petite jetée hâtivement édifiée, à laquelle faisait pendant, à l'ouest, celle de Sydney Cove. Dix-neuf autres déportés s'étaient rassemblés pour embarquer. Richard en reconnut certains de l'*Alexander* : Willy Dring et Joe Robinson, de Hull ! John Allen et son cher violon – il y aurait de la musique sur Norfolk Island ! –, Bill Blackall, un individu plutôt maussade qui avait voyagé à tribord, Len Dyer, un cockney truculent, sujet à de violentes colères, qui avait son compartiment à l'avant, Will Francis qu'il avait connu sur le *Cérès* et sur l'*Alexander*, sujet permanent d'inquiétude pour les représentants de l'autorité, Jim Richardson, également du *Cérès* et de l'*Alexander*, autre individu d'humeur plutôt maussade. Dyer et lui se trouvaient à bord du *Cérès* sur le pont supérieur, là où on logeait les gens de Londres. Les autres hommes sur la jetée lui étaient inconnus. Ils avaient travaillé sur d'autres pontons et voyagé sur d'autres bateaux.

Richard s'installa à l'avant avec Joey Long, accompagné de MacGregor. « Cette équation humaine doit avoir un sens, songea-t-il, et le temps m'en fournira la clef. Quand je verrai quelles femmes le gouverneur a choisies, la réponse sera déjà plus claire. »

En tant que navire ravitailleur, le *Golden Grove* ne disposait pas, comme les négriers, d'aménagements pour le transport des personnes. Les hommes furent donc dirigés vers l'écoutille arrière et se retrouvèrent sur un pont inférieur vide, à l'exception de hamacs. C'était un navire à deux ponts et le reste du chargement destiné à Norfolk Island était entreposé en dessous. Richard confia la garde de ses affaires à Joey Long et à MacGregor et sortit sur le pont.

— Enfin, nous nous retrouvons, dit Stephen Donovan.

Richard sursauta, muet de surprise.

— Comme c'est agréable de te voir ainsi perdre ta langue ! dit Donovan, enchanté, en prenant son compagnon par le bras pour l'entraîner vers l'avant.

— Johnny, voici Richard Morgan. Richard, je te présente mon ami Johnny Livingstone.

Un seul regard suffisait pour comprendre ce qui avait attiré Stephen chez cet homme. Johnny Livingstone était petit, gracieux, et son fin visage surmonté d'une tignasse de boucles dorées s'éclairait de grands yeux verts frangés de longs cils noirs. C'était un jeune homme fort séduisant et sans doute aussi d'une grande docilité – surtout s'il était entré dans la marine dès l'enfance pour être le jouet d'une succession d'officiers de marine. Il avait l'air d'un mousse, tout comme les jeunes gens que Richard avait rencontrés sur l'*Alexander,* des garçons appartenant au steward Trimmings, lequel n'était ni aimable ni compatissant.

— Je ne vous serre pas la main, Mr Livingstone, dit Richard avec un sourire, mais je suis très heureux de vous connaître. Je vous croyais sur le *Sirius.*

Il s'écarta et s'approcha du bastingage, soucieux de placer une certaine distance entre les deux hommes et lui car d'autres déportés étaient montés sur le pont et les observaient avec curiosité.

— Et en route pour Le Cap par le cap Horn, approuva Donovan en hochant la tête. Le problème, c'est que l'on a beaucoup plus besoin de nous sur Norfolk Island que sur le *Sirius*. Son Excellence manque d'hommes libres pour surveiller le travail des déportés. Les soldats ont ordre de se cantonner exclusivement à leur mission de gardes, comme l'a clamé haut et fort le major Ross. J'ai donc été nommé par la Couronne surveillant en chef des déportés de Norfolk Island.

Il baissa la voix et fronça les sourcils d'un air entendu.

— Je soupçonne le commandant Hunter d'avoir voulu se débarrasser de moi pour garder Johnny pour lui seul pendant son long voyage et d'avoir soufflé mon nom au gouverneur. Mais, hélas pour lui, Johnny avait choisi d'aller également sur Norfolk. Hunter est parti en jurant et il cherchera certainement à se venger.

— Qu'allez-vous faire à Norfolk, Mr Livingstone ? questionna Richard.

Il se rapprocha, résigné à passer auprès des autres forçats pour l'ami de ces deux hommes aux liens manifestement si... libres.

Mr Livingstone ne répondit pas. Il se montrait extrêmement timide et embarrassé, ainsi que le découvrit Richard.

— Johnny est très doué pour le travail du bois sur tour. Nous en possédons d'ailleurs un exemplaire – probablement le seul, quand on connaît la pingrerie des gens de Londres – qui nous servira à Norfolk Island. Le bois de Port Jackson ne peut être travaillé au tour, ce qui n'est pas le cas des pins de Norfolk. Son Excellence a bien voulu accepter que Johnny quitte le *Sirius,* pensant qu'il pourrait fabriquer des rampes d'escalier pour la nouvelle résidence du gouverneur. Il tournera les bois sur place. Et il fabriquera bien d'autres articles dont Son Excellence aura besoin.

— Ce travail ne serait-il pas plus facile à exécuter à Port Jackson ?

— Il n'y a pas de place pour transporter du bois brut sur les bateaux qui font les allées et venues entre les deux colonies. Ils sont chargés jusqu'aux sabords, avec des bois de construction pour améliorer le logement des soldats célibataires et des déportés.

— C'est vrai, j'aurais dû y penser.

— Tiens, annonça joyeusement Donovan, voilà les dames.

La chaloupe avait transporté onze femmes. Richard les connaissait presque toutes de vue grâce à Lizzie, mais pas plus. Il reconnut Mary Gamble – celle qui avait dit au commandant Sever de lui baiser le derrière et humilié les plus fanfarons des hommes du bord grâce à sa langue bien pendue. Son dos devait avoir à peine le temps de se cicatriser entre deux séances de fouet. Ann Dutton, elle, aimait le rhum et les marins, et recherchait la compagnie de ces derniers pour obtenir sa ration d'alcool. Rachel Early, une souillon, attirait la bagarre en brandissant un piquet de fer. Elizabeth Cole, qui avait épousé un déporté à son arrivée à Port Jackson, avait été si maltraitée par son mari que Ross était intervenu pour la ramener dans le camp des femmes et l'affecter à des travaux de blanchisserie. Si les sept autres étaient toutes, peu ou prou, sur le même modèle, c'était que Son Excellence avait voulu se débarrasser de sources d'ennuis, sauf dans le cas d'Elizabeth Cole, expédiée, par compassion, à 1 100 miles de son mari.

— Le voyage s'annonce plutôt animé, soupira Richard en regardant les femmes emmenées sans ménagement vers l'écoutille avant.

Le *Golden Grove* leva l'ancre à l'aube du 2 octobre en compagnie du *Sirius*. Ils naviguèrent de conserve jusqu'à ce que tous deux aient dépassé le cap des Heads. Le *Golden Grove* louvoya alors à la recherche d'un vent qui le porterait en direction du nord-est, tandis que le *Sirius* profitait du courant côtier pour trouver les vents qui le pousseraient jusqu'au cap Horn, à 4 000 miles de là à l'est.

Le temps que le bateau s'approche de l'île de Lord Howe, cinq jours plus tard, Richard comprit mieux la situation. Comme il le soupçonnait, le gouverneur avait choisi de se débarrasser des fauteurs de troubles. Pas seulement pour des raisons de discipline, comme dans le cas de Mary Gamble ou de Will Francis, mais pour d'autres parce qu'on les jugeait quelque peu dérangés. Quatre hommes seulement correspondaient à l'image que cette expédition prétendait offrir : jeunes, solides, sans attaches et amoureux fous de la mer. Ils seraient chargés de la pêche à Norfolk Island.

En ce qui le concernait, il ne savait pas pourquoi il avait été choisi. Sans être véritablement un scieur, il partait pourtant sous ce prétexte. Ross avait-il deviné que Morgan était las de Port Jackson ? Et, si cela se vérifiait, en quoi cela avait-il pu influencer sa décision ? Tout le monde en avait assez de Port Jackson, même le gouverneur. A la vérité, Richard pressentait au fond de lui que Ross avait effectué une sorte d'opération bancaire : il le mettait de côté en prévision d'une utilisation future...

Des hommes comme le pauvre et timide John Allen ou encore Sam Hussey formaient une catégorie à part. Ils se montraient crispés et marmonnaient comme s'ils étaient restés trop longtemps dans la même position. Will Francis, Josh Peck, Len Dyer et Sam Pickett étaient de véritables bandits, et de tout premier plan. Certains déportés mariés avaient été autorisés à emmener leur femme parce que l'un ou l'autre, parfois les deux, affichaient un comportement bizarre. Cela était vrai de John Anderson et Liz Bruce, du catholique fanatique John Bryant et d'Ann Coombes, de John Price et Rachel Early, de James Davis et Martha Burkitt.

La garde était représentée par un détachement composé du sergent Thomas Smyth, du caporal John Gowen et de quatre soldats. Mais, sur le *Golden Grove*, la garde était si détendue que le soldat Sammy King eut le loisir d'entamer une affaire de cœur passionnée avec Mary Rolt, une femme plutôt étrange (elle entretenait de longues conversations avec elle-même). Ce n'était sans doute qu'un dérangement mental temporaire car ces dialogues imaginaires cessèrent dès que le soldat et elle devinrent amants. Un voyage en mer peut s'avérer parfois très profitable, se dit Richard.

Pour lui, toutefois, il commença fort mal. Len Dyer et Tom Jones l'attendaient en bas pour lui faire comprendre ce qu'ils pensaient des déportés qui non seulement frayaient avec des hommes libres mais, de surcroît, avec des Miss Molly.

— Oh, assez de sottises ! leur dit-il d'un ton las, sans se laisser impressionner. Je pourrais en attraper deux de vous à la fois avec une seule main.

— Et que penserais-tu d'en attraper six ? avait demandé Dyer en faisant un geste dans sa direction.

Soudain MacGregor intervint en grondant, les dents retroussées. Dyer leva un pied contre lui et le saisit par l'arrière-train juste au moment où le *Golden Grove* donnait fortement de la bande. Le reste se passa en un éclair : Joey Long se jeta dans la bagarre en hurlant et trois des six attaquants perdirent tout intérêt pour ce qui n'était pas leur estomac en train de se retourner. Richard lança un coup de pied dans le postérieur de Dyer, menaçant de près ses testicules, Joey grimpa sur le dos de Jones en le mordant et le griffant, tandis que MacGregor, indemne, plantait ses crocs dans le tendon du talon de Josh Peck. Francis, Pickett et Richardson étaient en train de rendre leurs tripes, ce qui tombait fort à propos. Richard termina la lutte en frottant le visage de Dyer dans les saletés répandues sur le pont et mit tout son poids dans le coup de pied qu'il envoya dans l'aine de Jones et de Peck.

— Je me battrai jusqu'à la mort, lança-t-il, haletant, alors ne venez plus me chercher ! Vous risqueriez de ne plus pouvoir faire d'enfants.

Après s'être assuré que Joey et MacGregor n'avaient rien, il décida néanmoins de s'installer sur le pont avec eux et toutes leurs affaires. En cas de pluie, ils se réfugieraient sous un canot.

— J'espère que vous saurez leur faire face, Mr Donovan, dit-il à Stephen un peu plus tard. Tom Jones et Len Dyer n'aiment pas les Miss Molly. Il vous faudra les surveiller, sans parler de Peck, de Pickett et de Francis. Bien que ce dernier soit leur chef, il fait faire le sale travail par Dyer. C'est ce qui le rend particulièrement dangereux.

— Merci de l'avertissement, Richard. (Donovan le considéra attentivement.) Pas d'œil au beurre noir ni de bleus visibles.

— J'ai frappé dans les testicules. Et le mal de mer m'a été d'un grand secours. (Il éclata de rire.) Vous voyez que ma chance se maintient. Juste au moment où ils se jetaient sur moi, le *Golden Grove* a trouvé le vent et certains estomacs se sont révoltés.

— C'est vrai, tu as de la chance. Bien qu'il puisse paraître plutôt inconvenant de parler ainsi à un homme qui a l'infortune de payer pour un crime qu'il n'a pas commis. Cependant, oui, tu as de la chance.

Richard hocha la tête.

— Ainsi en a voulu le destin.

— Tu as eu toi aussi ton lot de misères, Morgan.

— A Bristol, oui. Mais en tant que déporté, j'ai eu ma part de bonne fortune.

L'île de Lord Howe se trouvait à peu près à mi-chemin et bénéficiait d'un climat idéal. Malheureusement, ces excellentes conditions météorologiques ne se vérifièrent pas pendant la journée que le bateau passa au large de ses côtés. Les passagers ne purent même pas entrevoir cette île magique, royaume des tortues, des palmiers et de cimes impressionnantes, située à 500 milles nautiques à l'est de la Nouvelle-Galles du Sud. Déçus, ils poursuivirent leur route : il restait encore 600 milles nautiques à couvrir.

Ce fut la première rencontre de Richard avec le Pacifique, le plus puissant de tous les océans. Il l'avait imaginé semblable à l'Atlantique – que l'on appelait la Mare aux harengs du roi – ou à ce monstrueux océan sans nom, au sud de tout ce qui se trouvait entre la Nouvelle-Hollande et la Terre de Van Diemen. Mais le Pacifique était différent. Sa profondeur devait être insondable, songea-t-il, accoudé pendant des heures au bastingage, les yeux fixés sur l'horizon infini. Tandis qu'une houle puissante mais tranquille berçait le *Golden Grove*, il contempla inlassablement les vagues d'un bleu marine intense mêlé de reflets pourpres. Ils n'attrapèrent pas de poissons mais en aperçurent des bancs entiers. D'énormes tortues nageaient à la surface et des groupes de marsouins bondissaient joyeusement hors de l'eau. De gros requins croisaient aux alentours, ignorant les appâts ; leur nageoire dorsale, d'une longueur terrifiante, dépassait 3 pieds. Pendant un temps, cet océan leur sembla peuplé exclusivement de requins gigantesques jusqu'au jour où ils furent entourés par des légions de baleines, ces géants qui faisaient route vers le sud, tandis que le *Golden Grove*, créature marine surprenante à leurs yeux, se dirigeait vers le nord-est. Etrange rencontre, en vérité.

Richard n'avait jamais ressenti la solitude au cours de son long voyage vers la Nouvelle-Galles du Sud. Mais voilà que, maintenant, elle l'obsédait. Jusque-là, ils avaient toujours pu apercevoir au moins une dizaine de voiles sillonnant l'espace. Aujourd'hui, aucun bateau ne s'aventurait plus dans ces contrées désertiques, à part le *Golden Grove*.

Au cours de leur onzième nuit de navigation, il prit soudain conscience que le balancement du pont diminuait progressivement, pour bientôt disparaître tout à fait. Le *Golden Grove* avait cargué ses voiles et il ne bougea plus.

Enfin ! Nous y sommes !

Le pont était calme car les marins n'avaient rien à faire et le timonier, à l'arrière, se contentait de tenir la barre. La nuit était paisible, le ciel sans nuage, son inquiétante immensité peuplée de nuées d'étoiles, sans même la présence de la lune pour troubler le cycle éternel de leur course à travers la voûte céleste. Tout paraissait ténu, nimbé d'un éclat éthéré.

N'aurait-on pas dû entendre quelque chose ? Mais quelle oreille pouvait percevoir la musique des sphères ? Il ne percevait que les craquements d'un bateau à l'ancre sur une mer calme et le clapotis de l'eau à peine interrompu par le bruissement d'ailes des oiseaux de nuit dont les ombres passaient comme des fantômes. La terre, elle, demeurait invisible.

« Et voilà, pensa Richard. Une autre page de mon destin est en train de se tourner. Me voici en route pour une île minuscule, perdue au milieu de l'océan, si loin de tout que les hommes ne s'y sont jamais établis jusqu'à ce que nous arrivions, nous autres Anglais. A nous tous, nous ne devons guère représenter plus d'une soixantaine d'hommes et de femmes.

« Une chose est sûre. Cet endroit ne sera jamais mon chez-moi. Je m'y retrouve seul, après avoir navigué sur des eaux solitaires et je le quitterai seul, sur ces mêmes eaux solitaires. Un lieu aussi éloigné ne peut avoir de substance. J'ai atteint ce point du globe où ma destinée prend fin et où le cercle de ma vie se referme sur lui-même... »

SIXIÈME PARTIE

D'octobre 1788 à mai 1791

Les femmes reçurent l'ordre de rester sur le faux-pont mais, au petit matin, tous les hommes se trouvaient sur le pont supérieur avec leurs bagages, attendant que l'aube naissante leur révèle les contours de Norfolk Island. Un soleil éblouissant se leva sur une mer houleuse et ses rayons, traversant une masse de nuages secs, nimbèrent l'horizon de tons prune tachetés de pourpre avant d'embraser le ciel d'écarlate puis d'or pur.

Joey Long se tenait appuyé au bastingage au côté de Richard, tandis que MacGregor haletait à ses pieds.

— Pourquoi ce lever de soleil paraît-il si étrange ? murmura-t-il.

— A mon avis, c'est parce que c'est l'inverse du crépuscule, répondit Richard. Les couleurs passent de l'obscurité à la lumière jusqu'à ce que les nuages deviennent blancs et le ciel bleu.

MacGregor exigea en aboyant qu'on veuille bien le soulever. Joey s'exécuta. L'animal était retenu par une laisse de fortune, confectionnée à l'aide de minuscules bouts de cuir dont même le lieutenant Furzer n'avait pas trouvé l'usage. Trop accoutumé à la liberté, MacGregor portait avec résignation cette laisse qu'il détestait. Le voyage lui avait permis de se régaler de toutes sortes d'épluchures et le capitaine William Sharp s'était réjoui de voir le petit terrier courir dans tous les recoins de la cale. Le chat du bateau (MacGregor ne tolérait pas ces animaux) s'était retiré, offusqué, sur le gaillard d'avant, abandonnant le terrain à cet impertinent envahisseur.

Après avoir mouillé à quelques miles au cours de la nuit, ils repartirent, toutes voiles dehors. Le capitaine Sharp ne s'était jamais rendu dans l'île auparavant et ne voulait pas prendre de risques. S'en approcher ne présentait cependant aucune difficulté puisque Harry Ball, du *Supply,* lui avait prêté le lieutenant David Blackburn, son capitaine, lequel connaissait tous les récifs et le moindre rocher qui hantaient les hauts-fonds, au large de la côte.

Le soleil courant vers son zénith éblouissait les yeux et tout ce qu'on pouvait distinguer de l'île. Longue de 3 miles terrestres sur 5, ainsi que Donovan l'avait expliqué à Richard, c'était une masse sombre et désespérément basse. On était loin de Ténériffe ! Soudain, elle se mit à briller sous la lumière, révélant sa végétation d'un vert noirâtre et ses falaises hautes de 300 pieds qui passaient d'une sinistre couleur orange à un noir charbonneux. S'il n'avait été entouré par les flots, l'endroit aurait pu sembler inquiétant avec ses rivages d'un bleu violacé là où le *Golden Grove* essayait de trouver le vent et des reflets brillants d'aigue-marine autour de ses côtes. Ces eaux qui pâlissaient lentement semblaient participer d'un gigantesque projet maritime, aussi naturel qu'inéluctable.

On faisait voile d'ouest en est sous les petites bouffées d'une faible brise qui arrivait du sud-ouest, puis du nord-est. Deux autres îles jouxtaient la plus grande : d'abord une minuscule île hérissée de sapins et une autre, plus étendue, située 4 miles plus au sud, dont les hauts flancs rocailleux éclataient de verdure, à l'exception de quelques bosquets de sapins sombres. Des vagues blanches venaient s'échouer au pied des falaises et contre une sorte de barre vers laquelle le navire se dirigeait, mais l'océan restait calme.

Le *Golden Grove* jeta l'ancre à quelque distance du récif, là où le ressac venait tranquillement se briser. Plus loin, un lagon, plus vert que bleu, scintillait sous le soleil. Il offrait deux plages, l'une toute droite à l'ouest, l'autre, à l'est, semi-circulaire. Le sable était d'un jaune abricot et s'étendait jusqu'à une forêt clairsemée par le travail des hommes. Certains sapins s'élevaient à des hauteurs que Richard n'avait jamais observées jusqu'alors. Sur la plage rectiligne, un petit groupe de cabanes de bois.

Un grand drapeau bleu orné d'une croix jaune flottait mollement en haut d'un mât, à proximité de la plage en ligne droite,

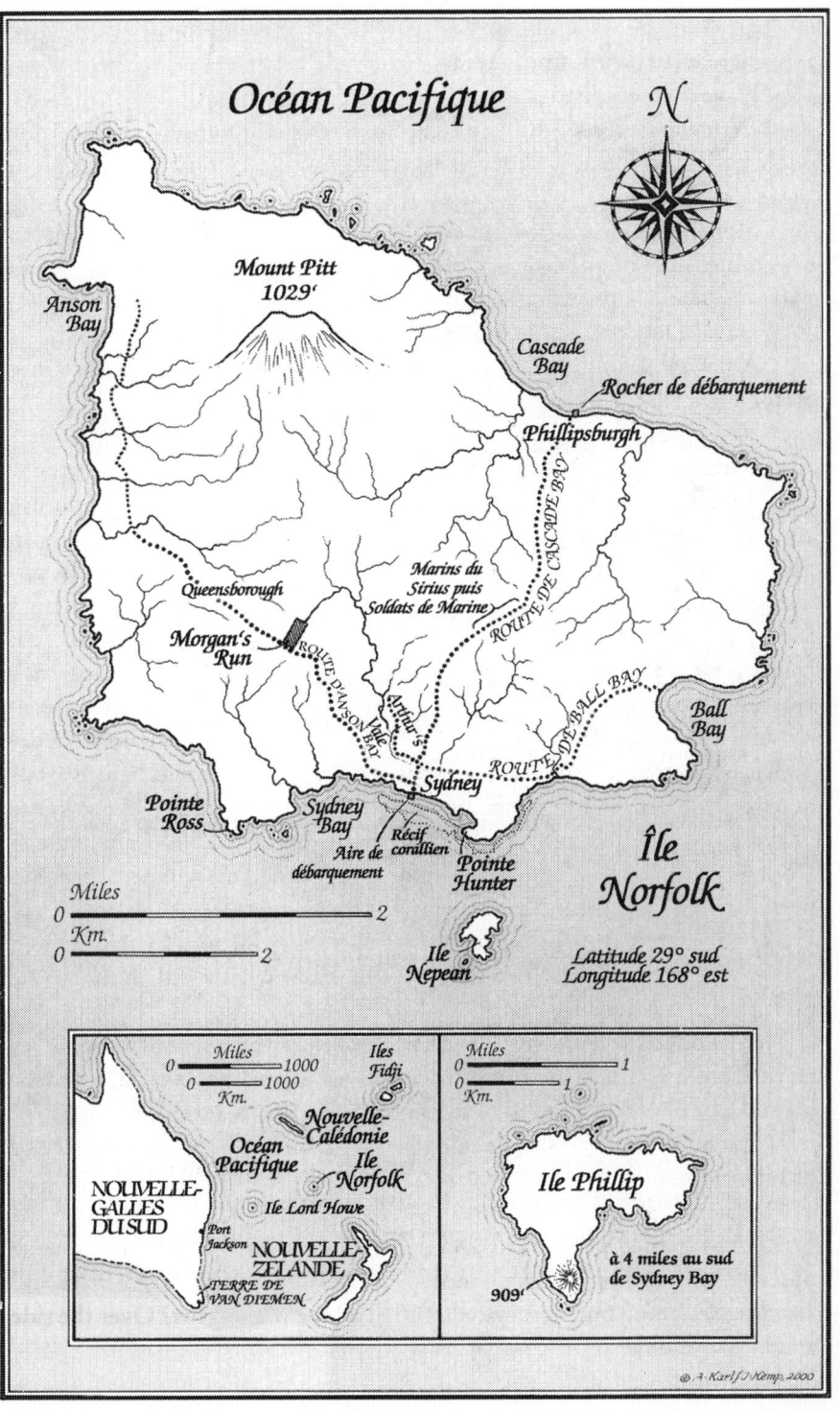

sur laquelle des gens s'occupaient à manœuvrer deux minuscules embarcations. On descendit le canot du *Golden Grove,* qui, après avoir franchi les récifs, pénétra dans le lagon où il était destiné à rester. Les chaloupes, affirma le lieutenant Blackburn, ne pouvaient aller plus loin que le banc de corail, où elles transféreraient leurs cargaisons sur des embarcations plus petites, capables d'accéder à la plage.

L'une des minuscules embarcations s'approcha du vaisseau. Un homme vêtu d'un costume bleu marine à galons dorés se tenait à l'avant, perruque bien poudrée, chapeau sur la tête et épée au côté. Il monta à bord, serra avec chaleur la main du capitaine Sharp, puis celles de Blackburn, de Donovan et de Livingstone. C'était le commandant, le lieutenant Philip Gidley King, que Richard n'avait jamais rencontré auparavant. Bien fait de sa personne et de taille moyenne, King avait des yeux bruns et vifs, un nez large et un visage ni beau ni laid. Mais sa bouche ferme démontrait une bonne nature.

Après avoir satisfait au rite des politesses usuelles, King se tourna vers les forçats.

— Qui, parmi vous, connaît le métier de scieur ?

Richard et Bill Blackall levèrent timidement la main.

Le visage de King s'allongea.

— C'est tout ?

Il fit le tour des trente et un hommes et finit par s'arrêter devant Henry Humphreys, un individu de haute taille.

— Sors du rang, lui ordonna-t-il en poursuivant son inspection.

Il s'arrêta devant Will Marriner, un autre homme à l'air costaud.

— Et toi aussi !

Ils étaient quatre, à présent.

— Avez-vous une expérience quelconque en tant que scieurs de long ?

Personne ne répondit. Etouffant un soupir, Richard se retrouva, comme d'habitude, le seul à prendre la parole pour sauver ses compagnons du courroux de leurs supérieurs.

— Aucun d'entre nous n'a d'expérience, expliqua-t-il. Mais Blackall et moi savons scier, même si nous n'avons jamais exercé ce métier. Quant à moi, je suis affûteur de scies.

— Et aussi un armurier, lieutenant, intervint vivement Donovan.

— Ah ! Il n'y a pas ici assez de travail pour un armurier mais j'ai de quoi occuper un affûteur.

Ils lui donnèrent leurs noms et leurs matricules de condamnés.

— Les numéros, affirma King, ne présentent aucun intérêt dans un endroit si peu peuplé. Morgan, Blackall, vous prendrez la direction de la fosse. Montez dans la barque avec Humphreys et Marriner, et rejoignez-moi à terre. Mettez-vous au travail sans traîner. Nous devons remplir de bois les cales du *Golden Grove* avant qu'il mette les voiles. J'ai perdu mon unique scieur expérimenté dans un accident de bateau. Les lames de mes scies sont aussi obtuses qu'un Ecossais, alors il va falloir les affûter dès aujourd'hui, Morgan. J'espère que vous avez des outils : nous ne possédons que deux limes.

— J'en ai toute une collection, répondit Richard.

Il décida de suivre la ligne diplomatique que l'expérience lui avait enseignée : demander ce dont il avait besoin avant que l'ignorance et la désinformation viennent interférer avec des gens qu'il ne connaissait pas ou en qui il ne pouvait avoir confiance.

— Monsieur, puis-je prendre avec moi Joseph Long ? Je le connais bien et j'aime travailler avec lui. Il n'a certes pas le physique d'un scieur de long et n'est pas très vif d'esprit mais il fera ce qu'on lui dit et me sera utile dans la fosse.

Les yeux du commandant de Norfolk Island se posèrent sur Joey et s'illuminèrent à la vue du chien, serré dans ses bras.

— Eh bien, quelle jolie petite bête ! s'exclama-t-il. Dis-moi, Long, c'est un mâle ?

Joey, à qui aucun officier ne s'était adressé auparavant, hocha la tête sans oser prononcer un mot. Inlassablement rabroué, il avait reçu quantité d'ordres mais jamais, encore, un supérieur n'avait consenti à partager avec lui les simples paroles que s'échangent les gens ordinaires.

— Magnifique ! Nous n'avons qu'un chien ici, un épagneul femelle. Est-ce qu'il chasse les rats ? On en aurait rudement besoin !

Joey opina derechef.

— Quelle chance ! Delphinia chasse aussi, alors nous aurons

des chiots chasseurs ! s'écria King avant de s'apercevoir que les cinq hommes l'observaient, bouche bée.

Il se ressaisit aussitôt.

— Qu'est-ce que vous attendez ? Vite, à la chaloupe !

— J'ai toujours entendu dire que les gars de la marine étaient cinglés, affirma Blackall tandis que l'embarcation s'éloignait.

La présence des deux rameurs, de parfaits inconnus susceptibles d'entendre ce qu'ils disaient, mettait Richard mal à l'aise.

— Ecoute, il ne faut pas oublier que nous sommes très peu nombreux ici. Le commandant et ses hommes ont pris l'habitude de vivre ensemble et ne doivent plus s'embarrasser de cérémonies.

— C'est vrai, on vous reçoit à la bonne franquette mais on est bien contents de voir de nouveaux visages, déclara l'un des rameurs, un homme d'une cinquantaine d'années qui parlait avec la voix traînante des habitants du Devon. Je me présente : John Mortimer, ancien du *Charlotte*. Et voilà mon fils Noah, ajouta-t-il en désignant son compagnon.

Ils n'avaient en rien l'air d'un père et de son fils. John Mortimer était un grand blond à l'air calme tandis que Noah, petit et brun, affichait un air suffisant.

L'embarcation, un canot à fond plat bordé à clins, semblable aux canots de pêche écossais, se glissa entre les récifs sans même les effleurer et franchit le lagon qui la séparait de la plage rectiligne où les attendaient les survivants de la communauté : six femmes dont la plus âgée était enceinte et cinq hommes dont l'âge – si leurs visages reflétaient bien les années – allait de l'adolescence aux grises années de la vieillesse.

Le premier, un homme d'une cinquantaine d'années, leur tendit la main.

— Nathaniel Lucas, charpentier. Et voici ma femme, Olivia.

« Un couple agréable et qui respire l'intelligence », jugea Richard.

— Eddy Garth et ma femme, Susan, annonça un autre.

— Je suis Ann Innet, gouvernante du lieutenant King, dit la femme plus âgée, une main posée de manière défensive sur son ventre gonflé.

— Elizabeth Colley, gouvernante du Dr Jamison.

— Eliza Hipsley, cultivatrice, annonça une belle jeune fille robuste dont le bras protecteur reposait sur les épaules d'une fille de son âge. Voici ma meilleure amie, Liz Lee. Elle aussi est cultivatrice.

« Bien, songea Richard. Je sais au moins à quoi m'en tenir avec ces deux-là, comme tout homme doté d'un peu de bon sens. Eliza Hipsley est terrifiée devant l'arrivée de tant d'hommes, ce qui signifie qu'elle n'est pas si sûre que cela de Liz Lee. Len Dyer, Tom Jones et leurs semblables vont leur mener la vie dure. »

Il leur adressa à tous un sourire qui signifiait : vous avez devant vous un allié. Ah, les prénoms ! Sur les dix-sept femmes qui allaient désormais peupler Norfolk Island, cinq s'appelaient « Elizabeth », trois « Ann » et deux « Mary ».

A l'instar de plusieurs autres hommes, le soldat n'avait pas pris la peine de se présenter.

— Le lieutenant King nous a donné l'ordre de nous mettre au travail, lui dit Richard. Puis-je vous demander de nous montrer les fosses ?

Un peu plus grande que les autres édifices, la résidence du lieutenant King se dressait sur un petit monticule, juste derrière le drapeau bleu et jaune. Plus loin, le drapeau anglais flottait sur son mât avec une égale mollesse. La demeure du gouverneur contenait probablement trois petites pièces, un grenier, et, selon toute apparence, l'appentis situé à l'arrière devait être la cuisine. Il semblait y avoir un four communal ainsi qu'un périmètre réservé aux cuisines. Richard aperçut également une forge et quelques bâtiments faisant office d'entrepôts.

A l'est, sur une petite éminence, toutes les femmes, y compris Ann Innet, s'activaient dans les jardins de culture extensive. Entre les deux petites collines, au milieu des pins, quatorze cabanes de planches, aux toits recouverts d'une sorte de plante. Les murs face à l'océan étant aveugles, les portes devaient donner sur l'intérieur des terres.

La fosse se trouvait à proximité de la plage, au bout d'un chemin débroussaillé et essouché qui serpentait le long de la ligne des pins. Le terrain environnant avait été dégagé pour offrir de la place à des dizaines de blocs de sciage de 12 pieds de long dont les plus petits mesuraient près de 5 pieds de diamètre. Richard dut refréner son envie de s'arrêter pour observer ces arbres gigantesques qu'il avait pour tâche de réduire en poutres et en planches. Les ordres de King étaient formels et le soldat, qui avait avoué du bout des lèvres s'appeler Heritage, ne semblait pas du genre à accorder des faveurs aux forçats.

Richard et sa petite troupe inexpérimentée devaient scier assez de bois pour remplir les cales du *Golden Grove* dans un laps de temps de dix ou quatorze jours. On avait déjà préparé deux pièces de mât, entreposées à côté d'une pile de planches. Le mât et le mâtereau étaient sans doute destinés à l'un des vaisseaux restés à Port Jackson.

On avait renforcé la fosse avec des planches pour empêcher les murs de s'effondrer. D'une profondeur de 7 pieds, large de 8 et longue de 15, elle présentait deux poutres équarries disposées à 5 pieds d'intervalle. Des moellons de pierre avaient été entassés aux extrémités des poutres pour former une rampe inclinée. Un bloc de sciage écorcé courait sur toute la longueur de la fosse mais personne n'y travaillait. Au fond du puits, sous une vieille voile, Richard trouva cinq scies longues de 8 à 14 pieds.

Nathaniel Lucas survint alors et descendit dans la fosse où Richard débarrassait les scies de la toile qui les recouvrait.

— Je n'ai jamais respiré un air plus nocif pour les outils de fer et d'acier, dit-il. Impossible de préserver ces sacrés trucs de la rouille.

Richard passa le gras de son pouce sur une dent terriblement ébréchée.

— Elles sont affreusement émoussées, affirma-t-il en grimaçant. Celui qui a affûté cette scie semble croire que l'angle de la lame va dans la même direction de dent en dent, alors que c'est l'inverse. Seigneur ! Il va me falloir des heures pour rectifier ça, sans parler du tranchant. Y a-t-il quelqu'un, ici, qui veuille apprendre à scier à Blackall, Humphreys et Marriner ?

Lucas, un petit homme à la constitution chétive, s'avança.

— Moi. Mais je n'ai pas assez de force pour tirer.

Richard trouva une scie de 10 pieds pourvue de dents à peu près aiguisées.

— C'est la meilleure du lot, Nat. Au fait, comment dois-je t'appeler : Nat ou Nathaniel ?

— Appelle-moi Nat. Et toi ? Richard ou Dick ?

— Richard. Il va nous falloir couvrir cette fosse dès que possible. Le soleil tape bien plus fort ici qu'à Port Jackson.

— Il est plus haut de 4 degrés de latitude.

— Il faudra pourtant que la couverture attende le départ du *Golden Grove,* soupira Richard. Nous devrons porter des chapeaux et disposer d'une bonne réserve d'eau potable. Est-ce qu'il y a un endroit où Joey peut entreposer nos affaires avant qu'on se mettre au travail ? Il vaut mieux que je reste ici pour commencer à affûter.

Il s'assit au fond de la fosse, adossé au bord oriental encore à l'abri du soleil. Croisant les jambes sous lui, il posa une scie de 12 pieds en travers de ses cuisses.

— Joey, reprit-il, passe-moi ma boîte à outils avant d'aller rejoindre Nat. Vous autres, allez ranger vos affaires et revenez immédiatement.

« Et voilà, pensa-t-il, je me retrouve une fois de plus en charge d'une équipe incapable de fonctionner sans chef. »

La scie préférée de tous était visiblement celle de 12 pieds. A la vue du billot monstrueusement large, Richard comprit pourquoi. Il repéra également deux autres scies de 12 pieds, une de 14, une de 10, enfin, une dernière de 8 pieds. Sur une autre pile recouverte par la vieille toile reposaient une dizaine de scies à main qui exigeaient également un bon affûtage.

Richard enveloppa sa main droite d'une bande de vieux tissu avant de s'emparer d'une grosse lime plate. Puis il la posa sur le métal à l'angle nécessaire pour « préparer » le niveau de coupe et la tira d'un mouvement vers le bas, passant toujours vers le bord de la lame. Après avoir fini d'adoucir grossièrement la première section, il affina son travail, fit avancer la scie le long de sa cuisse pour passer à une nouvelle section. Lorsqu'il en aurait terminé, il lui resterait à retirer la rouille.

Un peu plus tard, au-dessus de lui, il entendit Nat Lucas enseigner le maniement de la scie à Bill Blackall, chargé de travailler sur le billot, et à Willy Marriner, préposé à la partie basse du tronc.

— L'angle de chaque dent est à l'opposé de la précédente, expliqua-t-il, afin que la coupe soit assez large et permette au corps de la lame de passer facilement à travers le bois. Si toutes les dents avaient le même angle, le corps de la lame se bloquerait. Au bout de quelque temps, vous saurez scier au premier coup d'œil mais, pour commencer, je vais vous fournir une corde pour guider le mouvement de la scie. Il faut d'abord écorcer le pin de Norfolk, parce que son écorce laisse suinter de la résine qui risquerait de bloquer la scie dans la coupe après deux allers et retours, encore mieux que ne le ferait de la colle. Pour votre première entaille, commencez d'un côté à l'extérieur de la pièce de bois, puis pratiquez votre seconde entaille de l'autre côté. Après quoi, en changeant à chaque fois de côté, pénétrez de 1 pouce pour faire des feuilles de 1 pouce d'épaisseur, jusqu'à ce que vous parveniez au cœur du bois. Vous l'équarrirez d'abord en madriers de 2 puis de 4 pouces et, enfin, de 6 pour les poutres.

» Ce n'est qu'au moment où la scie remonte – c'est l'étape du sciage de long – que les dents coupent le bois et que l'homme du dessus a le contrôle. Il imprime alors une rotation et remonte d'environ 2 pieds, plus même s'il est vraiment costaud. C'est lui qui produit le plus gros effort. L'homme qui se trouve dans la fosse reçoit plein de sciure dans la figure. Il attire la scie vers lui en la faisant passer du niveau de sa poitrine à la hauteur de l'aine, et plus bas encore si celui qui se trouve au-dessus est assez fort pour tirer près de 3 pieds de lame.

Lançant à Richard un regard mi-figue mi-raisin, Marriner apparut dans la fosse à l'extrémité de la pièce de bois, là où ils allaient tous deux entamer leur travail.

Nat Lucas parlait toujours, s'adressant cette fois-ci à Bill Blackall.

— Il y a un coup à prendre pour la posture et je te recommande de rester pieds nus. Si ton pied se met sur le chemin de la scie, les dents pénétreront dans ta chaussure comme dans du beurre car les souliers n'assurent pas la moindre protection. Tu te tiendras sur une pente légère, un pied de chaque côté de la scie, afin de garder ton équilibre en t'appuyant fermement sur tes pieds nus. Il te faudra tirer uniformément avec tes deux mains ! Une scie de long est destinée à suivre le fil du bois, ce qui est moins pénible que de scier contre le fil. Etant donné que personne, à Londres, n'a daigné nous fournir la moindre scie de travers à deux poignées, nous nous servons de haches pour abattre les arbres et d'une scie à refendre pour découper les blocs en sections de 12 pieds, ce qui représente un travail épuisant.

— Vous pouvez vous passer de la scie de 8 pieds ? cria Richard.

— S'il le faut, oui. Mais dans quel but ?

— Cela me prendra peut-être un peu de temps mais j'ai les outils pour transformer une scie à refendre en une sorte de scie de travers.

— Oh, que Dieu te bénisse ! répondit Nat avec ferveur avant de se retourner vers Bill Blackall. Il faut avoir de la tête pour faire ce travail. Avec l'expérience, tu apprendras à obtenir les meilleurs résultats avec le minimum d'efforts. Seuls des hommes solides ont la force de faire ce que nous faisons et, je t'avertis, les premiers jours seront très éprouvants.

— Qu'est-ce qui se passera quand j'arriverai à la poutre ? demanda Blackall.

— Tu demanderas un coup de main pour la déplacer sous la section que tu auras déjà sciée, ce qui est assez facile une fois que les cales sont enlevées. Ensuite, tu la recaleras pour maintenir ensemble les bouts déjà sciés. Et quand ça commencera à devenir trop dur, tu termineras en faisant éclater le reste de la pièce à l'aide d'un coin d'acier et d'un marteau. C'est net et sans bavure.

Tout en poursuivant son travail, Richard songea que ce Nat Lucas était le plus brave des hommes.

Lucas, qui se servait d'une égoïne pour transformer les feuilles de 1 pouce d'épaisseur en planches de 3 pouces de large et enlever le superflu, s'était installé avec ses tréteaux à l'ombre d'un sapin, à l'orée du terrain défriché, où il supervisait le travail d'un grand nombre d'hommes comprenant Johnny Livingstone et une douzaine d'autres forçats du *Golden Grove*. Les ordres du lieutenant King stipulaient que toute personne disponible devait donner un coup de main jusqu'à ce que les cales du *Golden Grove* soient pleines, ce qui allait faire de la fosse le centre de l'activité au cours des quatorze jours suivants.

Quatorze jours pendant lesquels Richard ne vit rien d'autre que des scies, des limes et le visage maculé de sciure de l'homme qui occupait la fosse. Il avait d'abord espéré prendre son tour à la scie mais le rythme de travail était tel qu'il passait son temps à affûter les égoïnes aussi bien que les scies de long. Il se demandait d'ailleurs comment cette poignée de scies allait pouvoir durer jusqu'à ce que d'autres arrivent d'Angleterre. Chaque fois qu'une dent était limée, elle perdait un peu de sa substance.

Le premier jour, il avait travaillé jusqu'au crépuscule, jusqu'à ce que Joey vienne le chercher pour lui annoncer que le repas était servi. Ils avaient tous dîné autour d'un grand feu de sapin, car, dès que le soleil disparaissait de l'horizon, un froid plus perçant que celui de Port Jackson s'abattait sur eux.

Ils partagèrent de la viande salée et du pain cuit depuis peu – il ne datait que de six jours, Norfolk Island ne recevant pas de pain dur, uniquement du pain à base de farine – et, merveille des merveilles, des haricots frais et de la laitue. Richard dévora son repas, non sans remarquer que les miches de pain étaient plus grosses et les portions de viande salée moins racornies que celles de Port Jackson.

— Le commandant est un homme juste, expliqua Eddy Garth, c'est pour ça qu'on reçoit des rations complètes. A Port Jackson, les soldats réduisent les parts des forçats pour avoir plus à manger. Même chose sur le *Scarborough*.

— Et sur l'*Alexander*, confirma Richard en poussant un soupir de bonheur. J'avais pourtant entendu dire que les vers s'étaient régalés de la dernière feuille et de la dernière pousse.

Garth passa son bras autour des épaules de sa femme, qui s'appuya contre lui en manifestant toutes les marques du contentement.

— C'est vrai que les vers en mangent beaucoup mais il en reste quand même. Le commandant envoie toute la journée les femmes dans les plantations de légumes pour enlever les vers et empoisonner les rats avec des bouteilles de porto réduites en poudre dans de la farine d'avoine – très bien aussi pour les perroquets, expliqua-t-il en riant. Un grand buveur de porto, ce Mr King. Il en descend plusieurs bouteilles par jour, alors on ne manque pas de verre pilé. Et les vers, ils vont et ils viennent. Ils sont là pendant un mois ou un mois et demi, puis ils disparaissent. On en trouve de deux sortes, certains préfèrent un climat humide, d'autres un climat sec. Aussi, quel que soit le temps, nous avons des vers. Ces créatures sont nuisibles. Vous n'auriez pas des livres, par hasard ? ajouta-t-il négligemment en se raclant la gorge.

— Mais si, et vous pouvez les emprunter sans difficulté tant que vous en prenez soin et que vous les rapportez, répondit Richard. Je me demande si mon estomac va supporter les haricots, après tout ce temps. Où sont les latrines ?

— Assez loin, alors n'attendez pas trop. Mr King est très tatillon et il a insisté pour que nous les creusions là où elles ne risquent pas de contaminer l'eau du sol. L'eau que nous buvons vient de la vallée et elle est tout à fait potable. Personne n'a le droit de se laver en amont du point d'eau et, si vous êtes surpris à uriner dans le ruisseau, vous risquez douze coups de fouet.

— Pourquoi voudrait-on uriner là ? Il y a plein d'arbres.

Joey Long, qui avait mangé plus tôt parce qu'il avait voulu présenter MacGregor à Delphinia, emmena Richard, d'abord aux latrines, puis dans sa maison, tout cela à la lumière d'un petit morceau de sapin terminé par un nœud – idéal pour une torche.

Richard observa l'intérieur de la maison avec ébahissement.

— C'est chez toi. Chez toi et chez moi, déclara Joey d'un air ravi. Tu vois ? Il y a une fenêtre à chaque extrémité, fermée par des volets. Tu vois ? Le bois est maintenu par des chevilles. Mais on ne se sert de ces volets qu'en cas de fort coup de vent – Nat prétend que la pluie vient rarement de l'ouest ou de l'est. Elle vient surtout du nord.

Le sol était recouvert d'un tapis étrange. Des feuilles ? Des brindilles ? On aurait surtout dit des nattes à lamelles, solides bien que cédant sous les pas. Elles reposaient sur une mince couche de sable qui recouvrait la roche. Deux lits à deux places, en bois et pourvus d'un gros matelas et d'énormes oreillers, étaient adossés aux murs aveugles face au lagon.

— Un lit à deux places pour moi tout seul, Joey ?

Richard souleva le lourd matelas pour découvrir que le lit reposait sur un treillage de corde, avant de s'apercevoir que le matelas et les oreillers étaient garnis de plumes.

— Avec des plumes ! s'exclama-t-il en riant. Je dois être mort et arrivé au paradis.

— C'est la maison du scieur, expliqua Joey, ravi de jouer les puits de science. Le scieur était un matelot du *Sirius* et il partageait sa maison avec un autre marin du même bateau. Ils se sont tous les deux noyés dans le même accident sur les récifs il y a presque trois mois, d'après ce que Nat m'a dit. En tant qu'hommes libres, ils avaient eu le temps de se rendre sur la petite île et de tuer une espèce d'oiseau qui leur servait à garnir leur literie – il faut un millier d'oiseaux pour garnir un seul matelas et deux oreillers, d'après ce que dit Nat. Nous avons hérité de la maison et des lits, ajouta-t-il, soudain abattu. Même si Nat a dit que nous devrions les laisser à Mr Donovan et Mr Livingstone dès que leur maison sera terminée – ce qui arrivera après le départ du *Golden Grove*. Pour le moment, ils habitent avec Mr King dans la résidence du gouverneur. La nôtre ne fait que 10 pieds sur 8 mais celle de Mr Donovan mesurera 10 pieds sur 15. Nat en a été le maître charpentier mais c'est un forçat, alors c'est Mr Livingstone qui sera maître charpentier.

De mystérieuses étoiles luisaient dans un ciel sans nuage. Abandonnant ses vêtements sur le sable, Richard pénétra dans une eau étonnamment froide dans laquelle il nagea, enchanté. Chaque ondulation à la surface de l'eau créait des chatoiements et des frémissements de lumière si éblouissants qu'il avait l'impression de baigner dans de l'argent liquide. Oh, quelle mer ! Quelles merveilles pouvait-elle donc renfermer ? Pour une raison qui lui échappait, elle semblait s'enflammer de l'intérieur. Il ne pouvait que jouir du moment, observant l'eau qui glissait le long de ses bras en filets lumineux, secouant sa chevelure pour en faire tomber de petites gouttes scintillantes. C'était beau ! Si beau ! Il se sentait plein de force, comme si cette onde vivante lui avait transmis son énergie par une sorte de magie naturelle.

En se retournant pour sortir de l'eau, il remarqua que, de la route, l'île paraissait trompeusement basse. En réalité, ses collines s'élevaient en à-pic au-dessus de la plage. Richard prit le temps d'admirer le ciel criblé de milliers d'étoiles sur lequel se dessinaient les silhouettes acérées des pins.

Une fois séché et débarrassé du sable qui lui collait à la peau, il revint à la maison et à son grand lit de plumes. Tel un sybarite, il s'y allongea et s'y sentit si bien qu'il lui fallut des heures pour trouver le sommeil. La nuit était délicieusement paisible, à peine troublée par quelques sons : un bruissement, le cri d'une mouette, le doux murmure du ressac sur les récifs. Joey ne ronflait pas, et MacGregor non plus.

A la même date, quatre ans auparavant, il pénétrait dans l'enceinte de la prison de Bristol et n'avait plus, depuis lors, passé une seule nuit qui ne fût accompagnée d'une symphonie de ronflements, même lorsqu'il avait passé la nuit seul avec Lizzie Lock. Les ronflements des hommes occupant la pièce contiguë traversaient les parois, minces comme du papier. Il n'avait jamais eu la chance, avant ce soir, de savourer une telle paix. Et ce simple plaisir l'empêchait de dormir.

L'un des membres du groupe de King, Ned Westlake, avait scié du bois avec le fameux Westbrook qui s'était noyé. On disposait désormais de deux équipes susceptibles de se relayer : Blackall et Marriner, Westlake et Humphreys. Jusqu'ici, le record était de 898 pieds de bois en cinq jours mais avec une seule équipe. Si aucun homme libre ne valait Westbrook, Richard n'en était pas moins devenu le chef des scieurs (surtout en raison de sa résidence dans la maison de Westbrook en attendant que ce dernier soit remplacé par un nouveau chef ; un homme libre, affirmait King). Sa première décision, toutefois, ne se révéla pas très populaire mais, au moins, elle fut obéie.

Il refusa d'accéder au désir des équipes qui souhaitaient travailler un jour sur deux.

— Si vous faites ça, vos muscles vont se bloquer et la douleur sera pire encore, leur affirma-t-il. Bill Blackall et Willy Marriner feront les matinées et Ned Westlake et Harry Humphreys les après-midi. Cinq heures par jour dans une fosse suffisent largement. Chacun de vous quatre viendra à son tour m'aider à affûter. Nous aurons ainsi tous l'occasion de scier et d'affûter. Ceux qui ne scient pas et n'affûtent pas prennent leur hache et donnent un coup de main à Joey pour écorcer les pièces de bois. Mieux nous travaillerons et plus vite nous améliorerons notre technique, plus nous jouirons de privilèges. Ici, posséder un art ou un métier est préférable. Si j'ai bien compris les intentions du lieutenant King, vous aurez le droit de consacrer vos jours de congés à scier du bois pour vos maisons à vous. Pensez à la satisfaction que vous en tirerez ! Avoir un toit et des murs à vous !

A la fin du troisième jour, le rythme s'accéléra. Lorsque la première semaine s'acheva, ils parvenaient à scier 500 pieds en une seule journée, puis 750 après la deuxième semaine. Joey Long était préposé à l'écorçage des troncs.

Après le départ du *Golden Grove*, le 28, le lieutenant King rendit visite à l'équipe.

— Beau travail, vous tous ! Maintenant, poursuivons notre effort pour construire de nouvelles maisons. On m'a fait savoir que nous allons enregistrer prochainement beaucoup de nouveaux arrivants. Soixante bientôt, et deux cents à la fin de l'année prochaine. Et plus encore l'année d'après. Son Excellence souhaite que Norfolk Island et Port Jackson soient deux colonies d'égale importance.

King arpenta la fosse à grandes enjambées avant de revenir au groupe de six hommes.

— Vous méritez un peu de repos. Sur Norfolk, nous travaillerons désormais du lundi au vendredi pour le gouvernement. Le samedi sera consacré à vos travaux personnels et le dimanche est voué au repos, après le service religieux, qui est obligatoire pour tous, compris ? Au cours du chargement du *Golden Grove,* vous avez travaillé deux dimanches et deux samedis. Puisque nous sommes mardi, personne ne travaillera jusqu'à lundi prochain. Je vous conseille de consacrer une partie de ce temps à scier pour votre future maison. Continuez à aligner les constructions en direction de l'est.

» Les occupants se serviront des terrains attenants à l'arrière de chaque maison comme jardin privatif, destiné à la culture des légumes. Le cresson pousse magnifiquement dans les parcelles les plus marécageuses où les vers ne peuvent les attaquer. Alors, cultivez-le sans vous préoccuper de vos goûts personnels ni de ce que vous fournissent les entrepôts.

Son regard s'illumina en se posant sur Richard, ce chef scieur qui n'était pas un homme libre.

— Morgan, j'ai besoin d'un rapport. Viens faire quelques pas avec moi, s'il te plaît.

« Il a vraiment de bonnes manières », songea Richard en descendant avec le commandant jusqu'au sentier qui courait de la fosse à la résidence du gouverneur et aux entrepôts. L'un des hangars renfermait la barque et une embarcation plus petite, construites avec les restes du canot qui avait sombré sur les récifs, entraînant la noyade de quatre hommes.

Willy Dring, Joe Robinson, Neddy Smith et Tom Watson, quatre garçons fous de mer, jeunes, solides et célibataires, allaient équiper cette barque afin de pêcher le plus souvent possible.

— J'ai découvert que ma maison ne se situait pas sur le sol meuble que l'on trouve généralement ici. J'ai donc été en mesure de creuser un cellier bien sec. J'ai fait de même sous la maison du docteur Jamison, transformée en entrepôt. C'est la nature du rivage qui oblige les maisons à se disperser vers l'est, sur cette petite éminence rocheuse que tu vois entre la plage et le marécage. Un jour, nous pourrions songer à fixer des piliers dans la roche, commenta le lieutenant King au moment où ils passaient devant la résidence du gouverneur. Aimes-tu le poisson ? demanda-t-il en changeant brusquement de sujet.

— Oui, monsieur.

— J'aurais pourtant cru que ces pauvres diables seraient ravis de manger du poisson au lieu de viande salée mais tout le monde semble faire la grimace lorsque je distribue du poisson frais ou de la tortue. Voilà qui me surprend, ajouta-t-il avant de hausser les épaules. S'ils rouspètent trop, je les ferai fouetter. J'ai l'impression que je n'aurai pas à le faire dans ton cas, Morgan.

Richard sourit.

— Je préfère de loin pêcher plutôt que vomir, monsieur. Je n'ai encore jamais reçu le fouet depuis que j'ai été condamné.

— J'ai remarqué que cela se vérifiait pour la plupart d'entre vous. Tu t'en es très bien sorti dans la division de travail. Il est vrai qu'une seule équipe de scieurs n'aurait pas suffi. Quelles sortes de troncs te paraissent les meilleurs, compte tenu des outils dont tu disposes ?

— Six pieds de diamètre, au maximum, jusqu'à ce qu'on nous fournisse de plus grandes scies. Ce serait bien de disposer d'une scie de travers assez longue pour y employer deux hommes à la fois. C'est pourquoi j'essaie de transformer notre seule scie à refendre en un outil qui pourrait scier le bois en travers mieux que les scies de long, précisa Richard, qui se sentait parfaitement à l'aise en compagnie de cet homme.

« C'est le jour et la nuit comparé à Ross, pensait-il tout en parlant, et pourtant j'ai réussi à m'entendre avec le major. King, lui, se montre très paternaliste et nous considère comme sa famille, ce qui n'est pas du tout dans la nature du major. Depuis mon arrivée à Norfolk Island, je me suis rendu compte à quel point les soldats réduisaient nos rations pour augmenter les leurs. Je ne peux d'ailleurs pas les en blâmer. Eux aussi ont faim. Ni le gouverneur Phillip ni Ross n'ont observé ce que Furzer fabriquait dans les entrepôts, ce qui prouve que, plus l'administration est tentaculaire, moins elle sait ce qui se passe en bas de la hiérarchie.

« Le lieutenant King est scrupuleux, il se charge des poids et mesures et vérifie les pesées. Nous avons mangé de la tortue fraîche et on nous a servi des repas composés des poissons les plus délicieux. Nous nous sommes tous sentis infiniment mieux après le premier repas de chair fraîche. Sans parler du fait qu'il y a toujours des légumes. Pas de scorbut à Norfolk Island, malgré les rats et les vers. Mais je peux comprendre l'aversion de certains hommes envers les produits de la mer : ils n'ont pas l'habitude du poisson et considèrent la viande comme le seul aliment acceptable. Sans oublier ce besoin de sel que nous partageons tous. Selon le cousin James l'Apothicaire, plus l'on transpire, plus on a besoin de sel.

« C'est vrai, je suis satisfait de me trouver ici. C'est bien plus agréable que Port Jackson. Pas d'indigènes à redouter si on s'aventure dans la nature. Même si certains affirment autour du feu de camp que les arbres et les plantes poussent si vite ici que le lieutenant King lui-même se serait complètement perdu. »

Ils franchirent un pont branlant au-dessus du marécage, monté sur des piliers soutenus par des troncs de pins noyés dans le marais, apparemment peu profond à cet endroit.

— Qu'as-tu à me dire, Morgan ? questionna King.

— Uniquement qu'il faudrait recouvrir la fosse pour protéger les hommes du soleil et de la pluie et que, si vous voulez construire avec des poutres de plus de 12 pieds sans faire de joints, il va falloir creuser une seconde fosse beaucoup plus longue.

— Il y avait un toit au-dessus de la fosse mais un coup de vent d'une formidable violence l'a emporté pendant l'hiver. Je me suis servi des restes pour étayer ma cave mais je suis conscient qu'il va falloir construire rapidement un nouveau toit.

Ils venaient de traverser le marécage pour gagner la rive d'un petit cours d'eau qui semblait se déverser dans le marais. King tourna à gauche et entreprit de remonter un chemin qui serpentait à travers une vallée sinueuse, plus large que toutes les crevasses qui perçaient les collines escarpées. King baptisait cet endroit Sydney Town.

— Et les scies ? demanda King.

— Il était temps que j'arrive, répondit simplement Richard.

— Ah. Une chance que Ross t'ait fait venir, plutôt qu'un vrai scieur. Les gens d'ici ne connaissaient guère que les rudiments de l'affûtage. Il est réconfortant de savoir que tu es en mesure de convertir une scie de 8 pieds en scie de travers. Cela nous permettra d'augmenter nos fournitures de pièces de bois.

Il s'arrêta là où la vallée formait une petite courbe autour de l'à-pic qui descendait du nord.

— J'ai donné à la grande île le nom de Son Excellence : Phillip Island. La culture a été délocalisée de Sydney Town vers cet endroit parce qu'il offre une meilleure protection contre les vents du sud et de l'ouest. La colline que tu vois là-bas, au sud, entre Arthur's Vale et la mer, c'est Mount George que nous défrichons lentement pour y planter des semis, comme sur les collines du nord. Nous avons planté un peu de blé et de maïs et, plus loin, de l'orge. La nouvelle fosse devra se situer dans ces parages. La fosse actuelle est trop éloignée mais elle peut continuer à traiter les troncs de 12 pieds qui viennent des collines avoisinantes et même de Sydney Town.

Après avoir contourné la falaise, ils regardèrent en direction de l'ouest. Le terrain descendait abruptement tandis que le ruisseau tombait en une mince cascade au bas de la pente.

King la montra du doigt.

— J'ai l'intention de faire construire un barrage sur cette pente, Morgan. Il y a un creux suffisant au-dessus pour qu'on puisse créer une mare dont l'eau passera à travers une vanne pour irriguer les jardins de l'administration qui s'étendront à proximité. Un jour, j'espère pouvoir installer une roue à eau sur mon barrage. Pour le moment, nous en sommes réduits au moulin à bras pour moudre notre grain mais nous possédons une vraie meule qui n'attend que le jour où nous aurons l'énergie capable de la faire tourner. Nous pourrions utiliser des hommes pour cela mais nous n'en avons pas assez. Un jour, un jour ! s'écria-t-il en riant et en agitant les bras. Voilà l'éternelle rengaine. Quant à l'entrepôt de grain, ainsi que tu as pu le voir, il est presque achevé mais je projette de construire ici, sur la rive sud de la rivière, une grange plus grande et un enclos pour les animaux. Les vents salés, Morgan, les vents salés ! Ils arrêtent la croissance de toutes choses vivantes, à part les pins, le lin et les arbres indigènes qui poussent à l'abri. C'est moi qui ai découvert que le lin – ces imbéciles de Port Jackson ne l'avaient pas décrit correctement – était tout ce que l'on pouvait espérer. Il donne de l'excellent chaume mais nous n'avons pas encore réussi à en faire de la toile.

Il éclata encore de rire avant de reprendre le fil de son discours.

— Oui, les vents salés. Voilà le problème ! Il nous faut trouver pour les légumes un meilleur endroit que cette colline juste en face de Phillip Island. J'ai essayé de faire poser des clôtures pour abriter les plants mais elles ne servent à rien. C'est pourquoi je vais faire déplacer la culture des légumes dans la vallée.

Une affaire urgente requérant sa présence lui revint soudain à l'esprit et il abandonna Richard à mi-chemin d'Arthur's Vale.

Le temps était lourd, la pluie menaçait. Malgré son envie de pousser plus loin et de partir en reconnaissance, Richard songea qu'il était plus prudent de retourner à Sydney Town. Juste à temps, d'ailleurs. A peine avait-il regagné sa maison qu'il se mit à tomber des cordes. Joey arriva du jardin en courant, MacGregor sur les talons. Richard se demanda comment ils allaient passer le temps durant ces longs jours de pluie, avant que la fosse soit protégée. C'était très bien de lire mais le régime alimentaire dont il profitait désormais lui donnait envie de se dépenser physiquement. La pluie était chaude et il préféra abandonner la cabane à Joey, ravi de s'allonger sur son lit à câliner le chien tout en fredonnant d'une voix discordante.

Souliers aux pieds, Richard se promena sur la grève. On l'avait prévenu que les moellons de roche coupaient comme des rasoirs et en avaient estropié plus d'un. Le demi-cercle de Turtle Bay était aussi fascinant sous la pluie que sous le soleil, grâce à la pureté de son sable, au cristal de son eau, et à ses pins serrés qui avançaient tant que le sol voulait bien leur offrir un peu de nourriture.

Il retira ses vêtements trempés avant de pénétrer dans l'eau qu'il trouva plus chaude encore sous la pluie que sous le soleil. Plus tard, il remit son pantalon et ses chaussures, jeta sa chemise sur ses épaules et chercha du regard un endroit où il pourrait se mettre à couvert pour observer la mer.

Stephen Donovan avait eu la même idée ; Richard le rencontra à Point Hunter, à l'abri d'un rocher : un endroit où peu de pins réussissaient à pousser. Donovan gardait les yeux fixés sur les récifs jusqu'à l'avancée lointaine de Point Ross en direction de l'ouest.

— As-tu jamais vu quelque chose d'aussi beau ? demanda Stephen.

Richard posa sa chemise sur le rocher pour s'en faire une sorte de coussin et s'assit, les bras autour de ses genoux. La pluie cessa pendant un instant tandis que le vent tournait au nord. Des brisants s'écrasèrent sur les récifs ; leurs vagues s'enroulaient comme de la guimauve satinée autour d'un bâton avant d'exploser en un mur de mousse blanche. Le vent, qui soufflait avec force dans la direction opposée, capturait cette vapeur au vol avant de la renvoyer au-dessus des vagues en une traînée de plumes et de gaze.

— Non, je ne crois pas, répondit-il.
— J'essaye d'apercevoir la naissance d'Aphrodite.

Au sud et à l'ouest, le ciel s'éclaircit juste assez pour permettre au soleil couchant d'éclairer ces rafales d'écume de reflets d'or, puis la pluie se remit à tomber, mais plus doucement.

— Cet endroit me plonge dans le plus pur des ravissements, soupira Stephen.
— Alors que moi, je passe mon temps au fond d'une fosse avec une scie sur les genoux, répliqua Richard d'un ton légèrement amer.
— Tu veux dire en tant que chef de travaux ?
— Exactement.
— Ce n'est pas une tâche extraordinaire. Tu te souviens de Len Dyer ?
— Comment pourrais-je oublier cette langue de vipère ?
— Il y a trois jours, il a vraiment exagéré en m'annonçant qu'il n'accepterait plus de recevoir des ordres d'une tante comme moi et que, le jour où il prendrait le pouvoir sur cette île, c'est moi qu'il tuerait en premier. Ensuite, ce serait le tour de ma jolie poupée blonde, Miss Molly Livingstone.

Richard se tourna vers Stephen pour l'observer mais son compagnon gardait le regard fixé au loin.

— Dyer est un Londonien... Qu'est-il arrivé ensuite, Mr Donovan ?
— Oh, appelle-moi Stephen ! Le seul qui m'appelle par mon prénom est Johnny, dit-il en baissant la tête. Pour en revenir à Dyer, je l'ai condamné à quarante-huit coups de fouet et c'est le soldat Heritage qui les lui a infligés. Heureusement pour moi, Dyer n'était pas très populaire non plus auprès de Heritage et celui-ci l'a durement frappé en choisissant les lanières les plus vicieuses. Francis, Peck, Pickett et quelques autres ont bien tenté

de protester mais ils se sont tus après avoir vu le dos de Dyer, ajouta Donovan en se tournant enfin vers Richard, une expression dure sur le visage. Ils devraient pourtant savoir que ce n'est pas parce qu'on a des préférences pour ceux de son propre sexe qu'on est doux et craintif. J'ai survécu à quinze années de mer et gagné le droit au respect. Je ne laisserai pas des types comme Dyer se moquer de moi. J'espère qu'il a bien compris, maintenant.

— A votre place, je resterais vigilant, observa Richard. Le problème, c'est que je ne sais pas ce qui se passe chez ceux qui ne sont pas directement concernés par la fosse. Mais mon expérience sur le *Golden Grove* m'a appris à sentir le vent quand quelque chose d'inquiétant était en train de se tramer. Pour l'instant, je n'ai encore aucune idée de ce qui se prépare. Personne n'a rien dit ou fait quoi que ce soit d'alarmant dans mon entourage depuis que je leur ai botté les fesses. Dyer tente peut-être simplement de vous mettre à l'épreuve en vous parlant avec insolence. Si c'est le cas, il vous a dans sa ligne de mire ! conclut Richard en souriant. Surveillez vos arrières.

Tendant la main pour aider Richard à se lever, Stephen sauta sur ses pieds.

— C'est l'heure du dîner, annonça-t-il. Si tu entends parler de quelque chose, dis-le-moi.

Le lendemain matin, les charpentiers s'activaient à construire le toit de la fosse et Richard, après avoir avalé le pain de la veille accompagné de quelques feuilles de cresson, se rendit à Arthur's Vale en suivant la rive nord de la rivière. A proximité du lieu où le lieutenant King avait l'intention de faire construire une grange, un groupe de forçats commençait à creuser une nouvelle fosse, assez longue pour recevoir des troncs de 30 pieds. Tous les mécontents étaient au travail, à l'exception de Dyer, momentanément indisposé. Stephen supervisait les travaux, flanqué de deux soldats du *Golden Grove,* au grand soulagement de Richard.

L'essartage du terrain avait progressé et atteignait désormais le bas des collines, presque aussi escarpées que celles qui se dressaient derrière Sydney Town. Grâce aux images qui illustraient certains de ses livres, il reconnut les plantains et s'émerveilla de leur hauteur et de leur maturité. Une croissance si rapide en moins de huit mois ? Non, ce n'était pas possible. King n'avait pénétré dans cette vallée que récemment, ce qui voulait dire que le plantain poussait naturellement sur Norfolk Island. Un don de Dieu ! Il suffisait de voir les longs régimes de bananes vertes déjà formés. Il y aurait des fruits à manger dans les mois à venir et ils promettaient d'être très nourrissants.

Le défrichage s'arrêtait brusquement là où la vallée se rétrécissait de nouveau mais une piste se poursuivait à travers la forêt le long de la rivière. A certains endroits, l'eau était d'une profondeur de cinq pieds, si claire que Richard parvenait à y voir nager de minuscules crevettes. Pendant le dîner pris autour d'un feu de camp, on lui affirma qu'il y avait de grosses anguilles mais il n'en vit pas une seule.

Des perroquets aux plumes vertes et brillantes tournoyaient en miroitant au-dessus de sa tête tandis qu'un tout petit pigeon paon battait des ailes en gazouillant à quelques pouces de son visage, comme pour tenter de lui dire quelque chose. Il resta en sa compagnie sur plus de cent yards, essayant toujours de communiquer. Richard crut apercevoir une caille avant de découvrir la plus jolie colombe du monde, au plumage brun rosé mêlé d'un éclatant vert émeraude. Elle semblait si apprivoisée ! Pourtant, elle ne lui jeta qu'un coup d'œil avant de s'éloigner en se dandinant, hochant la tête d'un air suprêmement indifférent.

Richard observa également d'autres oiseaux, dont l'un aurait ressemblé à un corbeau si sa tête n'avait été grise. L'air était saturé de chants, bien différents de ceux qu'il avait pu entendre à Port Jackson. Tous étaient très mélodieux, sauf celui des perroquets, qui ne faisaient que pousser des cris perçants.

Depuis son arrivée, il n'avait encore jamais eu le loisir de prendre la mesure d'un pin de Norfolk. La forêt s'étendait de chaque côté de la piste, lieu sauvage et impénétrable qu'il n'avait guère envie d'explorer, même s'il ne ressemblait en rien à l'idée que ses lectures lui avaient donnée de la jungle. On ne voyait aucune plante, car elles auraient été étouffées par les pins qui se pressaient en rangs serrés et ne produisaient que peu de jeunes pousses. De 15 pieds de diamètre ou davantage, la plupart étaient de la taille des troncs qu'il sciait. Très peu de ces fûts étaient effilés. Enveloppés d'une écorce légèrement rugueuse, d'un brun pourpre, ils poussaient à des hauteurs incroyables avant de donner des branches. Quelques arbres erratiques à feuilles vertes parsemaient leur voisinage mais l'espace était presque entièrement occupé par une vigne grimpante. Son tronc principal, gros comme le pouce, se tordait, s'entortillait et se repliait sur lui-même avant de s'élancer en courbes noueuses et de s'enchevêtrer aux sections plus minces de ce chaos mené par le hasard. Lorsque cette vigne rencontrait un arbre assez petit pour l'étrangler, elle ne s'en privait pas, sinon elle le tordait sur le côté, le forçant à continuer sa course tant bien que mal vers le haut.

La vallée s'élargissait pour révéler de nouveaux plantains croulant sous les régimes de fruits verts ainsi qu'un autre arbre étrange qui, à l'instar des plantains, se cantonnait aux alentours des cours d'eau. Cette nouvelle plante possédait un tronc rond proche de celui du palmier – ce dernier s'observait, d'ailleurs, dans une variété à feuilles raides – mais recouvert de protubérances aiguës. En haut de sa cime s'évasait une sorte de dôme de verdure apparemment composé de feuilles de fougère. Une fougère géante ! Une fougère qui s'élevait, comme un arbre, à près de 40 pieds de hauteur !

De nouveaux oiseaux faisaient leur apparition, dont un petit martin-pêcheur aux plumes brunes mêlées d'un lumineux bleu-vert, de la même couleur que les eaux du lagon. Quant à l'oiseau le plus mystérieux, Richard ne le distingua qu'au moment où il bougea, car son plumage était du même ton que la souche moussue sur laquelle il se perchait. Son mouvement soudain le fit involontairement sursauter. Cette chose se révéla être un énorme perroquet.

— Hello, cria Richard, comment ça va aujourd'hui ?

L'animal tourna la tête avant de s'avancer vers lui mais Richard eut la sagesse de ne pas lui tendre la main. Ce bec énorme et agressif était bien capable de lui arracher un doigt. L'oiseau parut juger que l'arrivant ne méritait que son mépris et il disparut dans la fougeraie le long des rives du ruisseau.

Sur le chemin du retour, Richard remarqua un arbrisseau qui semblait en mesure de faire concurrence aux géants de la forêt, avec son tronc lisse et rosé, ses branches feuillues chargées de baies d'un rouge brillant, de la taille de petites prunes. « J'essaye, ou pas ? » se demanda Richard, perplexe. Quelques semaines auparavant, Westbrook, le scieur qui s'était noyé, avait goûté un fruit qu'il avait pris pour une fève de Windsor et il avait failli en mourir. Richard pressa une baie entre ses doigts : elle était dure et résistante. Ce n'était pas encore mûr. « Plus tard, se promit-il, j'en goûterai juste une. Je ne crois pas qu'en manger une seule puisse me tuer. »

Le soleil poursuivait sa course vers l'ouest tandis que Richard revenait sur ses pas pour déboucher dans Arthur's Vale. Il était temps de rejoindre les autres pour le dîner. « Cet endroit est unique, pensa-t-il, sans comparaison avec la Nouvelle-Galles du Sud ni rien d'autre. » Les arbres, le sol, les collines, les rochers, le moindre brin d'herbe, tout ici était différent. Peut-être s'agissait-il de la première tentative de Dieu pour créer une terre émergeant des eaux de l'océan ? Ou bien était-ce, au contraire, le produit de sa dernière tentative ? Si tel était le cas, Dieu n'avait manifestement pas prévu d'habitants. Jem Thistlethwaite aurait sans doute affirmé que, pour Dieu, l'homme ne représente sûrement pas une amélioration de sa ménagerie.

— Y a-t-il des serpents ? demanda Richard à Nat Lucas.

Il appréciait beaucoup Nat, ainsi, d'ailleurs, que le vieux Dick Widdicombe, soixante-dix ans bien tassés. Pourquoi diable Londres avait-il envoyé des détenus aussi âgés sur cette terre inconnue ?

— S'il y en a, ils se cachent bien, répondit Nat. Personne n'a vu le moindre lézard, ni même de grenouille ou de sangsue. Les animaux terrestres semblent absents, à l'exception du rat, quoiqu'il ne ressemble pas du tout à celui de nos régions. Celui de Norfolk est gris clair avec un ventre blanc et il ne pèse pas bien lourd.

— Oui, mais il dévore tout, remarqua Ned Westlake. Un rat reste toujours un rat.

Le lendemain, à l'aube, Richard partit en direction de l'est, décidant de longer le sable de Turtle Bay avant d'entreprendre une marche difficile vers une autre plage superbe qui ne bénéficiait pas de la protection du récif. Là, le sable s'était étendu vers l'intérieur des terres sur une masse de troncs pétrifiés tandis qu'à quelque distance de la plage se dressait une impressionnante falaise.

Encore des forêts de pins. Il y en avait partout, et toujours aussi impénétrables. La seule façon de poursuivre sa route consistait à serrer au plus près des rochers, choix dangereux face à cette mer houleuse. Le temps était pourtant magnifique ce jour-là et une forte brise soufflait du nord-ouest. La marée était en train de baisser et Richard devait s'assurer qu'il pourrait rebrousser chemin avant qu'elle remonte à mi-hauteur. Deux petits ruisseaux unissaient leurs forces en un point plat où l'eau scintillait d'une impalpable couleur aigue-marine. Il tenta un moment de gravir la crevasse qui menait à ce promontoire mais dut rapidement renoncer. Ce n'était pas raisonnable.

Il revint à Turtle Bay pour y découvrir deux inconnus en train de retourner sur le dos une gigantesque tortue. Elle resta ainsi, agitant ses pattes, totalement désemparée.

Les deux hommes se ressemblaient comme des frères et n'avaient pas l'air d'avoir séjourné dans une prison anglaise. Tous deux grands et minces, jeunes, correctement vêtus, la peau mate, les cheveux et les yeux bruns.

— Ah ah ! Tu dois être Morgan, affirma l'un d'eux. Je suis Robert Webb et voici mon frère Thomas. On nous appelle par notre nom et notre prénom. Viens nous aider à attacher cette beauté. Il y aura de la tortue pour dîner, demain.

Richard les aida à enrouler une corde autour de la poitrine de l'animal, là où ses pattes empêcheraient l'attache de glisser.

— Nous sommes les jardiniers, expliqua Robert qui, s'il n'était l'aîné, parlait pour deux. Je te remercie de nous avoir amené des femmes. Thomas s'en moque, mais moi, je commençais à désespérer.

— Laquelle as-tu choisie ? demanda Richard, qui ne voyait pas bien en quoi il méritait des remerciements.

— Beth Henderson, une femme de bien. C'est pourquoi nos chemins se séparent, Thomas et moi, s'écria gaiement Robert, alors que son frère faisait la grimace. Tom est parti vivre avec Mr Altree à Arthur's Vale, où il y a beaucoup de plantations à faire.

La tortue fut traînée dans la mer et les hommes, de l'eau jusqu'aux genoux, la halèrent jusqu'à la pointe de Turtle Bay.

Richard aida les Webb à la hisser sur la plage où ils avaient débarqué peu de temps auparavant. Puis il les quitta pour retourner dans sa cabane.

— Le commandant King te cherchait, l'informa Joey.

Richard trouva le commandant sur le site de la seconde fosse, occupé à surveiller les travaux d'excavation et un étayage particulièrement urgent.

— Il y a de la tortue, annonça-t-il en saluant à la ronde.

— Oh, magnifique ! Sacrée bonne nouvelle ! s'écria King avant de faire quelques pas pour s'adresser à son chef scieur. Cependant, je ne permets pas qu'on retourne trop de tortues, sinon il n'y en aura bientôt plus. Ni qu'on déterre leurs œufs. Cette île n'est pas aussi riche en tortues que Lord Howe, alors pourquoi tout gâcher ?

— Bien, monsieur.

C'est alors que King montra l'une des facettes les plus exaspérantes de sa vraie nature : il oublia ce qu'il avait affirmé moins de deux jours auparavant lorsqu'il avait félicité son équipe de scieurs en leur accordant un congé jusqu'au lundi.

— Vous retournerez tous au travail demain, annonça-t-il. Et j'ai l'intention de faire construire une troisième fosse plus loin dans la vallée derrière le site du futur barrage. Ce qui nécessitera davantage de scieurs. J'en sais assez sur ce travail pour comprendre qu'il est excessivement dur et ne peut être pratiqué par des hommes faibles. C'est pourquoi je te laisse choisir ceux avec lesquels tu voudras travailler, Morgan. Fais comme bon te semble, à condition de ne pas prendre de charpentiers. Le toit de la vieille fosse est monté, nous pourrons donc commencer demain à y scier des planches pour le plafond de l'entrepôt. Et vous continuerez ce travail samedi, même si, de droit, cette journée vous revient. Il faut qu'on en termine avec l'entrepôt car la récolte va bientôt commencer. Réfléchis à ceux que tu veux, Morgan, tu me donneras les noms lundi.

— Oui, monsieur, répondit Richard d'un ton neutre.

Deux fosses, cela voulait dire quatre équipes, et trois fosses six équipes. Seigneur, il n'aurait jamais le temps de scier ! Ned Westlake, Bill Blackall et Harry Humphreys ne semblaient pas capables d'apprendre à affûter correctement. Le seul qui avait manifesté quelque aptitude était Will Marriner, qu'on pourrait donc laisser se charger de cette tâche à la vieille fosse tandis que lui-même se rendrait au plus vite à Arthur's Vale. Il fallait réviser les scies tous les dix ou douze pieds de coupe. Mais qui voudrait bien faire ce travail ? Les hommes en avaient horreur et n'acceptaient de s'y résigner qu'avec mauvaise grâce. Quant à des tire-au-flanc comme Len Dyer, Tom Jones, Josh Peck et Sam Pickett, il ne fallait même pas y songer. John Rice, l'un des premiers occupants de l'île, avait bien la carrure mais il exerçait le métier de cordier et ne pouvait être employé à une autre tâche. John Mortimer et Dick Widdicombe étaient trop vieux. Noah Mortimer était un fainéant, toujours en train de se faire réprimander. Si un homme n'aime pas le travail physique, songea Richard, il faut l'y contraindre. Ce qui valait pour Noah. Un autre ancien occupant de l'île, Charlie McLellan, avait le même défaut.

Qui, parmi ceux du *Golden Grove,* pouvait donc faire l'affaire ? John Anderson, oui. Sam Hussey, oui. Jim Richardson, oui. Willy Thompson, oui. Mais c'était tout. Richardson, récemment mis en ménage avec Susannah Trippett, accepterait avec sérénité, sinon avec enthousiasme. Hussey et Thompson – des originaux – avaient déjà commencé à se construire des cabanes parce qu'ils ne supportaient pas la compagnie des autres. Ils le faisaient tous deux penser à Taffy Edmunds. Quant à Anderson, il demeurait un mystère vivant.

Au cours du service religieux du dimanche, à onze heures du matin, Richard remercia Dieu de son statut de déporté. Ainsi, il n'aurait jamais le pouvoir de faire fouetter quiconque. Il lui faudrait trouver d'autres moyens pour faire travailler ses scieurs, en particulier en associant un homme compétent avec un autre dont les talents s'avéraient plus douteux. Mais jamais deux travailleurs médiocres ensemble.

— Quatre équipes, c'est vraiment tout ce que je peux trouver, expliqua-t-il à Stephen au cours de leur baignade à Turtle Bay le dimanche soir. J'ai l'impression d'être condamné à affûter pour l'éternité. Tout le monde croit que c'est un travail facile, Mr Donovan, et pourtant, la plupart des gens n'ont pas la moindre idée de ce que cela représente. Ils ne prennent pas la peine de mettre les dents au bon niveau et n'ont pas le sens du toucher nécessaire. Oh, comme j'aimerais avoir Taffy Edmunds avec moi ! Non seulement il sait parfaitement affûter, mais il aimerait beaucoup se trouver ici.

— D'autres hommes vont arriver, d'après ce que j'ai compris, même si le *Supply* ne peut pas en transporter beaucoup à la fois. En outre, étant donné qu'ils sont allés chercher des arbres à couper à Port Jackson, je crains que Taffy ne débarque pas ici avant longtemps. Richardson est un type bien et solide, et je crois qu'il fera l'affaire. Qui sait ? Peut-être qu'un des quatre nouveaux se révélera doué pour l'affûtage. Mais ce qui m'étonne, Richard, c'est que tu veuilles scier, toi aussi.

— C'est parce que, aux yeux des autres, mon travail paraît un jeu d'enfant. Je reste assis, les jambes en tailleur, et je donne l'impression de bayer aux corneilles. C'est d'ailleurs une des raisons qui m'amènent à leur faire faire également ce travail. Chacun d'eux sait que, s'il montre des talents d'affûtage, on lui confiera cette tâche. Et, s'ils échouent, ils comprendront au moins qu'il s'agit d'un art de patience et d'adresse.

Stephen s'allongea sur le sable en s'étirant voluptueusement.

— J'aurais pensé que Johnny, en tant que marin, serait volontiers descendu ici avec nous. Mais non, il préfère rester devant sa maison, à dessiner ou à polir une belle pièce de bois. Il aura à installer la balustrade de la résidence du gouverneur de Port Jackson lorsque le *Supply* sera de retour – même si on ne sait pas quand. Dieu, que nous sommes isolés ! Plus d'un millier de milles nautiques avant de rencontrer un compatriote ! Je ressens cette impression chaque fois que j'observe l'horizon. L'île est comme un gigantesque navire ancré au milieu de l'océan, cerné par l'infini. Elle est une entité en elle-même.

Richard se retourna pour sécher son dos.

— Je ne trouve pas notre île si petite, même si je suis d'accord avec vous en ce qui concerne l'isolement. A mes yeux, Norfolk Island est aussi grande que la Nouvelle-Galles du Sud. On s'y sent chez soi. Je n'ai pas du tout l'impression d'être prisonnier, alors qu'à Port Jackson tout me rappelait mon statut.

— C'est sans doute parce qu'il y avait plus de bureaucrates.

— Est-ce que votre Johnny s'entend bien avec les charpentiers ?

— Oh, oui ! En particulier grâce au fait qu'il s'accroche à son tour et se montre bien trop malin pour dire à Lucas comment il doit travailler. C'est moi qui souffre.

— Encore une fois, monsieur, prenez garde. J'ai un mauvais pressentiment.

— Désires-tu que je désigne quatre autres scieurs dans le groupe ?

— C'est à vous ou au commandant King de le faire. Peu importe.

— Dans ce cas, c'est moi qui en prendrai l'initiative. King est un feu follet qui court partout à la fois. Toujours à entreprendre une chose nouvelle avant que la précédente soit terminée. C'est pourquoi j'ai insisté pour qu'il termine l'entrepôt à grain avant de songer à construire la grange ou le barrage. Au milieu de toute cette confusion, le voilà qui veut encore bâtir de nouvelles maisons. Non mais je te demande un peu ! Il est vrai qu'il n'a jamais servi que sur de grands navires, sur lesquels on compte plus de bras qu'il n'est nécessaire, sauf pendant la bataille ou la tempête.

— Ce qui me fait penser, Mr Donovan, que Joey et moi dormons dans des lits à deux places, sur des matelas et des oreillers de plumes. De droit, ils vous appartiennent, ainsi qu'à Mr Livingstone.

Cette remarque déclencha un hurlement de rire.

— Garde-les, espèce d'hédoniste ! Ni Johnny ni moi ne voudrions dormir dans autre chose qu'un hamac, s'écria-t-il alors qu'une lueur moqueuse jaillissait de ses beaux yeux bleus. Lorsque les hommes font l'amour, Richard, ils n'ont pas besoin d'un grand lit. Ce sont les femmes qui aiment leur confort.

Richard emmena Ned Westlake et Harry Humphreys avec lui à la nouvelle fosse d'Arthur's Vale en compagnie de Jim Richardson et de Juno – alias John – Anderson.

Le rythme de travail avait bien sûr considérablement ralenti, au grand mécontentement de King.

— Il vous aura fallu cinq jours pour produire 791 pieds de bois ! protesta-t-il avec indignation.

D'un ton respectueux mais ferme, Richard se justifia :

— Je sais, monsieur, mais deux des quatre équipes sont

composées de nouveaux et les autres sont chargées de l'instruction.

Il prit une profonde inspiration et se lança, décidé à dire tout ce qu'il avait sur le cœur.

— Il faut vous attendre à une moindre production de bois pendant quelque temps, monsieur. Vous ne pouvez espérer que les nouvelles équipes ou moi-même écorcions également les troncs. A l'ancienne fosse, c'est Joseph Long qui s'en charge avec un aide, alors que la nouvelle fosse n'a personne pour préparer les fûts. Quant à moi, je suis trop occupé à affûter. Ne serait-il pas possible que ceux qui abattent les arbres les écorcent en même temps ? Plus l'écorce reste sur le tronc, plus nous courons le risque que les coléoptères qui s'attaquent au bois commencent leur travail. Il nous faudrait également un bûcheron capable de vérifier chaque arbre avant de l'abattre pour décider s'il mérite ou non d'être scié. La moitié des troncs que nous recevons ne sont d'aucune utilité. Et quand nous avons enfin le temps de les examiner, les hommes qui les ont tirés jusqu'à la fosse sont déjà repartis. Après, il nous faut encore perdre un temps précieux pour emmener les arbres refusés jusqu'au tas de bois à brûler.

Le commandant King n'apprécia pas du tout ce discours. Impassible, Richard soutint son regard chargé de colère, tout en pensant qu'il risquait le fouet pour insolence. Pourtant, mieux valait en finir plutôt que d'attendre de voir la situation empirer.

— Nous verrons, lâcha King avant de s'éloigner d'un pas lourd de ressentiment.

— Que pensez-vous du chef des scieurs ? demanda un peu plus tard King à Stephen Donovan tandis qu'ils déjeunaient à la résidence du gouverneur.

Ann Innet, enceinte jusqu'aux yeux, ne partagea pas leur repas et se contenta de servir les plats avant de disparaître. La carafe de porto était déjà à moitié vide. Le commandant était toujours plus jovial l'après-midi que le matin, réalité que Richard Morgan ignorait. Le porto était le péché mignon de King. Il ne se passait pas de journée sans qu'il en vide au moins deux bouteilles. Pas de mauvais porto pour Philip Gidley King ! Il ne buvait que du meilleur, déjà mis en bouteille et soigneusement décanté.

— Vous voulez parler de Richard Morgan ?

— Lui-même. Ross prétendait qu'il nous serait très utile mais je n'en suis plus aussi sûr. Ce type a eu le culot de me tenir tête ce matin : il m'a quasiment déclaré que je ne savais pas m'y prendre !

— C'est vrai, Morgan a assez de nerfs pour oser une telle sincérité – mais jamais de manière insolente. Il a voyagé sur l'*Alexander* et s'est révélé très utile dans l'affaire des pompes de cale. Ne vous souvenez-vous pas d'être monté à bord peu de temps avant d'atteindre Rio ? Morgan avait déclaré que seules des pompes à godets permettaient de remédier au problème.

Surpris, King battit des paupières.

— Balivernes ! jeta-t-il d'un ton sec. Voilà le plus beau ramassis de mensonges que j'aie entendu ! C'est moi, je vous le rappelle, qui ai recommandé les pompes à godets !

— Exact, monsieur, mais Morgan l'a fait avant vous, affirma bravement Stephen. S'il n'avait pas su convaincre le major Ross et le médecin en chef White que des mesures drastiques s'imposaient, vous n'auriez jamais été convoqué sur l'*Alexander*.

— Oh, je vois. N'empêche. Cela ne change rien au fait que Morgan, ce matin, a dépassé les limites, s'entêta King. Ce n'est pas son rôle de critiquer mes décisions. J'aurais dû le faire fouetter.

Stephen se renversa sur son siège tout en refusant un autre verre de porto. Il ne se faisait guère de souci. Au fur et à mesure qu'il buvait, King deviendrait de plus en plus malléable.

— Pourquoi fouetter un homme utile et dur au travail sous prétexte qu'il se montre réaliste ? Vous savez pourtant qu'il a la tête sur les épaules, Mr King. Morgan n'avait pas l'intention de se montrer insolent, juste de bien faire son travail. Il veut augmenter la production.

Stephen peinait à trouver des arguments tandis que le commandant le considérait d'un air sceptique.

— Soyez honnête, monsieur, insista-t-il. Si c'était moi qui avais suggéré des changements... ne les auriez-vous pas mieux acceptés ? A propos, de quoi s'agissait-il exactement ?

— Eh bien... Comme personne ne vérifie ni n'écorce les arbres avant de les transporter jusqu'aux fosses – ce travail devrait être effectué là où les arbres sont abattus –, les scieurs perdent trop de temps à traîner des troncs inutilisables pour les faire brûler.

— Buvez, monsieur, buvez !

Stephen se tut pendant que son supérieur sirotait son porto. Un verre plus tard, il tendit les mains d'un air implorant :

— Mr King, insista-t-il. Si j'avais prononcé les mêmes paroles que Morgan, ne m'auriez-vous pas écouté ?

— Le fait est, Mr Donovan, que vous ne m'avez rien dit.

— Tout simplement parce que je ne suis pas sur place et que vous avez déjà un chef des scieurs... Morgan ! Ces remarques me paraissent plutôt sensées et n'ont pour but que d'augmenter la production de bois. Pourquoi brider le talent de vos hommes ? Vous possédez une excellente équipe de menuisiers et de charpentiers, et je remarque que vous prêtez une oreille attentive à ce que vous dit Nat Lucas. Eh bien, vous avez un autre Nat Lucas en la personne de Richard Morgan. Si j'étais vous, je ferais bon usage de ses talents. Sa condamnation s'achève dans deux ans. Si, par chance, il se mettait à apprécier cet endroit, vous pourriez garder un précieux collaborateur, un homme aussi indispensable que Lucas.

Constatant que le visage de King avait perdu son expression irritée, Stephen décida que le sujet était clos.

A la fin du mois de novembre, l'humidité devint si forte qu'il fallut modifier les horaires de travail. La journée commençait à l'aube et se poursuivait jusqu'à sept heures trente, heure à laquelle on prenait une pause pour le petit déjeuner. A onze heures, le travail cessait pour ne reprendre qu'à deux heures et demie et s'achever à la tombée de la nuit.

Ce fut alors qu'on rentra la première récolte, un arpent d'orge qui donna 80 gallons de semences précieuses, malgré les vers et les rats. Elle fut suivie par 3 gallons de blé, seuls restes des 260 épis que ces animaux nuisibles n'avaient pas détruits. Si l'on parvenait un jour à mieux limiter les dégâts, tout pourrait pousser sur cette terre féconde.

Les petites prunes rouges – des goyaves – avaient mûri et se révélèrent si délicieuses qu'il était difficile de résister à la tentation de s'en gaver. Devant la gloutonnerie de tous, le docteur Jamison annonça que ni les hommes libres ni les condamnés ne seraient dispensés de travail pour cause de diarrhée. Les bananes elles aussi étaient mûres. Richard adorait participer aux parties de pêche organisées de temps à autre. Peu de compagnons partageaient ce goût mais il pêchait bien plus de poissons qu'il n'en avait le droit.

Il avait découvert que les prises pouvaient se garder une journée entière si on les laissait tremper à l'ombre dans une eau fraîche. Ainsi, il pouvait échanger ses rations de viande salée contre ce poisson tant méprisé par les autres. Quel délice ! Bien grillé sur le feu et dévoré jusqu'à la dernière arête, le requin se révélait fort comestible, tout comme ces vilains monstres de 100 livres qui rôdaient dans les crevasses des récifs ou encore le poisson-lune indigène, qui pouvait mesurer jusqu'à 8 pieds. Le seul ennui, c'était que les poissons se montraient capricieux. Certains jours, la barque revenait chargée de centaines de pièces, d'autres jours totalement vide.

Aux alentours de Noël, King prit la décision d'envoyer l'aide-chirurgien John Turnpenny Altree, Thomas Webb et Juno Anderson s'installer sur une base permanente à Ball Bay, une plage pierreuse sur le versant oriental de l'île, où le *Supply* était parfois contraint de jeter l'ancre. Il souhaitait que les trois hommes creusent et entretiennent un chenal à travers les gros rochers ronds pour permettre aux bateaux de décharger leurs marchandises.

Cette décision fut de celles qui provoquèrent des clins d'œil et des sourires entendus à la ronde. Altree ! Ce personnage étrange et incompétent qui s'était avéré incapable d'assurer les soins auprès des condamnées du *Lady Penrhyn* et évitait tout contact avec les femmes, comme s'il s'agissait de pestiférées ! Il se déplaçait toujours accompagné de Thomas Webb, éloigné de son frère par Beth Henderson.

Ravi à l'idée d'abandonner sa femme et son travail de scieur, Juno Anderson avait accepté de partir servir les deux gardiens de Ball Bay. Ce n'était guère qu'à un mile de distance mais tellement envahi par la forêt que Joe Robinson, cherchant un jour son chemin pour retourner à Sydney Town, s'y était perdu deux nuits durant. Il devenait impératif de percer une route en direction de Ball Bay mais il ne fut pas nécessaire d'abattre des arbres pour cela. Il était facile de sectionner d'un coup de hache la vigne puissante qui étranglait les arbres et s'étendait entre les pins. Les hommes s'aperçurent que son écorce donnait de la très bonne ficelle, si on ne la tissait pas trop longue.

Il manquait désormais deux scieurs à Richard qui, cette fois, n'avait aucun espoir d'en voir arriver d'autres avant le retour du *Supply*, si jamais le navire revenait. Un dimanche, Jim Richardson, parti à la recherche de bananes, se cassa si gravement la jambe qu'il lui fallut des mois pour s'en remettre. Jamais plus il ne travaillerait comme scieur. Quant à Juno Anderson, ce n'était une perte pour personne, sentiment que partageait sa femme.

Après ces événements, Richard dut se mettre à scier. La pause de trois heures de la mi-journée serait dorénavant consacrée à l'affûtage car il n'était pas question de perdre une minute. Mais qui choisir comme associé ?

— Nécessité fait loi, déclara le commandant, qui s'était depuis longtemps remis de sa brouille avec Morgan. Je vais demander au soldat Wigfall s'il consent à gagner un deuxième salaire en travaillant comme scieur. Après tout, il a le physique et la stature d'un boxeur.

— Un bon choix, monsieur, affirma Richard.

Une idée le traversa soudain.

— Et si jamais William Wigfall ne savait pas scier droit et devait se retrouver en dessous ? Il ne serait guère convenable qu'un forçat recouvre de sciure le visage d'un soldat !

— Il peut toujours porter un chapeau, répliqua King avec entrain, avant de s'éloigner précipitamment.

Par chance, le soldat William Wigfall, un grand type solidement bâti, avait un tempérament flegmatique. Il ne s'énervait jamais. Venu de Sheffield, il n'avait aucune relation proche dans ce minuscule détachement.

— Tous mes amis sont restés à Port Jackson, expliqua-t-il à Richard. Et, franchement, je suis très content d'avoir l'occasion de leur échapper, sans parler du fait que je gagnerai plus en sciant que comme soldat de marine. Je pourrai ainsi prendre ma retraite plus tôt. Je nourris l'ambition de m'acheter un arpent de bonne terre avec un joli petit cottage, quelque part près de Sheffield. Et si je me paye mon billet de retour en tant que marin, j'aurai encore plus d'argent à l'arrivée !

— Acceptez-vous de me laisser travailler d'abord en haut du tronc ? demanda Richard. J'ai le sens exact des mesures au premier coup d'œil et je voudrais vérifier si on peut opérer de la même façon avec une scie à la main. En outre, rester en bas, c'est moins fatigant pour les muscles. Vous ne pourrez pas porter de chapeau : vous vous trouverez trop près de la scie. Je crierai en commençant à tirer pour vous permettre de baisser la tête.

Si la vue de Richard était excellente, ce ne fut pas le cas de celle de Wigfall. Le travail s'avéra aussi épuisant que Richard l'avait imaginé mais Wigfall se montra un excellent compagnon, capable de tirer vers le bas avec une force extraordinaire.

« Jamais je n'aurais pu en faire autant à Port Jackson avec les misérables rations dont je devais me contenter, songea Richard. Ici, avec le poisson, les tortues et les énormes quantités de légumes verts et de navets que nous ingurgitons, sans parler de l'excellent pain, je parviens à scier sans perdre trop de poids. Pour un homme de quarante ans, je suis en bien meilleure condition que le commandant King qui, lui, n'en a que trente. »

A la Noël, sous un ciel bas balayé par les vents, King abattit un gros cochon à l'intention des condamnés. Le porc fut mis à rôtir sur un feu de charbon jusqu'à ce que sa chair craque et se boursoufle avant de croustiller de manière fort appétissante. Chaque homme et chaque femme reçut une double ration, accompagnée de quelques pommes de terre et d'une demi-pinte de rhum pour faire passer le tout. C'était la première viande rôtie que Richard avalait depuis le Cooper's Arms. Oh, elle était incroyablement délicieuse ! Tout comme les pommes de terre ! « Mon bon Seigneur, pria-t-il le soir en s'écroulant sur son lit de plumes, je Te suis infiniment reconnaissant. Seuls ceux qui ont beaucoup manqué et beaucoup désiré peuvent jouir ainsi de la satiété. »

Il plut au cours des jours suivants et le vent souffla trop fort pour leur permettre de travailler dehors. Mais, comme les deux fosses étaient désormais couvertes, les scieurs continuèrent à transformer des troncs en planches, en voliges et en poutres. La résidence du gouverneur s'agrandit, Stephen Donovan s'installa dans une nouvelle maison proche de celle du commandant et les scieurs furent autorisés à couper du bois pour se construire des logis indépendants. Même Richard, qui possédait déjà une solide maison, accepta de scier pour celles de son équipe.

L'aube de la nouvelle année 1789 se leva sur un beau temps clair. Les condamnés eurent droit à une demi-journée de congé et à un quart de pinte de rhum. Par un emploi subtil et discret de la force, King était parvenu à installer une routine efficace.

Au huitième jour de la même année 1789, Ann Innet, sa compagne, donna naissance à un petit garçon plein de santé. Débordant de joie, King le baptisa lui-même et lui donna le prénom de « Norfolk ».

— « Norfolk »... Voilà qui sonne bien, confia Stephen à Richard sur la plage de Turtle Bay. Je suis ravi pour lui. Il a besoin d'une famille, même si cela n'aide pas sa carrière d'épouser miss Innet. Difficile, cependant, d'imaginer un père chérissant plus passionnément son enfant. Les choses vont devenir plus difficiles le jour où il retournera en Angleterre. Que faire d'un bâtard, certes adoré, sans parler de la mère ? N'empêche... il lui est très attaché.

— Le gouverneur adjoint résoudra ces problèmes en temps et en heure, affirma Richard. C'est le plus écervelé des commandants mais il a le sens de l'honneur et des responsabilités. Souvenez-vous de Mary Gamble.

Mary Gamble avait, un jour, jeté une hache sur un verrat, le blessant grièvement. Ulcéré de voir cet animal d'immense valeur à moitié mort, King avait refusé d'écouter ses explications. Pour se justifier, Mary prétendait que le verrat l'avait chargée et qu'elle n'avait lancé la hache que dans un réflexe de défense. Avant même de tenter de reprendre son calme, il l'avait violemment frappée de douze douzaines de coups de garcette. Ayant recouvré son sang-froid, King fut consterné : dévêtir cette pauvre créature devant des hommes tels que Dyer et lui infliger 144 coups de garcette... Juste ciel, comment avait-il été capable d'une telle horreur ? Et si ce verrat l'avait réellement menacée ? Elle avait le droit de porter cette hache puisqu'elle appartenait au groupe de femmes chargées de débarquer les troncs de pin. Oh, Seigneur ! Il n'avait jamais condamné un seul homme à la moitié de ce châtiment !

Il fit appeler Mary Gamble à la résidence du gouverneur et lui annonça solennellement qu'il lui pardonnait.

Il géra si mal cette affaire que les forçats en vinrent à le croire stupide, trop sensible, d'une coupable faiblesse. Certains projets de mutinerie qui couvaient déjà s'en trouvèrent accélérés car il paraissait évident que King n'avait ni les tripes ni les reins assez solides pour affronter les coups du sort.

Robert Webb, le jardinier, vint le voir de toute urgence.

— Monsieur, un complot se prépare, annonça-t-il.

— Un complot ? répéta King d'une voix blanche.

— Oui, monsieur. Un grand nombre de ces traîtres projettent de vous faire prisonniers, vous, Mr Donovan, les hommes libres et tous les soldats. Ensuite, ils attendront le prochain bateau, s'en empareront et feront voile vers Otaheite.

Le visage du commandant passa du brun au blanc. Il fixa Webb d'un regard incrédule.

— Seigneur ! Mais de qui s'agit-il, Robert ? Parle, bon sang !

Webb avala péniblement sa salive.

— D'après ce qu'on m'a dit, presque tous les forçats, à l'exception de trois détenus du *Golden Grove.* Plus quelques-uns de ceux qui appartiennent à notre groupe d'origine.

— Comme la vermine s'installe vite ! articula King. Si un petit groupe de forçats suffit pour tout bouleverser, qu'en sera-t-il lorsque Son Excellence nous en enverra des centaines ? Comment peuvent-ils se comporter aussi stupidement ? Noah Mortimer et cet imbécile de jeune Charlie McLellan doivent faire partie du lot, j'imagine. Comment as-tu découvert tout cela ?

— C'est Beth Henderson, ma femme, qui me l'a raconté, monsieur. William Francis l'a prise à part pour lui demander si je serais des leurs. Elle a fait semblant d'accepter de me persuader pour pouvoir me prévenir.

La sueur ruisselait du front de King. Sous ces latitudes, le plein été faisait du port de l'uniforme une torture, que ce soit celui d'un lieutenant de marine ou, pis, d'un commandant condamné à le porter à toute heure.

— Qui sont ces trois du *Golden Grove* ? demanda-t-il d'une voix éteinte.

— Le catholique John Bryant, le scieur Richard Morgan et son compagnon de cabane un peu simplet, Joseph Long.

— Bon, des deux derniers, l'un est trop occupé à la fosse et l'autre, comme tu l'as dit, n'est qu'un simple d'esprit. C'est de Bryant que je pourrai obtenir des informations, il travaille avec les mutins. Rends-toi à sa cabane et ramène-le-moi le plus vite possible. Nous sommes samedi et Sydney Town est désert... Ils se plaisent à croire que je ne remarque pas leur départ pour Arthur's Vale ! Demande aussi à Donovan de se présenter devant moi immédiatement.

Les talents insoupçonnés de King se manifestèrent avec éclat face à ce péril. L'affaire fut réglée avant même que l'un des meneurs eût pu se rendre compte qu'il avait été percé à jour.

Armés de vieux mousquets rouillés, les soldats mirent les éléments dangereux sous bonne garde : William Francis, Samuel Pickett, Joshua Peck, Thomas Watson, Leonard Dyer, James Davis, Noah Mortimer et Charles McLellan. Une enquête minutieuse permit de connaître les vrais gredins. Si presque tous les forçats de l'île avaient manifesté leur souhait de participer à l'affaire, seule une poignée d'entre eux s'y trouvait activement engagée. Francis et Pickett furent jetés aux fers et enfermés dans le plus solide des entrepôts, Watson et Mortimer enchaînés et relâchés jusqu'à ce que l'enquête repoussée au lundi fasse la lumière sur toute l'histoire. Quant à Richard Morgan, il reçut non sans surprise l'ordre de se rendre sur-le-champ à Ball Bay pour ramener trois gardiens à Sydney Town tandis que King plaçait autour de la plage sa petite troupe d'hommes libres et de soldats. Les forçats, eux, étaient sommés de rester dans leur cabane sous peine d'être fusillés.

— Et comme si cela ne suffisait pas, hurla King à Donovan indigné, le caporal Gowen a découvert Thompson en train de chaparder du maïs dans la vallée ! D'après ce que m'ont dit Robert et Bryant, j'imagine que des hommes comme cet imbécile de Thompson ont dû penser que Francis s'emparerait de l'île avant que je puisse le condamner au fouet. Grave erreur de sa part !

— Ils auraient sans doute attendu que le *Supply* soit en vue pour opérer pendant que notre attention serait ainsi distraite, expliqua Stephen, trop délicat pour ajouter que le comportement de King dans l'affaire Mary Gamble avait probablement contribué à faire éclater le complot plus tôt. Et les femmes ? ajouta-t-il.

King haussa les épaules.

— Les femmes sont les femmes. Elles ne sont ni la cause ni le problème.

— Qui allez-vous punir ?

— Le moins d'hommes possible, répondit King d'un air préoccupé. Sinon, il ne me resterait aucun espoir de garder le contrôle de Norfolk Island, vous devez comprendre cela, Mr Donovan. Si le moindre coup de mousquet était tiré, nous serions bien plus nombreux à tomber qu'eux. Heureusement que la plupart ne sont que des moutons qui ont besoin de chefs. C'est là notre salut, à condition de ne pas punir les moutons. Je dois attendre l'arrivée du *Supply,* envoyer un mot aux autorités de Port Jackson puis attendre la réponse avant d'envoyer les meneurs devant le tribunal.

— Pourquoi, murmura rêveusement Stephen, ai-je l'impression que vous n'allez pas résoudre les difficultés de Norfolk Island en les envoyant à Port Jackson et à la justice du gouverneur ?

Le regard furieux de King jeta des éclairs.

— Parce que, répondit King d'un ton sinistre, je suis parfaitement conscient que la plupart de ceux du *Golden Grove* ont été envoyés ici par Port Jackson, qui veut s'en débarrasser. Son Excellence ne voudra pas les reprendre, surtout maintenant qu'ils se sont mutinés. Il lui faudra les pendre et ce n'est pas le genre d'homme à aimer voir des pendus s'agiter au bout d'une corde. S'il devait s'y trouver contraint, il préférerait que le crime ait été commis sous ses yeux et non dans une colonie lointaine qu'il a toujours présentée comme un exemple de parfaite réussite. L'île de Norfolk est bien trop isolée pour prospérer sous un système qui déléguerait ses pouvoirs à une autorité distante de plusieurs miles. Le gouvernement de Norfolk devrait avoir tout pouvoir sur les affaires de l'île. Mais je suis coincé. Il me faudra attendre des mois avant d'obtenir une réponse qui n'améliorera en rien la situation de Norfolk.

— Exact, soupira Stephen, c'est un jeu de dupes. Monsieur, reprit-il avec ardeur, vous avez ici, dans cette île, un maître armurier qui n'est pas impliqué dans le complot : Morgan le scieur. Puis-je humblement vous suggérer de faire tout de suite réparer nos armes à feu ? Après quoi, chaque dimanche, les hommes libres, les soldats et Morgan pourront s'entraîner au tir pendant deux heures. Je me charge de faire installer un champ de tir à l'est de Sydney Town et de surveiller l'entraînement. A condition que vous me donniez Morgan.

— Excellente idée ! Occupez-vous-en, Donovan, grogna le

commandant. Si, comme je le crois, Son Excellence n'accepte pas de juger les mutins à Port Jackson, il lui faudra m'envoyer un détachement de troupes plus important, sous la conduite d'un véritable officier et non d'un simple sergent. Et je veux également des canons. Plus de la poudre et des cartouches à profusion pour les mousquets.

Il réfléchit un long moment avant d'ajouter avec entrain :

— Je vais immédiatement écrire une lettre en ce sens. Désormais, monsieur le surintendant des forçats, veillez à faire appliquer une discipline plus stricte. Si c'est le fouet qu'ils veulent, ils l'auront. Je suis profondément blessé ! Ma belle petite famille nourrit des serpents en son sein, et bien d'autres serpents vont la rejoindre.

Ce fut le catholique fanatique John Bryant qui fit les frais de la colère des forçats après audition des témoignages. Sa déposition fut d'autant plus critiquée qu'il mentionna également un plan ourdi pour s'emparer du *Golden Grove* – plan que Sharp mit en échec dès qu'il en fut informé. La responsabilité de la révolte de Norfolk Island retomba sur les épaules de William Francis et de Samuel Pickett, lesquels furent jetés aux fers et enfermés. Noah Mortimer et Thomas Watson eurent des entraves plus légères, selon le vœu du commandant. Le reste des mutins fut libéré.

Ces événements dramatiques de janvier eurent, hélas, des conséquences moins prévisibles : les magnifiques grands pins et les chênes feuillus de Sydney Town furent, sur l'ordre de King, coupés jusqu'au dernier. Il alla même jusqu'à faire tailler la végétation plus modeste. Ainsi, les soldats pouvaient voir ce qui se passait aux alentours des cabanes et ce, à toute heure du jour ou de la nuit, dans le moindre recoin de la petite colonie. Tom Jones, ami intime de Len Dyer, reçut trente-six coups de chat à neuf queues – le châtiment le plus dur – pour avoir proféré des insolences à l'égard des mœurs de Stephen Donovan et du Dr Thomas Jamison.

Un jour qu'ils préparaient les mousquets pour le premier entraînement au tir, Richard confia à Stephen :

— Le climat sur l'île s'est gravement détérioré, et cela m'attriste. J'aime tant cet endroit ! Nous pourrions y être heureux s'il n'y avait pas les autres. Mais je n'ai plus envie de vivre dans ce village. Les arbres sont partis et, avec eux, ce sentiment d'intimité que je chérissais. Désormais un homme ne peut plus pisser sans qu'une douzaine de personnes l'observent. Je voudrais me retrouver tout seul quelque part où je pourrais tranquillement vaquer à mes affaires.

— Tu détestes donc tant les autres détenus.

— Il y en a que j'apprécie. Mais ce sont les gredins qui gâchent tout... et dans quel but ? Ne retiendront-ils jamais les leçons de l'existence ? Prenez ce pauvre Bryant. Ils se sont juré de l'avoir. Et ils l'auront.

— En tant que surintendant des forçats, je ferai mon possible pour éviter qu'ils s'en prennent à lui. Bryant a une très jolie petite femme et ils s'aiment à la folie. Si quelque chose devait lui arriver, elle serait désespérée.

L'année 1789 ne s'annonçait pas sous les meilleurs auspices. Une pluie intermittente et des coups de vent avaient détruit le reste de l'orge et endommagé quelques tonneaux de farine. La plupart du temps, la pêche était impossible et la vie dans les cabanes de bois se réduisait à des récriminations perpétuelles sur les vêtements mouillés, les draps humides, la moisissure des livres précieux et des chaussures. Tout le monde souffrait de rhumes, de maux de tête et de douleurs dans les os.

Au milieu du mois de février, le commandant fit libérer Francis et Pickett, et les renvoya à leur cabane sans menottes mais lourdement chargés de chaînes aux pieds. Pas le moindre signe du *Supply*. Le dernier navire à faire escale avait été le *Golden Grove* et cette visite datait déjà de quatre mois. N'allaient-ils plus voir de bateau ? Quelque chose était-il arrivé au *Supply* ? A Port Jackson ?

Tout le monde se sentait morose en raison du mauvais temps mais personne ne l'était plus que le commandant, assez versé en ingénierie pour savoir qu'il ne pouvait courir le risque d'entreprendre la construction d'un barrage sous un tel déluge. En outre, il avait un bébé qui pleurait à la maison. L'essentiel du travail avait été repoussé et trop de gens n'avaient rien de mieux à faire que de pester contre tout et rien. Les seules personnes vraiment heureuses étaient les trois hommes qui résidaient à Ball Bay, douillettement installés sous les pins dans une confortable maison et à même de pêcher du poisson par tous les temps.

Le 26 février leur apporta un choc considérable. L'aube se leva sur des vents puissants venus du sud-est et la mer fut si haute que les brisants recouvrirent toutes les plages du lagon. Sous les yeux de Richard et Stephen, qui s'aventurèrent jusqu'à Point Hunter, la côte ouest offrait un spectacle terrifiant de flots blancs qui s'écrasaient avec une telle force contre les falaises que l'écume s'élançait jusqu'à 300 pieds de hauteur avant de remonter à l'intérieur des terres sur plus de 4 miles de profondeur.

— Que Dieu nous vienne en aide, nous allons subir le plus fort coup de vent de l'histoire ! hurla Stephen. Nous ferions mieux d'aller vérifier s'ils ont bien mis les panneaux en place !

Après avoir affronté la tempête le long de Turtle Bay, ils se retournèrent pour jeter un dernier coup d'œil derrière eux : non seulement Phillip Island avait complètement disparu de leur vue mais il en était de même de Nepean Island, pourtant proche du littoral. Le monde n'était plus qu'une masse effervescente de vagues aussi hautes que les mers du Sud, lors de leur voyage depuis le cap de Bonne-Espérance. Le vent continuait à enfler, lançant toute la puissance de la mer et du ciel sur la colonie. Le dos plié sous les rafales, les gens rameutaient les porcs et la volaille dans les entrepôts et les cabanes, entassaient des troncs contre les portes avant de rentrer chez eux par les fenêtres.

Les hurlements du vent et le tonnerre des flots déchaînés étaient tellement assourdissants que ni Richard ni Stephen ne remarquèrent le grondement sinistre d'un énorme pin, derrière Turtle Bay, qui s'arrachait lentement du sol. Ils le virent soudain s'envoler, ses racines massives et sa cime conique lui prêtant l'aspect menaçant d'une flèche, avant de s'élever dans les airs pour prendre la direction des collines. D'autres pins suivirent son exemple. On aurait cru le bombardement d'une forteresse par une armée de géants dont le vent était l'arc, les pins les flèches, et les chênes blancs les grappins.

Richard se fraya péniblement un chemin entre les cabanes afin de s'assurer que tous les panneaux étaient en place. Lorsqu'il découvrit que la porte de sa propre maison était déjà étayée par un tronc de pin, il se résigna à rester dehors, heureux de savoir que Joey et MacGregor étaient à l'abri. En ce qui concernait sa propre sécurité, il préférait de loin se retrouver à l'extérieur pour observer ce qui se passait.

Il s'assit sur le sol en s'adossant à un mur à l'abri du vent pour assister au cataclysme ; des pins massifs et d'énormes chênes blancs volaient dans les airs avant de s'écraser sur les marais, les collines.

Enfin la pluie tomba, si horizontale que Richard resta au sec pour contempler le déluge. Plus bas, des toits de chaume s'arrachaient comme des parapluies sous une bourrasque mais les vents les plus violents soufflaient à 30 pieds du sol et ce fut, avec l'absence d'arbres à proximité, ce qui sauva la colonie. Si King n'avait pas ordonné qu'on fasse le vide pour une meilleure visibilité, les cabanes, les entrepôts et les maisons auraient enseveli ceux qui s'y trouvaient.

La tempête éclata à huit heures du matin et s'éteignit à quatre heures de l'après-midi. Les cabanes qui occupaient le quartier où vivaient Richard et Joey conservèrent leurs toits, de même que les grandes maisons qui, toutes, étaient couvertes de bardeaux et non de lin.

Il fallut attendre le jour suivant – un jour délicieusement embaumé et rafraîchi par une douce brise – pour que les soixante-quatre habitants de Norfolk Island puissent constater les ravages de l'ouragan. Là où se trouvait auparavant le marais, une rivière dévalait le terrain en léchant les flancs de l'ancien jardin. Partout, le sol était recouvert d'un épais tapis de branches de pin, de buissons, de morceaux de corail et de feuilles. Le côté des bâtiments exposé au vent était recouvert de débris si incrustés dans le bois qu'il fallut déployer de multiples efforts pour les en retirer.

Partout, la même désolation. On pouvait contempler de véritables champs de pins couchés avec leurs racines si puissantes, si longues, que l'imagination s'épuisait à imaginer la force des vents qui avaient réussi à les abattre. Là où ils avaient d'abord poussé demeuraient des cratères de plusieurs pieds de profondeur et, si l'on regardait la partie de la forêt qu'aucune hache n'avait encore touchée, les pertes étaient également importantes. Des centaines d'arbres visibles depuis Sydney Town s'étaient effondrés comme des fétus de paille. Trois arpents de terrain récemment défriché à l'extrémité du marais étaient entièrement recouverts de troncs déracinés. Cinquante hommes qui auraient chaque jour coupé des arbres pendant un mois ne seraient jamais parvenus à effectuer un travail aussi considérable.

Le commandant King rassembla sa petite famille de colons – hommes libres et détenus, y compris les mutins, pour le coup sérieusement radoucis.

— Il devait s'agir d'une erreur de la nature, déclara-t-il avec entrain. Je n'ai vu nulle part sur cette île la moindre preuve qu'un ouragan de cette ampleur se soit produit auparavant, du moins au cours des centaines d'années qu'il faut à un pin pour s'élever à 200 pieds. Cela ne s'est tout bonnement jamais produit.

Son expression évoqua soudain un prêcheur méthodiste crachant le soufre et le feu.

— Pourquoi est-ce arrivé cette année ? Ceux d'entre vous qui ont péché devraient se livrer à un sérieux examen de conscience. Car ces événements sont l'œuvre de Dieu ! Oui, l'œuvre de Dieu ! Et s'il s'agit bien de la volonté du Tout-Puissant, demandez-vous pourquoi il a envoyé ce châtiment sur la tête des premiers hommes qui aient jamais habité l'un de Ses plus précieux joyaux. Priez pour Son pardon et ne péchez plus. Sinon, la prochaine fois, Dieu décidera d'ouvrir les entrailles de la terre et de vous y engloutir tous !

Ces paroles énergiques marquèrent les esprits plusieurs semaines après les événements. Après quoi, comme il en va toujours dans ces situations, la leçon fut oubliée.

King avait de bonnes raisons de se demander s'il n'avait pas lui-même provoqué la colère divine par les excès de son tempérament : un arbre tua la truie qu'il possédait en propre ainsi que trois de ses porcelets.

Pour mesurer les ravages de la tempête à travers toute l'île, il suffisait d'observer les troncs et les branches qui bloquaient la rivière d'Arthur's Vale, charriés depuis les collines durant le déluge. Il fallut des jours et des jours pour en finir avec le défrichage de printemps. Il fallut également un mois au lagon pour se débarrasser du rouge qui le recouvrait et revenir à sa couleur aigue-marine habituelle.

Lorsque le *Supply* fit escale le 2 mars, Richard et ses scieurs retournèrent travailler dans les fosses. La colonie de Nouvelle-Galles du Sud était toujours demandeuse de planches, de bois d'équarrissage et de poutres, sans parler des espars pour les bateaux. Au moins, personne n'eut à manier la hache. Le bois était déjà à terre, même si une grande partie avait vieilli et pourri.

Du *Supply* débarqua également William Holmes, un scieur expérimenté – pourquoi diable y avait-il tant de William ? Holmes déclara qu'après les arbres de Port Jackson, les pins de Norfolk Island étaient de la petite bière.

Sachant que le commandant souhaitait une troisième fosse, Richard demanda à Holmes de choisir trois hommes parmi les nouveaux forçats du *Supply* et de prendre le contrôle de la fosse installée sur la plage. Un type bien, ce Holmes. Accompagné de sa femme Rebecca, il s'était intégré rapidement dans la vie de la communauté. Il ne restait donc que Bill Blackall et Will Marriner en charge de la fosse d'Arthur's Vale.

« Tandis que moi, décida fermement Richard, j'emmènerai le soldat Wigfall, Sam Hussey et Harry Humphreys à la nouvelle fosse, plus loin dans la vallée. Nous y serons bien plus tranquilles. Je demanderai aussi à King de me permettre de construire une maison confortable à proximité. Joey Long devra se défendre lui-même. Je n'emporterai que mes livres, mon lit, ma literie de plumes, la moitié de nos couvertures et toutes les affaires personnelles. Et aussi l'un des petits chiens de MacGregor, puisque King permet à Joey d'emmener deux des cinq chiots de Delphinia. Un bon chasseur de rats ne fera pas de mal dans la vallée. »

Toutes ces bonnes résolutions se réalisèrent. Seul Stephen Donovan ressentit du chagrin de ne plus voir Richard aussi souvent qu'avant, lorsqu'il suffisait de lui rendre visite sur le chemin de Turtle Bay.

Accompagné d'un détachement de quatorze soldats supplémentaires, le lieutenant John Cresswell arriva au début de l'hiver. La force de travail était considérable et le maintien de l'ordre suffisamment strict pour permettre à l'essentiel des projets du commandant de se réaliser, y compris son barrage. La maison de Richard surplombait la digue de plusieurs centaines de yards, presque à l'endroit où commençait la forêt. Un coin, somme toute, plutôt tranquille.

Les chemins prévus par le lieutenant King commencèrent à se dessiner. L'un d'eux traversait toute l'île sur 3 miles, jusqu'au côté sous le vent de Cascade Bay – ainsi nommée parce qu'on y voyait la plus spectaculaire des nombreuses chutes d'eau de l'île. Un affleurement de roche dentelée formait une plate-forme au large et permettait de débarquer lorsque les vents dominants de Sydney Bay empêchaient d'aborder sur l'autre côté du récif. Le chemin de Cascade Bay était particulièrement nécessaire parce que le meilleur lin poussait dans les parages.

Le gouverneur adjoint prit la décision d'implanter sa manufacture de toile dans une nouvelle colonie minuscule à proximité du lieu de débarquement. Il baptisa à l'endroit Phillipburgh.

Richard se rendait parfois à Sydney, mais rarement, car le village se transformait de jour en jour en une véritable rue entourée de maisons et de cabanes. Sauf lorsqu'il s'agissait d'assister au service religieux du dimanche et de se procurer ses rations, il n'avait aucune raison de retourner là-bas. MacTavish était un aussi bon chien de garde que son père et représentait toute la compagnie que Richard souhaitait, si l'on exceptait le lieutenant Donovan, devenu « Stephen » dans son esprit.

Sa maison mesurait 15 pieds sur 10. Elle possédait plusieurs grandes fenêtres et s'ornait d'une table et de deux chaises fabriquées par Johnny Livingstone. Son toit était recouvert de lin mais on avait promis à Richard des bardeaux avant la fin de l'année. Le plancher était surélevé de quelques pouces et les fondations faites de troncs de pins ronds. Les pins pourrissaient rapidement une fois enterrés dans le sol, ce qui permettait de les en retirer facilement lorsqu'ils se décomposaient, sans avoir à démolir la maison.

A l'intérieur, le logis était garni de minces planches de pin du plus bel effet : le grain du bois possédait un aspect ondulé qui rappelait à Richard un rayon de soleil sur des eaux calmes. Il se demandait si ces ondulations n'étaient pas une manière pour le pin d'affronter les vents qui soufflaient en permanence. Personne n'avait entendu parler d'un autre arbre capable de pousser droit sous des vents dominants. Seul le pin de Norfolk y parvenait, même sur les falaises les plus exposées. Après le gigantesque ouragan qui avait balayé l'île, toutes les jeunes pousses s'étaient couchées sur le sol ou avaient perdu leurs cimes. Mais, en l'espace de trois mois, elles s'étaient redressées et les pins écimés donnaient deux rejetons à leur sommet.

Les vols avaient augmenté depuis que la population s'élevait à une centaine d'âmes mais les voleurs ne s'en prenaient pas à Richard Morgan. Ceux qui l'avaient vu tirer sur la scie de 14 pieds et avaient observé les muscles de son torse nu se gonflant sous la peau bronzée comprenaient qu'il valait mieux ne pas lui chercher querelle. En outre, il était célèbre pour son goût de la solitude. Les solitaires – nombreux dans cette communauté – n'étaient pas considérés sans une certaine crainte superstitieuse. Il y avait nécessairement quelque chose d'étrange chez un homme qui préférait sa propre compagnie et ne ressentait pas le besoin de se voir dans les yeux d'autrui, d'entendre des compliments ni de se fondre dans un ensemble plus grand que lui. Tout cela, pourtant, convenait à Richard. Si les gens lui trouvaient une inquiétante étrangeté, tant mieux. Ce qui le surprenait, c'était de trouver si peu d'hommes qui, comme lui, choisissaient l'isolement après avoir vécu des années entassés les uns sur les autres. La solitude n'était pas seulement une félicité, elle permettait de guérir les pires blessures.

Vers le milieu de l'hiver, les mutins arrivèrent à leurs fins avec John Bryant. Francis, Pickett, Watson, Peck et d'autres du *Golden Grove* s'occupaient à couper du bois sur Mount George lorsque – personne n'aurait su dire comment ni pourquoi – Bryant se retrouva sous un pin en train de tomber. Il eut la tête éclatée, mourut deux heures plus tard et fut enterré le jour même. A moitié folle de chagrin, sa veuve erra dans Sydney Town, se lamentant et gémissant comme une Irlandaise qui ne savait pas parler anglais.

Stephen s'en revint en compagnie de Richard après l'enterrement.

— L'atmosphère est pourrie, dit Stephen.

— Cela devait arriver, répliqua brièvement Richard.

— Pauvre femme ! Et pas un prêtre pour enterrer son mari !

— Dieu y pourvoira.

— Dieu s'en moque bien ! coupa Stephen d'une voix dure.

En pénétrant dans la maison de Richard, il remarqua la propreté méticuleuse, les murs et le plafond bien décorés. Puis il s'écroula sur une chaise.

— Seigneur, gémit-il, c'est bien l'une des rares fois où je ne cracherais pas sur un gobelet de rhum ! Je me sens responsable de la mort de Bryant.

— Cela devait arriver, répéta Richard.

MacTavish, qui avait hérité de son ascendance de scotch-terrier, sauta dans les bras de Richard sans pour autant faire le fou à la manière des jeunes chiots. « Morgan l'a dressé, songea Stephen, avec le souci du travail bien fait qu'il met en toutes choses. Il n'a pas changé physiquement depuis notre première rencontre. Comment fait-il donc ? Chacun d'entre nous prend de l'âge et se durcit avec les années alors qu'il semble préservé de tout. »

Richard caressa tendrement le chien de la maison.

— Si vous m'obtenez quelques rations de sucre de canne, suggéra-t-il, je vous distillerai du rhum parfaitement buvable d'ici à deux ans.

— Comment ?

— Eh bien, il me faut également deux bouilloires et plusieurs plaques de cuivre, quelques longueurs de tubage du même métal et des tonneaux sectionnés en leur milieu, poursuivit Richard en souriant. Je sais parfaitement distiller, Mr Donovan. C'est l'un de mes talents secrets.

— Seigneur, Richard, tu es le rêve de tout commandant ! Mais pourquoi refuses-tu de m'appeler Stephen ? J'en ai tellement assez de cette amitié unilatérale ! Ne crois-tu pas qu'il serait temps, après toutes ces années, de te laisser un peu aller, même si tu restes un forçat ? C'est cette histoire de Bristol, si je ne me trompe, qui te retient encore ?

— Désolé, Stephen, affirma Richard, les yeux brillants de malice.

Stephen cacha sa joie sous un air renfrogné mais il exultait d'entendre son prénom franchir enfin les lèvres de Richard.

— Sacrebleu ! Victoire ! Les soldats sont en ébullition parce qu'il n'y a pas assez de rhum pour leur fournir leur ration quotidienne. Les nerfs du lieutenant Cresswell sont en train de craquer. Il ne parvient pas à contrôler la situation. Quant à King, il s'en moque, tant qu'il lui reste du porto. Cresswell préférerait boire du rhum et je suis persuadé que l'existence d'une distillerie obtiendrait l'approbation de Son Excellence. Cela coûterait bien moins cher de le fabriquer sur place que de le faire venir par transporteur. Le plus idéaliste des administrateurs sait parfaitement que le rhum est aussi nécessaire aux hommes que le pain et la viande salée.

— Eh bien, rien ne m'empêche désormais de faire pousser mon propre champ de canne à sucre. La terre en raffole et les vers détestent ça. Malgré tous les rats et les vers, je suis persuadé que nous allons récolter du blé et du maïs cet été.

— Je l'espère, pour notre bien à tous ! Harry Ball, du *Supply*, prétend que d'autres hommes vont bientôt débarquer. La situation empire à Port Jackson, malgré l'absence de vers. Je ne crois pas, même si l'on inclut l'ouragan, avoir été aussi terrifié que le jour où la vallée entière n'était plus qu'une masse de vers. Pas un million mais plusieurs millions, comme une armée en mouvement à côté de laquelle les hordes d'Attila auraient paru minuscules. C'est peut-être à cause de mon sang irlandais mais je te jure que j'ai cru que le diable avait jeté sa malédiction sur nous.

Encore frissonnant au souvenir de cet événement, Stephen préféra changer de sujet.

— Dis-moi, Richard, qui s'en prend aux truies de l'administration ? L'une est morte et l'autre estropiée.

Richard observa le visage de Stephen et se sentit envahi d'un sentiment proche de l'amour, quoique dénué de tout élan sexuel. Pourtant, ce n'était pas de l'amour. Pour lui, le mot « amour » était à jamais associé à William Henry, à la petite Mary, à Peg... partis pour toujours et pourtant toujours présents. Leurs noms flottaient dans sa mémoire, clairs et limpides, semblables au petit ruisseau qui courait à côté de la maison, aussi lointains que les étoiles, aussi proches que MacTavish lové sur ses genoux. « Je suis rempli de cette lumière et pourtant, parfois, je crois que je connaîtrai à nouveau ce même amour. Pas dans une autre vie, non, mais ici, à Norfolk Island. Je suis enfin sorti de ma torpeur. Oui, je suis en vie. En vie ! Peg, Mary, William Henry. Ils sont ici, au fond de mon cœur, attendant de me retrouver. Et ils resteront toujours avec moi. »

Stephen Donovan comprit qu'un changement capital était en train de s'opérer chez Richard. Comme s'il venait de se dépouiller d'une vieille peau pour se dresser enfin dans toute sa splendeur. « Qu'ai-je donc dit ? Quelle a été la cause d'une telle révolution ? Et pourquoi ai-je le privilège d'assister à ce miracle ? »

Richard répondit enfin à la question de Stephen au sujet des truies.

— Facile à deviner, affirma-t-il. Le coupable, c'est Len Dyer.

— Pourquoi lui ?

— Il est épris de Mary Gamble, le genre de fille qui ne se donnera pas au premier venu. Lorsqu'il a recherché ses faveurs, il s'est comporté grossièrement, sans prendre un instant en considération qu'elle était également un être humain. Tu vois ce que je veux dire : « Salut, Gamble, et si on baisait ? » Elle lui a fait comprendre sans ambages ce qu'il pouvait faire de ses testicules – si jamais ils existaient encore ! Et tout ça en face de ses camarades. (Richard s'assombrit.) C'est un hypocrite qui ne songe qu'à se venger. Mary a jeté une hache sur un verrat et en a été punie par le fouet. Alors pourquoi ne s'attaquerait-elle pas aux truies ? Ainsi, la pauvre femme serait une nouvelle fois soupçonnée.

Donovan se leva avant de souffler à Richard un impudent baiser.

— Plus maintenant, affirma-t-il. Je sais comment venir à bout de types comme Dyer. Et continue à m'appeler Stephen, cela me fera plaisir.

— Dans ce cas, Stephen, s'exclama Richard en riant, laissez-moi terminer mon travail.

Le commandant King avait découvert sous le sol une couche rocheuse d'exploitation facile qui s'étendait depuis la colline où se trouvaient le vieux jardin et Point Hunter jusqu'à l'extrémité de Turtle Bay. Quand on la brûlait, cette roche fournissait aussi une excellente chaux, bien qu'au début il eût envisagé de l'utiliser exclusivement pour la construction de cheminées ou de fours en pierre.

Le *Supply* arriva en décembre avec un nouveau lot de déportés qui porta la population de l'île à cent trente-deux personnes. Il transmit de nouveaux ordres du gouverneur Phillip, enjoignant de ramener les rations aux deux tiers, comme elles l'étaient déjà à Port Jackson. Pour Norfolk, cette nouvelle n'était pas catastrophique, même si des millions de vers avaient déjà entraîné beaucoup de dégâts. La récolte de blé couvrant près de 11 acres avait été remarquable, la pluie ayant cessé de tomber tout le temps de la moisson. Le maïs poussait encore mieux, les porcs se multipliaient rapidement – tout comme les canards et les poulets – et c'était la saison des bananes. Pour ceux qui mangeaient du poisson, il y avait abondance.

Grâce à son endurance et à sa ténacité, Richard comptait parmi les privilégiés dans la population des déportés, pour la simple raison qu'il ne causait aucun trouble, travaillait inlassablement et ne tombait jamais malade. Il obtint donc assez de pierres et de mortier pour se construire une cheminée convenable. Toutes les fosses de sciage travaillaient d'arrache-pied ; qu'aurait pu demander de plus le commandant au contremaître des scieurs ? Heureusement, le *Supply* avait apporté de nouvelles scies de Port Jackson. Le gouverneur Phillip, qui envisageait de tripler la population de Norfolk Island, avait estimé que les scies étaient plus utiles là-bas qu'à Port Jackson. Décision dont il espérait se féliciter lorsque le *Supply* lui aurait rapporté un premier chargement de chaux d'excellente qualité.

Mais le *Supply* avait également amené plus de femmes que le lieutenant King n'en pouvait employer. Richard eut alors une brillante inspiration et forma six d'entre elles à l'aiguisage des lames. Il se morigéna de n'y avoir pas songé plus tôt. Ce travail convenait à des femmes ayant quelques dispositions – on pouvait l'accomplir en position assise et à l'ombre – car, s'il n'était pas trop fatigant, il exigeait de l'attention et le souci du détail. De surcroît, il créait un esprit de camaraderie. Chaque fosse avait besoin d'une femme pour retoucher l'aiguisage au milieu d'une coupe, tandis que d'autres s'occupaient à peler l'écorce des troncs. Des liens se nouèrent entre les détenues et les hommes libres. L'une d'elles apprit ainsi que Richard Morgan était déjà marié et ne s'intéressait pas aux intrigues amoureuses.

Le rationnement aux deux tiers était dû au fait qu'aucun bateau n'était venu d'Angleterre pendant les deux dernières années. Le *Guardian* si ardemment attendu, avec les effets personnels de nombreux soldats, des tonnes de farine, de la viande salée, des provisions diverses et du bétail, n'était jamais arrivé et personne ne savait pourquoi. La sentinelle postée chaque jour au sommet de South Head, à l'entrée de Port Jackson, guettait anxieusement l'horizon depuis un an. Qu'une baleine crache de l'eau ou qu'un nuage blanc se forme au loin, et la sentinelle croyait apercevoir une voile. Mais, chaque fois, c'était la déception. Les provisions que le *Sirius* avait rapportées du cap de Bonne-Espérance en mai 1789 s'épuisaient, sans qu'aucun bateau ravitailleur apparaisse. Les seuls espoirs du gouverneur Phillip reposaient sur Norfolk Island, où, selon les rapports qu'on lui remettait, certains produits comestibles poussaient et où il n'y avait pas à se soucier de maraudeurs indigènes.

Les conditions de vie à Port Jackson étaient épouvantables, rapporta le *Supply* lors de son dernier voyage. Les gens y mouraient de faim et ressemblaient à des squelettes. On gardait encore de l'espoir à Rose Hill et dans certains coins au nord et à l'ouest de Port Jackson, tels Toongabbe ou Boundary Farms, qui produisaient un peu de légumes. Mais il faudrait encore des années avant de pouvoir récolter assez de grains.

Après que le *Supply* eut regagné Port Jackson avec son chargement de bois et de chaux, le gouverneur Phillip décida d'envoyer le navire à la recherche d'un approvisionnement abondant. Il comprenait à présent que le cap de BonneEspérance n'était pas en mesure de lui fournir en quantité suffisante de la farine, de la viande salée ni même des animaux, la population y étant trop peu nombreuse. Elle écoulait ses surplus auprès des Hollandais, des Anglais et autres bateaux des Indes orientales qui y faisaient escale. Mais on ne pouvait espérer trouver au Cap de quoi nourrir un millier de bouches ou davantage pendant un an. Pour finir, le *Sirius* en était revenu avec ses cales à moitié vides.

Le navire devait donc prendre la direction de Cathay, susceptible de fournir en abondance du riz et des viandes fumées – sans parler du thé et du sucre, qui amélioreraient notablement l'ordinaire des déportés, malgré leur faible pouvoir nutritionnel. Le gouverneur espérait aussi pouvoir acheter du rhum à Wampoa auprès des comptoirs européens. L'année 1790 s'annonçait pire encore que 1789, ce qu'il n'aurait jamais cru possible.

Pendant ses marches nocturnes, Phillip se demandait s'il n'y avait pas eu en Angleterre quelque bouleversement politique majeur – par exemple si le gouvernement de Mr Pitt avait été renversé – et si le royaume n'avait pas décidé d'abandonner l'expérience de Botany Bay. C'était terrible de ne rien savoir tandis que les mois s'écoulaient avec leurs cauchemars et leurs problèmes insolubles. Il commençait réellement à croire qu'ils avaient peut-être été tout simplement abandonnés comme Robinson Crusoé.

Avant que le *Sirius* soit prêt à affronter un long voyage, le *Supply* eut encore le temps d'effectuer un aller et retour jusqu'à Norfolk Island pour y amener de nouveaux forçats, lesquels portèrent la population à 149 âmes. Le gouverneur décida alors qu'en prenant la direction de l'Orient le *Sirius* accompagnerait le *Supply* jusqu'à Norfolk, où les deux bateaux déposeraient 116 déportés de sexe masculin, 67 femmes, 28 enfants, 8 officiers et 56 hommes de troupe. Avec ses 424 habitants, la population de l'île aurait donc triplé en un mois et quadruplé en quatre mois.

L'aimable et cultivé gouverneur connaissait bien son monde, en particulier le lieutenant Philip Gidley King qui avait servi avec lui sur l'*Ariadne* et l'*Europe* avant de le retrouver sur le *Sirius* en route vers la Nouvelle-Galles du Sud. Chaque fois que le *Supply* regagnait Port Jackson, il apportait des dépêches de King qui renforçaient les réserves émises par Son Excellence sur les talents d'organisateur du commandant. King était un patriarche, un homme à l'ancienne, très attaché au fils qu'il avait eu d'Ann Innet – et dire qu'il l'avait baptisé Norfolk ! Vraiment ! Si le choix d'un tel prénom ne révélait pas sa propension au romantisme, rien d'autre ne l'aurait pu. Norfolk Island était en train de devenir un lieu auquel un gouvernement romantique ne convenait plus.

Son Excellence avait aussi d'autres préoccupations. Deux surtout : le major Robert Ross, d'abord, qui lui faisait l'effet d'une épine dans le pied. Par ailleurs, Phillip avait désespérément besoin d'envoyer en Angleterre un homme de confiance – un idéaliste tel que King ferait l'affaire – pour une mission d'une extrême urgence. Cet émissaire devrait découvrir ce qui n'avait pas marché et persuader toutes les personnalités en place que la Nouvelle-Galles du Sud offrait un potentiel de développement considérable, du moins si l'on voulait bien lui consacrer un minimum d'investissements. Moins de 50 000 livres, soit un montant ridicule si on se souvenait que l'honorable Compagnie des Indes orientales dépensait plus, chaque année, en pots-de-vin.

Le gouverneur croyait en King, pas en Ross. Pas plus qu'il ne faisait confiance en la matière à un autre candidat, tel le capitaine John Hunter du *Sirius* – un autre Ecossais qui, comme tous les Ecossais, voyait partout de sinistres présages. Ross et Hunter ne croyaient pas à l'avenir de la Nouvelle-Galles du Sud, n'y trouvaient aucun potentiel à développer. A la vérité, tous deux étaient plus ou moins d'avis de recommander à la Couronne l'arrêt immédiat de l'entreprise. Phillip savait donc qu'il ne pouvait envoyer ni l'un ni l'autre en Angleterre pour parler en son nom.

Il demeurait en effet persuadé d'avoir évalué correctement la situation : la Nouvelle-Galles du Sud prospérerait, il le pressentait au plus profond de lui. Mais pas tout de suite. Il lui faudrait du temps et de l'argent.

Aussi, quand le *Supply* fit voile vers Norfolk Island avec le complément de déportés qui devait porter sa population à cent quarante-neuf âmes, lui confia-t-il une lettre pour King enjoignant à celui-ci de regagner Port Jackson avec Mrs Innet et le jeune Norfolk King pour y être instruit des détails d'une mission vitale dont le chargeait son pays. Pour le remplacer sur Norfolk Island, Phillip enverrait non un simple commandant, mais le gouverneur en second, c'est-à-dire Robert Ross. Il faisait ainsi d'une pierre deux coups car, en chargeant le *Sirius* d'aller s'approvisionner à Cathay après son escale à Norfolk Island, il se débarrassait en même temps de John Hunter pour plusieurs mois. Désormais, la population de l'île atteindrait 424 personnes, tandis que celle de Port Jackson tomberait à 591.

Le *Sirius* et le *Supply* arrivèrent de conserve, le samedi 13 mars 1790. Pour accoster à Norfolk, il fallait aborder l'île du côté sous le vent, à Cascade. Après un été humide et orageux, les pluies et les tempêtes d'équinoxe étaient arrivées en force. La piste à travers l'île était déjà très difficile mais, pour atteindre Cascade, c'était encore pire car les falaises tombaient à pic dans l'océan. Le seul moyen de descendre depuis le sommet jusqu'au rocher où se faisait l'accostage consistait à emprunter une vallée adjacente tombant elle aussi presque en à-pic. Cette crevasse était si raide, sur plus de 200 pieds, qu'il était exclu d'y engager sans assistance les femmes déportées, d'autant qu'une cascade dévalait la pente depuis le sommet et que la boue rendait le sol aussi glissant que de la glace.

A l'exception des scieurs et des charpentiers, tous les déportés furent envoyés de l'autre côté de l'île pour aider les nouveaux venus à franchir ce passage avec leurs bagages et les guider à travers l'île jusqu'à Sydney Town, Ross en tête.

— Je suis désolé pour ce pauvre type, déclara Stephen à Richard.

Assis dans la maison de Richard, ils dégustèrent du riz froid relevé d'un morceau de porc salé et d'une poignée de persil. De temps à autre, ils regardaient la pluie tomber à verse à travers la fenêtre sans volets, exposée sous le vent. Stephen avait fourni la farine et le porc salé, Richard le riz et le persil.

— Vous parlez du major ?

— Oui. Hunter et lui se détestent. Hunter s'est arrangé pour que Ross quitte le *Sirius* sur une chaloupe chargée jusqu'aux sabords de poulets, de dindons, de caisses, de tonneaux, de sorte que Ross avait de telles crampes aux mollets qu'il a eu du mal à débarquer du canot sur les rochers et qu'il pouvait ensuite à peine se tenir debout. Bien entendu, personne ne l'a aidé. Les hommes sont tous du côté de Hunter. Je pense qu'ils se sont réjouis de voir Ross à deux doigts de se noyer. Mais il n'est pas le commandant Ross pour rien. Il fallait le voir lutter pour garder l'équilibre sur la roche humide ! Normalement, les marins auraient dû transporter ses affaires en même temps, mais on peut être sûr que ce sera la dernière chose qu'ils déchargeront du *Sirius*.

» Je suis allé à sa rencontre pour l'aider à escalader ce passage difficile jusqu'au sommet. Crois-tu qu'il m'ait laissé faire ? Non ! Il s'est avancé, trempé jusqu'aux os, le menton en avant, la bouche serrée. Et il a traversé l'île tout droit à mes côtés sur cette affreuse piste, en pataugeant comme un phoque. Un vrai pataud, je te le dis, mais c'est aussi un homme de bien !

Richard affichait un large sourire en entendant ce récit, mais il s'abstint de tout commentaire et se leva pour porter les assiettes au-dehors, sous la pluie, et débarrasser la table. Naturellement, la communauté tout entière avait appris aussitôt, lors de la dernière visite du *Supply*, que King serait remplacé par Ross, information saluée pour la plupart par des grognements et des mots grossiers. Le bon temps touchait à sa fin, Ross y veillerait. Pour les Dyer et les Francis, de mauvais moments en perspective. Mais pour Richard Morgan, bien au contraire, plutôt agréables.

Certes, King avait été un bon chef, mais une population de cent quarante-neuf personnes était trop importante pour un homme tel que lui. King se serait contenté d'arracher quelques brins de sa perruque et d'envoyer les hommes couper du bois et construire des cabanes. Norfolk Island couvrait certes moins de 10 000 acres, mais Sydney Town n'était pas le seul endroit où ce nouvel afflux de population pouvait vivre. Les seules tentatives de King pour installer des gens ailleurs s'étaient limitées à Phillipburgh et aux plantations de lin. La vérité, c'était qu'il aimait voir rassemblés autour de lui, sur cette minuscule plate-forme de Sydney Town, ceux qu'il considérait comme sa grande famille. Quand Robert Webb et Beth Henderson étaient partis s'installer sur la piste menant à Cascade, King en avait été perturbé. Richard Phillimore, venu sur le *Scarborough,* rêvait d'aller cultiver une petite vallée éloignée à la pointe est, mais King ne l'avait pas laissé partir.

Pour Richard, la meilleure chose à faire était d'ouvrir l'île tout entière à la colonisation et de laisser les gens s'installer là où ils en avaient envie. De plus, il craignait que l'extension de Sydney Town ne progresse jusqu'à la pointe d'Arthur's Vale, où il vivait si heureux, sans voisins proches, sur des terres qu'il avait cultivées lui-même et qu'il finissait par considérer comme siennes. Il se baignait près de la rivière, au milieu d'une forêt de fougères qui, ici, ressemblaient à de véritables arbres. Il avait même aménagé une petite dérivation du courant pour ses seuls besoins, afin de ne pas souiller l'eau de la rivière.

Malheureusement, avec la stratégie de King, il voyait approcher le jour où la petite ville, qui grandissait à vue d'œil, le rattraperait. Quant à Ross, Richard n'espérait pas le voir manifester une plus grande sagesse mais le commandant imaginerait sans doute de nouvelles solutions à ce brusque accroissement de la population.

— Je suppose que le major est déjà en train de faire sécher sa veste dans la résidence du gouverneur adjoint ? s'enquit Richard tandis qu'ils descendaient, insensibles à la pluie, vers l'étang et la digue.

— Oh, certes. Pauvre Mr King ! La moitié de sa personne est transportée à l'idée de cette importante mission qu'on lui a confiée en Angleterre, mais l'autre moitié s'inquiète de ce que Ross fera de Norfolk Island.

Le soldat Wigfall venait de déjeuner avec quelques-unes des nouvelles recrues parmi lesquelles il avait retrouvé des amis de Port Jackson. Lorsqu'il vit Richard arriver, il se précipita vers la fosse. Occupés à scier un fût de 30 pieds, ils étaient parvenus au cœur du tronc qu'ils s'apprêtaient à équarrir avant de le transformer en poutres. Stephen Donovan poursuivit son chemin vers la première de sa douzaine d'équipes occupées à construire des écluses pour la digue. Constituée de gros rochers de basalte, de chaux concassée et de terre, la digue résistait sous cette pluie diluvienne, ce qui avait surpris tout le monde. Cela faisait des jours et des jours que le ciel se déversait sur eux sans interruption.

En l'espace de quatre jours, la population de l'île fut portée de 149 à 424 âmes car le *Sirius* et le *Supply* avaient débarqué plus de personnes que l'île n'en avait accueilli avant mars 1790. Les deux bateaux transportaient également des provisions de toutes sortes, de la farine jusqu'au rhum.

— Mais ce n'est toujours pas assez ! s'exclama King, préoccupé, en s'adressant à Ross. Comment vais-je pouvoir nourrir tout ce monde ?

— Ceci ne vous concerne plus. Vous ne garderez le commandement que jusqu'au départ du *Supply*, lequel ne tardera guère. Nous attendrons que la mer soit plus calme et que les marchandises puissent être débarquées de ce côté de l'île. Jusque-là, je m'en rapporterai à vos avis. Tout en sachant que le problème de l'approvisionnement en nourriture devra m'être transmis et que j'aurai à le régler.

Sur ces mots, Ross posa fièrement son bras sur les épaules de son fils de dix ans, Alexander John, qui venait d'être nommé second lieutenant après la mort du commandant John Shea. Ce décès avait entraîné une promotion pour tous les officiers et créé un vide au bas de la hiérarchie. Little John, comme tout le monde l'appelait, était un enfant sage qui savait son père assez accablé de problèmes pour ne pas lui causer d'autres soucis. Il supportait son sort avec résignation, sachant bien que sa nouvelle nomination, peu réglementaire, n'était pas bien vue des autres officiers.

Debout au sommet de la petite éminence sur laquelle se dressait la modeste résidence du gouverneur, son père contemplait la plate-forme située au bord de la mer, où régnait le même chaos qu'au moment du débarquement à Port Jackson.

Des gens erraient sans but, y compris les cinquante-six soldats qui venaient de débarquer, encore dépourvus de casernement. Les officiers avaient réquisitionné les huttes des anciens déportés qui ajoutaient encore à la confusion en venant grossir le nombre des sans-logis.

— J'espère que vous avez de bonnes équipes de scieurs au travail, Mr King ? s'enquit Ross d'un ton lugubre.

— Oui, dans la mesure du possible.

Le trouble de King ne cessait d'augmenter. Il éprouvait une terrible anxiété à l'idée de quitter Norfolk Island.

— Nous avons trois fosses de sciage en long, reprit-il, mais il va falloir trouver de nouveaux scieurs et vous savez fort bien, Mr Ross, que ce n'est pas chose facile.

— Il y a des scieurs de Port Jackson parmi les nouveaux arrivés.

— Et aussi de nouvelles scies, j'espère ?

— Son Excellence n'a pu envoyer que trois lames pour le sciage en long mais une centaine de scies à main ont également été expédiées. Est-ce que Richard Morgan travaille toujours à la fosse ?

Le visage de King s'éclaira.

— Je n'aurais rien pu faire sans lui, dit-il, pas plus que sans Nat Lucas, le chef de mes charpentiers ou, encore, Tom Crowder, mon secrétaire.

— Je vous avais dit que Morgan était un homme bien. Où est-il ?

— A la scie, tant qu'il fait jour.

— Pas à l'aiguisage ?

King se mit à rire.

— Il a eu le bon sens d'initier des femmes et ça marche parfaitement. Pour scier, il fait équipe avec le soldat Wigfall. Nous manquions de déportés compétents pour cette tâche. Ce n'est pas un travail très enviable, mais Wigfall semblait désireux de s'y mettre, tout comme Morgan et quelques autres. Ils sont tous en excellente santé, sans doute en raison de ce rude labeur et aussi de la bonne nourriture.

— Dans ce cas, il importe de continuer à bien les nourrir, fût-ce au détriment d'autres détenus.

Oubliant que King était encore nominalement le chef, Ross poursuivit :

— La première chose à faire, c'est de construire des casernes pour mes soldats. Vivre sous la tente, c'est l'enfer... et encore, si Hunter veut bien remuer son royal derrière pour faire décharger ces maudites tentes. Avez-vous idée de l'endroit où l'on pourrait édifier ces baraquements ?

— Là-bas, de l'autre côté du marais, répondit King en dissimulant son déplaisir. La bande de terre au pied des collines derrière Sydney Town est à l'abri de l'eau. Je dois néanmoins vous signaler que le bois des pins de Norfolk pourrit vite quand on l'enfonce dans le sol. Il serait préférable de bâtir des fondations en pierre. Y a-t-il des maçons parmi les nouveaux déportés ?

— Quelques-uns, oui, et aussi des tailleurs de pierre. Pour l'instant, Port Jackson n'a pas besoin de nouvelles constructions et Son Excellence sait qu'il en faut d'urgence sur Norfolk Island. A propos, il s'est montré enchanté de recevoir la chaux. Malgré toutes nos explorations, nous n'avons trouvé aucune trace de calcaire dans tout le comté de Cumberland.

— Quand je le verrai, je lui dirai de ne pas s'en préoccuper. Nous pouvons produire ici une centaine de boisseaux de chaux par jour.

King désirait ardemment un verre de porto mais il savait que le major n'approuvait pas que l'on dépasse une demi-pinte par jour quand il s'agissait de produits qu'il qualifiait de « toxiques ». Il aperçut Ann sur le seuil de la maison et décida de laisser le major se débrouiller tout seul. Ann attendait un second enfant et pouvait avoir besoin de lui.

— Je dois vous quitter, lâcha-t-il en s'éclipsant.

La silhouette délicate du second lieutenant Ralph Clark se profila. Ross avait méprisé cet être trop sensible qu'il jugeait immature, jusqu'à ce qu'il s'aperçoive que Clark savait très bien s'y prendre avec les enfants et ne demandait qu'à s'occuper de Little John. S'il n'était d'aucune utilité en tant que soldat, il s'avérait parfait comme gouvernante.

— Je serais drôlement heureux d'avoir une chemise propre sur le dos, monsieur, dit Clark en souriant à Little John. Et je suis certain que vous le seriez aussi. J'imagine qu'ils doivent avoir enfin débarqué nos affaires.

— Je doute que le *Sirius* réussisse à décharger quoi que ce soit, observa Ross sèchement. Voyez le *Supply*. Eux s'en sortent très bien.

— Le *Supply* a Ball et Blackburn, monsieur. Ils connaissent déjà l'endroit.

« Alors que Hunter, du *Sirius,* n'est qu'un imbécile acariâtre », pensa Ross avant de reprendre à voix haute :

— Veillez sur Little John, lieutenant. Je dois sortir quelques instants.

Les traces du terrible cyclone qui avait frappé l'île demeuraient encore visibles plus d'un an après, bien que tous les arbres récupérables eussent été écorcés et sciés. Ceux que l'on jugeait trop grands pour les fosses de sciage ou qui commençaient déjà à pourrir avaient été traités de plusieurs manières, leurs branches transformées en torches ou en petit bois, leurs troncs débités en morceaux et jetés dans des cratères pour brûler, ou encore, empilés pour servir de bois de chauffage.

King expliqua que l'on continuait à traiter le bois abattu par le vent tout en poursuivant le défrichage des hauteurs autour du vallon et de Sydney Town. Après quoi, le bois était stocké.

« Il y a trop de sol occupé par des débris de pins, songea Ross en l'écoutant. En hiver, je ferai allumer des feux toutes les nuits. Nous avons trop besoin de cette terre si précieuse. »

A ses yeux, l'île était pire encore que Port Jackson. Il ne savait pas comment elle pouvait faire vivre une population de plus de quatre cents personnes avec un minimum de confort. On y trouvait, certes, des légumes en abondance, malgré la multitude de vers, mais l'espèce humaine ne pouvait vivre exclusivement de végétaux, surtout en travaillant durement. Il fallait aussi de la viande et du pain. La récolte de blé et de maïs dans les greniers des entrepôts l'avait surpris par son importance. D'après King, la présence permanente des rejetons de MacGregor et de Delphinia autour du grenier était indispensable pour tenir les rats à distance. Avec les nouveaux venus, étaient également arrivés une douzaine de chiens et deux douzaines de chats qui aideraient à contenir la horde des petits rôdeurs.

Quant aux porcs, ils se développaient beaucoup mieux qu'à

Port Jackson. Ils se nourrissaient de maïs, de betteraves fourragères, de restes de poisson et de bien d'autres choses encore, y compris de cœurs de palmier et des fougères arborescentes. Ils se délectaient également d'une certaine sorte d'oiseaux de mer qui nichaient sur Mount George entre novembre et mars.

— Drôle d'animal que cet oiseau-là, avait commenté King. C'est à croire qu'il s'égare et n'arrive pas à retrouver son nid. Waaah ! Waaah ! Il faut l'entendre hurler toute la nuit comme un fantôme ! Avec une torche, il est très facile de l'attraper. Les porcs, eux, se contentent de grimper sur Mount George et de se régaler. Nous avons essayé d'y goûter, puisqu'ils sont si accessibles, mais leur chair est affreusement grasse et sent le poisson... pouah !

« Dans ce cas, conclut Ross à part lui, l'élevage du porc devra prendre une bonne place dans mes projets. »

Mais le blé, malgré la bonne récolte, serait insuffisant pour nourrir plus de quatre cents personnes jusqu'à la prochaine moisson. On le semait en mai ou juin, pour le récolter en novembre et en décembre. King assurait que le maïs poussait toute l'année. Pour lutter contre l'invasion de vers et de rats, il faisait semer le blé juste après le passage d'une vague de nuisibles, alors que le maïs se plantait sans discontinuer. Le blé en épis était trop frêle pour que les rats puissent l'atteindre en grimpant, mais les tiges de maïs leur offraient une échelle. On déplorait aussi les ravages causés par les perroquets verts qui arrivaient du ciel en groupe pour détruire les épis. « Maîtriser la nature, songea Ross, exige décidément une lutte constante. »

Il parcourut d'un bout à l'autre la plate-forme en bord de mer tout en réfléchissant intensément. Pas question de construire à Arthur's Vale car c'était là, à l'évidence, que poussaient le mieux les récoltes. Le sol devait donc être réservé à la culture. Ce qui signifiait que toute la population devait résider à Sydney Town pour l'instant – mais seulement pour l'instant. Il faudrait qu'il aille voir Robert Webb et sa femme, ainsi que Robert Jones, ce déporté qui avait fini son temps et pris une terre à mi-chemin entre Sydney Town et Cascade.

Cascade ! Quel endroit pour aborder ! Hunter avait dû bien ricaner en regardant le nouveau gouverneur embarquer sans bagages dans une chaloupe remplie de volaille ! Ross, renfrogné, concentra ses pensées sur tout le mal qu'il souhaitait au capitaine John Hunter, du *Sirius*. Tout Ecossais pragmatique qu'il était, il croyait au pouvoir d'une malédiction. Hunter ne réussirait pas. Hunter aurait des ennuis. Hunter chuterait. La peste soit de lui !

Après avoir évacué sa colère, Ross se sentit mieux. Il fit halte à l'extrémité la plus éloignée pour regarder en bas, vers la portion de terrain nettoyée qui demeurait inoccupée et se terminait sur la plage, au-delà de Turtle Bay. Il résolut d'installer ses soldats et leurs officiers le long de la route menant au point de débarquement. Ainsi, il fermerait aux déportés l'accès à Arthur's Vale et aux réserves de nourriture désormais stockées dans l'immense hangar de King et dans le haut du grenier à grain. Il logerait les condamnés nouvellement arrivés à l'est de la troupe, dix par case, et tant pis pour les critiques du révérend Johnson, qui tenait absolument à empêcher les hommes et les femmes de forniquer. Pour Ross, accorder la liberté de forniquer était à sa manière une source d'équilibre car elle octroyait à la population un certain degré de satisfaction. Dieu pardonnerait bien quelques péchés à ces pauvres gens car il leur envoyait bien d'autres épreuves.

Quant aux anciens déportés chassés de leurs cases pour laisser la place aux officiers, ils rentreraient chez eux. Il fallait se montrer dur mais équitable. Ceux qui avaient travaillé ici – bien peu en vérité – devaient à juste titre se voir récompensés de leurs efforts. Ils pourraient regagner leurs cases dès que les officiers seraient convenablement logés et seraient aussi les premiers déportés à recevoir un lopin de terre.

A bien y réfléchir, il en était arrivé à la conclusion que cette politique serait la seule façon d'ouvrir à la vie ce minuscule point perdu dans l'océan infini. Offrir à ceux qui le désiraient un travail motivant et leur donner de la terre : un peu autour de Sydney Town, moins dans le secteur d'Arthur's Vale et la plus grande part dans les zones encore vierges de l'île. Plus de pistes, mais une véritable route jusqu'à Ball Bay, Cascade, Anson Bay, pour que les colons puissent enfin se déplacer.

Si Ross avait une qualité, c'était bien sa gigantesque force de travail...

Il prit la direction d'Arthur's Vale à l'ouest, reconnaissant à contrecœur que le lieutenant King n'avait pas perdu son temps pendant ces deux années de gouvernement à Norfolk Island, compte tenu des faibles moyens dont il disposait. Les fondations du grenier à grains et du hangar de bois seraient peu à peu remplacées par une assise en pierre, de celle dont on fabriquait le mortier (ce n'était pas exactement du calcaire mais de la calcarénite) et que King avait découverte près du cimetière. Le parc à bétail, à côté des entrepôts, semblait assez vaste et la digue avait été une idée de génie.

Il parvint à la hauteur de la deuxième fosse de sciage, abritée du soleil par un auvent. Les hommes y travaillaient dur. Ross jeta un coup d'œil revêche au groupe de femmes occupées à aiguiser les scies, puis il traversa le vallon au-delà de la digue pour se diriger vers les pentes que l'on était en train de défricher afin d'étendre les champs de blé et de maïs. Repérant alors la troisième fosse de sciage, il aperçut Richard Morgan en haut d'un gigantesque tronc. Ross s'arrêta tranquillement pour observer son travail, trop averti pour détourner l'attention du scieur occupé à débiter un arbre de 6 pieds en tranches avec un instrument redoutable.

L'air était humide, le temps plus agréable qu'au cours des quatre jours qui s'étaient écoulés depuis son débarquement. Les hommes, dans la fosse, n'étaient vêtus que de pantalons de toile très usés. « Voilà qui n'est pas juste, songea Ross. Aucun de ces hommes ne connaît le confort d'un caleçon. Je le sais car il y a plus d'un an déjà que le dernier caleçon d'un déporté est tombé en lambeaux à Port Jackson. Ils accomplissent ce travail avec les dures coutures de leur pantalon qui irritent leurs parties génitales. Bien que je déteste les condamnés, je dois admettre qu'il se trouve parmi eux une bonne proportion de braves gens et même mieux encore. King peut chanter les louanges de Tom Crowder – un lèche-bottes qui sait se rendre utile – je préfère, moi, des hommes comme Richard Morgan, qui n'ouvre la bouche que pour dire des choses sensées. Ou Nat Lucas, le petit charpentier. Crowder ne travaillera jamais que pour lui-même. Morgan et Lucas n'œuvrent que pour le seul plaisir du travail bien fait. Comme les voies de Dieu sont mystérieuses ! Il rend certains hommes et certaines femmes sincèrement travailleurs et d'autres paresseux jusqu'à l'os... »

La coupe terminée, Ross éleva la voix :

— C'était dur, hein, Morgan ? Je l'ai bien vu.

Sans chercher à dissimuler son plaisir, Richard fit le tour du tronc et sauta sur le sol. Spontanément, il s'avança la main tendue avant de se raviser pour offrir au major un salut plus protocolaire.

— Soyez le bienvenu, monsieur, dit-il avec un sourire.
— A-t-on réquisitionné ta case ?
— Pas encore, monsieur, mais je m'attends à ce qu'elle le soit.
— Où vis-tu donc, pour que cela ne se soit pas encore produit ?
— Tout en haut, monsieur, à l'extrémité du vallon.
— Montre-moi.

Edifiée à la lisière de la forêt, la nouvelle demeure de Richard, avec ses piliers de pierre et son toit en bardeaux, ne ressemblait en rien à une case. Ross nota qu'elle possédait une cheminée de pierre, de même que certaines maisons de la plage, signe que King avait jugé Morgan digne d'une récompense. Une cabane servant de latrines avait été construite au-dessous. Elle était entourée d'un jardin potager d'aspect verdoyant, traversé par une allée empierrée de basalte. Plus loin, dans un champ, ondulaient des cannes à sucre. Quelques bananiers avaient été plantés sur la pente ainsi qu'un petit arbre d'aspect broussailleux portant des baies rosâtres.

Une fois entré, Ross estima qu'il s'agissait là d'un remarquable travail de professionnel pour un homme qui, pourtant, n'était pas charpentier. La maison était parfaitement finie. Les parois, le plafond et le sol soigneusement poncés. Bien sûr ! Les armuriers connaissent également le travail du bois ! Sur l'un des murs, une étagère montrait une imposante collection de livres. Une autre était occupée par quelque chose qui ressemblait à une pierre filtrante. Le lit était garni de couvertures provenant de l'*Alexander* et une jolie table, équipée de deux chaises, trônait au milieu de la pièce. Les ouvertures étaient équipées de volets.

— Tu t'es aménagé un véritable nid, observa Ross en prenant place sur une chaise. Assieds-toi, Morgan, sinon je ne me sentirai pas à l'aise.

Richard s'assit, gardant une attitude rigide.

— Je suis heureux de vous voir, monsieur.
— C'est ce que je vois à ton visage. Tu es un des rares, ici, à se réjouir de ma venue.
— Eh bien, les gens n'aiment pas le changement, en règle générale.

— Particulièrement lorsque ce changement porte le nom de Robert Ross. Non, non, Morgan, inutile de prendre cet air gêné ! Tu es un déporté, pas un criminel. Il y a une différence. Par exemple, j'ai du mal à m'imaginer Lucas en criminel. Sais-tu pourquoi il a été jugé ? Je cherche à rassembler des preuves pour une théorie que j'ai conçue.

— Nat Lucas vivait à Londres dans une pension de famille. Il n'avait pas le droit de fermer à clef la porte de sa chambre car il pouvait être amené à tout moment à la partager. Il y avait deux autres pensionnaires, un père et sa fille. Un beau jour, le père a trouvé des choses appartenant à sa fille sous le matelas de Lucas – des tabliers de calicot, des choses de ce genre... bref, rien qui mérite d'être volé. Lucas, d'ailleurs, a nié fermement. Mais le père et sa fille l'ont accusé.

— D'après toi, quelle est la vérité ?

— Je pense que la fille était amoureuse de Nat Lucas. Quand elle a vu qu'elle ne parviendrait pas à le séduire, elle s'est vengée. Son procès n'a pas duré dix minutes et son patron n'a pas pris la peine de venir témoigner en sa faveur, de sorte qu'il n'a eu personne pour le défendre. Mais les tribunaux de Londres sont si encombrés et il y règne une telle confusion que son patron a aussi pu venir sans pouvoir trouver la salle. A moins, tout bonnement, qu'on lui ait refusé l'entrée. Les juges ont interrogé Nat mais, celui-ci se retrouvant seul, c'était sa parole contre celle des deux autres. Il a été condamné à sept ans.

— Voilà qui confirme une fois de plus ma théorie, dit Ross en s'appuyant à son dossier. Des histoires de ce genre sont très fréquentes. Il y a néanmoins parmi vous de véritables criminels, aisément reconnaissables. J'ai remarqué que vous autres, vous saviez vous tenir à l'écart des ennuis. C'est une poignée de têtes brûlées qui rend difficile le sort de tous. Pour un homme condamné au fouet, il y en a trois ou quatre qui ne subiront jamais pareil châtiment tandis que ceux qui sont fouettés le seront de nouveau, inévitablement. Remarque, il y en a aussi qui ne sont ni honnêtes ni infâmes ; ceux-là sont des paresseux qui exècrent de près ou de loin tout ce qui ressemble à un travail un peu ardu. Et les jugements en Angleterre se résument à la parole de l'un contre celle de l'autre. Il y a rarement des preuves.

— De plus, observa Richard, bien des délits sont commis sous l'emprise de l'alcool.

— Est-ce ce qui t'est arrivé ?

— Pas vraiment, bien que le rhum ait joué son rôle dans mes malheurs. J'avais découvert une escroquerie à la régie des impôts sur les alcools et il était important pour les fraudeurs que je ne puisse pas témoigner. Ils ont donc trouvé un moyen de m'en empêcher. L'affaire s'est déroulée à Bristol mais mon procès a eu lieu à Gloucester, où je ne connaissais personne... Cependant, je me considère comme seul à blâmer, monsieur.

En le regardant, Ross nota que Morgan présentait le type celte des Gallois : cheveux noirs, teint sombre, yeux clairs, visage fin. Il devait avoir hérité sa haute taille d'ancêtres anglais tandis que sa musculature actuelle résultait sans doute de son dur labeur. Les scieurs, les maçons, les forgerons, les bûcherons qui mettaient du cœur à l'ouvrage avaient toujours des corps splendides. A condition d'être convenablement nourris. Au moins, à Norfolk Island, la population mangeait à sa faim. Il était de la plus haute importance que cette situation se maintienne à l'avenir.

— Tu es l'image même de la santé, dit Ross. Tu n'as jamais été malade ?

— Je me suis arrangé pour rester en bonne forme et, si j'ai réussi, c'est surtout grâce à ma pierre filtrante. (Richard la désigna d'un geste, avec une expression presque affectueuse.) J'ai eu aussi de la chance. Les périodes de véritable famine ont été relativement courtes ou pas assez sévères pour entraîner des troubles graves. Mais si j'étais resté à Port Jackson, qui sait ? Voilà seize mois que vous m'avez envoyé ici. (Ses yeux pétillèrent.) J'aime le poisson et il y en a beaucoup qui ne sont pas dans ce cas, aussi je reçois toujours plus que ma part.

MacTavish choisit ce moment pour entrer par la porte ouverte et sauta sur les genoux de Richard en haletant.

— Seigneur ! S'agit-il de Wallace ? Cela ne peut être Mac-Gregor.

— Non, monsieur. C'est le petit-fils de Wallace et le fils de MacGregor et de Delphinia, une chienne épagneul du gouvernement. Il s'appelle MacTavish et se nourrit de rats.

Ross se leva.

— Je te félicite pour ta maison, Morgan. C'est une demeure

confortable. Fraîche en été grâce aux frondaisons des arbres et chaude en hiver avec cette cheminée.

— Elle est à votre disposition, monsieur, répondit Richard respectueusement.

— Si elle était plus proche du centre, j'accepterais ton offre, sois-en certain. Tu as eu la prudence, digne d'un homme du Nord, de la construire à l'extrémité du vallon. Aucun de mes officiers ne voudrait parcourir le chemin jusqu'ici, à l'exception du lieutenant Clark, dont j'ai besoin à mes côtés.

« De toute façon, elle est trop isolée pour être occupée en toute sécurité par un officier, pensa Ross. Qui sait ce qui pourrait se passer ? »

— Cependant, ajouta-t-il en se dirigeant vers la porte, tu seras obligé de la partager dans quelque temps.

Richard l'accompagna jusqu'à la fosse de sciage où Sam Hussey et Harry Humphreys attaquaient un nouveau tronc.

— Je suis chargé de contrôler le travail des scieurs, monsieur. Dès que vous en aurez le temps, j'aimerais m'entretenir du sciage avec vous.

— Rien ne vaut le présent, Morgan. De quoi s'agit-il ?

Ils inspectèrent les fosses de sciage une à une tandis que Richard expliquait son système, parlait du précieux travail des femmes chargées d'écorcer les troncs et d'aiguiser les scies, mentionnait d'autres endroits où de nouvelles fosses pouvaient être aménagées. Il évoqua aussi la nécessité d'engager de nouvelles recrues et le besoin de convertir certaines scies de long en scies transversales. Enfin, il suggéra au major de leur donner l'autorisation de couper du bois pour eux-mêmes pendant leur temps libre.

Ils arrivaient à présent au bord de la dernière fosse sur la plage.

— William Edmunds se trouve-t-il parmi les nouveaux arrivés ? demanda-t-il, certain que le major connaissait déjà le nom des immigrants, qu'ils fussent déportés ou libres.

— Oui, il est là. Tu peux le prendre avec toi.

« Voilà, pensa Richard avec satisfaction, j'ai réussi la transition sans difficulté. Comme le major Ross doit se sentir seul pour consentir ainsi à parler à un déporté comme à un collègue ! Est-ce pour cela qu'il m'a envoyé ici ? »

Le vendredi 19 mars, par beau temps et mer calme, le *Sirius* s'ancra dans Sydney Bay pour décharger sa cargaison. A l'abri de l'île de Nepean, il se préparait à mettre les canots à l'eau quand les officiers constatèrent qu'il dérivait trop près des rochers de Point Hunter. Aussi décidèrent-ils de le déplacer un peu plus loin. Mais le bateau se trouva vent debout et s'immobilisa. Le maître timonier Keltie tenta de tirer des bords pour profiter d'un vent arrière mais, à ce moment précis, la brise fit place à un fort coup de vent. Le *Sirius* manqua de nouveau sa manœuvre.

Alors que sonnait la cloche de midi, une énorme vague souleva le bateau et le projeta de flanc contre le récif. Armés de haches, les marins coupèrent les mâts à la base, ensevelissant les canots et le pont lui-même sous un amas d'espars et de toile. D'autres canots arrivèrent en hâte de la plage et du *Supply* mais ne purent l'atteindre. La vague fut soudain si haute qu'elle recouvrit le couronnement du navire, une pièce de chêne qui courait le long de l'étrave et filait vers l'arrière en bordant la lisse. Tandis que les marins s'activaient à dégager le pont du gréement écroulé, une haussière de sept pouces d'épaisseur fut tirée sur le rivage et amarrée tout en haut d'un grand pin encore debout. Tous ceux qui pouvaient se dispenser de rester à bord durent se laisser glisser, suspendus à cette haussière, survolant les flots agités par la marée montante de l'après-midi.

Le commandant Hunter fut le premier déposé à terre, trempé, couvert d'ecchymoses et de coupures. Son état attestait largement que la malédiction secrète de Ross avait été entendue. Mais le pire était encore à venir car Hunter avait perdu son navire et, pour cela, passerait en jugement en Angleterre.

D'autres officiers le suivirent jusqu'à ce que quelqu'un songe à équiper l'haussière d'un morceau de grille sur lequel les hommes pouvaient se percher et protéger ainsi leurs jambes des coraux. Il faudrait attendre que la vague de barre diminue pour pouvoir installer un trépied au bout de l'haussière, mais il n'en était pas question pour l'instant.

Des hommes d'équipage du *Sirius*, en permission à terre, firent l'aller et retour à la nage jusqu'à l'épave, de même que Stephen Donovan, furieux que personne sur le *Sirius* ne l'ait consulté sur les vents et les courants. Seigneur, comment, sur un bateau d'une telle dimension, n'avait-on pas compris que l'île de Nepean n'offrait pas un abri suffisant et qu'elle pouvait provoquer d'étranges renversements de vents ? Pourquoi Hunter n'avait-il pas utilisé les compétences de David Blackburn ou de Harry Ball, s'il était trop fier pour demander son avis à un matelot de la marine marchande ?

La nouvelle du naufrage parvint sans tarder aux fosses de sciage – les mauvaises nouvelles voyagent toujours vite. Richard fit le tour de l'équipe pour interdire aux hommes d'interrompre leur travail tant qu'ils ne seraient pas informés qu'on avait besoin d'eux ailleurs. On comptait maintenant plusieurs centaines de personnes à héberger, surtout après que l'équipage du *Sirius* en détresse eut échoué sur l'île, soit une centaine de personnes de plus. Si le *Sirius* ne pouvait plus naviguer vers Cathay, le *Supply* devrait prendre sa place, ce qui signifiait des mois entiers sans visite.

Ce fut du moins ce que pensa Richard – et il s'avéra bientôt qu'il avait raison.

L'aube du samedi révéla que le *Sirius* était encore à peu près d'un seul tenant. Le fond était brisé mais l'arrière avait été soulevé hors du récif sur lequel il gisait avec une forte gîte. Quant aux conditions de débarquement, elles furent affreuses. Le vent soufflait en tempête et les nuages annonçaient de la pluie, mais il fallut néanmoins décharger les provisions tout au long de la journée. Vers quatre heures de l'après-midi, le dernier homme était à terre, les cales du *Sirius* vides tandis que la cargaison se trouvait sur le pont, débarrassée de tout ce qui l'encombrait et, ainsi, plus facilement accessible.

A neuf heures du matin, ce même samedi, après avoir consulté Ross, King convoqua tous les officiers du *Sirius* et ceux du corps de marine à une réunion présidée par le major.

— Comme il convient dans ce cas d'urgence, Mr King m'a officiellement remis le commandement en tant que gouverneur en second, déclara Ross dont les yeux clairs luisaient d'un éclat métallique évoquant les eaux d'un lac écossais. Des décisions s'imposent pour assurer la paix, l'ordre et une conduite des affaires convenable. On m'a informé que le *Supply* pouvait prendre à bord une vingtaine d'hommes du *Sirius,* en même temps que Mr King, sa femme et son enfant. Il est impératif que le *Supply* fasse voile vers Port Jackson aussi rapidement que possible. Son Excellence doit être informée du désastre qui s'est produit ici.

— Ce n'est pas ma faute, hoqueta Hunter, le visage balafré, blême au point de sembler sur le point de s'évanouir. Nous n'avons pas pu maîtriser le bateau pour mettre en panne, c'était tout bonnement impossible ! Au moment où le vent a tourné, les voiles se sont masquées... Tout est arrivé si vite... si vite !

— Cette rencontre n'a pas été organisée pour distribuer des blâmes, Mr Hunter, déclara sèchement Ross.

C'était lui qui contrôlait la situation et, pour une fois, la Royal Navy devait s'incliner devant le représentant du Marine Corps, qui n'avait pas le droit de se qualifier de « royal ».

— Nous sommes ici, poursuivit-il, pour discuter d'un nouvel état de fait. Cette colonie qui, voilà seulement six jours, se composait de cent quarante-neuf personnes va devoir en héberger maintenant plus de cinq cents, dont plus de trois cents nouveaux déportés et quatre-vingts hommes de l'équipage du *Sirius*. En tant que marins, ces derniers ne seront guère d'utilité pour diriger les condamnés ou travailler à terre. Mr King, pensez-vous que le gouverneur Phillip nous renverra le *Supply* depuis Port Jackson ?

Le visage de King reflétait un mélange de surprise et de perplexité. D'un énergique mouvement de tête, il repoussa cette hypothèse.

— Non, Mr Ross. Vous ne pouvez pas compter sur le retour du *Supply*. Comme j'ai cru le comprendre, Port Jackson meurt de faim et Son Excellence redoute vivement que l'Angleterre ne nous ait oubliés – pour quelle raison, personne ne le sait. Le *Sirius* étant inutilisable, le *Supply* est le seul moyen qui nous reste d'entrer en contact avec l'extérieur. Il devra se rendre soit au Cap, soit à Batavia, pour s'approvisionner et je souhaite que Son Excellence opte pour Batavia, car ce serait un voyage plus facile pour ce vieux bateau qui a fait son temps. Sa préoccupation majeure est que quelqu'un aille expliquer à la Couronne les conditions désastreuses dans lesquelles se trouvent nos deux colonies. A moins qu'un bateau ravitailleur n'arrive entre-temps. Mais cela, messieurs, semble de moins en moins probable.

— Nous ne pouvons compter sur rien, si ce n'est le pire, Mr King, aussi mieux vaut ne pas envisager l'arrivée de secours.

Certes, nous possédons encore des réserves de blé et de maïs dans nos greniers, mais il nous faudra encore attendre au moins deux mois pour les nouvelles semailles et huit à neuf pour les récoltes. Si nous réussissons à extraire du *Sirius* toutes les provisions avant qu'il coule (il ignora l'expression catastrophée qui se peignit sur le visage de Hunter), j'estime qu'il nous reste de quoi nourrir tout le monde pendant trois mois tout au plus. Nous devrons pêcher sans relâche et chasser toutes les espèces d'oiseaux consommables.

— Je vous ai parlé de ces oiseaux d'été qui gémissent comme des fantômes, répondit King, mais il y a une autre espèce qui vient en hiver. C'est un oiseau de mer gras et au goût agréable qui arrive en avril et reste sur l'île jusqu'en août. Il niche dans la montagne et c'est la raison pour laquelle nous n'avons pas trop cherché à le chasser car, en l'absence de tout sentier, le trajet pour l'atteindre est long et périlleux. Mais c'est un animal si paisible qu'un homme peut s'avancer jusqu'à lui et le saisir. Ils sont des milliers, ils pêchent toute la journée en mer et rentrent dans leurs trous au crépuscule, exactement comme les oiseaux fantômes. Si la situation devient désespérée, ils représenteront une source de nourriture. Il vous faudra seulement tracer des chemins.

— Je vous remercie de cette information, Mr King. (Ross s'éclaircit la voix.) Les choses étant ce qu'elles sont, mon principal souci est le risque de mutinerie. (Il jeta un coup d'œil en direction des officiers de son corps.) Et je ne parle pas nécessairement d'une mutinerie des déportés. Un certain nombre de mes engagés sont des brutes qui ont un besoin vital de leur dose quotidienne de rhum. Et quand je dis que nous avons pour trois mois de provisions, j'y inclus le rhum. Je dois conserver assez d'alcool pour mes officiers qui répartiront les rations entre leurs hommes. Sans parler des marins de Mr Hunter qui attendront aussi leur comptant... n'est-ce pas capitaine ?

Hunter déglutit.

— En effet, Mr Ross, je le crains.

— Par conséquent, poursuivit Ross, je ne vois qu'une seule solution : instaurer la loi martiale. Le vol de quoi que ce soit et par qui que ce soit, homme libre ou forçat, sera puni de mort sans jugement. Et je précise, messieurs, que je n'hésiterai pas.

Cette déclaration fut accueillie par un profond silence. Comme pour mieux souligner l'atmosphère de chaos qui s'était abattue sur l'île, on pouvait entendre, traversant les murs de la résidence, le brouhaha de ceux qui travaillaient à sauver les hommes et les marchandises du *Sirius*.

— Lundi prochain, reprit Ross, toutes les personnes présentes sur cette île se réuniront à huit heures sous le drapeau et je les informerai de la situation présente. D'ici là, messieurs, restez bouche cousue, j'insiste sur ce point. Si la moindre information concernant la loi martiale filtrait d'ici lundi, le responsable serait fouetté quel que soit son rang, aussi élevé soit-il. A présent, vous pouvez disposer.

On continua à vider le *Sirius* de tout ce qu'il transportait, effets ou provisions. Les porcs et les chèvres furent jetés par-dessus bord et dirigés par des bateaux et des nageurs vers la plage. Curieusement, on n'eut à déplorer aucun blessé. Malgré sa poupe brisée, le bateau ne semblait pas près de se casser en deux et de couler. Tonneaux, fûts, barriques et sacs furent acheminés à terre. L'arrière du navire se dressait parfois au-dessus du récif et, à d'autres moments, reposait dessus, cloué par le travers et ballotté sans relâche par les flots houleux. La situation, toutefois, ne semblait pas empirer au fur et à mesure que passaient les jours.

Le lundi matin à huit heures, tout le monde se rassembla autour du mât arborant le drapeau anglais : soldats et marins alignés sur la droite, forçats à gauche, les officiers au centre sous le drapeau.

— En tant que commandant de cette colonie anglaise, je déclare que la loi martiale prend effet immédiatement, cria Ross de sa voix de stentor, amplifiée par un vent soufflant d'ouest à sud-ouest. Tant que Dieu et Sa Majesté britannique ne seront pas venus à notre secours, nous nous trouverons ici livrés à nos seules ressources. Si nous voulons survivre, il faut que chacun, homme, femme, enfant, jusqu'au dernier, se donne de la peine. Il nous faudra construire des abris contre les éléments et produire de la nourriture. Lorsque le *Supply* sera parti, j'ai compté qu'il resterait ici cinq cent quatre personnes – soit plus du triple que ce que l'île comptait comme population ! Je ne vous dissimulerai pas le fait que la famine nous menace mais il y a une chose que je veux vous assurer : personne, ici, et cela signifie bien *personne*, ne recevra à manger plus que son voisin. Dieu nous met à l'épreuve comme Il l'a fait pour les Hébreux dans le désert, mais nous ne pouvons, hélas, revendiquer les vertus de ce peuple ancien et admirable. Notre sort dépend exclusivement de nos propres ressources, de notre aptitude à travailler dur, à nous comporter avec le souci de l'intérêt général, de notre désir de survivre malgré l'adversité !

Il marqua une pause et ceux qui se trouvaient assez proches de lui purent voir l'expression amère de son visage.

— Vous n'êtes pas les Hébreux de la Bible, je le répète ! Dans vos rangs se trouve la lie de la terre, des rebuts de l'humanité et je me dois d'agir en conséquence. Ceux qui supporteront leurs malheurs avec dignité et générosité seront récompensés. Mais ceux qui déroberont de la nourriture destinée à une autre bouche seront punis de mort. Ceux qui voleront pour faire du troc, pour obtenir davantage de confort, pour s'enivrer ou pour toute autre raison seront fouettés jusqu'à ce qu'on leur voie les côtes du haut en bas ! Homme ou femme sans différence, et même enfant. L'instauration de la loi martiale signifie que je serai à la fois le juge, le jury et le bourreau. Je ne me soucie pas de vos fornications et je ne vois pas d'inconvénient à ce que vous amélioriez votre abri ou votre ordinaire en travaillant pour vous pendant votre temps libre. Mais je ne tolérerai aucun écart, si petit soit-il, contre le bien public ! Au cours des six premières semaines, chaque fruit, chaque légume devra être remis aux magasins du gouvernement, mais j'incite tous les hommes et toutes les femmes à en faire pousser dès maintenant pour accroître notre stock. A l'issue de ce délai, tous ceux qui disposeront d'un jardin productif ne remettront plus que les deux tiers de leur récolte au gouvernement. Mon objectif principal est la productivité par le travail, et ceci concerne aussi bien des hommes libres que les condamnés.

Il retroussa les lèvres en une sorte de rictus.

— Je suis le commandant Robert Ross et ma réputation m'a précédé ! Je suis aussi dorénavant le gouverneur de Norfolk Island et ce que je dis tient lieu de loi, tout comme si le roi en personne parlait par ma propre bouche ! Et maintenant, je vous demande d'acclamer à trois reprises Sa Majesté le roi George, aussi fort que vous le pouvez. Hip ! Hip ! Hip !

— Hourra ! hurla la foule à trois reprises.

— A présent, je vous demande de défiler un par un sous le drapeau en le saluant d'une inclinaison de tête, en guise de serment de loyauté.

Tous défilèrent solennellement, impressionnés et respectueux.

Richard se tenait à la tête de ses scieurs et plus près du drapeau que les déportés tout juste débarqués du *Sirius*. Il reconnut parmi eux plusieurs visages, certains avec joie : Will Connelly, Neddy Perrott et Taffy Edmunds, Tommy Kidner, Aaron Davis, Mikey Dennison, Steve Martin, George Guest et son meilleur ami Ed Risby, George Whitacre. Il repéra également, parmi les nouveaux soldats de marine, Daniel Stanfield, son apprenti armurier, et les deux recrues de l'*Alexander,* Elias Bishop et Joe McCaldern. Les nouveaux venus viendraient certainement le saluer... Comment leur expliquer que Ross pensait chacun des mots qu'il venait de prononcer et qu'il n'aimerait pas voir son chef scieur traîner avec de vieux amis ?

Ross résolut ce dilemme en criant son nom.

— Oui, monsieur ? demanda Richard en regardant la foule se disperser.

— Je vais charger le soldat Stanfield de trouver Edmunds. Seras-tu à la troisième fosse de sciage ?

— Oui, monsieur.

— Je t'envoie John Lawrell pour vivre avec toi et faire tout ce que tu lui ordonneras. C'est un assez bon garçon mais il comprend les ordres avec lenteur. Fais-lui entretenir ton jardin. Pendant les six premières semaines, Tom Crowder ramassera tout ce qui est mûr. Après quoi, il ne prélèvera que les deux tiers.

— Bien, monsieur.

Il salua et partit en hâte. John Lawrell... Arrivé à Norfolk Island un an plus tôt, Richard ne le connaissait que vaguement. Une bonne nature, un peu lente. Natif de Cornouailles et ayant navigué sur le *Dunkirk* et le *Scarborough,* il faisait partie de l'équipe employée par Stephen aux travaux d'intérêt général. Quelle idée Ross avait-il derrière la tête ? A bien y regarder, il avait tout simplement mis à la disposition de Richard un serviteur chargé d'entretenir sa demeure privée...

Mais, quand il atteignit la troisième fosse où Sam Hussey et Harry Humphreys se démenaient déjà, il comprit les raisons du major : avec tant de nouveaux venus sur l'île, les résidents propriétaires d'un bon jardin potager seraient la cible des voleurs, loi martiale ou pas. Ross lui avait donné un gardien pour être certain que sa production ne serait pas pillée et il agirait sans doute de même avec ceux qui se trouvaient dans le même cas. On pouvait faire confiance à Ross pour choisir comme gardiens les plus simples d'esprit et les plus inoffensifs.

En soupirant, Richard se promit de construire une case pour Lawrell pendant son temps libre. L'idée de partager sa maison lui était plus pénible que la pensée de manquer de nourriture.

— Je vais aller voir les nouvelles fosses, Billy, dit-il au soldat Wigfall qui, entre-temps, était devenu un ami. Veille à ce qu'on ne nous donne pas un de ces foutus William comme scieurs.

Une idée le traversa alors.

— Si un Gallois du nom de Taffy Edmunds arrive, fais-le asseoir à l'ombre... pas avec les femmes ! Et dis-lui d'attendre mon retour. Il sera notre maître aiguiseur. Dommage qu'il n'aime pas les femmes ! Mais il va devoir s'y faire.

Trois des nouvelles fosses se situaient hors des limites de Sydney Town en direction de l'est, là où les pentes restaient encore très boisées. Ross avait déjà trouvé le temps de dresser quelques plans et ordonné d'abattre les arbres sur une bande de vingt pieds de large, de Turtle Bay à Ball Bay, pour y tracer l'amorce d'une vraie route. Les arbres qui se dressaient en haut de Turtle Bay descendraient la pente en glissant sur toute leur longueur. Lorsqu'une nouvelle glissière serait nécessaire pour atteindre Ball Bay, une autre fosse serait creusée à son extrémité pour que l'on pût scier le bois.

Il serait bientôt impossible à un seul homme de garder l'œil sur tant de fosses aussi éloignées les unes des autres. Richard songea qu'il allait devoir désigner un responsable pour chacune d'elles, un homme qui saurait maintenir la cadence de travail même en l'absence de chef. Et ce n'était pas la seule route en projet. Une autre bande de terrain de vingt pieds de large devait être déboisée en direction de Cascade, et une troisième – le plus long tracé – à l'ouest vers Anson Bay. Des fosses de sciage et encore des fosses de sciage, tels étaient les ordres de Ross.

En rebroussant chemin, Richard contourna la plage encore non baptisée qui semblait recueillir tous les pins qui tombaient dans l'eau, du haut des falaises. La mer les repoussait vers la terre, où ils s'empilaient, formant une pyramide de troncs dont certains étaient si anciens qu'ils se transformaient en une sorte de pierre. Là, se balançant dans l'eau d'avant en arrière – le vent venait de trop loin à l'ouest pour briser une haute vague de barre –, se trouvait un amas confus de voiles du *Sirius*. Très utiles, décréta Richard en accélérant le pas. La marée commençait juste à monter et il était donc peu probable que la mer entraîne les voiles au large pour le moment.

Le premier représentant de l'autorité qu'il rencontra fut Stephen, qui avait été délégué à la carrière de pierre.

Tout sourire, Stephen abandonna aussitôt ses ouvriers.

— Maudite soit cette invasion ! Je t'ai à peine vu de toute la semaine. (Son visage s'assombrit.) Oh, Richard, quelle honte ! Perdre le *Sirius* ! Quelles forces maudites se sont donc liguées contre nous ?

— Je l'ignore et je ne crois pas avoir envie de le savoir.

— Qu'est-ce qui t'amène par ici ?

— De nouvelles fosses de sciage ! Quoi d'autre ? Ross ayant pris les rênes, nous passons de l'idéalisme de Marc Aurèle au pragmatisme d'Auguste. Je ne dis pas que le commandant va transformer Norfolk Island en un palais de marbre, puisque ce matériau n'existe pas ici, mais il va certainement l'équiper de routes, ce qui indique, je crois, qu'il compte installer les gens ailleurs qu'à Sydney Town.

Il ajouta vivement :

— Pourriez-vous m'accorder quelques hommes supplémentaires ?

— Si la raison en vaut la peine. Que se passe-t-il ?

— En fait, j'apporte une bonne nouvelle. Il y a un énorme tas de voiles du *Sirius* sur la plage, là-bas, et la marée va sans doute en apporter d'autres. On pourrait s'en servir comme auvents pour ceux qui n'ont pas d'abri. Et, quand tout le monde sera casé, on pourrait les découper pour les transformer en hamacs, en draps de lit pour les officiers et toutes sortes d'autres choses utiles. J'imagine que les officiers auront perdu pas mal d'affaires, confisquées par les émules de Francis et de Dyer.

— Que Dieu te bénisse, Richard ! s'exclama Stephen en hélant aussitôt ses hommes.

Ce soir-là, le couvre-feu avait été fixé à huit heures. Armé d'une torche taillée dans une branche de pin pour trouver son chemin dans le vallon, Richard s'aventura dans Sydney Town, à la recherche des visages connus qu'il avait repérés lors de la réunion du matin. Des tentes s'étaient dressées derrière la rangée de cases sur la plage, mais beaucoup de déportés nouvellement arrivés devaient dormir à la belle étoile, l'équipage du *Sirius* ayant été privilégié pour l'attribution des tentes. Richard espérait que, dès le lendemain, les voiles du *Sirius* leur fourniraient un toit.

Un grand feu de brindilles de pin brûlait là où les sans-abri devaient s'étendre. Bien qu'il fût sur l'île depuis seize mois déjà, Richard s'étonnait toujours de la fraîcheur soudaine de l'air dès que le soleil était couché, même après les grosses chaleurs du jour. Seule l'humidité atténuait un peu cet effet et, jusqu'à présent, le temps n'avait pas été particulièrement lourd pendant cette année 1790. Signe que l'année serait plus sèche, pensa-t-il sans savoir comment il en arrivait à une telle conclusion. Un instinct hérité de ses lointains ancêtres druides, peut-être ?

Une centaine de personnes étaient accroupies autour de la haute flamme, leurs affaires éparpillées alentour. Contrairement aux soldats et à leurs officiers, les déportés avaient pu débarquer avec toutes leurs possessions, y compris leurs précieuses couvertures et leurs seaux de toilette. Tous marchaient pieds nus, car il y avait longtemps que leurs chaussures étaient usées et ils n'avaient aucune chance d'en trouver d'autres sur Norfolk Island. Richard pria pour qu'il ne pleuve pas cette nuit-là. C'était généralement la nuit que la pluie tombait, même lorsque le ciel restait clair quelques instants plus tôt.

Le débarquement avait eu lieu sous une forte averse et tous étaient encore mouillés, n'ayant pas rencontré assez de beau temps pour se sécher. Une épidémie de refroidissements et de fièvre risquait d'éclater et de mettre à mal le record qui faisait la fierté de l'île : personne n'y était mort de mort naturelle ou de maladie depuis que le lieutenant King y avait débarqué avec ses 23 premiers compagnons, voilà plus de deux ans. Quoi qu'on puisse dire de Norfolk, son climat maintenait les habitants en excellente santé.

Le *Sirius* ballotté par les eaux sur le récif : triste spectacle. Le bouche à oreille avait déjà informé Richard que Willy Dring et

James Branagan – il ne connaissait pas ce dernier – s'étaient portés volontaires pour nager jusqu'à l'épave, jeter par-dessus bord les animaux qui y demeuraient encore – volaille, chiens et chats – et ramener vers la rive les caisses et tonneaux qui pouvaient flotter. Pourtant, Dring ne paraissait guère qualifié pour une telle opération. L'homme du Yorkshire et son camarade Joe Robinson semblaient avoir perdu pas mal de forces.

Richard repéra Will Connelly et Neddy Perrott assis à côté de femmes qui devaient être leurs compagnes : bon signe ! Il se dirigea vers eux à travers la foule.

— Richard ! Oh, Richard, mon amour ! Richard, mon amour !

Lizzie Lock se jeta sur lui, encercla son cou de ses bras et couvrit son visage de baisers tout en pleurant et en murmurant des mots sans suite.

Il eut une réaction purement instinctive, avant même de songer à la calmer ou d'attendre un moment plus opportun pour lui dire qu'il n'était pas question qu'elle partage quoi que ce soit de sa vie, épouse ou non. Personne ne lui avait dit qu'elle était là et il n'avait pas pensé une seule fois à elle depuis ce jour magique où il avait rappelé dans ses souvenirs William Henry, la petite Mary et Peg, pour qu'ils vivent de nouveau en pensée avec lui. Avant même qu'il s'en rende compte, ses mains avaient saisi les bras de Lizzie pour la repousser.

Frissonnant de dégoût, les cheveux hérissés, il la contemplait comme si elle était une apparition diabolique.

— Ne me touche pas ! s'écria-t-il, blanc comme un linge. Ne me touche pas !

Et elle, pauvre créature, elle restait là, ahurie, passant d'une joie délirante à une souffrance si brutale qu'elle serra les bras autour de sa maigre poitrine en le fixant, ne lisant sur son visage que le dégoût. Le souffle coupé, elle ouvrit la bouche, la referma sans un mot et s'écroula inanimée sur le sol.

Au moment où elle avait prononcé son nom, tout le groupe s'était tourné vers Richard et ceux qui le connaissaient, qui avaient attendu avec tant de hâte de le revoir, restèrent bouche bée puis se mirent à murmurer.

— Je suis ta femme, gémit-elle d'une voix faible, prostrée à ses genoux. Je suis ta femme !

Richard sentit sa vue s'éclaircir, il prit conscience de la présence de la femme à ses pieds et des visages choqués de ses amis.

Que faire ? Que dire ? Une partie de lui formulait ces questions auxquelles il n'avait pas de réponse, tandis qu'une autre enregistrait les réactions de l'assistance et qu'une troisième continuait à frémir d'horreur à l'idée que Lizzie pourrait le toucher. C'est cette dernière partie, viscérale, qui l'emporta et il recula pour se mettre hors de portée.

Les dés étaient jetés. Autant terminer comme cela avait commencé, à la lueur éclatante d'un grand feu, parmi un groupe de gens qui – à juste titre – allaient le condamner, le juger sans cœur et digne du fouet.

— Je suis désolé, Lizzie, lâcha-t-il enfin, mais il m'est impossible de te prendre avec moi. C'est juste que... je ne peux pas. (Richard leva les mains pour les laisser retomber presque aussitôt en un geste d'impuissance.) Je ne veux pas de femme, Lizzie, je...

A court d'arguments, il ne trouva rien d'autre à ajouter et, après une brève hésitation, tourna les talons et s'éloigna.

Le lendemain, mardi, comme à son habitude, il rencontra Stephen à Point Hunter pour contempler le coucher du soleil. C'était une de ces soirées sans nuages où le massif disque rouge paraissait glisser au fond de la mer. Dans l'imagination de Richard, l'océan aurait dû se mettre alors à bouillir. Alors que la lumière disparaissait du ciel qui prenait une teinte indigo en s'assombrissant, les derniers rayons du soleil semblaient parvenir du fond des eaux où ils étaient devenus d'un bleu pâle laiteux et d'une intense luminosité.

— Cet endroit est merveilleux, soupira Stephen. (Sans doute, songea Richard, était-il au courant de ce que tout le monde racontait mais il avait choisi de ne pas y faire allusion.) Le jardin d'Eden se trouvait sûrement ici, j'en suis convaincu. Je me sens sous le charme, comme si une sirène me faisait signe, mais sans vraiment savoir pourquoi. Il s'agit de quelque chose de mystérieux. Il n'existe aucun endroit semblable de par le monde. A présent que les hommes l'ont envahi, ils vont le détruire.

— Non, ils vont seulement s'y employer, comme ils l'ont fait ailleurs. Mais ce lieu sait se protéger car il est aimé de Dieu.

— Il y a des fantômes ici, tu sais, glissa nonchalamment Stephen. J'en ai vu un aussi clairement que le jour – d'ailleurs, c'était de jour. Une espèce de géant superbement musclé à la peau dorée. Il était entièrement nu, à l'exception d'une sorte d'enveloppe brune autour de son sexe. Son visage était beau et noble, son expression sérieuse, et ses deux cuisses étaient tatouées de motifs en spirales. Je n'avais jamais vu d'hommes tels que lui et n'aurais pu l'imaginer, même en rêve. Il est venu à ma rencontre sur la plage, si près que j'aurais pu le toucher, mais il s'est détourné et a traversé sans hésitation la paroi de la case de Nat Lucas. Olivia s'est mise à hurler si fort que sa voix a dû couvrir des miles à la ronde !

— Eh bien, je suis heureux d'habiter en haut du vallon. Quoique Billy Wigfall m'ait assuré avoir vu récemment John Bryant sur la pente, là où il a été tué par un arbre. Il s'est tenu là quelques secondes et, l'instant d'après, il avait disparu. Comme effrayé d'être découvert, m'a raconté Billy.

On entendait plus bas le bruit du ressac. Le *Supply* avait quitté la rade et faisait voile vers Cascade. L'embarquement ne serait pas facile pour la femme de Mr King, qui attendait un nouveau bébé. Il lui faudrait sauter du rocher dans une lourde chaloupe.

— Est-ce vrai que Dring et Branagan ont découvert le rhum la nuit dernière à bord du *Sirius* avant de mettre, ensuite, le feu au bateau ?

— Oui. Mais le soldat John Escott – l'ordonnance de Ross – a vu les flammes, le soir, depuis la résidence du gouverneur et il s'est porté volontaire pour y aller à la nage. Ross a accepté car l'homme est un excellent nageur. Escott est tombé sur Dring et Branagan presque ivres morts en train de se chauffer à la flamme. Il les a flanqués à l'eau, a éteint le feu qui avait pris dans la batterie et il est resté à bord jusqu'au matin, attendant qu'on vienne le chercher pour débarquer le rhum. Dring et Branagan ont été mis aux fers dans la nouvelle prison du commandant King. Le major est furieux. Il avait laissé l'alcool à bord du *Sirius,* pensant qu'il s'y trouvait plus à l'abri qu'à terre. Je suppose que, dès le départ de King, il les condamnera à mort ou, pour le moins, à cinq cents coups de fouet. Il ne peut se permettre d'ignorer cette première infraction à sa loi martiale.

La lumière baissait et il commençait à faire très sombre. Stephen tourna les yeux vers Richard, replié sur lui-même, aussi tendu qu'un ressort.

— J'ai entendu dire que tu avais reçu la visite de Ross ce matin ?

Richard esquissa un sourire ironique.

— Ross a l'ouïe fine. Il a été informé de ce qui s'était passé hier soir auprès du grand feu ; comment et par qui, je l'ignore. Vous le connaissez. Il a attendu que je revienne chez moi pour mon petit déjeuner, il est entré brusquement, s'est assis et m'a regardé, un peu comme s'il inspectait une nouvelle fosse de sciage. « Il paraît que tu as répudié ta femme publiquement », m'a-t-il dit. J'ai répondu que oui et il a grommelé : « Je ne me serais pas attendu à cela de ta part, Morgan, mais j'oserais dire que tu dois avoir tes raisons, comme d'habitude. »

Stephen gloussa.

— Il a vraiment sa manière à lui de s'exprimer !

— Il m'a alors demandé si je pensais que ma femme ferait une bonne gouvernante pour la maison d'un officier. Je lui ai dit qu'elle était propre, soigneuse, qu'elle savait parfaitement repriser et entretenir les vêtements, qu'elle était bonne cuisinière et – autant que je sache – probablement vierge. Là-dessus, il s'est donné une claque sur les cuisses et il s'est levé. « Aime-t-elle les enfants ? » a-t-il demandé. J'ai répondu que je pensais que oui, si j'en jugeais par son attitude vis-à-vis des enfants de la prison de Gloucester. Mais il a insisté : « Et tu es certain que ce n'est pas une séductrice ? » Je me suis montré tout à fait positif sur ce point. « Alors elle me convient parfaitement », m'a-t-il déclaré. Après quoi, il est sorti, l'air aussi satisfait qu'un chat qui vient de mettre son nez dans la crème.

Les éclats de rire de Stephen redoublèrent.

— Vraiment, Richard, rien de ce que tu pourras faire ne paraîtra jamais répréhensible aux yeux de Ross, commenta-t-il quand il eut repris son souffle. Pour une raison quelconque qui dépasse ma compréhension, il t'aime énormément.

— Il m'estime parce que je ne le crains pas et que je lui dis la vérité, et non ce qu'il voudrait entendre. C'est pourquoi il ne pourra jamais aimer Tommy Crowder, à la différence de King.

Quand je me suis opposé à King, il a envisagé de me faire fouetter, alors que je n'ai jamais eu besoin d'en arriver là avec Ross.

— King est anglais, pas irlandais. Sa partie celtique lui vient de son ascendance en Cornouailles, plus proche de l'âme des Gallois : il est susceptible et lunatique. Et, par-dessus le marché, Ross représente avec conviction les idéaux de la marine. C'est un Ecossais qui ne connaît qu'une seule méthode : la discipline. Ses racines plongent dans une terre froide et venteuse. Ça passe ou ça casse.

Stephen se leva et tendit la main pour aider Richard à en faire autant.

— Je suis heureux qu'il ait trouvé une solution au problème que n'aurait pas manqué de poser la répudiation de ta femme.

— Vous m'aviez bien dit de ne pas l'épouser, admit Richard en soupirant. Si j'avais su qu'elle était ici, j'aurais pu me préparer, mais sa vue a été un choc pour moi. J'avais les yeux fixés sur Will Connelly quand, soudain, elle s'est pendue à mon cou en couvrant mon visage de baisers. Son odeur, son contact, Stephen ! Jamais ils ne m'ont plu. Port Jackson puait, le vieux château puait. Mais cette odeur de femme dans mes narines ! Je vis seul depuis trop longtemps et j'aime ce que je sens ici, loin des fosses de sciage et de Sydney Town. Non qu'elle dégage une mauvaise odeur, mais je ne pouvais pas la supporter. Tout ça n'est guère raisonnable et Dieu sait que je ne suis pas très fier de mon comportement. Pourtant, sur le moment je n'ai éprouvé que de la répulsion, la sensation de m'être heurté dans la nuit à une toile d'araignée. Ma réaction a été purement physique, aveugle. Après cela, il était trop tard pour revenir en arrière.

— Je peux comprendre, dit Stephen doucement. Mais ce que je ne saisis pas, c'est comment tu as pu ignorer qu'elle se trouvait ici, parmi les nouveaux venus.

— Moi non plus, même en y réfléchissant.

— C'est aussi un peu ma faute. J'aurais dû te prévenir.

— Vous étiez trop occupé avec le *Sirius* et tout ce qui en découle. C'est une autre pensée qui me tourmente. Lizzie était sur l'île depuis plusieurs jours et elle savait, elle, que j'étais ici. Alors, pourquoi a-t-elle attendu ?

Ils avaient atteint la maison de Stephen et ce dernier y pénétra sans répondre, regardant ensuite par la fenêtre la torche de

Richard s'éloigner dans le vallon et disparaître de sa vue. « Pourquoi a-t-elle attendu, Richard ? Parce qu'elle devinait au fond de son cœur que c'était l'accueil que tu lui réserverais si elle s'approchait de toi. Elle savait que tu finirais par la rejeter. A moins que, en tant que femme, elle n'ait espéré que tu viendrais la chercher, la réclamer... Pauvre Lizzie Lock... Il y avait plus de six mois que Morgan vivait en solitaire là-haut dans sa cabane, avec son chien comme seule compagnie, et il était heureux. J'ignore ce qui se passe dans ta tête, Richard, sauf que tu as enfoui tes émotions tout au fond de toi, un peu comme un ours hibernant sous la neige. Ton mariage avec Lizzie s'est produit pendant ce sommeil hivernal, et je crois que tu n'as pas envie d'en sortir. Et voilà que soudain cette femme vient brutalement te réveiller... »

Un long temps passa. Stephen regarda sa montre et se demanda si sa faim était assez grande pour qu'il prenne la peine de réchauffer son bouillon qui accompagnerait le pain de son souper. John Hunter habitait la résidence du gouverneur, et Johnny... « Oh, bon ! Chauffe ta soupe, mon vieux. Il fait assez frais pour que tu allumes du feu. »

Richard fit irruption dans la pièce tandis que Donovan soufflait sur les flammes récalcitrantes.

— Tout ce que je demande, dit-il, c'est qu'on me laisse seul avec mes livres et mon chien ! Juste un peu d'intimité.

— Qu'est-ce que tu fais ici ? s'étonna Stephen en s'asseyant sur ses talons. De l'intimité, tu en as, en haut de ton vallon.

— Oui, mais, mais...

— Richard, pourquoi ne pas admettre tout simplement que tu es rongé de remords à cause de Lizzie Lock ? Tu n'es pas homme à t'autoriser le moindre écart. En fait, je ne connais personne qui se fixe des règles de conduite aussi strictes que toi. Tu te prends pour un foutu martyr protestant !

— Oh, pas de sermon ! se rebella Richard. Votre problème, c'est que vous n'arrivez pas à décider si vous êtes catholique ou protestant, sans parler du martyre ! Pourquoi ne pas admettre au fond de vous-même que vous êtes malade d'amour pour Johnny et que vous aimeriez flanquer une raclée à Hunter ?

Pendant une minute, les étincelants yeux bleus plongèrent dans les yeux gris. Aucun des deux hommes ne bougea un muscle. Puis leurs bouches frémirent ensemble et ils éclatèrent tous deux de rire.

— Voilà qui allège l'atmosphère, déclara Stephen en s'essuyant le visage dans un linge.

— En effet, admit Richard en lui empruntant la serviette.

— Autant manger la ration de soupe de Johnny, puisque tu es là... A propos, pourquoi es-tu revenu ?

— Je crois que c'est parce que vous n'aviez pas répondu à ma question mais, à présent, je n'ai plus besoin de réponse. Vous avez raison, Stephen. Lizzie reste pour moi un sujet de souffrance, par le seul fait qu'elle m'empêche de m'aimer moi-même.

John Lawrell arriva et repartit si vite que le pauvre garçon ne savait plus où il en était. En un mois, Richard avait bâti pour lui une confortable cabane à l'extrémité la plus éloignée de son terrain, porte et fenêtres tournant le dos à sa propre maison. Si Lawrell ronflait en dormant, il était trop loin pour que Richard l'entende. En attendant, il accomplissait ses tâches de façon tout à fait satisfaisante, mais il avait un défaut : il adorait jouer aux cartes et misait sans cesse ses rations alimentaires.

Sydney Town se développait. On y trouvait désormais de véritables rues, bordées de petites cabanes en bois édifiées en un temps record par Nat Lucas et ses charpentiers, ce qui épuisait de plus en plus vite les capacités des fosses de sciage. Comme on n'avait ni le temps ni le matériel pour poser un placage sur les planches ou les assembler soigneusement, d'étroites lattes furent clouées sur les interstices, ce qui donnait finalement un effet plaisant. Comme à l'intérieur de la maison de Richard, les bois étaient poncés et polis. La résidence du gouverneur, agrandie par King pour accueillir une demi-douzaine de convives dans un avenir meilleur, arborait des fenêtres vitrées à petits carreaux, aimable fantaisie du gouverneur Phillip. Les autres habitations, y compris celles des officiers, devaient se contenter de volets ou d'ouvertures nues. Une des fosses de sciage fut chargée de fournir des bardeaux pour la couverture des toits, mais il était nécessaire de laisser tremper le bois dans l'eau de mer pendant six semaines avant de pouvoir le fendre. En attendant, il fallait se contenter de toitures en chaume de lin. Les marins du *Sirius* furent chargés d'explorer l'intérieur de l'île, à la recherche de lin, Ross refusant de les laisser passer le temps à ne rien faire.

Sans obligation d'approvisionner Port Jackson en chaux, du moins pour l'instant, les dépôts de calcarénite furent utilisés pour les fondations et la construction de cheminées. Après avoir trouvé sur place un bon bois dur dont les scieurs pouvaient tirer des bardeaux, les quatre tonneliers dont l'île disposait maintenant s'employèrent à la fabrication de barriques. Ross chargea les femmes de moudre le blé récolté par King, jugeant plus facile de mettre à l'abri des rats des tonneaux de farine plutôt que du grain en vrac. Aaron Davis, qui travaillait à la boulangerie de Port Jackson, fut nommé boulanger de la communauté. Non que celle-ci fût approvisionnée tous les jours en pain : il y en avait seulement le dimanche et le mercredi. Les lundi et mardi, on servait du riz, le samedi des pois, le jeudi et le vendredi un gruau de maïs et de farine d'avoine.

En observant la prolifération rapide du troupeau de porcs, Ross fit construire un foyer avec un fourneau et se mit à produire du sel. Les morceaux de l'animal qu'on ne pouvait saler furent hachés : on fabriquait des saucisses en utilisant les boyaux.

— Ce qu'il y a de bien dans le porc, expliquait volontiers Ross, c'est que tout est comestible, sauf le groin.

Comme il n'avait aucun humour, tout le monde crut qu'il avait parlé sérieusement.

Le *Sirius,* dont l'arrière continuait à se balancer au-dessus du récif, était progressivement dépouillé des éléments encore susceptibles d'être sauvés, depuis ses canons jusqu'à la dernière caisse de clous, Son Excellence ayant jugé qu'ils seraient plus utiles dans une île comportant des maisons de bois que dans sa colonie, où les constructions étaient principalement en pierre. La perte la plus déplorée fut celle de la ferraille destinée au forgeron de Norfolk Island. Elle se trouvait toujours dans les cales du *Sirius* et son enlèvement était trop risqué.

Presque toute la toile que le bateau portait gisait maintenant à terre dans un amas confus d'espars et de drisses. Le canot avait pu être sauvé avec ses rames, mais les autres embarcations qui se trouvaient sur le pont avaient été pulvérisées par la chute des mâts.

Les dernières marchandises débarquées furent des tonneaux de tabac et quelques caisses d'un savon de Bristol bon marché. On envoya le savon vers les magasins du gouvernement afin de le distribuer mais le tabac disparut, au grand déplaisir des marins pour lesquels une bouffée de pipe était à peine moins désirable qu'une lampée de rhum. George Guest et Henry Hatheway allèrent voir Ross pour l'informer qu'à Gloucester les femmes venaient à bout des limaces, chenilles et vers dans les jardins en soustrayant à leurs époux un peu de tabac. Elles trempaient les feuilles dans de l'eau bouillante, ajoutaient un peu de savon pour faire mousser le liquide et répandaient cette décoction sur les légumes. La première pluie la dissolvait mais, tant qu'il en restait, les rampants indésirables fuyaient, refusant d'absorber une nourriture aussi infecte.

A partir de ce moment, personne ne fut autorisé à jeter la moindre goutte d'eau savonneuse. Un petit groupe de femmes se chargea de cuire le tabac, lequel garda en effet son pouvoir, même après plusieurs décoctions successives. Quant au savon, pourquoi ne pas essayer d'en fabriquer avec du gras et de la potasse, comme dans toutes les fermes, d'un bout à l'autre des îles Britanniques ? Les cochons bien engraissés pouvant fournir le lard, la colonie n'en manquait pas. Et il n'était pas difficile d'obtenir de la potasse. Il suffisait de faire tremper les cendres de pommes de terre, carottes, navets et betteraves dont on ne voulait pas, de les cuire parfaitement, de laisser un peu bouillir le mélange et de filtrer. Le liquide restant donnait de la potasse. Les arrosoirs étaient rares mais une femme armée d'une louche percée de trous, et d'un seau rempli d'une solution de tabac et de lessive, pouvait arroser les plantations de légumes – ou de racines comestibles – de façon satisfaisante. En attendant la prochaine vague d'arrosage, la solution mortelle pour les vers restait stockée dans des récipients ayant contenu du rhum.

Le commandant excellait dans ces domaines pratiques. Son esprit fonctionnait sans relâche et, après la production de sel, de saucisses et de poison pour les vers, il se demandait s'il ne pouvait pas utiliser de la sciure de bois dans les installations de fumage au lieu de la laisser se perdre par terre. Ce qui ne pouvait être salé pouvait être fumé, y compris le poisson.

Ross avait à sa disposition une importante main-d'œuvre et n'imaginait pas d'en laisser un seul élément oisif. Sa première démarche avait été de produire le plus d'aliments possible. La seconde était d'obtenir que les habitants parviennent à se nourrir eux-mêmes sans recourir aux stocks gouvernementaux. C'était à l'évidence le principal objectif de l'expérience tentée à Botany Bay. Sinon, pourquoi jeter sur des rivages lointains des milliers de déportés si le gouvernement devait continuer à les nourrir indéfiniment ?

Cela faisait deux semaines que le *Supply* était parti pour annoncer à Son Excellence le désastre du *Sirius,* quand les oiseaux arrivèrent sur Mount Pitt, étendue d'environ 1 000 pieds à l'extrémité nord-ouest de l'île. Le rapport de King sur ces grands pétrels se vérifia en peu de jours : ils pêchaient toute la journée et ne regagnaient leurs trous qu'au crépuscule. Ils étaient si peu intelligents et si ignorants des mœurs des hommes qu'ils se laissaient attraper sans tenter de s'envoler et encore moins de résister.

On traça des sentiers à travers la vigne (que l'on appelait le « tendon de Samson ») sur les flancs de la montagne, à partir de la nouvelle route de Cascade. Le travail avança si vite que l'on termina en temps voulu pour que les chasseurs se postent dès le premier jour, armés de sacs. Les rations de viande salée furent ramenées à 3 livres par semaine et celles de pain, riz, pois et gruau d'avoine réduites de moitié. Les oiseaux de Mount Pitt devaient combler les lacunes.

La distribution de rhum fut abaissée à une demi-pinte. Le rhum était fortement allongé d'eau, même pour les officiers, ce qui ne perturba nullement le lieutenant Ralph Clark. Il continuait à échanger sa part contre des chemises, des sous-vêtements, des chaussettes et autres articles du même genre ; la plupart de ses affaires étaient restées sur le *Sirius* et lui faisaient grandement défaut (il lui arrivait cependant de reconnaître certains de ses effets sur le dos de déportés). Ross, lui non plus, n'avait pas récupéré ses bagages sur le *Sirius,* mais il supportait son sort avec beaucoup moins de récriminations que Clark, d'un naturel geignard.

Quand il y avait des pommes de terre, elles étaient distribuées au compte-gouttes à raison de quelques-unes pour une douzaine de personnes. Les légumes récoltés firent aussi l'objet d'une répartition équitable. Sans doute parce que les légumes verts étaient peu nourrissants – et surtout parce qu'on ne craignait plus le scorbut –, leur récolte était plus que suffisante. A l'exception du poisson, la population de Norfolk préférait manger n'importe quoi plutôt qu'un grand bol d'épinards ou de haricots verts.

Les temps à venir s'annonçaient difficiles. Ross savait que le *Supply* ne reviendrait pas de sitôt. Le vieux ravitailleur qui avait navigué trente-quatre ans dans la Manche allait devoir faire voile vers les Indes orientales pour s'approvisionner, sans quoi ceux de Port Jackson continueraient à mourir de faim. La population de Norfolk Island n'en arriverait pas là, mais son mode de vie allait être ramené à un stade primitif. Et cette grande expérience se solderait par un échec.

Comme Arthur Phillip, Robert Ross croyait fermement à la nécessité de préserver l'avenir malgré les périls et les privations, décidé à faire en sorte que le niveau de vie de ceux dont il avait la responsabilité ne tombe pas au-dessous de celui de toute communauté chrétienne britannique, où qu'elle se trouve dans le monde. Les vertus incarnées par la civilisation européenne – entre autres la moralité, la décence, l'alphabétisation, le développement – devaient à tout prix être sauvegardées. Sinon, ceux qui survivraient ne seraient plus des êtres humains.

La philosophie de Ross différait cependant de celle du gouverneur Phillip en ce qui concernait des vertus plus abstraites telles que l'optimisme ou la foi. Phillip était déterminé à voir cette grande expérience de colonisation se transformer en succès. Ross, lui, avait conscience que tout cela – le temps, l'argent, les biens, les souffrances – risquait d'être anéanti, englouti dans un gouffre d'ignominie, sans laisser de traces. Mais cette conviction si bien ancrée ne l'empêchait nullement de tout faire pour résoudre des problèmes que ces imbéciles de Londres n'avaient même pas envisagés. Comme il était facile de déplacer des pions humains sur un échiquier quand on restait assis dans un fauteuil confortable, le ventre plein, à côté d'un bon feu et d'une carafe de porto toujours bien remplie !

Le régime à base d'oiseaux ne suscita pas de protestations. Leur chair était foncée et fade, mais elle ne sentait pas trop le poisson.

Il en suintait peu de graisse, qu'on les cuise à la broche ou à l'étouffée, et, en ce début d'hiver, les femelles portaient toutes un œuf. Une fois l'oiseau plumé – opération plutôt facile –, le corps suffisait à nourrir un enfant. Il en fallait deux pour une femme, trois pour un homme et quatre ou cinq pour un glouton. Ceux qui étaient officiellement chargés de les attraper avaient pour mission d'en rapporter assez pour qu'on puisse aussi fumer une partie de ces volatiles.

Au début, Ross voulut limiter le nombre d'oiseaux capturés et celui des chasseurs autorisés à escalader la montagne. Mais ni la loi martiale, ni la vue de Dring et de Branagan après leurs cinq cents coups de fouet (administrés, il est vrai, en plusieurs fois) ne découragèrent les hommes de s'y aventurer, afin de changer de l'éternelle viande salée, du poisson et des légumes. Ross finit par céder et cessa de fixer des quotas. Le lieutenant Ralph Clark, responsable des magasins du gouvernement, calcula que les prises journalières étaient passées de 147 oiseaux en avril à 1 890 un mois plus tard. Quelques-uns furent fumés, mais la plupart jetés sans être consommés. Ceux qui les avaient attrapés s'intéressaient exclusivement aux œufs qui n'étaient pas encore pondus. Clark, lui-même grand consommateur, se révéla un remarquable chasseur.

Quant à Richard, qui aimait lui aussi parcourir un jour sur deux les cinq miles de chemin escarpé pour déguster des oiseaux de Mount Pitt, l'arrivée de ces volatiles le priva du gardien de son jardin. John Lawrell fut capturé par une patrouille alors qu'il traînait un sac après le couvre-feu. Sommé de s'arrêter, il chercha à s'enfuir, reçut un coup de crosse de mousquet sur la tête et fut jeté dans une cellule. On le relâcha une semaine plus tard, le crâne toujours endolori, et il reçut douze coups de fouet de moyenne force.

Dès qu'il eut terminé son travail aux fosses de sciage, Richard alla chercher le pauvre Lawrell, toujours gémissant, à Turtle Bay.

— Bon sang, John, qu'est-ce qui t'a pris ? Soixante-huit oiseaux ! (Il jeta de l'eau salée sur le dos de Lawrell.) Veux-tu rester tranquille, bon sang ?

— Les cartes ! haleta Lawrell en claquant des dents car le vent du sud était très froid.

Richard l'aida à sortir de l'eau et sécha les traces de coups avec un linge.

— Tu survivras, dit-il. Jimmy Richardson n'a pas frappé trop fort et tu ne saignes guère. Qu'est-ce que les cartes ont à voir dans cette histoire ?

— J'ai perdu, bredouilla Lawrell en suivant Richard sur le chemin qui longeait les dernières rangées de cabanes. Il fallait bien que je paie. Josh Peck a dit que ça irait si je leur apportais des oiseaux, parce qu'ils n'auraient pas à faire le chemin pour les dénicher eux-mêmes. Mais je ne me suis pas rendu compte que le sac était si lourd. Il m'a fallu trop de temps et je n'ai pas réussi à le rapporter avant le couvre-feu.

— Que ça te serve de leçon, John ! Si tu ne peux pas te passer de jouer aux cartes, joue au moins avec des gens corrects, pas avec des tricheurs et des menteurs. Maintenant, rentre chez toi et couche-toi.

Après plusieurs déménagements, Stephen Donovan s'était finalement installé à l'est de la route de Cascade. Sa maison était des plus plaisantes et possédait une acre de terrain plat juste derrière.

Ross s'efforçait d'assécher le marais et avait fait creuser un canal d'écoulement jusqu'à Turtle Bay. Tout terrain plat représentait une terre cultivable, mais les ruisseaux qui alimentaient la rivière d'Arthur's Vale ne lui apportaient pas assez de débit pour qu'elle puisse se tailler un chemin jusqu'à la mer. C'était le marais qui recueillait toutes les eaux et sa superficie ne cessait de s'étendre.

— Entre ! lança Stephen quand Richard frappa à sa porte.

— Je viens d'envoyer au lit mon pauvre égaré, soupira Richard en s'asseyant. Peck et sa bande ont gagné aux cartes et lui ont demandé de leur apporter des oiseaux en paiement de sa dette. C'est vraiment un nigaud !

— Mais il rend service. Tiens, partage mon poisson. Johnny est invité à jouer les cavaliers au bal de Hunter. Il m'a laissé sa part. N'est-ce pas un agréable changement au menu, après les oiseaux de Mount Pitt ?

— Je pourrais manger du poisson tous les jours, reconnut Richard en s'installant. Je ne comprends pas cette folie pour les œufs d'oiseau. Je vous rendrai la politesse en déterrant demain pour vous une poignée de pommes de terre. Elles poussent bien chez moi et c'est pourquoi je suis heureux d'avoir récupéré Lawrell : je peux maintenant garder le tiers de ma production.

— Est-ce que tes vieux amis te parlent de nouveau ? demanda Stephen lorsqu'ils eurent terminé, rangé la vaisselle et sorti l'échiquier.

— Pas ceux qui ont pris le parti de ma femme : Connelly, Perrott et quelques autres du *Cérès* et de l'*Alexander*. Curieusement, ceux qui l'avaient connue à la prison de Gloucester avant mon arrivée – Guest, Risby, Hatheway – sont de mon côté. Comme s'il y avait un parti à prendre ! C'est ridicule. Lizzie est tout à fait satisfaite de son sort, là-haut, à la résidence du gouverneur, elle adore s'amuser et bavarder avec Little John, bien qu'elle ne cherche pas à s'approcher de Ross.

— Elle est amoureuse de toi, Richard. Il ne l'intéresse pas, répondit Stephen en se disant qu'assez de temps s'était écoulé pour que l'on puisse désormais aborder le sujet.

Richard le considéra avec stupéfaction.

— Sottises ! Il n'a jamais été question d'amour entre nous. Je sais, vous avez pensé qu'il pouvait se développer après notre mariage, mais ça n'a pas été le cas.

— Elle t'aime.

Richard resta un instant silencieux, troublé. Il perdit un pion, déplaça un cavalier. Si Lizzie éprouvait de l'amour pour lui, elle avait dû se sentir encore plus profondément blessée qu'il ne l'avait cru. Il se souvint de ce qu'elle avait raconté à propos du *Lady Penrhyn* et de ces femmes auxquelles on avait retiré toute dignité. C'était l'aspect le plus impardonnable de sa faute : il l'avait humiliée publiquement. Elle ne lui avait jamais dit qu'elle l'aimait. Aucun mot, aucun regard de sa part ne le lui avait fait comprendre...

Il perdit son cavalier.

— Comment vont les choses entre les soldats et la Navy ? demanda-t-il.

— Leurs relations sont toujours très tendues. Hunter n'a jamais aimé Ross et son séjour forcé ici ne fait qu'augmenter son aversion. Ils ont réussi jusqu'ici à ne pas s'affronter, mais cela se produira forcément. N'ayant que le canot du *Sirius* à sa disposition, Hunter ne peut entreprendre de grandes explorations en mer, alors il passe son temps à ramer autour de l'île de Nepean, sans doute à la recherche de preuves en sa faveur quand il devra justifier sa manœuvre devant une cour martiale. Lorsqu'il aura exploré chaque pouce du fond et vérifié ses cartes, il ira faire la même chose sur un autre coin de la côte.

— Pourquoi Johnny est-il retourné à mi-temps chez lui ? Cela ne perturbe pas votre vie privée ?

Stephen haussa les épaules avec une moue.

— Je dirais que non. Il est très difficile à un marin de résister à l'autorité de son commandant – à moins de passer pour un mutin, ce que Johnny n'est pas. Il appartient à la Royal Navy et Hunter est son chef après Dieu.

— J'ai aussi entendu dire que le lieutenant William Bradley, de la Royal Navy, avait quitté le quartier des officiers de marine pour aller s'installer le long de la route qui mène à Ball Bay.

— Tu as déduit cela parce que tu as dû scier du bois pour sa nouvelle maison. Oui, il est parti et personne ne le regrette. Un homme étrange que ce Bradley ; il se parle à lui-même et c'est sans doute pour cela qu'il n'a pas besoin de compagnie. D'après ce que j'ai compris, Ross l'a plus ou moins chargé de surveiller l'intérieur : un nouvel affront pour Hunter, qui interdit à tout le personnel marin, quel que soit son rang, de travailler à terre.

Battu à plate couture, Richard se leva pour ajouter un morceau de bois dans l'âtre de Stephen.

— J'aimerais prendre ma revanche, mais, si je ne pars pas maintenant, je ne pourrai pas rentrer avant le couvre-feu. Voulez-vous venir avec moi demain, dans la montagne, attraper quelques oiseaux ?

— Volontiers, d'autant que nous avons mangé tout le poisson.

Stephen salua Richard et le regarda descendre dans le vallon. Il se demandait quelle tête il ferait en découvrant ce qu'il avait envoyé chez lui. Comme on n'avait plus besoin des voiles du *Sirius* pour servir d'abri maintenant que tout le monde avait un toit, elles avaient été partagées entre les hommes, qui les transformaient en matelas ou en hamacs. Dépourvue de chevaux et de gros bétail, l'île disposait d'une bonne quantité de paille pour le rembourrage.

Considéré comme le « découvreur » officiel du stock de voiles, Stephen avait pu en prendre autant qu'il voulait. Mais il n'oublia pas Richard. Après quelques bons lavages dans une eau savonneuse, la toile exposée aux intempéries avait acquis suffisamment de souplesse pour qu'on la débite en draps et en pantalons. Les femmes de l'île furent chargées d'en confectionner à l'intention des soldats et des marins. Pour obtenir un pantalon neuf, ceux-ci devaient remettre l'ancien, que l'on donnait alors à un déporté. Personne n'avait évalué quelle surface de toile portait le *Sirius* jusqu'à ce qu'on en tire tant d'articles à divers usages.

Richard rencontra Stephen le lendemain sur la route de Cascade, au coucher du soleil.

— Je ne pourrai jamais assez vous remercier pour la toile, dit-il. Je me servais d'une couverture en guise de drap, mais elles s'usent vite à ce régime. La toile durera des années.

Ils gravirent la montagne par le chemin le plus éloigné et ramassèrent chacun au passage une demi-douzaine d'oiseaux qui continuaient à affluer en quantités incalculables. Il suffisait de se baisser, de les prendre, de leur tordre le cou et de les fourrer dans un sac. Les femelles avaient maintenant pondu leurs œufs mais les captures n'avaient pas diminué pour autant. Le pointage de Clark indiquait que plusieurs milliers d'oiseaux avaient péri, en ne tenant compte que des prises livrées au magasin du gouvernement et aux officiers.

Au retour, ils traversèrent une vaste clairière où les bois avaient été déjà abattus sur une surface de plusieurs acres, dégageant une crête au sommet aplati qui formait une ligne de partage des eaux. Au nord, les ruisseaux coulaient vers Cascade Bay, à l'est vers Ball Bay et au sud vers le marais qui se déversait dans la rivière Phillimore au détour de la plage, plus loin. De cette clairière, le regard portait plus au nord vers la montagne.

Dans le ciel sans nuages, les étoiles étaient si nombreuses, si brillantes qu'on aurait pu croire que, derrière la voûte sombre, s'étendait une couche d'un blanc lumineux et que Dieu avait percé les cieux d'une multitude de trous pour laisser filtrer quelques rayons de ce firmament argenté. La masse compacte de la montagne se découpait comme une ombre noire, parsemée d'une foule de points lumineux formant des sillages de lucioles clignotantes, des rivières de flammèches. C'était la lueur des torches de centaines d'hommes redescendant les pentes.

— Que c'est beau ! murmura Richard, ébloui.

— Comment un homme pourrait-il se lasser de cet endroit ?

Ils demeurèrent longtemps silencieux à contempler les lumières jusqu'à ce que celles-ci s'éloignent. Puis ils reprirent leur route pour rejoindre ceux qui rentraient lourdement chargés de sacs, éclairant le chemin de leurs torches.

L'hiver arriva, plus sec et plus froid que l'année précédente. Les semailles de blé et de maïs couvraient à présent des surfaces bien supérieures aux onze acres cultivées au temps de King. Mais le grain avait du mal à lever, jusqu'à ce qu'une pluie violente, suivie par un jour ensoleillé, couvre magiquement le flanc des hauteurs et le vallon d'une herbe d'un vert éclatant.

La statistique officielle concernant les oiseaux de Mount Pitt dépassait 170 000 unités capturées, soit en moyenne 340 oiseaux par personne en cent jours. La loi martiale restait en vigueur dans l'île et Ross décida de supprimer totalement la viande salée des rations alimentaires. Il savait que les milliers de pétrels qui peuplaient encore la montagne s'envoleraient dès que leurs oisillons seraient assez forts pour les suivre.

Les condamnations au fouet furent nombreuses, administrées par Jim Richardson, que Richard employa un temps comme scieur avant qu'il se casse la jambe. Manier le chat à neuf queues ne fatiguait pas sa jambe estropiée et cette occupation, manifestement, ne lui déplaisait pas. Le regard de haine que lui jetaient la plupart de ses camarades, hommes libres aussi bien que condamnés, le laissait indifférent.

Il y avait eu également quelques pendaisons – non de déportés, mais de marins. Des serviteurs du commandant Hunter associés au brave Escott, un héros du *Sirius,* pillèrent la maigre réserve de rhum du major, en burent une partie et s'enivrèrent avant de vendre le reste. Dans son rôle de juge, de jury et d'exécuteur, le gouverneur pendit trois des comparses, mais épargna Escott, et Elliott, le valet préféré de Hunter.

Escott fut déchu de ses titres de gloire gagnés sur le *Sirius* et Ross attribua à un déporté du nom de John Arscott le mérite d'avoir gagné l'épave à la nage. Escott et Elliott se virent condamnés à cinq cents coups, infligés avec le plus léger des fouets – chiffre que le major avait brandi comme une menace après l'instauration de la loi martiale, en promettant de mettre à vif le dos des condamnés, de la nuque jusqu'aux chevilles. Le châtiment fut administré en cinq séries de cent, ce dernier chiffre étant considéré comme le maximum qu'un homme puisse endurer en une fois. Le bourreau commençait aux épaules pour descendre lentement le long du dos, des fesses, des cuisses, pour finir sur les mollets.

Des murmures de mutinerie parcoururent les rangs des marins, mais, devant un tel crime à l'encontre de la communauté des hommes libres, tous buveurs de rhum, le capitaine Hunter ne put rien pour ses hommes. Quant aux soldats, furieux, ils ne furent que trop heureux de voir, pour une fois, les marins à la peine. Grâce au soldat Daniel Stanfield, leurs mousquets étaient en excellent état et leurs cartouches bien sèches. Ils s'entraînaient tous les samedis matin sous la surveillance de Stephen et de Richard.

Quelque temps après ces événements, le major Ross arriva chez Richard, le visage plus sombre que jamais.

« Il est en train de se tuer à la tâche, songea Richard en lui avançant une chaise. Il a vieilli de dix ans depuis qu'il est arrivé ici. »

— Mr Donovan m'a fourni d'intéressantes informations sur toi, déclara Ross. Il prétend que tu sais distiller du rhum.

— En effet, monsieur, à condition d'avoir le matériel et les ingrédients nécessaires. Mais je ne peux assurer qu'il sera comparable à celui qu'on produit à Rio de Janeiro ou dans des endroits semblables. Comme tous les alcools, le rhum a besoin de vieillir en fût avant d'être consommé, mais, si je comprends bien votre pensée, nous n'en aurions pas le temps. Le résultat sera donc âcre et de goût peu agréable.

— On ne peut pas à la fois mendier et choisir. (Ross claqua

des doigts pour appeler le chien, en quête de caresses.) Comment va, MacTavish ?

MacTavish remua la queue et prit son air le plus aimable.

— J'avais un débit de boissons à Bristol, monsieur, entre autres choses, dit Richard en lançant une bûche dans le feu, aussi je comprends mieux que certains le dilemme qui se pose. Des hommes habitués à boire tous les jours du rhum ou du gin ne peuvent pas être heureux s'ils n'en ont plus. Certaines femmes se trouvent elles aussi dans ce cas. Jusqu'à présent, avec la loi martiale et l'absence d'équipement, il n'a pas été possible de construire un alambic mais je serais heureux de m'y mettre et de le faire fonctionner, cependant...

Les mains étendues vers le feu, Ross grommela :

— Je sais à quoi tu penses. Dès qu'on saura que nous avons un alambic, il y aura ceux qui ne voudront pas se contenter d'une demi-pinte par jour et les autres qui chercheront à en tirer profit.

— C'est bien ça, monsieur.

— Nous devrions avoir une bonne récolte de canne à sucre ?

— Je crois qu'elle se présente bien, assura Richard en riant.

— Es-tu buveur, Morgan ?

— Non, je peux vous en donner ma parole.

— Un seul de mes officiers est un abstinent : le lieutenant Clark. Je le chargerai donc de surveiller ce projet. Dans les rangs de mes hommes, à part les soldats Stanfield, Hayes et James Redman, je n'en vois aucun autre qui ne soit pas imbibé. Quant à Mr Hunter – une grimace traversa son visage mais il se contrôla –, il recommande son canonnier Drummond, son maître de manœuvre Mitchell et le marin Hibbs. Cela te donne au total six hommes et un officier.

— Vous ne pouvez pas installer l'alambic dans le vallon, monsieur.

— Je suis d'accord. As-tu une suggestion ?

— Non, monsieur. Je vais seulement d'une fosse de sciage à l'autre.

— Donne-moi le temps d'y réfléchir, Morgan, répondit Ross en se levant avec quelque regret. Entre-temps, fais couper la canne à sucre par Lawrell.

— Oui, monsieur. Je vais lui dire que vous m'avez demandé de raffiner du sucre pour le thé des officiers.

Après un signe d'assentiment, le gouverneur sortit pour aller contrôler l'installation de sa meule. Quand la moisson serait faite, il ne serait plus question de moudre à la main. La grande pierre serait actionnée par la seule force dont il disposait, celle des hommes. Cette tâche viendrait utilement compléter le fouet pour lequel Ross, tout en le tolérant, éprouvait de l'aversion, non par scrupule mais parce que le fouet n'était dissuasif qu'à fortes doses, ce qui aboutissait parfois à handicaper ses victimes pour le restant de leurs jours. Enchaîner un homme à la meule pour une semaine, voire un mois, en l'obligeant à pousser comme sur un cabestan était une bonne punition, déplaisante mais sans autre conséquence.

Les routes menant à Ball Bay et à Cascade étaient terminées. Début juin, on commença à en ouvrir une autre vers Anson Bay, à l'ouest, et les travaux révélèrent une agréable surprise : un espace d'une centaine d'acres de collines et de vallées presque totalement sans arbres, à mi-chemin de Sydney Town et d'Anson Bay. Personne n'avait soupçonné son existence. Ross considéra cela comme un don du ciel, au même titre que les oiseaux de Mount Pitt, et décida aussitôt d'y installer un nouveau village. Le terrain qu'il avait fait déboiser sur la route de Cascade, à mi-distance, deviendrait un lieu d'exil pour les marins du *Sirius*. Quant à Phillipburgh, au bout de la route de Cascade, on y poursuivrait les essais pour fabriquer de la toile à partir du lin cultivé dans l'île.

Le futur village en direction d'Anson Bay fut baptisé Charlotte Field, en l'honneur de Sa Majesté la reine Charlotte. Le lieutenant Ralph Clark fut chargé d'en déterminer l'emplacement. Pourquoi lui ? Il partit avec pour seule escorte les soldats Stanfield, Hayes et James Redman. Richard n'en fut pas surpris. La distillerie, il le devinait déjà, serait édifiée quelque part entre Sydney Town et Charlotte Field. Il en était certain.

Et il avait raison. Peu après, il reçut l'ordre d'aller explorer le site, officiellement pour y creuser une nouvelle fosse de sciage. Un endroit ravissant. Le sol, dégagé d'arbres, était recouvert d'une épaisse plante rampante que l'on pouvait facilement arracher. Mélangée à des broussailles pourvues de longues épines, elle donnerait des clôtures auxquelles les porcs ne s'attaqueraient pas, si entreprenants fussent-ils.

Le major Ross avait choisi d'installer la distillerie en bas d'une piste qui partait de la route d'Anson Bay, mais bien avant Charlotte Field. Une source jaillissait d'une crête et recevait d'autres ruisseaux sur son cours qui s'achevait dans une crique de Sydney Bay, près de Point Ross, son promontoire ouest. Trois soldats et trois marins dégagèrent un espace assez grand pour recevoir un petit bâtiment de bois et des bûches de chêne blanc, espèce locale déjà utilisée pour le fumage, qui avait l'avantage de brûler sans laisser beaucoup de cendres. Les pierres destinées à l'âtre et aux fourneaux furent apportées par des déportés, en principe pour être utilisées par la suite à Charlotte Field. Richard et les six autres hommes les transportèrent de nuit, eux-mêmes, jusqu'à la distillerie.

Ils durent aussi bâtir eux-mêmes la remise. Ross leur fournit des chaudrons de cuivre, quelques valves et robinets d'arrêt, des tuyaux de cuivre et des cuves fabriquées à partir de barriques sciées en deux. Richard exécuta lui-même l'assemblage et les soudures. A sa grande surprise, le secret resta bien gardé. Les cannes à sucre coupées et quelques épis de maïs disparurent vers la distillerie.

Quatre semaines plus tard, il put présenter le produit de la première distillation. Le gouverneur y goûta avec précaution, fit la grimace, prit une autre gorgée et avala d'un coup le reste de son quart de pinte. Il aimait le rhum, comme tout le monde.

— Il est vraiment mauvais, Morgan, mais il fait le même effet, dit-il, se décidant à sourire. Tu nous épargnes sans doute une mutinerie et peut-être même des crimes. Il serait sûrement meilleur si on le laissait vieillir, mais nous verrons plus tard. Qui sait ? Nous serons peut-être à même d'approvisionner Port Jackson en rhum, comme nous le faisons déjà en bois et en chaux.

— Avec votre permission, monsieur, je serais heureux de retrouver mes fosses de sciage, dit Richard, qui ne pouvait voir un alambic sans avoir de mauvais souvenirs. Il faut veiller au mélange et entretenir le feu, sans oublier l'eau, mais je ne vois pas la nécessité de rester ici en personne. Stanfield pourrait prendre un tour et Drummond l'autre. Si nous obtenons quelques gouttes de rhum en plus, nous pourrions les mettre dans un tonneau de chêne avec une giclée de bon produit et voir ce qu'il en advient.

— Tu partageras la surveillance avec le lieutenant Clark, mais j'admets que ce serait gâcher tes talents que de te laisser à l'alimentation de l'alambic et du feu, tu as raison sur ce point. (Il fit quelques pas en se léchant les lèvres, manifestement envahi par une sensation de bien-être.) Fais le chemin avec moi jusqu'à Sydney Town.

Se rappelant la présence des autres hommes, il alla vers chacun d'eux pour leur administrer une petite tape sur l'épaule.

— Faites bien attention et continuez à entretenir l'installation, les gars, dit-il d'un air affable, toujours souriant. Vous gagnerez chacun 20 livres de plus par an.

La route traversait la forêt de pins en suivant la crête et en passant par Mount George, d'où l'on avait une vue superbe : l'océan, Sydney Town au pied avec son lagon, la vague de barre, les îles Phillip et Nepean. Ross s'arrêta pour contempler le site et se mit à parler.

— J'ai dans l'idée de te libérer, Morgan. Il ne m'est pas possible de te gracier totalement, mais je peux le faire sous condition, jusqu'à ce que les circonstances me permettent de demander ta grâce à Son Excellence, à Port Jackson. Je pense que tu as mérité le statut d'homme libre, bien préférable à une simple libération à l'expiration de ton temps, qui, si je m'en souviens bien, s'achève en mars 1792 ?

Richard sentit sa gorge se serrer et ses yeux se remplir de larmes. Il voulut parler mais en fut incapable. Il se contenta d'un signe de tête en retenant de ses mains le torrent menaçant.

Libre. Libre.

Le major contemplait toujours l'île Phillip.

— Je compte en libérer d'autres également : Lucas, Phillimore, Rice, Mortimer l'aîné, etc. Tous, vous aurez la possibilité d'obtenir de la terre et d'entreprendre quelque chose par vous-mêmes, car vous vous êtes bien comportés depuis que je vous connais. C'est grâce à des gens comme vous que nous avons réussi à survivre sur Norfolk Island et que j'ai pu la gouverner – sans oublier Mr King avant moi.

« A partir de maintenant, Morgan, tu es un homme libre, ce qui signifie qu'en tant que contremaître des scieurs tu toucheras 25 livres par an. Tu seras également payé pour la surveillance de la distillerie – 5 livres par an – et tu toucheras 20 livres pour avoir contribué à la construire. Aucune de ces sommes ne te sera versée en monnaie car le gouvernement de Sa Majesté ne nous en a pas donné. Elles te seront remises sous forme de billets à ordre, valables auprès du gouvernement. Tu pourras les utiliser pour des transactions dans nos magasins ou des achats auprès de personnes privées. En ce qui concerne la distillerie, j'exige le silence le plus absolu et je t'avertis que je peux être amené à suspendre son activité d'un jour à l'autre. Ce n'est qu'une expérience que je tente pour éviter que des individus ne se lancent eux-mêmes dans la distillation afin d'en tirer profit. Ma conscience n'est pas en paix et j'ai des doutes, conclut-il sur un ton plus calme. Je peux faire confiance au lieutenant Clark pour ne pas en souffler mot, même dans son journal intime. Son contenu, comme il le sait bien, pourrait aussi me concerner. Non qu'il ait envie de le publier, mais il arrive qu'un tel document tombe dans de mauvaises mains. »

Cette déclaration avait été assez longue pour donner à Richard le temps de se reprendre.

— Je suis votre homme, monsieur. C'est la seule manière qui me soit donnée de vous remercier de toutes vos bontés. (Une lueur joyeuse s'alluma dans ses yeux, dont le bleu devint plus intense.) Toutefois, j'ai une faveur à vous demander. Me feriez-vous l'honneur de me serrer la main ? Ce serait mon premier acte d'homme libre.

Ross lui tendit la main bien volontiers.

— Je descends en ville, mais je crains d'avoir à te demander de retourner à la distillerie, pour aller me chercher un peu de ton affreux jus de cuisson, afin de faire passer mon dîner de ce soir. (Il fit la grimace.) Comme tout le monde, je suis las des oiseaux de Mount Pitt mais personne ne se plaindrait si un cruchon d'alcool pouvait les accompagner.

Libre ! Il était libre ! Et gracié ! Là résidait toute la différence. Tous les condamnés retrouvaient leur liberté une fois leur temps accompli, mais ils n'étaient que libérés. Etre gracié, c'était autre chose.

Richard, enfin, avait été disculpé.

Le 4 août, on aperçut au loin une voile depuis Sydney Town. La communauté tout entière oublia sur-le-champ travail, discipline, maladie, bref : tout bon sens. Le lieutenant Clark et le capitaine George Johnston escaladèrent Mount George et constatèrent qu'il s'agissait bien d'une voile, mais le bateau poursuivit tranquillement son chemin. Il était impossible d'aborder à Sydney Bay car il soufflait un vent violent du sud. Johnston et Hunter se rendirent à Cascade avec l'idée que l'accostage pourrait s'y dérouler. Les eaux y étaient parfaitement calmes, la mer d'huile. Au crépuscule, le bateau avait disparu en direction du nord. Ce soir-là, l'humeur fut au plus bas en ville et dans tout le vallon, aussi bien qu'à Charlotte Field et à Phillipburgh. Quelle terrible déception !

Le lendemain, le major Ross envoya un groupe au sommet de Mount Pitt pour regarder au loin, mais en vain. Le bateau avait définitivement disparu.

Néanmoins, le 7 août, les habitants de Sydney Town furent réveillés à l'aube par la corne d'un navire croisant tout au loin, à l'horizon vers le sud.

Contraint d'avancer contre le vent, il n'avait pas parcouru beaucoup de chemin dans l'après-midi et avait été rejoint entre-temps par une autre voile. Cette fois, c'était bien réel ! Cette fois, ils ne seraient plus ignorés !

Ne pouvant entrer en contact avec le premier des deux bateaux, le lieutenant Clark dirigea son canot vers le second et réussit à monter à bord. C'était le *Surprize,* venant de Londres sous le commandement de Nicholas Anstis, qui avait été officier en premier sur le *Lady Penrhyn* et avait des intérêts dans le trafic des esclaves. Il informa Clark que le *Surprize* amenait deux cent quatre déportés à Norfolk Island mais peu de marchandises. Avant que Clark se mette en colère, Anstis ajouta que l'autre bateau était le *Justinian,* qui, lui, transportait des provisions en quantité. Désormais, la famine ne régnait plus à Port Jackson et ne menacerait plus Norfolk Island, où il restait pour moins de trois semaines de rations de viande salée et de farine.

— Quel était ce bateau qui a ignoré nos signaux ? demanda Clark.

— Le *Lady Juliana*. Il transporte des femmes déportées à Port Jackson mais on y a constaté une voie d'eau si importante qu'il a dû se diriger tout droit sur Wampoa pour y décharger. Il doit y prendre une cargaison de thé après être passé en cale sèche. Le *Justinian* et moi-même, nous irons à Wampoa dès que nous aurons débarqué notre chargement ici.

Tous s'activèrent fébrilement, même des hommes tels que Len Dyer et William Francis, pour entasser sur les chaloupes du *Surprize* et du *Justinian* une quantité de légumes pour les équipages tellement affaiblis par le manque de nourriture fraîche qu'ils n'avaient même pas la force de débarquer passagers ou provisions. Des lettres arrivèrent, venant d'Angleterre ou de Port Jackson, et un groupe d'officiers débarqua, désireux de se dégourdir les jambes à terre. Le déchargement attendrait et, si nécessaire, aurait lieu à Cascade. Le lieutenant Clark, aux anges, ne reçut pas moins de quatre longues lettres de sa bien-aimée Betsy, lui apprenant qu'elle-même et le petit Ralphie se portaient bien.

Une missive du gouverneur Phillip expliquait au major Ross que le *Supply* avait été envoyé à Batavia pour y prendre toute la nourriture que ses minuscules cales pouvaient contenir et, si possible, accompagner au retour un navire hollandais à Port Jackson avec davantage de provisions. Son Excellence espérait que le lieutenant Philip Gidley King pourrait embarquer à Batavia sur un vaisseau de la Compagnie hollandaise des Indes orientales, au moins jusqu'au Cap, dans l'espoir de gagner Londres pour y demander du secours. Dès que le *Supply* aurait rejoint Port Jackson et serait en état de reprendre la mer, il serait envoyé à Norfolk Island chercher Hunter et ses marins du *Sirius* – ce qui ne pourrait se produire avant l'année 1791. Cependant, poursuivait Phillip, maintenant que l'île était de nouveau bien approvisionnée, le major Ross n'avait plus de raison de maintenir la loi martiale. Elle devait être supprimée immédiatement.

« Ah, au diable ce King ! songea Ross avec colère. C'est sa faute, évidemment. Comment contenir les marins de Hunter si je ne peux pas en prendre un de temps en temps ? »

D'autres mauvaises nouvelles arrivèrent de Port Jackson. Le *Guardian,* un ravitailleur faisant voile depuis l'Angleterre avec un chargement de nourriture, avait fait escale au Cap pour y acheter tous les animaux d'élevage disponibles avant de mettre le cap sur Botany Bay.

La veille de Noël 1789, il se trouvait à 1 000 milles nautiques du Cap et avançait sur une mer plutôt calme lorsqu'il croisa un iceberg d'été. Le commandant, à court d'eau potable après avoir sous-estimé la consommation du bétail embarqué, décida de profiter de cette bonne fortune et d'envoyer quelques hommes dans des canots avec mission de casser des morceaux de glace pour remplir les cuves. Ce qui fut fait promptement, avant que le *Guardian* s'écarte de l'iceberg.

Le commandant Riou, enchanté, s'assura que tout allait bien et descendit savourer un bon dîner. Un quart d'heure plus tard, un violent choc à l'arrière cassa le gouvernail et fit dériver le bateau. Une voie d'eau se déclara, encore assez faible pour que Riou juge qu'il avait une bonne chance de pouvoir regagner Le Cap.

Il fit donc jeter par-dessus bord tous les animaux et mettre à la mer cinq canots avec le plus gros de l'équipage et quelques déportés qui étaient de bons artisans. Mais les marins avaient percé les tonneaux de rhum pour adoucir leur mort dans les eaux froides et les cinq chaloupes, chargées à ras bords, s'éloignèrent à la rame avec un équipage d'hommes complètement ivres. Un seul réussit à gagner la terre.

Le *Guardian* y parvint également, tant bien que mal après avoir erré pendant des semaines au sud de l'océan Indien. Il aborda non loin du Cap avec une cargaison pratiquement irrécupérable. Ce qui pouvait encore être sauvé fut embarqué sur le *Lady Juliana*, le premier bateau de Botany Bay qui se présenta au Cap après le désastre. Mais il n'y avait plus d'animaux à vendre dans la ville quand le *Justinian* arriva quelques jours plus tard.

Tous les hommes du *Guardian* avaient péri. De même qu'avait disparu tout ce qui appartenait en propre au gouverneur Phillip, au major Ross, au commandant David Collins et à d'autres officiers supérieurs. Ross, entre autres, ne se remit jamais de la considérable perte financière qu'il avait subie après avoir payé de sa poche de très nombreux animaux pour en faire l'élevage.

Certes, toute menace de famine était pour l'instant écartée, mais la suppression de la loi martiale et la tragédie du *Guardian* lui firent regretter de ne pas être un alcoolique. Au moins aurait-il su comment noyer son chagrin...

Les jours suivants, on débarqua quelques caisses du *Justinian* et du *Surprize,* mais aucun prisonnier ne se présenta. Les bateaux transportaient quarante-sept hommes et cent cinquante-sept femmes. Ces dernières venaient toutes du *Lady Juliana,* le premier des navires à toucher Port Jackson en juin. Phillip avait espéré l'arrivée d'un ravitailleur et, après une si longue attente, il éprouva une immense déception en constatant que le premier bateau ne lui apportait rien de plus utile que des femmes et des vêtements. Heureusement, le *Justinian* apparut peu après, suivi à la fin du mois par le *Surprize,* le *Neptune* et le *Scarborough,* qui retrouvait les rivages de la Nouvelle-Galles du Sud.

Devant une nombreuse assistance d'officiers, de nouveaux venus ou de vétérans de Norfolk Island, Murray, le médecin du *Justinian,* fit le récit des événements.

— Ce fut vraiment un choc affreux ! (Il pâlit à ce souvenir et poussa un long soupir.) Le *Surprize,* le *Neptune* et le *Scarborough* amenaient à Port Jackson un millier de nouveaux déportés, mais deux cent soixante-sept d'entre eux étaient morts durant le voyage et ils ne furent plus que sept cent cinquante-neuf à débarquer, dont près de cinq cents gravement malades. J'ai cru un moment que Son Excellence le gouverneur allait s'évanouir, et personne ne l'en aurait blâmé. Vous n'avez aucune idée de ce que c'était, aucune idée...

Murray s'interrompit, secoué par un haut-le-cœur.

— Le ministère de l'Intérieur avait entre-temps changé d'armateur. On avait confié à un négrier la fourniture des vivres et ce lâche s'était fait payer d'avance sans que quiconque songe à stipuler par contrat que les passagers devaient être débarqués en vie et bien portants. Pour ce vil marchand, tout déporté mourant au début du voyage représentait un profit financier. Les pauvres diables ne furent donc pas nourris et on les entrava pendant toute la durée du voyage avec les fers réservés aux esclaves... vous savez, une barre de fer rigide d'un pied de long fixée entre les chevilles. Ils n'étaient pas autorisés à aller sur le pont mais ils n'auraient de toute façon pas pu le faire, car ils ne pouvaient pas marcher. C'était déjà assez dur pour les esclaves qui devaient supporter six à huit semaines de voyage, mais vous imaginez la souffrance des hommes enfermés à fond de cale pendant un an !

— Ils sont morts dans des conditions abominables, murmura Stephen Donovan. Que Dieu maudisse tous les négriers !

Personne d'autre ne faisant de commentaires, Murray poursuivit son récit.

— Le pire de tous a été le *Neptune,* bien que la situation ne fût guère meilleure sur le *Scarborough,* qui a dû caser soixante hommes supplémentaires dans un espace encore plus petit que lors de son premier voyage. La situation était un peu meilleure sur le *Surprize,* qui n'a perdu que trente-six hommes sur les deux cent cinquante-quatre qu'il transportait. Quand nous n'étions pas en train de vomir, nous ne pouvions que nous abandonner à nos larmes. Les détenus n'étaient plus que des squelettes vivants et ils continuaient à mourir quand on les a sortis de la cale. Oh, cette puanteur ! Ils mouraient sur le pont, ils mouraient dans les canots qui les emmenaient à terre. Ceux qui demeuraient en vie ont dû être soignés dehors, jusqu'à ce qu'on les ait débarrassés de leur vermine – des milliers de poux. Je n'exagère pas, n'est-ce pas, Mr Wentworth ?

— Pas du tout, confirma D'Arcy Wentworth, un grand et beau garçon blond récemment nommé médecin assistant de Norfolk Island. Sur le *Neptune,* c'était l'enfer. J'ai embarqué à Portsmouth mais on ne m'a pas laissé descendre une seule fois sous le pont pendant tout le voyage et l'on m'a interdit l'accès de la prison. La puanteur emplissait nos narines à toute heure et en tout lieu, mais quand je suis descendu sur le faux-pont à Port Jackson... Seigneur ! Aucun mot ne peut décrire ce que j'ai vu ! Un océan de vers, des corps en décomposition, de blattes, de rats, de puces, de mouches... et quelques hommes seulement encore en vie. Vous imaginez ? Ceux qui ont réussi à survivre doivent être devenus fous.

Stephen connaissait mieux que les autres le monde de la marine marchande et il demanda :

— Qui commandait le *Neptune* ?

— Une brute du nom de Donald Trail. Il ne comprenait même pas pourquoi nous faisions tant d'histoires. On ne se souciait pas tant du nombre d'esclaves encore vivants qu'il débarquait à la Jamaïque. Tout ce qui l'intéressait – et Anstis également, en la circonstance –, c'était de vendre ses marchandises à Port Jackson. Mais ses prix étaient si exorbitants qu'on ne lui a acheté que son rhum.

— J'ai entendu parler de Trail, remarqua Stephen, l'air sombre. Il pouvait garder un Nègre en vie, car on ne le lui achetait que vivant. Accepter un tel contrat avec lui, c'était l'encourager au meurtre. Que Dieu envoie au diable tous les membres du ministère de l'Intérieur !

— Il ne traitait guère mieux ses passagers payants, poursuivit Wentworth. Croyez-vous qu'il aurait eu une once de conscience pour se soucier d'eux un tant soit peu ? Non ! Le *Neptune* transportait quelques officiers et des hommes d'un nouveau régiment recrutés pour servir en Nouvelle-Galles du Sud. Le capitaine John MacArthur, du New South Wales Corps, son épouse, leur bébé, leur fils et leurs domestiques furent entassés dans une minuscule cabine, avec interdiction d'accéder au pont autrement que par une coursive remplie de femmes déportées et de seaux d'excréments. Le bébé est mort. MacArthur s'est terriblement querellé avec Trail et, arrivé au Cap, il a poursuivi le voyage sur le *Scarborough*, mais ces affreuses conditions l'ont rendu gravement malade. J'ai cru comprendre que son fils était lui aussi en mauvais état.

— Comment avez-vous voyagé, Mr Wentworth ? demanda Ross, qui, jusqu'alors, avait écouté le récit en silence.

— D'une façon bien peu agréable. Mais je pouvais au moins aller sur le pont. Quand les MacArthur furent partis, j'ai pu installer ma femme dans leur cabine, ce qui a grandement amélioré la situation... Certains membres de ma famille occupent des positions importantes en Angleterre. Je leur ai écrit pour demander que Trail ait à répondre de ses crimes quand le *Neptune* rentrera.

— Ne comptez pas trop là-dessus, lâcha le capitaine George Johnston. Lord Penrhyn et son groupe de négriers ont plus de poids au Parlement qu'une dizaine de ducs.

— Dites-nous ce qui est arrivé ensuite à ces malheureux quand vous les avez débarqués à Port Jackson, Mr Murray, demanda le major Ross.

— Son Excellence le gouverneur Phillip a fait creuser une vaste tranchée en dehors de la ville et les morts ont été ensevelis lors d'un service funèbre célébré par Mr Johnson. Un brave homme, ce révérend, et qui s'est montré fort bon pour les survivants et a eu le courage de descendre sous le pont du *Neptune* pour en sortir les hommes et faire son devoir d'officiant. La tranchée ne peut encore être refermée car les survivants continuent de mourir en masse. Des rochers ont été empilés sur les corps pour que les chiens ne les dévorent pas. On y entassait encore de nouveaux cadavres quand le *Surprize* a appareillé pour Norfolk Island. Le gouverneur Phillip est hors de lui, miné par la colère et le chagrin. Nous emportons une lettre de lui pour lord Sydney, mais je crains qu'elle ne puisse atteindre le ministère de l'Intérieur avant qu'un autre lot de déportés soit envoyé dans des conditions semblables, avec les mêmes armateurs abjects. Payés d'avance pour livrer des corps sans vie à Port Jackson !

— Trail préfère que les gens meurent au début du voyage, souligna Wentworth. Et n'oubliez pas que le *Neptune* a aussi perdu des soldats.

— Je suppose que le millier de déportés du *Neptune*, du *Surprize* et du *Scarborough* étaient tous des hommes ? demanda Ross.

— Il n'y avait que quelques femmes à bord dans cette affreuse coursive. Elles étaient parties plus tôt, sur le *Lady Juliana*.

— Qu'est-il advenu d'elles ? demanda Ross, accablé, imaginant déjà cent cinquante-sept squelettes ambulants opérant un débarquement périlleux à Cascade.

— Oh, dit le docteur Murray, elles ont fait bon voyage ! C'est Mr Richards, le fournisseur de votre flotte, qui a été chargé d'approvisionner le *Lady Juliana*. Le pire qu'on puisse raconter sur ce bateau – il ne transportait pas de troupes –, c'est que son équipage a pris du bon temps, à croire que le voyage se faisait dans une distillerie de rhum. Un convoi entier de femmes ! Rien d'étonnant à ce qu'il ait mis si longtemps à arriver !

— Soyons reconnaissants d'avoir cette maigre consolation, soupira Ross. Nos sages-femmes risquent d'être très occupées.

— Sans doute. Un certain nombre sont enceintes, d'autres ont déjà leur bébé.

— Et les quarante-sept hommes qui les accompagnent ? Sont-ils de Port Jackson ou viennent-ils de ces bateaux de l'enfer ?

— Ce sont de nouveaux arrivants, mais parmi les meilleurs. Ce qui ne veut pas dire grand-chose, je vous l'accorde... Au moins, aucun d'entre eux n'est fou et tous peuvent absorber la nourriture qu'on leur donne.

Le rhum local circulait mais, prudent, Robert Ross le mêla avec un alcool de meilleure qualité, baptisant ce mélange « rhum de Rio ». Il avait mis en réserve la production de Richard dans des tonneaux de chêne, y ajoutant un peu de bon rhum de Bristol rapporté par le *Justinian,* afin de le laisser vieillir. Aidé par

Richard et le lieutenant Clark, il avait aménagé une cachette dans un endroit bien sec où personne ne le trouverait. Ils continueraient à distiller jusqu'à obtenir un stock de 2 200 gallons. A ce moment-là, estimait Ross, ils n'auraient plus ni canne à sucre ni tonneaux. Alors il ferait démonter l'installation et demanderait à Richard de la dissimuler.

Sa conscience ainsi apaisée, il se promit d'utiliser le peu d'orge produit sur l'île pour essayer d'en tirer de la petite bière. Il y avait du houblon dans la cargaison du *Justinian*. Les déportés auraient ainsi quelque chose de mieux à boire que de l'eau.

Seigneur, que signifiait donc ce trafic de déportés ? Un commerce honteux toléré par le gouvernement du roi ! Certes, il avait fait pendre ou fouetter des hommes mais il les avait toujours nourris en veillant sur eux. Arthur Phillip comprenait-il que la malhonnêteté de ces négriers l'avait sauvé d'une famine qui n'aurait pas manqué d'éclater les mois suivants ? « Que serait-il arrivé, pensa-t-il, si les 1 200 forçats transportés sur le *Neptune* avaient débarqué en juin, en meilleur état que ceux que nous avions amenés ? Le *Guardian* n'ayant pas de provisions dans ses cales, celles du *Justinian* n'auraient duré que quelques semaines. Dieu a sauvé la Nouvelle-Galles du Sud par l'intermédiaire d'une bande de négriers sans cœur. » Mais, lorsque le Tout-Puissant réclamerait le remboursement de cette dette, qui serait amené à payer ?

Le matin du 10 août, le major Ross réunit toute la communauté sous la bannière britannique, avant qu'un seul déporté soit débarqué du *Surprize*.

— Notre situation critique va s'améliorer grâce à l'arrivée de provisions qui nous permettront de tenir quelque temps ! cria-t-il d'une voix forte. Je vous annonce donc que la loi martiale est levée ! Ce qui ne signifie pas que je vous autorise à vous déchaîner ! Vous ne risquez peut-être plus la pendaison, mais je peux vous faire fouetter jusqu'à ce que vous vous trouviez à deux doigts de la mort, et, croyez-moi, je ne m'en priverai pas ! Notre population va s'accroître, pour passer à sept cent dix-huit personnes, ce qui n'est pas une perspective réjouissante ! D'autant qu'il s'agit principalement de femmes déportées, les quelques hommes qui les accompagnent étant presque tous malades. Ces nouvelles bouches que nous aurons à nourrir ne nous donneront pas des individus capables de fournir un dur labeur. Chaque case, chaque maison devra accueillir l'une de ces nouvelles venues car je n'ai pas l'intention de construire un baraquement pour ces femmes. Seuls les surveillants en chef des déportés – Mr Donovan et Mr Wentworth – seront dispensés de ce devoir. Mais tous les autres, marins ou soldats, déportés graciés ou non, devront prendre en charge au moins l'une de ces femmes. Les officiers agiront selon leur choix.

» Je vous avertis solennellement ! Aucune de ces femmes ne devra être battue ou devenir le jouet de plusieurs hommes. Je ne peux pas contrôler la fornication, mais je n'admettrai aucune conduite inhumaine ! Le viol ou tout autre abus physique sera puni de cinq cents coups de fouet, et cela vaut pour les marins, les soldats et les déportés.

Il marqua une pause, amer, et balaya du regard les rangs silencieux. Ses yeux se posèrent sur John Hunter, dont l'attitude satisfaite disait assez qu'à ses yeux l'abolition de la loi martiale par Son Excellence l'autorisait à relâcher quelque peu son comportement.

— A l'exception du personnel navigant qui ne souhaite pas rester ici et embarquera dès l'arrivée du *Supply*, mon intention est de soulager Sydney Town en installant à l'intérieur des terres le plus de gens possible. Ils recevront des lots d'une acre, à condition de prendre en charge un homme ou une femme. La production de ce lopin de terre ne fera l'objet d'aucun prélèvement de la part du gouvernement et devra plutôt servir à diminuer la distribution de rations alimentaires. Vous serez autorisés à vendre au gouvernement vos éventuels surplus, lesquels seront payés, que vous soyez libres ou condamnés.

» Les déportés qui travailleront dur, qui entretiendront leur terre et vendront leur production au gouvernement seront libérés dès qu'ils auront apporté la preuve de leur bonne volonté. C'est d'ailleurs selon ces mêmes critères que j'ai déjà libéré certains d'entre vous. Avec cette acre de terre, chacun recevra une truie et pourra recourir aux services d'un porc. Il ne m'est pas possible de leur donner de la volaille mais ceux qui seront en mesure d'acheter des dindes, des poulets ou des canards auront la possibilité de le faire dès que nous en aurons suffisamment.

Il y eut quelques murmures dans la foule, certains visages s'allongèrent, d'autres s'éclairèrent. Tout le monde ne voyait pas d'un bon œil la perspective de travailler dur, même dans son propre intérêt.

Le gouverneur adjoint reprit la parole :

— Richard Phillimore, tu peux prendre une acre où tu veux, de l'autre côté de la pointe est. Nathaniel Lucas, le terrain sur lequel tu vis derrière Sydney Town t'appartiendra à partir d'aujourd'hui. John Rice, tu peux choisir une acre de terrain au-dessus de celui de Nat Lucas, près de la rivière qui sépare les casernes de la première rangée de maisons. John Mortimer et Thomas Crowder, vous ferez votre choix au même endroit que Rice. Richard Morgan, tu resteras sur le terrain que tu occupes en haut du vallon. J'avertirai les autres dès que Mr Bradley m'aura communiqué son plan. L'équipage du *Sirius* occupera la grande clairière à mi-chemin sur la route de Cascade. Quant aux ouvriers du lin, y compris les rousseurs et les tisseurs arrivés avec le *Surprize*, ils iront s'installer à Phillipburgh avec mission d'y établir une fabrique de tissu.

N'ayant plus rien à ajouter, il se contenta de dire :

— Allons, rompez maintenant !

Partagé entre la joie et la morosité, Richard regagna sa fosse de sciage en haut du vallon. Ross lui avait donné le terrain sur lequel il vivait, ce qui constituait une faveur car le sol était déjà cultivé et semé. Nat Lucas et Richard Phillimore bénéficiaient du même avantage, alors que Crowder, Rice et Mortimer devraient débroussailler et abattre des arbres. N'empêche... il allait perdre dorénavant sa chère solitude.

Certes, il aurait pu reprendre Lawrell chez lui, mais il lui serait difficile d'écarter à nouveau une femme et il ne pouvait pas non plus la confier à Lawrell. Si brave qu'il soit, Lawrell voudrait certainement profiter de son corps, qu'elle soit consentante ou non. Non, cette maudite créature devrait vivre chez lui, où il n'y avait qu'une seule grande pièce. Il devait donc remettre à plus tard ses projets pour le week-end, qui étaient d'aller pêcher sur les rochers, à l'ouest du point de débarquement, et de faire une grande promenade avec Stephen. Au lieu de ça, il se trouvait contraint d'ajouter à sa maison une nouvelle pièce pour cette femme !

Johnny Livingstone, assez sage pour ne pas demander dans quel but, lui avait construit un traîneau sur des patins bien polis. Richard pouvait s'y atteler avec un harnais de toile et le tirer comme l'aurait fait un cheval. Il l'avait utilisé pour transporter de nuit les ingrédients à distiller en se disant qu'il ne lui servirait plus à rien par la suite. Cependant, le traîneau pouvait aussi faire office de charrette et transporter des pierres depuis la carrière, pour les fondations de cette nouvelle pièce. Au diable les femmes !

Comme on était en hiver, les officiers supérieurs se réunissaient à une heure de l'après-midi pour prendre leur premier repas chaud de la journée en compagnie de Ross dans la salle à manger de la résidence du gouverneur. Mrs Morgan – Lizzie Lock tenait absolument à être appelée ainsi – s'était révélée une excellente cuisinière depuis qu'elle avait quelques ingrédients à sa disposition.

Elle leur servit ce jour-là un rôti de porc en l'honneur de l'arrivée du *Surprize* et du *Justinian*, bien qu'aucun des officiers de ces unités n'eût été invité, pas plus que Donovan, Wentworth ou Murray. Le lieutenant Ralph Clark n'était pas là non plus. Il était allé dîner en compagnie de Little John avec Donovan, Wentworth et Murray. Depuis son voyage en Angleterre, il se montrait extrêmement économe et sa table était des plus frugales. Le lieutenant Robert Kellow, resté à Coventry à la suite d'un duel avec le lieutenant William Faddy, manquait aussi à l'appel.

Etaient présents Robert Ross, les commandants John Hunter et George Johnston, le lieutenant John Johnstone et, hélas, cet affreux bavard de lieutenant Faddy.

Ross servit en apéritif du « rhum de Rio », réservant la bouteille de porto que le commandant Maitland, du *Justinian*, lui avait offerte pour une dégustation après le repas. Celui-ci tardant à venir, Ross offrit une seconde tournée de rhum. Aussi, quand ils s'assirent pour faire honneur à la cuisse de porc servie par Mrs Morgan – une viande magnifiquement dorée, accompagnée d'une sauce délicieuse et de pommes de terre croustillantes –, les cinq hommes avaient-ils déjà les idées un peu embrouillées, situation qui ne s'améliora pas durant le dîner car le repas fut arrosé de rhum.

— J'ai vu que vous aviez remplacé Clark à la direction des magasins du gouvernement, observa Hunter en finissant les dernières miettes de son gâteau de riz qui nageait dans la mélasse.

— Le lieutenant Clark a mieux à faire que de compter sur ses doigts, répliqua Ross, le menton luisant de graisse. Son Excellence m'a envoyé Freeman pour cela. J'ai besoin de Clark pour superviser la construction de Charlotte Field.

Hunter se raidit.

— Cela me fait penser, dit-il d'une voix tranquille, que dans votre mémorable discours de ce matin, vous avez évoqué le fait que mes marins devaient quitter Sydney Town pour s'installer quelque part sur la route de Cascade.

— En effet.

Ross s'essuya le menton avec une serviette de table que cette chère Mrs Morgan avait taillée dans une vieille nappe. Une perle, cette femme ! Qu'est-ce qui avait pris à Richard Morgan de la répudier ? Ross n'en était pas certain, mais il soupçonnait que cela devait s'expliquer par quelque motivation sexuelle. Sur ce plan, en effet, Morgan avait raison, Lizzie Lock n'était pas une séductrice !

Repliant sa serviette, Ross examina Hunter, assis à l'autre bout de la table, et le fixa droit dans les yeux.

— Eh bien ?

— Vous n'êtes plus le grand chef, Ross. Rien ne vous octroie le droit de disposer ainsi de mon équipage.

— Autant que je sache, je suis toujours lieutenant-gouverneur, et il est en mon pouvoir de vous faire connaître un sort pire encore, ou d'envoyer la Royal Navy sur la route de Cascade. Avec ces cent cinquante femmes qui débarquent, je ne veux pas voir Sydney Town envahi par une bande de brutes qui refusent de travailler et s'attendent malgré tout à être nourris.

Hunter repoussa son assiette avec tant de force qu'il renversa sa chope de rhum, heureusement vide. Il se pencha en avant, les doigts crispés sur le bord de la nappe.

— En voilà assez ! cria-t-il. (Il leva une main et l'abattit avec force sur la table.) Vous n'êtes qu'un dictateur perfide, Ross, et j'en informerai le gouverneur quand je regagnerai Port Jackson ! Vous avez pendu certains de mes hommes, vous en avez fait fouetter d'autres et je vous maudis pour ça ! Vous avez employé des marins de la Royal Navy à des tâches que je ne confierais pas à Judas Iscariote ! Ils ont été forcés de ramasser du lin, de risquer leur vie à déplacer des pierres et autres joyeusetés du même genre.

Il se leva et, retroussant les lèvres en un affreux rictus, fusilla Ross du regard.

— Pis encore, vous avez savouré chaque instant de votre fichue loi martiale, trop content de vous retrouver seul à commander !

— Absolument exact, répliqua Ross avec une amabilité trompeuse. Cela m'a fait beaucoup de bien de voir, pour une fois, la Navy travailler !

— Je vous le dis, Ross, vous ne renverrez pas mes hommes d'ici !

Ross se leva à son tour, les yeux étincelants.

— Foutre si, que je le ferai ! Voilà cinq mois que je vous supporte, vous et votre bande de cossards ! D'après ce que j'ai cru comprendre, je devrais encore vous tolérer pendant les six prochains mois ? Pas question ! Vos voyous de la Royal Navy se prennent pour les seigneurs de la création, mais ils se trompent ! Ils ne resteront ici à aucun prix. Vous n'êtes rien d'autre qu'une bande de sangsues qui se nourrit du sang des autres. Sur cette île, ce sont les soldats de la marine qui commandent ! Vous ferez ce qu'on vous dit, Hunter, tenez-vous-le pour dit ! Je me moque pas mal de ce que vous pouvez fabriquer avec le garçon qui est à votre service, mais vous ne le ferez plus sous mes yeux. Fichez le camp et allez faire vos cochonneries sur la route de Cascade !

— Je vous ferai traduire en cour martiale, Ross ! Je vous ferai rappeler à Port Jackson et renvoyer chez vous par le premier bateau !

— Essayez donc, misérable tante ! rugit Ross. Mais rappelez-vous que j'ai des arguments ! Si vous me faites passer en cour martiale, je témoignerai que vous n'avez pas pris la peine de consulter les gens qui connaissaient déjà cette île et qui auraient pu vous dire comment mettre en panne pour éviter de perdre votre navire ! La vérité, Hunter, c'est que vous ne seriez même pas capable de commander une barge entre Woolwich et Tilbury, même si on vous remorquait !

Le visage cramoisi, l'écume aux lèvres, Hunter siffla :

— Demain, à l'aube, au pistolet !

Ross éclata de rire.

— Comptez là-dessus ! Je ne voudrais pas faire honte au corps des soldats de marine ! Me battre en duel avec une vieille Miss Molly qui a déjà un pied dans la tombe ? Vous plaisantez ? Sortez ! Foutez le camp et ne vous montrez plus que dans Sydney Town tant que je commanderai Norfolk Island !

Hunter tourna les talons et sortit, blême de rage.

Les trois témoins de la scène échangèrent des regards par-dessus la table. Faddy avait hâte de s'excuser pour aller raconter l'affaire à Ralph Clark, John Johnstone se sentait l'estomac barbouillé et le rapace George Johnston était empli d'une sensation de bien-être qui n'était pas due qu'au rhum ou au bon repas de Mrs Morgan. Voilà comment il fallait parler à la Navy ! Johnston partageait tout à fait l'opinion de Ross sur l'équipage du *Sirius*. De plus, il incombait au major de protéger ses soldats des marins. Il était urgent d'éloigner ce problème de Sydney Town avant le débarquement des femmes. Ce n'était pas une tâche facile mais Ross avait assez de tripes pour y parvenir.

— Faddy, lança Ross en se laissant tomber sur son siège avec un soupir de satisfaction, laissez donc vos fesses sur cette chaise. Je ne vous ordonnerai pas de garder bouche cousue car Dieu lui-même n'y parviendrait pas, à moins de vous rendre muet. George, faites donc honneur au porto. Ce mémorable repas ne se terminera pas sans un loyal toast à Sa Majesté et au corps des soldats de marine, qui, un jour, deviendra le *Royal* Marine Corps. Alors, nous serons en mesure de parler d'égal à égal avec la Navy.

Le vendredi 13, mauvais jour pour les superstitieux, les déportées commencèrent à débarquer du *Surprize,* à Cascade. Le vent refusait obstinément de quitter le sud.

Dix fosses de sciage étaient au travail ce jour-là. Ralph Clark et son équipe de charpentiers en réclamaient une autre à Charlotte Field, où Ross avait hâte d'installer de nouveaux colons et de développer la culture de céréales. Richard continuait à scier lui-même en compagnie du soldat Billy Wigfall. Mais, le matin de ce vendredi 13, il fut obligé d'aviser le gouverneur adjoint qu'aucun homme n'acceptait de travailler en ce jour si défavorable.

— La vérité, monsieur, est que si je convoquais Richardson et son chat à neuf queues, ils se mettraient au travail. Mais, dans un climat si tendu, il y aurait sûrement des accidents. Je ne peux courir le risque de voir un homme blessé et mis hors d'état de travailler quand il nous faut tant de bois pour les nouvelles installations.

— Il y a des circonstances contre lesquelles on ne peut rien, admit Ross, qui n'était pas lui-même indifférent à ces superstitions. Je vais donner congé à tout le monde. En revanche, il vous faudra travailler demain à la place. A propos, j'ai interdit à tous les déportés de se rendre aujourd'hui à Cascade pour y chercher des femmes. Je leur ai dit aussi que, s'ils me désobéissaient, ils risquaient de choisir une compagne qui ne leur conviendrait pas, car le jour est néfaste.

Il sourit tristement.

— Il va bien falloir malgré tout aider ces pauvres créatures à débarquer et à grimper jusqu'au sommet de la falaise. Comme j'ai interdit à mes soldats d'aller là-bas, il ne reste que les marins du *Sirius*. Il me faut quelqu'un sur place qui me fasse un rapport sur leur comportement. Ce sont des hommes qui pour la plupart n'ont connu ni père ni mère. Mon choix s'est porté sur toi, Morgan. Tu accompagneras Mr Donovan et Mr Wentworth.

D'humeur joyeuse, les trois hommes prirent la route à huit heures du matin. Stephen et D'Arcy Wentworth s'entendaient à merveille. Comme Richard, Wentworth était trop raisonnable pour condamner un homme sous prétexte que c'était une Miss Molly. Aussi cultivés l'un que l'autre, tous deux avaient des points communs, entre autres le goût des découvertes et des aventures. La mer avait constitué un bon débouché pour la soif d'action de Stephen. Quant à Wentworth, il avait entendu résonner l'appel de la route. Plusieurs fois condamné pour vol, il n'avait pu s'en tirer que grâce à l'intervention de parents haut placés. Mais la patience des familles connaît aussi des limites et s'use devant trop de récidives. Wentworth fut prié de partir pour la Nouvelle-Galles du Sud et de ne plus revenir. Pour l'appâter, on lui avait promis un revenu payable exclusivement sur place.

Stephen portait long ses belles boucles brunes, alors que Wentworth arborait ce qui, d'après lui, était à la dernière mode : des cheveux coupés court – mais pas autant que ceux de Richard. Tous trois avançaient de front sur la route, offrant l'image saisissante d'hommes beaux, grands et musclés. Wentworth était le plus grand et le seul blond au milieu des deux autres.

Ils descendirent la falaise abrupte qui se dressait à une centaine de yards du point de débarquement et aperçurent le *Surprize* ancré près du rivage sur une mer calme. La marée montait. Deux jours plus tôt, le capitaine Anstis avait été instruit par Donovan de la manière dont il devait mettre en panne pour opérer ce débarquement dans de bonnes conditions. En tant que membre de la marine marchande, il avait eu la sagesse de suivre ces conseils avisés.

— Anstis est un sale bonhomme, dit Stephen en s'asseyant sur un rocher. On m'a raconté à Port Jackson qu'il vendait un penny une simple feuille de papier, une livre une toute petite bouteille d'encre et dix shillings l'aune d'un mauvais calicot non blanchi. Le docteur Murray prétend qu'il n'a pas trouvé autant de clients qu'il l'aurait espéré. Aussi allons-nous voir comment il se débrouille ici.

Se souvenant de ce que Lizzie Lock – Mrs Morgan, Richard, *Morgan* ! – avait raconté à propos des femmes qui, sur le *Lady Penrhyn,* n'avaient même pas un linge pour leurs règles, Richard décida d'acheter à Anstis quelques aunes de calicot pour la femme qu'il allait être obligé de recueillir, bien qu'il répugnât à enrichir un individu qui laissait des hommes mourir de faim pour en tirer profit. Il y avait peut-être du tissu dans la cargaison du *Lady Juliana,* mais Richard en doutait. Il n'existait aucune raison pour que les marins se soient montrés plus compatissants que ceux du *Lady Penrhyn.*

Johnny Livingstone avait promis de fabriquer un nouveau lit et quelques chaises supplémentaires. Il allait falloir fournir aussi un matelas, un oreiller, des draps et peut-être une couverture ainsi que des vêtements. Voilà une invitée qui allait coûter cher !

Richard possédait toujours ses pièces d'or dans le double fond de son coffre et dans les talons des bottes de Ike Rogers. Il serait intéressant de voir ce que Nicholas Anstis avait à vendre. Il espérait acquérir de la poudre d'émeri, sa provision étant presque épuisée. Il fabriquait lui-même du papier de verre avec le sable de Turtle Bay, ainsi que de la colle avec des déchets de poisson, mais il ne disposait pas de poudre d'émeri.

Peu après dix heures, la première chaloupe de femmes aborda sous les acclamations d'une cinquantaine de marins du *Sirius* qui attendaient avidement le débarquement de cette précieuse cargaison. Le long des flancs du *Surprize,* d'autres chaloupes se remplissaient. Les conditions n'étaient pas aussi défavorables que lors du débarquement de Ross mais, quand la première chaloupe se présenta, une vague plus haute que les autres l'entraîna et les passagères se mirent à crier et à se débattre, refusant de sauter sur le rocher.

L'un des marins du *Sirius* s'avança tout au bord et tendit les mains. Quand la chaloupe se présenta une seconde fois, deux des rameurs lui lancèrent une femme hurlante, bientôt suivie de quelques autres. Personne ne tomba à l'eau et tous les ballots d'effets personnels furent déposés au sec. Un autre canot arriva et l'opération se répéta. Bientôt, le maigre espace libre au pied de la falaise fut encombré d'une foule de femmes, de marins et de colis. Il n'y eut cependant pas de gestes déplacés ; chaque femme reçut l'aide de l'homme qu'elle avait choisi pour escalader la hauteur jusqu'à la crête, située 200 pieds plus haut.

— On ne va pas tarder à apprendre en ville que les hommes du *Sirius* ont pris les meilleures des femmes, observa Stephen. Il sera difficile de garder les soldats en place, même si Ross leur a interdit de venir.

— Aurait-il agi délibérément ? demanda Wentworth avec curiosité.

— Sûrement, répondit Richard. Fallait-il laisser ses soldats prendre le premier choix, ou les hommes du *Sirius* ? Comme il y a forcément compétition, Ross a préféré que celle-ci se joue entre soldats et marins, plutôt que de soldats à soldats.

— Quoi qu'il en soit, reprit Stephen avec un sourire, le choix n'était pas vraiment illimité. J'imagine qu'après une si longue privation, la Gorgone elle-même leur aurait paru séduisante. J'ai compté cinquante-trois femmes, mes amis. Il va donc nous falloir descendre pour prêter main-forte à celles qui vont encore arriver, puisqu'il n'y a plus assez de marins pour cela.

Comme Stephen Donovan et Richard Morgan – mais pour d'autres raisons –, D'Arcy Wentworth n'était pas tenté de chercher une compagne parmi les malheureuses créatures qu'ils aidaient à prendre pied sur le rivage. D'Arcy avait une maîtresse parmi les déportées, une belle fille aux cheveux roux nommée Catherine Crowley. Elle ne débarquerait à Sydney Bay avec leur bébé que lorsque les eaux seraient plus calmes. Tombé amoureux d'elle au premier regard, Wentworth avait pris le risque de l'extraire de la coursive nauséabonde du *Neptune* pour l'installer dans la cabine libérée par les MacArthur. Catherine avait donné le jour à un fils peu avant l'arrivée du *Neptune* à Port Jackson. Ce fut à la fois une grande joie et une profonde tristesse. Ayant hérité des boucles cuivrées de sa mère et de la stature de son père, le petit William Charles avait aussi reçu de la nature un œil déficient et il ne verrait jamais très bien.

Après avoir débarqué soixante-dix femmes et la totalité des déportés mâles, le *Surprize* indiqua par signaux, une fois la marée à mi-hauteur, qu'il n'enverrait plus personne. Les femmes formaient un groupe misérable à voir. Entassées avec les hommes sur le pont du *Lady Juliana* – un vieux navire branlant et faisant eau de toutes parts – au milieu de saletés de toutes sortes, de déchets et d'excréments, elles avaient peut-être été convenablement traitées mais leur voyage jusqu'à Norfolk Island avait été terriblement éprouvant. Quant aux quarante-sept hommes, ils étaient dans un état épouvantable. Etait-ce là l'élite de déportés livrée à Port Jackson ?

Pour aider les femmes à débarquer, Wentworth avait dû sauter dans les chaloupes – les rameurs du *Surprize* ne s'en mêlaient pas – afin de saisir les malheureuses l'une après l'autre pour les remettre à Richard ou à Stephen. D'elles-mêmes, elles n'auraient pu franchir le pas. Squelettiques, les yeux enfoncés dans les orbites, elles avaient perdu leurs dents, leurs cheveux, leurs ongles, sous l'effet conjugué du scorbut et de la dysenterie. Richard, plus rapide, courut jusqu'à Sydney Town demander de l'aide aux soldats ou aux déportés.

Il croisa sur la route les dernières femmes amenées par le *Sirius*. Ployant sous leurs paquets, elles titubaient tandis que le sergent Tom Smyth traînait les nouvelles recrues dans son sillage. Mais ni lui ni Richard ne trouvèrent de volontaires. Tom Jones fila en douce avant que le groupe atteigne la falaise de Cascade. Il y avait encore des femmes sur la route, essayant de gagner Sydney Town à pied.

Le soir, les femmes furent rassemblées à Sydney Town où de nouveaux choix furent opérés. Les hommes, émaciés et malades, furent dirigés vers le petit hôpital où l'on avait aménagé à la hâte une remise. Olivia Lucas, Eliza Anderson, la veuve de John Bryant et Mrs Richard Morgan, la gouvernante de Ross, prirent soin d'eux tout en désespérant de pouvoir les sauver.

Le *Surprize* se trouvant toujours à Cascade le lendemain, Stephen, D'Arcy Wentworth et Richard retournèrent aider au débarquement des dernières passagères. La veille, ils s'étaient étrillés soigneusement pour se débarrasser de toute la vermine que traînaient avec eux les misérables passagers. Mais le vent se leva et le *Surprize* indiqua qu'il avait terminé. Stephen et D'Arcy prirent la tête du dernier groupe de femmes et les entraînèrent, en leur montrant comment disposer leurs paquets pour qu'ils soient moins lourds, après s'être eux-mêmes chargés de tout ce qu'ils pouvaient porter. Ils leur assurèrent qu'elles aimeraient la vie à Norfolk Island et qu'elles s'y trouveraient bien mieux qu'à Port Jackson.

Richard s'était attardé pour être certain que le *Surprize* n'allait pas changer d'avis et envoyer soudain une autre chaloupe. Il marchait seul, derrière le groupe, sur la route de Cascade. Au sommet de la crête, il tourna le regard vers cette côte moins familière à ses yeux que le spectacle du fabuleux récif de Sydney Bay, du lagon, des plages et des îles au large. Ce littoral, pourtant, était d'une beauté tout aussi saisissante, avec ses chutes d'eau, ses affleurements rocheux et, au nord, un grand tourbillon d'où s'élevait une gerbe d'écume de plus en plus haute à mesure que la mer montait.

Quels arbres étonnants que ces pins de Norfolk ! Ceux qui avaient été abattus pour ouvrir la route avaient été coupés au ras du sol avec une scie en croix et ils s'effritaient déjà en s'enfonçant lentement. Dans deux ans, quand on aurait bouché les ornières avec des déchets, personne ne pourrait deviner que s'était élevée ici une forêt de pins. Accélérant le pas sous le soleil déjà très bas, Richard traversa la clairière autour de Phillipburgh. C'était là que Ross, poursuivant bravement le projet de King, tentait d'installer sa fabrique de lin.

Il pénétra ensuite dans la section boisée qui débouchait sur le plateau où le major avait exilé les marins du *Sirius*. Refusant de les rejoindre, le capitaine Hunter s'était installé avec le lieutenant William Bradley dans un lieu connu sous le nom de Phillimore's Run.

Bon, pensa Richard. Il serait tranquille pour un jour encore. Aucune des femmes n'avait jeté son dévolu sur lui et toutes semblaient avoir trouvé preneur dans des conditions acceptables, alors qu'elles n'avaient d'yeux que pour Stephen, ce démon. Avec un peu de chance, il réussirait peut-être à échapper à la corvée – même s'il fallait, pour cela, renoncer au cochon promis par le major Ross.

Richard entendit un miaulement et s'arrêta. Certains colons étaient accompagnés de chats sur le *Sirius*, mais ceux-ci étaient des animaux familiers ou des chasseurs de rats qui n'erraient pas dans la nature à la recherche de nourriture. Les marins du *Sirius* avaient aussi des chats qu'ils aimaient beaucoup et dont ils prenaient grand soin. Ce ne pouvait être un des leurs. A moins que l'animal ne se soit égaré et ait grimpé à un arbre sans pouvoir redescendre.

— Minet, minet... Viens ici, mon joli ! appela-t-il, l'oreille tendue.

Un autre miaulement encore mais qui, cette fois, ressemblait moins à celui d'un chat. Avec un frisson, il quitta la route et pénétra sous le couvert des pins reliés par un entrelacs de vigne vierge. Après le secteur débroussaillé, l'obscurité s'accentua considérablement et il dut s'arrêter jusqu'à ce que ses yeux se soient accoutumés à la pénombre. Puis il reprit son chemin, certain qu'il s'agissait d'un cri humain. Quel dommage ! Il avait espéré trouver un chat qu'il aurait pu offrir à Stephen en remplacement de son cher Rodney, resté sur l'*Alexander*. Rodney était le chat « en titre » du navire.

— Où êtes-vous ? lança-t-il. Si vous ne pouvez parler, chantez quelque chose pour que je puisse vous trouver.

Seul le silence lui répondit, avec le craquement des pins, le souffle du vent dans les ramures et les bruissements d'ailes des oiseaux.

— N'ayez pas peur. Je veux vous aider. Dites quelque chose !

Un faible miaulement, un peu plus loin. Richard regarda autour de lui pour retrouver son chemin et s'enfonça un peu plus sous le couvert.

— Allons, répondez-moi ! Je veux savoir où vous êtes.

— Au secours !

Après cela, il n'eut aucune peine à la trouver, accroupie au fond d'un trou creusé dans un énorme pin par le temps et les insectes : bonne cachette pour qui aurait voulu se réfugier dans la forêt.

Il devait s'agir d'une petite fille, songea Richard avant d'apercevoir des seins de femme par une grande déchirure sur le devant de sa robe. Il s'assit sur ses talons, lui sourit et tendit la main.

— Venez, tout va bien. Je ne vous ferai pas de mal. Il nous faut partir d'ici avant qu'il fasse trop sombre pour que nous retrouvions notre chemin. Prenez ma main.

Elle obéit docilement et se laissa entraîner en tremblant de froid et de terreur.

— Où sont vos affaires ?
— L'homme les a prises, murmura-t-elle.

Les lèvres serrées, il la ramena sur la route pour mieux la regarder à la faible lueur du crépuscule. Menue, avec ce qui devait être des cheveux blonds (mais trop sales pour qu'il en eût la certitude) elle lui arrivait tout juste à l'épaule. Quant à ses yeux, ils étaient... Richard retint son souffle. Seigneur, ces yeux-là auraient fait pâlir l'éclat du soleil ! On aurait dit ceux de William Henry ! Des yeux qui n'avaient appartenu qu'à lui et dont Richard pensait qu'il n'existait pas d'équivalent sur terre.

— Etes-vous capable de marcher ?

Il aurait voulu la couvrir de sa chemise mais s'abstint, de peur de l'effrayer et de la voir s'enfuir.

— Je crois, oui.
— Dans la prochaine clairière je prendrai de quoi nous confectionner une torche. Nous pourrons avancer plus doucement.

Elle hésita, tremblant de plus belle.

— Non, non, tout va bien ! assura-t-il. Nous devons parcourir 3 miles pour regagner la maison et il faut bien voir le chemin. (Il serra sa main un peu plus fort et l'entraîna.) Je m'appelle Richard Morgan et je suis un homme libre. (Comme c'était bon de prononcer ces mots !) Je suis le chef des scieurs de long.

Elle ne répondit pas mais avança avec plus de confiance, jusqu'à l'endroit où s'étaient installés les marins du *Sirius*. Ils vivaient pour l'instant sous la tente en attendant que les charpentiers leur aient édifié des cabanes et des huttes. On voyait au loin quelques hommes aller et venir. Un grand feu brûlait près de la route mais personne n'était assis autour. Ils s'étaient probablement tous enivrés de rhum. Personne ne le vit ramasser une torche et l'allumer. Personne, non plus, n'aperçut la malheureuse agrippée à sa main comme à une bouée de sauvetage.

Ils reprirent leur chemin à travers les pins, au sommet desquels grondait le vent. Les rafales résonnaient comme des coups de marteau sur une tôle de cuivre.

— Comment vous appelez-vous ? demanda-t-il.
— Catherine Clark.
— Je vous appellerai Kitty[1].

Elle sursauta.

— C'est mon surmon, en effet. Comment le savez-vous ?
— Je ne le savais pas, répondit-il, surpris à son tour. Mais la première fois que je vous ai entendue, j'ai cru qu'il s'agissait d'un petit chat. Vous étiez sur le *Lady Juliana* ?
— Oui.

Il sentait qu'elle allait s'effondrer et craignait d'avoir à la porter car cela aurait pu l'effrayer. Qui était ce salaud qui l'avait attaquée ?

— Ne perdons pas notre temps et notre souffle à parler, Kitty. Il faut d'abord que je vous amène à la maison.

La maison. Le mot le plus beau du monde. Il le prononça comme s'il avait signifié quelque chose pour lui, comme s'il avait promis à Kitty toutes ces merveilles dont elle avait été privée depuis si longtemps. Après sa condamnation, elle avait été envoyée quelque temps à la Newgate de Londres, puis expédiée sur le *Lady Juliana,* qui était resté ancré des mois sur la Tamise avant de faire route pour Botany Bay. Elle avait échappé au pire, aucun marin ne s'étant intéressé à elle. Avec deux cent quatre femmes voyageant sur le bateau pour seulement trente marins, ceux-ci avaient eu le choix. Pourquoi n'auraient-ils pas sélectionné les plus séduisantes, celles qui avaient des hanches, des seins, des rondeurs appétissantes ? Quelques-uns étaient repartis en chasse, ne se satisfaisant pas d'une seule conquête, mais Mr Nicol avait veillé à ce qu'aucune femme ne soit violée. Les hommes s'étaient conduits comme ils l'auraient fait à la foire avec

---

1. Diminutif approprié puisque Kitty signifie chaton en anglais. *(N.d.T.)*

l'intention d'acheter un beau cheval. Ils s'étaient procuré une « épouse », comme ils disaient.

A Port Jackson, on les avait laissées sur le *Lady Juliana* sans les autoriser à mettre pied à terre. Puis, on avait sélectionné cent cinquante-sept d'entre elles pour Norfolk Island, endroit dont elles n'avaient jamais entendu parler, et on les avait embarquées sur le *Surprize*.

Le voyage sur le *Surprize* avait été bien plus pénible que sur le *Lady Juliana*. Déjà, sur la Tamise, elle avait le mal de mer... Oui, elle avait souffert sur le *Lady Juliana* malgré son allure tranquille, mais ce n'était rien à côté du cauchemar qui avait suivi. On les avait entassées dans un endroit plein de vermine et d'un liquide fétide dont personne ne cherchait à savoir le nom, si puant que les narines ne parvenaient pas à s'y habituer, sans un pouce d'air frais, sans pouvoir aller sur le pont.

Le transbordement dans la chaloupe et le débarquement sur les rochers l'avaient terrifiée, mais un bel homme, avec un bon sourire et des yeux bleus, l'avait saisie, réconfortée, et lui avait demandé si elle se sentait capable d'escalader la falaise par cette affreuse crevasse. Elle avait fait un signe d'assentiment pour lui être agréable, ramassé ses affaires et s'était hissée vers le haut. Le hasard avait voulu qu'au même moment Richard redescende vers le rivage par un sentier escarpé plus rapide, de sorte qu'elle ne l'avait pas vu. Au sommet, elle s'était arrêtée un instant pour reprendre son souffle, puis s'était lancée sur la route. Mais le voyage, le mal de mer et le manque de nourriture pendant plus d'un an ne l'avaient guère préparée à une longue marche. Un groupe d'hommes était passé en courant près d'elle sans s'arrêter.

Quand elle s'était trouvée au cœur de la forêt, ses jambes avaient refusé de la porter plus longtemps. Elle avait posé ses affaires par terre pour s'asseoir dessus, la tête entre les genoux, hors d'haleine.

— Eh, qu'est-ce que je vois là ? avait crié une voix.

En levant les yeux, elle avait aperçu un garçon blond, vêtu d'un pantalon de toile en lambeaux, qui la regardait. Il avait souri et c'était comme s'il avait eu une bouche géante ! Ses dents de devant manquaient en haut comme en bas, créant un sinistre trou noir.

Elle était si fatiguée que, lorsqu'il lui tendit une main, elle la prit en pensant qu'il l'aidait à se relever. Mais il la jeta durement contre lui et couvrit ses lèvres avec cette affreuse ouverture sombre. Elle se débattit et tenta de résister tandis qu'il déchirait sa robe de mauvais tissu et lui saisissait cruellement les seins.

A ce moment, une voix se fit entendre au loin. Il relâcha aussitôt son étreinte et elle en profita pour lui échapper et courir vers les arbres. Il resta là un instant, hésitant sans doute à la poursuivre, quand d'autres hommes se mirent à parler. Il haussa alors les épaules, ramassa les affaires qu'elle avait laissées par terre et s'éloigna. L'écho des conversations se rapprochant, elle prit peur et s'enfonça dans la forêt, où elle perdit bientôt tout sens de l'orientation. Elle sentit quelque chose effleurer son visage en volant et réussit à retenir son cri. Puis elle s'évanouit et, en tombant, heurta une racine de la tête.

Quand elle revint à elle, malade, gémissante, la nuit était tombée. Autour d'elle, des bruits confus, de faibles cris, le grondement du vent là-haut dans les grands arbres, une nuit si noire qu'on n'y voyait absolument rien. Elle avait rampé sur les mains et les genoux jusque dans le trou d'un arbre, si grand qu'il lui cachait tout le paysage. Elle s'y était blottie jusqu'à ce que la pâle lueur du jour lui permette de découvrir où elle était. Entourée de toutes parts par ces arbres géants, bloquée dans sa prison par une liane aussi grosse que sa taille, Kitty avait attendu, la mort dans l'âme.

Tout le jour elle avait entendu les rumeurs de la vie au loin, mais n'avait pas appelé, terrifiée à l'idée que l'homme à la bouche géante la découvre. Pourquoi, comme la nuit approchait, s'était-elle mise soudain à gémir, elle n'en savait rien. Mais on lui avait répondu. On l'avait appelée ! Pensant au bel homme qui l'avait aidée à aborder, Kitty s'était enfin décidée à répondre.

Celui qui l'avait découverte avait les cheveux coupés court et les yeux gris, un beau sourire lui aussi, des dents blanches comme neige, dont pas une ne manquait. Il ne faisait pas assez clair pour qu'elle en voie davantage, mais, quand il lui tendit la main, elle la prit avec gratitude, associant en pensée cet inconnu au souvenir si vivace de l'autre homme croisé sur le rocher. Une fois sur la route, elle nota qu'il était plus vieux que son héros sur le rocher mais aussi brun de peau et de cheveux. Ils auraient pu être frères. Elle lui avait donc fait confiance et était partie avec lui.

— Vous devez avoir froid, dit Richard. Je vous en prie, laissez-moi vous donner ma chemise. Ne le prenez pas mal, mais je dois vous toucher pour vous aider à l'enfiler.

Trop lasse pour résister, elle se laissa faire, enfila ses manches et le laissa nouer les pans autour de sa taille.

— Vous avez plus chaud ?

— Oui.

Une force inconnue obligea ses jambes à se mouvoir jusqu'à ce qu'ils arrivent au dernier tronçon de la route qui descendait une colline vers une obscurité percée de petites flammes et, au loin, un remous blanc. Elle trébucha et tomba lourdement.

Voilà qui résout les choses, se dit Richard. Il jeta sa torche et ramassa le petit corps qu'il plaça en travers de ses épaules, tenant ses poignets d'une main et ses jambes de l'autre. Il avança d'un bon pas, comme en plein jour. En bas se trouvait une maison. Il alla cogner à la porte.

— Stephen ! appela-t-il.

— Seigneur, Richard ! Tu enlèves les femmes, maintenant ?

Ses yeux brillaient d'une lueur malicieuse.

— Cette pauvre enfant a passé la nuit dernière dans les bois de Cascade. Une espèce de brute l'a attaquée et lui a volé ses affaires. Voulez-vous faire de la lumière, je vous prie ?

— Je vais la porter, si tu veux, proposa Stephen. Tu dois être épuisé.

« Oui ! Oh, oui, prends-moi dans tes bras », pensa Kitty. Mais Richard Morgan secoua la tête.

— Je ne l'ai portée que pour descendre la colline, pas plus. Elle a des poux. Accompagne-moi seulement jusqu'à la maison.

— Qu'est-ce que viennent faire les poux ? Entre donc, dit Stephen d'un ton de commandement en ouvrant sa porte. Ton feu n'est même pas allumé et tu n'as rien de prêt à manger puisque tu devais souper avec moi. Allons, entre ! J'ai vu ma part de vermine ces deux derniers jours.

Son cœur se serra quand il surprit l'expression de Richard pendant qu'il regardait sa nouvelle protégée. « Qui sait pourquoi un homme se met à aimer, et pourquoi cette femme-là, entre toutes ? Il vient de croiser son destin comme moi, sur le pont de l'*Alexander*. »

— J'ai de la soupe de poisson, reprit-il. Elle pourra au moins avaler le bouillon.

— Les poux d'abord, sinon elle tombera malade, insista Richard. Ce dont elle a d'abord besoin, c'est d'un bon bain et de vêtements propres. Avez-vous assez d'eau chaude sur le feu ? Puis-je l'utiliser ? Je vais voir ce que je peux emprunter à Olivia Lucas.

— Oui, mais je ne possède pas de bassine ni de peigne fin pour les poux. Vois ce qu'Olivia peut faire.

Richard sortit, laissant Stephen seul avec la pauvre créature, qui avait suffisamment retrouvé ses esprits pour le contempler avec adoration, de ses yeux extraordinaires, comme il n'en avait jamais vu, de la couleur d'une bière blonde, parsemés de petits points bruns, frangés de cils épais, si clairs que seul leur éclat à la lueur de la chandelle permettait de les distinguer. C'était une jeune femme terriblement mince, avec un visage ovale sans beauté particulière, à l'exception des yeux. Elle avait le nez assez fort et un menton proéminent, tous deux typiquement anglais.

Il installa une chaise au milieu de la pièce et s'assit.

— Je m'appelle Stephen Donovan, dit-il en puisant le bouillon dans la soupière de poisson et en le mettant à refroidir dans un bol. Et vous, qui êtes-vous ?

— Catherine Clark, mais on m'appelle Kitty.

Elle esquissa un sourire, révélant une petite fossette dans ce qui lui restait de joues, ainsi que des dents décolorées – signe de mal de mer permanent et de manque de nourriture, nota Stephen, en marin expérimenté qu'il était.

— Vous m'avez aidée à sauter sur le rocher, dit-elle.

— Ainsi qu'une cinquantaine d'autres, au moins ! Parlez-moi donc de l'homme qui vous a attaquée dans les bois, Kitty.

Elle s'exécuta, prenant de l'assurance de minute en minute, observant en même temps l'agréable pièce qui servait de cuisine et de séjour, avec sa table, plusieurs jolies chaises, une tablette pour la cuisine, une autre table où l'on remarquait un échiquier, un encrier, une plume d'oie et des feuilles de papier.

Sur la table du repas, le couvert était mis pour deux.

— Vous dites qu'il s'agit d'un homme aux cheveux jaunes avec des dents qui lui manquent par-devant ?

— Oui.

— C'est Tom Jones, pour sûr. (Il lui tendit le bol.) Buvez.

Elle y goûta d'abord prudemment, par petites gorgées, puis une expression de béatitude envahit son visage et elle avala le reste avidement, avant de lui tendre le bol vide.

— Pourrais-je en avoir encore, Mr Donovan ?

— Appelez-moi Stephen. Vous en aurez davantage, mais pas tout de suite, Kitty. Laissez d'abord passer celui-là. Avez-vous eu souvent le mal de mer.

— En permanence, dit-elle simplement.

— Bon, à partir de demain vous vous frotterez les dents chaque jour avec de la cendre de bois. Si vous ne le faites pas, vous allez les perdre. Parce que vous avez vomi de la bile pendant des mois, n'ayant rien d'autre à rejeter.

— Je suis désolée d'introduire des poux dans votre maison...

— Ne vous en faites pas, mon enfant ! Richard va vous apporter des vêtements propres et nous brûlerons ceux-ci. Mais je crois que vous devriez couper vos cheveux, si vous pouvez le supporter. Pas les tondre, mais les couper court.

Elle hésita, puis fit un signe d'assentiment.

Richard revint en apportant une bassine d'étain et des vêtements.

— Olivia Lucas est un véritable trésor, dit-il. (Il posa son chargement par terre.) Kitty vous a expliqué ce qui s'était passé ?

— Oui. Son assaillant était sans aucun doute Tom Jones.

Les deux hommes remplirent à demi la bassine d'eau tiède. Ils se comportaient comme des frères, songea Kitty, encore tout étourdie.

— Avez-vous l'habitude des bains ? lui demanda Richard.

D'après son apparence, on aurait pu croire qu'elle ne s'était jamais lavée de sa vie...

— Oh, oui. C'est juste que je n'ai pas pu me laver convenablement depuis que j'ai quitté le *Lady Juliana*. A bord, nous avons réussi à rester propres et à éviter les poux. Si vous pouviez me donner des ciseaux, je me couperais les cheveux.

Elle s'exprimait correctement, avec un léger accent. Du Surrey, ou du Kent peut-être.

Richard la dévisagea, horrifié.

— Attendons un peu pour ça ! J'ai un peigne fin et nous l'utiliserons jusqu'à ce que vos cheveux soient débarrassés de poux et même de lentes. Appelez-moi Richard, pas Mr Morgan. D'où venez-vous ?

— De Faversham, dans le Kent. Je suis allée ensuite à l'asile de filles de Canterbury, puis j'ai travaillé au manoir de St Paul Deptford comme aide de cuisine. J'ai été jugée à Maidstone et condamnée à sept ans de déportation, précisa-t-elle humblement. J'avais volé un morceau de tissu dans une boutique.

— Quel âge avez-vous ? questionna Stephen.

— Vingt ans le mois dernier.

— Il est temps de prendre ce bain. (Richard se baissa et souleva la bassine comme une plume.) Vous pouvez disposer de la chambre et d'une chandelle, mais brossez-vous à fond. Donnez-moi vos chaussures et jetez vos vêtements sales dehors, par la fenêtre. Stephen, apportez-lui ses nouveaux vêtements, du savon et une brosse. Quant à vous, mon enfant, lavez-vous les cheveux, frottez-vous bien la tête et peignez-vous avec le peigne fin comme si votre vie en dépendait. (Il laissa échapper un rire léger.) Le sort de vos cheveux en dépend certainement.

— Et maintenant, occupons-nous de Tom Jones, dit Richard quand ils l'eurent laissée à sa toilette. Qu'allons-nous faire ?

— Laisse-moi m'en charger.

Stephen alluma une chandelle, versa de la soupe de poisson dans deux grands bols et coupa des morceaux de pain.

— Je crois que nous ne devons pas ennuyer Mr Ross avec cette affaire, surtout avec Mrs Morgan chez lui comme gouvernante. Elle apprendra bien assez vite que tu as ramassé une créature égarée. C'est une chance qu'elle s'appelle Clark ! Je vais aller voir notre cher lieutenant Ralphie et lui raconter l'histoire en soulignant le fait que la fille n'est pas une de ces « damnées putains », comme il aime tant le clamer. Avec ce nom de Clark, il sera disposé à me croire. De plus, il déteste Tom Jones, en quoi il fait preuve de bon goût. Mais je pense que nous ne reverrons jamais les affaires de la petite. Jones les aura déjà distribuées à quelque putain en échange de ses faveurs.

Richard ramassa les chaussures de la fille et échangea un regard avec Stephen en faisant la grimace.

— Elles sentent encore plus mauvais que les cales de l'*Alexander*, dit-il en les jetant dans le feu. (Il alla se laver soigneusement les mains sur la tablette du coin cuisine.) Voyez si vous pouvez faire assez de charme à ce cher lieutenant Ralphie pour qu'il vous donne une nouvelle paire de chaussures, maintenant que le magasin en a reçu.

Il s'assit pour avaler avec appétit sa soupe de poisson et son pain.

— J'ai d'abord cru qu'il s'agissait d'un chat, dit-il d'un ton rêveur.

— Comment ça ?

— Elle miaulait dans la forêt. On aurait dit un chat. J'espérais en attraper un pour vous, afin de remplacer Rodney.

Assis en face de lui, Stephen le regarda avec une expression attendrie. C'était bien de lui ! Ne pensait-il pas d'abord aux autres ? Comme avec cette fille dans une situation si affreuse, aussi innocente que la Vierge Marie. Une malheureuse, sortant d'un asile de pauvres. Qu'est-ce qui lui avait pris de tomber amoureux d'elle ? Il s'était fait prendre sans même s'en rendre compte, comme on attrape un poisson à la ligne. « Mais pourquoi elle ? Il a aidé à débarquer des dizaines d'autres femmes de bien meilleur aspect, certaines ayant de l'éducation, parfois attirantes, spirituelles, que l'on devinait raffinées. Toutes les déportées ne sont pas des putains ! Alors, pourquoi Catherine Clark ? Gauche et simplette, une brave fille, mais sans recherche. Une personne ordinaire, dénuée de charme, de cervelle, de beauté. »

— Merci de cette gentille pensée, dit Stephen. Mais Olivia m'a promis l'un de ses chatons, un mâle roux tacheté, sans un poil blanc. Il a déjà un nom, Tobias.

Il se leva pour aller vérifier s'il restait encore de la soupe de poisson pour eux et en garda un peu pour Kitty.

— As-tu jamais vu de tels yeux ? dit-il en se dirigeant vers la grille de cuisson.

Comme il tournait le dos, il ne put voir le visage de Richard se contracter, comme sous le coup d'une immense douleur. Quand il se retourna, c'était fini mais il flottait encore sur ses traits une expression qui l'alerta.

— Oui, répondit Richard d'une voix ferme. J'ai déjà vu de tels yeux. Chez mon fils, William Henry.

— Tu n'as eu que ce fils, Richard ?

— Seulement William Henry. Sa sœur était morte de la variole avant sa naissance. Et sa mère est décédée à son tour quand il avait huit ans. Il... il a disparu peu avant de fêter ses dix ans. Les gens ont pensé qu'il s'était noyé dans l'Avon, mais je ne l'ai pas cru. Pour être honnête, il serait plus exact de dire que je ne voulais pas le croire. Il se trouvait avec un de ses maîtres, de Colston's School. Celui-ci s'est tiré une balle dans la tête en laissant un mot dans lequel il disait *avoir causé* la mort de William Henry, ce qui n'a fait que rendre les circonstances encore plus confuses. Tout Bristol l'a cherché pendant une semaine, mais on n'a jamais retrouvé le corps de mon fils. J'ai poursuivi les recherches. Le pire, c'est de ne pas savoir. Comment est-il mort ? Le seul qui aurait pu me le dire s'est lui-même supprimé.

« Le plus extraodinaire, songeait Stephen, est qu'il puisse me traiter en frère, moi qui suis une Miss Molly avouée. Ce professeur a sûrement fait quelque chose... Qui serait mieux placé pour abuser d'un enfant ? Je suis persuadé de cela et Richard le sait aussi. Mais il ne m'a jamais assimilé à cet homme. »

— Continue, Richard, dit-il d'une voix douce.

— Après ça, la vie m'est devenue indifférente. Je vous ai parlé de la fraude sur les alcools et des escrocs qui se sont débarrassés de moi en me faisant juger à Gloucester. Mais maintenant je sais que William Henry est mort. Les yeux de Kitty m'ont transmis un message de Dieu. Ils ont répondu à mes interrogations.

Stephen sentit des larmes glisser sur ses joues. Il pleurait sur la perte que Richard avait subie, certes, mais aussi sur lui-même, bien qu'il n'eût jamais espéré atteindre ce stade d'intimité. Il se dit aussi que, à défaut de l'aimer d'amour, au moins Richard n'appartenait à personne d'autre, sinon à sa famille et à son bien-aimé William Henry. Qu'il avait perdu à jamais. Jusqu'à ce que Dieu lui envoie Catherine Clark pour le regarder avec les yeux de son fils. Une véritable bénédiction !

Voilà comment les choses arrivent... Un regard, un rire, un mot, un geste qui ne signifient rien pour d'autres car ils sont totalement personnels. Question de temps et de tourment.

— Si cela peut t'apaiser, je m'en réjouis, dit Stephen.

La porte intérieure s'ouvrit et les deux hommes se retournèrent.

Elle parut belle aux yeux de Richard, si parfaitement propre avec ses cheveux aussi fins et soyeux que ceux d'un bébé, ses ongles désormais impeccables, souriant gravement comme un enfant au premier jour de ses vacances.

Charmante. Adorable. Voilà ce qu'était sa petite Kitty, dont il allait prendre soin jusqu'à ce qu'il disparaisse à jamais de cette terre...

Pour Stephen, elle n'était qu'une version plus présentable du pauvre être qu'il avait vu en premier : sale, oui, mais aussi gauche et simplette, une brave fille ordinaire, sans recherche. Son sourire ? Quelconque, un peu mièvre. Oh, les tours et détours du destin ! Restaient ces yeux... la seule chose au monde qui pouvait capter et retenir le cœur de Richard Morgan.

— Il vous faut une chemise avant d'affronter le vent d'été de Sydney Town, décréta Stephen. Kitty, vos chaussures étaient si sales que nous les avons brûlées. Je vous en procurerai d'autres dès que possible, mais vous devrez vous laisser porter par nous jusqu'à la maison de Richard.

— Je ne peux pas rester ici ?

— Dans une maison où il n'y a que des hamacs ? D'ailleurs, j'attends un visiteur un peu plus tard. Vous êtes prête ?

Il tendit une main à Richard, qui la saisit. Kitty sauta sur leurs bras croisés, passant un bras de chaque côté, autour du cou des deux hommes. Chacun d'eux prit une torche de sa main libre et ils descendirent le vallon, pour remonter de l'autre côté, dépasser la digue élevée par King avec sa retenue d'eau et rejoindre la maison de Richard, à la lisière de la forêt.

Le feu était prêt, du bois empilé à côté de l'âtre. Stephen salua Richard, s'inclina cérémonieusement devant Kitty et s'en alla. Il avait des rangements à faire chez lui et devait reprendre son travail le lendemain à l'aube. Mais non ! Il se souvint tout à coup que le lendemain était un dimanche.

Richard la porta jusqu'à la petite cabane servant de latrines pour qu'elle ne s'abîme pas les pieds sur le sentier. Puis il la ramena.

— Si vous devez y aller cette nuit, réveillez-moi, dit-il en la déposant sur son lit de plumes.

— Où allez-vous dormir ? s'enquit-elle.

— Par terre.

Elle entrouvrit les lèvres pour dire quelque chose mais le sommeil s'empara d'elle avant qu'elle n'eût prononcé un mot.

Richard comprit qu'aucun bruit, aucun mouvement ne pourrait la réveiller. Il ôta ses vêtements, les mit dans un seau qu'il porta au-dehors et alla jusqu'au trou d'eau pour s'y plonger, afin d'être sûr de ne pas introduire de poux chez lui. Frissonnant, il revint se chauffer auprès du feu, enfila un vieux pantalon, se prépara une literie avec des voiles du *Sirius* et s'y étendit, parfaitement satisfait. Après quoi, fermant les yeux, il s'endormit aussitôt.

Le coq de John Lawrell le réveilla au point du jour. Il n'y avait plus que quelques braises dans la cheminée. Richard empila du bois par-dessus et alla vérifier le contenu de son garde-manger, qui n'était pas mieux garni que celui des autres habitants de l'île. La plupart des provisions se trouvaient encore dans les cales. Comme d'habitude, on avait débarqué en premier le rhum et les vêtements, lesquels, à ses yeux, n'étaient pourtant pas les articles les plus utiles. Il lui restait l'un des pains frais d'Aaron Davis, qui contenait juste assez de la précieuse farine de blé pour être mangeable. Heureusement, le jardin était plein de bonnes choses : choux, choux-fleurs, du cresson près de la rivière, des fèves, sans oublier le persil et les laitues qui poussaient toute l'année.

Le soleil se levait. Il s'avança sans bruit vers le lit pour contempler Kitty, qui semblait n'avoir pas bougé depuis la veille.

Elle était étendue sur le dos, dans la chemise d'homme transformée par Olivia Lucas, bras et poitrine à découvert, les yeux fermés. Il pouvait l'examiner plus objectivement que lorsqu'elle posait sur lui le regard de William Henry. De beaux cheveux blonds, fins et raides – certes, ils n'étaient pas dorés, mais pas filasse non plus. Des sourcils bien dessinés, une peau blanche à peine rosée (elle n'avait pas dû aller souvent sur le pont) et un nez plutôt grand, pas vraiment droit. La bouche rose était jolie et lui rappelait celle de Mary. Le menton proéminent. Elle avait un cou long et mince, et des mains fines aux doigts fuselés.

Le service religieux avait lieu à huit heures et Ross ne tolérait aucune absence, pas plus que King, qui aimait pourtant se lever plus tard. Richard était obligé de s'y rendre, mais pas elle, sa présence sur l'île n'ayant pas encore été enregistrée. D'ailleurs, fallait-il la confronter à Lizzie Lock sans préparation ? Seigneur, pas question !

Il alla se baigner au ruisseau, enfila la seule culotte et les bas qu'il avait pu sauver, sa veste, son manteau, l'une des deux paires de chaussures qu'il possédait et se coiffa de son tricorne. La petite dormait toujours. Il songea un instant à lui laisser un mot, puis se dit qu'elle ne savait probablement ni lire ni écrire. Il finit par partir en espérant qu'elle dormirait encore à son retour, dans une heure et demie.

— Comment va Kitty ? interrogea Stephen quand il le rejoignit après le service.

— Elle dort encore.

— Johnny t'apportera un second lit cet après-midi, mais je crains que tu ne sois obligé de te contenter de paille pour remplir ton matelas et ton oreiller.

— Ne vous inquiétez pas, cela me conviendra fort bien.

Sur ces mots, il siffla MacTavish qui, voyant arriver une inconnue chez lui, s'était prudemment caché dehors.

— Je vais essayer de te procurer quelques provisions supplémentaires, mais tu devras attendre jusqu'à demain. Ce cher Ralphie n'a plus les clefs du magasin et Freeman est une véritable brute.

— Oui, je le connais et je préfère rester à l'écart.

Stephen lui administra une bourrade affectueuse sur l'épaule.

— Richard, tu glousses comme une vieille poule.

— C'est peut-être parce que, maintenant, j'ai un poussin, répondit-il en riant. Viens, MacTavish !

Le chien avait dû changer d'avis pendant la matinée car il bondit dans la maison, sauta sur le lit de Richard et se mit à lécher le bras de Kitty étendu sur l'oreiller. Elle s'éveilla en sursaut, pour se trouver face au museau poilu d'un chien, et sourit.

— Je vous présente MacTavish, annonça Richard en ôtant son chapeau. Comment vous sentez-vous, Kitty ?

— Très bien, répondit-elle en tentant de s'asseoir. Est-il si tard ? On dirait que vous êtes déjà sorti.

— Pour le service religieux, expliqua-t-il. A présent, levez-vous. Je vais vous montrer l'endroit où je me baigne. Le sol est très doux et vous pourrez vous y rendre pieds nus sans risquer de vous blesser. Demain, vous recevrez sans doute des chaussures.

Elle se rendit à la petite cabane des latrines et le suivit jusqu'au trou d'eau, auprès duquel Richard avait déposé un savon et un linge.

— L'eau est froide, mais vous vous sentirez bien une fois que vous serez dedans. L'endroit est assez profond pour que vous vous y trempiez tout entière mais pas assez pour vous noyer. Quand vous aurez fini, revenez à la maison et je vous préparerai un petit déjeuner avec les moyens du bord. Mrs Lucas viendra vous rendre visite un peu plus tard et verra avec vous ce dont vous avez besoin. Je crains cependant de ne pouvoir vous offrir autre chose que de mauvais vêtements de déportés et d'affreuses chaussures – pas de talons, hélas, ni de boucles. Aviez-vous de jolies choses dans votre paquet ?

— Non, seulement des fripes et une paillasse pour dormir... J'ai déjà pris un bain hier soir. Pourquoi faut-il que j'en prenne un autre ce matin ?

C'était le moment de mettre au point un certain nombre de conditions. Richard prit un air sévère.

— Le climat ici n'est pas celui de l'Angleterre. Il vous faudra travailler au jardin, vous occuper d'un cochon, couper des herbes pour lui avec une hachette et aller chercher du maïs au grenier gouvernemental. Vous transpirerez, comme moi. Aussi vous vous baignerez chaque soir après le travail. Aujourd'hui vous prendrez deux bains car un seul ne suffira pas à faire disparaître toute la crasse du *Surprize,* surtout celle de vos cheveux. Si vous devez habiter sous le même toit que moi, j'exige que votre personne soit aussi propre que l'est ma maison et que je le suis moi-même.

Elle pâlit.

— Mais nous sommes à découvert ! On pourrait me voir !

— Personne ne s'aventure dans mon domaine et vous êtes ici chez moi. Je ne suis pas un homme avec lequel les autres prennent des libertés.

Il la laissa, désolé d'avoir dû se montrer un peu dur, mais il fallait qu'elle comprenne les règles dès maintenant.

Il s'était aménagé une mare privée en creusant un canal menant à la rivière, qu'il avait bloqué avec une écluse de bois. Un autre canal, fermé de la même manière, descendait vers son potager. Les raisons de ces dispositions échappaient à Kitty, non qu'elle manquât d'intelligence, mais parce qu'elle n'avait mené jusqu'alors qu'une existence étriquée.

Elle accepta néanmoins les règles du maître de maison et comprit qu'il n'était pas question de lui désobéir. Otant prestement sa chemise, elle sauta dans la mare avant qu'un œil indiscret ait eu le temps de l'apercevoir. La fraîcheur de l'eau la fit sursauter mais, une fois immergée jusqu'au cou, elle ressentit une délicieuse impression de bien-être. Elle se frotta vigoureusement des pieds à la tête et se récura les cheveux à l'aide du peigne fin, au point d'en avoir les larmes aux yeux. Après ce traitement de choc, elle constata qu'elle n'avait pratiquement plus de vermine.

Elle sortit sans difficulté grâce à une pierre au fond du trou d'eau, qui servait de marche. Tout autour, le sol était recouvert d'une épaisse couche de cresson qui lui évita de se salir les pieds. Elle s'enveloppa dans le linge, assez grand pour la couvrir tout entière, et se sécha avant d'enfiler la petite robe de mauvaise toile donnée par Mrs Lucas.

Elle se trouvait maintenant à l'autre bout du monde, sans avoir la moindre idée de ce qui allait lui arriver. Tout ce qu'elle savait, c'était qu'il lui avait fallu naviguer près d'un an pour toucher ce rivage après diverses escales dans des ports dont elle n'avait pas aperçu grand-chose. Elle avait fait partie des femmes qui restaient cachées, fréquentant rarement le pont afin de ne pas se faire remarquer par un membre de l'équipage du *Lady Juliana*. Malgré toutes ces épreuves, elle avait supporté son sort mieux que certaines comme cette pauvre petite Ecossaise, morte de honte avant même que le bateau quitte la Tamise.

Kitty n'avait pas de parents pour s'affliger de sa condamnation et, en l'occurrence, c'était plutôt une bénédiction. Le mal de mer aussi l'avait tenue à l'écart. Aucun marin n'était tenté d'approcher une fille qui vomissait sans cesse, même si l'éclat de ses yeux pouvait lui en donner l'envie. Ses yeux... c'était là son seul atout.

A présent vêtue et sachant la maison de Richard aisément accessible, elle se risqua à regarder autour d'elle. Norfolk Island, comme Port Jackson, ne ressemblait guère au Kent.

Quand le *Lady Juliana* avait appareillé à Port Jackson, il était si lent à la manœuvre qu'il avait dû être remorqué par des chaloupes à l'écart des deux caps, pour s'amarrer à bonne distance du rivage. Quel endroit étrange et terrifiant ! Juste au moment où elle montait sur le pont, des hommes nus étaient arrivés en pagayant dans un canot d'écorce, pour encercler le bateau en poussant des cris incompréhensibles et en brandissant des lances. Effrayée, elle était retournée aussitôt à l'intérieur, pour ne plus oser ressortir.

Ce jour-là, quelques-unes des femmes déportées – comme elle les admirait ! – avaient revêtu leurs plus beaux atours (que le capitaine Aitken avait transportés pour elles dans ses cales) afin de monter se pavaner orgueilleusement sur le pont, sûres de l'accueil qui leur serait réservé à terre. Quel courage !

Malgré son mal de mer et sa timidité, ces dix-huit mois de cohabitation avaient appris à Kitty que les deux cent quatre femmes du *Lady Juliana* formaient un échantillonnage de personnalités bien différentes et que les plus résistantes abritaient en elles un noyau de dignité et de fierté.

Les choses avaient mal commencé sur Norfolk Island mais, désormais, tout cela était terminé. Il lui suffisait de ne pas offenser Richard Morgan ou Stephen Donovan, deux hommes de cœur qui lui rappelaient un peu Mr Nicol, le steward du *Lady Juliana* qui, lui aussi, avait une nature compatissante. Intuitivement, Kitty avait déjà compris que Richard était plus fort que Stephen. Tous deux étaient des hommes libres et tous deux exerçaient une activité de contrôle. Mais Richard l'intimidait alors que Stephen l'attirait. Bien qu'elle n'eût aucune idée du sort qui l'attendait ici – comment fonctionnait cet endroit et qui en avait la charge ? –, son instinct lui disait que les décisions la concernant dépendaient plutôt de Richard que de Stephen.

Des arbres la surplombaient de toutes parts et elle n'aimait pas ça. Avec un soupir, la jeune femme s'engagea sur le sentier pour se diriger vers la maison. En sortant du couvert de la forêt, elle aperçut Richard occupé à construire quelque chose à l'autre bout de son jardin. Vêtu seulement d'un pantalon de toile, le chien sur les talons, il était en train de lier avec du mortier une rangée de pierres posées sur le sol. Ses épaules et ses bras étaient puissants, et les muscles de son dos hâlé par le soleil ondulaient comme la surface d'une rivière.

Kitty avait rarement vu des hommes à demi nus car le capitaine Aitken exigeait que ses hommes portent un maillot, quelle que soit la température. Un homme respectueux des principes, ce capitaine Aitken. Il avait pris soin de ses prisonnières avec un sens de la justice tout à fait chrétien, mais il n'était pas assez énergique pour interdire à ses hommes – et s'interdire à lui-même – de profiter d'une telle aubaine. En écoutant les propos des femmes les plus effrontées et les plus paillardes, Kitty avait acquis quelques connaissances de l'anatomie masculine. Ses compagnes discutaient sans retenue des attributs et des talents amoureux de leurs amants, et méprisaient des filles telles que Catherine Clark ou Annie Bryants, qu'elles qualifiaient de mijaurées.

Elle avait banni de sa mémoire tout souvenir de la Newgate de Londres. A l'époque, encore sous le choc de sa condamnation, elle s'était blottie dans un coin de la prison en cachant son visage, se nourrissant exclusivement de ce que Betty Riley lui apportait. C'était à Port Jackson qu'elle avait vu pour la première fois des hommes torse nu, certains le dos couvert de cicatrices. La veille, après que Richard Morgan lui eut donné sa chemise, elle ne l'avait pas regardé, toujours hantée par le beau Stephen Donovan.

A présent, la vue de Richard éveillait en elle une crainte respectueuse, dénuée de tout désir. Plus que jamais, elle avait l'impression que c'était un homme auquel il fallait obéir. Le problème, c'était qu'elle le trouvait bien trop vieux. Non qu'il fût ridé ou revêche, mais simplement... *vieux*. Intérieurement, plus que dans son aspect physique. Sur ce dernier plan, au contraire, elle le trouvait fort bel homme et même élégant. Mais personne ne pouvait égaler Stephen Donovan, sur lequel elle avait posé les yeux en premier.

Stephen ! Si fort, si bel homme, si séduisant ! Si jeune, également, avec ses allures insouciantes, son regard vif, ses sourires charmants devant l'intérêt qu'il provoquait chez les femmes. Après l'avoir aidée à mettre pied à terre, il avait badiné gentiment avec des femmes plus hardies, en s'arrangeant pour détourner leurs invites sans les offenser. Mais Kitty ne pouvait deviner que ces femmes, plus expérimentées qu'elle, avaient deviné au premier coup d'œil ce qu'il était et dont elle ne soupçonnait même pas l'existence. Dans un orphelinat de Canterbury, berceau de l'Eglise d'Angleterre, on n'enseigne pas les réalités de la vie. On préfère inculquer aux enfants les bonnes manières et de saines habitudes de travail avant de les envoyer gagner leur vie, le plus souvent comme domestiques. Ils menaient alors une vie monotone, persuadés de leur peu de valeur, ignorants de ce qui se passait dans le vaste monde. Ne sachant ni lire, ni écrire, ni compter. Insignifiants.

Naturellement, en prison, Kitty avait entendu parler de la syphilis ou des « Miss Molly », mais ces expressions n'avaient pas de sens pour elle. Le fait que certaines femmes aimaient d'autres femmes – et il y en avait eu sur le *Lady Juliana* – lui échappait aussi.

Stephen, Stephen, Stephen... Oh, pourquoi n'était-ce pas lui qui l'avait trouvée en premier ? Pourquoi ne pouvait-elle rester chez lui ?

En l'apercevant, Richard se redressa et enfila une chemise.

— Alors, ce bain, c'était si désagréable que ça ? demanda-t-il en la poussant devant lui vers la maison.

— Non, monsieur, c'était très bon.

— Richard. Il faut m'appeler Richard.

— Ce n'est pas correct, observa-t-elle. Vous pourriez être mon père.

Elle sentit un brusque changement se produire chez Richard. L'expression de son visage ne se modifia pas et il ne fit aucun mouvement particulier. Mais quelque chose s'était produit, une sorte de réaction mystérieuse et invisible qu'elle allait avoir l'occasion d'observer souvent par la suite.

— Je suis en effet assez vieux pour être votre père, mais je vous demande néanmoins de m'appeler simplement Richard. Ici, nous ne nous soucions guère des apparences, nous avons des choses bien plus importantes à faire. Je ne suis pas un de vos geôliers, Kitty. Je suis un homme libre même si, récemment encore, j'étais un déporté, tout comme vous. Mon travail et un peu de chance m'ont valu d'être gracié.

Il la fit asseoir à la table et lui donna du pain, de la laitue et du cresson à manger.

— Est-ce que Stephen a été déporté, lui aussi ? demanda-t-elle en dévorant.

— Non, jamais. Stephen est officier de marine.

— Il y a longtemps que vous êtes amis, tous les deux ?

— Une éternité.

Il rentra les pans de sa chemise dans son pantalon et s'assit en face d'elle, faisant courir ses doigts dans ses cheveux emmêlés avec une certaine nervosité.

— Savez-vous pourquoi vous avez été envoyée ici ?

— Que devrais-je savoir ? Il me faudra travailler jusqu'à ce que j'aie fait mon temps. C'est ce que le juge a dit à mon procès. Personne ne m'a parlé de rien ensuite.

— Vous ne vous êtes pas demandé pourquoi, avec deux cents autres femmes, on vous avait embarquée sur un navire pour accomplir un voyage aussi lointain ? Cela ne vous paraît pas étrange d'être envoyée dans un endroit où il n'y a ni asiles ni ateliers ?

Elle s'apprêtait à saisir un morceau de pain et laissa retomber sa main sur ses genoux, les yeux écarquillés – ce n'étaient pas tout à fait les yeux de William Henry, qui, eux, étaient cerclés de jais. Les siens avaient un reflet cristallin.

— Bien sûr, dit-elle lentement. Bien sûr, je suis vraiment stupide ! Mais j'ai été tellement malade pendant le voyage et, au début, si bouleversée, si désorientée ! Il n'y a pas d'asiles ni d'ateliers à l'autre bout de la terre ! Pas de gilets à broder pour les messieurs... C'était ce que je faisais à l'asile de Canterbury. Vous voulez dire qu'on nous a amenées ici pour servir de femmes aux déportés ?

Richard pinça les lèvres.

— Il serait plus honnête de dire qu'on vous a envoyées ici parce que ça arrangeait tout le monde. Je ne prétends pas connaître les raisons officielles qui ont conduit le gouvernement à tenter cette expérience. Tout ce que je sais, c'est qu'on a soulagé l'Angleterre d'un grand nombre de prisonniers dont il aurait fallu sinon s'occuper. Des révoltes se sont produites. Des hommes qui n'avaient rien à perdre se sont enfuis dans la campagne anglaise. Ici, à l'autre bout de la terre, il importe peu à l'Angleterre que des forçats se mutinent ou s'enfuient. Ils ne constituent plus une menace pour le royaume.

Il marqua une pause pour la regarder droit dans les yeux.

— Des hommes dépourvus de femmes deviennent des bêtes. Voilà pourquoi les femmes sont indispensables pour que cette expérience réussisse. Le but de tout cela ? Faire de l'extrémité de la terre une vaste prison anglaise. C'est du moins ce que je crois comprendre.

Elle l'avait écouté les sourcils froncés, s'efforçant d'assimiler ce qu'il disait et retenant surtout qu'on les avait amenées là pour apaiser les hommes.

— Nous sommes vos prostituées, conclut-elle. C'est pour ça que les marins du *Lady Juliana* nous traitaient de putains. Je croyais que, dans leur esprit, nous avions toutes été condamnées pour prostitution et je m'en étonnais. Beaucoup d'entre nous ont été jugées pour vol ou pour avoir menacé quelqu'un avec un couteau. Ce n'est pas un crime de se prostituer, certaines femmes insistent là-dessus et se fâchent quand on les insulte. Alors les marins nous voyaient toutes comme de futures putains.

Richard leva les yeux au ciel et soupira.

— Bon, dit-il enfin avec un sourire entendu. Si ma fille était encore en vie, elle aurait à peu près votre âge. Et elle serait sans doute aussi ignorante. Un bon père veille à cela. Dites-moi, Kitty, que vous est-il arrivé ? Parlez-moi de votre famille.

— Mon père tenait une ferme à Faversham, expliqua-t-elle en relevant le menton. Ma mère est morte quand j'avais deux ans et mon père a pris une servante pour s'occuper de moi. Mais quand j'ai eu cinq ans, il est mort à son tour, et sa ferme est retournée au manoir parce qu'il n'avait pas d'héritier. J'ai été recueillie par la paroisse qui m'a envoyée à Canterbury.

— Vous êtes la seule enfant ?

— Oui. Si papa avait vécu, il m'aurait appris à lire et à écrire, et j'aurais épousé un fermier.

— Mais, au lieu de ça, on vous a envoyée à l'asile des pauvres et on ne vous a pas appris à lire et à écrire ?

— C'est bien ça. J'ai les doigts agiles et de bons yeux, alors on m'a enseigné la broderie. Mais ça ne peut pas durer tout le temps. Quand on grandit, les mains deviennent trop fortes. On m'a gardée jusqu'à l'âge de dix-sept ans et puis on m'a envoyée comme aide-cuisinière au manoir de St Paul Deptford.

— Combien de temps y êtes-vous restée ?

— Jusqu'à ce qu'on m'arrête. Trois mois.

— Dans quelles circonstances avez-vous été arrêtée ?

— Nous étions quatre jeunes servantes au manoir : Betty, Annie, Mary et moi. Mary et moi avions le même âge, Annie avait seize ans et Betty vingt-cinq. Le maître et la maîtresse ont dû se rendre à Londres de manière imprévue. Mr et Mrs Hobson se sont enivrés avec le porto et la cuisinière s'est enfermée dans sa mansarde. C'était l'anniversaire de Betty et elle a dit que nous devions toutes sortir faire un tour dans les boutiques. Je n'étais encore jamais entrée dans un magasin.

Quelle situation lamentable ! pensa Richard tout en restant impassible. Comment un tribunal avait-il pu condamner cette pauvre fille ?

— Vous n'étiez donc jamais sortie de l'asile, Kitty ?

— Non, jamais.

— Mais vous aviez bien des moments de libres au manoir de St Paul Deptford ?

— J'avais une demi-journée par semaine, mais pas en même temps que les autres filles, alors j'allais me promener dans les champs. Le jour de l'anniversaire de Betty, j'aurais préféré aller dans les champs, mais les autres se sont moquées de moi en me traitant de paysanne parce que je n'avais jamais mis les pieds dans un magasin. Alors, je suis allée avec elles.

— Et vous avez été tentée en voyant toutes ces choses, c'est ça ?

— Je... je crois, oui, répondit-elle d'un ton hésitant. Betty avait apporté une bouteille de gin que nous avons bue en y allant. Je ne me souviens pas des boutiques, pas même d'être entrée dedans – seulement de ces hommes qui criaient après nous et des gardes qui nous ont enfermées.

— Qu'aviez-vous volé ?

— Du calicot dans un magasin, et du tissu à carreaux dans un autre. Enfin... c'est ce qu'ils ont dit au procès. Je me demande pourquoi on a volé ces choses parce que nos robes étaient faites dans ces mêmes tissus. Le calicot ne vaut pas cher, même si le marchand a prétendu qu'il y en avait pour 3 guinées.

— Il vous arrivait de boire du gin ?

— Non, jamais auparavant. Mary et Annie non plus. (Elle frissonna.) Et je n'en boirai jamais plus !

— Avez-vous toutes été condamnées à la déportation ?

— Oui, pour sept ans. On nous a transférées sur le *Lady Juliana* presque tout de suite après le procès. Les autres étaient sans doute là aussi quelque part, mais j'étais tellement malade que tout le monde se détournait de moi.

Il se leva, fit le tour de la table et posa doucement une main sur son épaule.

— Très bien, Kitty, nous ne parlerons plus de tout ça maintenant. Vous n'êtes encore qu'une enfant. Les établissements charitables de l'Eglise d'Angleterre s'évertuent à maintenir les jeunes femmes dans leur condition au lieu de les former à la vie.

MacTavish fit irruption, après s'être régalé de deux jeunes rats pour son petit déjeuner. Richard lui administra une petite tape affectueuse et se rassit.

— Le moment est venu de devenir adulte, Catherine Clark. Non pour perdre votre innocence, mais pour la préserver. Il n'y a pas de manoirs ni d'ateliers ici. Si vous étiez restée à Port Jackson, on vous aurait enfermée dans un camp, mais le major Ross, qui commande à Norfolk Island, n'est pas d'avis d'isoler les femmes. Il a ordonné à tous les hommes qui disposent d'une cabane ou d'une maison de prendre l'une des passagères du *Surprize* sous leur toit. Les autres résideront chez des couples, comme chez Mr et Mrs Lucas, pour s'occuper des travaux ménagers et des enfants. Certaines, enfin, seront mises à la disposition des officiers, des soldats de marine et des hommes d'équipage du *Sirius*.

Elle pâlit.

— Je suis donc votre propriété, dit-elle.

Il la rassura d'un sourire.

— Je ne suis pas un violeur, Kitty. Je n'ai pas l'intention de vous tourmenter ni de vous séduire. Vous serez ma servante. Dès que possible, j'ajouterai une pièce supplémentaire à cette maison pour que nous puissions avoir chacun un peu d'intimité. Tout ce que je vous demande en retour, c'est d'accomplir les travaux dont vous êtes capable. Je suis en train de construire là-bas une porcherie pour la truie que Mr Ross va me donner, et l'une de vos tâches sera de vous occuper d'elle. Ainsi que de la maison, de la volaille et du potager. J'ai un aide, John Lawrell, qui s'occupe des autres plantations et des gros travaux. La communauté considérera que vous êtes à moi car j'assurerai la protection dont vous avez besoin.

— Ai-je le choix ? demanda-t-elle.

— Si c'était le cas, que désireriez-vous ?

— Je préférerais être la servante de Stephen, dit-elle simplement.

Rien ne trahit à l'extérieur le sentiment que Richard éprouva à cet instant précis. Il se contenta d'ajouter d'un ton égal :

— Ce n'est pas possible, Kitty. Cessez de rêver à Stephen.

Le reste de la journée s'écoula avec une rapidité surprenante. Mrs Lucas arriva pour la visite promise, un peu essoufflée.

— Je me fais engrosser dès que mon Nat dégrafe son pantalon, gémit-elle en s'écroulant sur une chaise. J'en ai déjà deux, et un troisième est en route.

— Filles ou garçons ? interrogea Kitty, plus à l'aise dans ce genre de conversation qu'avec les sujets sérieux dont l'entretenait Richard.

— Des jumelles d'un an, Mary et Sarah. J'ai l'impression de porter le troisième un peu différemment. Ce doit être un garçon. (Elle s'éventa avec le chapeau de paille qu'elle avait tressé elle-même.) Richard m'a dit que tu lui avais parlé d'une jeune fille nommée Annie qui aurait débarqué ici avec toi. J'aimerais la prendre pour m'aider, si tu penses qu'elle sera plus heureuse dans une famille qu'avec un homme.

— Oh, j'en suis certaine, Mrs Lucas. Annie est comme moi !

Les grands yeux bruns de Mrs Lucas se fixèrent sur la jeune femme. Stephen affirmait que Richard était tombé amoureux au premier coup d'œil mais elle constatait aujourd'hui que les choses n'allaient pas si bien que ça. Et pourtant... quelle femme aurait été assez folle pour repousser un homme tel que lui ? « Mais cette gamine-là, ce n'est pas une femme, rien qu'une petite sotte... et vierge, par-dessus le marché. J'aurais pourtant cru que la prison et la déportation l'auraient fait mûrir d'un seul coup. Mais j'en ai déjà vu d'autres, du genre de Kitty. A leur manière, elles parviennent à échapper à la corruption parce qu'elles sont des oies blanches. A Port Jackson, ce sont elles qui meurent en premier, mais sur Norfolk Island elles réussissent à apprendre ce que la prison et la déportation n'ont pu leur enseigner : que tout ce que peut espérer une condamnée, c'est de tomber sur un brave homme, honnête et bon comme mon Nat. Ou comme Richard Morgan. »

Tout en ruminant ces pensées, Olivia Lucas se mit à instruire Kitty de la situation des femmes sur l'île. Elle lui expliqua comment elles devaient se comporter dans un endroit où les hommes se trouvaient en surnombre. Leur conversation fut interrompue par l'arrivée de Stephen et de Johnny Livingstone portant un lit.

Olivia rentra chez elle à la hâte, laissant les trois hommes et Kitty à leur repas dominical, composé de produits locaux : des pois cuits avec un petit morceau de porc salé, une assiettée de riz aux oignons, du pain à la farine de maïs et, pour dessert, des bananes provenant de la plantation de Richard, dont plusieurs arbres donnaient des fruits précoces.

Kitty écoutait la conversation et s'apercevait que, de toute sa vie, elle n'avait guère eu l'occasion de partager la compagnie des hommes. Elle se sentait mortifiée de constater qu'elle savait si peu de choses ! Elle n'avait qu'à écouter et tâcher de se souvenir, car elle était bien décidée à apprendre. Richard et ses compagnons ne bavardaient pas de choses et d'autres comme les femmes, ce qui ne les empêchait pas de rire aux éclats d'une bonne histoire racontée par Johnny – comme il était beau lui aussi ! – à propos du gouverneur Ross ou du capitaine Hunter qui, apparemment, avaient eu une dispute. A part cela, leur conversation tournait principalement autour de problèmes de construction, de discipline, de bois, de pierres, de mortier, de fosses, d'outils et du grain qui levait dans les champs.

Elle remarqua que Stephen aimait toucher les gens et les objets. Chaque fois qu'il passait près de Richard ou de Johnny, il posait la main sur leur épaule ou sur leur dos et, une fois même, il ébouriffa en riant les cheveux de Richard, comme il l'aurait fait avec la fourrure de ce bon MacTavish. Mais quand il arrivait vers elle, il effectuait un large détour pour l'éviter et ne l'incluait jamais dans la conversation. Pas plus que les deux autres, d'ailleurs.

« Je me sens oubliée, pensa Kitty tristement. Aucun d'eux ne me regarde comme je voudrais que Stephen me regarde... avec amour. Quand leurs yeux se posent sur moi, ils se détournent aussitôt. Pourquoi ? »

C'était toujours Stephen qui relançait la conversation, ne laissant jamais le silence s'installer. Richard, lui, ne parlait que lorsqu'on lui adressait la parole et répondait parfois distraitement. Quand ils se levèrent pour aller inspecter la porcherie, Kitty se mit à laver leurs assiettes et à ranger ce qu'elle estima pouvoir être déplacé sans risque. Elle comprit alors que c'était sa présence qui avait créé cette gêne et que Richard en était le principal responsable.

« L'ordre de ce Mr Ross, prendre une femme sous son toit, a gâché la tranquillité de Richard, et sans doute aussi celle de Stephen, puisqu'ils sont si bons amis. Je les dérange et je ne compte pas. Dorénavant, je devrai m'arranger pour les laisser seuls dès que ce sera possible. »

Cette nuit-là, Richard disposa pour dormir d'un lit construit de la même manière que l'autre : un cadre de bois sur lequel était fixé un réseau de cordes. Après avoir ordonné à Kitty d'aller se coucher peu après la tombée de la nuit, il avait saisi une chandelle pour prendre un livre sur l'étagère, s'installer à la table qui lui servait de bureau, et lire. Quel que fût le motif de sa condamnation, songea la jeune femme à demi endormie, Richard Morgan avait suivi des études et était élevé comme un gentleman. Le maître du manoir de St Paul Deptford n'avait pas de si bonnes manières.

Le lendemain, un lundi, elle aperçut à peine Richard, parti dès l'aube travailler aux fosses de sciage. Il ne réapparut qu'à midi, pour un rapide repas froid, et lui apporta une paire de chaussures. Après quoi, il passa le reste de sa pause à travailler à la porcherie, qui s'élevait rapidement. Longue de 20 pieds sur chaque côté, elle était faite de planches montées sur une assise de pierres.

— Les porcs fouillent la terre avec leur groin, expliqua Richard tout en s'activant. On ne peut pas les parquer derrière une simple clôture, comme les moutons. Il faut aussi les protéger du soleil car, s'ils ont trop chaud, ils risquent de mourir. Leurs excréments sentent très mauvais, mais ce sont des animaux très propres qui vont toujours se soulager dans le même coin. On peut ramasser facilement ce fumier, qui constitue un engrais très riche.

— C'est moi qui devrai le faire ?

— Oui. (Il releva la tête, avec un grand sourire.) Vous comprendrez alors à quel point les bains sont indispensables.

Le soir, il ne revint pas à la maison. Elle avait ses rations de nourriture et pouvait en disposer à sa guise, lui avait-il expliqué. Il avait l'habitude de s'occuper de lui-même et soupait en général avec Stephen, qui, comme lui, était un célibataire endurci et ne voulait pas de femme dans sa maison. Ensuite, ils jouaient aux échecs. Il était donc préférable qu'elle se couche sans l'attendre.

Dans sa naïveté, Kitty trouva ce comportement étrange. Stephen, lui, ne se comportait pas comme un célibataire endurci. Cela dit, en y songeant, elle ne savait pas trop ce que signifiait cette expression. En attendant, elle avait appris que les hommes aimaient à se retrouver entre eux et que la présence de femmes les dérangeait.

Le mardi, un soldat se présenta pour lui annoncer qu'elle était convoquée à Sydney Town afin d'identifier l'homme qui lui avait dérobé ses affaires. Depuis la maison de Richard, la vue était limitée mais, en descendant Arthur's Vale, Kitty fut surprise par le paysage qui s'offrait à elle. Des champs de maïs, de blé encore en herbe couvraient les pentes jusqu'au fond du vallon. Des maisons étaient éparpillées çà et là à la lisière des cultures, ainsi que des granges et des hangars. Sur un étang nageaient des canards.

Elle sortit du vallon pour se trouver au milieu de rangées de cabanes et de maisons de bois bien alignées formant des rues. Un marais d'un vert intense séparait les constructions plus élevées. Kitty passa devant la maison de Stephen Donovan sans la reconnaître.

Deux officiers de marine (elle ne distinguait pas un soldat de marine d'un soldat appartenant à l'armée de terre) l'attendaient à l'extérieur d'un grand bâtiment à deux étages – la caserne de la marine, apprit-elle plus tard. Un groupe hétéroclite de déportés était aligné en rang devant des officiers portant perruque, uniforme avec épée et tricorne. Les prisonniers, eux, étaient tous en bras de chemise.

— Miss Clark ? demanda le plus âgé en la dévisageant de ses pâles yeux gris.

— Oui, monsieur, murmura-t-elle.

— Un homme vous a bien accostée sur la route venant de Cascade le jour où vous avez débarqué, c'est-à-dire le 13 août ?

— Oui, monsieur.

— Il a tenté de vous brutaliser et a déchiré votre robe ?

— Oui, monsieur.

— Et vous avez couru dans les bois pour lui échapper ?

— Oui, monsieur.

— Qu'a fait cet homme, ensuite ?

— Il a d'abord pensé me poursuivre, répondit-elle les joues brûlantes, mais des voix se sont élevées. Alors, il a ramassé le ballot contenant mes affaires ainsi que ma paillasse, et il est parti.

— Vous avez alors passé la nuit dans les bois, c'est bien ça ?

— Oui, monsieur.

Ross se tourna vers le lieutenant Ralph Clark, qui, après avoir entendu l'histoire de la bouche de Stephen Donovan et l'avoir vérifiée auprès de Richard Morgan, était curieux de voir à quoi ressemblait cette fille qui portait le même nom que lui. Comme il ne s'agissait pas d'une prostituée, il en fut soulagé. La fille paraissait plutôt douce et bien élevée, comme Mary Branham, dont un marin du *Lady Penrhyn* avait abusé et qui avait accouché d'un enfant à Port Jackson. Mary avait été envoyée avec le bébé à Norfolk Island à bord du *Sirius*. Clark l'avait remarquée quand elle était venue travailler au mess des officiers. Ravissante, elle lui rappelait sa Betsy bien-aimée. Maintenant qu'il savait Betsy et le petit Ralphie en sécurité en Angleterre – et surtout maintenant qu'il disposait d'une confortable maison pour lui seul –, il pensa qu'il serait plus agréable pour Mary de ne s'occuper que d'un seul officier et d'une seule maison. Son petit garçon commençait à marcher et il devenait difficile de le surveiller. Oui, prendre Mary Branham à son service serait une bonne action. Bien entendu, il n'en parlerait pas dans son journal, exclusivement réservé aux yeux chéris de Betsy et expurgé de tout épisode susceptible de la troubler. Bien sûr, il pouvait encore y consigner quelques remarques sur ces damnées prostituées, mais il était impensable de parler en bons termes d'une déportée.

Bon ! Bon ! L'esprit préoccupé par l'avenir de Mary Branham et de sa propre personne, il se ressaisit et regarda le gouverneur d'un air interrogateur.

— Lieutenant Clark, conduisez miss Clark devant cette rangée d'hommes pour voir si elle reconnaît son agresseur parmi eux, dit Ross.

Pour l'occasion, il avait réuni quelques déportés qui n'avaient jamais été punis.

Le lieutenant s'exécuta, tout en parlant gentiment à Kitty pour la rassurer. Ils défilèrent devant les hommes renfrognés, puis Clark ramena Kitty à son supérieur.

— Est-il parmi eux ? demanda-t-il d'une voix forte.

— Oui, monsieur.

— Lequel est-ce ?

Elle désigna du doigt l'homme à la bouche géante. Les deux officiers hochèrent la tête.

— Merci, miss Clark. Le soldat va vous ramener chez vous.

Sur la route du retour, le soldat qui l'escortait lui dit :

— Ce type qui vous a attaqué... c'est Tom Jones.

— C'était bien ce que pensait Mr Donovan.

— Mr Donovan connaît tout le monde.

— Et c'est un homme très gentil, ajouta-t-elle avec mélancolie.

— Oui, il n'est pas mal pour une Miss Molly. Ce n'est pas une mauviette. Je l'ai vu un jour corriger un homme à coups de poing... un homme bien plus fort que lui. Quand il est en colère, il peut être mauvais, Mr Donovan.

— Certainement, approuva-t-elle.

Elle retrouva la maison, escortée par le soldat, et ne pensa plus à Tom Jones.

Richard continuait à s'absenter le soir pour jouer aux échecs avec Stephen, mais pas tous les soirs. Il était également lié d'amitié avec les Lucas, rendait parfois visite à un certain George Guest ou à un soldat nommé Daniel Stanfield. Kitty regrettait qu'aucun d'entre eux ne lui demande d'accompagner Richard, ce qui lui confirmait qu'on ne la considérait que comme une servante. Elle aurait bien aimé, elle aussi, avoir quelques amies, mais elle ne savait toujours pas où se trouvaient Betty et Mary. Annie, pour sa part, avait été finalement recueillie par les Lucas. Quant à l'aide de Richard, ce John Lawrell, il s'était contenté de la dévisager et de lui dire de ne pas venir fourrer son nez dans son poulailler ou dans sa réserve de grains.

Quand elle vit une silhouette féminine s'avancer sur l'allée du potager, Kitty se sentit prête à accueillir la visiteuse avec plaisir. Elle nota cependant sa tenue extravagante, qui aurait suscité pas mal d'interrogations sur le *Lady Juliana*. C'était une grande femme, plutôt vulgaire, vêtue d'une robe rayée de bandes rouges et noires, d'un châle rouge à longues franges, visiblement en soie, de chaussures à hauts talons dotés de boucles très brillantes, et coiffée d'un monstrueux chapeau de velours noir sur lequel se balançait une plume d'autruche écarlate.

— Bonjour, madame, dit Kitty.

— Bonjour à vous, miss Clark. C'est votre nom, je crois ? répondit la femme en entrant avec assurance.

Elle regarda autour d'elle avec un mélange de curiosité et d'appréhension.

— Il fait du bon travail, hein ? lança-t-elle. Et je vois là plus de livres que jamais. Lire, lire, lire ! On reconnaît bien là Richard !

— Voulez-vous vous asseoir ? proposa Kitty en avançant une chaise.

— C'est aussi bien que chez le gouverneur adjoint, observa la femme en rouge et noir. J'ai toujours été étonnée de la chance de Richard au cours de ses mésaventures. Il est comme un chat qui retombe toujours sur ses pattes.

Tout en fronçant les sourcils, elle examina Kitty de ses petits yeux noirs.

— Je n'ai jamais prétendu être une beauté sur laquelle on se retourne, dit-elle quand elle eut terminé son inspection, mais je sais au moins m'habiller. Vous, ma pauvre fille, vous êtes aussi plate qu'une limande.

Kitty la dévisagea, bouche bée.

— Je vous demande pardon ?

— Vous m'avez très bien entendue.

— Qui êtes-vous donc ?

— Je suis Mrs Richard Morgan. Que dites-vous de ça ?

— Rien de particulier, précisa Kitty quand elle eut retrouvé son souffle. Je suis heureuse de vous rencontrer, Mrs Morgan.

— Seigneur ! s'exclama Mrs Morgan. Est-ce que Richard est à la hauteur ?

Kitty garda le silence, ne sachant quoi répondre.

— Vous n'êtes donc pas sa maîtresse ?

Oh, c'était donc ça ! Vexée, Kitty secoua la tête.

— C'est que... je n'ai jamais pensé... Mon Dieu, que je suis sotte...

— Oui, vous en avez bien l'air. Alors, vous n'êtes pas sa maîtresse ?

— Je suis sa servante, déclara Kitty en relevant le menton.

— Taratata !

— Puisque vous êtes Mrs Richard Morgan, hasarda Kitty, qui prenait de l'assurance devant les ricanements de la visiteuse, pourquoi ne vivez-vous pas dans cette maison ? Si vous étiez là, il n'aurait pas besoin d'une servante.

— Je ne vis pas ici parce que je n'ai pas envie d'y vivre, décréta Mrs Richard Morgan avec hauteur. Je suis la gouvernante de Mr Ross.

— Alors vous devez être très occupée. Je ne voudrais pas vous retenir.

— Plate comme une limande ! répéta la visiteuse, qui se leva aussitôt pour gagner la porte d'une démarche affectée.

— Je n'ai peut-être pas beaucoup de formes, Mrs Morgan, lança Kitty, mais au moins je ne suis pas une hypocrite ! A moins que vous ne soyez la maîtresse du major ?

— Petite garce !

Elle reprit le sentier en sens inverse, la plume de son chapeau frémissant au-dessus de sa tête.

Une fois le choc passé – provoqué par l'audace dont elle venait de faire preuve plutôt que par la visite de Mrs Morgan –, Kitty revécut cette rencontre plus posément. Cette femme avait largement dépassé la trentaine et, sous son accoutrement agressif, elle était sans doute aussi plate qu'elle. Ce n'était sûrement pas la maîtresse de Mr Ross ! Alors, pourquoi Mrs Richard Morgan était-elle venue ?

Les yeux fermés, Kitty tenta de comprendre ce qui pouvait se cacher derrière l'image que cette femme avait voulu donner d'elle. Souffrance, tristesse, colère... A bien y réfléchir, Mrs Morgan était une figure pathétique. Venue affronter celle qu'elle prenait pour sa rivale, elle s'était comportée avec hauteur pour dissimuler son chagrin et son sentiment d'abandon.

« Comment se fait-il que je devine tout cela ? se demanda Kitty. Pourtant, c'est la vérité... ce n'est pas Mrs Morgan qui a quitté Richard. C'est lui ! Tout s'explique ! Oh, la pauvre femme ! »

Plus tard, fière de ses déductions, elle s'assit dans son lit pour attendre le retour de Richard en regardant le feu diminuer. Où était-il donc ? Il faisait nuit depuis plus de deux heures quand elle distingua la lueur de sa torche sur le sentier. Il avait avalé quelque chose à la fosse de sciage, puis s'était rendu à la distillerie pour s'assurer que tout allait bien et mesurer lui-même la quantité de rhum avant de l'inscrire dans son registre. Il serait bientôt temps d'arrêter la production, qui allait atteindre 5 000 gallons.

— Pourquoi êtes-vous encore éveillée ? demanda-t-il en refermant la porte et en jetant quelques bûches dans le feu.

— J'ai eu une visite aujourd'hui, répondit-elle d'un ton plein de sous-entendus.

— Vraiment ?

Il ne lui posa pas de questions, ce qui gâchait un peu les choses.

— C'était Mrs Richard Morgan, finit-elle par dire d'un ton buté.

— Je me demandais quand elle se déciderait à venir.

Il n'ajouta aucun autre commentaire.

— Vous ne voulez pas savoir ce qui s'est passé ?

— Non. Allongez-vous maintenant et dormez.

Kitty se laissa aller sur le lit et se détendit. La fatigue aidant, elle sentit le sommeil s'emparer d'elle.

— C'est vous qui l'avez quittée, je le sais, murmura-t-elle d'une voix ensommeillée. Pauvre femme, pauvre femme !

Richard attendit d'être certain qu'elle dormait pour enfiler la mauvaise chemise qu'il réservait pour la nuit. Les planches pour la chambre qu'il voulait lui construire s'empilaient et, dès le samedi suivant, il apporterait sur son traîneau les pierres destinées aux fondations. Dans un mois, il serait débarrassé d'elle, du moins pour dormir. Il installerait dans sa chambre une sortie directe sur l'extérieur et demanderait à Freeman un verrou qu'il poserait sur la porte contiguë à sa propre pièce. Il retrouverait ainsi sa liberté, pourrait de nouveau dormir nu et avoir la sensation de s'appartenir, au moins un peu.

« Kitty. Née en 1770, la même année que la petite Mary. Je suis un vieux fou, pensa Richard, et elle est si jeune ! » Le sommeil s'empara de lui sous l'effet de la fatigue. La dernière chose qu'il vit avant de s'y abandonner fut la silhouette allongée dans son ancien lit, silencieuse, immobile. Kitty ne ronflait pas.

— Qu'est-ce qu'une Miss Molly ? demanda-t-elle le lendemain quand il revint prendre un repas chaud à la pause de midi.

Le morceau de pain qu'il était en train de mâcher se coinça dans sa gorge. Il se mit à tousser et il fallut qu'elle lui apporte un verre d'eau.

— Désolé, fit-il, encore haletant. Que disiez-vous ?

— Qu'est-ce qu'une Miss Molly ?

— Je n'en ai aucune idée. Pourquoi cette question ? Est-ce à propos d'une chose que vous aurait dite Lizzie Lock ?
— Lizzie Lock ?
— Ou Mrs Richard Morgan, si vous voulez.
— C'est son nom ? Comme il est curieux ! Lizzie Lock ! C'est bien vous qui l'avez quittée, n'est-ce pas ?
— Je n'ai jamais vécu avec elle, répondit-il brièvement.
Elle le dévisagea, les yeux brillants.
— Pourtant, vous l'avez épousée.
— Oui, à Port Jackson. Sous le coup d'une impulsion chevaleresque que j'ai amèrement regrettée par la suite.
— Je comprends. C'est comme avec moi, n'est-ce pas ? Moi aussi, je suis le résultat d'une impulsion chevaleresque que vous regrettez.
— Qu'est-ce qui vous fait penser cela, Kitty ?
— Je dérange votre vie, expliqua-t-elle avec franchise. Je ne crois pas que vous désiriez vraiment une servante. Mr Ross vous a ordonné de le faire et je me suis trouvée sur votre chemin.
Elle marqua une pause en voyant l'expression de son visage. La tête penchée, en le regardant d'un air perplexe, elle reprit :
— Votre maison était bien remplie sans moi. Votre vie aussi était bien remplie... sans moi.
Sa voix trembla un peu sur ces derniers mots.
Richard se leva pour poser son bol et sa cuillère sur la tablette à côté de l'âtre.
— Non, dit-il enfin avec un sourire qui la fit fondre, la vie n'est jamais bien remplie tant qu'elle n'est pas terminée. Et je ne refuse pas les dons de Dieu quand Il m'en offre.
Comme il sortait, elle le rappela :
— Quand rentrerez-vous ce soir ?
— De bonne heure et avec Stephen. Allez ramasser quelques pommes de terre.
C'était son travail : ramasser des pommes de terre. Elle aimait beaucoup le jardin potager et s'y employait dès que cette maudite truie – baptisée « Augusta » – lui en laissait le temps. Elle était arrivée déjà grosse et avait un appétit d'ogre. Kitty n'aurait jamais imaginé que sa mission, dans cette maison, concernerait la surveillance et l'entretien d'une créature à quatre pattes à l'esprit buté et à l'estomac vorace. Pendant l'absence de Richard, elle

avait dû s'habituer à prendre une hache pour aller couper des choux palmistes ou des fougères arborescentes, à les écorcer et à les distribuer à Augusta, qui en raffolait. Elle lui apportait aussi des seaux de maïs, après s'être souvenue que les fermiers du Kent en donnaient à leurs cochons. Qu'est-ce que ce serait quand Augusta allaiterait une douzaine de porcelets ?

Les trois mois passés comme aide de cuisine au manoir de St Paul Deptford avaient été précieux car, bien que n'ayant jamais été autorisée à mettre elle-même la main à la pâte, elle avait pu observer ce qu'il fallait faire et se retrouvait capable de préparer des repas simples. Pas de vaches sur l'île, donc pas de lait, celui des brebis et des chèvres étant réservé aux bébés et aux enfants. La viande fraîche était rare maintenant que les oiseaux de Mount Pitt étaient partis et Kitty était arrivée trop tard pour y avoir goûté. Quant aux légumes, on trouvait des haricots verts en été, des choux et des choux-fleurs en hiver. Richard avait eu une bonne récolte de *calavances* – des pois chiches – et, depuis l'arrivée du *Justinian,* il y avait du pain tous les jours.

Ce que Kitty regrettait le plus, c'était le thé. Sur le *Lady Juliana,* les femmes déportées avaient bénéficié de rations de thé et de sucre. Certaines préféraient le rhum qu'elles se procuraient auprès des marins mais, pour la plupart, rien n'égalait une tasse de thé sucré. C'était à peu près la seule chose que Kitty était capable d'avaler, avec son mal de mer, aussi souffrait-elle cruellement d'en être privée.

Lorsque Richard et Stephen arrivèrent, elle posa sur la table une marmite de pommes de terre bouillies avec un morceau de bœuf salé et une tranche de pain de froment pour accompagner le tout.

Ils entrèrent, chargés d'ustensiles et de boîtes.

— Le capitaine Anstis a installé son éventaire sur la plage aujourd'hui, déclara Richard, et j'y ai trouvé tout ce que je voulais me procurer. Des pots, une bouilloire pour chauffer l'eau, des poêles, des plats, des bassines, des assiettes et des pichets d'étain, des couteaux, des cuillères, du calicot écru et même, quand j'en ai demandé, de la poudre d'émeri. Regardez, Kitty ! Voici une livre de grains de poivre de Malabar, ainsi qu'un mortier et un pilon pour les écraser. (Il posa sur la table une boîte en bois.) Et une caisse de thé vert rien que pour vous.

Elle le regarda, les larmes aux yeux, et enfouit son visage entre ses mains.

— Oh, vous avez pensé à moi !

— Pourquoi pas ? demanda-t-il, surpris. Je savais que le thé vous manquait. J'ai aussi acheté une théière. Il ne sera pas difficile de trouver de quoi l'adoucir. Je vous couperai une tige de canne à sucre et la couperai en morceaux. Il vous suffira de les écraser avec un marteau et de les faire bouillir avec de l'eau pour en obtenir du sirop.

— Mais tout cela a coûté beaucoup d'argent ! s'exclama-t-elle horrifiée.

— Richard est un homme généreux, ma fille, décréta Stephen en aidant son ami à se débarrasser de son chargement. Je dois dire que tu t'es remarquablement bien débrouillé. Anstis est dur en affaires.

— J'ai posé une pièce d'or sur son comptoir, expliqua Richard. Anstis est à court d'argent car on le paie généralement avec des billets à ordre. Et l'or, c'est l'or. Il a été heureux d'abaisser ses prix pour encaisser des espèces sonnantes et trébuchantes.

— Combien d'or as-tu donc apporté avec toi ? interrogea Stephen, poussé par la curiosité.

— Suffisamment, répondit Richard d'un air serein. Voyez-vous, j'ai aussi hérité de Ike Rogers.

Stephen sursauta, abasourdi.

— C'est donc pour cela que Richardson n'a pas voulu insister quand King a condamné Joey Long à cent coups de fouet pour avoir égaré sa meilleure paire de chaussures de la Royal Navy ? Seigneur, tu as été pingre, Richard ! Tu aurais dû payer quelque chose à Jamison et insister sur le fait que Joey était mentalement trop fragile pour supporter le fouet !

— Joey s'est occupé de Ike. Maintenant, c'est moi qui m'occupe de Joey.

Ils étaient assis à table et faisaient honneur au repas, trop affamés tous les trois pour mépriser le menu, si banal et répétitif qu'il fût.

Lorsqu'ils eurent terminé, Kitty, ravie de disposer d'une bassine au lieu d'un seau, alla laver leurs écuelles et leurs cuillères.

— Je suppose, Richard, que tu as passé la journée à Charlotte

Field et que tu n'es pas au courant de ce qui est arrivé à l'agresseur de Kitty, commença Stephen.

— Racontez-moi...

— Tom Jones n'a pas du tout apprécié d'être enchaîné à la meule pour la faire tourner. Aussi, la nuit dernière, il a réussi à se débarrasser de ses fers et s'est enfui dans la forêt, sans doute pour rejoindre Gray.

— Maintenant que les oiseaux sont partis, ils vont mourir de faim.

— Oui, sans doute.

Richard se leva et passa un bras sur les épaules de Stephen. Il l'entraîna au-dehors, où ils ne pouvaient être entendus.

— Il faudrait que vous informiez Mr Ross d'une petite conspiration, dit-il. Dyer, Francis, Peck et Pickett doivent avoir planté en secret de la canne à sucre. Ils traînaient tous les quatre autour de l'éventaire d'Anstis et cherchaient à lui acheter des cuves et des tuyaux de cuivre.

— Pourquoi ne pas lui en parler toi-même ? Après tout, tu es mêlé de près à cette activité.

— Voilà justement pourquoi ce n'est pas moi qui dois l'avertir. Je dois me montrer prudent, Stephen. Mr Ross pourrait penser que j'ai imaginé cette histoire pour couvrir ma propre faute.

Qu'est-ce qu'ils se racontent à voix basse ? se demandait Kitty en essuyant cuillères et écuelles avant de les déposer sur une étagère. Elle lava ensuite les nouveaux ustensiles d'étain rapportés par Richard. Oh, Dieu, je me sens vraiment de trop dans leur vie.

Bien qu'elle n'eût qu'à s'occuper d'un petit lopin de terre, Kitty avait trop de travail pour aller explorer les environs. En dehors de sa visite à Sydney Town pour identifier son agresseur et de l'office du dimanche, elle ne connaissait rien de l'île et se donnait à fond à ses activités agricoles. Richard n'aurait pu trouver meilleure femme pour ce mode de vie.

Elle avait entendu parler des vers, mais ne les découvrit en réalité que le 18 octobre. Dans le champ de Richard, le blé en herbe levait bien mais, sur les pentes plus exposées du vallon, les céréales du gouvernement avaient été frappées par des vents chargés de sel et se couvraient de rouille. Cependant, tout n'était pas perdu. Le temps avait été exceptionnellement sec mais il avait plu de temps à autre en abondance et la végétation reprenait des forces. Pour cette raison, peut-être, on n'aperçut pas les vers pendant l'hiver. Puis, soudain, le sol tout entier se recouvrit d'un tapis vert : des milliers de chenilles vert émeraude envahissaient la terre.

Heureusement pour la récolte de Richard, Kitty n'en avait pas peur et elle ramassa sans répulsion particulière tout ce qui se tortillait ou rampait sur le sol. La solution à base de tabac s'avéra cependant plus efficace. Toutes les femmes de l'île, à l'exception de celles qui travaillaient au service des soldats ou dans les fosses de sciage, se chargèrent de la répandre. En trois semaines, les prédateurs rampants disparurent.

Le temps de la moisson s'annonçait : proche pour le maïs, en décembre pour le blé. En vertu des nouvelles dispositions du major Ross, les hommes libres pouvaient disposer en totalité de leur production mais Richard veillait scrupuleusement à envoyer aux magasins du gouvernement tous ses excédents, ce qui lui valait de nouvelles liasses de billets à ordre. Il ne conservait que le nécessaire pour leur nourriture – et celle d'Augusta –, les semences et quelques provisions.

Tout en remuant le sol de sa houe ou en arrachant à genoux les mauvaises herbes, Kitty constatait que Norfolk Island jouissait d'un climat vraiment délicieux : doux et chaud, ensoleillé sans excès. Dès que la sécheresse devenait inquiétante, il pleuvait abondamment la nuit et, au matin, le soleil brillait. Tout poussait, dans cette terre rouge et friable ! Certes, dans le cœur de Kitty, il n'était pas question de comparer l'île à son cher Kent natal, mais il fallait lui reconnaître une qualité magique : des nuits pluvieuses et des jours ensoleillés... bref, un climat qui convenait aux fées.

Certaines déportées du *Lady Juliana* avaient été recueillies par des amis de Richard. Aaron Davis, boulanger de la communauté, avait pris Mary Walker et son enfant, George Guest la jeune Mary Bateman, âgée de dix-huit ans. Quant à Edward Risby et à Ann Gibson, ils semblaient heureux ensemble et comptaient se marier dès que l'on trouverait dans l'île quelqu'un ayant l'autorité pour le faire.

Ces femmes venaient parfois rendre visite à Kitty, de même

qu'Olivia Lucas. Comme elle se sentait heureuse, alors, de pouvoir leur offrir un pichet de thé sucré ! Mary Bateman et Ann Gibson étaient toutes deux enceintes et Mary Walker attendait son premier enfant d'Aaron Davis ; Sarah Lee s'occupait de celui qu'elle avait déjà. Kitty Clark demeurait la seule célibataire.

Le poisson se faisait rare. Le canot du *Sirius* qui aurait pu se risquer en pleine mer pour aller pêcher hors du lagon avait été mis en pièces en tentant de débarquer six des femmes déportées du *Surprize* et un enfant. Les rameurs s'étaient noyés, ainsi qu'un brave homme qui avait voulu leur porter secours à la nage. Trois femmes survécurent, dont la mère de l'enfant, qui, lui, avait péri. Le rare poisson pêché sur barque finissait chez les officiers et les soldats alors que les marins du *Sirius* et les déportés n'en recevaient pas une once. Mais le *Justinian* avait apporté des plantes, y compris des bambous, et Richard en fit pousser avec l'idée d'en tirer des cannes à pêche. Du haut des rochers, les lignes à main ne donnaient rien.

Un beau jour, un vent de panique souffla à Charlotte Field, dont les clôtures étaient constituées d'un entrelacs d'épines acérées et d'une plante rampante. Le feu prit accidentellement sur l'une de ses clôtures et se propagea dans les champs de maïs. A Sydney Town, on crut tout d'abord la future récolte anéantie. Après s'être rendu sur place, le lieutenant Clark revint rassurer Mr Ross, fort inquiet, et l'informer que la perte ne dépassait pas deux acres, grâce aux efforts des femmes, qui avaient réussi à maîtriser le sinistre. Le lieutenant Clark fut si reconnaissant à ces « damnées prostituées » de Charlotte Field qu'il leur fit don, à chacune, d'une nouvelle paire de chaussures, prise dans les stocks du gouvernement.

D'Arcy Wentworth fut prié d'aller s'installer à Charlotte Field avec sa maîtresse Catherine Crowley et leur petit William Charles, dès qu'une maison aurait été bâtie pour eux. Il serait à la fois le surveillant en chef des déportés et leur médecin. Les tâches liées à cette dernière fonction étaient des plus variées, allant du rôle de sage-femme à l'évaluation du nombre de coups de fouet qu'un individu pouvait supporter. Quand le coupable était une femme, Wentworth avait tendance à faire preuve d'indulgence alors que le lieutenant Clark, qui méprisait les détenues de Charlotte Field, se montrait partisan de la manière forte.

La possibilité de varier les menus se confirma, pour le plus grand plaisir de Kitty. Elle disposait maintenant d'un véritable espace pour préparer la cuisine. Richard avait fixé une plaque métallique aux deux tiers de l'âtre, et une broche par-dessus. Elle pouvait à son gré braiser, cuire en ragoût ou faire bouillir les aliments, selon la marmite choisie, quand elle ne préférait pas les faire revenir dans des poêles ou griller à la broche. Elle entretenait en permanence une bouilloire d'eau chaude sur un coin de la plaque ; il lui était donc possible à tout moment d'avoir un pichet de thé bien chaud quand elle recevait des visites ou de verser une goutte d'eau chaude dans un plat pour le laver. Richard lui avait même fabriqué ce qu'il appelait un « économiseur de savon » : un petit panier grillagé au bout d'un fil de fer, dans lequel elle enfermait un morceau de savon. Elle pouvait l'agiter dans l'eau sans perdre le savon.

Richard réclama à John Lawrell des poussins et des canards de sa basse-cour pour les confier à Kitty, qui vit ses tâches encore accrues. Elle put mettre des œufs au menu dans les grandes occasions. Augusta donna le jour à douze porcelets et eut le bon goût de ne pas en écraser trop en se roulant dessus. Les six femelles survécurent, ainsi que deux mâles, que Richard destina à la broche pour le repas de Noël.

L'élevage des porcs était leur propriété exclusive. Ceux qu'ils portaient aux magasins du gouvernement leur étaient payés. S'ils désiraient conserver quelques morceaux de viande, on leur remettait du sel et une barrique. Comme il l'avait déclaré dès le début, l'objectif de Ross était de soulager autant que possible le gouvernement de la distribution de nourriture aux habitants de l'île. Des hommes comme Aaron Davis, Dick Phillimore, Nat Lucas, George Guest, John Mortimer, Ed Risby et Richard Morgan apportaient la preuve que cet objectif était réalisable si on voulait bien leur laisser un peu de temps.

Les soucis principaux du major provenaient des soldats et des marins du *Sirius,* qui refusaient de produire de leurs mains des légumes et dépendaient du gouvernement pour leur approvisionnement. Quand on avait du mal à répondre à leurs exigences, ils étaient enclins à se servir chez les déportés. Ross punissait ces vols avec rigueur, quels que fussent les coupables.

Le mécontentement commençait à se répandre parmi les

hommes libres. Beaucoup estimaient que les déportés n'avaient aucun droit sur le produit de la terre et que tout ce qu'ils faisaient pousser devait revenir aux hommes libres en priorité. Pourquoi se fatiguer à travailler dans un jardin potager quand il y avait assez de déportés pour s'en charger ? En tant que propriété de Sa Majesté le roi, les forçats ne pouvaient rien posséder en propre, ni rien garder. Selon la loi, les déportés n'avaient aucun droit. Alors à quoi pensait donc le major Ross ?

Ils oubliaient que Ross prélevait les deux tiers de la production pour garnir les magasins du gouvernement. A leurs yeux, les hommes libres avaient droit à la totalité.

Le jour de Noël, un samedi, se leva beau et clair, bien que le vent soufflât du sud et que la mer grondât fortement dans Sydney Bay. Richard tua ses deux porcelets mâles, Nat Lucas deux oies, George Guest trois canards bien gras, Ed Risby quatre poulets et Aaron Davis cuisit des fournées de pain à la farine de blé. Toutes ces victuailles provenaient de surplus, après que les magasins du gouvernement eurent reçu la part de production convenue.

Ils pique-niquèrent à l'ombre des pins de Point Hunter, où ils furent rejoints par Stephen Donovan, Johnny Livingstone, et D'Arcy Wentworth avec sa famille. Porcs et volailles furent mis à rôtir sur des broches que D'Arcy avait commandées au forgeron. Quant à Stephen et à Johnny, ils apportèrent dix bouteilles de porto, de quoi offrir une demi-pinte à chaque convive, homme ou femme.

Le gouverneur adjoint avait proclamé officiellement que la fête serait « sèche » pour les déportés, en dehors de la petite bière, et les soldats avaient reçu ordre de boire leur demi-pinte d'alcool à l'abri de leurs regards. King avait toujours distribué du rhum aux déportés à l'occasion des fêtes, mais Ross ne se sentait nullement disposé à l'imiter, surtout après avoir été informé de ce que tramaient Dyer, Francis et consorts avec leur canne à sucre.

Pour Kitty, ce jour fut le plus heureux qu'elle eût connu depuis la mort de son père. Les femmes avaient étalé, pour s'asseoir par terre, des toiles provenant du *Sirius* et apporté des oreillers pour le confort de celles qui étaient enceintes. Sous les pins, on était à l'abri du vent. Les pères emmenèrent les enfants à Turtle Bay patauger dans l'eau et construire des châteaux de sable, les mères bavardèrent agréablement. Kitty avait apporté sa bouilloire pour offrir du thé à ses amies et la tenait au chaud sur un feu qu'elle avait allumé à part. Lorsque les hommes eurent ramené les enfants, ils s'accroupirent un peu à l'écart pour parler entre eux pendant que les femmes surveillaient les broches, préparaient des saladiers de laitue, céleri, oignons, haricots, et faisaient cuire des pommes de terre sous la cendre. Vers deux heures de l'après-midi, ils s'assirent pour faire honneur au festin, puis hommes et femmes réunis portèrent un toast à Sa Majesté le roi d'Angleterre avant de s'étendre pour une sieste, leurs enfants nichés contre eux.

« Comme ils semblent à l'aise, tous ensemble ! » songea Kitty. Les expériences et les privations qu'elle partageait avec eux l'avaient mûrie et elle commençait à mieux comprendre la situation. « Nous formons une nouvelle espèce d'Anglais, pensa-t-elle. A cause de ce que nous sommes en train de vivre, nous ne pourrons jamais oublier que nos supérieurs nous ont envoyés ici parce qu'ils ne voulaient pas de nous. Des supérieurs qui ne voient pas plus loin que le bout de leur nez ! »

Sortant de ses réflexions, elle fut brusquement envahie par la certitude qu'aucun de ces condamnés ne reverrait l'Angleterre. Ils avaient perdu toute attache avec leur pays d'origine. Désormais, c'était ici qu'ils se trouvaient chez eux.

Cela se vérifiait-il pour elle ? Elle n'avait encore jamais poussé jusqu'au rivage. Assise les bras autour de ses genoux, elle contempla la côte et les récifs qui disparaissaient sous les gerbes d'écume et d'embruns. Elle n'était pas insensible à une beauté aussi spectaculaire mais celle-ci n'éveillait aucun écho en elle. A ses yeux, rien ne pouvait égaler Faversham, une bonne grande maison de pierre avec des fenêtres à petits carreaux croulant sous les rosiers blancs et roses, les gueules-de-loup, les giroflées, les ancolies, les pensées, les digitales, les boules-de-neige, les jonquilles, avec un verger rempli de pommiers, d'ifs, de chênes, des prairies grasses et vertes où paissaient des agneaux blancs à la laine mousseuse, sans oublier les bois de bouleaux ou de hêtres. Oh, le parfum du jardin de son père ! Cette atmosphère paisible, presque rêveuse qui imprégnait toutes les activités et les efforts de l'homme. La beauté de Norfolk Island lui était trop étrangère, trop insaisissable. Elle réduisait les hommes, écrasait les âmes.

Levant les yeux, elle surprit le regard de Stephen posé sur elle et rougit. Manifestement gêné, il détourna les yeux et se tourna vers le récif. « Oh, Stephen ! Pourquoi refusez-vous de m'aimer ? Si vous m'aimiez, Richard me laisserait partir... je suis certaine qu'il le ferait. Je ne suis pas le centre de sa vie. Il a construit une chambre pour moi seule et posé un verrou sur la porte de communication, non parce qu'il craint la tentation (sinon, le verrou serait de mon côté) mais pour m'exclure de sa maison. Pour faire comme si je n'étais pas là.

« Stephen, pourquoi ne voulez-vous pas m'aimer alors que je vous adore ? J'aimerais couvrir votre cher visage de baisers, le prendre entre mes mains, voir mon sourire dans vos yeux, lire le reflet de mon amour dans leur bleu profond, semblable au soleil dans le ciel de Norfolk. Pourquoi ne voulez-vous pas m'aimer ? »

Quand le soleil commença à baisser et que les enfants se mirent à pleurnicher de fatigue, tous entreprirent de remballer les affaires. Les familles repartirent. Richard et Kitty prirent la direction de la maison avec leur part des restes. Nat et Olivia Lucas furent les derniers à les quitter. Le bébé d'Olivia venait de naître, un garçon nommé William. Les jumelles étaient extrêmement fières de lui. Quelle sympathique famille !

— Est-ce que ce premier Noël aux antipodes vous a plu ? demanda Richard.

— Quelle sorte de Noël ? Ma foi, oui, ça m'a beaucoup plu.

— Les antipodes. C'est ainsi que l'on désigne l'autre bout de la terre. Cela vient du grec *antipodès* et signifie quelque chose comme « avoir les pieds du côté opposé ».

Le soleil disparaissait derrière les hauteurs à l'ouest et le jardin de Richard était plongé dans l'obscurité et le froid.

— Voulez-vous que j'allume du feu ?

— Non, je vais plutôt aller me coucher, répondit-elle d'un ton morose, l'esprit toujours hanté par l'indifférence de Stephen.

Elle ignorait pourquoi. Certes, elle était encore un peu maigrichonne mais elle constatait avec plaisir qu'elle prenait du poids, que sa poitrine se développait, ainsi que ses hanches, alors que sa taille demeurait fine.

— Fermez les yeux et tendez la main, Kitty.

Elle obéit et sentit qu'il déposait dans sa paume quelque chose de petit et de carré. Une boîte, constata-t-elle quand elle rouvrit les yeux. Les doigts tremblants, elle leva le couvercle et y trouva une chaîne en or.

— Richard !

— Joyeux Noël, dit-il avec un sourire.

Elle jeta les bras autour de son cou, pressa sa joue contre la sienne et, sous le coup du plaisir et de la reconnaissance, effleura sa bouche d'un baiser. Il demeura un instant immobile puis, lui enlaçant la taille de ses mains, il lui rendit son baiser, qui devint bien autre chose qu'un simple remerciement.

Richard était cependant trop intelligent pour se méprendre sur l'élan qui poussait Kitty à agir ainsi. Il se contenta de savourer ses lèvres délicieusement douces tandis qu'elle se laissait étreindre sans protester, s'appuyant docilement contre lui. Une douce chaleur envahit la jeune femme, lui faisant tourner la tête et... oublier Stephen. Elle se laissa entraîner par les sensations de son corps en songeant que c'était le premier vrai baiser de sa vie – une expérience étrange et merveilleuse. Tout compte fait, Richard Morgan était un homme plus intéressant qu'elle ne l'avait pensé jusqu'alors.

Il la quitta soudain et sortit de la maison. Un moment plus tard, elle l'entendit couper du bois. Kitty demeura un instant plongée dans une douce volupté, puis l'image de Stephen se présenta soudain et elle se sentit coupable. Comment pouvait-elle prendre plaisir au baiser de Richard alors que c'était Stephen qu'elle aimait ? Les yeux pleins de larmes, elle se retira dans sa chambre et s'assit au bord du lit pour pleurer en silence, la chaîne en or toujours dans sa main. Quand elle eut séché ses larmes, elle attacha le collier autour de son cou en se promettant d'admirer son reflet à la surface de l'eau, le lendemain, pendant qu'elle prendrait son bain. Comme Richard était bon ! Et pourquoi, tout au fond d'elle-même, regrettait-elle qu'il soit parti si vite ?

Le 6 février 1791, le *Supply* réapparut enfin dans la baie, apportant une lettre du gouverneur Phillip qui enjoignait à tout l'équipage du *Sirius* de rejoindre Port Jackson. Il promettait aux hommes désireux de s'installer sur Norfolk Island qu'ils pourraient y retourner lors du prochain voyage du *Supply*, pour recevoir 60 acres de terre. L'exil du capitaine John Hunter, qui avait duré onze mois, prenait fin et ce n'était pas trop tôt. Il avait conçu pour l'île une véritable haine dont il ne se départirait jamais et qui allait peser sur le développement de sa carrière ultérieure. Il éprouvait une haine identique envers Ross et tous ces « foutus » soldats de marine du monde entier. Dans ses bagages, il emmenait Johnny Livingstone.

Le *Gorgon,* un ravitailleur anglais qu'on attendait depuis des mois en Nouvelle-Galles du Sud, n'était toujours pas arrivé. Aucun autre bateau, d'ailleurs, à l'exception du *Supply,* rentré de Batavia le 19 novembre avec un chargement insignifiant de farine mais beaucoup de riz, l'aliment le moins apprécié par les colons. Le *Waaksamheid,* affrété à Batavia, avait suivi pour arriver à Port Jackson le 17 décembre et y apporter encore du riz, ainsi que du thé, du sucre et du gin hollandais pour les officiers. Sa cargaison de viande salée se révéla presque immangeable et composée principalement d'os.

Au dire du lieutenant Harry Ball, du *Supply,* son Excellence envisageait d'affréter le *Waaksamheid* pour transporter Hunter et son équipage en Angleterre. Pressé de regagner Port Jackson, le *Supply* appareilla le 11 février avec les hommes du *Sirius,* dont trois membres avaient promis de revenir et de s'installer dans l'île. Il s'agissait de ceux qui avaient fait fonctionner secrètement la distillerie de Ross, désormais arrêtée. Sa production, enfermée dans des barriques où elle vieillissait tranquillement, avait été dissimulée avec soin.

John Drummond était tombé amoureux d'Ann Read, du *Lady Penrhyn,* mais celle-ci vivait avec Neddy Perrott. Tout en devinant qu'il ne pourrait l'avoir à lui, John ne se résignait pas pour autant à regagner l'Angleterre. William Mitchell s'était installé avec Susannah Hunt, du *Lady Juliana,* et tous deux avaient décidé de rester dans cette partie du monde. Quant à Peter Hibbs, il avait été séduit par une autre fille du *Lady Juliana,* Mary Pardoe, autrefois « épouse » d'un marin, qui avait donné naissance à une petite fille à la fin du voyage. Le misérable les avait abandonnées toutes les deux et s'était fait transférer sur Norfolk Island.

Le *Supply* fut de retour le 15 avril. Il débarqua en premier un détachement du New South Wales Corps, tout spécialement entraîné à Londres pour exercer des fonctions de police et permettre aux soldats de marine de rentrer chez eux. Ceux qui n'avaient pas achevé leurs trois ans d'engagement ou qui ne désiraient pas rentrer pouvaient s'engager dans la nouvelle unité. Le capitaine Will Hill, le lieutenant Abbott, l'enseigne Prentice et vingt et une recrues remplaceraient un nombre égal de soldats de marine. Trois officiers seulement prendraient le commandement au lieu des quatre qui partaient. Le quatrième, George Johnston, gagnerait Port Jackson avec sa maîtresse, la déportée Esther Abraham, et leur fils George. Le gentil lieutenant Cresswell, celui qui avait découvert la clairière où s'élevait maintenant Charlotte Field, partait comme il était venu, c'est-à-dire seul. Le lieutenant Kellow, qui s'était montré odieux avec les autres officiers, emmenait sa maîtresse Catherine Hart, elle aussi déportée, et ses deux fils, dont seul le plus jeune était de lui. Quant au lieutenant John Johnstone, il fut transporté à bord du *Supply* gravement malade. De l'ancien contingent ne restèrent que Ross, le premier lieutenant Clark et le lieutenant en second Faddy. Et aussi, bien sûr, Little John Ross, le tout jeune lieutenant en second.

Le *Supply* avait également amené deux autres médecins, ce qui ne présageait rien de bon. Thomas Jamison avait passé quelque temps de repos à Port Jackson et James Callam avait été attaché au *Sirius*. Avec D'Arcy Wentworth et Denis Considen, déjà dans l'île, cela portait à quatre le nombre d'assistants médicaux : quatre pour une population qui allait tomber à un peu plus de sept cents personnes ?

— Nous allons recevoir de nouveaux déportés dès que les transporteurs arriveront d'Angleterre, déclara Ross, lugubre, à Richard Morgan. Son Excellence m'a également laissé entendre qu'il comptait m'envoyer un certain nombre de ses délinquants. Il dit qu'à Port Jackson ils s'échappent pour tuer les indigènes, piller les maisons ou les villages isolés et violer les femmes. Selon lui, il sera plus facile de les contrôler dans un endroit plus petit, comme ici. Il me faudra donc construire une prison plus solide que notre actuel corps de garde et nous devrons nous y mettre tout de suite. Londres semble plus soucieuse de se débarrasser de ses criminels que de savoir s'ils peuvent survivre ici. Alors, continue à scier, Morgan, aussi vite et aussi dur que possible, et n'envisage pas un instant de fermer une seule fosse !

— Comment se comportent les hommes du New South Wales Corps ? demanda Richard.

— Je ne vois guère de différence entre eux et mes propres hommes. Un groupe de vauriens qui ont échappé par hasard à l'attention de la justice anglaise, voilà ce qu'ils sont ! Les officiers sont un cran au-dessus, mais leur efficacité me paraît douteuse. Que ne donnerais-je pas pour avoir un inspecteur convenable ! Je vais être obligé d'allouer 60 acres de terrain à des hommes du *Sirius* comme Drummond et Hibbs ou à quelques-uns de mes soldats qui ont terminé leur temps, mais je n'ai pas d'inspecteur. Bradley a été lamentable et Altree pire encore... Je suppose que, parmi tes nombreux talents cachés, il n'y a pas celui d'inspecteur ?

— Non, monsieur, non ! s'exclama Richard en riant.

Charlotte Field eut une superbe récolte de maïs. Des dizaines de déportées s'employèrent à écorcer et à égrener des milliers d'épis. La récolte de blé s'avéra bien plus importante qu'on aurait pu l'espérer avec ces mauvais vents et l'invasion des chenilles. Mais, à Port Jackson, les rations alimentaires furent ramenées aux deux tiers et Norfolk Island reçut l'ordre de faire de même. Heureusement, quand le *Supply* appareilla le 9 mai, il emmenait tant de passagers qu'il n'y eut plus de place pour une cargaison de grains. L'île pouvait donc, du moins pour l'instant, garder ce qu'elle avait produit.

Une confortable maison en rondins de pin fut construite à Charlotte Field pour D'Arcy Wentworth et sa famille, qui laissèrent un grand vide derrière eux à Sydney Town. Le 30 avril, Ross avait proclamé officiellement que, dorénavant, le village de Charlotte Field s'appellerait Queensborough et que Phillipburgh deviendrait Phillipsburgh.

Il s'était écoulé assez de temps depuis l'arrivée du *Surprize* pour que les sept cents habitants de Norfolk aient tous fait connaissance. Les bavardages allaient bon train dans l'île. On racontait que le lieutenant Ralph Clark avait cueilli les deux premières grappes du premier raisin qui eût poussé aux antipodes. La nouvelle fit plus long feu que le raisin lui-même. Mrs Richard Morgan aimait répandre d'intéressants potins récoltés dans la maison du gouverneur et Mrs Mary Branham apportait aussi sa contribution, depuis la demeure du lieutenant Ralph Clark.

Du plus haut au plus bas de l'échelle, les faits et gestes de chacun étaient étudiés, soupesés et jugés. Si un déporté quittait une femme du *Lady Penrhyn* pour une autre, plus jeune, débarquée du *Lady Juliana*, cela se savait sur-le-champ. Si un soldat courtisait en secret la femme d'un déporté, cela se savait aussi. Si les soldats Escott, Mee, Bailey et Fishbourn brassaient de la bière avec de l'orge récolté sur place et du houblon apporté par le *Justinian*, cela se savait. Si Little John Ross n'était pas dans son assiette, cela se savait. Et tout le monde savait qui était le troisième homme à s'être introduit dans les magasins du gouvernement pour y voler des produits susceptibles d'être salés. John Gault, le domestique de Mr Freeman, et le déporté Charles Strong avaient été condamnés à trois cents coups de fouet chacun. Cent d'abord à Sydney Town puis, une fois rétablis, cent à Queensborough et de nouveau, un peu plus tard, cent à Phillipsburgh. Cependant, même confrontés à cette terrible punition qui risquait de les estropier pour le restant de leur vie, ils refusèrent de donner le nom de leur complice. Naturellement, tout le monde le connaissait.

Malgré ce tissu de relations entre gardiens et prisonniers, les camps étaient plus divisés quand il s'agissait de formuler des griefs. Aussi, lorsque les rations furent diminuées et les soldats sur le point de se révolter, Ross devina-t-il que les déportés tireraient profit d'une situation si explosive. Sous la conduite de leurs meneurs habituels – Mee, Plyer et Fishbourn –, les soldats refusèrent les rations distribuées par les magasins du gouvernement et se plaignirent qu'on ne leur donnait pas assez de farine pour la bonne raison qu'elle était échangée contre les denrées comestibles produites par les détenus.

Leur révolte fut de courte durée et sans succès. Le gouverneur Ross déclara haut et fort qu'ils n'étaient qu'un ramassis de paresseux, de tristes rebuts de l'humanité pour lesquels il n'éprouvait aucune pitié. S'ils voulaient de meilleures rations de farine, ils n'avaient qu'à faire pousser eux-mêmes leurs produits. Les soldats bénéficiaient de plus de temps libre que les déportés et recevaient davantage de poisson : alors, qu'est-ce qui les en empêchait ?

Escott, alors employé au service de Ross, et quelques-uns de ses compagnons s'effondrèrent, et la menace s'évanouit. Peu après, les soldats reçurent de nouveau un bon pichet de rhum dans leur ration quotidienne. Rien n'aurait pu mieux les calmer. Mais un autre problème subsistait. Comment faire pour priver la moitié de la troupe de mousquets ? Il n'y avait guère de solution. Dans ces conditions, il fallait agir en sorte qu'ils se tiennent tranquilles.

Le départ de Johnny Livingstone donna lieu à des commérages. Tous les regards étaient fixés sur Stephen Donovan. Par qui allait-il remplacer Johnny ? Toutefois, on ne lui découvrit aucune liaison permanente et aucune conquête parmi les déportés. Comme il continuait à se montrer aussi gai et impitoyable dans l'exercice de ses fonctions, tout le monde conclut que Johnny n'avait pas tellement compté à ses yeux.

Les conversations roulèrent aussi sur le fait que Richard Morgan verrouillait sa porte de communication avec Kitty Clark, la fille qui tenait sa maison, car il refusait de la prendre dans son lit. Il l'enfermait *dehors* ! Jamais encore on n'avait vu cela...

Richard était notoirement l'ami de Stephen Donovan mais ceux qui le connaissaient depuis le *Cérès* et l'*Alexander* juraient devant qui voulait les entendre qu'il n'y avait rien de coupable entre eux. Ainsi Will Connelly et Neddy Perrott l'affirmaient, même s'ils continuaient à tenir Richard à l'écart. Ceux qui avaient glissé un œil par les fenêtres sans volets de la maison de Donovan n'avaient jamais rien vu d'autre que le spectacle des deux hommes penchés sur un échiquier ou assis côte à côte, près du feu, à bavarder. Quand ils n'étaient pas en train de manger... Kitty Clark n'était jamais avec eux. Elle restait à la maison, gardée par Lawrell et MacTavish.

Stephen était plongé dans un dilemme depuis qu'il avait vu Kitty rougir en le regardant le jour de Noël 1790. Force était de constater qu'elle était toujours entichée de lui. Pourtant, son attitude vis-à-vis de Richard avait pourtant subtilement changé. Avant ce fameux pique-nique, il était clair que Richard l'intimidait beaucoup. Elle n'était qu'une pauvre innocente, et encore, pas des plus brillantes. Très douce, très humble, très quelconque. Si elle n'avait pas eu les yeux de William Henry, Richard serait passé à côté d'elle sans même lui jeter un regard. A cause de sa force, de son intelligence, de sa réserve naturelle, la petite Kitty le prenait pour Dieu le Père en personne, une sorte de vieux sage, source de toute autorité. Elle le craignait et lui obéissait. Toutefois, après le pique-nique, elle parut avoir moins peur de lui. Sans doute, imaginait Stephen, à cause de cette chaîne en or qu'elle portait toujours à son cou – les femmes aiment tellement les babioles qui brillent !

Malgré tout, Stephen occupait encore les rêves de la pauvre fille, on ne pouvait s'y tromper. Pourquoi exactement, il n'en avait aucune idée, bien qu'il sût que les femmes le trouvaient follement séduisant. « Sans doute parce qu'elles devinent que je suis hors d'atteinte, conclut Stephen. Les femmes adorent ce qu'elles ne peuvent obtenir, ce qui leur reste éternellement inaccessible. » Mais Kitty n'avait sûrement aucune idée de ses goûts particuliers et, dans ce cas, ce ne pouvait être la raison de sa passion.

Comment agir au mieux ? Comment détourner les sentiments de la jeune femme pour les diriger vers Richard ?

Lové contre lui, Tobias se leva, s'étira, changea de position. Une petite boule soyeuse de couleur rousse, avec de grosses pattes qui promettaient de devenir plus tard aussi puissantes que celles d'un lion ! Quel chat lui avait donné là Olivia ! Une intelligence brillante, un esprit curieux, indépendant, entêté, et d'un charme irrésistible quand il avait envie d'être caressé. Quelle descendance il aurait pu engendrer ! Mais Stephen voulait un chat qui dorme contre lui dans son hamac et ne traîne pas dehors à la recherche de quelque conquête. Il l'avait donc castré sans souci et sans regret.

Il n'avait toujours pas trouvé de réponse à son dilemme quand le *Supply* reprit la route de Sydney au mois de mai 1791. Comme les années passaient ! Cela faisait maintenant plus de cinq ans qu'il avait rencontré Richard Morgan.

Stephen avait été chargé de la surveillance car il s'était toujours montré compétent en la matière. Les hommes revenus avec le *Supply* étaient pressés de s'installer et Ross souhaitait les voir quitter la ville au plus vite. Stephen pensait que les marins du *Sirius* supporteraient sans doute l'éloignement, mais les soldats beaucoup moins. Des hommes comme Elias Bishop ou Joseph McCaldren – d'incorrigibles fauteurs de troubles – attendaient avec impatience qu'on leur attribue de la terre, mais pour la revendre plus tard. Ayant tiré de Norfolk Island tout ce qu'ils pouvaient espérer, ils retourneraient à Port Jackson pour y demander à nouveau de la terre qu'ils s'empresseraient de revendre. Tout ce qui les intéressait, c'était l'argent. Et, entre-temps, ils fainéanteraient autour de Sydney Town, entraînant sur le mauvais chemin des soldats qui n'avaient pas encore terminé leur temps.

Pauvre Ross ! Une énorme marmite de problèmes était en train de fermenter pour lui à Port Jackson et en Angleterre. Avec des mauvaises langues comme George Johnston et John Hunter – sans parler de Bradley, un malade mental – susurrant toutes sortes de ragots dans l'oreille du gouverneur Phillip, Ross ne récolterait guère de lauriers pour ses efforts. Stephen éprouvait pour lui un respect égal à celui que Richard lui portait, et pour les mêmes raisons. Confronté à une situation insoluble, Ross agissait sans crainte ni favoritisme. Malheureusement, il était toujours dangereux d'opérer ainsi.

— Le problème, expliqua Stephen à Richard tandis qu'ils dégustaient une fricassée de poulet au riz que Kitty avait relevée de sauge, d'oignons et de poivre pilé, c'est que la surveillance ne peut s'effectuer partout. Norfolk Island est vaste et couverte de forêts dont les arbres se ressemblent tous. Il ne sera pas difficile de surveiller les espaces ouverts, mais une grande partie des 60 acres qui doivent être attribuées s'étendront sur des terrains non débroussaillés. Je peux installer Elias Bishop à Queensborough, mais Joe McCaldren refuse de s'éloigner autant de Sydney Town. Quant à Peter Hibbs et à James Proctor, ils veulent des parcelles contiguës au beau milieu de l'île. Danny Stanfield et John Drummond désirent être proches de Phillipsburgh. Quand j'en aurai fini avec ça, je serai sûrement bon pour la camisole de force. Surveiller des gens comme Len Dyer, c'est le paradis à côté de ça.

— Danny Stanfield est de retour ?

— Oui. Il veut épouser Alice Harmsworth. C'est un bon garçon.

— Le meilleur de tous les soldats.

— Avec Juno Hayes et Jem Redman, en effet, admit Stephen.

Kitty interrompit cet échange.

— Est-ce que le souper vous a plu ? demanda-t-elle anxieusement.

— Excellent ! répondit Stephen.

Il aurait aimé, pour le propre bien de la jeune femme, se montrer plus brusque envers elle. Mais il s'en sentait incapable.

— Ce menu nous change agréablement de tous ces oiseaux de Mount Pitt, poursuivit-il, même si ces fichus volatiles nous permettent d'économiser notre viande salée. Le gouverneur adjoint a raison de se montrer pessimiste en ce qui concerne le nombre de bouches que nous aurons à nourrir, à l'avenir. Je dois pourtant avouer que j'ai eu la nausée en apprenant que les oiseaux étaient de retour pour nicher, apparemment toujours aussi nombreux. Enfin, ajouta-t-il d'un ton entendu, Tobias a un faible pour ces oiseaux.

— Oh, mon Dieu ! Je croyais qu'il était interdit d'en donner à nos petits animaux, s'exclama Kitty, effarée. Il ne faudrait pas que cela vous crée des ennuis, Stephen !

— Le gaspillage qui se produit avec les oiseaux de Mount Pitt est en effet très regrettable, intervint Richard. Mais Stephen n'a pas besoin d'y participer pour nourrir Tobias. Il lui suffit de ramasser quelques-unes des carcasses abandonnées le long du chemin par ceux qui ne tuent que pour les œufs et jettent le reste.

— C'est vrai ! murmura Kitty, rouge de confusion.

Elle sortit avec un seau vide en expliquant nerveusement qu'il lui fallait aller chercher de l'eau à la rivière.

— Richard, s'écria Stephen quand elle eut disparu, tu peux parfois te montrer si nigaud !

Richard le fixa, interloqué.

— Comment ça ?

— Cette pauvre créature risque une remarque et voilà que tu l'écrases sous ta logique et ton bon sens ! Elle nous a préparé un repas délicieux, et comment la remercies-tu ? En prenant des airs de Dieu le Père !

— Dieu le Père ?

Richard en resta bouche bée.

— C'est à lui que tu ressembles en ce moment, reprit Stephen. Tu sais, Dieu le Père, le Fils et le Saint-Esprit. Le Père, c'est celui qui est assis sur le trône et dispense la bonne parole. Il distribue en principe avec justice châtiments et récompenses, bien qu'à mes yeux Il soit aussi aveugle que tous les juges, chrétiens ou non. Kitty est la plus innocente de toutes Ses créatures. Et toi, pour un homme amoureux, tu es aussi maladroit qu'un jeune puceau. Si tu la veux, pourquoi diable ne fais-tu pas ce qu'il faut ?

Richard l'écouta, imperturbable, et se contenta de répondre sèchement :

— Je suis trop vieux. Tu as raison, elle me considère comme un père. Quoi de plus normal, après tout ? Ma fille aurait son âge.

Cette fois, Stephen explosa :

— Alors, arrange-toi pour qu'elle te considère autrement, idiot ! Que diable, Richard, tu es l'un des hommes les plus beaux que j'aie jamais rencontrés ! Pas un seul défaut... Et, pourtant, j'en ai bien cherché ! Je t'aime depuis toujours. Je t'aimais déjà avant de venir au monde et je t'aimerai longtemps encore après ma mort. Le fait que je sois une Miss Molly et pas toi n'intervient pas... On ne choisit pas qui on aime. Cela arrive, c'est tout. Toi et moi avons réussi à surmonter nos penchants différents pour forger une amitié indissoluble. D'accord, cette pauvre petite croit être amoureuse de moi, alors tais-toi et cesse de jouer les patriarches ! Ce n'est d'ailleurs pas plus mal qu'elle se l'imagine, sinon elle serait encore une enfant et ce qu'un homme désire, c'est une femme !

Il s'arrêta, haletant, l'air épuisé.

— Mais vous l'avez dit vous-même, Stephen, protesta Richard. On ne choisit pas qui on aime, cela se produit, tout simplement. Et c'est vous qu'elle aime, pas moi.

— Non, non, tu te trompes ! Bon sang, quand il s'agit de Kitty, tu te conduis vraiment comme un âne ! Je ne suis pour elle qu'une transition entre son enfance et son état de femme – sa première passion de jeune fille, non réciproque comme c'est toujours le cas. Mais elle est mûre, à présent, pour être cueillie par un homme ! Je l'ai aperçue l'autre jour qui descendait le vallon pour aller aux magasins du gouvernement, balançant un panier vide. Le vent soufflait, plaquant sa mauvaise robe contre son corps. Si les femmes m'intéressaient, je l'aurais saisie sur-le-champ. Et ne va pas t'imaginer que je suis le seul à l'avoir remarquée ! Hormis ses yeux, son visage n'a rien d'extraordinaire, mais elle a un corps de Vénus. De longues jambes, des hanches rondes, une taille fine, de beaux seins. Vénus ! Si tu ne mets pas la main sur elle,

Richard, un autre le fera malgré la crainte que tu pourrais lui inspirer.

Stephen se leva.

— Il est temps à présent d'aller rejoindre Tobias avant que cette petite ne revienne. Tu n'as qu'à m'excuser et lui dire que j'avais quelque chose d'urgent à faire. (Il se dirigea vers la porte.) Tu es trop patient, Richard. C'est une vertu admirable, mais, tandis que le chat passe des heures à guetter la souris, un faucon peut tomber du ciel et la lui enlever.

Kitty se tassa dans l'ombre, sous la fenêtre aux volets ouverts, mais Stephen Donovan ne regarda ni à droite ni à gauche et descendit à grands pas l'allée du potager avant de s'enfoncer dans la nuit. Dès qu'il eut disparu, elle se glissa jusqu'au ruisseau. Ah, pourquoi n'était-il pas assez profond pour qu'on puisse s'y noyer ?

En entendant Stephen qualifier Richard de nigaud, elle s'était arrêtée, sa curiosité éveillée. Oubliant ses critiques à propos des oreilles indiscrètes, elle s'était glissée sous la fenêtre pour écouter. Comment était-ce possible ? Comment Stephen pouvait-il parler d'amour à Richard ? L'esprit brouillé, elle ne pouvait écarter cette pensée. Stephen, un homme, aimait d'amour – désirait – un autre homme ! Et il parlait de passion de jeune fille à propos de l'amour qu'elle lui portait ? Il avait dit qu'elle n'était qu'une enfant et avait parlé d'elle avec des mots de sympathie mais non d'amour. Richard avait l'âge d'être son père ! Il l'avait reconnu lui-même ! Elle tomba à genoux, se balançant d'avant en arrière. « Je voudrais mourir, je voudrais mourir... »

Richard s'accroupit à côté d'elle.

— Vous avez tout entendu ?

— Oui.

— Bon, mieux valait l'apprendre comme ça que de la bouche de ma femme...

Posant un bras sur ses épaules, il l'aida à se relever.

— De toute façon, vous l'auriez appris un jour ou l'autre, reprit-il. Venez vous mettre au lit. Il fait froid ici.

Elle se laissa docilement ramener à la maison et posa sur lui le regard de William Henry.

— Allez vous coucher, dit-il fermement.

Sans un mot, Kitty pénétra dans sa chambre. Il avait raison, songea-t-elle en frissonnant, il faisait froid. Elle enfila sa chemise de nuit et se glissa dans le lit de plumes, tournant et retournant dans sa tête ce qu'elle venait d'entendre, sans trouver le sommeil. Ce n'était pas une conversation, ni une dispute, non, mais plutôt un échange de sentiments, d'impressions, entre deux vieux amis qui pouvaient tout se dire sans jamais s'offenser. Elle savait peu de choses de la vie mais se rendait compte qu'une telle amitié devait être rare.

Un mot lui vint à l'esprit, qui lui parut bien qualifier ce sentiment : « maturité ». Qu'est-ce qui avait fait d'eux ce qu'ils étaient devenus ? Pourquoi Stephen avait-il choisi d'aimer un homme ? Pourquoi cet homme était-il Richard ? Pourquoi qualifiait-il Richard de « Dieu le Père » ? « Oh, se dit-elle en se tordant les mains de désespoir, je ne sais rien d'eux ! Absolument rien ! »

Pourtant, elle n'avait plus envie de mourir. Et elle ne désespérait pas non plus de s'amender. Savoir que Stephen ne l'aimait pas d'amour la chagrinait, mais elle l'avait toujours su au fond d'elle-même, et la déception ne datait pas d'hier. Ce chagrin s'estompait peu à peu, sous la pression d'autres urgences. « Je suis peut-être capable d'apprendre, songea- t-elle, bien que je ne sache pas encore quoi. Jusqu'ici, j'ai passé ma vie à me cacher et je ne veux plus continuer à le faire. Ceux qui se cachent ne peuvent être vus. »

Et, sur cette idée lumineuse, elle s'endormit.

Quand elle s'éveilla, le lendemain matin, Richard était parti. Les assiettes avaient été lavées, la bouilloire contenait de l'eau chaude et des braises rougeoyaient dans l'âtre. Sur la table était posée une assiette contenant du poulet et du riz froids.

Elle se prépara du thé dans le pot de terre cuite qui attendait au chaud et s'assit pour le boire en se remémorant avec plus de distance ce qu'elle avait entendu la veille. Les paroles étaient toujours présentes dans sa mémoire, mais l'intensité de son émotion s'était effacée. Emotion... N'y avait-il pas un meilleur mot ?

Richard entra avec son aisance habituelle, souriant. Comme si de rien n'était.

— Vous avez l'air bien songeuse, observa-t-il.

Elle devina qu'il n'avait pas envie de parler de la soirée et se contenta de demander :

— Pas de travail ?
— Nous sommes samedi aujourd'hui.
— Oh, bien sûr ! Voulez-vous un peu de thé ?
— Volontiers.

Kitty remplit un pichet puis se rassit devant son assiette. Au bout de quelques minutes, elle posa d'un geste brusque sa cuillère, qui résonna en heurtant l'étain.

— Si je ne peux pas vous parler, explosa-t-elle, alors à qui dois-je m'adresser ?

— Essayez Stephen, dit-il en sirotant son thé avec plaisir. Il pourrait faire parler un barreau de chaise.

— Je ne vous comprends pas !

— Mais si, Kitty, mais si. C'est vous-même que vous ne comprenez pas. Comment s'en étonner ? poursuivit-il avec douceur. Votre vie a été bien limitée jusqu'à maintenant.

Elle le fixa, ce qu'elle n'avait pas encore eu le courage de faire jusqu'alors. Son regard plongea dans celui de Richard, se perdit dans ses grands yeux – des yeux couleur d'océan un jour de tempête, assez profonds pour s'y noyer. Sans le moindre effort, semblait-il, il absorbait son regard puis le repoussait, se jouait de lui, semblable au mouvement des vagues. Avec un hoquet, elle se leva brusquement, les mains serrées sur sa poitrine.

— Où est Stephen ?
— En train de pêcher à Point Hunter, j'imagine.

Elle franchit la porte et descendit le vallon comme si le diable courait à ses trousses. Voyant qu'il ne la suivait pas, elle ralentit sa course. Comment pouvait-il se comporter ainsi avec elle ? Comment ?

Elle réussit à traverser Sydney Town toute seule, sans encombre, allant d'un groupe de femmes à l'autre. Apercevant enfin Stephen occupé à enrouler le fil de sa canne, elle agita la main dans sa direction. Il posa la canne et s'avança vers la jeune fille pour l'entraîner à l'écart des hommes qui pêchaient dans le voisinage. Apparemment, Stephen ignorait ce qui venait de se passer. Kitty avait pourtant imaginé que Richard aurait couru vers lui pour tout lui raconter. Etait-il donc homme à ne se confier à personne ?

— Qu'est-ce qui vous amène par ici ? demanda-t-il d'un ton léger. Pas de Richard dans votre sillage ?

— J'ai entendu ce que vous vous êtes dit hier soir, articula-t-elle, la gorge serrée. Je sais que je n'aurais pas dû, mais c'est ainsi. Je suis désolée !

— Vilaine enfant ! Venez vous asseoir sur ce rocher et contempler le merveilleux spectacle des îles au large. Le vent emportera vos paroles.

— Je suis une enfant, c'est vrai, admit-elle d'un air lamentable.

— Oui, et c'est ce que je trouve de plus étrange. Vous avez connu la Newgate de Londres, le *Lady Juliana,* le *Surprize,* et rien de cela ne vous a affectée. Cela paraît impossible, Kitty.

— Ça m'a affectée, bien sûr. Mais d'autres aussi ont traversé ces épreuves comme moi, vous savez. On n'est peut-être pas mortes de honte – l'une de nous en est morte – mais on a fait en sorte de passer inaperçues. On était si nombreuses que ce n'était pas si difficile. Les autres femmes nous bousculaient et nous marchaient dessus comme si nous n'existions pas. La plupart étaient ivres ou cherchaient quelqu'un à voler, à baiser ou à battre. Il fallait les entendre cracher ou grommeler des insanités ! Nous, on n'était que de toutes petites choses, misérables, simplettes. Pas la moindre raison de s'intéresser à nous.

— C'est comme ça que vous vous êtes enfermée dans votre coquille.

Kitty leva les yeux vers lui. Son profil, pur et serein, se découpait sur les pins de l'île de Nepean, au loin.

— Le seul mot que vous connaissiez pour l'acte d'amour est « baiser », soupira-t-il. C'est ce qu'il y a de plus triste. Avez-vous déjà vu des gens en train de faire l'amour ?

— Pas vraiment. Seulement des silhouettes qui se contorsionnaient et s'agitaient. Quand on comprenait ce qui se passait, on fermait les yeux.

— C'est une manière de tenir le monde à distance. Et sur le *Lady Juliana* ? Il y a sûrement eu des femmes qui ont cherché à vous cajoler, non ?

— Mr Nicol a été très bon et nous a mises avec un groupe de vieilles femmes. Elles n'auraient pas laissé les autres s'approcher de nous. D'ailleurs, moi, j'étais presque tout le temps malade.

— Ecoutez, Kitty. C'est un miracle que vous soyez encore en vie. Mais vous avez traversé toutes ces épreuves pour atterrir ici et, qui plus est, chez Richard Morgan. Cela, sans doute, est le prodige le plus remarquable de tous. Toutes les femmes et toutes les Miss Molly qui ont croisé la route de Richard ont rêvé d'occuper votre place.

Il tourna la tête vers elle et se mit à rire.

Comme ce moment parut étrange à Kitty ! Les yeux de Stephen étaient bien plus bleus que ceux de Richard, si bleus que le ciel semblait se prolonger en eux. Mais on se heurtait à ces yeux comme à un mur. Ils n'étaient pas une eau profonde dans laquelle on pouvait se perdre.

— Je ne suis plus amoureuse de vous, dit-elle d'un ton presque étonné.

— Vous êtes amoureuse de Richard.

— Non, je ne pense pas. Il y a bien quelque chose, mais ce n'est pas de l'amour. Je sais seulement que c'est différent.

— Oh, très différent !

— Parlez-moi de lui, je vous en prie.

— Non. Je ne le ferai pas. Vous n'avez qu'à découvrir la réalité par vous-même. Ce ne sera pas facile avec un homme aussi peu communicatif que Richard, mais vous êtes une femme et, par là même, naturellement curieuse. Je suis certain que vous ferez de votre mieux. (Il l'aida à se relever, se pencha et posa une joue contre ses cheveux.) Vous me raconterez ce que vous aurez appris, n'est-ce pas ?

Sans savoir exactement pourquoi, Kitty sentit ses yeux se remplir de larmes. Elle avait le cœur serré mais sa tristesse avait changé de nature. Désormais, elle éprouvait du chagrin pour Stephen et non plus à cause de lui. « Je voudrais tant que le monde soit mieux équilibré, songea-t-elle. Je ne suis pas amoureuse de cet homme mais je l'aime tendrement. »

— Tobias et moi ferons de très bons oncles, dit-il en glissant sa main dans celle de la jeune femme, pour l'entraîner sur le chemin.

Au sommet d'Arthur's Vale, il lui lâcha la main et s'arrêta.

— Il est temps de se séparer, dit-il. Je n'irai pas plus loin.

— Venez avec moi, je vous en prie !

— Oh, non. Vous devez retourner là-bas toute seule...

Elle trouva la maison vide. Richard était sorti mais l'âtre avait été nettoyé, regarni de petit bois, et les seaux d'eau remplis.

Quatre des six chaises que Richard possédait à présent étaient alignées autour de la table. Déçue et désorientée – pourquoi ne l'avait-il pas attendue ? –, Kitty arpenta la maison de long en large avant de se résoudre à aller au jardin pour se mettre à bêcher. Un jour, espérait-elle, le potager donnerait suffisamment pour qu'elle puisse y planter quelques fleurs.

Le temps passa. John Lawrell arriva avec six oiseaux de Mount Pitt, plumés et vidés, ce qui résolut le problème du dîner, qu'ils prenaient vers le milieu du jour maintenant que l'hiver approchait.

Lorsque Richard revint enfin, les oiseaux avaient été dorés à la poêle et finissaient doucement de cuire, farcis d'herbes, garnis d'oignons et de pommes de terre.

— Qu'est-ce que c'est, ces petits arbres verts qui poussent au soleil près des latrines ? demanda-t-elle pour dire quelque chose.

— Ah, vous les avez trouvés.

— Il y a longtemps, mais j'oubliais toujours de vous interroger à ce sujet.

— Il s'agit d'orangers et de citronniers provenant de graines que j'avais gardées après notre escale à Rio de Janeiro. D'ici deux ou trois ans, ils devraient nous donner des fruits en hiver. La plupart de mes graines ont germé. J'ai pu en donner quelques plants à Nat Lucas, d'autres à Mr Ross ou à Stephen. Le climat devrait convenir aux agrumes car, ici, il ne gèle pas. (Il leva les sourcils d'un air interrogateur.) Vous avez trouvé Stephen ?

— Oui, dit-elle en piquant une pomme de terre de la pointe d'un couteau pour vérifier si elle était cuite.

— Vous a-t-il apporté les réponses que vous cherchiez ?

Elle battit des yeux, surprise, et marqua une pause avant de répondre.

— Vous n'allez pas me croire, mais je n'ai pas eu le temps de lui en poser car il n'a pas cessé, lui, de me questionner.

— A propos de quoi ?

— De la prison et de ma traversée, principalement.

Elle entreprit de garnir deux assiettes avec des morceaux d'oiseau, des oignons et des pommes de terre, sans oublier le jus.

— Au fait, poursuivit-elle, il y a aussi une salade de laitue avec du persil et de la ciboulette.

— Vous êtes une excellente cuisinière, Kitty, observa Richard en s'installant à table.

— Je fais des progrès. Nous arrivons presque à nous suffire à nous-mêmes. Tout ce qui est dans nos assiettes a été soit trouvé dans la nature, soit dans notre jardin.

— Oui. La terre est bonne ici et il pleut bien assez pour que les plantes poussent. La première année que j'ai passée ici a été très humide, puis la sécheresse s'est installée. Mais la rivière ne tarit jamais ; il existe donc une source d'eau permanente sous terre. J'aimerais bien la trouver.

— Pourquoi ?

— Ce serait un endroit idéal pour y construire une maison.

— Vous avez déjà une maison.

— Trop proche de Sydney Town, dit-il en ramassant les dernières traces de jus avec une pomme de terre.

— En voulez-vous encore ?

— Volontiers, si c'est possible.

— Votre demeure est sans doute proche de Sydney Town, dit-elle en se rasseyant quelques instants plus tard, mais elle est très isolée.

— Je crains que ce ne soit plus le cas quand la prochaine fournée de déportés débarquera. D'après Mr Ross, Son Excellence envisage de porter la population de l'île à plus d'un millier de personnes.

— Un millier ? Ça fait combien ?

— J'ai oublié que vous ne saviez pas compter, Kitty. Vous souvenez-vous du service religieux de dimanche dernier ?

— Bien sûr.

— Nous étions sept cents. Prenez la moitié de ce nombre et ajoutez-la à cette assemblée. Cela représente un bon millier de personnes.

— Tant que ça ! (Elle poussa un soupir, impressionnée.) Où iront tous ces gens ?

— Certains à Queensborough, d'autres à Phillipsburgh, d'autres encore sur le plateau où résidaient les marins du *Sirius,* à moins que le gouverneur ne songe à y installer les soldats du New South Wales Corps.

— Ils ne s'entendent pas bien avec ses soldats, observa-t-elle.

— C'est vrai... Pour finir, ce vallon va se remplir de maisons, là où le sol n'est pas encore cultivé. C'est pourquoi j'aimerais m'installer plus loin. (Il s'adossa à sa chaise et se tapota le ventre en souriant.) De la façon dont vous me nourrissez, il va falloir que je travaille plus durement si je ne veux pas m'empâter.

— Vous ne vous empâterez pas, parce que vous ne buvez pas, dit-elle.

— Aucun de nous ne boit.

— Allons, Richard ! Je ne suis pas si bête que ça ! Les marins boivent, les soldats aussi, sans parler des déportés. En cas de manque, ils font leur propre rhum et leur bière.

Il leva les sourcils et se mit à rire.

— Je devrais vous envoyer chez le gouverneur adjoint comme conseiller. Comment savez-vous cela ?

— Par les magasins du gouvernement, quand j'y vais. (Elle ôta leurs assiettes et alla les déposer près de l'âtre.) J'ai entendu dire que vous n'aimiez pas la compagnie, observa-t-elle en sortant sa cuvette et son savon, et, d'une certaine manière, je peux le comprendre. Mais partir d'ici signifie que vous devriez tout recommencer depuis le début. Lourde tâche.

— Aucune tâche n'est un fardeau s'il s'agit de mettre mes enfants à l'abri, rétorqua-t-il d'un ton ferme. Je veux qu'ils puissent grandir loin de la corruption, ce qui ne serait pas le cas dans le voisinage de Sydney Town. Certes, on trouve ici pas mal de gens honorables, mais aussi tant de mauvaises âmes ! Pourquoi croyez-vous que le major Ross se creuse tellement la cervelle pour trouver des châtiments capables de décourager la violence, l'ivrognerie, le vol et tous les autres vices qui s'épanouissent partout où les gens sont entassés les uns sur les autres ? Croyez-vous qu'il prenne plaisir à envoyer des hommes comme Willy Dring séjourner un mois et demi sur l'île de Nepean avec seulement deux semaines de rations alimentaires ? Si c'était le cas, je n'éprouverais pas autant de respect pour lui.

La première partie de ce discours (exceptionnellement long pour Richard) avait rendu Kitty rêveuse mais elle préféra ne répondre qu'à la seconde.

— Si nous comprenions mieux comment fonctionne la pensée de ces gens, nous trouverions peut-être une solution. La boisson provoque tant de troubles !

— Vous progressez à pas de géant !

— J'y arriverais encore mieux si je savais lire, écrire et compter.
— Je vous apprendrai, si vous le désirez.
— Oh, vous le feriez vraiment ? C'est merveilleux !

Elle se tenait immobile devant lui, le savon à la main, et posait sur lui le même regard que William Henry après son premier jour de classe chez Colston. « Elle me prend pour Dieu le Père ! pensa Richard. Je comprends maintenant ce que Stephen voulait dire. »

— Vous avez besoin que des gens dépendent de vous, soupira Kitty. Vous êtes si fort, si sage ! Stephen aussi, mais il n'aime pas jouer les pères. A vos yeux, je serai toujours une enfant.

— Dans un sens, oui. Mais, d'un autre côté, je voudrais avoir des enfants de vous. Je ne suis pas Dieu... c'était une plaisanterie de Stephen, pas un blasphème. Il essayait seulement de me trouver une étiquette.

— Vous avez déjà une épouse, observa-t-elle. Je ne peux donc être votre femme.

— Lizzie Lock est consignée comme telle dans le registre du révérend Johnson, mais elle n'a jamais été ma femme. En Angleterre, je pourrais faire annuler ce mariage mais ici, à l'autre bout du monde, il n'y a pas d'évêque ni de tribunal ecclésiastique. Vous êtes ma femme, Kitty, et je suis absolument certain que Dieu comprendra. C'est Lui qui vous a mise sur mon chemin, je l'ai su dès que j'ai plongé mes yeux dans les vôtres. Je vous présenterai partout comme ma femme et vous appellerai ainsi. Un autre moi-même.

Le silence tomba, sembla s'éterniser. Kitty gardait les yeux fixés sur lui et Richard put y lire son consentement. Son âme était en communion avec la sienne.

— Que va-t-il se passer maintenant ? demanda-t-elle, haletante.

— Rien jusqu'au couvre-feu, dit-il en se préparant à partir. Je n'ai pas l'intention d'être dérangé par des visites, femme ! Allez travailler au jardin, mais ne perdez pas de vue que ce qui s'y trouve devra être transplanté ailleurs. Je vais remonter la rivière pour chercher la source. Vous ressembliez à un squelette en arrivant. Neuf mois de l'air de Norfolk et une bonne nourriture ont fait de vous une nouvelle femme... une femme que je ne veux pas voir travailler seule si près de Sydney Town.

Les lourdes tâches qui pesaient sur lui ne lui avaient pas laissé le temps d'explorer la rivière au-delà du point d'eau qu'il s'était aménagé. Il n'en avait d'ailleurs pas éprouvé la curiosité jusqu'à l'arrivée de Kitty dans sa vie. Combien de temps aurait-il encore attendu pour voir clair dans ses relations avec elle si Stephen ne s'en était pas mêlé ? Il savait qu'il l'aimait et que Dieu la lui avait envoyée, mais elle était trop précieuse à ses yeux pour qu'il souhaite la tromper et l'entraîner – comme l'auraient fait la plupart des hommes – dans une situation dont elle ne connaissait jusque-là que les plus mauvais aspects. Son séjour à la prison de Gloucester lui permettait d'imaginer ce qu'avait dû être pour Kitty son passage à la Newgate de Londres : la misère, la peur, des gens copulant un peu partout. Même si aucun homme ne l'avait approchée, elle avait eu le spectacle de leur lubricité sans cesse sous les yeux. Pas trop longtemps, heureusement.

Lorsque Richard avait compris l'attirance de la jeune fille pour Stephen, il ne l'avait pas découragée, préférant opter pour une longue et patiente attente, prenant soin d'elle jusqu'à ce qu'elle se rende compte que Stephen ne pourrait jamais répondre à ses espérances.

Il ne croyait pas qu'elle puisse éprouver de l'amour pour lui, mais il n'espérait jamais rien. Ils avaient près de vingt-trois années d'écart et la jeunesse appelait la jeunesse. Cependant, quand elle l'avait regardé le matin même, de l'autre côté de la table, il avait senti son corps revivre et compris l'extraordinaire attirance qu'il éprouvait pour elle. Bien sûr, Kitty s'était enfuie pour rejoindre Stephen mais cette expérience ne l'avait pas effrayée – simplement troublée.

Il avait éveillé de nouvelles sensations en elle et ce constat l'avait rempli d'exaltation. Il n'était pas homme à passer son temps à s'analyser et, avant d'avoir observé les réactions de Kitty, il n'avait pas vraiment senti ce qu'il était pour elle : Dieu le Père, comme disait Stephen ! Un roi, un chef...

Richard retint un soupir. Toutes ces années, il avait pris soin des autres non sans quelque réticence, considérant cela comme une lourde charge. Mais il ne pouvait pas non plus les laisser se débattre dans leurs problèmes et se noyer...

Peu à peu, cette force, cette détermination dont il avait dû faire preuve s'étaient infiltrées en lui jusqu'à la moelle. Ce qu'il accomplissait auparavant avec résignation lui était devenu naturel. Il avait pris conscience de son autorité, de son sens des responsabilités. Le germe reposait déjà en lui, mais, si Richard avait continué à vivre à Bristol, il n'aurait sans doute jamais levé. « Nous portons en nous certaines qualités, pensa-t-il, mais nous ignorons parfois que nous les possédons. Tout dépend du sort que Dieu nous réserve. »

Après avoir marché pendant une vingtaine de minutes sur le fond boueux du cours d'eau, il atteignit son premier affluent qui descendait des sommets situés au nord-est de l'île. Un vallon en forme d'amphithéâtre couvert de fougères arborescentes et de bananiers l'arrêta un instant et le tenta, mais il était encore trop proche d'Arthur's Vale. Il continua donc à remonter la rivière qui serpentait à travers d'autres fougères, palmiers ou bananiers, jusqu'à ce qu'elle se divise de nouveau à l'entrée d'un espace plat, formé d'alluvions déposées par les fortes pluies. Il suivit d'abord la branche ouest mais celle-ci se révéla trop courte. La branche sud-ouest continuait le lit principal et c'était elle qui approvisionnait Arthur's Vale en eau. Coulant dans une crevasse plutôt abrupte, elle avait un débit abondant et puissant.

Richard poursuivit son chemin et grimpa de plus en plus haut, presque jusqu'au sommet d'une crête. Il y découvrit la source, jaillissant entre des rochers moussus, couverts de lichens, enfouie sous des fougères inconnues d'une variété inouïe, avec des feuilles frisées et duveteuses.

Plissant les yeux devant le soleil qui traçait sa course dans le ciel, il balaya du regard le paysage. Puis il s'engagea sous le couvert de la forêt de pins qui occupait un espace relativement plat sur la crête. A son grand étonnement, il émergea peu après sur la route de Queensborough, non loin de la piste menant à la distillerie. Voilà qui ne manquait pas d'intérêt !

Une idée le traversa. Regagnant la source, il contempla le pied de la crevasse. Un peu au-dessous, sur la pente ouest, il aperçut une terrasse assez large et assez profonde pour accueillir une grande maison et quelques arbres fruitiers. Le potager trouverait sa place un peu plus bas.

Son arrêt suivant fut chez Stephen Donovan qui, après sa rencontre avec Kitty, avait occupé son temps à jouer aux échecs contre lui-même.

— Pourquoi est-ce toujours ma main droite qui gagne ? demanda-t-il quand Richard franchit la porte.

— Peut-être parce que vous êtes droitier ! plaisanta Richard.

Il se laissa tomber sur une chaise avec un soupir de satisfaction.

— Tu as l'air d'un homme qui a essayé de marcher sur l'eau, plutôt que d'un homme qui vient de faire l'amour, nota Stephen.

— Je n'ai pas fait l'amour. Mais j'ai essayé de marcher sur l'eau. Figurez-vous qu'il m'est venu une idée.

— Eclaire-moi, je t'en prie.

— Nous savons tous deux que Joe McCaldren voudrait une terre sur la route de Queensborough, mais pas trop loin. Et nous savons aussi que ce qu'il désire, en réalité, c'est vendre cette terre dès qu'elle lui sera attribuée. C'est bien cela ?

— Tout à fait. Prends un verre de porto et continue.

— Pourriez-vous me rendre le grand service de vous occuper vous-même de cette affaire ? Je connais l'endroit idéal à lui allouer, dit Richard en acceptant le verre.

— Tu veux emmener Kitty plus loin avant l'arrivée des nouveaux déportés, bien sûr... Mais as-tu assez d'argent pour acheter 60 acres, Richard ? Joe McCaldren va en exiger 10 shillings l'acre.

— Je possède au moins pour 30 livres de billets à ordre, mais il voudra des espèces sonnantes et trébuchantes. De toute façon, je n'ai pas besoin de 60 acres. C'est beaucoup trop pour une seule exploitation. Est-ce vrai ce qu'on m'a dit, que chacun des lots comporterait une rivière, au moins en bordure ?

— Oui. C'est ce que j'ai proposé au major, qui a accepté.

— S'opposerait-il à ce qu'un lot de 60 acres soit divisé ?

— Une fois qu'ils seront attribués, il ne s'en souciera pas plus que des oiseaux de Mount Pitt. Il a aussi l'intention de donner des lots de 10 à 12 acres à certains déportés qui, comme toi, ont été graciés ou ont terminé leur peine. Pourquoi ne pas garder ton argent et attendre qu'on te donne une terre gratuitement ?

— Pour deux raisons. D'abord parce que les hommes libres qui s'installeront seront servis en premier, ce qui va prendre un an – année au cours de laquelle la population passera au moins à un millier de personnes. La seconde raison est que ces lots seront sans doute mitoyens. Pour que chacun ait accès à la rivière, ils seront nécessairement longs et étroits et les maisons se trouveront donc près de l'eau, alignées. Peut-être distantes de quelques yards, mais néanmoins alignées. Je ne veux pas vivre ainsi, Stephen. Je veux que mes 12 acres soient entourées de 60 autres et que ma maison sur la rivière n'ait pas de voisins proches. J'ai découvert un endroit intéressant, sur le principal affluent de la rivière qui alimente Arthur's Vale. L'eau y sort du haut d'une étroite crevasse. Au-dessus s'étend un vaste terrain plat traversé par la route, à hauteur de la piste menant à la distillerie. Une bonne eau et trente minutes à pied de Sydney Town, cela plaira à McCaldren. Mais je désire que le lot comprenne les deux rives de la rivière car le meilleur endroit pour bâtir une maison se trouve sur la pente ouest. Si on délimite un autre lot de 60 acres à l'ouest de celui de McCaldren, il s'étendra jusqu'aux cours d'eau qui traversent Queensborough.

Stephen le contempla d'un air admiratif.

— Tu as déjà réfléchi à tout et résolu tous les problèmes, n'est-ce pas ? Bon, je vais pousser dans cette direction en partant de Cascade et en alternant des lots de 60 acres avec d'autres de 20. Les uns seront plus étendus mais plus difficiles à cultiver, les autres petits mais faciles, ce qui équilibrera le prix de vente. Pour l'instant, je m'occupe de James Proctor et de Peter Hibbs. Je pousserai au nord sur la route de Queensborough. Je m'arrangerai pour que ta demeure se trouve dans le lot de 60 acres de McCaldren. Ainsi, tu posséderas toute la partie supérieure du cours d'eau.

— Douze acres me suffiront, Stephen. Voici les limites : le sommet du vallon, les deux côtés de la rivière et la route de Queensborough. Peu importe ce que fera McCaldren des 48 acres qui restent, ajouta Richard en riant. Mais si vous donnez à mon lot un tracé à peu près carré, je peux payer jusqu'à 25 livres en or.

— Laisse-moi te prêter l'argent pour 60 acres.

— Non, ce n'est pas possible.

— Entre frères, tout est possible.

— Nous verrons, dit Richard en se levant pour partir. (Il posa son verre sur l'étagère et se baissa pour ramasser Tobias, qui miaulait plaintivement autour de ses jambes.) Tu es un tricheur, Tobias. Tu miaules comme un orphelin abandonné de tous alors que je sais bien, moi, que tu es le roi de cette maison.

— Bonne nuit ! cria Stephen en reprenant le chat. Toi et moi, mon chaton, nous allons encore avoir des oiseaux de Mount Pitt pour souper. Comment se fait-il que les chiens et les chats mangent toujours la même chose avec plaisir, alors que les humains ne supportent pas la monotonie ?

Quand Richard remonta le chemin, la nuit envahissait déjà le vallon. McTavish se précipita pour le saluer avec des bonds de joie. Le chien aurait voulu passer ses journées entières avec Richard, mais il avait dû se résigner à rester avec Kitty pour assurer sa protection. Heureusement, elle aimait tous les animaux, à l'exception de ceux qu'elle qualifiait de « vermine ». De nombreux mots usuels de son vocabulaire étaient tirés de la Bible quand ils n'étaient pas issus de la prison ou du *Lady Juliana*.

Il pénétra dans la maison et trouva Kitty occupée à préparer le dîner tandis que le soir obscurcissait peu à peu la cuisine, ce qui, apparemment, ne paraissait pas la gêner. Bien que Richard lui en eût plusieurs fois accordé l'autorisation, elle n'allumait jamais pour elle-même l'une de ses précieuses chandelles.

En l'entendant, elle tourna la tête et lui sourit. Il traversa la pièce pour déposer un baiser sur ses lèvres, comme s'ils étaient de vieux époux.

— Je vais prendre un bain, dit-il en disparaissant de nouveau.

Il prit son temps et, de retour, jeta un coup d'œil au poêle.

— Est-ce qu'il y a encore de l'eau chaude ?

— Bien sûr.

— Bon. C'est plus agréable pour se raser.

Elle l'observa avec intérêt manier avec sûreté et rapidité la lame à manche d'ivoire. Elle ne l'avait jamais vu faire un mouvement maladroit. Comme il avait de belles mains ! Viriles mais gracieuses, aussi. Elles inspiraient confiance.

— Je ne comprends pas comment vous pouvez vous raser sans miroir et sans jamais vous couper.

— C'est le résultat de longues années d'entraînement, marmonna-t-il. Avec de l'eau chaude et un peu de savon, c'est plus facile. Sur l'*Alexander,* il fallait se raser à sec.

Quand il eut terminé, il replia la lame après l'avoir rincée et la rangea dans son étui. Puis il se lava et se sécha le visage. Désœuvré, il contempla l'âtre en se demandant s'il ne devait pas repousser une bûche à demi consumée. Pour finir, il décida de lui adjoindre une autre bûche encore intacte, recula pour voir le résultat et rectifia l'équilibre. Il souleva le couvercle de la bouilloire à bec, parut déçu de ne plus y trouver d'eau et se dirigea vers l'étagère où il rangeait ses livres.

— Richard, dit Kitty avec douceur, si vous cherchez quelque chose à faire, nous pourrions dîner. Cela vous donnera le temps de rassembler votre courage avant de vous décider à me donner des enfants.

Il plongea les yeux dans les siens, l'air surpris, puis se renversa en arrière avant d'éclater d'un rire franc.

— Non, femme. (Sa voix se fit caressante.) Brusquement, je n'ai plus faim de nourriture.

Elle lui sourit, la tête penchée, et franchit la porte de sa chambre.

— Fermez les volets, souffla-t-elle dans la pénombre. Et mettez McTavish dehors pour la nuit.

« Elles nous entraînent toujours là où elles veulent, songea Richard. Nous ne possédons que l'illusion du pouvoir. Leurs pouvoirs à elles sont aussi vieux que le monde. »

Il ôta ses vêtements et resta un instant sur le seuil de la chambre jusqu'à ce que ses yeux se soient accoutumés à l'obscurité. Alors il put distinguer la silhouette assise sur le lit, droite comme un « i ».

— Non, ne te mets pas là où je ne peux pas te voir. Va devant le feu et montre-toi comme Dieu t'a faite. Allons, viens !

Il lui tendit la main.

Oh, le bruissement de sa chemise de nuit, le contact troublant de ses doigts tièdes et confiants ! Il la laissa debout devant l'âtre pour aller chercher sa paillasse, qu'il étendit sur le sol. Puis il la regarda. Quelle beauté ! Oui, elle ressemblait vraiment à Vénus... elle était faite pour l'amour. Il la voulait nue, sans la moindre trace d'un médiocre vêtement qui viendrait lui rappeler la prison de Londres. C'était un acte sacré, dédié à Dieu, Lui qui l'avait rendu possible. « C'est pour de tels moments de joie que nous supportons nos souffrances, pensa Richard. Pour cette étincelle divine qui donne à l'obscurité d'un puits l'éclat brillant du soleil.

C'est en cela que réside la véritable immortalité. En cela que nous trouvons la liberté. »

Il l'enveloppa de ses bras et la laissa s'habituer au contact de sa peau, explorer le jeu des muscles, la force et la tendresse du désir, de tout cet amour resté sans objet pendant de si longues années. Elle semblait s'y retrouver, dans cet ensemble confus, deviner le tracé éternel de la fusion des âmes et des corps.

S'il la blessa, ce ne fut qu'un court instant, après quoi il n'y eut plus aucune notion de temps, seulement lui et elle pour l'éternité. « Donne-toi tout entier à elle, Richard Morgan, ne retiens rien, quoi qu'il puisse t'en coûter. L'amour ne connaît pas d'autre justification que lui-même et Kitty le sait bien, elle qui m'a été donnée par Dieu et supporte ma peine. »

SEPTIÈME PARTIE

De juin 1791 à février 1793

Pour une fois, Richard était disposé aux confidences.

— Peg a été mon premier amour, dit-il. Avec Annemarie Latour, ce fut uniquement une affaire de sexe. Kitty est la dernière femme de ma vie.

Les yeux brillants, Stephen le scrutait tout en se demandant comment il avait fait pour transformer ce qui ne pouvait être qu'un engouement passager en une passion durable. Sans doute avait-il poussé si loin et si longtemps ce sentiment que tout ce qu'il ressentait, à présent, s'en trouvait magnifié.

— Tu es la preuve vivante qu'il n'y a pas plus fou qu'un vieux fou. Mais tu te trompes sur un point, Richard. Kitty représente à la fois l'amour et le sexe. En ce qui me concerne, j'avais l'habitude de considérer le sexe comme un besoin, sinon le plus important, du moins le plus urgent à satisfaire. Mais tu m'as enseigné bien des choses, à commencer par m'en passer. (Stephen éclata de rire.) Du moins tant qu'une tentation absolument irrésistible ne se présente pas. Alors, je craque. Mais cela ne dure pas.

— Comme tout le monde, vous avez besoin des deux.

— J'ai les deux. Seulement jamais dans la même enveloppe. Ce qui finalement me convient assez bien ; je ne me plains pas, ajouta-t-il avec une gaieté bon enfant. Quand j'aurai fini mon temps sur Norfolk Island, je demanderai un commandement dans la Royal Navy. J'y suis décidé. Alors je me promènerai sur le gaillard d'arrière dans mon bel uniforme blanc, bleu et or, une longue-vue sous le bras et quarante-quatre canons à ma disposition.

Ils étaient en train de creuser les fondations de la nouvelle maison de Richard et avaient marqué une courte pause pour boire un peu d'eau et prendre un peu de repos. Joseph McCaldren avait reçu ses 60 acres de terre et avait heureusement accepté, après une dure négociation, d'en céder 12, les mieux placées, pour la somme de 24 livres. Les 48 autres furent achetées par D'Arcy Wentworth, qui les avait complétées d'une partie des 60 acres attribuées à Elias Bishop, à Queensborough. Le major Ross avait enregistré ces transferts sans se faire prier.

— Je suis très content que tu ailles sur la terre de McCaldren, dit-il à Richard. Tu vas la défricher et la cultiver en un rien de temps. Toujours plus de blé et de maïs... voilà ce dont l'île a besoin.

Dans tout Norfolk, seuls quatre lots possédaient les deux rives d'une rivière. Ils furent donc baptisés *run*s [1], avec le nom du propriétaire en complément. Après Sydney Town, Phillipsburgh, Cascade et Queensborough, il y eut donc Drummond's Run, Phillimore's Run, Proctor's Run et Morgan's Run.

Malheureusement, les fosses de sciage ne laissaient que peu de temps à Richard pour s'occuper de sa nouvelle maison. Il fallait construire des cabanes à Sydney Town, des casernes convenables pour le New South Wales Corps à l'endroit précédemment occupé par les marins du *Sirius,* une prison solide, d'autres bâtiments pour l'administration civile ; la liste du gouverneur Ross paraissait sans fin. Nat Lucas avait plus de cinquante charpentiers sous ses ordres et tous travaillaient comme des forcenés.

— Je ne peux plus garantir la qualité du travail, expliqua Nat à Richard un dimanche où il était venu déjeuner chez lui en haut du vallon. Certaines constructions sont franchement branlantes, assemblées sans soin à la hâte. Je ne peux pas être partout à la fois, à Queensborough, à Phillipsburgh, sans compter le reste. Sans oublier le lieutenant Clark, qui aboie sur mes talons à propos des installations de l'ouest, et le capitaine Hill qui me rudoie parce que les cabanes du New South Wales Corps laissent passer l'eau ou les courants d'air... Vraiment, je ne sais plus quoi faire.

— Tu ne peux pas faire davantage. Est-ce que le gouverneur s'est plaint ?

---

1. *Run* signifie cours d'eau. *(N.d.T.)*

— Non, il est bien trop réaliste. (Nat prit un air soucieux.) J'ai appris ce matin que le lieutenant Clark avait été chargé du service religieux parce que Ross ne se sentait pas bien. Pas bien du tout, même, d'après Lizzie Lock.

Aucun des proches de Richard ne l'appelait Mrs Richard Morgan.

Le repas avait été délicieux. Kitty avait tué deux canards bien dodus pour les faire rôtir avec des pommes de terre, du potiron et des oignons. Elle avait emmené ensuite Olivia et les jumelles voir Augusta et sa portée de petites truies. Elles grandissaient rapidement et seraient bientôt assez grosses pour être tuées et vendues aux magasins du gouvernement, à moins que certaines ne soient expédiées avec leur mère au verrat. Dieu merci, Richard avait construit une porcherie assez vaste !

— Quand tu auras terminé les fondations, dit Nat en changeant de sujet, George et moi avons prévu de travailler pour toi deux samedis et dimanches successifs pour construire ta maison. Ross nous a autorisés pour la circonstance à ne pas assister au service religieux du dimanche. Tu devrais pouvoir t'installer avant l'arrivée du prochain transporteur. La maison sera encore rudimentaire mais habitable, et tu pourras terminer les finitions tout en l'occupant. Tu as assez de planches ?

— Oui, et provenant de mes terres. J'ai ouvert une fosse de sciage et Billy Wigfall veut bien venir scier avec moi, Dieu le bénisse. Harry Humphreys et Sam Hussey viennent parfois nous aider le samedi et Joey Long écorce les grumes. Je me suis dit que je pouvais aussi bien en profiter pour nettoyer mon terrain plutôt que d'utiliser des arbres qui viennent d'ailleurs.

« Voilà un homme heureux, songeait Nat, et je m'en réjouis pour lui. Quand Olivia m'a dit qu'il s'était enfin décidé à faire de Kitty sa femme – il était tellement amoureux d'elle ! –, j'ai prié pour que cette fille se rende compte de la chance qu'elle avait. Olivia prétend que toutes les femmes sont amoureuses de Richard, mais les femmes sont d'étranges animaux. Pour moi, en tout cas, c'est un bel homme et, de surcroît, un être hautement respectable. Je suis content que Kitty ne soit pas une friponne. »

Les femmes revinrent en riant et en parlant avec animation. Kitty tenait le petit William dans ses bras avec un tel éclat dans le regard que Nat, surpris, se demanda comment il avait pu la considérer jusqu'alors comme un peu simplette. Les petites Mary et Sarah étaient restées dehors pour jouer avec un MacTavish totalement dérouté. Qu'il regarde d'un côté ou de l'autre, le malheureux chien avait l'impression de voir toujours la même fillette.

— J'aime beaucoup tous tes amis et leurs épouses, Richard, mais j'avoue que ce sont les Lucas que je préfère, déclara Kitty quand ils furent partis.

Elle se tenait debout derrière la chaise de Richard et il appuya la tête contre son ventre. Les yeux clos, il demeura ainsi à savourer son bonheur.

Le monde de Kitty s'était ouvert au-delà de ce qu'elle avait pu imaginer. Quant à sa première nuit d'amour, elle pouvait se comparer au plus éblouissant des rêves. Jusqu'alors, pourtant, ses rêves avaient été plus heureux que sa vie. En esprit, des choses magiques, impossibles, pouvaient se produire, comme de voir surgir la ferme de Faversham croulant sous les fleurs. Mais cette nuit-là avait été bien réelle et les autres nuits lui ressemblaient en tous points. Les mains de Richard, qu'elle trouvait si belles, avaient sur son corps la douceur du velours.

— Comment se fait-il que tes mains ne soient pas dures et calleuses ? lui avait-elle demandé alors qu'elle s'étirait et ployait sous leur caresse.

— Parce que je suis maître armurier de métier et que je prends soin d'elles. La moindre cicatrice ou induration détruit un peu de la sensibilité tactile indispensable à un armurier. Aussi, je les enveloppe dans des linges pour travailler quand je ne peux pas me procurer de gants.

Le problème, avec lui, était qu'il refusait de répondre à la plupart des autres questions, comme lorsqu'elle lui demandait quel genre de vie il avait mené à Bristol. Ou dans quelles circonstances il avait été condamné. Combien d'épouses il avait eues. S'il avait des enfants vivant en Angleterre. Comment était morte sa fille qui, aujourd'hui, aurait son âge. Richard se contentait de répondre par un sourire, puis détournait la conversation gentiment mais fermement. Elle avait donc cessé de le tourmenter. Quand il serait prêt à parler, il le ferait. Il ne serait peut-être jamais prêt.

Oh, quel amoureux il était ! Elle avait entendu des centaines de fois les femmes lui dire que leurs hommes les importunaient avec leurs exigences sexuelles et qu'elles se voyaient pourtant contraintes de les satisfaire. Mais Kitty attendait avec impatience chacune de ces nuits. Elles lui apportaient les plus grands plaisirs qu'elle eût jamais connus. Si elle sentait que Richard avait envie d'elle à l'aube, elle se tournait vers lui, éveillée par un baiser sur ses seins ou par sa bouche sur son cou. Jamais elle ne restait passive ; elle adorait apprendre comment faire naître le désir.

Pour autant, Kitty ne pensait pas éprouver de l'amour. Certes, elle ressentait de l'affection pour Richard. Son âge mûr faisait de lui le meilleur des amants, le plus agréable des compagnons. Mais, quand elle le regardait, elle ne sentait pas de désir s'éveiller en elle, ni les battements de son cœur s'accélérer ou son souffle devenir haletant. Seules ses caresses la faisaient s'animer, s'échauffer. Il lui répétait tous les jours combien il aimait son naturel, sa spontanéité, sa jeunesse. Elle représentait le début et la fin de son univers.

Kitty l'écoutait volontiers, flattée qu'il lui dise de telles choses. Mais son corps et son âme demeuraient insensibles.

Aujourd'hui, pourtant, c'était différent. Pour une fois, elle eut un geste d'affection à son égard et berça sa tête, qui reposait contre elle. Elle aurait voulu voir ses cheveux plus longs pour qu'ils bouclent.

— Je vais avoir un enfant, Richard.

Il accueillit ces mots sans réagir puis, au bout de quelques instants, leva les yeux vers elle, le visage transfiguré par la joie. Il bondit et l'enleva dans ses bras, l'embrassant et l'embrassant encore.

— Oh, Kitty ! Mon amour ! Mon ange ! (Sa voix se fit soudain inquiète.) En es-tu sûre ?

— Olivia dit que oui, mais je le savais déjà.

— Pour quand ?

— Fin février ou début mars. Olivia prétend que j'ai été prise tout de suite, comme elle avec son Nat. Elle assure que c'est le signe que nous serons féconds, que nous pourrons avoir autant d'enfants que nous le désirerons.

Il lui prit la main et l'embrassa avec respect.

— Tu te sens bien ?

— Très bien, tout compte fait. Je n'ai plus eu mes règles depuis que tu m'as prise. Il m'arrive d'avoir quelques nausées, mais rien de comparable au mal de mer.

— Es-tu heureuse, Kitty ? C'est peut-être un peu tôt.

— Oh, Richard, c'est un rêve ! Je me sens (elle chercha le mot) en extase. Vraiment en extase ! Un bébé, rien qu'à moi !

Le lundi matin, Richard apprit que Ross était gravement malade. Le mardi matin, le soldat Bailey vint l'avertir qu'il était convoqué d'urgence.

Ross avait été installé à l'étage, dans la grande pièce qu'il utilisait d'habitude comme bureau car elle était plus à l'écart des visiteurs importuns. Richard suivit Mrs Richard Morgan, très inquiète, dans l'escalier et reçut un choc en entrant dans la pièce. Le visage du gouverneur adjoint était affreusement gris et ses yeux enfoncés au creux d'orbites sombres. Il gisait, rigide comme une planche, les bras collés au corps, les mains tournées vers l'extérieur dans un curieux mouvement d'attente.

— Monsieur ?

— Morgan ? Bien. Approche, que je puisse te voir. Mrs Morgan, vous pouvez nous laisser. Le docteur Callam sera bientôt là, ajouta-t-il d'une voix ferme.

Soudain, son corps fut secoué d'un violent spasme qui lui fit retrousser les lèvres en une sorte de rictus. Malgré ses efforts pour garder le silence, il ne put retenir un grognement de douleur qui, songea Richard, se serait sans doute transformé, chez un homme moins courageux, en hurlement. Il souffrait visiblement beaucoup, il émettait des grondements sourds tandis que ses mains se crispaient comme des griffes sur la courtepointe. Richard patienta en silence, comprenant que Ross ne désirait ni marque de sympathie ni assistance. La douleur s'apaisa enfin, laissant le malade trempé de sueur.

— Enfin... un peu de répit, murmura-t-il. Callam dit qu'il s'agit d'un calcul rénal et Wentworth est d'accord avec lui. Mais Considen et Jamison sont d'un avis contraire.

— J'aurais plutôt confiance en Callam et en Wentworth, monsieur.

— Je suis d'accord. Jamison ne saurait même pas castrer un

chat et Considen se demande comment faire pour arracher une dent.

— Ne gaspillez pas vos forces, monsieur. Que puis-je faire pour vous ?

— Ne perds pas de vue que je pourrais mourir. Callam m'a donné quelque chose qui, d'après lui, facilitera le passage du rein à la vessie, avec l'espoir que le calcul passera. C'est ma seule chance.

— Je prierai pour que ce traitement se révèle efficace, monsieur, dit Richard avec conviction.

— Cela pourrait m'aider plus que le médicament de Callam, je le crains.

Il fut saisi d'un autre accès de douleur qui finit, à son tour, par cesser. Reprenant ses esprits, il dit d'une voix affaiblie :

— Si je meurs avant l'arrivée d'un bateau, cet endroit va se trouver dans une situation critique. Le capitaine Hill est un foutu imbécile et Ralph Clark a le même âge mental que mon fils. Faddy est un nigaud, pas plus malin qu'un gosse en bas âge. Des conflits éclateront entre mes soldats et ceux du New South Wales Corps, avec tous ces scélérats comme Francis ou Peck qui s'enrôlent chez Hill. Ce serait un bain de sang. C'est pourquoi il faut absolument que ce foutu calcul passe. Peu importe avec quoi.

— Il passera, monsieur. Rien n'est capable de vous briser, affirma Richard avec un sourire. En quoi puis-je vous être utile ?

— J'ai déjà vu Mr Donovan ainsi que quelques autres et autorisé la distribution de mousquets. Tu en recevras un, toi aussi. Au moins, les mousquets de mes soldats peuvent tirer, grâce à tes bons soins. Les hommes du New South Wales Corps ne prennent pas soin de leurs armes et je n'ai pas offert tes services à Hill. Garde le contact avec Donovan ; et ne fais pas trop confiance à Andrew Hume, qui est du côté de Hill et participe à ses malversations. Hume est un tricheur, il ne connaît rien au traitement du lin mais il reste installé à Phillipsburgh comme une araignée dans sa toile, à s'imaginer que Hill et lui contrôlent à eux deux la moitié de cette île.

— Concentrez-vous sur votre calcul, monsieur, pour que la pierre passe. Nous ne laisserons pas Hill et le Corps prendre le contrôle.

— Oh, voilà que la douleur revient ! Va-t'en, Morgan, et fais bien attention.

L'esprit confus, Richard resta un instant dehors sur le quai, tentant de s'imaginer Norfolk Island sans le major Ross. L'atmosphère était déjà tendue à cause du soldat Henry Wright surpris en train de violer la petite Elizabeth Gregory, une fillette de Queensborough âgée de dix ans. Son cas était encore aggravé par le fait qu'il s'agissait d'une récidive. Condamné à mort à Port Jackson deux ans plus tôt pour le viol d'une fillette de neuf ans, il avait été gracié par Son Excellence à condition d'aller passer le restant de sa vie sur Norfolk Island – ce qui plaçait le problème entre les mains du major. Wright était arrivé sur l'île avec son épouse et leur fillette mais, après le viol d'Elizabeth Gregory, la femme avait demandé à être rapatriée à Port Jackson avec l'enfant, par le prochain bateau, ce que Ross avait autorisé sans difficulté. Il condamna Wright à trois reprises au châtiment public, à Sydney Town, à Queensborough puis à Port Jackson. La première séance se déroula à Sydney Town le jour même où Ross tomba malade. Vêtu d'un simple pantalon, Wright avait dû courir entre deux rangées de gens furieux, armés de houes, de hachettes, de triques et de fouets.

Le viol de l'enfant avait détruit la réputation des soldats de marine, même parmi les nombreux déportés enclins à se détourner de la loi. Cependant, la communauté tout entière en voulait aussi au gouverneur Phillip pour sa propension à expédier dans l'île les pires fauteurs de troubles.

Ross avait raison, pensa Richard. S'il mourait, ce serait la guerre.

Mais il était le major Ross, et il ne mourut pas. Durant une longue et douloureuse semaine, sa vie resta en suspens. Richard, Stephen et leurs amis lui rendirent visite régulièrement. Puis la douleur s'atténua. Le calcul était-il passé ou avait-il été éliminé par le rein ? Le docteur Callam ne put le dire car la douleur n'avait pas disparu d'un seul coup, mais progressivement. Deux semaines après le début de la crise, le gouverneur adjoint put descendre l'escalier et, quelques jours plus tard, il était redevenu celui que tout le monde connaissait, aimé des uns et redouté des autres, vif, bourru, caustique.

La balance pencha en faveur du New South Wales Corps quand, à la mi-août 1791, le *Mary Ann* jeta l'ancre au port, premier bateau en vue depuis avril et aussi premier transporteur de l'année. Il convoyait onze nouveaux soldats accompagnés de trois épouses, neuf enfants et cent trente-trois déportés – cent trente et un hommes, deux femmes et un enfant. La population de l'île passait ainsi à huit cent soixante-quinze personnes. Le *Mary Ann* apportait aussi en principe neuf mois de vivres pour ce nouveau contingent mais, comme d'habitude, les besoins avaient été sous-estimés. Les vivres suffiraient tout au plus à les nourrir pendant cinq mois.

Parmi les nouveaux arrivants se trouvaient trente-deux condamnés intraitables qui n'avaient cessé de tourmenter le gouverneur Phillip et quatre-vingt-dix-neuf malades, de pauvres malheureux à demi morts de faim transportés à Port Jackson par un autre bateau, le *Matilda*. Le *Matilda* et le *Mary Ann* étaient les deux premiers d'un convoi de dix navires partis d'Angleterre vers la fin du mois de mars. Ils avaient couvert la distance plus rapidement que prévu, en rognant sur les escales. Le *Matilda* navigua quatre mois et cinq jours sans le moindre arrêt, le *Mary Ann* à peine davantage. C'était la rapidité de leur voyage qui avait sauvé les condamnés car leur ravitaillement avait été confié aux mêmes négriers, Camden, Calvert & King. Seul le *Gorgon*, ravitailleur de la Royal Navy, avait été retardé par une longue escale au Cap pour y acheter autant d'animaux que possible. C'était aussi lui qui transportait les courriers, paquets et lettres destinés aux habitants de Norfolk Island. Il fallut donc que ces derniers, en soupirant, se résignent à patienter encore quelques mois pour recevoir des nouvelles. Quelle frustration que d'ignorer ainsi ce qui se passait dans le reste du monde ! Pour couronner le tout, le commandant du *Mary Ann*, Mark Monroe, savait lui-même si peu de choses des événements qu'il ne put guère fournir d'informations.

Ce qui ne l'empêcha pas d'installer un éventaire sur la plage.

— Stephen, dit Richard, je me vois obligé de vous rappeler une proposition fraternelle que vous m'avez faite autrefois. Pourriez-vous me prêter un peu d'or en échange de billets à ordre ? Avec intérêt, naturellement.

— J'en serais heureux, Richard, mais pas question de me payer ta dette si tu ne me la rembourses pas en or, répondit Stephen malicieusement. Combien te faut-il ?

— Vingt livres.

— Une bagatelle.

— Vous en êtes sûr ?

— Comme toi, mon frère, mon ami, j'ai un compte fortement créditeur auprès du gouvernement. 200 ou 300 livres, il me semble. A vrai dire, je ne me suis jamais soucié de demander à Freeman. Mes besoins sont simples et peuvent être généralement satisfaits sans intervention d'or ou de billets à ordre. Tandis que toi, tu as une femme et une famille à entretenir, sans compter une nouvelle maison sur deux niveaux à équiper.

Fermant les volets, il se dirigea vers l'une des mâchoires de requin accrochées au mur, souvenir de prises sur l'*Alexander,* et en sortit une bourse bien rebondie.

— Voici tes 20 livres, dit-il en déposant les pièces dans la main de Richard. Comme tu peux le voir, je ne suis pas démuni.

— Et si quelqu'un convoitait ces mâchoires ?

— Heureusement, je doute qu'elles intéressent le moindre voleur. (Stephen remit son trophée en place.) Allons-y, sinon nous risquons de nous faire enlever les meilleures affaires par quelque individu prévoyant.

Richard acheta plusieurs longueurs de fin lainage, conscient que Kitty ne lui avait pas dit toute la vérité. Les servantes, elles aussi, portent de la laine, et 10 yards de mousseline valaient bien 3 guinées. Le jury n'avait-il pas eu pitié de ces pauvres filles accablées ? Il acheta aussi du calicot pour les vêtements de tous les jours – quand elle devait s'occuper des cochons ou de la volaille – ainsi que du fil à coudre, des aiguilles et des ciseaux. Pour lui, il choisit un mètre d'arpenteur et des truelles, une cuisinière en fonte avec une grille, un tiroir à cendres, et un four dont le haut était percé d'un trou pour la cheminée. Le commandant Monroe put lui fournir des tuyaux d'acier adaptés, semblables à ceux qu'on trouve sur les bateaux. Ils coûtaient plus cher que la cuisinière mais, avec l'argent restant, Richard se procura du coton molletonné résistant en se disant que cela ferait de bonnes couches pour le bébé, ainsi qu'un épais tissu en serge de laine sombre afin d'y tailler des manteaux d'hiver pour la mère et l'enfant.

— Tu as dépensé presque autant que pour tes 12 acres de terre, remarqua Stephen en vérifiant la solidité de la corde qui maintenait les marchandises sur le traîneau. Monroe est un voleur.

— Je ne compte pas mon travail pour cultiver la terre, répondit Richard, mais je veux que ma femme et mes enfants vivent aussi confortablement que possible sur cette île. Les tissus de laine ou de toile ne résistent pas sous ce climat et les vêtements tout faits tombent en lambeaux au premier lavage. Londres ne cesse de nous escroquer. Kitty coud peut-être mieux encore qu'elle ne cuisine, et ce qu'elle confectionnera résistera.

Il s'introduisit dans le harnais et, penché en avant, tira le traîneau sans effort apparent, malgré une charge d'au moins 300 livres.

— Venez souper ce soir en haut du vallon, Stephen, vous serez le bienvenu.

— Merci, mais cela me sera malheureusement impossible. Tobias et moi fêtons le départ de ces maudits oiseaux de Mount Pitt en dégustant deux beaux vivaneaux que j'ai pêchés ce matin sur le récif.

— Seigneur ! Vous risquez de vous tuer en allant pêcher làbas !

— Non, pas moi. Je vois venir la vague de loin.

Ce qui devait être vrai, songea Richard. Stephen avait un don extraordinaire pour tout ce qui se rapportait au vent, au temps, aux courants et aux vagues. Personne ne connaissait mieux que lui Norfolk Island.

Il décida de transporter la cuisinière sur l'emplacement de sa nouvelle maison et s'engagea sur la route de Queensborough qui escaladait la pente escarpée de Mount Pitt. Ce difficile parcours, long d'un mile, n'était pas nouveau pour lui. Il l'avait parcouru maintes fois en tirant un lourd fardeau de pierres de calcarénite sur son traîneau. L'adjonction de roues ne l'aurait pas rendu plus aisé sur cette piste souvent boueuse où les patins de bois poli glissaient facilement. Même si l'année se révélait plutôt sèche, de fréquentes pluies nocturnes permettaient au blé et au maïs de croître vigoureusement.

Comme d'autres, il avait été souvent tenté de grignoter un peu de temps sur celui qu'il devait au gouvernement, pour nettoyer et semer plus rapidement leur parcelle, mais il avait assez de bon sens pour refréner ce désir. Le malheureux George Guest, qui y avait succombé avant même d'avoir purgé sa condamnation, avait été fouetté pour cela.

La loi du fouet sévissait de plus en plus fréquemment car le major Ross, le lieutenant Clark et le capitaine Wills, du New South Wales Corps, s'efforçaient de maintenir un peu d'ordre dans une population habituée à vivre sans loi et ignorant la solidarité. Les hommes choisissaient leur style de vie en fonction de leurs origines ou de leurs expériences – souvent limitées, d'ailleurs –, et de l'idée que chacun se faisait d'une vie agréable. Pour beaucoup, malheureusement, une vie agréable cela signifiait d'abord une vie oisive. En Angleterre, ces populations ne se seraient jamais côtoyées, constat qui se vérifiait autant pour les soldats que pour les déportés.

Un autre problème, et non des moindres, contribuait à créer des tensions : la plupart des hommes détenant le commandement militaire étaient écossais. Or il n'y avait pas d'Ecossais parmi les simples soldats ni parmi les condamnés.

Le seul recours était donc le fouet, l'exil sur l'île de Nepean ou le harnais pour faire tourner la meule car personne, au sein du gouvernement anglais, ne pouvait imaginer d'autre principe que la punition. Pourtant, il devait bien en exister un autre ! songea Richard. Mais lequel ? Comment faire de bons soldats avec des hommes tels que Francis Mee ou Elias Bishop ? Comment améliorer des Len Dyer ou des Sam Pickett ? « Ils sont paresseux, cupides, sournois et leur plus grand plaisir consiste à faire le mal et à causer du désordre. Les punitions ne transformeront jamais des Mee, Bishop, Dyer ou Pickett en citoyens travailleurs et responsables. Pas plus, d'ailleurs, que le régime bienveillant de King n'avait pu y parvenir les premiers temps, quand l'île comptait moins de cent habitants. Sa bonté n'avait pas empêché les rébellions, les intrigues, le mépris, la méfiance. Et quand la population était montée à près de cent cinquante âmes, King a dû, lui aussi, recourir au fouet, plus durement et plus fréquemment que jamais. Quand les supérieurs se sentent acculés, ils fouettent, sans connaître d'autre réponse. Oh, combien je souhaiterais qu'il y en ait une ! Pour que ma Kitty et moi puissions élever nos enfants dans un monde meilleur et plus sain. »

Tout en halant péniblement son traîneau sur la redoutable pente de Mount Pitt, Richard occupait à la fois son dos et son esprit, confronté à des énigmes qui dépassaient son entendement.

Lorsqu'il atteignit le sommet, la progression fut plus facile car la route alternait montées et descentes. Bientôt Morgan's Run fut en vue. Il quitta la route pour s'engager sur une piste tracée au milieu des arbres dont beaucoup étaient déjà réduits à l'état de billes. Il projetait de laisser une bordure de pins d'environ 50 pieds de large tout autour du périmètre et de débarrasser de toute végétation l'espace bien plat ainsi délimité pour y semer son blé – culture délicate qui serait ainsi protégée des vents chargés de sel en provenance de tous les côtés de l'horizon. Les pentes plus douces de la faille, là où le ruisseau prenait sa source, seraient semées de maïs dont il avait grand besoin car la population de porcs se multipliait.

Arrivé en haut de la petite gorge, Richard se débarrassa de son harnais. Il avait tracé une bonne piste jusqu'à l'emplacement de la maison mais il savait que, malgré sa force, il ne pourrait pas retenir le traîneau sur la pente avec un tel poids. Il le déchargea donc totalement, à l'exception de la cuisinière, puis fixa son harnais à l'arrière avant d'entreprendre la descente en freinant avec ses talons. Mais la distance était un peu trop grande et le traîneau, hélas, prit de la vitesse. Il escalada un remblai que Richard avait installé justement pour freiner, le dépassa légèrement mais s'arrêta à temps, non sans un terrible fracas qui fit jaillir Kitty de son jardin.

— Richard ! s'écria-t-elle en courant. Tu es complètement fou !

Trop essoufflé pour répondre, il se laissa tomber à terre, haletant. Elle lui apporta un gobelet d'eau fraîche et s'assit à côté de lui, inquiète.

— Tu ne t'es pas fait mal ? Tu vas bien ?

Il avala l'eau, répondit d'un signe de tête et lui sourit.

— J'ai un poêle pour toi, Kitty, avec un four.

Courant jusqu'au traîneau, elle en inspecta le chargement.

— Oh, Richard, je vais pouvoir faire moi-même mon pain ! Et des gâteaux quand j'aurai assez d'œufs et de restes de farine ! Je pourrai aussi rôtir la viande convenablement ! Oh, c'est merveilleux, Richard ! Merci ! Merci !

A l'aide d'un palan fixé à l'une des grosses poutres du toit, ils purent décharger le gros fourneau avec moins de peine qu'il n'en avait fallu pour le retenir sur la pente. Puis Kitty, de plus en plus ravie, découvrit les tissus, les fils et le matériel de couture.

— Richard, tu es vraiment trop bon avec moi.

— Non, c'est impossible. Tu portes mon enfant.

Il déchargea ce qu'il venait d'apporter pour effectuer un autre voyage et aller chercher les corps de cheminée. Quand tout fut en place, ils reprirent la route pour rentrer chez eux avec un traîneau plus léger.

Occupé à contempler un magnifique coucher de soleil devant la résidence du gouverneur, Robert Ross les observait sur la pente de Mount Pitt. Il avait vu avec admiration Richard monter plusieurs fois l'escarpement en cette journée de samedi, attelé à un traîneau lourdement chargé. Richard Morgan était à la fois si endurant et si intelligent ! Quoi de plus naturel puisqu'il venait de Bristol ? Une ville de traîneaux où, à défaut de roues, on utilisait des patins. Une mule ne devait pas être plus solide que lui qui, pourtant, n'avait que deux jambes !

« Je n'ai que huit ans de plus que lui, songea Ross, mais, même à vingt ans, je n'aurais pu accomplir pareil exploit. » Il fallait que Morgan prenne un peu de bon temps avec cette fille, décida-t-il. Une gentille petite femme, d'ailleurs, étrangement bien élevée. Et une simple servante, avait dit Mrs Richard Morgan en reniflant. Il est vrai que les gamines des hospices tenus par l'Eglise d'Angleterre, comme ces filles de Canterbury (il avait vu ses papiers), étaient généralement bien élevées. Morgan lui-même était un homme bien éduqué, issu de la classe moyenne, et donc plutôt mal assorti avec une fille qui avait grandi dans un hospice. « Et pourtant, conclut Ross en reprenant le chemin de sa maison, cette mésalliance me paraît bien moins grande qu'avec Lizzie, sa femme légitime. »

Richard et Kitty s'installèrent dans leur nouvelle maison le week-end des 27 et 28 août 1791. Avec le concours d'une main-d'œuvre amicale, poutres et planches avaient été assemblées, ces dernières recouvertes de panneaux. Le toit fut garni de bardeaux, et un chemin conduisait de l'escalier de devant jusqu'à la source.

Pour l'instant, seul le rez-de-chaussée était achevé ; ils s'occuperaient de l'étage plus tard, lorsque cela s'avérerait nécessaire. Sans doute s'écoulerait-il encore pas mal de temps avant que la nouvelle maison ait aussi bel aspect que l'ancienne, mais Richard ne s'en souciait pas.

Ils possédaient maintenant plusieurs tables, un banc pour la cuisine, six belles chaises, deux bons lits (dont l'un avec un matelas de plumes et des oreillers), des étagères pour les affaires de Richard et une cheminée de pierre avec un grand âtre. La cuisinière avait été placée à l'intérieur, et son tuyau passait par le conduit de cheminée. Dorénavant, ils ne pourraient plus faire de feu ouvert et sa lueur leur manquerait au crépuscule. Mais c'était plus sûr ainsi.

Lors de leur installation, ils avaient reçu des cadeaux de leurs amis qui n'avaient guère autre chose à offrir que des plantes ou de la volaille. Richard et Kitty les avaient acceptés avec émotion car ils en connaissaient la véritable valeur. Nat et Olivia Lucas leur offrirent une petite chatte couleur écaille, Joey Long une jeune chienne. Les deux membres les plus aisés de leur cercle amical se montrèrent particulièrement généreux. Stephen leur apporta un buffet de cuisine en chêne, acheté au docteur Jamison, et les Wentworth fournirent le berceau. Ils baptisèrent la chatte « Tibby » et la chienne « Charlotte » car elle ressemblait un peu aux petits épagneuls de race King Charles. MacTavish les adopta toutes deux sans difficulté. Après tout, il restait le seul mâle de la tribu...

L'emplacement de la porcherie et des lieux d'aisances posa quelque problème car Richard voulait éviter de contaminer les eaux souterraines. Il lui fallait donc déterminer dans quelle direction les eaux usées s'écouleraient. Il se souvint alors du frère de Peg qui, autrefois, avait eu, lui aussi, besoin de creuser un nouveau puits. Il tailla une branche en forme de fourche dans un buisson bien vert, saisit un rameau dans chaque main et se promena, tentant de deviner où se trouvait l'eau. Ce fut une curieuse sensation. Le bois frémit, soudain doté d'une vie propre, et se rabattit. Mais, quand Kitty et Stephen essayèrent à leur tour, rien ne se produisit.

— C'est une question de peau, déclara Stephen en contemplant ses mains d'un air désabusé. Les miennes sont dures, sèches et calleuses alors que ta peau, Richard, est humide et douce. Elle communique avec le circuit de l'eau.

Quelle que fût l'origine de cette force magique, Richard n'eut pas d'autre choix que de situer les deux bâtiments au nord de sa maison. Tout autour de celle-ci, les eaux s'écoulaient au sud.

Le déménagement eut une conséquence fâcheuse et imprévue, et Richard se fit ensuite des reproches à cet égard. Le dimanche même où ils quittèrent sans regret leur ancienne maison tout en haut d'Arthur's Vale, John Lawrell fut surpris en train de jouer aux cartes dans sa cabane avec William Robinson. Leur délateur était un caporal de marine, un homme d'une piété ardente que Ross avait autorisé à occuper, avec sa famille, la maison désormais disponible. Il n'avait pas perdu un instant pour s'y précipiter et, en regardant en direction de la cabane, dont la porte était restée ouverte, s'était scandalisé de voir à quoi s'occupait Lawrell. Il jouait aux cartes un dimanche ! Lawrell et Robinson furent tous deux condamnés à cent coups de fouet pour ce forfait.

— C'est vraiment trop triste ! confia Richard à Stephen. Ils ne faisaient de mal ni à Dieu ni aux hommes ! Il ne m'est jamais venu à l'esprit qu'on puisse y voir autre chose que deux amis occupant leur après-midi du dimanche avec un jeu de cartes. Ils ne misent pas d'argent, ils se distraient, tout simplement. Si j'allais parler au major, je pourrais peut-être...

— Ne fais pas cela, Richard, décréta Stephen fermement. Laisse les choses comme elles sont ! Depuis qu'il a frôlé la mort lors de sa maladie, Ross se préoccupe davantage de Dieu et il s'inquiète de l'absence de chapelain sur cette île. Il se demande parfois si l'augmentation de la criminalité locale n'est pas liée au manque de foi et à une mauvaise observance du repos du dimanche... C'est un Ecossais, comme tu sais, et il n'est pas insensible à la morale presbytérienne. Tu n'es plus responsable de Lawrell. Rien de ce que tu pourrais dire ne poussera le gouverneur à changer d'avis. Tu t'en vas. Et Lawrell tombe dans le péché.

— Je ne veux pas qu'on m'admire, si c'est pour rabaisser autrui, s'écria amèrement Richard. Il m'arrive parfois de haïr Dieu !

— Ce n'est pas Dieu que tu hais, Richard. Mais ces fous d'êtres humains qui se prennent pour les serviteurs de Dieu.

Le *Salamander* arriva le 16 septembre, amenant deux cents déportés de sexe masculin et d'autres soldats du New South Wales Corps. La population de Norfolk Island comptait alors mille cent quinze personnes. Les condamnations au fouet augmentaient. On ne déplora aucun décès par mort naturelle jusqu'à la fin de 1790, quand le déporté John Price, arrivé avec le *Surprize,* mourut des suites de son terrible voyage.

La proportion d'hommes et de femmes penchait maintenant dangereusement du côté des hommes, mais nombre de nouveaux arrivants étaient en si mauvais état qu'ils ne tarderaient pas à mourir. Quant à ceux qui tenaient encore debout, ils ne cessaient de voler dans les jardins ou les magasins du gouvernement, à la recherche de tout ce qui pourrait un peu améliorer leur ordinaire. Les irrécupérables dont se débarrassait le gouverneur Phillip faisaient aussitôt équipe avec le camp de Francis, Peck, Dyer, Pickett, auquel venaient se rallier des hommes aigris, déçus, tel Willy Dring, que Richard avait bien connu sur l'*Alexander* et qui pourtant n'était pas un mauvais garçon.

Pas un seul jour ne s'écoulait sans qu'éclate une méchante querelle ; la prison était pleine et la roue de la meule ne manquait jamais de bras. Il devint courant de croiser des hommes avec des fers aux pieds, et parfois même, quoique plus rarement, des femmes. Difficile de vivre à Sydney Town, Queensborough ou Phillipsburgh. Nat Lucas, qui habitait près de Sydney Town, débroussailla les pentes supérieures de la parcelle supplémentaire qu'il avait obtenue afin d'y construire une nouvelle maison, aussi éloignée que possible des terrains plats.

Richard avait également emporté quelques plants de bambou et de canne à sucre après avoir récolté tout ce qu'il pouvait pour fabriquer de bonnes et longues cannes à pêche. Il n'allait plus pêcher à Point Hunter avec une ligne à main. L'endroit était trop fréquenté et, pour s'y rendre, il fallait traverser Sydney Town qui, du moins Richard l'imaginait-il, devait ressembler de plus en plus à Port Jackson, à cette nuance près que les maisons étaient en bois.

Norfolk Island avait envoyé à Son Excellence toute la chaux dont elle disposait sur le *Mary Ann* et le *Salamander* afin de lui fournir assez de mortier pour ses constructions de brique et de pierre. Port Jackson, que maintenant on appelait aussi « Sydney », ne cessait de se développer.

Depuis qu'il vivait à Morgan's Run, Richard avait pris l'habitude d'aller pêcher avec Stephen en haut de rochers qui surplombaient une petite plage de sable, entre le débarcadère de Sydney Bay et Point Ross, à l'ouest. L'endroit n'était pas plus éloigné que Point Hunter, à l'est, et avec leurs longues cannes, ils avaient davantage de chances d'attraper des poissons-lunes.

— As-tu entendu ce que l'on raconte à propos d'une grande révolution qui aurait eu lieu en France ? demanda Stephen pendant qu'ils vidaient un énorme poisson-lune de 6 pieds de long, à l'ombre d'un rocher.

— Le même genre d'événement s'est produit dans les colonies américaines, alors pourquoi pas là-bas ? J'aurais aimé que le *Mary Ann* ou le *Salamander* nous apportent des gazettes de Londres, mais il nous faudra sans doute attendre l'arrivée du *Gorgon* à Port Jackson pour savoir ce qui s'est passé. Le *Gorgon* doit aussi apporter du courrier personnel et, pour Ross et Ralphie, des nouvelles de leurs épouses.

— As-tu écrit chez toi ?

— Non, pas encore. J'attends d'avoir quelque chose à leur dire.

Stephen le dévisagea avec stupeur. « Quelque chose à leur dire ? » Mais qu'avait donc été, pour Richard, le voyage sur l'*Alexander* ? Port Jackson ? La vie à Norfolk Island ?

Voyant sa stupéfaction, Richard s'expliqua :

— Je ne vois pas la nécessité d'écrire des lettres. Si je le faisais, je voudrais pouvoir dire à ma famille et à mes amis en Angleterre que j'ai survécu et un peu prospéré. Et leur faire savoir que ma vie aux antipodes n'est pas un échec.

— Oui, je comprends. Dans ces conditions, tu auras bientôt de quoi écrire. Enfin, si tu n'as pas totalement oublié comment former des lettres.

— J'écris aussi bien qu'avant. Certes, il ne s'agit pas de lettres car je suis trop fatigué le soir pour cela. Mais je prends des notes sur ce que je lis.

Ils empruntèrent le chemin de Morgan's Run en effectuant un détour pour donner un peu de ce poisson charnu à Olivia Lucas. En ville, ils croisèrent D'Arcy, qui en reçut lui aussi un morceau, puis ils remontèrent le vallon, passèrent devant l'ancienne maison de Richard et escaladèrent la petite gorge.

La grossesse de Kitty était de plus en plus visible. La jeune femme se révélait douée pour les conditions de vie sur Norfolk Island, ayant appris à se servir d'un marteau, à maîtriser certaines urgences secondaires (comme la présence d'un rejeton d'Augusta dans le potager), à sabler et polir les cloisons intérieures élevées par Richard, à abattre des troncs d'arbres de taille respectable, à faire du petit bois ou à fendre des bûches, à porter de l'eau, laver, faire la cuisine, nettoyer et coudre. Lorsqu'elle en avait fini avec ces tâches, elle effilochait des morceaux de tissu et tissait les brins pour en obtenir des mèches. Et, lorsqu'on tuait un cochon, elle gardait un peu de gras pour en tirer du suif et en faire des chandelles. Ils n'auraient pas besoin d'en acheter aux magasins, où chaque mèche coûtait au moins 1 penny.

Stephen la gourmanda gentiment en dégustant le poisson-lune qu'elle avait fait cuire au four, enveloppé dans une feuille de bananier.

— Tu en fais trop !

— Je vous en prie, Stephen, ne vous y mettez pas, vous aussi ! s'exclama-t-elle tout en dégustant son poisson. Richard ne cesse de me réprimander. Mais je me sens en forme et pleine d'allant. J'ai découvert que plus je fais de choses, plus je suis heureuse. Surtout parce que, ici, je me sens chez moi. J'ai vu cette maison sortir de terre au côté de Richard.

— Dès que j'aurai trouvé un homme en qui je puisse avoir confiance, dit Richard, je paierai le gouvernement pour qu'il travaille pour toi, Kitty, et accomplisse les tâches qui te seront bientôt interdites.

— C'est là que George Guest a eu tort, dit Stephen. S'il avait attendu d'avoir purgé sa peine et s'était arrangé avec Ross pour louer les services de deux hommes, il aurait échappé au fouet, et les autres aussi.

— George est un bon garçon, mais trop impatient pour réussir. Il a cru faire des économies en engageant directement deux soldats au lieu de passer par le gouvernement. Ce n'est pas ainsi que le système fonctionne. Non que je sois toujours d'accord avec le gouvernement, mais tricher ne sert à rien. J'engagerai un homme que je paierai 10 livres par an, ce que je peux me permettre. Enfin, quand j'aurai remboursé mes dettes, précisa-t-il avec un sourire.

— Toi non plus, tu ne te ménages pas assez, Richard.

— Ne vous y méprenez pas, mon ami. Pêcher du haut des rochers un samedi matin est une détente merveilleuse, de même que jardiner un peu ou m'occuper des cochons, le dimanche après le service religieux. Heureusement, les interdits de Ross concernant les activités du dimanche ne s'étendent pas aux productions dont une part est destinée aux magasins du gouvernement. Sa doctrine se limite à la boisson et au jeu.

— A propos de boisson, les hommes du New South Wales Corps sont arrivés à une bonne entente avec Francis Mee et Elias Bishop.

— Il fallait que ça arrive, surtout à présent que le gouverneur est devenu si pieux. En février dernier, il a d'ailleurs embarqué sur le *Supply* à destination de Port Jackson une bonne part de ce que nous avions distillé. C'est étonnant de voir quelles quantités on arrive à produire avec deux modestes cuves travaillant nuit et jour... et aussi le dimanche, ajouta-t-il avec un sourire entendu.

Quand Stephen fut parti, Richard et Kitty travaillèrent côte à côte au jardin jusqu'à l'heure du souper, qu'ils prirent alors que la nuit commençait à tomber. Les plants d'orangers et de citronniers avaient survécu à la transplantation, comme la plupart des autres végétaux. Le temps ayant été relativement sec, il n'y avait pas eu trop de chenilles cette année-là, de sorte que les récoltes de blé à Arthur's Vale et de maïs à Queensborough s'annonçaient fort bien. Bien sûr, les vents salins n'avaient pas manqué mais ils avaient été presque toujours suivis de fortes averses qui les rendaient moins nocifs. Et il avait plu juste assez pour que le grain lève bien. Même avec mille cent quinze habitants, Norfolk pouvait fournir sa contribution de pain et de porc salé à l'approvisionnement de Port Jackson.

Cependant, des problèmes subsistaient. A Sydney Town, Queensborough et Phillipsburgh surgissaient toujours les mêmes conflits entre les déportés qui peinaient pour cultiver leur jardin et les militaires, trop paresseux pour s'en occuper. En outre, on déplorait de nombreux déportés gravement malades et dans l'incapacité de travailler. Certains mouraient, et les plus faibles des survivants, comme à Port Jackson, se laissaient dépouiller de leurs rations alimentaires ou de leurs vêtements par les plus forts. Quant à ceux chargés de nourrir les malades indigents, ils se plaignaient d'avoir à accomplir cette tâche.

Sur la côte de Phillipsburgh et de Cascade, la famine menaçait toujours. Les villes ne se trouvaient qu'à 3 miles de distance par la route mais elles étaient si isolées qu'on aurait pu se croire à Port Jackson. Phillipsburgh faisait pousser de moins en moins de produits afin de cultiver le lin et c'était à Mr Andrew Hume qu'incombait la responsabilité d'importer du versant sud de l'île les aliments comestibles. Il en faisait un commerce personnel fort lucratif en achetant les surplus des prisonniers et suscitait en permanence le courroux du major Ross en rationnant maigrement ses travailleurs pour revendre l'excédent aux soldats du New South Wales Corps installés sur la route de Cascade. Le gouverneur adjoint n'ayant pratiquement plus que ces soldats à sa disposition, il lui était impossible de mettre de l'ordre à Phillipsburgh et de s'opposer au trafic de Hume et du commandant Hill, associés pour la circonstance. L'un des hommes travaillant aux plantations de lin, affamé, mangea une plante de la forêt qu'il prit pour un genre de chou et en mourut. Ce qui n'empêcha pas Hume de continuer ses malversations avec l'appui de Hill et de ses soldats.

La nourriture devint un problème crucial et un abîme de plus en plus large se creusa entre ceux qui produisaient des comestibles en abondance et se nourrissaient bien, et ceux qui ne faisaient rien pousser. Le tout sur fond de cris et de coups de fouet, encore des coups de fouet, toujours des coups de fouet.

Les séances de fouet ne pouvaient avoir lieu qu'en présence d'un médecin. Aussi les docteurs Callam, Wentworth, Considen et Jamison convinrent-ils en secret que, quel que fût le médecin chargé de surveiller l'exécution de la sentence, il ne tolérerait pas de châtiment excédant plus de cinquante coups de fouet et veillerait à ce que les séances de flagellation fussent assez espacées pour que le dos des condamnés puisse se cicatriser totalement – ce qui, parfois, exigeait plusieurs semaines. Quand un homme était condamné à deux cents coups, par exemple, il s'écoulait tellement de temps que le major Ross oubliait parfois les dernières séances.

Les citations en cour martiale devenaient plus nombreuses à mesure que les dissensions et les ressentiments dus aux questions de rang et de préséance (réelles ou imaginaires) minaient la conscience militaire. La plupart des soldats des deux corps, officiers compris, étaient dépourvus d'instruction, d'esprit borné, influençables, coléreux, immatures et prêts à croire n'importe quoi. Le moindre mot, enflé de bouche en bouche, devenait une insulte impardonnable qui se répercutait aussitôt à travers toute la population, civile ou militaire.

L'infatigable lieutenant Ralph Clark acquit encore plus l'estime du major Ross en découvrant l'existence d'une lettre clandestine de son secrétaire, Francis Folks, au procureur de Port Jackson, le commandant David Collins. Il y accusait Ross de cruauté, d'oppression, de toutes sortes de crimes, prétendant qu'il privait de leurs rations alimentaires les hommes libres comme les détenus. Il joignait à l'appui de ses dires quelques documents et les témoignages calomnieux de certaines personnes faisant de Ross un personnage redoutable, à mi-chemin entre Ivan le Terrible et Torquemada.

Pour toute réponse, Ross mit Folks aux fers, confisqua lettre, papiers et dénonciations, et exigea que Folks fût traduit en justice à Port Jackson devant Collins en personne. Lequel, bien que lui-même officier de marine, méprisait Robert Ross. En agissant ainsi, le gouverneur adjoint savait fort bien laquelle des deux parties Collins croirait.

Mais peu importait. La loi martiale était abrogée. Hélas !

L'*Atlantic* arriva le 2 novembre avec des nouvelles qui firent à tous l'effet d'une bombe, sauf au major Ross. Le navire transportait du courrier et des colis chargés à Portsmouth par le *Gorgon*, arrivé entre-temps. Il amenait aussi un nouveau gouverneur pour Norfolk Island, le commandant Philip Gidley King, revenu d'Angleterre et accompagné de sa nouvelle épouse, Anna Josepha. Au dernier stade de la grossesse, elle débarqua, choyée et entourée par le jeune William Neate Chapman, protégé de King. Pour une communauté habituée au règne de Ross, il était difficile de dire lequel des deux, Anna Josepha ou Willy Chapman, était le plus sot. Ils se donnaient du « frère » et « sœur », riaient sans cesse, échangeaient des regards malicieux et appelaient l'attention de tout le monde sur la ressemblance de leurs traits. Les deux garçons que King avait eus d'Ann Innet n'étaient pas du voyage. Selon la rumeur, Norfolk, l'aîné, était resté en Angleterre chez les parents de Mrs Philip Gidley King. On disait que les parents de King s'étaient montrés trop rigides, ce qui laissait supposer que la famille d'Anna Josepha était habituée aux bâtards et que, par conséquent, Anna Josepha et Willy Chapman pouvaient être...

De l'*Atlantic* débarqua également le commandant William Paterson, du New South Wales Corps, ainsi que son épouse – tous deux Ecossais, naturellement. On accueillit aussi le révérend Richard Johnson, venu bénir et marier les couples qui s'étaient formés sur l'île, et baptiser leurs trente et un bébés. Certains de ces voyageurs ne resteraient que peu de temps. Le *Queen*, qui venait d'arriver à Port Jackson, allait amener dans l'île un nouveau contingent de déportés : des Irlandais, cette fois, embarqués à Cork.

La présence des soldats de marine touchait donc à sa fin. Le gouverneur Ross, les lieutenants Clark, Faddy et Ross Junior, ainsi que les derniers effectifs de cette unité encore sous contrat quitteraient l'île avec le *Queen*. Ils resteraient un certain temps à Port Jackson pour attendre le *Gorgon*, alors en voyage à Calcutta pour s'y procurer de la nourriture et du bétail que l'on disait particulièrement résistant.

Ces nouvelles créèrent la plus grande confusion. Tant de bouleversements ! Tout s'était mis à tourbillonner en un clin d'œil : des bateaux, des commandants qui arrivaient ou repartaient, de nouvelles bouches à nourrir, encore et encore. Les plus anciens habitants de l'île en restaient tout étourdis et se demandaient comment cela allait finir.

Le commandant King fut horrifié de voir ce qu'était devenue sa chère île de Norfolk. Bon sang ! Ce n'était rien d'autre qu'une version boisée de Port Jackson, ce repaire d'iniquité ! Quant à la maison du gouverneur, comment demander à une jeune épouse de vivre dans une telle résidence, délabrée et ridiculement petite ? Avec pour gouvernante une vulgaire souillon comme cette

Mrs Richard Morgan, vêtue de ces affreux oripeaux ? Il fallait qu'elle parte, et le plus vite serait le mieux.

L'humeur de King ne s'améliora guère lorsqu'il apprit que le bétail acheté au Cap n'avait pas survécu à son voyage sur le *Gorgon*. Le peu qui en restait était arrivé avec lui sur l'*Atlantic* : quelques moutons, chèvres et dindons en mauvais état, mais pas une seule vache.

Oui, cet endroit avait été négligé. Quel délabrement ! Comment Ross avait-il pu laisser ce joyau de l'océan se détériorer ainsi ? Mais que pouvait-on attendre d'autre d'un barbare des Highlands, d'un soldat de marine ? Rempli de son importance, King rêvait d'accomplir de grandes choses tout en doutant que Norfolk lui en fournisse l'occasion. Toujours aussi idéaliste, il s'était attendu à ce qu'une colonie comptant maintenant mille trois cent vingt âmes ressemblât exactement à ce qu'elle était quand elle en avait cent quarante-neuf. En dehors de la présence de sa chère petite Anna Josepha, il ne voyait qu'un seul aspect agréable : il disposait à présent d'une provision de porto pratiquement illimitée.

Contraints de cohabiter au moins pour quelques jours, King et Ross se regardaient comme deux chiens enragés prêts à se jeter l'un sur l'autre et calculant leurs chances de l'emporter. Avec sa rudesse habituelle, le major ne présenta aucune excuse ni explication pour l'état déplorable de l'île, et se contentait de rassembler des arguments à partir de ses documents et de ses souvenirs. Une querelle faillit éclater entre les convives réunis pour le dîner dans la salle à manger de la maison du gouverneur mais tout rentra dans l'ordre grâce au tact du révérend Johnson, à la présence des jumeaux, d'Anna Josepha et de Willy Chapman, aux mets délicieux servis par Mrs Richard Morgan et à un certain nombre de bouteilles de porto.

William Hill fit de son mieux pour ternir la réputation du major. Avant l'arrivée du révérend Johnson et de Mr William Balmain, le médecin appelé à remplacer Denis Considen, il fit témoigner sous serment contre l'ancien gouverneur adjoint plusieurs déportés sélectionnés avec soin. Hill et Andrew Hume formulèrent pour leur part un certain nombre d'accusations, mais Ross se défendit. Il n'eut aucun mal à prouver que ces forçats n'étaient qu'un ramassis de parjures, et sous-entendit que Hill et Hume ne valaient guère mieux. La lutte devait se poursuivre à Port Jackson mais les combattants décidèrent de suspendre momentanément les hostilités pour s'occuper de leurs bagages à déballer ou à emballer.

Richard se tint prudemment à l'écart, désolé de voir partir le major Ross et ne sachant que penser de l'arrivée du lieutenant – non ! du commandant – King à sa place. Quoi que l'on ait pu dire de Ross, il avait toujours fait preuve de réalisme.

La passation de pouvoirs officielle eut lieu le dimanche 13 novembre après le service religieux, célébré par le révérend Johnson. La population tout entière, rassemblée devant la résidence du gouverneur, dut subir la lecture de l'ordre de mission du commandant King. L'*Atlantic* appareillait et le *Queen* se retirait à Cascade, tous deux dans la matinée. Ross priait le nouveau gouverneur adjoint d'accorder sa grâce à tous les détenus ayant une condamnation en cours et King acquiesça volontiers.

— Tout s'est bien passé, mais pas au point de tomber dans les bras l'un de l'autre, déclara le major à Richard quand le gros de la foule se fut dispersé. Fais quelques pas avec moi, Morgan, mais envoie ta femme devant avec Long.

« Ma chance persiste », songea Richard qui fit signe à Kitty de partir sans lui. Il avait obtenu du major l'autorisation de pouvoir engager sur contrat Joey Long comme laboureur et homme à tout faire pour la somme de dix livres par an. Après avoir passé en revue un certain nombre de candidats, il avait finalement choisi le brave et fidèle Joey. Comme on comptait des cordonniers parmi les nouveaux déportés, Ross laissa partir Joey sans difficulté. Ce changement d'emploi ne pouvait d'ailleurs qu'être favorable à celui-ci, King n'ayant sûrement pas oublié la perte de sa meilleure paire de chaussures...

— Je suis heureux de cette occasion qui me permet de vous souhaiter bonne chance, monsieur, dit Richard en ralentissant le pas. Vous me manquerez beaucoup.

— Je ne peux pas te retourner le compliment dans les mêmes termes, Morgan, mais j'ai toujours apprécié nos rencontres et ce que tu disais. Je hais cet endroit tout autant que Port Jackson, ou Sydney, quel que soit le nom qu'on lui donne. Je hais les déportés.

Je hais les soldats de marine. Et je hais cette foutue Royal Navy. Je te sais gré de m'avoir envoyé ton épouse comme gouvernante. Elle a été exactement comme tu le disais : bonne ménagère, mais pas séductrice. Je te sais gré aussi de tout le bois que tu as scié et du rhum que tu as distillé.

Il marqua une pause et réfléchit avant d'ajouter :

— Je hais aussi ce foutu New South Wales Corps. On finira par s'en rendre compte, j'en suis sûr. Ces imbéciles d'idéalistes de la Navy sont en train de lâcher une bande de loups dans ce coin du globe, des loups dissimulés par leur uniforme et qui ne manqueront pas de s'associer avec d'autres prédateurs, comme ce foutu George Johnston. Ils ne se soucient pas du sort des déportés ou de cette colonie pénitentiaire. D'ailleurs, je ne m'en soucie pas non plus, mais je rentre en Angleterre pauvre, alors qu'ils vont s'engraisser de toutes les carcasses qu'ils pourront déchiqueter de leurs dents. Et le rhum y contribuera pour beaucoup, crois-moi. Ils ne songeront qu'à s'enrichir au détriment du devoir, de l'honneur, de King et du pays. Retiens bien ce que je dis, Morgan ! Voilà comment les choses se passeront.

— Je n'en doute pas, monsieur.

— J'ai vu que ta femme attendait un enfant.

— Oui, monsieur.

— C'est bien que tu aies quitté Arthur's Vale. Tu as été assez sage pour voir par toi-même ce qu'il fallait faire. Tu n'auras pas de problème avec King. Il est bien obligé d'entériner les décisions que j'ai prises en tant que gouverneur adjoint nommé par Sa Majesté. Naturellement, la décision finale concernant ta grâce doit être prise par Son Excellence mais, de toute façon, tu auras accompli ton temps dans quelques mois et je ne vois aucune raison pour qu'il ne te l'accorde pas.

Ross s'arrêta.

— Si cette île encore plongée dans les ténèbres s'en sort un jour, ce sera grâce à des hommes comme toi et Nat Lucas. (Il lui tendit la main.) Au revoir, Morgan.

Richard lui serra la main en retenant ses larmes.

— Au revoir, monsieur. Je souhaite que tout aille bien pour vous.

« Reste encore à voir comment se comportera King », se dit Richard en se hâtant pour rejoindre Kitty et Joey.

Cela se produisit pendant que le *Queen* débarquait sa cargaison et ses déportés, d'abord à Cascade puis à Sydney Bay. Billy Wigfall étant appelé à partir, Richard travaillait dans une fosse de sciage avec un nouvel équipier et il était trop occupé à crier ses instructions à l'homme au-dessous de lui pour lever les yeux. Ce ne fut que lorsque la coupe fut terminée qu'il remarqua un uniforme de la Royal Navy couvert de galons dorés. Détachant les chiffons qui entouraient ses mains, il alla saluer le commandant King.

— Faut-il donc que le surveillant des scieurs travaille lui-même ? demanda King en contemplant le torse et les épaules de Richard avec un certain respect.

— J'aime garder la main, monsieur, et cela apprend à mes hommes que je suis toujours meilleur qu'eux. Les fosses de sciage tournent toutes bien pour l'instant, chacune sous le contrôle d'un homme valable. Celle-ci – votre troisième fosse, monsieur, vous vous en souvenez ? – est celle où je travaille moi-même quand je suis amené à le faire.

— Ma parole, tu es en meilleure forme que lorsque je suis parti, Morgan ! Alors, il paraît que tu es maintenant un homme libre et qu'on t'a fait grâce ?

— En effet, monsieur.

Les lèvres pincées, King tapotait d'un doigt impatient sa cuisse revêtue d'un coton blanc immaculé.

— Il est vrai que je ne peux pas rendre les scieurs de long responsables de la qualité indécente des constructions, dit-il.

Richard sentit la terre s'ouvrir sous lui mais il devait sauter le pas. Les mâchoires serrées, il regarda King droit dans les yeux, conscient de disposer d'un certain pouvoir depuis que Kitty était entrée dans sa vie.

— J'espère, monsieur, que vous ne blâmez pas non plus Nat Lucas pour cela.

King sursauta, l'air horrifié.

— Non, non, Morgan, bien sûr que non ! Blâmer celui qui est depuis le départ mon charpentier en chef ? Fais-moi la grâce de ne pas me prendre pour un idiot. Non, c'est Mr Ross que je blâme.

— Vous ne le pouvez pas non plus, monsieur, déclara Richard d'un ton ferme. Une ou deux semaines après que vous avez quitté cette île, voilà vingt mois, sa population est passée d'un seul coup de cent quarante-neuf personnes à plus de mille deux cents. Et, pendant votre absence, elle a été portée à plus de mille deux cents. Avec l'arrivée du *Queen,* ce chiffre augmente encore. De plus, il nous amène des Irlandais ! La plupart d'entre eux ne parlent même pas anglais ! Cet endroit ne ressemble plus à celui que vous avez quitté, commandant King, tout simplement. Nous sommes dans l'ensemble en bonne santé. La vie est dure, mais nous y arrivons. A présent, le tiers au moins des bouches que nous avons à nourrir sont des malades et, de plus, Port Jackson nous envoie ses plus mauvais sujets.

Ignorant l'expression de colère et d'ennui de King, il poursuivit :

— Je suis certain qu'à Port Jackson Son Excellence vous a fait part des terribles difficultés qu'il lui faut surmonter. Elles ne sont pas différentes ici. Mes scieurs ont produit des milliers de poutres et de planches au cours de ces vingt mois. Dans la plupart des cas, il aurait fallu les laisser sécher plus longtemps, mais c'était impossible avec tous ces nouveaux venus qui ne cessaient de débarquer. Le gouverneur Ross, comme Nat Lucas et bien d'autres, a été pris par le temps. Ce n'est la faute de personne, du moins de ce côté-ci du globe.

Les yeux toujours fixés sur King, il attendit calmement, sans servilité ni impudence. « Si cet homme veut survivre, songea-t-il, il doit prendre conscience de ce que je suis en train de lui expliquer. Sinon, il échouera et, pour finir, ce sera le New South Wales Corps qui fera la loi sur Norfolk Island. »

Le Celte, prompt à s'emporter, contempla pendant une bonne minute l'Anglais plein de sang-froid, puis les épaules de King se détendirent.

— J'ai parfaitement compris ce que tu as voulu dire. Mais cette situation ne peut continuer ainsi. Voilà ce que, moi, j'ai à dire. Je tiens à ce que les nouvelles constructions soient réalisées convenablement, même si un certain nombre de personnes doivent vivre sous la tente un peu plus longtemps. (Son expression se modifia.) Le gouverneur adjoint Ross m'a informé que la récolte s'annonçait très bien, ici comme à Queensborough. Elle couvre pas mal d'acres et l'on ne déplore pas la moindre perte. Je dois admettre que c'est une réussite. Mais il faut atteler des hommes pour faire tourner la meule.

Il contempla la digue qu'il avait fait construire et qui résistait toujours vaillamment.

— Nous avons besoin d'une roue à eau, poursuivit-il. Nat Lucas dit qu'il peut en fabriquer une.

— Je suis persuadé qu'il le peut. Ses seuls ennemis sont le temps et le manque de matériaux. Si on lui donne les matériaux, il trouvera le temps.

— Oui, c'est ce que je pense aussi.

Avec des airs de conspirateur, King entraîna Richard à l'abri des oreilles indiscrètes.

— Mr Ross m'a dit également que tu lui avais distillé du rhum pendant une période de crise. Ce rhum a sauvé Port Jackson d'une insurrection entre les mois de mars et d'août. La ville n'en avait plus et aucun bateau n'arrivait.

— J'ai distillé, en effet, monsieur.

— Disposes-tu toujours du matériel nécessaire ?

— Oui, monsieur. Il est très bien caché. Il ne m'appartient pas et reste la propriété du gouvernement. Le major Ross m'en a confié la garde car il avait confiance en moi.

— Le problème c'est que ces damnés commandants de bateau n'ont pas hésité à vendre des alambics à certains individus. J'ai entendu dire que le New South Wales Corps distille son propre alcool en secret, avec l'assistance des pires spécimens de déportés. A Port Jackson, au moins, il n'y a pas de canne à sucre mais, ici, elle pousse comme de la mauvaise herbe. Norfolk Island représente une source potentielle de rhum. Le gouverneur de la Nouvelle-Galles du Sud doit décider s'il faut continuer à en importer à grands frais de terres éloignées, ou lancer la production sur place.

— Je doute que Son Excellence le gouverneur Phillip adopte cette solution.

— En effet, mais il ne sera pas éternellement gouverneur. (King eut l'air brusquement soucieux.) Il ne se porte pas très bien.

— Monsieur, il n'est pas nécessaire de se préoccuper d'événements encore aussi lointains, répondit sagement Richard.

Il se sentait plus détendu, à présent. La faille avait été franchie. Tout irait bien, désormais, entre King et lui.

— C'est vrai, c'est vrai, admit le nouveau gouverneur.

Il s'éloigna pour passer une heure ou deux dans son bureau, comptant sur son porto pour rompre la monotonie des jours.

— Il y a un coffre pour toi qui t'attend aux magasins, annonça Stephen, peu après cette rencontre. Que se passe-t-il ? Tu sembles épuisé, toi, un homme capable de scier douze gigantesques troncs d'arbre sans broncher !

— Je viens de dire le fond de ma pensée au commandant King.

— Oh ! Eh bien, après tout, tu es un homme libre, désormais. Impossible de te faire fouetter sans jugement ni preuves.

— Je survivrai. Je l'ai toujours fait.

— Ne tente pas trop le destin !

Richard se pencha pour toucher du bois.

— Cette fois, en tout cas, il a eu assez de bon sens pour comprendre que je ne lui disais que la vérité.

— Alors, c'est qu'il y a de l'espoir ! As-tu entendu ce que j'ai dit en premier ?

— Non, de quoi s'agissait-il ?

— Qu'il y avait un coffre pour toi aux magasins. Il est arrivé sur le *Queen*. Trop lourd pour être porté. Alors, prends ton traîneau.

— Voulez-vous venir dîner ce soir ? Vous m'aiderez à explorer le coffre.

— Entendu, je viendrai.

A midi, il prit son traîneau pour se rendre aux magasins du gouvernement et fut reçu par Tom Crowder, que King avait aussitôt pris sous son aile. Le coffre avait été visiblement ouvert et fouillé, mais pas sur place, estima Richard : probablement sur le *Queen* ou à Port Jackson. En tout cas, le curieux avait eu la correction de reclouer le couvercle.

En le soupesant, Richard jugea que peu de choses devaient avoir été dérobées et que, de ce fait, il devait contenir des livres. Le coffre était plus volumineux qu'une caisse de thé et taillé dans un bois résistant. Quand il se pencha pour le hisser sur son traîneau, Crowder poussa des cris.

— Tu n'y arriveras pas tout seul, Richard ! Je vais te trouver un homme pour t'aider.

— Je suis moi-même un homme, Tommy. Merci quand même.

Sur les six faces du coffre on pouvait lire en grosses lettres :

RICHARD MORGAN – DÉPORTÉ SUR L'ALEXANDER, mais il n'y avait nulle mention de l'expéditeur.

Dans l'après-midi, il le traîna jusqu'à la maison. Il restait encore quelques heures de jour. En raison de la nature même du travail, les fosses de sciage cessaient leur activité un peu plus tôt que les autres. En outre, étant à présent un homme libre, Richard pouvait aller et venir à sa guise.

— Tu es de plus en plus resplendissante chaque fois que je te regarde, femme, dit-il à Kitty, qui descendait les marches pour venir à sa rencontre.

Ils échangèrent un long baiser prometteur d'une nouvelle et étourdissante nuit d'amour. Il savait qu'il la satisfaisait totalement sur le plan physique. Il avait voulu suspendre leurs relations en songeant au bébé, mais elle s'était récriée.

— Comment quelque chose d'aussi délicieux pourrait-il faire du mal à notre enfant ? avait-elle demandé avec un étonnement naïf. Tu ne vas pas me pilonner comme une brute, Richard !

Il sourit de l'expression. Il arrivait que Kitty révèle par le choix étrange de ses mots son long séjour sur le *Lady Juliana*.

— Qu'y a-t-il dedans ? demanda-t-elle en le voyant décharger le coffre.

— Je ne l'ai pas encore ouvert.

— Alors fais-le, je t'en prie. Je meurs d'envie de le savoir !

— Il est arrivé d'Angleterre sur le *Gordon* puis de Port Jackson sur le *Queen*. Combien de temps est-il resté à Port Jackson, je l'ignore. Quelqu'un cherchait peut-être le nom de l'expéditeur.

A l'aide d'une tenaille, Richard souleva le couvercle trop facilement, preuve supplémentaire que le contenu avait été examiné.

Il s'agissait bien de livres, comme il le soupçonnait. Et, au-dessus, sans l'emballage qui avait dû à l'origine caler le tout (peut-être des vêtements) une boîte à chapeau. Il dénoua les rubans et en sortit ce qui ne pouvait être que le *nec plus ultra* des chapeaux, un couvre-chef en paille recouvert de soie rouge, doté d'un large bord ondulé et d'une profusion de plumes d'autruche noires, blanches et rouges fixées sous un arceau démesuré et incongru, drapé de satin rayé noir et blanc. Le tout s'attachait sous le menton par des rubans du même satin rayé.

— Oooooh ! s'exclama Kitty, la bouche grande ouverte, quand Richard le sortit de sa boîte.

— Hélas, femme, il n'est pas pour toi, dit-il avant qu'elle ne se fasse des illusions. C'est pour Mrs Richard Morgan.

— J'en suis bien contente ! Il est superbe mais je n'ai ni la taille, ni les traits – et pas non plus les vêtements – qui iraient avec ! Je crains d'ailleurs que des gens comme Mrs King ou Mrs Paterson ne le jugent terriblement vulgaire.

— Je t'aime, Kitty. Je t'aime vraiment beaucoup.

Elle ne répondit pas. Elle ne répondait jamais.

Avec un soupir, Richard découvrit que la boîte à chapeau contenait encore quelques articles soigneusement enveloppés dans des tortillons de papier. Tous les paquets paraissaient avoir été ouverts et refermés. Etrange ! Qui avait ouvert le coffre et pourquoi ? Rien qu'avec le chapeau, l'homme le plus repoussant de Port Jackson aurait pu s'assurer les services de la meilleure prostituée pendant au moins un an. Et pourtant le chapeau était toujours là. Ainsi que les paquets qui l'accompagnaient.

Il en ouvrit un et découvrit un sceau en cuivre muni d'un petit manche en bois. La gravure, quand il l'eut retournée, représentait les initiales R M mêlées d'entrelacs dans lesquels on distinguait des fers ou des menottes. Les six autres paquets contenaient de la cire rouge pour sceller les missives.

Au-dessus du carton à chapeau était posée une épaisse lettre dont le sceau – J T accompagné d'une plume – était intact, même si des traces de doigts un peu partout révélaient qu'on l'avait manipulée. A cet instant, Richard comprit pourquoi on avait ouvert son coffre et qui l'avait fait. Il s'agissait sûrement d'un officier supérieur de Port Jackson, en quête de pièces d'or. S'il en avait découvert, elles devaient se trouver déjà dans les coffres du gouvernement qui en avait grand besoin. Richard avait la certitude que le coffre en contenait mais que, vu son état, on l'avait cherché en vain. Ces gens-là n'avaient pas beaucoup d'imagination.

Il contempla le livre de Jethro Tull sur l'horticulture, une collection de la seconde édition de l'*Encyclopædia britannica,* des douzaines de romans, chacun en plusieurs volumes, une collection complète du *Felix Farley's Bristol Journal* ainsi que plusieurs gazettes de Londres, les œuvres complètes de John Donne, Robert Herrick, Alexander Pope, Richard Dryden, Oliver Goldsmith, d'autres volumes d'Edward Gibbon sur Rome, quelques comptes rendus parlementaires, une rame d'un excellent papier, des plumes d'acier, des flacons d'encre, du laudanum, des toniques, des teintures, des laxatifs, un émétique, plusieurs flacons d'onguent et de pommades diverses, et une douzaine de bons moules à chandelles.

Kitty sautait d'un pied sur l'autre, un peu déçue devant tant de livres, auxquels elle aurait préféré un service de table de Josiah Wedgwood. Mais, en voyant Richard heureux, elle fut elle-même contente.

— Qui t'envoie tout cela ?

— Jem Thistlethwaite, un vieil ami. Certains objets proviennent aussi de ma famille à Bristol. A présent, excuse-moi, Kitty. Je vais m'asseoir sur les marches du perron pour lire la lettre de Jem. Stephen vient dîner et je vous raconterai à tous deux les nouvelles que me donne mon ami.

Kitty n'avait prévu que du pain et de la salade au dîner ce soir-là mais, devant des circonstances aussi exceptionnelles, elle sortit un morceau de porc salé et des boulettes de pâte relevées de poivre. La viande, issue de leur propre production, s'avéra excellente.

Quand Stephen aperçut le couvre-chef, il éclata de rire et insista pour le poser sur la tête de Kitty en nouant artistement les rubans.

— On dirait que c'est le couvre-chef qui te porte, et non toi ! s'exclama-t-il, amusé.

Puis il se tourna vers Richard.

— Quelles sont les nouvelles de ta famille ?

— Tous vont bien, sauf le cousin James l'Apothicaire. Il ne voit pratiquement plus. Ses fils ont repris l'affaire et il s'est retiré dans un très joli manoir des environs de Bath avec sa femme et ses deux filles, apparemment toujours célibataires. Mon père est allé s'installer à la Bell Tavern, un peu plus loin, car la municipalité, toujours avide de constructions nouvelles, a fait démolir le Cooper's Arms. Le fils aîné de mon frère réside également là-bas, et il s'occupe bien d'eux. Quant au cousin James le Clergyman, il a été, pour sa plus grande joie, nommé chanoine de la cathédrale. Mes sœurs vont bien aussi. (Une ombre passa sur son visage.) Le seul décès à déplorer est celui de John Trevillian Ceely Trevillian, mort d'une indigestion.

— Un mélange de soporifiques et d'excitants, probablement,

suggéra Stephen qui connaissait toute l'histoire de Richard. Ma foi, je m'en réjouis.

— Il y a aussi beaucoup d'informations générales et un tas de journaux à éplucher. La France a connu une révolution et aboli sa monarchie, mais le roi et la reine sont encore en vie. A la grande surprise de Jem, les Etats-Unis d'Amérique n'ont pas fait sécession. Ils rédigent une constitution tout à fait radicale et ont récupéré leur argent. (Richard se mit à rire.) D'après Jem, si les mangeurs de grenouilles se sont révoltés, c'est uniquement à cause du bonnet de fourrure de Benjamin Franklin. Voyons ce que ce cher ami me raconte encore...

Il continua de feuilleter les pages.

— Ah ! Ecoutez ce passage : « A la différence des Américains qui ont prévu un système de contrôle et d'équilibre parlementaire élaboré scientifiquement, les Français n'en veulent pas. Mais la logique interviendra nécessairement là où la loi ne le fait pas. Comme les Français n'ont aucune logique, je prédis que ce gouvernement républicain ne durera pas en France. »

— Ton ami Jem a raison sur ce point.

Kitty suivait cet échange sans trop le comprendre, mais elle était heureuse de voir Richard et Stephen absorbés par des événements qui se déroulaient dans une autre partie du monde.

— Le roi a été gravement malade en 1788 et une faction a tenté de faire nommer régent le prince de Galles. Mais le roi s'est rétabli et le gros Georgie a raté l'occasion de se sortir de son bourbier de dettes. Il refuse toujours de faire un mariage qui convienne et son grand amour est toujours Mrs Maria Fitzherbert, une catholique.

— La religion et les différences religieuses sont le plus grand fléau de l'humanité, soupira Stephen. Pourquoi ne pouvons-nous vivre et laisser vivre ? Regardez Johnson. Il tient absolument à ce que les déportés se marient mais il ne leur donne même pas la possibilité de se connaître d'abord puisqu'il leur interdit de forniquer. Or c'est une manière de faire connaissance ! (Il interrompit ce mouvement d'humeur et changea de sujet.) Et en Angleterre, que se passe-t-il ?

— Mr Pitt est toujours au pouvoir. Les impôts continuent de s'alourdir. Il y a même une taxe sur les feuilles d'information, les gazettes, les magazines, et ceux qui veulent y faire paraître une annonce doivent payer deux pièces de 6 pence, quelle que soit la taille de l'annonce. Jem dit que, de ce fait, les petits boutiquiers hésitent à mettre des annonces pour leurs produits et que seuls leurs concurrents plus puissants en ont les moyens.

— Est-ce que Jem donne des informations sur la mutinerie du second et de l'équipage du *Bounty* qui ont abandonné le commandant Bligh dans une chaloupe en plein océan ? Tout le monde parle de ces événements bien plus que de la Révolution française.

— Je pense que l'intérêt suscité par la mutinerie du *Bounty* est renforcé par le fait que les hommes ont préféré les voluptueuses filles d'Otaheite aux fruits de l'arbre à pain.

— Tu as sans doute raison. Mais qu'en dit Jem ? C'est un énorme scandale en Angleterre, il y a toute une controverse. On dit que Bligh est loin d'être irréprochable.

— L'information la plus drôle concerne le but de l'expédition à Otaheite : rapporter des plants d'arbres à pain, en vue de se procurer une nourriture bon marché pour les esclaves noirs des Indes occidentales, dit Richard en parcourant la lettre. Voilà... j'y suis. Le style de Jem est inimitable. Je ne résiste pas au plaisir de vous lire ce passage à voix haute :

« Un commandant de marine nommé William Bligh a pour épouse une femme originaire de l'île de Man. L'oncle de celle-ci n'est autre que Duncan Campbell, le propriétaire des bateaux pénitenciers. Les tractations sont tortueuses mais il est probable que c'est Mr Campbell qui a présenté Bligh à sir Joseph Banks, dont on sait qu'il est très attaché au pèlerinage proposé à Otaheite à cause de l'arbre à pain.

« Ce qui me fascine, en fin de compte, c'est le caractère incestueux de l'alliance entre la Royal Navy et la Royal Society à ce propos. Campbell a vendu à la Navy un de ses bateaux, le *Bethea,* que la Navy a rebaptisé *Bounty* et dont elle a confié à Bligh, époux de la nièce de Campbell, non seulement le commandement mais aussi l'approvisionnement. Avec Bligh s'est embarqué un certain Fletcher Christian, lui aussi de l'île de Man, apparenté à la femme de Bligh. Christian est second à bord mais sans exercer de fonction réelle. Bligh et lui ont déjà navigué ensemble et ils sont aussi proches l'un de l'autre que deux Miss Molly. » Arrête, Jem, arrête !

— Voilà qui résume bien l'Angleterre d'aujourd'hui ! s'exclama Stephen quand il cessa enfin de rire. Le règne du népotisme jusqu'à l'inceste !

— Qu'est-ce que l'inceste ? demanda Kitty qui savait à présent ce qu'étaient les Miss Molly.

— Des relations sexuelles entre des gens étroitement apparentés par le sang, expliqua Richard. Généralement parents et enfants, frères et sœurs, oncles et tantes, neveux et nièces.

— Quelle horreur ! s'exclama Kitty en frissonnant. Mais je ne comprends pas le rapport avec la mutinerie du *Bounty*.

— C'est une façon de parler quelque peu ironique, intervint Stephen. Que raconte encore Jem, Richard ?

— Je vous donnerai la lettre pour que vous puissiez en prendre tranquillement connaissance. Cependant Jem évoque encore un autre point qui me paraît diablement plus important. Il pense que Mr Pitt et le Parlement redoutent qu'une révolution n'éclate en Angleterre à l'exemple de l'Amérique et de la France. Ils comptent sur Botany Bay pour assurer la paix du royaume. Des troubles graves ont éclaté en Irlande, les Gallois et les Ecossais s'agitent. Par conséquent, Pitt a décidé de déporter les démagogues et les fauteurs de troubles à Botany Bay.

Richard ne commenta pas les nouvelles que Mr Thistlethwaite lui donnait de sa vie personnelle. Tout allait au mieux. L'auteur de romances pour dames avait acquis une telle habileté qu'il publiait maintenant deux livres par an et roulait sur l'or. Il s'était acheté une belle et grande maison sur Wimpole Street, avait engagé douze domestiques, possédait une voiture tirée par quatre chevaux et avait une duchesse pour maîtresse.

Quand Stephen fut parti, la lettre de Mr Thistlethwaite dans sa poche, et que la vaisselle fut rangée, Kitty risqua une autre remarque. Elle se montrait beaucoup plus libre, maintenant, et Richard faisait de son mieux pour qu'elle cesse de le considérer comme Dieu le Père.

— Jem doit être un homme imposant ! dit-elle.

— Jem ? Imposant ?

Richard éclata de rire à cette idée, tandis qu'il évoquait mentalement la silhouette courtaude et massive de son ami, les yeux d'un bleu délavé et injectés de sang, sans oublier les pistolets de cavalerie qui dépassaient toujours des poches de son manteau.

— Non, Kitty, Jem est très terre à terre. C'est un fieffé ivrogne qui compta parmi les plus fidèles clients de la taverne de mon père lorsqu'il résidait à Bristol. Il vit maintenant à Londres et a gagné une grosse fortune grâce à son talent. Lorsque j'étais sur le *Cérès,* ce fut grâce à lui que j'ai réussi à préserver ma santé et mon équilibre. Je le chérirai toute ma vie en souvenir de cela.

— Alors je l'aimerai aussi. Si je ne te devais pas autant, Richard, je serais encore plus à plaindre, dit-elle en pensant lui faire plaisir.

Le visage de Richard se crispa.

— Tu n'éprouves donc pas d'amour pour moi ?

Elle posa sur lui le regard grave de ses yeux dorés. Des yeux qui, aujourd'hui, n'étaient plus ceux de William Henry (ils étaient devenus les siens à elle) mais qu'il aimait tout autant – non, plus encore.

— Tu n'éprouves pas d'amour pour moi ? répéta-t-il.

— Je t'aime, Richard. Je t'ai toujours aimé. Mais ce n'est pas ce que je crois être le *véritable* amour.

— Tu veux dire que je ne suis pas tout pour toi ?

— Mais si, crois-moi. Tu comptes autant que ma vie. (Son éloquence était affaire de gestes, de regards – car ses mots, hélas, tombaient à plat. Elle n'avait pas le talent d'exprimer avec grâce et précision ce qui se passait dans son esprit.) Cela peut paraître ingrat, je le sais, pourtant je ne suis pas ingrate, vraiment pas. C'est juste que, parfois, je me demande ce qui aurait pu m'arriver si je n'avais pas été condamnée et envoyée ici, si loin de chez moi. Et je me demande aussi s'il n'y avait pas quelqu'un pour moi en Angleterre, quelqu'un que, maintenant, je n'ai plus aucune chance de rencontrer. Qui aurait été mon véritable amour.

Devant l'expression de Richard, elle se hâta d'ajouter :

— Je suis très heureuse, je t'assure. J'aime travailler au jardin et autour de la maison. C'est une grande joie pour moi d'attendre un enfant. Mais... Oh, si seulement je pouvais savoir ce que j'ai manqué !

Comment répondre à cela ?

— Tu n'es plus amoureuse de Stephen ?

— Non. Il avait raison, c'était une passion de jeunesse. Quand je le regarde maintenant, je m'en étonne moi-même.

— Et quand tu me regardes, moi, que vois-tu ?

Son corps s'affaissa et elle se tortilla comme une enfant coupable. Il aurait voulu n'avoir jamais posé cette question, ne pas l'obliger à mentir. C'était comme s'il pouvait voir son esprit tourner en rond, à la recherche d'une réponse qui puisse le satisfaire sans la compromettre.

Il attendit patiemment, non sans une pointe d'amusement. Cela, naturellement, c'était de l'amour *véritable*. Comprendre que l'être aimé avait des points faibles, des imperfections, et l'aimer cependant sans restriction.

L'idée que Kitty se faisait d'un amour *véritable* était une chimère. Pour elle, la vraie romance devait sans doute prendre les traits d'un chevalier en armure venant l'enlever sur son coursier, comme dans les livres d'aventures pour jeunes filles. Atteindrait-elle jamais un stade de maturité suffisante pour comprendre ce qu'aimer voulait réellement dire ? Richard en doutait, mais cela valait mieux ainsi. Deux sages à la tête chenue dans une famille, c'était un de trop. Et il avait assez d'amour dans le cœur pour deux.

La réponse de Kitty fut honnête. Elle apprenait.

— Franchement, je ne sais pas, Richard. Tu ne ressembles pas à mon père, donc ce n'est pas un... inceste. J'aime te voir, toujours... Et je suis heureuse de porter ton enfant car tu seras un père merveilleux.

Il lui vint soudain à l'esprit une question qu'il n'avait jamais songé à lui poser.

— Que souhaites-tu, une fille ou un garçon ?

— Un garçon, dit-elle sans hésitation. Aucune femme ne désire avoir une fille.

— Et si c'en était une, pourtant ?

— Je l'aimerais, bien sûr, mais je n'aurais guère d'espoir pour elle.

— Parce que tu penses que le monde appartient aux hommes ?

— C'est ce que je crois, oui.

— Et tu ne seras pas trop déçue si c'est une fille ?

— Non ! Nous aurons d'autres enfants et il y aura des garçons parmi eux.

— Je vais te confier un secret, murmura-t-il.

Elle se pencha vers lui.

— Qu'est-ce que c'est ?

— Il vaut mieux que le premier enfant soit une fille. Les filles grandissent plus vite que les garçons. Quand celui-ci arrive au monde, il a au moins deux mères pour s'occuper de lui, l'une assez proche de son âge pour le prendre par l'oreille, l'attirer dans un coin et lui donner une raclée. Sa vraie mère ne se montre pas si sévère.

— On dirait que tu parles par expérience, dit Kitty en riant.

— C'est vrai. J'avais deux sœurs aînées. (Il s'étira comme un chat, déliant avec délice tous les muscles de son corps.) Je suis très heureux que tout le monde aille bien à Bristol, bien que la mauvaise vue de mon cousin James me chagrine. Comme Jem Thistlethwaite, il a été mon sauveur. Les maladies des autres déportés m'ont été épargnées grâce à lui, surtout en prison et pendant le voyage. C'est pourquoi, à quarante-trois ans, je peux encore travailler dur et te faire l'amour comme un homme jeune. J'ai conservé ma santé et ma vigueur.

— Pourtant, tu as dû souffrir de privations comme les autres.

— Oui, mais la faim ne provoque pas de dégâts tant que les muscles peuvent se régénérer. Je suppose que, chez moi, ils avaient plus de vigueur que chez la plupart des autres. En outre, les périodes de famine n'ont jamais duré très longtemps. A Rio, nous avons eu des oranges et des citrons, et, sur la drague de la Tamise, de vrais repas – parfois de la soupe de poisson. Il y a eu, aussi, un homme du nom de Stephen Donovan qui m'apportait des petits pains frais fourrés avec le cresson du commandant Hunter. J'ai eu de la chance, conclut Richard en souriant.

C'était le jour des souvenirs...

— Je ne suis pas d'accord, dit-elle. Il me semble plutôt que tu possèdes une qualité que les autres n'ont pas. Et Stephen aussi. Comme Mr Ross également, d'après ce que vous en avez dit tous les deux. Ou encore comme Nat et Olivia Lucas. Moi, je ne l'ai pas. C'est pourquoi je suis heureuse que tu sois le père de mes enfants. Ils ont une chance d'hériter de qualités que je ne pourrais leur donner.

Il lui saisit la main et l'embrassa.

— C'est un beau compliment que tu me fais là, femme. Peut-être m'aimes-tu un peu, tout compte fait.

Elle eut un petit sourire d'exaspération et se tourna pour

contempler la table et les chaises couvertes de livres. Sur l'un des sièges se trouvait le carton à chapeau.

— Quand comptes-tu le remettre à Lizzie ? demanda-t-elle.

— Je pense que c'est toi qui devrais le lui porter, pour combler le fossé entre vous.

— Je ne pourrai jamais !

Le problème du chapeau n'était toujours pas résolu quand ils allèrent au lit et Kitty était si fatiguée qu'elle s'endormit avant que Richard ait eu le temps de faire quelques ouvertures amoureuses.

Il sommeilla pendant deux heures, voyant défiler en rêve les anciens visages transformés par les années écoulées. Puis il s'éveilla, se glissa hors du lit, enfila un pantalon et sortit doucement. Tibby dormait, pelotonnée au côté de Fatima et Charlotte, tout contre Flora. Les deux chiots et les petits chats s'agitèrent mais Richard les calma d'une caresse. Ils étaient tous lovés au creux d'un tronc de pin évidé qui formait une niche idéale. La multiplication des chiens et des chats dans la maison était censée leur épargner d'avoir à s'occuper des rats. MacTavish, le seul mâle, faisait régner sa loi sur la petite tribu.

Une lune pleine se levait à l'est, voilant l'éclat des étoiles au fur et à mesure que sa pâle lueur montait dans le ciel. Elle brillait si fort qu'on aurait pu lire à sa lumière. Pas un seul nuage en vue et, pour tout bruit, le clapotis et le murmure de la source, l'eau qui dévalait la pente, le chuchotement des grands pins, le cric-cric-cric de deux belles sternes blanches se découpant en ombres noires sur le ciel argenté. Il leva la tête, respirant à pleins poumons la nuit, sa pureté parfaite, jouissant du plaisir d'être seul et du sentiment de la paix absolue.

Dimanche, après le service religieux, il écrirait à son père, aux cousins James et à Jem Thistlethwaite pour leur annoncer qu'il avait réussi à se construire une maison bien à lui au cœur de cette immensité, dans l'autre hémisphère – aidé en cela par les quelques pièces d'or qu'il leur devait et dont il leur serait à jamais reconnaissant. Mais l'or n'avait pas tout résolu. Ce nid, Richard l'avait bâti de ses mains, par son endurance et sa détermination.

Il était maintenant chez lui à Norfolk Island.

Entre-temps, il lui faudrait examiner le coffre avant que Kitty ou Joey Long s'avisent de le mettre en pièces ou de l'utiliser à d'autres fins au jardin. Plutôt que de grimper au sommet de la colline, il choisit de descendre jusqu'à la petite maison de Joey, au bout de la route reliant Queensborough à Morgan's Run. Sur la piste qui menait à la maison, Joey et MacGregor étaient postés en sentinelles, première ligne de défense en cas d'incursion. Non que Richard en redoutât pour l'instant. Mais qui pouvait savoir combien de déportés Son Excellence envisageait d'envoyer ? Qui pouvait deviner de quelle sorte d'hommes le gouverneur se débarrasserait à mesure que sa tâche en Nouvelle-Galles du Sud se faisait plus difficile ?

Quand il eut découvert une petite clairière bien éclairée par la lune, Richard s'attaqua au coffre avec un ciseau et un marteau. Il frappait calmement, avec des gestes sûrs. Une fois l'épaisse bordure enlevée, l'espace entre la paroi intérieure et la paroi extérieure se révéla bourré d'ouate de coton blanche. Quelques minutes plus tard, le coffre était en morceaux et Richard avait rassemblé cent livres en pièces d'or. Il enfouit les pièces dans son pantalon, rassembla les morceaux de bois et rentra chez lui.

En construisant sa maison, il avait aménagé une cavité sur la face arrière, orientée vers l'ouest. Il s'agissait d'un pilier de pierre dont il avait creusé le centre. Personne n'était au courant et personne ne le saurait jamais. Il retira vingt pièces de son trésor et plaça les quatre-vingts autres dans la cachette avant de regagner silencieusement son lit. Kitty murmura et s'agita, MacTavish frappa la couverture de sa queue. Richard caressa le chien, poussa légèrement Kitty en s'attardant sur sa hanche et ferma les yeux.

Le carton à chapeau était toujours sur la chaise lorsque Richard partit travailler le lendemain matin. Il semblait regarder Kitty d'un air de reproche tandis qu'elle allait et venait dans la pièce, balayant la poussière, lavant le sol, essuyant les livres, préparant un repas froid pour le déjeuner (il faisait trop chaud pour un repas copieux et chaud au milieu de la journée). Elle envisagea de demander à Joey de l'accompagner à Sydney Town pour convier Stephen à dîner chez eux, si, du moins, elle parvenait à le trouver.

Oh, Richard pensait vraiment à tout ! Les morceaux de coffre étaient bien empilés à côté de la porte d'entrée, fendus à la bonne longueur pour alimenter la cuisinière. Dans l'après-midi, elle cuirait du pain. Ces petites attentions étaient typiques de lui. De retour dans la maison, elle aperçut une nouvelle fois le carton à chapeau. Elle le saisit en soupirant et se dirigea vers la route de Queensborough.

Joey était en train d'abattre des pins car Richard voulait dégager plusieurs acres de bonne terre pour semer du blé et du maïs au mois de juin. Joey n'était peut-être pas apte à manier une scie de long, mais il savait se servir d'une hache. MacGregor l'avertit aussitôt d'une visite. Pas de danger qu'un arbre tombe là où il ne fallait pas quand MacGregor veillait !

— Joey, tu veux bien m'accompagner à Sydney Town ?

Haletant sous l'effort, Joey, un homme à l'âme simple et au cœur bon, leva vers la jeune femme un regard d'adoration. Il saisit sa chemise accrochée à une branche d'arbre, l'enfila vivement et se mit en route avec Kitty en direction de Mount George tandis que MacGregor et MacTavish folâtraient autour d'eux.

— Je me rends chez le gouverneur, expliqua-t-elle. Pendant ce temps, Joey, va chez Mr Donovan et demande-lui de venir souper chez nous ce soir. Je te retrouverai ici. Ne traîne pas en chemin !

La résidence du gouverneur adjoint était sous le coup de modifications considérables. Des hommes travaillaient dans tous les coins pendant que Nat Lucas aboyait ses ordres – rapidement obéis. Ces rénovations restaient temporaires, King n'ayant pas encore décidé si le gouverneur devait continuer d'habiter sur cette hauteur ou s'installer sur une autre, à côté des jardins. Kitty n'avait jamais pénétré dans la maison et se demandait si, en tant que déportée, elle devait chercher une porte à l'arrière ou si toutes les allées et venues se faisaient par la porte de devant, face à la mer.

— Qui cherches-tu, Kitty ? demanda Nat Lucas.

— Mrs Richard Morgan.

— Va dans le cabanon là-bas, répondit-il avec un amical petit salut.

Elle longea le flanc de la maison et gagna la petite construction séparée où se trouvait la cuisine.

— Mrs Morgan ?

La silhouette vêtue de noir, penchée sur la cuisinière, se retourna et les yeux sombres s'élargirent. Assise à la table, une jeune déportée épluchait des pommes de terre. Elle posa son couteau pour regarder la nouvelle venue, bouche bée. Lizzie s'avança vers elle en chancelant d'une drôle de façon et frappa la fille.

— Prends tes affaires et va dehors ! lança-t-elle. (Puis, se tournant vers Kitty.) Que voulez-vous ?

— Je vous ai apporté un chapeau.

— Un chapeau ?

— Oui. Vous ne voulez pas le voir ? Il est magnifique.

Kitty était resplendissante, le ventre un peu arrondi, sa peau claire abritée par un grand chapeau de soleil fabriqué avec une herbe locale tressée (le contingent de déportées féminines comportait beaucoup plus de modistes que de fermières), ses mèches de cheveux blonds s'échappant des bords. Avec ses cils et ses sourcils très clairs, son visage avait une couleur un peu terne mais l'effet n'en était nullement déplaisant. Elle ressemblait peut-être à une planche à pain autrefois, mais ce n'était plus qu'un lointain souvenir. La rumeur disait que Kitty Clark avait maintenant des formes agréables et ne ressemblait plus du tout à la maigrichonne que Mrs Richard Morgan avait aperçue en traversant le jardin.

Et voilà que, maintenant, Lizzie pouvait constater de ses propres yeux la véracité de ces dires, ce qui ne la réconforta nullement. Pas plus que ce ventre proéminent. Des vagues de chagrin, de colère, de déception la traversèrent. Où était sa bouteille de médicament ?

— Asseyez-vous, lança-t-elle sèchement.

Elle avala à la dérobée une gorgée de remède en faisant la grimace.

Kitty lui tendit solennellement le carton à chapeau.

— Prenez-le, je vous en prie.

Lizzie s'en empara, s'assit sur une chaise, défit les rubans et souleva le couvercle.

— Oooooh ! s'exclama-t-elle, exactement comme l'avait fait Kitty. Ooooh !

Elle le sortit de la boîte avec mille précautions et l'examina d'un air extasié. Soudain, elle se mit à pleurer si bruyamment que Kitty sursauta.

Il lui fallut un certain temps pour l'apaiser. Curieusement, Lizzie rappelait à Kitty une certaine Betty Rilay, la plus âgée des servantes de St Paul Deptford.

— Allons, Lizzie, allons, répéta-t-elle en lui tapotant la main.

Il y avait une petite bouilloire sur le coin de la plaque et une théière en porcelaine sur la table. Du thé... voilà ce qu'il fallait à Lizzie.

En fouillant un peu, Kitty découvrit un bocal de thé et un autre contenant un énorme morceau de sucre de canne ainsi qu'un petit maillet. Kitty prépara le thé et, pendant qu'il infusait, cassa un peu de sucre avant de verser le liquide fumant dans la tasse. Luxe inouï, elle possédait sa propre soucoupe ; la maison du gouverneur était vraiment bien équipée ! Depuis son arrestation, Kitty n'avait plus revu deux tasses et deux soucoupes assorties ! Quels autres trésors pouvait encore contenir la résidence du gouverneur ? Combien de domestiques étaient attachés au service de Mr et Mrs King ? Pouvait-on servir du thé à volonté sans craindre d'épuiser les réserves ? Trouvait-on aussi des bols, des assiettes et des soupières en porcelaine ? Des tableaux sur les murs ? Des pots de chambre ?

— On vient de me donner mon congé, réussit à balbutier Lizzie au milieu des larmes et des reniflements. Mr King vient juste de me l'annoncer.

— Buvez un peu de thé, vous vous sentirez beaucoup mieux, murmura Kitty avec douceur en caressant les cheveux sombres.

Lizzie s'essuya les yeux avec son tablier et regarda d'un air désabusé celle qu'elle avait prise pour son ennemie.

— Vous êtes une bonne fille, dit-elle, tout en sentant le thé lui réchauffer agréablement l'estomac.

— Je l'espère bien, répondit Kitty en sirotant le breuvage par petites gorgées. (Pourquoi le thé est-il tellement meilleur dans une tasse en porcelaine ?) Votre chapeau vous plaît ?

— Il est magnifique. Si le major Ross m'avait vue ainsi, il aurait sifflé et dit que je ressemblais à une reine. Mrs King, elle, se serait contentée d'un compliment du bout des lèvres. C'est une gentille personne avec de bonnes manières et je ne la crois pas responsable de mon départ. C'est le commandant King, le vrai coupable. Et ce Chapman, quel imbécile sournois ! Il ne perd pas de vue ce qui peut le servir, celui-là ! Le voilà déjà en train de se demander comment il va pouvoir tirer de l'argent de cet endroit. Il fait aussi beaucoup de tort à Mrs King. Le commandant ne va pas tarder à s'en apercevoir, croyez-moi ! Je vous prédis que Willy Chapman sera bientôt expédié à Queensborough ou à Phillipsburgh. Mais le commandant King ne m'aime pas, Kitty, et je ne peux rien y faire. Il me trouve trop vulgaire pour côtoyer une femme comme Mrs King, du moins c'est ce qu'il dit. Vulgaire ? Moi ? Il ne sait pas ce que c'est que la vulgarité ! Il dit aussi qu'il veut pas que ses enfants puissent m'entendre – bon, c'est vrai, il m'arrive de laisser échapper parfois quelques jurons, mais des obscénités, jamais ! Jamais, je le jure ! Ce n'est pas ma faute, c'est la prison qui m'a forgée. Avant, je ne jurais pas et je ne disais jamais de gros mots.

— Je vous comprends, assura Kitty avec conviction.

— De toute façon, il ne peut pas me jeter dehors comme ça, il va falloir qu'il me traite convenablement, grommela Lizzie en relevant le menton. Je suis une femme libre, et je suis aussi une déportée. Et vous savez qui il va mettre à ma place ? poursuivit-elle, outragée.

— Non. Qui donc ?

— Mary Rolt. Mary Rolt ! Qui dit des obscénités et aussi « merde ». Si, si, je vous assure ! Ouh ! C'est parce que Mary Rolt couche avec Sam King, le soldat qui est en poste ici. King. Le même nom, vous voyez. Ça suffit pour qu'il soit mieux considéré que les autres par le commandant. Ouh !

Elle but une gorgée de thé et regarda le chapeau.

— Je voudrais bien avoir une glace, soupira-t-elle.

— Mrs King doit en avoir une.

— Oh oui, une grande, dans sa chambre.

— Alors demandez-lui si vous pouvez aller vous regarder. Puisqu'elle a de bonnes manières, avez-vous dit, elle ne peut pas refuser.

— C'est vraiment un beau chapeau, hein ?

— Le plus beau que j'aie jamais vu. Dans sa lettre, Mr Thistlethwaite dit qu'il est à la dernière mode, que toutes les duchesses et autres dames de la bonne société en portent de semblables. Il dit qu'aujourd'hui on ne peut plus distinguer les femmes de haute naissance des catins.

Elle s'interrompit brusquement, horrifiée par ce qu'elle venait de dire, mais Lizzie gardait les yeux fixés sur son flacon de médicament.

— Peut-être, poursuivit-elle, les King pourraient-ils vous garder comme cuisinière ? Mr Ross a dit à Richard que vos plats étaient les meilleurs qu'il ait jamais connus.

— J'ai une autre idée, répondit Lizzie avec hauteur.

Le cœur de Kitty se serra devant la rudesse du ton. Lizzie Lock allait se ressaisir, bien sûr. « C'est ce que nous faisons toutes, nous autres déportées. Nous n'aurions pas pu arriver jusqu'ici, si loin, sans en être capables. Lizzie est coriace. Pas dure, non, seulement coriace. Il fallait bien qu'elle le soit. Chez les gens libres, tout le monde doit louer le courage de Mrs King d'avoir accepté de venir si loin et de supporter tant d'inconfort. Mais Mrs King n'a jamais été prisonnière et elle ne sera jamais aussi courageuse que Lizzie Lock. Ou que Mary Rolt. Ou que Kitty Clark. C'est comme ça, Mrs King ! Buvez donc votre thé dans les jolies tasses de porcelaine, un thé que votre servante déportée a préparé et servi ! Suspendez sur la corde vos serviettes hygiéniques pour qu'elles sèchent une fois que votre servante déportée en a lavé le sang ! Vous êtes peut-être l'épouse du commandant de notre prison, mais vous ne serez jamais notre égale. »

— Quelle est cette idée ? demanda-t-elle.

— Je vous ai détestée pour m'avoir volé Richard, avoua Lizzie en se levant pour remplir la théière et couper un peu de sucre.

— Sincèrement, je ne l'ai pas volé !

— Je le sais. C'est lui qui vous a volée. Curieux, hein ? Les hommes, je veux dire. Dans la plupart des cas, remplissez convenablement leur estomac et faites en sorte de satisfaire aussi le reste et ils sont contents. Mais, avec Richard, c'est toujours différent. Je l'ai su tout de suite, dès qu'il est entré dans la prison de Gloucester, aussi racé qu'un prince de sang – vous savez, ce calme glacial, royal. Il n'a jamais besoin d'élever la voix. Mais attention, c'est aussi un homme fort, ha, ha, ha ! Hein, Kitty ? Pas vrai ?

— Oui, répondit Kitty en rougissant.

— Prenez Ike Rogers, un homme encore plus fort qui n'avait pas froid aux yeux. Il lui a fait face. Mais j'ai entendu dire qu'ils étaient devenus de très bons amis par la suite. Il est comme ça, Richard. Je l'aime, mais lui n'a jamais éprouvé d'amour pour moi. Aucun espoir. Aucun espoir.

Au bord des larmes, Mrs Richard Morgan se leva et versa dans son thé un peu du contenu du flacon.

— Ça va lui donner un peu de nerf. Vous en voulez un peu ?

Kitty réalisa que Lizzie avait déjà eu recours plusieurs fois à son remède avant d'en verser dans son thé.

— Non, merci. Quels sont vos projets, Lizzie ?

— Je pense à Thomas Sculley, un soldat de marine qui vient de débarquer avec l'intention de prendre une terre ici. Pas loin de Morgan's Run. Un homme tranquille, un peu comme Richard, et qui ne veut pas d'enfants. Il n'a pas trouvé de femme et il m'a fait une proposition après avoir goûté mes bananes frites au rhum. Je l'ai d'abord rembarré, mais, maintenant que le commandant m'a donné congé, je me dis que je pourrais aller avec Sculley.

— Ce serait agréable de vous avoir dans le voisinage, dit Kitty avec sincérité en se préparant à partir.

— Le bébé est pour quand ?

— D'ici à deux mois, peut-être deux mois et demi.

— Merci de m'avoir apporté le chapeau. Vous avez dit que l'expéditeur s'appelait Thistlethwaite ?

— Oui, Mr James Thistlethwaite.

Nettement plus apaisée, Kitty retrouva Joey et les deux chiens qui l'attendaient au pied de Mount George.

— Tu as eu raison d'insister pour que je lui porte le chapeau, dit-elle ce soir-là à Richard.

Elle coupa une mince tranche de porc salé qui provenait de leur propre élevage et la recouvrit d'une sauce aux oignons, de purée de pommes de terre et de haricots frais qu'elle disposa sur les assiettes d'étain.

— Lizzie et moi sommes devenues amies.

Kitty se mit à rire.

— A présent, nous serons les *deux* Mrs Richard Morgan.

Elle déposa une assiette devant Richard, une autre devant Stephen et s'assit.

— Le commandant King l'a mise à la porte ce matin.

— Je le craignais, dit Stephen, occupé à couper le contenu de son assiette en menus morceaux pour pouvoir les prendre avec sa cuillère. (Comme ce serait agréable d'avoir enfin une fourchette !) King est un mari très strict et il tient à protéger sa femme de tout contact avec un individu indigne ou misérable. Or Lizzie Lock est à ses yeux une femme indigne. Dommage... car Mrs King est une créature grande, dégingandée, qui ne semble pas particulièrement pudibonde, surtout quand elle est en compagnie de Willy Chapman... (Il fit une grimace.) Drôle d'énergumène, au fait, que ce William Neate Chapman. Une véritable sangsue.

— Ils ont des tasses et des soucoupes en porcelaine, déclara Kitty en dévorant pour deux, et j'ai bu mon thé dans une tasse avec une soucoupe. Ils en ont aussi à la cuisine ! Cette Mrs King doit être très, très gentille !

— Moi aussi j'aimerais t'offrir des tasses et des soucoupes en porcelaine, dit Richard, mais ce n'est pas une question d'argent. C'est plus compliqué que ça.

— Il s'écoulera encore longtemps avant que nous voyions un véritable magasin s'installer sur Norfolk Island, soupira Stephen. Nous devons nous contenter des éventaires que certains capitaines de navire installent sur le sable. Ils n'offrent ni argenterie, ni service de table en porcelaine. Rien que des bouilloires, des fourneaux, du calicot, du papier ordinaire et de l'encre.

— Nous avons plus besoin de ces articles que des autres, intervint Richard. Ils vendent parfois aussi des vêtements.

— Oui, mais j'ai remarqué qu'ils n'attirent jamais les femmes...

— C'est parce que ce sont des hommes qui décident, intervint Kitty. Ils croient toujours que les femmes veulent acheter des vêtements plutôt que de la porcelaine ou des rideaux, mais ils ne savent pas les choisir.

— Tu préférerais des rideaux ? demanda Stephen.

Il s'étonnait toujours que Kitty semble si peu soucieuse de ne pouvoir épouser Richard. « Les deux Mrs Richard Morgan » ! Comme elle avait dit cela ! Sans l'ombre d'un regret...

Kitty posa sa cuillère pour regarder tout autour d'elle. La pièce prenait tournure. Sur les parois soigneusement polies couraient des étagères couvertes de livres et, dans un coin, Kitty avait placé une plante fleurie qu'elle avait trouvée dans un pot cabossé.

— J'aime tellement ma maison, s'exclama-t-elle. Elle serait encore plus belle avec des tapis et des rideaux, des vases, ou des tableaux aux murs. Si j'avais de la soie à broder, je pourrais broder des coussins pour les chaises et des tapisseries à accrocher au mur.

— Un jour, lui promit Richard, tu auras tout cela. Nous devons seulement espérer qu'un capitaine un peu plus entreprenant que les autres nous proposera des lampes à huile, de la soie à broder, des services à thé en porcelaine et des vases. Les magasins gouvernementaux n'ont pas beaucoup d'imagination. De mauvaises hardes, des chaussures, des écuelles en bois, des cuillères et des pots d'étain, des couvertures, des louches et des chandelles de suif, voilà tout ce qu'ils proposent.

Le repas terminé, les hommes échangèrent quelques remarques sur ce qui se racontait dans les gazettes et autres feuilles. Puis ils abordèrent des sujets plus importants, tels que la récolte de blé, la coupe et le sciage du bois, les changements que le commandant King allait apporter.

— Malgré toutes ses belles paroles, il n'a pas pour autant diminué les punitions, observa Richard. Huit cents coups de fouet ! Seigneur ! La pendaison est plus charitable. Ross n'a jamais dépassé cinq cents coups – dont il oubliait ensuite un grand nombre. J'ai remarqué aussi que les médecins interviennent moins facilement qu'avant.

— Sois honnête, Richard. La faute en incombe au New South Wales Corps. Ce sont des brutes commandées par des brutes. J'espérais qu'ils ne mettraient pas les Irlandais à part, mais c'est ce qu'ils ont fait.

— Les Irlandais viennent du Pale[1], une contrée au ban de la société. Ils sont nombreux à ne même pas parler l'anglais. Les soldats prétendent que si, mais c'est totalement faux. Comment peuvent-ils travailler s'ils ne comprennent même pas les ordres qu'on leur donne ? Pourtant j'en ai trouvé un parmi eux avec lequel c'est un plaisir de scier. Mon meilleur partenaire depuis Billy Wigfall. Joyeux, serviable, il ne comprend rien de ce que je lui dis, pas plus que je ne le comprends. Mais que l'on mette une scie entre nous et nous sommes en complète communion.

— Quel est son nom ?

— Je n'en ai aucune idée. Flippety, je crois. Ou Flappety. Enfin, quelque chose comme ça. Je l'appelle Paddy et je lui donne un bon repas de pain et de légumes à midi sur la fosse de sciage. De la viande froide aussi. Un homme a besoin de beaucoup manger pour scier. Je dois compléter les rations que Mr King leur distribue.

Soudain, Kitty se mit à rire en battant des mains.

---

1. Région irlandaise sous la juridiction de l'Angleterre. *(N.d.T.)*

— Oh, Richard, cesse de parler de tes fosses de sciage ! Stephen a d'importantes nouvelles à t'annoncer.

— Mille excuses. Et vous, porteur de grandes nouvelles, parlez donc !

— King m'a convoqué ce matin et m'a informé que je devenais le pilote officiel de Norfolk Island. Je pense qu'il a eu un entretien avec le major Ross au sujet du nombre de chaloupes et de canots qui se sont brisés en franchissant les récifs malgré les ordres et signaux lancés depuis le littoral. Aussi, à partir de maintenant, et quelle que soit l'opinion du commandant, mes ordres seront la règle – y compris pour un bateau à l'ancre. Je déciderai s'il peut approcher ou s'il doit aller à Cascade ou à Ball Bay. Je suis le pilote ! Si je l'avais été à l'arrivée du *Sirius,* il ne se serait jamais brisé sur le récif.

— Stephen, c'est merveilleux ! s'écria Kitty, les yeux brillants. Richard lui serra la main.

— Mais ce n'est pas tout, n'est-ce pas ?

— C'est vrai, admit Stephen.

Ce bel homme d'à peine plus de trente ans sembla tout à coup éclairé par une lumière intérieure. Un monde nouveau s'ouvrait devant lui.

— Je suis incorporé dans la Royal Navy avec le rang temporaire d'aspirant, poursuivit-il. Mais, dès que le gouverneur adjoint King aura reçu l'autorisation de Son Excellence, on me nommera lieutenant, probablement sur un bateau rattaché en permanence à Portsmouth. Toutefois, pas de panique, je resterai encore ici un certain temps. Quand un véritable lieutenant en titre arrivera, je devrai sans doute partir. Mais ce n'est pas prévisible dans l'immédiat. Entre-temps, je serai pilote et, bientôt, vous devrez me donner du « lieutenant Donovan ». Pendant mon temps libre, je surveillerai les hommes chargés de nettoyer la forêt de Mount George. Me voici enfin débarrassé de cette maudite carrière de pierre.

— Voilà qui mérite d'être fêté, dit Richard en se levant.

Il se dirigea vers une étagère et tira une bouteille dissimulée derrière les livres.

— C'est mon propre rhum, annonça-t-il. Un mélange « spécial Morgan ». Mr Ross m'en a laissé une bonne provision quand il est parti mais je ne l'ai pas encore goûté. Venez, allons voir ce qu'est devenu cet alcool distillé ici, après avoir mûri en compagnie d'un bon rhum de Bristol pour le corser un peu.

— A toi, Richard !

Stephen leva sa chope et but une gorgée, s'attendant au pire ou, du moins, à faire la grimace. Mais la surprise s'inscrivit sur son visage et il prit une seconde gorgée.

— Mais... il n'est pas mal du tout ! (La chope fut levée en direction de Kitty.) A ta santé et à celle du bébé ! Je désire être son parrain et, si c'est une fille, j'aimerais qu'on l'appelle Kate.

— Pourquoi Kate ? demanda Kitty.

— Parce que, dans cette partie du monde, mieux vaut être une mégère[1] qu'une oie blanche. Ne fais pas cette tête-là, petite mère ! dit-il en riant. Un homme viendra qui la dressera.

— Et si c'est un garçon ? demanda-t-elle.

Ce fut Richard qui répondit :

— Mon premier fils s'appellera William Henry et on le désignera toujours par ce prénom en entier. William Henry.

— William Henry..., répéta Kitty. Ça me plaît bien.

Penché sur sa chope, Stephen poussa un soupir. Kitty ne savait donc pas. Saurait-elle un jour ? Richard le lui dirait-il ? « Traite-la en égale, Richard, je t'en prie ! »

— J'ai des nouvelles, moi aussi, Stephen. Pardon... mon lieutenant – et puissiez-vous devenir un jour amiral ! – reprit Richard en portant un nouveau toast. Tommy Crowder a reçu de Mr King l'ordre de dresser un plan cadastral des terres et de leurs propriétaires. J'y figurerai en tant que Richard Morgan, homme libre, propriétaire de 12 acres de son plein droit et non par mandat de la Couronne. Je recevrai également 10 acres à Queensborough dans le secteur déboisé. Cela nous sera attribué en juin prochain, par cession de la Couronne. Ainsi, je pourrai récolter mon blé à Morgan's Run et mon maïs à Queensborough pour nourrir mes cochons. (Il leva sa chope.) Je porte un autre toast en votre honneur, lieutenant Donovan, pour toutes vos bontés au cours de ces années passées. Qu'il vous soit donné de commander cent canons dans une grande bataille navale contre les Français avant d'être nommé amiral ! Kitty, tourne-toi et ne regarde pas.

---

1. Kate est le prénom de l'héroïne de *La Mégère apprivoisée*, de Shakespeare. (N.d.T.)

Les vingt pièces d'or glissèrent dans la main de Stephen, qui haussa un sourcil étonné puis les glissa dans la poche de sa veste de grosse toile. Quand Kitty fut autorisée à se retourner, elle trouva les deux hommes en train de rire pour une raison qu'elle ignorait.

Après un Noël traditionnellement pluvieux, 1792 commença avec la sécheresse, juste à la fin des moissons. Kitty s'alourdissait, mais elle était de cette race de femmes qui demeurent alertes dans cet état et poursuivent leurs activités.

— Vraiment, Richard, on dirait que c'est toi qui portes ce pauvre bébé ! s'écria-t-elle exaspérée. Tu fais tellement d'histoires !

— Je pense vraiment que tu devrais aller t'installer à Arthur's Vale, chez Olivia Lucas, dit-il sans pouvoir dissimuler son anxiété. Morgan's Run est tellement isolé !

— Je ne quitterai pas la maison !

— Mais si le bébé arrive plus tôt que prévu ?

— Richard, j'ai longuement parlé avec Olivia et je sais tout sur ce sujet ! Crois-moi, j'aurai largement le temps d'envoyer Joey te prévenir ainsi qu'Olivia. C'est mon premier enfant. Ils n'arrivent pas si vite la première fois !

— Tu en es bien sûre ?

— Absolument, dit-elle en prenant un air de martyre. (Elle se dirigea vers une chaise et leva vers lui un regard sérieux.) Mais j'ai quelques questions à te poser, et j'insiste pour avoir des réponses.

Kitty faisait preuve d'une telle autorité que Richard, fasciné, ne pouvait détourner ses yeux.

— Eh bien, vas-y, dit-il en s'asseyant en face d'elle. Pose tes questions.

— Je vais bientôt avoir un enfant de toi et j'ignore toujours presque tout de ta vie. Le peu que je sais, je le tiens de Lizzie Lock et c'est si peu de chose que je me sens le droit d'en apprendre plus. Parle-moi de cette fille que tu as eue et qui aurait mon âge aujourd'hui.

— Elle s'appelait Mary et elle est enterrée à côté de sa mère dans le cimetière de St James, à Bristol. Elle est morte de la variole à l'âge de trois ans. C'est l'une des raisons pour lesquelles je préfère que mes enfants grandissent ici où tout ce que nous avons à craindre, c'est la dysenterie.

— As-tu eu d'autres enfants ?
— Un fils, William Henry. Il s'est noyé.

Le visage de Kitty se crispa.

— Oh, Richard !
— Ne sois pas triste, Kitty. Cela s'est passé il y a longtemps, dans un autre pays. Mes enfants ne seront pas exposés aux mêmes dangers à Norfolk Island.
— Il y a des dangers, ici aussi, et la noyade notamment.
— Crois-moi, les circonstances dans lesquelles mon fils s'est noyé ne peuvent se reproduire ici. Une mort comme la sienne n'arrive que dans des grandes villes, pas sur de petites îles comme celle-ci, où tout le monde se connaît. Il y a de mauvaises gens, bien sûr, et nous ne nous mêlons pas à eux, mais quand nous aurons une école, nous en saurons plus sur ses maîtres que nous n'en savions à Bristol. La mort de William Henry a été provoquée par l'un de ses professeurs. (La tête penchée, il la dévisagea d'un air interrogateur.) D'autres questions ?
— De quoi est morte ta femme, à Bristol ?
— D'une attaque d'apoplexie. Heureusement, c'était avant la disparition de William Henry. Elle n'a pas souffert.
— Oh, Richard !
— Tu n'as pas de raison de t'attrister, mon amour. Tout cela est arrivé parce que tu existes, toi. J'en suis persuadé. Il était dit que je ne connaîtrais pas les joies d'une vraie famille à Bristol, où je n'ai jamais pu vivre dans ma propre maison. Tout ce que je te demande, c'est de me garder un petit coin dans ton cœur en tant que père de tes enfants. Avec toi et les enfants, je serai heureux.

Kitty ouvrit la bouche pour dire qu'il occupait plus qu'un petit coin de son cœur, mais se sentit incapable d'exprimer ses sentiments. Les reconnaître équivaudrait à une promesse, un engagement qu'elle n'était pas certaine de pouvoir tenir. Elle aimait beaucoup Richard mais, justement à cause de cela, elle ne voulait pas laisser entendre qu'il comptait pour elle plus qu'il ne le croyait. Car son cœur n'était pas plein de musique et son âme n'avait pas d'ailes. Si cela avait été le cas, elle aurait pu parler d'amour.

Février fut venteux et secoué de tempêtes. Heureusement, toute la moisson était rentrée et le grain à l'abri. Une moisson suffisante pour nourrir toute la population de Norfolk Island, mais pas assez pour que l'on envoie un surplus à la Nouvelle-Galles du Sud. L'île ne pouvait fournir que de la chaux et du bois de construction.

Le 15 février, Richard se hâtait de rentrer chez lui, retardé par le commandant King qui lui avait posé bien plus de questions que Kitty n'aurait pu en imaginer en une semaine. Kitty n'était pas encore à terme mais Olivia Lucas lui avait expliqué que la tête de l'enfant était déjà engagée. Richard craignait que Joey Long ne fasse une bien piètre sage-femme. Tranquillisé par Olivia et Kitty, qui toutes deux lui assuraient qu'un premier-né n'arrivait jamais vite, il avançait d'un pas rapide mais sans courir. Quand il constata qu'aucune fumée ne s'échappait de la haute cheminée de pierre, il pressa l'allure. A son neuvième mois de grossesse, Kitty insistait encore pour fabriquer elle-même son pain.

Pas un bruit.

— Kitty ! appela-t-il en franchissant d'un bond les trois marches du perron.

— Je suis là, répondit une petite voix.

Le cœur battant la chamade, Richard se rua dans la pièce, dont il fit le tour d'un seul coup d'œil. Personne. Il courut dans la chambre. Seigneur ! Le travail avait commencé !

Elle était assise dans le lit, appuyée sur deux oreillers, le visage tourné vers lui et illuminé d'un beau sourire.

— Richard, viens voir ta fille. Je te présente Kate.

Les genoux de Richard se mirent à trembler. Il réussit à gagner le lit et se laissa tomber lourdement sur le bord.

— Kitty !

— Regarde-la, Richard. Est-ce qu'elle n'est pas ravissante ?

De ses mains durcies par le travail, elle lui tendit un paquet de linges étroitement ficelés – oh, ces mains, comme il souffrait de les voir tellement plus abîmées que les siennes ! Il écarta délicatement les langes pour découvrir un tout petit visage plissé, une bouche dessinant un O parfait, des paupières un peu gonflées et fermées, un teint sombre et une touffe d'épais cheveux noirs. Un océan d'amour déferla en lui et il se laissa entraîner sans résister dans ce royaume magique. Penché en avant, il déposa un baiser sur le front de cette minuscule créature et sentit ses yeux se remplir de larmes.

— Je ne comprends pas ! Tu te sentais encore très bien quand je suis parti pour l'après-midi. Tu n'as rien dit.

— Il n'y avait rien à dire, je me sentais très bien... C'est arrivé sans prévenir. J'ai perdu les eaux brusquement en ressentant une douleur. La tête du bébé pointait déjà. Je n'ai eu que le temps d'étaler un linge propre par terre, de m'accroupir, et elle est née. Le tout n'a pas duré plus d'un quart d'heure. Dès que j'ai perdu le placenta, j'ai pris un bout de fil pour lier le cordon ombilical et je l'ai coupé avec des ciseaux. Le bébé criait... Oh, quelle voix ! Je l'ai lavé, puis j'ai nettoyé le sol, j'ai mis le linge à tremper et j'ai pris un bain, expliqua-t-elle, rayonnante de fierté. Je me demande pourquoi on fait tant d'histoires avec ça. (Elle écarta sa chemise de calicot et exhiba un sein exquis, à la pointe duquel perlait une goutte de lait.) Olivia m'a dit d'attendre un peu avant de lui donner à téter. Je me suis bien débrouillée, n'est-ce pas, Richard ?

Prenant soin de ne pas bousculer le petit paquet, Richard se pencha pour embrasser Kitty sur les lèvres en la couvant d'un regard d'adoration. Il essuya ses larmes et lui sourit faiblement.

— Tu as été formidable, Kitty. Comme si tu avais déjà fait ça vingt fois !

— Je n'ai pas de balance et je ne peux donc pas la peser, mais elle me semble bien proportionnée et plutôt grande. C'est une Morgan, pas une Clark.

Il examina le petit visage pour tenter de vérifier cette déclaration, sans toutefois y parvenir. « Tout ce que je peux voir, c'est qu'elle est ravissante », pensa-t-il. Il examina Kitty plus attentivement. Elle semblait un peu fatiguée mais irradiait une telle joie qu'il était impossible de la croire en danger.

— Tu te sens bien ? Honnêtement ?

— Vraiment. Juste un peu lasse. Elle est venue si facilement que je n'ai même pas eu le temps de me sentir mal. Olivia m'avait recommandé de m'accroupir, parce que c'est la position la plus naturelle pour accoucher.

Kitty reprit Kate dans ses bras pour la contempler.

— Richard ! s'exclama-t-elle d'un ton de reproche. Mais elle est tout ton portrait ! Comment peux-tu ne pas le voir ?

— Es-tu contente de l'appeler Catherine, comme toi ?

— Mais oui. Deux Catherine. Une Kitty et une Kate. Nous appellerons notre prochaine fille Mary.

Il ne put retenir ses larmes et pleura jusqu'à ce que Kitty pose le bébé à côté d'elle pour le prendre dans ses bras.

— Je t'aime, Kitty, je t'aime plus que la vie.

Elle ouvrit la bouche pour dire quelque chose mais, à cet instant précis, Kate se mit à hurler de toutes ses forces.

— Tu entends ? dit Kitty en souriant. Je crois que Stephen ne s'est pas trompé. C'est une mégère que nous avons là ! Bon, c'est entendu. Je vais lui donner le sein.

Elle dégagea ses deux bras de la chemise, qui retomba autour de sa taille, démaillota le bébé et le serra nu contre sa peau avec un plaisir sensuel qui émut profondément Richard. Le O de la petite bouche trouva la pointe du sein qui lui était offert et s'y ajusta. Kitty poussa un profond soupir de satisfaction.

— Oh, Kate, maintenant tu es vraiment à moi !

Kitty avait toujours su que Richard serait un bon père, mais elle fut surprise de voir à quel point il pouvait s'abandonner sans réserve à sa tendresse. Alors que les maris de ses amies et connaissances redoutaient d'afficher leurs élans de cœur, de peur de voir leur virilité menacée, Richard, lui, ne se souciait pas de ce que pouvaient penser les autres hommes. Il était capable de changer les couches sales de Kate devant un ami en visite, ou de les laver et de les mettre à sécher aux yeux de tous. Apparemment, son image ne s'en trouvait pas affaiblie aux yeux des autres. Ou, si tel était le cas, il ne le remarqua pas. Et, s'il le remarqua, il n'y prit garde. A vrai dire, un homme tel que lui ne risquait jamais de passer pour une poule mouillée.

Poussé par le désir de rentrer plus vite chez lui, auprès de sa petite famille, il travaillait très dur, en accélérant ses cadences. Quand Kitty suggéra timidement qu'il pourrait peut-être s'occuper moins de sciage et davantage d'agriculture, il repoussa l'idée, horrifié. Il était le chef des scieurs, c'était son travail et on le payait bien. Ses billets à ordre portés à son crédit dans les registres comptables du gouvernement étaient une assurance pour l'avenir de ses enfants.

Kate avait six mois quand Tommy Crowder se présenta un jour à la deuxième fosse de sciage. Il demanda à Richard s'il avait l'intention de faire inscrire Kate dans les registres des magasins du gouvernement.

— Je peux nourrir ma femme et mon enfant sans les produits alimentaires distribués par le gouvernement, répondit Richard avec dignité.

— Le gouverneur adjoint insiste pour que l'enfant figure dans les registres. Viens à mon bureau.

Crowder s'éloigna d'un pas vif sans prendre le temps de se retourner pour voir si Richard le suivait.

— Je ne vois pas pourquoi ma femme et mon enfant doivent être inscrites dans ces registres, insista Richard quand ils arrivèrent dans le minuscule bureau de Crowder. Je suis le chef de famille.

— Non, tu n'es pas le chef de famille, Richard. Kitty est une déportée et elle est célibataire. C'est pourquoi elle figure toujours dans les registres ; et son enfant doit y être inscrite également. J'ai simplement besoin de ton témoignage.

Les yeux de Richard devinrent dangereusement sombres.

— Kitty est ma femme et Kate est mon enfant.

— Catherine Clark, célibataire... Tiens, c'est noté là, marmonna Crowder en posant le doigt sur la page de droite de son registre.

Il prit une plume, la trempa dans l'encre et ajouta à cette première mention : « Catherine Clark, son enfant » en prononçant les mots qu'il écrivait à haute voix. Après quoi, il leva les yeux, l'air satisfait.

— Voilà, tu es témoin qu'elle est inscrite. Merci, Richard.

— L'enfant s'appelle Catherine Morgan. Je la reconnais.

— Non, elle s'appelle Clark.

— Morgan.

Tommy Crowder n'était pas un homme particulièrement perspicace. Il passait trop de temps à se rendre indispensable auprès de ceux qui pouvaient l'aider à aller de l'avant. Mais, en voyant ces yeux plus orageux que Sydney Bay les jours de tempête, il se sentit pâlir.

— Il ne faut pas m'en vouloir, Richard, balbutia-t-il. Je ne suis pas un magistrat mais un simple employé du gouvernement de

Norfolk Island. Le commandant King veut que tout soit... (il prit un air affecté) parfaitement en ordre comme à Bristol. Etant toi-même de Bristol, tu devrais être satisfait. Je devais inscrire le bébé dans les listes et obtenir ton témoignage. C'est ce que j'ai fait. Elle s'appelle Clark.

— Ce n'est pas juste ! expliqua plus tard Richard à Stephen, les poings serrés. Ce singe savant au service du gouvernement a inscrit ma fille dans son foutu registre sous le nom de Catherine Clark et il s'est arrangé pour que j'en sois témoin !

Stephen nota que tous les muscles de Richard étaient crispés.

— Pour l'amour de Dieu, calme-toi ! Ce n'est pas la faute de Crowder ni, non plus, celle de King. J'admets que ce n'est pas juste, mais on ne peut rien y faire. Kitty n'est pas ton épouse. Et elle ne pourra pas le devenir. Il lui faut encore purger quelques années et le gouvernement a le droit de faire ce qu'il veut d'elle. Richard... Le nom de Kate sera officiellement Clark.

— Il y a une chose que je peux faire, murmura Richard à mi-voix. C'est assassiner Lizzie Lock.

— Tu sais bien que tu ne le feras pas. Cesse donc de parler comme ça.

— Tant que Lizzie sera en vie, ma fille restera une bâtarde. Et les autres enfants que j'aurai de Kitty seront tous des bâtards.

— Ecoute, dit Stephen d'un air de conspiration, Lizzie Lock est installée avec Tom Sculley, mais Tom Sculley est en train de découvrir qu'il n'est pas cultivateur ; il s'est donc mis à élever de la volaille. Il vendra sa terre dans plus ou moins longtemps et quittera l'île. D'après ce que racontent d'autres soldats installés ici, il veut aller à Cathay et au Bengale avant d'être trop vieux. Et tu ne peux pas imaginer un instant qu'il fasse voile vers l'Orient sans emmener Lizzie Lock.

Les yeux fermés, Richard se tassait sur sa chaise, abattu.

— Si je vous comprends bien, dit-il, si Lizzie Lock part en Orient, je pourrai peut-être redevenir célibataire ?

— Exactement. Et, si nécessaire, je paierai un faussaire à Londres pour utiliser l'adresse d'un marchand de Wampoa et écrire une lettre touchante aux shérifs de Gloucester afin de leur annoncer que Mrs Richard Morgan, née Elizabeth Lock, est morte à Macao. Est-ce qu'ils lui connaîtraient de la famille ? On apporterait ainsi la preuve de sa mort et tu pourrais épouser Kitty.

— Il vous arrive parfois d'aller jusqu'au bout des choses ! (Richard se détendit et sourit.) Ce discours de consolation et cette allusion à Londres signifient-ils que vous allez nous quitter bientôt ?

— Je n'en ai pas encore été averti officiellement mais cela ne va pas tarder.

— Vous me manquerez terriblement.

— Et toi de même.

Stephen posa un bras sur les épaules de Richard et le poussa doucement en direction de sa maison. Sa rage s'était calmée. Au moins en surface. Que le révérend Johnson aille brûler en enfer !

— Ça l'affecte bien plus que moi, déclara Kitty quand Stephen lui raconta ce qui s'était passé. Richard est allé se baigner au trou d'eau qu'il avait aménagé, pour se laver de la sueur, mais aussi du contact de Thomas Restell Crowder. Je suis désolée que Kate ne puisse pas s'appeler Morgan, mais qui pourrait nier qu'elle est bien une Morgan ? Et d'ailleurs, qu'est-ce que le mariage, au fond ? La moitié au moins des femmes déportées ne sont pas mariées légalement et elles n'en deviennent pas moins veuves quand leur compagnon disparaît. Je ne suis pas déçue, Stephen. Pas du tout.

— Richard est croyant et pratiquant, Kitty. Cela lui rend particulièrement difficile de voir sa progéniture qualifiée de bâtarde aux yeux de l'Eglise d'Angleterre.

— Ce ne seront pas des bâtards après la mort de Lizzie et elle n'est déjà plus très jeune, déclara Kitty d'un ton tranquille.

Comment lui faire comprendre qu'un mariage tardif n'effacerait pas la question de la bâtardise ? Stephen décida de ne pas s'en soucier pour l'instant et il prit Kate dans ses bras.

— Hello, ma jolie pêche ! Mon ange chéri !

— Kate n'a rien d'un ange, protesta Kitty. Elle est exactement ce que vous aviez prédit en choisissant son nom : une véritable petite mégère. Quel caractère elle a ! A six mois, c'est elle qui nous mène à la baguette !

— Non, dit Stephen, affrontant en souriant le regard sérieux du bébé avant de l'embrasser sur ses joues rondes. Elle n'a pas besoin de baguette pour faire de Richard ce qu'elle veut. Un brin de fil ou même une plume conviendraient tout aussi bien. N'est-ce pas, ma Kate ? Où est ton Petruccio, je me le demande ? Sous quel déguisement se présentera-t-il ?

Il rendit le bébé à Kitty.

— Petruccio ?

— C'est le personnage d'une pièce de théâtre. Un seigneur qui finira par mater Kate, la mégère. Mais ne t'inquiète pas de cela. C'est juste une fantaisie de ma part.

Un silence tomba. Stephen contemplait cette madone de Norfolk Island vêtue de calicot. Quel qu'ait pu être son destin, Kitty aurait toujours excellé dans ce rôle : allaiter un enfant. Ce bébé déjà plein de puissance, capable de violentes colères, devenait dans les bras de Kitty une pêche veloutée, un petit ange. « Les bons chats tigrés font de beaux chatons, dit-on. Et notre Kitty est un bon chat tigré. »

Certes, la jeune femme n'était pas particulièrement brillante sur le plan intellectuel, mais ce n'était pas non plus une sotte. La petite souris qui se cachait dans la forêt avait disparu depuis longtemps. Au cours de ces deux années de vie commune avec Richard, elle s'était épanouie pour devenir une femme au visage lisse, étonnamment séduisante. Aimait-elle vraiment Richard ? Stephen n'en était pas certain, et il devinait que Kitty ne le savait pas elle-même. Richard la satisfaisait pleinement sur le plan sexuel, cela ne faisait aucun doute. Cela constituait un lien, tout comme les enfants, mais, pourtant, bien des questions subsistaient... « Pourquoi n'est-elle pas plus attirée par Richard ? Je me le demande vraiment, pensa Stephen. Est-ce son âge ? Sûrement pas ! Il porte les années aussi aisément que ses lourdes scies. »

— Eprouves-tu de l'amour pour Richard ? demanda-t-il.

Les yeux couleur de bière blonde parsemés de grains de poivre le contemplèrent gravement.

— Je ne sais pas, Stephen. Je le voudrais, mais je ne sais pas. Je ne suis pas assez instruite pour en juger. Comment pouvez-vous savoir, vous, que vous l'aimez ?

— Je le sais. Cette évidence me remplit le cœur.

— Ce n'est pas l'effet qu'il me fait.

— Ne lui fais pas de mal, Kitty, je t'en prie !

— Je ne lui ferai pas de mal, dit-elle en faisant sauter Kate sur ses genoux. (Elle sourit et caressa la main de Stephen.) Je suis attachée à Richard par des liens solides. Je lui dois tant ! Je paierai ma dette envers lui. C'est ce que la déportation est censée nous apprendre et j'ai retenu la leçon. Sauf que je n'ai pas encore réussi à apprendre à lire et à écrire. La maison et les enfants d'abord.

Quand Kitty lui apprit qu'elle était de nouveau enceinte, Richard fut épouvanté.
— Ce n'est pas possible ! Si tôt !
— Non, pas tant que ça. Nos enfants auront quatorze mois d'écart, dit-elle placidement. Ils s'entendront mieux s'ils sont presque du même âge.
— Mais le travail, Kitty ? Tu vieilliras avant l'heure !
Cela la fit rire.
— Voyons, Richard ! Je me porte très bien, je suis jeune et j'attends avec plaisir l'arrivée de William Henry.
— Kitty, je l'aurais volontiers attendu un peu plus longtemps.
— Ne te fâche pas, implora-t-elle. D'après Olivia, je n'aurais pas dû être prise tant que je donne le sein à Kate.
— Des contes de bonne femme ! Mais moi, j'aurais dû attendre.
— Pourquoi ?
— Parce que, avec un autre enfant, tu auras trop de travail.
— Je t'ai déjà dit que non. (Elle tendit Kate à Richard et se baissa pour prendre un seau vide.) Je vais chercher de l'eau pour la maison.
— Laisse-moi y aller.
Les yeux de Kitty lancèrent des éclairs.
— Pour la centième fois, Richard Morgan, vas-tu cesser de faire des histoires ? Tu deviens assommant. Pourquoi refuses-tu toujours de m'accorder la confiance que je mérite ? C'est moi qui m'occupe des bébés ! C'est à moi de décider quand je veux en avoir ! C'est moi qui vis dans cette maison tous les jours et toutes les nuits ! C'est moi qui sais ce qui est trop pour moi et ce qui ne l'est pas ! Laisse-moi donc tranquille ! Cesse de prendre les décisions à ma place et de me harceler – trop de ceci, pas assez de cela – alors que je ne te demande rien... J'en ai assez ! Je ne suis plus une pauvre petite orpheline mais une femme à part entière. Une femme qui a des enfants ! Et si j'en veux un autre, je l'aurai !

Tu n'es pas mon seigneur et maître, c'est Sa Majesté le roi qui l'est !

Elle sortit, le seau à la main, frémissante de colère.

Richard s'assit sur la marche du haut, Kate sur les genoux, tous deux silencieux.

— J'ai l'impression, ma fille, que je viens de me faire remettre à ma place.

Assise bien droite, Kate se tenait sans appui et regardait son père de ses yeux mouchetés qui ne ressemblaient ni à ceux de William Henry ni à ceux de Kitty. Ses prunelles d'un gris profond étaient constellées de petits points sombres, semblables à des grains de poivre. Il fallait regarder avec attention pour les déceler. La petite fille était d'une beauté stupéfiante, comme tous les bébés peut-être, mais avec des caractéristiques rappelant les deux enfants que Richard avait perdus : une masse de boucles sombres, des sourcils finement dessinés, des cils épais bordant des yeux grands ouverts, aux reflets orageux, une petite bouche rouge et le teint mat et pur de Richard. Kitty avait raison. C'était une Morgan, absolument pas une Clark.

Il s'agita et se maudit pour la millionième fois. Tous ses enfants seraient des bâtards. Lizzie Lock ne lui rendrait pas le service de mourir bientôt. Il ne pouvait évidemment pas la tuer mais personne ne réussirait jamais à lui interdire de souhaiter sa mort, sauf Dieu, bien entendu.

« Pourquoi est-il si difficile de démêler les fils qui tissent les motifs de notre vie ? se demanda-t-il. Je n'y ai pas pensé quand j'ai épousé Lizzie Lock. Ou plutôt, je n'ai pas pensé à mon avenir. J'éprouvais de la pitié à son égard et je m'imaginais avoir une dette envers elle. J'ai réagi en chef et c'est ce que je continue à faire. Stephen m'avait prévenu, me semble-t-il, mais je ne l'ai pas écouté. J'ai nui à mes propres enfants, à cette chère âme qui est ma femme dans mon cœur mais ne pourra jamais être mon épouse. Comme si elle n'avait pas d'identité, aucun statut d'aucune sorte. Comme si on ne la considérait que comme une simple commodité. Je peux la jeter hors de ma vie, comme certains hommes le font ici, sans lui devoir la moindre compensation. Les temps de réclusion seront bientôt terminés et tous ceux qui auront amassé assez d'argent pourront s'embarquer pour l'Angleterre, la Chine ou tout autre endroit à leur convenance. Des visages familiers comme Joe Robinson disparaissent. Et ils sont nombreux à laisser leur femme sur place pour partir se débrouiller seuls.

« Heureusement, le commandant King, suivant l'exemple donné par le major Ross, est disposé à céder un lopin de terre aux femmes seules. Ces créatures abandonnées n'auront pas besoin d'aller rôder auprès des casernes du New South Wales Corps pour vendre leurs faveurs aux soldats. Notre attitude vis-à-vis de toutes ces femmes est impardonnable. Elles ne sont pas des prostituées de plein gré, c'est nous qui les y obligeons. »

Kate gazouilla, révélant une dent qui perçait. « Mon premier-né. Ma fille. Ma petite bâtarde. » Richard la serra contre lui et posa ses lèvres sur sa peau incroyablement satinée. Il respira avec bonheur la fraîche odeur de propreté qu'elle dégageait, comprenant que Kate adorait être adorée.

— Kate, lui dit-il en la plaçant face à lui afin de voir ses yeux magnifiques, mon adorable Kate, que vas-tu devenir ? Comment puis-je être certain que tu n'auras pas à supporter un sort aussi cruel que celui de ta mère ? Comment transformer l'enfant bâtard de deux déportés en une jeune dame cultivée que les jeunes gens de ce côté du monde voudront choisir entre toutes ?

Il embrassa la petite main et sentit les doigts de l'enfant serrer fortement un des siens. Puis il la nicha dans le creux de son bras, cala sa tête sous son menton et regarda au loin, l'esprit préoccupé par le dilemme que lui posait le destin de son enfant.

Kitty mit longtemps pour remplir le seau d'eau dont elle n'avait d'ailleurs pas besoin. Elle s'assit d'abord près de la source pour se détendre un instant, plaça le seau sous la chute qui avait le plus gros débit et, lorsqu'il fut plein, le reposa à côté d'elle et se rassit. L'éclat qu'elle venait de faire l'avait elle-même surprise. Elle n'avait pas jusqu'ici senti toutes ces rancœurs accumulées en elle sous la surface. Les tâches continues qui occupaient ses journées n'étaient pas propices à l'introspection. Mais la raison pour laquelle ces sentiments avaient explosé aujourd'hui était claire : Richard ne voulait pas d'un second enfant si rapproché, en admettant même qu'il en désirât un autre. Mais cela n'était pas de son ressort ! Dieu l'avait faite pour procréer et elle adorait procréer. Les paroles et les sermons entendus autrefois à l'asile des pauvres pendant que ses doigts étaient occupés à broder prenaient maintenant tout leur sens. Adam était peut-être le premier être sur la terre, mais, jusqu'à l'apparition d'Eve, il n'était rien d'autre qu'un objet ! Eve était plus importante qu'Adam. C'était elle qui fabriquait les enfants et qui transformait une maison en un chaleureux foyer.

Richard ne pouvait avoir tout cela entièrement à lui car il était obligé d'aller gagner leur pain. Leur pain qu'elle cuisait elle-même ! Elle se releva vivement et souleva sans problème le seau qui pesait bien vingt livres. A l'avenir, se promit-elle, il lui faudrait tenir compte de ses désirs à elle. « Je ne suis pas une simple oie blanche ni une domestique, Richard. Tu devras compter avec moi. »

Elle remonta le sentier et traversa le potager. L'image qu'elle vit alors de Richard lui réchauffa le cœur. Elle s'arrêta pour l'observer à son insu et le vit tourner le bébé face à lui, lui adresser des paroles solennelles, embrasser sa petite main et contempler son visage avec une expression d'émerveillement et d'amour. Quelle manière il avait de nicher Kate au creux de son bras et de regarder ainsi au loin !

« Bouge donc, Richard, bouge ! » songeait Kitty en les contemplant. Mais il ne bougea pas. Le soleil éclairait l'arrière de la maison, plongeant la façade dans l'ombre. Mais il faisait encore clair. Le père et l'enfant restaient immobiles, comme pétrifiés. Kitty revit une image lointaine, surgie des profondeurs de sa mémoire, celle du maître présidant le service du dimanche à l'asile des pauvres, assis le regard vide, tandis que le chapelain parlait en chaire de péchés causés par les sens auxquels l'auditoire ne comprenait rien. Le maître regardait toujours dans le vide, le chapelain terminait son sermon, les orphelins ne bougeaient pas, les maîtresses – des vieilles filles raides et amères – parcouraient les rangs des yeux pour s'assurer qu'aucune fille n'arborait une expression inconvenante à l'église. Le maître, plus loin, semblait toujours fixer dans l'espace une vision qui ne semblait ni agréable ni désagréable. Il ne bougea que lorsque le chapelain posa timidement une main sur son épaule. Et ce fut pour s'avancer et aller s'incliner devant les bannières de la chapelle et rester là, prosterné comme un tas informe, semblable aux bas remplis de sable dont on se servait pour battre les pensionnaires sans que cela laisse de marques.

Bouge, Richard, bouge donc ! Mais il ne le fit pas, le temps s'écoulait et l'enfant s'était manifestement endormie dans ses bras. Soudain, Kitty se dit qu'il était mort. Cette pensée la traversa comme un éclair. Elle tomba à genoux, laissa échapper le seau dont l'eau se répandit, et le silence s'abattit sur elle. Richard ne bougeait toujours pas. Il était mort ! Mort !

— Richard ! cria-t-elle en se relevant pour courir vers lui.

Son cri le tira de sa contemplation mais, avant qu'il ait pu faire un geste, elle était déjà sur lui, pleurant, poussant des petits cris, tâtant de ses mains ses épaules, sa poitrine.

— Kitty ! Qu'y a-t-il, mon amour ? Que se passe-t-il ?

Elle gémissait, égarée, le visage inondé de larmes. Kate se mit à hurler à son tour et Richard, qui s'était relevé entre-temps, se retrouva avec ses deux femmes agrippées à lui comme à une bouée de sauvetage, comme si elles avaient perdu la raison. Il déposa Kate dans son berceau mais la fillette redoubla de cris, outrée sans doute d'être traitée si cavalièrement. Puis Richard fit asseoir Kitty dans un fauteuil, près du fourneau, et elle continua de sangloter comme si on lui avait brisé le cœur. Il sortit le rhum et réussit tant bien que mal à lui en faire avaler un peu.

— Oh, Richard ! Je te croyais mort ! réussit à articuler Kitty au milieu de ses larmes. Je te croyais mort !

Elle entoura ses hanches de ses bras et cacha son visage contre lui, pleurant de plus belle.

— Kitty, ouvre les yeux ! Je suis bel et bien en vie !

Il détacha ses mains, l'attira à lui pour s'asseoir à sa place et la prendre sur ses genoux. N'ayant rien d'autre sous la main, il saisit le bord de sa robe de calicot pour lui essuyer les yeux, le nez, les joues, le menton, la gorge. Elle avait mouillé jusqu'à son corsage.

— Mon cher amour, je ne suis pas mort. Regarde ! lui dit-il avec un tendre sourire. Les cadavres ne peuvent pas s'occuper des accès de vapeurs. Cependant, il est agréable de se savoir pleuré si désespérément. Tiens, bois encore une gorgée de rhum.

La colère de Kate dans la chambre augmentait de volume, mais elle se calmerait plus vite que la panique de Kitty. Il tourna la tête et cria d'une voix ferme :

— Kate, cesse de hurler ! Et dors !

A sa grande surprise, les cris de sa fille firent place au silence.

— Oh, Richard, je te croyais mort, comme le maître à l'asile des pauvres, et cette idée seule me rend malade ! Tu étais mort... toi qui m'avais tant aimée et que je n'avais pas compris. Je t'avais blessé, repoussé et, maintenant, il était trop tard pour te dire que je t'aime. De la même manière que tu m'aimes, c'est-à-dire plus que la vie. Je te croyais mort et je ne savais pas comment j'allais pouvoir vivre dans un monde où tu n'existais plus ! Je t'aime, Richard ! Je t'aime !

Il écarta de la main les cheveux qui lui couvraient le visage et lui tamponna le visage avec son mouchoir de fortune.

— Tous mes Noëls me sont donnés en une fois, dit-il. Je sais que tu as beaucoup pleuré, mais comment se fait-il que tu sois toute mouillée ?

— J'ai dû laisser tomber le seau d'eau, je crois. Embrasse-moi, Richard ! Oh, embrasse-moi avec amour et laisse-moi t'embrasser à mon tour.

Ils découvraient enfin leur amour et leurs lèvres n'étaient plus qu'une mince barrière entre leurs corps et leur âme. « A partir de maintenant, songea Richard, il n'y aura plus de secret entre nous. Je pourrai tout lui dire. Kitty n'avait simplement pas su reconnaître la musique de son cœur ni les ailes de son âme. Mais l'amour était déjà présent en elle depuis le début. »

Le 15 février 1793, Stephen vint leur rendre visite pour le premier anniversaire de Kate, en apportant un cadeau étonnant.

Pourtant, ce n'est pas ce présent qui éblouit d'abord Richard, Kitty et leur enfant : le lieutenant Donovan était apparu revêtu de sa splendide tenue d'officier de la Royal Navy : chaussures noires, bas blancs, culotte et gilet blancs, chemise à jabot plissé, jaquette de la Navy avec soutaches dorées, l'épée au côté, coiffé d'une perruque, tricorne sous le bras. Non seulement il rayonnait d'une beauté saisissante mais il était très impressionnant.

— Vous partez ? s'exclama Kitty, les larmes aux yeux.

— Quelle allure ! reconnut Richard, dissimulant son chagrin sous un petit rire.

— L'uniforme vient de Port Jackson. Je dois reconnaître qu'il ne me va pas trop mal, admit Stephen en se redressant. Mais il faudrait retoucher la jaquette, qui me serre aux épaules. Les miennes sont plus larges.

— Assez larges pour assumer un commandement. Félicitations. (Richard lui serra la main.) Je sentais bien que l'arrivée de ce maudit bateau cachait quelque chose, avec un nom pareil.

— *Kitty* en effet n'est pas un nom courant pour un navire. Cependant, je porte cet uniforme en l'honneur de la petite Kate et je ne partirai pas tout de suite. Le *Kitty* ne prendra pas la mer avant au moins une semaine. Il nous reste encore un peu de temps.

Il ôta sa perruque, révélant des cheveux coupés court, comme ceux de Richard.

— Seigneur ! soupira-t-il. Ces choses-là tiennent vraiment trop chaud ! C'est fait pour le Channel anglais, pas pour le mois de février sur cette île si humide de Norfolk.

— Stephen, vos beaux cheveux ! s'écria Kitty, à nouveau au bord des larmes. Oh, je les aimais tellement ! Je demande toujours à Richard de laisser pousser les siens mais il prétend que ça le dérange.

— Il a entièrement raison. Depuis que je les ai coupés, je me sens libre comme un oiseau, sauf quand je dois porter la perruque.

Il se dirigea vers Kate, assise sur la haute chaise de bébé fabriquée par son père, et posa son paquet sur le plateau devant elle.

— Heureux anniversaire, mon petit trésor.

— Ta, bredouilla-t-elle en tendant la main pour toucher sa figure. Stevie. (Ses yeux se posèrent sur Richard, qui se tenait derrière, et elle sourit largement.) Dadda !

Stephen l'embrassa et lui retira le cadeau, ce qui la laissa indifférente. Quand son père était dans la pièce, elle n'avait d'yeux que pour lui.

— Mets-le de côté pour elle, dit Stephen en tendant le paquet à Kitty. Elle ne l'appréciera que dans quelque temps.

Curieuse, Kitty défit l'emballage et regarda le contenu. Presque aussitôt, une expression de profonde stupéfaction se peignit sur ses traits.

— Oh, Stephen ! C'est magnifique !

— Je l'ai achetée au commandant du *Kitty*. Elle s'appelle Stéphanie.

C'était une poupée avec un délicat visage de porcelaine peinte, des yeux si réalistes que l'on pouvait distinguer l'iris, des cils soigneusement dessinés et, sur sa tête, une touffe de cheveux blonds faits de brins de soie. Avec sa robe à paniers en soie rose, elle était habillée comme une lady à la mode d'autrefois.

— Je suppose que vous regagnerez Port Jackson sur le *Kitty* ? hasarda Richard.

— Oui, et je pars ensuite en juin pour Portsmouth, toujours sur le même navire.

Ils eurent pour dîner du rôti de porc et un gâteau d'anniversaire à base de blanc d'œuf battu en neige, que Kitty avait réussi à rendre léger comme une plume grâce à un fouet que Richard lui avait fabriqué avec du fil de cuivre. Ses mains étaient si habiles qu'il pouvait confectionner tout ce qu'il voulait.

Les visites sporadiques des bateaux approvisionnaient l'île en thé, en vrai sucre, fournissant même quelques objets de luxe comme un service à thé en fine porcelaine qui faisait la joie et l'orgueil de Kitty. Aux fenêtres dépourvues de vitres voletaient des rideaux verts en coton du Bengale, mais la maison ne possédait pas encore de fourchettes ni de tableaux à accrocher aux murs. Peu importe, peu importe, se répétait Kitty. William Henry verrait le jour dans trois mois environ ; elle savait, tout au fond de son cœur, que ce serait un garçon. Après quoi elle attendrait un peu pour donner le jour à une petite Mary – pas aussi longtemps que le voudrait certainement Richard, mais qu'importait ! Elle n'avait rien d'autre à lui donner que des enfants et ils n'en auraient jamais assez. Norfolk Island n'était pas exempte de dangers. L'année précédente, le pauvre Nat Lucas occupé à abattre un pin l'avait vu avec horreur tomber dans un grondement de tonnerre sur Olivia, qui tenait le petit William dans ses bras, les jumelles accrochées à son tablier. Olivia et William s'en étaient sortis presque indemnes, mais Mary et Sarah avaient été tuées sur le coup. Oui, il fallait beaucoup d'enfants. On pleurait ceux qui partaient et on remerciait Dieu pour ceux qui restaient.

La vie de Kitty était remplie de bonheur pour la seule raison qu'elle aimait et qu'elle était aimée, que sa fille grandissait, éclatante de santé, et que le fils qui se développait en elle la tourmentait en lui donnant des coups de pied incessants. Oh, comme

Stephen allait lui manquer ! Mais certainement pas, et de loin, comme il manquerait à Richard, elle le savait. Enfin, telle était la vie et il fallait aussi que de pareilles choses se produisent. Rien ne demeurait stationnaire, tout avançait vers un but mystérieux, jusqu'à ce que celui-ci se présente un beau jour sur le pas de la porte. Après tout, il lui restait une consolation puisque, par le seul pouvoir de son nom, elle accompagnerait Stephen jusqu'en Angleterre ! Le *Kitty* le protégerait en rasant les eaux comme un pétrel.

— Vous nous donnerez Tobias ? demanda-t-elle.

Les yeux bleus étincelèrent et les sourcils se levèrent.

— Me séparer de Tobias ? Il n'en est pas question, Kitty. Tobias est un chat de la Navy. Il naviguera avec moi partout où j'irai. Il se sent chez lui là où je me trouve, je l'ai dressé ainsi.

— Vous rendrez visite à Mr Ross ?

— Sans aucun doute.

Richard attendit de se trouver en haut de la colline, sur la route de Queensborough, pour poser à Stephen une question qui lui tenait à cœur.

— Voulez-vous me rendre un service ?

— Tout ce que tu voudras, tu le sais bien. Veux-tu que j'aille voir ton père ? Ou encore ton cousin James l'Apothicaire ?

— Seulement si vous en trouvez le temps. Mais je voudrais que vous portiez une lettre à Jem Thistlethwaite, qui demeure à Londres sur Wimpole Street, et que vous la lui remettiez en main propre. Je ne le reverrai plus jamais, mais j'aimerais que quelqu'un lui parle du Richard Morgan que je suis devenu.

— Je le ferai.

Parvenu à la pierre blanche qui marquait le croisement avec la route, il prit sa perruque et se la colla sur la tête d'un air désabusé en souriant à Richard.

— Tu as une semaine devant toi pour écrire ta lettre. Le *Kitty* est à l'ancre et y restera jusqu'à ce que je décide de son départ.

Avec l'arrivée du révérend Bain, comme chapelain résident de Norfolk Island, la pression exercée d'en haut pour que tous assistent au service religieux du dimanche se relâcha un peu. Le commandant King exigeait que les déportés soient présents et, si tous les hommes et femmes libres étaient venus eux aussi, l'assemblée aurait été trop importante. Aux yeux de leurs supérieurs, les condamnés étaient censés avoir plus besoin de Dieu que les hommes libres.

Sachant que son absence ne serait pas remarquée, Richard avertit Kitty qu'il passerait une partie de la nuit du samedi à écrire à Mr Thistlethwaite et que, par conséquent, il dormirait plus longtemps le lendemain matin. Ravie de lui voir prendre ces quelques heures supplémentaires de repos – écrire une lettre n'était pas un travail qui pouvait se comparer au sciage d'un tronc d'arbre –, Kitty alla se coucher.

Richard souleva la lampe à huile de l'étagère. Il l'avait achetée en même temps que le service à thé de Kitty mais elle avait coûté beaucoup plus cher car elle était accompagnée d'un baril d'huile de baleine de 50 gallons. Il s'en servait avec parcimonie – d'ailleurs, il se sentait trop fatigué, le soir, pour lire – mais le seul fait de la posséder signifiait qu'il pouvait explorer, pendant les rares instants de loisir qui lui restaient, le trésor de livres envoyés par Jem Thistlethwaite, sans pour autant avoir l'impression de manquer à ses devoirs familiaux. Il avait compris que Kitty n'apprendrait jamais à lire ni à écrire, car elle trouverait toujours quelque chose de plus important à faire. Il représentait donc la seule source de connaissance à la maison et il lui fallait entretenir cela par la lecture.

La lampe à deux branches jetait une lumière dorée sur le papier. Il trempa l'une de ses plumes d'acier dans l'encrier et se mit à écrire presque sans hésitation car il s'était déjà répété maintes fois en pensée ce qu'il voulait dire.

*Jem, cette lettre vous est remise par l'homme le meilleur que j'aie jamais connu et, au moment où je le perds, ma seule consolation est que vous allez ainsi le connaître et l'aimer. D'une certaine manière, nous avons cheminé côte à côte du même pas depuis notre rencontre sur l'*Alexander, *de navire en navire et de place en place. Il était un homme libre. J'étais un prisonnier. Mais nous avons toujours été amis. Si je n'avais Kitty et mes enfants, son départ serait pour moi un coup mortel.*

Ce que je confie à ces pages diffère de ce que je vous ai écrit après avoir reçu votre coffre. La première lettre passait par la voie officielle et était à la merci de regards curieux et d'esprits mal tournés. Il est déjà miraculeux que nos courriers arrivent à destination. Les réponses qui nous sont parvenues peu à peu en 1792 (soit par le Bellona soit par le Kitty cette année) nous ont appris que ceux qui avaient emporté nos lettres ont eu suffisamment pitié de nous pour tenir leurs promesses. Mais beaucoup d'entre nous n'ont rien reçu de cet endroit qu'ils sont encore nombreux à appeler « chez nous ». J'ignore si c'est un fait exprès ou s'il ne s'agit que d'un hasard. En attendant, cette lettre restera entre les mains de Stephen et il attendra en silence que vous ayez fini de la lire avant de vous parler. Cela aussi me libère.

En cette année 1793, j'aurai quarante-cinq ans. Stephen vous dira mieux que moi à quoi je ressemble maintenant et comment, à cet égard, j'ai franchi cette période car ici, sur Norfolk Island, nous n'avons pas de miroirs. Mais je peux vous dire que j'ai conservé ma santé et que je suis capable de travailler sans doute plus durement que lorsque j'étais plus jeune en Angleterre.

Ici, dans la nuit, les seuls sons qui me parviennent sont ceux du vent qui se lève et fait plier la cime des grands arbres, les seules odeurs sont un agréable parfum de résine et le souvenir tenace, indéfinissable, de la pluie tombée quelques heures plus tôt et dont le sol est encore imbibé.

Je ne retournerai jamais en Angleterre car, là-bas, ce n'est plus mon « chez moi ». C'est ici, sur Norfolk Island, que je me sens chez moi et que je m'y sentirai toujours. La vérité, Jem, est que je ne veux plus avoir de rapports avec le pays qui m'a envoyé à Botany Bay à bord d'un bateau négrier, entassé avec d'autres pendant douze mois dans une telle misère et parmi tant de souffrances que ce souvenir hante encore mes rêves.

Il y eut de bons moments, mais nous n'en devons aucun à ceux qui nous avaient embarqués – fournisseurs cupides, paperassiers indifférents, gentlemen et amiraux alcooliques. Et encore, pour nous autres qui faisions partie du premier convoi pour Botany Bay, le voyage fut un luxe comparé aux horreurs de ceux qui ont suivi. Demandez à Stephen de vous dire ce qu'ils ont trouvé à bord du Neptune quand il s'est ancré à Port Jackson.

Etre les premiers à Botany Bay nous a valu à la fois le meilleur et le pire. Personne ne savait que faire, Jem, pas même le pauvre gouverneur Phillip. Rien n'avait été prévu et les équipements faisaient cruellement défaut. Personne à Whitehall ne s'était soucié de la logistique et les *fournisseurs avaient rogné à la fois sur la qualité et les quantités de vêtements, d'outils et autres objets essentiels qui avaient voyagé avec nous. J'imagine ce qu'aurait pu penser un homme comme Jules César s'il avait seulement vu comment nous nous traînions.*

Pourtant, au cours des cinq premières années, nous avons survécu à cette expérience si mal conçue, si informe. Je ne sais comment cela a pu se faire, sinon que c'est la preuve de la résistance, de la persévérance des hommes et des femmes à qui pareil sort fut imposé. Il serait faux de prétendre que l'Angleterre nous offrait par là une seconde chance. On ne nous a offert aucune chance, pas plus au début que par la suite. Nous avons réagi en fonction de notre nature. Certains d'entre nous sont tout simplement destinés à survivre et, ayant survécu, ils se précipitent « chez eux » ou poursuivent leur errance. D'autres survivants sont déterminés à prendre un nouveau départ du mieux qu'ils peuvent et avec ce dont ils disposent. Je me range dans ce second groupe, ceux qui pendant le temps de leur condamnation ont travaillé durement, n'ont encouru aucun blâme officiel, n'ont été ni fouettés ni mis aux fers et, dans certaines circonstances, se sont oubliés eux-mêmes pour se rendre utiles aux autres. Après avoir été libérés par grâce ou au terme de leur temps, ceux-là, dont je suis, ont pris une terre et se sont attelés à un métier nouveau pour eux : l'agriculture.

De quelle part d'elle-même l'Angleterre s'est-elle privée avec nous ? L'intelligence, l'ingéniosité, l'habileté, la robustesse. La liste de ces atouts pourrait remplir des pages et des pages. Des hommes et des femmes qui les possédaient ont été jetés au rebut dans des prisons anglaises ou des carcasses de navires. Le tort de l'Angleterre, c'est qu'elle est assez aveugle pour se priver de ces qualités sans même en percevoir la valeur.

Pour être juste, il faut reconnaître que la plupart d'entre nous ne savions pas encore de quel bois nous étions faits. C'était mon cas. L'ancien Richard Morgan, patient et tranquille, qui pouvait prendre à la légère la perte de 3000 livres, est bien mort, Jem. Il était passif, satisfait, dénué d'ambition et « petit ». Ses peines étaient les peines de tous – la perte de ceux qu'il aimait. Ses vices étaient ceux de tous – repli sur soi et complaisance à son propre égard. Ses joies étaient les joies de tous – tirant son plaisir de ce qu'il aimait. Ses vertus étaient celles de tous – la foi en Dieu et en son pays.

Richard Morgan est ressuscité au milieu d'un océan de douleurs et il a trouvé la douleur des autres plus insupportable que la sienne. Il ne considère plus rien comme acquis, ne parle que lorsque c'est indispensable, veille sur ceux qu'il aime et sur ses biens comme sur sa propre vie, ne fait confiance à personne et ne s'appuie sur personne, sauf sur lui.

Malgré ces nouveaux départs, la tragédie, Jem, c'est que nous avons aussi emporté avec nous ce que l'Angleterre a de pire – l'arrogante froideur de ceux qui nous gouvernent et nous tiennent sous leur coupe, ces lois non écrites qui donnent priorité à certains d'entre nous en fonction de leur rang ou de leur richesse, les stigmates de la pauvreté et des viles origines, la croyance erronée en l'infaillibilité de la Couronne et de l'Eglise, l'ignominie de l'état de bâtard.

C'est pourquoi j'ai peur pour mes enfants, qui devront porter le poids de mes fautes toute leur vie. Mais, en même temps, j'ai foi en leurs chances, alors que je ne l'avais pas pour ceux de Bristol. Ici, ils trouveront de la place pour s'envoler, Jem. De la place pour agir. Et, quand tout sera dit pour moi, que pourrai-je demander d'autre à Dieu ?

J'avais compté vous écrire plus longuement, mais je pense avoir dit l'essentiel. Prenez soin de vous. Occupez-vous de Stephen, qui vous dira toute l'affection que je vous porte, et écrivez-moi bientôt. Les bateaux mettent maintenant moins de six mois pour venir ici depuis l'Angleterre, et Norfolk Island est une escale où viennent faire eau les navires qui se rendent à Cathay, à Nootka Sound ou à Otaheite. Avec un peu de chance, je serai en mesure de vous répondre avant que trop d'enfants me soient nés. Je n'arrive pas à dissuader Kitty de son habitude de procréer et je suis trop faible pour lui résister.

Avec la grâce de Dieu et la bienveillance des autres, je peux dire aujourd'hui que j'ai eu un bon destin.

Il signa, replia soigneusement les feuillets pour que les coins se rejoignent bien au milieu, fit fondre de la cire et appliqua son sceau : les lettres R M cerclées de chaînes. Puis, abandonnant la lettre sur la table, il se pencha pour souffler la chandelle et alla rejoindre Kitty.

Finis

POST-SCRIPTUM

L'histoire de Richard Morgan n'est pas terminée. Il vécut encore longtemps et connut d'autres aventures, désastres et bouleversements. J'espère poursuivre l'histoire de sa famille.

La guerre de l'Indépendance américaine bouleversa profondément l'Europe, d'une manière que ne put mesurer la population de l'époque. Jusque-là, une nation n'avait pas d'autre constitution que ses lois. On ne pouvait concevoir un peuple sans un monarque au sommet de la pyramide sociale. Les individus issus de la classe inférieure ou de la classe moyenne n'étaient pas égaux en droit à ceux qui bénéficiaient d'une haute naissance, de biens ou de richesses.

L'une des conséquences les moins connues de cette guerre fut la création de la colonie britannique de la Nouvelle-Galles du Sud, suivie presque immédiatement par celle de Norfolk Island. Les historiens modernes sont très partagés quant aux raisons qui ont incité le royaume d'Angleterre à coloniser un quart du globe encore à peine connu et dont on ignorait même les dimensions géographiques. Certains spécialistes pensent que le seul objectif fut de se débarrasser des malheureuses victimes d'un système judiciaire qui, de loin, était le plus sévère d'Europe. Pour d'autres, le projet reposait sur des idéaux plus élevés et une certaine philosophie sociale.

Je ne prétends pas clarifier ce débat. Mais il faut bien admettre qu'à partir du moment où il n'était plus possible d'expédier les prisonniers vers les treize colonies d'Amérique comme travailleurs sous contrat, l'Angleterre était obligée de les envoyer ailleurs et, si possible, là où la largeur d'un océan, au moins, les séparait de leur patrie. La Révolution française et les troubles qui se développèrent non seulement en Irlande mais aussi en Ecosse et dans le pays de Galles ne firent qu'accentuer le désir de voir aboutir cette expérience lointaine. L'étude historique des premières décennies de vie en Nouvelle-Galles du Sud et à Norfolk Island ne révèle guère d'enrichissements ni même de produit national brut positif. On y trouve, en revanche, de nombreux faits prouvant que ces lieux constituaient un débouché parfait pour isoler les forçats, les rebelles, les opposants politiques, les bons à rien, quels qu'aient pu être les idéaux du gouvernement. Ces exclus pouvaient tenter de s'y construire une vie sans représenter un danger dans leur patrie.

En ce qui me concerne, deux aspects de cette grande transportation ont retenu plus particulièrement mon attention. Le premier est le postulat désinvolte de la Couronne britannique assurant que tout le monde se doit d'obéir aux ordres ; le second est le caractère de ceux qui lui ont servi de cobayes, à savoir les prisonniers condamnés à la déportation. Si l'expérience a finalement réussi, c'est principalement grâce à eux, ces forçats exilés, ces cobayes malgré eux. C'est pourquoi j'ai choisi d'écrire ce roman sur la création de ce qui deviendra l'Australie, du point de vue d'un déporté.

Pourquoi, d'abord, ces gens avaient-ils été condamnés ? Quelles étaient les circonstances dans lesquelles s'étaient déroulés les crimes dont on les accusait ? Comment fonctionnait la justice anglaise ? Quels étaient les droits des accusés devant la loi ? Quelle était leur origine, leur formation ? Comment s'entendaient-ils entre eux ? Qu'est-ce qui les a fait tenir bon après avoir été débarqués sur une terre totalement étrangère, qui n'avait rien d'un pays de cocagne ? Pourquoi, ayant accompli leur temps et gagné de diverses manières assez d'argent pour payer leur voyage de retour, furent-ils si peu nombreux à rentrer chez eux ? A quoi s'accrochaient-ils pour garder le moral ? Comment s'en sortaient-ils face au système répressif, brutal et inhumain, de leur époque ? Quelle était leur conception de la liberté lorsque, enfin, il l'avait obtenue ? Et que pensaient-ils de l'Angleterre ?

Une grande partie de ce livre se passe à Norfolk Island et non en Nouvelle-Galles du Sud. Ce point isolé au milieu de l'océan Pacifique a sa propre histoire, riche et variée.

La Couronne britannique y fit trois tentatives de colonisation. Les deux premières furent un échec et l'île se dépeupla. La première (1788-1813), malgré ses horreurs, fut plus clémente. La deuxième (1825-1855) se révéla plus désastreuse, et marquée par des cruautés inutiles. La troisième illustre un tout autre genre de déportation. Les descendants des mutinés du *Bounty* et leurs femmes tahitiennes furent retirés en totalité de l'île Pitcairn en 1856 et installés sur Norfolk Island, beaucoup plus grande et plus fertile. Certains d'entre eux, déçus par trop de promesses non tenues, regagnèrent Pitcairn par la suite et ce sont leurs descendants qui peuplent toujours cette île.

Mais ceux qui restèrent à Norfolk firent de cette troisième colonisation un succès. Peut-être, me semble-t-il, parce qu'ils vivaient déjà auparavant sur une île. Les îliens savent s'adapter à un territoire limité où le comportement des habitants – ainsi que leur gouvernement – diffèrent de ceux exigés par la vie sur un continent. Bien que Norfolk Island possède depuis 1979 une forme relative de gouvernement autonome, comprenant certains pouvoirs fédéraux (curieux arrangement qui révèle les incertitudes de l'Australie à cet égard), elle demeure à la merci d'une puissance coloniale installée de l'autre côté des mers.

En 1914, ce territoire de la Couronne britannique est passé sous contrôle australien. Des gouvernements australiens successifs et leurs représentants non élus ont montré la même arrogance et la même indifférence que les envoyés de la Couronne à l'égard de la nature authentique de l'île et de sa population venue de Pitcairn. On est en droit de se demander ce que l'Australie, elle-même longtemps victime du colonialisme, a finalement retenu d'un tel système car les populations résidant dans ses lointaines dépendances de l'océan Indien souffrent plus encore que celle de Norfolk, davantage encline à se faire entendre.

Les documents dont je me suis servie dans mes recherches sont abondants, mais souvent dans un désordre effroyable, comme dans le cas des archives de Kew, à Londres (Public Records

Office), par suite d'un inexcusable manque de moyens. Comme pour mes travaux sur Rome, je préfère m'appuyer sur des sources originales plutôt que sur les études de spécialistes modernes. Pour toute période de l'histoire, ce retour aux sources est indispensable si l'on veut se faire une opinion et exprimer une idée personnelle.

Je n'ai pas indiqué de bibliographie pour la simple raison qu'elle occuperait beaucoup trop de pages et qu'on y trouverait davantage de documents que de livres. Mais, si quelqu'un souhaite obtenir une liste des ouvrages publiés en librairie, il lui suffit de m'écrire aux bons soins de mes éditeurs.

Je désire à présent remercier de nombreuses personnes pour leur aide et pour les précieuses informations qu'elles m'ont fournies.

En premier lieu, ma chère belle-fille Melinda, qui est allée parcourir pour moi Kew, Bristol, Gloucester, Portsmouth et autres villes d'Angleterre, et qui a également exploré les archives historiques de Sydney, d'Hobart et de Canberra. Elle a rapporté de tous ces endroits des documents inestimables.

J'adresse aussi un remerciement particulier à Helen Reddy, autre descendante de Richard Morgan. Quand elle n'est pas occupée à chanter ou à jouer sur scène, elle se livre à des recherches sur la vie de son ancêtre avec une formidable énergie. Je lui sais gré de m'avoir fourni des informations extraordinaires.

Un chaleureux merci à Mr Les Brown, qui en sait plus long que quiconque sur l'histoire de Norfolk Island et sur chacune des trois époques de colonisation. Les Brown est un héros méconnu de l'histoire mais je lui adresse mes plus vives louanges pour que tout le monde les entende. Quelle bibliothèque ! Quels documents !

Comment oublier, également, mon équipe permanente, si loyale et dévouée ? Pam Crisp, mon assistante personnelle, Kaye Pendleton et Karen Quintal qui règnent sur mon bureau, Joe Nobbs, omniprésent maître en tous genres, Ria Howell et Fran Johnston à la maison, Dallas Crisp, Phil Billman et Louise Donald à l'extérieur. C'est exclusivement grâce à leurs efforts acharnés que je trouve le temps d'écrire à un tel rythme. Tous, je vous aime et je vous remercie. Merci aussi à ma belle-mère, May, qui s'occupe de notre chat Poindexter quand nous sommes absents. A Jan Nobbs. A frère John et Greg Quintal pour leurs descriptions du sciage de long à l'ancienne comme on le pratiquait à Norfolk, dans une fosse, avec une scie travaillant dans le sens du bois.

Ric, mon mari, est une montagne de force en même temps que mon meilleur ami. Il est le descendant en quatrième génération de Richard Morgan, le déporté, en même temps que de Fletcher Christian, le mutiné du *Bounty*. Comme les chemins du destin sont étranges qui, en 1860, ont fait se croiser ces deux lignées sur une minuscule terre de 3 miles sur 5, perdue au milieu de l'océan ! Ils m'ont ainsi permis de découvrir que, du côté de Richard Morgan, le lien avec Norfolk Island remontait à une grand-mère de la troisième génération (Kate), née en 1792. Il en va de même pour Joe Nobbs.

Pour conclure, je n'oublie pas qu'il me reste encore deux livres à écrire dans la série des Maîtres de Rome. Ils verront le jour, si Dieu le veut, mais j'ai besoin de prendre quelques vacances loin de Rome, plutôt que de nouvelles vacances romaines.

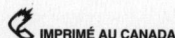